——— 文艺报70周年精选文丛 ———

文艺报

70

周年
精选文丛（7卷，12册）

《时代之思》（理论卷）（上、下）

《文学天际线》（文学评论卷）（上、下）

《艺术经纬》（艺术评论卷）（上、下）

《世界的涛声》（外国文学卷）（上、下）

《彩练当空》（作品卷）（上、下）

《未来永恒》（儿童文学评论卷）

《文学之思》（对话卷）

文艺报 70周年 精选文丛

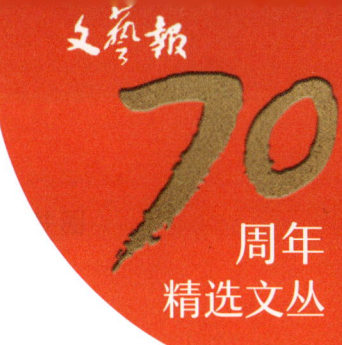

SHIDAI ZHI SI
LILUN JUAN SHANG

时代之思

理论卷 上

文艺报社◎选编
梁 鸿 鹰◎主编

时代出版传媒股份有限公司
安 徽 文 艺 出 版 社

图书在版编目（CIP）数据

时代之思：理论卷：上、下/文艺报社选编；梁鸿鹰主编．—合肥：安徽文艺出版社，2020.12

（《文艺报》70周年精选文丛）

ISBN 978-7-5396-6987-8

Ⅰ．①时… Ⅱ．①文… ②梁… Ⅲ．①文艺理论－中国－当代－文集 Ⅳ．①I206.7-53

中国版本图书馆CIP数据核字(2020)第108056号

出 版 人：段晓静
出版统筹：刘姗姗　宋潇婧　周　康
责任编辑：黄　佳　何　健
特约编辑：李云雷　徐　健
装帧设计：张诚鑫　吴　臣

....

出版发行：时代出版传媒股份有限公司　www.press-mart.com
　　　　　安徽文艺出版社　　　　　　www.awpub.com
地　　址：合肥市翡翠路1118号　邮政编码：230071
营 销 部：(0551)63533889
印　　制：安徽新华印刷股份有限公司　(0551)65859551

....

开本：710×1010　1/16　印张：54.5　字数：1060千字
版次：2020年12月第1版
印次：2020年12月第1次印刷
定价：156.00元(上、下)

....

（如发现印装质量问题，影响阅读，请与出版社联系调换）

版权所有，侵权必究

回望如歌岁月　开创全新境界
——《〈文艺报〉70周年精选文丛》总序
梁鸿鹰

《文艺报》诞生于中华人民共和国成立的前夜,在第一次文代会筹备和召开期间曾经作为这次盛会的公报面世。1949年9月25日,《文艺报》正式创刊,这是新中国第一个以文学艺术理论评论为鲜明特色的文化园地。从此,文学艺术界有了一方自己的精神家园;从此,文艺报人有了一块忘我耕耘的花圃。

《文艺报》自诞生之日起,就得到毛泽东、邓小平等党和国家领导人的重视与关怀,茅盾、丁玲、冯雪峰、张光年、冯牧以及邵荃麟、侯金镜、陈涌等一批文坛大家曾领军《文艺报》。《文艺报》与作家、艺术家和理论评论家一道,共同见证了当代文学艺术发展,记录了新中国文艺理论评论走过的那些不平凡的历程。收在《〈文艺报〉70周年精选文丛》里的这些文字,无不凝聚着一代代作家、艺术家和学者朋友们对当代文艺的真知灼见,体现着《文艺报》70年来的独特追求。

这是一个有坚守、有卓见的文艺阵地。70年来,《文艺报》在党的领导下,坚持"二为"方向,贯彻"双百"方针,团结广大作家、艺术家,凝聚理论评论工作者,及时传递文坛资讯,热情评介最新佳作,积极活跃理论探讨,坚持多角度、多层面展现中外文艺态势,在对民族传统的深刻体认及与世界文学的活跃对话中,推动了当代文学艺术空间的不断拓展。

这是一个发先声、鼓干劲的园地。《文艺报》始终坚持正确导向,紧跟时代步伐,积极参与文学现场,活跃探讨学术风气,善于提出新的文学命题,设置新的美学议题,活跃理论争鸣与艺术探索,鼓励艺术探索与艺术创新,为文学发展注入思想与艺术引领,在学术讨论中推动文艺界思想解放,在社会进步中不断开拓学术境界,将新中国日新月异的发展进步,将当代文艺事业不断进步的新风貌展现出来,为出优秀人才、出优秀作品、促进社会主义文学的繁荣发展竭尽心力。

这是一个有立场、有情怀的精神家园。《文艺报》始终坚持党性和人民性的统一,不断探索社会主义文学艺术规律,积极将党的文艺方针政策转化为文艺界的自觉追求,团结带领广大作家深入生活、扎根人民,为建设新时代民族的大众的科学的文艺"鼓"与"呼",引领作家、艺术家为人民抒写、抒情、抒怀,满足人民群众不断增长的精神文化需求,激励人们追求美好生活。

《文艺报》始终把团结和服务文学艺术界作为自己的宗旨,积极扶持培育文学新人,培养评论人才,团结引领广大作家遵循艺术规律,点燃文学之灯,照亮作家心灵,激扬文字,共同绘制一幅幅时代文艺发展的难忘景象。我们坚持专业品格,坚守中华美学自觉,推动创新性发展与创造性转化,推动时代精神与中国风格、中国气派有机融合,以时代精品讲述丰富多彩的中国故事,弘扬中华传统文化。

《文艺报》始终坚持兼收并蓄,以兼容并包的艺术敏感关注新现象、新经验、新问题,在坚持中国文学艺术主体性的同时,广泛介绍其他国家文学艺术创作现状和蕴含的新经验,促进作家、艺术家汲取各方面营养并予以中国化表达,拓展中国文学艺术的表现形式与艺术空间,推动中国文学走向世界,把当代中外文艺创造的崭新气象传得更广、更远。收在我们这套文丛里的文字,就鲜明地反映了文艺报人的追求,体现了当代文艺的多彩风貌。

文艺是国民精神所发的火光,同时也是引导国民精神前进的灯火。70载栉风沐雨,初心不变;70载春华秋实,砥砺前行。回首过往,我们充满自豪;展望未来,我们信心倍增。我们将以前辈报人筚路蓝缕的开创精神,我们愿与当代文艺发展一道,继续做好中国文艺代代相传、辛勤执着的持灯火者,呵护美善,勘探未知,指引心灵,用自己的绵薄之力,努力照亮民族和文艺的未来。

目　录

梁鸿鹰：回望如歌岁月　开创全新境界——《〈文艺报〉70周年精选文丛》总序 / 1

上

1952 年
冯雪峰：中国文学中从古典现实主义到无产阶级现实主义的发展的一个轮廓（节选）/ 1

1955 年
唐　弢：学习鲁迅的战斗精神 / 19

1956 年
张光年：艺术典型与社会本质 / 34
王　瑶：论鲁迅作品与中国古典文学的历史联系 / 40

1958 年
茅　盾：夜读偶记——关于社会主义现实主义及其他（节选）/ 64

1960 年
柳　青：谈谈生活和创作的态度 / 80

1961 年
宗白华：中国艺术表现里的虚和实 / 83
朱光潜：整理我们的美学遗产，应该做些什么？/ 86
臧克家：古典诗歌中的自然景物描写 / 89

1962 年
王　力：中国古典文论中谈到的语言形式美 / 94

郭沫若:诗歌漫谈 / 97
王朝闻:齐白石画集序 / 99
沐　阳:从邵顺宝、梁三老汉所想到的 / 108

1963 年
柯　灵:给人物以生命——艺术概括谈片之二 / 110
茅　盾:关于曹雪芹——纪念曹雪芹逝世二百周年 / 121

1964 年
文洁若:《红岩》在日本 / 136

1965 年
李基凯:关于怎样写中间状态人物问题——用《不能走那条路》《年青的一代》《千万不要忘记》的成功经验驳"写中间人物"论 / 141

1978 年
巴　金:迎接社会主义文艺的春天 / 151
吴组缃:谈《水浒传》 / 157
丹　晨:文艺与泪水 / 166
袁良骏:鲁迅研究中值得注意的几个问题 / 169

1979 年
姚雪垠:漫谈历史的经验 / 174
程代熙:文艺必须真实地反映生活——读书札记 / 183
钱谷融:文艺创作的生命与动力 / 190

1980 年
唐　挚:更好地表现新时期的社会矛盾(纵横谈) / 199
吴泰昌:大兴争鸣之风(纵横谈) / 205
宋遂良:坚持从生活的真实出发——长篇小说创作问题探讨 / 209
刘西渭:常情常理 / 215
李国涛:新艺术手法和固有的文学观念 / 217

1981 年

王元化：和新形式探索者对话 / 222
李泽厚：审美与形式感 / 229
周良沛：有感"新的美学原则"的"崛起" / 234
袁行霈：文学与时尚 / 239

1982 年

徐　迟：现代化与现代派（转载）/ 241
理　迪：《现代化与现代派》一文质疑 / 245

1983 年

袁可嘉：西方现代派文学三题 / 251
严家炎：历史的脚印，现实的启示——五四以来文学现代化问题断想 / 256
谢　冕：通往成熟的道路 / 262
秦兆阳：谈"情" / 270
贺敬之：当前文艺思想的几个问题 / 274

1984 年

冯　牧：投身到伟大变革的生活激流中去 / 278

1985 年

季羡林：外国文学研究应当有中国特色 / 284
冯　牧：关于创作自由和评论自由 / 288
阿　城：文化制约着人类 / 292
林兴宅：系统科学方法论与艺术 / 296
周政保：小说创作的新趋势——民族文化意识的强化 / 298
刘再复：文学的反思和自我的超越 / 301
刘梦溪：文化意识的觉醒 / 305
钱念孙：文学之"根"的多向伸展和寻"根"眼光的扩大 / 308
黄子平：文体的自觉 / 311
刘思谦：小说创作中的悲剧观念 / 313

1986 年

程代熙：对一种文学主体性理论的思考与述评——与刘再复同志商榷 / 321

杨春时:充分的主体性是文艺的本质特征——与陈涌同志商榷 / 327
鲁枢元:论新时期文学的"向内转" / 332

1987 年

王晓明:社会历史批评方法的再思考——从伊格尔顿的《文学理论导论》谈起 / 337
邹　平:现代都市美的失落和寻找 / 340
陈骏涛:当前理论批评建设管见 / 343
张首映:两种批评理论及方法 / 348
陈　晋:平民的生活与贵族的艺术——部分青年文艺创新的内在矛盾 / 351
南　帆:读者是什么 / 355
张　韧:批评的尴尬 / 358
童庆炳:解开艺术创造之谜 / 362
滕　云:呼唤史诗 / 367
陈孝英:新时期文艺中的喜剧意识 / 371
蔡　翔:再来一条腿 / 374
蓬　生:巴赫金复调小说理论 / 377
於可训:小说文体的变迁与语言 / 381
靳大成:对人类学批评的多种可能性的资格论证 / 385
吴秉杰:面对发展了的审美形态 / 388
朱立元:文学批评主体性的限度 / 392
程德培:长篇小说的艺术在哪里? / 396

1988 年

伍林伟:写好故事 / 399
杨周翰:镜子与七巧板——当前中西文学批评观念的主要差异 / 403
李洁非:"感觉"的泛滥 / 410
汪曾祺:关于散文的感想 / 413
乐黛云:关于现实主义的两场论战——卢卡契对布莱希特与胡风对周扬 / 415
梁　斌:民族气魄与民族风格 / 426
唐　湜:"新古典主义"随感 / 428
李　陀:昔日顽童今何在? / 430
王　蒙:故事的价值 / 433
王　干:批评的沉默和先锋的孤独 / 439

下

1989 年

赵　园：负累重重的"地之子"——农民意识与中国作家 / 443
吴　俊：文坛的调情——对文学现状的一种看法 / 450
应　雄：历史批判与自我批判 / 453
刘再复：五四文学启蒙精神的失落与回归 / 458
梁　昭：为文学"商品化"一辩 / 473
钱理群：反思三题 / 476
陈晓明：理论的赎罪 / 481
支克坚：关于 40 年代革命文学内部论战 / 485
吴福辉：为海派文学正名 / 493
钱中文　郑海凌：文学史的类型、构架与问题 / 502
钟敬文：抗战期间的通俗文学 / 511
洁　泯：文学四十年：现实主义从失落到回归 / 516
王　宁：论学院派批评 / 519

1991 年

马识途：也说现实主义 / 524

1993 年

王岳川：后现代主义与后殖民主义 / 527
王元骧：也谈美学的和历史的批评 / 533
严昭柱：对文艺价值论有关问题的思考 / 538
陶东风：艺术：创造还是生产？——兼论 20 世纪反个性化思潮 / 548

1995 年

陈淑渝：聚合离分呈百态　嫣红姹紫斗芳菲——中国现代散文发展漫谈 / 554
孙　郁：鲁迅的批评视角 / 561

1996 年

肖　鹰：游戏崇高：走向俗人的神话 / 565

1997 年

刘醒龙:仅有热爱是不够的 / 569

1998 年

李复威　贺桂梅:90 年代女性文学面面观 / 572
乐黛云:21 世纪比较文学发展的趋势 / 577

1999 年

杨剑龙:面对当下与书写自我——新生代小说论 / 582
杨　义:面向新世纪的人文学术——我的治学观 / 588

2000 年

赖大仁:从人学基点看文艺精神价值取向 / 591
郭志刚:理解鲁迅 / 596
鲁枢元:"文学是人学"的再探讨——在生态文艺学的语境中 / 600
吴元迈:20 世纪文论的历史呼唤——走辩证整合研究之路 / 606

2001 年

鲁文忠:纯文学在窘迫中延展希望 / 611
陆文夫:关于创作的一点随想 / 617
王　宁:经济全球化时代的比较文学和文化研究 / 620
高旭东:走向 21 世纪的鲁迅 / 626
童庆炳:全球化时代的文学和文学批评会消失吗?——与米勒先生对话 / 632

2002 年

曾健民:台湾殖民历史的"疮疤"——评叶石涛最近在日本的演讲 / 638
吴奕锜　彭志恒　赵顺宏　刘俊峰:华文文学是一种独立自足的存在
　　——我们对华文文学研究的一点思考 / 646
陈　辽:文化的华文文学论待商量 / 653

2003 年

洪治纲:想象的匮乏意味着什么 / 657

2004 年

陈　超：“反道德”“反文化”：“先锋流行诗”的写作误区／662
郜元宝：期待新的"文学自觉"时代到来／667
马龙潜　高迎刚：文学的技术理性与人文精神／671

2006 年

李　准：经济全球化和民族文化的选择／675

2007 年

饶曙光：资本逻辑与文化价值的冲突及其调整／681
杨承志：努力构建文学的和谐生态／685
何向阳：批评的构成／690
段崇轩：要"现代性"更要"民族性"——对当前文学的一点思考／695

2009 年

范咏戈：发现小说应当发现的——漫谈第二届"蒲松龄短篇小说奖"获奖作品／701
张　炯：马克思主义文艺理论及其面临的挑战／704
张浩文：农村题材60年：在负重中前行／716
梁鸿鹰：当前文学发展的主流与可能／720
张未民：中国文学的"中国性"与"地方性"／724

2010 年

孟繁华：为中国当代文学辩护／727
张颐武：在新的起点思考新的价值／731
李建军：理想主义与力量的文学／735

2011 年

邵燕君：倡导"好文学"与直言的批评风格／741
吴　俊：批评的限度和学院批评的位置／745
李敬泽：文风与"立志让人懂"——答《文艺报》编者问／749
王　蒙：中华传统文化与软实力／752

2013 年

石一宁：《"文学台独"批判》：历史责任　文学良心／754

2014 年

李炳银:报告文学的文学不等式 / 759
陈嬿文:传统还是现代:台湾启蒙知识分子的抉择 / 767

2015 年

冯宪光:文艺人民性是马克思主义文艺理论的核心思想 / 771
曾镇南:以作品为中心 改善文艺生态 / 779
夏 烈:网络文学的综合治理与时代使命 / 785
李云雷:市场经济、文艺的通俗性与主体性 / 789
马龙潜:"中华美学精神"的理论定位及其功能特性 / 793
白庚胜:发展繁荣少数民族文学的意义 / 797
雷 达:面对文体与思潮的错位 / 802
董学文:发展中国当代文艺理论的指南 / 805
高建平:美学在当代的复兴 / 810
王德威:华语语系文学:花果飘零 灵根自植 / 813

2016 年

何建明:文艺批评的标准、导向与实践 / 818
彭 程:文艺批评的坚守与创新 / 820
王一川:重建文艺批评标准的美学传统基础 / 822
丁振海:现实主义精神助推文艺高峰 / 825
王雪瑛:回望百年新文化运动 / 829
李少君:当代诗歌四十年 / 832
王兆胜:散文创作与批评是否"无法可依"? / 837

2017 年

刘大先:必须保卫历史 / 842

2018 年

赵稀方:香港文学研究:基本框架还需重新考虑 / 848

编者的话 / 854

> 1952 年

中国文学中从古典现实主义到无产阶级现实主义的发展的一个轮廓(节选)

冯雪峰

最近《文艺报》收到读者来信提出要求编者解答的问题中,关于现实主义的就有下面这一些:一、在五四新文学以前的中国旧文学里面有没有现实主义?如果有,请举例说明之。二、五四新文学的现实主义,是外国来的,还是中国优秀文学传统的发展?三、五四新文学的现实主义,是资产阶级的现实主义呢,还是无产阶级现实主义?如鲁迅,如茅盾,他们的现实主义属于什么范畴?四、无产阶级现实主义和社会主义现实主义两个名词各自所包含的意义,有没有不同?五、为什么"新民主主义的现实主义"这说法是不妥当的?六、无产阶级现实主义和旧现实主义,例如高尔基说的批判的现实主义,有什么不同?无产阶级现实主义的根本法则是什么?

这些都是大问题,其中如最后的一个尤其不是我们所能够胜任解答的问题。现在,编辑部分派我来处理这些问题,我也只能提出我的一些浅薄的理解(其中就一定有错误),请提这些问题的同志们参考,却说不上解答。我们非常希望读者们加以批评和纠正。

我立了一个总题目,同时把这些问题容纳在五个小题目中:一、中国文学的古典现实主义是怎么样的?二、五四新文学中现实主义的社会基础、来源及其发展到无产阶级现实主义的经过。三、关于鲁迅和茅盾。四、无产阶级现实主义的创作成绩。五、关于无产阶级现实主义的基本概念。

7月10日笔者附记

一、中国文学的古典现实主义是怎么样的?

中国文学,如果从《诗经》时代算起,到五四为止,有它三千年的发展历史。中国社会虽然处在封建时代特别地长久,但中国文学还是非常发展的。正如世界文学史的事实所昭示,任何民族的文学,凡能遗留下来的重要的杰作大都是现实主义的或基本上是现实主义的;中国有三千年历史的文学,其中最有代表性的伟大名著也大都是现实主义的或基本上是现实主义的。例如最早的两部诗集,《诗经》与《楚辞》,在基本精神上是现实主义的作品。其次,我们汉代的大散文家司马迁是现实主义者,晋代的大诗人陶潜基本上也是现实主义者,唐代的大诗人杜甫和白居易更是有意识的现实主义者。即被现代人称为浪漫主义者的李白,在他精神的积极的方面也是和现实主义相通的。

但中国文学现实主义更为发展的时代,是宋代和元代及其以后,即所谓市民文学或平民文学开始有比较显著的发展的时候。例如人人知道的长篇小说的杰作《水浒传》,这是由宋、元的说书("说话")发展而形成的,是一部具有近代性质的伟大的现实主义的作品。元代的几个大剧作家,也是非常出色的现实主义者,其代表作《西厢记》及其他,是出色的现实主义的作品。再如宋、元、明之间的一些优秀的白话短篇小说,也多是现实主义的作品。又如长篇小说《儒林外史》《红楼梦》,当然是现实主义的杰作;即如《西游记》,这是一部神话小说,是浪漫主义的作品,但它也概括了现实,基本上也还是现实主义的。

以上举例的这些作品,还有更多没有举例的作品,其所代表的现实主义,我们就称它们为中国文学的古典现实主义(这里的"古典",是经典的、代表性的、杰出的等意思,和所谓"古典主义"是不同意义的)。

但是,这并不是说,中国文学就没有反现实主义的作品。反现实主义的作品当然有,而且很多。这些反现实主义的作品,有不少已经被历史淘汰了,但留下来的也仍有不少,其一部分就是那些内容空虚的、对于现实采取虚伪态度的作品;又一部分,是和地主官僚士大夫阶级的颓废、享乐、虚无主义、悲观主义或所谓遁世主义等思想,相联系着的。

不过,正如高尔基所说:"文学上有两种基本的潮流或倾向,就是现实主义与浪漫主义。"中国三千年的文学也是这两种倾向在基本上支配着,并且交互地渗透着的。高尔基又说:"在浪漫主义中,我们必须区别出两个完全不同的倾向。一个是被动的浪漫主义——粉饰现实,努力使人与现实相妥协,或使人避开现实,在自己内心世界中作无益的躲匿,使人沉溺于'人生命运之谜'——爱、死等等思想中,把人牵引到不能用'思辨'直观所能解决,而必须由科学来解决的谜里。积极的浪漫主义,则企图强固人们对生活的意志,在人们的心中,唤醒对现实及现实的一切压迫的反抗心。"这段话中的原则,我们也可以用来考察中国文学的浪漫主义的倾向。中国文学的浪漫主义的倾向,从大体上说也有被动的和积极的两种,即粉饰现实或逃避现实和反抗现实两种。以上所说中国文学中那些粉饰现实的空虚和虚伪的作品,以及那些颓废、享乐和虚无主义等的逃避现实的作品,都可以概括在所谓被动的浪漫主义倾向中去。但中国文学中也有非常出色的、积极的浪漫主义,差不多从屈原以来的所有不朽的大诗人、大作家都赋有这种积极的浪漫主义的精神。和世界文学史的发展趋向在基本上相同,这种积极的浪漫主义倾向是和现实主义的精神相通的,相互渗透的,并且我们可以把它看作现实主义的精神与特色之一而概括到现实主义之内去的。

这里,就应该注意,在考察过去文学及诗人、作家们的时候,必须有具体的分析。就是,每一个诗人或作家,他的文学倾向大都不是很简单,而是相当复杂的,常常是同一个诗人或作家,他有现实主义的倾向,也有浪漫主义的倾向,并且有时是积极的浪漫主义,有时又是被动的浪漫主义,这种相当复杂的情形都交错地在他作品的思想、手法和风格等上面表现出来。其次,如上面所举例的中国文学上这些杰出的古典现实主义者,假如我们借用高尔基对于果戈理等人而说的话来说,我们也同样"不能完全正确地说他们到底是浪漫主义者,还是现实主义者"的。高尔基又说:"优秀的艺术家中,现实主义和浪漫主义是常常结合在一起的。"这句话是完全正确的,为世界文学史所证明的。尤其在诗歌方面,像外国的大诗人但丁、歌德、普希金等,中国的大诗人屈原、杜甫等,是更其很难"完全正确地说他们是浪漫主义者,还是现实主义者"的。而像我们的《水浒传》《西厢记》《红楼梦》等杰作,都是现实主义和浪漫主义结合在一起的(以上两节所引用的高尔基的话,都引自他的《我的文学修养》一文)。

但是,世界文学史也好,中国文学史也好,都证明了文学上两种基本的潮流或倾向,是现实主义和浪漫主义,如高尔基所说;同时,也证明了在两种基本的潮流中更其基本的是现实主义。这是因为作为上层建筑的、意识形态的文学,无论什么时代总都不能不是客观现实社会的反映的缘故。从文学赖以发生和发展的社会基础出发,也从文学倾向赖以发生和发展的社会根源出发,例如积极的浪漫主义,其用意也在反映现实和改造现实,这是和现实主义相同的。所以,积极的浪漫主义在基本上就和现实主义相通,它很自然地要和现实主义结合在一起。于是从文学历史发展的总趋向看,从文学的基本倾向看,它都可以作为现实主义的一种根本性的精神与特色而被概括在现实主义里面。因此,我们如果采取这样的看法,那么,正像我们所看见的,人类各民族文学的基本精神及其主潮,是现实主义。

对文学发展带来最大成绩的现实主义,并不排斥浪漫主义,而且一定赋有和富有浪漫主义的精神的。而且,文学史的事实证明,凡是能够和现实主义相结合,且在文学的任务和方法上起了伟大作用、带给文学以非常高度的理想性和非常宝贵的精神的浪漫主义,总是积极的、鼓舞人们斗争和前进的浪漫主义,而不是被动的浪漫主义。在中国文学上,这种积极的浪漫主义的精神也还是很丰富的,同时它是和现实主义相结合着的。因此,如果要说到中国古典现实主义的一般的特征,则它富有浪漫主义的色彩、和浪漫主义相结合着,就是它的特征之一。如果拿更其近代的作品为例证,则《水浒传》和《西厢记》就是结合着浪漫主义的中国古典现实主义作品的典范。

二、五四新文学中现实主义的社会基础、来源及其发展到无产阶级现实主义的经过。

作为艺术观也作为创作方法的现实主义,它一方面是文学发展的结果。就是说,它是创作实践的结果,积长期的经验和经过不断的考验而发展起来,并且总是继续在发展的。它是历史地发展的,而并非只是产生于和停止于一个时代或一个阶级的东西。但它一方面又是时代和阶级所决定的。作为艺术观,时代和阶级的决定性还要更大些;同时创作方法又总是受艺术观决定的,所以作为创作方法也是受时代和阶级决定的。无论作为艺术观还是创作方法,在根本上就都决定于它的时代的政治经济生活和有支配势力的宇宙观以及作者的阶级思想等。因此,现实主义一方面有它历史的持续性和发展性,一方面又有它非常显著的时代性,尤其是阶级性。这样,从文学史发展上说,就有例如封建时代的现实主义、前资本主义期或资产阶级革命期的现实主义、资产阶级现实主义以及无产阶级现实主义等的区别。

但这种分时代,只是一般的说法,实际上却并非那么简单。譬如封建时代就可以分好几个时期或阶段,而封建社会里面又有阶级的对立和阶层的区分;前资本主义期在封建社会内部,社会的矛盾、阶级的对立、思想的分歧等等,更是一般地很复杂的。又如资产阶级,既有它上升期和没落期的分别,又有大资产阶级与小资产阶级之分。这些对于文学都是很有关系的,都必须有具体的分析。

又从历史的持续性与发展性上看,则作为创作方法的现实主义,一般地说,现代的现实主义当然比古代的现实主义更进步、更高级,但实际上,也不完全如此。例如,承继着过去时代的现实主义的优秀传统,而又有马克思列宁主义的辩证法唯物论和历史唯物论思想指导的无产阶级现实主义,比过去一切的现实主义都更进步、更高级,这是完全对的。但没落期资产阶级的一切庸俗的现实主义,却比上升期的资产阶级的现实主义,反而不知低落到什么地步了。这样,现实主义的那最基本的文学经验(即描写现实的经验),是从最早就一代一代传授下来、继承下来,以全体而论,自然是越到后来越进步、越高级的。可是,作为创作方法的现实主义,主要仍然依靠作者们的阶级思想与宇宙观的启发与指导。因此,例如资产阶级革命期,文学创造者们一般地受了反封建主义的、进步的、革命的思想的激动与启发,这时代的现实主义和一般文学艺术就达到了一个空前的高峰。而受着无产阶级的宇宙观和革命思想所指导的无产阶级现实主义,又比资产阶级革命期时代的现实主义更高级;在不久的将来,在共产主义思想影响与指导下的文学与艺术也就要高出过去的一切时代。

此外,也要知道,现实主义文学在历史上有它根本的优越性和长久的生命,就在于它反映了客观的现实,这使它的内容充实,使它的艺术有生命。因此,现实主义的创作方法的持续性,是和这样的作品的生命的长久性分不开的。而且,现实主义既然因反映客观现实而成立,则它比较地不隔离人民生活,因此也比较地容易受人民的生活上和文化上的创造的影响,吸收人民的创造到文学上来。例如,最原始的现实主义就来自劳动者的原始文艺,而各时代的民间文艺又继续给文学艺术以营养。所以,现实主义创作方法的发生、持续与发展,也是和它所反映及直接吸取的人民的创造性分不开的。

以上是我们大概地考察了世界文学史所得到的概念。这些概念,当我们要知道现实主义怎样从过去发展过来的时候,是必须具有的。

中国五四前的文学有三千年的发展历史,这三千年就几乎都在封建社会里,但现实主义和现实主义的基本精神,前面已说过,在中国文学上是很早就发生和发展的。中国社会虽如此长久处在封建主义时代,但作为封建社会而论,在它早期生产与文化都已经很发展,只是到了从宋到鸦片战争以前的时期,社会内部已孕育着的资本主义萌芽,在如此长久的时间内,总不能发展为新的生产力和生产关系。但从周代到鸦片战争这样长久的年代中,社会各方面也有很大的、复杂的变化与发展。社会生活是经常动荡不安的,农民的革命是频繁不断的,社会思想是非常复杂而发展的,斗争是很激烈的,人民在文化上的创造力是非常强的,也能够吸收外民族的文化的影响,我们人民对于国内外的新事物的态度是并不保守的。——所有这一些,就是我们民族虽如此长久在封建主义的统治下,而仍产生了许许多多伟大、杰出的思想家、科学家、文学家和艺术家以及其他方面的天才的基本原因。在文学上,我们产生于封建时代的一些伟大天才及其杰作,都有自己独特的辉煌特色。譬如和欧洲文学史比较,则像但丁,是被称为近代思想的晨星的人,因为他是欧洲文艺复兴的先驱者,在历史上是被划在前资本主义期,即算为资产阶级革命期的最早的一个大诗人的;但我们的还在中国封建社会前期的屈原,却就已经有着和但丁相类似的特色。很明显,在屈原,以他对于昏庸政治的忧愤和深切的爱国思想而反映出来的人民性,就是到了今天也是很有价值的。这是伟大屈原的辉煌特色,同时这特色就和中国最早的古典现实主义联系在一起。

又如《诗经》,我们在上面说它在基本精神上是现实主义的,这主要的是指它的那些最好的诗篇,即"国风"部分而说。我们只要知道这些都是民歌民谣和民间诗人的作品,则它所以是现实主义和富有现实主义的精神,就很容易了解了;同时这样的现实主义和现实主义精神又联系着人民性,也是很容易了解了。

在我们长久的封建时代,如果再加以划分,则我觉得可以大概地(不完全正确地)划分为从《诗经》时代到六朝以前、从六朝到五代、从宋到鸦片战争三个时期(至于鸦片战争以后到五四之间,中国社会成为半封建半殖民地的社会,同时也是旧民主主义革命时代,可以另划为一时期。我们在这里暂撇开这时期的文学,等以后有机会再谈)。大概地说来,我们在封建时代的古典现实主义文学,在以上三个时期也各有其不同的特色。例如从六朝到五代这一个时期,它介在它前后的两个时期之间,我们如果以杜甫为这个时期的现实主义的代表,那么,杜甫的现实主义的特色是有不同于屈原,并不同于汉魏诸大诗人,同时也有不同于以后的施耐庵(或罗贯中)、关汉卿、王实甫、曹雪芹等人的。但杜甫虽是中古时代的诗人,却已经抱有近代人道主义的思想,而其以"忧时忧世"的政治愤慨和描写人民疾苦所反映出来的人民性,是丰富而明显的。

从宋以后的这个时期,在文学上,特别是南宋和元及其以后,有一个比过去非常显著的不同,即文学已不是只为皇帝、官僚和士大夫阶级服务,并且也为平民服务(其实发轫于唐代),即为商人、差吏和兵士、城市手工业者和平民服务,市民文学或平民文学开始发展起来(农民文学不在内,他们另有民歌和传说等,以后还有地方戏)。在这时期中,中国文学的中心移到词、散曲、说书(说话)、鼓词、弹词、小说和戏曲等。这时期,在中国思想界也有近代民主思想的萌芽与显著的表现,而在人民间还有农民社会主义思想的产生。这时期,以平民文学为中心的现实主义文学,就不仅在中国是空前地发展,而且富有近代的性质和色彩,即前资本主义期的性质和色彩。这时期的现实主义文学,即平民文学,所反映的人民生活和人民性,也自然更丰富和更直接。人民的面貌、性格和思想感情,是在这时期的小说与戏曲中才开始有直接和清楚的表现的。人民也在这时期才比较直接地参与了文学的创造。世界文学史上近代的现实主义,在中国文学中是开始于这时期。作为创作方法的现实主义也在这时期达到非常高级的地步,因此能够产生像上面所举例的那些居于世界文学第一流杰作之列的优秀作品。

这样,从中国古典现实主义的发展的概况上看,我们可以说,富有人民性是这些现实主义文学的一般特征之一。因此,在创作方法上,我们如果要从这些现实主义的文学——特别是宋代以后的这个时期——学习,是能够学到一些东西的,因为它在表现人民生活上曾经有它成功的经验,并且富有可以发展的民族风格。

最后,作为创作方法的现实主义的一个最基本的特质,即反映现实的矛盾的一个特质,在我们古典现实主义里也是具有的。关于这一个现实主义的基本特质的一般的解释,以及无产阶级现实主义对于反映现实矛盾的态度和过去的现实主义有怎样的不同,以及关于革命浪漫主义,我们将在本文最后部分——关于无产阶级现实主义的基本概念中谈到一点。这里,可以说的,在中国过去一些杰作中所反映出来的现实主义,对于现实的矛盾的反映,是相当彻底的、大胆的,而并非采取庸俗的态度的。例如屈原跟昏庸政治的对立是不妥协的,他终于以死殉于自己的爱国思想。他的不朽之作《离骚》就是表现这个矛盾的,这个矛盾是现实的矛盾。从杜甫诗歌中反映出来的统治阶级的残酷剥削以及腐化、颓废生活和人民的穷困、流离、疾苦的对立,是尖锐而深刻的。《西厢记》的反对宗法礼教的态度,是非常大胆的。《水浒传》更是一部描写农民革命战争的小说,这部小说的革命性就在于它非常深刻地反映了农民与地主官僚阶级的对立。《红楼梦》也是深刻地反映了官僚阶级内部的矛盾与危机及其家庭生活中的矛盾与危机的作品,作者对于官僚阶级的残酷与庸俗的批判是彻骨的、深刻的。总之,我们这些有代表性的古典名著,对于现实社会的矛盾的反映,是采取不掩饰和不妥协的态度的。这是现实主义所成立的一个基本的特质,这特质也为我们古典现实主义所具有,所以这也是它的一个特征。

以上就是我叙述得万分粗略的、在封建时代的中国文学中古典现实主义的情形。从鸦片战争到五四运动之间,中国社会逐步变成为半封建半殖民地的社会,同时这时期也是旧民主主义的革命时代。这时期,在文学上,没有产生能够和以上所举的伟大作品相比拟的代表性的杰作,但也产生了一些新的因素,这些因素对于五四的文学革命和新文学运动具有不少的作用,但关于这时期的文学,应当有另外的专门研究。我这里只是阐述关于现实主义发展的一个非常粗略的轮廓,关于各时期的文学都不可能作比较详细的研究。

以上说明,我们古典现实主义文学有它长久的非常优秀的传统。从五四以来,我们对于以古典现实主义为主潮的旧文学的批判的学习与继承,却还是非常不够的。因此,现在和今后,对于我们这些伟大的遗产,深入地加以研究和分析,就是首先必要的工作。

三、关于鲁迅和茅盾。

在前面我们已经说过几遍了,五四新文学运动是在无产阶级领导之下的、人民大众的、各革命阶级统一战线的文学运动。这个统一战线,就是反帝反封建的统一战线。五四新文学的内容就正是新民主主义的革命。这样的文学运动是世界无产阶级革命的文学运动之一,更明确地说,它是无产阶级的一种进步的和民主革命的文学运动。这样的文学也是世界无产阶级革命文学的一部分,因为它是无产阶级所领导的,它的历史作用是有利于无产阶级的解放的,但是这并非说它已经都是无产阶级的阶级文学,它的观点、立场和思想都已经是无产阶级的,即共产主义的了。五四新文学,主要是指1927年以前,虽然其中也反映了一些共产主义宇宙观和社会革命论的思想以及无产阶级的革命斗争,但其中占主要地位的是反映着小资产阶级的观点、立场和思想;此外也反映着农民的观点和思想,并且也反映着资产阶级的观点、立场和思想的。所以,五四新文学的阶级性,不是某一个阶级的,它虽然是无产阶级领导的,但从它的阶级性来说,即从它所反映的宇宙观和革命观点来说,却是几个阶级的,而不只是无产阶级的,这都从个别作家的作品上各别地反映出来。这样,五四新文学在文学史的时代的划分上应该划分在无产阶级时代,而不能划分在资产阶级时代。但对于真正从无产阶级立场而反映了无产阶级思想的无产阶级文学来说,则五四新文学——主要指1927年以前——的绝大部分都还不是无产阶级文学(不用说,即在1927年以后一直到现在,我们的文学也还不能完全都是这样的无产阶级文学)。

但是,我们后来的无产阶级文学是从五四新文学发展而来的。五四新文学是属于无产阶级的。固然,历史上一切优秀的文学和文化,都是属于无产阶级的,因为无产阶级是过去一切优秀文化的合历史法则的继承者。但五四新文化和新文学,是更其在直接的意义上的继承,因为五四已经处在无产阶级革命时代,五四新文学是属于中国无产阶级文学的更为直接的传统的……

五四新文学能够一步一步发展为无产阶级文学,就因为它有无产阶级的领导。这使它以反帝反封建的民主革命的内容为自己的统一性,又以内部的阶级思想的复杂和不同为自己的矛盾性,无产阶级的领导就在对它的团结和斗争的相互关系的发展上促使它前进。五四新文学发展为后来的无产阶级现实主义的文学,是经过了一次一次的思想斗争和改造的。

因此,我们明白,从文学内容的性质说,五四时的文学和我们目前的文学,它们的内容在基本上是同性质的,即都是新民主主义的。就是说,它们的内容都是反映新民主主义的革命斗争,为这革命的胜利和新民主主义社会的建立而服务的。但从阶级思想的性质来说,则五四时的文学和我们目前的文学却已经有本质性的区别,即五四时的文学,像我们所看见的,还是革命小资产阶级的观点和思想占优势,目前则已经是无产阶级思想占优势。这就是无产阶级文学和无产阶级现实主义在成长起来了。

从五四当时到抗日战争前之间的约二十年,鲁迅是完全体验了这个发展的过程的。这个发展的过程,也就是现实革命日益发展、无产阶级对文学运动的领导一步一步加强,因而引起文学内部的思想斗争和改造的过程。跟着无产阶级领导的加强和现实革命的发展,鲁迅是在文学上体验了在思想斗争和改造中前进的一个最重要和最典型的实例。

在中国现代文学和现实主义的关系上,在鲁迅的身上实在结合着承上启下的三种关系,就是:他是继承着中国古典现实主义的;他又联系着世界文学中古典的或所谓批判的现实主义;他在后期(即在1927年以后)是一个无产阶级现实主义者。

鲁迅前期的现实主义,已经结合着两个时代,就是:他前期的现实主义具有世界文学中资产阶级革命期的现实主义的基本的优点,而且发挥了那些优点,成为这样的现实主义的世界的高峰之一的。所以,从世界文学史的这一方面的关系来说,鲁迅前期的现实主义也是可以划归在资产阶级古典现实主义中的,他是非常有资格和世界文学史上那些古代的伟大的古典现实主义者并肩站在一起的(中国古代文学中的古典现实主义者如施耐庵、罗贯中、关汉卿、王实甫、曹雪芹等,我认为也是列在世界文学史上古代古典现实主义的伟大代表者的行列中的。但鲁迅,自然和他的这些前辈不同,因为他才富有资产阶级革命期的特色,他所具有的民主革命时代的历史性质和特征,是这些作家所不能比较的。在这里,鲁迅就体验着中国文学史近代和现代之间的一种承上启下的发展关系)。从这方面说,鲁迅是处在资产阶级民主革命正在剧烈进行的时代。鲁迅反映了这样的时代。

但鲁迅开始发挥他的天才的五四时代,不仅是中国的资产阶级民主革命的时代,而且已经是世界无产阶级革命的时代,也就是中国无产阶级革命开始的时代(新民主主义革命是中国革命的第一步,也就是中国无产阶级革命的开始)。这样,客观的历史和社会的基础,就不仅使鲁迅成为资产阶级民主革命的作家,而且使他的天才,例如和世界文学史上那些处在资产阶级革命期的伟大作家相比较,更其有可能超过了资产阶级的时代。他前期所建立的现实主义不仅具备并发挥了世界文学中资产阶级革命期古典现实主义的基本优点,而且在其革命性和由此而来的某些特色上是超过了一般资产阶级古典现实主义的。例如由于他的民主革命思想的彻底性而来的、由他发展到最高度的启蒙主义和政论性的批判的特色(如在《阿Q正传》等作品中所看见的),就是他继承了所谓批判的现实主义的传统而又加以发展的特色。这特色发挥到像他这样的高度,以及他的现实主义一般的革命精神,就使他的现实主义更富有革命性,比古典的或批判的现实主义更前进了一步。这自然也由于鲁迅的天才,但主要的是由于他的时代——新民主主义的革命时代的缘故。这样,鲁迅前期的现实主义也已经反映着无产阶级的革命时代(在中国,无产阶级先领导着资产阶级民主革命)。而他所反映的新民主主义革命的作品内容也影响了他的创作方法,使他的现实主义比他所继承的资产阶级古典现实主义更前进了一步。于是,鲁迅创造的业绩和五四新文学,如前面所说,应该划分在无产阶级革命时代,就不仅因为世界的历史已经进入无产阶级革命时代,而且也因为在鲁迅和五四新文学里面已经有着不同于资产阶级的特征的缘故。在这里,我们就明白,前期的鲁迅就体验着中国文学史上资产阶级革命时代和无产阶级革命时代的一种过渡的发展关系,而且他已经反映着无产阶级的革命时代(新民主主义革命)。自然,他更其正确地反映无产阶级革命时代的,还是在他的后期。(中国文学史上,实在没有过资产阶级时代,因为中国没有过资产阶级专政的时代,例如辛亥革命是资产阶级领导的,但革命胜利后政权却被帝国主义所控制的封建势力——军阀和官僚所篡夺。但中国有资产阶级的革命时代,例如鸦片战争以后到五四运动以前的旧民主主义的革命时代就是这样的时代。从五四运动开始的新民主主义革命,虽然按其社会性质,基本上依然是资产阶级民主主义的,它的客观要求也是为资本主义的发展扫清道路,但这革命不是资产阶级领导的,它的目的不是建立资本主义社会和资产阶级专政的国家,所以五四以后就不能说是资产阶级的革命时代,而已经进入无产阶级的革命时代了。又如前面所说宋以后产生像《水浒传》的那些"平民文学"的时代,也显然不能说是资产阶级的革命时代,因为那时还只有资本主义的极少的萌芽和资产阶级的极少数的前身——商人和手工业老板,而资产阶级并没有形成。但我们的那些称为"平民文学"的作品,却具有前资本主义期的某些性质和特色,这是因为有农民革命以及城市手工业和商业发展,并已经产生了资产阶级的极少数的前身的缘故。)

　　体验着一种过渡性质的发展关系的、作为革命的小资产阶级作家的前期鲁迅的现实主义,显然还不是无产阶级的现实主义,但又已经比资产阶级古典现实主义更前进了一步,因此,我们往往称他的现实主义为"革命的现实主义",以表示它更前进的意思。自然,我们不加"革命的"这个形容词,而仍旧称它为批判的现实主义也是可以的,因为"批判的"这个用词可以有革命的意思,同时"批判"中所表现的革命性的意义和程度原也是因具体的时代和具体的作家而不同的。

　　值得我们研究的,是鲁迅前期现实主义中的内在统一性和矛盾性及其朝向后期的发展情况。就是,如上所说,批判的现实主义对于民主革命的文学内容,这是相互适应的,文学方法是和文学内容统一的,因此,现实主义本身也是统一的。其次,我们的民主革命是最彻底的、新民主主义的。为了适应这个彻底性,鲁迅就把批判的现实主义加以更高度的发展,使它更富有革命性,也就是使文学方法更和文学内容相一致,因此,从这一个发展说,鲁迅前期的现实主义本身也是统一的。但是,鲁迅前期的现实主义的创作方法依然和新民主主义革命的客观现实有矛盾,即和文学应该反映的内容有矛盾。这就是,无产阶级领导的新民主主义的革命在客观上已经在要求着用无产阶级的立场、观点和创作方法去反映,而鲁迅前期却还不是完全如此(之所以说不是完全,是因为鲁迅的批判的彻底性及其高度的革命性,在反帝反封建的意义上是和无产阶级的思想以及无产阶级现实主义相通的)。因此,鲁迅前期的现实主义,虽然是那么辉煌的、革命的,但其本身依然有缺点,这缺点也就是鲁迅前期的革命思想中的缺点。举例说,像《阿Q正传》里面的鲁迅的现实主义,是辉煌的革命的现实主义,比一般资产阶级古典的或批判的现实主义更其前进的,但依然有其缺点(这也就是思想上的缺点),例如对于农民的革命性就显然还估计不足的。在《阿Q正传》里面(其他的如《故乡》《风波》《祝福》等也一样),鲁迅在对于农民的革命的热烈而深切的期望中,流露了他的某种程度的悲观情绪,这是由于他还缺少像马克思列宁主义者那样的科学的分析和预见的缘故,也就是他对于客观现实还没有达到最高程度、最全面地反映的缘故。这造成一个矛盾,存在于鲁迅前期的革命思想中,也存在于他前期的现实主义中。鲁迅前期思想中的这个矛盾,就是鲁迅后来进行自我思想斗争和改造,而从革命小资产阶级思想达到无产阶级思想的一个内在的根源;因为他的这个矛盾,正就是他的阶级立场及世界观和客观现实及其发展(即革命现实及其发展)之间的矛盾。他在1927年之后,改变了阶级立场,成为共产主义者,解决了他的思想矛盾——这是革命现实的发展的结果,也是他前期思想内部已经存在的矛盾斗争的一个发展和解决。他在后期,跟着思想的改变,在文学上成为无产阶级现实主义者——这个发展,从他的现实主义本身的发展来说,是以他前期的现实主义为其基础,并以前期存在的矛盾性为其发展的因素的。

(我想,用不到解释,我们对于鲁迅的现实主义有如此的分析,这决不是我们以无产阶级现实主义去要求前期的鲁迅,同时也不会降低他前期现实主义的伟大价值的。我们如此分析,只因为我们要明白新的东西一般总是从旧的东西的内部矛盾的斗争发展而来的,这内部矛盾的斗争在这里是反映着阶级思想的矛盾斗争的。我们要明白在先驱者们的伟大的业绩和思想中所存在的矛盾性,往往反映着客观历史的矛盾因素和发展因素。而五四到现在的发展情况,是非常值得我们研究的,因为其中具有在阶级关系上和文学关系上都值得注意的非常复杂和丰富的东西。其次,为了学习和继承鲁迅前期的现实主义的伟大遗产,则指出它的矛盾性并指出我们现在已经能够看得出来的其中的缺点,也当然是必要的。)

鲁迅后期是无产阶级现实主义者。这不仅表现于他对于文学的主张和理论上,而且也表现于他的诗一般的政论性的散文(即杂文)的创作上。我们不能因为鲁迅后期很少小说之类的创作,就说无从断定他是怎样的现实主义者;因为他的具有高度艺术性的杂文是应该当作创作看的,而从他的杂文看来,他是成熟的和伟大的无产阶级现实主义的作家。(他后期也有收在《故事新编》中的五篇寓言式的短篇小说,这都是小品,不是他后期的重要作品,但这五篇小品的思想和创作方法也已经和他前期的同类作品例如《补天》《铸剑》等显然有所不同。因此,后期写的这五篇小品,虽然不应当看作他的代表作品,但也可以和他的杂文一样看作是无产阶级现实主义的作品。)这样,鲁迅后期就能够更正确地反映着无产阶级领导的新民主主义革命的客观现实,更正确地反映着无产阶级的革命时代。

在1927年革命的挫折和紧接而来的革命的深入和发展的期间,鲁迅体验着一次他一生中最为深刻的自我思想斗争和改造(鲁迅一生充满着自我思想斗争和改造),如我们所已经知道的。这一次,也就是五四新文学在发展到无产阶级现实主义的过程中第一次所进行的最显著的内部思想斗争和改造(第二次最显著的思想斗争和改造,是1942年的延安文艺座谈会。最近从电影《武训传》批判开始的、在全国知识分子思想改造运动和"三反""五反"运动中进行的文艺整风学习,也是一次显著的改造运动)。在1927年开始的那一次思想斗争和改造中,鲁迅以自己的体验和思想上的伟大跃进,在我们文学发展上起了非常巨大的作用。

总之,在鲁迅的身上集中着很多东西,我们研究他,可以明白很多事情。对于他前期的现实主义,我们应该分析、研究、学习和继承,并且,通过他前期的现实主义,我们还可以知道一些我们和外国文学的近代古典现实主义以及中国文学中的古典现实主义的关系。他后期的无产阶级现实主义,则和我们目前文学的发展更有密切的联系。

这是我对于鲁迅的现实主义的一点了解和极粗略的解释。

茅盾是1927年开始创作的,他的代表作是1931年写的长篇小说《子夜》以及其后写的几篇短篇小说,如《春蚕》和《林家铺子》等。《子夜》是在无产阶级现实主义的号召和影响之下创作的。关于这部小说的主题和它的缺点,作者最近有一段非常恳切的自述:

> 这一部小说写的是三个方面:买办金融资本家,反动的工业资本家,革命运动者及工人群众。三者之中,前两者是直接观察了其人与其事的,后一者则仅凭"第二手"的材料,即身与其事者乃至第三者的口述。这样的题材的来源,就使得这部小说描写的买办金融资本家和反动的工业资本家的部分比较生动真实,而描写革命运动者及工人群众的部分则差得多了。但最大的毛病还在于:一、这部小说虽然企图分析并批判那时的城市革命工作,而结果是分析与批判都不深入;二、这部小说又未能表现出那时候整个的革命形势。原来的计划是打算通过农村(那是革命力量正在蓬勃发展的)与城市(那是敌人力量比较集中因而也是比较强大的)两者的情况的对比,反映出那时候的中国革命的整个面貌,加强革命的乐观主义。所以在小说的第四章就描写了农村的革命力量包围了并且拿下了一个市镇,作为伏笔,但这样大的计划,非当时作者的能力所能胜任,写到后半,只好放弃,而又不忍割舍那第四章,以致它在全书中成为游离的部分,破坏了全书的有机的结构,这尚是小事,而不能表现出整个的革命形势,则是重大的缺陷。《子夜》的写作过程给我一个深刻的教训:由于我们生长在旧社会中,故凭观察亦就可以描写旧社会的人物,但要描写斗争中的工人群众则首先你必须在他们中间生活过,否则,不论你的"第二手"材料如何多而且好,你还是不能写得有血有肉的。(《茅盾选集》自

序,作于1952年3月)

作者说"加强革命的乐观主义",照我了解,是有两个意思:第一是作者想使人们不致因他批判了那时的城市革命工作而引起对于革命的悲观;第二是作者想以此来批判他自己在《幻灭》《动摇》《追求》(连续作于1927年9月—12月)等三个中篇中所表现的悲观、失望的思想情绪(请看《茅盾选集》自序)。

读过《子夜》的人,都会觉得作者自己的这个分析不仅很恳切,而且也是相当中肯的。

《子夜》的缺点,照我了解:第一,正像作者自己所说,对于他所要描写的革命者和工人群众是描写得不够深刻、不够生动,也不够真实的;对于当时(1930年)的城市革命工作的分析和批判,也是不够深入和不够全面的。第二,我和作者自己的说法稍有不同,作者是说"未能表现出那时候整个的革命形势",我认为不如说是反映当时的革命形势不够深刻,这和第一个缺点是相关联的。第三,在某些人物的描写上是有概念化和机械的地方的,而"性的刺激"在人物描写上占了那么重要的成分,也是一个不小的缺点。

关于第一个缺点的根本原因,作者自己的分析是很对的,就是,作者对于革命斗争和在斗争中的工人群众及革命者还不够熟悉。我以为这个根本原因,也就是第二个缺点的原因,因为反映革命形势,是要通过熟悉和分析当时的革命工作这一环的。所以,我觉得,要反映当时的革命形势也不一定必须像作者最初的企图那样兼写农村的革命形势,从描写面的扩大上来达到目的。作者未能兼写农村的革命形势,我认为还不是这部作品"未能表现出那时候整个的革命形势"的根本原因。因为作者是可以以全国的革命形势为背景,集中力量写上海这一个城市来达到反映整个革命形势的目的,并且作者实际上正是这样做的。因此,根本的原因,依然在于对上海的革命斗争和在斗争中的工人群众和革命者不够熟悉,分析也是不深刻的,描写是很有些表面和根据概念的。这是《子夜》的主要的缺点。

但《子夜》依然有它很大的成就和它的重要性。这就是它比较成功地写出了吴荪甫(作者所说的当时反动的工业资本家)和赵伯韬(作者所说的买办金融资本家)这两个人物以及他们周围的一些人,比较生动地反映出了当时上海社会的这一方面。这是作者对我们文学的一个贡献,这个贡献是别人不曾提供的。我以为我们对《子夜》的看法,应当把重点放在这一方面。《子夜》出版二十年以来,它给读者的印象也是如此。到今天,在我们的文学上,要寻找在1927年至抗日战争以前这一时期的民族资产阶级和买办资产阶级的形象,除了《子夜》,依然不能在别的作品中找到;而这些形象也还活在作品中,这是《子夜》的生命的主要的所在。我认为这就是《子夜》的成就,这个成就对于我们文学的重要性也就在这里,因为在这里有它新的开辟。

《子夜》的现实主义,由于有上面所说的缺点,还不是完全胜利的;因此,它当然也还不是已经胜利的无产阶级现实主义。上面所说的缺点,即分析和反映革命形势的不够深刻,以及描写革命者和工人群众的不够真实和有些概念化的毛病,这是在分析和描写资本家们及其社会上面也还可以发现的(自然,正如作者自己所说,在这一方面,这些缺点是要少得多的,但依然有程度不同的同样的毛病,这里限于篇幅不能有更多的分析)。但《子夜》是有意识地向无产阶级现实主义的道路走去的,因为首先作者的态度和立场是革命的、无产阶级的,和他过去写《幻灭》等三部作品时已经显然不同,虽然在不少地方作者依然流露了小资产阶级的思想意识。因此,《子夜》的现实主义的缺点,主要的原因还不是由于阶级立场和革命观点上有错误,而是由于体验生活不够,和在创作方法上也有非现实主义的地方,正如上面所说。所以,我们可以说,在写《子夜》时的作者,就其创作的态度说,已经是一个无产阶级的现实主义者,但《子夜》还不是一部已经胜利的无产阶级现实主义的作品。然而对于我们无产阶级现实主义的发展来说,《子夜》的重要性也就在这里,因为它虽然还不是已经胜利,可是它已经走上无产阶级现实主义的道路。在这样的意义上,《子夜》在中国无产阶级现实主义的发展上也尽了它开辟道路的历史作用。

总之,《子夜》在反映现实上有它不可磨灭的成就,因此它成为我们文学中优秀作品之一;虽然还不是已经胜利的无产阶级现实主义的作品,但它也尽了开辟道路的作用。这是就创作方法成就上说的。而从现实主义的基本方向说,《子夜》却已经是属于无产阶级现实主义的作品。

这是我对于以《子夜》为代表的茅盾的现实主义的一点了解。

我以为当时在左翼文学阵营内的其他一些比较有成就的青年作家,如丁玲、张天翼、沙汀、叶紫等,他们的某些有革命性的作品,在基本方向上,也可以如此了解的。我这里就不多说了。

还有例如叶圣陶(《倪焕之》及其他)、巴金(《家》及其他)、曹禺(《日出》)、老舍(《骆驼祥子》)等作家。虽然当时都停留在所谓批判的现实主义上,但也就在这样的现实主义上各有他们的成就,在这里我也都不详论了。

以上是我对于第二节所说的发展经过情形的一点补充说明,同时也算回答了鲁迅前期和后期的现实主义,以及茅盾的现实主义,"属于什么范畴"的问题了。

关于"属于什么范畴"的问题,还可以解释几句。我们知道,作为创作方法的现实主义,一方面是历史地积累起来的一种文学知识和经验,一方面又是受着阶级和时代所限制和决定的一种思想方法。创作方法有其时代性是不用说的,而且时代性的主要内容就是阶级性,这也是明白的。但我们对于时代性和阶级性,决不可以采用简单的和机械的看法。因为在过去任何时代的作家,特别是封建时代末期和资产阶级时代的作家,固然一般地都是属于一个阶级或为一个阶级服务的,但他们也大都不能不同时看见几个阶级的现实情况,不能不同时接受别的阶级的思想影响,尤其大都不能不处在社会的、阶级的矛盾斗争中。处在一个时代和一个社会的现实矛盾和思想矛盾的或明或暗地斗争的环境里——这就是过去时代许多作家,特别是有天赋的作家,在自己思想中充满着矛盾的社会根源。这种思想上的矛盾性,对于过去时代的许多作家,尤其是那些有天赋的和现实主义的作家,就是他们的时代性的特征之一,也是他们的阶级性的特征之一。这种矛盾性,是时代的和社会的矛盾的反映,但时代的和社会的矛盾的表现是很复杂的,而通过个别作家的思想反映出来还要更为复杂。因此,在作家们,这矛盾性就有了各种各样的表现。有的表现为个人和社会的冲突,有的表现为宇宙观(也称世界观)和政治观点或阶级利益的冲突,有的表现为个人的主观思想和对于艺术的客观的求真要求的冲突……真是不一而足。要了解过去时代的作家们的这种矛盾性,我们有细心阅读例如恩格斯对于歌德和巴尔扎克的分析的文章、列宁评论托尔斯泰和赫尔岑的文章的必要;他们的分析,是我们了解这种矛盾性的指南。我们不可以忘记作家们的时代性和阶级性,但必须同时注意这种矛盾性。不研究和了解这种矛盾性,我们对于许多有天赋的作家就无从了解他们的时代性和阶级性。因为对于那些有天赋的作家,这个矛盾性正是他们的时代性和阶级性的一个主要的特征,他们的时代性和阶级性都不能不通过这个矛盾性而表现出来。我们如果对这种矛盾性有过具体的研究,那我们就能够明白例如这样的问题:当资产阶级革命时期,有些作家是贵族阶级出身的,而且他们有的在政治上是保守的、反对资产阶级的,可是或者由于进步的(倾向唯物主义的)宇宙观的影响,或者由于对于历史和现实有比较全面的和广阔的认识和接触,或者由于对艺术的客观的求真要求,这些贵族分子的作家就成为在思想上替资产阶级开辟道路,成为资产阶级时代的先驱者了。而在资产阶级时代的某些资产阶级的有天赋的作家,却也不满和批判自己的阶级,成为优秀的批判的现实主义者。这都是作家们的矛盾性的表现。由于过去时代的作家,特别是那些有天才的和现实主义的作家,这种矛盾性是完全不可避免的,所以在我们所知道的作家中固然不会有过没有时代性和阶级性的作家,但同时他们的作品和他们的思想也有超越了(甚至大大地超越了)其所属的时代和阶级的界限的事实,这也是完全可以了解的。

这样,我们对于过去文学史上的作家及其作品和创作方法,要了解其所具有的时代性和阶级性,都必须有具体的分析。至于划分时代或划分阶级,就只是大概地就其大致共同的时代的主要特征或阶级的主要特征来说的。这个看主要特征的大概的说法,是必须以具体的分析为基础的,两者是不必分离地相辅而行的。

　　作家的时代性、阶级性及其矛盾性,通过作品的内容和思想情绪反映出来,也通过创作方法反映出来。例如有的作家在政治观点和阶级思想上是保守的或反动的,而在文学上却反映了客观现实,这是他的艺术上的求真的态度和现实主义的创作方法得了胜利——这样的作家,他的创作方法就是和他的主观思想有冲突的。我们对于过去作家的文学遗产的评价,主要的是看作者的思想、它的内容(作品所反映的客观现实)以及创作方法。可是,凡是作者的思想是进步的,并且促使他的创作方法极大限度地反映了客观现实,这样的作品的历史价值自然是很大的;但即使思想是保守的,而他的文学天赋和创作方法却保证他依然在一定程度内反映了客观现实,这样的作品也仍有它的历史价值。因此,对于过去文学作品的评价,主要的不能不看它对于客观现实的反映的程度(自然也看它的艺术上的成就和影响,这是不用说的),而换句话说,是看它的内容,也看它的方法。因为凡是作品的价值,主要地决定于它的内容(自然也依靠相称的艺术形式的成就;同时,在这里,作者的思想已经统一在这所说的内容之内),而保证它的内容是创作方法。在这里,创作方法就有它的重要性:第一,它和内容(客观现实)是相互依存和相互影响的,即内容有决定方法的作用,而方法又保证着内容;第二,作者的思想观点对于内容的作用,是要通过创作方法的,就是,作者的思想和宇宙观,不管其本身(在过去时代的作家是常常自相矛盾的),归根结底却是最和创作方法有关系的,是决定着创作方法的,而最后作为作者的宇宙观和思想方法去执行认识客观现实的任务的是创作方法。这样,创作方法所具有的思想性就很明白,它的时代性和阶级性也很明白。因此,要认识文学作品的时代的特征和阶级的特征,固然可以从它的内容上去认识,而对于创作方法,则从创作方法的特征上去认识更为明显。

　　以上所说的创作方法,我实际上都是指现实主义的创作方法。于是,对于过去各时代的现实主义,大家也都从那些现实主义的创作方法上的共同的和主要的特征(这些特征反映了时代特征和阶级特征),去做大概的区分,而不是从它的内容或从它所反映的那社会的性质去区分。这些区分,有的是根据共同的时代特征,有的根据宇宙观和思想方法上的特征,有的则根据创作态度上的共同特征。例如大家都说近代古典现实主义,或说前资本主义期的现实主义,这在一方面就是具体地指那时代的现实主义;另一方面又因为那时代的各作家的现实主义有某些大体上共同的时代的特征和某些大体上共同的文学上的特色的缘故。这些特征和特色,只要是研究过那时代的现实主义的人,一提起就都想得起来,并且都承认的。至于说"古典",我在前面已说过,是那些现实主义的作品在艺术上有非常高度的成就,成为经典的作品,而现实主义的创作方法也有非常高度的成就,虽然那些方法在以后的时代不免显得是老式(从这方面说,"古典"这词中也有古的意思)了,但依然有其可作典范的作用,所以这也是近代古典现实主义的特色之一。又如大家也说资产阶级现实主义,这有时是资产阶级时代的现实主义的意思,有时又是指那些具有资产阶级宇宙观的共同的特征的现实主义而说的。又如高尔基因资产阶级时代的一些最好的现实主义者都批判资产阶级社会,就称他们的现实主义为批判的现实主义,这是从创作态度的共同的主要特征而说的。可是,据我所知道,就没有人采用譬如封建主义的现实主义或资本主义的现实主义之类的说法。我想,这是因为封建主义或资本主义这类名词,用来说在封建统治下或资本主义社会里的作家们的思想方法或创作方法的特征是很不适用的,因为那些作家的思想是充满着矛盾的,其中就有在思想上反对封建主义和反对资本主义的人。至于五四以后和我们目前的文学,它的内容是新民主主义的(即反映新民主主义革命并为这革命而服务,反映新民主主义社会并为这社会的建立、巩固和发展到社会主义社会而服务),但我们也没有人称五四时的现实主义(例如鲁迅前期的现实主义)为新民主主义的现实主义,也没有人称我们在1927年后提倡的无产阶级现实主义为新民主主义的现实主义,这是因为新民主主义是一种过渡的社会制度,它的理论基础是属于社会主义和共产主义的思想体系的缘故。(在思想方法上,我们也都说马克思列宁主义的思想方法、毛泽东的思想方法、无产阶级的思想方法、共产主义的思想方法、社会主义的思想方法等等——这些的意思是一样的,其中毛泽东的思想方法具体地多马列主义和中国的历史及社会相结合的一层对于我们有极重要的意思,社会主义的思想方法是和共产主义的思想方法同意思地说的。但我们没有听人说新民主主义的思想方法。)

这样,也很明白,我们说无产阶级现实主义,就因为这现实主义是以无产阶级的立场和宇宙观(以及两者的完全的统一)为其主要的和鲜明的特征的缘故。标明和强调这样的特征,以便和过去时代的现实主义有所区别,这也是必要的。

我们又说无产阶级现实主义也就是社会主义现实主义,这是因为无产阶级的思想就正是社会主义和共产主义。这两个名词在意思上是一样的。苏联社会主义现实主义的文学成绩,是世界无产阶级现实主义文学的最初的成绩;这成绩和它的创作方法上的成就,是世界无产阶级现实主义的最初的胜利,对于世界各国文学的影响是非常伟大的。不错,苏联的社会主义现实主义,也概括了文学所反映的社会主义社会(内容)的意思在内了,这是我们了解的;但这是因为社会主义和共产主义是思想系统,同时又是社会制度,所以能够同时概括文学内容和创作方法;而当它不能同时概括文学内容（即所反映的社会）和创作方法的时候，也依然可以从创作方法的特征而称社会主义现实主义，例如苏联的文学史家是认为苏联的社会主义现实主义是从高尔基的《母亲》开始的，又如阿·托尔斯泰的历史小说《彼得大帝》也被称为社会主义现实主义，而目前资本主义国家内的革命作家们也在提倡和运用社会主义现实主义，这些在我们看来，也都没有什么不对的地方。

这样，我们就更明白，例如我们现在的无产阶级现实主义也可以称社会主义现实主义（虽然它所反映的还不是社会主义社会，而是新民主主义社会），这是因为社会主义现实主义和无产阶级现实主义两个名词，用来标明创作方法的特征的时候，意思是一样的。

1955 年

学习鲁迅的战斗精神
唐 弢

一

鲁迅曾经反复地教导我们：文学是有阶级性的，文学作品是阶级斗争的武器。这种观点特别鲜明地表现在他后期的文字里。作为马克思主义者的鲁迅，在他自己的作品和其他文学活动里，总是强烈地贯彻着这一原则，自觉地为保卫无产阶级的革命事业而作着斗争。正是由于鲁迅具有明确的阶级观点和在阶级斗争中的坚定不移的立场，这才产生了他的战斗精神，并赋予他的战斗精神以具体的内容，达到了中国无产阶级文化思想的高峰。同时，也只有在这一高峰上，在鲁迅思想发展的辉煌成果上，再去回溯它所从发展的道路，才能够更充分、更深刻地认识他的前期思想，肯定其全部斗争的意义，从而给予鲁迅事业以正确的、崇高的评价。

列宁在《党的组织和党的文学》里说：

> 文学事业应当成为无产阶级总的事业的一部分，成为一个统一的、伟大的、由整个工人阶级全体觉悟的先锋队所开动的社会民主主义的机器的"齿轮和螺丝钉"。文学事业应当成为有组织的、有计划的、统一的，社会民主党的工作的一个组成部分。

鲁迅的战斗恰恰就体现了伟大的无产阶级革命导师所指示的这一原则。鲁迅曾经严肃地指出："无产文学，是无产阶级解放斗争的一翼。"他正是从这一认识出发，拿起文学的武器进行斗争的。

在中国左翼作家联盟成立前后，鲁迅在党的领导下，积极地投入了对"新月派""民族主义文学""第三种人"的斗争中。当反动统治阶级通过各种方式向革命力量不断进攻的时候，鲁迅扫荡了妖魔鬼怪，揭露了他们丑恶的、无耻的面目，使一切非无产阶级思想在真理的面前无所遁形。这种斗争对中国无产阶级革命事业有着巨大的意义。

那个时候,工人阶级还不曾掌握政权,封建的、资产阶级的思想是统治者的思想,马克思主义科学理论远没有像今天这样公开而普遍地被传播;而无产阶级思想就正是通过这些斗争,使人们逐渐了解、明确,进一步占领和巩固它在文学方面的阵地的。今天,当我们为了建设社会主义而投身到日益尖锐、复杂的阶级斗争中的时候,我们很有必要回顾一下上述这些斗争,以便学习鲁迅在对阶级敌人坚贞不屈的斗争中作为无产阶级战士的思想威力和战斗精神,来大大地丰富我们对敌斗争的经验和加强我们的战斗力量。

二

列宁说过:"正如现代社会其他任何阶级一样,无产阶级不仅培养了本阶级的知识分子,而且也从一切有教养的人们中间获得了自己的拥护者。"鲁迅把自己的命运和无产阶级的命运联系在一起,由拥护者进而成为战斗的一员。和这同时,买办资产阶级也培养了它自己的知识分子,"新月派"就是作为这一阶级的代言人而出现的。尖锐的矛盾一开始就把两者放在对立的地位,在鲁迅对阶级敌人的斗争中,这是一次旗帜分明、壁垒森严的阵地战。

1928年3月,在《新月》创刊号上,作为发刊词的《新月的态度》,就明显地揭示了"新月派"的维持和拥护资产阶级反动统治的立场。他们对文学提出两个"原则":一、"不妨害健康";二、"不折辱尊严"。把无产阶级革命文学诬蔑为"功利派""训世派""攻击派""偏激派""狂热派""稗贩派""标语派""主义派",认为只有"尊严与健康"才可以补救这个年头的"荒歉"和"混乱",并且说:"尊严,它的声音可以唤回在歧路上彷徨的人生。健康,它的力量可以消灭一切侵蚀思想与生活的病态。"他们是把资本主义以外的道路唤作"歧路",把资产阶级以外的思想与生活认作"病态"。他们明确地宣布要保卫资产阶级的"天下",提倡"纯正",主张"走大路",反对写不满于现状的杂感。在劳动人民的觉悟日益提高的当时,他们的枪口就对准了无产阶级。一方面,他们向新的主子——刚刚窃取了大革命果实的蒋介石送上谀辞,说什么:"来吧,那天边白隐隐的一线,还不是这时代的'创造理想主义'的高潮的前驱?来吧,我们想象中曙光似的闪动,还不是生命的又一个阳光充满的清朝的预告?"另一方面,他们又无耻地献策,要蒋介石采取政治压迫的手段,对革命文学不再"应用商业自由的原则",不应"默许"其"存在"。这就是这批反动的资产阶级绅士的丑恶面目。

当时无产阶级文学是处在被统治、被压迫的地位的。作为一个新的萌芽,于准备迎接进攻、打击敌人的同时,还必须壮大自己的队伍,加强无产阶级思想在群众中间的影响。因此,在战斗方式上,鲁迅就选择了理论战。由于在敌人方面,将《新月》发刊词提出的原则,根据资产阶级思想体系进一步加以理论化的,是梁实秋,因此,在作战对象上,鲁迅就选择了这个买办资产阶级最反动的代言人。

梁实秋陆续发表了《文学与革命》《文学是有阶级性的吗?》以及登载在《零星》栏里的十几篇短文,总括起来,他的目的不外乎两点:首先是为资产阶级辩护。认为"资产是文明的基础","要拥护文明,便要拥护资产",而绅士就是"有资望、有财产、有体面"的人,是极少数的"创造文明"的"天才","永远是我们待人接物的最高的榜样"。从这一点出发,他提倡"好人政府"——实际上就是"贵族主义"。其次是诬蔑无产阶级。他说从"韦白斯特大字典"查出来,普罗列塔利亚并不是一个"体面"的名词,无产阶级是"国家里只会生孩子的阶级",倘使要有"出息"的话,就得"辛辛苦苦、诚诚实实地工作一生,多少必定可以得到相当的资产",这才爬得上去,不过"优胜劣败的定律"总是证明着:"还是聪明才力过人的人占优越的地位,无产的仍是无产者。"

从肆意诬蔑劳动人民、竭力标榜资产阶级的优越性的观点看来,梁实秋是在偷用资产阶级社会学中用暴力来解释阶级起源的理论,这种"暴力论"是帝国主义时代最反动的哲学,它是"新月派"的理论基础。从这个立场和理论基础出发,在文学上,就产生了梁实秋提倡的"人性论",抹杀阶级性,反对马克思主义,否定科学理论,诬蔑中国共产党的文艺政策,轻视通俗文艺,主张到处有生活等一系列的反动理论。

马克思主义者鲁迅,一开头就揭穿了"资产是文明的基础"的说法只是一句谎话。在这里,梁实秋卑鄙地把"资产"和"经济"调了包,至于他所传授的爬上去的法门,恰像"中国有钱的老太爷高兴时候,教导穷工人的古训"一样,徒然令无产者"呕吐"。鲁迅坚决地指出:阶级矛盾是不能够调和的,企图用任何别的方法来代替阶级斗争,都无非是资产阶级的无耻的"欺骗"。

这就是马克思主义者鲁迅的立场。

正是这个立场,使鲁迅掌握了真理,发挥了高度的战斗精神,以雄辩的才力驳斥了梁实秋在文学方面的谬论。

首先,梁实秋在提倡"人性论"与抹杀文学的阶级性方面,提出了如下的论点:"文学是没有阶级性的",只有人性;应该"就文学作品本身立论,不能连累到作者的阶级和身份",更不应"把阶级的束缚加在文学上面";"人性并没有两样",例如都有喜怒哀乐,都有恋爱,"文学就是表现最基本的人性的艺术"。因此,所要求于作家的只是写出"真实","忠于人性"。鲁迅就从"人性论"入手,以其所举的例子反过来证明了这种论调的矛盾与空虚:

> 文学不借人,也无以表示"性",一用人,而且还在阶级社会里,即断不能免掉

所属的阶级性，无须加以"束缚"，实乃出于必然。自然，"喜怒哀乐，人之情也"，然而穷人绝无开交易所折本的懊恼；煤油大王哪会知道北京捡煤渣老婆子身受的酸辛；饥区的灾民，大约总不去种兰花，像阔人的老太爷一样；贾府上的焦大，也不爱林妹妹的。

这就是现实社会里的人性：各因其所属阶级的区别，打上了不同的烙印。对于被描写的对象如此，对于描写者——作家来说，也是如此。正如鲁迅在别一个地方所说：

假如出一个"学而时习之"的试题，叫遗少和车夫来做八股，那做法就决定不一样。自然，车夫做的文章可以说是不通，是胡说，但这不通或胡说，就打破了遗少们的一统天下。古话里也有过：柳下惠看见糖水，说"可以养老"，盗跖见了，却道可以粘门闩。他们是弟兄，所见的又是同一的东西，想到的用法却有这么天差地远。"月白风清，如此良夜何？"好的，风雅之至，举手赞成。但同是涉及风月的"月黑杀人夜，风高放火天"呢，这不明明是一联古诗吗？

资产阶级的虚伪的"人性论"，是曾为毛主席彻底地揭穿了的。毛主席说："……只有具体的人性，没有抽象的人性。在阶级社会里就是只有带着阶级性的人性，而没有什么超阶级的人性。我们主张无产阶级的人性，人民大众的人性，而地主阶级、资产阶级则主张地主阶级、资产阶级的人性，不过他们口头上不这样说，却说成为唯一的人性。"

"口头上不这样说"，这就是问题的秘密所在。

鲁迅指出：这种唯一的人性是并不存在的，关键在于，梁实秋主张"忠于人性"，究竟是"忠于"哪一个阶级的人性？鲁迅说："譬如出汗罢……该可以算得较为'永久不变的人性'了。然而'弱不禁风'的小姐出的是香汗，'蠢笨如牛'的工人出的是臭汗。不知道倘要做长留世上的文字，要充长留世上的文学家，是描写香汗好呢，还是描写臭汗好？"从梁实秋那一面说，当然是描写香汗好，但鲁迅举英国的小说为例，认为先前是写香汗多，到19世纪后半，"就很有些臭汗气了"。鲁迅在这里是指出了整个世界文学的趋向的，无论梁实秋之流怎样反对文学的阶级性，却终于无法挽回这个正在没落的资本主义世界的命运——他们所属的阶级的命运。

其次，梁实秋反对马克思主义，否定科学理论在文学上的应用。梁实秋恶意地嘲骂道："共产党人迷信马克思而要把他的理论的公式硬加在文艺的领域上，如何能不牵强？我想有一天他们还要创造马克思主义的数学，马克思主义的物理、化学吧！"当时梁实秋反对鲁迅的"硬译",其实也并非由于译文,倒是为了那内容,因为译的是苏联的"文艺政策",并且还列入了"科学的艺术论丛书"。梁实秋的冷嘲热讽,说明了他对马克思主义的刻骨的仇恨。

鲁迅重视马克思主义的指导作用,用正面意见打击了这些下流的嘲笑。在《文艺与批评》的《译者附记》里,他这样指出:

>……虽然不过是一些杂摘的花果枝柯,但或许也能够由此推见若干花果枝柯之所由发生的根柢。但我又想,要豁然贯通,是仍须致力于社会科学这大源泉的,因为千万言的论文,总不外乎深通学说,而且明白了全世界历来的艺术史之后,应环境之情势,回环曲折地演了出来的支流。

鲁迅为了避免反动派的注意,把马克思主义简称为"学说",认为要根本解决,只有深通学说;文内说的"社会科学",实际上也是马克思主义的同义语。当他和梁实秋展开论争的时候,又一次提出了学习社会科学——马克思主义的必要。他说:

>这回的读书界的趋向社会科学,是一个好的、正当的转机,不唯有益于别方面,即对于文艺,也可催促它向正确、前进的路。但在出品的杂乱和旁观者的冷笑中,是极容易凋谢的,所以现在所首先需要的,也还是几个坚实的、明白的、真懂得社会科学及其文艺理论的批评家。

虽然鲁迅的话并不是专对梁实秋说的,但也确乎有梁实秋在内。他坚持原则,以明确的立场答复了"旁观者的冷笑",斥退一切马克思主义的反对者。鲁迅自己是决不因"冷笑"而搁笔的。当梁实秋攻击他的硬译时,他就说过:"'伸出手指','硬着头皮',于有些人自然'不是一件愉快的事'。不过我是本不想将'爽快'或'愉快'来献给那些诸公的,只要还有若干的读者能够有所得,梁实秋先生'们'的苦乐以及无所得,实在'于我如浮云'。"这里,我们看到了一个马克思主义战士的倔强的形象。

但我觉得更有意思的,是他自述所以要翻译马克思主义文艺理论的原因。先是因为当时的革命文学家对他的批评,"不中肯綮",没有打到要害。我于是想,可供参考的这样的理论是太少了,所以大家有些糊涂。对于敌人,解剖,咬嚼,现在是在所难免的,不过有一本解剖学,有一本烹饪法,依法办理,则构造味道,总还可以较为清楚,有味。人往往以神话中的普罗米修斯(Prometheus)比革命者,以为窃火给人,虽遭天帝之虐待不悔,其博大坚忍正相同。但我从别国里窃得火来,本意却在煮自己的肉的,以为倘能味道较好,庶几在咬嚼者那一面也得到较多的好处,我也不枉费了身躯……这一些话,是不能作为笑谈来看待的。鲁迅的意思是:他介绍这类书籍,不仅是为了使自己掌握武器,也想授给别人以武器,使他们在批判到他的时候,能够站在马克思主义理论的高度,击中缺点。他曾经说过:"我那时就等待有一个能操马克思主义批评的枪法的人来狙击我的,然而他终于没有出现。"于是他就亲自动手介绍。这是一个真正的马克思主义战士的态度:向真理低头,对马克思主义表示无限的倾心和悦服,而对于资产阶级反动的理论,则加以无情的揭露和批判。

第三,梁实秋诬蔑中国共产党的文艺政策,反对以文学为斗争的武器,或者说宣传工具。梁实秋诬蔑革命的文艺政策是"以政治手段来剥削作者的思想自由",求得"文艺的清一色";他认为"'文艺'而有'政策',这本身就是一个名词上的矛盾",怪不得左翼文坛把"宣传式的文字"当作文学。对于末一点,鲁迅直截了当地指出:"我以为这是自扰之谈。据我所看过的那些理论,都不过说凡文艺必有所宣传,并没有谁主张只要宣传式的文字便是文学。"至于以文学为斗争的武器,却是革命作家的任务,不但履行,而且也是并不讳言的。梁实秋反对这一点,认为文学家要自由创造,既不该为皇室贵族所雇用,也不该受无产阶级的"威胁",去作讴功颂德的文章。这个买办阶级代言人在喊杀一阵之后,连手里的武器都不曾放下,却忽然装得中庸平正,说是去"自由创造"了。对于梁实秋的这种无耻的谎话,鲁迅立即给予严厉的回击,并揭露了其意图所在:

> 我们所见的无产文学理论中,也并未见过有谁说或一阶级的文学家,不该受皇室贵族的雇用,却该受无产阶级的威胁,去作讴功颂德的文章,不过说,文学有阶级性,在阶级社会中,文学家虽自以为"自由",自以为超了阶级,而无意识地,也终受本阶级的阶级意识所支配,那些创作,并非别阶级的文化罢了。例如梁先生的这篇文章,原意是在取消文学上的阶级性,张扬真理的。但以资产为文明的祖宗,指穷人为劣败的渣滓,只要一瞥,就知道是资产家的斗争的"武器"——不,"文章"了。无产文学理论家以主张"全人类""超阶级"的文学理论为帮助有产阶级的东西,这里就给了一个极分明的例证。

伪装中庸平正的同时,梁实秋还表示了对新兴文学的"让步",认为左翼文坛如果一定要把宣传品算作无产文学,算去就是;用不着高呼打倒资产阶级文学来争夺文学的领域,反正文学的领域很大,新的东西总可以有它的位置。言下之意,似乎只要不是"清一色",他也愿特别容忍了。鲁迅拆穿了这把戏,指出这种论调好像"中日亲善,同存共荣"一样,是压迫者对被压迫者的欺骗。无产阶级文学既然是阶级斗争的武器,是无产阶级总的事业的一部分,那么它"所要的是全般,不是一角的地位"。在文艺领域内,更无须乎梁实秋来安排这个"'劳资'美"。

梁实秋轻视民间文艺,认为通俗的文艺"和冲淡了的酒似的,味道总是稀薄的";主张诗人"无往而不有生活","做官""经商"都可以,"不必一定要到民间去,到自然去,到爱人的怀里去……"对于这些反动理论,鲁迅没有直接抨击,这是由于:他已经着重在从另一方面——也就是从政治方面,指出这个买办资产阶级代言人的丑恶本质——除了"挥泪以维持治安"之外,造谣、诬蔑、告密,还干着比"刽子手""更加下贱"的"职业"。

"新月派"的反动理论既然破产,买办资产阶级的丑恶本质又全部暴露,这块招牌便跟着卸下。但是,战士鲁迅的武器却不容许闲却,当反动统治阶级唆使他的鹰犬,打着别的番号从阵地的另一角进攻时,他又抖擞精神,去迎接新的战斗任务了。

三

继"新月派"而向革命科学进攻的,是所谓"民族主义文艺"——一支由阶级敌人临时纠合起来的"队伍"。如果说,"新月派"的进攻是由于他们反革命的阶级本能,因而一面诬蔑无产阶级,一面又总在向反动头子蒋介石献媚、划策、暗送秋波。那么,"民族主义文艺运动"却是国民党伪"中央宣传部"直接发动和指使的,是配合军事"围剿"的一次文化"围剿"。他们的反共、反苏、反革命的口号叫得更响,活动也更为频繁了。

作为"民族主义文艺"的理论根据,是一篇东抄西袭的"宣言",其中剽窃了泰纳的资产阶级艺术批评三原则,歪曲了被压迫民族的民族革命运动,割裂了商业资本主义发展以来欧洲各民族国家的形成历史,搜罗了艺术上表现派、构成派、达达主义、未来主义等腐朽的言论。这篇"宣言"是出重赏请人起草,经过多次讨论,最后由国民党伪"中央宣传部"批准发表的。作为"民族主义文艺"的基本阵容,是一些七拼八凑的"队伍",其中有提倡过象征主义的"诗人",挟莫泊桑、契诃夫以自重的翻译者,专写文坛消息的无聊文人,以及暗探、特务、国民党反动军官等一批人类的渣滓,领导这些渣滓的是蒋介石的御用文人王平陵、傅彦长、朱应鹏、叶秋原、朱大心等。连大特务潘公展也亲自出马,写了《从三民主义的立场观察民族主义的文艺运动》,疯狂地向无产阶级开火。

针对着这一现象,鲁迅指出其本质是:

> 翻一本他们的刊物来看罢,先前标榜过各种主义的各种人,居然凑合在一起了。这是"民族主义"的巨人的手,将他们抓过来的吗?并不,这些原是上海滩上

久已沉沉浮浮的流尸，本来散见于各处的，但经风浪一吹，就漂集一处，形成一个堆积，又因为各个本身的腐烂，就发出较浓厚的恶臭来了。

……"恶臭"有能够较为远闻的特色，于帝国主义是有益的，这叫作"为王前驱"，所以流尸文学仍将与流氓政治同在。

鲁迅又进一步阐明：流尸们过去提倡"高逸"，主张"放达"，"画的是裸女、静物、死，写的是花月、圣地、失眠、酒、女人"，但当旧社会的崩溃愈益分明，阶级斗争愈益尖锐的时候，革命的"风浪"一吹，他们发现自己"将与在上的统治者同其运命，于是就必然漂集于为帝国主义所宰制的民族中的顺民所树起的'民族主义文学'的旗帜之下，来和主人一同做一回最后的挣扎了"。于此可见：文学上的"民族主义"口号的出现，实质上，是反映了当时阶级矛盾的全面的趋势的。

这是一次剧烈的、尖锐的阶级斗争在文学领域内的反映。鲁迅又一次举起了他的锋利的武器和阶级敌人进行了英勇的战斗。

"民族主义文学"所扬起的第一阵"恶臭"，在于他们援引了资产阶级陈腐的滥调，并且用这种滥调来反对马克思主义的科学理论，模糊人民群众的阶级意识。他们将为资产阶级所篡夺和把持的、虚伪的"民族独立运动"，如当年土耳其、菲律宾的资产阶级所为的，解释为革命的民族解放运动；将统治阶级用以压迫人民、驾驭人民的文化说成是民族文化。他们无耻地以统治阶级的利益代替全民族的利益，并且要在这个基础上，建立所谓"文艺的中心意识"，对劳动人民进行分化活动。一面以亡国灭种的罪名威胁和诽谤无产阶级，说："阶级意识在中国，可以说，是陷民族于灭亡的窅阱"（朱大心），"那虚伪投机、欺世盗名的普罗文学和普罗艺术，满染着阶级斗争的色彩的，也适足以分散国民革命的阵线，阻碍国民革命的进展"（潘公展），"中国民众没有集团的力量，在国际上没有地位，都是文艺作品（指无产阶级文艺——引者）所宣传出来的结果"（傅彦长）。一面以抹杀阶级斗争来欺骗和迷惑无产阶级："在这样一个时代之下，被压迫的民族，虽常不免因社会经济组织的不良，而发生民族内部阶级的分化和冲突，然而这种不幸的现象，只是时代的一隅，而绝不是时代的本身……个人和阶级间的一切得失，都是细微渺小的争持，宏伟磅礴的民族意识和民族精神应该能够扫荡一切，消除一切，融合一切！——这是这个时代下一切从事文学者所应明白体认的一个原则！"（《黄钟》发刊词）

模糊无产阶级的阶级意识，是"民族主义文艺运动"的中心工作，他们要毒化劳动人民，破坏劳动人民对本身力量的信心，建立他们自己的反动原则——"文艺的中心意识"。事实十分清楚：他们百计以求的乃是统治阶级的原则，是蒋介石的原则。这个原则,是要劳动人民永沦为万劫不复的奴隶,在"民族"这个幌子下,服服帖帖地去做蒋介石的顺民。

鲁迅针对敌人的这种阴谋,从"民族主义文学家"中拉出一个蒋介石反动军官黄震遐,扭住耳朵,让他自己来回答。例子是"参加讨伐阎冯军事的实际描写"的《陇海线上》,这是一篇被捧为符合"文艺的中心意识"的与"极端需要"的作品。作者自述他在战场上的心绪说:

> 每天晚上站在那闪烁的群星之下,手里执着马枪,耳中听着虫鸣,四周飞动着无数的蚊子,样样都使我想到法国"客军"在非洲沙漠里与阿拉伯人争斗流血的生活。

"民族主义文学家"在口头上劝告劳动人民放弃阶级斗争,服从所谓"民族利益"。事实证明,他们自己总是顽固地站在反动的立场上,保卫着本阶级的利益,当他们需要宰割劳动人民的时候,甚至于可以把劳动人民看成和自己绝不相同的另一民族。鲁迅愤慨地指出:

> 原来中国军阀的混战,从"青年军人",从"民族主义文学者"看来,是并非驱同国人民互相残杀,却是外国人在打别一外国人,两个国度,两个民族,在战地上一到夜里,自己就飘飘然觉得皮色变白,鼻梁加高,成为拉丁民族的战士,站在野蛮的非洲了。那就无怪乎看得周围的老百姓都是敌人,要一个一个地打死。……仅仅这一节,大一点,则说明了中国军阀为什么做了帝国主义的爪牙,来毒害、屠杀中国的人民,那是因为他们自己以为是"法国的客军"的缘故;小一点,就说明中国的"民族主义文学家"根本上只同外国主子休戚相关,为什么倒称"民族主义",来蒙混读者,那是因为他们自己觉得有时好像拉丁民族、条顿民族了的缘故。

这是"民族主义文学家"的所谓"民族"的一个现实的注解。这个注解比任何理论都更有力地证明了:一切模糊阶级意识的言论,都只是为了要保护资产阶级的利益。即使满口"民族",但到了必要的时候,却可以使自己的黄脸转白,成为"法国的客军",成为拉丁民族或者条顿民族的。通过"民族主义文学家"的供状,鲁迅活活地剥出了这些骗子的原形。

"民族主义文学"所扬起的第二阵"恶臭",在于他们从帝国主义的利益出发,在"民族"的幌子下出卖着自己的民族,广泛地散布反苏媚日的论调。潘公展大叫什么

"整个的中国将为苏联而牺牲",方光明赶紧接上:"苏俄是共产党的国家,他们具有征服世界的野心。……在远东,日本是个强固的国家,并且有极浓厚的大和民族的意识,苏俄是无所施其技的。"这就明白地告诉我们,"民族主义文学家"拥护蒋介石的投降政策,正在积极地争取日本帝国主义做他们的主子,准备在进攻苏联时"为王前驱"。所以,在作为大本营的《前锋月刊》上,一方面发表了军事特务万国安的反苏小说《国门之战》,一方面又由黄震遐动笔,写出了以成吉思汗的孙子拔都元帅为首,率领汉、鞑靼、女贞、契丹的联军去征服斡罗斯(俄罗斯)的诗剧——《黄人之血》。作者的立意在于劝告正在向中国步步紧逼的日本帝国主义重视"友谊"和"团结的力量",统率中国的反动力量一同进攻苏联。这是十足的出卖民族利益的奴才的"忠谏"。鲁迅一针见血地说:

> 但究竟因为是殖民地顺民的"民族主义文学",所以我们的诗人所奉为首领的,是蒙古人拔都,不是中华人赵构,张开"吃人的血口"的是"亚细亚勇士们",不是中国勇士们,所希望的是拔都的统驭之下的"友谊",不是各民族间的平等的友爱——这就是露骨的所谓"民族主义文学"的特色……

拔都死了;在亚细亚的黄人中,现在可以拟为那时的蒙古的只有一个日本。日本的勇士们虽然也痛恨苏俄,但也不爱抚中华的勇士,大唱"日支亲善"虽然也和主张"友谊"一致,但事实又和口头不符,从中国"民族主义文学者"的立场上,在己觉得悲哀,对他加以讽喻,原是势所必至,不足诧异的。

鲁迅在这里深刻地揭露了那些"民族主义文学家"的卖国嘴脸:他们怎样向往着为奴才的"光荣"。

"民族主义文学"所扬起的第三阵"恶臭",在于他们戴着"民族"的帽子,终于走上了法西斯的道路,爆发了临终前的疯狂。这批"恋主"的"宠犬",不仅把希望寄托于日本帝国主义,也寄托于德国和意大利的法西斯反动统治者。他们歌颂法西斯主义预言者尼采,捧出他的"超人哲学",誉为"代表一切勇敢、强健、权威及所谓'不为他物所动的、直立不倒的精神'"。在《前锋月刊》上,集中力量介绍希特勒和墨索里尼,从意大利的邓南遮一直到德国的袖珍军舰,都成为"黄脸干儿"们津津乐道的材料。希特勒排斥"非德意志"文化,杀戮犹太人,他们拍手称快,赞扬其"大刀阔斧";希特勒焚毁书籍,迫害文化人,他们又欢欣鼓舞,自己也加紧捕杀作家,封闭书店,查禁左翼刊物。这就是当"流尸文学"越来越腐臭的时候,不得不济之以"流氓政治"的明证。

但单是禁止和杀戮,虽然不背于"民族"之道,却也究竟没有了"文艺",于是又想出

另外的办法。这时候,鲁迅立即以锋利的笔触戳穿这群鬼魅的嘴脸:

> 一方面,他们将几个书店的原先的老板和店员赶开,暗暗换上肯听嗾使的自己的一伙。但这立刻失败了。因为里面满是走狗,这书店便像一座威严的衙门,而中国的衙门,是人们所最害怕、最讨厌的东西,自然就没有人去。……还有一方面,是作些文章,印行杂志,以代被禁止的左翼的刊物,至今为止,已将十种。然而这也失败了。最有妨碍的是这些"文艺"的主持者,乃是一位上海市的政府委员和一位警备司令部的侦缉队长,他们的善于"解放"(指杀人——引者)的名誉,都比"创作"要大得多。他们倘作一部"杀戮法"或"侦探术",大约倒还有人要看的,但不幸竟在想画画、吟诗。这实在譬如美国的亨利·福特先生不谈汽车,却来对大家唱歌一样,只令人觉得非常诧异。

衙门、走狗、"杀戮法"、"侦探术",这便是"民族主义文学"的最后的下场。

恩格斯说:"唯物主义的世界观不过是讨自然界本来目的的了解,而并不附加以任何外来的成分。"这条经典性的指示,也通用于我们对敌人的战斗。剥掉一切粉饰和欺骗,还它一个本来面目,鲁迅就是用这个武器,打击了"民族主义文学",使它原形毕露的。他指出"民族主义文学"的"理论"是:"他们研究了世界上各人种的脸色,决定了脸色一致的人种,就得取同一的行为,所以黄色的无产阶级,不该和黄色的有产阶级斗争,却该和白色的无产阶级斗争。"自然,这是指他们向劳动人民公开了的"理论",至于他们自己呢,一个个都像黄震遐一样,黄脸可以转白,是一种善于变色的蜥蜴。

四

阶级敌人是不甘心于自己的失败的,他们绝不愿意从此偃旗息鼓。但是,从"民族主义文艺运动"这一仗中,他们接受了反革命的斗争经验,感觉到自己的面目过于显著,阵地过于暴露,惨败的结果不但拆穿了反动阵营内部的空虚和贫乏,也使一切堆积起来的"流尸"重新涣散,完全到了崩溃和瓦解的地步。因此,他们必须改变策略,更深地把自己隐蔽起来,从各种不同的旗子下发掘反革命的力量,驱使他们冲向头阵。为了实行这一策略,他们的目光就落在一向挂着"马克思主义"招牌的托匪分子胡秋原,和以文学为幌子的政治小丑苏汶的身上,于是,1932年就发生了所谓"文艺自由"的论争。这是以另一种方式出现在思想战线上的阶级斗争。当他们像堂·吉诃德似的向无产阶级阵地冲过来的时候,各人的手里都高举着一块盾牌:一个是"自由人",另一个是"第三种人"。

反动统治阶级为了抹去前一个斗争留在群众中间的不良印象,就采取了"鞭尸"的办法,胡秋原就是以冒充"自由人"以批判"民族主义文艺"的姿态首先出阵的,他说:"在资产阶级颓废,阶级斗争尖锐的时代,急进的社会主义者与极端反动主义者都要求功利的艺术。这只要看苏俄的无产者文学与意大利棒喝主义文学就可以明白了。"接着,他便以卑鄙的手段,指桑骂槐、装腔作势地骂起意大利棒喝主义文学来,什么"凶残""堕落""狗道主义"等等,并且认为中国的"民族主义文艺"也一样,是"政治的留声机",他们之所以要求"文艺的中心意识",是企图"独裁文坛""强奸文学","摧残思想的自由"。但是尽管他指的是意大利,眼睛却看着被他阴毒地拿来和法西斯主义的意大利并举的苏联;尽管他指的是"民族主义文艺",眼睛却看着曾经和"民族主义文艺"作过斗争的中国无产阶级文学。这个托洛茨基匪徒最后还冒充"自由人",提倡"艺术虽然不是'至上',然而绝不是'至下'的东西",举起手中的盾牌,狗一样地狂叫,"勿侵略文艺"!

　　政治小丑苏汶就从这一点赶紧接上去。他转弯抹角地骂了一通左翼作家,马上表示同意胡秋原的意见说:"这种自由主义的创作理论应该是受作者的欢迎的。"他并认为"在'不自由的,有党派的'阶级争着文坛霸权的时候",最吃苦的是所谓"作家之群"的"第三种人",因为左翼批评家把无产阶级文学以外的,一概看成是资产阶级文学,动不动就说作家是"资产阶级的走狗",吓得大大小小的作家都搁了笔,左翼作家自己既"左而不作","第三种人"又欲作而不敢,这就造成了中国文坛的荒芜。于是,他便和胡秋原并肩一站,双双地向左翼批评家伸出手来,说道:"给我们自由!"

　　这当然很好听,但问题在于:究竟是谁剥夺了谁的自由呢?

　　1932年,正是白色恐怖弥漫于上海的时候,许多进步作家被逮捕,被杀戮,左翼刊物几乎全部被迫停刊,书店一出版进步书籍就有被封的危险,作家倘不化名,就很难有发表文章的机会,所有进步的作家都受着迫害。诚如鲁迅所说:"这三年来,……除了在指挥刀的保护之下,挂着'左翼'的招牌,在马克思主义里发现了文艺自由论,列宁主义里找到了论客的'理论'之外,几乎没有人能够开口,然而,倘是'为文艺而文艺'的文艺,却还是自由的,因为他绝没有收了卢布的嫌疑。"事实也确乎是这样。革命小贩杨邨人一脱离共产党,"揭起小资产阶级革命文学之旗",他的文章便随处都可以发表;胡秋原和苏汶之流,当然更有发表文章的自由。那么,他们为什么却向被禁止、被封闭、被监禁的左翼作家要求自由呢?难道他们真像堂·吉诃德一样错认了目标吗?一点也不!他们的目标很准确,那种"假惺惺的哭诉",正是"自由人"和"第三种人"的"武器",目的在于以此来污蔑无产阶级和革命文学,转移群众的视线,为统治阶级的压迫政策扫清道路,开脱罪名。鲁迅说:

至于对于政府的禁止刊物、杀戮作家呢,他们不谈,因为这是属于政治的,一谈,就失去他们的作品的永久性了;况且禁压,或杀戮"中国文学的刽子手"之流,倒正是"第三种人"的永久的文学,伟大的作品的保护者。

鲁迅敏锐地看出了他们正是站在"保护者"的"指挥刀"下的一伙。战士鲁迅总是从根本上看问题,在万花缭乱、真假杂呈的现象中,首先分析并且揭发了其本质的一面。

至于胡秋原和苏汶之反对文学上的"干涉主义"。认为文学可以脱离政治、脱离阶级而自由,认为这是为了完成文学对人生的永久意义。而胡秋原更恬不知耻叫嚣着什么:文学的最高目的,就在"消灭人类间一切的阶级隔阂"。所有这些见解,绝不是他们所标榜的"为文艺而文艺"的见解。胡秋原和苏汶并不否认文学有政治性和阶级性,然而却主张任其自由,反对无产阶级的"干涉"和领导。这是十足的托洛茨基匪徒的"理论",托洛茨基就是主张党不应该向艺术领域插手,不应该领导艺术,认为:"艺术必须开辟自己的道路,并且用自己的方法。马克思的方法不是和艺术的方法相同的。"难道这不就是胡秋原和苏汶口口声声叫着的:不要干涉文学、文学可以脱离阶级与政治而自由、应该创造永久性的文学的蓝本吗?托洛茨基匪徒投靠到蒋介石门下以后,就以这种无耻的"理论"为蒋介石服务,因为他们明明知道,领导五四以来中国新文化运动的是无产阶级,是无产阶级的政党——中国共产党。

"文艺自由论"的终极目的就是要取消党对文学事业的领导,取消文学为无产阶级革命事业服务的伟大的使命。

胡秋原和苏汶的谬论本来是不值一驳的,但是,由于客观上的确存在着小资产阶级文学和革命的小资产阶级文学,为了说明党的政策和态度,也为了要从根本上廓清一切似是而非的混乱思想,左翼理论家还是用马克思主义的理论武器回击了自称"自由人"和"第三种人"的进攻。首先是为阶级、为政治、为现在的问题,鲁迅在这点上作了极其生动的比喻:

> 生在有阶级的社会里而要做超阶级的作家,生在战斗的时代而要离开战斗而独立,生在现在而要做给与将来的作品,这样的人,实在也是一个心造的幻影,在现实世界上是没有的。要做这样的人,恰如用自己的手拔着头发,要离开地球一样,他离不开,焦躁着,然而并非因为有人摇了摇头,使他不敢拔了的缘故。

接着,他便以眼前的事实——自称"第三种人"的苏汶的"豫料阶级的批评"、向左翼文坛"抗争"、写将来的作品而"留心"于现在的"批判"等等,证明了文学之终于不能"摆脱阶级""离开战斗""跳过现在"。鲁迅的作为马克思主义者的思想威力,撕毁了胡秋原和苏汶的"自由人""第三种人"的假面具,扫荡了托洛茨基匪徒的"理论"的老窝。

至于被苏汶作为盾牌的"第三种人",客观上是否存在,对左翼作家来说,也是一个亟须说明的问题。因为在当时,的确有过以"第三种人"自命的作家,他们既不安于室内的沉闷,又害怕户外的风暴,流连光景,感慨百端,一听到"第三种人"这名词,仿佛漂在大洋里看到"救生圈",一把攀住,就和"死抱住文学不放"一样,死死地抱住了"第三种人",即使觉得这个"圈"还小些吧,也愿意局促一隅,躲在里面安身立命了。等到苏汶写了"'第三种人'的出路",担保"第三种人"一定做得成,只要:"不要以为做不成真正无产者就灰心了,这个,我们是在本质上就做不成的,除非冒牌货;但同时也不要因为别人说你是资产阶级的作者就死心塌地去做资产阶级的作者,甚至于果然出卖自己。"(自然,苏汶早已暗暗地把"自己""出卖"了)对于主观上真的在以"第三种人"自命的作家,这样不苦不甜的药,吞下去毕竟还是舒服的,于是,苏汶的话就又成了他们的"定心丸"。

参加战斗的作家们大声疾呼:"这是毒药,吃不得!"鲁迅的文章在这方面起了更大的廓清的作用,他说:

> 所谓"第三种人",原意只是说:站在甲乙对立或相斗之外的人。但在实际上,是不能有的。人体有胖和瘦,在理论上,是该能有不胖不瘦的第三种人的,然而事实上却并没有,一加比较,非近于胖,就近于瘦。文艺上的"第三种人"也一样,即使好像不偏不倚罢,其实是总有些偏向的,平时有意地或无意地遮掩起来,而一遇切要的事故,它便会分明的显现。……所以在这混杂的一群中,有的能和革命前进、共鸣;有的也能乘间将革命中伤、软化、曲解。左翼理论家是有着加以分析的任务的。

这里有一条明确的界线——阶级的界线,谁也抹不去这条界线。在尖锐的阶级斗争的面前,"第三种人"究竟置身何地呢?"不偏不倚",战战兢兢地跨在中间吧,但这叫作"骑墙派",并不是一个好名词,而且大有背于"第三种人"之道,算不得"第三种人"了,万一扭动身体,仍得偏向一面。事实如此——它在证明着所谓"第三种人"也者,只能是一个"心造的幻影"。

鲁迅的话是永远值得我们记住的。

五

鲁迅的战斗精神,发端于他对旧社会的憎恨和对党所领导的人民革命事业的追求,而彻底发扬于他掌握了马克思列宁主义的思想武器以后。即如前面提到的几次斗争,每一次都是尖锐的阶级斗争,是无产阶级思想与敌对阶级思想的斗争,鲁迅在每次斗争中,都表现了大无畏的英雄气概和深邃睿智的思想力量,他坚定不移地捍卫着党的人民的文艺事业,准确而沉重地给从各方面袭来,并以各种装束出现的敌人以致命的打击。鲁迅的这种具有高度勇敢和智慧的战斗精神,正是受激发于他对党的无限忠诚,对无产阶级革命事业深厚的爱和坚强的信心。鲁迅的光辉战绩,体现了马克思主义文学艺术原则和党的文艺政策的胜利。

用具体事例来说明,1931年11月,中国左翼作家联盟执行委员会通过了《中国无产阶级革命文学的新任务》,决议中的第六项任务是:"反对民族主义、法西斯主义,取消派以及一切反革命的思想和文学;反对统治阶级文化上的恐怖手段与欺骗政策。"并且在"理论斗争和批评"条内作了详细的说明。我们可以清楚地看出,这个决议的精神,非常强烈而又深刻地贯彻在鲁迅的行动中,贯彻在前面谈及的每一次斗争中;同时,我们也不难想象,鲁迅的战斗精神反过来又影响和完成了左联的这个决议,因为他正是执行委员的一员。从这个关系上,说明了鲁迅同党的具体联系,也说明了党的指导在鲁迅每次斗争中的作用和意义,鲁迅就是根据这些原则和阶级敌人进行着斗争的。是的,党给鲁迅以力量,党也给鲁迅的战斗精神以无比焕发的光彩。

学习鲁迅的战斗精神,必须了解鲁迅事业与党的事业之不可分,必须学习鲁迅的伟大的党性精神。在我国目前过渡时期尖锐、复杂的阶级斗争中,特别是在这次和胡风反革命集团的斗争中,回顾鲁迅的辉煌的战绩,我们更加深深体会到,在鲁迅的笔底,在鲁迅所讨伐的梁实秋的反动理论、"民族主义文艺"的特务成员、"第三种人"的伪装面目里,早已预伏了胡风反革命集团的阴魂了。重温鲁迅的斗争,学习鲁迅的战斗精神,也将丰富我们在目前过渡时期的阶级斗争的经验,加强我们的战斗威力,使我们能更坚决地打击敌人,肃清一切反革命思想的影响。

1956年

艺术典型与社会本质
张光年

关于文学艺术的典型问题,最近几年来,曾经引起我们的文艺界的普遍注意,并且进行了一些讨论。最近苏联《共产党人》杂志关于典型问题的专论(译文载本刊今年第三号)的发表,引起了我国文艺界和广大读者对于这一问题的更大的兴趣和关心。

典型问题,是马克思主义美学的中心问题,包含着极其丰富的实际内容,涉及文学艺术的创作、理论研究、批评各个方面的重要问题,正如《共产党人》杂志专论所说的,它"对于社会主义现实主义艺术的顺利发展具有巨大的理论意义和实践意义。深刻地理解文学艺术中的典型问题,对于争取提高文学和艺术的思想水平和艺术水平,对于反对文学艺术落后于生活,对于杜绝灰色的缺乏艺术性的作品……都是极其必需的"。

在最近举行的中国作家协会第二次理事会会议(扩大)上,强调提出了要克服创作中的公式化、概念化和自然主义倾向,和文艺理论、批评、研究中的庸俗社会学倾向。这种种倾向的来源,当然有其多方面的、复杂的原因;不过,对典型问题的简单化的、片面的、错误的理解,对马克思列宁主义美学缺少认真的、系统的研究,应该说是主要原因之一。因此,联系我国文学艺术创作和理论批评的实际展开对于典型问题的讨论和研究,是摆在我们面前的刻不容缓的任务之一。

为了进一步地展开对于典型问题的讨论和研究,现将中国作家协会创作委员会理论批评组就这一问题所举行的座谈会上部分同志的发言发表在这里。这一讨论还仅仅是开始。座谈会上许多同志就这个问题提出了一些意见,也为的是引起进一步的讨论和研究。希望作家们和理论批评家们共同关心这一问题,联系我国文艺创作和文艺理论的实际状况,积极地参加对于这一重大问题的讨论。

为了醒目起见,由编者根据发言内容加了一些标题。文章是按发言先后排列的。

——编者

典型问题是文学艺术创作中的根本问题。毛主席在延安文艺座谈会讲话中要求文学家艺术家把人民生活中普遍存在的现象集中起来,把生活中的矛盾和斗争典型化,根据实际生活创造出各种典型人物,帮助群众推动历史前进。毛主席一向要求作家根据生活中自然形态的东西,进行艺术的集中、概括和加工,也就是要求作家进行典型化的创造。可惜的是,毛主席这个正确的指示没有得到文学艺术界普遍的重视。在文学创作中通过艺术典型来反映生活的真理,这一点我们过去注意得很不够。这几年,文艺界对典型问题很少研究和讨论,这也是创作中公式化与自然主义现象长期未能克服的重要原因之一。典型问题的混乱,使许多青年作家放弃了文学艺术创作特有的职责,放弃和放松了创造艺术典型的努力,甚至把创造艺术典型仅仅看成是古代艺术大师们的事情,对于我们,只要在事实的报道中附带描写几个比较生动的人物,似乎也就可以了,这就大大减低了作品的思想意义和艺术价值。实际上,作家既然要反映生活,就不能不写人;既然要写人,就不能不写出典型的人,而且是有生命、有个性的人。作家特有的职责,就是经过他对生活的广泛与深刻的观察,经过典型化,在笔下诞生出新的生命,创造出有血有肉有个性的典型人物。可见深刻地研究典型问题,对于克服创作中的公式化和自然主义的倾向是极其重要的。

文学批评中的简单化、庸俗化倾向,很大一部分原因,也是由于我们这些做批评工作的人在评价一个作品的时候,常常离开了马克思主义美学的根本要求,不去着重分析作品中人物形象的典型意义、典型概括的深度和广度、典型创造上的成就和缺点,由此来判断作品的社会价值和艺术成就,而是仅仅根据关于社会本质的粗浅的概念,笼统地分析一下作品的主题,或者把作品中描写的情节,和生活中自然形态的原形,生硬地加以对照,由此判断作品描写的内容是否符合生活真实。批评文章在抽象的议论之后,只是附带地谈到作品中人物创造的优点和缺点。也许,某些作品以事实的罗列而不以人物的活动为主体;某些作品侧重于概念的图解,给批评者带来了困难。可是,离开了艺术典型的深刻分析,就不能算作认真的文艺批评,这种批评只会把创作带到公式化和自然主义的歧路上去。深刻地理解典型问题,对提高理论批评的水平,克服理论批评中的庸俗化倾向,无疑地将会收到对症下药的功效。

正是因为这样,苏联《共产党人》杂志关于典型问题的专论在我国报刊上发表以后,引起了我国文艺界普遍的重视。"专论"针对着近几年来风行一时的关于典型问题的错误见解,提出了尖锐的批评。同时对艺术典型如何反映社会本质的问题、典型与党性的关系问题、典型创造中的艺术夸张问题,提出了重要的意见。由于我国文艺界理论研究工作非常薄弱,我们在理论批评中也经常表现出教条主义倾向。我们的公式化和庸俗化倾向,当然不是直接受到"专论"所批评的错误理论的影响之后才产生的。在我们的文艺界,流行着一些大同小异的更加简单化的公式。问题是,"专论"批评的典型问题的错误公式,使我们文学艺术中的公式化、庸俗化现象找到了理论上的根据,展开关于典型问题的研究和讨论,对我们的文学艺术一定会带来极大的好处。

这里,试就艺术典型与社会本质的问题,说一说个人的初步体会:

作家笔下的艺术典型,当然要反映生活的本质。如果作家描写的是工业战线上的先进人物,却不能从这个主人公的全部活动中,从这个方面或那个方面表现出工人阶级这个先进的社会力量的本质,这个阶级的高度觉悟性,对人民的利益、对社会主义、对共产主义事业的无限忠诚,集体主义的革命精神和对消极现象的不妥协精神,那么,就不能说这位作家已经完满地反映了生活的真实。如果作家描写的是农业合作化的题材,作家就不能不从这个角度或那个角度反映出农业合作化这个社会现象的本质,例如,通过典型人物的活动,反映出农村中生产关系的根本变化,广大农民突破小农经济的束缚,在工人阶级领导下走上社会主义道路这个基本真实。艺术典型的概括性越广,越是反映了生活中最本质的事物,它的真实性就越强,教育意义就越大。所以"专论"说:"艺术家在创造典型形象的时候,要选择和概括现实的最本质的现象。这首先关联到典型形象的思想意义,而思想意义是评价典型形象的极重要的标准。""专论"反复地强调了这一点。离开了生活本质,仅仅强调细节的真实性,一定会走上自然主义的邪路。

但是,同样是反映生活本质,作家艺术家用的却是和历史学家、经济学家、哲学家们完全不同的方法,即典型化的方法。这种方法,正如"专论"所说:"不是用公式,而是用鲜明的、具体感性的、给人以美感的形象来再现生活的本质方面,正因为如此,这些形象不仅影响人的理智,而且还影响人的感情。典型化是艺术所特有的用个别化的、具体感性的、唤起美感的形式来概括生活现象的方法。"因此,理论家在替艺术典型下科学定义的时候,一定要估计到文学艺术的这个特点。恩格斯的定义,正是充分估计到这一点的。如果把艺术典型仅仅规定为与一定社会力量的本质相一致,与一定社会历史现象的本质相一致,这就仅仅抓住了文学艺术和社会科学共同性的方面(两者都必须反映生活的本质),而混淆了两者的根本区别,并且恰恰忽略了典型化这个艺术反映生活的特有的方法。因此,这个定义是片面的、不完全的,不能说明典型化的特点。这个片面化的定义既然放弃了对艺术典型的个性化的要求,就会鼓励公式化和千篇一律的描写,就会使庸俗化的批评找到理论根据,就会对文学艺术的发展产生不良的影响。因为,公式化和千篇一律的描写,恰恰是简单地把某种本质的东西形象化,替某种共同的公式、规律、工作过程、工作经验做出形象化的图解,恰恰是放弃了个性化的描写和美感的追求,在作品中写政治论文而不是政治诗,只打算影响人的理智而不能影响人的感情,庸俗社会学的批评又恰恰是简单化地抓住社会本质的教条,把社会科学的公式生硬地套用在文学作品的评论上。可见,上述片面化的典型理论正好迎合了公式化的创作和庸俗化的批评，不能引导艺术与政治达到正确地结合。

说是典型应当与一定社会本质相一致，这就是说，艺术家创造典型人物时，应当进行阶级分析，应当反映出阶级、阶层的社会本质的特征；描写各种社会集团的人物，应当有一定的概括性，这当然是不错的。但是，仅仅根据人物的社会本质、阶级本质的理解，还不能解决创造典型的问题。例如，只考虑到人物的阶级本质，不是严格地从生活出发来创造人物，这就使作品中的中农、资产阶级、小资产阶级知识分子的描写出现了千篇一律的公式。中农这个社会力量，在我国过渡时期，往往经过十字路口的徘徊，最后在党的教育下和事实的教育下走上社会主义道路。在社会主义改造过程中，中农这个社会阶层内部，甚至在同一个中农家庭里，发生新旧思想的斗争，这也是难于避免的。这是现实中的真理，是和一定的社会本质相一致的。但是，仅仅强调表现中农的社会本质，而不同时要求作家从千差万别的丰富现实出发，通过个别表现一般，通过个性表现共性，就一定会走上公式化简单化的道路。我们看到，很多描写中农参加合作社的剧本和小说，大体上都逃不出这个公式。

单单抓住人物的社会本质，放弃了典型的个别化的要求，就会引导作者从概念出发，创造出不真实的、没有生命的人物。在创造正面英雄人物的时候，这种现象是经常存在的。剧本中的党委书记，往往因此丧失了生命和性格。这是因为作者在描写党委书记的时候，单是考虑到如何表现这类人物的社会本质，单是考虑到党委书记应当具有一个共产党员领导干部应有尽有的各种优良品质，却放弃了个别化的要求，放弃了通过鲜明的个性来表现某种共同的本质或品质的努力。品质并不等于个别的性格，某种共同的品质在各种先进人物身上，可以有各种不同的表现。只抓住共同的本质和品质，就是要求作品中的党委书记整齐划一，变成某种统计的平均数。有些作者和演员，在创造党委书记形象的时候，往往从党委书记应该如何如何的主观概念出发，把概念翻译为形象，把本质的东西形象化。他们喜欢的是抽象的党委书记的概念，不喜欢生活中的有生命、有热情的真正的人，反而觉得生活中实际存在的党委书记身上没有什么可取的东西。他们用社会本质的公式排斥了生活中丰富生动的东西，把正面人物弄成没有生命的了。

对作品中典型人物的评价，批评者机械地从社会本质的公式出发，闹出了种种笑话。苏一平同志的剧本《如兄如弟》，描写了一个主现主义的、大汉族主义的军分区司令员的形象，作者通过对这个人物的批评，揭露了生活中的矛盾冲突。尽管剧本还存在不少缺点，但剧本描写的内容是当地群众感到亲切的，能够引起观众共鸣的，因此在西北上演时受到群众的欢迎。但是这个剧本在西安上演的时候，曾经受到某些同志的严厉的指责，批评者的主要论据是人民解放军的本质问题，说这个人物完全歪曲了人民解放军的形象,经过激烈争论,大家认为这种批评是错误的、非马克思主义的。剧本《战线南移》中的曹科长,也曾受到类似的指责。有人看到剧本中许多志愿军英雄人物中间忽然出现了这个被批判的曹科长,就断言作者歪曲了中国人民志愿军的本质。在最近的话剧会演中,剧本《瓦斯问题》里写了一个工人队伍中的蜕化分子李金年,虽然作者在剧本中正当地批判并惩罚了这个人物,但是批评者看到李金年居然曾经混进党内,成为干部,就一口咬定作者污蔑了党和工人阶级,要质问作者用意何在!这类批评,实在使人感到奇怪。当然,这并不是说,在评价艺术典型时不需要考虑到人物的社会本质问题,如果批评者在评论《如兄如弟》的主人公的时候,认真地分析这个人物是否和某种主观主义者、大汉族主义者的本质相一致;在评判曹科长、李金年这类人物的时候,着重分析这类人物是否与革命队伍中某种蜕化分子的本质相一致,那么,这种分析对作者对观众都将是有好处的。

对事物的本质必须进行历史的辩证的观察,而且,本质的东西往往通过复杂的现象曲折地表现出来。本质和现象,正像内容和形式的关系一样,是矛盾的而又统一的。如果不这样看,只是机械地、简单地抓住某种人的某几条,以不变应万变,把社会本质做了孤立的、死板的解释,生活中很多现象便无法理解。有这样的问题:过渡时期的少数贫农也曾徘徊在十字路口,这样的题材可不可以写?一般地说,贫农是坚决愿意走社会主义道路的;但也有这样的贫农,他们脑筋一时想不开,拒绝入社,有的受人利用,甚至反对合作化。这种现象,不是可不可以写的问题,《被开垦的处女地》《磨刀石农庄》都花了很多笔墨描写了这样的贫农,写得有声有色。还有,在我国过渡时期,资产阶级能够服从社会主义改造的现象,也使得死板的教条主义者感到瞠目结舌,使公式主义者感到无法下笔!要是我们把事物的本质孤立起来,一味地抓住死板的教条或公式,在丰富多彩的现实面前闭起眼睛,这就会达到"一个阶级只有一个典型"的荒谬理解,走到反现实、反艺术的绝路。前面列举的许多公式化的描写和简单化的批评,实际上运用的是"一个阶级只有一个典型""一个社会力量只有一个典型"的错误公式。大家看到,这个公式和生活、和艺术是完全格格不入的。

在文学史上,古代艺术大师们对封建地主阶级的人物、资产阶级的人物、小资产阶级知识分子的人物,曾经创造出各种各样的难以数计的典型性格。今天,我们新社会中的先进人物在火热斗争中,在不同的经历下和不同的岗位上,锻炼出何等丰富的性格和个性!如果作品中出现的正面英雄人物,表现出千篇一律的模糊的精神面貌,这是无论如何也说不过去的。"专论"强调地指出:"不把一般再现在个别和特殊之中,就不可能有艺术的、具体感性的形象。典型的事物一旦被描绘成某种抽象的东西,艺术形象就会失去它的可感触性而变成公式。可惜,在我们的作家和其他艺术工作者的作品中,还有许多形象有这样的缺陷。也还有不少这样的长篇小说和短篇小说,其中活动的不是带有自己个性的特点的活生生的人,而是一些专爱空发议论的人体模型,他们隐没在某些生产过程的描写背后,几乎很难被人察见,而这些生产过程是作者强迫自己的人物参加的。"这种公式化的现象在我们的作品中不是表现得还要明显得多吗?

　　文学作品应当通过典型性格的创造,揭示一定的社会历史现象的规律性,强调描写社会现象的本质,要求作家在创作典型的时候,通过典型人物的活动表现出某种社会现象的发展规律,这无疑是正确的。但是只强调描写社会现象共同的规律性,不强调从生活出发,通过精心选择的个别现象,从各个方面各个角度表现生活的溟理,这也会鼓励公式化的描写。

　　就我们的某些公式化的作品看来,有些描写农业合作化和描写工业题材的剧本形成了千篇一律的格式,形成了难以突破的框子,不就是和作者只注意共性,不注意生活特性的描写有密切关系吗? 就我们创作中的公式化和批评中的庸俗化说来,这和作者、批评者的马克思主义修养、马克思主义美学修养非常不够是有密切关系的,这就很容易把政治庸俗化,把马克思主义庸俗化。同时,从"专论"批评的关于典型问题的错误解释,还可以得到另外一个经验教训:理论家不管有怎样高的天才,怎样高的理论水平,如果不是时时注意理论与实际的结合,在下科学定义的时候,如果不充分估计到丰富的生活实际、文学艺术创作的生动实际,而单凭逻辑推理来解决问题,那是很容易发生错误的。大家知道,"专论"所批评的关于典型的新公式,是为了反对把艺术典型变成平均数,为了反对文学艺术千篇一律的灰色现象而提出的。但是,关于社会本质的片面性的提法,恰恰会把典型变成平均数,恰恰鼓励了灰色的千篇一律的描写! 这是理论家所始料不及的。我们中国的文学艺术工作者各方面的修养都是欠缺的,我们更要认识到文学艺术事业需要经过长期的艰苦的学习和艰苦的劳动,必须按照毛主席所教导的,不断地学习马克思主义、学习社会,参加实际生活的斗争、文学艺术的斗争,在理论与实际的反复磨合中一步一步地成长起来。

论鲁迅作品与中国古典文学的历史联系
王　瑶

一

鲁迅先生对于中国古典文学的精湛的研究和深邃的修养,是可以由他关于中国文学史的著作和关于旧籍的辑校工作所证明的,无须多所论列。值得加以探讨的是,在鲁迅的全部创作中也无不浸润着中国古典文学的滋养,这是构成他创作特色和艺术风格的重要因素,也是使他与中国文学史上的伟大的古典作家们保持历史联系的根本原因。诚然,鲁迅从开始创作起就接受了外国文学的影响,他的文学活动又是和中国人民的民主革命保持着血肉联系的,因此无论就文艺思想或作品的某些形式特点说,都与中国古典作家带有很大的不同。但这只是问题的一方面,如果我们加以细致的考查,则在他的作品中又无不带有我们民族的优秀传统的光辉。中华民族是一个发展着的向上的民族,他之所以勇于接受外来的影响,正是为了发扬我们自己的文化传统和建设我们的新的文学事业。他自然不是复古主义者,单纯地因袭过去的人,但他也绝不是虚无主义者。通过他的民主革命的理性的照耀,他是在传统文献中能够有明确的抉择的。对于那些糟粕部分,他自然是坚决地给以"一击"的,但他也从古典文学中学习到了很多东西,继承并发扬了那些长久为人民所喜爱的精华,而这正是构成他的作品的伟大成就的重要因素。

鲁迅开始从事文学事业是出于爱国主义的热忱,想从改变人民的精神面貌上来改变中国的处境。正是由于这种对祖国的热爱,一方面固然引导他无情地抨击旧文化中的消极方面,但一方面也促使他向传统历史中探索那些积极的因素。我们不只从他早期所受的教育和阅读的书籍中可以知道他很早就对古典文学有了广泛的学习,而且从他少年时期对于屈原的爱好,从他早期作品中的那种"我以我血荐轩辕"的情绪中,也感到了他对古典文学的精神上的向往。这是很容易理解的。清末民主革命的首要任务在于推翻清朝统治者,因之"光复旧物"的口号在当时是有实际的战斗意义的。鲁迅就回忆过清末在日本的抱有革命思想的留学生们的"抄旧书"的活动,而且认为那是"可以供青年猛省的"。鲁迅记载那本集录的书的封面上的四句古语是:"摅怀旧之蓄念,发思古之幽情,光祖宗之玄灵,振大汉之天声。"(《而已集》:《略谈香港》)正是这种爱国主义的热忱和民主革命的要求,在青年心目中就自然地表现为对传统文化的积极方面的热情的向往和追求。爱国主义和人道主义的精神本来是在长期的历史传统中所不断积累和丰富起来的,也是伟大的古典文学作品中所经常蕴藏着的内容,这样,在文学活动中就自然和历史上的战斗传统取得了精神上的联系。鲁迅以后的治小说史、校《嵇康集》等种种工作,都是和这种少年时期的爱好有关的。

这里有两个问题值得注意:第一,鲁迅既然从少年起就从未间断地接触了许多中国古典文学的作品,而这些又都是长期为人民所喜爱的富有艺术感染力的伟大作品,则除了那里面所蕴藏着的思想内容以外,鲁迅自然也得到了许多艺术上的感受,包括表现形式和描写手法等,这对鲁迅自己的创作就不可能没有影响。第二,鲁迅从来就很注重于向古典文学汲取有用的东西,其中自然也包括古典作家的艺术表现方法。因此对于过去一些作品中的有用的因素,鲁迅是接受了的,对他的创作也是有影响的。不过这种影响既然不是简单的模仿,而作品又表现着不同范畴的社会内容和人民生活,则自然也不是一目了然、具体可摘的。换句话说,虽然在作品的形式渊源、某些艺术构思和表现手法,以及风格特点上,我们很容易感到鲁迅作品的民族特色,以及它和一些古典作品中的相类似的因素,但同时又感到他们彼此间还是有很大差别的。这也很自然,鲁迅对于古典文学的承继本来是带创造性的、有发展的,并不是简单的模仿。他的吸收和学习是经过融化的。而且除此之外,他所接受的影响的来源也是多元的,其中包括外国文学,更有从人民生活中直接受到的影响。但在这种多元的因素中,中国古典文学的影响是更为显著的,是形成他作品中风格特色的重要部分,也是使他与中国古典作家取得历史联系的根本原因。

为了建设和发展中国的新文学,鲁迅一向是非常注重向传统古典文学学习的,他说:

> 我也以为"新文学"和"旧文学"这中间不能有截然的分界,然而有蜕变,有比较的偏向。(《准风月谈》:《"感旧"以后》上)
>
> 因为新的阶级及其文化,并非突然从天而降,大抵是发达于和旧者的对立中,所以新文化仍然有所承传,于旧文化也仍然有所择取。(《集外集拾遗》:《〈浮士德与城〉后记》)

在这种对于"旧文学"的"承传"和"择取"中,不只指那些作品中所表现的思想内容,而且也是很注意于表现方法和艺术技巧的。他在《准风月谈》的《关于翻译》中曾说:"古典的、反动的、观念形态已经很不相同的作品,大抵即不能打动新的青年的心(但自然也要有正确的指示),倒反可以从中学习描写的本领、作者的努力。"这说明他是非常注重向古典作品中学习"描写的本领"的。1928年在与创造社讨论革命文学时,他的意见是"当先求内容的充实和技巧的上达",他不顾别人讨厌他说"技巧",而强调文艺对于革命的用处之所以有别于标语口号者,"就因为它是文艺"(《三闲集》:《文学与革命》)。在论到木刻时也曾说:"木刻是一种作某用的工具,是不错的,但万不要忘记它是艺术。它之所以是工具,就因为它是艺术的缘故。"(《鲁迅书简》:《致李桦第六信》)文艺作品是有它自己的特征的,要使文艺发生它所能发生的作用,就必须讲求艺术特点,就必须学习"描写的本领"和"技巧"。而那学习的重要对象之一就是我们民族自己的古典作品。这在美术方面,他是有更详尽的说明的:

  我们有艺术史,而且生在中国,即必须翻开中国的艺术史来。采取什么呢?我想唐以前的真迹,我们无从目睹了,但还能知道大抵以故事为题材,这是可以取法的。在唐,可取佛画的灿烂,线画的空实和明快;宋的院画,萎靡柔媚之处当舍;周密不苟之处是可取的;米点山水,则毫无用处。后来的写意画(文人画)有无用处,我此刻不敢确说,恐怕也许还有可用之点的吧。这些采取,并非断片的古董的杂陈,必须融化于新作品中,那是不必赘说的事。恰如吃用羊牛,弃去蹄毛,留其精粹,以滋养及发达新的生体,绝不因此就会"类乎"牛羊的。(《且介亭杂文》:《论〈旧形式的利用〉》)

这里讲的都是艺术上的风格和表现手法。他对中国文人画的缺点是有过批评的,说"一笔是鸟,不知是鹰是燕,两点是眼,不知是长是圆"(《且介亭杂文末编》:《记苏联版画展览会》)。但并没有得出否定的结论,而说"也许还有可用之点的吧",这和他说的从过去的反动作品中也可以学习"描写的本领"的论点是一致的。他自己有抉择,因此有接受多方面长处的恢廓的胸襟;他曾多次称赞汉唐两代的勇于接受外来影响的"闳放"态度,这和他认为新文学应该多方面地汲取经验来充实自己的意见也是一致的。对于"木刻",他曾说过:"倘参酌汉代的石刻画像,明清的书籍插画,并且留心民间玩赏的所谓'年画'和欧洲的新法融合起来,许能够创出一种更好的版画。"(《鲁迅书简》:《致李桦第三信》)我以为这也同样可以理解为他对文艺创作的意见。这里固然要接受欧洲的先进的经验,但更重要的还是向中国古代的和民间的作品学习,以求创造出新的作品。他称赞陶元庆的绘画是"都和世界的时代思潮合流,而又并未梏亡中国的民族性"(《而已集》:《当陶元庆君的绘画展览时》)。这就是说好的作品一定要发扬我们自己的民族特点,并使之现代化,来表现今天的生活。

  对于文学作品也是一样,他称赞唐代传奇是"而大归则究在文采与意想"(《中国小说史略》)。所谓"文采与意想",大体相当于我们现在所说的艺术表现力和艺术构思,这正是特别值得我们去学习的地方。他说:"《诗经》是经,也是伟大的文学作品。屈原、宋玉,在文学史上还是重要的作家,为什么呢?就因为他究竟有文采。……司马相如在文学史上也还是很重要的作家,为什么呢?就因为他究竟有文采。"(《且介亭杂文二集》:《从帮忙到扯淡》)这些作品的内容尽管彼此不同,但其有"文采"则一,就是说,都有艺术表现力和艺术特点,因此都不失其为伟大,也都值得我们去学习。

值得注意的是,鲁迅的这些意见并不只是当作一个文学史家来示人以研究的成果,更重要的是,当作一个从事创作实践的作家来讲他自己的体会。因此这些意见的重要意义也不仅在于它在理论上的正确程度,而更在于它是和中国现代文学的奠基者——鲁迅的作品的特色和渊源相联系的。因此,发掘鲁迅作品在这些方面的特点不只对了解这一伟大作家的独特成就有重大的意义,并且可以由之明确中国现代文学与古典文学的历史联系,理解鲁迅在中国文学史上的"继往开来"的重要地位。

二

鲁迅作品的风格特色是与"魏晋文章"有其一脉相承之处的,特别是他那些带有议论性质的杂文。这是鲁迅自己也承认的。据孙伏园先生记载,刘半农曾赠送过鲁迅一副联语,是:"托尼学说,魏晋文章。"

"当时的友朋都认为这副联语很恰当,鲁迅先生自己也不加反对。"(《鲁迅先生二三事》)关于"托尼学说"对于鲁迅的影响我们这里不拟论述,而且也是经过鲁迅自己后来批判了的,但主要作为作品风格特色的"魏晋文章"却是贯串着鲁迅的全部作品的,影响非常深远。在具体分析魏晋文章与鲁迅作品的某些共同的特色之前,有两个问题需要说明:第一,是鲁迅如何开始接近了魏晋文章;第二,是鲁迅为什么特别爱好这些魏晋时代的作品。

鲁迅开始接近魏晋文学,是与章太炎有关的。在《集外集》序言中,鲁迅自称早年曾受严又陵的影响,"以后又受了章太炎先生的影响,古了起来"。据许寿裳《亡友鲁迅印象记》记载,鲁迅少年时会受过严复、林纾的影响,能背诵好几篇严译《天演论》,"后来却都不大佩服了",还和严译文体"开了玩笑"。许氏并记鲁迅读了章太炎批评严复译文的《社会通诠商兑》一文后,就戏呼严氏为"载飞载鸣"了,因为章氏文中有云:

  ……然相其文质,于声音节奏之间,犹未离于帖括。申夭之态,回复之词,载飞载鸣,情状可见,盖俯仰于桐城之道左,而未趋其庭庑者也。

"载飞载鸣"正是对于严氏文体受"帖括"影响的一种激刺。鲁迅是同意章太炎的看法的。鲁迅从章氏问学虽在1908年,但在此以前鲁迅就读过他的许多文章,对他很钦佩。鲁迅在《关于太炎先生二三事》一文中曾说:

> 我的知道中国有太炎先生,并非因为他的经学和小学,是为了他驳斥康有为和邹容作的《革命军》序,竟被监禁于上海的西牢。

鲁迅又说他爱看章氏主持的《民报》,"但并非为了先生的文笔古奥,索解为难……却为了他是有学问的革命家"。鲁迅对章太炎是一直抱有着敬意的,而且为了章氏死后一些"名流"特别赞扬他的"国学",鲁迅就着重指出章氏的革命家的一面,这在当时是有深刻的战斗意义的。但在少年鲁迅开始对革命家的章太炎发生景仰时,却是通过章氏的带有革命意义的文章的。例如他所说的痛斥改良主义的《驳康有为论革命书》及《邹容革命军序》等,都是1903年发表的,就在这年发生了轰动一时的"苏报"案,章氏入狱。在这时期,鲁迅无疑是章氏政论的一个忠实的读者,而且正是由此培植了他对章氏的景仰的。因此他在前引一文的后面就说:"战斗的文章,乃是先生一生中最大、最久的业绩。"据许著年谱,鲁迅于1902年至日本,开始"课余喜读哲学与文艺之书",次年"为浙江潮杂志撰文",可知鲁迅于爱好文学与从事写作之初,正是非常爱读章太炎文章的时候。当然,首先是章氏那些文章的战斗性的内容吸引了鲁迅,但章氏的这些文章同时又是以"魏晋文章"的笔调和风格著称的,这对鲁迅也同样地发生了影响。这种影响也并不仅只在阅读文章时的无形感染方面,而是在理论上也认为只有"魏晋文章"才最适宜于表达这种革命的议论性质的内容。当时章太炎是这样看法,鲁迅也同样接受了这种看法,他的"不大佩服"严又陵正是由此来的。

章太炎在《自述学术次第》中说他少年时曾学韩愈的文章,后来又随乡人谭献学汪中、李兆洛一派的"选体"文章,下云:

> 三十四岁以后,欲以清和流美自化,读三国两晋文辞,以为至美,由是体裁初变。然于汪、李两公,犹嫌其他作常交,至议礼论政则蹶焉。仲长统,崔实之流,诚不可企;吴魏之文,仪容穆若,气自卷舒,未有辞不逮意,奢于步伐之内者也。而汪、李局促如斯,此与宋世欧阳、王、苏诸家务为曼衍者,适成两极,要皆非中道矣(见《章氏丛书》三编)。

章太炎生于1868年,三十四岁时正当1901年(中国传统虚数计算),就是他开始写那些洋洋洒洒的革命政论,并刻"訄书"行世的时候。他从实践中感到像汪中、李兆洛那种"选学派"的文体过于局促,而桐城派的效法韩欧又"务为曼衍",对于"议礼论政"的政论内容都不能胜任,只有魏晋文章"未有辞不逮意"的毛病,于是就感到"夫王弼、阮籍、嵇康、裴頠之辞,必非汪、李所能窥也",于是才"中岁所作既异少年之体"。中国文学史上的散文一体,是有着不同的流派和时代特色的:清末以来,最流行的文派是效法六代的"选学派"和效法唐宋八家的"桐城派",这些文章的内容在清末已是空洞无物的了,而那种笔调和风格也限制着内容的表现,因此到五四文学革命时就提出了把"桐城谬种"和"选学妖孽"当作抨击的对象。在章太炎那时,还没有可能提出五四时代那样的主张,但他对当时流行的这两种文派也同样感到了不满,他对严复文体的批评正是把它当作桐城流裔来处理的,但用什么来代替呢?他只好从历史上去找寻那种适合于议论和表达政见的文体,于是他找到了魏晋文,应该说,这在当时是有革命意义的。黄侃赞美章太炎说:"持论议礼,尊魏晋之笔;缘情体物,本纵横之家。可谓博文约礼,深根宁极者焉。"(《国故论衡》赞)这是当时人们对章氏文体的评价,他正是以这种文体来写他的战斗文章的。

章太炎在许多地方都论述过魏晋文章的特点,他说:"老庄形名之学,逮魏复作,故其言不牵章句,单篇持论,亦优汉世。""魏晋之文,大体皆埤于汉,独持论仿佛晚周。气体虽异,要其守己有度,伐人有序,和理在中,孚尹旁达,可以为百世师矣。"又说,"效唐宋之持论者,利其齿牙;效汉之持论者,多其记诵,斯已给矣。效魏晋之持论者,上不徒守文,下不可御人以口,必先豫之以学。"(俱见章氏《国故论衡》中卷:《论式》)这里说明他所称赞的是带有议论性质的文章。他以为老庄思想在魏晋的抬头使文章的内容有了独立的见解,不牵于章句,这种"持论"有论辩效力,可以"伐人";学魏晋文必须自己先有"学",并不是学腔调记诵,因之这种文章可以为"百世师"。这些道理说明了他是为了要表达新的内容和与人论辩才喜爱了比较善于表述自己政见的魏晋文章的。

值得注意的是:鲁迅不只通过章太炎"战斗的文章"接触了魏晋文章的笔调风格,启发了他以后研究魏晋文学的志趣,而且对于章氏的这些意见他也是基本上同意的,因而也直接影响到了他自己的创作风格。鲁迅也以为"汉末魏初这个时代是很重要的时代,在文学方面起一个重大的变化",他称之为"文学的自觉时代,或如近代所说是为艺术而艺术(Art for Art's Sake)的一派"(《而已集》:《魏晋风度及文学与酒及药之关系》)。后来鲁迅在《又论〈第三种人〉》中曾说:

"为艺术而艺术"在发生时,是对于一种社会的成规的革命,但待到新兴的战

斗的艺术出现之际，还拿着这老招牌来明明暗暗阻碍它的发展，那就成为反动。（《南腔北调集》）

鲁迅正是把魏晋文学当作"对于一种社会的成规的革命"来看待的，而且也是特别喜欢这时期的议论文的。魏晋时期由于老庄思想的起来，个性比较发展，新颖的反礼教的意见比较多，但除过这些内容的战斗性使鲁迅发生爱好之外，在文章风格上也同样是引起了他的喜爱的。

郭沫若先生有《庄子与鲁迅》一文，许寿裳先生有《屈原与鲁迅》一文，他们列举了很多例证来说明庄子和屈原对于鲁迅作品的影响。这是正确的。鲁迅自己在1907年作的《摩罗诗力说》里就对屈原作过很高的评价，在《汉文学史纲要》中对庄子也甚为称誉，虽然后来他对老庄思想的消极因素已给了深刻的批判。魏晋文学的特色之一正是发扬了庄子和屈原作品中的那些优良部分的；就为鲁迅所特别称道的"竹林七贤"中的阮籍和嵇康说，就都是"好老庄"的；而屈原那种"放言无惮，为前人所不敢言"（《坟》：《摩罗诗力说》）的精神，也正是鲁迅所说的魏晋文学的特色。就是在作品的风格和表现方式上，也正有许多相类似的地方。譬如屈原的"引类譬喻"（王逸：《离骚章句序》），庄子的"寓言十九，重言十七，卮言日出"（庄子：《寓言篇》），也正是魏晋议论文字在表现方法上所常用的。因此就鲁迅作品的风格特色说，尤其是杂文，与魏晋文章有更其直接的联系。

三

这里我们可以说明鲁迅为什么特别爱好魏晋文章的问题了。当然，在许多点上鲁迅的看法是与章太炎相同的。这是因为魏晋文章长于论辩说理本是公认的特点，就连桐城派和选体派也承认他们不善于作说理论辩文字。曾国藩与吴南屏书云："仆尝谓古文之道，无施不可，但不宜说理耳。"孙梅《四六丛话》云："若乃命微言以藻思，责奥意于腴词，以妃青媲白之文，求辨博纵横之用，譬之蚁封奔骋，佩玉走趋；舌本间强，恐类文家之吃；笔端繁拥，终滋腹笥之贫。"这就是说无论桐城古文或骈文，都不宜于作论辩文字。而鲁迅论嵇康却说"康文长于言理"（《历史研究》1954年第2期：《鲁迅遗著〈嵇康集〉考》）；又云："刘勰说'嵇康师心以遣论，阮籍使气以命诗'。这'师心'与'使气'，便是魏末晋初文章的特色。"（《魏晋风度及文学与酒及药之关系》）鲁迅在校勘和考订《嵇康集》上所花的功力，正说明了他对这种富有个性和独立见解的"师心"以遣的议论文的深刻爱好。这也不仅是鲁迅个人的偏爱，而是人所公认的。刘师培《中国中古文学史》就说嵇阮之文大抵相同，但"嵇文长于辨难，文如剥茧，无不尽之意"。又说嵇文"析理绵密,亦为汉人所未有"。但鲁迅对嵇康等人的说明侧重在文章内容的反礼教精神方面,而且不赞成章太炎的那种过分着重在"文笔古奥"的特点,应该说这正是鲁迅的伟大和他超越了章太炎的地方,但他对魏晋文章的议论性质和表现方式,仍然是非常爱好的,而且与章太炎的意见也是基本上一致的。

从这里可以说明鲁迅杂文的历史渊源和表现方式的某些特点。在中国文学史上,除了小说戏曲一向被认为"小道"外,最普遍常用的文体形式就是诗和文,因此诗文集是与经、子、史并列的四部之一。文的含义很广,包括议论、抒情、叙事等各种内容,是作者表达自己思想感情最常用的形式,因此传统之所谓"散文"或"古文",是在"文"这一大类中与骈文相对待的名词,而不是与诗相对待的名词,像嵇康等人的议论文也正是包括在散文之中的。鲁迅先生也说过:"骈文后起,唐虞三代是不骈的,称'平文'为'古文'便是这意思。由此推开去,如果古者言文真是不分,则称'白话文'为'古文'似乎也无所不可。"(《花边文学》:《论文章》)从这种意义讲,"杂文"正是承继了古典文学中的散文这一形式的发展,特别是承继了魏晋文这一流派的发展的。鲁迅先生在《徐懋庸作〈打杂集〉序》中曾说:"我是爱读杂文的一个人,而且知道爱读杂文还不只我一个,因为它'言之有物'。"这里不只说明了鲁迅从五四起就一直坚持运用杂文这一武器的原因,而且同时也说明了鲁迅为什么特别爱好"言之有物"的魏晋文章。

《新青年》设《随感录》始于四卷四期(1918 年 4 月),当时在这一栏写杂感最多的是鲁迅、陈独秀、钱玄同等人,从开始起这种文体就是进行文化战斗的有力武器。当时大家认为杂文也是文学的一种主要形式,正是受了古典文学的影响。如刘半农在《我之文学改良观》中就说:"故进一步言之,凡可视为文学上有永久存在之资格与价值者,只诗歌戏曲、小说杂文二种也。"后来鲁迅先生也说过:"其实'杂文'也不是现在的新货色,是'古已有之'的。"(《且介亭杂文》序言)只是有些写杂文的人后来脱离了战斗,"有的高升,有的退隐",才放弃了这种不容许吞吞吐吐的文体。而鲁迅,由于他坚持了战斗的工作,也由于他善于向我们的优秀传统学习,因之才不断地运用了这种形式,才在实践中感到对于"猛烈的攻击,只宜用散文,如杂感之类,而造语还须曲折"(《两地书》第一集第三二信)的必要。同时在作品的艺术风格上也承继和高度地发展了类似魏晋文学的那种特色。

什么是魏晋文章的特色呢?鲁迅以为"总括起来,我们可以说汉末魏初的文章是清峻、通脱"。他又加解释说"清峻的风格就是文章要简约严明的意思","通脱即随便之意。此种提倡影响到文坛,便产生多量想说什么便说什么的文章。更因思想通脱之后,废除固执,遂能充分容纳异端和外来的思想,故孔教以外的思想源源引入"(《魏晋风度及文学与酒及药之关系》)。这就是说,没有"八股"式的规格教条的束缚,思想比较开朗,个性比较鲜明,而表现又要言不烦,简约严明,富有说服力。鲁迅是非常喜爱"简约严明"的风格的,他曾说他的文章"常招误解","可见意在简练,稍一不慎,即易流于晦涩"(《两地书》第一集第十二信),足见既"简约"而又"严明"是并不很容易的。无须多说,魏晋文章的这些特色正是鲁迅平日所致力,也是在鲁迅的杂文中得到继承和发展的。在魏晋文人中,鲁迅特别喜爱的是孔融和"竹林七贤"中的阮籍和嵇康的文章,尤其是嵇康。这些人的作品是有共同特点的,鲁迅说"竹林七贤""差不多都是反抗旧礼教的"。而刘师培论嵇康的文章就说他"近汉孔融"(《中国中古文学史》)。鲁迅论陶渊明也说:"陶潜之在晋末,是和孔融于汉末与嵇康于魏末略同,又是将近易代的时候。"(《魏晋风度及文学与酒及药之关系》)当然这也关系到他们的作品精神和艺术风格的渊源和类似。而在鲁迅的杂文中,这些特色更得到了崭新的表现和高度的发展。

我们不妨就某些类似的特色来分析一下。

譬如鲁迅称赞"孔融作文,喜用讥嘲的笔调",但"并不大对别人讥讽,只对曹操"(同上)。据冯雪峰同志回忆,鲁迅"曾以孔融的态度和遭遇自比"(《过来的时代》:《鲁迅论》)。所谓"遭遇"当然是鲁迅所谓"专喜和曹操捣乱",曹操"借故把他杀了"。而"态度"却正是孔融的不屈的反抗精神,并且是通过他的讥嘲笔调的文章的。从这里可以看出鲁迅与孔融在精神上的共鸣,和他对孔融作品的喜爱。我们不妨抄一段孔融的文章看看,曹操下令禁酒,"令"中引古代贪酒亡败的事例为理由,孔融在《又难曹公制酒禁表》中就说:

> 虽然,徐偃王行仁义而亡,今令不绝仁义。燕哙以让失社稷,今令不禁谦退。鲁因儒损,今令不弃文学。夏商亦以妇亡失天下,今令不断婚姻。而将酒独急者,疑但惜谷耳;非以亡王为戒也。

这种风格和表现方法不是和鲁迅杂文很类似吗?鲁迅自己说他的杂文特点是"论时事不留面子,砭痼弊常取类型"(《伪自由书》前记)。在表现方法上则是"好用反语,每遇辩论,辄不管三七二十一,就迎头一击"(《两地书》第一集第十二信)。又说:"我自己也知道,在中国,我的笔要算较为尖刻的,说话有时也不留情面。……尤其是用于使麒麟皮下露出马脚。"(《华盖集续编》:《我还不能〈带住〉》)这些话是可以概括地说明鲁迅杂文的特色的。他擅长于讽刺的手法,常常给黑暗面以尖利的一击;在表现方法上则多用譬喻、反语,使自己的思想能形象地表现出来,因此也常常援引古人古事来说明今人今事,引对方的话来举例反驳,这样不只可以增加读者的亲切感受,而且也特别富有战斗力量。而这些特点的类似状态的存在,在中国文学史上是曾经出现过的,例如前面所举的孔融的文章。

其实不只孔融,这些特点在魏晋文章中是相当普遍的。鲁迅特别喜欢嵇康,是和嵇康作品中的那种"非汤武而薄周孔"的坚定的反礼教精神分不开的。嵇康的诗不多,集中大半为议论文,鲁迅说"嵇康的论文,比阮籍更好,思想新颖,往往与古时旧说反对",又说"嵇康的害处是在发议论"(《魏晋风度及文学与酒及药之关系》)。嵇康自己也说他"刚肠嫉恶,轻肆直言,遇事便发"(《与山巨源绝交书》);他的见杀,"罪状和曹操的杀孔融差不多"。在嵇康的论文中,上面所谈的一些特点也是非常显著的;特别在他与别人辩难的一些文章中,更显得说理透辟,层次井然,富有逻辑性,但那表述方式又多半是通过"据事以类义,援古以证今"(《文心雕龙》:《事类篇》)的,不只风格简约严明,而且富于诗的气氛。例如著名的《与山巨源绝交书》,在说明不能出仕的理由时就是通过"有必不堪者七,甚不可者二"的"九患"来陈述的,可以当得起传统所谓"众理虽繁,而无倒置之乖;群言虽多,而无棼丝之乱"(《且介亭杂文二集》:《〈题未定〉草》)的说法。又如在《难自然好学论》中,那论点即是通过譬喻来展开的,他说张叔辽用的譬喻是"以必然之理,喻未必然之好学",是"似是而非之论",下面他就以一连串的譬喻来反驳之,说明自己的论点。鲁迅对这种双方辩难的文字是很感兴趣的,他说:

> 晋的嵇康,所存的集子里还有别人的赠答和论难,晋的阮籍,集里也有伏义的来信,大约都是很古的残本,由后人重编的。《谢宣城集》虽然只剩了前半部,但有他的同僚一同赋咏的诗。我以为这样的集子最好,因为一面看作者的文章,一面又可以见他和别人的关系,他的作品,比之同味者,高下如何,他为什么要说那些话。(同上)

通过彼此间的论辩文章,是更可以体会双方意见的区别和那种"针锋相对"的表现方式的。我们不只从《伪自由书》《准风月谈》等书的附录、别人文字的体例中可以看出鲁迅仿照这样的编排法,而且从鲁迅的一些著名的思想论争的文章里,譬如《硬译与文学的阶级性》等,也看到了类似这种"针锋相对"而简约、严明的表现方式。

中国古典文学中的散文作品当然并不完全是议论性质的文字,抒情写景、叙今忆昔,内容和风格都是非常丰富多样的。鲁迅就称赞过"唐末诗风衰落,而小品放了光辉",也说过明末的小品"并非全是吟风弄月,其中有不平,有讽刺,有攻击,有破坏"(《南腔北调集》:《小品文的危机》)。五四以后,写作散文的作家很多,收获也很丰富。鲁迅认为"散文小品的成功,几乎在小说戏曲和诗歌之上"(同上)。朱自清在《背影》

序中也说:"但就散文论散文,这三四年的发展,确是绚烂极了,有种种的样式,种种的流派。"我以为这种成功是和古典文学中的历史凭籍分不开的。在这种种不同的样式和流派中,如果大致区分,则依习惯可分为议论、抒情、叙事三大类,而这些内容又都是在古典文学中有着大量存在的。就五四时期文学的成就说,则除过带有议论性质的鲁迅杂文以外,《野草》是抒情诗式的散文,而《朝花夕拾》是优美的叙事作品。鲁迅的创作正全面地代表着五四时期散文的绚烂成绩的顶端。这种成就也正是继承了中国古典文学的优良传统而得到发展的。

当然,鲁迅的精神代表着中国文学史上的新的创造,是和过去的作者有很大不同的。我们这里只在阐明他的作品与中国古典文学在历史继承上的联系,从这里更可以了解鲁迅作品的创造性的实绩。

四

鲁迅是很早就对中国古典小说发生了兴趣的。据周作人《关于鲁迅》一文中的记载,鲁迅自己买得的第一部书是《唐代丛书》,这虽是一部书贾汇刻的相当芜杂的书,但内容包括了很多的唐人传奇笔记等,在当时他是非常喜欢的。在《中国小说史略》中他称道唐代传奇的"特异成就"在于"文采与意想",这就是说他对这些作品的艺术表现和艺术构思是很爱好的。他曾广泛地阅读过各种野史杂传和笔记小说等,而这些在中国的传统文学观念里都是视为"小说"的。到他对魏晋文学发生兴趣以后,他也在阮籍、嵇康、陶渊明等人的作品中找到可以借鉴的类似小说的文章。他说:

> 但六朝人也并非不能想象和描写,不过他不用于小说,这类文章,那时也不谓之小说。例如阮籍的《大人先生传》,陶潜的《桃花源记》,其实倒和后来的唐代传奇文相近,就是嵇康的《圣贤高士传赞》(今仅有辑本),葛洪的《神仙传》,也可以看作唐人传奇文的祖师的。李公佐作《南柯太守传》,李肇为之赞,这就是嵇康的"高士传"法;陈鸿《长恨传》置白居易的《长恨歌》之前,元稹的《莺莺传》既录《会真诗》,又举李公垂"莺莺歌"之名作结,也令人不能不想到《桃花源记》(《且介亭杂文二集》)。

我们前面讲到鲁迅杂文的简约、严明的风格特点与魏晋文学的联系,这其实也是包括他的小说在内的。不仅如此,即在某些艺术构思和人物形象的塑造上,也有可以看出这种影响的地方。

知识分子的形象是鲁迅小说中经常描绘的重点之一。据冯雪峰同志在《过来的时代》中的回忆,1936年鲁迅先生逝世前还计划写一关于四代知识分子的长篇小说,"一代是章太炎先生他们;其次是鲁迅先生自己的一代;第三,是相当于例如瞿秋白等人的一代",最后是像雪峰同志这一代。当时鲁迅会说:"倘要写,关于知识分子我是可以写的……而且我不写,关于前两代恐怕将来也没有人能写了。"这个计划没有完成当然是无法弥补的损失。但我以为,鲁迅先生对于这个题材是酝思已久的了,特别是关于前两代,而且在他的作品中是已经有所表现的。关于"章太炎先生他们"的一代,我觉得《狂人日记》中的狂人和《长明灯》中的疯子的构思和人物刻画,是属于这一类的。那都是早期的社会改革者的形象,是初步觉醒起来的进步知识分子的挣扎和斗争的面貌的描绘。在清朝末年,孙中山和章太炎都是会被某些人叫作"疯子"的,这在革命者的鲁迅的思想中是不能不引起深刻的感触的。我们只要举下面一件事就很清楚了:章太炎因"苏报"案被清廷拘捕,在狱中三年,于1906年获释至日本,东京留学生集会欢迎,到者七千余人,座无隙地。章太炎当时发表的"演说词"中有云:

> 自从甲午以后……对着朋友,说这逐满独立的话,总是摇头,也有说是疯癫的,也有说是叛逆的,也有说是自取杀身之祸的。但兄弟是凭他说个赢癫,我还守我疯癫的念头。……大凡非常可怪的议论,不是神经病人,断不能想,就是想也不敢说,说了以后,遇着艰难困苦的时候,不是神经病人,断不能百折不回,孤行己意。所以古来有大学问、成大事业的,必得有神经病才能做到。……近来有人传说,某某有神经病,某某也是有神经病,兄弟看来,不怕有神经病,只怕富贵利禄当面现前的时候,那神经病立刻好了,这才是要不得呢!(鼓掌)略高一点的人,富贵利禄的补剂,虽不能治他的神经病,那艰难困苦的毒剂,还是可以治得的。这总是脚跟不稳,不能成就什么气候。兄弟尝这毒剂是最多的,算来自戊戌年以后,已有七次查拿,六次都拿不到,到第七次方才拿到。……但兄弟在这艰难困苦的盘锅里头,并没有一丝一毫的懊悔,凭你什么毒剂,这神经病总治不好(欢呼)。或者诸君推重,也未必不由于比。……若要增进爱国的热肠,一切功业学问上的人物,须选择几个出来,时常放在心里,这是最紧要的。就是没有相干的人,古事古迹都可以动人爱国的心思。当初顿亭林要排斥满洲,却无兵力,就到各处去访那古碑,古碣传示后人,也是此意。(《民报》第六号)

这是一篇充满昂扬气概的"狂人颂",我们现在读来都感到很激动。鲁迅在《狂人日记》的小序中记道:狂人已早愈,于是便"赴某地候补矣"。这正是对在富贵利禄面前"神经病立刻好了"的另一类人的顺笔讽刺。鲁迅先生对章太炎是极崇敬的,所受的影响也很大。一直到他逝世前所写的《关于太炎先生二三事》中还说:"考其生平,以大勋章作扇坠,临总统府之门,大诟袁世凯的包藏祸心者,世无第二人;七被追捕,三入牢狱,而革命之志,终不屈挠者,并世亦无第二人;这才是先哲的精神,后生的楷模。"可以想见,鲁迅先生在他的未完成的长篇小说中将是怎样来塑造这"第一代"的先进知识分子的形象的,而"狂人"和"疯子"正是鲁迅对这种"先哲精神"的歌颂,是鲁迅作品中的正面人物形象。此外在别的作品中也有一些受到章氏影响的痕迹。譬如《故事新编》中的《出关》,鲁迅自己在《且介亭杂文末编》中就说:"老子的西出函谷,为了孔子的几句话,并非我的发现或创造,是三十年前,在东京从太炎先生口头听来的,后来他写在《诸子学略说》中,但我也并不信为一定的事实。"这就是说在"出关"这一情节的构思上是受到了章太炎的启发。又如关于发辫和革命者关系的描写,在《头发的故事》《风波》以及杂文《随感录三十五》《病后杂谈之余》中,都有充满感情的叙述,这当然与他自己的经历有密切关系。但在《因太炎先生而想起的二三事》中,鲁迅首先就想到了章太炎的剪辫,并引了章氏《解辫发》文中的一段。章氏剪辫早在庚子(1900年),当时唐才常起义和团起义事件谋独立,但仍以"勤王"为名,章太炎坚决主张"光复",反对首鼠两端式的改良主义路线,遂断发以示决绝。这是关系着清末革命派与改良派的政治路线的问题,这里正表现出了章氏的革命精神,在当时影响是很大的,因此也在鲁迅的记忆中保有了深刻的印象。值得注意的是,鲁迅从章太炎那里也学习了从古人古事中找出"爱国心思"的方法。他的钞古碑、校辑古籍等活动都与此有关,而更重要的,他也在阮籍、嵇康等人身上找到了反礼教、反周孔的"思想新颖"的精神。

关于鲁迅小说中"第二代"的知识分子的形象,除了那些带有自叙性质的以第一人称出现的,可以在某种程度上理解为鲁迅自己的经历的篇章以外(这一点我们后面还要谈到),《孤独者》中的魏连殳和《在酒楼上》的吕纬甫无疑是属于这一代的知识分子形象的。我以为鲁迅对于这些人物的塑造在态度上是与他对历史上某些人物的看法有类似之处的,例如对于阮籍。因此在某些情节和性格的描写上也是受有古典作品的影响的。鲁迅对于魏连殳的悲愤心情是赋予了内心的同情的,但对他的"与世浮沉"的态度则是批判的。那描写魏连殳的"古怪"由对祖母的送殓开始,写他在别人虚伪的拜哭中"始终没有落过一滴泪",到大家想走散的时候,"他流下泪来了,接着就失声,立刻又变成长嚎,像一匹受伤的狼,深夜在旷野中嗥叫,惨伤里夹杂着愤怒和悲哀"。这里沉重地写出了魏连殳的孤独和愤世的心情,他对祖母其实倒是最有感情的。这里我们很容易想到阮籍的故事:

母终,正与人围棋;对者求止,籍留与决赌。既而饮酒二斗,举声一号,吐血数升。及将葬,食一蒸肫,饮二斗酒,然后临诀,直言穷矣,举声一号,因又吐血数升,毁瘠骨立,殆致灭性。裴楷往吊之,籍散发箕踞,醉而直视,楷吊唁毕便去。或问楷:"凡吊者,主哭,客乃为礼。籍既不哭,君何为哭?"楷曰:"阮籍既方外之士,故不崇礼;我俗中之士,故以轨仪自居。"时人叹为两得。籍又能为青白眼,见礼俗之士,以白眼对之。

及嵇喜来吊,籍作白眼,喜不怿而退。喜弟康闻之,乃赍酒挟琴造焉。籍大悦,乃见青眼。由是礼法之士疾之若仇。(《晋书·列传第十九》)

鲁迅以为阮籍、嵇康等人是"不平之极,无计可施,激而变成不谈礼教,不信礼教,甚至于反对礼教","这是因为他们生于乱世,不得已,才有这样的行为,并非他们的本态"(《而已集》)。像阮籍的"时率意独驾,不由径路,车迹所穷,辄痛哭而返",当然是怀抱不满而找不到出路的一种悲愤心情的表现,这与魏连殳的为"亲手造成孤独,又放在嘴里去咀嚼的人的一生"痛哭是颇相像的。我们这里并不想论证阮籍等人与魏连殳之间在思想上的相似之点,但至少鲁迅对待他们的态度是有其类似之处。而在写作时的一些情节的构思和性格的描写上,就不能不受到为鲁迅所熟悉并有所共鸣的阮籍、嵇康等人的行为和文章的影响了。在我国历史上对现实抱有强烈不满的知识分子本来是很多的,但他们在"无计可施"的情况下,不是"与俗浮沉"就是"悲愤以殁",这种情况一直到魏连殳的时代仍然是存在的。例如鲁迅的朋友范爱农,在他与鲁迅的信中就说:"如此世界,实何生为,盖吾辈生成傲骨,未能随波逐流,唯死而已,端无生理。"鲁迅在《范爱农》一文和《哀范君三章》的旧诗里也是寄予了同情的。范爱农与魏连殳、吕纬甫当然是属于同一代的人物,但在他身上却存有多少嵇康式的孤愤的感情啊!当然,这些人和阮籍、嵇康等人不同,他们是已经有条件可以走另外一条不同的路了,因此鲁迅才给了他们以深刻的批判。《孤独者》的题目就是鲁迅对魏连殳所作的评价。但鲁迅对这些人的悲愤心情也是充分理解并赋予了同情的,因此在塑造他们的性格时,在构思上也就有受到古代叛逆者的事迹的影响了。吕纬甫的性格当然比较更颓唐和消沉一些,那种嗜酒和随遇而安的心情是更有一点类似刘伶的。

鲁迅的《呐喊》与《彷徨》都写于前期,因此对于坚决走向党所领导的革命的知识分子形象在作品中没有能够写出来。但《伤逝》中的涓生和《幸福的家庭》中的作家在时代上应该是属于所谓"第三代"的,这些人的脆弱和不幸的遭遇正显示了这一代知识分子的面临抉择的歧途。鲁迅所以把有不平、有理想的知识分子当作自己写作的重要题材之一,除过为中国人民革命的现实所决定的因素以外,他对于这类人物的性格和生活非常熟悉也是重要的原因。而这种"熟悉"是包括他对于历史传统的深刻理解在内的。

在鲁迅小说中作者给予了极大同情的一类人物是受旧的社会制度和传统习惯所凌辱歧视的妇女和儿童。鲁迅说他写小说的用意就在于揭露"所谓上流社会的堕落和下层社会的不幸"(周遐寿:《鲁迅小说里的人物》),而下层社会中的妇女与儿童是尤其不幸的。在《灯下漫笔》一文中,鲁迅曾引《左传》的《人有十等》的记载,那最下层的一等叫作"台"。鲁迅说:"但是'台'没有臣,不是太苦了吗?无须担心的,有比他更卑的妻,更弱的子在。"下层的妇女和儿童一直是处在最底层,为社会所歧视、凌辱的。华大妈和小栓、单四嫂子和宝儿、祥林嫂和阿毛、《幸福的家庭》中的主妇和女孩,鲁迅塑造了一连串的这一类的人物形象,并寄予了极大的同情。他曾说:"我还记得中国的女人是怎样被压制,有时简直并羊而不如。"(《华盖集》:《忽然想到之七》)人道主义精神本来是有极其悠久的历史传统的,汉乐府中的著名篇章中就有《妇病行》和《孤儿行》,《唐宋传奇》以及后来的章回小说中,妇女的形象常常居于主要的地位,民间文学中也有像虐待至死的童养媳"女吊"那样的形象。而鲁迅对于儿童一代的幸福生活的希冀是与他的深厚的爱国主义精神分不开的。在《狂人日记》中他已发出了"救救孩子"的呼声,在《故乡》中更对宏儿和水生的未来寄予了那么恳切和确信的期待,在这一点上我以为是与鲁迅的关于阮籍、嵇康等人对待下一代的态度的理解颇有联系的,他曾由嵇康"家诫"等文献中引论"社会上对于儿子不像父亲,称为'不肖',以为是坏事,殊不知世上正有不愿他的儿子像自己的父亲哩。试看阮籍、嵇康,就是如此"(《而已集》)。在《故乡》中鲁迅不也是热忱地希望宏儿、水生的一代不要像他们父辈的"辛苦展转"或"辛苦麻木"而生活吗?"他们应该有新的生活",这正是伟大的作家们对人类未来的共同期望。

<h2 style="text-align:center">五</h2>

鲁迅的《中国新文学大系小说二集导言》一文,实际上是以文学史家的态度来论述作家作品的。他说《狂人日记》《药》这些最初的小说受到了果戈理和安特莱夫等外国作家的影响,而以后就"脱离了外国作家的影响,技巧稍为圆熟,刻画也稍加深切,如《肥皂》《离婚》等",这个叙述是确切的。我们觉得使鲁迅完成了自己的独特风格的因素之一,是他有意识地向中国文学去探索和学习表现的方法,特别是古典小说。鲁迅自己说他的小说的特点是:

> 我力避行文的唠叨,只要觉得够将意思传给别人了,就宁可什么陪衬拖带也没有中国旧戏上,没有背景,新年卖给孩子看的花纸上,只有主要的几个人(但现

在的花纸却多有背景了),我深信对于我的目的,这方法是适宜的,所以我不去描写风月,对话也绝不说到一大篇。(《南腔北调集》:《我怎样做起小说来》)

我以为这不仅是鲁迅小说的风格特点,也是中国古典文学的一般的风格特点,而且正如鲁迅所说,是和古典戏剧与古典美术也有其共同之点的。鲁迅对于美术是有很精湛的研究的,我们前面已经说过,他称赞陶元庆的绘画时就说,"都和世界的时代思潮合流,而又并未梏亡中国的民族性",这个评语指出了陶氏的绘画并未消失了类似旧日中国年画的那种朴素的风格,而表现的内容和思想又是现代化的。这其实是可以说明鲁迅自己的小说特色的,他也"并未梏亡中国的民族性",而是将其发展并给以现代化的。正是因为他承继并发展了这种"民族性",才达到如他自己的谦逊的说法:"技巧稍为圆熟,刻画也稍加深切。"在中国古典文学中,除上节所谈者以外,与他的小说创作最有直接联系的当然是那些古典的白话小说,其中对他影响最大的是吴敬梓的《儒林外史》。鲁迅在《中国小说史略》一书中,以《儒林外史》的评价为最高。这是有许多原因的:第一,鲁迅对于《儒林外史》所写的"士林"的风习是有深切的感受的,他对作者的讽刺和揭露不能不引起激动。据周作人的日记所记,鲁迅在戊戌闰三月到南京之前,还遥从三味书屋受业,还在习作八股文和试帖诗。周氏戊戌三月的日记有云:"二十日:晴。下午接绍函,并文诗各两篇,文题一云'左右皆曰贤',二云'人告之以过则喜',诗题一云'苔痕上阶绿'(得苔字),二云'满地梨花昨夜风'(得风字)。"(周遐寿:《鲁迅小说里的人物》)除他自己亲自受过这样的教育以外,可以想见他对于受过科举制度毒害的上一辈读书人的面貌是有过许多接触的,因此他深切地感到了《儒林外史》的艺术力量。后来他曾说:"《儒林外史》的手段何尝在罗贯中下,然而留学生漫天塞地以来,这部书就好像不永久,也不伟大了,伟大也要有人懂。"(《且介亭杂文二集》)他对社会上不理解《儒林外史》的伟大感到很气愤,而归咎于漫天塞地的"留学生"不懂得《儒林外史》中所写的生活,不懂得中国知识分子的痛苦的历史经历。因此在《白光》里,他写了陈士成的落第发疯,这不是历史题材,但却仍然是"外史"式的人物,只是没有可能再像范进那样的"大器晚成"罢了,可是在精神世界里,却是非常类似的。孔乙己是更为渺小而可怜的牺牲者,鲁迅先生在憎恨吃人的制度之余,甚至不能不给以某些同情。据孙伏园先生记载,这是鲁迅自己最喜欢的一篇作品,我以为这是与他自己的深刻感受有关的。

其次,《儒林外史》的讽刺艺术也是使鲁迅喜爱的重要原因。鲁迅创作的目的既然"意思是在揭出病苦,引起疗救的注意",则自然需要采取讽刺的手法来对不合理事物给予尖锐的批判,因此他是非常喜爱讽刺作品的,他对果戈理的作品是如此,对《儒林外史》也是如此。《中国小说史略》中只将《儒林外史》称为"讽刺小说",他以为中国小说中之真正可称为讽刺,可与果戈理、斯惠夫特的讽刺艺术并称者,只有一部《儒林外史》。他说:

> 迨吴敬梓《儒林外史》出,乃秉持公心,指摘时弊,机锋所向,尤在士林;其文又戚而能谐,婉而多讽;于是说部中乃始有足称讽刺之书。……既多据自所闻见,而笔又足以达之,故能烛幽索隐,物无遁形,凡官师,儒者,名士,山人,间亦有市井细民,皆现身纸上,声态并作,使彼世相,如在目前是后亦鲜有以公心讽世之书如《儒林外史》者。(《中国小说史略》:《清之讽刺小说》)

鲁迅小说的一个重要特色是讽刺,特别对一些否定的人物形象,他是常常给以无情的狙击的。这是鲁迅的现实主义的重要成就之一,他写过两篇讲讽刺的文章,说明"非写实绝不能成为所谓讽刺",而所举的例子之一就是《儒林外史》中的写范举人守孝,鲁迅并且说"和这相似的情形是现在还可以遇见的"。我以为像《端午节》中方玄绰的买彩票的想法,像《肥皂》中"移风文社"那些人的聚会情形的描绘,是和范进丁忧的"翼翼尽礼""而情伪毕露"的写法可以媲美的,都可以说是"诚微辞之妙选,亦狙击之辣手矣"(同上)。类似这种例子还可以举出很多,在赵太爷、举人老爷、七大人、慰老爷这一类人物形象的塑造上,是可以在《儒林外史》中找出类似的表现手法来的。例如严贡生、张静斋,以及王德、王仁这些人的性格表现和处理方法,就和赵太爷等有许多相似的地方。《风波》中的赵七爷讲"倘若赵子龙在世"等等,是和匡超人讲自己是"先儒匡子"颇有异曲同工之处的,而在七斤家桌旁发生的那个争论的场面,是通过人物的简劲的对话来写出不同的性格的,这和《儒林外史》第三十四回中写众人纷纷议论对杜少卿的意见的紧凑的性格化的对话,在写法上是颇有共同点的。鲁迅说:

> "讽刺"的生命是真实;不必是曾有的实事,但必须是会有的实情。所以它不是"捏造",也不是"诬蔑";既不是"揭发阴私",又不是专记骇人听闻的所谓"奇闻"或"怪现状"。(《且介亭杂文二集》)

这可以理解为鲁迅对运用讽刺手法的现实主义原则,也是他对《儒林外史》给以高度评价的依据。他把清末吴趼人写的《瞎骗奇闻》和《二十年目睹之怪现状》等作品别名之为"谴责小说",就因为这类"辞气浮露,笔无藏锋"的作品较之《儒林外史》的"度量技术"是相去很远的,从这里也可以看出鲁迅的讽刺艺术的精神来。

第三,在形式和结构上,《儒林外史》也是最近于鲁迅小说的。《唐宋传奇》名虽短篇,但在有头有尾、故事性很强等特点上,其实是很近于《三国演义》《水浒传》等长篇的,而《儒林外史》则正如鲁迅所指出,是"事与其来俱起,亦与其去俱讫,虽云长篇,颇同短制"(《中国小说史略》)的。在《肥皂》《离婚》等鲁迅自己觉得技巧圆熟的作品中,这种"事与其来俱起,亦与其去俱讫"的结构特点就更明显,就是在《阿Q正传》《孤独者》等首尾毕具,人物性格随着情节的发展而展开的作品中,那种以突出的生活插曲来互相连接的写法也不是传奇体或演义体的,而更接近于《儒林外史》的方法。中国的古典文学在样式和风格上也是多样化的,《儒林外史》和《三国演义》就具有显然不同的特点,而鲁迅小说的形式结构,因为它是短篇,并受了外国近代短篇小说的影响,因此在向民族传统去探索时,就更容易受到《儒林外史》的影响了。

以上只是就主要方面而言。鲁迅先生是全面地研究了中国小说史的,因之他对其他一些古典作品也是推许过,并承继了其中的许多优点的。他称赞过《金瓶梅》的"凡所形容,或条畅,或曲折,或刻露而尽相,或幽伏而含讥,或一时并写两面,使之相形,变幻之情,随在显见";《红楼梦》的"正因写实,转成新鲜",这些特点在鲁迅的作品中也是有所继承。我们在鲁四老爷身上看到了贾政式的虚伪的"正派",在高老夫子的形象中也可以看到应伯爵式的市井人物的影子。在描写技巧和语言的运用上,鲁迅先生也曾称赞过《红楼梦》等书的优点,他说:

> 高尔基很惊服巴尔扎克小说里写对话的巧妙,以为并不描写人物的模样,却能使读者看了对话,便好像目睹了说话的那些人。中国还没有那样好手段的小说家,但《水浒传》和《红楼梦》的有些地方,是能使读者由说话看出人来的。(《花边文学》:《看书琐记》)

对于这些优点,鲁迅是采取的,他自述他用的语言是"采说书而去其油滑,听闲谈而去其散漫,博取民众的口语而存其比较大家能懂的字句,成为四不像的白话"(《二心集》:《关于翻译的通信》)。他还说过他写完一篇之后,总要求"读得顺口","没有相宜的白话,宁可引古语,希望总有人会懂,只有自己懂得或连自己也不懂得的生造出来的字句,是不大用的"(《南腔北调集》:《我怎么做起小说来》)。与有些作家的习于用过分"欧化"的语言不同,他要求合乎我们祖国语言的规律和习惯,要求"顺口",这在文学语言的继承性上就自然会在以前的白话小说和可用的古语中去采取了。这是构成鲁迅作品的风格特点的重要因素之一,而这正是和我国的古典文学相联系的。

六

法捷耶夫在《论鲁迅》中说:"鲁迅的讽刺和幽默到处都表现出来。但是如果说在《阿Q正传》中,鲁迅是一个表面上好像是无情地叙述事件的叙事的作家,那么在《伤逝》中,他就是一个触动心弦的深刻抒情的作家。"(1949年10月19日《人民日报》)我们也感觉到,鲁迅小说的写法是大致可以分为如法捷耶夫所说的两类。关于前者,如《阿Q正传》《风波》《离婚》《肥皂》等等,就是鲁迅自己所说的白描的写法:

"白描"却并没有秘诀,如果要说有,也不过是和障眼法反一调:有真意,去粉饰,少做作,勿卖弄而已。(《南腔北调集》:《作文秘诀》)

这类作品的讽刺性较强,带有一些与他的杂文共同的特色,那表现方法是比较接近于《儒林外史》等古典小说的。但另外一类,那些特别能激动我们心弦的、带有浓厚的抒情气氛的作品,我以为是与中国古典诗歌的联系更其密切的。《伤逝》是通过涓生的抒情式的独白写出来的,就带有这种特色。但在另外一些作品里,像《故乡》《祝福》《在酒楼上》《孤独者》等,这种特色就更其显著。这些作品都是用第一人称"我"的经历和感受写出来的,"第一人称"的形象在作品中并不是着重描写的,在情节上也不占显著地位,但作品中那些引起我们强烈地关心他们命运的主人公的遭遇却都是通过他的感受来写出的,并且首先在他的心弦上引起了震动,于是那种深刻的抒情气氛就不能不深深地激动着我们。《故乡》中的这些诗一样的句子:"我只觉得我有四面看不见的高墙,将我隔成孤身,使我非常气闷;那西瓜地上的银项圈的小英雄的影子,我本来十分清楚,现在却忽地模糊了,又使我非常的悲哀。"以及下面的"在潺潺的水声中"对宏儿、水生辈的前途的瞩望,是我们所永远不能忘怀的。《祝福》中的关于第一人称形象的"在阴沉的雪天里,在无聊的书房里"的强烈不安的抒写,是多么增强了我们对祥林嫂的悲惨命运的不安!《在酒楼上》里的默默地饮酒,《孤独者》中的无聊地送殓,都是通过第一人称"我"的感受来深沉地写出了对方的为人和性格的,而且正是在这些地方引起了我们对于主人公的一些同情。毋庸多说,在这些作品中本来就是有作者自己的深沉的感情的,而且那种触动心弦的抒情的写法,也是非常富有诗意的。中国是一个有悠久的诗歌传统的国家,在那些伟大诗人的不朽的篇章中,类似这样的抒情诗的作品是非常之多的。他们常常将在人生长途中的某些遭际和感受,某些引起过他的心弦震动的人和事,用优美深刻的抒情诗的笔触抒发出来,这类例子是不胜枚举,也无须举的。我们知道鲁迅先生平日有所感触时也还写些诗,譬如在杨杏佛被刺后他所写的下面的一首诗：

> 岂有豪情似旧时，花开花落两由之。
> 何期泪洒江南雨，又为斯民哭健儿。（《集外集拾遗》：《悼杨铨》）

这里通过自己悲愤的感触来写杨氏的被难，是与他那些小说中的抒情写法很类似的，而又与中国古典诗歌保持着多么密切的联系。许寿裳说"这首诗才气纵横，富于新意，无异龚自珍"。唐弢同志也曾说过"先生好定庵诗"。我们知道龚定庵是晚清的比较进步的思想家，梁启超曾在《清代学术概论》中说："光绪间所谓新学家者，大率人人皆经过崇拜龚氏之一时期。"定庵诗的特点正是承继了古典诗歌的传统，在抒情气氛中抒发新意的，特别是绝句，前人也以"才多意广"（陈衍：《石遗室诗话》）称之。鲁迅的这一类小说，正是带有抒情诗的特点的。

像古典诗歌一样，这种"抒情"常常是通过自然景物、通过心情感受而形成一种统一的情调和气氛的。当然，在小说中，写景色，写气氛，实际也是在写人物的，但这样就能使作品形成一种独特的艺术风格，增强作品的感染力。《故乡》是从深冬阴晦的天色中萧索的荒村进入眼帘的，而结尾则是在金黄的圆月下听着"潺潺的水声"离开的。这里不能不映衬出被隔绝开的双方的辛苦的心情。《祝福》中这种特点就更显著，爆竹声中的祝福的气氛本身就成了一种反衬，而寂静的雪夜又是多么凄凉啊！"雪花落在积得厚厚的雪褥上面，听去似乎瑟瑟有声，使人更加感到沉寂。"这里深沉地表达出了人间的不幸。《在酒楼上》的情节发生在风景凄清的大雪中的狭小阴湿的小酒店，而作品中还有一大段对于酒楼外的废园雪景的富有诗意的描写。结尾是在风雪交加的黄昏中，这一对友人方向相反地告别了，充满了"意兴索然"的感触。《孤独者》中在写深冬灯下枯坐，"如见雪花片片飘坠，来增补这一望无际的雪堆"中，突然接到了两眼像嵌在雪罗汉上小炭一样黑而有光的正在怀念中的魏连殳的来信，而这位久别的正陷在绝境中的孤独者的信，也正是写在大雪深夜中吐了两口血之后，这是多么沉重、孤寂而悲凉的气氛。到最后送殓归来的时候，却是散出冷静光辉的一轮圆月的清夜，在那里隐约听到狼似的长嗥，"惨伤里夹杂着愤怒和悲哀"。鲁迅先生多次地描写了冬雪的景色，是和他要写的孤寂的气氛和人物的沉重的心情紧密联系的。那写法虽然也各不相同，但都有一种抒情诗的气氛，能够吸引读者浸沉在那情境里面，关心着主人公的命运。中国古典诗歌的写法向来就是"诗人感物，联类不穷"，"天高气清，阴沉之志远；霰雪无垠，矜肃之虑深"（刘勰：《文心雕龙·物色篇》）。通过景物的描绘来抒写情绪和气氛正是一向所注重的。因此才要求"情在词外"和"状溢目前"能够统一起来，提高作品的表现力量。就以雪景的描写来说,从《诗经》的"今我来思,雨雪霏霏",《楚辞》的"霰雪纷其无垠兮,云霏霏而承宇"开始,写景一向就是同抒写情绪和气氛紧密结合的。这样的著名篇章不知有多少,而鲁迅《野草》中的一篇《雪》,不是大家都认为是抒写怀念情绪的散文诗吗?

鲁迅小说又常常以景物或气氛的描写结尾,使人读后留有余韵,可以引起人的深思。如上所说,这也同样是与古典诗歌有联系的。不只像上面所举的那些篇,别的许多篇也是如此。例如《明天》中对鲁镇深夜景色的描写,《药》中的写乌鸦飞向远处的天空,都是显著的例子。中国的古典文学向来是很讲求结尾的余韵的,《文心雕龙》中《附会篇》说:"若首唱荣华,而媵句憔悴,则遗势郁湮,余风不畅。"纪昀评云:"此言收束亦不可苟,诗家结句为难,即是此意。"鲁迅的小说正是注意到结尾对于整篇作品的效果的。

至于以历史传说为题材的《故事新编》,则除了前述的那些特点以外,由于他的素材是从文献的简短记载中采取来的,与从广阔复杂的现实生活中汲取来的有所区别,因此在艺术构思上也特别与过去的文献有所联系。鲁迅自称这书是"神话,传说,及史实的演义"(《南腔北调集》),这个说明是非常恰切的。中国过去也有这一类演义体的小说,例如大家所熟知的《封神演义》和《三国演义》,那写法当然与《故事新编》不同,但就这类小说与原始记载的关联说,却都可以说是"只取一点因由,随意点染"而成的。这点"因由"虽然与后来写成的作品存在着性质的差异,但那"因由"却不只提供了写作的题材,也是同时引起作家的思维过程并在创作构思上有所联系的。鲁迅先生对神话传说向来很喜爱,他以为"神话不特为宗教之萌芽,美术所由起,且实为文章之渊源"(《中国小说史略》)。因此在写作时他就能从"一点旧书上的根据"出发,把传说中的人物赋予了性格和生命。其中如《补天》和《奔月》,原来的记载就很简略,的确是只有一点"因由",但小说中却由此展开了动人的故事情节。但像《铸剑》,鲁迅自己就说"只给铺排,没有更动"(《鲁迅书简》:《致徐懋庸第四十二信》),所据的《列异传》的故事即收在《古小说钩沉》中,在情节安排和故事精神上,它都是与原来的传说基本符合的,那彼此间在构思和表现方法上的联系就更其明显。此外各篇也有类似情形,其中当然有许多地方是作家自己的新意,例如鲁迅自己关于《出关》就说:"至于孔老相争,孔胜老败,却是我的意见"(《且介亭杂文末编》)。但也有和"旧书上的根据"相同点比较多的作品,例如《采薇》。总之,这些小说除过在语言风格等方面与其他作品保有共同的特色以外,当作者在向传统文献摄取题材的时候,就必然同时也会在创作构思上引起启发和联想,因而也就与过去的文献有了更多的联系。

七

现实主义文学的源泉既然是现实生活,则构成伟大作品的最重要的成功因素自然是作家对于客观现实的认识和感受。以鲁迅而论,他自己就说过:"但我母亲的母家是农村,使我能够间或和许多农民相亲近,逐渐知道他们是毕生受着压迫……偶然得到一个可写文章的机会,我便将所谓上流社会的堕落和下流社会的不幸,陆续用短篇小说的形式发表出来了。"(《集外集拾遗》:《英译本〈短篇小说选集〉自序》)这正是构成鲁迅作品的伟大成就的重要原因。我们在古典文学作品中,就很难看到像闰土、七斤、阿Q等这样鲜明生动的农民形象。即使是在古典文学中有过类似存在的,譬如知识分子的形象,也因为时代不同,客观现实有了变化,作家的观察角度和表现方法也都有着很大的差异,那成就也并不是前人所能比拟的。但现实主义文学也是有它的历史基础的,任何作家都不可能完全脱离了历史的传统而有所成就,因此善于学习和继承古典文学的优良传统正是一个作家获得成功的重要原因。它不但不是与作家的创造性相抵触的,而且正是构成他的创造性成就的重要条件。特别在作品的形式风格、艺术技巧以及创作构思等方面,在每一民族的文学史的发展上常常是带有比较鲜明的继承性的。鲁迅自然与过去的古典作家不同,他不仅承受了中国古典文学的影响,同时也自觉地接受了外国进步文学的有用成分,而且这种接受都是通过一个革命作家的理性的抉择的,他所要采取的是那些对建设中国现代文学有用的东西。这样,他的学习就绝不是生搬硬套,而是经过融化的。为了接受中国古典文学的优良成分,使之为当前的文学事业服务,那自然就必须有所发展,而接受外国文学的影响也同样是必须经过溶化的。这是为文学创作的现实主义要求和文学发展的历史继承性所决定的,而鲁迅的作品就正体现了这种性质。他的接受中国古典文学的影响,正是丰富和发展了我们民族的优良传统的。

从这里也可以连带说明中国现代文学与古典文学传统的历史联系。资产阶级的民族虚无主义者常常喜欢吹嘘说五四以来的新文学完全是欧洲文学的"移植",是与中国的文学传统截然分开的。而在五四时期反封建的高潮中,的确也有一部分人对传统文学不加区别地作了过多的否定,因而常常出现一些混乱的看法。"移植"的说法当然是无稽的,我们并不否认中国现代文学受到了外国进步文学的很大影响,但现实主义文学总是植根在现实生活的土壤里的,并且是要适应于人民的美学爱好的,而这却都不是任何外来的"移植"可以"顿改旧观"的。五四时期有些人作了过激的主张,像毛主席在《反对党八股》中所批判过的,是由于"他们对于现状,对于历史,对于外国事物,没有历史唯物主义的批判精神,所谓坏就是绝对的坏,一切皆坏;所谓好就是绝对的好,一切皆好"。但即使在五四当时,由于"这个运动是生动活泼的、前进的、革命的",也并不是所有的人都是抱着上述的那些看法。举例说,鲁迅在《我怎么做起小说来》一文中曾说过"在中国,小说不算文学,做小说也不能称为文学家"的话,这说明了在封建社会里对于一些人民性很强的小说戏曲作品的歧视和抑制,但在五四新文化运动中却把《水浒传》《红楼梦》《儒林外史》等作品提到了文学正宗的地位。鲁迅会慨叹"中国之小说自来无史",而他研究中国小说史正是为了发扬古典文学中那些有价值的部分,为建设新的现实主义文学创造条件的。又如给予民间文学以很高的评价并开始收集和研究,也是从五四以后开始的,鲁迅对于民间文学的"刚健清新"的风格就非常赞赏。应该说,这才是五四新文化运动的精神和主流。鲁迅反对旧文化中的糟粕部分是非常坚决和彻底的,所谓"从旧垒中来,情形看得分明,反戈一击,易致强敌的死命"(《坟》:《写在〈坟〉后面》)。但他绝不是民族虚无主义者,他说:"我们从古以来,就有埋头苦干的人、有拼命硬干的人、有为民请命的人、有舍身取法的人……虽是等于为帝王将相作家谱的'正史',也往往掩不住他们的光辉,这就是中国的脊梁。"(《且介亭杂文》:《中国人失掉自信力了吗?》)而那些以为"中国事事不如人",主张"全盘西化",认为新文学完全是"移植"来的虚无主义者,却恰好又是大吹大擂地提倡"整理国故"的人。这里我们看出了民族虚无主义者与国粹主义者相通的道理,因而也就更加明白在胡适等人给青年大开什么"最低限度的国学必读书目"的时候,鲁迅主张青年们"要少——或者竟不看中国书"的实际战斗意义。这一条是绝不能概括为鲁迅对中国古代文化的具体意见的。

五四以来这种正确对待古典文学的态度和精神是给了现代文学创作以积极影响的,当作"中国文化革命的主将",鲁迅自己的作品就代表着现代文学的主流,它与中国古典文学有着血肉的联系,并标志着中国文学历史的新的发展。三十多年来,现代文学创作中的比较成功的作品,总是在艺术风格上带有一定的民族特色的,从这里正可以看出文学历史的继承关系。这也很容易理解,我们的许多老作家在青年时期都还受过读古书的教育,而在他们的阅览或研究古典文学中也不能不给创作以影响。郭沫若早在《女神》中就有过对于屈原的赞颂,茅盾对于中国古代神话和古典小说的研究也是对他的创作有一定的影响的。这都显示了中国现代文学正是中国文学史的一个新的发展部分。

当鲁迅先生还活着的那些年代,人们在估计现代文学的成就的时候,都觉得在小说、散文方面的收获似乎更丰富一些,从《中国新文学大系》的各集"导言"中就可以看出这样的消息。我觉得这是和我们古典文学中历史蕴藏的丰富,以及像鲁迅先生那样的善于继承和发展的精神分不开的,而在创作收获比较单薄的部门如诗歌和话剧中,这种历史联系也就比较薄弱一些,但"新月派"就在这种情况下以《诗镌》《剧刊》起家了,这确实值得我们深思。这种情形后来当然有所改变,但如何向古典文学的优良传统学习,到今天仍然是我们繁荣创作的重要问题之一。鲁迅的作品与古典文学的联系不只给我们说明了承继民族优良传统的重要性,而且由于这些作品在思想和艺术上的不朽价值,它本身已经成为我们民族传统的一个组成部分,成为我们应该首先向之学习的重要遗产。认真地学习鲁迅的作品对于社会主义文化建设和现实主义文学的发展,都具有极其重大的意义。

1958年

夜读偶记——关于社会主义现实主义及其他（节选）
茅 盾

四、古典主义和"现代派"

上文提到过17、18世纪欧洲的古典主义,也提到过19世纪和20世纪之交曾经兴行而且现在还有市场的"现代派",现在就打算谈谈古典主义和"现代派"。

这是有点像做"搭题"了。姑且一试,虽然大概不会做好。

为什么我要做这个"搭题"呢?

因为我觉得这两家——古典主义和"现代派"——表面上虽然好像极不相同,可是骨子里却有一脉相通之处。打个俏皮的比喻,"现代派"虽然不会(而且一定不会)承认两百年前曾在欧洲文坛高踞"正统"宝座的古典主义和它自己有什么血缘关系,可是我们第三者却不这样想。

这是不是诬蔑了"现代派",也诬蔑了古典主义呢?我把我的浅见说出来,付之公评吧。

古典主义究竟是怎样一种创作方法?它在欧洲兴行了两百年,究竟功过如何?在它全盛的时候,何等威严,而当它消歇以后,有一个时期几乎没有人提到它,有些文学史家甚至给戴上"假"字的帽子(所谓"假古典主义",意即以模仿希腊、罗马古典作品为能事的主义,是很刻薄的讽刺),这究竟又是怎么一回事?这些问题,如果要在这篇小文章里详细交代,似乎太啰唆了,但是为了一般读者的方便,省得他们去查书,那就简单地交代几句吧。

古典主义发源于17世纪的法国。路易十四时期的法国,在欧洲是颇有势力的,巴黎成为当时欧洲的政治文化中心,因而法国的文学思想(古典主义)对于欧洲其他的国家就产生不小的影响,古典主义成为当时欧洲主要的文艺思潮。不过,古典主义被尊为正统,是在法国,古典主义大作家(悲剧、喜剧、诗、散文)和理论家,也产生在法国,而后来,反古典主义的斗争最激烈的,也数法国。所以,要得点关于古典主义的常识,要对上面提出的那些问题做个简要的答案,光谈法国的古典主义也就够了。

古典主义之所以能从法国扩展到其他欧洲国家,除了那时法国的强盛国力和辉煌的文化成就而外,主要的原因还在于其他欧洲国家也有适宜于古典主义的气候(那时候风行于欧洲的唯理论)和土壤(经济社会生活条件)。然而也因为各国的"土壤"的肥瘠并不完全相同,所以古典主义在各国开花结果的情况也大有差别。一般说来,都不像在法国那么得势。比方在英国,古典主义这阵风就刮不起什么浪头,有一位大名鼎鼎的诗人兼批评家蒲伯,算不算古典主义这一派,到现在也还聚讼纷纭,没有定论。

即使是在法国,古典主义也不能独占。18世纪不用说了,即在17世纪古典主义如日方中的当儿,也有和古典主义对立的大作家出现,不过没有成为具有相当声势的流派而已。

以上这些,算是闲话,其用意无非让读者先看看那时候欧洲文坛(法国在内)的一幅简图,以免发生只有古典主义一家的错觉。现在就转入本题吧。

想来读者也听说过,1830年2月25日,巴黎发生了一件大事,这就是《欧尔那尼》(雨果的戏剧)的上演。这个剧本的上演,激发了新(浪漫主义)旧(古典主义)两派的最后一场的斗争,结果是古典主义终于下台!雨果在《欧尔那尼》的序言中有一句话:"浪漫主义是文学上的自由主义!"也就是说,《欧尔那尼》上演的胜利,是反对古典主义的数十年长期斗争的结束。反对古典主义的一些什么呢?当然是反对古典主义的创作方法。可是,在当时,表面上看来,反对的焦点却是那些束缚写作自由的古典主义诗学的清规戒律,好像只是关于文体(包括文学语言和三一律)的技术问题。

在这里,我打算再谈一件法国文坛逸事。《欧尔那尼》上演的前几年,在巴黎上演了莎士比亚的《奥赛罗》,因为台词中用了mouchoir(法文,意为"手帕")这个单词,竟引起了观众的大闹。为的是按照古典主义诗学,这个字是"俗"字,而"俗"字是不能入诗的。(悲剧属于诗这一类,也是传统的说法,由来已久了。)

从这件事,可以想见文体的技术问题在拥护古典主义的"观众"眼中,占了怎样重要的地位!那么,这些"观众"是何等样的人呢?原来他们是当时所谓代表优雅的文风的"上流社会"人物,主要是名门世族的"高雅"人士,而且,在17世纪和18世纪,他们是戏院的"基本"观众。

字分"雅""俗",原来是古典主义诗学的法规之一,"俗"字绝对不能入诗(悲剧)。何谓"俗"字?据说是,凡为平民所习用的口语、技术语,或者生动泼辣、能引起激动的字,都被列为"俗"字,而诗呢,只许用"雅"字。如果找不到相当的"雅"字来指称某物或某事,那就宁可用一个注解式的短句(子句)来代替,而不许用"俗"字。在拉辛(17世纪后期法国的伟大的古典主义悲剧家)时代,这种规则还不是严格到不近人情的。拉辛并不忌讳chien(法文,意为"狗")这个单词。可是,据说,18世纪的拉辛的后辈却没有这样的勇气了,不得不提到"狗"这样一种动物的时候,他们宁可用这样一个叫人煞费猜度的"高雅"的表现方式:de la fidélité spectable soutien(忠诚可敬的帮手)。这在我们看来,不免觉得有点可笑吧。但是,18世纪法国的古典主义者倒是用极严肃的态度看待这样的一字之争的。

这个传统(字分"雅""俗"),也不是短时间内形成的。古典主义的先驱,大诗人马勒孚(16世纪末到17世纪初)首先主张,"鄙陋的"和"俗气的"字不得入诗。他要求词汇的雅致和明确,人人能理解、能接受。他这主张,看来是合理的。可以说他是批判地继承并发展"七星诗社"的反对宫廷体和经院体,建立民族风格的文学这一个运动的理论的。(七星诗社,原文为pléiade,意为"北斗"。这个诗社的成员是七位诗人,而北斗星座也是七个星组成的,所以他们取名"北斗"。如果直译,应为"北斗诗社",这里用的是过去比较用得多的译名。这个诗社在1549年发表一篇宣言,名为《保卫和发扬法兰西语言》,这在16世纪后半,是一个有积极意义的文学运动。)

为什么说马勒孚批判地继承了七星诗社的理论呢?因为七星社的诗人们所鼓吹的为了要建立法国民族风格的史诗、悲剧、喜剧就应当向古希腊罗马杰作去学习的理论虽然正确,可是在实践上他们的所谓学习只是生硬的模拟。马勒孚却不是这么办。为什么说他是发展了七星社的运动呢?因为他以自己的实践提出了一套"诗学",这便是后来的古典主义正统诗学的基础,也是古典主义正统诗学的有积极意义的部分。

马勒孚死后一年(1629年),法兰西学院就建立了。这是个官方的机构,其任务是执行法国政府的文学和语言的政策。它当时要提倡的,就是后来被称为古典主义的创作方法,它当时和两种不好的文风做了坚决的斗争,这便是当时已经侵入文学方面的浮夸绮靡的巴洛克风格(这在当时是风行于欧洲大陆的艺术风格),和当时流行于巴黎上层社会的矫揉造作的"沙龙"文风。

在这里,为了一般读者的方便,来一点注解吧。所谓"沙龙"是salon的音译,意为客厅。这里的"沙龙"专指17世纪初巴黎的贵妇人们和她们的朋友们所形成的"文学中心"。最初是由一位颇有文学修养,系出名门的贵妇人倡导而成。她在她府邸的客厅(称为蓝室的)邀集一些朋友定期茶话,谈谈文学。他们全是贵族,所以很懂得说话的艺术,会挑剔字眼,会转弯抹角地说话,他们当然醉心于雍容尔雅的风度,从而也主张符合于这种风度的文学趣味。他们这样做,据说是为了要纠正当时宫廷风气的粗野和俗气。这样的"沙龙",后来不止一个,它们的主张和风度在上流社会中成为一派,对文学发生了影响,被称为Précieux,意为"名贵"。这本来是他们对他们所赞许的文学语言和风格用的一个形容字,可是后来别人用这个字来称呼他们的时候,却就有雕琢纤巧、装腔作势的意义了。而本意在纠正粗野和俗气的"沙龙"风度,结果却成为晦涩(因其以转弯抹角为雅致)而不自然(因其以装腔作势为雍容华贵)的文风。现在我们常见的"文艺沙龙"这个名词,其来源就是这样的,不过已经不是专指具有那样文风的沙龙,而是只用以指文人们常常聚会谈天的地方而已。

这样看来,法兰西学院建立的宗旨并不是消极的,而且它也起过积极的作用。但是,这个文学机构,随着法国的中央集权的君主专制政体的日益巩固和"兴旺"而也逐渐地变得顽固起来。且不说它始终拒绝莫里哀为院士(莫里哀的奠定法国古典主义喜剧的功绩在当时就得到了公认的),也不说它为了"保护"古典主义诗学的尊严而否定过不少的大作家的作品,其中就包括高乃依的悲剧《西特》(这是1636年的作品,它之作为欧洲戏剧史上的伟大的里程碑也是一致公认的)。光看18世纪启蒙运动思潮已经在法国和其他欧洲国家开放了灿烂的新鲜的文艺之花,可是在法兰西学院势力之下的法国剧坛却只容许那空洞枯燥的所谓古典主义戏剧,便可以想见这个官方的文学机构在建立不久之后所起的作用,就是消极的。这就说明了17世纪末已经走着下坡路的古典主义为什么在法国还能延长寿命至百年之久。原来就靠了法兰西学院(它背后是贵族)硬给它撑腰!当然,我们不能忘记,18世纪法国还出现了一个古典主义大作家伏尔泰,写了不少悲剧,可是伏尔泰已经不是严格地遵守古典主义诗学的,而且伏尔泰作品的思想内容也不完全相同于他的前辈作家了。

如果说17世纪70年代到80年代是古典主义在法国的全盛时代,大概是合乎事实的。拉辛的最好的作品是在1667—1677这十年中完成的,布瓦罗(古典主义的理论家)的《诗学》发表于1674年。过去有些文学史家承认17世纪是法国古典主义时代,而把18世纪的法国古典主义文学(主要是戏剧)称为"假的古典主义文学",也就是说,和17世纪的相比,这是蜕化了的仅存形骸的东西,这个说法,也是比较地合乎实际的。

如果说拉辛的作品是古典主义创作的代表,而布瓦罗的《诗学》是古典主义理论的代表,那么,我们可以从他们两位的著作中看出古典主义的主要面目,特别是布瓦罗的理论对于后一代有更多的影响。

* * *

拉辛很小心地而又十分巧妙地在古典主义诗学(创作方法)的范围内进行他的创作。他的悲剧,被公认为古典主义的典范,虽然今天我们觉得莫里哀比拉辛更加投合我们的口味,但是拉辛的卓越的艺术还是属于世界文学遗产中宝贵的一份。

古典主义诗学的窄狭的框子,拉辛能够对付得很巧妙。应当说,好像耍杂技的好手,正是在别人束手束脚无法施展的地方,他却创造性地使出无尽的解数,叫人不由自主地高声喝彩。

他的悲剧的结构:朴素(不卖弄噱头)而谨严。故事的发展合乎逻辑,一切都顺理成章,不违背常识,没有装腔作势的惊人之笔,绝不为了追求戏剧性效果而加进不必要的小插曲。他的文学语言:明确、平易、洗练。庄严时不叫人觉得摆架子,激动时不叫人觉得有火气。他的风格如果用水来比方,那就不是奔流急湍,而是静水深潭——表面平静,底下却鱼龙变幻,也就是说,初看时平易,愈咀嚼却愈觉得深刻而美妙。

可以把莎士比亚的《安东尼和克利巴忒拉》和拉辛的《倍莱尼司》做一个比较。这两个悲剧的题材有很多相似之处,可是由于不同的处理,两者的面貌是完全不同的(两种完全不同的风格)。莎士比亚的这个戏有男男女女各色各样的人物,把克利巴忒拉衬托得分外光艳照人;莎士比亚的这个戏是充满了层出不穷的事变的,战争、阴谋、结婚、离婚,于是又来了诡计,来了再次和好,终于是死;莎士比亚的这个戏又是经常转换背景的,从阿历山大城到罗马,从雅典到梅西拿,从庞贝的长廊到阿克汀的旷野。可是拉辛的《倍莱尼司》却完全相反,故事的背景始终在小小的前厅,故事经过的时间是两小时半(这刚好等于台上演出的时间),而人物呢,只有三个。但是,通过人物内心的发展达到悲剧的高潮,使观众们深刻地感觉到一些惊心动魄的大事正在这个小小前厅之外发生,而这,给予那三个人物心灵上的压力,也是观众们所深刻地感觉到的。当然,不待说,这样拿莎士比亚和拉辛比较,并不是做"莎拉合论",也不打算评判这两种写法的高低,而只是借以说明古典主义悲剧在艺术上确有它自己的一套。

但是,我们又不能不指出,拉辛所创造的人物虽然穿了古罗马的服装(古典主义悲剧的题材一般都取自古代希腊和罗马的传说和历史),其性格却不是合乎历史事实的古人的性格,而是拉辛认为应当是这样的性格。借古人的嘴巴,说作者自己想说的话,是古典主义悲剧的共同特点。他们借古人的嘴巴说些什么话呢?换言之,他们在古事古人的题材里装进了怎样的思想内容呢?主要内容是两点:反对封建主义的宗教信条,暴露贵族社会和君主独裁的黑暗。(例如上面提到的拉辛的《倍莱尼司》,就是用理想化的罗马皇帝迭都司的形象来讽刺路易十四的。)这一种思想内容,与其说是作品的历史题材所固有而由作者加以发挥,还不如说是反映了当时(17世纪)法国的"第三等级"的上层——新兴资产阶级的思想意识。也就是这个反封建、反宗教信条和君主独裁的思想内容,古典主义文学在17世纪起了进步的作用。但是,当时的新兴资产阶级的革命性很不彻底,他们对于人民群众抱着怀疑猜忌的态度,对于君主政体抱着迁就妥协的态度。这也反映到古典主义作家的思想上,这就是他们对于民间文艺是轻视的,对于贵族社会的文学趣味是尊重的。

古典主义创作方法的哲学基础是17世纪最为风行的唯理论,这在布瓦罗的《诗学》中就有了充分的说明。让我们先花一点时间看看唯理论是怎样一种哲学思想,然后再看布瓦罗怎样把唯理论应用到文学的领域。

唯理论是一种认识论,它认为理性是真正知识的唯一源泉,真理的标准是理性;它主张通过理性来认识世界,而认为感性知识是骗人的,只能使我们对事物得到模糊的观念,因而会引人误入迷途。唯理论者反对中世纪哲学,否认教会的权威,主张必须以理性代替盲目的信仰。这是它的积极的一面。但是,唯理论把理性作为真正知识的唯一源泉,否认经验(感性知识)在认识过程中的必要性,而不知道经验是认识的第一阶段,就必然要把理性和经验分割,把概念和思维绝对化。因此,唯理论者认为真理是直接由理性获得的,真理之是否正确,不是靠实践和经验来证实,而要看我们的概念是否清晰和明确。也就是说,真理的标准不在理性之外,而在理性本身之中。因此,唯理论必然会走到没有具体内容的纯粹抽象的绝境。这是它的消极的一面。如果说17世纪古典主义大师们在作品中所表现的是唯理论的积极一面多些,那么,作为古典主义理论权威的布瓦罗在他《诗学》所表现的,却是唯理论的消极一面占了上风。

布瓦罗的著作,规定了诗(悲剧)必如何而后合于规格的繁琐而又严峻的法规。我想,一般读者对于诗的韵律等技巧问题(特别这是以法文写诗必须遵守什么格律的问题),大概不会太感兴趣,我们还是略去这一部分,单看更带理论性的部分吧。布瓦罗主张:自然、理性、真理,是三位一体的。但三者之中,理性又是主宰。因此,他虽然也主张"师法自然",但他所要师法者,不是客观存在的自然,而是理性所滤过的净化了的自然(他所说的自然,包括现实世界的一切)。他主张文学必须宣传真理,但这个真理,也只是理性所认可的真理。同样地,他所谓文学应当表现真实,也只是理性所认可的真实。

古典主义创作方法就是从上述的认识现实的方法产生的。正因为把理性放在那样重要的地位,而完全否认经验在认识过程中的必要性,古典主义创作方法在认识现实时,就不能不是片面的。它要求于人物性格者,只是一种固定的不变的性格,而且是由作者的理性加以理想化的;它反对描写本来面目的自然,而主张只应描写理智化的,即经过加工的整整齐齐的园林式的自然;它崇尚理智的冷静,反对感伤,也反对想象;它主张文学语言的纯洁,但字分雅俗的办法其结果却是文学语言的范围愈来愈狭仄。这一切古典主义诗学的法规,本身都带两面性,无怪乎在当时的具体条件下起过积极作用的,一旦时过境迁,就只有消极作用。布瓦罗的思想方法,当然看不到事物演变的规律,他凭理性的权威,断言这些法规都是金科玉律,都是永远不会错的。结果如何呢?结果是上文已经说过的了。

* * *

现在颇有些人喜欢强调文艺的特殊性。强调到这样的程度:不承认不同的创作方法本源于不同的思想方法(不同的思想方法产生不同的对于现实的认识);不承认历史上文艺流派的兴衰起伏,根源于社会经济的变革和阶级斗争的发展情况。这两个不承认和那个强调本来就是资产阶级文艺理论家的老手法,可是现在强调文艺特殊性的人们又不承认自己和资产阶级文艺理论家一鼻孔出气,而只是反问道:何以解释历史上某某伟大作家的作品的复杂性?

伟大作品(古典文学)的复杂性自然应当注意。在这里,不可以简单化。但是,也不可不注意到,复杂性还是根源于对现实的认识。就一个时代而言,17、18世纪欧洲的大作家并不能塞进一个框子里,就一个作家而言,他的所有作品也不是一个框子可以套住的。在研究17、18世纪法国文学的时候,这是不能不注意到的。

可是,17、18世纪欧洲的大作家们,不管是属于古典主义或者是和古典主义对立的,唯心主义的历史观却是他们的共同点。就古典主义作家而言,除了唯心主义的历史观而外,唯理论又是他们的共同点。然而17、18世纪欧洲阶级斗争和革命运动的发展,在他们(古典主义的或者和古典主义对立的作家们)思想上所激发的不同的反应,又造成了他们作品中的各自不同的色调。这在那时期的法国文学尤其显而易见。

唯理论在17世纪欧洲思想界的势力,以及它对于当时要求进步的知识分子们的影响,不能估计得太低。唯理论的创始人是笛卡尔。他在哲学基本问题,即存在对思维的关系问题上,是二元论者。笛卡尔的晚辈斯宾诺莎(笛卡尔的重要著作问世的时候,斯宾诺莎还不过是二十多岁的青年,斯宾诺莎的著作开始问世的时候,笛卡尔已经死了二十年了),尖锐地批判了笛卡尔的二元论,他的唯物主义思想大大地影响了18世纪法国思想界。可是,斯宾诺莎在认识论上还是继承了笛卡尔的唯理论。斯宾诺莎对于社会发展也是抱着唯心主义的观点的。他反对当时的社会制度,认为必须建立"理性"的社会,而"理性"社会建立的先决条件是对于人类"真实"本性的认识。换言之,"理性"社会建立的条件,只应求之于"理性"本身之内,和物质世界的变革没有关系。18世纪的百科全书派(它在当时所起的巨大的进步作用,是已成定论的),表示了那样热心的所谓"理性王国",实在不过是理想化的资产阶级社会。著名的启蒙运动者,同时又是古典主义在18世纪的最伟大也是最后一位代表——伏尔泰,他公然主张社会上有阶级的不平等乃是天经地义,在这一点上说,他是当时大资产阶级的代言人。至于17世纪的古典主义作家,对于社会制度的看法,也没有那个是超出了资产阶级思想范围的。到现在还为我们所欣赏的莫里哀的喜剧,其进步因素很多,但是,莫里哀是站在当时资产阶级生活方式的立场上批判贵族社会生活方式,是用资产阶级的道德观点来批判贵族的荒淫奢侈的不道德行为,而且,他又以理想化了的资产阶级伦理观点来暴露当时资产阶级的贪婪、鄙吝等行为的。

但是,形势的发展比什么都强。阶级矛盾的日益尖锐化,"第三等级"上层的资产阶级的两面性,以及它的本质上的丑恶,都使得18世纪后半期的要求彻底变革现状的人民大众不要再看什么"理性王国"的镜花水月了,而抽去了具体政治内容(这在古典主义文学兴起的17世纪前期和中期,就是符合于人民利益的反对宗教信仰的世界观、反对教会特权和君主专制等进步的思想),只剩下枯燥、单调的格律的空壳的18世纪古典主义文学,也就不能不被历史所抛弃。

我们回顾这一桩历史公案,不是为了"掉书袋"。我们想借此来同自从"世纪末"开始到今天还没了结的新公案做个对比,来看看资产阶级初兴期的反映资产阶级意识形态的古典主义文学怎样蜕化为形式主义。而今天呢,没落期的资产阶级在思想战线上所依靠并用以进行最后挣扎的主观唯心主义表现在文艺上的,却又不是别的,而是抽象的形式主义,就是通常被称为"现代派"的半打左右的文艺流派。

* * *

研究这两种创作方法而加以比较,不是没有意义的。

古典主义产生于资产阶级初兴期,曾经猛烈地抨击宗教的世界观,反对天主教会的权威和君主专制政体,这就不但直接为资产阶级服务(资产阶级是当时"第三等级"的最上层),而且也是符合于当时广大人民的利益的。古典主义的大师们,就其阶级成分而言,都是属于"第三等级"的上中层的,然而他们以"第三等级"的上层(资产阶级)的代言人面目出现,他们和"第三等级"的中下层(手工业者和农民)颇有距离,而且轻视他们。

"现代派"诸家产生于资产阶级没落期,它们自称是极端憎恨资产阶级的社会秩序,以及由此而来的现代文明,它们抛弃一切文艺传统,要以绝对的精神自由来创造适合于新时代的新文艺。结果如何?结果是:它们的"新文艺"虽然很"新",甚至怪诞,却完全不适合于新时代的精神,简直是背道而驰。属于"现代派"的作家和艺术家都是小资产阶级知识分子,他们一方面憎恨资产阶级,一方面却又看不起人民大众;他们主观上以为他们的作品起了破坏资产阶级庸俗而腐朽的生活方式的作用,可是实际上,却起了消解人民的革命意志的作用。因此,墨索里尼的法西斯政权把未来主义作为它的官方文艺,希特勒的纳粹政权也保护表现主义,都不是偶然的。

这些矛盾的根源,应当从创作方法的思想基础上去寻找。

古典主义的思想基础是唯理论,而作为认识论的唯理论运用于文学创作有很大的片面性,这是上文已经说过的了。但是唯理论在当时究竟不失为一种进步的思想,这又是17世纪古典主义文学起过进步作用的根本原因。

"现代派"的思想基础,恰好站在古典主义思想基础的反面。"现代派"诸家的共同的思想基础用哲学术语来说,就是"非理性的"。这是从19世纪后半以来,主观唯心主义中间一些最反动的流派(叔本华、尼采、柏格森、詹姆士等)的共同特点。这是一种神秘主义,否定理性和理性思维的能力,否定科学有认识真理的能力,否认有认识周围世界的可能性,而把直觉、本能、意志、无意识的盲目力量,抬到首要的地位。尤其是柏格森(曾经是影响很大的资产阶级哲学家)的哲学思想,直接成为"现代派"诸家的先驱——未来主义和表现主义的思想养料。柏格森是以神秘的直觉能力来对抗理性的、逻辑的认识的,"现代派"诸家所自吹自擂的空前新颖的产生于绝对"精神自由"的表现方法(创作方法)实际上就是柏格森的这个反动理论的各种式样的翻版。除了"非理性的",现代派的某些流派(例如表现主义和超现实主义)还加了另一味作料,这就是荒谬的弗洛伊德心理学说。

因此,我们说"现代派"诸家是彻头彻尾的形式主义,是抽象艺术(这在他们的造型艺术上,尤其显而易见),这是就它们的坚决不要思想内容而全力追求形式而言。"只问怎样表现,不管表现什么",这句话正说明了"现代派"的这个特点。然而,他们的不要思想内容的形式主义的作品,依然表示了他们对于现实的看法,对于生活的态度,而这一种看法和态度是像鸦片一样有毒的。

这种看法和态度,早已有个名称,叫作"颓废"。(这个词,是国际语"颓卡唐"的汉译,而这个国际语又源出拉丁文。汉文的"颓废"大体上和原词意义相合,但又不尽符合,正如用"浪漫主义"作为 romanticism 的对译,也是不能完全包含原词的意义的。)

因此,我们说"现代派"是抽象的形式主义的文艺,是指它的创作方法,而说它是颓废文艺,则指它的对现实的看法和对生活的态度,亦即它的没有思想内容的作品之思想内容。

过去有些文艺史家曾经企图以"理想"和"现实"的互为起伏、消长,来解释文艺史上的各种主义的兴起和消歇。(这里所谓"理想"是指作家把他自己认为"生活应当如此"的理想加在他的作品中,而不管它是否合乎实际情况。这里所谓"现实",是指作家只照生活的实际面貌来描写,使他的作品反映现实,而不是表达自己的"理想"或空想。)照他们的说法,"物极必反",故在古典主义之后出现了热情奔放,向往于奇境、奇人、奇事的浪漫主义,这是"理想"的抬头;浪漫主义积久弊生,又不得不让位于反映"平凡"现实的现实主义,这是现实的抬头;"现代派"出现在以表现平凡生活为主的现实主义的全盛时期,这是"理想"又回来了。诸如此类的说法,现在我们大家知道是完全错误的。但是,如果我们说,"现代派"的祖先中有一位是消极浪漫主义,那倒是合乎事实的。在这里,篇幅不容许我们详述消极浪漫主义和象征派(现代派的祖父)的血缘关系,但是我想简单地说明这样一个事实:文学上的象征派,还不是怪诞到完全使人看不懂的(至多是让人猜谜而已),而且也不是只要形式而完全不要思想内容(它的思想内容是从不健康到十分有害,程度各不相同,但总的说来,是消极的)——这是和"现代派"不同的地方。可是,文学上的象征派是悲观主义者,又是神秘论者——这却是和"现代派"相同的地方。象征派反映了"世纪末"情绪,而此后的"现代派"则反映了资本主义危机更深刻化、阶级斗争更尖锐、革命浪潮更高涨的时代中,对现状不满而对革命又害怕的小资产阶级知识分子的绝望和狂乱的心情。象征派还承认自己的悲观厌世,它是以一个对未来没有信心、对现在失却兴趣的厌世者或遁世者的潦倒颓唐面目出现在我们跟前的。可是"现代派"呢,它却用装腔作势的喊叫,高举着大言不惭的所谓"纲领",俨然以"精神自由"的引路人,"被埋葬了的美"的发现者,"新的表现手法"的创造者——这样的英雄姿态出现于我们面前,它公然说,过去时代人类的一切精神创造都过时了,都应当扔到垃圾堆里,谁都不行,只有"我"是行的!

你看!"现代派"这副嘴脸和气派,岂不是胜过它的爷爷(象征派)十倍吗?

未来主义和表现主义是现代派诸家中资格最老(出世最早)的两家。它们的思想上的养料是尼采、柏格森,再加弗洛伊德心理学说。它俩都是在造塑艺术而外,还在文学领域中做了尝试的;它俩都提出自己的"纲领",主张和过去割断,一切从头做起,而且由"我"做。它们都主张"文字自由"。这就是:文法之类应当完全不管,应当杜撰新"字",诗应当注重音乐效果,为了音乐效果,可以牺牲思想内容,也就是,可以只有音乐效果而没有意义。人家看不懂怎么办?看来这不应当由它们(未来派或表现派)负责,只好怪人家自己。

未来主义或表现主义都产生于第一次世界大战前十年光景,它们的"理论"实在只是 19 世纪末出现的绘画上的新派——印象主义的翻板。印象主义者早就说:艺术家只应当表现他自己看到客观对象时最初一瞬间的主观感觉或印象,这种印象不受理性的约束,更不需要什么概括和典型化。印象主义者又早就宣布:一切过去、现在的众所公认的人与人的关系和精神活动,都是陈腐的、讨厌的,都应当抛弃,艺术只应以形式上的新奇见长,不管它有没有思想内容,也就是,不要思想内容。由此可见,宣称过去的一切都应当扔进垃圾桶的未来主义和表现主义实在是承袭了比它早这么半个世纪的印象主义的衣钵,只不过更大胆地"发展"它,因而也就变得更荒诞,更反动罢了。

但是,未来主义也还下过功夫探求文字的音乐效果,表现主义也说是要探索现实的更深的意义,而因为这种更深的意义乃是深藏在事物的内部而不在外表,所以,不照事物固有的面貌(这是外形)来表现事物,正是为了要表现出事物的更深的精神。这自然是诡辩,但总还是一套说法。到了第一次大战时期产生于瑞士的苏黎世的达达主义运动便干脆以"返回原始"为口号,不但不要思想性,不要逻辑性,甚至连"为艺术而艺术"的口号也不要。他们唾弃一切传统的艺术形式,因而他们自己连形式主义也没有。

这的确是很"彻底"了,然而还是落了"言筌",照庄周看来,这些达达主义者还是自相矛盾的。这是当战火迷漫于世界的时候躲在所谓"中立"地带、群居终日、言不及义的一些小资产阶级知识分子的梦呓。看来这是太违反了人类的常识了。于是,从达达主义分裂出来的超现实主义就打算挖掘些"积极的"思想因素来"补救"达达主义的单纯否定一切,完全否定一切的破坏作用。这就是大家所知道的超现实主义所依据的哲学基础——生存主义。超现实主义者巧妙地把"生存"哲学的"精髓"翻译为文学语言,就给自己戴上一副"积极的"面具。它宣称:要求思想真正起作用(即要求思想自由),必须使思想超脱于理智所引起的一切束缚,超脱于所有的美学和道德的偏见;超现实主义的文艺就是要依仗这样的"思想自由",表现出从前人所忽视的更高级的现实。这更高级的现实是怎样的呢?据说这是真与伪、冥想与行动、梦与现实的无所不在的混合。这确实好像富于"积极的"味道了,可是,骨子里还是所有"现代派"的共同语言:非理性,唯我主义,现实世界只是荒唐、混乱的集合体而已。

我们应当承认,现代派也反映了一种"精神状态",这就是两次世界大战之间,在资本主义压迫下的一大部分小资产阶级知识分子的"精神状态"。他们不满意于资本主义社会秩序,可又不信赖人民的力量,他们被夹在越来越剧烈的阶级斗争的夹板里,感到自己没有前途,他们像火烧房子里的老鼠,昏头昏脑,盲目乱窜,他们是吓坏了,可又仍然顽强地要把"我"的尊严始终保持着。他们从"我"这个立场出发,追求着精神自由和个性解放。他们幻想着(十分可笑的天真的幻想),而且认真地认为:反对19世纪现实主义的传统,就是打击了庸俗丑恶的资产阶级文明;不受任何约束,不对社会负责,就是挖掘了资本主义剥削制度的基础;而作为一个艺术家,他们居然自信自己的脱离群众、孤芳自赏,不但群众看不懂甚至他的同派同门也看不懂的作品,真正是文化上的革命,新时代的燕子。

从印象主义到超现实主义,大约已有五十年历史的现代主义运动,曾经流行于欧、美两大陆以及东方的一些国家。被吸引进这个运动的人们中间,确有不少真正有才华的人(在文学方面和在造型艺术方面),他们严肃地工作着,抱着打开一条新路的热忱。他们之中,有的终于悟到,他们所用的这个创作方法和他们所抱的目标是背道而驰的,于是改变道路,也有的始终不悟。这个悟或不悟的关键,就在于他们对人民的革命运动的态度。凡是对劳动人民要求解放的斗争不但抱着热烈的关怀,而且全身心投入这个神圣事业的作家或艺术家们,一定会发现,只有现实主义创作方法能够使他们的创造性的劳动和劳动人民的革命运动相结合,为革命服务,同时也能够最充分而有效地发挥他们的才能。这是有事实作证的,马雅可夫斯基、艾吕雅、阿拉贡的发展的道路,就是最生动有力的例子。

在造型艺术方面,现代派今天在欧美大陆似乎还有"市场",欣赏这些"新奇"作品的,不是广大人民而是少数的肠肥脑满的有闲阶级。然而照现代派的"理论"看来,这少数的欣赏者,正是现代派所憎恶的资产阶级庸俗趣味的化身。这真是绝大的讽刺,而现代派的热心家们好像完全不理会他们所扮演的是悲剧呢,还是喜剧,或者竟是闹剧?

在这里,我打算花几分钟的时间讲一个小小的插曲。去年9月,一位法国的表现派画家乔治·马蒂欧(George Mattio)访问日本,在东京三天,共画了21幅大小不等的油画。他花两小时画的一幅《蒙古人的侵入》以300万日元的高价卖给一个日本的花道专家。马蒂欧自己说,他每次作画,并不预先构思,都是拿起画笔,站到画布前面,这才决定要画什么。他怎样作画的呢?他是这样:离画布6公尺站住,把颜料摔到画布上。就用这样古怪的方法,他能够在一小时内完成一大幅画。"这不是作画,这是胡闹!"我想一个有常识的人不免要这样说吧。然而,马蒂欧这一派却自以为他们是在严肃地工作。他们这个怪诞的作画方法是有"理论"的。去年夏季,参加莫斯科的世界青年联欢节的一位美国青年画家哈莱·考尔曼(Harry Colman)曾经阐述了他们自己的"理论"。据说:艺术家当其看到物象时,情绪就会起反应,或激动,或宁静,或愉快,或悲哀;艺术家依此不同的情绪,把颜料摔到画布上,也是或慢或快,或浓或稀,而造成这些快、慢、稀、浓的肌肉运动,却表现了人们心理上阴暗面的杂乱的激动。考尔曼认为,艺术家当其从事创作的瞬间,才是自由的,艺术家的作品对于观众的作用,是在观众意识上激起同样的经验,并引起独立创造的愿望。这就是自称为"动力派"的理论。看来它比它的大哥们还干脆得多。因为它的大哥们尽管主张画人不要像人,画狗不要像狗,而且主张用形、色、线三者作为表现画家的情感的手段,可是他们还得动脑筋配搭那些圆形、半圆形、圆柱形和圆锥形等等,使其成为构图。(考尔曼的题为《联欢节的交响乐》的一幅画,展出在联欢节的画展,就是这样的使人看不懂的引起很大争论的作品。)

像"动力派"这样的怪诞的绘画,甚至现代派的其他流派的艺术家们也为之瞠目结舌——承认看不懂。我们如果把"动力派"的大作(这可以算是"现代派"谱系中最后出的一系吧)和它的远祖印象主义的作品比较一下,便可以看出后者虽然也不以思想内容为重,而且也强调画家最初的主观感觉和一刹那的印象,但至少,在表现光的变化这一点上,却确实探索出新的技法来了,而且他们的作品是一般人可以理解的(用通俗的话,就是看得懂,尽管印象派的作品无思想性,然而是看得懂的)。至于前者,尽管他们有玄妙的"理论",可是谁也看不出他们的大作有什么特别新的创造性的技法,而且实在不可理解(用通俗的话,就是看不懂)。说句不客气的话,照"动力派"的"理论"看来,一位体育健将(比方说,掷铁饼的或掷标枪的)一定能够得心应手"摔"出一幅杰出的大画,而"动力派"画家的基本训练好像应当和田径赛的一样。这不是挖苦那些可敬的新派,这是任何一个有常识的人在听了他们的理论,看了他们的作品以后不由得不想到的结论。同时,任何一个有常识的普通人也不得不下这样的一个断语:这不是艺术品!尽管"动力派"会用怜悯的眼光对我们说:"真可惜,你们不能理解这中间的玄之又玄的奥妙。"可是,我想,我们宁愿奉让"动力派"及其欣赏者做天下第一等聪明人!

* * *

话扯得太远了,现在我们如果来做几句提纲式的论断,也许读者不会感到兀突吧。

从"现代派"(这里包括文学、艺术而言,如果仅就造型艺术而言,通常称为抽象艺术)发展的历史看来,它是越来越抽象,越来越怪诞的。如果说它的始祖(在文学上是象征主义,在造型艺术是印象主义)虽然不要思想性,可还注重形式的美(象征主义注重神秘美,只能意会不可言传的美,等等,印象主义在技法上的特点,上文已经提到),因而在艺术的表现手法(即所谓技巧)方面有些新的前人未经探索过的成就,那么,它的末代的子孙就只能以不近人情的怪诞的"表现手法"来吓唬观众,实际上它们是没有形式主义(这里是照向来的含义,意即仅有形式美而无思想内容的作品)的形式主义。这是现代派的思想方法、创作方法必然要走到的绝境。

同时,我们也不应当否认,象征主义、印象主义,乃至未来主义在技巧上的新成就可以为现实主义作家或艺术家所吸收,而丰富了现实主义作品的技巧,这是有不少例子可以作证的。在文学上如此(例如曾经是未来主义诗人的马雅可夫斯基,他吸收并灵活应用未来主义诗歌的音乐性这个特点,使他后来的诗歌有独特的风格),在造塑艺术上也是如此。〔例如19世纪末的瑞士画家卡尔·拉尔松(Carl Larsson),他就是运用印象主义的新技法而使他的作品充满了光和气氛,同时又有朴素而真实的生命。〕

我们又不应当否认,现代派的造型艺术在实用美术(也可以用我们大家比较熟悉的一个名词——工艺美术)上也起了些积极作用,例如家具的设计、室内装饰,乃至在建筑上,我们也吸收了现代派的造型艺术构图上的特点,看起来还不是太不调和,而且还有点朴素、奔放的美感。当然,也有弄成乖张、怪诞的(例如有些家具和室内装饰,例如我在奥斯陆一家最大最新式的旅馆内曾见它的餐厅内高高低低挂满了相当大的椭圆形和三角形的白瓷罩的电灯,实在难看),但这是不善于运用之故,一般地说,现代派造型艺术构图形式在实用美术上还是有点积极作用的。然而,仅此而已。在肯定它这一点积极作用的同时,我们不能忽视,无论在文学上或在造型艺术上,现代派的无思想性的形式主义的背面,实在有个顽强的"我",满不在乎,却又自暴自弃地什么都反对,却又迷惘悲哀地看这世界,看人类生活的过去、现在和未来。

因此,现代派虽然变出许多"家",彼此之间,好像距离很大,但实在是一脉相承,出于同一的思想基础(主观唯心主义),对现实抱同一态度(不可知论),用的是同一的创作方法。

正因为对现实的态度是不可知论,否认人类社会发展是有规律的,所以现代派的文艺家或者逃避现实,或者把现实描写成为疯狂混乱的漆黑一团,把人写成只有本能冲突的生物。正因为他们是唯我主义者,所以他们强调什么"精神自由",否定历史传统,鄙视群众,反对集体主义。正因为他们是不可知论的悲观主义者和唯我主义者,所以他们的创作方法是"非理性的"形式主义。因此,我们有理由说现代派的文艺是反动的,不利于劳动人民的解放运动,实际上是为资产阶级服务的。(当然,我们也不能把现代派文艺的倾向性和现代派的个别作家或艺术家的政治立场混为一谈。西方资本主义国家的现代派艺术家其中有投身于革命行列的,有致力于和平运动的,为数很多,这是大家都知道的事,此处从略。)

脱离群众,或者用现代派自己的说法,一般人不了解他们的作品——这是今天现代派中间头脑比较清醒的人们自己也感到的悲哀。他们叹息说:"抽象艺术看来不能流行多久了。"可是他们仍然认为现代派的方法比现实主义的方法更深刻,更能表现事物的精神,而且更能发挥作家或艺术家的个性和创造力。他们有一个观点很坚持:文艺如果不时时出奇翻新,就会枯萎。他们的所谓出奇翻新,指内容(对现实的认识),也指形式(表现的手法),但首先在形式上他们果然出了奇了。现代派的先驱者们在19世纪末攻击现实主义文艺,数说它的罪状,不过是"平凡"二字。此所谓"平凡",按照他们的说法,就是同现实生活的关系太密切,就是反映了太多的现实。正因为他们如此解释了"平凡",也就证明他们是闭着眼睛不肯正视现实,而且是超然不群,站在生活之外的。否则,他们就会看到那样的沸腾着阶级斗争的现实生活中,正出现着从古以来所未有的不平凡。可是巧得很,五十年以后的今天,反对社会主义现实主义的人们也在抱怨社会主义现实主义文艺的枯燥和千篇一律,他们不顾事实,硬说社会主义现实主义没有给苏联或其他社会主义国家带来了文艺的繁荣,而是相反,带来了公式化概念化,枯燥乏味和千篇一律,也就是,"平凡"。他们振振有词地说,如果要繁荣文艺,就必须让文艺家从陈旧的现实主义解放出来(换言之,也就是使文学艺术从现实中和对现实的真实反映中"解放"出来),鼓励他们寻求新的表现方法。而他们所谓表现方法,含义亦不固定,有时好像是指技巧,有时指创作方法,但既然把"新的表现方法"和现实主义对立起来,那么本质上是指创作方法了。既然不是现实主义创作方法,那么,所谓"新的表现方法"又是怎样的一种创作方法呢?有人含糊其词,有人却老实说,就是现代派的创作方法,而且希望有一天,现实主义和现代派的一些特点会综合而成为一种新的创作方法。

真有这个可能吗？我以为没有这个可能。

认为有此可能的人们，首先是不承认创作方法和世界观的密切关系的；其次，他们又往往把创作方法看成表现手法（换言之，即属于形式方面和技巧方面的一切技术性的问题），并且把表现手法看成纯粹技术问题，认为它和思想方法没有关系。

但是，事实证明，创作方法不但和世界观有密切关系，而且是受世界观的指导的。怎样的世界观，就产生了怎样的思想方法，而怎样的思想方法，又产生了怎样的创作方法。这不是我们臆想出来的公式，这是分析了不同创作方法的理论与实践以后所得的结论。这一点，我们在本文中已经屡次用事实来证明，这里不再重复了。

那么，表现手法和思想方法有没有关系呢？当真有脱离思想方法而凭空生出来的表现手法么？我以为是没有的，从各种不同的表现手法之所以产生中，就可以得到证明。

古典主义诗学为什么要有那样多的严格的格律，而且认为这些都是金科玉律，不能违反呢？这在上文也已经说过，这是因为古典主义者在思想上是唯理论者。浪漫主义者突破了唯理论的硬壳，完全翻了古典主义的案，这是因为它虽然接受了唯物主义的世界观（可是对于历史发展规律的了解还是唯心主义的，即认为英雄和超人创造了历史，而人民只是"群氓"而已），但也热衷于幻想的未来社会制度（这就是从卢梭开始的表现于文学上的空想社会主义）。象征主义作品所特有的那种神秘恍惚的气氛，和阴悒悱恻的情调，只能在它们的作者的世界观中找到说明。印象派把光当作绘画的主角（而这，和它们的对于人的精神世界，人的社会内容和社会地位不感兴趣的逃避现实的思想有关系），于是就发展了表现光的变化的新手法。（其实描绘外光，也是现实主义绘画中早已存在的一个因素，印象主义把这个因素变成目的，夸大地发挥它，变成了"为光而画光"，那就一定要走入魔道了。）未来主义者企图在主题和风格上表现出近代工业社会的精神——用他们的具体的说法，就是由大炮的"威力"和飞机的"速率"所代表的"力"与"速"，于是就产生了他们的新的表现手法，把诗歌变成曲调。立体主义者认为作者的"感觉的复合"是全面地表现对象的首要条件，因此就创造了他们的所谓三度空间的表现手法，"感觉的复合"便是他们的思想方法，虽然这是马赫哲学的"理论"，而不是立体派的新发明，可是立体派却居然"找到"了这个"理论"的形象表现的手法！

够了，我想这些例子已经足够说明：任何表现手法（包括纯技术性的技法，如格律、结构、章法、句法等）都是服从于思想方法的。但是，有些人常常喜欢坚持"文学艺术有其特点"，接着就轻易地下个转语道，"因此，也就有它的特殊规律"，于是便理直气壮地反问道："你认为创作方法受世界观的指导，将何以解释为什么古代乃至现代的伟大作家并不是常常只用一种创作方法？而且大家都熟悉的巴尔扎克在政治上是保皇党而在创作方法上却是现实主义这件事,又将何以解释？"

对于这个质问,我想留在下一章回答,在结束本章之前,我打算就技巧问题,再说几句话。

我们这里有不少青年对于这个问题常常有误解。有些青年以为文学艺术上的技巧就跟车床、刨床的操作技术一样,一经指点,或者传授了窍门,就能学会,而且生产出来的成品,一定合乎规格。（抱这样看法的青年,为数不少。）另外有些青年,却以为讲究技巧就是形式主义。他们有这样一种似是而非的议论：文艺作品当然要有艺术性,然而艺术性和形式主义不同,朴素、明朗、交代清楚,文学语言完全是老百姓口头上的活的语言——这是艺术性,反之,就是形式主义。（我们有些批评文章就是只用"朴素、明朗"来评价一篇作品的。）朴素的对面如果是矫揉造作,那当然,我们非反对这个"对面"不可,而且我们一定要给这个"对面"戴个帽子——形式主义。可是,事情却不这样简单。在文艺上,站在朴素对面的,还有许多并非矫揉造作的东西,正如白的对面是黑,而"非白"并不即是黑。举个眼前的例子,杜甫的诗,自来没有人品题为"朴素",可是你能说杜诗是矫揉造作吗？鲁迅的作品,似乎并不能用"朴素"二字来范围它,可是我也听到过大赞鲁迅作品的好处在于"朴素"的,不客气地说,这是没有读懂鲁迅的作品。就因为过去有些评论文章谈到作品的艺术性时就老用"朴素"作赞美词,这就给青年作者一个会发生副作用的暗示,而且副作用已经发生了：很大一部分青年作者的作品朴素到了简陋,或者寒伧的地步了。至于"明朗",那就用得更滥了。唯其滥,就弄得大家不明白这个术语的含义究竟是什么。"明朗"如果指和思想情绪有关的作品的调子(或氛围),那么,明朗的对面便该是阴暗,当然谁也不赞成阴暗。但是,作为品评文艺作品的艺术性的术语,站在"明朗"对面的,不只有一个"阴暗",也还有不少其他的"非明朗"但并不引起阴暗之感的艺术境界,例如幽婉,例如悲壮。总而言之,把不是朴素、明朗的作品都看成是形式主义的东西,这种看法是错误的,其原因在于不了解何为形式主义。

这些不正确的理解,其后果是缩小了技巧的范围,也束缚了作家和艺术家的手腕,并且把学习技巧的路子弄得极其狭小。

然而,毒草还可以肥田,形式主义文艺的有些技巧也还是有用的,问题在于我们怎样处理,但尤其重要的,在于我们用什么观点对待这些技巧。这一点,上文谈到马雅可夫斯基和拉尔松时已经讲过,现在不再啰唆重复了。

1960 年

谈谈生活和创作的态度
柳　青

如果可以这样比喻的话,那么历史如同一条河流。它可能有很长的一段,是风平浪静的;可能有一段是急湍的,还有一段充满了惊涛骇浪。我们刚刚航行过的这几年生活的巨流,说它一天等于二十年,一点也不过分。1953 年,第一个五年计划的第一年,党提出了社会主义过渡时期总路线。我们开第二次文代会的时候,整个国家不是正处在试办农业生产合作社的阶段吗?现在,时间只过了不到七年,我们来开第三次文代会了,全世界都知道中国社会发生了什么变化。只要你承认长江和黄河欢乐地奔腾着,承认五岭山脉严肃地屹立在中国土地上,那么,人民公社是和长江、黄河、五岭山脉一同存在的。它将与高山和长河一样万古长青、万古长流。

马克思列宁主义的理论和毛泽东著作的精神力量,鼓舞着我们的几亿农民以自觉自愿、争先恐后的心情,在短短几年里,就把一个几千年的落后、分散的社会,从根底上改造了。技术革新和技术革命的运动,已经深入生产小队的食堂里去了。曾经是动不动就烧香叩头的庄稼人,现在是敢想、敢说、敢做的公社社员。他们不仅在政治上解放了,经济上解放了,而且在思想上也解放了。这是人民精神面貌的大变化。每一个家庭,每一个男女劳动者,都在起着这种变化。

时代赋予现代中国的革命作家这样光荣的任务——描写新社会的诞生和新人的成长。这是一个并不轻松的任务。必须严格地遵循毛主席的指示,全身心地长期地投入人民生活的洪流,我们创作中所遇到的思想上和艺术上的一系列问题,才有可能经过刻苦钻研,逐步地得到解决。

接受什么政治思想的指导和接受什么阶级意识的影响,永远是每个作家最根本的一面。如果不是首先从这一面看,而是首先从艺术技巧的一面看,那对无论什么时代的作家,都不能够正确对待。逃避思想改造的人们,总是向托尔斯泰和巴尔扎克求援。但是这两个文学历史上的人物,并不能援助他们。对于我们来说,思想意识的改造是首要的,不学习马克思列宁主义和毛泽东著作,和普通劳动者没有感情,任何文学天才,都不会写出人民今天所需要的作品。因此,如果某一个作家在创作上获得了某种成绩,这首先是毛泽东文艺思想的胜利。过高地估计个人艺术才能的作用,是一种资产阶级文艺思想的表现。

对于作家来说,最重要的事情是对党的无限忠诚,对工农兵文艺方向的坚定性。只有这样,你在毛主席所指引的道路上前进的时候,才能充满自信和坚定。自信和坚定是革命家的精神品质:相信自己从事正义的人民事业,相信自己采取了正确的路线,相信世界上没有不可克服的困难,相信人民的事业始终是从一个胜利走向另一个胜利——这就是革命自信心和革命坚定性的思想基础。从1905年列宁的《党的组织和党的文学》发表以来,半个世纪过去了;从1942年毛主席的《在延安文艺座谈会上的讲话》发表以来,也过了十八年了。无产阶级文学在打击资产阶级统治和鼓舞人民的解放斗争中,得到了伟大的胜利。但是描写中国的社会主义建设,还是一项刚开头的工作,需要我们大家支出大量的心血,来摸索新的政治思想内容怎样和艺术结合得更好。没有自信和坚定,对资产阶级文艺思想和修正主义文艺思想哪怕还有一点点界限不清,你在党的文学道路上,就不能向前走去。和革命的群众在一起,劳动人民移山倒海的伟大气概,每天给你精神上注射革命自信心和革命坚定性。艺术上的成败优劣,因素是非常复杂的。方向正确而在实践中遇到挫折,是一切创造性劳动难免的事情。在创作的苦闷中,应该这样想:"我不管在艺术创造上怎样困难,但我要始终和人民在一起,永远做一个积极的革命者。"要重视文学技巧,但不要把文学技巧神秘化。借鉴是需要的,但当你有了丰富的生活阅历的时候,前人对你才有更大的启发作用。而"创造性"这个词汇,则是和唯物辩证法的"一切事物都是发展的"这个法则相联系的。只有一心一意听毛主席的话,踏踏实实研究社会,研究人,"解剖麻雀",一手拿着望远镜,一手拿着显微镜,才能找到创造性地解决表现技巧问题的正路。只要你不从个人的角度考虑,时刻记着这是党和人民的事业,任何国内外不正确的理论和不负责的空谈,都不能利用你前进中的困难把你诱出轨道!

自信和坚定同自满和骄傲的界线,是不容许混淆的。在我们的社会主义社会里,自满和骄傲与我们社会事业和社会生活的集体性极不调和。谦虚谨慎不仅对我们的事业有利,同时也是自己珍重自己。对于作家来说,自满必然发生停滞,骄傲必然脱离群众。我们写了书,不应当是党和人民共有的精神财富吗?有时候,你在房子里写作,觉得自己是出了不少力气,但你跑到人山人海的水利工地一看,就觉得你做的那点工作,比起党和人民伟大的集体事业,算得了什么呢?没有这些伟大的事业,你又写什么呢?

我想谈一谈革命作家的责任感的问题。三年前,我和一个西欧的资产阶级作家谈过话。他说,他只写他看到的,不管正确不正确。他只想写得越感动人越好,至于他的读者里头,有人看过他的作品以后自杀了,他不负责任。他说这反而证明他写得"成功"。请看!这是多么令人发呕的资产阶级腐朽透顶的文艺思想!我们革命作家写作时,永远不要忘记认真地考虑三个问题——我看见的是什么?我看得正确吗?我写出来对人民有利没有利?一个革命作家,在这三点上经常检查自己,就不仅可以把自己和资产阶级作家和修正主义分子严格地区别开来,而且可以用创作实践来打击修正主义。做实际工作的同志,在决定采取一种措施以前,要考虑到这种措施的效果,难道我们写文章可以不考虑文章发表以后的影响吗?我们要努力观察得更深刻,表现得更准确,使我们的作品对人民的教育意义更大一些。

1961 年

中国艺术表现里的虚和实
宗白华

先秦哲学家荀子是中国第一个写了一篇较有系统的美学论文——《乐论》的人。他有一句话说得极好,他说:"不全不粹不足以谓之美。"这话运用到艺术美上就是说,艺术既要极丰富地全面地表现生活和自然,又要提炼地去粗存精,提高,集中,更典型,更具普遍性地表现生活和自然。

由于"粹",由于去粗存精,艺术表现里有了"虚","洗尽尘滓,独存孤迥"(恽南田语)。由于"全",才能做到孟子所说的:"充实之谓美,充实而有光辉之谓大。""虚"和"实"辩证的统一,才能完成艺术的表现,形成艺术的美。

但"全"和"粹"是相互矛盾的。既去粗存精,那就似乎不全了,全就似乎不应"拔萃"。又全又粹,这不是矛盾吗?

然而只讲"全"而不顾"粹",这就是我们现在所说的自然主义;只讲"粹"而不能反映"全",那又容易走上抽象的形式主义的道路;既粹且全,才能在艺术表现里做到真正的"典型化",全和粹要辩证的结合、统一,才能谓之美,正如荀子在两千年前所正确地指出的。

清初文人赵执信在他的《谈龙录》序言里有一段话很生动地、形象化地说明这全和粹、虚和实辩证的统一才是艺术的最高成就。他说:

> 钱塘洪昉思(按即洪昇,《长生殿》曲本的作者),久于新城(按即王渔洋,提倡诗中神韵说者)之门矣,与余友。一日并在司寇(渔洋)宅论诗,昉思嫉时俗之无章也,曰:"诗如龙然,首、尾、爪、角、鳞、鬣一不具,非龙也。"司寇哂之曰:"诗如神龙,见其首不见其尾,或云中露一爪一鳞而已,安得全体!是雕塑绘画耳!"余曰:"神龙者,屈伸变化,固无定体,恍惚望见者第指其一鳞一爪,而龙之首尾完好,故宛然在也。若拘于所见,以为龙具在是,雕绘者反有辞矣。"

洪昉思重视"全"而忽略了"粹";王渔洋依据他的神韵说看重一爪一鳞而忽视了

"全体";赵执信指出一鳞一爪的表现方式要能显示龙的"首尾完好""宛然在也"。艺术的表现正在于一鳞一爪具有象征力量,使全体宛然存在,不削弱全体丰满的内容,把它们概括在一鳞一爪里,提高了,集中了,一粒沙里看见一个世界。这是中国艺术传统中的现实主义的创作方法,不是自然主义的,也不是形式主义的。

但王渔洋、赵执信都以轻视的口吻说着雕塑绘画,好像他们只是自然主义地刻画现实。这是大大的误解。中国大画家所画的龙正是像赵执信所要求的,云中露出一鳞一爪,却使全体宛然可见。

中国传统的绘画艺术很早就掌握了这虚实相结合的手法,例如近年出土的晚周帛画凤夔人物,汉石刻人物画,东晋顾恺之《女史箴图》、唐阎立本《步辇图》、宋李公麟《免胄图》、元颜辉《钟馗出猎图》、明徐渭《驴背吟诗》,这些赫赫名迹都是很好的例子。我们见到一片空虚的背景上突出地集中地表现人物行动姿态,删略了背景的刻画,正像中国舞台上的表演一样。(汉画上正有不少舞蹈和戏剧表演。)

关于中国绘画处理空间表现方法的问题,清初画家笪重光在他的一篇《画筌》(这是中国绘画美学里的一部杰作)里说得很好,而这段论面面空间的话,也正可以通于中国舞台上空间处理的方式。他说:

> 空本难图,实景清而空景现;神无可绘,真境逼而神境生。位置相戾,有画处多属赘疣;虚实相生,无画处皆成妙境。

这段话扼要地说出中国画里处理空间的方法,也叫人联想到中国舞台艺术里的表演方式和布景问题。中国舞台表演方式是有独创性的。我们愈来愈见到它的优越性。而这种艺术表演方式又是和中国独特的绘画艺术相通的,甚至也和中国诗中的意境相通。(我在 1949 年写过一篇《中国诗画中所表现的空间意识》,刊同年 5 月份《新中华》杂志。)中国舞台上一般地不设置逼真的布景(仅用少量的道具桌椅等)。老艺人说得好:"戏曲的布景是在演员的身上。"演员结合剧情的发展,灵活地运用表演程式和手法,使得"真境逼而神境生"。演员集中精神用程式手法、舞蹈行动"逼真地"表达出人物的内心情感和行动,就会使人忘掉对于剧中环境布景的要求,不需要环境布景阻碍表演的集中和灵活,"实景清而空景现",留出空虚来让人物充分地表现剧情,剧中人和观众精神交流,深入艺术创作的最深意趣,这就是"真境逼而神境生"。这个"真境逼"是在现实主义的意义里的,不是自然主义里所谓逼真。这是艺术所启示的真,也就是"无可绘"的精"神"的体现,也就是美。"真""神""美"在这里是一体。

做到了这一点,就会使舞台上"空景"的"现",即空间的构成,不需借助于实物的布置来显示空间,恐怕"位置相戾,有画处多属赘疣",排除了累赘的布景,可使"无景处都成妙境"。例如川剧《刁窗》一场中虚拟的动作既突出了表演的"真",又同时显示了手势的"美",因"虚"得"实"。《秋江》剧里船翁一支桨和陈妙常的摇曳的舞姿可令观众"神游"江上。八大山人画一条生动的鱼在纸上,别无一物,令人感到满幅是水。我最近看到故宫陈列齐白石画册里一幅画上一枯枝横出,站立一鸟,别无所有,但用笔的神妙,令人感到环绕这鸟是一无垠的空间,和天际群星相接应,真是一片"神境"。

中国传统的艺术很早就突破了自然主义和形式主义的片面性,创造了民族的独特的现实主义的表达形式,使真和美、内容和形式高度地统一起来。反映这艺术发展的美学思想也具有独创的宝贵的遗产,值得我们结合艺术的实践来深入地理解和汲取,为我们从新的生活创造新的艺术形式提供借鉴和营养资料。

中国的绘画、戏剧和中国另一特殊的艺术——书法,具有共同的特点,这就是它们里面都是贯穿着舞蹈精神(也就是音乐精神),由舞蹈动作显示虚灵的空间。唐朝大书法家张旭观看公孙大娘剑器舞而悟书法;吴道子画壁请裴将军舞剑以助壮气。而舞蹈也是中国戏剧艺术的根基。中国舞台动作在两千年的发展中形成一种富有高度节奏感和舞蹈化的基本风格。这种风格既是美的,同时又能表现生活的真实。演员"能用一两个极洗练而又极典型的姿势,把时间、地点和特定情景表现出来,例如'趟马'这个动作,可以使人看出有一匹马在跑,同时,又能叫人觉得是人骑在马上,是在什么情境下骑着的,如果一个演员在趟马时'心中无马',光在那里卖弄武艺,卖弄技巧,那他的动作就是程式主义的了。——我们的舞台动作,确是能通过高度的艺术真实,表现出生活的真实的。也证明这是几千年来,一代又一代的,经过广大人民运用他们的智慧,积累而成的优秀的民族表现形式。如果想一下子取消这种动作,代之以纯现实的,甚至是自然主义的做工,那就是取消民族传统,取消戏曲。"(见焦菊隐:《表现艺术上的三个主要问题》,《戏剧报》1954年11月号)

中国艺术上这种善于运用舞蹈形式,辩证地结合着虚和实的独特的创造手法也贯串在各种艺术里面。大而至于建筑,小而至于印章,都是运用虚实相生的审美原则来处理,而表现出飞舞生动的气韵。《诗经》里《斯干》那首诗里赞美周宣王的宫室时就是拿舞的姿势来形容这建筑,说它"如跂斯翼,如矢斯棘,如鸟斯革,如翚斯飞"。

由舞蹈动作伸延,展示出来的虚灵的空间,是构成中国绘画、书法、戏剧、建筑里的空间感和空间表现的共同特征,而造成中国艺术在世界上的特殊风格。它是和西洋从埃及以来所承受的几何学的空间感有不同之处。研究我们遗产里的特殊贡献,可以有助于人类的美学探讨和艺术理解的进展。

整理我们的美学遗产,应该做些什么?

朱光潜

在近来的美学座谈会中,有人提到美学应该民族化,这个提法很好,这也就是使美学结合现实的一端。美学本身也是一种社会意识形态,反映一定的社会基础,并且为一定的社会基础服务。从历史看,美学或文艺理论都不外是总结过去创造和欣赏方面的实践经验,得出一些原则,结合社会基础的需要,作为下一阶段的创造和欣赏的指导。这过程之中即寓有批判继承的道理。美学思想的发展就是这样进行的。

因为美学是这样与一定的社会基础,一定的历史环境,一定的民族和一定的阶级密切联系的,我们不能希望有一套放之古今中外而皆准的美学。各时代、各民族以及各阶级的美学都各有它的特点。例如西方美学中有一些概念我们不一定有,希腊的悲剧概念,基督教的美由上帝放射出来的概念以及康德的"无所为而为的观照"的概念在西方都曾经统治过整个时代,在我们过去的美学思想里就不存在。反之,我们过去的美学思想中也有一些影响整个时代的概念,如"言志""载道""温柔敦厚""风骨""气势""韵""性灵""境界"等等,在西方美学思想里或是不存在,或是不完全相同。其所以有这种差别,就是这些不同的美学思想所反映的社会基础不同,要它来服务的民族和阶级不同。

因此,认为美学是一种新的科学,我们自己仿佛还没有,必须由外国搬过来的看法是不正确的。首先应该明确的是:由于我们民族具有两三千年持续不断而且高度发展的文艺创作实践方面的传统,过去的文艺理论和美学思想是极其丰富的。从周秦诸子一直到明清,涉及诗文书画音乐各门艺术的论著真可以说是"浩如烟海"。在希腊毕达哥拉斯学派还在就数量关系来探索音乐原理时,我们就有总结在《乐记》里的那样博大精深的音乐理论;在中世纪天主教经院派学者们还在设法把新柏拉图派美学附会到基督教义上时,我们就已有刘彦和的《文心雕龙》那样系统严整、论与史密切结合的文艺理论论著。认为我们自己没有美学未免是"数典忘祖"了。

其次应该明确的是西方美学由于涉及文艺对现实的关系,文艺的社会功用以及文艺技巧修养之类带有普遍性的问题,对我们也有很多可供借鉴之处,自然,这种借鉴要和我们的具体需要和创作实践相结合,是不能取逞强硬搬这种形式的,纵然勉强搬过来,也决不能解决我们的问题。我们要建立我们自己的美学,这就要牵涉两方面的考虑。首先是要考虑到我们的社会主义的文艺路线,要新建立的美学能为这个路线服务,这也就是说,要能反映我们现在的社会基础,这就不但不同于西方过去的美学,而且也不同于我们自己过去的美学。

再次是要考虑到文化历史持续性与对文化遗产批判继承的问题,我们可以批判地吸收一些西方美学中的优秀传统,但是更加重要的是批判地继承我们自己的丰富悠久的传统,因为历史持续性的原则只能使我们在自己已有的基础上创造和发展。总之,我们在建立我们自己的美学的过程中,民族化和社会主义化是应当紧密结合在一起而不可分割的。这就规定了我们的任务在于根据马克思主义的指导原则,总结我们自己过去与现在的文艺创造和欣赏的实践经验,并且适当地借鉴外国的优秀美学遗产,得出一套适合我们社会主义文化建设需要的美学理论。

在发扬我们已有的美学成就方面,首先要做的是资料的搜集和整理。这方面的工作过去也有人做了一些,但做得还不够,特别是在诗文以外的各门艺术方面,我们应按照艺术的门类和历史的次第,把各门艺术方面的理论加以搜集和整理,弄一套资料丛书出来(诗论资料、画论资料、乐论资料等),然后在这个基础上编写出各门艺术理论的发展史和一部综合性的美学史。

在整理资料的过程中要做的工作很多,其中有两项特别重要。头一项是厘定词义。过去中国文艺理论中有一些常用的概念,如"风骨""气势""气象""神韵""气韵""格调""性灵""兴趣""情致""意境"之类,在过去本来不都具有公认的明确的含义,对于现代读者更是困难。要厘定这类词义,首先要弄清楚它们的历史背景,例如"风骨""神韵""性灵""格调""义法"之类概念在初次提出时往往是作为某一宗派的信条,要用来作创作的指导原则和批评的标准。我们如果脱离了它们的历史内容,而孤立地"望文生义"就不免发生误解。其次,要把一些常用词的意义弄明确,还不能离开它们所涉及的具体作家和作品。"清新庾开府,俊逸鲍参军"所指的"清新"与"俊逸"究竟是什么意思,只有在读过一些庾信和鲍照的诗之后,才能有些具体的体会,否则这两个词于我们就是空洞的,尽管就字面上已解释得很清楚。经过厘定词义的工作之后,就可以编写出一部"中国文艺理论常用词典",这对于阅读原始资料,可以解决一些困难。这是一种普及工作。

其次一项是提高的工作,就是以问题为纲,搜集一些原始资料,分类整理,追溯同一问题的不同看法在历史上的渊源和影响,做出专题论文。刘彦和在《文心雕龙》里已经为这项工作提供了范例。过去还有些"类书"如魏庆之的《诗人玉屑》之类,也有些可效法之处。我们进行分类整理工作,总要运用辩证唯物主义和历史唯物主义的点和方法,从古为今用的原理出发,设法使过去的美学思想和我们今天要建立的美学接上头,这样才可以使过去的美学思想对今天的文艺创作实践和理论建设,发挥它所应有的作用。有一些我们今天所特别关心的问题,例如文艺对现实的关系,文艺的社会功用,作家的世界观与创作方法,文艺修养与创作技巧、典型、媒介之类的问题,过去中国文艺理论家并不是没有注意到,但是过去编类书的人大多侧重形式技巧的一些烦琐方面,对文艺中关键性的问题反而从略。这种偏向是应该纠正的。以往写历史,大多以时代为纲,把同时代的许多问题或事件摆在一个平面上去看,例如已经出版的几部中国文学批评史都是这样写的。此外,还应该有些专题史,例如"山水画的理论发展史""言志派与载道派的思想斗争史""关于炼字的理论史""儒道佛三家思想对文艺理论的影响史"之类。这些专题史对于创作实践和理论建设的启发作用比一般"通史"所能起的或许还会大些。

以上只是就已有的文艺理论或美学思想来说。此外,我们还有很大一部分丰富的创作实践经验还没有经过系统的分析和总结,特别是在诗文以外的各门民间艺术的领域里。例如绘画、音乐、雕塑、戏剧、曲艺等方面都有些老艺人根据悠久的传统做出卓越的成就,却没有足够的条件把他们的经验和体会写出来,以供理论建设的参考。姑且举戏剧为例,自从毛主席提出"百花齐放、推陈出新"的方针以来,全国各地已发掘和整理出大量的旧剧种和旧剧目,这中间蕴藏着极其丰富和极其珍贵的戏剧实践经验。如果把这些经验搜集起来,加以比较、分析和总结,就可以得出一套很完整的关于戏剧方面的美学理论,作为提高我们民族戏剧艺术的借鉴,其他艺术也可以由此类推。近年来中医所做的工作是很可以供我们学习的。中国艺术一向具有很高度的综合性,最明显的是歌舞乐以及诗书画的密切联系。因此,单就各门艺术孤立地进行整理工作,有时会行不通,组织各门艺术理论工作者之间的协作是很有必要的。例如要研究戏剧理论,就不能不取得诗歌、音乐、舞蹈,乃至于造型艺术各方面的协作。

古典诗歌中的自然景物描写

臧克家

　　大自然是人类取之不尽、用之不竭的物质资源,自然景物又是我们"耳得之而为声,目遇之而成色"的欣赏对象,不论作为严酷的"第二个母亲"——人类与之斗争的对手,还是作为赏心悦目的形象,它对于我们的生活、我们的情绪都有着很大的影响。因此,它在文艺创作里得到普遍而生动的反映,特别是在诗歌领域之内。它有时成为鲜美芬芳的花朵,有时作为扶持红花的绿叶。今天,我们读了古代诗歌中的风景诗,或景物描写的佳句,犹觉色香俱美,为之动情。

　　人是有感情的。"诗缘情而绮靡""物色之动,心亦摇焉……岁有其物,物有其容,情以物迁,辞以情发……""悲落叶于劲秋,喜柔条于芳春",这都是说人的情感随着景物的变化而变化着。"登山则情满于山,观海则意溢于海,我才之多少将与风云而并驱矣。"这是说情与景物的艺术境界。

　　在古典诗歌中,自然景物有着很重要的地位,它的作用也是多方面的。人凭自己的辛勤劳动向自然做斗争,以取得生活的必需品,反映这种情况的诗篇从《诗经》里就可以找到。例如有名的《七月》《大叔于田》以及《芣苢》之类。《七月》是奴隶社会的劳动人民为了生活向自然做斗争的一幅生动的图画;《大叔于田》描写一个青年猎手驾着马车去弯弓射猎的情景,后来的射猎诗如"草枯鹰眼疾,雪尽马蹄轻",也是写自然景物,同时也写了人如何勇敢而矫健。"采采芣苢,薄言采之",读了这些诗句,好似听到了几千年前妇女们劳动的歌声。以劳动人民与自然斗争为题材的诗歌,像白居易《观刈麦》之类,是不少的。在这样一些诗里,自然景物的描写和劳动者的形象、动作与情感是统一而谐和的。"足蒸暑土气,背灼炎天光,力尽不知热,但惜夏日长……"景与情,交织在一起,读了之后,印象就像扎下了根子。

　　古典诗歌里的景物,在陪衬情感、加强它的具体性和感染力方面,起着重大的作用。有的是触景生情,有的是情景相映而益彰。"昔我往矣,杨柳依依,今我来思,雨雪霏霏",这和"相见时难别亦难,东风无力百花残",虽然是聚散不同,但景物同样标志着季节,衬托了情感,加强了它的动人力量。这样的例子多到不可胜举。"碧云天,黄花地,西风紧,北雁南飞,晓来谁染霜林醉……"这些景物描写,带着无限凄清的情调,引出"总是离人泪"的结穴句子。末一句是主调,但如果没前边的那些色调相同的景色,最后的抒情也就不会这么动人。"他部从入穷荒,我銮舆返咸阳;返咸阳,过宫墙;过宫墙,绕回廊;绕回廊,近椒房;近椒房,月昏黄;月昏黄,夜生凉;夜生凉,泣寒螀;泣寒螀,绿纱窗。"你看这一大段景物描写,一层层压下来,最后才吐出"绿纱窗,不思量!",读了真叫人心胸郁结,不胜悲切。

人的心情往往随着环境、遭遇起着变化,自然景物也往往沾染着情感的色彩。唐玄宗在悲哀的时候,"行宫见月伤心色,夜雨闻铃肠断声";孟郊困苦时,"出门即有碍,谁谓天地宽",而一旦功名得中,"往事崎岖"全丢在脑后:"春风得意马蹄疾,一朝看遍长安花。"当心境佳胜的时候,自然景色也面目一新了。一位西洋诗人写一个人和他的爱人最后一次并驰,他感觉眼前的一切景物全好似第一次看见一样的新鲜动人。其实呢,景物依然,不过是人的心情变了。什么样的人物,什么样的情感,配什么样的景色。类似《兵车行》,一开首就景色雄壮,"车辚辚,马萧萧",为"行人弓箭各在腰"一句壮了形势,加重了氛围气。"落日照大旗,马鸣风萧萧……中天悬明月,令严夜寂寥",情况也是一样。元稹的《闻乐天授江洲司马》:"残灯无焰影幢幢,此夕闻君谪九江。垂死病中惊坐起,暗风吹雨入寒窗。"首句与结句的凄惨景色配合着作者悲愤忧伤的情感,一团凄惨悲切的气氛,逼得人透不过气来,真不辨何者是景何者是情了。

自然景物本身,是客观存在的,各自有它的形象、声音和颜色,但这种客观性常常由于诗人的思想情感的关系变换着色调。即使同一个诗人,也往往因为思想、环境的变迁,对同样的景物,前后的抒写,判若出自两人之手。同样是秋天,我们读了李璟的"菡萏香销翠叶残,西风愁起绿波间,还与韶光共憔悴,不堪看"和李煜的"秋风庭院藓侵阶。一任珠帘闲不卷,终日谁来。……晚凉天静月华开,想得玉楼瑶殿影,空照秦淮"以及李清照的"梧桐更兼细雨,到黄昏、点点滴滴,这次第,怎一个愁字了得",觉得感伤气味浓重,充满了悲秋情调,这种情调即使在伟大的现实主义诗人杜甫的《秋兴八首》中也多少是不免的。相反的,我们读了"城市尚余三伏热,秋光先到野人家""铁马秋风大散关""沙场秋点兵"以及"停车坐爱枫林晚,霜叶红于二月花"等明丽爽朗的句子,精神为之一振。自然景物,可以影响人的情感;人的情感也可以给自然景物涂上主观的色彩,当然这种情感是有阶级性的,同时与时代、环境也大有关系。

譬如咏雪。宦豪显贵,身着重裘,对着这银白世界,饮酒取乐之余,考试后辈才华,咏着"撒盐空中差可拟","未若柳絮因风起",后世还传为佳话,"絮雪才华"成了著名的典故。而在一个无衣无食、无处安身的叫花子眼中呢?"大雪飘飘似鹅毛,天上掉下杀人刀"。阶级不同,对"雪"的感受也别如天渊。古代诗人,写了多少咏菊的佳句,而农民起义英雄黄巢的《题菊花》,则别有天地,与众不同:"飒飒西风满院栽,蕊寒香冷蝶难来。他年我若为青帝,报与桃花一处开。"这是何等心怀,何等气魄!

在古典诗歌中,这样的情况也是常见的:单从字句上着眼,它是写景物的,实际上写景物就是抒发情感。有的是意在言外,令人体味,有的带着象征意义,一看就可以知道,"春蚕到死丝方尽,蜡炬成灰泪始干",作者虽在写物,我们明白他是在写人。"露重飞难进,风多响易沈",名为《咏蝉》,实则自喻。"居高声自远,非是藉秋风",我们同样也觉得它意在言外。"沈舟侧畔千帆过,病树前头万木春",这样诗句,象征意味是明显的。"锦城丝管日纷纷,半入江风半入云。此曲只应天上有,人间能得几回闻!"杜甫虽系在写"丝管",实际上他意在讽刺。又如李商隐的《嫦娥》:"云母屏风烛影深,长河渐落晓星沉。嫦娥应悔偷灵药,碧海青天夜夜心。"诗人写的是什么,读者是会意会的。"枯藤老树昏鸦,小桥流水人家,古道西风瘦马。夕阳西下,断肠人在天涯。"整首小令,几乎全是写景,然而我们觉得它句句是在抒情。

这一类的诗,看来是纯粹写景物的,其实写景也就是写情。

有些诗里的景物描绘,看起来好似随心所欲,信手拈来,实际它对整个诗篇的气氛和时代背景都有着重大的典型意义:"鸡栖于埘,日之夕矣,羊牛下来",接下去是"君子于役,如之何勿思?""鹅湖山下稻粱肥,豚栅鸡栖半掩扉。桑柘影斜春社散,家家扶得醉人归"。

这些景物的描写,有着时代的鲜明色彩,也有着地方的特殊情调,对诗人所要抒发的情感,起了重要的作用,读了之后,令人觉得客观环境与诗人的心情十分谐和,因而觉得它情意缠绵,味道隽永。

景物在诗歌中起着"兴""比""赋"的作用。打开《诗经》开宗明义第一章的头两句就是"关关雎鸠,在河之洲",然后是"窈窕淑女,君子好逑""桃之夭夭,灼灼其华",情况也不二致,都是借景物以"兴"。有的作为"兴"的起句,为了声韵或其他关系,意义不一定和下面的字句相关联。例如"孔雀东南飞,五里一徘徊",和下面人物的状写,并无必然联系,又如"小白鸡,咯咯咯,老娘爱吃嫩黄瓜",用头二句不过是为了押韵罢了。

我常常想,诗歌里如果去了景物描写,那会变成个什么样子?它会变得干枯乏味,使人兴致索然!我们会失去无数宝贵的形象:绚灿悦目的颜色将变得黯然;打动心弦的声音将变成哑默,一座诗歌的大花园呈现出一片黯淡的景象!形象化是文艺创作的特点,而景物就是使诗歌形象化的一种手段。上面说的是"兴"。"比"和"赋"也何尝不然?《诗经》里就充满了这种例子。用"山""河"比人的壮美,用"如月之恒,如日之升,如南山之寿,不骞不崩"比人之福寿;"手如柔荑,肤如凝脂,领如蝤蛴,齿如瓠犀,螓首蛾眉,巧笑倩兮,美目盼兮",这是多么动人的美人图呵。《楚辞》里多的是"香草美人"之比。"赋"要铺陈,更离不开景物。"籊籊竹竿,以钓于淇""谁谓河广,一苇杭之"……不过到了汉代的"赋",有许多专事夸张,景物满眼,说"山"则"山"字旁的字列队成行,说"水"说"鸟"说"木",情况亦然,读赋好似念字典,有景无情,或景多情少,令人几乎不能卒读。

古代有许多诗歌,通篇描写自然景物,"山水诗""田园诗"都在其中,这些诗因为不是情景映照,诗人的情感有时候不易捉摸。照我的看法,即使看上去好似纯粹客观的景物诗,也决不能不带着作者情感,打上主观的印痕,不过有隐有显而已。

例如:"春水满四泽,夏云多奇峰。秋月扬明辉,冬岭秀孤松。"这是写四时景色的一首诗,我们读了,颇有生发挺秀的感觉。作者选了这样四种景色去表现四季,我看,这就代表了作者的一种情感。如果另换上不同景物,四季也可能令人发生别样情调。在广义上说,一切景物诗——包括"山水诗""田园诗"在内,都可以说是抒情诗。诗人写景物,一点也无动于衷,这是不大可能的。即使摄影,好像是纯"自然主义"的,实际上,拍摄者以怎样角度去取景,已经表现了作者的观点和兴趣,而使摄影成为一种艺术。纯粹描写自然,却不一定是"自然主义",许多古典诗歌可以证明这一点。诗人写自然景物,并非就耳目所及随便出手,这样的作品决不会成为佳作留传至今。诗人写的即使是纯粹自然景物,这种景物一定不是死死板板的原型,而是经过严格的选择、剪裁,在心里造成一种意境,然后用优美的字句表现出来。这样一来,我们从诗歌中看到的不是原来的自然景物,而是诗人心目中的自然景物了。

"敕勒川,阴山下。天似穹庐,笼盖四野。天苍苍,野茫茫。风吹草低见牛羊。"它给人的是一种苍茫辽阔的感觉。

"日照香炉生紫烟,遥看瀑布挂前川。飞流直下三千尺,疑是银河落九天。"生动流畅,想象新颖。

"千里莺啼绿映红,水村山郭酒旗风。南朝四百八十寺,多少楼台烟雨中。"诗情画意,悠然契合。

"江南可采莲,莲叶何田田,鱼戏莲叶间。鱼戏莲叶东,鱼戏莲叶西,鱼戏莲叶南,鱼戏莲叶北。"这是多么生动活泼的一幅景物图呵。

"桃红复含宿雨,柳绿更带朝烟。花落家童未扫,莺啼山客犹眠。"一种幽静闲适的情调,充满字里行间。

"春眠不觉晓,处处闻啼鸟。夜来风雨声,花落知多少。"情况也相同。

即使像:"空山不见人,但闻人语响。返景入深林,复照青苔上"这类的诗,它的情调也是很容易感觉出来的。

"气蒸云梦泽,波撼岳阳城。"何等气象!

"岱宗夫如何?齐鲁青未了。"何等境界!

"大漠孤烟直,长河落日圆。"何等壮丽!

"春潮带雨晚来急,野渡无人舟自横。"何等情趣!

"峨眉山月半轮秋,影入平羌江水流。"何等清秀!

"随风潜入夜,润物细无声。"何等微妙!

信手拈来,何只"漏万"。

前面说过,作品都是带有阶级性的。但是,我们却不能刻舟求剑地从每一首风景诗中去找到阶级性和时代精神。许多优秀、健康的景物描写诗句,今天读了,依然引起我们的同感和欣赏情趣。

"……今宵酒醒何处?杨柳岸,晓风残月"和"鸡声茅店月,人迹板桥霜"之类诗句,是会唤起人们旅途早起的经验和共感的。可是,因为阶级不同,共感的内容也就各异。贵族富人,可以因而忆起驷车大马的旅行的豪情与逸兴,而贫苦的人呢,则会想到旅途中的无限辛酸。阶级不同,引起的具体感觉也不同。

古典诗歌中的一切景物描写或纯粹描写景物的诗,不论它作为映衬或寄寓,都带有抒情的色彩,它们像千万道长虹,在诗歌的天空中光辉照眼,万古常新。

1962年

中国古典文论中谈到的语言形式美
王 力

中国古典文论中谈到的语言形式美,主要是两件事:第一是对偶,第二是声律。关于这两件事,《文心雕龙》都有专篇讨论。《文心雕龙》第三十三篇讲声律,第三十五篇讲丽辞。所谓丽辞,就是对偶。

这两件事都跟汉语的特点有关。唯有以单音节为主(即使是双音词,而词素也是单音节)的语言,才能形成整齐的对偶。在西洋语言中,即使有意排成平行的句子,也很难做到音节相同。那样只是排比,不是对偶。关于声律,我们的语言也有特点。汉语是元音占优势的语言,而又有声调的区别,这样就使它特别富于音乐性。

文论中对于文章的对偶特别是诗的对偶是有许多讲究的。人们容易把对偶看得很简单,以为只是字数相等,名词对名词,形容词对形容词,动词对动词,副词对副词就是了,实际上远不止于此。《文心雕龙》提出了著名的对偶原则:"故丽辞之体,凡有四对。言对为易,事对为难;反对为优,正对为劣。言对者,双比空辞者也;事对者,并举人验者也;反对者,理殊趣合者也;正对者,事异义同者也。"拿今天的话来说,"言对"就是不用典故,"事对"就是用典故,"反对"就是反义词或意义不同的词相对,"正对"就是同义词或意义相近的词相对。

刘勰轻视言对,提倡事对,这是跟骈体文的体裁有关的。从艺术观点说,这个作用不大。杜甫、王维等许多大诗人许多著名的对句如"感时花溅泪,恨别鸟惊心""明月松间照,清泉石上流",也都是言对,不是事对。这个可以撇开不提。

"反对为优,正对为劣。"这倒是一条很宝贵的艺术经验。《文心雕龙》所举反对的例子是王粲《登楼赋》:"钟仪幽而楚奏兮,庄舄显而越吟。"("幽"和"显"是反义词)正对的例子是张载《七哀诗》:"汉祖想枌榆,光武思白水。"("想"和"思"是同义词)二者的优劣是显而易见的。在这个问题上,刘勰的理论是高的:他把反对认为是"理殊趣合",这是用不同的道理来达到同一的意趣,表面上是相反,实际上是相成。这样的对偶是内容丰富的对偶。他又把正对认为是"事异义同",因为两个句子从字面上看来虽然不同,实际上只表示了同的意思,这样的对偶是内容贫乏的对偶。

正因为这个意见是对的,所以后人常常拿它来衡量诗的优劣。王籍《入若耶溪》:"蝉噪林逾静,鸟鸣山更幽。"这是被人传诵的名句。但是蔡宽夫《诗话》说:"晋宋间诗人造语虽秀拔,然大抵上下句多出一意。"他举了王籍这两句诗批评说:"非不工也,终不免此病。"

正对走到了极端,自然是诗家之大忌。所以诗论家有"合掌"的戒律。所谓"合掌",也就是同义词相对。

因此,关于对偶,我们不要单看见古人求同的方面(字数相等是同,词性相等也是同),同时还要看见古人求异的方面,后者比前者更加重要。古人在对偶中特别强调相反,强调对立,强调不同。这个原理同样地适用于声律方面。

《文心雕龙》声律篇中有很重要的两句话:"异音相从谓之和,同声相应谓之韵。""同声相应谓之韵"这一句话好懂:韵就是韵脚,是在同一位置上同一元音的重复,这就形成声音的回环,产生音乐美。但是刘勰所强调的不是这一句,而是前一句:"异音相从谓之和。"所以他跟着就说:"韵气定,故余声易遣;和体抑扬,故遗响难契。属笔易巧,选和至难;缀文难精,而作韵甚易。"这就是说,同声相应是容易做到的,异音相从是难做到的。这和《丽辞》篇所论"反对为优,正对为劣"的道理是相通的。依一般的见解,异音相从应该是不和,现在说异音相从正是为了和,这也和《丽辞》篇所说的"理殊趣合"是同一个道理。音乐上的旋律既有同声相应,也有异音相从。假如只有同声相应,没有异音相从,那就变为单调了。

什么是"异音相从谓之和"呢?范文澜同志认为是"指句内双声叠韵及不仄之和调"(《文心雕龙注》第559页),这是对的。所谓"八病",虽然旧说纷纭,莫衷一是,实际上就是避同求异,如双声的字不能同在一句(联绵字不在此例),句中的字不能跟韵脚的字叠韵,五言诗第五字不得与第十五字同一声调,等等。沈约《宋书·谢灵运传论》说:"夫五音相宣,八音协畅,由乎玄黄律吕,各适物宜。欲使宫羽相变,低昂互节,若前有浮声,则后须切响。一简之内,音韵尽殊;两句之中,轻重悉异。妙达此旨,始可言文。"沈约在这里也是特别强调了"殊异"的作用。

律诗的平仄格式是逐渐形成的,而不仄的讲究主要还是求其"异音相从"。一句之中,平仄交替成为节奏,这是异;一联之中,出句的平仄和对句的平仄相反,这又是异。后联和前联相连(第三句与第二句平仄相同,等等),似乎是为了求同,实际上还是为了求异,因为失黏的结果是前后两联的平仄雷同。

严羽《沧浪诗话》批评了"八病"的戒律。他说:"作诗正不必拘此,弊法不足据也。"凡事一到了"拘",就出毛病。形式美与形式主义的区别,就在于诗人驾驭形式还是形式束缚诗人。"八病"的避免,如果作为形式美来争取,而不是作为格律来要求,还是无可厚非的。

　　杜文澜《声调四谱图说》引杜审言的《早春游望》作为示范。杜审言原诗是："独有宦游人,偏惊物候新。云霞出海曙,梅柳渡江春。淑气催黄鸟,晴光转绿苹。忽闻歌古调,归思欲沾巾。"这首诗有四句是平上去入四声俱全的,其余也都具备三声(其中有两句按诗律也只能具备三声)。这样,在声调上就具有错综变化之妙。

　　有人说,杜甫的律诗出句末字上去入三声俱全,如果首句入韵,那就是平上去入四声俱全。我曾经就《唐诗三百首》所选的杜诗作一个小小的统计:五律十首,合于上述情况者八首;七律十三首,合于上述情况者十首。这可以说明:一方面杜甫的确有意识地追求这种形式美;另一方面,杜甫决不会牺牲了内容去迁就形式。

　　相连的两个出句声调相同,叫作"鹤膝",也有人认为就是"上尾"。杜甫的律诗,特别注意避免上尾,但偶尔也有不拘的。例如《客至》诗第三句末字是"扫"字,这个字有上去两读,若读上声则跟第一句末字"水"字犯上尾,若读去声则跟第五句末字"味"字犯上尾。这些地方都可以说明杜甫既讲究形式美而又不拘泥于形式。两个出句末字声调相同还不足为病,至于三个出句末字声调相同,那就算是缺点了。谢榛《四溟诗话》批评杜牧之《题宣州开元寺水阁》诗:"六朝文物草连空,天淡云闲今古同。鸟去鸟来山色里,人歌人哭水声中。深秋帘幕千家雨,落日楼台一笛风。惆怅无因见范蠡,参差烟树五湖东。"又批评王维《送杨少府贬郴州》诗:"明到衡山与洞庭,若为秋月听猿声。愁看北渚三湘远,恶说南风五两轻。青草瘴时过夏口,白头浪里出湓城。长沙不久留才子,贾谊何须吊屈平?"他说:"此上三句落脚字,皆自吞其声,韵短调促,而无抑扬之妙。"其实他在这里指出的就是上尾的毛病,因为这两首诗三个出句末字都用了上声。谢榛最后说:"然子美七言,近体最多,凡上三句转折抑扬之妙,无可议者。其工于声调,盛唐以来,李杜二公而已!"他的话是颇有根据的。李白的律诗较少,我没有分析过;至于杜甫,我相信他在声调美方面是有很深的研究的。

　　总体来说,古典文论中谈到的语言形式美,不管是在对偶方面,还是在声律方面,都是从多样中求整齐,从不同中求协调,让矛盾统一,形成了和谐的形式美。

　　我们不可能也不应该照搬古人的艺术经验,特别是现代的诗即使讲究格律,也不一定要拘泥于平仄(写旧体诗不在此例)。但是古典文论中谈到的语言形式美,从原理上说,还有许多可以借鉴的地方。文学语言的形式美,应该是随着民族而不同的,随着时代而不同的。希望有人在这方面进行研究,对文学的发展将有很大的意义。这篇短文,不过是抛砖引玉罢了。

诗歌漫谈

郭沫若

古典诗歌的优秀作品并不是那么很多的。一个时代的优秀作品有限,一个作家的优秀作品更有限。诗三百篇并不是篇篇都优秀,唐诗三百首也并不是首首都隽永。但只要是优秀的诗歌便有隽永的艺术魅力,古典作品是这样,新诗也是这样。古典诗歌的优秀作品要比较多些,其原因是经过几千年的淘洗,是沙中存下的金屑。新诗历史比较短,故觉沙多而金少,然而并非无金。因此,我们预先要肯定这一点:并不是古典诗歌都好,而新诗就不行。

诗歌要怎样才算得优秀?必要的条件是:内容与形式起了有机的化合。内容要有正确的思想、纯真的感情、超越的意识。形式要使韵律、色彩、感触都配合得适当。旧诗的形式,经过长期的琢磨,有它的优越处。它可以使你言简意赅,把思想意识概括得很精巧,使难于摩触的情绪化而为可见可闻、有声有色,或者是铿锵的珠玉,或者是咆哮的风雷。旧诗歌的形式也有种种,四言、五言、七言、长短句,诗、歌、词、曲,还有韵文、弹词应该都是诗,都是从发展中来。但无论哪一种旧形式都很束缚人,有的甚至在今天实在难以使用。如四言诗,就很难讨好。这和言语的发展应有关联,古代言简,今时言繁。如名物,古或一字可辨,今则可累数字到十数字。因此旧诗的形式也不能完全套用。自然,束缚也有其妙处,束缚与自由得到辩证的统一,如火车之在轨道上驱驰,就可以恰到好处。其实新诗也有束缚性,任何艺术形式、任何事物都有一定规律,规律就是束缚,有规律性的自由是真解放,无规律性的自由是狂乱而已。

至于思想内容,变迁尤烈。但古典诗歌的思想内容并非全部过时,其中有民主性的精华,可供吸取。这所谓吸取也不是蹈袭前人,吸取来的东西要成为自己的血肉而再现,如牛吃草而成奶,如蜂采花而酿蜜。在为人上也可以借鉴,古人所谓借以陶冶性情。但主要的学习恐怕还在技巧,要以极精简的语言表达出深厚的情绪、生动的景色、有意义的生活。有时看来很平易,而却要经过千锤百炼的苦功。倏然的天籁,其实也是从平素的积养而来。要有水的积蓄,倏然来风,方能漾起波纹。

形式熟练了,其本身具有音乐性。如听音乐,听者并不一定懂得作曲者的意趣,但也能深受感动。诗歌也是这样,往往有脍炙人口的诗,而并未真得其解。三百篇中有些好诗,我们就不一定真懂。唐宋诗也有同样的情形。我且举一首唐人王维的《相思》作例子:

红豆生南国春来发几枝
劝君多采撷此物最相思

这恐怕是很多人都能暗喻的。我故意未加标点。这诗,我一直到最近,才有把握把标点打正确。我到广东来,在高要看到很多红豆树,其中有大可合抱的,豆粒呈三角形而扁平,色深红,冬季成熟。在海南岛崖县及其他地方又看到很多草本红豆,豆粒如绿豆而稍大,有黑帽,色鲜红,也在冬季成熟。王维所咏的红豆不知是哪一种。他本是今山西境内的人,无论哪一种红豆的自然生态,我相信他都是没有看见过的,他所见到的只是豆粒而已。知此,才能体会到"春来发几枝"句应该打问号。但似乎大家都忽略了。原诗是为赠别而作,有到南方来的友人,他希望他多采些红豆回去。"此物最相思"者是北方人的感情,是王维最思慕此物。这一例说明我们大抵是"好读书不求甚解",也说明旧诗形式有它的迷人处。尽管不真懂,而人总说好。新诗,我相信也可以做到这样。西方的象征派诗人,就爱在音律上下功夫,而故意朦胧其意趣,使人不可摩触。我们大可以不必走这条邪路,但形式音律总是应该讲究的。

新诗到底要怎样才能作好?实在是一个不容易回答的问题。民歌固应该学习,古典诗歌也应该学习,其实外国的诗歌和各种姊妹艺术在可能范围内也都应该学习。可以利用旧形式来盛纳新内容,也可以为新内容而铸造新形式。后者恐怕更重要一些。旧瓶固然可以盛新酒,但酒必须新!要有新生活、新感情、新思想、新事物、新词汇,这样才能赋予旧瓶以新的生命。主席的旧诗词就是绝好的范例。陈腔滥调、朽辞腐语,是应该尽量抛弃的。新酒也应该盛在新瓶里,我看谁也不好反对。问题是酒也要新,瓶不仅新而且要好。不可忽视,也有人用新瓶盛旧酒的。这,我们应该特别反对。把新瓶做好,是值得我们共同努力的工作。但要怎样才能做好,涉及的方面很多,不是三言两语可以说得准确。先要做人,然后作诗。做人方面的努力也是作诗方面的努力。既要作诗,这是语言文字的艺术,技巧的锻炼断然不可忽略。个人努力之外还应该加以时代积累。

齐白石画集序
王朝闻

　　画家齐白石(1863—1957)，几乎活了一个世纪。他在绘画方面的热情，贯穿他那漫长的一生。他那创造性的劳动，为广大群众贡献了丰富的欣赏对象。特别是花鸟画方面所显示的新的艺术成就，对新一代的画家的造诣产生了和将要继续产生深远的影响。

　　齐白石在漫长的艺术成长历程中，有幸运也有困难。生于湖南湘潭的一个贫苦的农家，七岁时对绘画发生了浓厚的兴趣，但也和其他贫苦的孩子一样，正当的兴趣得不到及时的发展。童年时上了半年学，以后就开始了放牛和打柴的劳动。体力不足以操田，十二岁时投师学木匠。白天劳动，晚上习画，对绘画的兴趣愈来愈强烈。前人的范本提高了他那雕花木工的艺术水平。他的工笔人物画和花鸟画，也为农村观赏者所喜爱。他在绘画方面显示出来的才能，受到当地文人胡沁园等人的重视，在学习上得到他们的鼓励和帮助，促使他成为在当地可以卖画为生的专业画家，结束了十五年的木匠生涯。因为绘画、诗、篆刻在更大范围内受到人们的重视，四十岁时获得了游历祖国名山大川的机会。在所谓"五出五归"的过程中，他接近了较之故乡的自然广阔得多的自然，接近了较之故乡的师友更有修养的师友，接近了在故乡难得接近的前人的遗作，生活视野和艺术视野更开阔了。尽管独特风格还不显著，绘画艺术却渐臻成熟。五十五岁时定居北京，企图在这个古城卖画为生，可是他的作品不为广大观赏者所欢迎。在反对抹杀前人成就，也反对盲从前人的中国画家陈师曾的影响和支持之下，毅然"变法"。在画风的变化过程中，有不少作品失败了，不过这不能阻止他那进取的决心："余作画数十年，未称己意，从此决定大变，不欲人知，即饿死京华，公等勿怜。乃余或可自问快心时也。"正如他的诗遭受过"薛蟠体"的嘲笑一样，他在绘画方面的创造性，也遭受过笔墨少来历的嘲笑。他不怕嘲笑，继续努力，终于由不成熟到成熟，在花鸟画上独树一帜。正因为他不向保守派低头，不迎合嘲笑者的旧趣味，他那纯朴而又清新、平易近人却"物色尽而情有余"的作品，征服了无数热爱绘画的观赏者。在旧时代里，例如在日本帝国主义侵占祖国的时期，在反动的蒋介石发动内战的时期，他和千千万万的劳动人民一样，遭遇了压迫、诋毁、勒索和物价飞涨所造成的痛苦，特别是精神上的痛苦，因而，对反动统治者越来越憎恨。八十九岁时全国解放，他感到"已卜余年见太平"的幸福，他在政治上、艺术上和生活上都得到了党和人民领袖的关怀与帮助，因而他改变了旧时代那种杜门谢客，甘居寂寞，"与雪个同肝胆"的出世的态度，而热情地参加了人民团体，保卫和平等政治活动。他的艺术创作的境界也愈来愈深广，有些适应了花鸟画特性的新作，相应地表现了崭新的人民时代孕育起来的感情。不少作品受到广大人民群众的喜爱，人民政府授予他"中国人民杰出的艺术家"的崇高荣誉。新中国成立以来，他的艺术生命仿佛更年轻，在九十七岁与世长辞那一年还画了不少生气勃勃的新作品。这些作品既有个人风格的一贯性，也在一定程度上显示了新的探索和新的进展。

齐白石在艺术上的成就，依靠我国悠久文化艺术的哺育，依靠他的师友的热情扶植，依靠他自己对于艺术事业的毅力和信心，依靠他那形成健康的审美感的生活经历，也依靠他尊重前人却不盲从前人的态度。包括他回忆童年生活所见的，湖南农村妇女在孝衣反卷的袖口上作素色挑花的由衷的称赞在内，他不盲从别人，却也不忽视别人的成就。没有明清的大画家徐渭、朱耷、金农、黄慎和李鱓，没有同时代的吴昌硕和陈师曾，不会产生跨越前人的齐白石，所以说齐白石的成就同前人与同时代人的成就密切联系着。可是，齐白石和历代勤劳、勇敢、智慧的艺术家一样，懂得前人所说的"若无新变，不能代雄"的真理，他不把别人的成就当成自己的成就，没有使学习和因袭的界限混淆起来。他十分尊敬前人，也十分相信自己。"绝后空前释阿长，一生得力隐清湘。胸中山水奇天下，删去临摹手一双。"这是对前人石涛的颂扬，也是他自己创作信念的流露。他在临摹中为自己的创造性创造了条件，而不以貌似前人作品面貌为临摹的目的。当他已经有了较高的艺术造诣时，尽管他仍然崇拜前人，却十分重视艺术个性，创作的内容和形式都强调"变"而不甘于"似"。他用"我行我道，下笔要我有我法"来激励自己，同时他也不愿意自己成为被盲目崇拜的偶像，成为后人裹足不前的障碍，因而又用"学我者生，似我者死"来警告后人。

为人纯朴而正直，对待自己所选定的事业的态度严肃而坚韧，经过许多失败和挫折才有了出色成就的大画家，既藐视一切阻碍，不愿理睬那些错误的批评，也有重视即令是偏颇的甚至是恶意的但于自己的造诣有益的批评。画家史怡公告诉我，在1936年前后，他在北京琉璃厂伦池斋遇见齐白石，齐问这两天有人骂他没有（齐经常向画店经理或职员打听人们对他作品的意见）。史怡公转告了他前几天在伦池斋听到的柯某对齐的一幅紫藤的嘲笑："这是一串糖葫芦。"齐白石严肃地看着自己那一幅紫藤花，点点头说人家骂得有道理。两三天以后，伦池斋挂出了他新作的紫藤花。下垂的三枝花穗和花朵的结构以及色彩的运用，都有了崭新的面貌。不只改变了花朵之间的安排缺少变化的缺点，而且使人感到紫藤花正在洋溢着香气似的。看来不讨好观众的艺术家，也不排斥观赏者的批评，总是善于吸收一切于创作有益的批评意见。

不论是石涛还是齐白石,都不仅是再现自然美的杰出画家,也都是自然美的出众的发现者和欣赏者。他们是画家,也是自然美的欣赏者。正因为他们深受自然美所感动,他们才成为出色地反映了自然美的画家。正因为他们是自然美的杰出的描绘者,所以容易被平凡的画家所忽视的自然美也能成为他们敏感的对象。如果齐白石不是拥有认识自然美的能力,不可能"胸中山水奇天下",也不可能有再现自然美的出众的才能,不可能"删去临摹手一双"。如果他没有吸取前人和同时代人欣赏自然美的经验,美的自然对他说来也很难成为创造性劳动的对象。他对自然美的直接欣赏,使他感到前人的作品很难企及。正因为他对自然美有深切感受,所以他感到前人的创造不足以代替自己的创造;正因为他不甘于把前人的成就当成自己的成就,前人的作品对他的消极影响就愈来愈被消除,个人的独创性就愈来愈显著。他那成熟期的作品表明,"我行我道,用我家笔墨写我家山水"的说法,不是妄自尊大者的豪言壮语,而是他那出众的创作个性的生动的概括,也是他力图跨越前人的艺术革新家的真实写照。

这一本画集只介绍了齐白石艺术遗产中的一小部分,未能包括他那全部精彩的代表作。可是连一些不很成熟的作品在内,也有助于了解他在绘画方面的成就,以至了解其艺术的成长和才能的发展。他在雕花木工的时期,尽管接受了比较强调程式的重要性的《芥子园画传》之类的东西,质朴的民间艺术对他的影响仍然是显著的。基于他对自然美的深切感受,有关程式的知识没有绞杀他的天才,而是一种有益的帮助。后一历史阶段,在所谓"变法"之前,文人画的影响显著起来。到了艺术臻于成熟的时期,文人画和民间艺术的优点,在他的创作个性中得到了和谐的统一。他的作品有文人画的简括,也有民间艺术的纯朴。许多着色的花鸟画,用色有民间艺术的灿烂,也有文人画的清新。

中国画家从来都讲究笔墨,讲究笔墨的优良传统,对齐白石有深远的影响。他深知笔墨值得珍贵之处,不仅仅在于驾驭工具的技能和书法趣味。这一切当然是重要的,可是这一切的重要性,在于它既是再现现实的手段,也是表现画家在现实的影响下所体验的思想感情的手段。齐白石像历代有才能的文人画家一样,讲究用笔的书法趣味。而这种趣味和造形的实感密切结合着,并没有和描绘对象的特征相游离。笔墨有书法趣味,加强艺术的形式美;书法趣味和形体的刻画统一,使笔墨不致流为抽象的符号。草书或行书似的虾须、花藤,分开来看,笔笔是书法,合起来看,笔笔是形体。灯台、柴耙、蟹爪或荷叶柄,既是凝重而流畅的篆或隶的书法,也是确切而生动的形体。单就书法与绘画的对立统一这一点而论,也表明他的花鸟画达到了高于古人的新成就。

广义地了解所谓有笔有墨,而不是狭义地了解所谓有笔有墨,才能了解齐白石的笔墨的优越性。笔墨在绘画艺术中所处的地位从属于造形的要求，而不能绝对独立于造形目的之外。从造形的特性来看，他的那种沉着、稳健而又轻松活泼的用笔，例如他那笔势纵横的花藤、墨沈淋漓的荷叶一样，其精心结构而又仿佛信手拈来的特色，既是书法技巧的表现，也是以准确和生动地再现对象为需要的。如果他的用笔没有巧拙、刚柔、收放，他的用墨没有轻重、虚实、显隐，不能气韵生动地再现对象的形和质，便不成其为杰出的中国画家。也因为他是杰出的中国画家，他才避免了为书法趣味而书法趣味的毛病。齐白石一方面继承了前人所主张的艺术造形要在有笔墨处和无笔墨处求法度求神理的优良传统，同时也珍视自己对于现实的感受和体验，以及由这些感受和体验所形成的新颖的出众的意境。以前人的笔墨技术甚至士大夫的个人偏爱作为标准，只能抹杀不甘于墨守成规的艺术家的创造性，那些即令在笔墨上还有不足之处，却具备了堪称艺术的决定性因素的齐白石的作品，在笔墨上所取得的崭新的成就，可以说也就是在艺术实践上为中国画笔墨的优越性作了正当的解释。

　　齐白石在绘画上的重要成就之一，是诗一般的意境与造形特性结合得十分自然。只有诗一般的意境而缺少绘画的特长，不能成为绘画的绘画。可是如果只有造形的技巧而缺乏诗意，他的作品也不会成为诗的绘画。如果他仅仅拥有再现性的夺造化之工的才能和技巧，而不能相应地表现他对自然美的态度，形象没有构成出色的意境，也不能成为杰出的真正的中国画家。他一再向他的学生说，为了形象切实，他不愿画日常生活中见不到的东西。当他接受了《人民画报》的编者为保卫和平而作画的请求，画他从来没有画过的鸽子的时候，也做过认真的观察和写生，不肯凭空杜撰。可是他的写生和他所主张的切实，和他不以依样画葫芦为能事的主张并不抵触。他创造形象既不单独是写生，也不单独是样式化，而是美和实有机地结合着的整体。形象既是自然美的再现，也是艺术美的创造，两者互相配合着，形成了他的水墨画的特殊魅力。他那些所谓神形兼备的花鸟虫鱼的形象，既尊重造形艺术的特性而又不拘于造形艺术的界限，例如可能使欣赏者从可视的形象里"听见了"没有直接出现在画面上的声音的《蛙声十里出山泉》，其动人的原因不能只从画家造形的才能和技巧求得解释。大画家曹不兴画在屏风上的苍蝇，能使孙权受骗（以为它真是苍蝇，用手去弹它），这是本事。可是如果只能引起惊叹而不能提供审美享受，不能算是真正完成了艺术家的任务。曹不兴的艺术成就，也在于传神而不在于如实模拟对象。齐白石的所谓切实，和他的"作画妙在似与不似之间，太似为媚俗，不似为欺世"的说法一样，并不意味着他愿意把艺术的造形降低为动植物标本，而是力图为自己对自然的感受和体验，构成可以被人接受而且产生共鸣的外在形式。正因为这样，他既主张尊重客观对象，反对轻视自然（不似），又不愿意被自然对象的一切状况所拘束（太似）。他选择和着重描写了对象曾经感动过他自己的、在他看来是必须向观众介绍的特征,因而既确切地描写了物的形态,巧妙地表现了物的神态,介绍了对象的美之所在,同时也相应地表现了画家自己对于对象的可爱之处的爱,而形成了情与景的统一、意与境的统一。这些作品提高了观众对于艺术而不是对于标本模型的欣赏能力和欣赏兴趣,观众觉得齐白石是真正的艺术家。

　　熟读唐诗也会作诗的齐白石,与其说他作画是以再现客观现象为目的,不如说是以表现客观现象在他的心中所引起的思想情感为目的。不是要表现自己对生活的态度,算盘这样平凡的东西不致引起他的重视。正因为他借描写而有所寄托,他的作品对观众说来才能产生诉诸思想感情的感染作用。正如对待临摹的态度一样,他不采取奴从自然的态度。依靠他长期的探索,对创作与写生、意与境、表现与描写的依存关系有独到的见地,这种见地曾经概括地表现在他的画论里:"善写意者,专言其神工,工写生者,只重其形。要写生而复写意,写意而复写生,自能神形俱见,非偶然可得也。"在绘画里,神不能离开形,形体不真实,不足以确切表现画家对自然美的深切感受。可是仅从造形的客观性着眼,片面强调造形的真实感,抹杀他那诗人般的审美感受,也不能解释齐白石艺术的魅力的来历。他那些富于实感的造形,没有混淆诗与画的界限,本质上始终是首先诉诸视觉的绘画的。这种避免了为物象的形体作逼真的消极的再现的造形,不只实现了他那"为万虫写照,为百鸟传神"的愿望,也表现了他来自客观现实的审美感受。为什么他敢于运用那种在胆怯的人看来是不规矩的,可能有人以为是形式主义的技巧,例如画荷花、牵牛花、枇杷时用红黄等颜色,而画叶子、柄子,却用的是浓墨?显然这不只是为了传神,也为了抒情。要传神才能抒情,传神服从抒情的需要,两者在齐白石的作品里互相依赖着。不成问题,不是只有红花墨叶的配合才可能形成花与叶的对比,才能忠实地传出对象的"神"和表达画家的情,他那许多并不着色的水墨画,并不采取红花墨叶式的手段。这一点却是肯定的:不论绘画的手段多么不一样,却都是不脱离实际而又高于实际的充满情感的形象。不论齐白石传神写照的方式如何多样,他的造形都不仅仅以写生为目的,而是把它当成传神和抒情的准备和手段。懂得形象的形与神的关系,和景与情、境与意的关系的苏轼认为:"优孟学孙叔敖抵掌谈笑,至使人谓死者复生。此岂举体皆似,亦得其意思所在而已。"所谓意思,不仅是客观对象的特点,也是再现这种特点的艺术家的主观的表现。没有健康的感情,只有模仿,那就没有真正的艺术的创造;不论是表演还是作画,在传神写照的同时,也为了满足他那抒情的需要。按照齐白石描写物象的技巧来说,他是长于状物的画家。按照他对自然美的热爱的表现来说,他又是善于抒情的诗人。那些在生活里并不惊人,在艺术里引人入胜的东西,不论是两个小鸡争夺一条蚯蚓,还是蜻蜓在追逐水上的花瓣,不论是淡淡烟雨中的冬树,还是气象并不萧瑟的残荷,都使我们觉得,画家齐白石在描写自然的时候,他的态度既是画家的,也是诗人的。蝌蚪对映在水面的荷花的倒影发生了兴趣,显然不是任何可视的现象的实录,而是一种不同凡响的虚构。正如唐人"仍怜故乡水,万里送行舟"的诗句那样,这种虚构的必要性在于充分表达画家对于生活的特殊感受和体验,表现作者那种与众不同的感受和体验。不论是前人一再画过的梅、兰、竹、菊,还是前人不大要画的柴耙、灯台、小鸡、芋头,在生活里都不是什么珍奇的东西,所以常常是不怎么引人注意的东西。可是一经他的描写,这些东西就构成了诗一般动人的意境。不消说,在造形艺术里,抒情的作用不能离开可视的活生生的形体的塑造。齐白石的诗人气质的表现,无例外地依赖具体的造形手段。他的画是寓情于物的,所以说他仍然是成就卓越的大画家,而不是词不达意的幼稚的诗作者。

　　这个既是画家、篆刻家、书法家而又是诗人的艺术家,其作品的社会意义,不止于向人们提供了再现自然美的形象,也不只因为这些形象表现了他和群众对美的自然的态度。他不是不关心世事的人,他的作品直接表现他对自然美的爱,也间接而曲折地表现了他对社会生活的态度,对社会现象的爱和憎。新中国成立之前创作的那些带有暗示性的《发财图》和《不倒翁》,新中国成立之后创作的那些带象征性的《祖国万岁》或《保卫和平》,正如他衷心感激毛主席,因而热情地为毛主席写了一副对联"海为龙世界,云是鹤家乡"一样,不消说是对社会生活的态度的表现。就是那些以自然现象为对象的形象,例如仿佛是正在嬉戏的儿童的青蛙,仿佛是向往自由的人的游鱼,以至那么生意盎然的芋叶,充满希望似的、含苞欲放的花蕾,这些再现了花鸟虫鱼的美的作品,近似内容丰富的诗或文那样,有"言近而旨远,辞浅而意深"的耐人寻味的力量,也和作为社会的人的画家的社会生活的感受、爱好、愿望相联系着。不论描写对象的方式是工笔是写意,是兼工带写,其形象的特征所构成的意境,是自然的,也是社会的。不是具体地描写了美的自然,作品不能满足观众欣赏自然美的需要;自然现象的描写如果不和画家的生活理想相联系,它也不能满足观众欣赏艺术的需要。我们当然不能在他那象征英雄的苍鹰和人民英雄之间划一等号,或者以为在烟雨中的冬树的蓓蕾所预示的春意,相当于新的社会理想。可是不论画家自己是不是有了分明的意识,这和他对社会生活的态度相联系。蜻蜓伫立在干了的莲蓬上,配上几道微波,或者画上一只蝉,配上几片枫叶,这些能够把人带进爽朗宜人的大自然之中的作品,表现了热爱生活的画家善于把握自然美,也表现了观众多方面的审美需要。

　　群众热爱齐白石的作品,因为这些作品的主题、题材、形象的切合欣赏需要,一方面决定于它在一定程度和一定方面表现了观赏者自己的爱好和兴趣,以至对社会生活的态度。忽视齐白石绘画与群众的感情与感受、体验、趣味的联系,不承认它相应地反映了群众的审美需要和反映了群众的审美能力,不能了解齐白石绘画的群众性。当然,画家作画正如演员的表演一样,要在一定时间、一定程度忘记观众。画家作画如演戏,必须聚精会神,深入艺术的境界,不宜随时把观众放在心里,使它成为一种专心致志的干扰。如果不是这样,很可能产生有损于艺术风格的自然,而形成不能令人满意的拘束或矫饰,观赏者反而不怎么喜爱你的劳作。可是就艺术的力量而论,画家不仅要适应观赏者的审美需要,而且必须相应地反映观赏者的基于他的生活经历和欣赏活动中形成的审美能力。为什么齐白石把轻易被人忽略的现象,例如破蒲扇与空壳莲蓬配合在一起,而创造了夏去秋来的意境,就能够为人所理解和引起共感呢？这,恐怕也是作品所反映的趣味和观赏者的生活感受相联系着的缘故？画家自己觉得有趣的东西,不一定别人也觉得是有趣的。但只有画家觉得它是有趣的,观赏者才有可能觉得它是有趣的。当画家的趣味和群众的趣味基本上一致时,在一定程度上表现了群众的兴趣,作品才能具有动人的力量。不论人们对美的感受是深刻的还是浅薄的,不论人们的审美需要是明确的还是朦胧的,当艺术作品相应地反映了群众的审美需要和经验时,它才具备了感人的客观条件。正因为这样,齐白石才摆脱了文人画的消极影响,成为名副其实的人民的画家。这一切体现在美的事物的再现中,也体现在丑的事物的描写中。为了在艺术上表现他心灵中的美好的思想感情,有时描写丑恶的东西,在否定中显示肯定。讽刺了反动统治者丑恶的《发财图》《不倒翁》,象征汉奸的群鼠和螃蟹,是齐白石对丑的事物的批判的借题发挥,也是群众对反动统治者的憎恨的表现。它和《祖国万岁》《鹰》等以歌颂美为目的的作品一样,适应了花鸟画的特长和局限性,寄托了人民对美好事物的理想。《祖国万岁》等以美的事物为描写对象,相应地表现了人民对祖国和人民领袖的热爱。而《不倒翁》等作品,却从否定现象的描写中,间接地表现了人民对美好生活的理想。不论画的是什么东西,都和群众健康的趣味以至理想相联系,他的作品才使人感到亲切,有味道,获得欣赏的愉快。

  符合群众欣赏需要的作品,总是以艺术欣赏者的审美能力为条件的。齐白石在作画的时候,不论是不是有意地适应观众既有继承又有发展的审美能力,可是包括他不要"媚俗"和"欺世"的主张在内,既切合群众健康而高尚的欣赏趣味,也和他们的审美能力相联系。有政治责任感的艺术家,不仅要求自己的劳动适应群众的欣赏趣味和审美能力,而且争取用自己的作品提高他们的这种趣味和能力。齐白石既不愿意追随低级趣味而讨好观众,也不愿意为了沽名钓誉而愚弄观众。正因为他的作品适应观众的审美能力,所以雅俗共赏;正因为他的作品不落陈套,所以免了不少名画家难免的俗气。"衣上黄沙万斛,家中破笔千支,至死无闻人世,只因不买胭脂"是他当年对自己确定的目标全力以赴的认真态度的表白,也是他不甘随波逐流的严肃态度的表白。正因为他和群众的欣赏趣味、审美能力一致而又高于群众,其作品才能成为群众需要和爱好的欣赏对象,也才能在美感教育中产生积极作用。齐白石来自民间,不仅熟悉劳动人民的欣赏趣味,他自己的艺术趣味也不能不受劳动人民的影响。正因为他的趣味得到群众的培养而又高于某些群众,他的作品在一定方面和一定程度上表现了群众的欣赏需要,而且成为提高和丰富群众审美能力的有力手段,而不是低级趣味的助长。

齐白石的创作经历和许多艺术家的传略所表明的状况一样,即那些即兴的作品,就基础而论,其创作主要依靠他对生活的长期的观察和素材的积累。不像新闻记者那样,主要依靠临时的采访。在艺术家的生活经历中,令人感到愉快或痛苦的东西,当时不一定意识到它就是创作所需要的宝贵材料。生活中来的素材成为作品题材的时间有长有短。当白石老人还是放牛娃的时候,不见得有意为了给几十年后准备了创作《牧牛图》的素材。当他成了出色的画家和诗人的时候,这种生活经验才在创作构思中发出了光彩。不论积累素材和准备创作之间,时间间隔的久暂,积累素材和培养自己对生活的感受很重要。真正的艺术独创性和主观随意性是不可调和的两回事。只有生活经验当然不足以保证齐白石的成功,可是从实际生活得来的独到的感受,却是他的创作能够成功的决定性的原因。丰富的感情像丰富的想象力一样,是丰富的生活所孕育起来的;如果他的心灵没有沉浸到一定范围的生活的底蕴里,他那与众不同的艺术创造就丧失了可靠的客观基础,也难免丧失了施展艺术才能的可靠依据,甚至难免丧失提高艺术造诣的必要条件。包括他那些描写花、鸟、虫、鱼的作品在内,他的独创性和他熟悉自然这一特点密切联系着。完全不是以中国画家的眼光来看生活,生活中那些值得入画的东西在自己的眼睛里难免显得暗淡无光,当面错过;因此,至少可以说只有民间艺术和传统绘画对他的艺术才能的培养,缺乏实生活的感受和体验,不会产生善于理解和感受自然美的齐白石。就根本性的条件而论,高于别人的齐白石的优异成就,是以他自己丰富的生活经历为基础的。没有相应的直接和间接的生活经验,民间艺术和传统绘画对他说来,前人的诗文或同时代人的见解对他说来,都不可能产生这种积极的影响,而避免了别人很难避免的消极影响(例如把抄袭当学习)。他能够批判地继承传统又能够跨越传统,起决定作用的是他对生活的感受和体验。齐白石一生的创造性劳动再一次证明了现实生活是艺术唯一的源泉这一永恒的真理。

齐白石的艺术遗产很丰富,有不少值得我们继承的东西;只要不把他那洋溢着健康的生活情趣的抒情诗式的作品,当作宏伟的史诗来要求,他那些具有承先启后的意义的作品,不论是花鸟画、山水画,甚至是人物画,都值得我们批判地继承。新时代的花鸟画家,已经拥有与齐白石不同的主客观条件,完全可能在与新时代劳动人民思想感情进一步结合的基础上,获得较他的成就更新更美的成就。但也只有像齐白石那样,重视前人的艺术成就而又对自己所选择的事业充满自信,才有可能获得突破齐白石的成就。我这篇文章只提到齐白石在创作发展的过程中,继承与革新的矛盾统一,尊重前人与信任自己的矛盾统一,服从客观的艺术规律与发挥艺术个性的矛盾统一,基于生活与高于生活的矛盾统一,状物与抒情的矛盾统一,表现自己和表现群众的矛盾统一,不过是再读这本画集里已经选了的作品时得来的一些感想。尽管我感到对这位卓越的艺术家的研究还有待于深入,我却确信,齐白石像许多勤劳、勇敢、智慧的画家一样,他那既不违反客观性的规律,而又不怕遭受任何困难的进取精神,对于并非想学中国画却要为艺术成就创造条件的准艺术家,不只是值得借鉴值得学习的榜样,也是一种鼓舞自己迈步前进的力量。

从邵顺宝、梁三老汉所想到的

沐 阳

重读《沙桂英》，由邵顺宝这个人物联想起《创业史》中的梁三老汉。这并非由于两个人物有何相似，或两部作品在主题、题材、风格上有所雷同。我的联想，起于另外的原因。

其一，他们出现在我们的创作领域中，都给人以新颖、独特、深刻的印象。梁三老汉不是先进人物，也不是落后人物，他经过几十年个人创业的惨败，在农村社会主义革命运动中，内心世界的种种矛盾和变化，出色地反映了处于先进与落后中的广大农民群众的精神状态。说他是从落后到先进的转变人物吧，他经历了一段漫长的道路，而今后将有怎样的曲折和发展还难以预料。在他身上，作家概括了深厚的历史内容。邵顺宝呢，聪明、能干，心地也算善良，可是虚荣心重，觉悟不高。他领导的工区不先进，也不太落后，可是对于明明摆在眼前的矛盾，他却采取了敷衍了事、遮遮掩掩的态度。他有他自个儿的精神风貌，而在沙桂英的对照下，立刻分明地显出他的灵魂是多么卑琐。最后他脸红了，然而仅仅是露出羞愧的那么一点意思而已。这样的人物是我们在现实生活中常见的，而在艺术创作中却相当少见。搜索记忆，类似的形象似乎不多。这就不能不说是可贵的创造了。

其二，是他们在评论界都未引起足够的重视。《创业史》出版近两年了，人们讨论梁生宝的典型意义，争辩其艺术描写是否丰满；《沙桂英》刚刚出世半年，关于沙桂英的争论也相当热烈。这当然是必要的，而且有待于深入。对比之下，艺术成就不亚于他们的梁三老汉和邵顺宝，不能不说是受到淡漠的对待了。

这涉及我们对艺术典型的多样性和作品的社会作用的理解。

我们有些优秀作品，足以提高人们对生活的认识和精神境界。但，其中一个值得注意的弱点，就是人物还不够多样。一些作品中的人物，有男女、老少、胖瘦、高矮等外部特征，以及脾气稳重与暴躁等不同，可是精神状态大体上只有几种类型，而且似乎是向正面与反面两个极端分化，或者是一些由落后到先进的"转变人物"，而不好不坏、亦好亦坏、中不溜儿的芸芸众生，似乎很少人着力去写他们；写了，也不大能引起人们的注意。

创造出丰满的、体现无产阶级理想的、与一切旧的传统观念彻底决裂的英雄典型，给人们树立典范，这是我们责无旁贷的任务；创造出集中一切传统陋习、落后意识于一身的反面人物,以为警戒,自然也有着重要的社会意义。此外,像《创业史》《沙桂英》那样,在创造新英雄人物的同时,把生活中大量存在的处于中间状态的多种多样的人物,真实地描绘出来,在这种真实的描绘中自然地流露出作家的评价,帮助群众更全面地认识生活,从而得到思想上的启发,这也是不可忽略的。文艺作品中,所创造的人物性格越多样,对社会生活的多样性、复杂性反映得才会越充分,其帮助群众推动历史前进的作用才会更加有力。梁三老汉、邵顺宝和严志和(《红旗谱》),亭面糊(《山乡巨变》),喜旺(《李双双小传》),糊涂涂、常有理(《三里湾》)等,这些多样的人物性格的认识意义、教育意义是无可怀疑的。我们的评论界在提倡创造英雄人物的同时,也应该对这样的人物给以足够的重视,并研究人物的多样性问题。

1963 年

给人物以生命
——艺术概括谈片之二
柯 灵

"人"是个庄严的字眼,照高尔基的说法,是要用大写来写的。人在生活里是中心,在艺术里也是中心。艺术概括中最完善的形式,就是典型人物的创造。

文艺反映现实,是为了变革现实。文艺作品一旦和群众接触,就像投石下水,必然要引起反应。不是好的反应,就是坏的反应。影响有大小深浅,却不可能根本不产生影响。所以任何阶级,总是把文艺抓在自己手里,作为阶级斗争的工具。

美妙的情思,生动的形象,晶莹的语言,缤纷的色彩,和谐的韵律……文学艺术中一切美好的东西,都是人民精神领域里的甘露。但美的结晶却是人,是成功的人物造像。文学艺术的社会作用,主要是通过人物的感染而来。文艺作品中多少古代的人,今代的人,史册上有名有姓的人,半真半假的人,以至于完全出自虚构的乌有先生,经过作家艺术家的苦心妪育,一经诞生,就在书本里活着、舞台上活着、银幕上活着,在群众心里活着。他们来自生活,又回到生活,而且像传说中修炼正果的仙道一样,"采日月之精华,钟天地之灵气",从此超越时空阻隔,漫游九州万国,在人间永生。他们使人们知道,我们的前辈是怎么生活过来的,我们的同代人是如何生活着,我们应该怎样生活,不应该怎样生活。

龚定庵的诗句"文字缘同骨肉深",是为文人之间的友谊而咏的,移用于好作品与群众的关系,似乎更贴切些。《钢铁是怎样炼成的》作者自述,《牛虻》主角的英勇牺牲,就曾使他获得力量,参悟到谁拥有真理,谁就可以活得坚强,死得从容。小说《做什么》中的革命战士拉赫美托夫,曾教育过伟大的共产主义者季米特洛夫,培养了他刚毅勇敢的意志。《阿Q正传》发表的时候,使当时北京的"正人君子"栗栗自危,以为鲁迅笔底的阿Q是在替自己画像。《家》诱导许多青年走出牢笼,投身革命,至今还有读者写信给巴金,打听《家》中人的下落,要知道他们在新中国如何生活。自从1942年,在延安山沟里举行了那一次历史性的文艺座谈会,毛主席发表了他光辉的《在延安文艺座谈会上的讲话》以后,多少小说戏剧电影中的人物,已经成为广大群众最亲近的人,他们和人物共啼笑,共爱憎,共休戚,共荣辱,彼此心心相印,不但有理智的交流,而且有感情的渗透。这些人物外貌不同,性格不同,出身不同,遭遇不同,读者或观众同他们素昧平生,却又相知有素,仿佛是在生活里见过多少回的人。

创造生动的人物形象,是最艰苦的工作,也是最有价值的劳动。全部文学艺术史有力地说明了这一点,二十年来,尤其是近十年间的事实,更提供了旷古所无的例证。

人物的创造需要概括。概括越高,典型意义越大。但典型形象是以鲜明的个性为灵魂的,没有个性,也就无所谓典型。

作家写人,需要熟悉很多人。写工人要熟悉很多工人,写农民要熟悉很多农民。还要"观察、体验、研究、分析一切人,一切阶级,一切群众,一切生动的生活形式和斗争形式"。鲁迅自述写小说的经验,说他笔下的人物,往往嘴在浙江,脸在北京,衣服在山西,是一个"拼凑起来的角色"。高尔基有个著名的论点,要作家从几十乃至上百个工人、小商人、官吏身上汲取他们的习惯、癖好、言谈、举止等特点,体现在一个同类人物身上,以达到典型化的目的。托尔斯泰揭橥"必须观察许多同类的人,以便造成一个一定的典型"。巴尔扎克对典型的理解,就是认为在一个人物身上,"集中了那些多少和他类似的人的性格特征,典型就是某一类人的典范"。这些大作家不约而同地主张,引证虽不免重叠,却很好地证明了概括手段的重要。但是概括不等于罗列,堆砌大量的优点,并不能塑造生动的正面形象;集丑恶于一身,也不能形成可信的反面角色。把工人阶级的特点集中起来,同样不可能写出工人的典型。作家、艺术家所赖以概括的,只能是鲜活具体的感性材料,而不是图解任何抽象的概念。鲁迅的话,恰恰不能按照字面来理解,"拼凑起来"的意思,是在于说明他从不用单个的模特儿创造人物。作家的腹笥应该是一座贮藏丰富的原料仓库,而不应像穷极无聊的赌徒的钱袋,只能凭孤注一掷幸胜。性格是一种完整的、活生生的东西,巴尔扎克谈到典型问题的时候,就有几句更为重要的话:"诗人的使命是创造典型。我使一切具有生命,把典型个性化,把个人典型化。"——问题的关键恰好在这里:有个性,也就有生命;无个性,也就无生命。

文学艺术的真实性,决定于性格的真实,决定于人物描写的精确和具体。在生活里,每一个人都有自己的性格;作品里的人物,也应该有各自独特的个性、独特的思想方式和感情活动。只有这样,才能使读者或观众确信有此人也,乃有此事。要做到这一点,需要作家对人物有深刻的了解。高尔基赞叹托尔斯泰刻画人物的巧妙,以至于使他感到主人公肉体的存在,仿佛触手可及。可以断言,人物不先在托尔斯泰心里成形,读者是无法意识到他们的存在的。屠格涅夫曾经这样申说自己的经验:"当您感觉出这个人站在您身边,和您同行同止时,生动的人物形象也便形成了。这有点与做梦相像。在长篇小说的人物中间徘徊,把自己摆在他们之间……在他还没有成为自己很熟悉的人,在我还没有看清楚他,没有听清楚他的声音之前,我绝不动笔。"作品里的人物,正是在这种白日梦里形成的:作家和人物在一起过活,一起欢笑,一起悲泣,并且知道他们的全部历史,懂得他们性格中最细微的部分时,人物才能在作家笔底活起来。每个作家用自己习惯的方法写作,但在这一点上,不会有任何不同。他对人真有具体的了解,才能写出具体的人物来,如果他对人只有抽象的了解,那就只能产生抽象的人物。

典型化和个性化是两个概念,但绝不是两回事。深刻的个性总是带着典型的意义。有在暖室里栽培的鲜花,却没有在真空管里养成的个性。真实的性格,经受着时代的风雨,就会不可避免地打上社会的烙印,阶级的烙印。烙印的深浅,就意味着典型意义的大小。文学艺术史上还没有提供过这样的先例:人物性格是模糊不清的、缺乏真实感的,却又有很大的概括意义。这是一件很难想象的事。成功的典型形象,总是有着鲜明的个性,是不可代替的"这一个",同时又有着极大的普遍性。这样的例子,我们可以随口举出一大串。孙悟空和猪八戒是十足幻想的产物,但吴承恩不但赋予他们猴子和猪的特点,更生动地概括了某一类人的性格,因此使读者感到亲切和真实。蒲松龄笔下的狐狸,常常是封建时代婉媚多情的妇女的剪影。现代修正主义者抽掉人物的阶级性,或者故意贬低人物的精神状态,用虚伪的感情渲染抽象的爱,抽象的恨。或者说什么善中有恶,恶中有善,用以混淆阶级的界限、正面人物与反面人物的界限。腐朽的资产阶级作家热衷于描写怪僻的性情,刻画变态心理,宣传淫虐、抢劫和残杀。这不但是对个性的污蔑、对生活的歪曲,而且也必然毁坏了艺术。

典型不只是数量的概念。在日常生活里,当我们认为某一个人很典型的时候,那意思是说:这个人身上富有某一类人、某一环境、某一时代的特征。他可以是我们所常见的,也可以是非常少见的。"阿Q"在当时的农村里并不是多数,这个名字本身就特别,是生活里根本没有的;《母亲》的主角尼洛芙娜,在20世纪初的俄国,也并不是大量的存在。他们都可以算得是个别的人、个别的性格,但在前者的身上,我们几乎可以听出要求觉醒的中国的呼声;从后者身上,则可以清楚地看出俄罗斯汹涌澎湃的无产阶级革命。在他们活跃的个性中间,反射出庞大的时代的投影。

艺术的任务不在于模拟自然、现实主义的核心,而是通过典型化的手段反映生活,使艺术作品中反映出来的生活"比普通的实际生活更高、更强烈、更有集中性、更典型、更理想,因此就更带普遍性"。典型要求共性和个性的统一、一般与个别的统一。但共性渗透在个性中间,一般只有通过个别来表现。没有个性,就没有共性;没有个别,也就没有一般。没有典型与个性的统一,不可能揭示生活中深刻的矛盾,不可能有真正的戏剧性冲突。

诺伐利斯是18世纪德国反动的浪漫派诗人，但是他说过一句很有见地的话："性格就是命运。"善于刻画资本主义社会悲剧性冲突的哈代，就曾把这句话引用在他的小说里。作家写人，不能不写人的命运（说得科学些，是写人各种不同的遭遇），通过人的命运，来显示人的性格、人的精神世界。所以高尔基说，情节是性格的历史。巴金在《谈〈家〉》一文中也说道："我们三弟兄跟觉新、觉民、觉慧一样，有三种不同的性格，因此也有三种不同的结局。"

人不能遗世而独立，凡方趾圆颅之伦，都生长在一定的环境里。性格的形成，同环境息息相关：不是由于环境对人的影响，就是由于人同环境的矛盾。写出人们如何在不同的环境里生活和感觉，正是创造人物的基本方法。"马克思主义的哲学认为，对立统一规律是宇宙的根本规律。这个规律，不论在自然界、人类社会和人们的思想中，都是普遍存在的。矛盾的对立面又统一，又斗争，由此推动事物的运动和变化。"（见毛主席：《关于正确处理人民内部矛盾的问题》）生活里充满着矛盾和斗争——人同社会、自然力量之间的矛盾和斗争，人的思想、意志、愿望之间的矛盾和斗争。在不断撞击、不断起伏的浪潮中，历史走向成熟，人类走向进步。用艺术手腕把这种生活现象集中起来，使之典型化，这就有了激动心弦的力量，有了动人的命运、发光的性格。

人同环境的关系是错综复杂的关系。家庭、出身、社会风习、自然环境、生理条件、个人经历、习惯、教育、气质……一切先天和后天的因素，都对人起着千丝万缕的影响（当然后天的因素是主要的）。照马克思的说法，人的本质，实际是社会关系的总和。另一方面，不但环境影响、改变人，人也影响、改变环境。个性是在这种辩证关系中发展和形成的。左拉的局限性，正表现在他过分夸大了环境的影响，把它看成好像是主宰一切的东西。一位法国批评家在评骘这位小说家的成就和缺点时，正确地指出了这一点："他把环境变成一种孤立的、独立的、特殊的力量，以一种机械的方式对人发生作用。他既没有把握本质的因素，也没有掌握到交错的相互关系的复杂性。"（见《左拉》）同一个环境，不但对不同阶级阶层的人，感应神经有区别，就是对同一阶级阶层的人也会有不同的意义、不同的反应。《水浒传》中的各路英雄，处于同一个"官逼民反"的环境，循着同一条血泪淋漓的道路走上梁山，但各有自己的冷暖悲欢、兴衰际遇。大观园里，一样的怡红快绿，却培养出多少汛貌悬殊、性情各异的男女。黛玉和宝钗不同，宝玉和贾琏不同，元春、迎春、探春、惜春姊妹四个，就没有一点相似的地方。特别突出的例子，还有尤二姐和尤三姐，这一对亲生姊妹的性格，是何等强烈的对照！古往今来，多少鸿篇巨制道破了一条真理，只有"真实地再现典型环境中的典型性格"（恩格斯语），才能够真正反映宏伟的人类的戏剧，展现出千变万化、瑰丽无比的个性的图卷，而代表一个时代先进力量的典型，总是处于图卷的中心地位。

孤立的性格不成其为性格,只有把人物牵引在一定的关系里,互相摩擦、比较,才能出现不同的个性。没有生、旦、净、末、丑,凑不成一台戏(折子戏只是一个片段,不在此例);没有大春、杨白劳、黄世仁、穆仁智,就不会有喜儿坚韧不拔地反抗和斗争。烘托阿Q独特的个性的,不但有赵太爷和假洋鬼子,还有王胡和小D、吴妈和小尼姑之类。李笠翁在《闲情偶记》中说:"一本戏中,有无数人名,究竟俱属陪宾;原其初心,只为一人而设。即此一人之身,自始至终,悲欢离合,中具无限情由,无穷关目,究竟俱属衍文;原其初心,又止为一事而设。"金圣叹认为"《西厢记》只写得三个人,一个是双文(莺莺),一个是张生,一个是红娘",其余的人物都是陪衬。而写张生,写红娘,又都只是为了写双文。一切为了对准焦点、突出中心,这种见解自有其道理。可是必须补充:尽管是次要人物,也应有独立的生命、独特的个性。否则焦点还是虚的,中心还是立不起来。没有性格的冲突是虚假的冲突,不通过尖锐深刻的矛盾,性格与性格之间的相生相克,不可能有真正的个性。

典型的多样,意味着个性的多样,题材的多样,意味着生活的丰富性,人的精神领域的广阔性。

曹雪芹讽刺千篇一律的佳人才子书,说它们"开口文君,满篇子建,千部一腔,千人一面",且未免流于"淫滥"。尤西堂为《闲情偶记》作序,说:"西子捧心而颦,丑妇效之,见者却走;其妇未必丑也,使西子效颦,亦同嫫母矣。"这些例子告诉我们:不可重复的个性,在艺术上占有什么地位。

在今天,作家最光荣而艰巨的任务,是刻画无产阶级的新品质,集体主义的新个性。困难在于,我们在生活里对这些人还不够深知,在艺术上还缺少经验。但有一点,应该是十分明确的:这类崭新的人物,一样的品类繁多,并且比普通人更有个性,更富有内心生活。要不然,我们就很难理解,他们怎么能够做出这许多前无古人的事业来!共产主义的美好理想,不是使人狭隘化、标准化了,而是使人更能发挥个性、更有风致,使人的精神世界变得无限丰富。谁怀疑这一点,就不是真正的马克思主义者。

不写出人物巨大的感情潮汐,就别想打动读者和观众的心。笑是感情的舒展,泪是感情的净化。"《离骚》为屈大夫之哭泣,《庄子》为蒙叟之哭泣,《史记》为太史公之哭泣,《草堂诗集》为杜工部之哭泣,李后主以词哭,八大山人以画哭,王实甫寄哭泣于《西厢记》,曹雪芹寄哭泣于《红楼梦》。"(见刘鹗《老残游记》自序)眼泪并不总是感伤和脆弱的符号,"英雄有泪不轻弹",用不着怕眼泪如毒蛇猛兽。自然更不必害怕笑,仿佛笑和严肃是不可调和的敌人。感情随着不同阶级、不同时代而变化,从狭窄变得宽阔,纤细变得深厚,荏弱变得健康,卑下变得高尚。新的感情的成长,把人们不断引向新的高度。"风萧萧兮易水寒","怒发冲冠,凭栏处、潇潇雨歇",固不愧为千古绝唱,但

"更喜岷山千里雪,三军过后尽开颜",却又是何等襟怀,何等境界！作家的可贵处,正是在能以汪洋恣肆的笔力,大抒无产阶级之情,社会主义之谊。形象失去了感情,就意味着丧失动人的魅力,作家感情的衰退,就宣告着艺术灵泉的枯竭。自然,感情是受理智支配的,没有理智的指导,会堕入盲目的感情的陷阱。但正常的感情可以像小溪的潺湲,大江的奔流,都受着流向流域的制约,却不会像地下水,永远在重重的压抑下运行。

战士的感情表现在战场上,也表现于日常生活的场合,表现于儿女情长。"无情未必真豪杰,怜子如何不丈夫！知否兴风狂啸者,回眸时看小于菟。"(《答客诮》)写这首诗的,是伟大的鲁迅。陆游的诗里饱含着爱国情绪:"他看到一幅画马,碰见几朵鲜花,听了几声雁唳,喝几杯酒,写几行草书,都会惹起报国仇、雪国耻的心事,血泪沸腾起来。"(见钱锺书:《宋诗选注》)但当他七十五岁的高龄,回到故乡,却还为了四十年前和唐氏的一段旧情,低吟"此身行作稽山土,犹吊遗踪一泫然",缠绵悱恻,完全是另一种调子。在作品里塑造人物,不是替人物作传记,不可能、也不必接触到他生活的各方面,但无论从什么角度写,都不应当削弱人物感情的多面性。

英雄人物会有某些共同的品质,例如行动的勇敢、信仰的坚定和单纯。但这些简单的概念,依然包含着无限丰富的内涵,包含着个性的汪洋大海。金圣叹竭力推崇《水浒传》作者写人物性格的能力,说其中只是写人的粗鲁就有许多不同的写法:鲁达粗鲁是性急,史进粗鲁是少年任气,李逵粗鲁是蛮,武松粗鲁是豪杰不受羁绊,阮小七粗鲁是悲愤无说处。毛宗岗盛赞《三国演义》(以下简称《三国》)的人才辐辏,他把诸葛亮、关云长、曹操誉为三绝之外,还说:"遍观乎《三国》之前,《三国》之后,问有运筹帷幄如徐庶、庞统者乎？问有行军用兵如周瑜、陆逊、司马懿者乎？问有料人料事如郭嘉、程昱、荀彧者乎？问有武功将略、迈等越伦如张飞、赵云、黄忠者乎？问有冲锋陷阵、骁勇莫当如马超、马岱者乎？问有两才相当、两贤相遇如姜维、邓艾之智勇悉敌,羊祜、陆抗之从容互镇者乎？""文藻则蔡邕、王粲,颖捷则曹植、杨修。""忤奸则有孔融之正,触邪则有赵彦之直,斥恶则有祢衡之豪,骂贼则有吉平之壮。""矢贞如沮授,轻财笃友如鲁肃,事主不二心如诸葛瑾。"……尽管金、毛的品评可以还价,有一点却是无可置辩的:一部《水浒传》,一部《三国演义》,创造了多少面貌不同的正面形象！过去任何时代的英雄人物,自然不能和以无产阶级精神为支柱的先进人物相提并论,但这绝不意味着我们会对那些照耀史册的伟人,减损仰慕之忱;那些古典名著中的不朽典型,会对我们丧失借鉴的意义。今人之所以和古人不同,不仅因为今人把握了历史的动向,看清了人类的未来,还因为今人的大脑更发达、胸襟更宽广、心灵更多核、精神世界更丰满了。如果这种看法不算违背事实,那么在艺术形象的创造上,我们要向前辈学习的,应该是写得更丰润些,而不是更单薄些。不能通过简单化的艺术手腕塑造新的典型,正像不能通过简单化的生活道路走向共产主义。

性格刻画的深度,经常是衡量作品思想深度的标尺。

任何一部有分量的作品,总是靠着活生生的人物撑起来的。饱和血肉的思想,才有动人的力量;形象的苍白,多半是思想贫乏的征象。

"判断一个人,不是根据他自己的表白或对自己的看法,而是根据他的行动。"(见《唯物主义和经验批判主义》)这是列宁说过的话。亚里士多德认为性格从属于动作:只有通过人物的动作,才能了解人物的性格。在戏剧和电影里,观众不但通过生动的情节(动作和行为合乎逻辑的发展)认识人物,并从而接受感染,和人物相拥抱。——就这一点说,小说也并不例外。小说家虽然比剧作家多一层方便:他不但可以使人物说思想,自己还可以对读者直抒胸臆。托尔斯泰在《战争与和平》里成章成节地发议论;罗曼·罗兰借《约翰·克利斯朵夫》谈了不少玄妙的哲理;萨克雷则在《名利场》里夹叙夹议,不断从旁插嘴,冷嘲热讽。但究竟有多少读者记得他们说了些什么呢?读者念念不忘的,还是彼埃尔、安德来、娜塔莎、约翰·克利斯朵夫、蓓基·夏泼、爱米丽亚·赛特笠的性格和命运。

人都有自己的思想和道德倾向,但这既不是教士口头的福音书,也不是孔雀尾上的翠羽,它深藏在行为和心理后面,是和性格凝结在一起的。当然,有的明朗,有的隐晦,有的质直,有的曲折,可以因人而异。但作家写人,绝不能违反人物的意志,使它成为单纯的某种品德的符号。"酒囊汤姆""剪绺克特贝""苟才""吴义"之类,只要看一看名字,听一听谐音,就知道是何样人。但他们几乎是没有什么说服力的,因为他们不是有血有肉、有眉有眼的人。凡是生动的性格,就很难用一个概念来标明。艺术的说服力,建筑于艺术的真实之上,图解的方法,根本就不能产生艺术。

形象的高低,不取决于职位的高低。即使在封建时代,帝王将相、三教九流,在艺术上的地位也是平等的,戏里的皇帝就不大当主角。我们习惯常说的高大的形象,只有从人物的精神状态来衡量,才会求出正确的得数。以为把群众改成干部,就可以把作品的思想性提高一格,是一种天真的想法。鸳鸯只是贾母房里的一名大丫头,可是邢夫人在她面前,显得多么渺小和寒伧。从鸳鸯的骨气来说,把贾府所有的太太、奶奶加在一起,也不及她一半高!尤三姐是宁国府的穷亲戚,可是她的性气何等高傲,言行何等磊落。她那强烈的性格,简直就像剑锋那样冷飕飕、明晃晃地动人心魄。她的卑微的地位,不但没有贬损她的品格,反而使她显得鹤立鸡群,高不可攀。《红岩》里的成岗,只是一个普通的共产党员,可是他给读者的印象,却像一棵耸立天际的青松。

由于作家观照人物的深度和高度,反面形象也可以具有深刻的教育意义。尤二姐只是一条可怜虫;阿Q的精神世界是可笑可悯的;在《巡按使》里,满台都是反面角色。但我们却从这些人物身上清楚地看到了他们所处的时代和庞大的社会背景,而他们也因此成为不朽的形象。

丰满的典型,不但能够在鲜明的个性中反映时代精神,并且总是蕴藏着坚实的思想力量。《红楼梦》开创了言情小说的新时代,使才子佳人的感情游戏放射出强烈的社会色彩,在令人窒息的宗法制度下,送出了青年男女争自由、求幸福的呼声。贾宝玉的"无事忙",林黛玉的"多愁善感",让读者清楚地意识到他们同封建礼法之间不同生死的矛盾。小说的悲剧性结局,不仅在艺术上打破了大团圆的陈套,也带来了对悲剧成因的有力控诉。巴尔扎克给西欧小说筑了一道分界线,从他开始,金钱的纠葛才成为小说的中心题材。人们从葛朗台父女、高老头父女和拉斯蒂涅身上,错愕地见到了资本主义社会万能的神——金钱!它君临人世,左右一切。亲子之情,男女之爱,朋友之谊,都在金钱的魔力底下化了灰,从来所谓纯洁的观念过时了,虚伪和无耻统治着人们的心灵。恩格斯甚至认为他从巴尔扎克小说中所学到的东西,比从当时所有的历史学家、经济学家、统计学家的全部著作中所学到的东西还要多。鲁迅笔底的人物,无论是狂人、孔乙己,是闰土、祥林嫂,是魏连殳、子君,或者鲁四老爷和四铭,即使寥寥几笔,也总是以惊人的深邃,迫使读者回荡和思索,觉得心里不能平静。阿Q的"精神胜利法",像一面洞察幽微的镜子,使读者在掩卷一笑之后,仿佛蓦然瞥见自己灵魂深处的一个疤癜,因此引起震撼、战栗和警惕。直到现在,阿Q的幽灵也并没有在人们的心里完全消失。

恩格斯认为:"倾向应当是不要特别地说出,而要让它自己从情节和行动中流露出来。""作者的观点愈隐蔽,对于艺术作品就愈好些。"毛主席主张"政治和艺术的统一,内容和形式的统一,革命的政治内容和尽可能完美的艺术形式的统一"。这个统一,这个流露或隐蔽,都应该首先体现在性格刻画这一点上。

典型不但是一般与个别的结合,还是客观与主观结合的产物。作家客观地描写人,却不可避免地在人物身上打上自己的印记。

世界观指导作家创作,是从指导他如何观察现实、认识现实开始的。作家写什么,不写什么,拥护什么,反对什么,对什么感兴趣,对什么不感兴趣,都和他的世界观有关。自然造成作家的条件,影响作家创作的因素,是比较复杂的。泰纳为了写他那篇著名的《巴尔扎克论》,除了研读这位小说家的整部著作、零星文字、有关材料,还遍访作者的亲朋故旧,历游作者的乡里寓楼,甚至踏勘作者曾经跋涉的山水。因为"精神著作的产生不就只靠精神,整个人对它的产生做出了贡献"。生活、性格、教育、才能、作家的过去和现在……"他灵魂和行为的每一部分都在他所思考的和写作的东西上留下了印痕"(见泰纳的《巴尔扎克论》)。但所有这一切,直接间接,无不受着世界观的左右。因为这是根本,是作家精神和肉体的指挥部。

作家选择题材,不像厨师上街买菜,姑娘们到绸缎店里剪衣料。这首先同作家切身的感受有关。"穿花蛱蝶翩翩舞,点水蜻蜓款款飞",浮光掠影地对待生活,是不行的。作家最熟悉、最喜爱的题材,总是他生活里感触最深的东西,是作家血肉的一部分。鲁迅因为家庭的变故,童年曾到农村避难,这经历使他的小说里出现许多农民形象,并且在他们身上燃烧着深厚的同情。在伦敦贫民窟里长大的狄更斯和卓别林,就总是用温暖的笔触来写贫苦无告的人。狄更斯笔下栩栩如生的儿童性格,和他童年惨痛的记忆有关。卓别林对伦敦兰贝斯区天真的穷孩子、寂寞的公园、街头的音乐,怀有始终不渝的感情。巴尔扎克对高利贷懂得很多,在小说里写得入木三分,因为他的一生就在债务里打滚。

作家不但用肉眼观察人,更多地用玲珑的心眼。他们满腔热情地描写人,给人物以评价,并倾注自己对生活的理想,这就不能不在人物身上涂上自己的主观色彩。从鲁迅作品的人物背后,我们可以分明看出作者深广的忧愤。阿 Q 式的幽默中,包含了作者"哀其不幸、怒其不争"的看法;从《女吊》的惨厉,作者歌颂了被压迫与被损害者的复仇性,肯定了它比一切的鬼魂更强更美(虽然这只是一篇散文)。托尔斯泰的人物,多半身心交瘁地寻求生活的意义。关汉卿写了许多封建时代的下层妇女,赋予她们以善良和倔强的灵魂。而《人间喜剧》中的妇女,却大半是资本主义制度下可怜的牺牲。卓别林说他相信哭和笑的力量,他导演的影片《巴黎一妇人》,证明他有处理悲剧的才能,但这是他作品中唯一的悲剧。他用以征服观众的武器,始终是含泪的笑。他作品里的主角,永远是小人物的典型。他后期的创作眼界放宽了,站的角度比较高了,在《凡尔杜先生》里,他揭露资本主义社会的黑暗,阐明人要活在那样的制度里,就会变得比野兽更冷酷和凶残。他扮演的凡尔杜先生,开始改变了观众熟悉的造型,丢掉了可笑的鼻须、帽子、手杖、破烂的裤子和大皮靴,居然风度翩翩,但小人物的身份并没有变。他在 1957 年拍摄的《一个国王在纽约》,矛头对准美帝国主义,表达了比《大独裁者》更为尖锐的政治主题,主角贵为国王,但依然是一个政治舞台上的小人物。无论是同情、怜悯、愤怒,哪怕是强烈的控诉,卓别林都是通过笑来完成的。

每个人都有他的局限性,大作家和大艺术家也并不例外。不仅是时代的局限,还有生活、气质、认识、兴味等所形成的局限。同是大诗人,"子美不能为太白之飘逸,太白不能为子美之沉郁"(《沧浪诗话》)。东坡不能为少游之婉约,少游不能为东坡之豪放。王国维推崇白仁甫的《秋夜梧桐雨》,誉为"元曲冠冕",而对同一作者的《天籁词》深致贬抑,认为粗浅至极,"不足为稼轩奴隶",从而得出结论说:"岂创者易工而因者难巧欤？抑人各有能有不能也！读者观欧、秦（按指欧阳修、秦少游）之诗，远不如词，足透此中消息。"（《人间词话》）人各有能有不能，这说得是不错的。作家只能写自己体验过、感受过、思考过、所热爱、所接近、所了解的东西。作家的艺术才能，自然也会产生尺有所短、寸有所长的现象。真正致命的局限，是作家和人民群众联系的淡薄乃至隔绝，因为这将导致艺术生命的枯萎。象牙塔绝不是安身立命之所，所以有识见有出息的作家、艺术家，无不力求突破这种局限，而这是可以突破、必须突破的。从这一点上说，我们今天的作家、艺术家，具有任何时代都不能比拟的优越条件。

怎样使作品拥有更多的群众，享有更长的寿命，发生更大的影响？关键问题在于人物的个性、作品的个性（无须解释，个性要以思想为灵魂）。这是文艺作品的生命，有了它，就能够永葆青春，如燧火不熄，否则只好朝生而暮死，与蜉蝣同寿。

作家的创造比上帝的创造复杂得多。上帝的本领，是他创造无穷无尽的人，就有无穷无尽的面貌和性格。作家却还需要概括和选择。并不是生活里所有的人，都能充当艺术创作的对象，艺术世界里的芸芸众生，必须比实际的人更完整、更鲜明、更有生活目的。因为艺术的可贵，在于能以有限显示无限，"一毛孔中，万亿花；一弹指顷，百千浩劫"（见梁启超：《小说与群治之关系》）。笔底翻澜，给读者和观众以强烈的感染，从而获得启示。

生活的变化无穷、典型无穷、创造典型的方法无穷。作家艺术家为了能够胜任愉快的工作，需要刻苦地读许多书。读马克思、列宁的著作，毛主席的著作，读古今中外的文艺作品，有关的美学理论。但是更重要的，还有一本非读不可的大书，那就是生活。这不但是创作的源泉，技巧的源泉，也是改造思想感情的必由之路。

法国传记作家莫洛亚，指陈大小说家的第一个条件，就是熟悉人，对人们的感情要有广博而透彻的知识。他以巴尔扎克和狄更斯为例，以为他们早年在律师事务所的一段阅历，有助于后来文学生涯的形成。这个话很有见地，但并不完全确切。因为感情的沟通，以近似的心境为渠道。"穷人绝无开交易所折本的懊恼；煤油大王哪会知道北京拣煤渣老婆子身受的酸辛；饥区的灾民，大约总不去种兰花，像阔人的老太爷一样，贾府上的焦大，也不爱林妹妹的。"（鲁迅语）而莫洛亚却把感情说成好像是抽象的东西。陆游在《上辛给事书》中说："君子之有交也，如日月之明，金石之声，江海之涛澜，虎豹之炳蔚。必有是实，乃有是文。""烟火不能为日月之明，瓦釜不能为金石之声，潢污不能为江海之涛澜，犬羊不能为虎豹之炳蔚。"这个比喻，无疑更使人信服。毛主席再三强调，作家、艺术家必须和群众结合。彻底解决个人同群众的关系问题，则还有更为深远的意义：资产阶级和小资产阶级出身的文艺家，要为工农兵服务，劈面而来的，就是改变立场的问题。写工农兵，固然要和工农兵同心同德，即使写三皇五帝、夏禹商汤、山川草木、鸟兽虫鱼,也不能没有工农兵的思想感情。

作家和生活的关系,像鱼和水的关系。鱼离了水,就只好"索我于枯鱼之肆"。对鱼来说,水不会有感到太多的时候;对作家来说,生活不会有足够的一天。而水永远是水,生活却在不断起变化。我们这个时代的最大特点,就是节奏快,你打个盹醒来,往往生活已经前进了一大段,这就更显出了深入生活的重要。

毛主席的《沁园春·雪》词有云:

江山如此多娇,引无数英雄竞折腰。惜秦皇汉武,略输文采;唐宗宋祖,稍逊风骚。一代天骄,成吉思汗,只识弯弓射大雕。俱往矣,数风流人物,还看今朝。

十余年来,这首词被人们在口头辗转传诵,在笔底反复引用着。因为它把我们带上历史的高峰,看见了凌越千古的时代风貌。作家、艺术家最愉快的工作,就是把这种动人心魄的气象,尽可能生动地描画出来。

关于曹雪芹

——纪念曹雪芹逝世二百周年

茅 盾

世人艳称,历来研究莎士比亚的著作,汗牛充栋,自成一图书馆。这番话,如果移来称道曹雪芹及其不朽的巨著《红楼梦》,显然也是合适的。

莎士比亚的身世乃至其作品的著作权,向来就是聚讼纷纭,直至今日还有人提出最大胆的怀疑①。曹雪芹在这方面,并不比莎士比亚运气好些。他"十年辛苦"的结晶,在他生前,固有"谤书"之嫌,仅在极少数的至亲好友中传观。而在他死后三十年间,《红楼梦》前八十回,虽已转辗传抄,盛行于当时的士大夫阶层,然而这位伟大作家的身世却湮没无闻。

此后百余年间,《红楼梦》影响之大,从下列各项事实,可以想见:

一为补作。即相传高鹗补写的后四十回。高补力求追踪原作,对前八十回似也曾做仔细的推究,对书中人物的结局也曾依据前八十回中的伏线,努力以求不失原作本旨。然而,由于高鹗思想的局限性和政治上的顾虑,高补在主要观点上是与原作悖谬的②。

二为续作。这一类作品比高鹗的补作,无论在思想性、艺术性方面,都又不如远甚。这一类作品在1791年(即补书由程伟元以活字板刊行的一年)以后十年间,先后就出现了四种。此后直至1860年,续貂之辈,兴会仍然淋漓,累计所作,约有二十余种之多③。此类续作,都为原书翻案。高鹗补作,写宝玉必中举而后出家,贾府最后复兴;此皆大背原书,但尚保留宝黛恋爱悲剧的结局。纷纷之续作则务要使"有情人都成眷属"。此辈作者攘臂为林黛玉、晴雯鸣不平,其志可嘉,然而头脑冬烘,笔墨庸俗,"或改或续,非借尸还魂,即冥中另配"(鲁迅语),满纸痴婆说梦。至于颂扬封建道德,鼓吹因果报应,简直是曹雪芹的罪人。昔在1784年(那是曹雪芹死后二十年了),博马舍的鞭挞法国封建贵族、歌颂第三等级的喜剧《费加罗的婚姻》终于突破了官方的封锁而在巴黎演出以后,轰动一时,后来也就出现了许多东施效颦。这件事,当时欧洲文坛传为佳话。这件事,与《红楼梦》续作之粉起,约在同时,可谓东西相映。

三为模仿和改编。《红楼梦》翻案之作,愈多愈滥,已如上述,1850年后,模仿者渐起。此类作品,大都以倡优拟闺秀,以北里为情场,而狎客则为才子。人物与背景虽与《红楼梦》不同,而"摹绘柔情,敷陈艳迹,精神所在,实无不同"(鲁迅语)④。此因模仿之辈虽或才力有高下,而器识大都狭小,作皮相之观察,所欣赏于《红楼梦》者只此儿女痴情而已，实未尝梦见其深刻博大的社会意义。至于改编之作，自戏曲以至说唱文学，或演全书，或抉取一人一事，其数太多，猝难统计。若干折子戏与曲艺至今仍在演唱。

四为评注。《红楼梦》前八十回最初即以脂砚斋评本形式转辗传抄[5]，程、高百二十回排印本流行后，评注者风起，各持一端，都自谓得作者之本旨[6]。而数量更多的品评《红楼梦》人物的诗、词、赋、赞，实亦变相的评注。此等诗词有一共同点，即都着眼于书中人物之离合悲欢，从而寄其欣慕或感慨，要而言之，无非画饼充饥，借酒浇愁。

五为索隐。《红楼梦》评注各家中已有推详此书"微言大义"的尝试，但其眼光所注，仍不出本书范围。索隐派则更进一步，爬罗剔抉，求索本书所隐之本事。前八十回尚在传抄时期，"红迷"之辈，即鉴于此书虽披儿女痴情之外衣，而寄托实甚深远，纷纷求其言外所指，则援中国古典文学向多影射之例，妄加猜测，乃有贾宝玉实影射纳兰容若之说。五十年后，则所谓"金陵十二钗"者都被索隐为康熙朝名士，亦皆纳兰之上客。"红学"一词，大概也在此时流行。到了清朝末年，索隐派更树新帜，直指此书为政治小说，谓作者富民族意识，含亡国之痛，所影射者皆明末清初重大政治事件。索隐范围愈广，钻之愈深，而穿凿附会亦愈甚，自相矛盾，不一而足。1920年后，隐晦已久之曹雪芹身世，大致考定，于是《红楼梦》乃自传体的说法，风行一时，但索隐派不但未见消歇，而且后继有人[7]。

平心论之，索隐派着眼于探索《红楼梦》之政治、社会的意义，还是看对了的。而以胡适为首的自传体派则完全抹杀了《红楼梦》之政治的意义，又大大缩小了《红楼梦》之社会的意义。索隐派和自传体派在观点上都是唯心主义的；在方法上都是形而上学的，但胡适的以实用主义为指导思想的考证方法却披着科学的伪装，因而更能淆乱黑白、迷惑青年。新中国成立初期出版的一些研究著作，一方面虽已认识到《红楼梦》之反封建的伟大意义，而另一方面却拘泥于色空之说，或比类事迹，欲从《红楼梦》中勾稽曹雪芹年谱，自陷于进退失据，则仍是唯心主义观点和形而上学的方法未能彻底清除之故。

1954—1955年的《红楼梦》大辩论，不但批判了自传体派红学，更主要的是批判了当时在文化遗产研究中相当普遍的唯心主义倾向，特别是胡适的实用主义反动哲学思想及伪科学的考证方法在学术界的流毒。这一次《红楼梦》大辩论，实质上是开国后在学术领域内第一次的唯心主义与历史唯物主义的大辩论。这一场大辩论，有力地打击了文学、哲学、历史科学等研究工作中的资产阶级唯心主义观点与方法，摧毁了胡适主义在学术界多年所积累的毒害影响；这一场大辩论，以历史唯物主义的观点比较全面而深入地探讨了《红楼梦》成书的时代背景，分析曹雪芹思想中的积极因素与消极因素，肯定《红楼梦》在现实主义创作方法上的高度成就。于是百数十年来笼罩于《红楼梦》之迷雾始得一扫而空,此一大奇书之政治、社会意义得到正确的阐释⑧。从而确认:在世界的伟大的批判现实主义文库中,《红楼梦》不但居于前列,而且是出世最早的一部。

近十年来,国家出版社陆续影印了有关曹雪芹和《红楼梦》的孤本秘籍,这就大大有利于多数学者协力探讨,因而《红楼梦》研究的某些方面有了新的成就。

校勘、研究各种旧抄本及其"脂批",我们已能大致确定曹雪芹原作前八十回的本来面目,以及后三十回未完成稿的轮廓——特别是书中几个主要人物的归宿及为腐朽的封建社会敲起丧钟的全书结局⑨。

正确的研究方法能从少量而不受注意的材料中发现重大的意义。在历史唯物主义思想的指导下,我们对于这位批判现实主义大师的身世、性格和人生观,有了更正确的了解。

曹家祖先是汉人,早入旗籍,雪芹的曾祖父(玺)、祖父(寅)、父辈(顒、頫)三代四人,任江宁织造五十八年之久,在康熙朝炙手可热。但在雍正即位以后,当时任织造的曹頫却因牵连到统治集团的内部斗争而被革职抄家,曹雪芹那时大约十三岁。不久,他随家人返北京居住。此时,曹家虽已失势,尚未大败。1735年秋,乾隆即位,在雍正朝曾因政治关系获罪的亲贵,此时大都得平反。可是好景不长,四五年后,曹家又一次在宦海风涛中翻了船(原因不明),这才最后"树倒猢狲散",雪芹移居西郊。他那时并无童仆,妻子相依,生活极为穷困,有时卖画得钱,聊解酒渴。亲戚故旧,败落的败落了,不曾败落的也对这罪人之后的穷书生白眼相看,只有极少几个意气相投的朋友还经常和他来往,但这几个朋友,也是不甚宽裕的,经济上无能为助。曹雪芹虽然穷,却傲骨天生,不肯乞怜于人,抑塞不平之气,虽然时时流露,却又旷达乐观,诙谐健谈。就是在这样的环境和精神状态中,"十年辛苦不寻常",写出了"字字看来皆是血"的《红楼梦》。

曹雪芹删改五次,才写定了《红楼梦》的前八十回。另有后三十回的初稿,未及写定,曹雪芹就因独子早殇,悲痛成病,几个月后也就死了,留下一个孤苦无依的妻子。他究竟死在何年?1763年的2月12日呢,还是1764年的2月1日?(亦即乾隆壬午年的除夕呢,抑或癸未年的除夕?)专家们争论了三十多年,看来双方都持之有故、言之成理,然而又都缺乏绝对的证据使对方心服。这是个学术上的问题,暂时不作结论,有利于百家争鸣,从而将有可能获得更圆满的结论⑩。

从锦衣玉食忽然下降到"瓦灶绳床"的生活,给曹雪芹思想的影响一定很大。《红楼梦》所表现的以贾宝玉、林黛玉为代表的反封建思想,大概是在曹雪芹经历了生活的剧变之后形成的。但是,生活的剧变固然给曹雪芹的思想带来了积极的因素,同时,时代的局限性和阶级的局限性仍然在曹雪芹思想中留下消极的因素。这一点,异常鲜明地在贾宝玉的追求真理和要求个性解放的过程中看得出来。曹雪芹在《红楼梦》中创造了不少的男女典型人物,这些人物都是当时现实生活中实际上存在的,但是贾宝玉这个人物却是既有现实基础而又理想化的。

曹雪芹塑造贾宝玉的形象,显然用了罗曼蒂克的手法。首先,这个人物的出世就有神话色彩,其次,在十来岁的时候,他的举动言谈,就常常惊骇世俗。他反对男尊女卑,说"女儿是水做的。男人是泥做的"。水做,言其纯洁,泥做,言其龌龊。他反对当时朝廷笼络读书人的制艺取士的政策,把那些想从"正途"出身的士子以及一切官吏都称为"禄蠹"。他甚至怀疑数千年封建社会视为唯一真理所在的圣经贤传。这样惊世骇俗的议论,出之于十来岁童子之口,显然是理想化了的。同时这也是《红楼梦》思想性积极的一面。

表现在贾宝玉身上的思想积极因素,一方面是继承了李卓吾、王船山的反封建的思想传统,另一方面也是 18 世纪上半期中国新兴市民阶层意识形态的反映。

18 世纪上半期的中国,城市手工业和商业虽有发展,而封建经济仍然占支配地位,封建政权仍然很强大,而且利用政权工具,通过垄断性的官办手工业大工场,对城市手工业和商业进行多种多样的压迫和限制。在这样的情形下,商业资本家找到了一条风险较小的出路,即以高利贷形式剥削农民乃至中、小地主,进一步兼并土地,取得又是商人又是地主的两重身份。同时,大地主和官僚也放高利贷,也经商(且不说当时还有"皇商"呢),对小商人、个体手工业者和小作坊所有主进行剥削。这样,当时市民阶层的上层分子和封建地主、官僚集团,既有矛盾,又有勾结,而市民阶层的广大底层(小商人、个体手工业者和小作坊所有主)则经济力量薄弱,且处于可上可下的地位,对封建主义又想反抗又不敢、不能反抗到底。这就决定了当时市民阶层思想意识中的积极因素(要求废除封建特权,要求个性解放等),从来不是以鲜明的战斗姿态出现,这也决定了他们反封建之不会彻底(正如李卓吾、王船山之反封建思想不能完全彻底,而带着时代的和阶级的烙印)。这也就决定了 18 世纪中国市民阶层之历史命运——不能发展为资产阶级。

《红楼梦》中贾宝玉的一生,象征了当时新兴市民阶层的软弱性和它的历史命运。试看曹雪芹怎样描写贾宝玉追求真理的苦闷过程:惶惶然参禅悟道以求"解脱",既无力创造环境,又无力对环境反抗到底,终于以空门为遁逃薮。这是《红楼梦》思想性消极的一面。不过,在那个时代,做和尚仍然是另一方式的反抗,所以消极之中也还有积极的意义。求精神寄托于禅门,是当时不满于现实而又找不到出路的一般士大夫乃至贵公子们的方便之门。曹雪芹的几个同时代人,具体而微地提供了这样的生活方式,例如敦敏、敦诚兄弟和永忠,但是曹雪芹的生活变化比他们更剧烈,因而曹雪芹的叛逆性就更强烈⑪。

敦诚的诗,屡次以阮籍比曹雪芹,一则曰"步兵白眼向人斜",再则曰"狂于阮步兵",这不光是因为曹雪芹字梦阮,实在也概括了曹雪芹的身世和性格。在封建时代,愤世嫉俗的士大夫既痛心疾首于本阶级之腐化分崩,又不能毅然自绝于本阶级,往往以"狂"的面目,倾吐他的抑塞不平之气。说曹雪芹"狂于阮步兵",大概指他的《红楼梦》的叛逆性百倍于阮籍的咏怀诗。对于这一点,永忠说得更直截了当。他的读《红楼梦》吊雪芹三绝句最后一首末两句是:"混沌一时七窍凿,争教天不赋穷愁。"明义题《红楼梦》诗也说:"石归山下无灵气,纵使能言亦枉然。"由此可见,曹雪芹的同时代人也有一二人看出了《红楼梦》寄托的深远的寓意⑫。

曹雪芹的反抗封建礼教,要求个性解放的呼声,直接表现在贾宝玉的婚姻问题上。在反抗失败以后,宝玉不得不与宝钗结婚,但最后还是"悬崖撒手",出家做和尚去了。这一悲剧的牺牲品,除了叛逆者的宝玉和黛玉,还有封建制度的拥护者,情场角逐中暂时胜利者薛宝钗。这一悲剧给人们以阴森悲观的感觉。但是《红楼梦》中还写了尤三姐和司棋的恋爱悲剧,这却给人们以悲壮和振奋。如果说宝、黛、钗三人的婚姻悲剧带着阶级的烙印,则尤三姐与司棋的悲剧亦复如此。黛玉、尤三姐、司棋,一样的情有专注,然而表现的方式绝不相同,尤三姐、司棋做得出来的事,黛玉做不出来。在黛玉身上,充满着封建时代大家闺秀既要自由,又怕越礼的严重思想矛盾。

《红楼梦》在传抄时代,已被视为"谤书",后来又屡次遭禁。这也可见封建统治阶级政治嗅觉之锐敏。《红楼梦》的背景是贾府及其亲戚史、王、薛四大家族的崩溃过程,这四大家族象征着18世纪中国封建政权的四大支柱:政权机构、官僚集团、武装力量、地主官僚资本。曹雪芹的"堪与刀影交寒光"的笔锋血淋淋地剖露出这四大支柱已经腐朽到怎样的程度。

曹雪芹生在屡兴文字狱的时代,而且是惊弓之鸟,不能不有所顾忌,故笔锋所指。首先在于通过贾宝玉,无情地抨击了封建社会的上层建筑:吃人的礼教,主子与奴婢不同的道德标准,误尽人才的科举制度,等等。其次则为揭露官僚集团的庸碌无能、上下勾结、贪赃枉法。荣、宁两府宛然是当时封建政权的缩影。在这等级森严、馔玉炊金、诗礼揖让的小天地内,表面与实际判若天壤:这里实际有的,是虚伪巧诈、争权夺利、剥削者的奢侈荒淫、被奴役者的血泪、被压迫者的反抗。这不是乾隆朝所谓"太平盛世"的具体而微的解剖图吗?中国古典文学中固多暴露封建社会罪恶的杰作,然而如此全面而深刻地从制度本身层层剥露其丑恶的原形,不能不数《红楼梦》为前无古人。

《红楼梦》继承了中国古典文学的优秀传统而发展到空前的高峰。曹雪芹的家庭有文艺的传统。他的祖父曹寅藏书极富,诗、词、散文,都有较高的成就,他的父辈亦能诗善画。他自幼年便处在这样的"文采风流"的环境中,无怪乎饱经变故之后,文章"穷而益工"。曹雪芹的友好,都赞美他能诗善画,然而他的诗、画都失传了。《红楼梦》中的诗词歌赋都是"按头制帽",适合书中各色人物的身世、教养和性格,并不能代表曹诗的真面目。敦敏兄弟、张宜泉,都把曹雪芹同李长吉相比,这大概指诗的艺术风格,至于思想内容,则"诗胆如铁"一语,足供玩味。猜想起来,雪芹的诗,瑰丽奇峭有如李贺,而慷慨激昂胜于阮籍。

但是不幸,他的诗都已失传,现在我们只能就《红楼梦》谈他的艺术天才。

《红楼梦》继承而且大大发展了中国古典文学,特别是长篇小说的优秀传统。兹试就全书结构、人物描写、文学语言三端,略述其艺术的高度成就。

《三国演义》和《水浒传》的结构,就局部而论,都相当严密,然而就整体而论,却就不是严格的有机的结构,而是若干可以各自独立的故事用松弛的纽带联系起来。《金瓶梅》的结构就前进了一步,但首尾照应,疏密相间的技巧,犹未臻完善。《红楼梦》结构上的完整与严密,不但超过了《水浒传》,也超过了《金瓶梅》。

《红楼梦》开头几回就把全书的结局和主要人物的归宿用象征的笔法暗示出来,但是此后故事的发展,却又往往出人意外。以贾府的盛极而衰为中心,以宝、黛的婚姻问题为关键,细针密缕地组织进许多大大小小的故事,全面反映了那个时代的封建与反封建的斗争,统治集团的腐化、无能及其内部矛盾。这样包罗万象的布局,旁敲侧击、前呼后应的技巧,使全书巍然一体,动一肢则伤全身,这是空前的高度成就!

《红楼梦》中有名有姓的人物,凡四百余人。其中较为活跃者,不下百人。除主人公宝、黛及其陪衬人物活动较多而外,有些次要人物的活动仅昙花一现,然而只此寥寥数笔,却已把此人的面目性格勾勒得十分鲜明[13]。从人物的行动中表现人物的性格,本来是中国古典文学优秀的传统,《红楼梦》则把它发展到更高峰。例如黛玉与晴雯,宝钗与袭人,向来被视为两组性格类似的人,然而此四人各有个性,充分表现了她们由于出身、教养、环境之不同,故而其性格同中有异,异中有同。此四人各有各的声音笑貌,绝不相混。其他人物各有个性,亦复如此。

曹雪芹对其笔下的人物,爱憎分明,然而他笔下的许多人物(特别是重要的女性人物),却不是各有一个脸谱成了定型的。以宝钗、袭人为例,她们都是腐朽的封建宗法社会的宠儿,曹雪芹鞭笞她们的灵魂,真是一鞭一血痕,然而,作为男权社会中的女性,她们又是自己所依附的吃人礼教的牺牲品。她们的性格是很复杂的。

曹雪芹塑造人物,真是细描粗勒,一笔不苟。书中多少次的结社吟诗、制灯谜,多少次的饮酒行令,所有的诗、词、灯谜、酒令,不但都符合各人的身份、教养和性格,并且还暗示了各人将来的归宿。简洁而生动的环境描写也都紧扣着人物的性格,例如潇湘馆的幽静,秦可卿卧室的洋溢着旖旎风光的陈设。

《红楼梦》的文学语言除人物对话为口语(在一定场合、一定人物的对话中,也有半文半白的),一般叙述故事、描写环境的文字大都用接近口语的通俗文言,有时夹着骈俪的句子。这也是宋、明以来民间文艺的传统,但《红楼梦》的特点是叙述文字既简洁而又典雅,干脆而又含蓄,人物对白则或口角噙香,或气挟风霜,因人而异,因时而异,几乎隔房可辨其为何人口吻。

由此可见:作者既提炼了口语,并且又熔铸了文言,化腐朽为神奇。从《红楼梦》的文学语言中,我们可以找到如何吸收古典文学的精华成为自己血肉的无数宝贵的经验。

如上所述,《红楼梦》之所以在当时震动文坛,对后来的文学发展又有那样深远的影响,都不是偶然的。

《红楼梦》很早就介绍到国外,引起广泛的注意[14],这也不是偶然的。从世界文学史看来,在批判现实主义的巨著中,《红楼梦》是出世最早的,它比欧洲的批判现实主义整整早了一百多年。

但是,对《红楼梦》作认真的科学研究,我们才刚刚走了第一步。研究的方面,颇有畸轻畸重之弊,尚不平衡。十分重要的对于《红楼梦》的时代背景、社会基础的研究和分析,不仅太少,而且没有受到专家们足够的重视。因此,十年来的成就虽然超过以往的一百五十年,我们却没有理由自满。我们相信,这位伟大作家的逝世二百年纪念,将成为我们进一步研究《红楼梦》及其有关问题的起点,而且预期将有更多的收获。因为我们处的时代是社会主义的新时代,我们的时代提供给我们的学术研究的优厚条件,是任何前代所没有的。中国共产党号召我们在学术研究上贯彻百家争鸣的方针,这给研究工作者以极大的鼓励,让我们满怀信心把工作做得更好些吧。

参考文献:

①德文郡地方的一位中学校长声称,本·强森和弗朗西斯·培根,被认为威廉·莎士比亚的古典戏剧和短诗的真正作者。而莎士比亚则是被强森掐死的一个"无知的乡下人"。

拥有文学学位和数学学位的朗德校长(四十二岁),快将完成已经写了四年的长达五万字的一篇著作,不久可能出版。

朗德说:"强森和培根是被迫使用假笔名的,因为当时剧院被认为是不体面的东西,特别是演员被认为是瘟疫的传播者。"

朗德说："他们纯粹是偶然挑上'威廉·莎士比亚'这个名字的,人们不大知道存在着一个叫这个名字的人。两个真的莎士比亚,威廉和埃德蒙,不久发现了从这个巧合中搞钱的办法,他们抓住了培根一个过错而敲诈了他,迫使他交出了戏剧材料由他们变卖,所得钱财装进他们自己的腰包,所得的钱每周也许多达七十英镑。

"后来,强森知道了这些事情,他掐死了威廉。"

朗德并没有详尽地透露他的即将发表的著作,他说:"培根和强森保守了他们的秘密,但是在他们的著作中给后世传下了许多关于作者真正身份的线索。有许多证据,不幸的是,学者们都熟视无睹。"(下略)

②程刻《红楼梦》后四十回,相传为高鹗所补,乃根据张问陶《船山诗草》中赠高鹗诗的自注。近来颇有对此表示怀疑者。因此,我写了这个附注。

按裕瑞的《枣窗闲笔》谓:"此书由来非世间完物,而伟元臆见,谓世间当必有全本者在,无处不留心搜求,遂有闻故生心、思谋利者,伪续四十回,同原八十回抄成一部,用以给人。伟元遂获赝鼎于鼓担。不然,即是明明伪续本,程、高汇而刻之,作序声明原委,故意捏造以欺人者。斯二端无处可考。但细审后四十回,断非与前一色笔墨者,其为补著无疑。"按《枣窗闲笔》各篇非写于同一时期,其中最早者可能在1792年后一两年写成。换言之,即在《红楼梦》续作纷纷出世后十来年中,裕瑞不知后四十回乃高鹗所补,而猜为妄人伪作,以欺骗程伟元者。此为一说。

周春的《阅红楼梦随笔》,说1790年已有人以重价购抄本两部,一为《石头记》八十回,一为《红楼梦》一百二十回,微有异同。这就提出了这样的问题:既然在程甲本问世的上年就有人购得百二十回的《红楼梦》,足证程、高所谓访得全璧,聊为补缀之说是可信的。此为又一说。

又据吴晓铃所藏抄本(残本)舒元炜序,己酉年已有百二十回抄本,此可与周春之说相印证。此为第三说。

最近发现了杨继振旧藏的乾隆抄本百二十回《红楼梦》(今有中华书局影印本),第七十八回写有"兰墅阅过"四字,前八十回文字与脂本同,后四十回所删改,大致与程刻本同。范宁为此书影印本写的《跋》说:这个抄本,使我们看到后四十回也和前八十回一样,原先就有个底稿,高鹗在这个底稿上做了一些文字的加工。后四十回大致可以确定不是高鹗写的,而是远在程、高刻书以前一位不知名姓的人士所续。这样,周春的话就得到了实物的证明了。以上范宁云云,对于高鹗补书,毅然决然作了否定。但是,我以为还未便作最后的结论。因为,也可以设想:周春所说的百二十回抄本是另一个抄本,即如裕瑞所猜想,因有人搜罗全书,遂有人伪作谋利。又可以设想:高鹗补书的稿本为人偷抄去,伪称旧藏真本全书售给能出重价者。又可以设想:此乾隆抄本可能是高鹗补书过程中的修改稿本之一。仅凭一个乾隆抄本,周春和舒元炜的一句话,似未便作为铁证,剥夺了高鹗补书的劳绩。(把高鹗补书说得一钱不值,亦未为公允。)特别是裕瑞似乎不知程、高刻本以前有百二十回抄本,而翻疑程、高受绐——这正足反证向来并无续书。再者,如果高鹗的作用仅止于加工,则张船山虽与高为至亲,亦未便公然称后四十回为高所补。至于程、高自序云云,乃出于政治上的考虑,不敢直接担负责任耳。现在姑且依旧说,仍以高为补书的人,而略述专家们的看法如上,以俟更深一层的探讨。

③据一粟《红楼梦书录》(古典文学出版社1958年印)所著录:《红楼梦》续书,今有刊本者凡十一种。最早者为《后红楼梦》,伪托曹雪芹原稿,并伪造曹母手书弁诸卷端。此书约成于1794、1795年。1798至1805年,此七年中共出续书五种。此后,自1814至1820的六年中又出续书四种。此后稍替,相隔二十余年而始有《红楼幻梦》出现。总计今所知续书(刊本、稿本及他书引征者)共二十五种之多。

④鲁迅《中国小说史略》第二十六篇举模仿之作凡三:一、《品花宝鉴》;二、《花月痕》;三、《青楼梦》。

⑤脂砚斋何人?说法不一。或谓即书中之史湘云。此盖袭旧说史湘云早寡,后再嫁贾宝玉,故以拟脂砚斋。按湘云再嫁宝玉一说,赵执叔《章安杂记》则已言之。蒋瑞藻《小说考证》又引《续阅微草堂笔记》亦谓史湘云与宝玉终成夫妇。

脂批《红楼梦》中又有畸笏叟批语。脂砚与畸笏是否一人,亦有不同说法。周汝昌以为非一人,吴世昌以为是一人,而且以为脂砚斋不是史湘云而是曹雪芹的叔父曹硕(见英文本《红楼梦探原》页98—101;又1962年4月14日《光明日报》《东风》副刊《脂砚斋是谁?》)。查《枣窗闲笔》已谓脂砚斋乃曹雪芹之叔父,吴世昌沿此线索,论证曹寅诗中提到的能诗善画的三、四两侄,一名颀,而另一字竹涧者推其当名为硕,乃雪芹诸叔中行年最幼者,脂砚斋大概就是曹硕。吴恩裕赞同此说,而仍疑脂砚斋与畸笏叟并非一人。以上关于脂砚斋之考证,乃近数年之新收获。然专家意见尚未一致,相应"记录在卷"。

⑥一粟《红楼梦书录》的《评论》栏,著录书目七十余,去其重复者,实得六十五。评论之见于报刊而未印单行本者,另有附录,数量就大得多了。此六十五个书目包括:(一)刊本,(二)抄本,(三)未见其书,仅从他书征引,知有此书。第三类的书,共十九种,大部佚失。仅有四五种赖他书征引(少者一二条,多者十几条),能窥见一斑,或因他书论及略知其内容。但众所周知的王希廉(雪香,护花主人)、张新之(太平闲人,妙复轩)、姚燮(梅伯,大某山民)三种评论,则仅王希廉的著作因有单行本,以《〈红楼梦〉评赞》之名,著录于《评论》栏,张、姚之作则著录于《板本》栏中,《板本》栏又著录已经

佚失的评本五种。

蔡元培的《〈石头记〉索隐》曾概括地批评此前各派"红学"道："最表面一层，谈家政而斥风怀，尊妇德而薄文艺，其写宝钗也几为完人，而写黛玉、妙玉则乖癖不近人情，是学究所喜也，故有王雪香评本。进一层，则纯乎言情之作，为文士所喜，故普通评本，多着眼于此点。再进一层，则言情之中，善用曲笔：如宝玉中觉在秦氏房中，布种种疑阵，宝钗金锁为笼络宝玉之作用而终未道破；又于书中主要人物设种种影子以畅写之，如晴雯、小红等均为黛玉影子，袭人为宝钗影子是也。此等曲笔，唯太平闲人评本，能尽揭之。太平闲人评本之缺点，在误以前人读《西游记》之眼光读此书，乃以《大学》《中庸》明明德等为作者本意所在，遂有种种可笑之附会，如以吃饭为诚意之类，而于阐证本事一方面遂不免未达一间矣。"

或谓应另立《评论》一栏，例如王国维之《红楼梦评论》等书（王评见1904年商务印书馆出版《静安先生文集》）。按此处所举各家评注，实亦评论，不过大都附印于《红楼梦》，不单行而已。至于王国维之《红楼梦评论》与过去各家评注不同之点，在于（一）形式（欧洲的文学评论形式而不是中国民族形式的评注），（二）内容（以叔本华哲学解释《红楼梦》）。王氏与此前大多数评注家相同，盖亦以唯心主义观点评《红楼梦》者，而王氏之异于此前之评注家，乃在其中心思想为叔本华哲学，故王氏不但不从反封建斗争的意义严肃看待宝玉与黛玉之婚姻悲剧，反而以悲观哲学的消极态度欣赏此一"悲剧之美"。王氏而后，直到1954年《红楼梦》大辩论前夕，资产阶级唯心主义的《红楼梦》评论，其数甚多，它们的观点在大辩论中已经批判过了，兹从略。

⑦蔡元培的《石头记索隐》出版于1917年，但据寿鹏飞《红楼梦本事辨证》自序，蔡书初稿当成于辛亥以前。又清季孙渠甫《石头记微言》（抄本，郑振铎藏），也以为《红楼梦》持民族主义。辛亥革命后，王梦阮、沈瓶庵的《红楼梦索隐提要》刊登于1914年之《中华小说界》，1916年9月，二氏之"索隐"全书出版。次年，蔡元培的《石头记索隐》出版。1919年邓狂言的《红楼梦释真》出版。蔡书写作时间与王、沈之书相去或不远，彼此不相谋，而邓书则是受了王、沈的影响。蔡于《石头记索隐》六版自序说明他索隐的方法："一、品性相类者；二、逸事有征者；三、姓名相关者。"又曰："《石头记》者，清康熙朝政治小说也。作者持民族主义甚挚，书中本事，在吊明之亡，揭清之失，而尤于汉族名士仕清者，寓痛惜之意。当时既虑触文网，又欲别开生面，特于本事以上，加以数层障幕。"

蔡之索隐，虽穿凿附会，顾此失彼，然其三个方法及其以康熙朝诸名士影《红楼梦》主要人物，尚能自圆其说（当然我们不能相信他的结论）。至于王、沈之"索隐"则论证方法凌乱，常常自相矛盾。王、沈亦谓《红楼梦》写"两姓兴亡史"，然又以宝玉影清顺治帝,黛玉影董小宛。董小宛本明末秦淮名妓,嫁冒辟疆,早卒。然自来即有传说:小宛实非病死而被掠北去,后入清宫,即称董鄂妃者是也。主此说者,引吴梅村诗集中有关小宛诸诗为证。顺治因董鄂妃死而出家之说,亦为清初疑案,主此说者,举吴梅村《清凉山赞佛诗》为证。王氏据此谓宝玉(顺治)、黛玉(小宛)为全书两主人公,而书以宝玉出家结束,盖即影射顺治与小宛故事之明证。作者又曰:"书中代情僧(指顺治)者不止宝玉一人,而宝玉实为大主脑。"作者举北静王、秦钟、柳湘莲,皆指为宝玉之陪客、化身,并谓宝玉有时亦兼指冒辟疆。作者又曰:"书中代小宛者不止黛玉一人,而黛玉实为大主脑。"小宛之化身尚有六人,即秦可卿、薛宝钗、薛宝琴、晴雯、袭人、妙玉。

王、沈自序又曰:"彼盖以冲冠一怒,为兴衰种族之由;乔木三迁,亦巾帼离奇之迹。"此指吴三桂、陈圆圆事,谓《红楼梦》第一回即影吴三桂在田邸初见陈圆圆事,贾雨村影三桂,娇杏影圆圆,又谓四春姊妹实影射陈圆圆一生之事迹,而妙玉则影陈之结局,因相传有陈晚年出家之说。此外,第十二回王熙凤毒设相思局影清室诱降洪承畴事,贾瑞影洪,谓其为假文天祥也。此与蔡同。第三十回,金钏、琪官等事皆影射康熙太子胤礽被废黜之原因(按蔡元培书中亦有此说),第三十三回则正写太子被废,七十五回、九十六回均写康熙诸子结党夺嫡事。

王、沈二氏之"索隐"除卷首有"提要"外,每回有总评,行间有夹注,"广征博引",而穿凿附会,愈出愈奇。然而最不能自圆其说者,为一人而兼影二人乃至三人。例如既以宝钗为影小宛之一体矣,又谓其有时亦影陈圆圆,有时亦影刘三秀,至于史湘云,则谓其影射完全不同的五个人:1. 顾眉楼(横波,名妓,嫁龚芝麓);2. 孔四贞(孔有德之女);3. 卞玉京、卞嫩姊妹(明末秦淮名妓);4. 长平公主(明崇祯帝之女)。盖"索隐"之道,至此而泛滥无边,随心所欲,断章取义,几乎无一事无一人不可影射,愈索愈广,而离原作本意亦愈远矣。

王、沈二氏之书如此,后出之邓书则袭王、沈之故技,而更甚其说,如谓雪芹"增删五次"一语即暗指《红楼梦》所包含者,实为崇祯、顺治、康熙、雍正、乾隆五朝之历史。又谓元春影崇祯,元春早死,喻崇祯死而明亡,其后乃有南明三王,迎春影福王,探春影唐王,兼影郑成功,惜春影桂王。又以迎春影吴三桂、吴应熊,探春影耿精忠,惜春影尚可喜。此外,邓书直以为《红楼梦》主要影清宫秘事,则又"启发"了后来的景梅九。

1927年出版的《红楼梦本事辨证》(寿鹏飞),批评了"旧红学"各家诸说,对蔡书基本上同意,对王、沈二氏之书则部分同意,而对自传体一派则抨击甚力。至于寿氏自己的主张,大要如下:1. 承认《红楼梦》影射清初重大政治事件,其言曰:"然与其谓为政治小说,毋宁谓为历史小说,与其谓为历史小说,不如径认为康熙季年宫闱秘史之为确也。盖是书所隐括者,明为康熙诸皇子争储事。"寿书"考证",以此为中心,但除杂引辛亥后坊间出版之所谓清秘史、清野史等捕风捉影之材料外,并未能比附书中人、事,而一一"落实"之。盖寿氏虽醉心于"索隐"而亦不直穿凿附会。2. 谓原书为明末遗民所写之野史。康熙时,曹一士(时年四十)在京为某邸西席时将此野史改写为小说,曹雪芹则就曹一士改稿再加删改,于是真事愈隐矣。3. 谓金陵十二钗正册、副册、又副册共三十六人,实影康熙帝的皇子三十六人(最后一个早殇,未命名)。然而三十六人者,究竟谁影谁,寿氏却也说不完全。

1934年出版景梅九的《红楼梦真谛》,吸收了蔡书关于"作者持民族主义甚挚"的论点,作为"真谛"的理论而据此以求"真谛"。景氏不取蔡书十二钗影康熙时诸名士之说,亦不取王、沈书所谓《红楼梦》主要是顺治帝、董小宛情史之说,而以《红楼梦》之"真事"附会为明亡逸事及清宫秘史,对书中人物姓名、别号,则断章取义引故典以证之。对书中故事则杂引清史及所谓清秘史等以实之。他说:"批评本书有三义谛。第一义谛,求之于明、清间政治及宫闱事;第二义谛,求之于明珠相国及其子性德;第三义谛,求之于著者及增删者本身及其家事。专论文字者为下乘。"景与寿鹏飞同,亦以为《红楼梦》非曹雪芹所作,另有原本,曹仅据以增删而已。又曰:"第五回神游太虚幻境,看了十二金钗正副册画图,听了红楼梦曲,此为笼罩全书之文字。正副册图画及题诗,正如《推背图》。欲明本书之意,非看《推背图》不可。"十二金钗正副册画图及红楼梦曲,确为笼罩全书之文字,但作为《推背图》看,可就钻入魔道。例如景氏解释"林薛取姓",谓红楼梦曲之"空对着山中高士晶莹雪,终不忘世外仙姝寂寞林"二句,乃从"雪满山中高士卧,月明林下美人来"化出,而此两句明点雪(薛)满,明林,以薛、林二人代表满、汉(明)两个民族。景氏依此方法推求书中明、清对举之例甚多,此处从略。

景梅九尚非索隐派之最后一人。潘重规之《红楼梦新解》(1959年,新加坡青年书店出版),亦谓《红楼梦》乃反清、悼明之书,曹雪芹亦非原作者,其论点与蔡、寿、景大略相同。

⑧自1954年9月起,约一年之内,全国各地报刊上所发表的讨论《红楼梦》的文章,为数甚多。后来,作家出版社选择其重要者,印了《红楼梦问题讨论集》一至四集,共收论文百二十五篇,百万余言。这次大讨论前后共约一年始告结束,讨论的范围为:1. 批判自传体派之错误;2. 批判各色各样的对《红楼梦》之唯心主义的解释;3. 研讨《红楼梦》产生的时代背景与社会基础;4.《红楼梦》人物研究。

⑨在这方面,我们应当提到:1.《脂砚斋红楼梦辑评》,俞平伯辑,1957年古典文学出版社印行;2.《红楼梦八十回校本》,俞平伯校订,王惜时参校,1958年人民文学出版社印本。这个校本共四册,第一、二册为前八十回,第三册为《校字记》,这是校勘的说明,第四册为高补后四十回。

至于作者原来计划,俞平伯曾就戚本评语猜想书中主要人物之归宿(见1925年版《红楼梦辨》),周汝昌在《红楼梦新证》中亦曾详加探索(587—606页)。吴世昌据前八十回的辅线,金陵十二钗正副册题词,《红楼梦曲》《好了歌解》以及所有脂批,推想出一个轮廓,说详《红楼梦探原》英文本,第162至167页,又240至258页。吴世昌又依前法推想黛玉之死,王熙凤之归宿,茜雪、小红营救因抄家而被囚之宝玉及凤姐,巧姐之归宿,史湘云之婚姻问题,宝玉结婚后之生活(兼及袭人嫁蒋玉菡后并不忘旧,在宝玉夫妻穷困时殷勤供养),共六题,以冀原作后三十回的面目大致可以"再造"。说详《红楼梦探原》英文本第169至188页。

　　⑩曹雪芹的生年,专家们比较有一致的看法,即假定他生于1715年,此从其卒年推想,曹雪芹究竟活了多少岁?据敦诚悼曹诗"四十年华"及张宜泉悼曹诗原注"年未五旬而卒",曾有"四十"及"四十七八"两说。但看来,"四十"之说不如"年未五旬"可信。照"年未五旬"推算,可以假定曹之生年当在1715或1716年。吴世昌从"曹沾"之"沾"字习惯的用法推想,谓雪芹当生于1715年,即曹頫受命继承曹寅并继任织造之年。名此婴儿以"沾"者,所以纪念皇恩浩荡也。说详《红楼梦探原》英文本第117至118页。

　　曹雪芹的卒年之所以发生分歧,就因为脂批说雪芹死于壬午除夕,而《四松堂诗钞》(抄本)所保存的《挽曹雪芹》七律一首却在题下标明"甲申",且作为甲申年各诗的第一首。如果雪芹死于壬午除夕,他的好友敦诚如何直到一年以后才写挽诗。(就诗的内容看,也不像写在曹死一年以后。)但是《鹪鹩庵杂诗》(抄本,也是敦诚的诗)《挽曹雪芹》却有两首,第一首第六句出了韵。似乎可以肯定,《四松堂诗钞》(抄本)的《挽曹雪芹》是在原来两首"挽曹诗"的基础上改作的,改作保存了原作第一首五、六两句,余均有文字上较大的改动。原作第二首取消。于是发生了这样的推想:可能原作二首写于癸未年初,甲申年改成一首,故《诗钞》该诗题下注"甲申"二字。这样,雪芹卒于壬午除夕一说还是可以站住的。但是敦敏的《懋斋诗钞》中有《小诗代简寄曹雪芹》,末二句是"上巳前三日,相劳醉碧茵",此诗被认为是癸未之作。这样,壬午说又不能成立了。但主壬午说者谓《懋斋诗钞》并非严格编年,有错乱,而《小诗代简》一诗正是错入癸未诗中的。癸未说者反驳说:《懋斋诗钞》确有若干首编年错误,但《小诗代简》却不错,可用原诗内容证之。此诗首二句为"东风吹杏雨,又早落花晨"。癸未年上巳在清明后十一天,故上巳前已有落花。此诗若作于壬午,则写诗时尚在春分,杏花未开,更无落花。癸未说者谓脂批"壬午"乃是记错了一年。因脂砚斋写这条批语时,离曹死已十二年,可能记错。但这仍然是推想,正如壬午说者谓"挽曹诗"改作乃在曹死一年以后也不外是推想而已。两说相持,各不相下。现在双方还在搜集新材料,发表新论点以维护己说,驳难对方。卒年虽不是一件大事,但既有两说,则以百家争鸣精神,争个水落石出,是只有好处,没有坏处的。

按曹雪芹卒年,最早提出的是壬午说,时在1928年,根据是《脂批》;二十年后,周汝昌发现抄本《懋斋诗钞》,提出癸未说。此后,在1954至1958年间连续发表了几篇或为壬午说张目或为癸未说辩护的文章。1962年3月至7月间为讨论最热闹的时期,双方驳难的文章共有六七篇。从1928年算起,到1963年,双方争论了三十多年。

⑪敦敏、敦诚兄弟是清太祖努尔哈赤第十二子英亲王阿济格的五世孙。自阿济格赐死,并削除宗籍,他的后裔一直是不得意的。英亲王墓于乾隆丙寅(1746年)始蒙特恩饬部照亲王园寝式重修。敦诚《四松堂集》有《谒始祖故英亲王墓恭纪》七律一首,即记此事。看来,乾隆加于敦敏家的恩泽不过如此而已,所以这两位天潢贵胄是有牢骚的。敦敏不得意于仕途,而又有点狷傲,不肯趋附。这样的性格,成就了他的笑傲诗酒、找和尚谈禅的生涯。《懋斋诗钞》只是敦敏诗的一部分,其中和曹雪芹有关系的诗共六首,而《题芹圃画石》一首,可以看出敦敏是欣赏曹雪芹的,正是他自己藏之于心而不敢倾吐的不平之气。敦诚的生活同他的哥哥差不多,他对曹雪芹的诗,评价极高:"爱君诗笔有奇气,直追昌谷披篱樊。"《四松堂集》中,颇多抑塞之音。他和曹雪芹的意气相投,不是偶然的。然而这两兄弟赞赏曹雪芹的"狂",言外之意,也就是他们不如雪芹之敢于"狂"。

永忠是康熙第十四子胤禵的孙子,多罗贝勒弘明的儿子。康熙废太子胤礽后,久不立嗣,诸子结党争嗣,胤禵与胤禛(即后来嗣位的雍正)是对头。相传康熙遗诏本云"传位十四皇子",但为胤禛盗改为"传位于四皇子",故胤禛得立。时胤禵奉命出征准噶尔,拥兵西北。雍正召回,旋即禁锢,直到乾隆时方才释放。胤禵自此竭力韬晦,希冀保全性命,亦以此教导他的儿孙。永忠以诗、酒、书、画、禅、道,消遣此生。

⑫明义,姓富察,号我斋,满洲镶黄旗人,都统傅清之子,傅恒(乾隆时颇受宠幸)之侄,明仁之弟,曾任上驷院侍卫。《绿烟琐窗集》旧为抄本,今有影印本。《题红楼梦》二十首,自注云:"曹子雪芹,出所撰《红楼梦》一部……惜其书未传,世鲜知者,余见其钞本焉。"可知明义读此抄本时,脂批本尚未流传于士大夫家庭。二十首之十九云:"莫问金缘与玉缘,聚如春梦散如烟。石归山下无灵气,纵使能言亦枉然。"吴世昌谓末二句用《左传》昭公八年春"石言于晋"的典故,暗指《红楼梦》是讥讽时事的,亦即所谓"谤书"也。说详吴作《红楼梦的创作过程》(为中国新闻社海外稿而作)。按《左传》:昭公八年春,石言于晋魏榆(晋地)。晋侯问于师旷曰:"石何故言?"对曰:"石不能言,或凭焉(谓有精神凭依石而言)。不然,民听滥(失)也。抑臣又闻之曰:'谲作事不时,怨谲动于民,则有非言之物而言。'今宫室崇侈,民力凋尽,怨谲并作,莫保其姓。石言,不亦宜乎。"……叔向知道后,称赞师旷能抓住机会,巧妙地进谏。"石言"这个典故,出处如

上,后来用以指讥讽失政。

⑬几笔勾勒,就生动地刻画出一个人物形象,如小红、柳五儿是也。几笔勾勒,就写出一个人物的性格,如七十四回抄检大观园,侍书之冷嘲热讽,写其精明干练;晴雯之举动急躁,写其高傲任性;入画之哭诉实情,乃年幼胆怯;司棋之毫无惧色,已打定主意。于此可见作者既精于细节描写,亦善于粗笔勾勒。昔人谓:人但知其繁处(细节描写)不可及,而不知其简处(粗笔勾勒)更不可及——即指此等笔墨。

⑭据吴世昌《红楼梦的西文译本和论文》(载《文学遗产》增刊第九辑)说,他近年在欧洲各国见闻所及,在英、俄、法、德、意五种文字中,得四十一种,计译文十七,论著二十四,但仍不敢说完备。最早的英文译本(节译)是汤姆(R. Thom)所译,作为外人学习华语的课本,载1842年宁波版《中国话》页62—89。从1842年到现在,西文译著的陆续发表,已历时一百二十年之久,但在新中国成立前的一百多年中,《红楼梦》在西文中只有三种不到原著一半的译本。1954年,我国展开对于《红楼梦》问题的大辩论,才引起各国文化界的广泛注意,译著始骤然增多。此外,《红楼梦》尚有越南文译本与日本文译本。日本学者对《红楼梦》研究与介绍历史较久,而且方面亦广。

《红楼梦》传入日本不到一百年,现有两种全译本,即松枝茂夫的百二十回全译本,及伊藤漱平的新的全译本。前者收入《岩波文库》,共十四册,从1940年开始出版,至1951年出齐。后者为平凡社出版,共三卷,收入《中国古典文学全集》。松枝译本的前八十回根据有正本,后四十回根据程乙本。当他翻译的时候,脂评本尚未影印出版,他采用了胡适论文中引用的脂批材料尝试着对有正本与程乙本作补订。松枝译本每册都附注释。伊藤译本前八十回以俞平伯校八十回为底本,有未从俞校者都做了注解;后四十回以俞校本附刊的后四十回为底本。伊藤译本每回有注释。在《红楼梦》外文译本中,当以日文译本最为认真与正确。

至于日本学者研究《红楼梦》的著作,为数甚多,此处从略。

1964年

《红岩》在日本
文洁若

一

在日本共产党中央委员会宣传教育文化部的热烈倡导下,反映我国革命者狱中斗争的长篇小说《红岩》在日本受到广大读者的欢迎。从许多评论及座谈会的发言中,可以看出这部作品在日本的反应是相当广泛的,影响也是很大的。读过《红岩》的人都深深为作品中那些在残暴的敌人面前,英勇顽强地坚持斗争的革命人物的形象所感动。通过这一具体斗争的描绘,日本读者们看到了中国人民所走过来的革命道路,以及在这场艰巨的革命斗争中中国共产党所起的决定性的作用。从这一作品的成功,日本的作家们生动地看到了毛泽东思想在我国文艺领域里开花结果。他们还热烈地讨论起日本作家今后如何创作先进人物的问题。参加讨论的人一致认为:只有全心全意地投入生活实践——革命斗争中去,才能写得出无愧于伟大的时代、伟大的人民的作品来。

《红岩》于1963年被列入日共中央宣传教育文化部主编的《中国革命文学选》,在日本翻译出版(译者三好一),并向全体党员和积极分子(尤其是青年)大力推荐过。日本读书界很快就形成了一股读《红岩》的热潮,直到目前为止,已经销行二十万部以上。据估计,每部书至少有五个人读过,有些人还向支部建议把它拍成电影,并且自愿参加募捐工作。群众热情可见一斑。

据1964年1月10日的《赤旗报》报道,该报的千代田分局曾在大选期间推广《红岩》,使几个工厂的百分之八十的《赤旗报·星期日刊》读者都读了《红岩》。许多《红岩》读书会在工厂里形成了,许多座谈会召开了。在一个垄断资本家办的工厂里,新妇女会召开了《红岩》座谈会。妇女们认为小说中的主人公与资产阶级文学里出现的主人公迥然不同,深深为主人公不畏困难的坚强信念所感动。

日共中央政治理论刊物《前卫》1963年12月号登载了该刊编辑部召开的《红岩》座谈会记录。会议由日共中央委员、《前卫》主编冈正芳主持,出席的有日共中央委员会政治局委员听涛克己,候补委员安斋库治,日共中央委员、组织部副部长岩林虎之助,东京中部地区委员会主席浜武司及民主青年同盟书记长土屋善夫。

日共中央机关报《赤旗报》(1963年10月15日、16日)还刊载了《〈红岩〉教给我们什么》的座谈会记录,出席者有文艺评论家佐藤静夫,作家霜多正次、手冢英孝。

日共中央文化思想刊物《文化评论》又在1964年1月号上发表了《向小说〈红岩〉学到了什么》的特辑,刊登了日本新进作家山岸一章的《艺术的认识与实践》、工人作家中里喜昭的《必须描写日本的党》、青年作家三国洋子的《回顾读完〈红岩〉后所受到的感动》及作家圆乘淳一的《共产党员的形象》。

此外,从去年10月以来,日共中央发行的具有广泛群众性的月刊《学习》,曾屡次以座谈会记录、读者来函及文章的形式,发表了广大群众对这部作品的感想。而且,直到笔者动手写此文时,还陆续看到日本报刊以各种形式登载着关于《红岩》的评论。

下面只是一鳞半爪地就《红岩》在日本引起的反响,作一简单介绍。

二

日本作家、评论家各从不同的角度评价了《红岩》在思想和艺术上的成就。作家山岸一章在《艺术的认识与实践》一文中说:《红岩》给予他的强烈感受,除了作者在作品中表现出来的党性、原则性和思想性之外,还"在于作者本人就有丰富的经验,曾经不屈不挠地从事过作品中所描写的狱中斗争。作者还成功地塑造了做领导工作的共产主义者的形象。通过行动和心理的描写,作者鲜明地刻画了将近三十个革命者和大约十五个敌人的不同性格……"

安斋库治特别推崇作品在人物刻画上的成就。他说:"小说中浮雕出了各种类型的革命者……使人感到,《红岩》是从革命实践当中,从非常丰富的活生生的素材当中加以提炼而写下来的。"许多评论家一致指出……《红岩》最感动人的,是屹立在作品中的共产党员的光辉形象,他们对革命、对人民、对党忠贞不渝的高贵品德。

三国洋子在《回顾读完〈红岩〉后所受到的感动》一文中说,她几乎是一口气读完《红岩》的,深深受到感动。她写道:"贯穿全书的是中国革命战士们极其英勇的斗争精神,对党全心全意地信任和忠诚。由于我孤陋寡闻,对中国人民解放战争几乎没有具体知识,因而《红岩》中所描写的严峻斗争,尤其是具有自我牺牲精神的共产党员的形象,也就越发使我受到强烈的感动。"

作家霜多正次在谈到《红岩》的大众性时说:"它一方面从历史上具体地描写了中国革命,一方面人物又塑造得非常出色——从真正的意义上来说,《红岩》的大众性就在这里。……我认为重要的是使人感到作者体现了中国共产党的思想,把中国革命安置在整个世界史当中来描写。"

许多评论家都接触到了这样一些问题:为什么这些革命人物能具有这样光芒万丈的政治品质呢?在那样艰巨的条件下,狱中同志为什么能团结得那样紧密,战斗得那样机智有力,竟使凶狠的敌人一筹莫展呢?什么是他们汲取力量的源泉呢?他们从《红岩》中得到了解答。

平田藤吉说:"小说中描写了将全身心献给党和人民的伟大人物的形象。我也是一边哭着一边读的。……小说所以能够这样吸引人,是因为它描写得非常真实。同时我深深感到,只要依靠党,共产党员就能发挥这样伟大的力量。"

听涛克己指出:"这些人被完全剥夺了自由,陷入困境,却并不是凭着个人英雄主义,而是真正依靠组织的力量、政策、机智,与敌人交锋,最后获得了胜利。他们所从事的绝不只是狱中斗争,而是真正作为巨大的革命运动的一环,与敌人斗智,展开战斗。……狱中的同志们对敌人的动静了解得非常清楚。敌人想尽一切办法来压制他们。出乎意外的是,反而是敌人在拼命地找自己所关的囚犯中的党组织,可是无论如何也找不到。这真是了不起!"

安斋库治着重地指出:"这些党员究竟是怎么会锻炼成这样子的呢?我认为这是因为毛主席所教导的'在战略上藐视敌人,在战术上重视敌人'的思想,使每个人受到锻炼,成为他们日常生活中的行动指南。这使革命的乐观主义气概与行动上的小心谨慎统一起来,形成每一个党员的道德品质和作风。"

三

《红岩》在日本引起的波澜,远远不止于文学界。反应更广泛、意义也更重大的是许许多多人通过它所塑造的革命者的群像,看到中国共产党领导下的革命斗争,和革命者在斗争中所表现出来的伟大精神。给读者印象最深的是在革命斗争中共产党的无比重大的作用。不论斗争多么艰苦,只要依靠党,就一定能取得最后的胜利。毫无疑问,这个认识正在激励、鼓舞着日本人民的革命斗争,给予他们以勇气和希望。

在《赤旗报》于 1963 年 11 月 17 日公布的《世界革命文学选》和《中国革命文学选》读后感征文入选的文章中,有钳工加藤昭秋写的《红岩》读后感《人会变得崇高而坚强》,作者在文章里说:"深夜读完,我被感动得浑身直打战,好一阵子,我心里光是想着:有了共产主义思想,人竟会变得这么崇高而坚强啊!"

在《学习》主办的读者座谈会(见该刊 1963 年 12 月号)上,日本关东地区的工人斋藤正说:"《红岩》里所出现的都是些无名的战士,他们深深地感动了我。我认识到正是依靠这些人,中国共产党才取得了革命胜利。"工人中里雄二也说:"我第一次读时感动得直流泪。第二次读时,在不同的地方流了泪。第三次也是一样。我认为这是由于这本书是用血写成的党的真实的历史。"另一位工人谷正明说:"读《红岩》不仅是看小说的问题,这是如何吸收杰出的革命经验的问题。"

千叶县的读者高部给《学习》编辑部写信说:"从《红岩》,我看到了真正的共产主义者的形象,对党和革命的忠诚——献身精神。我认为这些革命人物都是我们学习的典范。"该刊还发表了工藤静子的读后感,她认为:"《红岩》中所描写的拥有一切拷问手段和工具,以及杀人的硫酸池的集中营(指中美特种技术合作所)正是美国特务统治的典型。这样的地方不仅在当年的中国有,今天在南朝鲜、在南越也有。凡是在危机尖锐化、人民站起来争取解放,而美帝国主义者与那个国家的反动统治阶层结合起来,为了维持其统治而进行殊死挣扎的地方,必然就有它。我们不禁想起三鹰、松川、白鸟等事件,以及今天美日反动势力越发加强的特务工作和镇压工作。《红岩》这部小说告诉我们美帝国主义者的本质,它是一份控诉书,在全世界面前揭发出美帝国主义者是披着'民主'外皮的狼,他们的凶狠、残暴、狡猾,他们用难以想象的血腥暴力进行统治的实况及其罪恶。"

从事青年工作、熟悉日本青年界思想情况的土屋善夫指出:"年轻人读后感受非常深的一点是,在这部作品里,党和群众的活动之间的关系描写得非常鲜明。青年们普遍反映,读了《红岩》之后他们才知道,在这部作品里所描绘的那样激烈的中国人民解放斗争中,个人的活动只有在党的领导下才能变成真正的解放人民的力量。"

岩林虎之助从《红岩》联系到基层党组织的工作。他说:"这部小说教给我们:要把自己所接受的任务彻底完成,这种对党和革命的忠诚,就使个人作为共产党员而成长起来,身上具有了革命的战斗性。这些人所组成的支部,也必然是具有革命战斗性的组织。"

中里喜昭在《必须描写日本的党》一文中写道:"哪里有人民的斗争,哪里就有党的斗争。这是《红岩》的根本命题。装作疯子的华子良、许云峰、成岗、齐晓轩……在这些巨人的、乍一看好像是孤立的斗争中,党永远活着。如果没有这样一个党,他们恐怕也就不成其为巨人了。"

土屋善夫还提到《红岩》中所描写的革命者"随时都想到全体的利益,根据全体利益来安排自己的工作和任务,全力以赴地做去"。

在分析《红岩》的政治及艺术上的成就时,许多日本读者都指出这部作品之所以能写得成功,这样深深感动人,其根本原因在于作者在创作实践中认真地遵循了,并在作品中正确地体现了毛主席的思想。

作家手冢英孝说,1942年毛泽东的《在延安文艺座谈会上的讲话》发表后,作家们就开始投入生活实践中去。中国的中坚党员作家都经历过革命运动中的战火,《红岩》

的作者也不例外。他认为这就是使中国文学获得发展的主要原因。

评论家佐藤静夫也说:"对无产阶级文学运动的发展来说,作家投入生活实践中去是个重要问题,但如果把它看得过于简单,只是把它当作从形式上参加群众的启蒙运动是不行的。在中国,文艺政策是作为更深刻的、改造人的问题而确立的。"

作家山岸一章也写道:"我一边读《红岩》一边感到,这部小说是以毛泽东的《在延安文艺座谈会上的讲话》《实践论》和《矛盾论》作为基础的,《红岩》正是这三大文献在艺术上的出色的实践。"他认为,作家本人必须具有高度的思想性,才能在小说里正确地描写革命者建立在高度思想性上的判断和行动。越是要全面地描写巨大的阶级斗争,作家就越需要具有高度的思想性。正因为《红岩》的作者把整个身心投入斗争中去,与作品中的人物形成一体,他们才能够写出像《红岩》这样的作品来。

《红岩》在日本之所以受到这样广泛、热烈的欢迎,主要是由于近几年来,日本各阶层人民反对美日反动派的斗争在不断地壮大,越来越多的日本人民投入轰轰烈烈的反美爱国斗争中去。英勇的日本人民看到《红岩》所描写的共产党员崇高的革命品质,很自然地起了共鸣,因为那与他们自身的伟大的革命精神是息息相通的。中日两国人民有着共同的反美斗争任务,我们深信,日本人民要求独立、民主、和平、中立的愿望,一定能够实现。

1965 年

关于怎样写中间状态人物问题
——用《不能走那条路》《年青的一代》《千万不要忘记》的成功经验驳"写中间人物"论

李基凯

批判"写中间人物"的主张，这是文艺战线上无产阶级与资产阶级两条路线、两种世界观的原则性的斗争。经过半年多的激烈论战，广大读者对这次论战的性质和严重意义已经看得十分清楚。但是，在少数同志那里，也还存在着一些疑问和误解。

有的同志问："今后还能不能写中间状态的人物？尤其是还能不能写以这种人物为主角的作品？怎样描写他们才是正确的？"

有的人认为，批判"写中间人物"论，就是不准再写中间状态的人物了，谁写了这类人物，就是实践了"写中间人物"论。

还有的人说，批判这种主张，就是"给我们现在的作家造成了一个非常踟蹰的境界"，"把我们的作家搞得缩手缩脚"。

其实，关于能不能写中间状态的人物，这在《文艺报》编辑部的《"写中间人物"是资产阶级的文学主张》一文中已经说得很清楚了。我们同"写中间人物"论的分歧并不在能不能写中间状态的人物。这类人物在我们的文学中已经写了很多，对那些写得好的，我们从来就抱着欢迎的态度，今后仍希望有这类写得好的形象出现。我们和"写中间人物"理论倡导者的原则分歧是：邵荃麟同志制造了一整套"写中间人物"的主张，来同马克思主义的文学主张相对抗。他不仅在"写什么"的问题上，排斥描写英雄人物，主张大力描写所谓"中间人物"，企图把"中间人物"推上文学创作的首位，而且在"怎样写"的问题上，也提出了一系列错误的观点。鉴于许多同志已经就前一个问题进行了揭露和批判，下面我想就"怎样写"中间状态的人物问题，看看邵荃麟同志的主张同马克思主义的文艺主张的原则分歧在哪里。

小说《不能走那条路》和话剧《年青的一代》《千万不要忘记》，都成功地描写了中间状态的人物。它们有些什么经验？这些经验说明了什么？按照"写中间人物"论能否写出这样成功的作品和中间状态的人物？我想通过对这三个作品的分析，一方面回答上述有些同志的疑问、误解；另一方面进一步揭露"写中间人物"论的反动本质。

正确反映阶级斗争,提出并回答重大的、有意义的社会问题革命的作家创造作品,描写人物,不是为了描写而描写,而是要反映出现实中各种社会矛盾,并且正确地解决这些矛盾,从而帮助人们认识现实、改造社会,起到团结人民、教育人民、打击敌人、消灭敌人的作用。

今天,社会上的最根本的矛盾就是阶级矛盾和阶级斗争。这种矛盾和斗争,贯穿于社会生活的各个方面。作家创造作品,描写人物,就必须正确地反映出这种矛盾和斗争。当我们评价一部作品、一个人物时,也应当遵循这个原则来加以考察。

《不能走那条路》《年青的一代》《千万不要忘记》之所以是优秀作品,宋老定、林育生、丁少纯的形象之所以成功,基本原因就在于作家通过形象的描写,不仅反映了现实生活中的阶级斗争,提出了重大的社会问题,而且按照正确的原则回答和解决了这些问题;不仅一般地反映了阶级斗争,而且反映了阶级斗争的新内容、新形式和新特点。

1953年,我国农村正处在土地改革之后和农业集体化运动还没有大规模进行的过渡时期。当时农村中的阶级斗争十分尖锐。这些斗争在农民内部也逐渐地激烈起来。一部分农民的自发的资本主义倾向一天天在发展,他们买地、放债、出租土地,有的已发展为新富农。有些贫农则因生产资料不足,仍然处于贫困地位:有的人欠了债,有的人出卖土地,造成破产。正当这种两极分化现象开始出现的时候,李准同志写出了小说《不能走那条路》,用生动的艺术形象真实地反映了当时农村中两种思想、两条道路斗争这一严峻现实,提出并且回答了新中国成立后的农民不能再走资本主义那条老路、必须走社会主义的康庄大道这样一个重大的社会问题。

小说的成功,同宋老定这个形象的塑造是分不开的。宋老定是一个贫农,他的阶级本质决定他一定会在党的领导下走上社会主义道路。但在集体化以前,小农经济的弱点和旧社会剥削阶级思想的影响,使他在思想上也产生了资本主义自发倾向的一面。他的买地发家思想,就是资本主义倾向的一种表现。如果党不去对这部分农民进行教育和领导,任其发展,他们就会自发地走向资本主义。小说围绕着宋老定买地的事件,展开了他同儿子——共产党员宋东山之间的矛盾斗争。这种斗争就是当时农村中两条道路斗争在农民思想领域中的反映。作品通过对宋老定的描写,一方面严肃地批判了农民群众中的自发的资本主义倾向;一方面也说明,农民群众在党的领导下是可以很快走上社会主义道路的,而且只有走社会主义道路,农民才能共同富裕起来,得到彻底解放。东山的胜利,宋老定的转变,就是社会主义对资本主义的胜利。正是从这个意义上,我们才给宋老定的形象和整个作品以较高的评价。

培养无产阶级革命事业的接班人,这是一个具有重大战略意义和迫切现实意义的问题。目前,在这个问题上阶级斗争十分激烈。无产阶级要按照共产主义的世界观教育青年,资产阶级则总是按照资产阶级的世界观教育青年。因此,这就不仅在青年面前提出了一个尖锐问题:是做革命事业的可靠接班人呢,还是做革命事业的败家子?而且也在老一代面前提出了一个尖锐问题:应该怎样教育年青一代?剧本《年青的一代》,通过林育生和肖继业等人之间的矛盾冲突,成功地反映了在青年成长问题上的阶级斗争,提出并且回答了上述的重大问题。

林育生和萧继业都是在社会主义革命和建设时期成长起来的青年。但他们走的却是两条不同的道路。萧继业认为,具有远大的革命理想,不怕任何艰苦困难,为社会主义革命和建设贡献出自己的一切,这就是青年人应该追求的幸福和生活目标。而林育生则认为,脱离群众的火热斗争,躲在个人的小天地里过安逸的物质享受生活,就是青年人应该追求的幸福和生活目标。在这两种截然不同的人生观世界观的指导下,他们的行动就截然不同:萧继业为了建设社会主义奋不顾身,哪里艰苦到哪里去;林育生却经受不住艰苦生活的考验,伪造了医生证明,从勘探队逃回大城市来,还阻止未婚妻服从组织分配……林育生这个形象,及萧继业等人对林育生的帮助、教育,体现了在青年问题上无产阶级同资产阶级的尖锐斗争。林育生就是在这场斗争中被资产阶级俘虏过去,后来又被无产阶级争夺回来的一个。

林育生的道路告诉我们:老一代的革命者必须加强对年青一代的思想教育,重视培养革命接班人的工作,而年青的一代,则必须自觉地加强思想改造,积极参加社会主义革命和建设的火热斗争,把自己锻炼成为合格的革命接班人。这就是我们高度评价《年青的一代》和林育生这个形象的基本理由。

《千万不要忘记》之所以受到了广大人民群众的赞扬,就在于它通过姚母、丁少纯、丁海宽之间的曲折复杂的矛盾斗争,及时地反映了在无产阶级专政条件下,资产阶级和无产阶级争夺青年一代的斗争的新内容和新形式。这种斗争是通过渗透和腐蚀,通过"和平演变"的方式来进行的。正如丁海宽所说的:"这种阶级斗争,没有枪声,没有炮声,常常在说说笑笑之间就进行着。"对于这一点,很多人还认识不清。在这种情况下,《千万不要忘记》的作者,根据党的八届十中全会的精神,在对现实生活深入理解的基础上,适时地用艺术形式表现了这一斗争,这就使剧本获得了深刻的社会意义。它不仅告诉我们,千万不要忘记在我们周围还存在着阶级和阶级斗争,资产阶级思想还在无孔不入地向我们渗透,而且告诉我们,目前的阶级斗争更加深入、曲折和复杂了。必须用新的更锐利的眼光来看今天的阶级斗争,否则,就会看不见或看不清阶级斗争的实质。

从以上分析可以看出,这三部作品的成功都是在于:它们及时地反映了现实生活中的阶级斗争,而且敏锐地表现了斗争的新内容、新形式和新特点;提出了重要的有意义的社会问题,并且正确地回答了这些问题。作品中的中间状态的人物,都是正确地反映阶级斗争、表现作品的主题思想所必需的。如果抽掉了宋老定、林育生、丁少纯这些形象所体现的阶级斗争的内容,这些形象还会有什么社会价值和意义呢?

可是,在这个问题上,"写中间人物"论者却另有一套观点。首先,他们总是力图引导作家和评论家离开阶级斗争的观点去描写和评价中间状态的人物。他们对运用阶级分析和两条道路斗争观点来分析《创业史》和梁三老汉的文章表示不满。说什么梁三老汉的主要成就是在于他"概括了中国几千年来个体农民的精神负担",说"仅仅用两条道路斗争"的观点去分析"是不够的"。意思就是说可以离开阶级斗争的观点去分析他的"精神负担"。这里,他们就把梁三老汉身上的"精神负担"同阶级斗争分割开来了,并且强调了他们所理解的"精神负担"。但是,我们知道,"精神负担"是意识形态,它是不可能离开阶级斗争的内容的。它本身就是几千年来剥削阶级对农民进行残酷统治的结果。在今天,它同社会主义思想发生了不可调和的矛盾。《创业史》的作者,正是站在无产阶级的立场,用两条道路斗争的观点对梁三老汉身上的这种"精神负担"进行了分析、考察和批判之后,才使这个形象具有正确的思想意义的。难道离开阶级观点,反而能够塑造出梁三老汉这样成功的形象吗?其次,"写中间人物"论者不仅不强调阶级斗争,相反却鼓吹阶级调和。他们赞扬《赖大嫂》这样的小说,把它看成是"写中间人物"的艺术标本,而这篇小说却恰恰是一篇调和阶级矛盾的作品。第三,我们说,描写中间状态的人物的作品,不仅要提出问题,而且要按照正确的观点解决问题,鲜明地表现出社会主义思想对资本主义思想的必然胜利,而"写中间人物"论者却认为,作家在描写赖大嫂这类人物时,可以只提出问题,不解决问题,可以不表示鲜明的态度。这实际上是让我们的作家不必去批判中间状态人物身上的资产阶级思想,不必写出社会主义思想的必然胜利,如此等等。如果我们的作家实践了"写中间人物"论者的主张,按照他们这套观点去创造作品、描写人物,怎么能够写出《不能走那条路》《年青的一代》《千万不要忘记》这样的好作品呢?这三个作品的正面经验有力地驳斥了"写中间人物"论。

大家知道,"写中间人物"论的基本观点就是反对塑造先进人物、英雄人物,提倡大量地描写所谓"中间人物"。

但是,离开先进人物、正面力量,能不能写好中间状态的人物呢?上述三个作品的成功经验,同样有力地回答了"写中间人物"论。它们的经验是:描写中间状态的人物的作品,必须写好先进人物,表现好正面力量。这不仅是整个作品成功的关键,也是写好中间状态的人物的关键。

前面说过,要写好中间状态的人物,就应当把他们放在阶级矛盾和阶级斗争中去描写。但是,要真实地深刻地反映这个矛盾和斗争,就不能不描写出体现社会主义思想的先进人物和正面力量。假若《不能走那条路》《年青的一代》《千万不要忘记》中只描写宋老定、林育生、丁少纯以及姚母等,而不描写坚持走社会主义道路、具有无产阶级思想的宋东山、萧继业、林坚、林岚、丁海宽、季友良等,作品中的社会主义思想和道路怎么能够鲜明地体现出来呢?怎么能够形成两种思想、两条道路的激烈斗争呢?

不描写先进人物和正面力量,不仅不能反映出现实生活中阶级斗争的实质,而且也很难正确提出社会问题。如果《年青的一代》《千万不要忘记》中根本不表现社会主义的正面力量,不描写萧继业、林岚、季友良这些朝气勃勃、奋发有为、具有远大革命理想的先进青年的健康成长过程,不描写丁海宽、林坚等正面力量对林育生、丁少纯的批评教育,而只孤立地描写林育生、丁少纯怎样被资产阶级思想侵蚀逐渐堕落下去的过程。请问:林育生、丁少纯的形象会说明什么问题呢?整个作品会提出什么样的问题呢?这样的作品必然歪曲我们的伟大现实,丑化青年一代的面貌,使人们丧失前进的信心,其结果是帮了资产阶级的忙。《年青的一代》《千万不要忘记》恰恰不是这样,它们比较成功地塑造了一批令人鼓舞的先进人物形象,比较充分地体现了社会主义的正面力量,展示了我们社会的典型环境和广大青年的本质面貌。正是在这样的典型环境中,剧本才正确地提出了社会问题,林育生、丁少纯的形象才获得了积极的思想意义和一定的典型性。不表现社会主义的正面力量,就不能表现出典型的社会环境,离开典型环境而孤立地描写中间状态的人物,就只能导致失败。

正面人物、正面力量不仅是作品中构成阶级矛盾、正确提出社会问题的一个主要条件,而且是正确解决问题、促进中间状态的人物转变的动力和方向。《不能走那条路》中两条道路矛盾的解决,宋老定思想的转变,都是以东山为代表的社会主义力量积极主动地进行斗争的结果。当宋老定一心一意要买地发家的时候,是东山对他进行了批评教育:"爹!过去地主是只恨穷人穷不到底,现在大家是互相帮助。你吃过那苦头,你知道那滋味,咱不能走地主走的那一条路。"在东山的启发教育下,宋老定回忆了过去的痛苦生活,开始认识了今天的新社会,觉悟提高了。他的转变过程,就是这一部分农民抛弃资本主义道路、接受社会主义思想的过程。没有先进思想、先进人物的批评教育,宋老定不仅不会认识农民应该走社会主义道路,而且也不会知道自己所走的道路正是一条走不得的资本主义道路,他转变的动力和方向都是来自代表社会主义思想和力量的宋东山。

当然,《不能走那条路》也有不足之处。主要是东山的形象显得单薄,还不能充分体现出农村中社会主义力量的增长。因此,整个作品批判旧思想、旧习惯势力较多,树立新思想,揭示社会主义道路的广阔前途和优越性则显得比较不足。这就不能不影响作品的思想深度。我们这里当然不是苛求这个作品,而是应该从中吸取这条经验。

《年青的一代》中的两种人生观世界观的矛盾,是通过萧继业等先进人物积极主动地向林育生展开斗争获得解决的。起初林育生不是总认为自己的一切思想和行为都是正确的、合法的吗?可以想象,如果没有萧继业等人对他进行批评教育和斗争,他的资产阶级思想只会越发展越严重,最后完全堕落下去。而绝不会自己突然良心发现,自动地来个浪子回头。如果作家硬要这样写,那就只能导致主观主义和人性论了。《年青的一代》不是这样,它写了萧继业等先进人物积极主动地向林育生的资产阶级思想进行冲击,不仅同他进行辩论,而且用自己的先进行为去影响他,才终于使他认识了自己。他激动地说:"这一年来我走的是一条……多危险的道路啊!""我们的社会真是一个温暖的大家庭,一个人跌倒了,周围就会有无数只同志的手伸出来。"真的,林育生的转变正是先进人物伸出手来挽救的结果。

《千万不要忘记》中的正面力量、正面人物的描写也是较为充分和成功的。他们在正确解决矛盾、促进丁少纯转变方面起着令人信服的作用。

总之,在描写中间状态人物的作品中,先进人物、正面力量是绝对不可缺少的。他们是构成矛盾的主导方面(不管他们在作品的艺术处理上是主角还是非主角),支配着矛盾的发展,是正确解决矛盾、促进中间状态人物革命转化的动力和方向。不写好先进人物、正面力量,就不可能写好中间状态的人物。

有些作品,虽然看来也写了正面力量,但由于写得不像样子,以致整个作品根本没有力量去批判所揭露出来的消极现象,相反地倒造成了陈列和展览消极现象的效果。《赖大嫂》是一个突出的例子,《卖烟叶》也不同程度地存在着类似的问题。作品一味地暴露贾鸿年的卑劣作为,虽然也写了王兰、李老师这种"先进人物",但却看不见他们有什么先进思想和行为,尤其看不见他们对贾鸿年有什么积极的批评和斗争。整个作品只是孤立地暴露,看不到社会上的强大的正面力量。这种作品怎么会不失败呢?

成功的经验和失败的事例都向我们证明了:先进人物、正面力量描写的成败,直接关系到整个作品和中间状态人物的成败。

然而,"写中间人物"论者所竭力反对的恰恰是描写先进人物、英雄人物,主张孤立地描写"中间人物"。这里姑且不谈创造先进人物、英雄人物的重大政治意义,就是单从为了写好中间状态的人物方面看,"写中间人物"的理论主张也是错误的,只能给我们的创作带来危害。

用什么态度去对待和描写中间状态的人物?

革命的作家应该用什么态度去对待和描写中间状态的人物?这一点,毛主席早就给我们作了指示:"人民也有缺点的。无产阶级中还有许多人保留着小资产阶级的思想,农民和城市小资产阶级都有落后的思想,这些就是他们在斗争中的负担。我们应该长期地耐心地教育他们,帮助他们摆脱背上的包袱,同自己的缺点错误作斗争,使他们能够大踏步地前进。他们在斗争中已经改造或正在改造自己,我们的文艺应该描写他们的这个改造过程。只要不是坚持错误的人,我们就不应该只看到片面就去错误地讥笑他们,甚至敌视他们。我们所写的东西,应该是使他们团结,使他们进步,使他们同心同德,向前奋斗,去掉落后的东西,发扬革命的东西,而决不是相反。"这里说的虽不全是中间状态的人物,但显然包括中间状态的人物。这里所说的态度是作家应有的唯一正确的态度。

《不能走那条路》等三个作品的作者,对宋老定、林育生、丁少纯的描写,正确地体现了或实践了毛主席的上述思想。

第一,作者都是用阶级分析的观点、一分为二的观点去评价和描写宋老定、林育生、丁少纯的。既看到他们的落后的一面,也看到他们的积极的一面,而不是只看到他们的片面就根本否定他们,或者把他们写成英雄。

宋老定是一个贫农。在旧社会他给地主当了十八年长工,受尽了旧社会的苦。土地改革之后,日子一天天富裕起来。这时,小农经济的自发的资本主义倾向在他身上发生作用了,加上旧社会习惯势力的影响,所以他一心一意要买地。他反复开导儿子:"啥都没有置几亩土算事!地是根本。""我只要把张拴几亩地买下,哼,到明年麦天就看出谁的麦秸垛大了。"为此,他去找王老三做"中人",同儿子生气,不借钱给张拴,等等,这就是宋老定身上的"落后的东西"。作者抓住了他的资本主义倾向进行了严肃的批评,并把它提到两条道路斗争的高度来考察和挖掘,这就使宋老定的形象获得了普遍意义。

但同时,作者并没有忽视他的积极方面。他买地发家的思想同剥削阶级是根本不同的。他主观上并不想将来依靠土地去剥削人压迫人,只是想多买几亩地,将来儿孙们可以不再愁吃愁穿了。他同剥削阶级的界线还是清楚的,当他听到王老三动员他多买几亩地,将来雇个长工时,他脑子里"嗡嗡直响":"我真的要雇长工吗?我是扛了十八年长工的人呀!"他离开王老三之后狠狠地吐了一口唾沫说:"去你娘的吧王老三,你是专会浮上水!"他虽然要买张拴的地,但对张拴的破产也不忍心。"他猛然想起张拴那一群孩子,在他眼前那一群孩子都瘦得皮包骨头,向他跑来……"他憨厚朴实、勤劳俭省,同儿子越生气越是能干活。当他听到儿媳妇秀兰背地同婆婆说他还是"老脑筋"时,他气得说要到集上去吃肉,再不给他们节省了。可是到了集上他只是吃了一碗豆腐汤煮馍,而且馍还是自己从家里带来的。

这两方面的描写,不仅突出地表现了宋老定的自发的资本主义倾向,同时也把握了他的属于劳动人民的积极方面。他的资本主义倾向同社会主义发生矛盾,但他的积极方面却是克服这种矛盾的内在基础。只看到他的一个方面,就不可能正确地表现宋老定。

《千万不要忘记》对丁少纯的描写也是令人信服的。作者一方面写出了他被资产阶级思想侵蚀后的一系列错误思想行为:阶级观点模糊,追求享受,为了穿一套料子服去打野鸭子卖,工作责任心衰退等等;一方面也掌握了这个性格的分寸,他毕竟是工人阶级家庭出身,从小受社会主义教育,他同姚母在本质上是有区别的。他听说姚母私自贩卖卫生球时,一回家就查问,只是由于政治警惕性不高而没把事情查问下去。但可以看出,他对这种行为是反感的。姚母开始劝他打野鸭子卖时,他的态度很明朗:"咱们是工人阶级,卖野鸭子那成了啥了?"这正是他的阶级本色的自然流露。钥匙掉了之后他并不安心,怕钥匙掉到定子槽里给国家造成损失。这种积极方面就是他后来转变的潜在依据。

不单如此,更重要的是作者写出了积极因素和消极因素在客观条件的推动下所发生的尖锐斗争及其转化,并由此深刻地反映了现实生活中的阶级斗争及其发展趋向。如果是一味地渲染他们身上的"精神负担""旧的东西",而不写他们的积极方面,不写这两种因素之间的斗争变化,请问:怎么能够写出宋老定、林育生、丁少纯这样的形象呢?

第二,三个作品的作者对宋老定、林育生、丁少纯身上的两种因素采取了两种不同的态度:对其"落后的东西"进行了严肃的批判,不是像"写中间人物"论者所主张的那样,采取欣赏、同情、留恋、美化的态度;对其革命的东西进行了积极的肯定、鼓励和发扬,而不是像"写中间人物"论者所主张的那样,只写他们"旧的东西"就够了,不需要写出他们身上新的东西的增长。

宋老定的买地发家思想,林育生、丁少纯的贪图安逸、追求享受、忘记阶级斗争的思想,同无产阶级思想针锋相对,不可调和,在作品中都受到了严肃的批判。这种批判不仅是通过作家的态度流露出来的,更重要的是通过先进人物同中间状态的人物之间的斗争表现出来的。在斗争中,先进人物既批判了宋老定等人身上的落后东西,同时也启发和培植了他们的积极的东西,使他们的积极东西发扬光大,获得胜利。如果作家实践了"写中间人物"的理论,对其落后的东西采取欣赏同情的态度,对其革命的东西采取抹杀丑化态度,或者不表示态度(这实际上就是一种态度),这样创造出来的形象只能产生消极的甚至反动的效果。

第三,宋老定、林育生、丁少纯都是属于劳动人民范围之内的人物。他们的错误思想同社会主义发生矛盾,这是必须批判的。从思想斗争的意义上来说,两种思想不可调和,必须是一方战胜另一方。但是,就整个人来说,他们的本质是好的。只要对他们加强教育,他们就会很快地认识错误,改正缺点。因此,作家对他们的态度就不能无情地打击、讥笑和暴露,而应当从团结的愿望出发进行耐心的热情的批评教育,促使他们走向进步。这同批判敌人应该有原则的区别。作者对宋老定、林育生、丁少纯的描写是正确的。宋老定等人正是在先进人物的善意的热情的批评教育下转变过来的。所以,他们的整个形象到最后留给人们的印象仍是好的,绝不像那些坏蛋一样使我们憎恨到底,这是由作家的态度决定的。《千万不要忘记》中所写的矛盾冲突虽然都是人民内部矛盾,但作者对丁少纯和对姚母的态度也有不同。对丁少纯更多的是在批评他的缺点的同时,启发他的阶级觉悟,提高阶级斗争观念,同剥削阶级思想划清界限;而对姚母则更多的是进行揭露,让人们知道她的思想的丑恶,对她提高警惕。但在处理方法上,作者仍然采用了处理人民内部矛盾的方法。

第四,作者们成功地描写了宋老定等人的思想转变过程。这不仅是作品主题思想的需要,也是现实生活的要求。因为,现实生活中的中间状态的人物不是静止不变的。他们之中的绝大多数随着革命运动的发展已经改造或正在改造自己,他们的基本面貌是前进的。因此,作家要对他们进行本质的、典型的描写,就应当描写出他们走向进步和转变的趋势和过程,尤其是以中间状态的人物为主角的作品就更需如此。其次,我们描写中间状态的人物的目的不是别的,而是为了批判资产阶级思想,宣传社会主义思想,帮助他们"去掉落后的东西,发扬革命的东西","使他们能够大踏步地前进"。如果把他们都写成花岗岩脑袋,至死不变,或者一直堕落下去成为不可救药,这不仅不能反映出他们中绝大多数人的面貌,使形象具有典型意义,写不好反而会导致这样的错误结论:中间状态的人物是不可能走向进步的,社会主义思想对他们没有任何感召力,我们的社会没有力量使他们走向进步……

宋老定等三个形象的成功,同作家描写了他们的转变有决定关系。否则,宋老定的形象就不可能说明:具有自发的资本主义思想的农民,经过党的教育是可以很快走上社会主义道路的;林育生、丁少纯的形象就不可能说明:在资产阶级同无产阶级争夺青年一代的斗争中,无产阶级只要时刻用阶级和阶级斗争的观点,加强对年青一代的教育,就可以把年青一代培养成为可靠的革命接班人。不能说明这些问题,这些形象怎么还能够增强人们前进的信心呢?

当然,这也不是说,就绝对不能写不转变的中间状态的人物了。为了某种主题思想的需要,在充分表现正面力量、正面人物的前提下,这样写也是可以的,这要由作家自己来决定。但是,不论转变也好,还是不转变也好,都必须鲜明有力地批判资产阶级思想,宣传社会主义思想,充分显示出社会主义思想的胜利。我们反对《赖大嫂》这样的作品,并不是因为赖大嫂最后没有变成一个集体主义者,而是因为作品并没有批判她的资产阶级思想。"写中间人物"论者赞扬这篇作品,说可以只提出问题,不解决问题,可以不表示鲜明的态度、不描写人物的转变,实际上就是不要对资产阶级思想进行批判,不要反映中间状态的人物在党的教育下的转变和进步。

可见,态度问题十分重要。态度问题,实际上就是作家的立场和世界观的问题。

我们大力提倡什么?

中间状态的人物是可以写的,但是,可以写是一回事,要不要提倡大力描写,这又是另一回事。"写中间人物"论的错误在于他们反对创造先进人物、英雄人物,提倡大力描写所谓"中间人物",企图让"中间人物"占据文艺舞台的主导地位。这是方向、路线错误,我们必须坚决反对。

我们的主张是:必须首先大力描写先进人物,让他们在文艺作品中占主导地位,在他们身上体现出无产阶级改造现实的伟大力量和革命理想的光辉。在这个前提下,正确地描写中间状态的人物和其他各种各样的人物,是可以的,需要的。我们的文艺应当创造出各种各样的人物,就是把中间状态的人物作为作品的主角来写,也未尝不可,如果这种作品能够正确地反映阶级斗争,提出重大的、有意义的社会问题的话。创作实践证明了这一点。但就整个文艺来说,我们提倡以先进人物、英雄人物为主角的作品。这是我们伟大时代的需要,无产阶级和广大劳动人民的阶级利益的需要。同时,这样才符合这种人物在实际生活中的作用和地位,而且也最有利于先进人物、英雄人物形象的刻画,使其更充实、更丰满、更加激动人心,从而牢牢地巩固其在文艺领域中的主位,成为鼓舞人们改造现实的巨大的精神力量。创造英雄人物的光辉典型,是社会主义文学的首要任务,这应当是我们的作家共同努力的方向。

1978年

迎接社会主义文艺的春天
巴 金

在1960年召开的第三次全国文代大会上,我谈到新中国作家的莫大幸福,我说:"我们生活在多么伟大的时代里,多么可爱的国土上,多么勤劳、勇敢的人民中间;在我们周围有着充实、多彩的生活;在我们前面展开更光辉、更美丽的远景。我们有取之不尽的丰富题材,我们有千百万热爱创作的读者。我们的作品在广大的群众中间起作用,我们自己在写作过程中也受到教育。……我们正在做着我们的前辈作家所梦想不到的光荣事业……"我又说:"我们的文学一定要跑在时代的前头。……这一片阳光的大好形势正是我们施展身手的好时光。……我们跟着六亿五千万人民一同前进,还有什么困难不能克服,什么奇迹不能创造,什么事业不可完成!"

整整十八年过去了,奇迹并未创造出来,我们的事业遭到了林彪特别是"四人帮"的严重破坏。可是今天我在这里发言,我仍然感到这样的幸福,我仍然充满了勇气和信心。我们眼前还是一片阳光的大好形势。毛主席的革命文艺路线是破坏不了的,全国文艺工作者的革命团结是破坏不了的。文艺工作者紧跟英明领袖华主席为首的党中央干革命的决心比任何时候都更加坚决。每个人都有使不完的干劲,用不尽的热情,要为完成新时期的总任务献出一切。

今天我们在这里欢聚一堂,纪念毛主席的光辉著作《在延安文艺座谈会上的讲话》发表三十六周年,在这个会上,我见到了许多想念多年、以为今生再也不会看见的同志、朋友。我们有多少话要倾吐,可是一两次紧紧的握手和一两句笑声问好怎么能表达深厚的感情?可是在我们中间再也看不到老舍同志、赵树理同志、周信芳同志、盖叫天同志、郑君里同志、严凤英同志了,这几位在艺术上有成就、对人民有贡献的同志都是受到迫害而死亡的。"四人帮"涂抹在他们和其他一切同志的名字上的污泥必须洗刷干净!我还向遭受残酷迫害带着满身伤痕来到会场的同志表示最大的敬意。今天回想到"四害"横行、乌云翻滚的日子,我仿佛做了一场噩梦。个人的遭遇是很渺小的事情,何况我受到的冲击和迫害比许多同志所遭受的要轻。我虽然被诬蔑为"牛鬼蛇神""反动权威",待在"牛棚",经常被揪出去批斗,但我却没有被逮捕,没有被隔离,也没有受到任何肉体的摧残。只是长期的精神折磨和人身侮辱弄得我睡不安宁,我常常梦见受到妖魔围攻,挥动胳膊保护自己,在家里我在梦中打破床头的台灯,在干校我在梦里大叫,摔下床来。倘使"四人帮"的阴谋完全得逞,我纵然不死也可能住进了精神病院。以上海文艺界命运的主宰自居的张春桥、姚文元不止一次地公开点我的名,张春桥说:"我们不杀他,不枪毙他,就是落实政策!"他又说:"像巴金这样的人还能够写文章吗?"他们的爪牙们不止一次威胁我说,"不杀你不解恨","论你的罪行,枪毙十次,也不算过分"。我有什么滔天罪行呢?据他们说我是"30年代'老朽'""反共老手",我是上海的大"'文霸''黑老K'",我写过"'邪书'十四卷",说我搞过无政府主义,在小说里描写一些排斥一切、打倒一切的无政府主义者,要我对四害横行时候的无政府主义思潮负责,说我在1962年上海文代会上发言谈"作家的勇气和责任心"是反党、反社会主义的大毒草。其实最重要的一条就是张春桥所说的,知识分子"这个瘤是很强的",要"把它化掉"。他们的确想要"化掉"我。十年中间他们剥夺了我的一切政治权利,其中包括创作和发表的权利,千方百计把我赶出文艺界,不让我接触斗争生活。他们以为把我打倒在地,永世翻不了身了,但是就是在无产阶级"文化大革命"中受到审查、受到批判的时候,我也常常想起伟大领袖毛主席的教导,知识分子中"绝大多数人都是爱国的,爱我们的中华人民共和国,愿意为人民服务,为社会主义的国家服务"。这些年我经常联系自己学习毛主席的光辉的《讲话》,我深深感觉到《讲话》既是一盏指路的明灯,又是一面照透灵魂的明镜,用光辉的《讲话》来照自己,真假是非,一清二楚,自己的错误明明白白摆在眼前。我没有抓紧自己的思想改造,虽然决心丢开沾满资产阶级思想的旧笔,可是资产阶级的世界观还没有彻底摧垮。我有许多缺点,又写过错误文章,但是我绝对不是一个应当"化掉"的毒瘤,我绝不承认我的小说都是大毒草。另一方面我也用这一面明镜来照那一伙自己吹嘘为"左派"和"旗手"的"四人帮",我倒发现他们是货真价实的牛鬼蛇神。他们的所作所为,没有一样不是违反毛泽东思想、违反毛主席革命文艺路线的。他们以文艺起家,却把文艺糟蹋得不像样子。他们在文艺领域中实行法西斯独裁,严密控制,不许"百家争鸣",只准一草独放,他们利用文艺搞阴谋诡计,完全脱离生活,关起门来,鬼鬼祟祟,暗中炮制。为了陷害全国人民敬爱的周总理,打击老一辈的无产阶级革命家,他们真是挖空心思、绞尽脑汁、颠倒是非、造谣中伤,手段之毒辣真令人发指。他们的滔天罪行是有目共睹的。我们大家都还记得两年前敬爱的周总理、敬爱的朱委员长和伟大领袖毛主席相继和我们永别的时候,每个人心上都压着一块大石头,国家和人民的命运到了最紧要的关头,大家有那么深的感情没法倾吐,有那么大的劲头使不出来。每人心里都有这样一个疑问:"怎么办?怎么办?"但是八亿人民有着坚强的信心:绝不能让毛主席、周总理亲手缔造、革命先烈为之抛头颅、洒热血的中华人民共和国改变颜色。

就在这个关键时刻,我们的英明领袖华主席采取果断的措施,为党锄了奸,为国除了害,为民平了愤。万恶的"四人帮"终于被一举粉碎了。若干年来没有听见的普天同庆的幸福歌声又重新响遍祖国的大地。许多家庭得到了团聚,许多人得到了"再生"。我也得到了第二次的"解放",被"四人帮"夺走了的笔又回到我的手里。为了表示我对社会主义祖国、对人民、对英明领袖华主席为首的党中央的热爱,我要奋笔写作,我制订了创作和翻译的规划,写到八十岁我有把握,只要六分之五的时间有保证,我一定能完成计划。

各位委员,各位同志,我从上海来。上海是过去受"四人帮"严密控制的一个重灾区。"四人帮"粉碎后一年多以来,上海和全国各地一样,文艺界也发生了重大变化,出现了欣欣向荣的景象。上海市文联和各个协会已在三个月前宣布恢复活动,文联最近开始在抓下面三项工作,繁荣创作、深入生活和培养新生力量。我来的时候曾和部分同志交换过意见,现在就这三方面简单地谈一点我们的看法。

繁荣创作,是当前文艺战线上最重要的事情。首先,党的十一大和五届人大规定了全党全国人民在新时期的总任务。这个总任务体现了毛主席、周总理、朱委员长和无数革命先烈的遗愿,充分反映了我国工人阶级、劳动人民和知识分子、一切爱国人士的理想和根本利益。宣传新时期的总任务,也是我们文艺工作者这一段时期的主要工作——要做到家喻户晓、深入人心。另外,过去十年间,由于"四人帮"的破坏,文艺园地万花凋零,没有小说,没有诗歌,使得广大人民群众很不高兴。现在打倒了"四人帮",应该迅速改变由于"四人帮"的破坏造成的缺少各种文艺作品的状况,改善和丰富广大人民群众的文化生活。这都需要我们大力发展社会主义的文艺创作。

当然,"四人帮"粉碎以后,社会主义文艺园地万木复苏,生机勃勃,总的形势是好的,也出现了像《哥德巴赫猜想》《班主任》《丹心谱》《东进!东进!》这样的好作品,受到了全国人民的欢迎。但是,少数的好作品并不能满足群众的要求,因为"四人帮"推行法西斯文化专制主义造成的"书荒"太严重了,人民群众文化生活的贫乏枯燥也太严重了,精神食粮太缺乏了。

为了更好地贯彻"双百"方针,作者和读者都迫切地需要阵地。去年10月,上海办了一本《上海文艺》,还不能满足广大群众的需要,不少读者来信要求恢复《收获》和《萌芽》,这个要求是完全合理的,我们应当尽早地努力促其实现。

除了创作的数量问题,还有一个质量问题。毛主席说过:"缺乏艺术性的艺术品,无论政治上怎样进步,也是没有力量的。"因此,如果我们的作品艺术质量不高,数量再多,也是没有力量的,不受群众欢迎的。当前,在作品质量问题上面临着两大公害:一个是"模式化",另一个是"虚假"。文艺作品本应使观众和读者感到在"情理之中,意料之外"。但是我们的一些作品刚刚相反,却使人感觉到在"情理之外,意料之中"。为什么使人感觉到在"情理之外"?因为"虚假"。关门硬造,不合情理。为什么使人感觉到在"意料之中"?因为"模式化",看了开头,就知道结局。

"虚假"和"模式化",是妨碍文艺作品质量提高的两大公害,必须克服。造成"虚假"和"模式化"的罪魁祸首就是"四人帮"。"四人帮"为了炮制阴谋文艺,鼓吹一整套"三突出""主题先行""反真人真事"等修正主义文艺谬论,从根本上搞乱了文艺与生活、文艺与政治的辩证关系。今天,"四人帮"及其炮制的阴谋文艺虽然完蛋了,但是他们那一套谬论的流毒还远远没有肃清,还在害人。当前创作中出现的"模式化"和"虚假"的现象,就是"四人帮"流毒的表现。因此,要繁荣社会主义文艺创作,首先还得把深入揭批"四人帮",拨乱反正,正本清源放在第一位。我们绝对不能看轻肃流毒这项工作。肃流毒就要搞干净,不仅是为了总结过去,也是为了开辟未来。肃流毒绝对不能手软!肃流毒不搞彻底,党的政策就不能完全落实,创作也就搞不上去,而且后患无穷,子孙后代都会骂我们。

要繁荣社会主义文艺创作,当前一个重要的课题,就是要大力表现新时期中的新的题材、新的主题、新的人物。我们主张题材多样化,但同时又主张应该以反映现实斗争的题材为主。"多样化"同"为主"是辩证的统一,在"多样化"中应该有"为主"的题材,而"为主"的题材本身也应该多样化。今天,我们在华主席、党中央率领下搞三大革命,向四个现代化进军,这是我们的前人从未做过的极其光荣伟大的事业。这个伟大的事业本身就为文艺创作提供了极其丰富多彩的题材。因此,前不久我们上海作协召开了小说散文作者座谈会,号召大家大力表现当前为实现总任务而进行的伟大斗争。只有这样,我们才能在作品中反映出时代的精神,才能写出具有生命力的好作品。

毛主席说,人民生活是文艺的唯一源泉。这是最广大最丰富的源泉,因此要繁荣社会主义文艺创作,必须大力组织文艺工作者深入三大革命斗争的第一线去,到火热的斗争中去。创作要上去,作家就要下去,这个道理很明白。但是,"四人帮"根本反对文艺工作者深入生活,把文艺作为他们搞反革命阴谋的工具,作为他们篡党夺权的工具,有时甚至把文艺当作杀人的刀,打人的棍棒。他们的文艺都是脱离生活、闭门编造的谎言假话,广大群众不要看、不要听、不要念。"四人帮"不仅反对作家深入生活,而且大搞"劳动惩罚",把他们不喜欢的人赶下去,到工厂、农村,或者干校长期劳动,不让这些同志参加工作,参加艺术活动。因此,长期待在下面劳动的人无人过问,在群众的眼里仿佛都有这样或那样的问题,而高高在上不接触生活的人倒成了是遵循毛主席文艺路线的"革命文艺工作者"。这是多么反常的现象!

现在文艺工作者摆脱了"四人帮"强加在他们头上的精神枷锁,他们意气风发地奔赴生活基地,他们决心做"有出息的文学家艺术家",创作出人民群众需要的好作品。

文艺工作者再没有像今天这样感到迫切需要深入生活了,因为他们已经被迫白白浪费了十年的宝贵时间。"四人帮"横行的时候,多数文艺工作者都被剥夺了下生活、搞创作的权利,有的甚至被迫改行,文艺工作者的生活积累,受到了严重的破坏。脱离了生活,作家还有什么可写呢?不从生活出发,就只好从概念出发,求助于想象。作家有没有生活,人们从作品中是可以看得出来的。作家缺乏生活积累,生活底子不厚,在写作品的时候,种种缺点都会暴露出来。我自己深有体会,50年代我要不是通过全国文联的安排两次奔赴朝鲜,我就绝对写不出歌颂中国人民志愿军的作品。但是我只在朝鲜待了一年,生活的积累究竟有限,日子久了,熟悉的又变为生疏,新交的朋友又逐渐疏远,甚至联系中断。因此我写出的作品不多,质量也不高。要创作出反映今天新时期的新文艺,光有过去的生活积累也是不够的,我们必须有新的生活积累、新的知识和本领,而这些,都只有在深入生活的过程中才能逐步熟悉和掌握起来;只有深入今天工农兵的火热的斗争生活,才能写出深刻反映我们这个新时期的新的时代精神的作品。

关于深入生活问题,需要文联和各个协会根据不同情况作出具体的安排。例如年老体弱的老一代作家,也很需要接触新的生活,吸收新鲜空气。可以采取"走马看花"和"下马看花"的方式,进行参观访问。

对于身体条件好的,就可以深入三大革命运动的第一线去,并建立自己的生活基地。

还有不少的青年作者,大都是工农兵业余作者,他们已经战斗在火热的斗争生活中,就应当在那里扎根,坚持业余创作。同时,也要给他们创造条件,扩大生活面,开阔眼界,增长知识,有利于提高创作水平。

总之,我们要继续批判"四人帮"反对文艺工作者深入生活的种种罪行和谬论,把深入生活作为繁荣文艺创作的关键问题抓起来。

现在大家都在谈青黄不接,在文艺界也是这样。培养新生力量,是当前文艺战线一项战略性的任务。十多年来,由于"四人帮"的干扰和破坏,造成了今天文艺战线队伍老化、后继乏人的严重现象。"四人帮"控制上海文艺界的时候,以他们的帮刊《朝霞》为中心,也曾"培养"过一批青年作者。但"四人帮"不是用"羊奶"来喂青年,而是用"狼奶"来喂青年,坑害了一代人。今天,我们更需要在肃清流毒的同时,对受"四人帮"毒害的青年作者进行教育和挽救,帮助他们同"四人帮"划清界限,使他们真正能够沿着毛主席的革命文艺路线前进。当然,我们还必须努力遵照毛主席的教导,培养无产阶级的文艺新军。要积极采取有效措施,在广大工农兵群众中发现人才,培养人才,使他们能够迅速地成长起来。

培养文艺新军是文艺事业的百年大计,抓好这件事,还需要各个方面的大力支持,才能改变这个青黄不接的严重局面。

以上是我的不成熟的意见,如有不对的地方,请同志们指正。

各位委员,各位同志,上一次全国文联扩大会议是在1963年召开的。敬爱的周总理不仅给我们作了报告,还参加了我们的联欢晚会,亲切地同大家交谈,当时的情景还历历在目。但是不到四年,全国文联就被"砸烂"了,各个协会也被"砸烂"了,多数文艺工作者都变成了无家可归的人。现在春回大地,日月重光,我们受到了无产阶级"文化大革命"的锻炼,推倒了"四人帮"的诬蔑不实之词,夺回了我们使用多年的文艺武器。我们意气昂扬、精神振奋,更高地举起毛主席的伟大旗帜,团结得比任何时候更加紧密。我们这个大会是团结的大会,是胜利的大会。我们自己的组织全国文联恢复了,中国作家协会恢复了,其他的协会也将逐步恢复工作。它们都是砸不烂的!目标明确,旗帜鲜明;满目阳光,前程似锦。三个月前在五届全国人大第一次全体会议上,叶副主席作了《关于修改宪法的报告》,他讲到"再过二十三年,跨入21世纪,你看我们的社会主义祖国会变成什么样子吧"!他仿佛已经看见了二十三年后的光辉、壮丽的景象。我们敬爱的叶副主席,声音颤动,热泪盈眶,他对于我们社会主义祖国无比强烈的热爱、无限深厚的感情、十分坚定的信心,我一生一世也不能忘记!现在正是我们大显身手的好时光。让我们树雄心、立大志、表决心、订规划,沿着毛主席的革命文艺路线,紧跟以华主席为首的党中央,在新的长征的路上向前飞奔,创造出更多更好的作品,迎接花红似火的社会主义文艺的春天。

谈《水浒传》

吴组缃

> 对于中国古代长篇小说《水浒传》，长期来一直存在着许多不同看法。前几年，"四人帮"利用评论《水浒传》，大搞篡党夺权的阴谋，制造了严重的混乱。因此，如何正确评价《水浒传》，是广大读者和文学史研究工作者所关心的问题。吴组缃同志在这篇文章中提出了自己的一些看法，现发表于此，供读者参阅。
>
> ——编者

一

《水浒传》是我国古代，也是世界文学罕有的一部描写农民革命斗争的长篇小说。它的产生，跟我国文学史上许多家喻户晓、为人民喜爱的名著一样，是有进步思想的文人作者采取民间流传的群众创作，加工再创作而成的。

北宋末，本有"宋江三十六人"起义的史事。到了南宋，在民族矛盾和阶级斗争持续剧烈发展的历史背景下，这些起义英雄为人民群众倾心爱慕、广泛流传，以至纷纷起而效尤。

我们知道，北宋腐朽政权面对严重"内忧外患"，一贯对外屈降，对内镇压。镇压了内部，才可以偷生苟安地混下去。但这个政权"民穷、财匮、兵弱、士大夫无耻"，他们哪有力量"安内"？《宋史·侯蒙传》说宋江在京东起事，侯蒙给宋徽宗上书，建议"不若赦江，使讨方腊以自赎"。徽宗对侯蒙的建议大加称赏，就要他照他的献策去办。可是侯蒙受命，在路上就死了，他的建议远没有成为事实。不久，北宋亡国了。南宋统治者是更加无耻的投降主义者，而当时南北广大人民群众对金统治者侵扰是坚决抗战的。他们一批批建立山寨水寨，对金反侵略、反扩张，对宋反投降、反压迫；与南宋统治者相对立，形成大是大非黑白分明的阵线。苟延残喘的南宋统治者处此局势，当年侯蒙的献策自然而然成为他们"安内"最好的政策，想方设法加以提倡和号召。

这其中，插手传闻传说，就是一个方面。"正史""野史"以及各种私家笔记，所记关于宋江三十六人受招安、征方腊的事，就由原来远未实现的主观愿望，俨然变成"真人真事"了。

利用当时受群众欢迎的所谓"瓦舍技艺"的"说话"，进行反动政策的宣传是另一个重要的方面。有史书记载,说宋高宗赵构在宫里喜欢听"说话",有个内侍会说"小说",搜集了据说在金兵渡江时受骗上当接受了招安的义军邵青的事,编成"小说"。赵构最爱听这种故事,极力赞美邵青手下有些将领的所谓忠义之气。"瓦舍"艺人到宫里表演也是常事,"说话"人很多有"待诏""御前供奉"之类名衔。由此可知最高统治者亲自插手利用"说话"技艺来宣传他们罪恶政策的情况。

利用在流行的画像上题赞的方式来进行宣传提倡,是又一个方面。据宋末画家龚开《宋江三十六人赞》所说的看来,为宋江三十六人作画赞,在当时统治阶层长时期来已经蔚成风气,他的先辈"高如李嵩辈"多次撰写过。这李嵩,是出身贵族的南宋三朝画苑的著名画家。封建统治者的御用画苑,百般给他们所称为的"虎狼""巨盗"塑造美术形象,意欲何为? 用心难道还不明显! 再看龚开的自述和赞语,他持封建统治者的观点,痛骂误国的奸臣贼子,比照之下,对巨盗宋江之流深表敬慕和赞赏,每人四句赞语,说他们"酒色粗人","志在金宝","酒色财气,更要杀人",极尽歧视和污蔑,可对宋江却说:"不假称王,而呼保义,岂若狂卓,专犯忌讳!"这四句就说到点子上,这是指所捏造的受招安、征方腊说的。

"若要官,杀人放火受招安。"这是南宋时流行的一句民谚。鲁迅说:"这是当时的百姓提取了朝政的精华的结语。"当时统治者正是这样施展其阴谋以瓦解起义军的反抗的。受招安、征方腊、效忠于赵官家的宋江,就是他们精心树立的一个黑样板。这是事实,把它揭露出来,对我们研究《水浒传》乃至史事是有必要的。

我们知道三十六人,除宋江外,本无姓名,更不必说别号和性格了。龚开的赞里,每人都有了别号和姓名,而且隐约有了性格和故事。与此同时的《大宋宣和遗事》关于水浒故事部分,有花石纲、杨志卖刀、取生辰纲、晁盖落草、宋江杀惜上山以及受招安、征方腊、封节度使等段子,所记草率粗略,但人物故事发展起来了。这两种资料都产生在宋元时期,看来,这些都是从南宋百多年来所谓"街谈巷议",其中主要是"瓦舍技艺"的"说话"等慢慢积累起来,而后被采取过来,填进,或拼凑到上述以宋江这个黑样板为主的最初的胚胎上来的。

宋元时代除"说话"外,还有"杂剧"不断由此取材。由于当时人民的爱国热情和反抗黑暗统治的要求,这种说英雄故事、演英雄戏的风气形成高潮。他们热烈向往那样一些传说中的英雄,水浒原来的人物故事就日益发展丰富起来。例如由三十六人,发展为七十二人,又发展为一百〇八人,等等,但也都是单个的片断故事。

统治阶级的思想就是统治思想。当时随着商品经济和城市规模的发展而兴起的所谓市人或市民(亦即城市居民)以及被迫脱离土地和农村的劳动者、流浪者,实包括广泛的阶级阶层。他们的思想意识是很复杂的。他们的主体当然是处于被压迫、被剥削的地位，跟封建统治者必然存在着对立的一面，但同时，就是这些下层人民对封建统治又存在依赖性的一面。要这些人民群众不受封建统治思想的影响，应该说是不可能的。可是他们绝大多数毕竟还是下层被压迫者。因此，人民口头创作的人物故事，其思想内容和官方的要求不但往往不相符合，相反，绝大部分和官方的观点形成尖锐的对立。比如龚开画赞中的人物多是流氓、盗贼的面目，但民间创作的则多是抑强扶弱、劫富济贫的英雄好汉。就拿宋江说，例如有人记一个篙师口述的宋江，说他"为人勇悍狂侠"。这个口述，看来也是一种传说，但这样的风貌，跟他"横行齐魏"的行径就很相合，拿来跟统治者塑造的黑样板形象比一比，就成为鲜明的对照了。

如上所述，今存宋元时代的《大宋宣和遗事》，其中关于水浒的故事，才开始把几个零散故事编排在一起。梁山泊故事已成雏形，但远远谈不上有机的艺术整体。元末有个施耐庵，就在上述长期积累的群众创作基础上，用他自己的思想观点、斗争经验和文化涵养，写成这一部在封建时代可称"奇迹"的《水浒传》。

关于施耐庵的生平，我们所知极少，但从作品的内容看，我认为作者若没有相当的斗争实践，一个古代文人尽管在元代统治下处于受压迫歧视的地位，而能具有作品里所表现的基本观点和爱憎感情，能够把那些英雄好汉写得有血有肉、激动人心，都是难以设想的。

二

施耐庵的加工再创作，不只是把单个的英雄故事连贯起来，使短篇发展成为长篇，更可重视的是他提高、加强了人物故事的思想内容和艺术力量。这可以从以下三方面略加说明：

1. 着重揭露了封建统治的罪恶和社会的黑暗。为了突出"乱由上作""官逼民反"，书中首先描写了"道君皇帝"所宠用的以高俅为代表的"六贼"。这是最高统治集团，贯穿全书。"六贼"之下，有许多无恶不作的地方官，如大名府梁中书、冀州殷天锡、江州蔡九知府等。以下还有一处处基层的贪官污吏、土豪恶霸，如张都监、蒋门神、西门庆等，另外各级官府都有无数的爪牙，如陆谦、富安、董超、薛霸等。这样，从中央到地方以至基层，构成一个压在百姓头上使之求生无路的极端凶残黑暗的统治势力。在《水浒传》之前，包括宋元"话本"和"杂剧"，往往把封建时代的社会、政治问题，理解为个别人的好坏问题。写坏人，只写他个人坏，好像是偶然的事例，因而强调命运注定。施耐庵站得高一些，把这样一些个人和个人行为，当作整个的社会、政治问题来处理（虽然后来也写了一些好官），因此揭露得很深刻。例如高俅的义子高衙内调戏林冲的妻子，若将此看作个人恶行，意义不大。作者却把此事同统治集团的代表人物联系起来。

高太尉使用权力,帮同儿子干坏事,不惜下毒手百般陷害林冲,在发展中再联上许多人物和社会面,形成了广阔的如火如荼的社会阶级斗争。这就赋予它以强烈的政治社会意义。作品写了一系列这样的人与事,旨在揭露封建统治者及其社会的罪恶的实质,无不灌注着作者的义愤。其深广程度是以往的作品从来没有达到过的。

2. 更为可贵的是作品塑造了许多起义英雄的正面形象。作者以高度热情、清醒头脑,把那些在旧时代被称为"寇盗"、被当作洪水猛兽的革命反抗者放在主要地位,歌颂他们的品德和反抗精神,描写他们通过不同道路在火热的残酷的斗争中发展成长,以及造反上梁山的过程,把他们写得非常可敬可爱、真切动人。其中,鲁智深和李逵是突出的。尽管像李逵也还有一些不良作风。鲁智深性格的特点是路见不平就挺身而出,他不能容忍任何欺压人的事。他不存私心,"杀人须见血,救人要救彻",干完了就丢开忘掉。作者写他这些性格的特点,同时也写明了形成他性格的社会根源。就是说,这和他的出身、经历和现实处境不可分:他是个一无所有、身居卑贱的江湖好汉。李逵的性格和鲁智深有些相近,但具体表现迥不相同,他听到谣言说他素所爱戴的宋江强娶民女,他就抡起板斧要杀宋江,等到确知枉屈了人,又立刻负荆请罪。他的单纯与勇于反抗,以及疾恶如仇,都显现出一个贫苦农民子弟的优美品性。武松是属于另一种性格,他最初受城市小私有者的思想影响,个人意识强,私人恩仇观念重。武松出场时,作者一面尽情赞扬他英雄了得,说是"说开星月无光彩,道破江山水倒流";一面却用连续的情节场面,毫不声张地描写他性格中的缺陷和丑行。例如为哥哥武大雪冤报仇,事前告状,事后自首(李逵、鲁智深绝不肯这么干),充军到孟州后,又被土豪施恩利用,大打另一地霸蒋门神。直到横遭他看作靠山和恩主的张都监的陷害,这才幻想破灭,大闹飞云浦,血溅鸳鸯楼,转变思想,上了二龙山。林冲和杨志属于较上层的人物,一个是"禁军教头",一个是"三代将门"之后。他们转变立场,走上革命道路,更是艰难曲折,作者又各有不同的处理。作者对这些英雄人物怀着热爱,同时又以严峻的态度,对他们作了分析。在大大肯定他们的前提之下,写他们的缺点或弱点,着力描写他们如何在火炽的阶级斗争中克服了存在的缺点和弱点,提高了思想认识,从而成为英勇坚强的革命者。作者塑造的许多主要英雄,一面显得很高大,不平凡,了不起;一面又像我们的老朋友一样,令人感到熟悉和亲切。他们都是古代现实生活中的具体的人,同时其内心精神又显然有了适度的提高。在这方面,作者在深厚的民间创作基础上所取得的作品内容和艺术方法上的成就,在当时是具有划时代意义的创新。它的要点在于他能以当时被压迫人民的观点与要求来评价人物,并且还能以朴素唯物论和辩证法观察现实、分析问题。就前一点说,封建时代作品能以被压迫人民的观点来处理、评价人物,不止在《水浒传》以前是罕见的,即在《水浒传》以后也是少有的。所谓把颠倒的历史颠倒了过来,就是因为作者掌握了这种令人惊奇的高明观点。上面说,《水浒传》的产生是个"奇迹",主要也指这点说的。再就后一点说,在古代小说发展史上,《水浒传》是我国中世纪源于民间的英雄传奇式的作品,在现实主义艺术方法上异军突起,造诣很深,成就惊人!什么叫作现实主义创作方法?我的一孔之见,就是作者在观察现实、塑造人物时,能够符合唯物论辩证法。生活里,本有朴素唯物辩证法,作者在生活实践中,如能逐步掌握,他的观察现实就能符合客观实际,塑造人物就能栩栩如生、真实动人。除此之外,当然还需要相当的文化知识,从前人的经验中获得借鉴与启发。明清时代的评论者总从文笔方面赞赏《水浒传》,说他从《左传》《史记》学到了高明的笔法。这种评论是形式主义的。但说《水浒传》借鉴了古代史传文学的经验,在艺术概括方面,接受了古代史传文学的传统,看来确是事实。我国古代史传文学跟我国的小说属于不同的体系,不能混为一谈。但它们是以写人物为主,跟此后以记事为主的史书不同。它们在写人物方面的成就给予后世小说作品以巨大影响,应该说就是从《水浒传》开始的。明清出现的文人作者创作的许多现实主义名著,在人物处理和艺术概括方面,接受了这一传统,也是不能抹杀的。毛主席在《矛盾论》里指出,"《水浒传》上有很多唯物辩证法的事例",并说"三打祝家庄,算是最好的一个"。毛主席的教导,我们读《水浒传》应该加深学习。

3.《水浒传》不止写了一个个英雄的发展成长,每个英雄都是梁山泊队伍的一员。他们的成长、转变的过程,也就是革命队伍的形成与发展的过程。作品要写的就是这个革命队伍的发展壮大以致最后惨遭败灭的全部过程,这是《水浒传》全书的主要之所在。梁山成员有许多是从统治阵营分化出来的。他们被逼上梁山,成为义军的骨干。还有不少的人是被生拉硬扯过来的,有两种:一种是社会地位高,名望大,拉过来可以扩大义军的政治影响;一种是有高强的武艺和特殊技能,可以壮大义军的战斗实力。此外凡有一技之长者,都被视为义军所必需。作者让所有这些人都团结在宋江的周围,统一在一个纲领之下,发挥各自的才能。梁山义军的纲领,是所谓"替天行道",劫富济贫,其理想是一种空想的平等社会。作品的重要部分是描写反抗黑暗封建统治的革命斗争。作者对义军队伍的描写,比起他作为再创作基础的前人的创作来,无论在政治素质或精神面貌各方面,都作了明显的很大的提高。例如元人杂剧中的鲁智深、燕青等人多为一些奸情事件大卖气力,李逵总是满口"桃花流水""黄莺杜鹃",看一看元杂剧《诗酒丽春院》的名目,就知道李逵是个什么样的人物。元杂剧的英雄人物,多写得非常猥琐狼狈,往往忍冻挨饿、躲躲藏藏,跳墙头搞偷窃,都是常事,这其中也包括鲁智深。《水浒传》里的英雄就明显地高大起来了。再举一例:石秀和杨雄两人投奔梁山,英雄来投,向例会受热烈欢迎隆重接待的,可是晁盖听说与他们同行的时迁在祝家庄偷了人家的鸡,勃然大怒,说他们败坏了梁山的荣誉,要杀他们祭旗。

作者尽可能把理想与愿望赋予了这支队伍,同时对队伍里众多人物,又区分了内外亲疏,予以不同的对待。对那些骨干人物,着重写他们思想政治品德,给人印象很深,对另外许多拉过来的人物,只突出他们擅长的武艺和技能,给人印象浅。这些拉过来的人多是上层分子,看来作者不止认定必须分化敌方以壮大义军,同时也深思熟虑到义军团结问题和走什么道路的问题。因此,作者一贯十分强调宋江的核心团结作用和方向领导作用。可是,问题恰就出在宋江这个领袖身上。宋江问题和他领导的义军受招安问题,是作品不容忽视的两个大问题,也是必须从中对作者的思想政治观点作具体研讨的问题。

三

宋江是作品的主要中心人物。作者有心要写这样一个人物作义军领袖,放在显著地位,着力描写了他。宋江出身地主家庭,身居县吏的职位(书中特意叙明宋代县吏受压迫与损害的情况)。他的性格具有革命性和妥协、动摇性的两面。对宋江这种两面性,作品里描写得很清楚。他冒着性命干系给晁盖报信,为维护和梁山关系而杀阎婆惜,这算是他革命性的表现。他有极其广阔的社会关系,上至官僚地主,下至江湖好汉和劳动人民,识与不识,多同他有深厚的情谊,绝大多数英雄好汉直接或间接是因为他的关系而参加义军。他们也深受他的感召,一心拥护他,紧密团结在他周围。他没有个人权位欲望、谦虚谨慎、能平等待人,等等。凡此描写,都表明作者把可能有的最好的理想与愿望赋予了他,极力抬他做义军领袖,并且认作最好的领袖。另一方面是他的动摇、妥协性。在《宣和遗事》和元人杂剧里,宋江杀惜之后即上梁山。作者把这点作了改动:宋江杀惜之后不肯上山,而是逃到了官僚花荣、大地主柴进和孔太公庄上,这些描写是符合宋江性格的。可是大闹清风寨之后,大批人马跟着他上梁山,中途接到宋太公病危的假信,就丢下大家,坚决回家去。回家之后,竟又报官自首,甘愿流配江州,发配途中,故意绕过梁山,唯恐被劫上山去。这已经够使人反感了,作者却不以为意,认为宋江这些作为有道理。宋江到江州以后,不知哪里来的满腹牢骚,忽在江楼题反诗,而后在官府迫害下被梁山弟兄劫上山去。以上所说在杀惜之后,安排宋江一北一南转了两个大圈子,把大批英雄好汉串联上了梁山,作者用心,一方面是为把一人一事组织为长篇的即结构上的考虑,同时也借以显示宋江作为义军领袖的威望和作用。可是这里面就存在一个严重问题:作者写宋江上山,并无思想转变,完全出于被动。这个作为"众望所归"的领袖人物的思想立场问题远远没有解决。我们知道,上述作者所赋予宋江的种种美德,就一个领袖人物说,当然十分重要,因为义军的团结统一确乎是重大问题,从而也表明作者政治思想——尤其在封建时代确有崭新的高见。但说到底,这毕竟都属思想作风,而一个革命者——尤其领袖人物的思想立场问题,才是根本问题。作者一味偏重前者,显然本末倒置。作为艺术形象,宋江的性格本来显得现实血肉太少,概念化的成分太多,再加上这个根本缺陷,就愈益使人觉得此人只是作者的一个观念的傀儡。凡此,都反映了作者思想观点的严重局限,连到上述第二点所论,显示了作者世界观的尖锐矛盾。

这就关联到义军受招安的问题。作者有心安排这样一个立场不对头的人物做义军领袖,应该说,其主导思想就是认为受朝廷招安是义军唯一正确的道路,宋江念念不忘招安的思想,实即作者自己的思想。写义军走这样一条投降道路,作者在严重的思想局限下,内心确实存在着不能解决的矛盾。例如,作品里特意安排了几个坚定的骨干人物:李逵、鲁智深、武松,还有林冲,出面反对,对宋江的决策表示强烈的反感,连桌子也踢翻了。更有重要意义的是,走这条投降道路,导致了义军事业的彻底失败,落了个极其悲惨的结局。征方腊以及跟着而来的惨局据说都是《水浒传》最早本子里原有的,出于原作者的手笔。那么,作者是否通过这些安排与描写对宋江所抉择的道路加以批判和否定呢?仔细看,却又不能这么说。实际是,宋江走的这条死路正是作者费尽心思筹划决定的。在《水浒传》以前,关于宋江义军的结局,正史、野史和民间传说有几种不同的记载:一种是义军被官军消灭了;二是说官军追困义军到海滨,而后击溃了;三是义军受招安、征方腊后,宋江做了节度使。作者对三种结局全都抛弃不用。他热爱梁山义军,还是写义军受招安,但做了迥乎不同的处理:排了坐次,宋江决策后,首先写大闹东京,如入无人之境,以显示他们若要夺取赵家政权,实易如反掌,接着又大写三败高俅,二败童贯,大长义军威风,如此通过走各种门路和严重艰巨的斗争,然后"光荣体面"地接受招安。由此可见,作品里所写受招安及其惨痛的悲剧结局,正是作者自以为给义军找到的"最好的理想道路"。

作者显然热爱义军,却安排这样一个宋江做领袖,从而又给义军寻求这样一条投降的死路。究竟为什么?真教人难解。

四

到这里,只有就作品内容再具体谈一谈作者的世界观问题。

先从"忠"的思想说。作品标榜与宣传"忠":梁山"聚义厅",宋江当上领袖,就改为"忠义堂",后来的《水浒传》加上了"忠义"的头衔,也不是没有依据的。宋江口口声声说"今皇上至圣至明,只被奸臣闭塞,暂时昏昧";阮氏兄弟大唱"忠心报答赵官家",甚至鲁智深也说奸臣"蒙蔽圣聪"。作品里大写特写义军百般"争取"朝廷招安,明显地是出于这个"忠"的思想。一到征方腊,读者不禁为之疾首痛心,作品却写得振振有词,意思是,方腊起义,自立朝廷,违犯了"忠"的大伦。这以后,一面写义军的悲惨结局,颇有揭出血的教训,垂戒后世之意,但一面仍然在对宋江的描写里流露肯定与赞美,意思是宋江效忠赵家政权,始终尽其在我,因而视死如归。作品的主要部分明明写的被压迫人民反抗封建统治的极其激烈残酷的阶级斗争,但到七十回正式提出"招安"的决策后,原来对抗的两方忽然"合二而一",反对的只是统治势力中几个"蒙蔽圣聪"的奸佞。人民与封建统治的斗争,一变而为封建统治内部的"忠"与"奸"之争。于是统治政权里出现了几个"忠"臣,与义军协力同心,完成了招安之策,实现了作者的理想与愿望。这个"忠"的观念,使作者在不无内心矛盾的情况下甘愿牺牲艰难缔造的义军事业,以争取与达成"招安",走上死路。历史唯物主义教导我们,评论任何事物必须联系当时的历史环境。我们知道水浒故事从口头流传、逐步发展以至由文人加工再创作而成书的整个年代,民族矛盾是居第一位的。北、南宋之交以至整个南宋,坚决抗击侵略、反对投降主义,是上下各阶级阶层普遍的共同的强烈要求。我想这里不须多说。到南宋亡,在元朝统治下,所谓"赵官家"就逐步成为"汉家"的象征性称号;所谓"汉""唐",有时也用作这种意义的称号。书中多处提到"保国安民"之类口号,宋江勉励武松"日后到得边庭上一刀一枪,博个封妻荫子、青史留名"。鲁智深一出场就是要投奔卫国名将老种经略相公种师道。明代的思想家李卓吾,爱读《水浒传》,他写的一篇著名的《忠义水浒传叙》里把这意思说得很明白,有几句是"施罗二公,身在元,心在宋,虽生元日,实愤宋事"。愤什么宋事?就是愤两宋统治者不肯联合人民的力量坚决反抗侵略,而死心塌地坚持可耻的投降主义,以致惨遭亡国之痛。由此看来,书中着力写的大闹东京以及败高俅、败童贯的斗争,都出于争取与"赵官家"统治政权团结合作,共同抗击侵略的意图。这在我们今日的读者应该容易理解的。提出的所谓"忠",与宋统治者提倡的"忠",作者所采取的宋统治者捏造的宋江受招安、征方腊的黑样板,其实际意义与实质内容是有不同的。作者写义军的惨局同时,又称赞宋江被毒害而视死如归,也都有他的道理。但把话说回来,即在此历史背景下,宋江领导的、作者所宣扬的,还是一条不折不扣的投降主义路线,这是不容置疑的。可是在七百年前一个封建时代文人,要求他还能想出更高明一点的主意,拿我们今日新时代标准,要求于他,那就未免不实事求是。因此,我们不能说他存心宣扬宋江的投降主义路线,而只能说是出于古代作者思想的历史局限。若说"观今宜鉴古",拿水浒义军所走的路线及其惨局,作为我们今日和今后的鉴戒,那我想施耐庵是会鼓掌欢呼、心悦诚服的。

其次谈到"义"。作品具体描写的义,在很大程度上有新的内容。它的意思,与谋求个人富贵的私"利"相对立,指一种被压迫者大伙儿的利益。在很多时候,"义"的概念与保国卫民、反抗侵略与压迫意思相通。"义"与"不义",意即是否同情与支持被压迫被剥削者,是否参加与坚持革命反抗。鲁智深打抱不平,行的是"义",李逵误信人言而要杀他素所拥护的宋江,讲的也是"义"。这比《三国演义》刘、关、张所讲的"义",确有大小高下的性质与内容的不同。这里重要的是要看把这个"义"放在什么地位。在具体描写里,这个"义",归根到底,不但放在"忠"之下,要服从于"忠",而且也服从于"孝"。"孝义黑三郎"宋江的所作所为,一到"义"与"孝"发生矛盾,作者笔下就理所当然地重"孝"而轻"义"。前面说到宋江性格的两面性,那实质内容主要就是"义"与"孝"的两面。在那些关于宋江的描写里,作者的褒贬,态度好像不明确,从作者的指导思想看,作品所写宋江许多妥协、动摇性,都不外为了尽"孝"道。在作者看来,那不止天经地义,无可非议,而且是特意提出来加以表扬,认为是他心目中的义军领袖不可缺少的美德。

作品里写了几个女性英雄,但作者的妇女观在当时也还是很落后的。作品中还有许多神道观念、宿命论迷信思想等。

由此可见,作者的世界观没有摆脱封建伦理体系。前面提到作者世界观的严重局限,从而指出他内心思想的尖锐矛盾,就是指此而言。实则不足为奇。在那个时代,一个作者思想里不存在矛盾乃至尖锐的矛盾,是不可能的。鲁迅说,一个人无法揪着自己的头发离开地面。对于一个古代有成就的作者存在这样那样一些思想问题,当然应该指出来,但要理解,那是难以避免的。

文艺与泪水

丹 晨

《牛虻》是一部为青少年喜爱的读物。《牛虻》的重版，受到了人们的热烈欢迎，这是意料中的事。但也有同志在充分肯定这本好书的同时，还指出了它的主要缺点在于有关蒙泰尼里与亚瑟之间的亲子之爱和亚瑟与琼玛之间的男女之爱的描写，认为这是"人性论"，需要加以慎重鉴别。持这种意见的同志当然是出于一种善良的愿望，但这个意见本身却是不能使人信服的。

在《牛虻》中，蒙泰尼里表面上是个德高望重、虔诚圣洁的神甫，无论教会政界，还是善男信女都把他当作圣人，对他十分崇仰和尊敬。实际上，他却是一个极为虚伪卑劣、残忍狡诈的家伙。他爱亚瑟，爱得那么深。因为他是一个不准享受普通人婚姻生活权利的教士，而亚瑟是他与一个有夫之妇的私生子，他爱亚瑟是很自然的。亚瑟自小在一个不愉快的家庭环境中长大，青少年时代受到过蒙泰尼里"亲父"一般的照料、爱护和指导，因此，他爱蒙泰尼里也是很自然的。即使到了后来，他也不能完全忘怀。关键在于蒙泰尼里和亚瑟终是两个不同阶级的人，走着两条截然不同的、完全对立的道路。在你死我活的斗争中，彼此都有过互相争取的想法，但终究谁也不能影响谁。蒙泰尼里几次表示可以为亚瑟丢掉一切，但在上帝与亲子之间，他绝不丢掉他的"上帝"，以至于两次企图杀死自己的亲子亚瑟。作者写他的爱愈深，也愈突出了他的反动阶级的虚伪和残忍。亚瑟对蒙泰尼里的丑恶本质的揭露、批判和憎恨那就更多更尖锐了。因此，《牛虻》确实写了人性，写了父子之爱，写了男女之爱，但都不是抽象的，而是渗透了不同阶级内容，具有鲜明的阶级性的。我们怎么能笼统地、不加分析地把这些描写归为资产阶级"人性论"呢？

这使我想起，这些年来"四人帮"鼓吹的一种谬论，即文艺作品不管写了什么样的人性，也不管怎么写的，统统都是"人性论"，都是地主资产阶级。在他们看来，无产阶级只能讲阶级斗争，不准讲思想感情；只有阶级性，不能有人性，因此都是冷酷的、屏绝人间一切情感的抽象的人。人性、感情倒成了地主资产阶级专有的东西。"四人帮"把阶级性和人性说成是完全对立的，而不是辩证统一的关系，把人性和"人性论"等同起来。这真是"左"到了荒谬绝伦的地步。在这种假左真右的谬论的影响下，很多文艺作品中的人物都像一个模子里复制出来的"傀儡"，只会满口政治术语、声嘶力竭地空洞叫喊，人与人之间，不管什么关系，不论在什么情况下，都是一样的无休止的政治概念的演绎。例如,亲人就义是不许哭的,男女之爱都要剔除干净,以至于亲生母亲被敌人烧死了,面对着大火,小小的孩子竟然还能冷静地要求群众撤退,并只是略带悲切地说:"妈妈说过,不能让群众吃亏。"诸如此类的描写,又怎么可能打动观众读者,人物形象又怎么可能给人以真实生动的感受。就像恩格斯曾经严厉地批评的那样:"这个人不是由娘胎里生出来的,他像蛹变成蝴蝶一样,是从一神教的神身上飞出来的。所以,这个人不是生活在现实的、历史地发展了的及历史地确定了的世界里面。虽然他跟其他的人也来往,但是其中每一个人也和他本人一样都是抽象的。"正因为这样,一旦某些作品出现了一些细腻的感情描写,有人就会惊慌起来:"来了!'人性论'又出来了!"

人性,是不是真的这么可怕呢?当然不可怕。马克思主义关于人性问题有过很多精辟的论述。毛主席就曾明白地说过:"有没有人性这种东西?当然有的。但是只有具体的人性,没有抽象的人性。在阶级社会里就是只有带着阶级性的人性,而没有超阶级的人性。"也就是说,人性,都是受非常具体的阶级关系的制约和决定的。无产阶级有无产阶级的人性,资产阶级有资产阶级的人性。到了社会主义社会,无产阶级的人性理应得到丰富和发展。无产阶级为之奋斗的共产主义将是一个最合乎人性、充分发展人的个性的社会。因此,早在 1961 年,周总理在一次文艺工作会议上就曾批评了某些文艺作品不敢放手描写无产阶级人性,批评了有些人把"人性论""人类之爱""人道主义""功利主义"都弄乱了,指出:我们不一般地反对功利主义,我们讲无产阶级的功利主义、人性、友爱和人道主义。

既然文艺作品的主要描写对象是具体的、活生生的、有血有肉的人,社会的人,阶级的人,生活在自然和社会之中、特定的历史条件下的人,那么,就应该通过人与人之间、各阶级之间的相互关系,及其在自然、社会中的活动的描写,反映出人物的真实的、具体的思想感情及其个性特点。阶级性就是寓于这个具体人的具体生活、行动、思想感情之中体现出来。不承认阶级性,鼓吹超阶级的人性是错误的;否认人性,抹杀个性,这样的阶级性也是不存在的。从来优秀的文艺作品都是注意深刻描写人物的特定的具体的思想感情的。《红楼梦》里,贾政痛打贾宝玉是为了要他光宗耀祖,但也在众人连哭带劝之下,难受起来,"泪珠更似滚瓜一般滚了下来","自悔不该下毒手打到如此地步"。这是一种父子之情。如果只是一味写贾政的毒打,那就真如赖嬷嬷所说的像"审贼"而不是打儿子了,因为审贼绝不会落泪。但贾政的泪水难道不是打着深刻的阶级的烙印吗?《母亲》里,巴威尔决定在"五一"示威游行中,他要亲自打着红旗走在队伍的前面。因此,逮捕、坐牢、流放的必然命运等待着他。这使尼洛夫娜感到沉重的、令人窒息的恐怖情绪攫住了心。她完全支持儿子这个崇高的革命行动,但却抑制不住自己这种怜爱的心情而为之战栗、流泪。这是一位母亲的伟大的慈爱,难道有什么可以非议的吗？同样的泪水，都是亲子之爱，尼洛夫娜的与贾政、蒙泰尼里的是绝不能混为一谈，而有着泾渭、清浊的根本差别的。尼洛夫娜的泪水是崇高的、纯洁的，人们同情、尊敬；贾政、蒙泰尼里的亲子之爱是丑恶的、卑污的，人们憎恶、鄙视。可见问题不在于能不能写人性、人情，而在于正确地深刻描写这些人与人之间的感情关系的同时，去挖掘揭示出它的社会的、历史的、阶级的特征。

"四人帮"不分青红皂白，一概否定抹杀人性，把人性当成一种邪恶的、修正主义的同义词。这是因为"四人帮"本身就是一伙"灭绝人性"的衣冠禽兽，他们干的那些法西斯暴行绝不是一般正常的人所能干出来的。因此，他们把人性视若大敌也就不足为怪了。然而，他们强加在文艺创作中的那些荒谬的禁令，至今为什么我们还要那么小心翼翼地去遵守呢？难道还不应该奋起把它砸碎吗？我们反对超阶级的"人性论"，但是我们主张文艺要写社会的阶级的人性，通过写出饱含血肉的、丰富多样的人物的内心世界，写出人物明确的个性和思想感情，达到形象地反映一定的时代和社会生活的某些本质方面。如果说，这是文艺创作本身的一种特殊的要求，那也正是我们应该坚持去做的。

鲁迅研究中值得注意的几个问题

袁良骏

伟大的鲁迅为我们留下了宝贵的思想和文化遗产。研究鲁迅,对于无产阶级革命事业具有重要意义。但是,这些年来,林彪、"四人帮"反党集团大搞唯心主义、实用主义、形而上学,随心所欲地歪曲鲁迅思想,硬是把鲁迅研究纳入了他们篡党夺权的反革命轨道,造成了鲁迅研究的一场空前的浩劫!因此,"四人帮"被彻底粉碎,也就成了鲁迅研究的一次空前的大解放,使人们在批判"四人帮"的前提下,可以运用马克思主义观点研究鲁迅,结出新的成果。

然而,鲁迅研究领域正像意识形态的其他领域一样,要肃清"四人帮"的流毒和影响仍然还需要付出很大力气,有些现象仍值得我们重视并加以解决。

一、"拔高"问题

本来,一个作家、作品的思想、艺术水准是一个客观存在,是既"拔"不高也压不低的。对于鲁迅来说,他的思想本来很光辉,他的形象本来很高大,压低既不可能,"拔高"也不需要。然而,"拔高"鲁迅思想和作品的情况还是严重存在着。表现之一便是不着边际地"拔高"五四时期的鲁迅思想,想方设法要把当时的鲁迅恭维成马列主义者。

在一篇主张五四时期的鲁迅就是马列主义者的文章里,根据鲁迅曾经赞扬十月革命的俄国人民"用骨肉碰钝了锋刃,血液浇灭了烟焰",说他从十月革命"刀光火色的衰微中"看到了人类"新世纪的曙光",便这样写道,"(鲁迅)特别肯定了十月革命用武装推翻旧世界的道路",而且"号召中国人民也要像俄国人民那样……要用流血的革命斗争,去夺取新世纪曙光的到来"。经过这样一点染,五四时期的鲁迅就已经认识到了武装斗争的重要,而且俨然具有了"中国列宁"的味道,已经在号召中国人民拿起武器去攻打中国的"冬宫"了。实际上,当时的鲁迅根本没有这样高的认识,不仅他,连当时的一些具有初步共产主义思想的革命前驱者,如李大钊等同志,也并未达到这样的高度。中国共产党人真正看到枪杆子的重要,严格说来是在"四·一二"反革命大屠杀之后。鲁迅真正认识到革命的武装斗争的重要,同样是在"四·一二"之后。在这之前,虽有毛主席、周总理等人强调武装斗争,但并未被全党所接受,倒是陈独秀取消武装斗争的右倾机会主义路线一度在全党占据了领导地位。五四时期鲁迅讴歌十月革命,并非从武装斗争的角度,而是从社会发展的角度,用的是进化论的发展观。在他看来,将来必胜于过去,残暴的帝俄沙皇被推翻之后,一定会有一个比较合理的社会代替它。至于这个社会是个什么样的社会,鲁迅当时是说不清的。正如他自己所说:"先前,旧社会的腐败,我是觉到了的,我希望着新的社会的起来,但不知这'新的'该是什么,而且也不知这'新的'起来以后,是否一定就好。待到十月革命后,我才知道这'新的'社会的创造者是无产阶级,但因为资本主义各国的反宣传,对于十月革命还有些冷淡,并且怀疑。"(《三闲集·序言》)这就清楚地说明,鲁迅确信"无阶级社会一定要出现",是在斯大林领导下的社会主义苏联"存在和成功"之后,而绝非在十月革命刚刚发生、苏维埃政权立脚未稳的初期。可是,在一些同志的笔下,说什么《狂人日记》是在呼唤没有剥削压迫的无阶级社会,《阿Q正传》则揭示了"只有新兴的无产阶级才能把中国人民领导到解放之路",而鲁迅在五四时期的作品,都在"积极地为马克思主义在中国的传播而大喊大叫",它们"比当时有些专门论述马克思主义的文章,更符合马克思主义的观点"。诚然,"专门论述马克思主义的文章",不一定都"符合马克思主义的观点",但是,五四时期"专门论述马克思主义的"是些什么人呢?难道不正是以李大钊同志为代表的一大批具有初步共产主义思想的知识分子,亦即鲁迅遵奉他们的"将令"的"革命的前驱者"吗?!鲁迅的小说、杂文作品怎么可能比他们的文章"更符合马列主义的观点"呢?

　　如果说这些"拔高"五四时期鲁迅思想的论断已经相当可笑,那么,那些"拔高"鲁迅与党的关系、与领袖的关系、与军事斗争的关系的文章,就更加离奇。比如,鲁迅《而已集·谈"激烈"》中有这样一句话:"愤激便有揭竿而起的可能。"一位作者据此便这样发挥起来:"鲁迅的话揭示历史发展的必然规律,也是对毛主席、周总理领导的革命武装起义的热情颂扬。八一南昌起义和秋收起义使鲁迅激动万分,他极度兴奋地说:'在我自己,觉得中国现在是一个进向大时代的时代。'"对鲁迅生平稍有常识的人都知道,"四·一二"(广州是"四·一五")大屠杀之后,他身陷广州,处于十分险恶的政治环境中。国民党反动派为了制造诬陷、加害他的口实,耍了很多阴谋诡计。为了与国民党反动派巧为周旋,鲁迅先生蛰居白云楼上,杜门不出,整理文稿,很少与外界来往,以便麻痹敌人,等待时间,逃离广州。他的《谈"激烈"》,写于他逃离广州的半个月前,即9月11日。这时,离南昌起义虽已一个多月,距秋收起义却仅仅三天。无论一月还是三天,在当时的情况下,鲁迅都是不可能得到这些消息的。因此,"愤激便有揭竿而起的可能"这句话,无论如何也无法构成"对毛主席、周总理领导的革命武装起义的热情赞扬"。鲁迅先生的《〈尘影〉题辞》写于12月7日,距南昌起义已经四个多月,距秋收起义也有三个月了,也许(并无确切材料!)鲁迅已经知道了这两次起义的情况吧,但鲁迅的这篇文章和这两次起义并无直接的因果关系,也并非为这两次起义而发。但是,在这位作者的笔下,鲁迅的文章便成了两次起义的直接产物,而且是在两次起义感召下"激动万分",是"极度兴奋"的产物。真不知道这位作者的根据为何?

二、"附会"问题

"附会"是"拔高"的孪生兄弟。比如,所以出现"拔高"鲁迅前期思想的许多言论,关键正在于对整个五四时期的革命史、思想史、社会史缺乏认真的研究,对于什么是"共产主义的宇宙观和社会革命论",什么是"进化论"的发展观也没有进行认真的比较,甚至对鲁迅的整个生平、思想和作品也缺乏认真的钻研。结果,就无法从多方面的分析比较中去论证鲁迅思想,做到鲁迅一再倡导的"知人论世",而只能孤立地、静止地、片面地谈论鲁迅思想,一叶障目,不见泰山,抓住一点,不及其余,使自己陷入形而上、唯心论的泥坑。

一个时期以来,人们陆续发现了一些鲁迅早期、前期接触马列主义的材料,对于鲁迅思想的研究来说,这本来是十分有益的。但是,一些同志在没有认真研究(包括核实)这些材料的情况下,便匆匆忙忙地得出了鲁迅如何早就热爱和相信马列主义的结论。一位作者说:"早在日本留学时期,鲁迅就曾接触过马列主义……鲁迅有可能会看到……报纸上的马克思主义著作。"先肯定鲁迅"早在日本……就接触过马列主义",而论据却不过是一个"可能会看到",多么的单薄、无力! 五四过后不久,鲁迅收到了陈望道同志翻译的《共产党宣言》,复信表示感谢,并表扬他为中国做了一件好事。于是,一些作者便迫不及待地说"这是鲁迅一生中的一件大事",是他五四时期就认真研究了马列主义的证明。结果,很有意义的历史资料就变成了不正确的结论的"根据",鲁迅认真研究马列主义的时间就整整被提前了七八年之久!

也有这样的同志,他们把"知人论世"当成了生拉硬扯、牵强比附。他们手头有一份现代革命大事记,某年、月、日发生了一次什么政治事件,于是再去找这个日子或其前前后后的鲁迅文章,稍微发现一点可供利用的字样,便马上大做文章。正是运用这种逻辑,有人将鲁迅《湘灵歌》中的女神形象湘灵解释成杨开慧烈士,说《湘灵歌》"是对一位优秀的女革命者的深切哀悼和怀念。这位杰出的女革命家不是别人,正是伟大的共产主义战士杨开慧烈士"。众所周知,鲁迅和杨开慧烈士素昧平生,他的诗悼念的是广大革命烈士,绝非仅仅为杨开慧烈士一人而发。

也有这样的同志,他们喜欢用引证、用三段论法式的逻辑推理代替分析。他们不是从事实出发,而是从概念出发。比如,有同志根据毛主席说鲁迅是五四文化新军的"最伟大和最英勇的旗手",而五四运动的指导思想是"共产主义的宇宙观和社会革命论"。因此,他们便总结道:"(鲁迅)当然应该属于'大批的赞成俄国革命的具有初步共产主义思想的知识分子'的阵营,他在进行战斗时的主要思想武器也正是无产阶级的宇宙观和社会革命论。"既然如此,他当然也应该是马列主义者。不错,毛主席的光辉论断是我们研究五四运动的指针,也是我们研究鲁迅的指针,但是,毛主席的光辉论断并不能代替我们对具体问题的分析。"最伟大和最英勇的旗手"一语,主要概括的是鲁迅的不朽业绩,并不是对他的思想的具体分析,而用三段论法式的逻辑推理,来解决像鲁迅早期思想一类纷纭复杂的问题,是很难经得起事实的检验和推敲的。

三、混淆两类矛盾问题

在鲁迅研究中,这本来是个不成问题的问题,但是,在一些文章和资料中,这个问题却一再发生了。

有的名曰批判姚文元、石一歌的"鲁迅研究"的文章,实际上是连鲁迅也一起批判了。逻辑似乎是这样:姚文元主张在1928年以前的鲁迅一直是小资产阶级的思想政治代表,这是对鲁迅的诬蔑和攻击,因此,凡是认为鲁迅1928年"完成"世界观转变的同志,也都成了姚文元的同伙。问题本来很简单,对于鲁迅的思想发展道路问题,人民内部历来存在着不同的学术观点,应由百家争鸣来解决。对于这个见解的正确与否,我们大可以进行充分讨论和批评,但绝对不能把他们和姚文元混为一谈。其实,说鲁迅"从进化论跃进到阶级论",这并不是姚文元的发明和创造,而是瞿秋白《鲁迅杂感选集序言》一文的基本论点。这个论点不仅没有什么错误,而且完全符合鲁迅的思想发展实际,也深得鲁迅的首肯,不能不说,这是一个经过了历史检验的马列主义的科学论断。鲁迅自己就曾经说过:"我一向是相信进化论的,总以为将来必胜于过去,青年必胜于老人……然而后来我明白我倒是错了……我在广东,就目睹了同是青年,而分成两大阵营,或则投书告密,或则助官捕人的事实!我的思路因此轰毁。"(《三闲集·序言》)这不明明是"从进化论跃进到阶级论"吗?姚文元对鲁迅的歪曲恰恰在于他不承认鲁迅思想的这种辩证发展,而胡说1928年以前的鲁迅一直是小资产阶级的思想政治代表。

瞿秋白在30年代粉碎国民党反革命文化"围剿"的斗争中,尤其有不可磨灭的历史功绩。正因为如此,鲁迅先生和他结下了深厚的战斗情谊,互相以"知己""同怀"视之。他的《鲁迅杂感选集序言》一文,是当时用马列主义观点分析、评价鲁迅的一篇力作。今天看来,其中有些提法当然不尽正确了,但是,它的基本论点仍然是无可厚非的。我们应该像列宁评价普列汉诺夫那样,对他做出一分为二的科学评价,而不能把他和阶级异己分子、反革命文痞姚文元相提并论。

在一些文章中,并不以将姚文元和瞿秋白混为一谈为满足,总是还要对不同意他们观点的广大鲁迅研究工作者大施挞伐。如有一位作者这样写道:"究竟前期鲁迅的历史观是'进化的历史观',还是具有马列主义因素的革命历史观,我们认为,这是直接关系到高举毛主席的伟大旗帜,坚持用马克思主义观点学习鲁迅、研究鲁迅,服务于当前无产阶级同资产阶级的阶级斗争、毛主席革命路线同'四人帮'反革命修正主义路线的斗争这个纲的根本原则问题。"好了,谁要是主张前期鲁迅的历史观是"进化的历史观",谁就是和姚文元唱一个调子,谁就是不高举毛主席的伟大旗帜,谁就是反对"服务于当前无产阶级同资产阶级的阶级斗争、毛主席的革命路线同'四人帮'反革命修正主义路线的斗争这个纲",如此等等。试问,照这种逻辑行事,还怎么就这个问题开展学术论争?文章的作者也许主观上想要批判姚文元,但客观上却将矛头指向了广大鲁迅研究工作者。

这种混淆两类矛盾的事情也发生在有关鲁迅的资料研究工作中。有一本《"围剿"鲁迅资料选编》,不分青红皂白就将当年革命同志和鲁迅的论战文字与阶级敌人"围剿"鲁迅的反动文章统统搜罗在一起,按时间先后,顺次收来。结果,大批革命同志成为与国民党特务、反动文人"围剿"鲁迅的同一营垒,而那些真正"围剿"鲁迅的阶级敌人,倒显得无足轻重了。能够说这种编排方式仅仅是一时的疏忽或所谓纯客观倾向吗?即使编辑者主观上不是有意混淆敌我界限,但客观效果不正是如此吗?

鲁迅研究中目前存在的一些问题,归根结底,还是"四人帮"的流毒没有肃清,唯心主义、实用主义、形而上学这些"紧箍咒",还严重束缚着一些同志的头脑,使一些同志在批判"四人帮"时仍然自觉不自觉地使用"四人帮"的那一套思想方法和逻辑。因此,深入批判"四人帮"的反革命修正主义路线,特别是他们的思想路线,仍然是鲁迅研究工作的当务之急。

1979 年

漫谈历史的经验

姚雪垠

××同志：

你上月来信问我对于如何繁荣我们文学创作的意见，我早该回信，因为抽不出时间，拖至今日，实在抱歉。近来，全国人民重新提出五四时代的民主与科学口号，特别提出来"四五"精神，看来，今后的道路虽然仍有艰难曲折，但总的历史潮流必将汹涌奔腾前进，不可阻挡。今日是历史新时期的开始，伟大进军的开始，光辉未来的开始。我们祖国的社会主义文学事业也像其他战线一样，处在一个重新开始的阶段，所以大家提出解放思想和文艺民主问题，获得广泛的响应。这问题必须解决好，不然"双百方针"将仍是空话，而真正繁荣创作是不可能的。

我国在世界上是一个文化历史十分悠久的国家，产生过许多杰出的和伟大的诗人、作家，也出现过一些文学昌盛的时代。今天，我想在这封回信中同你随便谈谈一些历史经验，看看是否有一些经验可以供我们借鉴或可以启发我们深思，从而有助于认识一些规律。

因为我是想到哪谈到哪，一个问题谈多谈少不一定，所以只是漫谈，权当我们三十五年前坐在四川的茶馆里摆龙门阵。我没有时间多翻参考书，自己的书也不在手头，因而难免谈错。倘若你有兴趣在读了这封信后认真查查书、核实资料，那当然好，我感激。

先谈屈原吧。你可曾想过，为什么在战国后期能产生伟大的诗人屈原？据我看，有两方面的条件：一是屈原本身的，一是客观社会的。

从屈原本身说，他当时是思想解放的，而且在写作上是大胆的、无所畏惧的。他敢于冲破传统的各种观念，包括宇宙形成、神话传说、历史传说的真伪和历史人物的是非问题。一篇《天问》，一连问了一百多个问题，充满着对传统的怀疑，常常在询问中闪耀着朴素唯物主义思想的光辉，也有时流露出愤怒感情。他关心楚国政治，甘愿献出自己的生命，不怕为自己的主张流放，直至殉身。他敢于在诗中鞭挞当权的贵族集团，绝不掩蔽自己的观点，爱憎分明，感情像烈火燃烧。他忧国忧民，要求改变现实，宁清白正直而死,绝不苟且求容,随流浮沉。他的希望、愤怒、悲哀,同楚国人民的思想感情是一致的。他在政治上愈受打击,愈将他的政治热情倾注诗中,直到投汨罗江自尽之前,他写出了《怀沙》一篇,方才停笔。

我近来常想,像屈原这样的人格,倘若生在近代,必会成为走在人民前列的民主战士;生在现代,他也会走到天安门前,写出声讨"四人帮"的动人诗歌,绝不会沉默,更不会成为风派诗人。有什么人格才有什么诗,这道理可以从伟大的诗人屈原的实践得到证明。

屈原第二个伟大之处,是在诗歌形式和表现手法方面的重大创新和发展。他既尊重传统,学习传统,又勇于打破传统的束缚,努力探索并付诸写作实践。在屈原以前,诗的主流在北方,即黄河流域;诗的基本形式是四言体,略有杂言。既然四言是固定形式,难免呆板,表现力大受局限,而且多系短章,若是一首诗包含三章,则往往内容大致重复,为的音乐需要。《雅》《颂》中有若干首叙事诗,稍长一点,但章法结构上变化很小。屈原继承了四言诗体,作了很大发展。他的《橘颂》可能是青年时期的作品,对四言体已有发展,到了《天问》和《招魂》出现,对四言诗的发展是惊人的。像《招魂》那样的长篇四言诗,内容丰富,设想新奇,铺叙描写,诸多变化,开头的一段和结尾的一段不用四言,而用典型的长句骚体,前后照应。全诗结构严密,整体和谐。至于一般所称的"骚体",则完全是屈原在南方民间诗歌形式的基础上的一大创造。我知道你读过他的《离骚》《九歌》和《九章》,关于这个问题是清楚的。屈原是一位浪漫主义大诗人,这当然指他的诗歌中的积极浪漫主义精神,也指他的表现方法和风格。我今天写这封信的主题不是谈他的诗歌的艺术成就,不在这个问题上细谈了。

接着,我要跟你谈一谈屈原时代的社会条件。历史现实给屈原提供的社会条件有不利的一面,又有有利的一面。不利的一面是楚国王室腐败,贵族中缺乏支持他的人物,不采纳他的进步主张,反而给他打击。这不利的条件只妨碍他"变法"救国,不妨碍他写出好诗。当时很大的有利条件是各国上层统治集团不管是代表奴隶主的,还是代表新兴封建主的,都相当允许言论自由,一般情况下不干涉人们的言论和写作。屈原是楚国宫廷权贵的反对派领袖,他被放逐出郢都,随便写诗抨击当权派,尽情写他的愤怒感情,却不曾受到干涉。楚国朝廷不会不知道他不断写诗,却没有派人进行检查,宣布禁止,更不曾因为他写出那样的诗而给予惩罚。如果屈原生活在容易因言论(包括写作)获罪的时代,他的光辉诗歌就很难产生了。

难得的是,整个战国二百五十年间,出现了一定程度上思想解放和言论自由的空气,这才出现诸子百家互相争鸣的局面。没有学术思想的解放,也不会有文学创作思想的解放。倘若战国时代各国君主对思想、言论横加干涉,则不会有百家争鸣,也不会产生屈原。假如屈原晚生几十年,秦始皇已经灭了楚国,他还能够成为伟大的诗人吗?

我的信写到这里,你是否初步看出来产生伟大诗人和作品的什么规律?同志,我没有时间往深处多想,你自己闲时想想好啦。

上边谈的是一位伟大诗人的产生问题,跟着我们谈一位伟大散文作家的产生问题。这个伟大的散文家就是司马迁。

司马迁既是伟大的历史家,也是伟大的作家。他的《史记》作为不朽的传记文学著作看,其所达到的成就,在新中国成立以前的两三千年的文学史中都是前无古人,后无来者。他是真正古代传记文学的高峰,散文的高峰。在公元前一百多年前之所以能产生这样一位伟大的作家,绝不是偶然的。我们也不妨从司马迁自身和当时的社会条件做一些粗略考察。

就司马迁本身看,一般研究过文学史的人都知道他具有进步思想、丰富的学问修养和生活阅历、高超的散文写作技巧,对于他笔下的许多历史人物流露热烈的同情心。但是我今天不是要全面分析司马迁,不需要重复上述论点,引例证明。我要同你谈的只有两点:首先他是一个自我思想解放的人;其次是他的崇高写作抱负、惊人的勇气和毅力。

司马迁在政治上受到严重打击,几乎丧命,受到宫刑后发愤著书。一般人处在这种极不利的情况下,很容易变得灰心丧气,谨慎小心,变成风派文人,违背自己的良心著述。然而司马迁不是这样。他按照自己所掌握的历史资料和自己所理解的是非善恶,纵笔直书,很少顾忌,要使自己的著作对历史负责,对后人负责,相信后世对他的著作必会有公正的评价。(这就是他所说的"藏之名山……以俟后世圣人君子"的思想。)刘邦是汉朝的开国皇帝,在司马迁笔下并没有将他神圣化,不粉饰他的缺点。他既写出刘邦统一天下的丰功伟绩,以及豁达大度、善于用人等美德,也写出他微时"好酒及色",常欠人家酒钱,还写他有些流氓无赖性格,成功后诛戮功臣。司马迁并不写他处处过人,而是写他对问题往往考虑不周,处理错误经陈平和张良等及时提醒,才没有铸成大错。他写的刘邦是一个真实的人,有血有肉的人。他写吕后"为人刚毅,佐高祖定天下,所诛大臣多吕后力"。又写她擅权称制,欲移汉祚,专搞阴谋诡计,直到她临死时还在搞阴谋,嘱吕产、吕禄:"必据兵卫宫,慎勿送丧,勿为他人所制。"又写她极其残忍诸事,读之令人发指。据东汉人卫宏说:"司马迁《景帝本纪》,极言其短及武帝过,武帝怒而削去之。"这话也许可信,所以如今保存的《景帝本纪》比较简略。

汉武帝是司马迁的"当今皇上",他不避忌讳,写了篇《今上本纪》,即我们现在所见到的《武帝本纪》。但是他对于"当今皇上"也没有无原则地歌功颂德,其中大量地写了汉武帝好神仙,希望长生不死,连着受方士欺哄的事,把这位有雄才大略的皇帝十分庸妄的一面写得淋漓尽致。在一些列传中,暴露武帝的缺点和错误行事更多,例如在《大宛列传》中,写汉武帝想得大宛国的骏马,派李广利统率六千骑兵,加上"郡国恶少年数万人",远征大宛。李广利去了两年,出师无功,回到敦煌,人马剩下的不过十分之一二。武帝听说大怒,派人去拦住玉门关,"军有敢辄入者斩之"。过了一年多,又征发了六万人,担任运输的人数在外,又征发牛十万,马三万余匹,驴、骡和骆驼一万多头,再伐大宛,弄得天下骚动。后来又征发了十八万人接济出征大军。汉兵到大宛城外的有三万人,围攻了四十余日,因攻不进去,只得讲和,得到好马数十匹,中等以下的马三千余匹。

司马迁还大胆地写一篇《佞幸列传》,揭露皇帝好男色的丑事。他说高祖的身边有一个姓籍的娃儿,惠帝身边有一个姓闳的娃儿,都以他们的姿色得皇帝宠爱。这两个人身为娈童,却干扰了朝政。司马迁说:"此两人非有才能,徒以婉佞贵幸,与上卧起,公卿皆因关说。"文帝爱幸的有宠臣邓通,宦者赵同、北宫伯子。文帝将蜀郡的严道(今荥经)铜山赐给邓通,准许他自己铸钱,于是"邓氏钱"布满天下。这是破坏了国家的财政金融!司马迁记载"今上"的宠臣有士人韩嫣兄弟,还有一个李延年。韩嫣"官至上大夫,赏赐拟于邓通"。嫣出入后宫不禁,颇行淫乱。李延年"与上卧起,甚贵幸"。韩嫣和李延年都依仗皇帝爱幸,在朝中甚为"骄恣"。

司马迁绝不是故意写皇帝的缺点,而是尽可能写出实际情况,该歌颂的歌颂,不该歌颂的不歌颂,像《文帝本纪》,歌颂是主要的。另外,他为汉朝皇帝以外的人物写传记也是如此。他对在文化上、政治上、军事和军事学上、文学上、医学上等有贡献的历史人物和他的同代人物,认真地为他们立传,给予赞扬。拿屈原为例,他就给予之非常高的评价:"虽与日月争光可也。"他乐于为小人物立传,带着饱满感情写了《刺客列传》《滑稽列传》和《游侠列传》,而刺客和游侠并不利于封建帝王。

司马迁之所以能写出《史记》(可惜未写完),还要归功于他的伟大抱负、勇气和毅力。他在受宫刑之后,仍囚狱中,给朋友任安写的信中说:"文王拘而演《周易》;仲尼厄而作《春秋》;屈原放逐,乃赋《离骚》;左丘失明,厥有《国语》;孙子膑脚,《兵法》修列;不韦迁蜀,世传《吕览》;韩非囚秦,《说难》《孤愤》;《诗》三百篇,大底圣贤发愤之所为作也。此人皆有所郁结,不得通其道,故述往事,思来者。"他就是怀着发愤著书的决心,"隐忍苟活,幽于粪土之中而不辞"。他忍受着痛苦、耻辱,坚强地活下去,为着写成他的不朽著作!

当时西汉政权正处于盛世,文化在向上发展,汉武帝对写文章的才能之士,基本上采取奖励政策。这是司马迁的较有利的社会条件。他虽然因受李陵案牵连被下狱,受了宫刑,但释放之后仍叫他做史官,让他发挥特长,对于他如何写《史记》并不过问。如果改换了他的工作或控制稍严,像《史记》这样的书是没法写的。后代纵然有类似他所具备的主观条件,但因客观条件不行,也不可能写出《史记》。东汉末年,蔡邕因哭董卓事因于狱中,向司徒王允请求给他"黥首刖足"的刑罚,不要杀他,让他"继成汉史"。士大夫很多人救他,都不允。太尉马日磾也对王允说:"伯喈旷世逸才,多识汉事,当续成后史,为一代大典。且忠孝素著,而所坐无名,诛之无乃失人望乎?"王允回答说:"昔武帝不杀司马迁,使作谤书,流于后世!……"他坚决地将蔡邕杀了。时代变了,所以《史记》在王允的眼中是谤书。司马迁如生在明清两代,光凭他《史记》中一两篇文章就可以遭杀身灭族之祸。可见司马迁能做出伟大贡献,时代条件也不容忽视。

在我国诗歌史上,东汉末和魏晋之际曾经出现过一个重要时代,特别是建安前后。我们把这时代叫作建安时代,实际包括魏的初期。建安的成就虽然远不能和盛唐相比,但是它开始了一个文学发展的新阶段,作家与诗人辈出,形成风气,十分值得重视。全部评论建安文学的成就和缺点及其社会、历史背景,那是文学史家的任务,用不着我在这里谈。我只想谈一个方面,供你思考。

从建安到黄初,领导文坛的是曹氏父子,即曹操、曹丕、曹植。曹操在建安时期是实际上的东汉政权领袖,担任丞相,封为魏王。曹丕是魏王世子,后来做了皇帝。曹植是曹操的爱子,后来在政治上受到曹丕的打击,但在建安时期他是诗歌的真正盟主。曹操是一位十分爱才的人,什么样的人才他都喜欢。建安文学的繁荣,他的奖励和提倡起了重要作用。他爱护有才能的文人,可以拿陈琳为例。陈琳曾做袁绍秘书,管起草稿子的事。他替袁绍写了篇讨伐曹操的檄文,文笔甚佳,很是有名。他在檄文中把曹操骂得一钱不值,罪大恶极,连曹操的祖父和父亲都骂了进去。后来曹操打败袁绍,捉到陈琳,对他说道:"卿从前替本初移书(指那篇檄文),只可声讨我一个人的罪状算啦,这叫作'恶恶止其身',奈何往上辱骂到我的父亲和祖父身上?"但曹操爱陈琳的才,对前事不再追究,仍然加以重用。

再看看曹丕和曹植同当时文人们的亲密关系,也可以对我们有所启发。陈寿在《三国志》王粲等人的传中说:"始文帝为五官将,及平原侯植皆好文学。粲与北海徐干字伟长、广陵陈琳字孔璋、陈留阮瑀字元瑜、汝南应玚字德琏、东平刘桢字公干,并见友爱。"曹氏兄弟和这些文人之间虽然政治地位不同,却是朋友关系。陈寿又评论说:"昔文帝、陈王以公子之尊,博好文采,同声相应,才士并出,唯粲等六人最见名目。"可见当时受奖励的才士不少,只是王粲等六人最为著名罢了。

你也许要问,曹丕初封世子,付丞相,后封太子,到建安二十五年登皇帝位,政治地位那样高,他同那班文人交朋友难道是真的吗?我说是真的。建安二十二年,中原大疫,陈琳等人都死了。又过数年,请恕我来不及察考,不知曹丕是否已经登极,他给吴

质写的信中仍旧充满着极其真挚的友情。我摘抄一段,请你一读:

> 岁月易得,别来行复四年。三年不见,《东山》犹叹其远,况乃过之,思何可支!虽书疏往返,未足解其劳结。
>
> 昔日疾疫,亲故多离其灾,徐、陈、应、刘,一时俱逝,痛可言耶?昔日游处,行则连舆,止则接席,何曾须臾相失!每至觞酌流行,丝竹并奏,酒酣耳热,仰而赋诗,当此之时,忽然不自知乐也。谓百年己分,可长共相保,何图数年之间,零落略尽,言之伤心。顷撰其遗文,都为一集,观其姓名,已为鬼录。追思昔游,犹在心目,而此诸子,化为粪壤,可复道哉?

曹丕另有一封给吴质的信(《与朝歌令吴质书》),也充满了真挚感情。这两封信因为真挚感人,成为我国古代书信文学的名篇。

公元3世纪之初的古代社会,封建帝王与文人们能建立这样关系,当然会促进一代文学发展。我们是社会主义社会,做领导工作的理应比曹丕进步百倍,到底应该如何体现社会主义的民主精神,不应忽视。陶铸同志在做中南局第一书记时曾提出领导应当同作家做朋友,他自己也确实那么去做了,在广东文艺界深受欢迎,对全国文艺界也起了鼓舞作用。陶铸同志虽然被林彪和"四人帮"迫害死了,可是这精神难道不应该继续发扬吗?

我国封建文化的高峰是盛唐,古典诗歌的高峰也是盛唐。关于盛唐的灿烂文化和诗歌,你是熟悉的,我在这封信中不想多谈。为着温习古代经验,我只简略谈以下两点意见:第一,唐代诗人们写诗相当自由,可以做到真正百花齐放;第二,朝廷提倡,奖励,社会重视。

关于前一点,可拿杜甫为例。杜甫写过许多好诗,揭露唐代现实的黑暗面,鞭挞朝政之失,写出人民的痛苦、呻吟、愤怒。可是他并没有因写诗招祸。他在《自京赴奉先咏怀五百字》中将唐明皇、杨贵妃及其姊妹,还有那些贵戚和宠臣全批评了,十分尖锐。例如这样几句:"君臣留欢娱,乐动殷樛嶱。赐浴皆长缨,与宴非短褐。彤庭所分帛,本自寒女出。鞭挞其夫家,聚敛供城阙。"又如这样诗句:"况闻内金盘,尽在卫霍室。中堂舞神仙,烟雾散玉质。暖客貂鼠裘,悲管逐清瑟。劝客驼蹄羹,霜橙压香橘。"这里用的卫霍典故是当时的贵戚,神仙指杨贵妃及其姊妹。倘若杜甫生在林彪、"四人帮"时代,准会挨批斗、坐监,罪名是攻击"中央首长"。

杜甫的好诗很多,我不用细谈。我现在要跟你谈一件可笑的故事,那笑中是带有眼泪的。

抗战后期,我很想写一部《杜甫传》,是想作为传记文学去写的。新中国成立前写了几章,因忙于他事就放下了。1962年纪念世界文化名人,杜甫是纪念对象。这一年是他诞生一千二百五十周年。《长江文艺》编辑部知道我曾打算写《杜甫传》,找我写文章。我将原来写杜甫在成都草堂生活的一章整理修改,交出发表,题目是《草堂春秋》。1964年秋天,陈翔鹤同志的历史短篇小说《陶渊明写挽歌》被诬指为反党反社会主义的毒草,在北京发起批判。既然北京发现了"样板",外省当然跟着办,湖北和武汉市就决定批判《草堂春秋》,组织两个写文章班子,随心歪曲,无限上纲,在报刊上批判一阵。反正我没有权利解释,更莫提答辩,硬是像打敌人一样,要把我的名字搞臭。从此我也就不写《杜甫传》了,已有的稿子也丢掉了。《草堂春秋》的内容重点是写杜甫如何创作出《茅屋为秋风所破歌》。杜甫生前绝没有想到他在封建的唐帝国写《茅屋为秋风所破歌》平安无事,而我在社会主义时代为他写这一章传记竟惹出在报刊上的严厉批判。这件事和社会主义本身无关,而是暴露了某些制度、思想和作风的弱点。

在唐代,很多皇帝会作诗,又是热心的读者。诗人们写出好诗,很快就传布民间,同时也容易流入禁中。诗被列为科举考试的一个项目,所以读书人从小就学习作诗。唐诗大发展的最重要条件之一是没有"文网",没有文字狱,没有人对一首诗随意引申曲解,无限上纲,深文归纳,陷人于罪。如果有"文网",白居易的那些很好的讽喻诗就不敢写了。"四人帮"的笔杆子们硬说李商隐是法家,说他的《无题》等爱情诗都是政治诗,全是胡扯。李商隐用不着将他的政治思想伪装成爱情,写得那么隐晦难懂!

我本来还想谈谈另外几个问题,例如为什么有的时代确有一些诗人才华很高,功力又深(例如生于元、明之际的高启和生于明、清之际的吴伟业),却不能产生在文学史上算得很重要的作品,为什么在某种历史时代只能产生比较优秀的诗人而不能产生真正杰出的和伟大的诗人,为什么在清代文网较严的康熙、乾隆时代能够产生《儒林外史》《聊斋志异》和《红楼梦》。从这些不同的历史现象都可以探讨一些道理,从而提高我们对文学史客观规律的认识。然而我这封信已经过于长了,我不得不把谈古代历史经验的话就此打住,把话题转到当代,转到眼前。你说是吧?

从我已经谈了的历史经验看,发展文学创作要有两方面的条件,一方面是作家的主观条件;一方面是社会的客观条件。作家方面的条件是必须解放思想,精神境界是先进的、积极的,与人民的心是相连的,而在艺术上又敢于打破框框,做出创造性劳动,勇于攀登新高峰。(建安诗人的不足之处就是同人民的联系较少,或者说不够深。)至于社会方面的条件,一般说来必须是文网不严,使诗人有大胆唱出他自己和人民的心声的机会,或者有缝隙可以利用,使作家能够曲折地反映出"异端精神"。

两方面的条件在历史上往往是不相适应的,在最好的情况下也只能算大致适应,所以诗人和作家的主观进步性、思想解放和创造性努力特别重要。

近代民主思想觉醒,使我们更能认识到一个国家繁荣科学、文化和文学艺术的规律。单就文学说,有没有"文艺民主",关系极大。在法西斯统治下,只能万马齐喑,绝不会有创作繁荣。希特勒统治时期的德国,墨索里尼统治时期的意大利,林彪、"四人帮"推行封建法西斯专制主义时期的中国,都为历史提供了反面经验。就是在"文化大革命"前的十七年中,我们也有十分深刻的正反两方面的经验,值得我们以客观的、严肃的态度进行科学性的总结。当然我们应该肯定"文化大革命"前十七年中的文学创作是有成绩的,曾经出版过不少好的作品。然而,也应该想一想我国是有九亿人口和三千多年文学史的伟大国家,这一点成绩实在与我们国家太不相称。在"文化大革命"前的十七年中,从总的方向说,必须肯定是一条红线贯串着十七年,但是在某些时候、某些方面、某些具体问题上,也由于不懂,或官僚主义领导,以及有人自作主张,硬是"理直气壮"地破坏繁荣文化和文学事业的客观规律,使我们这一代人对历史付出了十分痛苦的代价。这个规律是什么?简言之,即毛泽东同志提出的"百花齐放"与"百家争鸣"。从本质上说,也就是社会主义的民主精神与科学精神,还有保护民主生活的制度与法律。至于林彪和"四人帮"对文艺界进行封建法西斯统治时期的十年,那已经变了性质,不必多说了。然而追究产生林彪和"四人帮"的历史背景,不能不感慨于"冰冻三尺非一日之寒"。倘若人民处于对国家大事有权说话的地位,处于对文化、科学、文艺上的是非有权说话的地位,自然不会出现林彪和"四人帮"的祸害。

正是由于人民在"文化大革命"中经受了锻炼,擦亮了眼睛,民主觉悟空前提高,为伟大的"四五"运动提供了条件,为打倒万恶的"四人帮"提供了条件,为执行周总理的遗志去实现"四个现代化"提供了条件,为文学艺术的繁荣昌盛提供了条件。从六十年前,大概从1916年起,我国先觉之士提出要求民主与科学的口号,通过漫长而曲折的斗争道路,到了光辉耀眼的今天,完成了一个从否定到否定的历史过程。历史运动正在一条新开始的、更高的、更宽阔的道路上滚滚向前,一切阻碍我国社会沿着社会主义民主与科学前进的力量,不论是个人力量或社会力量,都必将被推开,推倒,埋入尘土。

今天我国提出"文艺民主"的口号,受到人民的广泛拥护,绝不是偶然的。它体现了历史新时期的时代精神,体现了人民多年的迫切愿望,体现了人民对于通过历史实践对发展文学艺术的客观真理(即规律性)的真正认识,并且决心将这一认识变为现实。

根据中西历史的经验,科学文化的民主正如政治的民主一样,是通过群众斗争而逐步实现和发展的。在西洋,在中世纪后期,由于有许多科学家、文学家、艺术家敢于冲破天主教会的政治迫害和精神枷锁,才出现文艺复兴运动,又经过18世纪法国的启蒙运动,到19世纪科学文化的大发展,每一阶段的发展都是群策群力进行斗争的成果,也都伴随着群众的政治运动。在中国,从晚清到五四新文化运动,到两年前的"四五"运动,也是沿着大致相同的规律前进,即群众的觉悟和斗争是推动历史发展的决定力量。

现在,全国的工作重点正在转移到实现四个现代化的时候,我们作为文艺工作者,比那些死去的同志应该感到无比的幸福,而历史也给我们发挥才能和贡献力量提供了充分机会和广阔前途。目前重要的问题是进一步解放我们的思想,为推进"文艺民主",贯彻"百花齐放,百家争鸣"方针而奋斗;要敢于坚持实践是检验真理的唯一标准,敢于从马克思主义的基本原则出发,抵制不合理的条条框框和长官意志,进行理论批评和创作活动;要敢于打破迷信,抛弃个人崇拜,不再重新制造偶像。我们要严格要求自己,要努力学习和掌握马克思主义和毛泽东思想的基本原理,不做风派,不说空话,敢于为捍卫真理而斗争。这几个方面是互相结合的、统一的。

要谈的问题实在多,但是一封信是谈不完的。马上就进入新的一年,历史赋予我们的任务既光荣而又艰巨。让我们加强团结,携手战斗!

文艺必须真实地反映生活
——读书札记
程代熙

一

列宁在《党的组织和党的文学》这篇纲领性的文章里指出:"无可争论,文学事业最不能做机械的平均、划一、少数服从多数。无可争论,在这个事业中,绝对必须保证有个人创造性和个人爱好的广阔天地,有思想和幻想、形式和内容的广阔天地。"①列宁指出的这两个"无可争论"和两个"广阔天地",中心的思想就是坚决反对给文学事业人为地设置种种"禁区"。只要有所谓的"禁区"存在,就谈不上是列宁所要求、所期望的那种"党的文学",就不可能是列宁所倡导的"为千千万万劳动人民"服务的无产阶级的"自由的文学",②当然,也就无从谈到使革命文艺发挥其"齿轮和螺丝钉"的作用。列宁提出的这个重大的原则,是我们今天用来批判"四人帮"疯狂推行法西斯文化专制主义的强大的思想武器。在文艺领域,"四人帮"为了炮制反革命的阴谋文艺,曾设置了许多"禁区"。别的不说,就连文艺必须真实地反映生活,也成了他们设置的"禁区"之一。

他们鼓吹、规定的所谓"从路线出发""主题先行""题材决定一切",以及那一整套反动的"三字经"("三突出""三陪衬""三对头"),从根本上颠倒了文艺必须真实地反映社会生活这一马克思主义文艺理论的最基本的原理,因此有必要在理论上做一番拨乱反正、正本清源的工作。在这里,重温一下马克思主义经典大师们对于有关艺术真实问题的论述,将会是有益的。

二

19世纪40年代初,法国作家欧仁·苏的长篇小说《巴黎的秘密》还在报纸上连载时,就轰动了整个西欧,风靡一时,人们竞相争奇。德国的一些青年黑格尔分子甚至把它吹捧为"在小说的性质方面发生的一个彻底的革命",是"时代的旗帜"。1844年,不过二十六岁的马克思就在他同恩格斯初次合著的《神圣家族》里,用整整两章的篇幅对《巴黎的秘密》作了深刻而又细致的分析批判,还严肃地驳斥了施里加等人的错误评论。马克思就是在这次论战中借评论黑格尔的《精神现象学》提出了"真实地评述人类关系"③的原则。在我们现在见到的马克思的著作里,这可能是他对文艺创作和文艺批评第一次提出来的一个总的要求,也可以说是一条总纲。马克思在这里说的"人类关系",就是他和恩格斯后来说的"社会关系的总和",以及社会的"现实的关系"。④总之,这个概念既指人类的历史生活,也指人类的现实的社会生活。

稍后,马克思在 50 年代写的一篇书评里,又对什么是"真实性"的问题作出了明确的阐释。他先说:"在现有的一切绘画中,始终没有把这些人物(按:指法国 1848 年革命时期的小资产阶级革命派人物)真实地描绘出来,而只是把他们画成一种官场人物,脚穿厚底靴,头上绕着灵光圈。在这些形象被夸张了的拉斐尔式的画像中,一切绘画的真实性都消失了。"⑤拉斐尔是文艺复兴时期意大利杰出的画家。他那幅头上绕着灵光圈,怀中抱着圣子的《圣母像》,至今仍不失为一幅名画。无论是马克思还是恩格斯对于拉斐尔本人的评价基本上还是肯定的,虽然他们对于他那富于宗教色彩的夸张手法不无微词。但是后来的一些模仿者,却把拉斐尔的这种手法引向了极端,变成了用来刻画理想人物的僵死的成规旧套,所以马克思说"一切绘画的真实性都消失了"。接着马克思在文章里评论法国谢纽的《阴谋家》和杰劳德的《一八四八年二月共和国的诞生》这两本书时又指出:"固然,现在探讨的这两本著作已经去掉了二月革命的'伟人'以往常常穿的厚底靴和灵光圈,深入了这些伟人的私生活,让我们看到了他们身穿便服的形象和他们周围形形色色的配角。但是,它们并没有因此而稍微真实地描绘了人物和事件。"⑥马克思认为这种方法只画出了人物的皮相、事件的表面现象,未触到事物的本质,所以也就失去了真实性。

马克思在否定了这两种偏向之后,就正面提出了他对"真实性"的要求。他说,如果"用伦勃朗的强烈色彩把革命派的领导人……栩栩如生地描绘出来",那"就太理想了"。⑦伦勃朗是荷兰 17 世纪中叶的著名画家。他有不少画也是取材于《圣经》故书的,如《圣家庭》《浪子回家》等。可是,在他的笔下,无论是圣父、圣母、圣子,都是普普通通的老百姓、劳动者。伦勃朗不是用灵光圈来装饰他的理想人物,而是用明暗光线的强烈对比来渲染人物的内心活动及其周围人与人的关系。所以他的人物光彩照人、神形兼似、情趣盎然、栩栩如生。

在 19 世纪 50 年代末,马克思在评论拉萨尔的历史悲剧《弗兰茨·冯·济金根》时,就把现实主义的艺术真实凝结成五个字:"莎士比亚化。"⑧恩格斯在给拉萨尔的信里也着重提到不要忘掉莎士比亚,他要求戏剧家用艺术的形式使社会生活"显出本来的面目"⑨。恩格斯也正是在这封信里提出了一个新的创作方法:使"较大的思想深度和意识到的历史内容,同莎士比亚剧作的情节的生动性和丰富性的完美的融合"⑩。需要作一点说明的是:恩格斯所说的"莎士比亚剧作的情节",不是如有的文章所解释的那样,仅仅是指作品中具体的情节,而含有两方面的意思。一是指贯穿作品中的事件或故事;二是指作品中所反映出来的社会生活,如像恩格斯所说的"福斯泰夫式的背景"⑪。关于这,恩格斯在他早期写的一篇题为《风景》的文章里是讲得很清楚的。他说不管莎士比亚"剧本中的情节发生在什么地方——在意大利、法兰西还是那伐尔——其实展现在我们面前的永远是他所描写的怪僻的平民、自作聪明的教书先生、可爱然而古怪的妇女们的故乡,Merry England(按:'快乐的英国')。总之,你会看到这些情节只有在英国的天空下才能发生"⑫。莎士比亚的这些剧本之所以富有这样浓郁的英国生活的气息,就在于他相当真实地描绘了那个时代的生活。

艺术真实并不排斥艺术虚构。从某种意义上说,文艺作品就离不开虚构。甚至可以说,没有虚构就没有艺术。上面所引恩格斯的那段话,其实就已经回答了这个问题。拉萨尔在他的剧本里肯定骑士济金根和胡登同农民建立过同盟的关系,对于这一点,恩格斯"究竟有多少历史根据,我无法判断,而这个问题也是完全无关紧要的"。恩格斯还说:"我丝毫不想否认您有权把济金根和胡登看作是打算解放农民的。"恩格斯反对的是拉萨尔对这种虚构所做的艺术处理。他完全颠倒了两个在政治和经济利益上根本对立的阶级的关系。如果拉萨尔能根据他所虚构的这个情节写出贵族阶级和农民阶级之间不可调和的矛盾,并使这种矛盾的冲突成为济金根灭亡的最终的原因,那么,拉萨尔的剧本就会具有完全不同的面貌。

真实地反映生活,这是文艺创作的基本原则。背离了这个原则,没有不受到惩罚的。古往今来不知产生过多少文艺作品,可是迄今流传下来还为人们所喜爱、所重视的,毕竟只是其中极少的一部分。究其原因,固然是多方面的,但有一条却是最主要的,就是很多作品没有或者基本没有真实地反映出社会生活。英国去年出版的文学作品,据说两千多种,可是英国人自己说,能够存在下来的充其量不过一二十种而已。"四人帮"的御用班子凭空捏造出来的那些戏剧、电影、小说、诗歌,也曾一度独霸文坛,大量出版,廉价推销,但曾几何时,统统成了历史的垃圾。就是从文艺作品的社会职能来讲,也只有对生活作出真实生动的描绘,才能起到影响、感染和教育读者的作用。

巴尔扎克是一个保皇主义者,他的《人间喜剧》就是献给流水落花春去也的法国贵族社会的挽歌。但是,在巴尔扎克去世一百多年之后,他的《人间喜剧》,特别是其中那些脍炙人口的小说,不仅没有随着时间的消逝而湮灭,反而受到世界各国人民的喜爱和传诵。主要原因之一,就是巴尔扎克非常真实地描绘出了从拿破仑失败到七月王朝垮台这三十多年间法国社会生活的广阔的情景。列夫·托尔斯泰是俄国的一个上层地主贵族,在他世界观发生急剧转变后写出来的著名长篇小说《复活》里,虽然他对当时充满激烈阶级矛盾的俄国社会提出了托尔斯泰式的解决方案,但是他的作品的积极意义却并不在这里。相反,而是在于他对沙皇俄国的国家制度、教会制度、社会制度和经济制度所作的激烈的批判。如列宁所指出的,在于他以"最清醒的现实主义"[13]"创作了无与伦比的俄国生活的图画"[14]。无产阶级文艺家的优秀作品,在这方面所起的作用就更大了。一曲《国际歌》,可以使全世界千千万万的无产者受到鼓舞。这是因为鲍狄埃真实地道出了全世界无产阶级共同的苦难、共同的心声、共同的希望和理想、共同的战斗豪情。

三

"除细节的真实外,还要真实地再现典型环境中的典型人物。"[15]这是恩格斯给现实主义所作的一个经典的说明。作家对社会生活的认识,在现实主义的文艺作品里就是通过"典型环境中的典型人物"反映出来的。恩格斯的这句话虽然是在1888年给英国女作家哈克奈斯的信里讲的,但是,这个思想早就见于他和马克思的其他著作和书信了。例如,马克思在给拉萨尔的信里提到的"时代精神"[16],恩格斯在给同一个收信人的信里谈到的促使人物行动的"历史潮流""历史内容""历史的必然要求"[17],就是指"典型环境"而言。1908年,列宁在评论托尔斯泰时指出:"如果我们看到的是一位真正伟大的艺术家,那么他就一定会在自己的作品中至少反映出革命的某些本质的方面。"[18]我们可以把这句话理解为列宁对"典型环境"的说明。总体来看,"典型环境"就是作品中作为时代背景真实地反映出来的社会生活的本来的面貌。至于作品中的人物,尤其是主人公生活及展开行动的各种场所,即小环境,就是作为"典型环境"的具体写照。

"典型环境"是作家对社会生活所作的具有较大的深度和广度的艺术概括。积极的浪漫主义作家虽然描写的不是"典型环境",但是他们也必须相当深刻而广阔地再现出社会生活的风貌。要使作品具有恩格斯说的"较大的思想深度和意识到的历史内容",我们今天没有别的更好的途径,只能如毛主席给文艺工作者指出的那样,在进入创作过程之前,先投身到生活中去"观察、体验、研究、分析一切人,一切阶级,一切群众,一切生动的生活形式和斗争形式,一切文学艺术的原始材料"[19]。

恩格斯说,巴尔扎克在他的《人间喜剧》里给我们提供了"一部法国'社会'特别是巴黎'上流社会'的卓越的现实主义历史"[20],这主要是指《人间喜剧》反映出了社会生活的广度而言。至于说巴尔扎克非常生动地写出了法国贵族阶级怎样力图重整旗鼓,怎样竭力企图恢复原来的旧制度,但结果还是未能逃脱满身铜臭的资产阶级给它安排好了的必然覆灭的命运,则是说巴尔扎克写出了生活的深度。马克思在《资本论》里把这归功于巴尔扎克对法国社会的现实关系有着非常深刻的理解[21]。而托尔斯泰能够创作出"许多最卓越的艺术作品",列宁指出在于他"极其熟悉乡村的俄国,熟悉地主和农民的生活"[22]。托尔斯泰非常了解和同情刚刚摆脱封建农奴制的桎梏又立即落到资本主义造成的新灾难中的俄国农民。所以,他不仅真实地反映出他们的情绪——对资本主义"金钱势力"的咒骂,而且反映了他们的天真——不以暴力抗恶的思想,以及他们那种力图逃避现实世界,回到宗法制社会去的愿望。托尔斯泰把这一切化成了他身上的血肉,而且变成了他的主义和学说。固然,无论是巴尔扎克还是托尔斯泰,他们观察生活的立场、观点是完全不足效法的。可是,他们观察、研究、分析社会生活的那种数十年如一日的坚忍不拔、锲而不舍的精神,却是值得我们永远尊重的。马克思和恩格斯在《德意志意识形态》里指出:"人创造环境,同样环境也创造人。"[23]这就开宗明义地道出了人和环境的内在联系和相互依存的辩证关系。马克思说拉萨尔剧本中人物的"最大缺点就是席勒式地把个人变成时代精神的单纯的传声筒"[24],恩格斯批评哈克奈斯说:"您的人物,就他们本身而言,是够典型的,但是环绕着这些人物并促使他们行动的环境,也许就不是那样典型了。"[25]无论是前者还是后者,他们都有一个共同点:人物和环境相脱离。前者由于忽视个性化的描绘,人物游离于环境之外,所以产生出来的是概念化、公式化的人物。后者虽然注意了个性的刻画,但因环境不典型,人物也就失去了真正典型的意义。

关于真实地再现"典型环境中的典型人物"的问题,在两位经典大师的著作里有不少精辟的论述。这里,只扼要地介绍一下恩格斯提出的两个重要的论点:

1. "我觉得一个人物的性格不仅表现在他做什么,而且表现在他怎样做。"[26]恩格斯的这句话是从黑格尔那里借取来的。后者不满意有些人把莎士比亚笔下的哈姆雷特说成是性格软弱的人,他说:"哈姆雷特固然没有决断,但是他所犹疑的不是应该做什么,而是应该怎样去做。"[27]这是黑格尔的真知灼见。但由于黑格尔不是从实在的现实出发,而是从抽象的概念(他把理念当成现实)出发,他认为凡是典型人物就应该是身心健全、精神刚强的人。所以实际上他并不曾说明为什么哈姆雷特不是一个软弱的人。至于"怎样做"的问题,他更是一点也没有解决。恩格斯的新贡献是他对这个问题作出了全新的解释。他说:"主要人物是一定的阶级和倾向的代表,因而也是他们时代的一定思想的代表,他们的动机不是从琐碎的个人欲望中,而正是从他们所处的历史潮流中得来的。"[28]恩格斯在这里着重说明了典型人物做什么以及怎样做都是受"历史潮流"即典型环境制约的。这样,人物的种种行动及其采取这些行动的动机就有了现实依据。当然,光这还不够,恩格斯指出还必须使"这些动机生动地、积极地,也就是说自然而然地表现出来"[29]。

2. "每个人都是典型,但同时又是十分明确的单个人,正如老黑格尔所说的'这一个',而且应该就是如此。"[30]恩格斯的这段话,很长时期以来,在评论文章里曾一再被引用,但却很少有人去过问黑格尔说的"这一个"是什么意思。近些年来,有的同志注意到了这个问题,也作了一些解说,可惜都不尽确切,原因是始终未能找到它的真正出处。

黑格尔的"这一个",见于他的《精神现象学》上卷第一章《感性确定性:这一个和意谓》。他说的是:任何一个个别的东西都是"共相"和"感性"的统一,即共性和个性的统一。黑格尔把他的"这一个"的思想,运用到文艺领域里来时就在他的美学理论上放出了异彩。他不仅强调艺术作品的内容(即思想)的重要性,而且坚决反对那种概念化和公式化的东西。他着重指出:"艺术作品所提供观照的内容,不应只以它的普遍性(按:即概念)出现,这普遍性须经过明确的个性化,化成个别的感性的东西。"[31]例如,他在具体分析荷马的史诗《伊利亚特》中的人物时说:"每一个人都是一个整体,本身就是一个世界,每一个人都是一个完满的有生气的人,而不是某种孤立的性格特征的寓言式的抽象品。"[32]恩格斯正是在这一点上完全同意黑格尔对典型人物的这种分析,所以他在引用了黑格尔说的"这一个"之后,以非常肯定的语气指出:"而且应该就是如此。"

因此,我们现在可以说,恩格斯讲的"每个人都是典型,但同时又是十分明确的单个人"这句话的含义是:每个人身上都包含着某一类人或某一些人共有的东西(典型),而这些人身上共有的东西在作品中是通过每一个具体的人(个性)表现出来的。所以在人物形象的塑造上,典型化是与个性化相关联而存在的。二者相辅相成,互为表里。否则,人物的典型化就会流于类型化、概念化,或者成为恩格斯所批判的那种"恶劣的个性化"[33]。

四

如上所述,真实地反映社会生活,是文艺的神圣职责。文艺,从来不是个人的事业,在阶级社会里,它是从属于一定阶级的。中外历史上的反动统治阶级,特别是它的已经腐朽了的当权派,唯恐写出了生活真实的文艺作品起了动员革命的舆论作用,从而危及他们的反动统治,所以,总是严加禁止或者施以血腥的镇压。别的不讲,光说从汉代到清朝,在这两千一百多年的历史里,反动统治者制造的冤案何止成千上万!有的诗人、文章家,只不过在自己的作品里讲了一点真话,道出一些实情,就被罢官、流放、甚至坐牢、杀头,这就是古代史上的"文字狱"。在林彪、"四人帮"肆意横行的十年里,他们把"文化大革命"前和"文化大革命"中出现的比较真实地描绘出我国社会主义革命和建设成就的好的和较好的文艺作品打成了"毒草",把革命文艺工作者打成"黑线人物""修正主义分子""反革命",进行残酷斗争、无情打击,不少人还被迫害致死。

集封建和法西斯之大成的"四人帮",对社会主义革命文艺的十年反革命"围剿",其危害之深、影响之大、流毒之广,较之第二次国内革命战争时期蒋介石反动派在文化战线上的十年反革命"围剿",只有过之,绝无不及!

文艺所肩负的真实地反映生活的这个神圣使命,不是在"象牙之塔""文艺沙龙"里,而是在刀光剑影和阶级斗争的大风大浪中实现的。所以,要认识生活的真实,并用生动的艺术形式把它表现出来,非下一番苦功不行,非有一种敢于突破"禁区",敢于创新的大无畏的精神不可,而且还必须以辩证唯物主义作为指南。本文介绍了经典大师的有关艺术真实的部分重要言论,只是给我们指出了方向,路还得靠我们自己去走。

参考文献:

①、②、⑬、⑭、⑱、㉒均见《列宁论文学与艺术》第1册第66、69、283、282、281、298各页。

③、⑫见《马克思恩格斯论艺术》第3册第86页,第4册第395—396页。

④、㉑见《资本论》第3卷(上)第47页。

⑤、⑥、⑦见《马克思恩格斯全集》第7卷第313页,㉓见《马克思恩格斯全集》第3卷第43页。

⑧、⑨、⑩、⑪、⑮、⑯、⑰、⑳、㉔、㉕、㉖、㉘、㉙、㉚依次见《马克思恩格斯选集》第4卷第340、345、343、346、362、340、344、462、340、462、344、343—344等页。

⑲见《毛泽东选集》第3卷第817页。

㉗、㉛、㉜见黑格尔《美学》第1卷第302、60、295页。

㉝见《马克思恩格斯选集》第4卷第453页。原译个别地方不甚确切,今改。

文艺创作的生命与动力
钱谷融

在《人民文学》编辑部召开的一次"短篇小说创作座谈会"上,沙汀同志曾经说过这样的话:"找故事容易,找零件难。"李准同志引用了这句话,并解释说:"'零件'就是细节。"我觉得沙汀同志这句话,看似寻常,却很有深意,不是深知创作甘苦的人是说不出来的。他在这样说的时候,语调中还隐隐地透露出了他在创作过程中所经历的苦恼。我以为,这样的苦恼也正是一个真正的艺术家的苦恼,谁要是不愿意尝味这种苦恼,他就休想走进艺术的堂奥。不错,细节之于故事,犹之枝叶之于树干,它只是从属的、次要的东西。但是,树干的生气不就是靠枝叶来体现的吗?我们种树栽花,虽然意在花果,但正如鲁迅所说:"删夷枝叶的人,决定得不到花果。"①枝叶又哪能轻视!何况,在艺术领域里,由于一切都必须以个别的具体的形式来显现,细节的作用,细节的重要性,更远不是树干上的枝叶所能比拟的。砍去了树干上的枝叶,树干仍旧可以存活,仍不失其为树干。砍去了艺术作品中的细节,纵然基本情节还在,故事轮廓依旧,这部作品也就不成其为艺术作品了。

"那么,找细节难道就真比找故事更困难吗?"人们不免又会有这样的疑问。我说,是的,是更困难。岂止更困难,事实是,细节是根本找不到的,它只能靠你自己去发现,靠你自己来创造。果戈理可以从普希金那里得到关于《死魂灵》和《钦差大臣》的故事传说,但是,这两部作品中的许多生动逼真、引人入胜的细节,却都是果戈理自己,也只有果戈理自己才能创造的。在王实甫写出他的《西厢记》以前,在莎士比亚写出他的《哈姆雷特》以前,关于崔莺莺的爱情故事和那个丹麦王子的复仇传说,早已流传了好几百年了。就故事情节来说,这两部作品同过去的传说,同他们前人的作品,大体上还是轮廓依旧的。然而却又是大为改观,面目一新了。不同在哪里呢?首先,当然是作品的思想精神的不同。但这种不同,又是(而且只能是)通过一系列具体的细节来体现的。这些栩栩如生、千姿百态的细节,都是由王实甫和莎士比亚两个人各自根据他们对生活的理解,对作品中人物性格的把握,匠心独运地创造出来的。有一些细节则是在过去的传说中,在他们前人的作品中,已透露出了一些根苗,他们发现了这些根苗,再经过自己的一番加工陶铸,辛勤培育,才在他们手里开出灿烂的花朵来的。

说细节根本找不到,只能去发现,只能去创造,那么,"找到"与"发现"的区别在哪里呢?

区别是在这里:有时,你所需要的细节,具体的、生动的、富有说服力而又发人深省的细节,可能本来就是客观存在着的。而且,它可能就展现在你的面前,你已经亲自接触到它了。可是,由于你自己的心灵之门并未打开,你却并不理解它,不知道这个细节的意义何在,不懂得它同你所要反映的生活之间有什么具体联系。这样,你虽然已经接触到它了,"找到"它了,然而,对你来说,它还是陌生的,你还并不认识它,就还不能算是已经"发现"了它。你就还是没有能力来描写它。即使写了,也是写不真切,写不活的。常常有这样的情形:有的作者花了不少笔墨不厌其烦地描写一个人的衣着服色、容貌特点,甚至也没有少写他的言论行动,但就是不能给人留下什么印象。有的作者却只消三言两语,寥寥几笔,就使得描写对象跃然纸上,紧紧地抓住了我们,引起了我们极大的兴趣。这是什么道理呢?大家都会说,这是因为前者只写出了这个人的一些表面现象,没有能够揭示他的内在本质,而后者却能一下子抓住了描写对象的性格特点,深入他的内心世界。这个回答当然是不错的。不过,问题并没有解决。人们会进一步问,那么,为什么前者只能写出一些表面现象,而后者却能够一下子抓住人物的性格特点,深入他的内心世界呢?关键究竟在哪里呢?

关键就在于能不能,以及是不是已经有所"发现"上。

科学告诉我们,要认识一个事物重要的是要抓住它的本质,不能只停留在表面现象上。这是一个有普遍意义的原则,在文艺领域里,在人物形象的塑造上,当然也要遵循这个原则。可是,要把握事物的本质,决不能离开事物的现象,只有通过事物的现象,通过事物的外在表现,我们才能够去把握事物的内在本质,去认识事物的客观意义。本质和现象是紧紧联系在一起、统一而不可分的,正如列宁在《哲学笔记》里所说:"本现象着,现象本质的。"(一译"本质要表现出来,现象是本质的")外在的现象是我们理解内在本质的唯一可靠的凭借,正因为有了这种凭借,世界才是可知的,歌德才把宇宙的奥秘称作"公开的秘密"。文艺要用生活本身的形式来反映生活,而在生活中,现象与本质是一个不可分割的整体,因此,凡是不能从现象与本质的有机统一中来把握事物,不能把事物当作一个活的整体来感知、来认识的人,就决不能成为一个艺术家,就决创造不出生动的艺术形象来。譬如,青年男女的一颦一笑,在不相干的人的眼里,无非是一颦一笑而已,但在他(或她)的情人眼里,这一颦一笑之中该是包含着多少丰富深厚的情意呵!如果只把这一颦一笑作为简单的面部变化——如眼帘的开合、嘴角的牵动——来写,而看不出这一颦一笑之中所包含的丰富深厚的情意,看不出"颦笑"这种外部表现与"情意"这种内在本质之间的具体联系,那就决写不好这一颦一笑。这样的描写,甚至根本不能算艺术描写,它还没有跨进艺术的门槛。而且,现象与本质虽是经常密切地联系着,但它们联系的形式却是千变万化的,甚至它们之间还常常会有不一致的情形发生,并不总是直接符合的。将哭而反笑、因爱而生嗔的复杂场面,在生活中并不少见。一个粗心的人面对这种情景,就不免要感到茫然失措了,他当然就无法来反映这些场景。只有那些能够"发现"现象与本质之间的这种具体的独特的联系形式的人,才能来进行描写。也就是说,要能描写它,先要"发现"它。

至于"创造",那就比"发现"更要进一步了。"发现",还只是一种对客观上实际存在的事物能够有所理解、有所认识的能力;"创造",则除了能够正确理解和认识客观上实际存在的事物以外,还必须能够在这个客观上实际存在的事物之中,加上一点别的什么。这一点"别的什么"加进去以后,就会使这个事物大为改观,面貌一新,甚至发生质的变化,成为一个新的事物。在一切真正的艺术家那里,在"发现"与"创造"之间,是很难有什么界线的。他通过"发现"之门,必然要踏入"创造"之境,想要阻挡也阻挡不住。这里就存在着艺术家与科学家的根本区别。

假如说,一个科学家在透过事物的现象而认识了事物的本质以后,就把这本质从现象中抽取了出来,而制订出一定的概念、原理的话,那么,一个艺术家通过事物的现象把握了事物的本质以后,在发现了事物的现象与本质之间的具体联系以后,他决不把这本质从现象中抽出来,而是对这一事物的整体理解得更深刻了,这一事物在他的眼里、心里就真正活起来了。他对这一事物就会产生一定的是非爱憎之感,就会形成一种明确的思想感情。而当他动手来描写这一事物的时候,他就再也无法把这种既经形成的思想感情排除开去,他就一定要把他这种思想感情熔铸到对这一事物的描写中去了。这就是创作的真正的秘密,就是艺术思维不同于科学思维的地方。而我上面所说的"创造"必须能在客观上实际存在的事物中,加进一点别的什么去,这一点"别的什么",无非就是这种作家艺术家在生活实践中所形成的独特的思想感情。

思想与感情当然不是一回事,它们是有区别的。但真正的思想与真正的感情,又常常是融合在一起的。特别是在艺术领域里,由于思想和感情都是包含在艺术形象之中,都是通过艺术形象的形式来表现的,两者更是互相渗透,彼此交织,简直无法加以拆分。可以说,在艺术作品中,思想就是感情的升华与结晶,而感情则是渗透灵魂的思想。两者是一而二、二而一的东西。这样的思想感情,只有通过劳动,通过斗争,通过踏踏实实的生活实践才能获得,而一些缺乏艺术价值的艺术作品,一些公式化概念化作品中的所谓思想感情,却往往是通过借贷、剽窃或者人云亦云得来的。在那里,思想归思想,感情归感情,彼此脱节,互不相干。被作者生硬地插到作品中去的思想,正像在生活中它本来是游离在作者的实践经验之外,并没有跟他的感情相结合一样,在作品中,它也是游离在形象组织之外,是一种抽象的、空洞的东西,完全缺乏艺术所应有的具体性。而那里的感情,则或者是虚假的、矫揉造作的,或者是琐碎的、杂乱无章的,丝毫也不能打动人。这样的思想感情,就决不是真正的思想感情。它们就像小孩子玩弄的肥皂泡一样,是一种虚幻、空洞的东西,只要空气稍一震荡,它就会立刻破灭,化为乌有的。艺术创作中所需要的那一点十分可贵的"别的什么",就决不能是这样的东西。

王愿坚同志在谈到他读过的一些好小说时说:"读着作品,立时就被引进了所描写的那个天地,环境实实在在,是真的;形象结结实实,是活的。仿佛作者正和自己的描写对象在一起生活和斗争着,干着干着,随手掰下了一块来,连根带土,甚至露水珠儿也没抖掉,就放进刊物,送到我的面前。"(见《人民文学》1977年第12期第87页)这是说得很好的。为什么这些作者能够把环境写得实实在在,令人信以为真,能够把形象写得结结实实,使人读之觉活呢?这当然首先是因为这些作品都是直接从生活中来,而不是出自作者的主观臆造。但更重要的,我觉得还是在于"仿佛作者正和自己的描写对象在一起生活和斗争着",作者不是生活的旁观者,他从思想感情上直接参与进去了。他是亲见亲闻、亲身感受、体验了这段生活,同自己的描写对象一同尝味了生活中所有的悲苦与欢笑,并且是带着自己强烈的爱憎感情来写这些的。艺术形象之所以能够使我们觉得真、觉得活,所以能够具有感染人的力量,正是靠着作家艺术家的思想感情的孕育。正是作家艺术家用自己的整个心灵,给了他所创造的形象以生命、以感染人的力量的。许多伟大的作品之所以往往带有作者的自叙传的性质,其故也就在此。科学家在对他观察、研究的对象进行分析、解剖,进行概括的时候,他的态度愈是冷静,愈是客观,愈少掺杂主观感情,他愈容易得出正确的、令人信服的结论。所以,从科学家的著作中,我们很难看到科学家本人的面貌、特色。但是,对于艺术家和艺术作品,情形就完全不同。艺术家对现实的认识愈是透彻,他的感情就愈是强烈,爱憎就愈是分明,他就愈有可能对生活现象作出广泛而深入的概括,他的作品也就愈有力量。透过每一部伟大的艺术作品,我们总可以清楚地看到作品背后的艺术家本人,看到他的灵魂,他的思想、品德。这就是因为,艺术创作不能缺乏由艺术家的思想感情所点燃起来的火焰。没有这种火焰,就无法对生活现象进行陶铸熔炼的工作,就只能拼拼凑凑、缝缝补补,就决创造不出巧夺天工的完美的艺术作品来了。列宁强调,在文学事业中,"绝对必须保证有个人创造性和个人爱好的广阔天地,有思想和幻想、形式和内容的广阔天地"。这就是因为文学创作的特殊规律决定了它离不开作家的个人特色,离不开作家的是非好恶和爱憎感情。取消了作家的个人特色,排除了作家的爱憎感情,也就无所谓创作,也就没有文学。果戈理在谈到他的剧本《钦差大臣》的创作过程时,曾这样说:"在《钦差大臣》中,我决定把当时所知道的俄罗斯的一切丑恶的东西,一切非正义的行为都集中在一起加以嘲笑,而那些非正义的行为恰恰是在最需要人们表示正义的地方和场合下干出来的。"②为什么他要把那些非正义的行为摆在最需要人们表示正义的地方和场合下来表现呢？是什么力量驱使他这样做的呢？那就是他对于一切丑恶的和非正义的行为的烈火一样的憎恨，就是他对于人民命运、对于祖国前途的深切的关怀与忧虑。换句话说，也就是伟大的作家在生活实践中所形成的一种真挚而强烈的思想感情。没有这种思想感情，他就不会有创作的冲动；他的思想感情如果没有这样强烈，他也就不能作出这样广泛而深刻的概括，他的作品就不会写得这样尖锐有力。"朱门酒肉臭，路有冻死骨。"这是杜甫的名句。在现实生活中，酒肉的臭味和冻死的骸骨，不见得真的就同时同地出现在同一个人的眼前，它们之所以会紧紧地联系在一起，组合成这样一幅震撼人心的画面，是出于诗人的创造，是诗人对生活现象所作的艺术概括。通过这种概括，我们看到的不仅是残酷的人吃人的社会现实，同时也看到了诗人杜甫的强烈的爱憎和深广的忧愤。正是这种强烈的爱憎和深广的忧愤，才使得杜甫能够孕育铸炼出这样惊心动魄的诗句来。

刚才提到果戈理，不禁又使我想起 E. 多宾那两篇颇获好评的研究论文来。我指的就是1956年我国曾作过翻译介绍的《论情节的典型化》和《论情节的提炼》两篇文章。③我以为，两篇文章的论证过程，可以使我们进一步看清作家在生活实践中所形成的思想认识，特别是他的强烈的爱憎感情——审美感情，在艺术创作中所起的特殊作用。可以说，这种审美感情就是艺术创作的生命与动力。在作者心头要是还没有形成这种审美感情，他就不会有创作的冲动；在他的作品中要是没有灌注进这种审美感情，这作品就不会有什么生命。虽然这种说法并不符合多宾原文的意思，因为他所着重强调的完全是另外的东西。

多宾在他的这两篇文章中，通过一些具体而生动的例子，说明一些古典作家是怎样从现实生活中选取他们的题材，又怎样加以提炼，使之更加典型化的。例如，他根据安年科夫的回忆录所提供的材料，指出果戈理的《外套》是根据当时流传的一件官场逸闻写成的。④不过果戈理改变了事件的原来的结尾，从而也改变了那个当事人的命运。在那个官场逸闻中，那个丢失了猎枪的小公务员的结局是顺利的——由同事们凑钱为他买了一支新的贵重的猎枪。在果戈理的小说中，结局却是悲惨的——阿卡基·阿卡基耶维奇不但丢掉了他的外套，而且也丢掉了他的生命。为什么果戈理要把情节做这样的改动呢？多宾认为，这是因为这个顺利的结局是"虚假的"、没有根据的，从"典型性"的观点看来是不恰当的。⑤把生活中明明发生的情况，指责为"虚假的"，显然是说不通的。但多宾的着眼点是在于，这虽然是事实，但它只是生活中偶然发生的极个别的现象，不能显示社会的本质真实，因此，从"典型性"的观点来看是不恰当的。然而，我们现在讨论的问题是果戈理为什么要做这样的改动，重点应该放在作家主观世界的研究上。应该承认,一个作家总是从他的内在要求出发来进行创作的,他的创作冲动首先总是来自社会现实在他内心所激起的感情的波澜上。这种感情的波澜,不但激动着他,逼迫着他,使他不能不提起笔来,而且他的作品的倾向,就决定于这种感情的波澜是朝哪个方向奔涌的,他的作品的音调和力量,就决定于这种感情的波澜具有怎样的气势和多大的规模。这就是艺术创作的动力学原则。离开这个原则来谈艺术创作,只能是隔靴搔痒,触不着实处。

就拿果戈理的《外套》来说吧,那个官场逸闻最使果戈理激动的,显然并不是猎枪的忽得忽失,也不是那个有头有尾的故事本身,而是那个小公务员在丢失猎枪时所感受到的剧烈痛苦。据安年科夫说,当时一同听这个故事的,除了果戈理外,还有很多其他人。所有在场的人都把这事当作一则有趣的奇闻,听完以后都哈哈大笑,只有果戈理一个人默默地倾听着,并且低下了头,陷入悲哀的沉思中。他在想些什么呢?究竟是什么东西打动了他呢?很清楚,正是这个小公务员生活中的这段插曲,正是这个小公务员在丢失猎枪时所感受到的剧烈震动,在猛烈地冲击着艺术家果戈理的心灵,使他看到了许许多多卑微的小公务员的辛酸的遭遇和可怜的处境。也许,就在这一刹那,像《外套》中的主人公那样的一个"被侮辱与损害的人"的面影,一个"谁也不可怜的人"的面影,就已经清晰地浮现在他的脑海里了。再联系到他平日对沙皇官僚集团的残暴统治的强烈憎恨,对劳动人民的悲惨生活的深切同情,他心海里所掀起的波澜就再也无法平静,他就不得不提起笔来把他这种真切的感受,把他心头所蓄积的爱和恨,通过艺术形象的创造尽情倾吐出来。《外套》的主题就是在这样一种感情的火焰的烧灼下孕育陶铸出来的。他的阿卡基·阿卡基耶维奇的面貌之所以会是现在这个样子而不是别的样子,原因也应该从这里去找。

当然,多宾的这样的说法也是完全正确的:假如阿卡基·阿卡基耶维奇的外套也失而复得,或者他所失掉的并不是外套,而是如原来的逸事中那样的猎枪,那么,这个作品就失去了"典型性",就不会有这样大的意义了。不过,我总觉得,从艺术家果戈理来说,他首先考虑的恐怕不会是作品的"典型性"的问题,而是怎样才能写出他的真切感受的问题,怎样才能恰当地表达他对现实的理解,充分地抒发那在他心头激荡着的强烈的思想感情的问题。他之所以要对故事情节做这样一些改动,正是为了突出那个出现在他心目中的可怜的小人物的形象。我这种说法同多宾那种说法,尽管殊途,要达到的是同一目的,都是为了说明《外套》这一作品写得这样成功,具有这样深刻的思想意义的原因。但是,这中间却也有着关系重大的区别:一是以人物形象的创造为核心,一是以"典型性"的要求为枢纽;一是从作家本身的感受,从他对现实的理解、认识,从他在生活实践中所形成的思想感情出发,一是从作品对现实反映的深广程度,从作品的思想意义的要求出发。从前一说来看,人物形象的胚胎是在作家的心灵中孕育出来的;从后一说来看,则人物形象仿佛是可以根据作品的典型性的需要而随心所欲地加以捏制的。显然,前者是符合文学艺术的特点和规律的,后者则有导致公式化概念化的危险。我并不是说作品的典型意义不重要,并不是说作家不必考虑作品的典型性的问题。作家为了使他的作品能够更深刻、更全面地反映现实,是应该不断地对他的题材,对他作品中的故事情节进行提炼的。而且这种提炼工作,做得愈深入、愈细致、愈好。但是,这种提炼决不能离开作品中人物形象的塑造来进行,决不能脱离他对作品中的人物的是非爱憎、审美感情来进行。作家提炼他的题材,提炼他的故事情节,其实也就是提炼他对生活的认识,提炼他对人物性格的理解,一句话,也就是提炼他自己的思想感情。所以,决不应该撇开作家的思想感情,特别是撇开他对作品主人公的审美感情,而单纯从典型性的要求去谈题材和故事情节的提炼。即使是从作品对现实的反映这一方面来说,我们在要求作家能够对现实作出深刻、全面的反映以前,也必须首先要求他能对现实作出深刻、全面的认识。只有有了这种认识,才能作出这种反映;没有这种认识,那就随便你怎么要求他,怎么不断地提醒他,也是枉然。

  在艺术领域里,不管是创作,还是鉴赏,人们总是带着自己的情绪色彩来观察对象的,总是要将观察对象跟自己的生活、兴趣、跟自己的整个个性联系起来。那种冷冰冰的、漠不关心的态度是同艺术创作、同审美感受水火不相容的。如果脱离了人物性格的刻画而去追求对社会本质的更全面的揭示,脱离了作者的审美态度而去追求作品的更深刻的典型意义,那就必然会使作品流于概念化的说教,而不会有什么艺术的魅力了。

  总之,艺术离不开感情。在艺术领域里所出现的被作为艺术对象来加以描写的事物,在艺术家的心目中,都是有生命的,都是要激起人们的一定的爱憎感情的。譬如,单是一张桌子,一张普通的单有实用价值的桌子,在文学作品里虽然也可以作为房间的陈设而被提到,但它本身并不是艺术描写的对象,并不能进入艺术的领域。如果这张桌子是一个自己十分亲近的人所使用过的,而现在这个人已经溘然长逝了,如今睹物思人,不禁勾起了万千往事的回忆,激起他对这个亲人的难以排解的无限深情,这时这张桌子就超出了实用关系而进入了感情领域,就作为一种艺术对象而出现了。据说,许广平同志在新中国成立以后到绍兴去,当人们把鲁迅在三味书屋读书时所使用过并亲自刻了个"早"字的那张桌子指给她看时,她抚摸着这张桌子,一时激动得几乎不能自持。这张桌子在许广平同志的眼里,就决不是一张普通的桌子,而是一张有生命有情意的桌子了,它就进入了艺术的领域了。所谓艺术地把握现实,所谓对现实抱着审美态度,对现实作出美学评价,其根本之点就在于是把现实当作和自己一样的有生命有情意的东西来对待,就在于是用一种充满爱憎好恶的感情态度来加以对待的。就说形象思维吧,又何尝能离得开感情?前一个时期,我们的报刊上出现了不少关于形象思维问题的研究论文,这些文章虽然提出了许多很好的意见,但我觉得它们有一个共同的缺点,就是太抽象了,太"理论化"了,净在概念里兜圈子,联系艺术实践太少。在我看来,形象思维作为一种艺术的特殊思维方式,它的特点正像艺术的特点一样,就在于它是饱含着感情色彩的,就在于它是一点也不能离开感情的,我们简直可以给它另起一个名字,可以把它就叫作"有情思维"。其实,形象思维也就是我们通常所说的想象。想象的运转,要有动力。而感情,可以说就是想象的发条。没有感情的推动,想象是不会奔驰的。是感情给了想象以翅膀,是感情使得想象飞腾起来的。关于这个问题,当然还需要作进一步的论证,但这篇文章已经写得够长了,只能留待以后再说了。

在结束这篇文章以前,我还想说明一点,就是强调感情对于艺术的重要性,决不是什么新鲜意见,相反,它真是陈旧得不能再陈旧了。从有文学艺术以来,古今中外不知道有多少人都曾说过类似的话,特别是托尔斯泰说得最有系统。我们决不能因为这些人都是属于封建阶级和资产阶级队伍里的人物,都是些唯心主义者,就把他们的意见一脚踢开。应该用实践来检验一下,如果其中确有合理的东西,为什么不能加以吸收呢?高尔基,以及我们的鲁迅、郭沫若,不都是十分重视文学艺术领域里的感情问题的吗?不要把感情只跟地主阶级资产阶级联系在一起,更不要把感情同人性论混为一谈,强调感情也决不是否定思想,否定世界观的作用。前面早已说过,感情总是要受思想的约束,要受世界观的指导的。我们也并不是不加区别地、一视同仁地对待无论什么样的感情的。我们尊重、歌颂无产阶级的、人民大众的感情,高尚的共产主义感情,而反对封建阶级的、资产阶级的腐朽感情,反对一切没落倒退的反动感情。而且,感情决不是凭空产生的,正像毛主席所说:"世上决没有无缘无故的爱,也没有无缘无故的恨。"爱和恨都是从社会实践中来的。作家、艺术家要形成无产阶级的和人民大众的感情,必须使自己深深扎根于无产阶级和人民大众之中,和他们打成一片,同时努力学习马克思列宁主义,在世界观方面起一个根本的彻底的变化。除此之外,没有什么仙丹灵药,更不是随心所欲地自己说变就能变的。所以,强调感情问题,其实也就是强调立场、世界观的问题,是决不会堕入唯心主义和神秘主义的泥坑的。不过,既然感情问题是文学艺术和形象思维的一个最根本的核心问题,而感情又是最难作假的。因此,对于作家艺术家来说,立场世界观的转变必须鲜明地从感情上体现出来,也只有真正从感情上体现出来了,立场世界观的问题才算真正解决了,才能创造出真正为人民大众所欢迎的成功的艺术作品来,才能成为一个名副其实的无产阶级的作家。

参考文献：

①见《这也是生活》(《且介亭杂文末编》)。

②转引自《论情节的典型化与提炼》，作家出版社1956年版，第19页。

③两文均为黄大峰译，作家出版社把它们合印在一起，总称《论情节的典型化与提炼》。

④安年科夫在他的《文坛回忆录》里所提到的这则故事，在魏列萨耶夫的《果戈理是怎样写作的》和多宾的《论情节的典型化与提炼》中，都曾加以引用。前者有孟十还译文，文化生活出版社版，后者有黄大峰译文，作家出版社版，可以参看。

⑤见《论情节的典型化与提炼》，第7页。

1980年

更好地表现新时期的社会矛盾（纵横谈）
唐　挚

一

凡是关心我国文学命运的人，只要注视这三年越来越活跃、越来越洋溢着生气的文学现象，就一定会产生由衷的欢喜之情。说它是文学的新时期也好，或文学复兴的开始也好，我看都不是夸张和溢美之词。刚刚过去的1979年，更是何等令人喜悦的丰收年！我不知道未来的文学史家将会怎样描述这一切，但我相信，他们一定会怀着激动的心情大书一笔，以记下这由秋肃而入春温的难忘的年头。我们文学的天空，已开始出现了闪亮的星群，我们的文艺园地，已出现了多少回肠荡气的佳作！这些作品恢复了革命文艺的战斗传统，以严峻的、清醒的现实主义力量，带着生活本身所具有的战斗气息和火热的、激情的色彩，以充满辛酸、血泪、悲愤和对美好生活的渴望的真实描写，扣击着人民的心弦。许多作品在人民中得到巨大的反响，受到热烈的欢迎，实在是多年来所罕见的。一位工人读者给刘宾雁同志写信说："我以激昂的心情，把您的《人妖之间》读给了我们班组的十四位工人听。他们中间有带孩子的妇女，有繁忙的青年，有疲劳不堪想休息的老工人，但在这长达三小时的朗读中间，竟没有一个人离开，反而招的人越来越多，他们是那样愿意听。我绝不是有意对您奉承，因为这是犯不着的。我是受了这些工人的委托，对您表示祝贺的。"我不知道对于一个作家来说，还有什么比这更值得珍视的感情，更为崇高的奖赏。这些作品之所以有这样动人的力量，正因为它们来自人民的大海，现实的土壤，它们多年来第一次能够面对严峻的人生，面对生活中尖锐的社会矛盾，敢于提出人民在惊心动魄的斗争中所感受到的许多重大问题，强烈地反映着人民的心愿、理想、情绪和要求，也凝聚着我们这个时代所特有的时代精神，闪耀着无产阶级的党性光芒。邓小平同志在第四次全国文代会的祝辞中说："人民是文艺工作者的母亲。一切进步文艺工作者的艺术生命，就在于他们同人民之间的血肉联系。忘记、忽略或是割断这种联系，艺术生命就会枯竭。人民需要艺术，艺术更需要人民。"多年来正反两方面的经验，和近三年文艺创作的巨大成就，完全证明这是一条颠扑不破的真理。

文学的命运从来不是孤立的,它和人民同命运。三年前,当我们民族的命运在党中央强有力的领导下,得到拯救的时候,文学也得到了拯救。党的十一届三中全会的精神和关于真理标准问题的讨论,在全国范围内兴起了思想解放运动的伟大潮流,也极大地推动了文艺界的思想解放。这批作者就是在这场思想解放运动中,勇敢地砸碎"四人帮"的枷锁,冲破了他们的重重禁区,并且挣脱多年来流行的形形色色的唯心主义、形而上学和庸俗社会学的束缚的第一批闯将。这批作品也正是这场思想解放运动的伟大潮流中的第一批产儿,它们在斗争中诞生,具有可贵的战斗品格和锐利的锋芒,因此它深受人民所喜爱,是毫不奇怪的。这是革命现实主义的巨大胜利。

二

现在新的一年开始了,我们在文学战线取得了重大胜利的形势下进入了80年代。今后我们的文学将如何继续前进,如何在实现社会主义四个现代化的历史新时期发挥更重大的作用,如何促进文学创作的更大繁荣,这是很值得所有关心我们的文学命运的同志认真加以思考的。

回顾这三年的历程,我们都不能不深切感到,我们这来之不易的成果,是在不断冲破重重阻力,跨过层层障碍的斗争中取得的。思想解放运动,从根本的意义上来说,是实现四个现代化,实现生产力的伟大变革,实现从经济基础到意识形态一系列深刻变革的必然要求。植根于现实生活的革命文艺,理所当然地要分析和研究新时期的社会矛盾,分析和研究人们思想上巨大而深刻的变化,通过艺术典型的创造来表现我国人民在思想解放运动中的伟大觉醒,从而进一步推动这个运动的深入发展。

这是一个历史任务。要完成这个历史任务,是要付出巨大的努力的。由于我国社会自己的历史进程,更由于林彪、"四人帮"的严重破坏,我们面临着许多重大的社会矛盾,需要我们去探索,去解决。对于许多生活中的特别是人们精神领域的新问题,尚有待于我们在实践中不断研究,不断认识。因此,更深入地向人民学习,向生活学习,仍然是我们当前的迫切需要。同时,为了促进文学的繁荣,文艺工作者本身首先要有一个思想的大解放。但历史经验告诉我们,这又是谈何容易!夏衍同志在第四次文代会上,根据自己切身的体会,曾指出:"实践证明,由于封建主义的思想文化在中国还有广泛影响,加上林彪、'四人帮'一伙长期推行的那条极左路线和新旧教条主义的束缚,中国文艺界要真正解放思想,绝不是一个短时期所能解决的事情。在这方面,我们这些上了年纪的过来人,是有一些切身体验的,从辛亥革命的剪辫子,到五四运动以后写文章用白话、加标点,这一类小事也都经过了时间不短的激烈斗争。"这是一针见血之谈!

就以近三年来文艺战线上的斗争而言,我们又何尝没有这类切肤之感。一个小戏揭露了"四人帮"之流瞎指挥所造成的巨大灾难,会招来某个专政机关的蛮横干涉;一个批判腐朽的等级观念、门阀思想的小剧,只因为被批判的对象是领导人员,就会被扣上"歪曲干部本质"的吓人罪名;一篇深刻剖析大贪污犯和政治暴发户的灵魂,被读者称为"林彪、'四人帮'罪行图"的"震撼人心的优秀之作",会引起某些人的赫然震怒,扬言应该再给作者戴上"右派"帽子;一首充满党性精神、满腔热情地希望老革命家珍惜革命荣誉,保持革命晚节,不要搞特权、营私利的好诗,会招来种种意想不到的责难和压力。所有这一切有形无形的压力说明束缚思想解放的阻力仍然不可轻视,林彪、"四人帮"所散布的流毒,也绝不会自行消亡。

然而,历史的伟大潮流不能逆转,觉醒的人民不会后退,砸碎了精神枷锁,开始复苏了的社会主义文学也绝不可能重新回到老路上去。一位诗人写道:"我绝不后退!因为我从自身痛苦的经历里痛切地认识到:后退意味着死亡!我们中国共产党人在一场与自己民族根深蒂固的封建传统观念进行痛苦搏杀的恶战中,将以大无畏的英雄气概,扫除封建思想设置的通向科学社会主义的重重障碍,彻底医治封建专制留在我们身上的创伤,把我们的无产阶级革命推向前进!革命是要前进的,这是毫无疑义的,是任何人也无法阻止的。"这些掷地有声的话说得何等恳切。这就是文艺工作者的心声,就是一个回答。历史的前进,常常是曲折的、复杂的、有阻难的,但是经过三十年充满血泪的斗争的锻炼,我们的作家将不再会为几股冷风或一阵冰雹所震骇,而在新的一年里,也将会继续与时代共脉搏,倾听人民的呼声,为实现社会主义四个现代化继续进行坚韧沉着的战斗,继续在思想解放运动中大踏步地前进。

三

但是,我们已有的突破和已有的成绩,还远远不能满足人民的需要。为了文学的健康发展和前进,我们既要善于总结创作实践中已提供出来的好经验,也迫切需要在思想上和艺术上进行新的探索、新的开拓和新的突破。

我有几点想法:

第一,一个时期以来,我们的创作中对林彪、"四人帮"一类野心家、阴谋家,他们的帮派体系、社会基础,他们所制造的罪恶和散布的流毒,作了生动的揭露,对于官僚主义、封建特权和因循守旧的僵化思想也作了有力的鞭挞,这无疑是有重大的积极意义的。但有的同志认为这类题材写得太多了,有的同志却认为,这种揭露并不是太多而仅仅是开始,目前问题是如何更深入、更准确、更有概括力地反映这段惊心动魄、血泪斑斑的历史,揭露和批判"四人帮"的流毒对当前社会生活的危害,都有待于从广度和深度上进行探索。我以为这个意见是很中肯的。

　　林彪、"四人帮"在中国这块土地上出现,他们进行的罪恶活动并不仅仅是几个"衣冠楚楚的骗子"为非作恶的结果,而是一种历史产物,有着深刻的、社会的、阶级的、政治的原因。一个严格的现实主义作家,如果努力使自己站在更高的角度上,更充分地观察、比较和研究各种生活现象和历史现象,那就能通过艺术形象的创造更深刻地概括和揭示出这类社会现象的某些本质方面,更有力地揭露出造成这类现象的根源,从而帮助人民更清楚地认识产生这类现象的规律,更好地吸取这一极其惨痛的教训,以防止类似的民族大悲剧的重演。反之,如果我们仅仅比较表面地、孤立地记录罪恶,热衷于某些事件的悲惨和离奇,甚至在艺术构思上寻求"你描写得悲惨,我写得比你更悲惨""你的故事离奇,我的故事更离奇",这就本末倒置了。这不仅不能有力地暴露这种罪恶的社会性,甚至往往不自觉地冲淡或掩盖了这种罪恶的深刻的内在原因,而成为对某几个恶人的偶然罪过的记录,或只是个别人命运的误会,这就不可避免地要削弱作品思想上和艺术上的分量。对于官僚主义、特权思想的揭露和批判也同样是如此。多年来的实践证明,横亘在我们面前的巨大障碍绝不仅仅是资本主义这一家且封建主义这一家,也始终在顽固地妨碍着我国社会的前进。要为实现四个现代化扫清道路,反对一切形式的封建主义,如家长制、特殊化、一言堂、裙带风、官僚主义等,同反对资产阶级个人主义、无政府主义和形形色色的派性一样,同样是文艺创作的重要任务。我们国家曾经是一个有长久的封建主义历史的国家,而小生产又如汪洋大海,在林彪、"四人帮"多年的严重破坏下,官僚主义、特权思想这类社会主义的最大祸害在这块土壤上滋生绝非偶然,我们的创作如果通过对于人物的灵魂的剖析,力求准确而深刻地反映出这类现象的历史根源和社会根源,那就远比浅露地展览某些恶习或丑行要具有更为重大的意义,而这正是我们目前某些作品的主要不足之处。同时,我们的作品揭出社会的病痛,是为了引起疗救的注意,是为了使人醒悟,催人猛进。一个有责任感的作家必须考虑作品的社会效果。消沉的甚至幻灭的感情,和我们的文学是格格不入的,我们已经在有些作品中感受到了它们。我们应当克服这种不健康的倾向。

　　第二,关于批判阻碍社会前进的无政府主义、虚无主义、极端利己主义思潮的问题,似乎还没有受到作家们应有的关注。只要稍微关心这些年来的社会生活的人,都会痛切地感到林彪、"四人帮"最严重的破坏之一,是对党和社会主义制度的可怕的歪曲和玷污,他们以制造现代迷信来对人民进行可耻的愚弄和欺骗,以假社会主义、穷社会主义冒充和歪曲社会主义,以封建法西斯专政来冒充和歪曲无产阶级专政,以阴谋集团的帮派来冒充和歪曲党的领导,以种种反动的唯心主义、唯意志论来冒充和歪曲马列主义、毛泽东思想,甚至以法西斯的兽性来代替无产阶级的人性,以假、丑、恶来代替真、善、美,因而极其严重地败坏了社会风气,破坏了人与人之间的正常关系,破坏了人们心灵中美好的信念。由于这一系列令人发指的破坏,不仅给人民,特别是给青年造成生活上和心灵上的巨大创伤,而且使得无政府主义、虚无主义、极端利己主义思潮得以抬头,滋生、繁衍,这就和当前历史新时期的总任务形成了巨大的矛盾。难道我们没有接触到这样的现象吗?有些人由于受到毒害,在他们心目中,什么社会主义、共产主义理想,似乎是不时兴的了;什么社会准则、组织纪律、道德标准,也都是该鄙夷的了;什么优良传统、朴素作风,也都是可嘲讽的了。他们以追求自由、追求"解放"为名,散播虚无主义情绪、无政府主义情绪,以至绝望或者颓废的情绪,他们在可悲地失去了对于未来的美好信念的同时,在心中恶性膨胀起来的是赤裸裸的、不加掩饰的利己主义、市侩哲学和实用主义,流风所及,在劳动、工作和家庭关系中,在婚姻、爱情、友谊、伦理道德、社会风气等领域中都能看见这类丑恶幽灵的游荡。一个有党性、有社会责任感的作家,绝不应该在这类尖锐的、触目惊心的矛盾面前闭上眼睛或者背过脸去,自然不用说更不能不加辨别地、不加批判地,对这类不健康的、有害的情绪给以同情、欣赏和传播。当然,产生这类现象的原因是十分复杂的,例如,无政府主义往往是对于官僚主义的一种惩罚,用家长制的办法是克服不了无政府主义的,反之,用无政府主义的手段也无法克服官僚主义,而只能使矛盾激化。正因为社会矛盾是复杂的、作为灵魂工程师的作家,才更有责任严肃地去研究、分析这类社会现象,并且通过对这类矛盾的剖析来帮助人民看清问题的症结,鼓舞他们对于真、善、美的追求,增强他们对于社会主义革命的信念,点燃他们心中理想的火焰,使他们感奋起来,去扫荡林彪、"四人帮"留下来的遗毒,自己动手来改造自己的环境。王蒙同志说得好:"我们的文艺既要起号角、刺刀和手榴弹的作用,又要起显微镜、望远镜和 X 光机的作用,还要起沟通人们的心、温暖人们的心、滋润人们的心灵的美酒和香茗的作用,我们的责任是重大的,我们不敢掉以轻心。"是的,我们不敢掉以轻心啊!

第三,在亿万人民响应党的号召,向"四化"进军的新长征中,具有时代特色的新人形象,大踏步地闯到作家们的视野中来了,这就是那种有革命理想和科学态度,有高尚情操和创造能力,有宽阔眼界和求实精神的新人,他们是新时代的闯将,斗争的尖兵,披荆斩棘的创业者。不久前发表的《船长》(见《人民文学》1979 年第 11 期)、《中年颂》(见《北京文艺》1979 年第 11 期)以及《大雁情》《乔厂长上任记》所塑造的,正是这样的人物。这是一个重大的文学现象。他们有着各自的性格、各自的特点,但毫无疑问,他们又是带着我们这个时代所特有的光彩站到我们面前来的。他们绝不是什么"高大全"式的头戴光圈的人物,他们是真实的,他们和千千万万普通人一样,有着自己的欢乐和痛苦,但是,他们心中有不灭的理想之火。那个胸怀像大海般宽阔的船长,在海里,像一块冲不动的礁石,在岸上,是一块千锤百炼的钢铁,为了祖国的光荣和"四化"建设,什么样的风浪、挫折、打击都吓不倒、打不倒他。是什么力量支持他的呢？他说:"多大的风浪也不会让万吨轮沉的,只有船本身的损坏才会沉船。"一个对党、对社会主义有着执着信念的人,有什么风浪能使他沉没呢？那个中等身体、体态轻盈、饱经忧患、坚韧不拔的女挡车工,上有老下有小,工作和生活的双重担子沉重地压在肩上,消耗最大、补充却很少,但是她"像一根坚强的柱子,默默承受着沉重的压力,不摇不晃,凝结着力的美,稳定的美……"这样一个具有高尚的精神美的新人形象,难道我们会忘记她吗？大刀阔斧、泼辣有为的乔光朴又是另一种精神面貌,他以自己革新家的气魄、果断而进攻的性格,义无反顾地闯到四化建设中去,冲锋陷阵,这正是时代所呼唤的、浑身是胆的无产阶级实干家的新人形象。

我以为这类新人形象所具有的艺术力量,就在于他们是扎根于现实的土壤中,是活生生的,可信服的。作家们不仅以充沛的激情和饱含诗意的笔触描绘了他们的所作所为,也披露了他们内心的美。这些形象使我们觉得自豪,使我们感受到了生活中的诗意,接触到了高尚的精神境界,也使我们相信,我们这个有生命力的民族、坚强的党,是坚韧不拔的,是任何力量也摧不垮的。这些形象是对于社会生活中那种虚无、消沉、萎靡、颓废、市侩情绪的挑战和抗议,这难道不是我们的革命作家所追求的吗?! 让我们举起双手,迎接文学中更多的社会主义新人的诞生。

我希望这些想法和希望,不致被误解为是在画新的框框。人民绝不允许再出现那种虚伪的、不真实的文学。正因为林彪、"四人帮"玷污了我们的理想,我们就应该百倍地坚持我们为之献身的理想。我们绝不能因为破坏深重而悲观消沉。我们绝不能在悲剧面前闭上眼睛,也不满足于廉价的乐观主义,但也绝不能忘记,一个革命作家提高人民的高尚情操和精神境界的社会职责,我们的作品应当鼓舞人民满怀信心地正视和克服现实中的各种矛盾和困难,同心同德地去建设"四化",创造光明的未来。

大兴争鸣之风（纵横谈）

吴泰昌

打倒"四人帮"已经三年，在党的十一届三中全会精神的鼓舞下，由于党一再重申和坚决实行"双百"方针和三不主义，文艺上"齐放"与"争鸣"的生动局面开始出现。思想的活跃，创作的兴旺，成绩的巨大，为我国革命文艺运动史上所罕有。对这正在实行的行之有效的方针政策，当然不应该有任何疑虑；对"四人帮"戕害文艺的那一套打棍子、扣帽子的专制主义做法，也当然应该坚决反对，不容东山再起。正是出于这种高瞻远瞩的深思熟虑，邓小平同志代表党中央在第四次文代会的祝辞中强调指出，不要对作家的创作"横加干涉"，充分体现了党对革命文艺工作者的巨大信任和党对繁荣社会主义文艺的坚定决心。

事物的发展往往是曲折的。实行"双百"方针，也有一个从不习惯到习惯的过程。在文艺问题的探讨中，敢于争鸣，善于争鸣，习惯于争鸣，大兴争鸣之风，是我们必须努力以求的。不是还有这样的情况吗？在文艺界，有时忽然会出现种种私下里传播的"新闻"：某某作品被点名了，某某作者被批判了，某某领导怎么说，某某权威又怎么讲了，说得活灵活现，若有其事。虽然还不是什么"草木皆兵"，但也是风风雨雨。可是略做了解，就知并非事实，或者传闻和事实大相径庭。这种"自相惊扰"的情况，说明文艺界有些同志还有一点病态的敏感。而这，显然是不利于文艺的繁荣和发展的。

所以产生这种不正常的敏感，即所谓"心有余悸"或"心有预悸"，并非偶然。

古罗马文艺批评家贺拉斯打过一个很恰当的比方，他说创作就像"刀子"，批评则如"磨刀石"，磨刀石虽然"自己切不动什么"，"却能使钢刀更锋利"。可见，文艺批评的主要任务是对文艺作品的社会意义和美学价值作科学的分析、评论，从而推动文艺创作的发展。在无产阶级自觉地要文艺为革命事业服务的年代，文艺批评还肩负着文艺战线上反对资产阶级和其他非无产阶级思想的任务。从这个意义出发，毛泽东同志《在延安文艺座谈会上的讲话》中，指出："文艺界的主要斗争方法之一，是文艺批评。"这本来并不难理解。后来，毛主席提出"百花齐放，百家争鸣"作为繁荣文艺和学术文化的方针，目的就更清楚了。但是，多年来，文艺批评的作用却被搞得很乱。文艺批评被狭隘地当成只是或主要是搞文艺思想斗争的。多次政治运动，又往往是由文艺批评首先发难，文艺批评几乎成为一种政治判决，扣帽子、打棍子之风大盛。"四人帮"则更进一步，利用文艺批评以实现其篡党夺权的野心，一时文字狱遍于国中，古今罕见。文艺批评在实践上的这种畸形的表现,加深了人们对它的曲解。批评家在作家和读者心中的形象遭到了极大的破坏,"法官"代替了"诤友","惧怕"代替了"亲近",文艺批评的声誉被搞得颇为狼藉了。影响所及,时至今日。对一部作品的正常批评,也往往会引起超出文艺之外的种种揣测,文艺批评几乎成了某种政治风向的测探器,这确实是文艺批评的悲剧。

不容讳言,由于多年来对文艺批评畸形的、片面的理解和实践,确实出现了一些热衷于打棍子的人。他们总是自觉或不自觉地把自己放到高于作家的不平等的地位上,往往以绝对真理在手、不容置辩的姿态,把本来是可以商讨的个人意见当作不容怀疑的真理,并使之具有千钧棒的重量与威力。如果说,过去出现这种情况,还可以解释为出于某种历史原因,时至今日,仍不觉悟,硬要以势凌人,以鸣鞭为业,以舞棍为荣,那就未免是可悲可笑的历史误会了。至于以行政命令的方式对文艺作品横加干涉,给以种种阻难压制,造成作品和作者一同覆灭的严重后果,早为多年来惨痛的历史教训所证明,更是无须赘述。在党中央一再号召贯彻"双百"方针的今天,所有这一切束缚和窒息文艺生产力的做法,必须坚决加以摒弃。

文艺和政治是密切相关的,但文艺并不等于政治。把文艺问题一律上纲为政治问题,并进而罗织为敌我问题,只能扼杀文艺创作,也堵塞了健康的、科学的文艺批评的道路。

实际上,由于马列主义水平、文艺修养和审美趣味的种种差异,对一部作品有不同看法是并不奇怪的。甚至可以说,没有一个人对一个作家、一部作品能一下子得出完全正确深刻的结论,即使是知名的马克思主义者,也不例外。如瞿秋白同志30年代初写的《鲁迅杂感选集序言》,体现了那个时代对鲁迅认识的水平,但是后来毛泽东同志关于鲁迅的一些论述又在其深刻性和许多方面超出了瞿秋白同志的认识,成为我们今天研究鲁迅的重要依据。但是能不能这样说,我们今后对鲁迅的认识就再也不可能有新的发展呢?我看是不能这样说的。整个文学发展的规律只有在不断的实践和探求中才能被揭示。不仅在政治上打棍子、扣帽子,挫伤、毁损了作家的创作积极性,就是在文艺问题的探讨上,也千万不能简单粗暴,武断专横。

过去的教训深刻地印在人们的记忆中,以致敏感的文艺界对它特别敏感,是不难理解的。目前不少人担心被打棍子,说明打棍子之风确实还没有完全消失,这应该毫不含糊地予以抵制,这是一方面。另一方面,由于上述种种复杂的历史的、现实的原因,在有些作家身上也反映了这样一种情况:杯弓蛇影,余悸难消,有时把正常的批评和不同意见的争鸣也误当成或夸大作棍子了,这就未免失于病态,正常的争鸣之风,也就难以蓬蓬勃勃地展开了。

应当说,除了个别人,我们的多数领导是不想充当棍子手的,他们处于一定的领导地位,从工作出发,有时要对一些文艺问题甚至具体作品发表意见,就是作为一个平常的读者和观众,他们也有权发表自己的观感。他们也是争鸣中的一家。对他们所讲的好的意见(由于他们掌握情况较全面,往往能讲出一些一般评论家讲不出的意见),作家应当诚恳欢迎,认真听取;对其中一些不全面或不见得正确的意见,既可以提出不同的意见进行讨论,也要善于从积极方面尽量获得裨益。对领导者的意见,是可以进行反批评的,他们之中的多数是乐于听取不同意见的。如果把他们说的一些未必妥当的话不加分析地当作"棍子",这恐怕不一定符合他们的本意,也不利于问题的解决。如果真的有棍子打来,帽子扣来,我看那也不必害怕,顶住就是了。

至于批评家中,自然也会有手抡棍子伺机打几下的人,但大多数绝不是这样。他们在努力肃清"四人帮"流毒的影响,力争写出有分析、有特色、对创作发展有益的文章。之所以有些批评文章还给人以棍子的印象,也说明有些人积习已久,难以一时脱尽,如文风和批评架势的改变,就非易事。这是前进之中的问题,应该通过争鸣求得解决。

作者本人更是争鸣的一方,与领导、读者、批评家享有同等的权利。过去这方面民主空气缺乏,棍子打下来毫无招架之可能,现在情况大不相同,作家已经有了基本的条件,可以为自己作品所受的不合理的遭遇申辩。因此不应该害怕争鸣,而应该大大提倡同志式的,以平等态度交换意见的争鸣风气。对一些正常的不同意见或尖锐的批评听不进去,一概视为"棍子",这样是不利于争鸣的正常开展的。对作家来说,谦虚能引来更多恳切的帮助。评论界的沉默或廉价的吹捧是最可怕的。我们一定要坚决打破过去那种一言堂的沉闷窒息的空气,要习惯于听取不同的甚至刺耳的意见,只要是善意的,都要欢迎,用自己的行动来维护争鸣的健康气氛。文艺上的探索和创造,失败时固然会引起批评,就是成功的,有时也会听到非议。中外文学史上,一些杰出的作品问世时遭到某些人的责难和攻击,不是常见的吗?作家要有经受这种冲击的勇气。经过多少年的惊涛骇浪,我认为作家们是有这种勇气的。

有人担心,开展争鸣,意见分歧,会不会影响文艺界的安定团结。我想,只要大家都以平等的态度,以追求真理为目的,互相尊重,充分说理,开展争鸣,明辨是非,就必然有利于促进安定团结,而不会是相反。实践证明:靠一言堂,靠打棍子、扣帽子来解决思想问题、艺术问题和学术问题,是根本不行的。总是处于"余悸"或"预悸"之中,这种病态的敏感也必须医治。这些既不利于文艺创作的繁荣和发展,也不利于巩固安定团结的局面。唯一正确的办法只能是开展争鸣,坚持真理,以平等的态度进行讨论,允许批评与反批评,允许犯错误与改正错误。应该承认,我们目前不是争鸣太多,而是争鸣太少,开展正常的争鸣风气,还需要从各个方面多做工作,共同努力。总之我们主张:反对棍子,永远摒弃棍子,倡导争鸣,大兴争鸣之风。在不断的争鸣中,是非良莠自会廓清,文艺才能更健康蓬勃地开展,安定团结的局面也才能真正巩固。

坚持从生活的真实出发
——长篇小说创作问题探讨
宋遂良

三十年来,我们的文学走过了一条坎坷的道路,经历了一段苦难的历程。回顾过去,可以说没有任何一段文学史像我国当代文学史那样,受到过政治如此直接、全面、严格,有时甚至是粗暴的干预。文艺和政治是不可分的。我们反对当代文学脱离无产阶级政治的倾向,但正是由于我们狭隘地、机械地理解"文艺为政治服务"的结果,导致文学对政治的役从,对生活的歪曲。我们终于从痛苦的经历中逐渐清醒过来,认识到政治对文艺的种种不合理的干涉,恰恰违背了艺术创作的客观规律,这是近三十年来文艺上许多弊病的根源。

不久前我有机会阅读近三年来出版的一部分长篇小说,明显地感到这种干涉所造成的不良后果。政治对长篇小说创作的干涉表现在多方面,通过的渠道也是很复杂的。我这里想从政治潮流和生活真实以及主题的开拓这两方面,结合一些具体的作品来谈一谈这种不合理的干涉给创作带来的危害和我们应当吸取的教训。在提到这些作品(其中有的是比较优秀的作品)时,希望不会被看作是对某部作品,更不是对某个作家的全面评价。但是一切的间接材料,只有和作家的直接生活经验结合,才能发出光来。作家以自己直接的生活经验为基础,才能理解那些间接经验。特别是对于年轻作家,在生活的激流里灌几口水,滚一身泥浆,直接接受一下生活斗争的磨炼,是十分必要的。

我们同时也应该承认:每个作家的历史情况、生活基础、写作题材、年龄及身体条件不同,深入生活的方式也不能等同、划一。有些老作家需要"有啥写啥",有些中年作家需要"缺啥补啥"。但对青年作家来说,如果是现在正在基层工作,在"四化"前线的业余作家,要安下心来搞下去。过早地当专业作家,离开生活的泥土并不是好办法。已经搞了专业的年轻作家,则需要长期地全心全意地到火热的斗争中去搞点"基本建设"。

就我个人的经历说来,我做过党的工作、新闻工作和文艺编辑工作。在这些工作中,当然会有生活积累。但以创作为目的下基层工作这十多年,有许多是靠采访得不到的生活经验。依靠这十多年的生活积累,我写了一些"试产品",我真正要写的作品还没有出世。现在让我来谈深入生活的体会,未免为时过早。但从个人的具体情况出发,我深信这条道路是对的。迟早它将见到成效。我愿意在深入生活的道路上,和大家共勉。

　　文艺是社会生活的反映。一个作家只要和人民站在一起,用某种艺术形式真实地描写他所熟悉的生活,就可能创作出有价值的文艺作品来。正像法官只服从于法律一样,作家只服从于生活。生活是艺术的唯一源泉,生活的丰富性决定了作家创作天地的无限宽广。但是多年以来,我们作家的创作道路越来越狭小,在这条道路上,不时出现"人性论""人道主义""中间人物""干预生活"等禁区陷阱;高高矗立着"大写十三年""写走资派""三突出"等耀眼的红灯;接踵而至的"利用小说反党""跌到修正主义边缘""变成裴多菲俱乐部"的警示牌应接不暇。于是,每一位作者不管他自觉不自觉,也不管他乐意不乐意,只要他想出版、发表,在动手写作时,首先要在"政治标准第一"的秤盘上衡量一下他的作品的政治分量。他必须周到地考虑他反映的生活是不是符合当时的政治气候,把它纳入时下流行的一种什么政治主题,有没有(哪怕是无意中)犯了什么忌讳。如果不符合,他就必须让政治的钢钳对他所描绘的生活作一些必要的"加工"改制。

　　近两年出版的长篇小说,大部分是在"四人帮"垮台前就开始构思、写作,甚至是有了初稿的。这些作品毫无例外地都受到当时政治的影响。但后来随着政治形势的变化,不得不作一些修改。在一部1978年出版的、描写1975年农村阶级斗争的长篇小说《光明与黑暗》中,就很容易发现这种修改的痕迹。这集中表现在主要人物田大新身上。田大新是在"文化大革命"中写出第一张批判旧县委大字报的"闯将",他被提拔为县委第一书记后,却和"走资派"的副书记等老干部团结在一起,同他的造反派"老战友"作斗争。田大新谦虚、朴实、诚恳、谨慎、顾大局、讲原则,有魄力,朝气蓬勃,立志改革(这些方面都写得相当有光彩)。但奇怪的是,他却按照"四人帮"在农村推行的一套极左路线行事。作者以赞赏的笔墨写他组织贫下中农学习无产阶级专政理论的宣讲组去宣传基本路线;写他严厉地批评在今天看来并没有错误的队办企业的"资本主义倾向";写他在连水源也还没有探明的情况下却要以大会战的方式去兴建"东风渠"……总之,田大新关心理论、路线的正确与否大大胜过于关心人民。于是他就成了一个"狮身人面像"式的人物。也许作者在粉碎"四人帮"后修改这部书时,仍然想塑造一个从斗争中成长的、继承了党的优良传统而又生气勃勃的年轻的造反派英雄形象(这种意图是无可厚非的,现实生活中也有这种特殊的人物)。但他必须使自己的作品和当时的政治形势相一致,而对政治形势即作品中人物赖以生活的典型环境的认识,又是受着当时历史进程所能达到的认识水平的限制的。当政治形势发生变化,这种认识就落后了,甚至和当前的政治要求相悖谬。这样就出现了我们前面所提到的那种情况:当作家写他熟悉的、从生活中来的、使他动过感情的农村基层干部田大新时,就显得有血有肉,亲切可爱,真实可信;而当他去写那个从政治概念中"派生"出来的县委书记田大新时,就使读者感到生疏、苍白、做作,不真实了。特别是我们读了作者近期发表的优秀的中篇小说《永远是春天》和《人到中年》以后,就更鲜明地感到捆住手脚和放开手脚、从政治概念出发和从生活真实出发两种写法的不同。

初稿写于1965年的《总工程师和他的女儿》,也有这种为适应政治时令而修改的痕迹。这部反映50年代末期工程技术人员生活的长篇小说中,有一个追求个人名利、向往外国资本主义生活、封锁技术资料、涂改试验记录的青年技术员方冰。在揭露这个技术员的阴暗心理、肮脏灵魂时,作者的笔锋是相当准确、犀利的。按照生活的逻辑和当时的政治环境,作者应该或者准备把他写成一个走"白专道路"的右派(至少也应是个"右派分子"的儿子吧——因为作品曾提到方冰的父亲,上海一位大学教授,1957年"有一些严重的错误言论,受到了……批判和帮助")。但最后却匆忙地让他有了转变,并且在爱情上得到某种慰藉。这种结局就显得有些人为了。也许作者的原意是想要通过这个反面形象,说明"反右"以后阶级斗争的深化和知识分子改造的长期性和艰巨性(这正是紧密地为我国1965年前后的政治形势服务的)。但到了1978年,形势和政策都有了巨大的变化,为了适应这时候的政治需要,作者只好用同一个人物(在重新修改以后)为另一个政治目的服务了:这就是通过方冰说明党对知识分子的热诚关怀、耐心教育和严格区分政治问题与思想问题的界限等政策的正确性。这种依附于一时的政治潮流的写法,就使得作者对他笔下的这个人物时宽时严,忽冷忽热,人物的性格就难以统一,在环境、情节等方面也出现了一些不能自圆其说的矛盾,和无法修补的拼凑痕迹。这不是我们的有才能的作者自己愿意这样写的。他身不由己,他必须使自己的作品为眼前的政治服务。他既不能在1965年给方冰安排一个悲剧性的命运,也不能在1978年把方冰写成一个坚持个人主义走上犯罪道路的反动知识分子。强大的、无所不在的狭隘的政治功利主义观点,和由这种观点长期培育出来的社会舆论,不允许我们的作家越出时下的政治轨道。写一个连长(石东根)喝酒就要受到批评,写一个团参谋长(少剑波)恋爱就要受到指责,写一个叛徒(胡文玉)内心有斗争就要受到批判,我们的作家究竟还有多少创作的"自由"呢?

《总工程师和他的女儿》这部小说写得最成功、最动人的部分,恰恰是不受政治变动的影响,不直接服务于当时政治,展开笔墨抒写工程师和他的女儿之间的父女之情的那一部分。老工程师把纪念患难与共的亡妻和怜爱从小失去母亲的孤女这两种感情紧紧地融在一起,对他的女儿温存、体贴,甚至有些娇宠。但作为一个共产党员、一个严肃的科学工作者,他又把这个同他相依为命的独生女儿看作是党和人民培养的后代,因而他对女儿又很理智,要求严格,亲切的爱抚含而不露;作为一个有成就的但又是从旧社会走过来的老知识分子,总工程师既希望自己的女儿能够继承他的事业,按照他设想的道路走,但又唯恐自己觉察不到的思想灰尘损害了女儿的纯洁,因而他又总想把父女的骨肉深情和同志间的平等关系融合在一起,于传统道德中加进一点民主作风。所以当我们读到总工程师不论多晚、不论多累都要坚持等到女儿回家、看到女儿房间的电灯熄灭后自己才上床休息的习惯时,不能不为他的骨肉深情所感动。我们看到了一位专家的美好的内心世界、崇高的品德、善良的性格和执着的追求。我们从这一对正直的父女身上,感受到中国人民深厚的道德传统和革命事业后继有人、兴旺发达的前景。小说最感动人、教育人的这一部分,不是直接地服务于当时的政治的,然而它却产生了深远的政治教育作用。

也许我们刚刚走过来的一段岁月,存在一个重新认识、重新评价的过程。但是,总结历史经验,有什么教训可以吸取的呢?"生活之树常青",无论在什么情况下,一个作家对自己描绘的生活不能盲目地随着政治潮流走,不能一味去迎合某些政治要求,他必须有独立的见解,对生活作出自己的评价。多年以来,由于政治不恰当地干涉文艺的结果,我们的作家丧失了作为"人类灵魂工程师"应有的最神圣的权利和责任——用辩证唯物主义世界观去认识、描绘、评价生活。我们很多作家已经习惯于按照当前的政治要求行事,思考和评价生活的责任感淡漠了、放弃了。为了使作品有出版的可能,就跟着政治潮流走,按照流行的观点写。政治上一出现动荡,政策上一发生变化,某一个重要人物忽而有了问题,我们的作品、作家也就要跟着倒霉了。有一位老作家花了十年时间写作的一部反映农村生活的长篇小说,因为政治形势的变化而反复修改,最后终于没有改好,只好化作纸浆。十年心血一旦抛弃,作家悲愤得大病了一场。

正是这种痛苦的经历使我们深切地认识到贯彻"百花齐放,百家争鸣"方针的重要性。我们的法律应该保护作家艺术家正视生活、坚持自己独立见解的权利(包括犯错误的"权利")。我们的政治不要对创作横加干涉。我们的作家应该怀着高度的责任感珍惜这种权利。

正是这种痛苦的经历使我们清醒地认识到,作为反映一个时代的广阔生活画卷的长篇小说,绝不能追潮流,赶时髦,急功近利地追求新、奇、快,走图解政策,配合中心的老路。一个和人民的命运息息相关的作家,一定会有坚持真理、忠于生活的勇气。"云飞月走天不动,浪打船移志不移。"永远不去违心地创作。

历史上的伟大作家往往同时是伟大的思想家。古今中外,我们找不出一部在文学史上有影响的作品是配合政治运动、按照一种流行的政治风尚写出来的。因为文艺,特别是长篇小说是通过生动具体的审美艺术形象,去帮助人们认识生活,塑造人的灵魂,影响人的精神世界的。它的政治作用,不是那么直接的、立竿见影的,而是深远的、潜移默化的。政治对它只能"遥控",而不应该"近距离操作"。这正是艺术创作的特点所决定的。据说有一位老作家曾经机智地意味深长地对一些青年作者说,写作时不妨"离政治远一点"。这并非离经叛道的话,更不是从消极方面做文章。

由于狭隘地理解"为政治服务",我们的长篇小说创作中仍有一种把政治概念当作作品主题的习惯。这类作品似乎是循着这样一种逻辑发展的:由于作家失去了(或不需要有)用自己独特的眼光去观察、认识和评价生活的权利,因而他便会自觉或不自觉地从时下流行的政治概念、政治需要中寻找作品的主题,因而在对描绘的生活进行选择、取舍、提炼、升华时,必然受到"先入为主"的政治框框的束缚,作家的个性和识力、敏感和追求,必然受到限制,因而他往往就跌入历史事件、政治运动、政治斗争、工程建设、实验始末等事件的过程中,难于高屋建瓴地向生活的深处开拓主题,驮载着生活哲理和美学理想的艺术翅膀伸张不开,因而作品就缺乏一个新颖的、摇撼心灵的深刻主题。

李准同志的长篇小说《黄河东流去》(上),冲破了这种狭隘的政治框框的束缚,描写了旧社会农民的苦难和觉醒。它没有停留在故事上,而是通过几个家庭的悲欢离合,细腻、亲切、大胆地抒写了农民对故乡、对土地的深沉眷恋,劳动者的善良、淳朴、厚道、友爱和骨气,生死不渝的爱情,特别是在穷困的私塾老先生徐秋斋身上,闪耀着一种民族传统道德的光彩,体现了作家独具慧眼的美学理想。李准同志不是以某种政治概念或流行的政治思潮,而是以一种富有生活哲理和民族气质的情感来熏染和提挈整个故事的人物,这就使得作品的主题比较深刻了。

近年来我们的长篇创作题材有所突破,但有的作品主题却仍然开掘不深。有一部受到欢迎的、描写学校生活的(介于中、长篇之间的)小说《园丁》,就是按照张铁生的白卷公案、一个小学生的日记、马振扶公社中学事件、批评电影《园丁之歌》、"两校"开展"大批判"、反击右倾翻案风等政治事件的顺序来开展情节、安排结构的。《园丁》通过艺术形象证明了1973年至1976年"四人帮"在教育界的倒行逆施是完全错误的,歌颂了以方华老师为代表的革命师生的英勇斗争。这是不是小说就有了深刻的主题了呢?我以为还不能这么说。不错,小说是要写人、写事、写过程,但这不是它的目的。通过一场斗争、一个事件、一项工程,来证明道理、分辨是非、判断正误、指明解决问题的方法,这不是艺术创作的任务。文学作品,特别是能够成为"一时代的纪念碑""生活教科书"的长篇小说,主要是写人,写人的命运,写错综复杂的人与人之间的关系,写"社会关系的总和"。通过这些人物命运和关系的真实描写,在思想、观念、伦理、道德、情操和人的精神境界方面,表达作家的见解;这种见解又是作家以独特的眼光所发现的一种哲理,一种诗情,一种生活之美。这才是作品的主题,这才是艺术创作的目的。用艺术形象去图解或证明一个政治道理,就像1979年出版的一部长篇小说的内容提要所说的那样:"作品……形象地阐明了土改的必要性,回答了土改运动中涉及的许多政策性问题",即便这种"阐明""回答"十分透彻,可以考一百分,也不能说这部作品有了深刻的主题。主题是作家对生活的解释和主张,是在创作过程中逐步丰富、明朗起来的,它带着新鲜的生活露水,饱含着作者的强烈爱憎,是充分"个性化"了的情和理。由于狭隘的政治功利主义加给题材问题上的许多清规戒律,使我们有时候把主题和题材混淆起来,以为描写了重大题材就会有深刻的主题。这就给"四人帮"推行"主题先行"论准备了一定的条件,至今余毒未尽。一个抽象的政治概念(方针、政策、原理)并不能形成文学作品的主题,因此主题是不能"先行"的。但与此相反,一个严格地坚持从生活的真实出发,具有"真正的艺术家的勇气"的作家,往往会高兴地或不满地发现读者和评论家说出了他通过形象本身的丰富性所表达出的,连他自己也还没有意识到的思想意义。在时代和读者都发生了重大变化的今天,我们衷心地希望长篇小说的作者能站在新的高度上,对深化作品的主题作一些勇敢的探索和追求,以有所突破。

我在这篇文章里,就政治对长篇小说创作的干预的问题,批评了某些作品的缺点,我心中是有顾虑的。在文章的初稿中,我批评到的作品还要多得多。我在基层工作,我以为这些意见都是广大读者的共同感觉。我的看法也许是苛求的,也许有错误,我欢迎作者和读者的批评。但最后我还想对文艺批评方面表示一点意见。由于人们对"四人帮"时期那种打棍子、下判决的反感,由于读者对长期遭受迫害、在处境极其艰难的环境下辛勤创作的作家们的同情和尊敬,由于多年来因政治上的原因而形成的文艺批评上的"一窝蜂"现象的存在,近几年来,我们的文艺批评还是在走着一条阻力最小的路,隐恶扬善,步步栽花,只开补药,不敢针灸。粗暴摧残的棍子当然需要反对,廉价捧场的扇子也不可轻摇。我们的评论界、出版界,有时候往往把"结构宏伟""历史画卷",乃至"里程碑""教科书"这样的溢美之词好心地轻易奉赠给某部作品,这也是不利于创作的真正繁荣的,读者对这种不实事求是的赞扬也是很有意见的。我们应当倡导"坏处说坏,好处说好"的评论风气。

常情常理

刘西渭

过去看完了戏,每每就去参加座谈会。包括自己在内,大都说些捧场之辞,而又谦虚之至,临了总来一句"仅供参考"云云。开题总有个角度,你从这个角度出发来谈,他从那个角度出发来谈,众说纷纭,头绪繁多,剪不断,理还乱。

现在我提一个角度,不见得正确,就是合情合理,不是座谈会,权当座谈会上一个发言吧。

一部作品的好坏,表现在各方面,其中一方面,就是细节选择和使用是否得当。做文章,细节不多,也就是生活不深不透,说说故事,写得再好,也不过是大仲马的长篇小说,可供茶余酒后消磨时光。当然这也并不容易,先得有耐心去写,再得有虚构的想象力。可是我们得朝前走,不能停在这里。这就要在生活上下功夫了。从生活出发,细节选得准,用的是地方,有力量,叫人信服,有话则长,无话则短。艺术难就难在这上头。

刘心武同志的《班主任》就不算长。他给小说安排了一本"黄书"做细节,我指的是那本封皮撕掉,女的脸上画胡子,从一堆"赃物"中领出来的那本《牛虻》。好孩子把它当成"黄书",班上的团支书就是这样的。她没有看过这本书,是"黄书",当然不要看。最后,张老师家访,才知道坏孩子连"虻"字都不认得,别说看了,"虻"念成了"亡","黄"不"黄"对他不起作用。像这样的细节,说明问题的细节,《班主任》里还有许多,而《牛虻》这本"黄书"就是其中最好的一个。把这拍成电影多好啊!只要镜头老实而又细致地照小说拍,跟张老师的脚步走,就会拍成一部喜剧意味隽永的教育片子。

这些细节好在什么地方呢?在情在理。它们都在生活之中,用得准,就成了艺术。

电视节目一直在改进,对我这样行动不便的人,就成了接受教育和消磨时光的一个补救办法,可是它经常不够过瘾。不久前在第二套节目中看到了苏叔阳同志的《春雨潇潇》,不仅标题新颖,情节也还感人。好处就在细节选得准,而又用得好。看了相当过瘾。在所有细节(有太巧了的)之中,尤其最后老婆打丈夫的那一巴掌,打得好!丈夫是公安人员,追捕一位他的护士老婆临时照料的病人陈阳。陈阳是"四人帮"要搜捕的受伤通缉犯。眼看他们三个(两女一男)走出地道来到江边,可以逃出魔掌了,偏偏看见那个当公安人员的丈夫站在码头前面。她恨死了!她一气之下打了他一个响亮的耳光。打得好!打出了观众的气,打出了正气。这已经不错了,可是偏还打错了,原来丈夫是安排了船送他们逃出虎口的。只是镜头一直把他的转变(我们知道他一直在痛苦中)瞒过观众罢了。

这比"话"漂亮,一记耳光胜过一堆气话。

我在电视上还看到了话剧《报春花》。《报春花》的优点很多,最好的地方也在巧妙地使用细节上。如回厂当领导的父亲疼女儿,但是,女儿要当先进生产者了,打算填表上报,他却默默地把表从女儿那里收了去,女儿生他的气。不是他不爱女儿,是她不够格,他还是疼女儿的。不过他有正义感:他的正直为人处就通过这个细节透露出来。这是重写性格的一笔,沉默寡言而又有千金分量的一笔!他让另一个沉默寡言(由于出身不好)的生产能手当了全厂的先进典型:可惜是她的优点多半靠别人介绍,这就差些了,形象跟不上他那么鲜明。(戏写出来了,李默然同志也演出来了。不过,我要责怪你一句,戏里数你演得好,心安吗?要大家演得都和你一样好才是呀。)

有一部电影,名字我忘了,是扫除"四人帮"一年多以后放映的,我说起它的情节肯定有人想得起来,报纸当时有影评不止一次吹捧过。有一个聋子姑娘,让针灸治好了,当上了部队的电话兵。电话线断了,她冒着狂风暴雨高空修补,一不小心,电火把她打下来了,地面上两位女同事,把她护送到医院。这部电影让人看了很不舒服。部队电话兵为什么非聋子姑娘(即使治好了)不可?在部队接电话该多重要!部队的电话兵应当个个听力特强,这关系到打仗啊!难道这点儿知识做政委的大姐还没有吗?为什么带电操作不熟练竟去高空作业?她可英雄了,就是细节不对头,无力说服观众。在偶然机会,听一位内部人讲,片子一放映,上海医学界就提抗议,说并非所有聋子都能靠针灸治愈。只是当时文艺界有一位领导同志喜欢它的"高"调门罢了。领导与群众的常识就会有这样的距离!艺术是讲道理的。只要合情合理,群众就通得过。

语言含在人物的性格深处。最好的语言最有性格的光辉,最多和最少,在语言上,一点也勉强不得。啰唆了半天,不反映性格,不起作用,写得长了,反而让读者起腻,这种例子很多,用不着举。这让我想起了莫里哀《醉心贵族的小市民》里的冤大头汝尔丹。马克思欣赏的这位大商人(不是"小"市民,"小"市民能有资本妄想当贵人吗?所以《醉心贵族的小市民》这一译名里的"小"字实在多余),他打扮一新,神气十足地要招待他的贵族客人。他喊丫头进来收拾客厅,丫头看着他那身怪打扮,先是一愣,接着就笑开了,从头到尾,"嘻嘻"地笑了一场,老爷要打她也挡不住她笑。她笑垮了硬要学贵人的老爷,她的常情常理比老爷切合实际。

语言不是辞藻,不是诗句,而是生活而是诗。让我重复一遍,它在性格深处,来去轻盈自然。做一个通情达理的"普通"人吧,因为读者和观众都是普通人,他们的常情常理加在一起,就多过了你的独得其秘的天才。

新艺术手法和固有的文学观念
李国涛

随着文学的发展,我们关于文学的观念也有所发展,但是迄今为止,我们所看到的文学的发展,或者仅指小说、戏剧而言,还不足以改变文学要写人、写人物、写性格这种观念。因此,马克思主义经典作家关于小说戏剧中的人物、性格的许多见解,对我们说来仍然具有指导意义。

马克思、恩格斯在著名的致拉萨尔的信中都说到"性格的描写"的重要,说到人物的"个性化"问题,这不是偶然的,这表明一种确定的文学观念。恩格斯致明娜·考茨基的信中谈到"个性却完全消融到原则里去了"是小说的严肃缺点。恩格斯在致哈克奈斯的信中还把现实主义归纳为"除细节的真实外,还要真实地再现典型环境中的典型人物"。列宁在1915年致印涅萨·阿尔曼德的信中明确指出:"在小说里全部的关键在于个别的环节,在于分析这些典型的性格和心理。"

当然,马克思主义经典作家都是辩证唯物主义者,他们无意于用一种固定的观念限制后来的人。恩格斯就提出:"古代人的性格描绘在今天是不再够用了,而在这里,我认为您原可以毫无害处地稍微多注意莎士比亚在戏剧发展史上的意义。"可见他承认艺术描写的手法在不断发展之中,古代作家的性格描绘方式已被莎氏所突破。恩格斯还说到"一个人物的性格不仅表现在他做什么,而且表现在他怎样做"。恩格斯的这段话写于1859年,几十年以后,现代派、"意识流"的文学手法出现,加强对人物心理的描写,采取多种的描写方法,这至少可以说是在"做什么"和"怎样做"之外又加上或强调了"想什么"和"怎样想"了。新文学潮流、新艺术手法的产生有它自己的历史、社会条件,但是一种艺术手法的出现则必然会给当时和其后各种文学以相当的影响。不知是否出于这种原因,上引列宁致阿尔曼德的信中说到小说的关键在于"分析这些典型的性格和心理",在性格之外特别提到了心理。1921年列宁在《一本有才气的书》一文中说到阿威尔岑柯的小说"以惊人的才华刻画了旧俄罗斯的代表人物——生活优裕、饱食终日的地主和工厂主的感受和情绪"。看来列宁比马、恩更多地注意到文学作品中所反映的心理、感受、情绪。当然,列宁依然保持着固有的文学观念,把性格作为中心。

20世纪初"意识流"手法在欧美流行,这个流派(其实,"意识流"只是一种手法,并不是单一的文学流派)为了反映资本主义世界的生活方式、瞬息万变的生活、复杂混乱的思想情绪,运用种种新奇乃至怪诞的手法进行文学创作。它特别注意摹写人的感受,人的意识、感觉、潜意识和梦幻、联想等心理状态。为了达到写意识流动的目的,这种文学还采用"颠倒时序""变更叙述观点"等方法,加强艺术效果。

20世纪以来有许多文学大师采用了"意识流"手法,卓有成就。但是我们也可以注意到一点,就是"意识流"乃是作为一种手法,作为一种艺术形式,丰富了文学中的人物描写,而并没有否定了人物和性格在文学作品中的位置。"意识流"着重写人的意识,写人的感觉、联想乃至梦幻。但它也不是写一般的人的意识,而是写个性化的、典型化的人物的意识。传之后世的"意识流"杰作,或者引人注目的当代"意识流"作品,大约都有鲜明的人物形象。美国作家福克纳大胆地运用"意识流"手法,不但写正常人的意识流,也写白痴的意识流。他的作品不好理解,但是仍然拥有很大的读者群,在美国和世界文学界都有无可争辩的地位。原因正在于他的小说写出一系列的典型人物,而且创作出一个奇迹般的艺术环境,是一个叫作"约克纳帕塔法"的南方县境,在其中有几个家族,他们共同经历了成百年的历史。福克纳的一系列作品都在这个体系里,这个体系具有巴尔扎克式的宏大结构。"意识流"是在这样的艺术人物的心中流动的,"意识流"手法创造了一大群独特的性格。

美国当代"意识流"短篇的名作最近译过来一些。女作家乔依斯·卡罗尔·欧茨的《过关》《在冰山里》《关于鲍比·T案件》《海滨姑娘》都写出了相当出色的人物,写出了相当鲜明的性格。《过关》写美国国境检查站的几个场面,通过一位受检查的妇女的烦躁心情来表现,通过这位妇女的眼睛写检查程序,写她的联想、感觉。这可以说是很典型的"意识流"手法,人物的"意识"那样鲜明地在读者的眼前"流"过。这篇小说中的人物是有性格的。这是一位有职业、有文化教养、有幸福家庭生活的妇女,因此,烦琐的、拖延的、带屈辱性的检查给她带来烦躁、惶急和痛苦,以至产生欲呕的感觉。这是活生生的艺术形象的感觉,而不是心理学观察的病案或科学记录。这首先是有了形象,有了性格,才使"意识流"为读者清晰理解,也许可以说这是以"意识流"手法塑造了这样一位有立体感、有时代感的人物形象。美国大作家索尔·贝娄的长篇《沙姆勒先生的卫星》(读到选译的部分)和短篇《寻找格林先生》,其中人物性格也相当清晰。

最近王蒙同志采用"意识流"手法写了不少作品,引起了文艺界的注意。我读了王蒙所发表的短篇小说,很喜欢。当然,并不是每一篇都达到了同样的水平。《春之声》和《风筝飘带》比较好。我欣赏《春之声》,这篇作品的调子是积极进取的,它在喧嚣混乱、昏暗拥挤中,在刺鼻的烟味、汗味、食品味的混浊气息中,表现出不可阻遏的春天的脚步声。这篇小说运用"意识流"手法写岳之峰的心理很成功,它的成功之处不在于以心理取代性格的创造,而是以新的手法创造出鲜明的性格。岳之峰这位老知识分子回乡探亲,赶上春节人挤,坐在闷罐车里进行这次短途旅行。这个短途旅行正在他出国访问刚刚归来以后,从现代化的环境里出来,立刻挤上闷罐车,又加上几十年的坎坷经历,乡思甚切。于是,产生出他的许多联想,流动起他的"意识"。作品对他的心理的揭示是深刻的、真实的,描绘出来的性格是很具特色的。我认为还是这个规律:真实地再现了典型环境里的典型性格。

"意识流"作品有一些很难为读者接受,原因有多种。不过有的小说离开人物,不注意性格,这不能不说是它本身的缺陷。

生活的发展促进文学的发展。人们精神生活的复杂、丰富,使作家去探索新的表现形式,这乃是势之必然。"意识流",强调对意识、心理、感觉、潜意识的描绘,这也是忠实地反映了现实,也是现实主义的一部分内容。这种探索早已经有了。陀思妥耶夫斯基描绘癫痫病患者发病前后的意识,不是"意识流"手法吗?鲁迅早期就译过安德莱夫的作品《默》《漫》,安德莱夫的作品是带有"意识流"色彩的。1921年鲁迅又译了安德莱夫《黯淡的烟霭里》并写"译者附记",其中说:"俄国作家中,没有一个人能够如他的创作一般,消融了内面世界与外面表现之差,而现出灵肉一致的境地。他的著作是虽然很有象征印象气息,而仍然不失其现实性的。"鲁迅的话很中肯地道出写内心世界同时可以是现实性的。因为内心世界也是现实的一种表现,是人的生活的一部分,真切地反映内心世界是现实主义不可缺少的部分。随着人们精神生活的复杂化、多样化,不能深刻反映内心世界反而可以说是现实主义的不足。当然,带有神秘色彩使用象征的方法,使用颠倒时序、变更叙述者观点等方法,都是可以的。面向内心并非神秘主义,并非颓废没落。面向内心和面向世界本来是统一的,对于深刻的作家说来,他总要向内心世界探索。1923年郭沫若在论文《批评与梦》中讲到弗洛伊德的精神分析学说与文学描写的梦境。他说:"我那篇《残春》的着力点并不是注重在事实的进行,我是注重在心理的描写。我描写的心理是潜在意识的一种流动。——这是我作那篇小说时的奢望。若拿描写事实的尺度去测量它,那的确是全无高潮的。若对于精神分析学或梦的心理稍有研究的人看来,他必定可以看出一种作意,可以说出另外的一番意见。"现在打开那篇《残春》看,不但可见贯穿其中的心理描写,并且在小说第二部分里可以看到所谓"意识流"笔法。鲁迅1922年写《补天》时,他说是"取了弗洛伊德说,来解释创造—人和文学的—的缘起"。弗洛伊德是精神病理学家,他的心理分析学说着重于意识和无意识之间的"前意识",认为只要是人们曾经体验过的,都可以随时以联想等形式反映到意识中来。他主张文学的创造出于性的苦闷。《补天》是向人物内心世界进行探索的,从它的表现上看来,写女娲由于过于旺盛的精力而苦闷,由苦闷而思创造。女娲的心理过程也有些"意识流"意味。

"意识流"文学的理论根据之一是弗洛伊德的心理学,这不是说"意识流"的产生始于弗洛伊德。当人们问到福克纳关于弗洛伊德时,他说"我始终没有看过他的书"。"意识流"是与人同存的心理过程,作家、诗人对"意识流"的注意,以及不自觉地采用新的手法加以表现,可以说古已有之。王蒙说李贺、李白的诗有这种表现是有道理的。李贺的诗难读又使人爱读,就是因为有这种特色。鲁迅爱李贺的诗,1911年致许寿裳信请他除王琦的注本外,再购李贺诗集一二种,这当然是要参照各种注本去理解。1935年鲁迅致山本初枝的信中又一次说到李贺:"他的诗很难懂,而我也就是为了它的难懂而佩服。"这话是以幽默出之,实际上鲁迅是欣赏李贺的艺术手法的。《野草》就有点李贺风,而且在一些篇中是用了"意识流"手法的。《秋夜》里写"然而月亮也暗暗地躲到东边去了"。全集的注释中说,"是作者在深夜里一瞬间的感觉"。写这种"一瞬间的感觉",大异常人之感(月亮只能向西边落去),可以说是"意识流"常用的方法。如果我们对照李贺《秦王饮酒》,"酒酣喝月使倒行",这就把这造境的由来也看清了。如法国诗人艾吕雅的名句:

  我的心挂在树上,
  你摘就是了。

意象奇特,是现代派的,是"意识流"的。李白《金乡送韦八之西京》有句云:"狂风吹我心,西挂咸阳树。"这同艾吕雅的诗句像极了。可见西方现代诗人和中国古代诗人都同样向人的内心探索。如鲁迅说,要"消融了内面世界与外面表现之差",这也就是"意识流"手法。当然,把"意识流"发展成一种独立的形式和艺术体系,这还有赖于各种社会历史条件,我们只是说它作为一种手法,早已出现过。

  我们当代作家也在探索。除王蒙以外,我想在这里提出短篇小说作家成一。成一的艺术探求集中在人物的心理刻画上,集中在开掘人物的精神世界。他的突出的特色是直接描绘人物在特定情节或特定场景中的心理状态。他不是以人物的行动表现人物的心理,不是仅仅写人物"怎样做"。成一在介绍出一个特定的环境之后,便直接剖析人物的心理,然后写这种特殊的心理如何支配人物的行动。行动,是人物心理活动的结果。成一不取"意识流"的跳跃、变幻,避开扑朔迷离的神秘感。他大胆地采用这种写法:一种心理活动贯穿一篇小说的首尾,心理刻画完成,小说结束。他常常反复地描述人物的某一种感情,或者层层递进,或者从各个侧面,把那种感情写得很深、很透。常常在小说的一开始,作者就把人物的某一种感情、感觉,直接地点明。你不要以为作者的手法太直率。不,他的开掘相当深,开掘出来的又相当细。《滴滴清明雨》(《汾水》1980年第1期)以严格的现实主义精神写一个普通党员自己觉出"有一种潜在的意识在慢慢复苏","他努力压抑它,却总压抑不下"。它表现得很顽强,甚至任丙月本人都控制不住这种意识。如果没有适当的环境描写,只写凭空而来的一种意识,那也许会成为神秘主义的东西。然而这不过是粉碎"四人帮"以后党性的复苏。小说反复地写任丙月的犹豫——冲动,冲动——懊丧,冲动——控制,控制——复苏!《绿色山岗》(《北京文艺》1980年第4期)反复渲染的是一对爱人间的"苦涩味儿","苦涩的刺痛"。在这里,爱情的苦涩和爱情的欢乐,爱情的刺痛和爱情的追求,微妙地交织到一起。

从成一的小说我感到,他是很明确地把塑造人物、性格放到首要的地位。他不局限于写人物"怎样做",他大胆地把人物"怎样想"突出地写出来;他的小说不是一个故事、一场冲突,而是一个心理过程。我觉得成一的探索是保留着固有的文学观念,而又采用了新的艺术手法。

1981年

和新形式探索者对话

王元化

　　艺术要发展,要前进,就需要突破,需要创新。我要向那些蔑视机械的模式、冲击因袭的陈规、在创新道路上不畏险阻奋勇前进的相识或不相识的探索者致敬。为什么艺术家就不能像科学家一样,可以从事经过认真思考过的试验,哪怕这种试验仅仅属于新形式的探索?为什么不能像对待科学家一样也容许艺术家在试验上失败,而不受到非议和责难?我们不能再重复过去那种不分皂白把一切有关艺术形式的探讨一律斥为形式主义倾向的谬误了。在文学史上,随着每个重大历史时期的递嬗,都经历了一场艺术形式的变革。尽管莎士比亚仍然像歌德所说的是一位无人可以企及的伟大作家,可是现在哪个剧作者还会使用莎士比亚那种繁缛的充满隐喻和双关语的枝叶披纷的语言呢?这样做只会显得迂腐可笑。反过来,如果我们由于时间距离久远已经不习惯莎士比亚在他那时代为当时所有剧作家所采用的那种语言表达方式,就断言他留给我们的凝聚着人类智慧精华的巨大遗产已经过时,于是掉首不顾,弃若敝屣,甚至以轻佻态度去任意加以褒贬,那也是愚不可及的。今天的小说作者也不会再像巴尔扎克按部就班去描写宅邸、室内、陈设、人物、服饰、面貌那种近乎整齐划一因而多少显得板滞的表现手法了,虽然巴尔扎克仍然是今天不少作者的学习榜样。这并不奇怪,因为19世纪作家所惯用的表现手法已经不能完全适应表现我们今天生活的气息、节奏、氛围和复杂多变的内容了。现实生活要求充分而完美地去表现它本身的新形式。

　　我是坚持现实主义写实原则的。在最近上海作协和《上海文学》编辑部召开的短篇小说座谈会上,有两位作家的发言不约而同地说出了和我完全一致的信念:"只有真的才是美的和善的。"我认为这一说法较之过去出现过的把真善美割裂和现在正流行的把真善美并列的观点是更合理更科学的。形式和表现手法毕竟不是文学的最根本问题。我同意另一位作家所发出的呼吁:面向严酷的生活,不要为了追求艺术上的声、光、色的美,而把文学的注意力从我们还来不及思考和整理的重大生活问题引开去。我觉得这位作家用这些话来唤起文艺工作者肩负起时代使命的责任感,并不是对当前进行表现手法探索的菲薄,而是必要的提醒,以便使这种探索得以健康地开展。我们不能把形式或表现手法在文学创作上的作用加以无节度地夸大,用它作为衡量作者是否敢于突破和创新的唯一尺度,或者评论作品优劣成败的决定因素。我们应该承认有不少杰出的作家,正如卢那卡尔斯基所说的那样是"不穿制服的将军"。他们并不特别关心形式和表现手法问题,殚思竭虑地在这方面进行反复推敲,下功夫去精雕细琢。他们在构思的时候,往往把全部精力倾注在人物性格和生活意义的思考上,而在表现这些内容的时候却漫不经心,匆忙落笔,只求达意就行了。如果我们要从巴尔扎克的作品中寻找形式或表现手法的缺陷,乃至事件上的出入和情节上的漏洞,那是并不困难的。至于陀思妥耶夫斯基作品中的某些段落,更是写得拖沓、累赘、繁冗。但是,能够说巴尔扎克和陀思妥耶夫斯基不是伟大的作家吗?能够说他们的作品没有自己的风格和作为伟大作家标志的独创性吗?他们和同时代作家比较起来,谈不到有什么特别新颖的表现手法,更说不上在艺术形式上做出重大的突破。他们从生活中探索真理,用自己的眼睛去看,用自己的感情去感受,用自己的思想去思考,这使他们的作品留下鲜明的创作个性。这类作品是榛楛弗剪的深山大泽,而不是人工修饰的盆景。它们蕴含着内在美,我们可以用陆机所说的"石蕴玉而山辉,水怀珠而川媚",去形容它们的内容意蕴所发生的作用。应该说它们也是敢于突破敢于创新的作品。尽管写出这类作品的作家没有穿上镶滚金边威风显赫的元帅服,但任何人都会承认他们是文坛的宿将,征服人类心灵的大师。

  我举出上面的例子并不是贬低当前在表现手法上追求创新的努力。对新事物泼冷水并不会使我比别人更少反感。我在艺术鉴赏力上也没有迟钝到对于形式美毫无感受的地步。凡不是为了随风趋时,不是为了竞新争奇,而是踏踏实实顺应时代和生活的要求在艺术形式或表现手法上进行新的尝试,我都为之欢欣鼓舞。纵使一时我还不理解,我将虚心学习使自己逐渐明白起来。纵使这种尝试本身暂告失败,我也会耐心等待,默祝它终有成功之日。在这方面我有过实际的经验和感受,这就是我从北京人民艺术剧院演出的《茶馆》中所领会到的艺术形式的创新意义。我要毫不犹豫地说,它在我国话剧史上写下了最美的篇章,确立了我国话剧表演具有民族风格的独创性。这种在艺术形式或表演手法上的探索和尝试及其取得的成就是不可等闲视之的。如何把古老传统的戏曲表演方法引进到话剧中来,使它毫无斧凿痕迹地与话剧的反映今天时代和社会的要求达成默契,融为有机的浑然整体,从而出现一种令人耀目惊心的崭新形式,却是一项极复杂极艰巨的工作。这绝非朝夕之功,也不可能一蹴而就,而需要编剧、导演、演员、美工等亲如一人般的通力协作,在探索过程中绞尽脑汁,流出大量汗水。北京人艺最近出版的《茶馆的舞台艺术》就是记载这一艰难创业的实录。恕我冒昧地说,他们在这以前也有过失败,最明显的就是《蔡文姬》的演出。我不知道究竟应该归咎于写得不好的剧本所带来的局限呢,还是由于导演和演员没有积累足够的经验,把传统戏曲表演手法加以消化,以致处处露出生拼硬凑的痕迹,成为与"话剧加唱"式的京剧相反的"京剧减唱"式的话剧。也许这是探索过程中难免的——没有失败就没有成功。直到最近我看了北京人艺再次取得成功的《左邻右舍》的演出后,我才作出上面那种评价。后者虽然赶不上《茶馆》,但走的是一个路子,这说明北京人艺在形式探索上对自己所开辟的新天地已经有了明确的认识。希望他们站稳脚跟,顺着这条道路走下去。

在艺术形式和表现手法的探索中,可以继承民族的东西,也应该引进外国优秀的东西。鲁迅就是后者的典范,他把国外(特别是俄罗斯文学)的艺术形式和表现手法引进到他那和我国传统作品截然异趣的新小说中来,从而揭开了我国新文学史的第一页。如果没有鲁迅筚路蓝缕披荆斩棘之功,就不会使我们的小说如此顺利地出现今天这种局面。自然,从国外引进新的表现手法这项工作并没有终结,仍应继续下去。但是很不幸地,这项工作长期以来中断了。其实早在解放初"一边倒"的情况下,西方就已成为一个未经探测像被魔法禁锢起来的世界。对于这片陌生的国土,我们虽然一无所知,却信心十倍地确认那里的一切,从社会、政治、经济、工业直到科技、文化、道德、艺术等,都是垂死的、腐朽的、行将崩溃的。可是当我们痛定思痛,懂得了必须认真总结过去的经验教训之后,通向西方的窗户终于打开了。我们有如马克·吐温笔下的里凡从一场大梦中醒来,惊讶地发现我们并没有看见事实的真相。过去那种坚定的信心,原来是盲目的唯意志论。过去那种深信不疑的确认,原来是经不起事实考验的主观独断。现在我们再向西方望过去,对那些五彩缤纷朱紫杂陈的奇景应接不暇,不免看得眼花缭乱,头晕目眩。于是,在匆匆忙忙引进西方的科学技术、成套装备和文化艺术的同时,也涌进了贴上洋商标的盲公镜、已经过时的喇叭裤、走了样的开字头。似乎我们要像性格开朗、活泼好动、喜新厌旧、追求刺激的美国人所掀起的"中国热"那样,也搞一场"西方热"或"美国热",来报之以桃李。面对这种从未碰到的新形势下的新问题,我们该怎么办?如果有人主张重袭前清顽固派保存国粹的那种对策,或者干脆采取义和团扒铁路、砍电线杆的那套蛮干的办法,我是坚决反对的。小青年戴上贴洋商标的盲公镜如痴如醉地向往西方生活方式的迷洋心理,固然是值得我们关心和重视的社会问题。但是,我们也不必感叹人心不古、世风日下,我们应该探索它的社会根源,认清这是历史对长期以来所形成的闭关锁国的无情惩罚。不必强制那些盲目迷洋的小青年改装易服,还我故衣冠。我们要学会循循善诱,相信他们一旦受到良好教育,有了较高的文化素养,变得更文明起来,他们自会懂得怎样把自己打扮得更美一些。重要的问题是,从国外引进什么和怎样引进,这是需要严肃认真思考的。我认为鲁迅所提倡的"拿来主义"仍是我们必须遵守的原则。拿来,就需要辨认、识别、取舍、融化……其目的是为了祖国的"四化",把社会主义大厦建设得更美好更壮丽。这就必须要有冷静的头脑和科学的态度。我不赞成像外国人那样一窝蜂地搞什么热,西方一些作家所盛行的不断花样翻新的做法并不值得我们效法。是不是可以把那里文艺界不断出现的旋生旋灭的种种新异流派看作是文艺商业化的表现呢?罗曼·罗兰在《约翰·克利斯朵夫》中曾经描写过巴黎的艺术市场,请读一读《节场》这一章吧,它会使我们懂得新的并不一定都是好的。

我希望我的意思不致被误解为拒绝从西方现代艺术流派中引进新的表现手法。目前有几位作家正在尝试把意识流运用到自己的小说中来,由于这种探索正在开始,我不想评论他们现在所发表的几篇作品的成败得失。但是,不要由于自己不习惯或读不懂就轻率地把他们的尝试一笔勾销。他们中间有人把人、人物、性格、心理区分开来的观点是我感到惊讶而不能接受的。但我要耐心等待,从他们以后写得更成熟的作品和阐发得更充分的文学见解去对他们的创新尽量作出中肯的判断。坦率地说,我对意识流还不怎么理解也没有研究。我只知道意识流这一概念来自威廉·詹姆士的《心理学》。这书我在"文革"前读过,并不认为它是一部具有卓识的了不起的著作。抗战初我从亡友满涛那里曾翻阅过他收藏的詹姆士·乔伊斯的《尤利西斯》。这部堪称意识流代表作之一的作品,是一本写得非常古怪的著作,其中有许多页全是没有标点符号的文字,或者相反全是没有文字的标点符号。此外,还有大写字母和小写字母的错乱使用等。我的英文程度差,简直无法卒读。满涛精通英语,又有很高的文学素养,但他也说很难读懂。据我们两人在当时的议论,乔伊斯这一流派是主张把未经整理过的在作者脑海中刹那闪现出的意识流动波迅速地照原样记录下来。如果那时的印象大体符合实际,那么,乔伊斯的新流派不过是把旧有的感性直观或潜意识的文艺理论推向极端而付诸实践罢了。应该承认,我们过去在写人的时候很少或根本不涉及下意识或其他复杂的心理因素。现实的人的动作或反动作并不都是像我们大量小说中所写的那样是经过理性的审慎衡量的。他们往往凭着感情的冲动或其他心理因素(例如古希腊人所说的"情志")去行事。为了弥补这种缺陷,去借鉴意识流的表现手法自然是可以的。但是,如果以为在这方面只有意识流才是最好的借鉴,那也未免太偏颇。根据我读过的作品来说,例如司汤达的《红与黑》与《巴玛修道院》,以及罗曼·罗兰描写克利斯朵夫儿童时期的心理活动和他在创作乐曲时的艺术构思活动所取得的非凡成就,绝不在我读过的意识流作品之下。我认为把表现复杂心理活动的多样手法全都归之于意识流,从而把意识流以前在这方面作出贡献的作家(甚至包括我国古代诗人),都说成是采用了意识流的表现手法,来为意识流争专利权,这是不是有些夸大?自然,现在电影采取了意识流表现手法,把过去现在未来相互交叉,打破时空刻板顺序的局限,从而形成了跳跃的节奏,逼真的气氛,轻快的旋律,生动的场面,取得了令人赏心悦目的效果,这是不容抹杀的。我认为对于引进意识流表现手法的尝试,既不应粗暴的苛责,也不应盲目的颂扬。我建议,我们(自然包括我本人)对意识流的作品和理论多做些踏踏实实的研究,先不忙于亮出旗号。归根到底,我同意一位作家在讨论意识流时所发表的意见:"传统的现实主义表现手法,仍然是最重要的基本功,不要丢掉这个传统。"

我在上海召开的短篇小说座谈会上听说《人民文学》来稿的三分之一都是意识流式的。《上海文学》编辑说他们收到的也大多是这样的稿件。倘情况确实如此,那么在广大青年作者中似乎已形成了一股意识流的热潮。一些青年作者是怎样来理解意识流的呢?据说,有不少人往往在写不下去的时候来一串虚点,做一场梦,加一场内心独白或插进一段旁白之类。这种用凌虚蹈空来代替务实求真的写法,使我不得不想到我曾经援引过的那两位作家的呼吁和告诫:面向严酷的生活,不要丢掉现实主义的传统,不要借口追求艺术美回避生活的尖锐矛盾。风中的物体会有各式各样的形态:站着的、摇摆的、倒伏的,但有生命力的文学从来都是迎着压力站着的文学!我觉得目前在不少青年作者中所出现的这场意识流热,是和我们过去多年来对西方所形成的闭关锁国的情况密切相关。同时,是不是有一种避开生活中的尖锐矛盾,认为还是在形式上进行突破比较保险的心理也在无形之中起着作用?过去那些机械的模式和因袭的陈规,压得青年作者喘不过气来,激起他们追求新异,恐怕也是一个重要原因。就后一种情况来说,我除了向青年作者们推荐《约翰·克利斯朵夫》的《节场》之外,我还要请青年作者们仔细读一读契诃夫的《海鸥》。这个剧本并不像通常所理解的那样只是单纯地描写恋爱,它也是反映当时俄罗斯文艺界的一幅精致的缩影。19世纪末20世纪初,在俄罗斯艺术领域内也经历了一场追求新形式的热潮。《海鸥》中的特里勃列夫就是投入这场热潮中的一位青年作家。他被抛在穷乡僻壤,默默无闻,但他怀着一颗赤诚的心,真挚热烈地探索形式的创新,企图以此来向周围死气沉沉的艺术界的陈腐空气进行挑战。戏在开始的时候,他的母亲伊琳娜,一个自私、俗气、心地狭窄却在当时戏剧圈子里享有盛誉的女演员,和她的情夫特利哥林,一位平庸的却又有些小才气的作家,一起回到乡间来了。特里勃列夫让自己的女友宁娜为他们演出自己新写成的一个剧本。这个剧本的开场是一段独白:

> 人们、狮子,鹧鸪和苍鹰,长角的鹿、鹅、蜘蛛,住在水里的沉默的鱼,和海星,和眼睛不能看见的一切生灵——一切有生之伦,一切有生之伦,一切有生之伦,既

已完成了他们悲哀的循环,都已经寂灭。千年,万年,地球上不曾生出生命,只有这凄惨的月亮在空虚里点着它的明灯。草原上,不再有鹭鸶长啸一声而惊醒,菩提林里,也没有五月甲虫的声音。空虚呀,空虚,空虚;恐怖呀,恐怖,恐怖;寒冷呀,寒冷,寒冷!(稍停)生物的尸骸都已化为灰尘,永恒的物质已将他们变成了岩石、流水和浮云。一切的灵魂全都化为一体,而我,我就是这世界的灵魂……

我不知道契诃夫凭借什么力量,竟像普洛士丕罗挥动一下手中的魔杖,就写出了这段奇异的独白。他是一个坚贞不渝的现实主义作家,可是他模拟追求形式创新的表现手法却远远凌驾在当时那些新流派的新作品之上!我们究竟应该怎样来对待特里勃列夫在艺术形式上的这种探索和尝试?他那自私的甚至对自己儿子也嫉妒的母亲,充满了陈腐的偏见,除了已经习惯盖上通行公章的东西之外,把一切新事物都看作异端。她用不屑一顾的轻蔑口吻说:"颓废派。"这三个字一下子就判了这部作品的死刑。她的情夫,那个平庸的成名作家特利哥林是比她懂得创作甘苦的,他说:"每个人都是按照自己所喜欢所能够的来从事写作。"倘使问我本人对于特里勃列夫写的这段独白怎样看。我要这样回答:我反对伊琳娜那种一笔抹杀真诚追求艺术新形式的努力。粗暴地去刺痛艺术家的自尊心,使他的人的尊严受到凌辱,那是不尊重人、不关心人的表现。我宁取特利哥林比较通情达理的宽容态度,我也要说,每个人可以采取他自己所喜爱的艺术表现手法,而不应把自己的审美趣味强加于人。不过,我想还是让真诚追求艺术新形式的探索者特里勃列夫自己来发言,也许更能对我们的青年作者有所启发。他在探索的道路上逐渐发觉在艺术形式和表现手法上新的并不一定都好。他对宁娜说:"我的剧本那么愚蠢地失败了。我已经把它烧掉,片纸不存了。你怎么知道我心里的苦恼啊!"后来,特利哥林从他那里夺去了宁娜的爱,而不久又把她抛弃了,他陷入更大的痛苦中,可是艺术家的良心使他公正地说:"特利哥林已经找到他自己的一套手法了,所以他写起来就很容易。对于他,破瓶的颈子在堤上闪光,风磨的巨轮投下一道黑影——那就是月夜的情景。可是,我呢,战栗的光影,星星们安静地眨着眼睛,远远的地方有钢琴的旋律,在寂静芬芳的空气里渐渐消逝……唉,这真令人苦恼!"由于这种清醒的自省,特里勃列夫对于自己所卷入的那场追求新形式的热潮终于大彻大悟。我们应该牢牢记住紧接上面的反省,他说出的这几句话:"我越来越相信,这并不是新形式和旧形式的问题,要紧的是,一个人写作的时候应该根本不会想到形式,而是它自然地从灵魂里涌了出来的。"这几句话说出了一个经过认真实践的探索者的心声,他曾经在自己的探索过程中呕尽心血,遍尝甘苦,我想这个过来人的告白至少可以作为一种意见供我们的青年作者参考吧。我觉得这几句话也可视为契诃夫本人的文学见解。照我看来,其中确实触及艺术的创作规律。表现手法并不像有人所理解的那样,是作家可以随便挑选的时装。它和作家的气质、趣味、个性以及感受生活的方式结合在一起。黑格尔在《美学》中提出"形象的表现方式正是作家的感受和知觉的方式",可以用来说明形式必须自然地从灵魂中涌现出来这句话所包含的深刻意蕴。要知道在19世纪末20世纪初俄罗斯艺术界所出现的追求新形式的热潮中,契诃夫不仅以自己的新型剧作出色地完成了对传统戏剧的巨大变革,而且开启了莫斯科艺术剧院在表演艺术上所作出的卓有成就的突破和创新,为这个新的表演体系铺平了道路。丹钦柯曾经在他的回忆录中说,新表演体系的建立是从契诃夫批评旧剧场"演员们演得太多了"这句话得到最初启示的。所以至今莫斯科艺术剧场的大幕上仍以海鸥为标志,来纪念契诃夫的开创之功。这一切都使我认识到,不管什么形式或表现手法,不管是借鉴传统固有的或引进国外新生的,我们都应该记住:文学的内容与形式必须是从灵魂里自然涌现出来的。让我们把这句话作为新形式探索征程上的起点吧。

审美与形式感

李泽厚

什么是美既然难谈,那么转个弯,先谈对美的具体感受特征,也许更实在一点。人们总是通过美感来感受或认识美的呀。不知你是否同意,在美学史上,这叫作"自下而上的美学"(或者说从美感经验出发的近代美学),以区别于"自上而下的美学"(或者说从哲学原理出发的古典美学)。我们是现代人,这次就从近现代美学所侧重的美感问题谈起,如何?

你这热爱文艺的年轻人,你从欣赏艺术、观赏自然……总之从美那里得到的,不正是一种特殊的愉快感受吗?不正是一种或忘怀得失或目断魂销或怡然自乐的满足、快慰或享受吗?无怪乎好些外国美学家要把美说成是"极为强烈的快感"(赫奇生)、"持久的快感"(马歇尔)、"快乐的对象化"(桑塔耶拿)了。中国古代也经常把五色、五音跟五味连在一起讲,把"美"这个字解释为"羊大":好吃呀。看来,美感与感官快适确乎有某种联系。你的房间墙色不是愉快的浅米黄吗?如果把它刷成"红彤彤",一条充满荆棘、布满沟壑的路,一条宽起来无边、窄起来惊心的路,一条爬上去艰难、滑下去危险的路,一条没有尽头、没有归宿的路,一条没有路标、无处询问的路,一条时时中断的路,一条看不见的路……我想你会受不了,换成墨绿,恐怕也不行。尽管你喜欢彤红和墨绿的毛衣,但毛衣并不是你必须天天面对着一大片的周围环境。外在物质世界的各个方面——从它们的面积、体积、质料、重量到颜色、声音、硬度、光滑度等等,无不给人以刺激,五官感觉的神经系统要做出生理—心理反应。同一座雕像,是黝黑粗糙的青铜还是洁白光滑的大理石,便给人以或强劲或优雅的不同感受;同一电影脚本,是用黑白拍还是用彩色拍,其中也大有文章。做衣服,布料不同于毛料;奏乐曲,速度略变,意味全殊。人们对美的创作和欣赏,总包含有对色彩、形体、质料、音响、线条、节奏、韵律等感知因素,正是它们为美感愉快提供了基础。那位把美定义为"快乐的对象化"的美学家好像说过,如果希腊巴比隆神庙不是大理石的,皇冠不是金的,星星不发光,大海没声息,那还有什么美呢?在这里,值得注意的是,不仅是物质材料(声、色、形等等)与视听感官的联系,而更重要的是它们与人的运动感官的联系。对象(客)与感受(主),物质世界和心灵世界实际都处在不断的运动过程中,即使看来是静的东西,其实也有动的因素,美和审美亦复如此。其中就有一种形式结构上巧妙的对应关系和感染作用。在审美感知中,你经常随对象的曲直、大小、高低、肥瘦、快慢等形式、结构、运动而自觉不自觉地做出模拟反应。"我们欣赏颜字那样刚劲,便不由自主地正襟危坐,模仿他的端庄刚劲;我们欣赏赵字那样秀媚,便不由自主地松散筋肉,模仿他的潇洒婀娜的姿态。"(朱光潜:《谈美书简》第八十四页)朱先生用"内模仿"(美学中移情说的一种)来解释美感愉快。格式塔心理学家则把这种现象归结为外在世界的力(物理)与内在世界的力(心理)在形式结构上的"同形同构",或者说"异质同构",就是说质料虽异而形式结构相同,它们在大脑中所激起的电脉冲相同,所以才主客协调,物我同一,外在对象与内在情感合拍一致,从而在相映对的对称、均衡、节奏、韵律、秩序、和谐中,产生美感愉快。一切所谓"移情"、所谓"通感"、所谓"共鸣"非他,均此之谓也(参看 R. 阿海姆《艺术与视知觉》《艺术心理学试论》)。而这也就是艺术家们所非常熟悉、经常追求、在美学中占有重要地位的"形式感"。它比起那种单纯感官快适,对美感来说当然更为重要,它"表现"的是更为复杂多样的运动感受。棕榈、芭蕉、竹丛、雪花一样飘飞的木棉和蓝蓝的山影之中,令我感动不已。不知不觉又唤起我画画的欲望。我回到家赶忙翻出搁放许久的纸笔墨砚,待在屋里一连画了许多天,还拿出其中若干幅参加了美术展览。当时,一些朋友真怀疑我要重操旧业了。不,不,这仅仅像着了魔似的闹了一阵子而已。跟着,潜在心底的人物又开始浮现不是吗?曲线使人感到运动,直线使人感到挺拔,横线使人感到平稳;红色使人感到要冲出来,蓝色使人感到要退回去;直线、方形、硬物、重音、狂吼、情绪激昂是一个系列,曲线、圆形、软和、低声、细语、柔情又是一种系列。"其得于阳与刚之美者,则其文如霆如电,如长风之出谷,如崇山峻岩,如决大川,如奔骐骥,其光也如日,如火,如金镠铁……其得于阴与柔之美者,则其文如升初日,如清风,如云,如霞,如烟,如幽林曲涧……"(姚鼐)我不知道你读不读古文,这段文章是写得相当漂亮的,它没有科学的论证,但集中地、淋漓尽致地把对象与情感(感知)相对应、具有众多"异质同构"的两种基本的形式感说出来了。中国古代讲诗文、论书画,以及他们喜欢强调的"气"(生命力)、"势"(力量感)、"神"、"韵"、"理"、"趣"等美学范畴,都经常要提到这种人与自然相同一的高度,其中就包含有主体与对象的异质同构即相对应的形式感问题。本来,自然有昼夜交替、季节循环,人体有心脏节奏生老病死,心灵有喜怒哀乐七情六欲,难道它们之间(对象与情感之间、人与自然之间……)就没有某种相映对、相呼应的共同的形式、结构、秩序、规律、活力、生命吗?暂且甩开内容不谈,中国古代喜欢讲的"大乐与天地同和""言之文也,天地之心哉""夫画,天地变之大法也""是有真宰与之沉浮"等等,不也是要求艺术家们在形式感上去努力领会、捕捉、把握自然界的种种结构、秩序、生命、力量,参宇宙之奥秘,写天地之辉光,用自己创造的物态化同构把它们体现、表达、展示出来,而引起观赏者们心理上的同构反应?孔子曰:"仁者乐山,智者乐水,智者动,仁者静。"山、静、坚实稳定的情操;

水、动,流转不息的智慧,这不正是形式感上的同构而相通一致?"春山淡冶而如笑,夏山苍翠而如滴,秋山明净而如妆,冬山惨澹而如睡""望秋云,神飞扬;临春风,思浩荡""喜气写兰,怒气写竹"……不也都如此?欢快愉悦的心情与宽厚柔和的兰叶,激愤强劲的意绪与直硬折角的竹节;树木葱茏一片生意的春山与你欣快的情绪,木叶飘零的秋山与你萧瑟的心境;你站在一泻千丈的瀑布前的那种痛快感,你停在潺潺小溪旁的闲适温情;你观赏暴风雨时获得的气势,你在柳条迎风中感到的轻盈;你在挑选春装时喜爱的活泼生气,你在布置会场时要求的严肃端庄……这里面不都有对象与情感相对应的形式感吗?梵高火似的热情不正是通过那炽热的色彩、笔触传达出来的?八大山人的枯枝秃笔,使你感染的不也正是那满腔的悲怆激愤?你看那画面上纵横交错的色彩、线条,你听那或激荡或轻柔的音响、旋律,它们之所以使你愉快,使你得到审美享受,不正由于它们恰好与你的情感结构相一致?声无哀乐,应之者心,不正好是你的情感的符号化、对象化、物态化?美的欣赏、创作与形式感的关系还不密切吗?

那么,是否说,人与对象在形式感上相对应以及所引起的美感就是纯生理、纯形式的呢?对牛弹琴,牛虽不懂,但也能感到愉快而多出奶。你喜欢讲俏皮话,大概要这样问。对。我完全同意。上面提到的快乐说、内模仿说、格式塔说的共同缺点似乎就在这里。它们强调了形式感的生理、心理方面,没充分注意社会历史的方面,特别是没重视就在人的生理、心理中已经积淀和渗透有社会历史的因素和成果。对象的形式和人的形式感都远非纯自然的东西。两个方面的自然(对象的形式与人的形式感),无论是色、声、线、体态、质料以及对称、均衡、节奏、韵律、秩序、规律等(形式),也无论是对它们的感受、把握、领会等(形式感),由于在长期的历史实践中与人类社会生活结了不解之缘,便都"人化"了。"一定的自然质料如色彩,声音……一定的自然规律如整齐一律、变化统一……一定的自然性能如生长、发展……之所以成为美,之所以引起美感愉悦,仍在于长时期(几十万年)在人类的生产劳动中肯定着社会实践,有益、有用、有利于人们,被人们所熟悉、习惯、掌握、运用……所以,客观自然的形式美与实践主体的知觉结构或形式的互相适合、一致、协调,就必然地引起人们的审美愉悦。这种愉悦虽然与生理快感紧相联系,但已是一种具有社会内容的美感形态……不同的自然规律、形式具有不同的美,对人们产生不同的美感感受,还是由于它们与不同的生活、实践、方面、关系相联系的结果。例如不同的色彩(如红、绿)的不同的美(或热烈或安静)……来自它们与不同的具体方面、生活相联系(红与太阳、热血,绿与植物、庄稼)。……"(拙作《美学论集》第一七五页)所以,人听音乐感到愉快与牛听音乐而多出奶,毕竟有性质的不同,人能区别莫扎特与贝多芬,能区别贝多芬的"第三交响乐"与"第五交响乐"而分别得到不同的美感,牛未必能如此。人看到红色的兴奋与牛因红色而兴奋,也并不一样。人能分辨红旗与红布,牛则不能。即使是"原始人群……染红穿带、撒抹红粉,也已不是对鲜明夺目的红颜色的动物性的生理反应,而开始有其社会性的巫术礼仪的符号意义在。也就是说,红色本身在想象中被赋予了人类(社会)所独有的符号象征的观念含义。从而,它(红色)诉诸当时原始人群的便已不只是感官愉快,而且其中参与了、储存了特定的观念意义了。在对象一方,自然形式(红的色彩)里已经积淀了社会内容,在主体一方,官能感受(对红色的感觉愉快)中已经积淀了观念性的想象含义"(拙作《美的历程》第四页)。可见,自然与人、对象与感情在自然素质和形式感上的映对呼应、同形同构,还是经过人类社会生活的历史实践这个至关重要的中间环节的。形式感、形式美与社会生活仍然是直接间接地相联系,审美中的身心形式感中仍然有着社会历史的因素和成果。

正因为此,看来应该是具有人类普遍性的形式感、形式美中,又仍然或多或少,或自觉(如封建社会把色彩也分成贵贱等级)或不自觉(如不同民族对同一色彩的不同观念,红既可以是喜庆也可以是凶恶;白既可以是纯贞也可以是丧服)显示出时代的、民族的以至阶级的歧异或发展。各个不同时代、不同民族的工艺品和建筑物,便是一部历史的见证书。为什么现代工艺的造型是那样的简洁明快,大不同于精工细作繁缛考究的巴洛克、洛可可或明代家具,为什么今天连学术书籍的封面装帧也那样五颜六色、鲜艳夺目,大不同于例如19世纪那种严肃庄重,它们不都标志着今天群众性的现代消费生活中的感性的自由、欢乐和解放吗?为什么现代艺术中的节奏一般总是比较快速、强烈和明朗,这难道与今天高度工业化社会中的生产、生活、工作的节奏没有关系?画的笔墨、诗的格律、乐的调式、舞的节拍……不也都随社会时代而发展、变异、更新吗?审美形式感的生理—心理的普遍性、共同性与特定的社会、时代、民族的习惯、传统、想象、观念是相互关联、交织、渗透在一起的。从而,在所谓形式感中,实际有着超形式、超感性的东西。不知道你还记得不,我爱说,美在形式却并不就是形式,审美是感性的却并不等于感性,也就是这个意思。人们讲美学,常常强调内容与形式的统一,感性与理性的统一,我们今天没讲多少具体的社会内容,然而仅从形式感这个角度便可以看到,马克思的人化自然说正是正确阐释上述这些统一的基本哲学理论。

也许你又要笑我,三句离不开哲学。是的,不仅艺术有形式感问题,科学也有。科学中,最合规律的经常便是最美的,你不常听到科学家们会赞叹:这个证明、这条定理是多么美啊。有位著名的科学家说,如果要在两种理论———一种更美些,一种则更符合实验———之间进行选择的话,那么他宁愿选择前者(《国外社会科学》1980年第1期第26页)。这不是说笑话,里面有深刻的方法论问题。有趣的是,科学家不仅在自己的抽象的思辨、演算、考虑中,由于感受、发现美(如对称性、比例感、和谐感)而感到审美愉快,而且它们还经常是引导科学家们达到重要科学发现、发明的桥梁:由于美的形式感而觉察这里有客观世界的科学规律在。宇宙本就是如此奇妙,万事万物彼此相通,它们经常遵循着同样的规则、节律和秩序,作为万物之灵的人类,通过漫长的历史实践,正日益广泛地领会着、运用着、感受着它们,通过科学和艺术,像滚雪球似的加速度地深入自然和生活的奥秘,这里面不有着某种哲理吗?这里不需要哲学来解释吗?我想,如果中国哲学"天人合一"(自然与人的统一)的古老词汇,经过马克思主义实践哲学的改造,去掉神秘的、消极被动的方面,应用到这里,应用到美学,那也该是多么美啊。你不会以为我在说胡话吧,别忙于表态,再仔细想想,如何?

有感"新的美学原则"的"崛起"
周良沛

早在孙绍振同志的《新的美学原则在崛起》(以下简称《崛起》)出现之前,"崛起"之说就在诗歌界闹腾一年了。去年11月,有个大学中文系出版的刊物《崛起的一代》就以"崛起"的姿态,对六十年的新诗不仅是虚无主义地否定,而且是搞人身攻击,指名道姓地骂街。对以不少好诗丰富了新诗宝库的艾青同志也说:"你在我们当中挤来挤去干什么?我们要送你上火化场,再开进我们浩浩荡荡的诗歌新军,去拆你们的庙!"与此同时,又有这个刊物当中的人向艾青同志写了唱赞歌的信,对着刊物上杀气腾腾的语言,这信就未免写得太肉麻了。

孙绍振同志在《崛起》一文中,推出舒婷做"崛起"的代表人物,因此,他在《福建文学》1980年4月号上谈舒婷创作的《恢复新诗的根本传统》也可以用来作为《崛起》的理论的注释与补充。我引的孙绍振的话,也完全出自这两处。

当然,孙绍振同志寻找体现自己崛起的美学原则的诗人,自然不会是那些没有引人注目的作品而空称自己为"崛起的一代"的"诗人",他将读者的注意力引向舒婷也并非偶然。从舒婷同志答读者的文章中知道,她从小好读,在十年浩劫中,目睹的世事,内心的磨难,都在她忧郁的沉思中化为真切的诗情。她的作品一开始和读者见面就不仅以诗情的真挚动人,也以明显地不同于一般初发表作品的作者的艺术修养而引人注目。我们现在看到她公开发表的作品,绝大部分写于十年浩劫之中。那个时候,一个除了还有内心的尊严、骄傲,已失去任何自卫能力的女孩子,在她的诗里流露出一种孤寂情绪,以至于新作中还见它的余绪是毫不为怪的。这是当时不正常的社会生活及人与人的关系的不正常,在作者心灵、在作者笔下的伤痕,绝不能作为艺术上美的追求的结果。完全撇开人们对她作品中的思想倾向的争议不论,光从艺术上讲,若不看到她笔下的题材、意境、表现手法在愈来愈多地重复自己,艺术和思想一样不能开阔一步的弱点,也是艺术上的短见。新诗史上,较多地吸取了欧美现代派的表现技巧的诗人,他们苦于对人生的思索,感情比较内向;他们注重技巧,结构和立意都一样严谨;有的笔触婉约,有的写得沉郁或近似哲学的冥想;他们倾向艺术,但艺术的天地也是随着感情的天地不够宽广。从戴望舒、卞之琳到后来的王辛笛、抗约赫(曹辛之)、穆旦、杜运燮、唐祈、唐湜、袁可嘉、陈敬容、郑敏等,大抵如此。当然,他们并不可能完全一样,就是公开打出旗号的伙伴,"新月"的闻一多与徐志摩在为人与为诗上,也还有很大的差别。

一个有才能的诗人的作品,在风格统一的前提下,同样需要艺术上的多样,何况不同时期的不同的人呢。若是这样看,就可以见到舒婷的这条诗路上,是早有先行者的。她不是无源的水,从云雾中"崛起"。她在练笔时,就得到蔡其矫同志的具体帮助,她的《致橡树》在一个非正式的刊物油印出现时,艾青同志就给予肯定,《诗刊》予以转载。今日她成为孙绍振眼中"代表着我们的未来""像是横越我们头顶的桥梁"的人物,若要失去大家在思想和艺术上的帮助,也不可能健康成长。从女诗人陈敬容、郑敏之后,由于我们都熟悉的情况,中间整整有三十年没有她们这样的诗人与作品露过面。舒婷和她作品在这时能出现,不是靠她"冲击"而来,而是我们的政策在文艺上能够正常地百花齐放,舒婷的诗也就开花了。若谁幻想把自己的美学观作为"我们的未来"而赐封舒婷为新诗皇后,实际上搞自己的一花独放,那就只有陷于历史的倒退。

舒婷的诗的问题,是个很复杂的社会现象与艺术现象,应有专文来谈,但要谈孙绍振的论点无法不提舒婷。必须说明,孙绍振为了取己所需,首先就不公正地对待了舒婷,提出她为"不屑表现自我感情世界"之外的世界的头面人物时,不提她在1975年写的《春夜》中所说的,"几时你不再画地自狱,以便同世界一样丰富宽广"的诗句,不提她在1975年写的《秋夜送友》中讲过:"因为我们对生活想得太多,我的心呵,我的心呵才时时这么沉重!"尽管这种情感表现得太微弱,我们也应该与她共勉,都不要陷入"画地自狱"的境地。

这三十年,新诗是有成绩的,谁也否认不了,毋庸讳言,当中问题也不少。庸俗社会学的影响,就是在十七年中,也使该在这个时代产生的史诗没能产生。十年浩劫,"帮诗学"把中外古今的各种怪论都结合起来发展到登峰造极的地步。除了思想上造神,艺术上公式化、概念化的东西外,那是没有诗的时期。是人民自己首先以《天安门诗抄》突破了"帮诗"的统治,随着李瑛的《一月的哀思》、柯岩的《周总理,你在哪里?》、艾青的《在浪尖上》、贺敬之的《八一之歌》以及邵燕祥、蔡其矫、张志民等许多新老诗人的新作源源而至,给我们人民带来了一个诗歌的春天。这时,有些诗对帮诗学的影响还摆脱得不彻底,还有这样或那样的缺点,但是,这是五四后新诗的一次复兴,讲"崛起",这才是新诗真正的崛起。而诗的解放是随着我们人民的第二次解放而解放,绝非天上飞下几位天使以"崛起"拯救了新诗。这一诗史,是篡改不了的。

孙绍振同志"崛起"的美学原则是:"不屑于作时代精神的号筒";"不屑于表现自我感情以外的丰功伟绩";"回避……我们习惯了的人物的经历、英勇的斗争和忘我的劳动场景","不是直接去赞美生活,而是追求生活溶解在心灵的秘密"。

首先,我想起孙绍振自己写的诗句:"面对父辈的业绩,能不扪心自问:70年代,你怎样把英雄的道路延伸?"诗,不敢恭维,思想上的追求,却不难解答。舒婷的《祖国啊,我亲爱的祖国》：

> 我是你簇新的理想，
> 刚从神话的蛛网里挣脱；
> 我是你雪被下古莲的胚芽；
> 我是你挂着你眼泪的笑涡；
> 我是新刷出的雪白的起跑线；
> 是绯红的黎明
> 正在喷薄；
> ——祖国啊！

孙绍振同志称赞上面这些诗"想象大胆到把客观世界的精粹细节直接变成了自我形象的组成部分"，却忘了这种艺术现象不单是由艺术手法形成的，是和作者的感情和时代融合而相连的。这首诗，在舒婷的作品中更易为人接受、称道，也是因为比起作者其他作品，在这首诗里作者的艺术随思想跨出了自我天地的一步。

是的，我们不应该强求一个作家写他不熟悉的生活、题材，甚至以行政命令叫人写某次斗争、某个英雄。但是，贺敬之同志能写、想写，写出了人所称道的《雷锋之歌》，塑造了英雄的光辉形象，是否就触犯了"崛起"的美学原则，该放逐敬之同志出"崛起"的诗国？须知，我们国家，我们民族的光荣历史，正是人民的英雄故事合成的。有的英雄主题被写失败了，并不能因此诅咒英雄的主题是诗园的瘟疫。失败的诸多原因中，主要的怕还是诗人对英雄不熟悉、不了解所造成。

诗的多样，是人生的多样决定的。一听这"不屑"写，那"不屑"写，我就想起"题材决定论"只能写这、只能写那的调子。不论各自用的什么语言，耍的什么花招，对作家来说，都是在题材上为我们设置禁区，都是捆住手脚的绳索。

文学史上的许多事实告诉我们：重要的不是写什么，而是怎么写的问题。梁山泊的好汉，既可以写成《水浒传》中的农民起义英雄，也可以写成《荡寇志》中的土匪，就是莎士比亚的《奥赛罗》，不同的演员在舞台上既可以把他解释为嫉妒的典型，也可以演成种族歧视的受害者的悲剧人物。

作家由于生活经历、艺术修养和趣味以及诗的气质的不同，确实有个善写什么、不善写什么、想写什么和不想写什么的问题，这和从美学原则上叫人"不屑"写这、"不屑"写那是两码事，前者是有路，作家行使他们选择权的问题，后者是断路，你想走也不让你走的问题。何况，这"不屑"的几个方面，是我们这个制度下的生活主要面，它与亿万人的理想、前途、友谊、爱情、个人的沉浮、家庭的哀乐相关,诗中的"自我"能离开直接关联个人命运的生活而成诗吗?舒婷的《流水线》不也是写劳动吗?孙绍振为什么又不提呢?

将孙绍振"既然是人创造了社会,就不应该以社会的利益否定个人的利益,既然是人创造了社会的精神文明,就不应该把社会的(时代的)精神作为个人的精神的敌对力量"的美学原则,和"不是直接赞美生活,而是追求生活溶解在心灵中的秘密"的二项"崛起"原则放在一起看,这玄乎的美学对任何一个在这块土壤生长的人也就不玄乎了。

我们生活中确实有许多矛盾,有很多问题,过去的错误路线留下的后遗症,搁下一些要我们收拾的烂摊子。骆耕野的《不满》写道:"不满像舰队告别港湾的头一阵笛鸣哟,不满像雄鸡向往黎明的第一声啼唤",又说"我是规划,锁在保险柜里多么窒闷,我要走下蓝图,我要和新兴的工地团圆;我是革新,躺在功劳簿上多么可耻,我要摸索新路,我要攀登纪录的峰巅;我是政策,我不满蹒跚的'伯乐',为什么不立刻启用朝野的遗贤?!我是创造,我不满夜郎自大,快为我打开与世隔绝的门闩……"。人们读了这样的诗,认为诗人说出了自己心里的话,想奋发图强,强烈要求落实政策,改变落后面貌。这和"不该把社会的(时代的)精神作为个人的精神的敌对力量……"的原则是迥然不同的。在目前国家遇到困难,前进遇到阻力时,个人与集体的关系没处理好,挫伤了个人的积极性是不对的,但把个人摆在社会、时代的对立,以自我为中心,那到底是谁要跟谁"敌对"?这是美学原则,还是政治宣言?对个人的正当权益、尊严的损害的力量,应该毫不留情地反击,但是在保卫自己的权利时,任何人在任何时代、任何社会,也都有对社会不容推卸的义务。诗人写诗,更不容置诗人的责任于不顾,否则,诗中的"自我"也就失去任何美学价值。孙绍振在特别强调抒情诗中的"自我"作用,又把美学归纳为这些原则时,恰恰这也是他"不屑"提及的。

写诗的人都知道,不从自我出发是写不出真诗的。"自我"一旦成诗来表现,就无法不让它表现出自己的倾向性与社会意义。国际上现代著名的智利诗人巴勃罗·聂鲁达,在西班牙战争时期,他在《我作些解释》中,当人们问到他过去写的罂粟、丁香、细雨、鸟语到哪里去了,为什么要直骂卖国贼,写"连豺狼都不容的豺狼,荆棘都唾弃的石头,毒蛇都憎恨的毒蛇"时,他答道:"你们来看街上的鲜血,来看鲜血在街上流淌!"这一"解释",不仅是聂鲁达对自己的解释,也可以看作对诗中的"自我"的倾向性、美学原则的解释。诗中的"自我"是不可能离开客观的、物质的世界而在真空中现出诗的个性。任何人要与这世界活鲜鲜的生活隔绝,怕只能是"画地自狱"。任何一位诗人在"不屑"表现自我世界以外的生活,又陶醉于"溶解在心灵的秘密"时,这个"自我"不只能是主观唯心的自我扩张与自我欣赏吗?

　　孙绍振在论舒婷时说:"难道我们因为她不是号手而否认她的作品是诗吗?"我也不禁想反问:"除了舒婷式的作品,你是否承认还有诗呢?"知情者都知道,许多同志帮助舒婷的写作所付出的精力,比一味捧杀的"爱护"有意义得多。否认舒婷的作品是诗,可以说是无知,有人不喜欢她诗的格调,提点意见是正常的,有的意见也是对的,这些意见的存在并不等于否定了她的作品是诗。反过来,是否不符合"崛起"美学的、非舒婷式的诗就不是诗呢?

　　我并不认为艺术中的生活只能实写,根据题材与艺术处理上的需要,诗人也可以写"溶解在心灵中的秘密"。但是,是否热爱生活、赞美生活却是决定一个人是否是诗人的基本条件。若不是作为写作上艺术处理的具体问题,而奉行"不去直接赞美生活"的原则指导写作,也就不必写作了。生活,人民,永远是支唱不完的歌。就是天昏地暗,生活依然值得歌唱。屈原既知"路漫漫其修远兮",还是要"吾将上下而求索",艾青的"为什么我的眼里常含泪水,因为我对这土地爱得深沉"的诗句,为什么一读难忘?"洒洒祭雄杰,扬眉剑出鞘",不也是对有幸活在今日而又不幸遇过浩劫的人的赞歌吗?就是写山水风景,"情样的深哟梦样的美,桂林的山来桂林的水"也是诗人贺敬之毫不掩饰自己赞美生活的热情,诗才有了生命。拜伦的《唐璜》不是把生活溶解成心灵的秘密,倒是把生活剥开来,摊出来给人看,从宫廷到街巷,通过各种人物的活动剖析了那个社会。这些诗显然不符合"崛起"的美学原则,但它却自有不能否认的美学价值。章益德同志这样写戈壁的风:

　　　　从浓黄浊重的飞沙中,临摹它的肌色;
　　　　从纷乱披垂的枝条中,描绘它的乱发;
　　　　从袤然飞逝的沙雾中,勾勒它的背影;
　　　　从狰狞怪谲的乱云中,想象它的脸相。
　　　　从急旋的冲天沙柱中,
　　　　勾勒出它自天垂落的袖管;
　　　　从遮天蔽云的尘雾中,
　　　　速写下它拂天而过的大氅。

　　只写"溶解在心灵中的秘密",能让读者这么真切地看到戈壁上的风吗?"崛起"的美学在此该用什么对付?

文学与时尚

袁行霈

"文变染乎世情,兴废系乎时序",这是刘勰《文心雕龙·时序篇》中著名的两句话。刘勰所谓"世情"和"时序",主要指政治状况而言,但也包括社会风气和时尚在内。一个时代的政治在很大程度上影响着文学的发展,这是显而易见的道理,研究文学史的人都注意到了。至于社会风气和时尚对文学的影响,则还有加以强调的必要,文学史上有许多现象都可以从这里得到解释。鲁迅先生的《魏晋风度及文章与药及酒之关系》一文,从这个角度论述文学的发展,讲得生动、透彻,我们今天读起来仍然觉得很有启发。

社会风气和时尚对文学的影响是多方面的,作家的创作思想和作品的内容、风格,都会留下它的印记。一种诗风的形成,一个诗派的出现,也同它有直接的关系。为什么玄言诗能统治东晋诗坛达百年之久?这是魏晋以来士大夫崇尚清谈的风气泛滥的结果。为什么到宋代山水诗能代替玄言诗而兴起?这与士大夫崇尚隐逸的风气有很大关系。齐梁宫体诗,那种轻艳纤丽的风格,那种对病态美的追求,则是由统治阶级颓废堕落的风气直接造成的。宋朝"以文字为诗,以议论为诗,以才学为诗"(《沧浪诗话》),也是与当时士大夫的风尚分不开的。

社会风气和时尚影响小说创作,也不乏突出的例证。东晋、南朝时期,出现了一批记述名士言谈举止、逸闻琐事的小说,如裴启的《语林》、郭澄之的《郭子》、刘义庆的《世说新语》、沈约的《俗说》、殷芸的《小说》等。这些小说在当时颇有影响,如《语林》一写成,远近的人都争着抄写,"时流年少无不传写,各有一通"(《世说新语·文学》)。为什么当时会出现这类小说,而且它们又这样流行呢?要解释这个问题,就不能不注意当时的社会风尚。早在东汉末年,士族中就流传着品评人物的风气。如许劭和他的从兄许靖,每个月都要对乡党人物评论一番,当时称为"月旦评"。魏晋以后,这种风气更盛。清流名士的一毁一誉,不仅决定着别人名望的高低,还影响其终身的成败,所以人们对自己的评语都很看重。东晋人温峤被评为"过江第二流之高者",大概相当于中上之类,便感到很难为情,"时名辈共说人物,第一将尽之间,温常失色"(《世说新语·品藻》)。名士们品评人物的依据是什么呢?不过是一些言谈举止、逸闻琐事而已。言谈以玄虚为胜,举止以疏放为高,谁要是学会了这一套,就够上了名士的资格,可以得到上等的品题,进而获得更高的地位。在这种时尚之下,一般士族子弟都羡慕名士,想学他们的派头,于是《世说新语》等记录名士言谈举止的小说,便成为他们必读的"教科书",而广泛地流行起来了。

明代中叶以后,为什么小说中有许多淫秽的描写?如果考察一下当时的社会风尚,就不难理解了。当时,政治十分腐败,以皇帝为首的统治阶级荒淫堕落,到了无以复加的地步,整个社会的风气也受到毒化。一些人因为向皇帝献房中术而获得高官厚禄,瞬息显荣,为世俗所企羡,世间也就渐渐地不以纵谈闺帏方药之事为耻了。风气既开,文坛也受到污染。正如鲁迅先生所说:"自方士进用以来,方药盛,妖心兴,而小说亦多神魔之谈,且每叙床笫之事也。"(《中国小说史略》)

文学作品对社会风气和时尚的反作用也是不容忽视的。《三国演义》中刘、关、张三结义的故事家喻户晓,他们的"义气"遂成为封建时代许多人仿效的榜样。统治者利用关羽在民间的影响,到处建立关羽庙,称为武庙,与祭祀孔子的文庙并立,以示"天子重英豪"之意。《红楼梦》问世以后,逐渐获得各阶层大量的读者,并被改成戏剧,演作弹词,观众常为之感叹欲献,声泪俱下甚至有因酷爱此书以致痴狂的事情。类似的例子在国外也有。歌德的《少年维特之烦恼》出版后,在欧洲引起一阵"维特热"。年轻人学习维特的打扮,以穿蓝上衣、黄背心、马裤和马靴为时髦。有人甚至模仿小说的主人公而自杀,以致莱比锡等地政府作出规定,对出售这部小说的人实行罚款。这些例子都告诉我们:文学作品对社会风气和时尚的影响,可以达到怎样深广的程度。

中国的封建统治阶级很重视文学与时尚的这种相互关系,并懂得利用这一点来为他们的统治服务。孔子早就说过诗"可以观"的话,所谓"观",就是"观风俗之盛衰"(何晏《集解》引郑玄注),广义地说,就是从文学作品观察社会风俗。《毛诗序》说:"故正得失,动天地,感鬼神,莫近于诗。先王以是经夫妇,成孝敬,厚人伦,美教化,移风俗。"则又强调了诗歌移风易俗的作用。封建时代的一些作家也曾自觉地以文学作为移风易俗的工具,白居易的《秦中吟》和《新乐府》中就不乏这样的作品。然而,在封建时代受印刷条件和其他许多条件的限制,文学作品毕竟不能像今天这样广泛流传,它们的影响也不能像今天这样深远。今天,一部作品的印刷少则几千几万,多则十几万上百万,再加上电影、电视的传播,文学对社会风气和时尚的作用,就更不容忽视了。如果我们的作家常常想到这一点,自觉地使文学对时尚发生积极的影响,一定会更多地受到人民群众的欢迎。

1982 年

现代化与现代派(转载)

徐 迟

本刊第九期发表了读者来信《这样的问题需要讨论》以后,最近又有读者提出今年出版的《外国文学研究》第1期上,徐迟同志发表的题为《现代化与现代派》的文章,关系到我国文艺的发展方向问题,也需要进一步展开讨论,以便更加有利于建设我国革命的、民族的、大众的新文艺,使我国的社会主义文艺在建设以共产主义思想为核心的社会主义精神文明中发挥更大的作用。我们认为这个建议是好的。下面特转载徐迟同志的文章,并发表对此文的质疑,以供进一步探讨。

——编者

这样的文章,虽然时机未很成熟,却还是要写一写的。

这是说,我们现在还没有全面开始四个现代化的建设,坊间也并没有多少现代派的文艺作品。所以关于现代化与现代派的关系,顶多也只能提出一点提纲式的意见,只不过管窥一下未来的隐约趋势而已。

自从《外国文学研究》季刊在1980年第4期上,发起《关于西方现代派文学的讨论》后,1981年就讨论了一年,讨论文章共达三十二篇,其中涉及了广泛的内容,探索也进到了可喜的深度,现在暂告一段落了。

但这次讨论是较少联系到西方世界的经济发展的。它们较少联系到西方社会物质生活给予现代派文学艺术的兴发以决定性的影响。我们这里的评论界,以及学术界是不怎么喜欢谈经济关系的。置政治于经济之上,我们探索问题往往从政治着眼,而无视于经济的因素,甚至经济学论文也是谈论政治大大地超过了经济探讨的。现在,谈现代化建设的文章也是一样,大谈其现代化建设的政治意义,很少谈甚至完全不谈现代化建设的经济内容。一句话,政治太盛,经济唯物主义不发达。

若问:西方资产阶级现代派文艺是从哪里来的?则既不能从它本身来解释它,也不能从所谓人类精神的发展来理解它。它还是来源于人民生活的源泉的。更确切地说,它是来源于社会的物质生活,而且是反映了这种物质生活关系的总和的内在精神的。西方资产阶级现代派文艺开始出现时,受尽了嘲弄和咒骂,后来逐渐地风行,进而风靡一时,现在已成为西方世界文学艺术的主要形式,其历程也有一个世纪甚或稍多了。现代派文艺已是一个不可否认的存在,我们应当研究它。应当有马克思主义的现代主义,我们要用马克思主义来研究现代主义。

如果说司汤达是批判现实主义的首创始者,那么他也是心理小说意识流的始作俑者。可以说西方现代派文艺和批判的现实主义文艺差不多是同时诞生的,都是资本主义生产发展到了一定程度,而后产生意识形态的反映,并且还都是对资产阶级社会取批判的和否定的态度的反映。批判的现实主义出了好几位卓越而显赫的大师,产生了很大的影响。但现代派文艺也出了一批大诗人、大作家和大艺术家,到20世纪初,一些现实主义文艺巨星陨落之后,现代主义的新星升上中天。现代派就渐渐地取代了批判的现实主义,几乎占领了西方文学艺术的整个领域。这几十年中间,现代派的建筑,摩天大厦,从所有发达的国家的中心城市里,像雨后春笋一样地升起来了,在不发达国家的城市里则也稀稀朗朗地升了起来。在发达国家里,社会物质生产力尽管遇到经常不断的经济危机,以及两次世界大战、多次局部战争的破坏,却仍然在发展,他们的现代化建设还在不断地更新,不断地增添发明创造,方兴未艾。特别是19世纪60年代以来,其生产力随着科学技术的迅猛发展,而急剧地上升,到了一种令人咋舌的高度,也难怪文学艺术随之而变化多端,简直令人眼花缭乱。

对于西方现代派文艺,赞成者和反对者在我们这里都有,各执一词,也都是各有其正确的地方。西方现代派,作为西方物质生活的反映,不管你如何骂它,看来并没有阻碍了西方经济的发展,确乎倒是相当地适应了它的。它在文艺样式和创作方法上的创新,又很有些卓越成就,虽然我们很多人接受不了,不少西方世界人士是接受了的。西方现代派的文艺家是反对传统的表现方式和表现手段的,但他们中的优秀者却并未脱离了古典主义、现实主义和浪漫主义的文艺。从现代派的许多大师的作品中我们可以看到他们对于传统的尊重以及广泛的继承,而不这样做的现代派作品则往往是蹩脚的作品。不幸的是,蹩脚的作品相当多,我们必须善于识别和评论它们,免得它们败坏现代派的声誉和我们的胃口。

我们惯常把西方现代派文艺称为颓废没落的文艺,这原是很对的,但也要作一些分析才更能说服人。西方现代派文艺的三个特征:晦涩的、奇特的和色情的,的的确确是西方较大部分现代社会生活的活生生的反映。其所以晦涩,是因为这些现代派文艺家本身及其所创造的人物不能解释,不能理解他们所处的社会物质生活,看不到西方世界要走到哪里去,他们从繁华城市中看出了荒原和迷雾朦胧来。其所以奇特,到了荒诞派的万分荒诞的程度,则西方世界的生活本身就是如此,他们还颇有一些精确地反映了这种生活的杰出作品,成为一个个的历史年代的记录。而其所以色情,则也是这种社会生活的一个极端的方面,并不是普遍的方面,被他们用作文艺的素材了,但一度流行的所谓弗洛伊德主义则已经销声匿迹了。现代派文艺并不完全是色情的。

西方的现代化的文明自然有它的物质的和精神的两个矛盾的方面。总的说来,它的精神文明跟不上它的物质文明,但很明显它还是并没有拉住物质文明的后腿。西方现代派文艺在一定程度上满足了西方世界人士的精神需要。它的缺点主要是比较悲观失望,它不满现状,没有了信仰,还没有找到理想,但在不倦地寻找。

在它继续发展的进程中,我们可以相信,西方现代派文艺也将创作出有利于人类进步的信心百倍的理想主义的作品,描绘出未来的新世界的新姿。物质文明将推动精神文明前进。资产阶级的现代化的物质建设正在为新世界创造它的物质条件,这种物质条件也必然会为新世界创造它的精神条件。这个新世界必将到来,则是毫无疑问的。

在我们这里,很不少人仍然欣赏古琴、花鸟、古诗、昆曲之类,迷恋于过去,是过去派。另一些人还不能区别那严重污杂环境的近代化与高度发展的四维空间的现代化的差别,他们其实还是近代派,都不是现代派,他们所向往的是过去化,或自足自满于近代化,并无或毫无现代化的概念。我们的现代化既有一个特别困难的进程,看来我们的现代派的处境也将很快是比较困难的。

但是不管怎么样,我们将实现社会主义的四个现代化,并且到时候将出现我们现代派思想感情的文学艺术。前两年,现代化的呼声较高,我们的现代派也露出了一点儿抽象画、朦胧诗与意识流小说的锋芒。随着责难声和经济调整的八字方针提出来,眼看它已到了尾声了,革命的现实主义的文艺又将是我们文艺的主要方法。但不久将来我国必然要出现社会主义的现代化建设,最终仍将给我们带来建立在革命的现实主义和革命的浪漫主义的两结合基础上的现代派文艺。尽管我们的生产力还不发达,我们已建成了没有私有制度的社会主义社会,我们主要是有理想、有信仰的。西方资产阶级所没有的这个方面,我们有。但可以肯定的是,在我国没有实现现代化建设之时,我们不可能有现代派的文艺,虽然少数先驱者也还是可以有所试探和有所作为的。

前面讲到了,要用马克思主义来研究现代主义,并说了应当有马克思主义的现代主义。在《资本论》第十三章,马克思几乎是以崇高的诗歌的形式这样写着:"一个力学上的巨物,代替了个别的机器。这个巨物的躯体塞满了整个工厂建筑物。它的怪力最初是掩盖着的,因为它的主干是慢而有节的,但最后会在无数真正的工作器官上面爆发为无数热病似的,发狂似的旋风舞。"(卷1第406页)也许可以说,这就是马克思笔下的19世纪的现代主义的来历。在另一处地方他还写道:"一种历史生产形式的矛盾与发展,就是旧的瓦解,新的形成的唯一历史道路。'守你的本分吧!'这句话虽然是手工业的绝顶高明的见解,但自钟表匠瓦特发明蒸汽机、理发匠阿克莱特发明塞洛纺纱机、宝石工人富尔敦发明汽船以来,它就成了可怕的陋见了。"(卷一第五二七页)说得好,我们今天还看到了和听到了多少这样的陋见哪,倒是这种陋见在我们这里大声疾呼着呢。

《现代化与现代派》一文质疑

理 迪

最近几年,我国文艺界在介绍、评论、研究外国文学艺术方面,做了很多有益的工作,例如,对西方现代派文艺的介绍和研究,就相当活跃。

在过去相当长一个时期中,由于"左"的思想影响,文艺上也是闭关锁国,对外国文艺很少研究了解;对西方现代派文艺,更是不加分析,简单地加以排斥。这对我们社会主义文艺的发展是不利的。因此,积极开展对外国文艺思潮和作品的研究,很有必要。这不仅可以开阔我们的眼界,启发我们的思路,而且可以择其精华,去其糟粕,以丰富我们自己的创造,至于其中教训,更可引为鉴戒。

这几年对西方现代派文艺的讨论中,有许多文章对这个艺术流派做了历史的、科学的分析,使我们对这个艺术思潮开始有了一个较为符合实际的看法。

但在讨论中,也有一些意见显然是片面的或者是错误的。

不久前,我读了徐迟同志发表在今年3月出版的《外国文学研究》第1期上的《现代化与现代派》一文。

在这篇文章中,作者对西方现代派文艺做了一些分析,肯定了它的某些长处和积极因素,也指出了它的某些短处和消极因素。有些见解是值得重视的,但是通篇来看,我觉得作者的观点颇有可商榷之处,有些说法似乎自相矛盾,有的说法又令人难以理解。因此,想坦率地提出来,以就教于徐迟同志和读者。

一、究竟怎样估价西方现代派的文艺。

在徐迟同志看来,"西方资产阶级现代派文艺……是来源于人民生活的源泉的","是反映了这种物质生活关系的总和的内在精神的",因此"现代派就渐渐地取代了批判的现实主义,几乎占领了西方文学艺术的整个领域"。我以为,这里有一些理论问题需要弄清楚。

按照一般的理解,西方现代派的文艺是两次世界大战之后西方资本主义社会的现实生活和一些人的精神状态的某种反映。在这个社会里,社会矛盾十分尖锐,物质生活虽然有相当程度的发展,在精神生活上,却充满着危机和混乱,人与人之间的关系往往是钩心斗角,尔虞我诈。很多人精神空虚,对生活前途悲观绝望,丧失信心,如此等等。现代派文艺就是这种社会条件和社会背景下的产物。这种文艺究竟反映了资本主义社会中哪些人的生活?按照一般的看法,认为主要是反映了社会中小资产阶级及其知识分子的心理状态、思想感情和生活内容。我以为这种说法是有根据的。可是徐迟同志却笼统地认为,西方现代派文艺"来源于人民生活的源泉",这是否符合实际呢?

不仅如此,徐迟还进一步认为:西方现代派文艺"是反映了这种物质生活关系的总和的内在精神的"。这里所说的"物质生活关系的总和"指的又是什么呢?这是不是指的"社会制度""社会经济形态""社会关系"?如果是这样,按照马克思主义的解释,这些概念的意思是指历史上一定的社会经济制度以及跟它相适应的上层建筑的总和。马克思说:"生产关系的总和构成所谓社会关系,所谓社会,而且是构成一定的历史发展阶段上的社会,有着特殊性质的社会。"①每一个社会经济形态都有其发生和发展的特殊的历史规律,同时也有在一切社会经济形态中发生作用的一般规律,这些规律把所有的社会经济形态联结成一个统一的有规律的世界历史过程。如果说,西方现代派的文艺是反映了资本主义社会的社会关系的"总和",而且又是反映了这个"总和"的"内在精神的",那自然就是说,这种文艺深刻地揭示了资本主义社会的社会关系及其内在的本质,揭示了这个社会的内在的发展规律。对西方现代派的文艺可以作出这样的评价吗?其实徐迟同志自己在文章中也认为现代派"蹩脚的作品相当的多","它的缺点主要是比较悲观失望;它不满现状,没有了信仰,还没有找到理想,但在不倦地寻找"。既然这样,那么试问,这类文艺究竟是怎样反映了"内在精神的",又是怎样更深刻地反映了各自时代的社会生活面貌和本质规律呢?可惜徐迟语焉不详,更没有提供出有说服力的分析。

二、究竟应该如何看待当代西方社会中文学艺术的发展现状及其规律。

徐迟说:"西方现代派文艺和批判的现实主义文艺差不多是同时诞生的","批判的现实主义出了好几位卓越而显赫的大师,产生了很大的影响。但现代派文艺也出了一批大诗人、大作家和大艺术家,到20世纪初,一些现实主义文艺巨星陨没之后,现代主义的新星升上中天。现代派就渐渐地取代了批判的现实主义,几乎占领了西方文学艺术的整个领域"。尽管这个文艺流派"开始出现时,受尽了嘲弄和咒骂",但它却"逐渐地风行,进而风靡一时,现在已成为西方世界文学艺术的主要形式,其历程也有一个世纪甚或稍多了"。这段话给我这样几个印象:第一,批判现实主义文艺与现代派文艺虽然同时产生,但后者具有更大的生命力,更适合时代的要求和发展,经过竞争,结果是现实主义"殒没",而现代主义却如"新星","升上中天";第二,在"现在",西方现代派文艺"已经成为西方世界文学艺术的主要形式","几乎占领了西方文学艺术的整个领域"。似乎除此以外再没有其他文艺了。这些观点符合实际吗?就我肤浅的了解,当代西方世界的文学艺术至少是由三个部分组成的。一是批判的现实主义,它仍在继续发展,仍在给资本主义社会以有力的揭露和抨击;二是被称作社会主义现实主义的作品。这股文艺潮流,是以无产阶级的世界观为指导的,代表了无产阶级和广大人民群众的利益,它虽然人数不太多,但确有一支队伍,而且影响不可低估,具有强大的生命力。像鲍狄埃、高尔基、尼克索等,就是这股文艺潮流的先驱和著名代表人物,他们所建立起来的革命的现实主义传统并没有"殒没",至今也仍是西方文学艺术界的精神支柱和前途所在;三是现代派文艺,虽然作品的数量很多,但真正深刻地揭示了现实生活的作品为数并不多,甚至不能同批判现实主义的文艺相比,而其脱离群众的程度,美国的艺术史家也感叹为:"在五花八门的现代流派面前,观众和艺术家的距离如此之远,对立情绪如此之大,在艺术史上从未有过。"

究竟哪种说法比较地接近客观实际呢?可否认为西方文艺发展到现代派,就已经成为唯一的潮流,而且达到了人类艺术文化的高峰,因此就应当向之膜拜呢?

三、"西方现代派文艺"与"西方经济的发展"之间究竟是个什么关系?

徐迟说:"西方现代派,作为西方物质生活的反映,不管你如何骂它,看来并没有阻碍了西方经济的发展,确乎倒是相当地适应了它的。"又说,"西方的现代化的文明自然有它的物质的和精神的两个矛盾的方面。总的说来,它的精神文明跟不上它的物质文明,但很明显它还是并没有拉住了物质文明的后腿。西方现代派文艺在一定程度上满足了西方世界人士的精神需要。"

这里也有很多问题要探究。徐迟所谈的,实际上是两个问题,一个是社会经济基础和上层建筑的关系,一个是物质文明和精神文明的关系。

按照我的理解,资本主义发展到今天,巩固它的社会经济基础的东西并不是什么美妙的事物。那里的无产阶级和人民大众整天都在挖这个经济基础的墙脚,他们甚至不惜牺牲,其中就包括文艺上、思想上和理论上的斗争,目的都是为了挖掉这个基础,他们已经不能够忍受资本主义的社会秩序和经济基础继续存在下去,而决心要掀倒它、改变它。具有深刻的社会意义的文艺作品,包括较为优秀的现代派作品,其价值正像恩格斯指出的:是要"通过对现实关系的真实描写,来打破关于这些关系的流行的传统幻想,动摇资产阶级世界的乐观主义,不可避免地引起对于现存事物的永世长存的怀疑"[②]。

如果这说法是不错的,那么,西方现代派的文艺同资本主义社会的经济基础"相适应"是什么意思呢?是有助于巩固这个基础吗?有助于巩固这个基础,就是好的吗?倘若如此,那些揭露、抨击和破坏资本主义社会制度、经济基础的文艺又该如何评价呢?我认为,我们今天之所以对西方现代派文艺中的某些较好的作品给予一定的肯定评价,从思想内容来说,恰恰是因为它们揭露了、抨击了资本主义社会的黑暗,不利于资产阶级的统治,破坏了资本主义社会的经济基础。因此,这里确有一个不能含糊的评价标准的问题。如果认为西方现代派的文艺同资本主义社会的经济基础相适应是不好的,那么,徐迟同志为什么又以十分明确的赞美口气来提出这个问题呢?这实在是令人百思不得其解。

关于物质文明与精神文明的关系,徐迟同志认为,只要是没有拉住物质文明后腿的精神文明,就是好的"精神文明"。这是不是把资本主义社会的物质文明和精神文明,同社会主义社会的物质文明和精神文明混淆了?是不是把精神文明的阶级内容抽掉了?照我理解,在这两个性质根本不同的社会中,即以物质文明而论,也并非毫无区别,至少在发展方向上,在采取什么手段、经过什么途径获取物质文明上,以及这种物质文明为谁服务上,就并非没有区别。党的十二大报告中明确指出:要保证我们的物质文明的正确的发展方向。可见,资本主义社会的物质文明的发展方向同我们是根本不同的。既然这样,所谓只要没有拉住物质文明的后腿就算是好的"精神文明",难道能说得通吗?这种精神文明又是什么性质的呢?还要不要有点阶级观点?此外,这里还有个理论问题,即马克思所说的物质生产同艺术生产的发展的不平衡规律,在当代的资本主义社会还适用不适用了?这也是需要搞清楚的。

四、西方现代派文艺究竟能不能"描绘出未来的新世界的新姿",能不能"创作出有利于人类进步的信心百倍的理想主义的作品"。

徐迟同志的回答是完全肯定的。他说:"在它继续发展的过程中,我们可以相信,西方现代派文艺也将创造出有利于人类进步的信心百倍的理想主义的作品,描绘出未来的新世界的新姿。"

这样的回答不能不令人怀疑。所谓"西方现代派文艺",当然是指西方文坛上出现的象征主义、表现主义、未来主义、存在主义、达达主义、超现实主义、抽象派、印象派、立体派、荒诞派、新小说派等一类文艺现象。这种统称为"西方现代派的文艺",是一个特定的文艺概念,它决然没有跳出资产阶级意识形态的范围。从社会根源来说,它是西方垄断资本主义时代的产物;从思想、哲学根源来说,它是以非理性主义、直觉主义、怀疑主义、不可知论、唯意志论、存在主义、超人哲学、生命哲学、弗洛伊德主义等五花八门的资产阶级唯心主义为基础的。它同以马克思主义思想为指导的社会主义文艺是根本不同的两个思想体系。这一点,徐迟同志在文章中也从自己的角度有所说明,他说,西方现代派文艺有三个特征:"晦涩的、奇特的和色情的",又说"它的缺点主要是比较悲观失望","没有了信仰,还没有找到理想"。既然是这样一种资产阶级文艺,那么根据什么说它能够创作出"信心百倍的理想主义作品,描写出未来的新世界的新姿"呢?所谓"信心百倍的理想主义",是指何而言呢?是指共产主义理想吗?所谓"新世界",又是指何而言呢?是指社会主义、共产主义吗?如果是这样,这就怪了,分明是以唯心主义哲学为基础的资产阶级现代派文艺,怎么就会有了共产主义的理想呢?天下如有这等奇事,岂非大可不必创造无产阶级的、社会主义新文艺了吗?

五、资产阶级的现代化的物质建设能不能直接地、自动地创造出"新世界"。

徐迟同志断定是能够的。他说:"物质文明将推动精神文明前进。资产阶级的现代化的物质建设正在为新世界创造它的物质条件,这种物质条件也必然会为新世界创造它的精神条件。这个新世界必将到来,则是毫无疑问的。"

这就又产生两个问题。一是,"资产阶级的现代化的物质建设"是不是能够自动地创造出一个"新世界"——社会主义、共产主义社会;二是,"资产阶级的现代化的物质建设"能不能"必然会为新世界创造它的精神条件"——社会主义思想或共产主义思想。

按照马克思主义的观点,这是断然不可能的。因为资本主义和社会主义是两种根本不同性质的社会形态。从前者过渡到后者,必须通过无产阶级革命夺取政权,打碎旧的国家机器,改革旧的上层建筑。如果按照徐迟同志的说法,那显然并不需要进行无产阶级革命,资本主义本身就可以和平地、自然而然地长出社会主义。只是我们不知道,这样长出来的"新世界"同资本主义有什么区别?看来在这里,资本主义的物质文明和精神文明,同社会主义新世界的物质文明和精神文明完全被等同起来了。但这是可以等同的吗?

六、文学艺术同科学技术是不是一回事,用什么来区别文艺上的"过去派"和"现代派"。

徐迟同志批评别人说:"在我们这里,很不少人仍然欣赏古琴、花鸟、古诗、昆曲之类,迷恋于过去,是过去派。另一些人还不能区别那严重污杂环境的近代化与高度发展的四维空间的现代化的差别,他们其实还是近代派。都不是现代派。"徐迟同志批评的,大概主要是那些反对在我国搞西方现代派文艺的人。

这种批评是不是有道理呢?诚然,科学技术发展了,落后的科技就没有什么用了。比如发明了电灯,自然就不必留恋油灯了,但文学艺术可以这样等同看待吗?有了近代文艺,人们并没有抛弃古代文艺,却仍然欣赏古代文艺,这是不能代替的,也是不能采取虚无主义态度加以割断的。马克思说,希腊艺术和史诗"仍然能够给我们以艺术享受,而且就某方面说还是一种规范和高不可及的范本"[3]。如果说欣赏古典艺术就算是"迷恋过去",是不是像"四人帮"那样把古代艺术遗产全部砸烂、彻底决裂才算是"现代派"?据说,西方现代派文艺中确有这样的主张者,但这也值得效法吗?我们能用这种标准来区别人们是"过去派""近代派",还是"现代派"吗?

七、什么是"马克思主义的现代主义"?

徐迟同志这篇文章的标题是《现代化与现代派》,全文的基本观点是,不管什么社会,只要出现了现代化的物质建设,就必然产生现代派的文艺,西方社会如此,我国社会也必然如此。谁抗拒它,谁就是"过去派",至多是"近代派",都不是"现代派",不管人们怎样咒骂、阻止、不喜欢西方现代派文艺,但它终究是要在我国出现的。作者反复证明的,就是这样一个基本观点。作者说,"可以肯定的是,在我国没有实现现代化建设之时,我们不可能有现代派的文艺","但是不管怎样,我们将实现社会主义的四个现代化,并且到时候将出现我们现代派思想感情的文学艺术"。作者还一再强调,我们"应当有马克思主义的现代主义"。

表面上看,徐迟同志主张在我国出现的"现代派文艺",好像同"西方现代派文艺"有区别,前面加了"马克思主义的""我们的""建立在革命的现实主义和革命的浪漫主义的两结合基础上的"这类限制词。但细细一看,似乎并没有任何区别。例如作者说:"前两年里,现代化的呼声较高,我们的现代派也露出了一点儿抽象画、朦胧诗与意识流小说的锋芒。"那么,这类文艺是否就是"马克思主义的现代主义"?

又如,按照常识,"现代派文艺"或"现代主义文艺"是具有特定内容的专有名词,一提起这个概念,人们就知道是专指20世纪以来在西方文艺中出现的被称作各种"主义"的资产阶级艺术思潮和流派,它的内容和性质是十分确定的,它同马克思主义是根本不同的两种思想体系和世界观。现在,徐迟同志把这两个东西硬连到一起,是不是这样连起来之后就改变了"西方现代主义文艺"的性质和内容呢?这使我想起个人主义、唯心主义、无政府主义、法西斯主义、虚无主义、达达主义、表现主义、超现实主义等概念。是否把这些词前面冠以"马克思主义"字样,它们的内容和性质就改变了?我们可不可以提倡"马克思主义的唯心主义""马克思主义的达达主义"等呢?从徐迟同志提倡和赞扬"抽象画、朦胧诗与意识流小说的锋芒"看来,提倡"马克思主义的现代主义",实际上还不过是提倡西方现代主义文艺罢了。

以上是我读了徐迟同志的文章之后的一点疑问和想法。徐迟同志在文中说:"我们要用马克思主义来研究现代主义。"这是很对的。希望我们在对西方现代派文艺的研究中,能坚持这种精神。

参考文献:

① 《马克思恩格斯文选》(两卷集)第1卷第67页。
② 《马克思恩格斯选集》第4卷第454页。
③ 《马克思恩格斯选集》第2卷第114页。

1983 年

西方现代派文学三题
袁可嘉

由于垄断资本统治的确立,它运用新技术加剧了内部的竞争和兼并,也加深了对国内外的剥削,经济危机更趋频繁,劳资冲突日益尖锐。其中与现代派文学的倾向性有密切关系的有两件大事:第一次世界大战的巨大悲剧猛烈地动摇了资产阶级作家对资本主义前途的信心和对传统价值观念的信赖;十月社会主义革命和席卷欧美的工人运动使资产阶级作家们感到惶惑不安,前景可虑。这两件现代史上的重大事件从不同方面加剧了资本主义世界的危机感。

最近展开的有关"现代派"的讨论涉及一些具体问题:现代派与现代化,现代派与民族传统和国情,现代派的历史地位、现状和影响。我想不妨从西方现代派的历史和现状出发,作些介绍和分析,也许对参加讨论的人们能有点参考作用。

一、现代派与现代化

西方现代派文学是在 19 世纪末期开始形成,在 20 世纪 20 年代得到确认的。欧洲最早的表现主义戏剧,斯特林堡的《去大马士革》完成于 1897—1904 年,而现代主义公认的杰作《荒原》和《尤利西斯》都发表在 1922 年。这个时期也正是西方确立了垄断资本主义、实现电气化以后社会情况发生剧烈变动的时代。比较敏感的中小资产阶级知识分子,在中小企业备受排挤的情况下,本来就已处于极不稳定的经济地位,如今面对这样严重的危机情况,不能不痛有所感,其中除一部分作家一度接近工人运动以外,又苦于走投无路。弥漫于现代派作品中的危机意识和悲观情绪就是这种现实生活的反映。

在利润至上、竞争第一的资本主义原则越来越强化的现代社会中,作家处于一种前所未有的与社会相疏离、相敌对的地位。说得坦率一点,他们的处境不过是和其他艺人共同争夺资产阶级利润的一点唾余而已,这不能不引起他们的反感。文化事业的商业化既危害他们生计的稳定,也破坏他们对美学理想的追求。由于文化教育的两极分化,形成高级文学与通俗文学的鸿沟,作者与读者的关系也从 19 世纪上半叶比较和谐信任的情况转向敌视和怀疑。现代派作家面对这种种难堪的社会关系,只好退入自己的内心世界,带着一种绝望的心情拼命向内心开掘,这与19世纪浪漫主义者所强调的主观性是有很大不同的。

电气化以后的机械文明促进了生产发展,加速了交通运输和通讯联系,缩短了空间距离,加强了时间观念,加速了生活节奏;教育的普及,文化的发达使人们的视野更加开阔,心理更加复杂,思想更加活跃。这些因素影响了现代人的生活方式和心理状态,当然也影响了现代派文学的某些方面:要求行文节奏加快,强调刻画人物的复杂心理等。但对现代派许多作家说来,机械文明主要只引起一种压迫感和反感,这在不少作品中可以找到证明(例如《万能机器人》),只有成就不大的意大利未来主义者曾经盲目地歌颂机械、速度和力量。

这个时期又是现代反理性主义的种种哲学思潮和社会科学思潮纷纷涌现的时代。它们对现代派作家的人生观、审美观以至艺术技巧的影响远远超过电气化和经济发展本身。尼采的悲观主义、虚无主义,弗洛伊德的本能说、潜意识理论和文艺观,柏格森的直觉主义和美学思想等对现代派文学特征的形成有不可低估的作用。没有它们,很难想象后期象征主义、表现主义、意识流文学、荒诞文学会呈现如此奇特的面貌。

现代理论物理学的成就——主要是相对论和量子理论——剧烈地改变了人们对物质世界的看法:从绝对的观点变到相对的观点,承认自然界并无一致性、精确的知识难以获得、观察事物时主客体不能严格区分、因果律并非万能。现代派作家未必都熟悉这些理论——未来主义者在1909年的宣言中曾提到现代物理学的一些新概念,它们所指出的世界事物的相对性、复杂性、变动性,它们所启发的怀疑精神、探索精神已成为当时的一股风气,无疑也会影响到作家们。

有一点看来是明确的:现代派文学的起因是复杂的,它可以说是西方中小资产阶级知识分子在面对垄断资本主义时期西方物质文明和精神文明两方面的巨大变化和强大压力时所作出的反应。对现代派起决定性影响的是主客观两方面的条件:客观上是垄断资本主义时期具体的历史社会变化,包括生产关系、社会关系、物质生活、科学文化等方面的变革;主观上则是现代派作家的阶级地位、世界观和艺术观。这两种主客观力量撞击的结果才迸发出现代派文学这样一个光怪陆离的火花,而这些条件显然不是"现代化"一词所能概括的。

二、现代派与民族传统和国情

在20世纪前三四十年,西方现代派文学曾经是一个国际性的现象,差不多同时出现在英、美、法、德、俄等资本主义国家,以后又扩散到许多其他国家和地区。现代派中的某些作家为了标新立异,也说过一些耸人听闻的话来表明他们与一切传统的断然决裂。意大利未来主义者宣称"摒弃全部艺术遗产和现存文化","摧毁一切博物馆、图书馆和科学院";俄国的未来主义者也说要把"普希金、陀思妥耶夫斯基、托尔斯泰等人从现代人的轮船上抛出去"。在这方面,他们是现代派中的极端派,原是不能作为代表的。但就是他们也并未离开各自国家的具体情况:正是在十月社会主义革命的推动下,俄国未来主义者走向了革命;正是在法西斯主义的影响下,意大利未来主义者走向了反动。

事实上,就整个欧洲文学传统而论,现代派是做了明显的选择的,它既有所吸收,也有所排斥。它继承了浪漫主义对资本主义文明的怀疑精神和对艺术想象的高度重视;它吸收了唯美主义文学反自然、反说教的主张和对艺术形式的强调;它继承了前期象征主义者对于暗示性、音乐性的关注;即便对于它所极力反对的自然主义文学,它也受到侧重描写病态事物和烦琐细节的影响。现代派真正排斥的应该说是现实主义传统,但就连这个,它也未能完全做到,反倒提出了"心理现实主义"的不无因袭之嫌的口号。

艾略特写过好些文章论述继承欧洲文学传统的重要性,《传统与个人才能》(1917年)是其中最著名的一篇。他认为个人(作家)必须在思想上服从传统,把独创性局限于语言的试验和形式技巧的发展,虽然他也指出新作品的出现也能影响传统。他所谓的传统在文学上包括中世纪以意大利的但丁为代表的古典主义诗歌、17世纪英国以堂恩为代表的玄学派诗歌、19世纪法国以波特莱尔为代表的象征派诗歌。艾略特不仅在理论上这么说了,而且在创作实践中也这么做了。自然,并非所有的现代派作家都有他这么根深蒂固的传统背景,但现代派与传统的关系绝不像有些人所设想的仅仅是反抗的、敌对的关系,他们中成就较大的作家并没有对欧洲和本国的传统一律采取虚无主义的态度,虽然各个流派和各个作家的态度是颇有差别的。

在同一时间和大体相同的历史社会条件下,为什么各国的现代派仍然各具特色?为什么法国出现超现实主义,德国出现表现主义,英国出现意识流小说,意大利出现未来主义呢?它们除了有共同的特点以外(例如非理性主义的思想倾向,强调主观感受和内心活动),是否还受到不同民族传统(包括民族气质)和不同国情的影响呢?这个问题,我因缺乏研究,还说不清楚。但我感到法国人耽于幻想的习气与超现实倾向,德国人重视精神作用与表现主义,英国经验主义哲学传统与意识流小说,看来是不无瓜葛的。更明显的例子要算瓦雷里、艾略特和叶芝的不同诗风:同是后期象征派大诗人,法国的瓦雷里因接受本国玛拉美"纯诗"的传统,写出了抽象的、富于音乐性和哲理性的诗歌;艾略特接受本国玄学派和17世纪诗剧的传统,写出了机智的、富有人间气息的篇章;英国的叶芝与爱尔兰的现实生活结合,表现了雄辩高亢的诗风。我在这里企图说明的是,西方现代派文学虽说是个国际性的现象,它在各个国家的具体表现仍然是与它们的民族传统和国情(自然还有个人的气质)有密切关系的,它并不是什么可以脱离历史社会条件或国家情况、民族传统的抽象模式。

三、现代派的历史地位、影响和现状

如果我们把1890年作为现代派文学的起点,它到今天已经有近百年的历史了。应该说,现代派已站稳了它的历史地位。对它的历史地位和影响,我们可以从以下几方面来作初步估计。

从文学史的纵向系统来说,现代派文学在欧美近代资产阶级文学的范围内,是继古典主义、浪漫主义、现实主义的第四个大的流派。它的优秀作品反映了垄断资本主义时代西方社会的种种矛盾和一部分人们的心理状态,有一定的广度和深度,虽然有许多局限,但还是现代生活一个重要侧面的忠实记录,具有相当大的认识意义;它开辟了新的题材,创造了新的艺术技巧,丰富了文学的表现能力,虽说也带来了不少流弊,但还是功不可灭。我们评价文学流派,应以其优秀部分为主,而不能以其中的糟粕为重点。

从现代派文学影响的范围来说,它具有国际性,在20世纪前30年,在西方资本主义世界,它形成了一个运动,之后在东方也有所扩散;虽然它的读者层一般限于知识分子中的少数人,但由于这些人比较敏感、有创造性,在西方文化界居于推动者的地位,有相当大的能量,这种影响就不是数字所能代表的。现代派艺术技巧的扩散,为许多其他流派所消化和运用,这更是30年代以来大家有目共睹的事实。

在这个历史时期,现代派文学在西方并不是唯一的文学派别,也不是始终居于主导地位的文学。同时发展着的还有工人阶级的革命文学和资产阶级进步文学。这三种文学之间力量的消长视各个国家和历史阶段而有变化。就英美两国而论,20世纪20年代是现代派居优势,30年代则是革命的进步的文学占统治地位,四五十年代由于新批评家涌入学院,操纵了近五十个小杂志,现代派的力量在美国达到极盛的地步。资产阶级现实主义文学一直是存在的,在20世纪30年代还和工人阶级革命文学一道一度上升到领导的地位。

20世纪50年代以来的情况就更有不同。就英国来说,现代派已经可以说销声匿迹了。"愤怒的青年"或大学新才子们的创作,无论在思想倾向或艺术手法方面都离开了现代派的轨道:以菲力普·拉金为代表的"运动派"诗歌写人们的日常经历,回到了18世纪的格律体,连现代派最重视的自由诗体都抛弃了;伊丽丝·默多克等人的小说写的是平庸年轻人的日常生活,而非敏感艺术家的异化主题,手法上也是以现实主义为主的。在美国,垮掉派、黑山派的诗以及黑色幽默派的小说一方面显示了现代派的某些特点,另一方面也表现出很大的不同:它们不再托古于神话,而写现世经验;不广征博引,而随意写作;不强调"非人格化",而主张自我倾诉。最受欢迎的一些小说如贝娄、辛格等人的作品已经不能列入现代派的范围。在战后的法国,荒诞派文学和新小说都还有较重的现代派色彩。由于这种种复杂的情况,美国有些批评家试图用"后现代主义"这个概念来概括20世纪五六十年代以来的西方文学的动向,但也引起了很大争议,目前还无定论,不过有三点情况是明确的:1.现代主义作为一个统一的国际性文学运动已经消失,它的影响扩散了,与其他文学流派有继续互相渗透的趋势;2.现代派文学已经丧失它在20和四五十年代的势头及在某些国家的领导地位;3.西方现代文学正处在变化的过程中,也许在20世纪最后二十年间会出现新的动向或流派,我们且拭目以待。

历史的脚印,现实的启示
——五四以来文学现代化问题断想
严家炎

近两年,我们报刊上关于文学现代化与现代派文学的讨论,进行得颇为热烈。一些文章确实提出了不少足以发人深思的意见,把问题提到了人们的面前。但可惜,就我读过的一部分文章来说,它们大多有一个共同的弱点,就是忽视了五四以来我国文学现代化的历史状况,忽视了在此过程中积累的许多重要的历史经验。为什么有的文章会把现代化与现代派混为一谈?为什么有的文章会把文学现代化单纯看作是作品的形式、技巧问题,而几乎完全忽视文学思想内容的现代化?为什么有的文章会把现实主义排除于世界现代文学的圈子之外?为什么一些文章会把文学现代化与文学民族化对立起来?除了理论观点上的分歧、差异之外,我认为,还有一个很重要的原因,就是缺少对五四以来文学发展状况与历史经验的了解或思考。有的同志把迄今为止经过文学革命已六十多年的我国小说的特点概括为"叙述离奇曲折或至少引人入胜的完整故事","对社会环境作客观的包罗万象的描写","其叙述角度往往都是一种,就是作者站在全知全能的角度",还把萧红探求文学多样化、现代化的努力形容为"相当寂寞",直到"今天"才得到人们的回响与呼应。这些说法恐怕都是不很准确、不很符合文学史实际的。由于脱离了历史,这场讨论在某些方面就多少显得有点悬空。当然,出现这种状况,我们决不能简单地责怪这些文章的作者,应该说,这在很大程度上也是对长期以来我们研究现代文学史的片面性和偏狭性给予的一种惩罚。正因为我们对五四后文学从思想内容、创作方法、理论思潮到形式技巧的叙述介绍往往不是全面的、如实的,而是削足适履,突出和强调现实需要的某些方面,回避和省略现实不需要的某些方面(即使是重要的方面),把历史某种程度地简单化了,把迂回曲折的发展过程拉成了直线,其结果是使历史上存在过的某些文学现象不为人所知,当然也影响到正确地总结历史的经验了。

从五四时期起,我国就开始有了真正现代意义上的文学,有了和世界各国取得共同的思想语言的新文学。而鲁迅,就是这种从内容到形式都崭新的文学的奠基人,是中国文学现代化的开路先锋。由于种种原因,文学现代化的这一过程有时也走过弯路,出现过曲折,但总的来说,这个过程仍在持续不断地发展着。今天人们谈论的文学现代化,实际上正是五四以来这一历史过程的继续。我们决不能割断历史,把文学现代化看作是今天才开始的无源之水。也只有充分重视五四以来文学现代化的历史经验,我们才能避免许多盲目性,尽可能少走一些弯路。

那么,五四以来的文学现代化过程,有哪些历史经验是值得我们重视,对我们今天有所启示的呢?似乎至少可以举出这样一些:

第一,文学现代化首先应当是思想内容的现代化,而不是单纯追求时新的形式、技巧。五四时期的先驱者,将文学革命作为反封建的思想革命的一个组成部分来倡导,这有着巨大的历史功绩。他们在中国介绍了欧美近代以来形形色色的社会思潮和文化思潮,尤其传播、鼓吹了民主主义和社会主义这当代世界的两大思潮。中国现代文学史上第一篇小说《狂人日记》,可以说就是用文学形式写的新的《人权宣言》,它宣告了一个消灭剥削和压迫的、"容不得吃人的人活在世上"的时代终将到来。从五四时期起,新文学就为思想内容的真正现代化,为反对封建主义思想、资产阶级利己主义思想、小生产者的落后思想和各种习惯势力,进行了长期的卓有成效的斗争。鲁迅在五四时代就说:"中国也仿佛很有许多人觉悟了。我却仍然恐怖,生怕是旧式的觉悟"①。这所谓"旧式的觉悟",就是指损人利己,自己解除压迫之后却去压迫别人,以及对"威福、子女、玉帛"一类封建性人生理想的追求——鲁迅把这些都看作非现代的思想。为民族新生、人民解放而同封建思想、资产阶级利己思想、小生产者落后思想决裂,这是前期鲁迅思想文化活动的一个基本出发点。到他成为共产主义者以后,他更把"现代思想"看作是工业无产阶级思想或马克思主义的同义语。如在1936年5月对《救亡情报》记者的谈话中,鲁迅把民族统一战线分成两种:"有岳飞、文天祥式的,也有最正确的,最现代的。"所谓"岳飞、文天祥式的",就是在民族解放斗争中做封建统治者的尾巴;所谓"最正确的,最现代的",就是无产阶级在民族统一战线中坚持领导权。在对于革命的看法上,共产主义者鲁迅也批评了那种很时髦的认为"革命应该使一切非革命者恐怖"的观点,他说:"其实革命是并非教人死而是教人活的。"②"教人死"还是"教人活",这就是旧时代小生产者与现代无产阶级两种革命观的斗争。③鲁迅的全部小说,可以说首先都是思想现代化的可贵成果。在新文学的发展过程中,虽然由于"左"倾思想的干扰和对小生产思想的侵袭缺少警惕而经历过一些曲折,但文学以时代的先进思想武装起来,这始终是进步文学的光荣传统。今天,文学要为人民服务,为社会主义服务,促进祖国"四化"的实现,在建设社会主义精神文明中发挥积极的作用,更必须攀登以共产主义思想为核心的崇高精神境界,继续同封建主义残余、资产阶级损人利己思想、小生产者的思想影响和种种偏见进行斗争。任何作品如果宣扬单纯的个人享乐、损人利己,将社会主义祖国和人民利益置之脑后,或者宣扬上了大学就有理由抛却乡间的爱人这类思想,那就不是文学的现代化,而只能是五四以来文学现代化的反面,成为一种倒退和精神污染。

第二，需要摆正文学现代化过程中现实主义与现代主义各自的位置，不能把现实主义排斥于现代文学之外，不能把文学现代化与现代派混为一谈，也不能把现实主义和现代派看作截然排斥、互不相容的两极。自觉的现实主义文艺思潮产生于欧洲资本主义社会的成熟时期，即各种固有矛盾暴露得相当充分的时期，决不是偶然的。在这个时期，人类的自我认识开始达到一个比较科学的阶段（马克思主义的出现就是这方面的一个标志）。文学早已不再热衷于表现神或半神化的人，普通人的日常生活愈来愈受到人们的关注；近代自然科学的发展直接启发了现代小说、戏剧中那种截取横断面的表现方法（相似于植物学中通过年轮来研究树木），并推动作家去突破全知全能的叙述角度；心理科学的发展，也为现实主义文学中细致的心理剖析和心理描绘准备了条件。这一切都证明：自觉的现实主义思潮的出现，是世界文学史上一个巨大的进步，是文学现代化的重要标志；现实主义不但不应该被排除在现代化文学之外，而且应该是它的主体和基础。当然，我们决不能认为只有现实主义才是表现现代生活的唯一创作方法。应该承认，表现现代生活的方法可以是多种多样的，而且各种方法的优缺点也总是相对的。产生现实主义的某些社会条件和心理学条件，同时也成为孕育现代主义的温床。文学上的现代主义，在很大程度上正是现实主义的发展、变态以至反向。中国的五四是一个开放的时期，当时的先驱者既把自觉的现实主义思潮连同自然主义介绍到国内并加以有力的倡导，也把象征主义、印象主义、新浪漫主义、未来主义、稍后的新感觉主义等形形色色的现代主义以及与它有关的弗洛伊德学说都作为最新思潮予以译介，从而形成各种思潮流派自由竞争的局面，这对于中国文学的现代化起了很大的促进作用（尽管也不是没有消极作用）。尤其可贵的是，新文学的奠基者鲁迅在他的创作中，以现实主义为主体，分析地吸收和运用了包括浪漫主义、象征主义以至印象主义等在内的多种创作方法成分，取得神异的效果，大大扩展了作品的思想容量。[④]在鲁迅手里，精妙的性格刻画和严整的结构布局，已经使小说情节的重要性大为降低。恰好和我们有的同志的论断相反，他的作品既没有"叙述离奇曲折或至少引人入胜的完整故事"，也没有"对社会环境作客观的包罗万象的描写"，而且还改变了传统小说那种作者"全知全能的叙述角度"。连一些西方学者和作家都认为：从鲁迅起，中国小说确实运用了现代技巧。这些都证明：五四时期的中国文学，已经开始走上了现代化的道路。但现代化并不等于就要搞现代派。尽管当时弗洛伊德学说、意识流手法对鲁迅、郭沫若等人的创作都产生过某种影响，随后还形成了30年代初期以刘呐鸥、穆时英、施蛰存为代表的新感觉主义流派，然而，现代派小说并未在中国得到长足的发展。不但鲁迅、郭沫若后来批判了弗洛伊德学说，就连现代派代表性作家之一的施蛰存，不久也复归到现实主义道路上来。这并非因为有人禁止，而是归根结底由中国的社会条件以及现代主义本身的局限所决定的。五四以后中国文学发展的上述情况表明:在创作问题上,我们一方面应该从表现生活内容的实际需要出发,采取"拿来主义"态度,勇于吸收包括西方现代派在内的各种有用的方法、手法和技巧,这对于开阔我们的思路、丰富我们的表现手段,都是很有好处的,我们应该欢迎王蒙等同志进行的各种有益的尝试,马克思主义"绝不是离开世界文明发展大道而产生的故步自封、僵化不变的学说"⑤,对于西方现代派文学,我们也应该不拒绝,吸收一切有用的东西;但另一方面,也必须清醒地认识到:由于文学本身的固有规律,在世界现代文学中,现实主义依然会是主体和基础(尤其在小说、戏剧领域中)。抛弃现实主义而去追求现代主义,或者认为要现代化就必须搞现代派,必须排斥现实主义这种"过时"的创作方法,这却是一种有害的,不符合历史实际的主观臆想。

第三,要把对于西方现代派的某些肯定和借鉴,同对这个流派思想体系的否定和批判结合起来。西方现代派文学中,有一部分对资本主义现实持强烈的批判态度,具有明显的进步作用,艺术上也有一定的独创性,我们应该给予应有的肯定。这个流派的某些手法、技巧也确实可供我们吸取。尽管如此,西方现代派文学从哲学、心理学基础到艺术观点所体现的那个思想体系,却是我们必须排斥的,它的某些派别无视艺术规律乃至践踏艺术规律的倾向,也是我们无法接受的。西方现代派把资本主义的末日当作人类社会的末日,作品中充溢着悲观、绝望、颓废、色情的思想,这种思想曾经给了30年代中国新感觉派以很大的消极影响。刘呐鸥、穆时英等人的作品中不同程度地存在的悲观颓废倾向,正是与西方现代派一脉相承的。在这方面,穆时英的小说《Pierrot(法语"傻瓜")》很有代表性。这篇作品表现一种悲观绝望、精神崩溃的心理状态。主人公潘鹤龄从事业、爱情、父母亲、工农群众、革命队伍所经受的,没有一处不是失望。他满怀希望而来,感受到的却是"全部崩溃下来的声音",因而得出了人与人之间只有"利用"的结论,到作品结束时,终于成为一个可怕的虚无主义者。这种情况也从反面证明:不从思想体系上同西方现代派文学划清界限,无批判地搬用西方现代派的东西,只会带来精神污染,给我们的文学造成危险的后果。30年代新感觉派的这种迷误,今天绝不应该重复。

第四,现代技巧、手法的追求,只有同作者对生活本身的熟悉联系起来,才有意义。形式、技巧、手法不是万能的,它弥补不了生活的贫血症,只有在对生活本身下功夫的基础上,技巧才能发挥长处,作者也才会真有用武之地。五四以来现代文学的发展历史证明:文学的乔木总要生长在深厚的生活土壤中,生活土层不丰厚,即使从异域移来珍材奇木,到头来也只能充作盆景,如果完全不沾泥土,则只能长出苍白细瘦的绿豆芽。无论哪一种流派,都逃脱不了这条普遍规律。30年代初期新感觉派一些写得较为成功的小说,如施蛰存的《梅雨之夕》《春阳》《鸥》《莼羹》《名片》,穆时英的《夜总会里的五个人》《偷面包的面包师》《黑牡丹》等,都是将心理分析技巧用于作者充分熟悉的生活,写出了某种微妙的内心活动的结果。如果作者对自己所要表现的题材并不熟悉,形式、技巧、手法再新奇,仍然无补于事,甚至还可能因为脱离生活一味追求技巧而使创作陷入歧途。施蛰存的《阿秀》,变换了四五种角度去写自己的女主人公,技巧上不可谓不用力,然而作者毕竟对这类人物并不熟悉,因此作品的实际效果仍然是很一般化的。同一个施蛰存,还曾写过像《夜叉》《凶宅》一类专门追求情节曲折离奇、带来某种神秘恐怖心理的作品。连他自己在《梅雨之夕·自跋》中也承认:"读者或许也会看得出,我从《魔道》写到《凶宅》,实在是已经写到魔道里去了。"30 年代新感觉派有关技巧与生活的这些经验教训,至今依然值得我们记取。

  第五,文学现代化不应该排斥文学民族化(主张文学民族化者并非真是所谓"过去派");反之,文学民族化也不应该排斥文学现代化(主张文学现代化者也并非一定就是"现代派")。我们既不是世界主义者,也不是国粹主义者,我们主张,文学现代化过程与文学民族化过程应该互相结合,互相促进。在五四新文学的初期,基于国内现实的需要,较多地接受欧洲现代文学的影响,这是文学史上的正常现象,是一种进步。但接受外来影响的新文学要在自己的人民中扎根,却必须在反映现实生活的过程中逐步做到民族化。同样都是接受法国象征派诗的影响,20 年代的李金发采取了生吞活剥、一味模仿的态度,加上他在掌握本民族语言方面的拙劣,就使不少人对这种诗倒胃口,大大缩小了它的读者面;而后来的戴望舒,却在运用象征派手法技巧抒写现实感受方面有自己的独创性,民族语言的掌握也远为纯熟,这就使他写出了《雨巷》《我的记忆》《我用残损的手掌》等较为优秀的诗篇,扩大了象征派诗歌的领地。这种情况告诉我们:对于外国文学流派,即使是好的革命的流派,也决不能做一味追随模仿的奴隶,而应该做善于"拿来"和创造的主人。闻一多在 30 年代说得好:"谈到文学艺术,则无论新到什么程度,总不能没有一个民族的精神存在于其中。可惜在目前这西化的狂热中,大家正为着模仿某国或某派的作风而忙得不可开交,文艺作家似乎还没有对这问题深切地注意过。"⑥这话直到今天,也还值得我们一些同志深思。在现代化与民族化的结合方面,鲁迅仍然是个典范。深厚的古典文学滋养固然使他的小说在接受俄国和欧洲一些作家影响的同时,不能不表现出浓重的民族特色;而从根本上说,作家与劳动人民在精神上的深刻联系,对人民生活、心理、地方风习等方面的极度熟悉与真实描绘,对民族语言的驾驭自如,则更是作品深具民族烙印的重要原因。如果说最初的《狂人日记》《药》等小说还由于吸收异域的营养而显出"格式的特别",那么,稍后的作品就确如作者自己所说,"脱离了外国作家的影响",技巧更为圆熟,形式也更具民族特点了。鲁迅的经验,正好说明文学的现代化必须与民族化密切结合,才具有持久的艺术生命力。

总之,我认为,五四以来六十多年文学发展的经验,对于我们探讨文学现代化问题,具有极为重要的意义。我们决不应该忘记这一段历史的路程,我们的讨论应该建立在这个基础之上。这就是我读一些同志的文章之后进行的思考和得到的启示。

参考文献:

①鲁迅:《〈一个青年的梦〉译者序》。

②鲁迅:《上海文艺之一瞥》。

③王得后同志在《鲁迅研究》第5期上有篇文章,很好地论述了这个问题,值得推荐大家一读。

④可参阅《文学评论》1981年第5期上拙著《鲁迅小说的历史地位》一文。

⑤《列宁选集》第2卷第441页。

⑥闻一多:《悼玮德》,载《北平晨报》1935年6月11日。

通往成熟的道路

谢 冕

不管你承认与否,事实是,我们的文学正处于一个痛苦的蜕变期。也许我们面临着又一个如同五四那样充满青春憧憬的文学时代:它期望在新旧交替中有一个切实的进步。从来也不曾有过如此强烈的对于历史的冷峻的反思,也从来不曾有过如此热烈的对于未来的祈愿。如下的事实是公认的:当代的中国文学,业已取得了划时代的成绩,却也遭受过空前的挫折。成绩和挫折,它们形成了像拔河绳子两端那样逆方向的较量。因而,我们每一步前进都是艰难的。只要看看近年来文学运动的事实便会清楚,新与旧、开放与封闭、继承与革新、民族传统与外来影响,使我们陷入了几乎是没完没了的纷争之中。大变革的时期,不可能不把这股变革的风刮到文学中来。处处鼓涌着这种失去平静的气氛。我们应该为之欣喜,因为这是文学充满了活力的证明。

在争论的众多命题之中,始终响彻着一个带有历史意识的声音,这便是对多样化的文学的呼唤:呼唤多种多样的小说,呼唤多种多样的诗歌,呼唤多种多样的文学。这种呼唤是合理的,不仅符合人民多样的审美需要,而且也符合中国新文学的史实。

中国新文学的传统之所以是丰富的,在于它的审美追求是多元而非单一的。五四最初的"伟大的十年间",当以白话文为武器的文学革命刚刚站稳时,紧接而来的便是各种文学社团流派的蜂起并峙。20世纪20年代初,提倡"血与泪的文学",主张作家"必须和时代的呼号相应答"的文学研究会与追求文学的"美与快感的慰安"的创造社,分别高举着写实主义与浪漫主义两大旗帜出现,显示了五四文学最初的活泼的生命力和创造性。而这,仅仅是事情的开端,随后的发展更见广阔与斑驳。仅以新诗为例,当它取代了旧诗词而获得自立的最初阶段,便赫然出现了朱自清所概括的自由、格律、象征三大诗派并立的局面。当年出现的那些诗坛巨星如郭沫若、闻一多、徐志摩、戴望舒等,至今仍未减其辉煌。那时也不乏怀有偏见的激烈的论战,但就总体而言,作为一个完整的时代,它表现了极大的宽容。怀有建设欲望而充分自信的时代,一般说来,都有那种开阔的胸襟,而很少艺术上的褊狭心理。崇尚写实主义的朱自清,在编选《中国新文学大系·诗集》时,不仅容忍了被视为"诗怪"并与自己的艺术主张相悖的象征派诗人李金发,而且收录他的诗作达十九首,所选诗目之多仅次于闻一多、徐志摩、郭沫若而位列第四。这正是这种宽容态度的说明。新文学在短短十年间所以能够取得如此辉煌的成绩,除了那些先驱者感应了时代的召唤而生发出勇敢与坚定之外,多半要溯源于五四时代开放与宽宏的精神。

当然,所谓宽宏并非仅此一端。也许更为动人的是,那些新文学运动的战士,他们有着一种自觉的对于旧文化的批判精神。与此同时,他们转向外国寻求进步文化的营养。这种寻求的结果,带来了更为繁丽多姿的外国文学的投影,所以说,这直接地促成了中国新文学的迅速成长。当年,他们有的是对于"国粹"的充分警惕,而很少生恐学习了外国而丧失民族特点的忧虑。一个有强大自信心的民族和时代,是不会畏惧被外来文化所同化乃至淹没的。这正如一个健康而自信的人不会挑拣食物一样,因为他有健全的肠胃,足以消化一切。五四正是这样一个健全而自信的时代。一般说来,那时人们并没有如今我们某些人身上所表现出来的对于西方文化的提防与恐惧心理。

追溯中国新文学运动的萌起与发展,不应忘了那些盗火的普罗米修斯。他们在为中国取来科学、民主火种的同时,也取来了进步文化的火种。鲁迅的小说是最富创造性的,茅盾说过,"鲁迅君常常是创造'新形式'的先锋",而鲁迅则承认"我所取法的,大抵是外国的作家";巴金在答法国《世界报》记者问时说,"在所有中国作家中,我可能是最受西方文学影响的一个",而郭沫若总结自己的著作生活时,除他所认为的"诗的修养期"得助于中国文化之外,其余的各个时期(诗的觉醒期、诗的爆发期、向戏剧的发展……)分别受到了泰戈尔、海涅、惠特曼、雪莱、歌德等的影响,而不见一个中文名字。[①]这当然不能说明他们对于本民族文化的轻视,但可以说,西方的进步文化也如中国悠久的文化那样,深深地影响并哺育了整整一代的五四文学革命的先驱者。

我们今天重提这样的事实,用意在于:为什么我们的前辈学习他们那个时代的有重大影响的西方文化,不成其为问题,而我们今日的文学工作者学习当今世界起过和正起着重大影响的西方文学流派,却引起激烈的论争呢?难道我们今天一代人的辨识和吸收能力衰退了吗?难道我们的肠胃或是神经变得不健全了吗?既然老舍能够从狄更斯,茅盾能够从左拉、莫泊桑那里获得他们生活的那个时代的启示而无损于他们作为中国文学巨匠的光辉,难道我们不能像我们的前辈不拒绝对托尔斯泰、巴尔扎克和罗曼·罗兰的了解和吸收那样,也不拒绝对卡夫卡、乔哀思和萨特的了解和吸收吗?因为,毕竟我们的智力未曾衰退,我们的健康状况也不至于坏到一接触"异物"便要崩溃的程度。

英国的斯特拉奇在给奥兹本的《精神分析与辩证唯物论》作的序中,说过一段令人深思的话:

> ……马克思主义者则有把精神分析学看作不值得注意的倾向。不过马克思主义的创始人会不会采取这样的态度呢,它就颇可怀疑了。特别是恩格斯,他把

检讨当时每一科学的发展作为他的职责。假如他能再活二十年,他大概不会不研究弗洛伊德著作的。这并不是说,恩格斯会全部接受弗洛伊德的学说。正相反,我们可以想象,那位最伟大的论战家将以何等辛辣的言辞来指出这一学说的偏畸性。但我依然相信,恩格斯既不会忽略达尔文或摩尔根在生物或考古学上的发现,这老鹰也将猛扑这种新的材料,加以消化、批评和拣选。②

但愿我们都能成为这样一只不拒绝新奇之物的老鹰。多种营养,有分析的吸收,不忌讳西方文化对我们丰富传统的影响和"补给",造成了文学艺术风格丰富多彩的局面。由于各个流派之间论争和竞赛、合作和渗透,在新文学的开端,就形成了艺术方法上的多元倾向。这不仅意味着文学的丰富,而且预告着文学的成熟。

要是说,我们的文学发展曾经有过一个大的曲折,这曲折要而言之就是对于五四新文学的多元的和丰富的传统的偏离。这种偏离在某一历史时期(例如"文革"时期),表现得更为显著。造成这一状况,似乎是一个问题的两个方面:一是我们长时期地自我封闭(由政治、经济而文化,尤以文化,特别是对于西方文学的封闭为甚)。在某个极端和畸形的历史时期,我们把古、今、中、外的几乎全部遗产分别谥之为封、资、修。我们由"恐食症"发展而为"厌食症"。一是我们的文学观念逐渐由定型化而走向单一化,从而形成某种固执的(在某些方面甚至表现为不容讨论的)文学观念。我们只知道,因而也只承认某一种文学是好的,乃至是最好的,并试图以此统一全部的文学。久之,我们便远远地偏离了五四文学的丰富而走向贫乏,放弃了多元的审美结构而走向统一化和模式化。结果沦入了十年"文革"那样的艺术创造的枯竭与窒息时期。

一个社会形成了自己独特的文学观念,这并非一件坏事。但是这种观念一旦成为无可替代的和排他的,这就容易给文学的发展带来不良影响。记得五六十年代之交,茹志鹃的出现给当日的文坛以新鲜之感,茅盾敏锐而准确地概括她的作品风格为"俊逸"。那时有一场关于茹志鹃作品的论争,引人注目的是一位颇有影响的评论家的意见,她认为茹志鹃的"路子还不够宽广",她希望作家不要"作茧自缚",希望她更多地表现"复杂的矛盾冲突","由此把作品的主题思想提得更高"。这位评论家的用心是很好的,她对作家的要求也是当时习见不鲜的。然而,要是按照她的意见去办,写《百合花》和《高高的白杨树》的茹志鹃将不存在,她将混同于那时基本趋向一致的作品的海洋而无法辨认了。

关于诗歌创作的倡导,也与整个文学创作相一致,可以说,长期以来我们追寻的是统一的诗歌。一些人希望创造出一种所有诗人都遵循的诗体,后来,又希望用"新民歌"来统一诗歌;流传最久,影响也最大的是试图在"古典诗歌和民歌的基础上"建立新诗的统一意图。这些努力因为违背了艺术发展的自身规律,因而都不曾奏效,但对创作的影响是明显的。以蔡其矫为例,这是一位有着自己独特艺术追求的诗人,但在"大跃进"中,迫于舆论的压力,他放弃了自己一贯的风格而写了诸如"天不怕来地不怕,英雄好汉不怕难"那样的诗。于是舆论对此大表欢迎,认为这是"改了洋腔唱土调"。那时真有一股劲头,一股非把所有的诗歌、所有的文学都变成一种统一的诗歌、统一的文学不可的劲头。这样的意图一直到了"样板戏"的出现,使本来就贫乏、单调的文学走向了一招一式都符合"样板"而不允许走样的极限的程度。这只能以覆灭宣告结束。

在我们的传统观念中,对于文学是社会生活的反映,这一认识是坚定的。(以统一的甚至单一的文学而试图反映极其丰富的社会生活,这不能不是个根本性的矛盾。)人们在热衷于推进这一做法时,恰恰忘记了如下一句名言:"文学事业是最不能机械地平均,标准化,少数服从多数。"这种"标准化"和"少数服从多数"的直接后果不仅影响了创作的繁荣发展,而且也影响了读者的欣赏水平和审美趣味,单一化的文学造成趣味很狭窄,以至于读者不能欣赏这种趣味以外的作品。这种影响甚至发展到今天,前几年由壁画《泼水节——生命的赞歌》到《猛士》裸体雕塑所引起的关于裸体画的风波,一直延续到电视连续剧《安娜·卡列尼娜》的放映所引起的道德伦理观念的充满惶惑感的争论,都说明我们的读者和观众的欣赏能力已经难以适应多种多样的艺术世界。"一件艺术品——任何其他的产品也是如此——创造了一个了解艺术而且能够欣赏美的公众。"据此推论,则单一的艺术必然培养了只能欣赏单一的美的对象。而这对于文学艺术的发展其害处尤为深远。

沉重的历史反思,使文学在新的历史时期企求新的崛起。一旦人民的真实生活和真实感情在文学中获得新生,随之而来的便是为满足人民多样审美需求的多样化的文学的呼吁。为着消弭文学的贫困,有志之士再一次寻求点燃文学复苏的火种。五四文学的传统(这个传统,是革命的和战斗的,但又是丰富的和多样的)重新得到了肯定。人们仿佛从梦境回到现实中来:我们的新文学竟然是如此多彩多姿!不仅是冰心和丁玲获得了重新的认识,而且连长期寂寞的沈从文乃至少有人知的钱锺书,也引起国内外人士的兴趣。人们由此确信:五四新文学的传统不再是单一的传统,而是多样的传统。开放的时代,特别是直接受到思想解放运动的有力感召的时代,作家和读者重新与外国文学取得了联系。人们翘首天外,发现那里别有一番风景,而这番风景却是我们长期所不愿或不准窥及的。终于:

> 我们又听见了列宁喜爱的贝多芬的交响曲,
> 热情洋溢的旋律回旋在中国美丽的傍晚。③

可以想见,中国人在这样的傍晚所感受到的,是经历了多长时间的期待之后的欢欣。艺术开始在更多的营养源上获得新生命。音乐、绘画、雕塑、戏剧、电影和文学,特别是诗,出现了吸引人们广泛关注的新的诗歌,几代诗人不约而同地卷入了一场情绪激动的辩论之中,有人认为如今的"朦胧诗"是照搬西方现代派的舶来品,有的认定它是30年代那些"沉滓"的泛起,有的则干脆判之为"诗歌的癌症"。其实,青年诗人的创作乃是植根于中国现实土壤——特别是动乱年代的生活的产物,而不是其他。青年诗人中的一些代表人物,他们或者根本未曾接触或者很少接触西方现代派的作品——当然,随着国际交往和翻译作品的增多,青年人吸收了西方文学的特点而融入了自身的创作的情况也会逐渐普遍起来。即使是对西方文学的直接吸收,也应认为是正常的现象,而不必为此惊慌。巴金最近说过:"现在交通发达,距离缩短,东西方文化交流日益频繁,互相影响,互相受益,总会有一些改变,即使来一个文化大竞赛,也不必害怕'你化我、我化你'的危险。"这是一种开放而通达的见解。可惜的是,这些话现在多半只是由巴金、夏衍这些第一代的文学战士说出,而不是相反。

最近数年的文学艺术的迹象表明:中国的文艺事业的确在摆脱长久的窒息和因袭的重负而走上正轨。传统的优越性继续得到发挥而未曾削弱。以小说为例,现实主义的作品仍然充满了蓬勃的生机,而且取得前所未有的成就。近年得奖的作品几乎全是此类。其中卓有成绩的新进,如高晓声、古华、张一弓等都是在现实主义道路上勇猛奋进的突击手。有更多的中年作家(在北京,如刘绍棠、丛维熙、邓友梅、谌容)都在这条一代又一代前辈所开辟的道路上走向成熟。汪曾祺的《受戒》、古华的《芙蓉镇》、高晓声《李顺大造屋》,体现了这种成熟。只要正视这些事实,应该都会承认,不仅所谓的西方化的危机不存在,甚至现代派的严重挑战也是被夸大了的。

近年的确出现了一些关于介绍西方现代艺术的著作,如陈焜的《西方现代派文学研究》、高行健的《现代小说技巧初探》、柳鸣九编选的《萨特研究》,这些,严格地说,都是一些带有启蒙性质的普及读物,它们带领我们涉猎对于我们陌生的世界。在理论上不无疏漏而又不失锐气的,乃是徐迟的《现代化和现代派》。尽管他发表了某些精到的见解,但他提出的"建立在革命的现实主义和革命的浪漫主义的两结合基础上的现代派文艺",其"基础"是否存在过尚需考订,更不用论及建立在那上面的"现代派"了。因而,这样的言论也很难造成实际的威胁或"危机"。

我们对之发出惊呼的,并不是那东西本身有多么古怪,往往是,我们因为不熟悉不理解,而把正常视为"古怪"。正如前不久一些人嘲弄过的"朦胧诗"或"古怪诗"那样,其实,造成被称为"令人气闷的朦胧"的典型例子之一,杜运燮的《秋》中的诗句"连鸽哨也发出了成熟的音调",要是真从鸽哨是否能够"成熟"去谈诗的懂与不懂,那真是无以读诗了。当然,诗歌创作中出现了新的迹象,有的诗人于弃绝"假、大、空"之后专注于再现内心的真实;有的诗人感到原有的艺术手法不够用了,出现了新的追求,他们大量地运用通感、透视、打破时空秩序等手法,为着扩大诗歌的思想容量而注意对潜意识和瞬间感受的把握。但从根本上说,我国现阶段的诗歌,尽管出现了新的倾向,却基本上仍在现实主义的轨道上滑行。中国文学的现实主义大树,经过半个多世纪的发展繁荣已经扎下深根,一般的风是难以摇动其根基的。

这种新的跃动的情况,在小说中有着更为明晰的显示。一般说来,这种新跃动是对传统文学观念的改革和补充。这种改革之风较早地在小说领域出现。若以茹志鹃的创作来概括,也许可以百合花般的轻柔浅淡的气象的变弱,而代之以一个时空错位的"剪辑错了的故事"作为标志。在新的时代里,她追求的是更为复杂和立体化的对现实和历史的思考。另一位女作家写了一篇抒情诗般的《爱,是不能忘记的》。传统的文学观念在这里受到了忽视,它不再重视情节。其中很重要的人物"妈妈"的名字被忽视到可以有也可以没有的程度。这篇小说的地点,时间,人物的年龄、性格,都很模糊,但它表现人物的内心世界却精细而真切。此即所谓"内向性"的倾向。当许多作家继续采用动人的情节以及性格鲜明的典型形象对生活作客观描写的时候,有些作家开始了新的领域的探险——他们追求把人们的精神世界当作自己的表现对象,而且把人的内心结构的层次感表现得既复杂又丰富。

许多作家在今日如此丰富的社会生活和内心生活面前,都感到了过去写法和经验的不能满足。写过《红豆》那样充满缠绵情意的小说的宗璞,竟然写了完全变形的《我是谁》(在那里,人变成了爬行的虫),以及读着荒诞不经,却真实地再现颠倒和畸形历史时期的《蜗居》。林斤澜是一位擅长描写京郊山区乡村场景的、能够表达十分浓郁的"京味"的成熟作家,他一再表明他对现实主义创作方法的优点及其生命力的坚信。同时,他又认为小说原应有多种多样的写法,他追求既写实又"不那么写实"的特殊风味(有人称之为"怪味")。到了近期,他有相当一部分作品却以明显的揶揄和讽刺的力量,把那个动乱年代的颠倒、畸形、变态的世态人情,作了淋漓尽致的再现。"邪魔"的主题得到了强调,而且在艺术上明显地采取了变形的手段。正如那个既现实又明显的变形的《头像》所展示的,他在"着力于民族传统之后,追求了现代表现之后,探索着一个新的境界"。

这种创作上的明显的新的趋向,是由现实社会所催动,而寻求在更高层次上的表现所造成的。要是仅仅从传统的再现生活的实际样子的角度,来读刘心武的《黑墙》便会茫然,甚至对他所表现的内容和形式产生怀疑。然而,只要了解到渴求新生活的冲动以及对束缚人正常思维的习俗的厌恶,我们便会理解作家在这种极富象征意味的夸张背后的充分现实感的力量。这种小说要是用直接的社会功利的尺度去衡量,便难免要失望。它摆脱过于直接具体的说明生活,而力求在更为深远的层次上把握人生,以及追求社会的内在运动的轨迹。李陀近期创作所追求的正是这种处于新旧交替时代的心灵感应,表现对惰性的旧生活及其情趣的不可挽回的消失引发的苍茫之感。他力求在不重性格刻画和几乎说不出有什么曲折情节的情态下,传达出新的生活潮流对于类似《余光》中那种老槐树下的闲散的慢悠悠的黄昏余光的眷惜。《七奶奶》几乎就是九斤老太在今日生活中的复活。但她虽然已经失去了九斤老太那份不满现状的顽强劲,她几乎陷入了挣扎乏力的困境,但她仍然表现了世情未能断念的绝望的关切,这实在是一曲旧生活和旧情感的挽歌,从另一方面却显示了新的生活以无可阻挡的方式冲击着旧日的堤岸。

在当代十分活跃的作家群中,王蒙是一位最不墨守成规、最富探新精神的艺术冒险者。当人们经历了长久的隔膜正沉浸于组织部的青年人重归的喜悦时,他已经迈过了他已取得的成就。他以艺术家的勇气,在信守他的一贯的艺术信念(主要对于现实主义的信念)的前提下,勇敢地向着传统的文学观念质疑。他认为"我们的文学观念理应鼓励人们开拓更广阔的道路"[4]。更进一步,他向着几乎是支配着我们一切创作活动的最主要的命题——"典型环境中的典型人物",提出了新的辨析,认为它"毕竟不是无所不包,更不是唯一的创作规律,它并不具有排他性,并不能成为主宰全部文学史和文学现象、衡量一切文学作品的独一无二的'核心的命题'"[5]。

王蒙以自己的艺术实践证实了他的论点。他进行小说创作的"非性格化"趋向的试验,他无视相沿成习的首尾相从、一以贯之的时间顺序,而有意地对时间进行切割,按照人物心态的要求对时空重新进行组合。这在他复出之后的实践活动中,几乎是贯彻始终的一种试验性创造。读者无法跟上他那变幻莫测的、无所羁束的文学探险。当他们还对林震、赵惠文怀着惜别的心情重聚时,王蒙已把那一个个昔日的人物幻化为"蝴蝶",在人们"海的梦"中自由地起舞了。在王蒙的创作思想中,核心部分仍然是打破单一的文学的观念,使之向着有变化的、广泛的领域进发。

为了改变我们文学的单层次的结构,文学界出现了一批敢于第一个吃螃蟹的人。为了寻求新鲜的启示,他们也把目光投向世界现代文学,如同他们的前辈那样。不排斥新颖的文学思潮对某些人的吸引力,也不排斥对某些作品并不成熟的模仿的倾向。但无疑,它们将对开阔我们的文学视野,改变我们已经显示出来的某种板结的土层有好处。像《巨兽》(周立武,《上海文学》1982年2月号)通过超现实的象征手法所显示出来的对人生哲理思索的力量,像《高原》(谭甫成,《十月》1982年第5期)通过人的内心渴求所显示出来的对社会某一侧面(例如冷淡和孤独感)的揭示,以及像高行健称之为以"冷抒情"方式写就的那篇"可以当诗读的小说"《和弦》(蝌蚪作,《丑小鸭》),以及为数不少的这类新、奇、怪的作品,他们不曾,也没有力量对我们文学的发展造成损害,而只会给我们文学的发展提供新的启示(也许包括不成功的启示)。

总体来说,我们文学在通往成熟的道路上开始了一个新的、有着更为广泛的探索的时期。

优秀的传统无疑将得到发扬和继承。但重要的是,许多我们陌生的东西正在补充进来。一些"古怪"的东西(它们不都是魔鬼)堂堂正正地(有的也羞羞答答地)以并不成熟和没有定型的方式向我们走来。

现实主义在中国新文学的力量是强大的,影响是深远的,也是轻易不可动摇的,客观地说,迄今为止,还没有哪一种创作方法和文学流派有足够的力量向它发起挑战,它也不会在挑战中——要是有这种较量的可能性的话——垮掉。迄今为止,它还是无可匹敌的力量。所以,与其说是现代派向着现实主义的挑战,毋宁说是多样化文学的渴求向着单一化的模式的挑战。不论从哪种意义上说,文学的挑战意味着竞赛和竞争,都应当受到社会的欢迎而不必惧怕的。

参考文献:

①《1928年2月28日日记》,《沫若文集》第8卷。

②奥兹本:《精神分析与辩证唯物论》,重庆出版社,1947年版。

③白桦:《我歌唱如期归来的秋天》。

④⑤王蒙:《关于塑造典型人物问题的一些探讨》,《北京文学》1982年第12期。

谈 "情"

秦兆阳

"思想感情"这句话早已被人们运用得烂熟了,但时至今日,人们对于作品里的感情内容、感情表现,以及这种内容和表现与思想性的关系,还有作者的情操与作品的感情内容、思想深度、风格情趣等方面的关系,是否引起了人们的足够重视呢?

颇有一些这样的作品:

以拨乱反正为思想基调,思想是好的,题材、技巧也不错,但感情不能深深地激动人心。或者是只有对于政治和政策的感情流露,而缺乏人伦、道德、祖国、乡土等方面的浓烈感情。写现实矛盾,则忘了写意识,自然也就忘了写感情、写爱情而不着意于写情,写夫妻而不着意于恩怨;写父母子女、朋友战友,都是只有"关系"之名,而无感情之实。作品里的各个人物只是为了对某个问题作"思想表态"而存在,认为这就是写人物性格,不知道性格、思想、观念与感情表现的密切关系,人物在"问题"面前没有独特的感情激动的方式。作品"朴实"至于"平庸",笔墨粘滞于琐碎无味的过程,无走笔停笔之技巧,无大开大合之境界,无感情波动之旋律,有歌声亦不悦耳,弄趣味而格调不高。

人,在各种历史条件下,在各种具体环境中,应该怎样生活(怎样做人),不应该怎样生活,应该(追求)怎样生活而终于能够或不能够怎样生活,为什么应该或不应该怎样生活,为什么终于能够或不能够怎样生活——所有这些,常常正是文学作品的内容。人是感情的动物,感情来自观念,观念植根于社会环境和主观性格。于是,在这些"应该、不应该、能够、不能够",以及由此而来的许多"为什么"之中,有多少具有深刻意义的感情内容啊!难道写作品可以只注意表现思想而不注意表现感情吗?如果作品中的人物在是非、爱恶等方面没有个性特点的感情表现,作品怎样去引动读者的感情?怎能给读者留下深刻的印象和不尽的余味?怎能收到更好的思想上和艺术上的效果?

读者对于文学作品总是在有意无意之间作如下的要求,即获得印象,引动感情,引起思索,得到(艺术)享受。这四个方面是互为表里,互相作用,不可偏忽的。

所以,感情内容或内涵,也应该是作品内涵的重要组成部分。

我国有几个旧时代流传最广最久的民间传说,恰好是通过执着的"人情"来反映极为深刻的"世态",这些例子正好可以说明感情在文学作品中的重要性。

《孔雀东南飞》恐怕是我国最早表现"人情"与"世态"相矛盾的一首叙事长诗。它通过一对夫妻的悲剧,强烈地控诉了封建家长制度、贪财附势的心理,以及妇女的可怜地位。"孔雀东南飞,五里一徘徊",开头的两句就把人引向回肠荡气的感情境界,后面具有浪漫意味的结尾又给人以低回咏叹的无穷余味,而贯串全篇的则是恩爱夫妻的真挚感情,特别是妻子对丈夫的真挚感情和对婆婆与兄嫂的怨愤感情。

全国人民都知道"孟姜女哭倒长城"这个传说,但并不知道孟姜女为何许人,她在千里送寒衣的路上受过多少苦,她的丈夫如何在服苦役中劳累冻饿而死,等等。为什么这个简单的故事历经千年百代还家喻户晓并且感人至深?至情动人也,暴政可恨也。并非孟姜女仇恨长城和反对修造长城,也非长城本身是孟姜女的不幸的成因。恰好相反,长城本身对孟姜女的哀痛哭诉是深深同情的,它是为情所动而自动倒掉一段的。至情的真正对立面,安定的幸福生活的真正对立面,是不远千里万里强征民夫,是不顾民夫死活的强迫劳动,是在朔风凛冽之时不发寒衣,是迫使一个弱女子不得不千里跋涉而最终见不到丈夫。故事的不尽细致之处,千年百代的人民都能用想象去做补充,因为旧时代的人民都是处在封建淫威之下,有着这样那样痛苦的生活体会。

顺便说一下:这个具有极为深刻的歌颂高尚人情和反对封建暴政的故事,在纪念孟姜女事迹的当地却长期被封建统治阶级和旧文人所歪曲、所利用。时至今日,山海关附近的孟姜女庙仍然题名为"贞女祠",并有新作的连环画为之解说:也许是根据旧日文人所编造的故事,把孟姜女说成是富家小姐,把她的丈夫说成是读书士人;把他俩结合的原因说成是此士人偶然看见了孟姜女的身体肌肤,孟姜女出于封建的贞操观念才许身于他,仿佛远在秦代就已经有了这样的观念;把孟姜女的死因,说成是为了保持贞节,抗拒秦始皇的逼做后妃,才跳海而死。庙内并仍然保存着乾隆皇帝赞扬这种封建节烈观念的刻诗石碑。于是,普通劳动人民夫妻之间的至爱之情被取消了或冲淡了,被封建节烈观念所代替了。我总觉得这跟原来传说的精神是不大相符的。

这个传说不但没有破坏万里长城的伟大形象,相反地,它是对劳动人民所修筑的长城的颂歌:由于长城是人民修筑的,所以它懂得人民感情。我们正是需要对于人民和对于祖国的"感情的长城"。

蛇,是人皆厌恶的动物。人们常用蛇来比喻坏人。"得道高僧"则是旧社会人们想象中的崇敬偶像。然而在尽人皆知的《白蛇传》传说里,白蛇精却被人们无限同情地尊为"白娘娘",而镇压白娘娘的法海则被人痛恨,甚至传说他后来变成了螃蟹肚脐里的小人而被人吞吃。为什么?源于人民之情也,肯定人高于神,歌颂至情而痛恨佛法的冷酷无情。白蛇苦练成精是为了变成人,变人之后又复多情,多情到了不惜以死相拼的程度——为了过起码的人的正常生活。把"人"与"情"与英勇斗争紧密联系起来了,把神与冷酷无情、仗势欺人紧密联系起来了。这个传说似乎颇有点早期市民阶层人本主义的味道。

《牛郎织女》也是流传千古尽人皆知的故事。肯定人间胜于天上,因此织女愿意下凡,然而天上的王母破坏了人间的生活,是对于男耕女织夫妻和美这种小农生活的向往。然而这向往受到了阻挠破坏,即使在耕牛和喜鹊的帮助下,也只能一年一度相会于王母娘娘所划定的天河之滨。这真是无可奈何的千古遗恨!千年万代的人们夏夜乘凉的时候都要指天说地,都要受这种千古遗恨的感情熏陶。

还有《梁山伯与祝英台》的故事,因限于篇幅,就不去说它了。

这些传说都不是为了写爱情而写爱情,更不是写以肉麻当有趣的所谓"爱情",甚至于极少"写"爱,而全力"写"情。由此可见,在文艺作品中,情的内容及其作用何等重大。由此可见,以高尚的至情与邪恶冷酷相对抗,其动人感情的力量是何等巨大!情既动矣,能不思乎?由此可见,这些传说对于陶冶民族的精神气质起了多么重大的作用。

然而,在文艺作品中,又并非只有写男女之情才能动人,才能起到激动人心的作用。

《红楼梦》为众所周知的着力写情的一部杰作。如无宝黛"情种"之情如银针金线般缝贯全书,如无众多儿女之情场悲剧,则此书将何以成书?将是何等无味!然而,如无宝黛二人反抗当时世态的知己之情,薛宝钗的顺乎世态之情,贾政维护封建正统的急切易怒之情及父道尊严之情,以及贾母安享富贵及溺爱孙儿之情,凤姐招权揽势、营私舞弊、争风吃醋、狠毒狡诈、卖弄才智之情,赵姨妈之流的嫉妒怨恨之情,贾琏之流的贪图淫乐之情,众丫鬟奴才的或反抗,或顺从,或取巧,或互相同情,或互相争风之情,等等,那么,一部《红楼梦》将如何写如此众多的人物和如此繁杂的情节?如果离开了感情性的刻绘去写人物性格和生活细节,《红楼梦》岂不是要成为枯燥烦琐的下乘之作?作者以其"一把辛酸泪"去忖情度理,精雕细刻,着意经营,这才使得全书时时处处,一言一笑,皆能情理相符,真切入微,因而赢得了无数读者的辛酸泪。

《聊斋志异》借狐鬼以表人情世态,以寄托作者对世态的抑郁之情和对美好生活之向往之情,其故事虽属荒唐,其情理则引人入胜,假而似真,虚中含实。

《水浒传》以英雄相惜的江湖义气之情、逼上梁山的悲愤之情,为结构全书之纽带和脉络,为描写性格之门径。

屈原《离骚》之情,高洁、诚挚、深沉、恣肆,如行云流水,雷鸣雨骤,春兰秋菊,千载悠悠。

古代诗词之讲究意境,散文、策论之讲究气脉气势和语言韵调,其实都是讲究情、境、意三者巧妙结合的美学境界。

鲁迅的小说因"哀其不幸,怒其不争",因而讥其不悟,悲其不申,冷中藏热,情理深沉。他的杂文则更是充满着革命的战斗激情,嬉笑怒骂,爱憎分明。

社会主义文学是为社会主义服务和为人民服务的文学,作者之情操,作品之情愫,人物之情与性,细节之情与理,艺术之情与味,岂可偏失?岂可忽视?岂可不真?岂可不慎?岂可不为爱人民、爱祖国、爱社会主义的"感情长城"增添砖石?作家岂可不经常注意锤炼自己的思想感情?

当前文艺思想的几个问题

贺敬之

> 这是贺敬之同志1982年10月间在文艺界一次会议上的谈话,涉及对当前文艺思潮方面一些重要问题的看法。现征得作者本人同意,正式予以发表。
>
> ——编者

文艺战线在贯彻党的十二大精神过程中要研究的中心问题是:作为以共产主义思想为核心的社会主义精神文明的一部分的文艺,如何开创新局面。我们的文艺理论批评工作也要在这个大题目下考虑问题。

社会主义文艺有什么特征?它到底是什么性质的文艺?这是首先要研究和明确的问题。

社会主义文艺,就思想内容来说,属于共产主义的思想体系。共产主义思想是工人运动的产物,又是整个人类优秀文化的继承和发展。我们不能割断历史,要继承、借鉴一切优秀的文化艺术遗产。不仅艺术技巧、表现手法可以继承,就是思想内容也有可以继承之处。其中,有的还可能成为共产主义思想的有机组成部分。马克思主义的三个组成部分,就是来源于德国的古典哲学、英国的古典政治经济学和法国的空想社会主义,是对人类历史上优秀思想成果的继承和发展。同样,社会主义文艺也不是凭空产生的。无产阶级文艺运动中有过多次"左"的教训。"左"的一个重要表现就是对文化遗产采取简单排斥的态度。我们要避免重犯这个错误。苏联在20世纪二三十年代,中国在50年代后期都犯过"左"的错误,"四人帮"时期就更不用说了。现在我们要搞社会主义精神文明建设,对这些教训要引以为戒。但是,我们搞的是社会主义精神文明,搞的是社会主义的文艺,与资本主义文艺在性质上有根本的区别,所以又要划清界限,不能模糊自己的共产主义旗帜,不能把两种不同的思想体系混同起来。这两个方面都要处理好,否则,就会发生"左"或右的偏差。

我们说要汲取人类文化的一切优秀成果,当然也包括当代西方文艺中的优秀成果。这就不能不接触到这样的问题:怎样对待西方现代派文艺。现在对这个问题有争议。我希望同志们注意一下关于现代主义和人道主义、人性论问题的讨论,深入研究这些问题是很有必要的,与贯彻十二大精神也是紧密相连的。我们到底是要搞马克思主义,还是要搞存在主义;我们的文艺创作,是走社会主义的、中国自己的路,还是步西方现代派文艺的后尘;社会主义文艺和资本主义文艺的区别在哪里,怎样区别;对于西方资本主义文艺,我们可以接受什么东西,应当拒绝什么东西。这些问题都应当讨论清楚。开展这些问题的讨论要讲实效,要做充分的准备,占有必要的材料,具有一定的理论水平要摆事实、讲道理,通过耐心的讨论和说理去解决问题。我想,不应当产生误解,以为又要搞什么批判运动。批评与自我批评是文艺生活的正常现象,双百方针就是要在不同意见的互相讨论、互相批评之中发展社会主义的文艺理论。批评是一回事,借思想观点问题整人、打倒人又是一回事,不应把正常的批评和搞运动、打棍子等同起来。要相信,绝大多数的群众、知识分子、文艺工作者是相信党中央的政策的。十一届三中全会以来,我们批评过文艺领域的某些不健康现象,什么时候发展成搞运动、打倒同志呢?没有这么搞嘛!这是人人都看得见的。当然,"左"的影响还是存在的,个别简单粗暴的现象也还有。但这不是中央的精神,中央是要纠正这种东西的。所以,我们的工作还是要做得细一些。我们对西方现代派文艺的了解还不多,在这种情况下,容易简单化,一定要清醒、要慎重。要看到现在提倡现代派的都是我们自己队伍里的同志,不要给人造成一种印象,好像我们要对这些同志如何如何。工作要做得周到些、细致些,具体情况具体分析,不同情况要区别对待。

要深入掌握情况、掌握资料,找些有代表性的论点、作品进行研究。譬如,研究为什么西方会出现现代主义思潮,这股思潮又为什么能在我们国内产生影响?这就要反过来了解和研究我们的文艺现状和历史发展,还需要结合我们国家的社会、历史、政治、思想等方面的状况进行分析研究,从中也可以看到我们自己工作上的不足和弱点。我们过去在文艺工作中的形而上学、闭关锁国,不能不带来一些人对西方现代派文艺和西方资产阶级文化的好奇感。现在有些青年作者知识比较少,看见别人搞什么就跟着学。到底西方现代派是怎么回事?中国有些人要搞的现代主义又是怎么回事?现代派对当前创作的影响到底怎么样?现代派与传统的关系又是怎么样的?这些问题都应加以研究,搞清楚。总之,要占有材料,了解对象,研究它,理解它,这样才能正确对待它。既不能鲁莽从事,也不要像个别同志那样,不加分析地照搬外国,用西方现代派的药治我们现在的病。要知道它里面有些是虎狼之药,吃不得的。

再如,在创作方法问题上,过去的解释比较狭窄,有不少不够全面和不够清楚的地方,也有认真研究的必要。打倒"四人帮"后,提出恢复革命现实主义传统,起了拨乱反正的巨大作用,这应肯定。但也还有一些问题需要进一步研究。文艺要不要反映生活与用什么样的方式、手段反映生活,是两个不同性质的问题。是否只有现实主义才能塑造典型,浪漫主义就不能创造典型形象?同样,也不能说只有现实主义才是建立在唯物论的反映论基础上,好像革命浪漫主义、革命现实主义与革命浪漫主义相结合,或者其他的创作方法就一概是搞唯心论的。至于手法、技巧,更可以放开一些。我们不能限定只能用某种手法、某种技巧,而不能吸收或采用别的,还是要鼓励在技巧和手法上进行大胆试验和探索。

关于人道主义,现在也有争议。在这个问题上,不仅有过去"左"的流毒,也有资产阶级上升时期人道主义思想的影响,还有现代资产阶级思潮的影响。我们要划清马克思主义与资产阶级世界观的界限。社会主义国家总不能提倡个人主义、虚无主义、非理性主义、无政府主义。马克思主义有自己对人的本质、人与社会、人与人之间的关系的观点和理论。对待人性、人道主义问题,我们既不能重犯过去"左"的、简单化的错误,也要反对混淆和模糊两种社会观、世界观的界限。

西方现代派文艺中某些作品反映了一部分西方作家对资本主义社会的怀疑,不满和绝望,这些作家通过一定的艺术方法揭露社会矛盾,有的还相当深刻、相当巧妙、相当机智。但是,他们观察社会的根本方法是错误的,得出的结论也往往是不正确的,就其思想体系来说,是与我们根本不同的。对这种复杂情况,要进行细致的分析。譬如萨特的情况就是相当复杂的,他在政治上反对法西斯,但他的社会观和人生观是和我们根本不同的。我们承认西方现代派文艺对揭露资本主义社会的矛盾起了一定的作用,但这种承认与把他们的观点运用在我们国家的现实生活中,运用来解释我们的社会现象是两回事。

马克思主义要发展,社会主义文艺也要发展。所谓发展,决不意味着要脱离马克思主义和社会主义的轨道。所以,提出"马克思主义的现代主义"口号,用西方现代派文艺的思想原则和美学原则来取代中国革命文艺的思想原则和美学原则,是不能赞同的。对这种意见,要讨论,要争鸣,要批评。讨论中我们要有自己的倾向性。总之,在世界观和人生观问题上,在文艺观和文艺方向、方针性问题上,不能含混,尤其不能放松用正确的思想观点教育青年。

文艺要能动地反映生活,这个原则一定要坚持。现在有的同志把艺术技巧的重要性强调到极端的程度,甚至把文艺创新的焦点归结为只是形式上的突破,这与我们强调文艺要用共产主义思想教育人民,强调文艺工作者深入生活,提高马克思主义思想理论水平等原则性的主张是背道而驰的。我们要求全面提高文艺创作的质量,既包括思想内容,也包括艺术表现技巧,这就要求全面提高作家的思想和艺术表现能力,思想、生活、文化素养、艺术技巧等方面都需要丰富和提高。正像我们的经济建设要走适合国情的中国道路一样,我们的文艺也要走中国自己的道路。我们还是要提倡文艺的革命性、民族性、群众性。不然,还算什么社会主义文艺?!

表现技巧、艺术形式等,既和世界观、文艺观有联系,又有区别,这两者既不能等同,也不能全部割裂开来。现代派文艺在一定程度上丰富了文艺的表现能力,创造了某些新的手段,开拓了某些新的审美途径。这是不能否认的,其中某些艺术经验可供借鉴,对我们有启发意义。但现代派的所谓创新,也包括某些对艺术规律的破坏,对它的艺术形式,需要具体分析,不要不分青红皂白地一律拿过来用。

目前探讨现代派问题,可以多开几次会,范围可以扩大些,还可以搞些讲座。工作不要简单化,讨论应当是民主的、平等的,但又是有倾向的。在做法上,不要一哄而上,可考虑先在《文艺报》进行讨论,其他报刊以后再说。

1984 年

投身到伟大变革的生活激流中去

冯 牧

为了使我们的文学创作能够深刻地、丰富地反映当前伟大的历史变革,同时代一起前进,有许多问题都需要我们认真地加以思考和解决。我认为,其中一个带有关键性的重要问题,就是深入生活的问题。动员、促进和组织广大作家投身到伟大变革的生活激流中去,创作出大量的深刻反映时代新风貌的优秀作品,已经成为当前文学界面临的一个十分紧迫的任务。

什么叫"深入生活"?深入生活——就是作家观察、体验、研究、认识生活、积累生活,进而艺术地提炼生活、反映生活等综合的过程,也是作家的生活实践和创作实践相结合、相统一的过程。要深入生活,当然就要深入人民生活的激流中去,从生活到感情上同人民群众打成一片。只有这样,才能深刻地了解我们的人民,才能做到深入人心。因此,我们恐怕不能再像过去有些同志那样,把深入生活简单地仅仅理解为"同吃、同住、同劳动"。作家深入生活,应当是一个实践的过程,创造的过程,又是在改造客观世界的同时改造主观世界的过程。文学创作就是这个改造过程中的重要结晶。如果作家抛掉了认识、体验生活过程中的形象思维活动,抛掉了艺术实践活动,也就没有了文学创作,从而从根本上失去了深入生活的原来的深刻含义。

因此,我们应当把"深入生活"看作是作家同我们的时代、同新的现实生活、同人民群众的思想感情相结合的主要途径。面对着我们伟大的日新月异的新时代,希望尽可能多的作家深入生活的第一线去,也就是当年鲁迅时常说的,要投身到"旋涡的中心",这是历史的要求,人民的期望,时代的号召。

我们强调深入生活的激流中去,强调反映伟大的变革,决不意味着限制作家们选择题材的自由。对于坚持文学创作的题材、体裁、风格的多样化是不应该有任何怀疑和动摇的。因为取消了多样化也就取消了艺术本身。但是,作为一个严肃的、有社会责任感和革命意识的作家,如果对于正在建设着、发展着的伟大现实生活缺少热情,甚至采取冷漠的、回避的态度,大概也难以认为是正常的。这样的作家,即使也能够写出某些具有一定艺术特点的作品来,但是长期游离于沸腾的社会生活热潮之外,与人民思想情感相隔膜,其结果,恐怕是不大可能成为名副其实的社会主义的优秀作家的。

社会主义文学的功能是多方面的:既要对人民产生教育作用、认识作用,又要对人民产生美育作用、娱乐作用。偏废了哪一方面,我们的文学都将不会是完美和丰富的,也就不大可能取得真正的繁荣和发展,更不要说满足广大人民日益增长的文化需求了。胡乔木同志曾说过:"为社会主义服务是一个广泛的概念。只要是有益于培养社会主义新人的世界观、理想、道德、品格、信念、意志、智慧、勇气、情操等整个精神境界,都是为社会主义服务。"这就是说,在作家面前,不是一个狭小的空间,而是一个广阔的天地。正像我们正在进行的伟大改革是极为复杂丰富一样,我们的文学也应当是多彩多姿的,百花齐放的。因此,文学创作在反映伟大变革的时代生活方面,同样也是如此。这是毫无疑义的。

我们不赞成题材决定论。决定一部作品的成败,主要在于作家的思想艺术水平,在于作家对生活认识和把握的深度和广度,在于作家艺术地概括和反映生活的能力。但是,我们反对题材决定论并不等于赞同一切生活现象无分巨细,都具有同等的意义。虽然某些细小平凡的生活和题材也可能写出深刻和比较深刻的作品来。但古今中外的许多伟大作家大都具有一个共同特点,即他们的杰作都是反映了那个时代的精神、再现了那个社会本质的真实面貌的,而决不会只是反映了某些琐屑的生活现象和精神活动。我们生活在一个正在为把我们的国家改造、建设成为具有高度物质文明和精神文明的时代,也就理所当然地要求我们的作家从各个侧面、各个角度去反映它。恩格斯曾经热情评价文艺复兴时代说:"这是一次人类从来没有经历过的最伟大的、进步的变革,是一个需要巨人而且产生了巨人——在思维能力、热情和性格方面,在多才多艺和学识渊博方面的巨大的时代。"(《马克思恩格斯选集》第3卷第445页)我想,我们现在所生活着、斗争着的时代也可以当之无愧地说是需要巨人和产生巨人的时代。文学创作应该像恩格斯所期望的那样去"歌颂倔强的、叱咤风云的和革命的无产者"的形象。虽然每个作家有各自的经历、不同的生活积累——忽视这一点,不承认这一点,是不对的,但是,我们每个作家都要力求具有这样的信念:让我们的文学与我们的时代、生活一起发展,写出无愧于伟大时代的作品来。

有人说,我现在很难写,因为生活变化太快了,几乎是瞬息万变,日新月异,我要等一等看。当然,这种说法不是没有道理的,要求作家紧步生活之后就迅速地写出血肉丰满的艺术典型和生活画卷,写出史诗般的鸿篇巨制,这是不现实的。但是我们恐怕也不能安于生活在沸腾的斗争之外,无动于衷地坐等生活的"沉淀"。我们还是需要有一种热情、积极的态度,在已有的生活积累的基础上,不断地开拓、更新和扩大自己的生活视野和生活领域,丰富自己的生活矿藏,只有这样,才有可能为创作新的优秀作品储存和充实丰富的生活和艺术的材料。

总之,作家享有选择题材的充分自由。但在提倡创作多样化,坚决贯彻"双百"方针的同时,我们也应当有所倡导,有所追求,有所推广,有所促进。这大约也不应当被看作是一种苛求吧。

从文学界本身的实际情况看,我们也有必要把深入生活的问题提到紧迫的议事日程上来。

在我们的作家队伍中,有许多同志具有较为丰富的生活积累,同时又与新的火热的生活实际保持密切联系。但也不能不承认这样一个事实:有一些有才华的但是经验还不多的作家,对于通过各种形式和途径不断地去体验、把握新鲜的生活的重要性和迫切性还缺乏足够的认识,还存在着某些值得讨论的不正确看法。例如,有一位年轻的颇有才能的作者就曾认为:对他来说,在创作过程中,主观性因素比客观事物更重要。因为,"生活的变化太快了,使人无法准确地捕捉它。与其描写那令人眼花缭乱的现实生活,还不如得心应手地去探索自己的心灵"。另一位青年作者说:"我只忠实于自己的心和我所热爱的艺术。"听到这些论调,我不禁想起高尔基说过的一句话:有的人不愿意做时代的号手,却宁愿做"自己灵魂的保姆"。这些虽然是个别人的看法,却还有一定的代表性。因此,在一部分青年作者中竟然以"远离生活,面向自我"作为自己的创作守则。当然,有些同志熟悉某一方面的生活,并有自己的深切感受,也不是没有可能写出某些可读的作品来。但是如果因此以为这就是创作成功的作品的秘诀,会使作品获得长久的艺术生命力,那就不仅仅是一种误解,而且是一种迷误。就社会主义文学的整体来说,如果多数作家或相当一些作家持有这样的看法,我们文学的健康发展就会受到影响。我想坦率地说,有少数同志通过自己的艺术创作,实际上是在某种程度上重复着"为艺术而艺术"的陈腐的艺术观点。没有任何目的和思想倾向的艺术是不存在的。早在20世纪初,普列汉诺夫在著名的讲演《艺术与社会生活》中就对这种观点做了很深刻的剖析。他说:"凡是在艺术家和他们周围的社会环境之间存在着不协调的地方,就会产生为艺术而艺术的倾向。"(《普列汉诺夫美学论文集》第822页)普列汉诺夫的话虽然说得很尖锐,却是十分令人深思的。我相信,现在重新拾起这种陈旧的艺术观点并为之热心鼓吹的人,不管出于什么样的原因,但有一点大致上却总可以肯定的,这就是:他们使自己脱离了沸腾的现实生活。对于生活的冷淡和无知,使他们成了时代的落伍者。唯一可以疗治这种症状的,就是投身到火热的生活中去,做一个生活的建设者和战斗者,而不是做旁观者。

也许,还有比这更带有普遍性的一种事实是:有一些作家,他们曾经有过丰富的生活体验,使他们犹如井喷一般地连续写出过一些好的作品。但是,渐渐地,他们的创作步伐减慢了,他们作品中的生活浓度越来越稀薄了;由于生活积累日渐贫乏,有些作品明显地出现了一种徒有华丽炫目的形式,却掩饰不住内容苍白的现象。他们时时感到捉襟见肘:如形象和情节的不断重复,主题思想的同义反复,向壁虚构、粗制滥造的现象也日益泛滥,甚至从某些外国作品中寻找素材,加以移植和改造的现象也出现了。出现这些现象的原因很多:有的是因为理论思想准备不足,在丰富、复杂的现实生活面前眼花缭乱,失去了认识和分析的能力;有的是因为艺术修养不足,无力使自己的创作再向前跨进一步。但更为根本的一个原因,显然是生活的积累和体验已经从日渐不足发展到了相当贫乏的状况。对于这样一些作家,出于对他们的爱护、扶植和帮助,我们也应该热情地鼓励他们、帮助他们投身到火热的生活当中去,使他们的艺术实践和正在进行的伟大变革的生活实践结合起来。除此以外,我看很难找到还有什么别的更好的出路。否则,看到有些年轻的作家只能成为只有短暂光彩的昙花或是瞬息即逝的流星,是十分使人遗憾的。

还有一种情况:有些作家长期生活在工厂或农村,对那里的人、那里的事、那里的生活变革,有着比较深切的、广泛的理解。但是,在他们成为专业作家离开了原来的生活基地以后,生活加快了前进的步伐,以致他们也渐渐感到生疏和难于理解了。对于这些作家来说,帮助他们消除与生活之间的差距,使他们继续保持与新鲜生活的紧密联系,不断汲取新的思想,接触熟悉新的人物,了解把握历史发展的新信息和新动向,用来丰富他们的头脑,充实他们的艺术形象的贮存,恐怕也是我们迫切需要做好的工作之一。

关于"深入生活"的问题,在三十多年来的社会主义文学发展史上,我们既有丰富的经验,也有过深刻的教训。正确总结这些历史经验,对于我们今天正确地认识和贯彻这一方针,使我们所有有志于社会主义文学事业的人都能深入伟大的变革生活的激流中去,是十分有益和必要的。

"深入生活"的口号,最早是由毛泽东同志提出来的。四十多年前,他就号召作家"必须长期地无条件地全心全意地到工农兵群众中去,到火热的斗争中去,到唯一的最广大最丰富的源泉中去"。当时,在延安和解放区的文艺界,立即行动起来,积极深入生活,随即创作出一批优秀的鼓舞人民前进的文艺作品。新中国成立以后,赵树理、周立波、柳青等一大批同志在深入生活方面也为我们提供了很多宝贵的经验,值得我们吸取和学习。但是,我们也不无遗憾地看到,现在有些同志对于这些经验采取了淡漠甚至不屑一顾的态度。他们说:"时代不同了,生活的节奏也不同了,再照搬过去的做法是行不通的。"当然,时代变化了,深入生活的方式也会随之不断丰富和发展,这是毫无疑义的。但是,我们怎么能够对于这些优秀作家所创造的宝贵经验和传统采取如此轻率的肤浅的态度呢?

在社会主义文学发展道路上,我们在深入生活问题上也走过弯路,有过一些失败的教训。这和50年代后期以来在全党的指导思想中所出现的"左"倾错误的影响,是分不开的。在有些时候和有些地区,有些同志确实是十分强调深入生活并且时常是身体力行的。但是他们在深入生活的同时往往忽视了文学艺术规律,把深入生活和思想改造简单地等同起来。深入生活当然会促使人们的思想认识发生变化,而且任何人都应该在改造客观世界的同时改造自己的主观世界。但是,我们却看到这样一种值得深思的现象:有些作家通过深入生活写出了好作品,而另外一些作家尽管对深入生活的态度十分虔诚、十分坚定,长期在基层带职或落户,却写不出好的或比较好的作品来。为什么同样深入生活,有的作家在创作上和思想上深有所获,而有的作家却在创作上并无所得或少有所获呢?这里是有一些经验和教训可以总结和吸取的。我看,其中主要的一条就是:要正确理解和贯彻深入生活这个口号;要从把深入生活和劳动改造等同起来的狭隘的甚至错误的观念中解放出来。

从广义上说,进行文学创作也是一种改造。要把对生活的感受认识改造成为艺术形象,这首先就要提高自己认识生活、把握生活、表现生活的能力。在这种改造过程中,思想感情问题、立足点问题、世界观问题是起决定作用的。一个不能用人类先进思想武装头脑的人,是不可能成为优秀的社会主义作家的。但是,艺术规律也是不能无视、低估甚至抛掉的。

我们不无惋惜地看到:有些年轻同志不热心学习马克思主义,也不懂得社会主义发展道路和革命文学的光荣传统。他们往往只读了几本西方现代派的作品和现代哲学著作,就自以为找到了文学创作发展的蹊径或捷径。他们不相信要写出好作品就必须学习马克思主义,必须深入火热的斗争生活中去;他们只相信自己所看到的有限的生活。然而他们的视野是如此狭窄,他们的不正确的世界观和社会观犹如有色眼镜,只能使他们扭曲地看待生活。经过最近一段时间的学习和讨论,持这种思想观点的有些年轻同志显然已经或开始改变了原有的错误看法。我们当然应当热情地欢迎这种态度,并且还要帮助他们深入生活。同样,在这个问题上,也不能采取简单、粗率的做法。简单、粗率是不会有好效果的。但是,我们也不能不看到这样的事实:确实还有少数同志对于"深入生活"这个口号,至今还不能说已经有了正确的认识。

虽然,我并不以为我对这个口号已经有了正确、深入的理解。但我以为,我们在这里所讨论的"深入生活",至少应该包括以下一些内容:第一,必须认真地承认社会生活是文艺创作的唯一源泉,即使是单纯抒发个人情思的作品,也离不开作者对社会生活的感受。第二,在社会生活中,虽然许多生活都可以产生美,但最美的、最值得作家去表现的,是劳动人民的新生活,是不断发展的富有生命力的新生活,是为了争取新生活的确立而与旧生活进行斗争的生活,是那些改造世界、推动历史前进的战斗者、建设者、保卫者的生活。这是社会生活当中最重要的、不可忽视的内容。第三,我们生活的变革、发展过程,是代表了先进的新生力量和代表了落后的腐朽力量之间的尖锐斗争过程,因此,作家不仅应该赞美生活中美好的东西,也应该具有"直面人生"、面对现实矛盾的艺术家的勇气,这就需要在深入生活中敢于观察、剖析生活中不断出现的新问题、新矛盾,并加以深刻的表现。第四,作家在深入生活的过程中应该对自己严格要求,自觉地与人民同甘共苦,艰苦奋斗而甘之若饴。一个优秀作家不仅在思想上应当具有追求真理的勇气,而且在艺术上也应当具有勇攀高峰的精神。第五,由于作家们的个人条件,诸如经历、性格、修养、气质、年龄、身体等的不同,深入生活的方式方法也应当有所不同,不能用简单划一的办法,而应当采取因人制宜、因地制宜、因事制宜的多方式、多方面、多途径的办法。从现有经验看由实践证明行之有效的,无非是这样一些做法:长时间蹲点、落户或带职;根据自己创作的特点,建立创作基地,不定期地定点深入,并做到点面结合;短期的访问和采访对于一些新涌现的青年业余作家,则应当热情地给他们以思想上和艺术上的帮助和扶植,为他们争取和创造写作条件。青年作者是我们文学事业的生力军,也是我们的希望所在。为了使他们健康成长,我们就应当帮助他们尽可能地同我们无限丰富的现实生活相结合。对于刚刚涌现的文学新人,不要过早地把他们从生活的海洋中捞出来,而是让他们继续在自己熟悉的生活中成为游泳能手。"揠苗助长",只能使新生的幼苗枯萎,而不可能使之茁壮成长。这种教训,是永远值我们记取的。

1985 年

外国文学研究应当有中国特色
季羡林

　　十一届三中全会以来,我国的外国文学研究者砸掉身上的枷锁,解放思想,重新焕发出青春活力,取得了巨大的前所未有的成绩。这一点是有目共睹的事实。

　　但是,我们的成绩是不是已经十分令人满意了呢?我认为,还不是的。总体来看,我们的水平还是不够高的。我们的研究工作中还存在着不少的问题,在文艺理论的教学和研究等方面都有问题。最近有不少同志提出了方法论的问题,这是提得非常正确的。我们确实翻译了大量的外国作品,古代的、中世纪的、近代的、当代的都有。但是我们的理论工作,我们的评论工作,还流于一般化,理论上没有什么突出的建树。往往是书翻译完了,而译者对他所译的作品的真正意义还说不清楚;即使勉强写出了前言或者后记,企图解释作品的内容,也往往流于简单化、公式化,给人的印象是没有搔着痒处。

　　要想改变这种局面,我认为,关键问题在于必须从理论的研究上加以突破。想在理论研究上有所突破,必须先在方法论上有所突破。过去几乎所有学科的历史都证明了一个事实:许多新的发明创造,许多新的学科之所以能够出现,往往都是以新的研究方法为前提。过去看不到的东西,有了新方法就能够看到;过去看得比较肤浅的东西,有了新方法,就能看到更深的层次,看到内在的规律性。我们必须努力掌握新的科学研究方法。

　　我们的国家领导人提出了建设有中国特色的社会主义,这意见已经普遍地为全国广大人民所接受。我们是不是可以提出要建立有中国特色的外国文学研究工作呢?我认为,是可以的,而且是必要的。我们中华人民共和国研究外国文学,决不能拾人牙慧,更不能鹦鹉学舌。这样做,外国文学研究者和读者都是决不能同意的。

　　想要建立有中国特色的外国文学研究,按照我的肤浅看法,至少应该有三个前提或者基础:第一,必须突出理论的研究,特别是马克思主义文艺理论的研究。我们是社会主义国家,要讲理论,必须以马克思主义,也就是辩证唯物主义和历史唯物主义为准绳,为基础,这是不容违反的。第二,必须在方法论上努力求新。第三,必须实行鲁迅先生提出来的拿来主义,做到古为今用,外为中用,以我为主。凡是对建设"四化"、建设两个文明、发展社会生产力有用的东西,对我们外国文学研究者来说,就是对发展社会主义新文艺有用的外国东西,我们就拿来,决不含糊;凡是没有用的,我们就扬弃,也决不含糊。

世界所有国家研究外国文学,都或多或少有自己的理论作为指导,不强调理论研究的是非常少的,只是强调的方式有所不同而已。我们中国强调理论研究又有什么奇怪呢?但是在这里的关键是,怎样才能表现出中国的特色?现在欧美各国的外国文学研究确实是有理论的。他们的文艺理论派别很多,名家不少,风起云涌,蔚成大观。看上去五花八门,热闹非凡,但是不管他们争得多么激烈,分歧如何严重,这些理论的来源只是一个,这就是自古希腊、罗马起一直蔓延到今天的文艺理论传统,这就是他们的共同来源,而且是仅有的一个来源。

但是世界上的文艺理论,决不止那样一家。评论一部文学作品、一件艺术成品的角度决不仅仅只有那样一个,评论的方法也决不会仅仅只有那样一种。人类的文学活动是极其复杂的,不承认这一点,就是不承认事实。各民族的文学创作,既有特性,也有共性,文艺理论也是如此。在古希腊,产生文学作品的环境不同于欧洲以外的国家,因而文学作品也不同于这些国家。但是,既然都是人类的文学作品,其中必有共同之处,也就是共性。与此相联系的文艺理论,也必然有特性,又有共性。文学活动是一种审美活动,不管哪一个国家的文学作品,必须能给人以美的享受,里面可以包括伦理价值,也可以不包括,简单的美的享受也能陶冶人的性灵,提高人的精神境界,使人永远向上。即使是悲剧,也不例外,它也能"净化"人的灵魂。决没有哪个国家、哪个民族的文艺理论主张给人以丑的厌恶。正如同吃饭一样,各民族都有自己独特的口味,却决没有专爱吃腐烂发臭的东西的民族。"口之于味,有同嗜焉",就是这个意思。但是对于这个美的本质,则有很多不同的解释,分析这个美有不同的方式。从这个角度上来看,世界上应该有评论、分析文学作品的不同方法和不同的角度,应该有许多不同的流派或传统。据我的看法,除了希腊、罗马以来的传统以外,还有中国一家,印度一家。世界上文艺理论能独立成为体系的,除了马克思主义以外,只有自希腊罗马以来的欧美体系、中国体系和印度体系。此外,不管世界上还有多少国家,不管这些国家的文化水平多么高,谈到文艺理论的独立体系,它们却是没有的。这是事实。可惜这个事实,过去似乎还没有人提过,现在提出了人们也不见得都承认,遂使欧美体系垄断一切。好像一谈文艺理论,就只此一家,别无分号。欧美学者心安理得,别的国家也多盲从,真理隐而不彰,学术探讨受到阻碍,岂不大可惜哉。

总而言之,在如今的世界上,真正有独立性的评论文艺作品的方法或者角度,就只有这四家。我们今天讲中国特色,就要以马克思主义为出发点,以中国文艺理论为基础,熔欧美、中国、印度文艺理论于一炉,融会贯通,把自有人类以来评论文艺所有的角度、所有的方法,都加以比较、分析,潜心默思,找出一个新的角度,一个新的方法。从方法论上来讲,也可以叫作比较研究吧。我们融会贯通的基础就是上面说到的文艺理论中的共性,它们的特殊性在另一种形式下也可以起积极的作用。如果能做到这步,难道不是外国文学研究中的一个空前的突破吗?

必须承认,这其中是有极大的困难的。即以中国文艺理论而论,源远流长,极富特色,名著如林,作者如雨,但是使用的术语却有点不易捉摸。古代的先不必说了,从三国魏"文学的自觉时代"起,术语越来越多,表达的内容越来越深刻、越细致。曹丕的"文以气为主"的"气"字;刘勰的"道"与"神",还有"风骨";钟嵘《诗品》的"滋味""文已尽而意有余";唐司空图的"不著一字,尽得风流";宋严羽《沧浪诗话》的"羚羊挂角,无迹可求""空中之音,象中之色,水中之月,镜中之象";清王渔洋的"神韵说",翁方纲的"肌理说",袁子才的"性灵说",直至王国维的"境界""隔与不隔";等等。此外,还有数不清的术语和理论,我在这里不一一列举。这充分说明,中国的文艺理论确实有一个评论文艺作品的独特的角度、独特的方法,只有中国人才有的角度和方法。这些术语和理论对中国的专家来说,一看就懂,也确能体会其中含义,但是要他用比较精确的明白易懂的语言表达出来,往往说不出。这些术语给人一个印象,一个极其生动的印象,这是好的。要把这个印象加以分析,说说清楚,则力不从心,说不出来。这不能不说是一点不足之处。

我认为,我们的任务是要通过分析比较再加上对文艺心理学的深入研究,把中国、印度、欧洲三个地区文艺理论产生的历史过程,以及审美活动的理论和历史,加以比较和分析,然后才能逐渐把中国的文艺理论的一些术语用比较明确的语言说个清楚。把中国文艺理论体系的特点说个清楚,这个工作并不容易。我常举一个例子,谢灵运的"池塘生春草,园柳变鸣禽"。第一句"池塘生春草",历来认为是名句,我也认为是名句。但是为什么是名句呢?这恐怕很难说得清楚。把这一句话译成世界上任何别的语言,都难被认为是名句。我再举一个例子,清代诗人黄仲则的"全家都在风声里,九月寒衣未剪裁",这也被认为是名句。但是如果译成外国语言,则它的内容就会显得平淡无奇。为什么只在汉语中是名句而在别的语言中就很难说是这样呢?这里面牵涉到很多文艺理论问题。牵涉到中国独有的文艺欣赏评价的标准,牵涉到中国的语言特点。但是我们必须尝试着把它说清楚。一个人说不清楚,就集思广益,大家来做这个工作。一时说不清楚,就准备用更长的时间,锲而不舍,由近及远,积少成多,我们终有说清楚的一天。听说有的同志主张维持中国的术语,用不着说清楚。这种意见的分歧,我不准备在这里讨论。

印度文艺理论,同中国一样,也是源远流长的,内容也是异常的丰富,它既不同于欧洲传统,也不同于中国,可以在世界上成为一个独立的体系。可惜从全世界范围来看,印度文艺理论还没有得到应有的地位,研究的人还不够多。在中国也一样。只有极少数的同志注意到了,做了一些介绍,但也是很不够的。我们今后必须给印度文艺理论以应有的地位。我们必须认真加以研究。印度文艺理论也有一套自己的术语,同中国的术语一样,不大容易捉摸,要想用梵文以外的语言来说清楚,也还要进行一番比较研究。

还有一个问题,我想在这里讲一讲。当前世界一些国家的五花八门的新理论,什么结构主义,什么心理分析,什么新批评派,什么现代主义、后现代主义、接受美学,等等,我们究竟应该怎样对待呢?第一,我们要认真研究,加以分析。如果有精华的话就加以吸收,一概拒绝是不对的。第二,我们也不能一概接受,拜倒在它们的脚下。我常常听到一些人,特别是比较年轻的人,津津乐道地欣赏这些令人目眩的主义,说它们是多么细致,多么深刻,多么周到,又是多么全面,总之是好得不得了。有人甚至这样说,欧美有这样的理论,说"欧洲中心"难道还不是当之无愧吗?我不大同意这种看法。上面已经谈到过,我赞成鲁迅的"拿来主义",但是在拿来以前,必须认真加以分析,有营养的就拿来,有毒的就扬弃,一定要为我所用。我觉得这是唯一正确的态度。其他外国的东西是这样,文艺理论也是这样。

能做到我上面说的这一些,我认为,我们就能在研究外国文学方面建立起我们自己的理论体系,从而提高外国文学的研究水平,有中国特色的外国文学研究就能够形成。这不但在中国,而且在世界上也能独树一帜,大放异彩。

关于创作自由和评论自由
冯 牧

党中央这次提出创作自由的问题,我认为具有极其深远的意义。提出创作自由,理所当然地也会旁及评论自由、研究自由、学术自由,也就是说应当给一切在艺术范围之内的属于带有创造性的精神劳动以充分的、在共同方向下的最大限度的自由。这样的理解,仅仅是一个方面,更深刻的意义还在于,党中央这次把创作自由、评论自由作为方针提出来,标志着我们党在总结经验的基础上,对我国社会主义文艺的方针,作出了又一次深刻而具有历史意义的阐明。

近几年来,我们在文艺方针上比较明显的调整有几次:一次是关于方向问题,把为工农兵服务、为政治服务的口号调整为为人民服务、为社会主义服务;一次是关于批评标准问题,把政治标准第一、艺术标准第二调整为思想性和艺术性统一的标准,尽管后者的提法还有待于理论上进一步的阐述,但比过去的提法显然是要完善得多。我以为,鲜明地提出创作自由的口号,是党中央在充分掌握和研究了几十年以来文艺运动的经验教训之后的一个准确的、从实际出发的科学论断。我们曾经吃尽了"左"的苦头。在历史上,"左"的路线给我国的革命事业带来的危害是极其严重的,有时甚至是灾难性的。文艺战线也不例外,"左"的东西给文艺战线带来的影响也不可低估。粉碎"四人帮"以后,特别是十一届三中全会以后,大家对"左"的影响看得比较清楚,我们本来以为可以比较有计划、有步骤地在文艺领域清除"左"的遗毒和影响。因为这是一项顺理成章的历史任务,如同经济战线所进行的一样。但是事情的发展却是有曲折的。在十一届三中全会以后,各条战线都在清除"左"的影响,文艺领域在反"左"和克服其他方面的失误上也做了有效的工作,但是,一个不容否认的事实是,有的地区的有些同志在继续推行"左"的东西。但是,更多的同志逐渐觉察到这个问题,并且开始考虑解决这个问题的迫切性和重要性。正如农村改革这个问题的解决关系到整个社会发展一样,许多同志认识到,"左"对我们文艺的危害这个问题不解决,将使我们的文学艺术陷入困境,不可能使文艺出现真正的持久的繁荣,不可能使我们的文学艺术工作的步伐同我们的社会主义建设相一致,更不用说走向世界了。因此,创作自由和评论自由不是哪一位领导同志针对着某一个特殊现象偶然提出来的一种措施,而是总结了半个多世纪以来思想战线斗争的经验教训以后提出来的明确的根本性的方针。因此,我们说,这一提法具有深远的历史意义。

胡启立同志代表中央的讲话中,明确提出评论自由应当是创作自由的一个组成部分,也就是说,评论自由本来是创作自由题中应有之义。恐怕在此之前我们还很少认真思考过这个问题。现在,我们可以理直气壮地、毫不含糊地把评论自由提到每一个文艺评论工作者面前,当然也就提到每一个编辑部面前,特别是以评论工作为主要任务的《文艺报》,应该对此进行认真的思考。《文艺报》是拥护十一届三中全会的,《文艺报》的同志对"左"的东西也是反感的。粉碎"四人帮"以来,《文艺报》比较积极地参加了拨乱反正的斗争,包括关于两个"凡是"、两个"批示"、摘掉"文艺黑线"的帽子等一系列论争。在"十六年"问题上,《文艺报》旗帜鲜明地进行了论辩,维护了党的十一届三中全会的原则立场。后来,《文艺报》还组织了几次作品讨论,像《天云山传奇》《人到中年》《绿化树》等,在讨论中由于坚持了评论自由的精神,哪怕双方意见分歧很大,但不打棍子,不作政治结论,允许各方面自由地发表自己的意见,这样就收到了比较好的效果。总的来说,《文艺报》注意了在文艺领域的反"左",做了一些工作。但是由于各种各样的历史因素,各种各样的主客观原因,《文艺报》在某些理论问题的探讨上有时也出现过盲目性。在争辩尖锐时,也出现过偏颇之论。比如在所谓现代派问题的讨论上,《文艺报》发表的文章中有写得好的,但也出现过某种简单的不够实事求是的现象。这场讨论帮助了一些同志进行了学习和思考,也帮助了一些同志丰富了知识。但这场讨论对这个比较复杂的问题也出现过一些简单片面的看法。有的文章反映了作者的知识不够,有些盲目性。我们国家正在进行经济改革,实行开放政策,但在有些同志的头脑中却还有某种闭关自守的思想,对外来东西首先是防备,而不是以一种积极的态度吸收一切新的、于我们有好处的营养。这种精神状态和我们国家当前实行的经济开放政策是不大合拍的。再比如开展对"三个崛起"的讨论,尽管讨论开始就一再强调是作为百家争鸣、作为思想问题来讨论,不要上纲,这场讨论现在看来也取得了一定效果,也有中肯的文章,但有的文章说理不够,缺乏深度,没有鼓励不同意见展开充分的辩论和争鸣,因此没有达到我们原先的愿望和目的。这些经验教训都是值得认真总结的。

有些同志对《文艺报》发表过一些简单化的或有"左"的思想倾向的文章有意见,有的同志说得更尖锐些,说《文艺报》取代了过去某些"左"的刊物,当然这话说得有些过头,但不能不引起《文艺报》同志的深思。以我们的思想感情来说,我们是厌恶"左"的东西的,是主张反"左"的。《文艺报》的同志们并没有忘记"左"的东西对我们的干扰。去年以来,由于我们没有说很多过头话,没有做很多过火的事,还因此遭受到有些同志的严厉谴责。有的同志给我们上了相当吓人的纲,说我们是资产阶级自由化的保护伞。有时候,我们缺乏清醒的、冷静的、鲜明的观点,对有些压力感到困惑,发表了一些不能准确表达自己真实思想的文章。但是,根本原因还不在这里,因为在我们的有些文章里,还有些简单化的、片面性的东西,适应了某种"左"的思潮。那么,怎样解释这种现象呢?你说《文艺报》是反"左"的,对"左"有强烈的厌恶,可你又说《文艺报》还有"左"的东西,对来自"左"的东西,那么缺乏抵抗力,缺乏稳定性。原因是很复杂的,但我认为,根本原因就是,我们的头脑还没有完全摆脱掉"左"的思想体系的束缚和影响。

在文艺领域里搞"左"的东西是有传统经验的。我听到一位同志讲自己的亲身感受,他说:现在我们不免还有些忧虑,总觉得我们的文艺战线,我们这个队伍,对于反右、反资产阶级自由化、反右倾、抓思想领域的阶级斗争,已经形成了从方针政策、指导思想到具体方法等完整的一套,你要什么有什么,稍有号召、动员,甚至暗示,这一套自然就出来了。这话虽然说得朴素简单却反映了文艺界许多同志的切肤之痛。过去还有一个说法:我们在检查工作时,说是我们反"左"的神经特别发达、特别敏锐,而反右的神经特别迟钝、特别麻痹。现在看起来,这话很可笑。反"左"神经敏锐,这不是很好的事情吗?怎么又变成缺点了?这说明我们自己的头脑中确实还存在着一些糊涂的,但常常还是相当真诚的"左"的思想。这和整个文艺战线多年来习惯于搞以阶级斗争为纲有关。在这种极左思想的指导下,我们开展了一浪接一浪的政治运动,形成了一套"左"的思想体系,久而久之,对这套"左"的东西变得习以为常了。这种习惯势力,对我们不断地浸润、不断地影响,尤其是当我们面对复杂的、曲折的情况时,就使我们往往不够清醒。特别是在处理极端复杂的人民内部矛盾的时候,我们常常出现盲目性,在思想上不能摆脱极左思想体系的影响。这就说明了,为什么《文艺报》在一个时期以来主观上是要反"左"的,但是在思想和行动上却仍然不免会出现一些对反"左"不力的现象。

我们对这个问题应当有一个清醒的认识。现在已经到了这样的时刻,这就是,我们必须站在历史高度来看反"左"的必要性、迫切性以及对社会主义文艺建设的重要性,与此同时,我们也不能不以高度的社会责任感来努力防止和克服可能发现的资产阶级腐朽思想和封建主义思想的侵蚀。这个问题不解决,文艺的发展、繁荣就是一句空话。对于这个问题,不能抱着过去的习惯想法,即任何时候都要把思想领域里的"反倾向斗争"放在首要地位。根据我的了解,许多同志是不赞成用"左"或右这样的政治概念来对待无限丰富和复杂的文学现象的。我同意这样的说法,我们正处在一个重要的历史时期,我们所面临的最根本、最迫切的问题是"左"的问题,同时,也要以适当的方法和疏导的方针来克服在文艺领域中有可能出现的任何剥削阶级错误思想的影响。但在当前,着重克服"左"的思想流毒,则是我们进一步解放和发展文艺生产力的当务之急。可以说,"左"的影响是源远流长、根深蒂固的,包括一些自以为反"左"的同志,头脑中也难免会有"左"的东西的残余。这是需要我们通过认真总结经验来加以解决的。

创作自由与评论自由是发展社会主义文学事业的两个重要的翅膀。两种自由相辅相成，缺一不可。没有创作自由，确实谈不上评论自由，而没有评论自由的真正贯彻，创作自由也很难得到顺利发展。现在的问题是，怎样把评论自由真正付诸实践。评论自由的最大障碍之一就是极"左"的评论方法。文艺评论是什么？文艺评论也是一种创造性的精神劳动。但是长期以来，一种流行着的看法是，文艺批评仅仅是党领导文艺工作的一种手段，是政治生活里不可缺少的"反倾向斗争"的工具。文艺评论就是找问题、找倾向、找错误、找毛病、找反对社会主义的"新动向"。目前，这种看法在有些同志的头脑中还不能说已经完全得到解决。我很赞成这样的说法，正确的评论工作至少应该包括这么几条：第一，它不搞无原则的吹捧，好就是好，坏就是坏，实事求是。第二，它绝不打棍子、扣帽子。第三，它必须同任何人身攻击划清界限。第四，不仅要有批评的自由、反批评的自由，同时也要保证给被批评的同志以坚持自己意见的自由，即使是长期坚持也可以，更不能因为他坚持自己的错误意见而对他的正确意见也加以否定。

创作自由、评论自由的精神也就是"双百"方针的精神。实现创作自由、评论自由的唯一正确途径就是真正贯彻执行"双百"方针。我们应该给各种题材、各种内容、各种风格、各种样式，总之，一切文学的创造劳动以充分的自由，只要我们真正做到了这一点，我们的文学事业就大有希望。

（本文是作者在《文艺报》召开的"评论自由"座谈会上的发言，现根据录音整理。）

文化制约着人类

阿 城

　　立论于我是极难的事。例如近来许多人在议论创作自由,我却糊涂了多时。我在公开发表文字之前,也写点儿东西给自己,极少,却没有谁来干涉,自由自在,连爱人都不大理会。我想,任何人私下写点儿东西,恐怕不受干涉的程度都不会低于我,何以突然极其感奋于创作自由? 尤其在宪法修改之后,他人不得随意抄检别人私人物品的今天。但若以此立论,我必遭抨击无疑。幸亏仔细再想,大家感奋的创作自由,实际可能是发表自由,但将两者混为一谈。人有许多习惯,其中之一是若得到珍宝,或有所创作,便要示人,从其中得到满足,雅一点的说法是知音。我在未发表文字前,上面所说的习惯很弱,认为自由写的东西若能满足自己这个世界。足够了,没有绝对的必要大事张扬。后来发表文字了,定的标准是若承认自己有要发表的自由,就要承认别人有发不发表的自由,不好只强调单方面的自由,否则容易霸道,当然更没有只许别人说好的自由。那么,除了质量低劣的文字之外,有什么不可发表的呢? 其中大约有例如题材方面的原因。那么发表自由是不是应该具体为例如题材自由? 我私下想到一些题材,自己的回答就是否定的,不大会有发表的自由。若自己在家写写玩儿,或留或弃,创作上是自由的,不必求发表,因此问题总要具体地去想,限制明确了,才不会有无边的热情,或称之为妄。我初学写作,发表不多,对创作自由尚不知深浅,没有什么发言权,作如上说,只因为我是一个习惯限制的人,不大习惯自由。我的父亲在政治上变故之后,家中经济情况不好,于是在用钱上非常注意不买的限制,连花五角钱的梦也做不出。父亲的日记被抄去,于是小小年纪便改掉了写日记的坏习惯。现在政通人和,可惜已养不成写日记的习惯。所幸后来慢慢悟到限制的乐趣,明白限制即自由。例如做文章,总要找到限制,文章才会做好,否则连风格都区别不开。鲁迅是极好的例子。《庄子·徐无鬼》中讲到一个故事,说有一个善用斧的人能削去另外一个人鼻上的白粉而不伤其鼻,技术很是高超。后来宋元君听说了,便找来使斧的人请他表演一下。善使斧的人叹说不行,因为鼻上涂粉的那个人死了。使斧的人的自由,建立在鼻上涂粉的人的限制之中。《庄子》中庖丁解牛的故事,更是说明庖丁因为清楚牛解剖上的限制,才达到解的自由。老子讲无为而无不为,其中无为就包含限制的意思,懂得了无为,才会无不为,才有自由。父母花了钱送小孩子去学校,就是要他们先去学许多限制,大了才会有创造。有人钟情于艺术,或学舞蹈,或学音乐,或学美术,或学电影。正因为艺术有其门类艺术语言的限制,才有各种门类,不可互相代替,比如若能用文字写出一幅画,使文字的限制代替画的限制,那画便没有存在的理由。世界的丰富令我们欣喜,实在应该感谢因为有各种限制。

最近又常听说,我国的文学,在20世纪末将达到世界文学先进水平。这种预测以近年中国文学现状为根据,我也许悲观了,总觉得有些根据不足。我的悲观根据是中国文学尚没有建立在一个广泛深厚的文化开掘之中。没有一个强大的、独特的文化限制,大约是不好达到文学先进水平这种自由的,同样也是与世界文化对不起话的。听朋友讲,洋人把中国人的小说拿去,主要是作为社会学的材料,而不作为小说。是不是这样当然待考,但我们的文学常常只包含社会学的内容却是明显的。社会学当然是小说应该观照的层面,但社会学不能涵盖文化,相反文化却能涵盖社会学以及其他。又例如人性,是我国文学正深掘的领域。人类的欲望相同,人性也大致相同,那么独掘人性,深下去的文学自然达到世界水平。道理是讲得通的,我却怀疑。用世界语写人性,应该是多快好省的捷径,可偏偏各语种都在讲自己的语言的妙处。语言是什么?当然是文化。英语以其使用地域来说,超种族,超国家,但应用在文学中仍然是在传达不同的文化。常听有作者说,在语言上学海明威、学福克纳,我不免怀疑。仔细去读这些作者的作品,发现他们学的是海明威、福克纳作品的中文译者的语言。好的翻译家其实是文豪,傅雷先生讲过翻译的苦处。我想,苦就苦在语言已是文化,极难转达,非要创造一下,才有些像。这种像,我总认为是此文字所传达的彼文化的幻觉。那么,这里就有了极险的前提:假如海明威作品的中文译者的译笔不那么妙怎么办?即使妙,能说那是海明威的语言吗?我常常替别人捏一把汗。再说到人性,文学中的人性在表达上已经受到文字这种文化积淀的限制,更受到由文化而形成的心态的规定。同为性欲,英国人劳伦斯的《查泰来夫人的情人》与笑笑生的《金瓶梅》即心态大不相同;同为食欲,巴尔扎克的邦斯与陆文夫的美食家也心态大不同。若只认同人类生物意义上的性质,生物教科书足矣,与文学何干?鲁迅与老舍笔下的人性,因为文化形成与其他民族不一样,套用经典说法,才会成功为世界文化中人性的"这一个"。

由此,文化是一个绝大的命题。文学不认真对待这个高于自己的命题,不会有出息。我们这个民族是个多灾多难的民族,我们的文化也是这样。本质的东西常被歪曲,哲学上的产生常在产生之后面目全非。尤其是在近世,西方文明无情地暴露着我们的民生。戊戌变法、辛亥革命、五四运动,无一不由民族生存而起,但所借之力又无一不是借助西方文化。中西方文化的发生与发展,极不相同,某种意义上是不能互相指导的。哲学上,中国哲学是直觉性的,西方哲学是逻辑实证的。东方认同自然,人不过是自然的一种生命形式;西方认同人本,与自然对立。东方艺术是状心之自然流露,所写所画,痕迹而已;西方艺术状物,所写所画,逻辑为本。譬如绘画,中国讲书画同源,就是认为书与画都是心态的流露痕迹,题材甚至不重要,画了几百年的竹,竹也就不重要了,无非是个媒介,以托笔墨,也就是心态在笔墨的限制下的自然流露。这样,西方绘画的素描、透视、构图、色彩,若来批判中国绘画,风马牛不相及。五四运动在社会变革中有着不容否定的进步意义,但它较全面地对民族文化的虚无主义态度,加上中国社会一直动荡不安,使民族文化的断裂,延续至今。"文化大革命"更其彻底,把民族文化判给阶级文化,横扫一遍,我们差点连遮羞布也没有了。胡适先生扫了旧文化之后,又去整理国故,但因带了西方的逻辑实证态度,不但在"红学"上陷入烦琐,而且在禅宗的研究上栽了跟头。逻辑实证的方法确是科学的方法,但方法成为本体,自然不能明白研究客体的本体,而失去科学的意义。我们对自己文化的研究所缺正多,角度又有限,难免形成瞎子摸象,局部都对,但都不是象。譬如禅宗,自从印度佛学被中国道家改造而成中国禅宗之后,已是非常高级的文化,但我们对中国文学与绘画的研究,缺少这种文化与哲学的研究,于是王维的田园诗便多避世意义,画论中的"意在笔先"也嚼成俗套。又譬如中国的性文化,至汉唐已极其发达,反而是我们现在谈虎色变,很不文明,羞羞答答地出一些小册子,只知结构,不成文化状态。再譬如《易经》的空间结构及其表述的语言,超出我们目前对时空的了解,例如光速的可超。这些都是因了中国哲学与文化中含有的自然的本质。对中国文化的批判,虽可借用西方的方法论,破除例如封闭的现状,但方法不是本体,否则风马牛不相及。须知,就其封闭来说,世界文化便封闭在地球这个星体上,中国文化不过是整体中的部分。人类创造了文化,文化反过来又制约着人类。闭关锁国倒还在其次,重要的是心态的封闭习惯意识。人类的封闭意识是普遍的,只是中国文化需与世界文化封闭到一起,才是我们所要求的先进水平。常说的知识结构的更新,对中国文化的重新认识应该是重要的一部分。

若将创作自由限定为首先是作者自身意识的自由,那就不能想象一个对本民族文化和世界文化认识肤浅的人能获得多大自由。即使例如题材无限制,也如百米跑道对所有人开放,瘸子万难跑在前列。文化的事,是民族的事,是国家的事,是几代人的事,想要达到先进水平,早烧火早吃饭,不烧火不吃饭。古今中外,不少人已在认真做中国文化的研究,文学家若只攀在社会学这根藤上,其后果可想而知。即使写改革,没有深广的文化背景,也只是头痛写头,痛点转移到脚,写头痛的就不如写脚痛的,文学安在?老一辈的作家,多以否定的角度表现中国文化心理,年轻的作家开始有肯定的角度表现中国文化心理,陕西作家贾平凹的《商州初录》,出来又进去,返身观照,很是成功,虽然至今未得到重视。湖南作家韩少功的《文学的根》一文,既是对例如汪曾祺先生等前辈对地域文化心理开掘的作品的承认，又是对例如贾平凹、李杭育等新一辈的作品的肯定，从而显示出中国文学将建立在对中国文化的批判继承与发展之中的端倪。这当然令我乐观，但又与前面的悲观成为矛盾。我说过，立论于我是极难的事。

系统科学方法论与艺术

林兴宅

近年来,文艺理论界的同志正以巨大的热情注视和迎接文艺批评、文艺研究方法论变革的浪潮。但也有些同志对于引进系统科学方法论的尝试疑虑重重,以为艺术属于情感的领域,是无法用科学的认识方法来把握的,运用系统科学方法论分析文艺现象只能破坏对象的美。我认为这是对系统科学方法论的一种误解。

人对世界艺术的把握与科学的把握,目的都是要认识世界的本原、宇宙的秘密,在思维中重建世界和谐的秩序。人类的认识运动经历了曲折的历程:先是对世界的感性直观,这时,科学的方式与艺术的方式是没有分化的,而后进入知性分析的时代。大工业生产的发展使分工越来越细,人就越来越变成小小的断片,世界在人们眼里是离散的。知性思维的发展正是适应人们这种社会存在的状况,它虽然使人类的认识进入事物的微观层次,但它却无法使人洞察世界的和谐性和把握世界内在的美。大工业社会本质上是与艺术相敌对的,所以在知性分析时代,艺术当然是作为科学认识的对立物存在的。但是,当人类超越知性分析的时代,进入理性的自由王国,人类就能用简洁的形式重建对世界和谐性的认识,即对世界的审美把握。这时,科学与艺术的对立就消除了,系统科学方法论的诞生正是人类认识史上的一场深刻革命,是引导人们超越知性分析时代、迈向理性自由王国的有力的思维工具,它与艺术审美方法具有内在同一性。

首先,传统的思维方式把事物现象看作各自孤立的、分离的,而整体则被理解为各种部分或要素的相加。这种思维方式适用于把握机械运动形式,如果用以把握生命现象,则易产生简单化倾向。系统科学方法论则始终把对象作为整体来对待而不是把活的有机体机械地分割,像解剖尸体一样来处理对象。艺术地把握世界也体现了这一方法论原则。美是总存在于事物的整体性之中,艺术就是一个杂多的统一体,这是大家都遵循的艺术创造的规律。一个人的艺术感受力也就是对审美对象的整体直观能力,即把作品视为生命的浑然一体的对象进行审美观照,而不是靠机械分割能感受美的。因此,艺术正是用系统的方法来处理反映对象和把握客观对象的美。知性不能掌握美,但系统思维却能揭示世界内在的和谐秩序,因此它最终能达到对世界美的发现。这是艺术思维与系统思维在方法上具有的同一性。

其次,系统科学方法论的整体化原则,实质上就是人与世界的审美关系的原则。

最优化是系统科学方法论的目标。所谓最优化就是根据主体的需要和可能,在系统的动态中协调整体与部分的关系,使部分的功能服从系统整体的最佳目标,以达到总体最优。而艺术审美的目标,正是人与自然的关系趋向和谐统一的最优化。艺术的创造和欣赏都是复杂的自控系统,它通过审美信息的传输和反馈调节,协调认知情感、意志等各种心理功能,并使之与对象达到精神的契合。审美关系的原则,就是主体必须超越现实关系的片面规定,自由地实现人的本质的对象化,使人与自然,主观与客观融合统一,这个过程正是"人—自然"系统运动的最优化调节,这是系统科学方法论与艺术审美系统在目标上的同一性。

最后,系统科学方法论具有解决多因素的、动态复杂系统的有效性,这种有效性将使系统科学方法论成为揭开艺术作品的系统状态和创作——欣赏的系统运动的奥秘的有力工具,传统的研究方法只能解决单因素,静态、简单的系统,而对多因素动态、复杂的系统则无能为力。系统科学方法论则能在电子计算机的配合下有效地处理多因素动态、复杂的系统。例如用结构模型解析法结合图论描述系统各个部分的结构关系;用模糊数学的工具对模糊现象进行定量分析等。而艺术这一灰色系统是一个多参数和多变量的复杂系统,艺术的创作和欣赏这一动态系统带有很大的随机性和模糊性,只有用系统科学方法论才能逐步揭开它的秘密。用系统方法考察文艺现象,就能使人们对文艺现象的认识与文艺本身的状态相适应。如果把文艺批评的方法与艺术的方法一致起来,那么这对我们深刻理解和正确描述文艺现象将产生重要的影响。

上面我们非常粗略地分析了系统科学方法论与艺术审美方法的内在同一性,从这里可以得到一点启发:艺术的思维方式似乎就是人类思维发展史上高级阶段的思维方式的超前结构,从历史发展的逻辑看,系统思维的普遍性的实现,将是人类思维发展史的复归。当然,系统科学方法论虽能为不同的学科所运用,但都要根据研究对象的特殊性,把它加以具体化。就文艺学研究而论,就必须顾及文艺作品本身及欣赏者的种种特殊性,例如文艺创作中的情感特征、文艺鉴赏中的共鸣现象等。无视文艺作品的种种特殊性,简单地将系统科学方法论套用过来,只能将个性消融于共性之中,如果走向极端,就会把本来简单的问题复杂化。对此,必须引起足够的注意,切不可掉以轻心。当然,这是一个非常艰巨的、漫长的历程,需要几代人的努力。尽管现在还刚刚迈出第一步,今后也可能还会出现某种失误和偏差,但却不能因为它的蹒跚而停止前进的步伐。

小说创作的新趋势
——民族文化意识的强化
周政保

近几年来,伴随着封闭状态的被打破,创作界终于把兼收并蓄的美学动机变成了现实——在"横向"的借鉴方面,我们的小说的确于大开眼界之后实现了许多成功的尝试。但也不能否认,即使是那些比较成功的尝试,也或多或少地忽略"纵向"的拓进而滋生了某种"西化"(甚至是模仿化)的苗头。但从目前的小说创作来审察,越来越多的作家开始彻悟到:一个国家自有一个国家的文学,一个民族自有一个民族的文学,就是同一民族(如汉族)的不同地域的文学,也往往凸显出某种色彩与意蕴方面的差异性。至于艺术的传达方式与表现手法,虽然免不了会留下这种相应的差异性痕迹,但其中的界限终究是可以突破的,只有作品的表现内涵及思想个性,往往不可避免地会以顽强的姿态升腾起一种久恒的,但又充满了运动感的民族本色或地域气息。假如一部作品丧失了民族文化特点,那就等于丧失了表现对象本身,或者说从基础的意义上抹杀了一个国家、一个民族,甚至是某一地域的文学精神。不难看到,作为小说创作观念的更新现象,这种民族文化意识的强化,已经促使许多富有战略眼光的小说家开始自觉地寻找自己的文学面貌与文学魂魄了(有的作家称之为"寻根")。尽管这种文学的"寻找"仍然存在着相对的模糊性,但不能不认为是一种小说审美意识的深化与觉醒。

我们与我们的文学,都生存于脚下这块辽阔的土地。它的存在早已说明,它具备着只有它才拥有的那种古老、悠久、深厚、多彩的文化沉积,那源远流长、无比丰富的文化传统,那种处在现代文明冲击下的、动荡与变化着的文化现状……"文化"是一个综合性的概念——它作为一种历史现象,往往以传统的面目出现在我们的生活中,然而它既属于过去,也属于现在与未来。历史的变迁只作为完成式留在后代人的记忆里,但文化的传统却以正在进行的方式,时时处处涌动与活跃在可感可触的现实情态中。我们的当代小说究竟怎样以整一的、综合的、动态的眼光,深入地表现那种真正属于自己民族与自己地域的文化历史感触与文化现状思考,并从中传达出各式各样的关于人、人生与人类前途的探索,的确构成了一个伟大而神圣的文学课题。我们读王蒙、邓友梅、陆文夫、贾平凹、何立伟、郑义、阿城、李杭育、张辛欣、王兆军、周梅森的晚近作品,就深深地感觉到——他们正在以自己的艺术方式探索着这一课题。他们的作品所描写的,是一种凝聚着民族文化色彩的精神风貌,一种不乏"国民性"写照的中国人的社会生活。

当然,这种强烈的民族文化意识所导致的,并不是或不仅仅是一般的风俗民情的展览,而是整个社会生活内涵的更加地域化、民族化与深层化。陆文夫的"美食家"及其他"小巷人物",贾平凹的韩玄子与王才,郑义、王兆军笔下的中国农民,乃至王蒙的《高原的风》中的那搬进了新住宅的一家子人、何立伟的《花非花》中的那些中学教师与行政干部……在这些人物的个性特点中,无不充满着我们这个民族的文化折光与传统意蕴。与西方小说相比,那种灵魂世界及行为走向的区别点是比较容易寻找到的,至少读者可以迅速获得这样的结论:只有在我们这块文化土壤上,才可能熏陶出这样的人物……在这里,小说家并不避讳那些民族文化传统中的糟粕因素的展示,也不躲开那种"花非花"式的精神劣根性的披露,他们只是以严峻、犀利、敏锐、富有各种修养的目光,正视与剖析了过去与现在,并经过这种正视与剖析,从流淌着的民族文化血液中寻找到了一种既属于自己的,又属于整个民族的文学精神及描写世界。

作为民族文化意识强化的主观标志之一,作家们提出了关于文学的"根"的问题——湖南作家韩少功曾这样想过:"绚丽的楚文化流到哪里去了?"(见《作家》1985年4月号,《文学的"根"》)无疑,文学的"根",应该深植于民族文化传统的土壤之中,但作为当代小说,只能以当代生活作为自己的土壤,因为这土壤同样体现着一种独特的民族文化形态(也包括了悠久的传统)——你是中国人,你存在于这块文化土壤,你不可避免地接受着包括传统在内的当代文化的陶冶与塑造。历史已经成为文字的记载,但在我们的现实生活中,不是到处凸现着民族文化的遗传基因吗?不是到处积聚着各种传统力量的消长痕迹吗?不是到处呈现着当代文化熏陶所导致的各式各样的值得肯定与不能不否定的道德面貌吗?……文学的"根",就在那千姿百态的当代文化形态之中,关键在于我们有没有那样一双眼睛、那样一种善于发现的感觉。我们提倡学习民族的文化史,主张更多更深地了解过去,那仅仅是为了增强我们的参照能力、捕捉能力与融合能力,因为那不是源,而是流;那是一种素养的提高,而不是根本出路!我们应该澄清这样一种片面的创作意识,即认为描写现代文明比较发达的现实生活不足以表现我们这个民族的独特的文化传统色彩,而只有描写了那种古老的、相对恒稳的,甚至是原始落后的社会生活,才有可能呈现某些赋有民族性的文化传统特点。"楚文化流到哪里去了?"难道仅仅在湘西的少数民族的古老习俗中才能找到流向?不,在整个中华民族的血液里都可以找到!一部《离骚》,不是与整个中国文学存在着血肉般的关联吗?而屈原的风节与魂魄,不是影响了一代又一代的中国人吗?一种文化,一旦转化为传统,它就永恒地沉淀在民族生活的长河中了——作为精神、观念、意识,你想消除也无法消除,更不会"中断干涸",而习俗仅仅是一种残留的表象而已。

民族文化意识对于小说创作的贯注与渗融,实际上是一个自然而然的过程,它不是点缀、标贴与其他外加形式,更不是恋旧、复古或对传统的特殊怀念,而是一种对于充满了民族性的周围生活的深刻开掘、剖析及表现——它可能活跃在描写画面、人物个性与不乏目的性的风俗展现之中,也可能呈示于一种表现风格,一种审美眼光,或者一种哲学思想的渗透,一种气魄与风度的熔铸,一种结构方式的实现过程,一种语言表述的独特性,甚至是一种韵律,一种氛围……正是从这里出发,我们应该对小说的"根"——它的文化传统土壤的体现,赋之予一个清醒的认识。我们应该以巨大的热情与敏锐的目光,去表现急剧变化着的当代生活,因为在这一生活中,那种不同阶段、不同层次,乃至不同地域、不同民族的文化形态,互相摩擦与融合着,互相冲突与妥协着,并时时重新组合着、创造着。这是一种绚丽而迷人的生活动态,一种真正的小说对象。不过,民族文化传统的寻找,还不能构成小说的全部追求目标与最终美学理想。一切为民族性而民族性的观点都是短浅的,甚至是非审美的。陆文夫的"小巷人物志"的成功,并不仅仅在于这些作品真实地体现了特定的文化氛围与传统色彩,更重要的是经由这些充满了南方城市的文化特点的形象展现,向读者展示了一系列关于社会、关于人生、关于道德、关于人性人情、关于"国民性"问题的审美思考——这就把小说的"根"深入了文化传统的更深层次。

我想,既具备了民族文化传统的特点,又拥有了宏阔的、深层性的寓意目标,中国的小说方能走向世界。

文学的反思和自我的超越

刘再复

我国新时期文学的发端形式,曾被称为"反思的文学",这不是无道理的。

近年来,文学上的反思热情显然从文学创作领域涌入了文学研究领域,特别是文学批评和文学理论领域,并逐步形成了文学研究者对文学自身的反思,即对几十年来我们的文学的基本理论、基本观念和基本思维方式进行重新审视。这种反思目前正在不断深化。如果说,"反思的文学"是对昔日的历史现象进行反思,那么,"文学的反思"则是对已往的文学现象的反思。从"反思的文学"到"文学的反思",说明我们的文学界并不安于现状,它在不断地动荡着,进取着。这种"文学的反思"带有四个明显的特点:

1. 宏观性特点。现在出现的对文学的反思,实际上是对文学的宏观反思。具体地说,宏观式的反思包括两种意义:一方面是整体性的自我观照,也就是说,不仅仅是对某个作家的评价和对某个枝叶性问题的再认识,而且是从整体上对我国文学的一些基本观念以及基本思维方式进行再思考。这种反思表现的锋芒,是对固定化的线性思维模式的不满,是对窒息文学创作的标签式和棍子式的文学批评的反拨,也是对文学本性复归的呼唤和对文学创作大繁荣的热切期望。但是,这种整体性的自我观照并没有离开对具体作品的微观剖析。另一方面则是对过去的文学基本观念和各种文学现象进行一种多角度的综合观照。所谓多角度,就是不仅用政治学的角度和反映论的角度来观照,而且还用心理学、文化学(民族性)、系统学、符号学、价值学等多种角度来观照。这些角度不是彼此孤立的,各种角度互相补充、互相映照,从而构成一种完整的立体审视。各种角度都表现了自己的特长,因此看法就比较全面。例如,从政治的角度来看,我们会发觉过去我们通过文学完成非文学的历史任务是比较突出的,但是从美学的角度看,则会感到过去的文学创作及文学理论有很大缺陷,而从心理学角度分析,我们会更觉得不足。这种综合审视,用王蒙同志的语言说,是一种"密集检验"。在历史上站得住的文学作品应当经得起多种角度的密集检验。宏观式的反思,正是站在新的历史审视点上,对过去的文学现象进行一次多角度、多层次的综合检验。

2. 开放性特点。宏观反思,不是闭门反思,而是站在世界的文化潮流中和新的文化高度上进行反思。因此,这次反思具备新的宏观参照系统,例如世界科学文化进步情况的参照系统,20世纪新出现的世界文学创作和文学观念参照系统,中西文化交汇参照系统,我国文学自身的经验教训参照系统,等等。用开放性的眼光进行自我观照决不是一种权宜之计,只能"热"一阵子,而是我国文学前进所必需的,也是改造我国旧文化传统所必需的。如果不是用开放的眼光来看自己的"根",就可能分不清优根与劣根,分不清是民族的美德和民族劣根性,以至可能把旧的根变成鞭子,拿来鞭打新的萌芽。我们吸取了我国长期的文化经验,意识到只有用开放性的眼光才能看清自己的文化传统,避免在"寻根"中变成民族劣根性的歌者,而让反思带着深沉的理性和面向世界及面向未来的信念。1924年,鲁迅在西安所作的《中国小说的历史的变迁》讲演中说中国有两种特别的精神现象,即:"一种是新的来了好久之后而旧的又回复过来,即是反复;一种是新的来了之后而旧的并不废去,即是羼杂。然而就并不进化吗？那是不然,只是比较的慢,使我们性急的人,有一日三秋之感罢了。"鲁迅所指出的现象是很准确的,他的感慨是很深的。他的旧学根底极深,始终没有忘记"根",但眼光又极远大,对传统文化中的许多"祖坟"刨得极不留情。他在五四时期用过激的冲击力去摇撼封建的旧观念的"根基",实在是出于不得已。如果笼统地说他"否定一切",恐怕不能说是理解鲁迅的。

3. 建设性特点。任何反思都带有批判性质。这一次对文学的反思,当然也意味着对旧的文学观念和文学方法的科学批判,但是,这次批判带有鲜明的建设性特点。大多数反思性的文章都力求有正面的学术建树,有自己的理论构想。在反思中,由于反思者努力追求新知,因此,文学知识也不断地丰富。最使人高兴的是,反思中争议的双方,实行了"费厄泼赖",很少火药味,不同的观点,互相补充。过去有些爆破式的文章,则是动辄想吃掉对方,充满刺激性、攻击性和污辱性,这种恶劣文风造成了整个民族的恐惧心理(甚至造成民族心理变态)和对文学批评的厌弃心理,而这次出现的反思文章却是多理性而少刺激,这对缓和我国紧张的文化气氛,形成我国正常的文化气氛是极有益的。因此,可以说,这是一次软性的宏观反思,而不是简单化的硬性反思。尽管其中有些文章还不够成熟,但决不是爆破式的;虽然有些是粗糙的,但决不是粗暴的。

4. 主体性特点。反思者有自己的心灵,有强烈的自我价值感。他们蔑视简单地沿袭和靠鼻子、帽子、棍子为武器的八股文章,而努力用自己独特的评论语言和学术语言展开独特的美学追求。由于他们有自己的语言,又有自己选择的参照系统,有自己独特的认识工具,因此,他们正在形成自己不同于前人的现代文体。我们开始看到反思者自身的形象,而且似乎看到他们是在着意塑造自身的形象。不过"着意"并不算成熟,如果到了无意识状况,到了情不自禁、言无雕琢痕迹状态就更好了。

这种宏观反思带有很大的意义。这是我国新文化发展进程中又一次积极的调整,甚至可以说是我国文化现代化建设的一次积极设计。五四时期是我国第一次气魄宏大的新文化建设,当时的文学理论文章,在《新文学大系》中称为"理论建设集"。它确实是一次"建设"。但是,当时主要还是立足于批判,而且参加建设的人也很少,那些建设新文化的先驱者,真有点像我们现在所说的"先锋派"的味道,他们远远地走在时代的前列,也远远地离开最广大的人群。他们的呐喊,往往如鲁迅所说的,"应者寥寥"。而这一次文化建设,是我国经过长期新的文化普及和文化积累之后进行的,它带有更雄厚的文化基础,有更雄大的文化队伍,因此,它将显示更辉煌的实绩。

正因为此次反思的不平常性质,因此,对于在文学上已形成自身的系统观念的同志,就会觉得沉重。我自己就感到学习的格外紧迫,希望通过学习超越自我的局限。我觉得,这种自我的超越大约包括三个方面:

1. 必须超越自身的思维定式。我们的文学批评从 20 世纪 30 年代开始到现在,形成了一种思维定式,这种思维定式大体上是庸俗的阶级斗争论和直观反映论的线式思维惯性。观察事物的参照系统主要是政治背景。我们不能排斥政治的参照体系,也要充分尊重反映论,但思维的基础仅仅有这两者是不够的。而要超越这种思维惯性是很难的,因为这种惯性的思维是长期形成的,在很大程度上已经形成集体无意识。因此,要意识到自己的思维是习惯性的思维,要从中超越出来,就需要很大的勇气和力量,但是,这种超越力量必然会转化为巨大的创造力量。

2. 必须超越自身精神蜕变中的痛苦。对过去文学创作、文学批评的反思,常常要涉及自身已有的观念,自己参与了过的文学过程。因此,自身就是这个进程中的内容,自己的观念就是这个进程潮流的颗粒,因此,文学的反思就触及自己的观念、自己的文章。这是一种痛苦的精神蜕变。深刻意义上反思,总是包含着严肃的自我解剖。然而,自我否定并不完全是自我扑灭,其实也是一种自我更新。这也使我想起郭老"凤凰涅槃"的诗境,如果不经过一次痛苦的蜕变,凤凰是不能再生而翱翔欢唱的。如果反思者能想到自己的使命,那他虽然背离了自己的某些观念,却可以告慰于自己科学的良知。他将表现出文学理论工作者对文学事业的忠诚,其结果是他的自我优秀本质反而得到了实现。

3. 超越自身的文化局限。由于在对文学的反思中包含着很大的建设性特点,纯粹对旧的观念的批判不能满足社会的要求。过去那种简单的非此即彼的价值判断已不够用了。人们还要求文学批评具有新的知识结构,具有生动的、积极的再创造性质。这要求文学批评家有更丰富的文化素养。要求年轻的评论家在发挥自己的文思敏捷、文笔灼人的优点同时,应当具备更丰富的思维材料,努力避免架空思维。同时,也要求年长一些的评论家不满足于自己已掌握的丰富知识,而应自觉增补多种认识角度,使自己的艺术思维焕发"第二次生命"。

　　我相信,此次反思的思维成果,将有益于文学,一是有益于把文学创作推向前进,二是这些思维成果将进入各个文学研究特别是文学批评领域。因此,又将有益于我们的批评家对文学作品的分析鉴赏,促其更加精彩。

文化意识的觉醒
刘梦溪

《文艺报》以"报"的姿容面世以后,接连刊载结合文化背景谈文学创作和文学发展的文章,使人耳目一新。我感兴趣的是阿城的《文化制约着人类》和郑义的《跨越文化断裂带》。两位创作力正在勃发、作品获一致好评的青年作家,忽然对自己、对当前的文学不满意了,一个说:"中国文学尚没有建立在一个广泛深厚的文化开掘之中。没有一个强大的、独特的文化限制,大约是不好达到文学先进水平这种自由的,同样也是与世界文化对不起话的。"一个说:"久而久之,便愈感自己没有文化,只是想多读一点书,使自己不至于浅薄。"两篇文章写得庄重、认真、恳切,充满深沉的自省精神,反映出文化意识的觉醒。

诚如阿城所说,文化是个绝大的题目。广义的文化既包括社会的精神财富,又包括社会的物质财富,举凡人类的一切创造物,都可纳入文化的范畴。所以文化人类学的研究范围非常广泛,从原始人群到氏族社会,从语言、思维、风俗、习惯到行为规范和道德观念,以及宗教、哲学、艺术、文学,还有经济结构和政治结构甚至生产力,莫不在其中。窄一点说,文化也涵盖了全部的意识形态及相应的诸种设施。文化的历史和人类本身的历史一样悠久。文化是人类创造的,同时构成人类生存的一种环境。一个民族的文化水准,反映着该民族开化和成熟的程度。文学只不过是整体文化的一小部分,在人类文化宝库中所以引人瞩目,是因为文学制成品渗透的文化因素异常丰富。最优秀的文学创作总是植根于民族文化的深层结构之中。缺乏文化素养的作家固然写不出具有高度艺术价值的作品,如果特定的文化背景有严重缺陷,伟大的作家也难以诞生。这就是为什么我也不敢完全苟同预言多少年内我国文化即可达到高峰这种说法的原因。

文学与科技不同,比较起来,文学对相应的文化背景有更强烈的依赖性。19世纪法国的文学批评家丹纳认为,文学作品的产生取决于一定的精神气候,实际上指的就是特定文化背景。他说:"必须有某种精神气候,某种才干才能发展,否则就流产。"(《艺术哲学》第35页)即是在强调文化背景对作家成长的重要意义。而作家文化素质的提高,需要经过文化环境和文化气氛的长期熏陶和濡染,不是一蹴而就之事。掌握某一种科学技术,只要训练得法,短期内可以做到,而获得作家应该具备的文化素质,短时间绝无可能。阿城和郑义两人的文章,都谈到了传统文化在发展中出现的脱节现象,确是符合实际之论,我抱有同感。不过应该补充一点,由于多年很少进行文化交流,我们与当代世界文化的发展也是隔膜的。因此,要说断裂,在我们面前横亘着两个断裂带——与传统文化的断裂带和与当代世界文化的断裂带。我们的文学,就生长在两个文化断层的土壤上,因而带有种种弱点和局限就不足为怪了。前两年我曾提出,知识准备不足和生活准备不足是新时期文学与生俱来的弱点,指的就是这些方面。知识即文化,生活也包含文化的渗透程度,两个不足都与特定的文化背景有关。文化背景的缺陷直接影响作家的文化素质这是我们当代文学早日迈向高峰的大不利的因素。

但有一个问题,我与阿城、郑义两位的意见不尽相同。他们在追溯文化断裂的形成原因时,都归咎于五四运动。我认为,这不够公平。1919年五四前后开始的新文化运动,矛头当然是指向传统文化的,但攻击的重点是专制的封建政治和吃人的旧礼教,同时鼓吹新文学,反对旧文学;提倡白话文,反对文言文。正面主张则是德、赛两先生,即民主与科学。当时搏击于时代浪潮峰巅的优秀分子,一个个都是旧学根底极深厚的学问家,他们何曾要否定一切传统文化?论辩中过激之辞容或有之,如钱玄同提出可以废弃汉字,但这不过是"用石条压驼背的医法",《新青年》的同人并不赞成。陈独秀发表的《本志罪案之答辩书》对此已有明辨,何况,言论和宣传,效果终于有限。只用口和笔,不诉诸刀和剑,文化运动不与政权的力量结合,无论口号怎样激烈,也起不到斩断文化传统的作用。"打倒孔家店"的口号虽然提出过,但同时也有人在尊孔、祭孔;一方面反对读经,另一方面读经者大有人在。五四运动的先驱者们,哪一个不熟读儒家经典并谙熟孔子的学说?便是文言文,也没有人强行废止,相反,如蔡元培答林琴南书中所说,当时大学预科的国文课本和学生练习都是文言,本科许多课程的讲义,也都是用文言文写的。鲁迅反对"整理国故"最力,他自己却校勘了《嵇康集》,出版了《小说旧闻钞》。真正有益于弘扬传统文化的举措,鲁迅一向予以支持,他反对的是借了"整理""弘扬"的名目做别有所图的事情。把斩断文化传统的罪行归于五四运动,是不公正的违背历史真实。至于五四文化运动对包括马克思主义在内的外国文化和学说的介绍与传播,则是不争之论,自不待言。所以,两个文化断裂带的形成,绝非始于五四,而是在第二次世界大战以后,特别是50年代后半期和60年代的"左"倾以及随之而来的十年动乱,使我们与传统文化和当代世界文化隔离开了。

这是两条不大不小的文化断裂带。主要表现在中青年文化人身上,虽然老一代也有个重新学习的问题。不承认文化断裂的存在,盲目地呼唤文学高峰,或夸大文化断裂,徒唤奈何,都不是科学的态度。关键在于采取怎样的对策。郑义提出要"跨越文化断裂带",恐怕做不到。研究印度文化史的专家金克木先生说过一段发人深省的话:"我自己觉得,因而以为也许有别人同样觉得,在知识上迫切需要加入80年代。可是若不知道50年代到70年代的大致情形,怎么能跳跃进入80年代呢?不必一步步再爬梯子,但还是要经过那个距离,不能不知道;人还不能处处跳跃,不管过程。"(《读书》1983年第11期)这可以代表许多前辈学者对文化断裂的看法。他们主张填补,不赞成跨越。好在理论界和文艺界已经有很多人意识到了这一层,他们在拼命地向古代和向外国吸取知识,用人类最优秀的文化成果武装自己,实际上做的就是文化断裂的填补工作。前几年,一批青年作家和理论批评工作者的目光主要放在国外,为各种花样翻新的思潮和流派所吸引;现在他们又回到自己的土地上,向传统寻找中国文化的根。请读一读王安忆访美以后写的《归去来兮》(《文艺研究》1985年第1期)这篇言短意深的文章吧!她凭直观看到了面临的文化断层,饱尝了"既不知道历史,又不知道世界"的苦闷,但她并不悲观,反而在深沉的思索中坚定了信心。我们还有一个历史赐予的有利条件,就是一批学贯中西的前辈学者以自己的学术成果已经为文化断裂做了切实的填补工作。社会学,几十年无人问津,现在不是还知道有个叫费孝通的人吗?朱光潜、宗白华在美学上的贡献,人们也在重新估量。此外,堪称当今世界伟大智者之一的钱锺书先生,对中国文艺学的建设所作的贡献也是不可磨灭的;《谈艺录》系新中国成立前"兵罅偷生"之作,四卷本的学术巨著《管锥编》则草创于十年动乱期间,这本身就是对文化断裂的一种填补。

　　历史究竟是无情,抑或是有情?人类能够创造历史,却无法改变历史,但历史又总是为人类亮出生路,催促人类虽屡经曲折也要奋然前行。既然形成了历史的文化断裂,人们就有办法填补,甚至是不自觉地填补。只不过今后我们在文化领域所做的一切,都要经过重新追寻历史和走向世界的过程!

文学之"根"的多向伸展和寻"根"眼光的扩大
钱念孙

怎样看待和评价一些作家兴起的"寻根热"这实在是个很难简单回答的问题。难点之一：都是热衷寻"根"的作家，他们寻根的着眼点和落脚点却不一样（同一作家在不同作品中的表现有时也不一样）。有的寻根，如贾平凹的部分"商州"系列小说、韩少功的《爸爸爸》等，表现为对我们民族传统文化和民情风习的重新审度，更多地带有自觉反省和历史批判的意味；有的寻根，如贾平凹的《天狗》中对以夫养夫现象的描写，却在一定程度上表现为对我们民族的某些传统陋习和古老风情的陈列、展览，多少透露出沉迷古风的倾向；还有的寻根，如李杭育的"葛川江"系列小说，则注重从审美观念上在传统文化中寻找与我们今天民族心态相契合的"有意味的形式"和"有形式的意味"，从而体现出更多的积极意义。还麻烦的是，以上不同的寻根状况在具体创作中往往彼此交叉、相互重叠。难点之二：相对于"现代意识"来说，寻"根"举动无疑有恋旧之嫌。这种恋旧情绪属于马克思嘲笑过的那种"留恋原始的圆满"的落后观念吗？事实恐怕不这么简单。奈斯比特在《大趋势》中肯定：每当一种新的科学技术被引进社会，人类必然会产生一种要加以平衡的反应。久居繁华都市的人希望到宁静山村和山川湖泊去旅游、科学高度发达的美国竟然引起一些人反科学……由此我想：诸如"寻根"之类的恋旧情绪，本身是不是就是一种现代意识，或者准确地说，是现代意识的有机成分之一？难点之三：当我们把寻根者的理论主张和他们的创作实践结合起来看时，发现两者并非一致，而是多有抵牾、矛盾之处。韩少功在《文学的"根"》中对各民族、各地域的传统文化，特别是其中的初始文化和民间文化极为推崇，认为文学只有深深扎根其中才能花繁叶茂，但他的创作却远非只是从楚文化中吸取了营养，而是从多种文化（包括外国文化）中借取了经验。这该怎样理解？

把握和评价寻"根"问题的这些难点决定了尽管我们从韩少功、阿城、郑义等寻根的理论文章中挑毛病议论一通是比较容易的，但若把他们的寻"根"联合成一个整体，当作一种文学思潮来看待，简单地作出"是"或"否"的明快判断，可能都难免露出"裁剪事实"和"削足适履"的理论破绽。因此我觉得，我们在讨论寻"根"问题时，与其对寻根者带有作家洒脱、随意性的某些说法过于认真，不如检视一下被他们视为文学之"根"的民族传统文化究竟是怎样形成发展的，进而看看我们究竟应该怎样寻根。

中华民族的文化仅文字可考的已有三千多年历史。在这漫长的历史过程中,它虽同外来文化有着长期的接触,并经历了几次规模较大的撞击和冲突,但从未发生过毁灭性的中断。这在整个世界文化发展史上是独一无二的特异现象。这奇迹引起了许多中外学者的探索兴趣。其中比较一致、影响较大的意见是:中国文化之所以具有如此顽强的生命力量,除中国社会本身是个亚稳态结构外,很重要的一个原因在于,中国文化具有很强的"同化力"和"受容性"(参见李泽厚:《中国古代思想史论》,金观涛:《在历史表象背后》)。秦汉至南宋我们消化了印度及不少东南亚国家的文化;明清至五四则吸收了许多欧美文化……这些已是常识,此不赘述。即以先秦时期的楚文化来说,它也远远不只是楚国本土的单质文化,而是当时南北文化(长江流域文化和黄河流域文化)相互交融的产物。这仅从《楚辞》中描绘了大量北方民族的事物和事件上就可明显看出。事实上,岂止楚文化如此,我们中华民族整个悠久的传统文化不也是世世代代不断消化、兼容多种文化而延续、光大的吗?闻一多先生指出:"我们的民族和文化所以能存在到今天,自然有其生存的道理在。这道理并不像你所想的,在能保存古的,而是正相反,在能吸收新的。"(《闻一多全集》第3卷第459—460页)

可见,被看作文学之"根"的我们民族的传统文化是一个开放的机制——是一种在自己的历史发展中既保持、承接了自己的传统,又开放地吸收、融化、积淀了多种文化因素的合成文化。它虽然在自己的不同地域具有不同的地方色彩,甚至可以形成以地方色彩为特征的文学流派,但真正能够在文学史上彪炳中华并闪耀世界的地方色彩及文学流派,其所创造的艺术作品决不只是纯粹地域固有色的简单涂抹,而必然是在自己的固有色上又糅进、调和了其他文学色调的丰富世界。这就是说,我们的文学之"根"并不是植于一处凝固不动的僵化物,而是多向拓进广阔伸展的生命体。它的拓进和伸展一面继承着传统,一面又顺着横向和纵向两个方向衍生:在横向上,随着人们活动疆域的扩展不断向异域、异民族文化借取以充实自己;在纵向上,随着时代的推移不断向当代延伸以繁衍新生。正是如此,我们"寻根"的内容是非常广泛、丰富的:它不仅要求我们增强民族文化意识,注重对传统的挖掘和继承,同时也要求我们注重吸收外来文学和立足当代,因为文学之"根"本身就是在吸收异域文学和向当代的延伸中滋长、发展的。

宽阔的而不是狭窄的寻"根"眼光,还内在地包含着这样的觉悟:一、我们寻根是既潜入传统又返回现实,并用现实透视传统的双向运动。因此,当我们在一些穷乡僻壤或市井小巷寻觅到历史遗风和古老心态时,应审视它们究竟是历史不慎丢落的珍珠,还是被历史无情筛弃的沙粒,以决定自己是否描写和怎样描写它们。二、现实是传统的延伸,因而现实也是流动变化着的传统。特别是我们今天处于社会变革和文学兴盛时期,传统的各种因素都忽隐忽显地翻卷其中,各种力量也不同程度地在其中重新较量。我们的传统文化凝结在历史里,也涌动在现实中。因而,我们不仅可以在追溯历史中获得民族文化的营养,也能够在直书现实中喷发民族文化的浆液。

文体的自觉

黄子平

　　文体的自觉,是一个作家成熟的标志。广而言之,更是一时代文学成熟的标志。文学本是语言的艺术,奇怪的是,多年来我们竟不重视文学的语言性和语言的文学性。热爱文学,却又轻视文学赖以存在的媒介和手段,这简直是不可思议的。我们知道,文学的变革常常以语言的变革为突破口。我总是想,五四先驱者们确是功德无量的,因为语言是思维的直接现实,倘没有白话文运动,不但现代的新思想无法引进和传播,就连自然科学也只好仍旧用外国话教学吧!近百年来中国人在思维方式上已经获取的跃进,已经是无法想象的了。文学语言的变革正是一时代的艺术思维走向现代化的最敏锐的要求。文体的自觉本是文学上除旧布新的题中应有之义。

　　从假话、大话、空话、套话等"帮八股"中解放出来的中国当代文学,进入文体的自觉,也经历了(仍在经历着)颇为曲折艰巨的过程。遗憾的是,在中小学生的作文乃至亲友间的通信之中,至今仍充斥着一些干巴巴的社论语言,这怎不让人为我们民族的思维可能渐渐萎缩而担忧呢?应该说,正是在这样严肃的意义上,文学家担负的责任很重、很重。倘把文体看作只是关于作家风格形成与否,那就未免低估文学语言在铸造一个民族的文化心理过程中的重要功能了。

　　当人们忙着控诉,忙着反思,忙着揭露(或抚慰乃至遮掩)伤痕的时候,林斤澜就在琢磨用独特的语言形式来表现那一段烙在民族心灵上颠颠倒倒的生活。冷嘲、诡奇、苍凉的笔调,使得他的那些作品决不会因控诉的激愤已经冷却而失去自身的价值。随后又有汪曾祺的《受戒》《大淖记事》,追求打破诗、散文、小说的界限,使字里行间即渗透了性格。那"浓后之淡"的文字令人击节叹赏,你意外地发现,中国的文字除了火炽喧嚣浮躁气盛之外,竟还另有一等清爽如泉水的品格。汪曾祺自己也不知有无意识到,他那"有益于世道人心"的创作愿望,首先就实现于他那精美的小说文体之中。新时期新的文学语言的建设,仍然是新思想、新观念的产物。当人们围绕"意识流"人家用得、我们用得用不得争辩不休的时候,王蒙却在《探索断想》里大谈自己在"语法修辞"上的"变化","第一条是句号的增加,我写《蝴蝶》句号占压倒优势;第二条是引号减少,对话变为心理活动,可以不用引号;第三是比喻的概念也有很大变化,一般是用群众熟知的东西比喻群众不太熟知的东西,或不容易想到的东西,但比喻不都是这样,可以反喻;第四,《春之声》有一大段,只有名词,只有主语没有谓语;第五,一般排比句应用相近的词,但我常用相反的词义排比。"即便文学家已经这样出来"现身说法"了,文体上的种种努力也未能引起任何一位批评家的注意,从而把新文体与新观念联系起来加以考察。值此语言学在世界上已经成为20世纪一大"显学"之际,在我们这里与语言学"血缘关系"最近的文学学却对语言问题缺少应有的敏感,这多多少少已足以引起警惕了。

现代语言学认为,"人类……在很大程度上受到已成为所处社会的表达工具的那种特定语言的支配"(萨丕尔)。语言在某种程度上是我们观察世界的透镜,以及把我们从感觉经验中抽象出来的意义加以编排存档的系统。不难证明,汉话的许多特点正反映了我们民族思维方式的特点:语言的组织极为自由,没有过去、现在、未来时态的区分,没有主动与被动的语气,没有阳性、阴性及单数、复数的区分,对一些介词、前置词等不加重视,句子成分可以互相颠倒甚至完全省略,等等。具有这样的语言特征的民族,长于抒情而短于思辨,善于把握具象的事物而弱于严密的抽象推理。令人欣喜的是,不少青年作家正在自觉地挖掘民族语言的这种"优势",来适应现在的艺术思维的需要,创造出新鲜的文体。何立伟在谈到他的《白色鸟》时说:"我常常为自己民族语言的涨满着感情内容与丰富的表现力而深深陶醉和自豪。实话说,也常常为不少作家将它的作用忽略而扼腕太息。""我企图打破一点叙述语言的常规(包括语法),且试将五官的感觉在文字里有密度和有弹性张力的表现,又使之尽量具有可能性、'墨趣'和反刍韵味。"(见《小说选刊》1985年第6期)尽管文章对欧化语言的看法略有偏颇之处,这样的努力仍将会是极有意义的。有着类似追求的又何止何立伟一位。阿城的《棋王》,词汇量刻意保持在两千个上下,证明了语言的魅力在其质(即组合、结构)而不在其量,证明了汉语文字的出色表现力和极大包容量。

我认为,文体的自觉不仅意味着创作界的一种追求,而且意味着评论界有必要重视文学作为一种语言行为所具有的自身的价值,有必要强调"本文"的重要,有必要掌握从"内部"研究文学的诸种现代方法、手段(结构主义、符号学、统计语言学等),从而建立起我们崭新的现代文体学和文学风格学来。

小说创作中的悲剧观念

刘思谦

引 言

　　曾几何时,悲剧还是一个无人敢于问津的领域。有的理论家断言我们这里没有悲剧,有的人出自一种也许是真诚的忧虑,担心悲剧会亵渎了神圣的共产主义理想。现在,人们对于这种学究式的讨论已经失去了兴趣,他们感觉到了当代文学的一种前所未有的力量——悲剧的力量。一个美的精灵——特拉戈狄亚的精灵正冲破陈旧观念的藩篱走进了新时期文学,给她增添了一种独特的魅力。

　　这首先是生活本身的力量对文学的冲击。我们曾经从一个漫长的历史大悲剧中走出来,如今那真实的梦魇留在心灵上的惊魂虽然已经平定下来,而这个梦魇所蕴含的无比深刻和丰富的历史内容正期待着文学的沉思和反馈。当作家以清醒的理智从历史和现实的联系中回首往事、审视现实,悲剧意识便从"意识到的历史内容"中萌发、觉醒了,悲剧因素渗透到各种文学体裁中去,而且出现了比较完整的悲剧人物,丰富并发展了悲剧这一审美形态。在这方面,小说的灵敏度甚至高于戏剧,尤其是中篇小说这个新时期文学的骄子,它的悲剧因素在增强、悲剧人物正趋向多样。我们已经可以把它们划分为几种类型来分别探讨其中的悲剧观念了。

　　任何观念相对于客观存在来说,都是第二性的。过去社会主义悲剧讨论中一个很大的问题就是从先验的观念出发而不是从生活和创作实际出发。悲剧作品是生活中悲剧现象的再现,悲剧观念则应该是从生活中的悲剧现象和文学中的悲剧人物中抽象概括出来,而不应是头足倒置,用现成的观念去桎梏生机勃勃的创作。

　　本文试图从生活与创作这两个支点出发,重点对中篇小说里的悲剧创作作出相应的分析概括。

独特的英雄悲剧

　　英雄在当代文学倍受青睐。作家没有辜负英雄这种得天独厚的地位,创造了一些成功的英雄形象。然而,它的色彩和调子太单调了,历来只有高昂的正剧而没有悲剧,即使写到了英雄的死亡也是"乐观的悲剧",后来便连这样的悲剧也被扣上"人为地制造了一个悲剧的结局"的罪名。于是清一色的头上有光圈的并且是不会死的英雄便独霸了文坛,悲剧英雄被逐出了文学的"理想国"。结果当然是以苍白的高调和"高大全"的躯壳结束了一个文学的英雄主义时代。今天,当人们重新提起那些被突出出来的人造英雄时,只不过留下一些滑稽的记忆罢了。

文学复苏后并没有走上非英雄化道路,尽管从社会逆反心理来看并不是没有这种可能。民族的振兴仍然需要真正的英雄主义,新的时代终将造就自己的当代英雄。然而文学投向英雄的目光却变得审慎而冷峻。它不再轻易给自己的人物戴上桂冠,而一些确实具有英雄气质、行为的人物,又往往带有某种悲剧色彩。蒋子龙的"开拓者家族"里的一些成员以及《祸起萧墙》里的傅连山等,便是这样的人物。一部中篇小说索性题名《悲剧比没有剧好》,主人公也是一个四面受阻的开拓者,他抱定了宁要悲剧也不能没有剧的决心去从事改革大业,是颇有一些悲壮之气的。

英雄人物的悲剧色彩可以看作是一种信息,它从一个侧面透露了文学的悲剧意识正在觉醒。这种意识是对于生活中客观存在的悲剧现象的认识,是对于自己的时代进行审美把握的一种反映。

中篇小说第一个完整的悲剧英雄是李铜钟(《犯人李铜钟的故事》,以下简称《李铜钟》),他是在社会主义道路出现曲折、党的政策发生失误的情况下出现的悲剧英雄。背景的特殊性和人物事件的特异性,要求有特殊的悲剧冲突来表现。"丰收"的李家寨同时也是饥饿的李家寨,种粮食的人却沦入了死亡的边缘,李铜钟是真正的英雄可又不得不是"犯人"……一连串矛盾的命题恰恰概括了当时汹涌恣肆、泛滥成灾的"左"倾思潮的本质特征,概括了那个头脑发热的年代的特点:谎言凌驾于事实之上、主观意志无所顾忌地蔑视客观规律;于是五六十年代之交中国农村那场触目惊心的大灾难成了不可避免的,在灾难中仍然把人民的利益和生命看得高于一切的共产党员李铜钟的悲剧也是必然的。

《高山下的花环》(以下简称《花环》)里的梁三喜、靳开来、雷凯华是在社会主义时期和平环境中局部的战争中英勇捐躯的悲剧英雄。他们都是战斗英雄,但他们的美感力量不同于以往那些献身疆场的战斗英雄,而是一种特殊的悲剧力量。梁三喜生前无私无畏、为祖国奉献出一腔青春热血,死后留下来的,却是一张长长的、血染的欠账单;靳开来活得襟怀坦荡、疾恶如仇,死得英勇壮烈,有功却不能记功;"小北京"才华出众,却死于自己人制造的"臭弹"……这些最能打动人心的矛盾,凝结着现实和历史、军内和军外种种复杂的矛盾,触及现实的积弊和历史的重负,牵动了社会心理敏感的神经,具有悲剧的引爆力,产生了强烈的社会反响。

亚里士多德认为情节的"突转"和"发现","是按照可然律和必然律而发生的",黑格尔指出应该把悲剧性的灾难"写成环境所迫、不得不然",都抓住了矛盾冲突的必然性这个核心。《李铜钟》和《花环》的成功和缺陷,都说明了这一点。如《花环》让梁三喜的生母同时也是赵蒙生的养母,本意是要强化悲剧效果,但离开了必然律的戏剧性巧合,恰恰减弱了作品的悲剧力量。

这两部小说的美感形态属于传统悲剧的崇高体,悲和壮交织,体积宏大。细细品味,其美感效应又比较复杂,且二者略有区别。前者是在通体崇高中的震惊和顿悟,后者则在悲壮气氛中渗透着强烈的不平感和深深的缺陷感。

《山中那十九座坟茔》(以下简称《坟茔》)就不是传统悲剧观念所能概括得了。这是一部更为独特的英雄悲剧,体现了新的悲剧观念。

这是一个在特殊的历史条件下无谓牺牲的悲剧,一部沉痛的英雄主义的毁灭史。"悲剧将人生有价值的东西毁灭给人看",《坟茔》给我们看的,就是有价值的英雄主义怎样被扭曲、践踏、摧残而无价值地牺牲。在这个英雄的集体里,活跃着多么质朴可爱、充满着青春活力的生命,他们本来应该也完全可以用自己的勇敢和智慧做出不凡的业绩、创造美好的生活,然而他们却不得不拿起铁锹、抱着风钻默默地为自己挖掘坟墓,一步一步走上野心、权术、邪恶和愚昧构筑的祭坛,"把生命的圣水倒进了肮脏的龙须沟"。小说典型的情节主干体现了作家明确的悲剧观念。炸掉雀山工程和修建龙山工程为了一个并不存在的"具体关怀",违反施工常识,不顾客观条件强行施工,结果整个工程轰然塌毁,当年战功赫赫的"渡江第一连"十九个鲜活的生命连同无数干部、战士的血汗埋葬于大山深处。这样的情节超越了事件本身的实体意义与时空范围,使人产生许多联想,可以将它归结为目标本身的虚妄、荒诞与无价值。这是深刻的悲剧观念,多少年来无视客观实际制造阶级斗争,搞"假设敌"自相攻伐、无情打击、无事生非、无效消耗等悲剧现象,都可以由它涵盖了。

小说关于悲剧成因的揭示,也体现了新的悲剧观念。悲剧冲突中占主导地位的一方,是一种以庄严神圣、俨然不可侵犯的外表、"最最"革命的形式出现的强大的异己力量,一种不容置疑、不能争辩的社会权力。它是残酷的荒谬的又是无法抗拒的,顺之者昌、逆之者亡,成为人的命运的主宰。无论是刚直不阿的郭金泰,还是一度被诱的彭树奎;无论是因愚忠而紧跟的王世忠,还是单纯而蒙昧的孙大壮;还有美丽的刘琴琴、聪慧的刘煜,甚至包括那个在权欲蛊惑下私心扩张吞噬了良心的殷旭升……在这样的力量面前,都不可能改变被毁灭的命运。这是作家从整体上对于那个失去了理智的时代的审美观照,概括了"文革"时期强权政治造成的人的整个荒谬可悲的生存方式。这样的悲剧观念,在我国当代文学中还没有看到过。

《坟茔》还体现了悲喜剧更内在的结合。《李铜钟》里已经有了这样的苗头,但那只是悲剧中掺杂着一些喜剧(幽默)的因素,而到了《坟茔》,则实现了悲喜剧因素的整体性结合,以真善美的毁灭达到了对假恶丑的"历史的讽刺"。它既把"人生有价值的东西毁灭给人看",又把"无价值的撕破给人看",而由于从本质上掌握了喜剧对象虚张声势、色厉内荏、荒谬悖理的特征,它的撕破是犀利明快的。这里体现了一种历史的感悟和自信,是对于那些曾经是庞然大物的肆虐者和扬扬得意的助虐者经过十余年的沉淀、思索、洞察之后的升华。

《简明哲学辞典》将社会主义现实主义艺术的悲剧主人公对待死亡的态度界定为:"主人公为了共同事业的胜利而悲剧性地死去,这种死是被人们以乐观主义的态度来对待的。"这已不能包括《坟茔》英雄人物的死亡。实际情况是面对不同情况下的不同死亡,不同的英雄人物有不同的态度,无须对这种本来是有差别的态度做出划一的规定。

《坟茔》不是悲观的悲剧。在那样可悲的巨大牺牲中,分明凝聚着一股内在的力量,就是对普通人生命价值和他们朴素美好的生活愿望的肯定。军队的正气、民族的精魂,经受住了巨大的磨难和空前的浩劫,如涅槃中再生的凤凰。它的美感形态,虽有沉重和悲哀,仍然是崇高的艺术。

作为悲剧艺术,《坟茔》比《花环》前进了一大步,但还没有达到完美。它没有完全甩掉《花环》的人为戏剧性包袱,在情节主干外罗织了一些一般化的自己写过而别人也已经写滥了的"戏剧性"(如刘琴琴不吃鱼和彭树奎临别还账等),如果把横生的枝蔓毫不吝惜地芟夷,强化情节主干和更内在的悲剧因素,可能会更完美和谐一些。

普通人的生活悲剧

这一悲剧称谓的外部标志是其题材上的特点:多从社会底层普通人悲剧性的日常生活现象取材。法国启蒙运动的杰出代表狄德罗在《论悲剧艺术》(1758年)中大力提倡此类悲剧,认为应该有"以家庭的不幸事件为主题的,以及一切以大众的灾难为主题"的悲剧;美国著名剧作家密勒更明确提出悲剧以普通人为主角的主张。鲁迅也持此见并透彻地分析了出现这类悲剧的原因:是生活中存现着"极平常"的悲剧,"正如无声的言语一样,非由诗人画出它的形象来,是很不容易觉察的","然而人们灭亡于英雄的、特别的悲剧少,消磨于极平常的或者简直近于没有事情的悲剧者却多"。正因为普通和平常,人们更觉得和自己接近,更容易产生共鸣,其美感效应也就更广泛。中外文学史上有许多这样的悲剧名著。

这几年小说中的悲剧人物以此类为最多,而且不像英雄悲剧那样大多写十年动乱年代的事,它较早地反映了现实生活中的悲剧现象,如《人到中年》。普通人登上了悲剧舞台,这首先是时代的际遇使然。在过去那个"英雄主义"时代,一边高举"根本任务论"大旗,一边狠批"中间人物论",普通人通向文学大门的路被堵得死死的,更不用说成为悲剧主人公了。

这类作品的悲剧冲突一般来说是非对抗性的和局部的。它不表现为对立双方的不可调和的冲突,不像英雄悲剧那样经常处于尖锐对立、严重冲突的激化状态,而是相对的平和与和谐。常常找不到导致主人公悲剧结局的代表人物,没有那种剑拔弩张的紧张气氛。这里的悲剧冲突(尤其是那些以现实生活为题材的作品)所概括的,是生活中不理想、不完美、不公平、不合理的那一面(如生产力的低下、生活的贫困、思想的愚昧、政策上的偏差、认识上的片面,以及旧观念、旧习俗、旧势力等),其性质是正常中的反常、合理中的不合理、本来不应该发生而发生了、本来能够解决而没有解决的悲剧。《人到中年》以文学的直观形象提示出:新中国自己培养的知识分子已陷入如此困乏的境况,知识分子问题已到了非解决不可的时候了。由于准确地把握了这种矛盾冲突的性质及其表现形态,作品从生活中来又回到了生活中去,转化为一种社会的公正舆论,对知识分子政策的贯彻落实起到了积极的推动作用。《远村》(郑义)、《麦客》(邵振国)等表现农民的生活、爱情的作品,悲剧冲突的一方就是在一个历史阶段、一定地域范围的贫穷与愚昧。"左"的错误贻误了我们的时间、拖住了生活的脚步,给农村打上了普遍的贫穷这个令人痛心的烙印,那些距城市文明遥远的山村小寨,更仿佛是被历史遗忘了。那里的农民求温饱而不可得,多少纯真美好的爱情不得不屈从物质的利益,在贫困这个魔影面前低下自己高傲的头。

恩格斯所说的"历史的必然要求与这个要求的实际上不可能实现之间的悲剧性冲突",对于这一类作品也是适用的。不能把"历史的必然要求"理解得过于狭隘。普通人合理的生活愿望、美好正当的憧憬追求,只要和历史前进的趋向相一致,也是"历史的必然要求"。这句名言所概括的悲剧观念,其实质是历史的必然要求由于种种主要客观条件的限制而暂时不可能实现的冲突,属于理想和现实这一对矛盾范畴。它是永恒的。某一历史的必然要求经过奋斗实现了,又会有新的必然要求提出来要求实现并为之奋斗,在这个过程中,都会发生悲剧,也就会有悲剧这一美感形态。

喜欢大团圆是我国的一种民族心理,如鲁迅所说事实上的不圆满由文学来让它圆满。小说中普通人的生活悲剧,仍可见到大团圆心理的痕迹,不过情况也有不同,不能一概排斥。有的是随着历史的变迁而带来的圆满;有的是出于作家的人道主义感情,不忍心让他的人物死去;有的则用人为的戏剧性勉强牵出一个大团圆来。《远村》的结尾,斗转星移,生活这个磨盘加在农民身上的磨难不那么沉重了,但叶叶已溘然长逝,给杨万牛留下了永久的遗憾。这是比较完美的悲剧结局。

这类悲剧的美感形态也不同于英雄悲剧,一般属于优美(秀美)体。陆文婷、许秀云、刘巧珍、叶叶、水香、钟雨、海云等,都是以优美进入悲剧的女性形象。她们以朴素、恬静、温柔、委婉、柔韧等美感特性打动了读者的心。内在的执着信念、行动坚韧的刚性,以平凡朴素忍隐处之,对于来自外界的烦恼、痛苦、不平,对于命运的压力,有一种中和、淡化和消融的作用,使一切艰难困苦在她们面前减弱了它的分量。她们不是那种与客观世界的严重对立中叱咤风云的悲剧英雄,没有强烈的戏剧性动作,心灵的河床上虽然没有卷起过熔岩般的巨流,那一朵朵小小的、执着不息的浪花,却也显示出自己特有的魅力。她们的生活命运和人生运行的轨迹,犹如洞箫吹出的幽远悲歌,给人以美的享受和向上的力量,对心灵起到净化和升华的作用。

题材特点带来的另一特点,是艺术表现上的更加广阔和自由。由于是普通人的普通生活,情节未必曲折、故事无须新奇,主人公很少大动作,所以更便于从内在意向上开掘人物内心的微波细澜,运用抒情写意笔法表现悲剧情绪、心态。

受社会环境制约的性格悲剧

如果说以上两种悲剧的区别在题材,那么这一类悲剧和它们的区别就在于导致悲剧的成因中,有较多的悲剧人物自身的性格因素性格悲剧也是古老的悲剧类型,亚里士多德在《诗学》里就提出了"悲剧缺陷"说,后来的美学家研究这类悲剧作品,也做出了相似的概括。如黑格尔的"罪过"说,车尔尼雪夫斯基的"过去的悲剧""罪行的悲剧"说,贾普斯的"邪恶"说等。

这类悲剧的成因,究竟是悲剧主人公自己的性格缺陷还是他们所处的环境?是这类悲剧研究中一个争论不休的问题。有的强调悲剧人物的主观原因,甚至认为"悲剧就是赎罪";有的则强调客观环境,认为性格"缺陷或性格的裂缝,实际上不算什么",悲剧人物在"努力的过程中遭到毁灭,必然表明在他的环境中存在着一种反误或邪恶"。其实,性格悲剧主人公也是生活在一定社会环境中的人,是"社会关系的总和",他们的思想、热情、欲望、行动,也是"从他们的时代的五脏六腑中孕育出来的",其悲剧结局既有主观原因也有客观原因,是个人与环境的合力所致,是内因与外因相互作用的结果,但由于悲剧主人公大多性格鲜明强烈,悲剧成因中的性格因素更为突出罢了。

当代文学出世较早的性格悲剧形象,当推许茂老汉。他那令人心酸的农民的忧郁,给我们留下了深刻的印象。50年代性格开朗的农业合作化积极分子许茂,变得沉默、古怪、孤僻、自私,他常常把自己关在屋子里想心事,一天难得说上几句话。许茂的悲剧在于他不由自主地走上一条违背自己心意的路。他不能不自私,可又常常为自己的自私而痛苦。许茂的变化和内心矛盾,是50年代后期以来颠三倒四的政治运动在他心灵上打下的烙印,也是他自己那庄稼人的好强和偏强性格的一种必然的发展。

《花园街五号》已故的市委书记吕况的一生也是悲剧。新中国成立初期他还是一个朝气蓬勃的共产党员,以改造全人类为己任,大胆培养、重用知识分子干部刘钊,让女儿吕莎学钢琴。可是接二连三的反右运动把他心中的是非标准弄乱了,因为自己也有"出身问题"的包袱,他便竭力地"左"以示革命而自保,结果亲手酿成了吕莎的婚姻悲剧,自己也糊里糊涂地死去了。这是在那个是非颠倒的年代颠倒自己也颠倒别人的悲剧。可见悲剧成因的性格因素不是无关紧要的,否则就难以说明何以在相似的社会环境中会有不同的悲剧发生。问题是人物的性格不能脱离开他们的环境,性格因素与社会因素的关系,也就是典型环境中的典型性格问题。

我们提出"受环境制约的性格悲剧",其前提是认为个人的性格力量存在着限度。作为一个社会的人,他不可能超越环境对他的制约和时代的局限。但人又是具有主观能动性的,他总是力求突破环境的制约,追求正当的权利、最大限度地发挥自己生命的潜在力量。由于主观条件的限制,这种追求并非总是如愿以偿。性格悲剧冲突的必然性,就表现在悲剧主人公性格力量的限度上。

中篇小说《钢锉将军》里的李力,《人生》里的高加林、刘巧珍,为我们提供了性格限度的不同形态。

李力钢锉般性格的悲剧性表现为和那个"左"的社会环境的对立、不协调。在名目繁多的"分子革命"("右派分子""右倾机会主义分子"……)年代,他左冲右突、锋芒毕露,力求改变环境,结果只不过扮演了一个现代唐·吉诃德的角色。他得罪的是一种"空气"。在那种"像雾一样湿漉漉、黏糊糊"的"空气"制约下,"钢锉"再锋利,其力量也是有限的。这一点,李力直到弥留之际才明白,以"大梦谁先觉?平素我未知"的自嘲结束了自己悲剧的一生。这是无力改变环境、反被环境磨去棱角、耗尽锐气的性格悲剧。

高加林的人生悲剧,是一个幼稚的青年奋斗者在环境的捉弄下栽着跟斗不得不宣告失败的悲剧。作为一个农村青年知识分子,他是在吸取了科学文化的乳汁、听从了现代文明的召唤而鼓起了理想风帆的现代青年。寻求一个能够最大限度地发挥生命的能量、使自己的聪明才智转化为价值的位置,是他奋斗之路上第一个坐标。他的性格里那种不甘落后、不肯认输的强者气质,又为他的奋斗灌注了一股蓬勃的生气。然而他却连乡村民办教师这样一个低微的位置也保不住,高明楼一句话就轻而易举地把他挤了下来,于是他理所当然地产生了强烈的反抗意识,开始了人生之路上的奔突苦斗。在高家村这个"小社会"里,高加林的理想、追求、奋斗以及他和刘巧珍的爱情,客观上代表了一种新的社会力量和历史要求,尽管他们自己并没有意识到。高加林与高明楼、马占胜等的矛盾,与巧珍在文化水平方面难以弥合的距离,其背后所牵连的,是两个相差悬殊的世界,是暂时还难以改变的事实上的不平等。正是从这里,我们看到了历史积淀和惰性的折光,看到了新与旧、前进与保守的矛盾,也看到了历史的必然要求与这种要求在实际上还不可能实现的悲剧冲突。高加林、刘巧珍都不可避免地失败了,他们都转了一个圆圈又必然地回到了各自原来的位置。悲剧冲突的必然性,不仅在于高明楼、马占胜和亚南之母所代表的社会力量的强大,在于他们的存在还有其难以撼动的合理性,而且在于他们自己的弱小和思想上的不成熟。他们都不可能超越自己的环境,还没有成熟到足以战胜环境,牢牢地掌握住自己的命运。巧珍忍痛割舍对高加林的爱而下嫁马栓,是全书最动人的悲剧篇章。她终于从一个美丽而虚幻的梦中醒过来,清醒地承认了自己的限度,迈着痛苦而又沉重的脚步走上了命运早已安排好了的路。纯洁合理的爱情不得不向不合理的但却是强大的力量低头。路遥自身的思想矛盾和悲剧意识的不成熟,给这部本来应该更深刻、完美的人生悲剧带来了令人遗憾的缺陷。他的同情和挚爱,显然是在高加林、刘巧珍一边,然而他对于自己心爱的人物的认识,还没有上升到历史的高度,没有把他的人物放到人类历史发展的客观进程上进行审美观照,从而把握住悲剧冲突的必然性,并且令人信服地揭示出历史发展的必然前景。于是就出现了既不肯否定高加林追求的合理性,又不敢肯定他的失败的不合理性的矛盾,只好拉出德顺爷爷来进行一番关于土地的空泛无力的道德训诫,给高加林的人生悲剧画上一个聊以自慰的句号。不过《人生》毕竟以它的现实主义完成了一个基本成功的悲剧,那个苍白的句号毕竟没有掩盖住作品整体的悲剧力量。

结　语

本文对小说创作悲剧观念的分析概括并不意味着对悲剧的过分偏爱和推崇。笔者的初衷,只是想借助于作品本身的力量破除一些蒙在悲剧这一美感形态上的偏见和误解。悲剧和悲观主义无缘。恰恰相反,越是优秀的悲剧越是蕴藏着对真善美、对人的完美和对人类进步的乐观和信念。时代需要优秀的喜剧、正剧,也需要深刻的悲剧。在悲剧这片长期荒芜、凋败的土地上,终于破土开犁、耕耘播种,结出了这样几颗最初的稚嫩而新鲜的果实。它们的成败得失,是值得认真探讨的。

1986年

对一种文学主体性理论的思考与述评
——与刘再复同志商榷

程代熙

陈涌同志的《文艺学方法论问题》是一篇好文章,他抓住了一个有争议的重要课题,在文艺界引起了普遍关注和思考,从而打破了前一阶段沉寂的争鸣局面,单就这一点来说,其意义也是不可抹杀的。

下面,我也步陈涌同志之后尘,对刘再复同志的文学主体性理论谈一点还不成熟的看法,以就教于刘再复及其他同志。

一

刘再复同志的"以人为本"的文学主体性思想不外乎这样两个方面的内容:一是人是目的,不是工具;二是情感论。因此,也可以这样讲,他的文学主体性就是目的论和情感论的二重组合。如果说当年康德和费希特提出"人是目的,不是工具"的思想时,还具有一定的反封建的进步意义,法国唯物主义者和费尔巴哈的人的本质在于人的感情思想,也在历史上起过重要进步作用的话,那么,在刘再复同志的主体性理论里就连这样的积极意义也荡然无存了。因为他的主体性理论不仅不是建立在社会实践的基础上,而且还与当代现实生活发展的要求直接相抵牾。

人的精神主体到底是什么,它又是通过什么来实现的,对此,刘再复同志在文章里明确地告诉我们是情感,具体地说,是爱,是"最普遍的人道精神",正是通过情感,即爱,普遍的人道精神,人的主体性才得到充分的实现。例如,他说:

1. "我们是唯物论者,并不相信有什么'上帝',但是,如果'上帝'是指一种情感上的向往的话,那么,每一个有作为的诗人和作家,都应该有自己追求的'上帝'。这个'上帝',就是爱,就是与全人间的悲欢苦乐相通的大爱。这种爱是超我的,超血缘的,超宗族的,超国界的……只要是人,他们的人性深处就必定潜藏着人类文明的因子,他们的灵魂就可以升华,就可以拯救,就可以再造与重建。"

2. 刘再复同志在解释作家创作实践中的三个特征之一的"超我性"时说:"作家在社会中有意识地回归自我,而自我实现的需求则不仅回归自我,而且把自我的感情推向社会,推向人类,在爱他人、爱人类中来实现个体的主体价值,此外,作家既有自我,又超越自我,而重心在于对他人的爱……他们(指作家——引者)的爱完全是超功利的,完全是自然而然的,他们在热烈地爱着,同情着,但自己已毫无感觉。作家最高的自尊感,最高程度的自我实现,就应达到这种忘我状态。"

刘再复同志文章中的这些很有代表性的言论,清楚地告诉我们,他认为人的本质就是感情,就是精神活动,就是爱,一句话,即单个人所特有的一切。

现在,我们不妨把刘再复同志的上述言论与当今世界上兴起的"回到人本主义"的社会思潮作一番横向的对比考察。当然,现在流行的人本主义是新人本主义。以费尔巴哈为主要代表的旧人本主义是把人作为自然的一部分,作为一个客体来研究的,新人本主义则主要研究的是人的主体性、人的价值——"把人当人看"和人的存在,诚然是以抽象的方式进行研究的。

新人本主义是一个复杂的社会现象,其派别甚多,旗号不一,有的就打着"补充"或者"发展"马克思主义的旗号。如萨特就曾宣扬说,他要"重新发现人",他要医治马克思主义在对人的研究上患的"贫血症"。他在歪曲了马克思主义的辩证的经济决定论之后说,"决定论是没有的,人是自由的,人就是自由",即他说的自由选择,自由创造。萨特把这视为人的本质,所以他宣称存在主义的要义就是:"人,不外是自己造成的东西。"萨特完全不谈人是在什么条件下进行自我创造的,因此就使得他的那个自由选择和自由创造具有浓厚的随意性。

法兰克福学派心理学家埃·弗洛姆也有相似的观点,他认为对社会的研究应该从考察"现实的、具体的人连同他的生理和心理属性开始。这种研究应当从人的本质概念入手,经济和社会研究都只不过是为了弄清人是怎样同自身和自己的力量相异化的"。在这里埃·弗洛姆还没有完全否定对经济和社会的研究,但他认为这种研究毕竟是从属的、次要的、不起决定性作用的。这位人本主义的美国心理学家后来走得更远,他甚至说,"经济"和"唯物主义"这两个概念的含义在马克思的著作里是含混不清的,因此他宣称,"可以把马克思对历史的理解叫作对历史的人本学解释"。这就是企图用哲学人本主义来取代历史唯物主义学说。

刘再复同志在文章里十分赞赏美国人本主义心理学家 A. 马斯洛的理论。后者认为人们的一切行为都是受动机制约的,要从研究人的动机出发来研究人的行事。马斯洛把人的各种动机即需求,归纳为五个等级。这五个等级是:自我实现、自尊或自我需求、社会需求(即刘再复同志文中的归属需求)、安全需求和肉体需求或叫生存需求。这五个等级的需求不是并列的,而是呈金字塔形的。如想达到顶峰,就得一个台阶一个台阶地拾级而上,是不能超越的。最高的等级是自我实现,最低的等级是肉体(生存)需求。马斯洛说,当人的某一个需求基本上得到满足之后,他就会更上一层楼,渴望得到新的满足。当一个人处于最低需求等级的时候,他主要关心的是温饱的需求。温饱得到满足之后,他才会去关心他的人身和财产的安全。只有当这两个低等级的需求——温饱和人身、财产安全——得到了基本的满足,他才会进一步渴望得到爱和别人的尊敬以及成为社会所承认的名士。因此,只有在人的自尊需求基本得到满足后,那最高一个等级的需求,即自我实现的需求才会成为他内心的迫切要求。

刘再复同志把马斯洛的这种理论横移过来,作为研究作家主体心理结构的指导原则,就使他遇到了他没有预料到的麻烦。

刘再复同志有保留地举了龚自珍的"著书都为稻粱谋"的例子,他说当"作家被现实生活中最烦琐的利益所束缚,缺乏必要的从事创造的外在自由条件",他"就不可能进入深邃的精神生活。这时作家的主体意识处于沉睡状态,作家的主体能力处于被动状态"。可是龚自珍并非真正穷得连饭都吃不饱,这个例子不典型,可以不算。曹雪芹晚年住在北京西郊的小茅屋里,穷得"举家喝粥",可是他作为作家的主体意识和主体能力并没有处于沉睡状态和被动状态,他还以惊人的毅力,而且穷十年之久,呕心沥血地五次润色增删他的巨著《红楼梦》。就是在这个时候,曹雪芹也不是在为"稻粱谋"著书。但是他的用心却很苦,他担心读者理解不了他。这有五言诗可以为证:"满纸荒唐言,一把辛酸泪!都云作者痴,谁解其中味!"鲁迅是名副其实靠稿费为生的。在温饱问题上,他比曹雪芹解决得好一些,也比巴尔扎克略胜一筹,因为鲁迅还不曾为躲债到处搬家。可是鲁迅却没有人身安全,国民党特务总是在伺机向他打黑枪。在最紧急的时刻,苏联友人劝他暂时避避敌人的锋芒,并为他提供了一切物质上的条件,但鲁迅还是一次次地谢辞了。鲁迅不愿离开自己的故土,更不愿离开他的战斗岗位。按照马斯洛的需求等级说,像曹雪芹、巴尔扎克、鲁迅这样总是处在最低需求等级上的人,或者如刘再复同志所说处在"缺乏必要的从事创造的外在条件",因而,"不可能进入深邃的精神生活"的作家,是绝不会达到"作家的意志、能力、创造性的全面实现"的所谓最高等级的。类似这样的例子,我们还可以举出很多,但是没有必要了。

无规矩不成方圆。规矩,指的是规律、原理或者准则。如果"规律"是臆造的,它就不能对任何现象作出科学的解释。刘再复同志费了许多笔墨企图用马斯洛的人的心理甚至生理需求的等级理论来解释艺术创作规律,亦即他极力倡导的内部规律,是失算了。这就表明,新人本主义是说明不了主体意识和主体的主观能动性的。

二

现在存在着一种很大的误解,如果不说是极大的歪曲的话,即认为马克思主义是不重视对人,不管是对作为主体的人还是对作为客体的人的研究,因此也就不重视对主体能动性、创造性和自主性的研究。于是有的人就用弗洛伊德的精神分析、存在主义的自由选择、功能主义的人是社会体系的工具说(涂尔干是这个学说的主要代表人物),以及其他新人本主义的人的需求理论等来对马克思主义进行"补充",或者如他们当中某些人(如埃·弗洛姆和萨特)所说的那样来"克服"马克思主义的"片面性"。这是完全没有根据的。

主体是什么?根据我的理解,主体就是社会的人。这人可以是指单个的个体,也可以是指社会共同体,即社会集团、阶级和整个社会。国外有的学者根据马克思、恩格斯、列宁的著作把作为主体的人,概括为"社会力量",它有不同的表现形态,如生产力、政治力量、精神力量、思想力量、宗教力量等,但占主要地位的形态是生产力。在考察主体时,我们可以从主体这个概念身上看到它的三个相互联系、互为前提的内涵,即历史的主体、行动的也就是实践的主体和认识的主体。在这里,居主导地位的,亦即起支配作用的是实践主体或曰"生产主体"。

刘再复同志在他的文章里对人的主体性问题有这样两段论述:

一、人的主体性包括两个方面:首先人是实践主体,其次人又是精神主体。所谓实践主体,指的是人在实践过程中,与实践对象建立主客体的关系,人作为主体而存在,是按照自己的方式去行动的,这时人是实践的主体;所谓精神主体,指的是人在认识过程中与认识对象建立主客体关系,人作为主体而存在,是按照自己的方式去思考,去认识的,这时人是精神主体。

二、"只有充分强调它的(按:指大脑的,亦即精神的——引者)主体性,人才能成为实践的主体,当人的精神能力被限制,即它的精神主体性丧失了,那么,人也就丧失了在实践中的主体性,这时,人就变成任人操纵的机器,任人摆布的木偶。"

如果前一段文字讲的是"分"(实践主体和精神主体的分别),后一段文字则是讲的"合",即是以精神主体来涵盖实践主体。这就是他的"人是目的,不是工具"说的论据。

在这个问题上,我和刘再复同志的分歧主要在以下四点:

1. 人这个主体不是通过思辨和内省的方法,即不是通过精神主体而是通过人在实践中的活动,即实践主体来认识世界和认识自己的。黑格尔在《美学》中举了小男孩投石子于河中的例子。黑格尔就是以内省的方法来认识世界和认识自己的。黑格尔的那个例子中蕴含着十分珍贵的思想,即人类的审美活动(精神活动)是与实践活动相结合的。马克思对黑格尔的关于实践的思想曾给予很高的评价。但是,如我们所已经指出的,黑格尔的实践活动仍然是一种精神活动。归根到底,还是精神主体取代了,或者说吞没了实践主体。

2. 人不是目的,但作为实践主体的人所从事的一切实践活动,却是一种有目的的活动。而且正是这种有目的的活动,才调动了精神主体的积极性,甚至还能唤醒精神主体的尚在"沉睡着的潜力"。

3. 精神主体的确具有如刘再复同志所说的"无比的丰富性和伟大力量",但其源泉却不在精神主体自身,而在于主体所直接间接地从事的实践活动的广阔性和丰富性。古希腊、罗马的神话,就充分显示了古代希腊和罗马人民的丰富想象力。这想象力就表示了他们想征服而又实际上还征服不了的自然力的一种崇高的愿望。可是随着这些自然力实际上被支配,神话也就消失了。这也就说明精神是受实践制约的。所以马克思指出:"在罗伯茨公司面前,武尔坎又在哪里?在避雷针面前,丘比特又在哪里?在动产信用公司面前,海尔梅斯又在哪里……在印刷广场旁边,砝码还成什么?"

4. 刘再复同志在文章里反复强调:只有充分调动精神的主体性,人才能成为实践的主体。但他忽略了一个必不可少的前提:精神是注定要受物质纠缠的。离开了这个前提,就只能得出这样的结论:历史是主观意志、绝对精神的产物。黑格尔就由于把人的主观能动性、创造性、自主性强调得过了头,因而使他在1906年10月13日写给他的朋友尼塔麦的信里说:"我看见拿破仑,这个世界精神,在巡视全城。当我看见这样一个伟大人物时,真令我发生一种奇异的感觉。他骑在马背上,他在这里,集中在这一点上,他要达到全世界、统治全世界。"刘再复同志可能没有预料到,他的这套主体性理论如果付诸实践,就会导致对过去"左"的文艺思想、文艺政策、文艺路线的重新肯定。哪里还谈得上什么学术繁荣和创作兴盛?这种探索与当前进行的社会改革的历史洪流是南辕而北辙的。

但如果据此认为马克思主义是否定或者忽视人的主观能动性、创造性和自主性的,那又是对它的极大误解。历史唯物主义认为是人们的社会存在决定人们的社会意识,而决不是相反。但又同时指出,人们的社会意识又反作用于他们的社会存在。在存在与意识之间,虽有第一第二之别,然而它们的关系绝非如有些人所歪曲的那样,是单向线性的,而是双向和互为前提的。约翰·贝勒斯说得好,"劳动给生命之灯添油,而思想把灯点燃",可以这样讲,真正重视发挥人这个社会主体的主观能动性和创造性的是马克思主义,而不是其他各种学说。唯物主义历史观的建立,如列宁所指出的,就消除了以往的历史理论的两个主要缺点,即:(1)以往的历史理论顶多是考察了人们历史活动的思想动机,而没有考察产生这些动机的原因,没有摸到社会关系体系发展的客观规律性,没有看出物质生产发展程度是这种关系的根源;(2)过去的历史理论没有说明人民这个主体才是历史的真正创造者和推动力量。

例如,恩格斯在《自然辩证法》里谈到文艺复兴时代时,他说"这是一次人类从来没有经历过的最伟大的、进步的变革,是一个需要巨人而且产生了巨人——在思维能力、热情和性格方面,在多才多艺和学识渊博方面的巨人的时代",列奥纳多·达·芬奇不仅是大画家,而且也是大数学家、力学家和工程师,他在物理学的各种不同部门中都有重要的发现。阿尔勃莱希特·丢勒是画家、铜板雕刻家、建筑师,此外还发明了一种筑城学体系。马基雅维利是政治家、历史家、诗人,同时又是一个值得一提的近代军事著作家。而路德不但扫清了教会这个奥吉亚斯牛圈,还创造了优美的德国散文和歌曲。这里还只是限于恩格斯对历史人物的创造性活动及对他们主观能动性所作的一般评述。下面,我们再从文艺创作、文艺欣赏和审美评价等几个方面来看马克思主义的创始人是多么重视艺术创造主体和艺术接受主体(借用刘再复同志的术语)的主观能动性和创造性的发挥的。例如,恩格斯在谈到德国作家谷兹科夫时说:"谷兹科夫具有巨大的理性力量……在他身上,除了这种理性,还有如此强烈的激情,这种激情在他的作品中表现为灵感,并且把他的想象力引入一种几乎可说是兴奋的状态,只有在这种状态下才能从事精神创作。"恩格斯在分析谷兹科夫的戏剧作品《扫罗王》的第一幕最后一场时说道:"作者要揭示他们(指剧中人物大卫和扫罗——引者)性格上的全部差异,揭示他们两人的势不两立。作者不是把他们引向预定的和解,而是引向不可避免的冲突。这个任务解决得十分完美,这需要对现实有非常生动的了解,要善于极其敏锐地刻画性格的差异,要准确无误地洞察人的内心世界。扫罗的思绪从一个极端向另一个极端的转变是那样切合他的心理状态,那样有根有据。"你可以不同意恩格斯对《扫罗王》及其人物的具体分析与评价,但你却不得不承认恩格斯在这里谈到的文艺创作的三个方面是符合艺术规律的基本要求的。可见,那种认为马克思主义文艺理论是忽视作家艺术家的艺术想象力、创作激情,是忽视对人物的内心世界、心理状态的描绘的,是多么的毫无根据。

附记:这里刊发的只是拙文《对一种文学主体性理论的述评——与刘再复同志商榷》中的两个片断,全文和引文注释将发表在《文艺理论与批评》杂志的创刊号上。

充分的主体性是文艺的本质特征
——与陈涌同志商榷
杨春时

  文艺主体性问题的提出,是新时期文艺理论研究的重要成果,它揭示了文艺的本质特征。长期以来,由于片面强调文艺是现实的反映,社会条件对文艺的决定作用,忽视甚至否认主体能动的创造性和文艺对现实的超越性,文艺事业的发展受到严重的阻碍。刘再复同志《论文学的主体性》一文(载《文学评论》1985 年第 6 期,1986 年第 1 期)抓住了新时期文艺观念变革的关键,从而也就把握住了文艺的本质特征,在这个根本性问题上展开两种文艺思想体系的论争,具有某种历史的必然性。陈涌同志的《文艺学方法论问题》(载《红旗》1986 年第 8 期)并没有就文艺学方法论问题进行讨论,而是以哲学原理来代替文艺学理论,把批评的锋芒指向文艺的主体性思想,其他问题如文艺的外部规律与内部规律问题,文艺与现实的关系问题,发展马克思主义文艺学问题等都是围绕着文艺的主体性问题展开的。对此,我想提出一些不同意见与陈涌同志商榷并就教于陈涌同志。

  文艺的主体性问题实际上涉及马克思主义哲学的实践性问题,在这个问题上,陈涌同志正是把马克思主义哲学解释成为非实践性哲学,用来批评文艺的主体性理论。陈涌同志反复谈论马克思主义的意识形态理论是文艺学的根本方法论和理论基础,在他看来,这个根本理论被归结为一个贫乏的命题:"一定的文艺是一定的政治经济的反映",而且,它"是文学艺术的最高层次的本质、规律"。马克思主义关于社会意识的理论果真是这样的吗?如果真是这样,那么它又与旧唯物主义有什么本质的区别呢?我以为:陈涌同志的错误在于,他把马克思主义关于社会意识的理论庸俗化为机械唯物论,因为它离开了马克思主义的核心——实践的观点。马克思主义区别于历史唯心主义和机械唯物论,就在于它是实践的哲学。马克思正是以实践观来批判旧唯物主义和唯心主义,他指出:"从前的一切唯物主义——包括费尔巴哈的唯物主义——的主要缺点是:对事物、现实、感性,只是从客体或直观的形式去理解,而不是把它们当作人的感性活动,当作实践去理解,不是从主观方面去理解。所以,结果竟是这样,和唯物主义相反,唯心主义却发展了能动的方面,但只是抽象地发展了,因为唯心主义当然是不知道真正现实的、感性的活动本身的。"(《马克思恩格斯选集》第 1 卷第 16 页)陈涌同志却偏偏离开了实践观点,离开了主体活动,只是从客体或直观的形式去理解,因而所谓"文艺是政治经济的反映"的命题,必然是旧唯物主义的反映论。社会意识与社会存在的关系,只有从实践观点上才能得到科学的说明。马克思主义认为,社会存在不是静态的社会环境,不是"政治经济"事实,而是人们的社会实践活动,因此马克思才说:"意识在任何时候都只能是被意识到的存在,而人们的存在就是他们的实际生活过程。"(《马克思恩格斯选集》第1卷第30页)正是作为实际生活过程的社会实践活动才决定、制约着人们的社会意识,而社会意识又是对实践活动的内在把握。这样的话,社会意识就不是社会环境精神性的等价物,而带有实践性,成为精神实践,正如列宁所指出的,它不但反映世界,而且创造世界。社会意识是人的意识,它不但有客观规定性,更带有主体性,包含着人的价值追求,体现着人的本质力量。陈涌同志把历史唯物主义简单地理解为社会意识(包括文艺在内)反映社会环境("政治经济"事实),这样,主体的实践活动、创造性就被抹杀了,社会意识就成了社会环境的复制品,它只能反映客观事实,而不能体现主体特有的情感意志,更不能带有理想性、超越性,从而也就无法指导社会实践,改造社会环境。离开了实践观的反映论是被动反映论,离开了实践观的唯物论是机械唯物论。这样,陈涌同志一再坚持的"意识形态理论"本身就值得商榷了。

承认马克思主义哲学的实践性,就必然承认其主体性。所谓主体性,就是承认人不同于客体,有着内在的要求和能力,这就是人的本质力量;在主客体关系方面,就是承认主体对客体的能动性、创造性。马克思主义的历史唯物主义认为,人类社会实践活动(体现为生产力与生产关系的矛盾运动)是历史发展的动力,从而对象世界(包括一切物质产品和精神产品)都打上了主体性的印记,成为体现着人类的本质力量的"人化自然"。历史唯物主义承认历史条件对主体实践的制约作用,但更为强调主体实践对社会环境的改造作用。而陈涌同志却片面强调历史条件对主体的制约作用,把它当作历史唯物主义的最本质的方面,用以批评主体性理论,恰恰是把主客体之间的有机联系割裂开了。陈涌同志对文艺的本质所作的一系列规定,都体现着这种非主体性。他认为文学艺术并没有自己的内部规律,文艺的规律就是历史条件对文艺的决定性;文艺没有自己的特殊内容,它只反映政治经济,并且以政治观念为自己的内容;文艺没有自己的本质、特点,它可以从经济关系中得到解释,等等。这些论断,都旨在说明文艺不是人的精神创造的产品,不带有主体性,只是历史环境模铸出来的东西,是现实的复制品。如果真是这样,文艺就丧失了自己的感人的力量,丧失了存在的价值,成为一种不真实的历史文献。马克思主义的文艺观与这种论断正相反,它认为充分的主体性是文艺的本质特征。如果说人类的一切物质实践和精神实践都是主体性活动,都在其产品上打下主体性印记的话,文艺活动则是更为自由的主体性活动,文艺作品体现着更充分的主体性。这是由于人们的现实活动总是直接受到人的现实生存和发展需要的驱使,受到历史条件的制约和人的实践能力的限制,因而它所体现的人的本质力量必然是有限的、不充分的;而在艺术活动中,主体摆脱了现实需求,直接以自由和全面发展的要求——审美理想为动力,也摆脱了现实条件的直接限制,它凭借自由想象的理想创造,充分地发展和发挥了人的本质力量,这正是文艺区别于物质产品和其他精神产品——科学与意识形态的地方。文艺是一个自由的精神王国。人类在现实世界中不能实现的最美好的理想愿望、思想感情在这里得到充分的实现;现实主体克服了其现实存在的片面性,升华为艺术主体,即全面发展的艺术个性。

文艺的充分的主体性体现为超越性。所谓超越性是指人类拥有超越现实条件限制的内在要求和能力,这是人类的本质特征。动物只有适应性,没有超越性,而人类却有着无止境的发展要求,他要不断地争取对于客观世界的自由。因此,人类一方面受到历史条件的规定,具有受限性,同时又不满足于现实的存在,要突破受限性,具有超越性。人正是具有这种内在的超越性和实践能力,才能不断改造现实,把历史推向未来。陈涌同志根本否定人的超越性,他说:"但首先我们应该肯定,不存在超越时间空间、超越社会历史条件的'行动着的人'的主体性,不存在无条件的、可以无限扩张的主观能动性或主体性的'自我实现'。社会生活的任何一个方面都是这样,在文学艺术方面也是这样。"如果去掉了陈涌同志强加于人的"无条件的、可以无限扩张的"修饰语,那么他所断然否定的这一切,我们都可以理直气壮地加以肯定。"作为行动着的人,实践着的人"("实践着的人"一句被陈涌同志有意删掉,然后又批评刘再复同志"离开社会实践,谈论人的受动性和能动性",这不是实事求是的作风)当然要存在一定时空之中,要受到一定社会历史条件的制约,但更为重要的是,人类能够超越时空和历史条件的制约,以发展其主体性,实现人的本质力量。人类通过社会历史实践,改变着现实时空。在现代社会里,时间增值、变长了,空间变小了,时空障碍不断被突破,这是主体性的胜利。人类的主体性实践也在不断改变着、超越着社会历史的条件,开创着未来。主体性的精神活动,更可以直接超越时空和历史条件。从原始时代起,人类就以幻想、理想来超越时空和历史条件,共产主义的理想产生于资本主义上升时期的19世纪(空想社会主义则还要早一些),这些难道不是对时空和历史条件的超越吗? 人类以其超越性追求和实践能力,在现实的土壤上开辟着通向未来的康庄大道。如果像陈涌同志所断言的那样,人类不能超越时空和历史条件,那么人类和历史都不会出现,更不会发展。

超越性是文艺的本质特征。现实的人及其活动的超越性是有限的,历史条件规定了其限度。文学艺术作为"自由的精神生产"(马克思语)则突破了这个限度,进入了自由的领域。从形式上看,文艺作品可以充分突破时空限制,"观古今于须臾,抚四海于一瞬",创造了自由的审美时空。没有对时空的超越,就不会有文艺。从内容上看,文艺也超越历史、时空,具有永恒的、普遍的意义。文艺作为现实存在的人的创造物,不可避免地要受到历史条件的限制,受到阶级意识的限制,但是文艺的价值不在于此,而在于对这种限制的突破、超越。文艺以其自由的审美意识,超越了一定历史条件下的现实观念,因而,优秀的文艺作品总是超越阶级、民族和时代的界限,成为全人类的不朽的精神财富。陈涌同志认为文艺是以政治观念为内容的特殊形式,实质上抹杀了文艺的超越性。如果是这样,历史上的文艺作品几乎都是封建主义或资产阶级政治观念的宣传品,时至今日,岂不都成了反动的东西,都在扫荡之列吗?恰恰相反,无论是诗、骚,李、杜,还是《水浒传》《红楼梦》;无论是荷马、莎士比亚,还是巴尔扎克、托尔斯泰,都超越了自己所在的时代和阶级意识,留给人们的是永不磨灭的自由意识,永远启迪着人们探索和创造人生的真正意义。

文艺充分的主体性和超越性并不导致主观唯心主义和唯我论。首先,我们是在肯定一定历史条件制约的前提下来谈论文艺的充分主体性和超越性的,充分的主体性是对一定历史条件下的人的发展而言,超越也是对一定历史条件的超越。所以,文艺有其现实基础,有其历史发展。陈涌同志对所谓"无条件的、可以无限扩张的"主体性的批评是无的放矢的。其次,充分的主体性和超越性既体现在客观方面,也体现在主观方面。文艺不是自我表现、自我扩张,而是个性的全面发展、自我完善、自我超越,它使主体升华到独特性和普遍性同一的境界。因此,文艺并不宣扬自私自利的情感,也不宣扬泯灭自我的宗教意识,而是创造一种和谐美好的真正的人的意识,在这种高度个性化的意识中,主体超越了自我的片面性、狭隘性,包容了全人类的最丰富的精神财富。

文艺充分的主体性就是坚持这样一种观点:文艺是审美理想(自由的、全面发展的要求)的创造,它最充分地实现了人的本质力量。文艺的本质和文艺的发展,只能从人的本质及其发展中得到完全的解释,社会环境对文艺的制约作用必须通过对人的发展的影响才能实现。陈涌同志大讲历史唯物主义,却忘记了人是历史的主体,也是文艺的主体,是历史和文艺的创造者,这样就把历史唯物主义庸俗化了,请看:"文艺、文艺的历史、文艺的审美特点,归根到底,只能从一定的社会经济关系中求得解释。"离开了人,能够从经济关系中解释文艺现象吗?如果说,经济关系通过对人的制约还可以间接地影响文艺的发展的话,那么,文艺本身,它的审美特点却无论如何不能够从经济关系中求得全部解释,除非陈涌同志在经济关系中找到了文艺的因素、美的因素。陈涌同志还是一个代替论者,他用普遍的哲学原理(而且是被他片面阐述的)代替特殊的文艺规律,并且从根本上否认文艺有自己的内部规律。他认为文艺与社会现实的关系

"正好是文学艺术的最根本最深刻的内部规律"。除了明显的逻辑谬误(所谓关系即事物的外部联系,绝不会成为内部规律)之外,其要害还在于借此来否认文艺的主体性。我们认为,文艺的充分主体性就是文艺的内部规律,这是"自由的精神生产"所特有的规律,因而不同于"政治经济"规律。社会环境("政治经济")只能影响这个内部规律的历史体现,却不能改变、取消它。不管历史条件如何,文艺始终保持着自由的品格,这正是文艺自身规律起作用的结果。

论新时期文学的"向内转"

鲁枢元

如果对西方现代文学现象稍作考查,便不难发现,20世纪的文学较之19世纪的文学,在文学与人、文学与生活的关系方面进行了明显的调整,文学呈现出强烈的"主观性"和"内向性"。文学的"向内转",成了整个西方文艺从19世纪向20世纪过渡时的一个主导趋势,而令人讨厌的"现代派"们,却在这一历史性的转换中打了先锋。

如果对中国当代文坛稍微作一些认真的考查,我们就会惊异地发现:一种文学上的"向内转",竟然在我们80年代的社会主义中国显现出一种自生自发、难以遏止的趋势。我们差不多可以从近年来任何一种较为新鲜,因而也必然是存有争议的文学现象中找到它的存在。

首先是小说创作方面。粉碎"四人帮"后,文坛上出现了一种悖谬于传统写法的小说作品,例如所谓"三无小说"。这些小说,其实并不就是没有"情节""人物"和"主题",而只是在割舍了情节的戏剧性、人物的实在性、主题的明晰性之后,换来了基调的饱满性、氛围的充沛性、情绪的复杂性、感受的真切性。这类小说,成就高下不一,但共同的特点是:它们的作者都在试图转变自己的艺术视角,从人物的内部感觉和体验来看外部世界,并以此构筑起作品的心理学意义的时间和空间。小说心灵化了、情绪化了、诗化了、音乐化了。小说写得不怎么像小说了,小说却更接近人们的心理真实了。新的小说,在牺牲了某些外在的东西的同时,换来了更多的内在的自由。

其次,中国新时期文学的"向内转",还更早一些、更突出地表现在诗歌创作中。诗人以个性的方式再现情感真实的倾向加强了,诗歌的外在宣扬,让位于内向的思考,诗歌的重心转向了内在情绪的动态刻画,主题的确定性和思想的单一性让位于内涵的复杂性与情绪的朦胧性。正如谢冕同志指出的,新时期的诗歌,由对外在客观事物的铺叙描摹变为对于具有复杂意念的现代人心灵对应物的构建。也正如一位青年诗人的自述,新时期的诗歌,发生了由"客体真实"向"主体真实"的位移,发生了由"被动反映"向"主动创造"的倾斜。

上述"三无小说"和"朦胧诗",应该说都是新时期文学中一些极端的现象。极端的当然并不一定就是最好的,然而却是当代文学整体动势中最显眼、最活跃的一部分。

除了这些作品表现出较强烈的"向内转"倾向之外,一些选材和写法都倾向于传统的文学作品,受新时期文学这一总体趋势的牵动,也都或多或少地发生了某些"向内转"的倾斜和位移。比如,一贯以"炮火连天""杀声动地"为特定风格的我国军事题材的文学作品,也开始由传统的写敌我对垒、生死角逐之类的外部冲突,转为写生死关头人与人之间的"内心冲突"。又如张洁同志的长篇小说《沉重的翅膀》,是一部在艺术上和思想上都很有分量的现实主义的作品。关于这部小说的创作倾向,张洁同志在答联邦德国《明镜》周刊记者问时曾作过如此剖白:"我的小说实际上不讲究情节,不在意对人物的外部描写,我更重视的是着力描写人物的感情世界,渲染一种特定的气氛,描述人物所处的处境,以期引起读者的感情上的共鸣,这样的叙述方法可以比作音乐。"张洁小说创作追求的显然是一种内向的小说美学。可以见出,题材的心灵化、语言的情绪化、主题的繁复化、情节的淡化、描述的意象化、结构的音乐化似乎已成了我们的文学最富当代性的色彩。

"内向化"的文学艺术观念已经成了新时期中国人民审美意识中的一个主要因素。这是一个相当敏感而且容易引起争议的问题。因为在中国新时期文学"向内转"之前,确实存在着一个西方现代文学的"向内转"的问题。于是,中国当代"向内转"的文学是步西方现代派文学的后尘,是拾西方现代派文学的余唾,是西方现代派腐朽没落文学观在中国当代文坛上的回光返照,几乎就成了一个顺理成章的结论。然而,我觉得这只能是一个简单化的、错误的结论。

文学领域中的任何界限其实都是不容易划得很清的,应当承认,从某种意义上讲,文学具有世界的整体性。"向内转"的文学成了人类指向自身的"内探索"工程的一个重要方面。尽管外向的、写实的、再现客观或模仿自然的文学创作仍然有着深厚广阔的地层,而内转的文学却已经显示出一种强劲有力的发展趋势。它像春日初融的冰川,在和煦灿烂的阳光下,裹挟着峻嶒的山石和冻土,冲刷着文学的古老峡谷。这是一种人类审美意识的时代变迁,是一个新文学创世纪的开始。

从这一广阔的背景考察,中国现代文学的"向内转"并非始于今日,而是早在五四前后就已经开始了。要在我国五四前后的文学运动中寻找文学"向内转"的迹象并不困难。在中国新文化运动的巨人鲁迅的文学创作中,"向内转"倾向恰恰得到了最突出的表现。鲁迅的散文诗《野草》属象征主义文学几乎已成定见。鲁迅的小说,除了一部分篇章表现手法较为写实、故事情节性较强、与批判现实主义的文学传统较为贴近外,还有更多的篇章,或者写人物的情绪体验,重在描述人物的心灵历程;或者写人物的病态或变态心理,重在解剖人的灵魂世界;或者写历史传说神话故事,重在暗示民族的文化心理结构。这些小说看上去往往不怎么"像小说",而这些小说表现出来的"情绪性""心理性""象征性""暗示性",却正是鲁迅小说区别于中国19世纪末的社会谴责小说和欧洲19世纪的批判现实主义小说的重要标志,这也正是20世纪初世界文学的富有代表性的色泽。从这个意义上讲,伟大的鲁迅不仅仅是属于中国现代文学的,也是属于世界现代文学的。

在进入20世纪30年代之后,文学"向内转"的进程在中国渐渐中止下来,同时,文学开始由内向转入外倾,这和中国社会独自的历史进程有关。自20年代后半期以来,中国人民为了自己民族和阶级的生死存亡竭尽全力地与外部世界进行着搏斗与抗争。在这场首先是求温饱、求生存的斗争中,中国人民需要一种集中的、一致的、外向的、实用的文学艺术活动。为此,有着强烈社会责任感的文学艺术家们便自觉地舍弃或变换了自己的审美观念、艺术风格、文学趣味、文学体裁,这是十分可贵的。文学充任了工具和武器,不一定就是文学固有的属性,却一定是我们革命文学的光荣,应当在我们的文学史上占据光辉的一页。

新中国成立后,按说,文学的"求人的温饱""求人的生存"应该渐渐转入"求人的丰富"和"求人的提高",转入对于人的心灵的重新熔冶铸造。不幸的是,长期形成的一种"心理定势"起了作用,文学仍然被固定在"工具""武器"的框架上而未能进入更高的层次。50至60年代初,在文学艺术界曾经出现了一些转折的迹象和苗头,一些有艺术眼光和艺术勇气的文学前辈曾提出了"现实主义广阔道路""现实主义深化""反题材决定论""文学是人学""写中间人物"等主张,希望我们的文学能深入艺术和人心的地层中去,开拓出文学的新的地域和空间。然而整个社会生活中缺乏一种宽松谅解的气氛,这次文学改革尝试夭折了。更不幸的是又发生了为期十年的"文化大革命",文学遂濒于灭绝。粉碎"四人帮"后,随着一个崭新的历史时期的到来,中国文学在走了一条迂回曲折、艰难困苦、英勇悲壮的历程之后,才终于又回到文学艺术自身运转的轨道上来。从五四到"四五",历时近六十年。

新时期文学的"向内转",不仅是受到了世界现代文学的影响和诱发,也不仅仅是对于五四文学流向的赓续和发展,作为一种带有整体性的文学动势,它必然还有特定历史时期的中国社会文化心理方面的动因,比如:

一、前摄因素的作用:"向内转"体现了浩劫过后某种强烈的社会心理对于文学艺术的需求。西方现代文学的两次"向内转"的高潮,分别与两次世界大战给人类带来的灾难有关。"文化大革命"也是一场灾难,而且与中国人民近代蒙受的其他灾难不同,人民受到的伤害更严重的是人性的扭曲和心灵的破裂,这是一种"内伤"。浩劫过后,痛定思痛,善良的人们在反省、在反思、在忏悔,心理上长期郁积下来的一层层痛苦的情绪和体验需要疏通、需要发散、需要升华、需要化为再图奋进的思想和勇气。这种特定的社会心理状态,为新时期文学的"写心灵"提供了广阔的空间。

二、逆反心理的导引:"向内转"是对长期以来束缚作家手脚的机械的创作理论的反拨。在特殊历史时期形成的那种急功近利的文艺创作心理定势的制约下,文学反映社会生活被理解为一种"镜映式"的反映,而"现实生活"又只被理解为生产斗争、阶级斗争之类的人的外指向的实际活动,甚至只被理解为当前的政治中心工作。于是,文学的视野长期被局限在一个狭窄、机械的天地里,失去了内在精神创造的灵动性和自由性,大量平板、粗直、空洞、枯燥的作品,倒尽了读者的胃口。逆反心理,即是一种心理意义上的求新求异趋向。文艺欣赏和文艺创作中的那种明显的逆反心理,促动一大批中青年的诗人、作家充当了艺术叛逆者的角色。

三、民族文化积淀的显现:"向内转"是新时期文学对于我国古代美学思想和文化传统另一脉系的继承和发扬。在美学领域,儒家文化强调审美与社会政治、伦理道德的关系,强调文学艺术的功利性,强调理性的创作过程;道家文化则强调审美和艺术创作的内在精神自由性,强调情感的自由抒发和自然表现,强调超脱一切法度之外的创作精神。大体可以说:儒家的文艺思想是外向的、具体的、实用的,较为接近"文艺社会学""文艺政治学""文艺伦理学";道家的文艺思想是内向的、空灵的、思辨的,较为接近"文艺美学""艺术哲学""文艺心理学"。长期以来我们对道家的文艺思想采取彻底批判的态度,这是不公平的。新时期里,不只文学界,整个学术界谈玄论道的人突然多了起来,其中中青年学者居多,他们的"道行"虽然不深,但谈起"道"来却津津有味,而且多能心领神会。何以解释?只能说时代风潮使然。

四、主体意识的觉醒:"向内转"体现了中国人民对于人自身认识的深化。由于封建主义思想和教条主义思想的侵害,新中国成立后,人的主体意识仍然在某些方面受到了长期的冷遇和压抑。领袖的偶像化、理论的教条化,使得本来属于我们自身的力量物化了、愚钝化了。人自身的力量被忽视了,人成了被动的存在,人的个体独立性和精神创造性受到排斥,这对一个社会的发展是很不利的,对一个社会文学艺术的发展尤其不利。党的十一届三中全会之后,随着思想解放运动的开展,人的主体意识自然成了一个风行的话题。刘再复同志的《论文学的主体性》文章的出现,本身就是一种引人瞩目的文学现象,尽管文章在概念和逻辑方面不一定无懈可击,但它却显示了文学理论向着文学内部的勇敢的探索,显示了中国当代文学对于文学自身的认识的深化,这显然是一种文学理论研究中的"向内转"。

如果站在时代的高度,回首新时期文学十年来所走过的路,尽管山花迷乱,尽管云遮雾障,其来龙去脉仍依稀可辨。从"伤痕文学"到"反思文学",从"反思文学"到"寻求文学",始而寻求失落多年的"自我",继而寻求"自我"和"自己的文学"所赖以生存的"根",寻求中华民族新的发展趋向。这十年里,我们的文学对我们的时代、对我们的社会、对我们当代人的意识,进行了多么普遍而又深邃的探索!在这种探索过程中,文学始终透露出一种喷薄欲发的改革精神。这就是新时期里我国人民所走过的心理历程,也就是我国文学在新时期里留下的历史轨迹。谁能够说,我们"向内转"的文学不是属于我们这个时代的社会生活的呢?

1987 年

社会历史批评方法的再思考
——从伊格尔顿的《文学理论导论》谈起

王晓明

上海《外国文学报道》双月刊以 1986 年第 1 和第 2 期的主要篇幅,连载英国文学批评家特里·伊格尔顿的新著《文学理论导论》(1983 年)。对我国评论界来说,伊格尔顿还是个陌生的名字,他是近来英国相当活跃的文艺批评家,1987 年才 44 岁。他的九本评论专著,除少数持女权主义的批评观点外,基本上都是依据他所理解的马克思主义文艺理论,来分析英美的一些重要作家,以及各种文学理论和批评流派。他曾经直截了当地说,要把文学的形式、风格和意义当作特定的历史产物来理解。套用一个我们十分眼熟的名词来讲,他运用的正是那种社会历史的批评方法。

可能就因为这一点,开始时我对他的这部新著并不十分感兴趣。不料,我竟很快就被这部论著吸引住了,一口气读完了它。这本书真值得一读。不但作者的涉猎面相当广泛,他所处理的材料也颇为丰富,譬如四五十年代的日内瓦现象学批评学派,六七十年代美国阐释学家赫希,接受理论学者菲什的理论,以及德国哲学家加达默的对话理论和法国哲学家雅克·德里达的分解方法,等等,都是我们目前还所知不多的。这本书的文字又相当通俗,尽管常常是在分析复杂的哲学命题,却很少给人枯燥的感觉,时常跳出生动的比喻,使你一下子就领悟了问题的关键。但我最感兴趣的还不是伊格尔顿分析的对象而是他的分析本身,倒不是觉得他的分析结论如何奇特,而是他的分析方法打动了我。他运用的不正是社会历史的分析方法吗? 怎么和我们对这种方法的记忆截然不同呢? 倘说他是在依据马克思主义的批评观念,进行社会历史的文学批评,那我们过去习惯的一切又是什么呢? 也许有许多根本就不能算是真正的社会历史批评。也许有许多仅仅是社会历史批评的初级形式,它们并不代表全部的社会历史批评。伊格尔顿的这本新著就这样引出了一系列疑问,逼迫我重新清理自己的记忆,重新去思考那个我曾经不愿再去思考的问题:应该怎样对待社会历史的批评方法?

社会历史批评的一个基本原则,就是要到丰富具体的历史运动当中去寻找文学的谜底。可回想起来,我们以往的一些批评文章却正相反,只到现成的教科书中去寻找答案。那些文章中也随处可见"社会""历史""现实"这样的字眼,但你稍一细看就会发现,它们其实并不是指的具体复杂的实际生活,而就是那几条既定的抽象定义。严格地说,社会历史批评是排斥那种虚悬的价值标准的,可这些批评恰恰是从这样的标准出发。所以,它们不是我们所说的社会历史批评。如果是因为它们而厌憎社会历史的批评方法,那就未免有点迁怒过甚了。

但我们以往还熟悉另一些批评,它们分明正是参照具体的社会历史运动来评判文学的。但也唯其如此,它们程度不同地都显出了一种共同的缺陷,那就是过于机械地理解社会历史对文学的影响,在强调这种影响的同时,忽略了艺术创造的复杂性和多样性。这并不是社会历史批评的先天痼疾的病状,它不过是一种幼稚的表现。认真说来,社会历史批评并不仅是一种方法,它更来源于一种信念,即认为一切精神现象,包括艺术创造,都是人类社会历史运动的产物,或者说就是这种运动的一部分,批评家完全可以依据社会历史运动的那些普遍现象来解释艺术的奥秘。到目前为止,还看不出我们有什么理由一定要摒弃这种信念,因此,所谓社会历史的批评恐怕也就不会消失,它终究还要稳坐在文学批评的殿堂上。

当然,相信社会历史运动的普遍状况和作家的创作实践必然会有联系是一回事,怎样解释这种联系又是一回事。我们已经熟悉的那些社会历史批评,包括卢卡契等人的批评,正是在这种解释上暴露了自己的幼稚,他们的确把这种联系看得过于直接,也过于简单了。事实上,从由整个人类的无数次既理智又盲目的生存奋斗汇聚而成的普遍的社会历史运动,到一个作家的具体的创造冲动,这中间经过了多少复杂的中介物的转换,有多少意外和偶然的因素掺杂其间,在某种意义上完全可以说,你能在多大程度上揭示社会历史对艺术创造的影响,就看你能在多大程度上掌握住这些复杂的中介因素。在这个意义上,我们不妨说社会历史的批评就是对这些中介因素的批评。当然,既是中介因素,往往就比较隐蔽,批评要真正看清楚它们,总需要有一个过程。这个过程的长短不但取决于批评家个人的眼力,还同时受制于整个社会的认识水平。倘若大家都还对事物之间的复杂关系缺乏了解,甚至习惯于用机械的眼光去看待世界,文学批评的简单化也就每每不容易避免。和其他的批评一样,社会历史批评也有一个发展过程,它并没有固定不变的模式,它势必会有自己的幼稚阶段,出现那种过于机械的缺陷是并不奇怪的。大可不必因此就对它失去信心,它终将一步步走向成熟。

伊格尔顿的这本新著就证实了这一点。就才能的博大而言,他当然不及卢卡契。但就对那些中介因素的把握来说,他却明显超过了卢卡契。试举以下例子:或许最初是受了苏联理论界的影响,我们常常给18世纪末英国的浪漫主义文学加上"消极"这个形容词。可在《文学理论导论》的第一章里,伊格尔顿分析了当时资本主义经济及其功利意识对文化的摧残以后,却认为浪漫派对想象力的推崇"绝不能简单地被看作是消极的逃避主义,相反,文学在这个时候倒是成了已被工业资本主义从英国社会表层抹杀掉的创造性价值准则得以受到赞美和肯定的少数飞地之一"。他甚至认为这种浪漫派文学本身就构成了一种"完整的对抗思想",足以使统治阶级一听到"诗"这个字眼就真的要拔出手枪。在这里伊格尔顿不是简单地把资本主义看作是一种生产关系,他同时还把它看作是一种文化现象;不是从经济或政治形态一下子就直接钩挂上文学,而是转入文化领域,提取出精神创造力这个中介物,以对这种创造力的作用为标准,重新衡估浪漫派文学的价值。不用说,对中介因素的分析能够深入这一步,他的结论自然就令人信服。这说明他早已明确意识到在社会历史和文学作品之间,存在着大量复杂的中介因素。也体现了他把握这些中介因素的强烈兴趣。我觉得,正是这种兴趣使他的分析结论常常能具有相当的说服力,既新颖又不显得突兀。从这一点来看,他的确超越了我们过去见惯的不少批评家。正因为他的才力显然还及不上许多前辈,他的这种超越就更能解除我对社会历史批评的怀疑情绪。一切都在发展,即便有些东西看上去像是一座不透气的暖房,我们也不妨走近去瞧瞧,说不定那倒是一座四面通风的凉亭,伊格尔顿的这本《文学理论导论》不就是一个证明吗?

现代都市美的失落和寻找

邹 平

现代都市生活,是当代中国人向往的生活。

然而,新时期文学在反映现代都市生活方面却往往不那么令人满足。尽管新时期的作家们绝大多数居住在大小不等的城市里,但在他们笔下现代都市生活却总是被程度不等地忽视。他们往往更愿意去描写乡村、边塞、荒漠、森林、大海、深山里的生活,即使有时描写现代都市生活,也往往是持严厉的批评和否定的态度。这种现代都市意识的进一步淡化,便直接导致了"寻根文学"的蓬勃兴起。相当一批作家在对现代都市生活感到失望之后,一旦找到文化这一主题时,自然是十分欣喜的。作家们抛弃现代都市生活而深潜到古老的乡村、偏远的边塞以及深山野林中去。那里由于封闭的环境而较多地保留着历史的远古传统,但现代都市却正是以不断更迭民族文化为其特征的。

于是,我们看到了一个奇怪的现象,现实生活中人们正以极大的热情接近现代都市生活,而在文学作品中作家们却一再地远离甚至贬低现代都市生活。两者之间竟会出现这样强烈的精神反差。

现代都市美是现代人在现代都市生活中发现的一种现代美。它是现代都市兴起以来逐渐积淀在人类审美经验中的,并且随着现代都市的发展变化而呈现出多种的形态。尽管我们并不缺少反映现代都市生活的作品,例如李国文的《花园街五号》、苏叔阳的《故土》、张洁的《沉重的翅膀》和刘心武的《钟鼓楼》等等。应当说,上述那几部长篇小说都是近年来不可多得的佳作。但令人遗憾的是,它们也同时反映出作家都市意识中的某些落伍因素。从以上四部长篇小说来说,改革成了贯穿作品的主线,这一点固然使作品显得紧凑、鲜明,但也多少使原本丰富多彩、五光十色的现代都市生活变得有些单调了。尤其值得注意的是,四位作家在他们各自的作品中均将对都市的某一个系统的纵向描写作为情节的骨架,并以此对现代都市生活做有限的艺术衍射,这就使他们的作品所展现出的现代都市生活带有很大的局限性。当然,这有点近似于苛求。但是,这种对都市生活只作纵向描写从而在作品中只围绕着一个系统、一个单位来展开故事情节的写法,事实上曾经是五六十年代文学创作中逐渐形成的一种标准的都市意识。应当说,这样一种都市意识(即把大城市看作是由若干个纵向控制系统所构成的)是和当时的都市生活相符合的。相对来说,都市的横向联系和社会功能的发挥是微乎其微的。面对这样一种不很活跃的都市生活，作家在其作品中撇开都市的横向联系和社会功能而专写一个系统、一个单位，自然能成功地反映出都市生活的全貌。但是，随着对外开放政策和城市、农村经济改革的展开，这种僵化的纵向系统已经被彻底打破。不仅都市内部的横向联系得到了前所未有的加强，都市的社会功能得到了逐步的恢复和发展，而且都市与都市之间的横向联系，国内都市与国际都市的横向联系都在迅速地发展着。现代都市的网络结构已经明显地呈现在我们面前。如果我们在文学创作中不能及时地认识和把握住这样一种现代都市意识，那么，现代都市美的失落就是不可避免的了。当然，这绝不是说作家不能通过对一个系统、一个单位的细致描写来反映现代都市生活，而且说作家若要在其作品中捕捉现代都市美，就必须把对一个系统、一个单位的文学描写放到现代都市的网络结构中去。只有这样，我们才能看到一个活生生的现代都市人，而不是一个呆板的单位人（或者加上一个家庭人的成分）。不过，时代毕竟发生了巨大的变化，它已经在呼唤着直接描写现代都市生活的网络状态的全景小说。

如果说，北京作家的这些作品多少存在着对现代都市美的某种失落的话，那么对于上海作家来说，面临的迫切任务却是如何去寻找上海这一大城市的现代都市美了。毋庸讳言，缺乏现代都市意识也是上海作家的一个较为普遍的弱点。那些来自工厂基层的中青年作家，创作视野往往十分狭窄，拘泥于一个街道小厂、几户弄堂人家，甚至个体户店堂的精雕细刻。即使艺术上有自己的特色，也难以与大上海的现代都市气派相匹配，这样一种创作格局基本上是沿袭了五六十年代在上海颇为流行的"车间文学""工厂文学"的传统，自然是很难寻找到上海所特具的现代都市美了。于是，那些既有农村生活经历又有城市生活经历的作家纷纷转而去描写农村生活，或开拓新的领域，其中也确实产生了一些为人称许的好作品。但是，创作上的这种转向对于如何表现上海的现代都市美来说是无济于事的，而任何一个生养在这个大城市的上海作家，最终仍然要被这一问题所困扰。因此，在去年的寻找文化之根的热潮中，上海作家因无法找到上海文化之根而感到的困惑和迷惘只是暂时的。因为，对于上海这座历史不长的现代大都市来说，作家与其去寻找半殖民地半封建时期的上海文化的根，倒不如直接面对着当前正在瞬息万变的上海文化现象。当然，近年来上海还是涌现出一些较好地反映了上海都市生活的文学作品，其中最引人注目的便是王安忆的《流逝》和程乃珊的《蓝屋》。这两部作品问世以来，都得到了不同程度的好评，在此恕不赘述。但若从对现代都市意识的把握来说，她们是有着各自的不足的。五四以来的中国文学史上，早已有了像茅盾的《子夜》、周而复的《上海的早晨》这样的典范之作。这些作品，既使上海新一代作家可以有所借鉴而令人欣慰，又是他们新的创作所必须超越的目标而使人担忧,但不管面前的困难有多大,寻找上海这个东方大都市所具有的现代都市美,毕竟是值得每个有抱负的上海作家为之去探索、去奋斗的。

当然,现代都市意识也绝不是一个虚空的、不可捉摸的概念。大致说来,认识并且重视现代都市在中国现实生活的不同领域中的主导地位和作用,由此而重视研究和反映现代都市人的生存环境、人际关系和社会心理等诸种因素,是这一意识的基本核心。

当前理论批评建设管见

陈骏涛

一

我们应当学会听取、容纳各种各样不同的意见,在七嘴八舌的争论和讨论当中,发出倡导性的声音,以便促进文艺事业的发展。对于当前文艺理论批评的种种诘难,我以为也应当采取这样的态度。包括李倩同志在内的许多对我们的文艺理论工作坦诚而尖锐的批评我以为都可以促发我们的深省,促发我们从逆方向上去思考一些问题,而不至陶醉在一片凯歌声中。文艺理论批评经历了近几年剧烈的震荡和蜕变之后,的确是到了再一次反思和调整的时候了。

但是,我认为首先应当充分估计近几年理论批评的深刻变动对于理论批评的建设,乃至对于整个文艺事业的积极影响,这种影响也许日后将表现得更为明显。这种积极影响我认为主要表现如下几个方面:第一,它促进了理论批评队伍知识构成的调整,有利于改变我们的思维定势,开拓我们的思维空间,使得理论批评从单一、封闭、僵化的模式中挣脱出来,走向更广阔的天地。包括人们多有訾议的多种批评流派和批评方法的引进,我认为其积极影响都是不容低估的,它大大开阔了我们的思想境界,使我们看到,不仅可以从社会历史学和美学方面,还可以从哲学、文化人类学、精神分析学、语言符号学等方面,对文学艺术现象进行多角度、多侧面的观照。第二,它促进了理论批评不断走向自觉,也就是向自身回归,按照自身的规律和特点,实现自身的价值取向。文艺理论批评长期充当政治和政策的附庸、充当作家作品的附庸的局面从根本上改变了。把文艺理论批评建设成一门独立学科的呼声很高,而且正在付诸实践。第三,它唤醒了理论批评家的主体意识,使他们不仅认识到自身是一个有独立人格、独立思想的人,不应当只是充当某种东西的附庸,而且负有对艺术现象进行再创造的特殊使命,因此,他们的内在能量得到释放,内在创造力得到发挥。各种各样批评观的提出,正是理论批评家主体意识觉醒并获得强化的一种表现。不能认为所有的批评观都是正确的,但确实都有合理的内核,把这些批评观笼统地说成是"浅薄的批评观",我认为是过于轻率的。第四,经过这场变动以后,已经形成了一支以一批中青年理论批评家为骨干的、知识构成比较新的理论批评队伍,他们以开拓性、创造性、建设性的新姿态对理论批评界,乃至对整个文艺界,产生了强大的冲击力。他们对我们文艺事业的深刻影响,随着时间的推移,将日见明显。

对近几年文艺理论批评的深刻变动,已经有过许多大同小异的描述,我个人也曾经有过描述(见《批评家》1985年第5期),这里就不再重复。总的来说,这是一个在探索中不断发展、不断前进,建设一个开放的文艺理论批评系统的过程。这个过程还正在继续之中。因而,从发展的观点来看,当前理论批评中所出现的新问题,正是它自身震荡和蜕变的正常现象,一点也不值得大惊小怪。我们只在几年的时间里,就重演了西方差不多几十年的文艺理论批评的变化史,这种超常的引进,超越了我们的承受力,但又是长期闭锁的我们在闸门一旦打开之后所不可避免的一种演出。在这种情况下,出现了理论批评内在机制的某种失调,应当说是意料中的事。如果因为出现这些失调,就埋怨开放和引进,甚至想恢复先前的旧秩序,那是一种狭隘、封闭、守旧观念的复萌,与当今的时代潮流是相悖离的;如果无视这些失调,置一切批评、诘难于不顾,我行我素,一意孤行,那也将导致理论批评与实际的脱节,与读者大众的脱节。

我正是从上述这样一种基本思路出发来考虑当前理论批评建设所面临的新问题的。我认为这样看问题可能会使我们更加客观,更加接近科学,同时也更有利于保护近几年来理论批评界的一些同志所做的许多开拓性、创造性和建设性的工作。

二

从促进文艺理论批评建设朝着更加扎实的方向发展,我提出三个问题就教于理论批评界和文艺界的同行们。

第一,关于理论批评与文艺实际、与读者大众的关系问题。

也许是由于我们引进的速度过快过急,也许是引进过程中很难避免的一种偏斜,近几年对国外各种文艺思潮和批评流派、批评方法的介绍,不同程度上存在着脱离实际、消化不良的倾向。有些理论批评文章多少有些脱离中国社会生活的实际和中国人的文化心理实际,过分追求超前性、超国界,把在国外流行的或曾经流行的各种文艺思潮和批评流派、批评方法,未经认真辨析,也不管它是不是切合中国国情,统统拿了过来,而且匆忙付诸实践。于是,就出现了这样一些偏斜:其一,在有些人那里,好像国外曾经有过的那些东西统统都是好的,都是无可非议的,也都可以拿来用于中国,确实出现了一种"崇拜新教条、洋教条"的倾向。其二,一些理论批评文章出现了新名词、新概念的堆砌,这种堆砌甚至使具有高等文化水平的文艺界和学术界的专家学者都难以承受,更不用说广大的读者群了。其三,有一些理论批评文章脱离具体的文艺实际,进行纯粹抽象的理论思辨,把一个本来用简单明白的语言就能说清的问题,搞得玄奥莫测,批评家卖弄自己的聪明才智,并且拿读者的智力开玩笑,自然要引起读者的反感。所有这些,也许还有其他方面的原因,造成了一部分理论批评与文艺实际、与读者大众的脱离。而有些批评家还在竭力鼓吹这种脱离,把理论批评的先锋性与群众性完全对立起来。

现在的问题不是要把已经开放的窗子重新关严,不是要杜绝国外种种思潮、流派、方法的引进和介绍,也不是要把人们活跃起来的思维再锁闭起来,阻止人们去进行多边探索和多种选择,且是要对我们的工作做适当的调整。这就是说理论批评家们对各种各样的思潮、流派、方法要多做点辨析工作,实事求是地评价他们的功过得失,不要把从国外来的一切东西都吹得天花乱坠。同时,理论批评家的心目中要有群众,要努力使自己的工作更靠近中国的文艺实际和读者大众,尽量缩小与文艺的创作主体(作家)和接受主体(读者)的距离,不要把理论批评变成少数理论批评家自我欣赏、自我陶醉、自我完善的工具。当然,我们也不排除有少数理论批评家可以去做小圈子的探索,甚至可以离开实际、离开群众远一点。但是,就大多数理论批评来说,还是应该与实际、与群众结合得紧一点。特别是作为文艺理论的应用研究和具体实践的文艺批评来说,一旦远离了文艺实际和作家、读者大众,那将大大削弱它的价值和意义,它有没有必要存在就是很可疑的事情了。

第二,关于宏观研究与微观研究问题。

大致说来,在1984年以前,理论批评上的宏观研究比较薄弱,大多是对于具体作家作品的研究,而且是比较单向的,封闭的社会学的研究。单纯地追踪具体的文艺现象,就很难发挥理论批评的指导作用。1984年以后情况有了很大的改变,宏观研究得到了发展,特别是近两年来,在对新时期文学十年的研究中,出现了大量的宏观研究文章,其中有不少好文章。理论批评被动地追随具体文艺现象的局面不复存在了。但是,也出现了一些新问题:其一,有些宏观把握的文章架子很大,但内涵却很单薄,它不是在微观研究基础上的综合和提高,而是徒有一个宏观的架子,却缺少微观的内涵;其二,有少数在否定传统、开拓重建的口号掩盖下的主观独断、大言惑众的宏观文章,这类文章尽管也有一些合理的意见,但从整体上看,却无实事求是之意,而有哗众取宠之心;其三,在宏观研究得到发展的同时,微观研究却没有获得同步的发展,各种批评方法的引进,大多停留在对批评方法本身的介绍上,还没有具体地运用于文艺实际,尽管也有少数批评家在这方面做了些努力,但总的来说成绩并不显著。

最近有迹象表明,有少数理论批评家,特别是一些青年批评家,正在调整他们的研究方向,转换他们的批评视点,从宏观研究逐渐向微观研究,特别是实证研究推移,对涉及文艺内部规律的广泛问题,如结构功能、叙述方式、心理机制、时空观念、语言符号、文体风格等等,做多角度的探讨。但是,这并不意味着要抛弃先前的宏观研究,也不是要向以前那种封闭的、静止的微观研究和实证研究复归,相反,它是在宏观指导下的微观研究和实证研究,而且是对旧有的微观研究和实证研究的改造和更新。我们应当提倡把各种批评方法运用于具体的文艺实际,对艺术现象做具体的剖析的研究,而尽量减少那种对批评方法本身的空洞抽象的议论。新近,有的青年批评家采用语义学、结构功能和精神分析法,对某位作家的作品进行"本文分析",在我们面前打开了一个新的批评视界。我想,这是值得倡导的。这样做不仅使我们的理论批评建设有一个扎实的基础,而且也有助于克服某种大言欺世、虚浮轻率的学风,因为这样做是需要一些真功夫、苦功夫、硬功夫的。

第三,关于理论争鸣的风范问题。

在文艺问题上的对立和歧义是不可避免的,因而理论争鸣将是一件旷日持久的事。新时期文艺的发展进程,就充满了种种对立面的斗争,诸如:现实主义和现代主义,民族化和现代化,继承和创新,人文主义和科学主义,文化与反文化,现实性和超越性,通俗性和先锋性,群体意识与个性意识,等等。讳言这种对立是不必要的,也是不可能的。但是,如今这种学术上的对立与以往有一个非常重要的不同:以往是势不两立,你死我活,不是你吃掉我,就是我吃掉你,如今却是互补并协,共存共荣,你活我也活。这也是当今这个多样化的文艺时代的特点。

并不是所有的同志都认识到这个特点的。有些同志仍然没有改变旧的斗争思路,以为斗争就是势不两立,于是对立的双方视若仇敌,不是从对立面中去发现一些合理的、有益的、可以丰富和发展自己的东西,而是拼命搜寻对立面的弱点,攻其一点,不及其余。为什么对立面的双方只能是互相排斥,不能是互补的关系呢?有些同志总想用自己的一套理论去统一对方,吃掉对方。实际上,现代科学的发展已经证明,任何一个人的文艺创作理论都有自己的局限,都需要在实践中更新和发展。既然这样,在学术问题和文艺问题上,为什么不能是互相补充、讨论呢?多样化的局面不是更有利于不同的学派在竞争中发展吗?

《人论》的作者恩斯特·卡西尔认为,人类文化的不同形式并不是靠它们本性上的统一性,而是靠它们基本任务的一致性而结合在一起的。如果在人类文化中有一种平衡的话,只能把它看成是一种动态的平衡。它是对立面斗争的结果。这种斗争不排斥看不见的和谐。不和谐者就是与它自身的和谐,对立面并不是彼此排斥,而是相互依存:"对立造成和谐,正如弓与六弦琴。"卡西尔的这个思想是辩证的,它与马克思主义的辩证法相通。我想,在今天诸说并存、百卉竞荣的新局面下,必须建立这样一种对立和谐、互补并协、动态平衡的思想,才有利于理论的发展,文艺的繁荣。这也是我们今天理论争鸣中必须具备的一种风范。

两种批评理论及方法

张首映

这几年,文艺批评界生机盎然,一片早春气象。正因此,它一方面异常活跃、自由开放;另一方面,毕竟还不是非常成熟,显露出感性富有理性不足的毛病。尽管它不像李倩《对理论批评现状的几点诘难》描述的那样一无是处,但是,这种对批评理论缺乏足够的自觉意识的现象并非乌有。

在我看来,批评理论随其对象和任务的差异可分为两种:一是阐释的,一是创造的,由此又产生了与之相适应的批评方法。李倩文章往往在前个层次或后个层次上有些道理,但是倒换一个层次则悖谬大出。其原因在于李倩对这两种批评理论及方法没有理论认识。

阐释的批评理论是对那些与创作实践保持密切联系的批评实践的理性观照和总结。尽管这种阐释中也有创造,但是它以阐释为基础、为立足点、为主要参照系。它的研究对象是紧贴着创作实践的批评,属于"追踪型"批评的研究圈子。简单地说,它是对阐释的文艺批评的阐释。阐释的文艺批评并不只是简单地复述作家的创作动机和作品的基本面貌,而且更重要的是对作家及其作品进行分析、解剖、解释、说明、研究,对一个时期的文艺现象进行描述。这种研究以对象为主体,以客观求证为依据,是客观的、求实的,尽管这种评论或描绘中不乏评论家的真知灼见,但是,这种真知灼见体现在对对象的描述、分析、把握上,而不在主体精神的自我弘扬方面。阐释的批评理论就是对这种阐释的文艺批评的研究,从中总结出理论内容,上升到逻辑学的层次,成为理论论著。

这种批评理论在方法上追求实践精神,强调批评理论从批评实践中来,又能给批评实践以具体的指引。评判这种理论的科学与否,是以具体的实践行为为标准,正像评判阐释的文艺理论必须以文艺实践为准绳一样。也许正是在这种意义上,李倩讨伐了当前"批评理论与批评实践的脱节",确立批评理论与批评实践相统一的观点。我认为,这是不错的,可以理解的。尽管李倩文章常常在概念上把"文艺理论""批评理论"混为一谈,但是,文章对当前批评理论的敏感和直言,表达作者那理论与实践结合的良好愿望。这种观点也符合阐释的批评理论的基本精神。不过,如果在创造的批评理论里,这种观点就不甚妥当了。

创造的批评理论是对那些创造的文艺批评实践的理论把握。它以文艺批评为理论思考的对象参照,但并不以文艺批评实践作为自己的出发点和立足点。它借助一种思想观念体系或自己创造一种思想观念体系对文艺批评进行创造性的理论探寻,属于对"超前型""超验型"批评的研究范围。它貌似谈文艺批评,实里却在讨论很深刻的与之有关的其他问题,或者反过来说,它表面上是深究其他问题,实际上是在对文艺批评实践进行着富有启发性的理论建设。如前不久关于文艺批评的科学与信仰、文本与意向的讨论,看起来,科学与信仰是文化哲学的研究课题,可是,文艺批评理论家在讨论这些问题时,对文艺批评究竟是以科学为主,还是以信仰为主,科学与信仰在文艺批评中的生成转换过程等做出了许多创造性的理论总结;文本批评与意向批评倒应该是批评理论自身的课题,但是,批评理论家却从自身研究出发对此做了许多结构主义人类学和现象的思辨论证,貌似离题万里,但一旦收笔回题,这个问题的论证则更加开阔,更为深刻,更有启发。这种批评理论相对阐释的批评理论来说,具有充分的主体性,以求是为主却不以求实为主,以逻辑为主却不以对象为主,以给人以理论启示为己任却并不在乎是否绝对准确地阐释批评之真谛。

这一批评理论在理论与实践的关系方面,突出理论,以理论自身的自满自足为己任,与实践发生间接的联系。因为它并不只是从批评实践中来,所以也不一定直接回到批评实践中去,评判其价值并不仅仅以实践为参照,而且还看其对批评理论的贡献和给人们的启发程度。有鉴于此,它不仅需要"批评理论与批评实践的脱节",而且还在必要时避开批评实践而从事一段时期的专门的批评理论的系统研究;它不仅不以现存的既定的经验为主,而且还必须在逻辑上从概念到概念、从范畴到范畴、从理论到理论。我以为,创造的批评理论追求间接的抽象的整体把握上的理论与实践的结合,在理论形态上并不一定处处是经验谈和例证。我甚至确认,在逻辑上不从概念到概念、从范畴到范畴、从理论到理论就只能是技术规则,而不可能是系统的理论形态的论著。遗憾啊,我国至今没有一部这样的批评理论著作。李倩和最近在《红旗》上批评刘再复观点的姚雪垠老人在没有理论限定、层次把握的前提下批评这种"脱节",必然会伤害和影响一部分从事这方面研究的同志的研究情感和创新精神。

值得说明的是,两种批评理论及方法并非互为矛盾、互相排斥、无联系无一致之处的。它们都是批评理论,总体上都是作为文艺理论与文艺批评之间的中介性学科,都有作为批评之批评的目的、任务。在《文艺学构架论》一文中,我已从哲学上、文艺学的整体构架上,论证了文艺理论→文艺批评学或文艺批评理论→文艺批评的特殊指向和相互关系,确定了研究基础理论的文艺理论家、讨论批评之批评的文学评论家、探索文艺现象的文艺批评家的任务和相互的配合关系。这里还有必要重申,批评理论作为一门理论科学,内面的各个分支都不可能是彻底的,都互相包容,你中有我,我中有你,阐释中有创造,创造中有阐释,亚里士多德的《诗学》主要是阐释古希腊的文艺现象和批评原理,但是,它无疑充溢着创造的生机;康德的《判断力批判》主张为艺术为批评立法,但其中阐释的成分也仍然存在。尽管这两部书并非专门的批评学著作,然而,它们的理论风范不是不可以借鉴效法的。即使是韦勒克的《批评的概念》、托多罗夫的《批评之批评》,阐释和创造的成分都兼容并包,相映成趣。事实上,任何自成一家言的批评理论都既是阐释的又是创造的。

正因如此,文艺批评理论的建设乃至发展必然在互补互进的基础上进行,不能随意走极端,以为极端处才有真理,互补互进中就没有真理。李倩和姚雪垠老人从一个方面要求和呼唤出一种批评理论并不为过,但用一个方面去要求所有的批评理论都照此行事,这也是一种独断论,不是全面的、科学的。批评界中,"超前型"的批评家看不起"追踪型"的批评家,以为太实、太注重作家作品;"追踪型"的批评家看不起"超前型"的批评家,说后者太空、太哲学化、太思辨化。尽管各有贡献,但是,这种相互轻视乃至敌视都不利于批评的发展,也不利于与之相一致的批评理论的发展。客观上,不同群体和个人的研究都是批评分工的不同,并无高下尊卑的伦理评判的差异;在学术价值的衡定上,只要是在本专业本方向研究上取得重大建树都有学术价值,都有贡献,以为只有自己才是最高明的观点是一种小农生产式的狭隘观点。正因此,我提倡两种批评理论和方法既在各自的范围做出卓有成就的建树,又在互补互创中展现新的批评理论风貌。这不是调和论,而是批评理论的分工的必然产物,是批评理论整体发展平衡的当然结果。

平民的生活与贵族的艺术
——部分青年文艺创新的内在矛盾

陈　晋

一

在不短的时期内,我们的作家艺术家大多循着这样一种惯性来调整自己:适时而痛苦地反省自己的内心世界同外在的政治口号是否一致。不一致,便真诚地检讨,以舍己求同。而目前这些三十岁上下的"弄潮儿",一开始就是在"我不相信"(外在)和"表现自我"(内在)的独立意识下起步的。他们注重主体心理结构的组合和自我人格的真实表述,从而在思想上培养出新的艺术观念。群体认同已不再成为他们的人生方式和艺术态度。从某种意义上说,这种观念反映出一定程度的平民化思想。然而,当我们一旦接触到它的具体的创作实践时,却常常被一种与世俗观念格格不入的贵族气所困扰。

为了建构独立的人格理想,文学的创新者们蔑视一切身外的却又是社会公认的价值标准:职业、文凭、金钱、权势、门第,等等。他们多是学生、工人、军人和文职人员,在普通的甚至是贫困的环境中长大,住在拥挤的平房或单调的一居室楼房里,过着极其实在,甚至毫无诗意的世俗生活。这种实实在在的平民生活更强化了他们的平等、独立和反抗意识。他们在作品中,嘲弄父辈(代表社会规范)替他们做出的选择,宁可在风餐露宿的拮据中图谋活得自在,也不愿做自己不愿做的而在社会看来是应该做的"正事"(如诗歌《三原色》、小说《少男少女,一共七个》《无主题变奏》等),有的甚至乐于描写卑微、贫乏的生活情态,发出"真的恶声"(如《苍老的浮云》)。精神上的朦胧、随意,代替了炽热的奋发和痛苦的思索。在他们看来,普通人的生活是最真实的和最具见素抱朴的价值。他们对于那些自觉或不自觉地使自己处于思想启蒙位置或青年导师角色的人,有一种逆反心理。因为在他们看来,这事实上是把自己和平民大众隔开的表现,是一种新的偶像标志。每个人来到这世上,都有选择的自由和能力,他这样做了,就有他的道理。

但是,这群青年文艺创新群体基于世俗的平民的角度来选择社会观念,却不能基于同样的尺度来选择文艺观念。因此,当他们从人格理想转入艺术理想的时候,却表现出超凡绝俗的地道的文化人的意识。普通人的忧虑、困苦和实实在在的追求与艰辛,在他们营造的艺术世界不同程度地虚化了、纯化了、诗化了、哲理化了。多执着的艺术追求,少沉实痛苦的生活意识,个别的甚至以把玩的态度视人生,进而以把玩的态度视艺术。结果,平民的独立意识在他们的创作和作品中合乎逻辑地转化为贵族的超越意识。从题材的提炼来看,漠视历史改革的实际进程,追求远古神话或西方文化的哲学意识。从作品的构成来看,则以抽象理念的象征传达代替可感世界的客观描写,从内容的沉实到形式的试验。从艺术的接受关系来看,他们超越一般读者的审美习惯和感受能力,使阅读成为一种科学的破译活动,而且接受者只有具备了相似的知识背景(如《周易》八卦、弗洛伊德等)才能真正地被破译。他们坚信,艺术不仅仅是被动地适应大众,而且大众也应该提高自己来接近艺术。他们试图在一种紧张的对抗关系中打破读者所习惯接受的现存文化秩序。所以,他们的艺术活动从根本上说又是非平民化的。只有在部分的艺术家圈子里,在部分高深的知识界,乃至只有在"哥儿几个"之间才有更多的共鸣和知音。也就是说,是"贵族化"的圈子意识在支撑着他们超群的探索和选择。过人的智慧和敏锐赋予了他们大胆创新的勇气,高高在上或远远超前的艺术选择多少又有些浪费和削弱了自己的勇气。

二

仅仅指出青年创新群体的这种内在冲突还不是问题的关键,重要的是弄清酿成冲突的心理动因和客观必然性。也就是说,平民的生活与贵族的艺术不是他们有意选择的目标,而是如下矛盾的产物。

第一,独立的人生理想与依附的文化意识。他们基于反叛既成价值观念(政治化、英雄化和集体主义的标准)来树立平民化的独立意识。而从根本上说来,他们又并不是真正地甘于寂寞和我行我素,甘于使自己的反叛变成无病呻吟,就像《你别无选择》的作者为她笔下的人所呼吁的那样:"要让世界了解他们。"于是,最终还是要依附相应的文化价值观念,才能确立独立意识的内容,才能具备反传统的观念工具,才能对照和体现出平民理想的社会意义。而在当代中国社会的整体的现代化目标进程中,在大多数人都在为争取温饱而努力的时代,在统一的意识形态的必要规范之内,他们的这种选择还缺乏相应的社会政治、经济生活和思想理论诸方面的充分准备。他们自己目前还难以独立地系统地创造和融合出一种真正的平民理想以及相应的艺术观念。于是,只好采取认同的态度从两方面来强化自己,一方面放大自己对现实生活心态感受的普遍性和代表性,从而导致对当代中国各个层面的生活内容的缺乏客观的估计;一方面向非原生文化环境(西方)寻借观念依据,有的是自觉地向西方现代哲学认同,有的是在艺术方法的认同中连猪带毛地"拿来"产生这种艺术方法、形式技巧的思想背景,而时代的落差又使观念在位移中发生质的变化。于是,荒诞的、多余人的、黑色幽默的、生存与死亡的、世界末日的和不可理喻的种种西方社会的现代意识,西方平民的普遍心态,成了他们的半生半熟的艺术主题,而这一切在中国的老百姓看来,却是隔膜而微弱的,是"精神贵族"的"玩意儿"。结果,这群真诚的探索者在以平民的独立意识反传统的时候,又因依附于"贵族的"文化意识远离现实的平民。

第二,观念上对一切新思想开放,实践上又有自我封闭特征。他们刚刚开始独立人格的自我建设,就幸运地赶上了全民族的思想解放运动,从而拥有得天独厚的吸收和选择机会。所以,在理论观念的准备上,古今中外的一切与前几十年相异的文化价值内容都被他们分析触摸过。但是,他们的思想开放的立足点是批判过去,反叛既成规范,而不主要是剖析现实,建设和适应新的规范。新观念的生成过程,是"拿来"多于创造,理论的推导多于现实的考察,过去教训的反推多于新生活进程的总结。新观念的基本内容,是抽象性、朦胧感多于客观具体的概括力(如整体主义、莽汉主义、宇宙意识),是宗教式的冷漠、肃穆多于世俗的热情和平易。新观念的社会效果,则是思想文化领域的"冲击波"价值,多于促进社会变革的现实推动力量,观念的超前性与实践的渐进性未能很好地兼顾起来。一个比较明显的例子是,这个青年创新群体不少人对中年一代津津乐道的人道主义问题不感兴趣,而这恰恰是当前社会进程必然排演出的不仅仅是文艺界关注的争论焦点。他们同前辈的明显区别,是少了点社会责任意识,甚至不愿意承担社会责任。或许,观念开放的本来目的,就较少注意从自身开始物化为社会实践力量,而较多注意自娱性、自足性的精神需求。结果,他们克服了观念变革的惰性,却滋生出实践变革的惰性;他们反对权威和偶像,却不自觉地自视为权威和不同程度的自我崇拜。他们在生活中扮演着平民的角色,并提出平民的人生理想和价值观念,但他们缺少平民的求实精神和介入生活旋涡的能力、忍受生活磨炼的毅力。于是,转而在艺术创造中弥补这种心理的失衡,在贵族化的精神生活中超越平民的痛苦。或者说,真诚地把自己的人生理想寄托在艺术的世界里,以观念的痛苦(理想和现实的冲突,艺术和生活的差距,抽象思辨而又不得终解的矛盾,内心世界不能完全物化为艺术世界的困惑,外在规范对本能意识的压抑,等等)来代替和体现实践的痛苦、生活的艰辛。

第三,理性的精神支柱和非理性的人生方式。青年文艺创新群体的目标是明确的,且往往借助科学的理性主义和热情的理想主义来支持,思想理论上的开放吸收赋予了他们这方面的能力。为了加重文化的冲击力,对于视为障碍的东西,他们都特别注重把它置于理性的天秤上来衡量,用科学主义的分析方法来论证和抨击一切惰性和弊端。为了确立自身目标的分量和合理性,大都乐意从一种逻辑的高度,乃至一种理论体系的终点上为自己提出问题,并以此化解来自各方面的非议。所以,人们常常觉得他们的作品主题和理论批评博大高深得吓人,奥妙得令人疑惑,严肃得使人望而却步。但当他们从手段走向目的,从理论"上升"到实践,人们看到的却是推崇非理性主义的自我外化,从反对条条框框的束缚进一步发展为拒弃一切理性的过滤,从反对虚假的掩饰到无情的自我披露,从反对矫情地适应规范到矫情地自我放纵,宁可要鄙俗的真,也不要高贵的善。于是,严肃而理性的、颇有点贵人雅士的精神的境界,在这里又转化为放浪形骸、无可无不可的随心所欲的人生方式。

三

从以上冲突的分析中,我切切实实地感到了青年创作群体中的一些人身上所挟带的悲剧气氛。外在的环境和内在的矛盾,使他们既难真正当上艺术贵族,又难真正实现平民理想。是为悲剧之一。为了换取民族文化心理的最大改变,他们不愿再走中国人乐于接受的"托古改制"的老路,而是不惜"以身试法",故走极端,以牺牲本土文化为崇高代价。眼前的事实则很可能转换牺牲的主体,即牺牲的不是本土文化,而是采取同化的方式促成外来文化的牺牲。是为悲剧之二。一旦他们的冲击波价值被吸收,给人留下的东西与他们的才气和真诚的探索相比,似乎不成比例。代之而起的真正的建设者或许是那些明智、谨慎和宽容得多的人,甚至是牢牢地坚持现实主义的被"冲击波"称为"传统派"的人们,因为这些人有条件从前者的极端化探索中观照出正反两方面的经验。是为悲剧之三。任何创新的文化艺术观念,既是当代社会的意识投影,也是带有强烈的内在特性的主观选择,因而是必然意识与自由意识的交合产物。环境越复杂,群体层次越多,艺术越是缺少主潮和范式,观念的选择也就愈加富有主观性、创造性、试验性和危险性。指出部分青年文艺创新群体的内在冲突,委实希望其更茁壮地成长起来。因为在过渡时期(或像有的作家所说的"六神无主")的任何一种选择,都不应故步自封,都要在自身的发展道路上走上一个阶段,并不断地调节自己,才会比较出哪一种选择才是所有可能出现的选择中最有前途、最有优势的一种。

读者是什么

南 帆

这个问题在我心中酝酿已久:读者是什么？据说接受美学空前地提高了读者的地位。相反,我对读者却日趋失望——我的读者已经少到了可怜的地步。因为孤独,我渴望以自己的诗沟通心灵。当这些诗像受伤的鸟儿在一片不解的眼光中颓然坠地之后,我更孤独了。不,我从不有意地涂脂抹粉以致这些诗面目不清。我绝对相信自己的真诚。然而,没有人愿意接受,从刊物编辑到周围的友人。他们可以在一部拙劣的电视剧前懒洋洋地泡上两小时,但却不愿认真地将我的诗读一遍。这种失望已经使我准备远离读者。我只专注地沉溺于情绪的抒放与表达过程所出现的愉悦与快感,而不再在乎读者。我甚至企慕原始艺术的产生。原始人劳作之余的歌舞中,真率的情感即是艺术。

你别以为这是一个无法成名的诗人神经质的抱怨。倘若你愿意到民间诗歌社团中了解一下,不为人解是许多诗人的同感。

你仍然可以如同原始人那样一任激情,只要你把这些诗记录于日记本上,然后封进抽屉——只要你不强求他人接受。与此不同,如若你希望众人的认可,你就得寻求加入社会。艺术早已不是纯粹的个人兴趣与嗜好。既然进入庞大而坚实的社会结构而成为公众的事业,艺术则不能不遵从社会性的法则规范。在这些法则规范面前,并非任何个性方式都能得到同样的赞许。多数人共同认为,艺术是人类精神生活中的一个重要范畴。艺术蕴含了人类的情感经验、哲学意识和价值观念,从而在审美的意义上沟通了人类与外界。为此,人们有权利要求艺术的深度、广度和可能性。倘若艺术面对社会时以这些人为对象,那么,他们的要求必将作为社会的意愿以规引着艺术生产。这种社会意愿将自觉地体现在刊物趣味、出版、发行和销售一系列读者服务措施之中。接受美学告诉我们:一部作品可能独立地存在,但作品的审美价值却只能产生于读者的接受过程中。尚未得到读者之前,一首诗或一部小说不过是拥有审美潜能的几张稿纸或一件印刷品。换言之,读者之于作品的意义就像一堆燃料有待点火一样。读者的理解水平将决定你的作品以什么面目出现于社会——不管你对这个事实欣喜还是遗憾。

读者的规范至少还形成了另一个重要的结果,它使艺术超脱纯粹的个人宣泄,从而以社会公认的审美意义异于自言自语、狂呼暴跳、号啕大哭甚至砸碎物件这些情绪抒发。在这个意义上,读者使艺术走向社会。因此,倘若创造过程所带来的慰藉已经足以令你满足,你则可以尽情地记述自己的喜怒哀乐而无须为读者不解而烦恼;相反,倘若你希图将这些情绪与社会交流,你想汇入社会性的审美活动,那么,读者的检验是一条必由之路。

你是否对读者的估价太高了?你难道从未察觉这些重任同读者能力之间的差距?读者,多少平庸乃至俗不可耐也同样假汝以名!你口口声声"审美",又有多少读者的阅读真正出于审美?人们对于报告文学、纪实小说的热情,难道不是因为新闻的迟钝而将读者转让给了文学吗?人们在地摊上抢购《男人的一半是女人》,难道不是因为对于"性"的兴趣吗?在津津乐道一些小说的畅销时,你为什么不提更为畅销的武侠小说与言情小说?当然当然,我们不难发现许多极有鉴赏力的读者。可是,读者之间的分别只能表明:"读者"并非一个足以说明一切问题的概念。因此,批评家匆匆忙忙地将自己的判断力建诸读者人数的统计之上,这是否一种粗心大意?在书摊上,问津歌德、莎士比亚或唐诗宋词人未必超过那些通俗小说,那么,你们就抑前者而扬后者吗?假如我们把视界扩大出文学圈子,不是还有些读者更少的哲学、自然科学著作吗?你对这些著作又如何估计?

读者对文学产生了审美之外的兴趣,这种现象不仅存在,而且十分正常。人们并非无时无刻地以审美眼光观照世界。审美决不是唯一的精神现象。在文学中了解新闻抑或猎取知识,这的确无可非议。下班后拖着疲惫的身子回家,人们难道不能借助一本武侠小说娱乐放松乃至发泄补偿吗?充当广播员、教师甚至游乐园,这未必就辱没了文学。我所坚持的在于另一方面:文学在新闻、教科书或轻松读物之外所以还能存在,乃是因为它的审美价值。

不错,作品的一时畅销未必能恰切地证明审美价值。不少杰作问世之初都曾备受冷落。由于特殊的敏感,某些作家可能率先领悟某种情感经验、哲学意识抑或价值观念,并率先创造新的艺术形式予以传达。可是,"率先"恰恰可能是招致冷落的理由。但是,我认为这不应是抛弃读者的借口。相反,作家应当承担起审美上启蒙的重任。先驱的启蒙永远必要。需要特地指出的是:这种启蒙的成功将同样以读者人数为衡量,只是这些读者的统计并不限于一时。如果数百年乃至上千年前的作品至今依然吸引人,那么,这部作品所赢得的读者不是远远超出一时的畅销书吗?

出于静态的观察,一些批评家也许过于重视读者的一时反应。实际上,一些富于创造性的作家同读者之间常常产生一种动态的平衡。他们不是一味地迎合读者,而是同读者拉开一段距离。一旦读者跟上作家而弥合了这段距离,这将意味着社会性的审美能力提高。当年的"朦胧诗"不是已穿越了不懂的呼声而影响了一代诗风吗?当然,一旦新的艺术现象为人普遍接受,一些不甘平庸的作家又将重新开始探索——这形成了艺术上永无止境的追求。

不过,倘若作品与读者接受能力之间的距离过于遥远,作家将失去征服读者的力量。我想指出:两者之间联系的彻底中断决不意味着读者的愚蠢,而是标志了作家的失败。因此,如何将两者之间的距离控制于读者的接受能力所能抵达的极限,这时常是作家所面临的一个考验。简而言之,读者仍然以审美经验的惯性规定了作家艺术探索的方向、速度,并且有效地抑制着探索名义下种种艺术上的胡作非为。

读者固然是社会性审美活动得以完成的最后一个环节,但是,你要清醒地估计到来自读者的审美惰性。一些粗糙拙劣的作品在读者中熏陶出相的审美趣味,而读者又将依据这些审美趣味拒绝真正的艺术。由于"大团圆"的天真乐观主义,许多读者难以接受艺术中深刻的现实展现;由于祈求天老爷的意识,许多读者也不可能接受艺术中的自我觉醒。艺术往往在业余的消困释闷之际进入读者生活。可是,此时的无所用心恰恰是保留审美惰性的必要条件——只有少数读者愿意像对待自己的事业那样研究艺术中的不解之处。因此,如果像消费领域那样强调读者即上帝,那势必在读者中鼓励自以为是的倾向:以自己能否理解作为断定艺术优劣的尺度。正是在这个意义上,不少读者可能理直气壮地抱残守缺。

且这些读者的兴趣成为社会意愿,作家的敏与才能必将遭受挫折。于是,"曲高和寡"在许多时候成为难以避免的现象。由于创新意识的空前突出,作家与读者的分离倾向在现代艺术中引人瞩目。既然读者将决定作家的声誉、地位乃至经济收入,那么,这种分离将使作家蒙受重大损失,这就是艺术独创所要付出的代价。

实验性乃至富于独创的作家因为得不到社会承认而不幸,这样的事实并不少见。当社会仅仅通过消费的方式控制艺术生产时,这种局面势在必然——未来的读者常常无法将自己的崇拜化为物质待遇奉献给作家本人。也许我们只能企望这一点:社会能否高瞻远瞩地给予这些作家以一定的资助?艺术实验——不管成功与否——不是和科学试验同样同属于一种人类精神上的实验吗?

批评的尴尬

张 韧

一

每位有良知的批评家怎能不感到困窘与尴尬呢？一方面是文学批评的观念和方法呈现出前所未有的开放与活跃；一方面是批评正在受到少见的作家的冷落和读者的揶揄。这矛盾着的两极现象究竟应该怎样认识呢？美国金融事业家、经济学者乔治·索罗斯的"反身性原理"认为，参与者在认识自己参与的环境将面临巨大的困难。困难在于参与者自身难以摆脱的局限。因此我们不得不从两极矛盾的旋涡环境跳出来，对批评的现状与未来做一点冷静的反思与再选择。

新时期的文学理论批评在十年间历经了两次大的蜕变。一次是文学批评挣脱了"从属政治"的地位，回到文学本位上来。第二次的蜕变，从表象上尽管以批评的观点与方法"热"的形式出现，但我以为它实质是意欲建构批评的独立体系，从依附于创作的位置上分离出来。它标志着批评的自主意识的觉醒与强化，为批评的升华与昌盛创造了一个良好的开端。然而，当批评的观念与方法的讨论由狂热转向冷静以后，不但没有得到批评家、作家和读者三方一致的认同与称庆，随之而来的反倒是困惑与苛责。李㑇的"诘难"虽有偏激与偏颇，但它是各方不满情绪的某种"爆破性"的反映。批评内部的活跃与外部的冷漠；批评地位的自视甚高与批评实际价值的一落千丈；热情洋溢的介绍与效法外来的批评模式，但对于国内文学实践提出的尖锐问题，它却表现出某种淡漠、孱弱和苍白，以致做出错位的回答。这究竟是什么缘故呢？

要想清醒地认识第二次蜕变之后批评所面临的困境，不能不理清这次蜕变发端的主因。批评的理论与方法"热"，自然是自身发展的内部要求，但其原因是外来批评观念和模式潮水般地涌来。它本来有助于批评由封闭走向开放。不幸的是，在批评方法狂热中使原本根基不深的、理论不算健全的文学批评，一下子冲晕了头脑，失去了自持，出现了倾斜。我想有三个主要的问题，应该引起我们的反思与再选择。

二

其一，文学批评观念、方法的建设与批评家自我解剖的关系。介绍和学习西方的文学批评方法，首先有一个如何对待、消化和运用的问题。目前，理论批评的状态与20

年代末的文坛现象颇为相似,1929年,史家公认为文艺与社会科学的"翻译年",由此亦可窥见当时"理论热"之一斑。尽管那一次的文学论争在如何对待西方与理论批评这一点上,提供了有益的经验。当时,一些熟悉西方包括比较熟悉马列主义、"文学革命"理论的批评家,对中国新文学运动的现实、对以鲁迅为代表的一些作家,为什么做出了不切实际的分析和错误的批评呢?原因是复杂的,但它反映了一些运用外来的理论批评与我国的文学实践发生了错位,出现了食洋不化的表证。值得深思的是,鲁迅一方面极为厌恶他们的"废话太多了""不中腠理",但另一方面,他对外国文学理论毫无厌恶之意,而且亲自动笔翻译了普列汉诺夫的《艺术论》等外国名著。同样的介绍和学习西方的文学批评理论,为什么出现了两种截然相反的效果呢?鲁迅说:"我从别国里窃得火来,本意却在煮自己的肉的。"可见他对异域的东西不是生吞活剥,不是生硬地指斥,而是用来解剖自己,"以救正我",然后"及于别人"。

现在,每当讨论如何对待西方文学批评理论方法的时候,人们常常引用鲁迅的"拿来主义"。这无疑是对的。问题在于,"拿来"之后怎么办?反倒忘记了"拿来"的精髓即"煮自己的肉"的精神,所以鲁迅认为,批评家"解剖裁判别人作品之前",应当"先将自己的精神来解剖裁判一回,看本身有无浅薄卑劣荒谬之处"。事实上,今天的批评观念和方法热潮的参与者,同时也是以往的批评发展过程的参与者,这就不可避免地形成了自己一套的批评方法与思维的定势。所以只读一点新的批评书籍,乃至也写过一点新观念新方法的文章,并不意味着自我已经实现了新旧的扬弃。比如说,50年代批评沿着苏联的模式滑行,80年代虽然在理论上推翻了对它的盲目崇拜,可是现在言必称萨特、弗洛伊德、尼采之类,说明批评的思维定势仍未全然地摆脱洋教条的束缚。又如,现在的批评与创作都很重视文化学,它开拓了文学的新视角,供文学从政治、政策的图式回到文化本位上来。这是文学的一大飞跃。然而,一些批评只着眼于作品的一具古陶罐、一场婚丧习俗的描写,大谈文化蕴含之宏大,反而忽略了作为文学特质的艺术形象体系和结构总体的分析把握。这种离开了审美批评的简单化的文化学的批评,与过去的庸俗社会学的批评究竟相距多远呢?鲁迅说:"独有了一两本'西方'的旧批评论,或则捞一点头脑板滞的先生们的唾余……也到文坛上来践踏,则我以为委实太滥用了批评的权威。"所以学习、借鉴以至运用西方的批评方法去解剖批评的对象时,首先有一个解剖自己的问题,批评才会在微观的作家作品论和宏观的研究创作问题时,消除不应有的"浅薄卑劣荒谬之处"。

三

其二,批评自身的理论方法"热"与批评对象的关系。"批评"一词源于希腊文,意思是指对批评对象——文学作品与文学现象的判断。批评需要理论,但它有别于文学理论的专门研究体系;批评不能依附于创作,但批评体系的独立决非是跟批评对象的脱离。普希金说"批评是科学","是揭示文学艺术作品的美和缺点的科学"。如将批评视为文学庞大体系的一门科学,而科学的存在价值总是不能离开它所研究的对象。没有了对象,也就没有了一门科学。但在目前纷纷构造自我批评体系的热衷,反倒对于批评对象的文学作品表现了某种的冷淡。"我所批评的就是我自己",如果这是批评家强调批评的主体作用与个性的风格,自然是无可厚非的,但有的"就是我"的批评文章,每每满足于自我的随意性思辨,以至阉割作品某一点作为"由头"或资料,沉浸于说天道地的"谈玄"。判断性的批评固然不能完全排除"深刻的片面",但批评,哪怕是艺术的再想象与再创造的批评,它依然是科学性的判断,而科学需要理性,理性是代表着读者与时代发言,它是不喜欢"偏激的"。

　　屠格涅夫在他的《回忆录》里所推崇的别林斯基的品格,恰恰是他那种对作家作品的准确而独特的艺术鉴赏力和理性的科学的批评精神。他说:"首倡权总是属于他的。他的美学鉴别力几乎毫无差错,他的见解深刻入微,而且从来也不含糊。别林斯基不会被表面现象和外界事物所迷惑,不为任何影响和潮流所左右。他一下子就认出了美和丑、真和假,然后以毫无忌惮的勇气说出他的判断。"对于"那该受鄙视的东西",他的批评是尖锐的,不留情面的,因而当时有人称他为"冷评家"和"酷评家",可是这并不影响人们公认他是文艺界、思想界的"核心"和"领袖"人物之一。据巴纳耶娃的回忆,别林斯基对屠格涅夫的作品以至他的为人,都曾做过称得上尖刻的批评,但屠氏仍然十分尊重、敬服别林斯基,甚至用他的重要作品《父与子》来纪念这位伟大的批评家,在巴黎逝世前他还嘱咐把他的遗体埋葬在圣彼得堡沃尔克夫公墓的别林斯基墓旁。可以毫不夸张地说,没有普希金、果戈理、屠格涅夫、陀思妥耶夫斯基、莱蒙托夫和涅克拉索夫的群星灿烂的创作,就不会有别林斯基的惊世骇俗的辉煌批评;没有别林斯基,也不大可能有19世纪俄罗斯文学的丰碑。是的,一个时代的文学高峰,往往是创作与批评的双向创造的。在中外文学历史上,建筑于对批评现象深刻研究的杰出批评家是举不胜举的,唯独寻找不到一个脱离了作家作品的批评家的名字。你不是热心于学习西方批评模式和构建自己的批评体系吗?但其价值大小不能不接受对象批评的实践来检验,你的批评如果沉溺于"就是我自己"的孤芳自赏和自鸣得意,作家和读者可没有多少耐心,可不买你的账。

四

　　其三,文学批评的独立体系与生活变革和时代精神的关系。建立中国的文学批评体系,虽然不可缺少西方批评的"充电",但它只是参照系之一。文学批评需要多种多样的参照系和坐标,现实的变量进程就是其中之一。批评文章热心于引用西方的理论条条和作品的实例,本是无须反对的,但为什么某些文章很少从生活变革的参照系去研究和评价光怪陆离的文学现象呢?对于一些远离时代的描写原始蛮荒和人类自然形态的小说,对于敏捷表现变革生活的作品,一些批评文章究竟给谁的热情更多些?这是不是反映了有的批评减弱了生活的激情和时代的使命感?30年代初,高尔基针对苏联批评现状指出,总是反复引用名著的"同一的词句,批评家们几乎是从未根据那由直接观察澎湃的生活进程而得到的事实去评价主题、性格和人物的相互关系"。(《苏联的文学》)谁也不会忘怀新时期最初几年的批评,尽管那是浩劫之后带有恢复期的幼稚与粗糙的批评,但对于《班主任》以及尔后对于《人到中年》《犯人李铜钟的故事》等所发出的种种否定性的论调,文学批评所作的反映是那样的敏捷、勇敢和犀利。那时的作家对批评家的反响是那样的热烈,认为批评是文学的开路先锋。当时批评的勇猛和刚烈之气,理论和情感上的鲜明爱憎色彩,恰恰是源于批评家对文学进程与生活进程充满着炽烈的激情。现在,那种滋润和催动批评的激情到哪里去了?批评是不是潜流着某种疲倦感与厌倦感?往日的战斗批评固然需要激情,今天建设批评的科学,就不再需要战斗的激情了吗?倘若你追求批评的科学性与真理性,而追求的本身怎能允许激情冷却呢?没有对批评的毫无他意的忠贞不二的爱,没有激情的批评,必将失掉批评的灵感与升腾崇高境界的燃体。何况,文学是对生活世界的反映和表现,无论是哪一种批评方法,举凡是真知灼见的审美批评,总是从生活实践与艺术实践提炼出来的哲理性的真知灼见。

文学批评,说到底,它是"现实的意识",创作与批评"两者都发自时代的一种普遍的精神。两者同样是时代的意识"。(别林斯基《关于批评的话。……A.尼基金科。第一篇》)批评无论它的观念与模式是何等的多样性,它都不能不是时代的审美的批评。

挑剔了几条初萌性的缺欠,目的在于引起注意,以实现大家渴望和呼唤着的批评的成熟。

解开艺术创造之谜

童庆炳

一

艺术心理学的研究在我国愈来愈受到人们的重视,并不是偶然的。尽管人们对艺术的看法多种多样,如果说艺术是生活的再现,艺术是情感的表现,艺术是一种信息,艺术是一个系统,艺术是定向控制,定制控制,艺术是价值,艺术是模糊集合,等等,但无论持何种看法的学者,却都不同程度地承认艺术是一种创造。"创造"无疑是艺术学中一个关键的概念。然而,对艺术来说,"创造"意味着什么呢?或者用苏珊·朗格的话说,我们为什么总是说艺术家"创造"了一种艺术品?为什么通常总是把一首乐曲称为"创造"品,而把一双鞋子称为"产品"呢?为什么一辆汽车总是被人们说成是传送带上被"生产"出来,而不是说成被"创造"出来?为什么对于砖瓦、铝壶、牙刷等东西,人们通常也不说是被"创造"出来的,而是说被"制造"出来的?为什么人们在面对艺术品时——不管这些艺术品多么平庸,多么拙劣——总是说它是被"创造"出来的?苏珊·朗格在解答这个问题时认为:鞋子是由皮革构成的,制成之后,仍然是皮革制品。这样,成品与材料之间没有脱离关系。然而绘画就不同了。虽然绘画是通过色彩涂在画布上"创造"出来的,但绘画本身却不是一件"色彩—画布"构成物,而是一种特定的空间结构,它成了不诉诸触觉只诉诸视觉的虚像,成了一个想象的世界。这样,成品与材料之间实际上"脱离"了关系(参见《艺术问题》一书)。苏珊·朗格对"制造"与"创造"所进行的比较自然是不错的,但这仅从生产成品与艺术成品的不同的角度所做的比较,是一种静态的比较;我们还需要一种动态的比较,即对于物品的"制造过程"与艺术品的"创造过程"进行比较,才能真正认识"创造"区别于"制造"的独特含义。究竟一件艺术品是怎样被"创造"出来的呢?"创造"的过程又是怎样的呢?要回答这个问题就必须涉及心理学中所有重要的概念,如感觉、知觉、表象、记忆、情感、想象、动机、个性等。这样,艺术心理学的研究就成为解开艺术创造之谜、解开"创造的世界"之谜的一个关键。

事实上,艺术学求助于心理学非自今日始,无论在中国还是在外国,都是古已有之。用心理学知识来说明、解释艺术的规律,可以说是一个普遍的现象。不过古时候还没有现代科学形态的心理学,所以,在那时艺术学中所利用的只是一种直观性的、常识性的心理描述而已。例如陆机的《文赋》就用了许多心理描述来表达他的艺术思想。"遵四时以叹逝,瞻万物而思纷。悲落叶于劲秋,喜柔条于芳心。心懔懔以怀霜,志眇眇而临云。"在这段话中,陆机把落叶与悲凉、柔条与芳心、寒霜与畏惧、云霞与亢奋(即物与情)一一对应起来。如果让柯勒、阿恩海姆诸君读了,他们一定会拍案叫绝,因为陆机早于他们一千多年以前想阐明的艺术原理,正是现今格式塔学派的艺术心理学所取得的一个重要成果——异质同构原理。又如陆机讲作家构思时的精神状态,用了"精骛八极,心游万仞""观古今于须臾,抚四海于一瞬""笼天地于形内,挫万物于笔端"的心理描述,也与今人用创造性想象的心理学理论阐述艺术构思的过程有惊人的相似之处。但在这里,我无意于抬高陆机的贡献,因为他毕竟没有现代心理学知识,他们对艺术问题所作的心理学的解释,是常识性的。而"常识在它自己的日常活动范围内虽然是极可尊敬的东西,但它一跨入广阔的研究领域,就会遇到最惊人的变故"(恩格斯语)。常识永远无法达到科学的高度。因此,用现代心理学自觉武装起来的现代艺术心理学与古代学者不自觉地运用某些心理常识对艺术问题的解释是不能同日而语的,关于这一点,我们只要读一读艾伦·温诺(Ellen Winner)的《创造的世界——艺术心理学》就会获得更深的理解。

二

《创造的世界——艺术心理学》作为一部教科书,它的首要特征就在于它的系统性和严整性。

然而,在我看来,温诺这部著作的主要价值还不在它的体系性和严整性上,而在它的开放性上。系统性和严整性是所有教科书共同的特点,但开放性则不是所有的教科书都具有的。我们常常读到这样的教科书:对于作者所持的观点,采取"唯我独尊"的态度,用一种观点充塞全书,排斥一切对立的观点,甚至稍稍有所不同的观点也不能获得插足之地。这种封闭性的体系说教意味太浓,缺乏应有的开阔性和启发性。温诺这本书则不是这样,她总是在提出一个问题之后,详细地、客观地、冷静地介绍各种学派对此问题的不同观点,尽可能发现每一种观点的每一点积极因素,尽可能发现对立观点之间的哪怕很少的共同之处,揭示它们可以互补的因素,从而让各种观点都能在她的书中找到自己的位置。但同时,她又以其敏锐的眼光、严格的标准和说理的态度指出每一种观点的缺陷和不足,决不放过对任何一种观点的检视。有时候不过三言两语就使评论对象"原形毕露"。毋庸讳言,大胆的创见并非作者所长,但作者这种既善于发现不同观点的长处,又善于指出不同观点的缺陷的本领和评论风格,委实给人留下深刻的印象。

例如,在《绘画的奥秘》这一章里,作者提出了这样一个艺术心理问题:我们怎么会把一个二维画当作三维的风景来理解,艺术家是怎样获得这一幻觉效果的?然后作者就客观地介绍三种不同观点对此问题的完全不同的解答。第一种是以詹姆斯·吉布逊为代表的"直接定位理论",按照这种理论,对绘画的感知和对普遍事物的感知几乎是一样的,是毫不费力的。因为一幅画如同一个普通的事物一样是一个丰富的信息源。尽管事实上双目提示和运动视差提示表明了画的表层是平面的,但绘画的深层的提示可以使得观察者轻易地把它视为置于三维空间中的固体表现物。这一被视网膜所接受的信息自动由神经系统所摄取,进而使我们产生了三维的表现的知觉经验。第二种是以冈布里奇为代表的"构成派理论"。与"直接定位理论"相反,"构成派"认为,绘画给我们的感观所提供的信息总是含糊不清的,如画面上的一个墨点可能暗示一个人,也可能暗示一棵树,因而必须由观赏者根据平时所积累的知识进行补充,我们才能有可能把二维的画面理解成三维的真实空间。按照"构成派"的观点,人们知觉一幅画,既需外界的投射作用,又需根据知识原则进行主观想象的补充,我们看到的是我们期待看到的东西。第三种是以阿恩海姆为代表的"格式塔理论",这种理论是介于"定位理论"和"构成派理论"之间的一种理论。同直接定位理论一样,格式塔理论认为知觉是排除推理和猜测的,又与构成派的理论相仿,格式塔心理学假定观察者改变了传到眼里的信息。然而这种理论又认为,绘画在观赏者视知觉中信息的改变,并不像构成派所说的那样,是由于常识的指导作用,而是由于"简化原则"的知觉规律在起作用。按照这种"简化原则",凡到达视网膜的各种类型的光都在大脑中产生一个称为"大脑区域"的模型,这个"大脑区域"总是以最简单、最经济的方式自动形成,人们怎样感知周围世界,包括怎样感知绘画,都由它确定。温诺在客观介绍了这三种理论之后,对它们一一作出了一针见血的评价。那种听起来好像很有道理的定位理论及其实验,经温诺的评点之后立即"土崩瓦解"。但对构成派理论和格式塔理论,温诺的评价变得很有分寸,她认为这两种理论所主张的"感知者以某些方式参与并改变信息"的观点,是经过实验证实了的,其基本倾向是正确的。但温诺并不以此结论为满足,她进一步对它们进行分析,以无可辩驳的事实说明,它们都各有适用的范围,又各有不适用之处。在第一种情况下,构成派的观点更可取,知识原则战胜简化原则;在第二种情况下,格式塔派的观点更可取,简化原则战胜了知识原则。就这样,各种各样的观点都在温诺的书中找到了位置,并受到了应有的检视。值得称道的还在于,温诺不仅仅是在一个问题上这样做,而是在所有的问题上都这样做。因此,《创造的世界——艺术心理学》这种包容各种观点的开放式的体系,给读者提供了开阔的视野和进行比较的可能性,从而极大地丰富和启迪了读者的思考。

当然,温诺在她的著作中并不是单纯地罗列各家各派的观点,而没有自己的理论和方法的倾向,细心的读者不难发现,温诺的理论和方法倾向是很鲜明的。

三

我自己在学习中形成了这样一种看法:现代艺术心理学基本上可以分为两种很不相同的理论倾向。第一种,更注重对艺术家和观赏者的审美情感和审美想象的研究,并认为审美知觉不应成为艺术心理学的主要内容。与此相联系,这种理论更重视作品的内容。我们似可把这种理论称为深层心理学或艺术内容心理学。弗洛伊德的精神分析心理学和认识论的心理学就属于这种倾向。第二种,更注重对艺术家和观赏者的审美知觉的研究,并以此作为艺术心理学的主要内容。审美情感和审美想象也有所涉及,但不作为重点。与此相联系,这种理论更重视作品的形式。我们似可把这种理论称为浅层心理学或艺术形式心理学。阿恩海姆的格式塔理论、苏珊·朗格的符号理论等就属于这种倾向。温诺的这本著作的理论倾向很明显属于后一种。在具体论述中,阿恩海姆、哥德曼、朗格等认知心理学的理论被大量引用,并受到较高的评价。相反,弗洛伊德的理论虽然受到尊重,得到了客观的介绍,但评价很低。不是说弗洛伊德的"理论的验证存在着巨大的困难",就是说"大量的证据表明弗洛伊德是错的"。

我个人认为,对于以揭示艺术的审美特征和规律为任务的艺术心理学来说,艺术内容心理学和艺术形式心理学各有优长,又各有弱点。艺术内容心理学以艺术创作和欣赏中的情感和想象的心理机制的研究的中心,并力图把审美心理的探讨引入更深的层次,这种愿望及其努力无疑是值得肯定的。因为对于人来说,艺术主要是情感和想象的领域,所以对艺术创作和欣赏进程中审美情感和想象的研究就显得特别重要。就像打靶一样,他们射出的子弹正中靶心。特别是在研究文学这类注重内容的艺术时,这种理论更显出它的穿透力。但是,这种艺术内容心理学面临着一个重大困难。众所周知,迄今为止,现代普通心理学还没有详细而深入地研究那些较为深奥的情感和想象现象,在这方面所取得的成果不多,可供艺术心理学利用的材料很有限。弗洛伊德的精神分析学说观念贫乏,又多停留在假设阶段,而且越来越暴露出它的病弱方面。在这种情况下,艺术内容心理学不能不陷入困境。就以我国的形象思维理论的研究来说,发表的论文多到难以计数,可很难说取得了什么突破性的进展。这不能不说与普通心理学中情感与想象的理论落后有关。

所以,对于艺术内容心理学来说,它存在着一种矛盾:一方面,它抓到了点子上,可另一方面它又缺乏依靠,还抓不住。看来,它的出路在于自我奋斗,即在不依赖普通心理学的推动的情况下,独立自主地推进审美情感和审美想象的研究,并以自己的成果反过来为普通心理学提供有价值的观念和资料。

正当艺术内容心理学陷入困境的时候,艺术形式心理学却脱颖而出,取得了令人惊叹的成果。以费希纳的一系列琐碎的、粗浅的实验为标志的所谓"自下而上的美学"到鲁道夫·阿恩海姆的令人瞩目的《艺术与视知觉》,艺术形式心理学已取得了长足的进步。如果列·谢·维科茨基在 20 年代还可以用"它注定要永远留在美学的大门之外"来评价费希纳为代表的实验美学的话,那么今天想套用这句话来评价阿恩海姆及其伙伴就会显得十分不公平了。这是因为在普通心理学领域中,人的感觉、知觉被详细地、深入地探讨过,感知理论进展神速,新的观念不断涌现。在这种情况下,艺术形式心理学有可能借用普通心理学所取得的成果来推进自己的研究。特别是在绘画、雕塑、音乐、舞蹈等特别富于形式感的艺术部类的研究中,审美知觉的规律被充分地、令人信服地揭示出来。它们已大踏步地迈进了美学的门槛。但是艺术形式心理学的局限也是明显的。它虽然也偶尔涉及情感、想象等领域,但经常只停留在审美知觉的研究上面。对于艺术创作和欣赏活动来说,这种只重知觉而不重创造的研究显然是不全面的、不深刻的,缺乏穿透力的。

艺术创作和欣赏活动是人的感觉、知觉、记忆、表象、情感、想象、理解等一切心理机制综合作用的进程。任何片面的研究都不可能全面解开艺术创造和艺术接受之谜。所以我以为艺术内容心理学和艺术形式心理学的互补、结合、融合是艺术心理学发展的必然趋势。

呼唤史诗

滕 云

新时期文学走过十年路程了,人们希望它能出现辉煌的前景。吸引人们引领展望的灿然目标之一,就是应该有而暂时还少有的我们这个时代的史诗型作品。

从审美的角度讲史诗有哪些美感要素呢?

第一,史诗有民族之魄。史诗作为人类童年的一种精神创造物、一种文化遗产,其价值和意义具有超民族性,即它不仅是民族的,而且是人类的,属于世界。但史诗的内涵,却绝对是民族的。世上没有不表现民族生活、民族精神、民族历史、民族性格的"史诗"。《伊利亚特》写的是希腊民族,我们的《诗经·公刘》写的是周民族。史诗真正的主人公不是个人,而是民族,史诗人物是民族精神、民族性格的肉身化。当然,这讲的是史诗本来形态、古典形态。进入近代、现代、当代,史诗型作品在表现民族性上较之古代的单纯有所不同,但需要体现民族生活、民族心理、民族文化背景则是一致的。未来会不会产生超民族的"世界史诗"?不必悬测。至少在目前和可以想见的将来,史诗型作品无疑都将仍然是民族的。不知道今天我们的作家们在追求史诗性的时候是否会忘掉民族性。他们应当是清楚的,没有民族性就没有史诗性。民族性是史诗之魄。

第二,史诗有历史之魂。史诗有别于一般文学的是它内涵的历史性。历史性包括历史感,但史诗中的历史性不仅仅是历史感。历史感是读者的主体感受,历史性是历史的本体属性。所有的史诗都体现着民族历史或民族生活的历史形态,都有历史本体的生气贯注。当然这个历史本体不是抽象的,不是历史书所定的本体,而是艺术对民族生存与发展的历史踪迹特别是对民族心史的观照、把握。史诗必有这个历史本体的存在,于是产生历史感,即历史纵深感、历史哲学感。历史性、历史感是史诗之魂。

第三,史诗有崇高之思。史诗传达出的一种主要审美感情是崇高感,感染人们的是对崇高的向往和思考。史诗的崇高感既属于伦理、道德范畴,也属于历史、美学范畴。英雄性与悲壮性是崇高感的双翼。史诗描述一个民族的存续史迹及其开辟与创造历史的活动,描写一个民族与自然力的奋斗、与人类自身的奋斗,不能不是崇高的,不能不具备英雄性、悲壮性。平庸、卑俗、猥琐与史诗是无缘的。现在有一种说法,认为崇高这一审美范畴在现代生活中正发出衰变。这种说法不知同意者多否。但若要证明"崇高"这一美学范畴被冷落却有足够的事实。与此相关的是,创作界和理论批评界从检讨传统英雄观的偏颇走向对现代非英雄观的认同的,也并不鲜见。这些现象在特定时间内出现有其必然性,但未必有恒久性。因为,对崇高作反是观不符合生活实际,也不符合公众的愿望。我们正进行着巨大的历史实践,而巨大的历史实践本身就是崇高的。生活中有崇高的事物,美学上崇高的范畴就不可能人为地拿掉。具有健康的、正常的道德感的公众向慕崇高、鄙弃卑俗更是自然之理。人们现在对史诗的期许、呼唤,正是对生活中的崇高事物和美学上崇高范畴的期许和呼唤。史诗性与崇高性是拆不开的。

第四,史诗有整体之象。史诗对生活的把握是整体把握。史诗描述生活不采取一般的典型概括法,而是客观概括法或整体概括法。所谓客观概括或整体概括不等同于全景文学,不完全是叙事学上的视角问题,而是观照生活上的整体意识和时空处理上的整体观念问题。叙事学意义上的整体性,可以通过相应的文学手段和技巧去实现,杰出的作家在短篇作品中也可以实现叙事学意义上的整体性。史诗的整体性却居于本体论意义层次,它仿佛将历史、将宇宙和盘托出,不假人力、不借技巧而有"大用外腓,真体内充""具备万物、横绝太空"的气象。现代作家在创作中要达到史诗整体性的高度,只求助于技巧和艺术修养是不够的,决定的是整体观照生活的器识。

第五,史诗有宏大之体。史诗的体式是宏大的,包括现象的宏大性和本体的宏大性两方面。前者指形式结构的宏大,后者指内容建构的宏大。二者合起来即史诗的宏大体格。史诗形式结构的宏大是不言而喻的,当然史诗也有规模形制不大的,如我国《诗经》中的《生民》《公刘》诸篇。现代作家的史诗追求,在结构规模的宏大上不难做到,然而要做到建构、体格的宏大却并非易事,这也是史诗型作品难产的一个原因。

第六,史诗有超越之态。它包括对客体的超越和对主体的超越两个层次。史诗要有历史性、历史感,这在上文讲了,但史诗又需要适度拉开与历史和现实的距离。完全拉不开与客体的距离,为浅近的实践关系及狭隘的功利目的所囿,不利于观照客体。距离任意拉大,丧失历史性和历史感,则与史诗性风马牛不相及。拉开适当距离,把历史形态和现实形态的生活安放在高出于浅近的实践关系及狭隘的功利目的之上的"历史"位置上,才便于更完整地把握它。在某种程度上超越现实才能认识历史,超越现实才能认识现实。特别是描述当代生活的史诗型作品,不与现实拉开适当距离是不能获得史诗感的。史诗要使客体呈现出一种"自在态"。史诗还需要有对主体的超越。古典史诗的作者其实都不是个人,荷马实际上是一个时代、一个民族。古典史诗是没有或很难找到作者的主体性的。要说有主体性的话,只能是民族主体性。现代史诗型作品不同,因为是个人创作,不能不显示主体性,或者说应当有主体性的发挥。但是你既然想到创造史诗型作品,你就有必要站在高出于个人与现实的实践关系、功利关系之上的位置上,超越个人的观照,获得创造精神的"自由态",才便于认同生活的历史性,这样,呈现于作品并传达给读者的才是客体历史感而不是主体创作感。在史诗和史诗型作品的创造上,距离(或超越)是一条认知和原理,也是一条审美原理。史诗的诞生所需要的两种自由态(自在态)、两种超越性,在古代是天然自成无须外求的。在现代,却需要一定的社会历史环境和现实条件。现在我们已经开始具备创作自由的氛围,这对史诗型作品的诞生是有利的。

第七,史诗有朴素之质。史诗的美学质地是朴素的,这是一种崇高的朴素,深刻的沉着,丰富的真纯。就好像古代史诗的作者们意识到历史是朴素的、真理是沉着的、艺术是真纯的一样。他们当然不可能有这种自觉。现代作家却应当有这种自觉,现代人可不可以把玄奥晦涩的思想纳于繁华缛丽、光怪陆离的形式创造出现代史诗? 我不敢断言,但我想即或可以那也不会是通例。

第八,史诗有诗情之韵。史诗不同于民间故事,它不但有故事,而且有哲思,不仅有哲思,而且有诗情。史诗所有的是如阳光般热烈壮丽的诗情。史诗绝少如烛火般摇曳幽复的诗情。现在我们的叙事文学,特别是大型作品,具有诗情之韵的不多。史诗型作品是需要有诗情的,尤其需要有壮丽的诗情。

上面我们从审美的角度讲了史诗美感的八项要素。我不可能讲得完备,但这几项于史诗谅不可少。这几项史诗美感要素不是彼此孤立的而是彼此联系的,不是各自起作用而是综合起作用的。标举这些史诗美感要素,是否能对新时期文学的史诗追求提供一种参照呢?

是的,古典史诗的时代过去了,我们上面标举的史诗美感要素也并非就史诗论史诗,乃是为长篇小说的史诗追求张目。只是我们的着眼点与别林斯基在论述史诗与长篇小说的关系时有别,别氏主要是说明长篇小说与史诗的不同之处,例如:1. 史诗展现的是民族的生活和民族的命运,不关心某一个个别的人的生活和命运,不表现人的个性化的独立存在;长篇小说写的却是具有个性的个人,以及这样的个人的生活和命运。2. 史诗的主人公是帝王、人神、英雄,而把平民百姓置诸一旁;长篇小说则反是。3. 史诗写的是崇高的高贵的悲剧,贯注的是非凡的英雄的气概,把一切平凡的、日常的东西统统抛开;长篇小说却主要描写"生活的散文"。4. 史诗描绘的是古代人意识中的古代世界;长篇小说描绘的是现代人意识中的现代世界(以及古代世界)。如此等等。

别林斯基对于长篇小说与史诗的相异点的描述是深刻的,但我们要寻找的是长篇小说通向史诗美感的路径。今天,长篇小说早已把古典史诗规范的遗蜕远远抛开,它面临的倒是探求更高的审美范型以克服平庸化现状的课题。人们在探求中发现,参照史诗的美学范式进行新的创造,正是使长篇小说向更高的审美范型发展之一途。在这种情况下,人们固然要认识长篇小说与史诗是人类不同历史阶段的叙事形式,更要认识长篇小说在叙事美学上有与史诗相通和可以认同之处。

事实上,所谓长篇小说的史诗追求并非前者向后者的复归,长篇小说的史诗化依然是长篇小说,依然是"新世界的叙事诗",只不过使史诗审美要素化入其中,成为一种史诗型长篇小说。史诗型长篇小说写人,表现人的个性化的独立存在,不像古代史诗把民族性格、民族精神肉身化,但它又比一般长篇小说有更旺壮的民族血脉的流注,有更多的民族主体精神的传达。它主要写普通人和日常生活,不像古代史诗写头罩光环的人或神化的人,写非日常的生活,但它又比普通长篇小说有更强烈的崇高性(以及英雄性)。它主要写现实生活,写"生活的散文",不像古代史诗写神圣化的和诗化的生活,但它又比普通长篇小说有深在的历史性、历史本体运动感。它未必都对时代和民族生活作全景式的叙述,但它着意对生活作史诗式的整体的、宏大的把握。它比史诗多了创作主体性的表现,又比一般长篇小说多了对创作主体的超越。它有一种史诗式的朴素情思,又可以有现代长篇小说的丰赡富丽。总之,史诗型长篇小说是史诗美学范式与长篇小说美学体性的整合。我们对史诗的追求和呼唤,实际上是对当代文学史诗性和史诗美的追求,是对当代文学史诗精神、史诗意识的呼唤。

人们对当代文学史诗精神和史诗型作品的期许,使所谓"第三次浪潮文化"的某些猜想落了个空。我们从谈论史诗的角度,可称托夫勒的某些预测为"反史诗猜想"。它是过于简单和武断的。史诗诚然是所谓"第一次浪潮文明"的产品,是一种群体化文化现象,是民族精神和群体生活的文学凝聚物。但"第三次浪潮文明",难道就不需要群体生活和群体精神的凝聚胶合?把"第三次浪潮文明"笼统归之为非群体化文明,也是不科学的。"第三次浪潮文明"固然吸收着和创造着瞬息即变的文化,但也必然要接受和创造恒久的和恒定的文化。他们不但能欣赏古代史诗,他们还会创造新的史诗。

新时期文艺中的喜剧意识

陈孝英

在悲剧意识日渐觉悟的同时,喜剧意识也正在经历着一场"激动人心"的萌动。这位自近代以来在我们这块多灾多难的土地上基本处于"冬眠"状态的"睡美人",正在被新时期历史转折的汽笛所唤醒。悲剧和喜剧自古希腊先哲的《诗学》起便同时为自己立下了第一块美学体系的奠基石,然而二者所走过的道路却并不相同。诚然,几千年来,理论家和艺术家们也曾不断地对悲剧做种种局部性的修正和补充,但时至今日,其基本的原理都经住了历史的检验,逐步形成了今天人们大体公认的理论体系。喜剧则不然。和悲剧相比,对喜剧的研究不仅数量少,而且大多是把"喜剧"作为一种艺术样式进行考察,远未达到哲学思考的高度。因此,它虽然也经历了无数次的论争与变迁,但其理论体系至今仍是极不完备的,甚至是难以自圆其说的。这突出地表现在"喜剧"的内涵上。

"喜剧"这一概念的内容仅仅是否定性的,还是既有否定性的又有肯定性的,这是喜剧内涵理论中的一个重要问题。马克思以前几乎所有的美学家代代相袭的共同结论是:喜剧必定是否定性的。马克思虽然在《〈黑格尔法哲学批判〉导言》中谈到"世界历史形式的最后一个阶段就是喜剧",有人认为这个"喜剧"既包含否定性喜剧也包含肯定性喜剧,但这只是我们后人的一种揣测,马克思本人毕竟从未正面论述过肯定性喜剧的问题。显而易见,这种传统的喜剧理论并不符合人类喜剧艺术的历史,因为它把从"喜剧之父"阿里斯托芬笔下便开始登上西方和东方舞台的一大批肯定性喜剧和肯定性喜剧形象摒除在喜剧的大门之外。这真是一个奇怪的现象:一方面,喜剧艺术家天天都在创造肯定性喜剧和肯定性喜剧形象;另一方面,我们的辞书和教科书都无视这种艺术的实践,不厌其烦地重复着喜剧必定是否定性的经典理论,并且坚持用否定性喜剧的规律来替代整个喜剧的规律。这种跛足的理论造成了跛足的艺术:由于传统喜剧理论的束缚,加上政治思想方面的原因,十七年所创造的肯定性喜剧形象不但与正剧、悲剧形象相比有很大差距,而且也远远赶不上喜剧性的否定性人物和中间人物。其中一个突出的问题,就是艺术家不敢运用喜剧的手法放手嘲弄肯定性喜剧形象身上的"丑",结果使不少肯定性喜剧形象或成为全知全能、进行"高台教化"的教师爷,或成为赤裸裸地传达作者意念的传声筒,使喜剧人物混同于正剧人物。

新时期的喜剧艺术家和理论家正是从这里揭开了喜剧本体观念变革的序幕。一批喜剧美学理论工作者对传统的"喜剧"本体观念大胆地提出了质疑和修正。他们认为,喜剧和喜剧形象不仅有否定性的,而且有肯定性的,这是形式上有相通之处、本质上迥然相反的两种喜剧和喜剧形象。它们都以"丑"为基础,但两种"丑"的性质不同:前者的美学规律是"丑自炫为美",后者则是"丑中见美"。这种对肯定性喜剧和喜剧形象从理论上所作的认可和从美学上所作的阐释,是新时期对喜剧观念的一次创造性的拓展,是人们向完整的本体意义上的"喜剧"靠拢所迈出的至关重要的一步。

喜剧本体观念的这种变化为寂寥了多年的中国肯定性喜剧人物的画廊增添了一批富有时代新意的艺术形象。喜剧艺术家努力将"喜剧"与"崇高"结合起来,构成"带幽默感的英雄主义"的复合审美形态,塑造出具有多侧面性格特征的肯定性喜剧形象或富有喜剧色彩的肯定性形象。喜剧艺术家还将"喜剧"与"悲剧"结合起来,构成"悲喜剧"的审美形态,塑造出一批在严酷的生活磨难中巧妙地运用种种喜剧性的、未必完美的曲折斗争方式来捍卫信仰、护卫自己、宣泄积愤、出击敌手的新时代强者。如王蒙的《风筝飘带》中的范素素和佳原,《买买提处长轶事》中的买买提以及他的长篇新作《活动变人形》中的倪吾诚,宗璞的《弦上的梦》中的梁遐,石言的《漆黑的羽毛》中的陈静等。与十七年中出现的马天民、阿鹏等"模范公民"式的类型化的肯定性喜剧人物比较,他们显然具有更深厚、更复杂的性格内涵和更鲜明的时代特色。

比传统意义上的肯定性喜剧人物的成批涌现稍迟一些,中国的喜剧创作开始出现一批游动于肯定性与否定性人物二者之间,很难加以明确划分的喜剧形象。高晓声系列小说中的陈奂生也许可以视为开其先河者。这是一个类型中见个性的崭新典型。他的不抵抗主义、自我解嘲和奴性、怨道使得他本来应该是一个带有一定否定色彩的中间人物,但由于作家着力揭示了这一人物的劳动者本色一面,对他的弱点和缺点又抱着最大限度的谅解、宽容乃至开脱,从而使陈奂生成为一个摇摆于肯定性人物和中间人物之间的喜剧形象。

近年来新涌现出来的一批喜剧人物又向前跨出一步,他们压根儿就无法用"肯定性""否定性"或"中间性"人物的传统概念去加以规范。刘索拉的《你别无选择》、王安忆的《小鲍庄》、阿城的《棋王》中的主人公,你可以像提纯蒸馏水般地分析作家对他们的态度,却很难为他们选准一顶尺寸合适的帽子:肯定性人物?否定性人物?还是中间人物?如果说在前述的作品中艺术家塑造带有喜剧色彩的人物时较多地将"喜剧"与"崇高"相结合的话,那么在现在这些作品中,这批青年作家则是更多地将"喜剧"与"崇高"分离开来,并努力用浓郁的喜剧意识掩住了,甚至替代了他们并不喜欢的"庄重"或"清高"。他们以自己的创作实践对喜剧人物的传统划分标准实现了超越。一方面,他们将讽刺、滑稽与幽默结合起来,重笔描绘人物某种突出的缺点,尽情地渲染、夸张,开心取乐,与此同时又随着故事情节的展开,似乎是漫不经心地用一些不一定是喜剧的手法刻画出人物性格的另外一些具有较多肯定性因素的侧面。作家在刻画人物时,不仅尽量将自己对人物的真实态度和实际评价深藏于人物的外在动作背后,而且力求以一种宽容的、理解的、谅解的态度对待自己的人物,尽量避免那种过分主观的狭隘的褒贬。同时,作家还力求在缤纷错综的矛盾冲突和价值选择之中抱一种比较超脱的态度,从而使冲突不是被激化而是尽量被淡化。这样,就使得人物的质的确定性受到了人物性格的变异性和模糊性的侵蚀。

如果说一批比较清晰地显示出肯定性喜剧性格基本美学特征的喜剧形象的出现对"喜剧必定是否定性的"这一传统喜剧理论提出了质疑,那么新出现的这一批无法用"肯定性""否定性"或"中间性"人物的传统概念来规范的喜剧人物则进一步向喜剧人物的传统划分标准提出了挑战。无论是前者还是后者,都从一个重要的侧面反映出艺术家喜剧观念上的变化。他们不仅自觉地塑造具有时代特征的肯定性喜剧形象,而且自觉地运用"寓爱于嘲""丑中见美"的美学规律来刻画这些人物的幽默感,从而鲜明地显示出我们正在向完整的喜剧本体观念一步步地靠拢。

再来一条腿

蔡 翔

我读过一本书,虽然书的名称和作者都已经忘了(很惭愧),但还依稀记得其中这样一段话,大意是:文学可以反掉所有的传统,但有一点是它所无法改变的。这就是它所使用的语言。

我之所以还能记得这样一段话,不在于它表述了一个什么了不起的真理,而是它说了一个常识。常识往往容易为人所遗忘。

我想起这段话,也是因为近来读了一些研究文学语言的文章。这方面的文章现在越来越多,快要成为一门学问了。这很令人欢欣鼓舞,我们又多了一条腿。

欢欣鼓舞之余,又有点不满足。我们能否在现有的一般文学语言讨论的层次上,再深入一步,深入现代汉语的研究中去?的确,西方现代语言学理论为我们开拓了一个新的视野,提供了一种有力的方法论的工具,如果再深入一步,把这些理论运用到我们的语言实践中岂不更好?说白了,就是我们的理论思考是否能更多一些功利性或者实用性?这大概也算是理论介入实践的一种表现形态吧。

比如,我们能否从古代汉语(书面)、口语、西语的语法理论这样三个方面来对现代汉语进行一番大致的认识?

汉语也许是一种确定性很强的符号语言(虚词极少),几乎每一个词都有它相对确定的含义。然而,有时确定性反而会成为语言表述的一种累积或障碍,因为我们不可能每天都创造出一打新词。语言的努力实际上就是试图挣脱语言的束缚。在古代汉语(书面)中,我们会注意到这样一些现象,比如句式的组合运用。这种组合也是一种关系的组合,通过不同关系的组合表达不同的意思,而意思往往不是显现在句子之中,而是隐藏在句子和句子之间。"水无有不下,人无有不善",在句子和句子之间的空白处,表现出一种张力,传达出孟子对人性的思考。大而言之,像马致远的《天净沙·秋思》,拆开来看也没什么了不起,然而把它们组合在一起,却传达出一种高深的意境。这意境甚至无法用语言来明确表述,只可意会了。再比如,在传统的美学境界中,"清水出芙蓉"算是最上乘的了,如果我们从语言的角度来思考,它是否也是一种扩张性的语言努力?顺便举个例子,在当代作家中,高晓声的作品所拥有的词汇大概不算最丰富,然而他的小说却别有一种复杂的不可言说的意思。这倒不是说词汇越丰富越不好,不过有时候倒也有适得其反的现象。不妨大胆假设一下,也许这种努力都在试图回答一个问题,即汉语能否直接依靠字词、句子本身表达出极其抽象的意蕴?

现代汉语的另一个重要来源也许是口语。它奠定了白话文的基础,并且扭转了古代汉语(书面)的某种不良倾向。这种口语的影响或许可以追溯到古代的说话艺术,到了《水浒传》,已经成为古典小说的基本语态。然而口语的一个重要特点在于语言仅仅成为说话者的一种传达手段。它要求语言清晰、准确地表达出对象的存在状况,相对来说却比较忽视文字自身的表现力。

我们似乎还应注意到西语语法理论对现代汉语的影响。各种标点符号的准确使用,大量虚词的产生,一套一套语法规则的推广,都使现代汉语变得更加规范。同时确定性也得到巩固和发展,尤其是判断词的使用已成了习惯,从而使句子的意思总是直接地表现出来。而对语言的确定性的要求则成了首要的标准。

现代汉语的演变发展成为一种极其复杂的语言现象,它的得失优劣自有语言史家去总结、去研究,我们所面对的是这一既成的语言状况。进行分类的、比较的、综合的研究,这些努力的目的无非在于正确认识现代汉语的长处和短处,从而建立我们自己的小说叙事学。从而,我们才有可能由此及彼对小说的其他表现形态(比如文体)具有一种比较自觉认识的认识。

文体既是语言的实践,也是对语言的各自不同的认识。文体的改革说到底也是语言的一种努力,一种挣脱语言束缚的努力,一种企图通过有限的语言载体表达出更多的意思的努力。近年来小说文体的变革无非沿着这样两条路发展:一种是逐渐改变(或者干脆)语言的现有表述形态,比如近年来较为流行的意识流等小说。这些小说的句子较长,欧化意味浓,注重描述性,而且不断使用排比、反复、烘托等修辞手段。另一种则是利用现有的语言形态而在结构上寻找出路,比如这几年出现的新笔记体小说。这些小说的语言大都比较实在、简洁,一般用叙述语态,甚而近于平铺直叙,但却别有一种复杂情致,一种状态,使人产生许多联想。

当代小说的创作实际上给这种研究提供了一个良好的对象前提。王蒙、阿城、高晓声、张承志、韩少功等众多作家在语言(广义)上的探索给我们留下了许多方面的思考材料。仅以《棋王》为例,我们发现这篇小说的真正含意在于"我"观看王、李棋盘大战时所产生的联想,可是这段文字同整篇小说的叙述语态并不完全一致,有点突兀,这包含着怎样的道理呢?

以上几点想法,顺手拈来几个例子,大都属于"大胆假设"尚未"小心求证"的范围,用意只是希望大家能多花一点精力来研究当代文学语言。从这个角度去观照我们的文学,说不定会有新的发现;并且在自己的语言研究中也能总结出一些理论的话,那么这些理论对于文学必将是大有裨益。

有一条腿总比没有腿好,那么再来一条腿岂不更好?

巴赫金复调小说理论

蓬 生

近年随着对陀思妥耶夫斯基研究的深入,我国理论界像发现新大陆一样发现了苏联学者巴赫金(1895—1975年)。其实巴赫金学派在世界上早已赫赫有名。现在,除了他的名字和"复调小说"这个词外,多数人对他仍然一无所知。现在我们根据巴赫金的代表作《陀思妥耶夫斯基的诗学诸问题》(1929年),对他的复调小说理论摘其要端作简略的述评。

"复调"原为音乐术语,旧称"对位",指由两个以上的不同曲调叠置组成的多声部音乐。巴赫金借用这个术语是为了对陀思妥耶夫斯基的小说创作作出比较形象的概括。

要解释清楚"复调小说"这个概念,首先需要谈谈巴赫金的研究角度。

巴赫金把文学作为一种特殊的语言现象来研究。这一点显然反映了当时俄国形式主义学派对他的影响,不过他并没有表现出形式主义者脱离社会、混淆审美与非审美界限的倾向。按巴赫金的说法,他的出发点不是普通的或者传统的语言学,而是元语言学,国外也有称为超语言学的。元语言学并不关心词源、语义、句法结构等问题,它关心的是语言的对话关系。巴赫金说,语言只有在具体的对话氛围中才能实现自己的功能,成为活的话语。这时语言就不再是它本身,而是表现了说话者的意见、态度、立场,反映了人与人的关系。例如"天气好""天气不好""天气好"这三句极简单的话,孤立地看,它们各讲的是自己的对象(天气),但是作为对话看,第一句和第二句分别表示肯定与反对两种态度,而第三句并非第一句的简单重复,它或者表示赞同,或者是以模仿方式表示讽刺、怀疑等。对话者之间的关系就由此确立。

巴赫金认为小说本身就是不同社会声音和意识之间的"大型对话",而真正实现了对话的小说就是复调的小说。可见"对话"是巴赫金整个批评理论的基石,在谈他的复调小说时切不可忘记这一点。

与"对话"相对立的另一个基本概念是"独白"。对话意味着交流与反馈,而独白只是单方面的声音。这是传统的独白小说与复调小说的根本区别。在独白小说中,一切声音和意识在结构上都统一于、服务于作者的主导意识,而它们之间、它们与作者之间是不存在对话关系的。这种区别值得注意。

我们可以根据巴赫金的论述把复调归纳为三个根本层次上的对话:

第一,主人公与自我的对话。

巴赫金首先指出,陀思妥耶夫斯基创造的不是传统的客观形象,不是典型,而是思想形象,"思想的人""思想者",或者用陀思妥耶夫斯基自己的话说——"人身上的人"。陀思妥耶夫斯基感兴趣的不是"他是谁",而是"他"怎样认识自己与世界。传统小说,尤其是现实主义小说,把艺术描绘的重心放在主人公形象的社会学的和性格学的典型性上,如阶级地位、家庭关系、性格与外貌的各种特征等,而主人公对自己以及对世界的认识仅是整个形象的一个从属部分。但是在陀思妥耶夫斯基这儿正相反,被提到整个形象的首位的是纯粹的自我意识整体,主人公的思想意识尤其是自我意识成为艺术描绘的重心。整个现实世界,连同主人公的其他形象特征,都成为从属于主人公意识的客体和对象。巴赫金举出了《穷人》中的一个例子,穷官吏杰武什金在大厅里等候将军大人接见时,他一面望着镜子,一面对镜中自己加以全面评论。兼有镜中人与镜外人两种身份正是"思想者"主人公的固有特征。他观察镜中的自己,谛听别人对自己的一切评判,他清楚地知道自己的可笑或悲剧,极力超越人们(其他主人公以及作者)给他划定的界限,不肯让人们一次就永远确定了他,不给他留下继续发展的希望。把关于自己的最后的话保留给自己去说,这是他的个性神圣权利。因此,他的意识活动不可避免地在内在的对话过程中展开;他永远在自己揭示自己,同时又极力超越自己。当然,这个与自我对话的并不一定是以自问自答的简单方式表现出来,它实际上是主人公在揭示自我、确立自我的矛盾过程中的一种双重思维,一种内在的意识冲突。

这里就产生了"思想者"主人公的另一重大特点:不可完成性、不可确定性。一般来说,传统人物整个是稳定的固定的存在,仿佛已成形的雕像,而这对陀思妥耶夫斯基的主人公来说却是不可能的。因为人只要活着,他的自我意识就还没有完成,他的形象也就没有最终完成。

第二,主人公与主人公的对话。

这不过是主人公自我对话的外延。与一个包容整个世界的自我意识主体并列的,只能是另一个具有同等价值的自我意识主体,因此他们必然都以对方的存在为自身存在的条件,都能关心对方对自己的评价并作出积极反应。每个人对他人都是一面镜子,既反对方也照见自己。例如在《卡拉马佐夫兄弟》中,几位主人公(佐西马长老、阿辽沙、伊凡、德米特里)都清楚了解他人的信念,并积极作出赞成或反对的回答。这与托尔斯泰的《三死》恰成鲜明对照。不过,主人公与主人公的对话同样也不是简单的一问一答,而主要是对立意识的外在或潜在的冲突与交流。各种声音与意识在这对话过程中紧密交织与渗透,就像在多声部音乐中一样,以某个统一事件为主旋律,形成文学上的对位关系。由于都是充分独立的,各有其完整价值的主体,因此任何一种声音和意识都不会成为驾驭异己声音和意识的权威力量,都不会成为最后的结论。因此巴赫金指出,复调小说的结构在原则上是不可完成的、不可封闭的。显然,这是由各个主人公的自我意识的内在不可完成性决定的。巴赫金的这种看法,就其对陀思妥耶夫斯基小说的实际情况的描述来说,已被多数批评家承认。陀思妥耶夫斯基的小说几乎都像接合不起来的曲线,小说提出的问题以及围绕它的各种对话似乎可以无穷延续下去。

第三,主人公与作者的对话。

塑造什么样的艺术形象,取决于作者对主人公所持的艺术立场。巴赫金指出,复调小说作者的新的艺术立场就是"被认真实现的贯彻到底的对话立场,它确认主人公的独立性、内部自由、不可完成性和不确定性。主人公对作者既不是'他',也不是'我',而是有充分价值的'你',即另一个异己的有充分价值的'我'('你自己')"。

显然,这种艺术上的对话立场又取决于新的生活立场,即对人性的新的深刻理解:"不能把一个活人变成从背面对他进行完成认识的无声客体。在人身上总有某种只有他自己才能在自我意识与话语的自由行为中加以揭示的东西,总有某种不肯屈从于使他表面化的、从背面对他进行的确定的东西。"人不是能作出准确计算的、有限的和规定的存在,人是自由的,能够打破一切不顾他的意志(从背面)强加于他的判决。人从来不等于他自己,对他不能采用"A = A"的公式。在陀思妥耶夫斯基的构思中,正是在人不等于他自己这一点上,个性的真正生活才可能存在,因此他要寻找"人身上的人"。巴赫金指出,在人的精神严重物化贬值的资本主义时代,这种新的艺术立场正包含了解放人和使人摆脱物化贬值的社会意义。

从对话立场出发,主人公就不是作者话语的聋哑无声的客体,而是对话过程中的另一个具有完整价值的话语主体。与传统独白小说不同,复调小说作者不是在谈主人公,而是与主人公谈。作者将主人公摆在与自己完全平等的地位上,使自己的声音与主人公的声音在同一平面上相遇、交流、争锋。他会使主人公作为一位在场者看到和知道一切本质的东西,看到和知道他——作者——所看到和知道的东西。作者只作为对话的一方,并不把作出最后结论的权利保留给自己。作者引导每一种异己观点去发挥出自己最大的力量和深刻性,揭示并展开该观点可能包容的一切意义。也就是说,作者在自己的作品中反映的是人类生活与人类思维的对话本性。

小说的结构重心就这样转移了,全知全能的作者视域被打碎了。这仍然可用镜外人的例子说明。主人公作为镜外人,象征着整个现实世界连同主人公自身都被从作者视域转入主人公视域,一切都被抛进了主人公意识的坩埚。从前由作者完成的事,现在由主人公自己来完成了。巴赫金称这是小规模的"哥白尼变革"。

以上三个层次对话是复调小说概念的基本内容,复调小说的整个结构就建立在这上面。

在认识论上,巴赫金认为传统独白小说根源于哲学上的形而上学以及"绝对自我"等唯心主义一元论概念。独白小说无视或排斥一切异己思想,这些异己思想在独白小说中只能得到被否定的表现。其实思想像声音一样,需要被听到、被理解、被其他声音从其他立场来回答:这就是人类思维的对话本性、思想的对话本性。巴赫金说:真理拒绝那种只接受现成真理的独白,"真理不是诞生在并停留在个别人头脑中的。真理诞生于共同寻求真理的人群中,诞生于他们进行对话交流的过程中"。尤其是在资本主义文明时代,失去思想平衡并互相冲突着的各个世界表现得特别完整,再也无法纳入单调独白的框架中。生活的不可封闭的、不可完成的复调本性愈益突出,理当要求艺术的复调表现。

在认识论之外,巴赫金还从人类整体文化的角度去探讨复调小说的根源,提出了"文学狂欢化"的问题。狂欢节是毁坏一切并复活一切的节日。在狂欢节上,人民自由地亵渎一切神圣的东西,在假面之下所有人打破社会等级的限制而自由狎昵地交往。宣布世间一切事物都具有"愉快的相对性"——这就是狂欢精神。它使文学以最为自由创造的态度对待生活:对立的两极被融为一体,如生孕育着死,死就是新生,崇高与卑下混合,真实与怪诞并存。不同文体之间的森严壁垒倒塌了,风格获得了解放。复调小说正是这种历史文化传统在资本主义文明时代的产儿。

巴赫金称陀思妥耶夫斯基是复调小说的真正创始人,认为复调小说的划时代贡献是在欧洲小说史上确立了艺术结构的新原则——小说对位法。他最后这样概括复调小说的美学意义:"复调小说的创造不仅在长篇小说形式的艺术散文……的发展上,而且总的说来在人类艺术思维的发展上都迈出了一大步",使人们不再简单地"到处去寻找表面的生活真实"。

小说文体的变迁与语言

於可训

近几年来，小说文体的变革已经成为人们集中谈论的一个重要话题。它的最直接的动因，大约是：一批探索性小说在有意无意地进行着各式各样的文体实验，伴随这种实验，便有各种关于小说文体的思考和动议；作为这种实验的结果的，则有各种对于小说文体的议论和评价。而理论批评界在倡导文学观念变革，尤其是在运用某种形式批评的方法的同时，也急于寻找新的对象，以便通过一种实体的解析，显示这种观念和方法的价值和意义。

但是，究其实，小说文体的变化又毕竟不是最近一个时期才有的事，而是近十年来小说发展演进的必然归趋和结果。同一切艺术形式的变化无一不是生活形式变化的辐射和投影一样，近十年来，小说文体的变化同样也留下了生活发展的历史进程投射在主体审美意识中的轨迹和辙印。没有历史和现实所构成的某种经验的反差，人们就不可能想象在茹志鹃的小说中会出现如《剪辑错了的故事》那样的结构模式；没有解除极左的思想禁锢之后人的主体意识的苏醒和自觉，也就不可能想象王蒙的那些被人们称作"意识流"的叙述格调；同样，没有十年动乱那一段历史，也就不能想象宗璞等人的某些小说给人们带来的那种极度夸张和变形的艺术感觉。总之，在近十年的小说中，那些被人们称为文体的"语言形式"，正如德国语言学家和文艺理论家威克纳格所说，只不过是"一件覆体之衣"，至于这件"实体的外服"所呈现出来的种种起伏的线条和"褶襞"，则是起因于它所覆盖的那些个活泼的灵魂的每一个颤动在肢体上所引起的动作和姿态。

正因为如此，在较早一个时期，当小说以它的题材和主题一次又一次地引起"轰动"的时候，人们也惊异地发现，小说的文体也悄悄地发生了许多新的变化。至少在普通读者的艺术知觉中，某些小说已经失去了它们长期以来所熟识的脸孔和形貌，相反，却与他们对于五四时期某些小说的遥远记忆和对于20世纪以来域外某些小说的有限的经验相接近。这种情形恰好显示了近十年来小说文体变迁的一个潜在的事实，即在20世纪初从域外引进的各种小说艺术流派中，除再现性极强的写实主义经过一个漫长的"中国化"的过程，开始成为中国小说的新的传统的一部分之外，其他如浪漫主义和某些带有现代主义色彩的艺术流派，则因为社会历史的原因和它自身的"民族化"实践的不足和缺乏，因而在很长一个时期也就不可避免地要受到人们的冷淡和抑制。不能说近十年来小说文体的某些变化是直接导源于五四新小说中这些被中断了的艺术流派或起因于对它们的"存亡继绝",但是,有一个基本的事实须得承认,即在五四新小说中,那些未能被充分地"中国化"的域外小说的某些流派及其在 20 世纪中叶以来所派生和繁衍出来的各种新的形式,正是诱发近十年小说文体嬗变的直接的外部因素。因此,我们完全有理由认为,近十年来,小说文体变化的一个最为突出也最为引人注目的特征就是在新的文化背景和艺术氛围中,对域外 20 世纪以来某些非现实主义小说流派的一次新的借鉴和尝试。因为有新、旧现实主义传统在先,这种借鉴和尝试本身也就意味着是对传统的现实主义小说文体规范的一次更新和突破。这样,从总体上说,近十年小说文体的变迁虽然是以种种名目繁多的带有现代主义色彩的文体试验为先锋和弄潮儿,但它的更为深沉的浪涌,却为传统的现实主义小说增加了许多新鲜的文体因素。

应该承认,自 19 世纪末 20 世纪初以来,随着现代主义小说的兴起和在某些领域内卓有成效的艺术实践,域外关于小说作为一种叙述文体的种种新的观念和理解,以及对于有别于传统的小说文体和技法的研究,或通过理论译介,或见之于具体作品,无疑对近十年小说文体的变革,产生了极为重要的启示和影响。加之理论批评对于结构主义、符号学和各种现代语言学理论以及接受美学的热情关注和重视,也使得人们对小说"本文"的文体构成和诸如结构、功能等与小说的文体形式相关的诸多问题,产生了浓厚的兴趣和偏好,作为一种理论提倡和诱导,这对近十年小说文体的变迁,同样也起到一种不可忽视的催化作用。一般说来,近十年来,作家——尤其是中青年作家——都比较注重向 20 世纪以来的域外小说借鉴新的技法和经验,也不拒绝对艺术和美学理论的学习和探讨。但是,对于小说文体,他们最为关心的问题毕竟还是"怎么写"才能最大限度地发挥小说艺术的叙述功能,才能使他们对外部世界和自身的意识能够通过一种独特的语言构造获得最佳的表现效果。因此,从根本上说,近十年来小说文体的变迁,乃是作家自觉的主体意识见之于文体艺术的一个重要标志。

小说作为在艺术史上较晚才获得独立形态的艺术样式,就世界范围而言,曾经在史诗、散文,乃至戏剧等古老的文体样式中经历过一个妊娠期的"诗化"和"散文化"的原始胚胎阶段,加之神话、史传、民间传说和说唱文学的滋养,便使得形成中的小说文体曾经在韵文与散文、表现与再现之间,获得了多种形式的艺术功能和较大的艺术传达的自由幅度。在以后的发展中,无论是在中国还是在欧洲,小说虽然都有过以主观表现为特征的浪漫主义和以客观再现为特征的现实主义交互辉映或递嬗更迭的共竞共荣的繁盛局面,但是,在 20 世纪以前,作为欧洲近代小说之冠,并对中国五四新小说产生直接而又深远的影响的,毕竟是以客观再现为特征的现实主义的艺术形态。这种影响与中国自宋元以来在长篇小说中得到长足发展的现实主义艺术传统密切结合,无形中就使得现实主义对于小说文体的各种要求在人们的头脑中长期以来成为一种不可逾越的最高规范和准则,以至于当现实主义小说想突破这种文体定式而向浪漫主义的表现性融合新机、创造新路,抑或是回过头去在小说文体的历史传统中以新的眼光寻找那些已濒于退化的文体功能和失落了的文体自由的时候,都要准备承受来自习惯和成见的各种指责和非难。小说文体的封闭和硬化由来已久,即使是按照最一般的理解,把小说文体看作是属于纯粹形式范畴的东西,它也已经对小说所追求的日益深广的思想内容,造成了一定程度的束缚和障碍。正是在这个意义上,近十年来,小说文体的每一个细小的变动,都会理所当然地要被人们看作是对于传统的现实主义小说文体的一次"离异"和"反叛"。所谓"小说不再像小说了",正是对这个变动所引起的习惯和成见的惶惑和惊叹。

众所周知,自现代主义兴起之后,长期以来在西方文学,尤其是小说中占据统治地位的艺术的再现形态开始受到冲击,产生动摇,"荷马方式"逐步为"圣经方式"所浸润,乃至于人们普遍认为,20世纪以来的西方文学艺术存在着一种向东方古老的表现主义传统认同的潜在趋向。而在近十年中国文学中,正如人们所指出的,也存在着一种由外向内,即由再现向表现回归的发展态势。这一方面固然表明现代文明发展的历史进程正使东、西方文学在日渐趋向融合;另一方面也表明,中国文学的表现主义传统也在一个新的意义上,受到这种半是"融合"半是"回归"的艺术潮流的重塑和再造。可以说,近十年来小说文体的变迁,不但是基于上述东西方文学这种整体性的相互影响和变动,而且,也为这种影响和变动提供了艺术的实证和范例。就其实践形态来看,近十年来,小说中日渐强化的表现性因素,在如下一些方面,尤其值得重视和注意:其一是由客观地反映对象所包含的本质意义,到赋予对象以特定的隐喻和象征意味,包括发现神话原型和开掘民俗、民间文化的心理积淀;其二是由真实地再现对象所具备的现实形态,到注重对象所引起的感觉和情绪的折射,包括某种荒诞和变形的感觉形式;其三是在传统的情节模式中容纳了更多诸如心理分析和意识流动等"淡化"情节的艺术因素;其四是突破了人物行动、事件发展的实在的物理时空,追求更带主观色彩的生活场面或感觉情绪的自由组合的结构方式;其五则是在"以第三人称为主"的"全知全能"的"报道式"的叙述方式之外,更注重叙述者进入叙述过程的特殊角度,以及因此而带来的多种人称的叙述方式的综合运用和复杂变化。

凡此种种,小说的艺术形式的变化必然会在语言文体中留下它的物化形式和烙印。这也就是近几年来创作界和理论批评界都那么热衷于谈论小说语言文体问题的主要原因。而且,一般说来,再现型艺术偏重于强调内容而把形式放在次要和从属的地位,并且在观念上认为作品的形式是被内容所决定的,而表现型艺术则把形式提到特殊重要的地位上,认为形式本身便是"有意味"的,是"完成了的内容"。这两种不同的艺术类型对作品的内容和形式的理解,势必也要影响小说的再现和表现。因此,近十年来,当小说中的表现性成分日渐增强的时候,由于实践本身所提出的要求,对小说新的叙述方式的研究和探讨,也就显得格外突出和重要了。所谓小说的语言问题,正是在这个背景下被重新提出,并以一种全新的意义引起了人们极大的关注和兴趣。

迄今为止,无论是比较欧洲文艺复兴以后的近代小说和20世纪以来现代主义小说发展的历史,还是我国五四以来的新小说中互为消长的两种不同的艺术因素,都不难看出,偏重于再现的小说和强调表现的小说,对于叙述语言,确实有着截然不同的理解和要求。

而对我们来说,比较陌生的恐怕是那些强调表现的小说的语言方式,它侧重于表达主体对于现实的独特的感觉和体验,因而所注重的首先是为这种感觉和体验找到一种直接对应的语言形式和表述方式,而不必将对某种外在对象的精确描写作为传达的中间形式和媒介。甚至连那些在再现性小说中被特别强调的客观对象"本来有的样子"和"可能有的样子",在这种语境中,也是被充分地感觉化和情绪化了的。所谓描写的精确,在这里,只是对于感觉印象和情绪体验才有确定的价值和意义,而不需要也不可能用某种外在对象所要求的真实性的尺度去衡量。月亮不可能是方的,狗很少有绿颜色的,阳光不会有硬度,人的肚子里也长不出芦苇来,在语言艺术地再现对象的特征方面,这本来都是常识范围内的事,但是,在一定的语境中,这种看似违反"常识"的修辞手段,或许正好准确地传达了主体对于对象的独特的体验和感觉。这确实更接近于诗的表现性修辞而有别于传统小说语言的再现性功能结构。在近十年的小说中,随着艺术的表现性成分的日益扩大和强化,我们不难在众多作家的作品中找到诸如此类的实证和范例。虽然到目前为止,对于小说的表现性语言的实验和探索,还处在十分浅显和粗略的阶段,有些甚至只是调整了再现的方式,并不具备任何表现的功能和意义,抑或干脆便是一种失败的尝试,但是,又恰恰正是这一切,集中表达了近十年小说在新的阶段上对语言文体的高度重视和对"表现性形式"的热烈追求。

苏珊·朗格曾说:"积极探讨和接受新的构造方法……这实际上是艺术中的一种革命。"可以预言,对"本文"的结构和功能的注重,将会成为下一个十年小说创造的一种新的价值取向和艺术追求,从近十年小说文体的发展变迁中,我们完全有理由确认这种潜在的趋向和势头。

对人类学批评的多种可能性的资格论证
靳大成

写完这个题目,我不禁有点犹豫,人类学批评模式究竟是什么呢?

似乎存在着一种"人类学批评",因为已经有了《金枝》,有了《批评的解剖》,有了《结构人类学》……但是,在人类学与社会学、民俗学、心理学等学科尚为彼此的疆域、界桩诉讼纷争不已的时候,谁又能给人类学批评模式下一个毫不含糊的精确断语呢?至少到目前为止,不管人们持赞同、保留还是反对的态度,我们实际上已经把"原型批评"当作"人类学批评"的代称了。泰勒、弗雷泽以后的人类学对文学艺术研究的影响,已经被人加盖上了"图腾式批评"或"神话批评"的封条,这个印象深深地留在批评家的潜意识里,几乎不可动摇。尽管人类学一百多年的发展留下丰富的遗产,它的理论流派争奇斗艳,纷繁复杂,形成了各种体系和假说,但是与"原型批评"的知名度相比,人类学的重要理论部分,即艺术人类学却受到不应有的冷遇,它的重要理论成果往往被贬低为某一个具体艺术门类的实证研究,最多也不过是现代人类对年代湮远的史前时代的一点思古幽情。

人类学批评、艺术人类学的确来自对原始的、史前的文化形态的认识,它的发展带有两个特征:一是它的实证性,强调"田野作业""参与观察",这是泰勒、弗雷泽以后形成的传统;二是它在理论价值观上的相对主义态度,强调从各种角度陈述事实,避免用因果关系来简单地解释问题。尤其是在价值判断上,他们坚持用两类标准来比较和判断,即 emic 和 etic(有人译作"属内"和"属外"),也就是"建立在内部基础之上的标准"和"建立在外部关系上的标准",以纠正我们从各自所处社会中带来的文化偏见,求得不同观点之间的沟通和理解。正是这些特点和从原始文化研究中获得的认识,使人类学给现代社会科学带来了两方面的挑战:一方面,像有人说的那样,它反映了对现代理性的发展、科学的应用、工业的"进步"所产生的某些弊病的严重不满,因而强调重视人性中的原始因素,使我们恢复全部人性的完整性;另一方面,人类学对"原始文化"的研究给我们提供了新的视界、新的标准,使我们能较客观地面对自己几百万年的历史,较客观地评价过去所不愿与闻、不屑一顾的事物,观照占据现代文明社会中心位置周围的小民族的艺术、民间民俗艺术以及各类"原始"艺术。

第一个挑战经过时代的震荡(再加上精神分析的冲击),已经被人在相当程度上接受了,而第二个挑战则远没有那么幸运,因为它与我们观念中某些根深蒂固的东西相抵触。现在我们已经说不清人类学与精神分析、容格的集体无意识说到底是谁启发了谁,也搞不清究竟人类学与结构主义语言学派谁应申请"发明专利",重要的是《金枝》的影响已远远超出了本学科的范围。但是,像马林诺夫斯基、博厄斯、克鲁伯、马格丽特·米德等人的理论成就却很少有批评家肯屈尊俯就,似乎那些理论只能开出不结果实的花朵。这种现象,是一种值得玩味的、文化史上常见的"有意遗忘"症。

生活在20世纪80年代并有资格自称"现代人"的我们,正是占据现代文明社会中心位置的大民族文化传统的真正崇拜者,反传统的激进论调只不过是这种观念的补偿。我们在各自文明的黎明时期就有了自我崇拜,不论是亚当、夏娃还是女娲抟土造人,从一开始我们在体质上、生理上、精神上就是完美无缺的。我们在潜意识里固守着我们与其他人或原始人的鸿沟,坚信自己的眼睛所看到的一切才是真实的。仔细品味一下,对"原型批评"的驳难中就有这种观念的影子,例如,我们总喜欢把容格、弗莱的批评模式的适用范围和有效性限制在一个度内,我们自己则处于度外。

人类学批评绝不仅仅是"神话—图腾"式的批评或原始艺术的实证分析,这是由它本身的学科性质所决定的。人类学对原始文化的实证分析和理论概括不仅使我们用更为复杂的眼光重新审视人类文明的发生机制、文化模式的整合方式、文化传播(代际和人际)的主要特征等重大的"史"的问题,而且还引出我们对人的文化本性、人的存在方式的更深刻的思考。艺术人类学最基本的观念就是认为艺术是人类的一种特殊的存在方式,艺术是人类特有的一种文化反应。我们人之所以以一种"艺术的态度"生活,与我们的文化本性有着直接的关系。我们有多少种存在形态和存在方式,艺术就有多少种性质、形态、功能,而人类学批评恰恰是一种全景式批评,即它从艺术与人类存在形态的多种不同关系中分别引申出自己的批评原则。

除了"神话—图腾"式的原型批评之外,人类学强有力地支撑起文化史批评的宏伟建筑。文化史批评把艺术作为文化传播过程中的一个环节来考察,它主要从民族传统、习俗遗风、民族文化心理积淀、文化氛围、宗教信仰、禁忌、仪式等方面对文学艺术作阐释与评价,它更侧重于把艺术看作显性文化的凝结物来加以分析,解读艺术中的文化密码。这种方式实际上人们普遍运用,只不过没有借助于人类学理论使之精确化、系统化并上升到理论层次。这种批评在一定程度上可以达到对隐性文化或潜文化层次的分析,并且往往能够补充、丰富、加强、深化社会学批评的分析成果。在社会学批评认为是终点的地方,文化史批评可以作为起点进一步剖析。

在原型批评与文化史批评的交叉点上,可以形成"象征还原"的批评方法,它更侧重于对艺术作隐性文化层次的分析。所谓象征还原主要不是把艺术品还原为艺术对象或生活原型,它主要进行以下几个层次的分析:一、从艺术品的结构形式还原到它所附丽的意义层面,揭示形式的美感价值的根源;二、从意义层面归纳出同类象征结构的共同模式和基本母题,探索这个共同模式的类型演变和深层含义;三、寻找共同模式在发生学上的背景、原型及其原初意义,解开它的永恒之谜,给发生学上的无解性悬念提供合理的解释。象征还原近似于破译工作,它把艺术放在整个象征文本中(即根据文化惯例表现的心理结构),探查呈现在我们面前的"形式"的意义。在整个还原工作程序中,形式往往被暂时降低为媒介物而作为理解的密码障碍来处理。

人类学从个体经验层次出发对个人行为特征的分析,可以形成"人格角色"的批评原理。人物作为叙事性作品结构因素的重要组成部分,究竟以何种方式发挥作用,用人格角色理论可以作出比较精确的定型化的分析。人从出生到死亡,总是在不断变换着自己所扮演的人格角色,并以多种人格角色与他人和自我发生不同的关系,从而实现个人的价值,得到社群的文化认同。人格角色的理论模型可以从不同的侧面揭示人的内在的和外在的相互关系、矛盾冲突,同时兼顾它们之间的各种稳定的与易变的、持久的与短暂的变化因素,它比我们常见的人物性格分析更为实用,能简化分析的陈述过程,使分析从个人体验变成带有定量化特点的较精确的类型比较,具有更大的可验性。人格角色分析最根本的出发点是在艺术与个体人的存在形态的关系上考察艺术的文化本性,它与原型批评、文化史批评等方法显然不在同一层次上。

人类学、艺术人类学是否能贡献给我们以文化批评学派的理论基础,现在还处于有争议的阶段。客观地讲,我们只能说它的前景大于它已取得的成果。目前就对人类学批评模式进行"资格论证"也许为时过早,因为现在要做的是占有资料、消化吸收、引申升华。但是,只要对西方艺术人类学作认真的批判改造,发挥它在文化基本理论研究方面的优势,即便它不能成为一种独立的批评模式,也会给已有的批评方法提供武器。随着人类学理论的大量引进、移植、改造,把它等同于"原型批评"的历史误会终究会得到澄清。

面对发展了的审美形态

吴秉杰

在真正的学术争鸣中,认为别人对于自己的观点发生"误解""曲解""未能正确领会",等等,几乎是论者先天的权利。但尽管如此,这种"误解"从来不是完全消极的或无缘无故的。它本来就反映了我们对对象不同意义的理解,对于问题不同侧面的关注。何况任何具有个人色彩的论点一经提出,一经与社会的大背景相结合,其含义便不可能限定在个人意愿划定的圈子内。从这个角度看鲁枢元同志概括的文学"向内转"现象及其引起的争鸣,我觉得仍是很有价值的。现在的问题是:我们需要一种建设性的眼光与态度,面对新的文学现象,深入它的功能机制与不同层次的含义之中,这可能是具体把握对象并使讨论深化的途径。它虽然未必会消除分歧,却有助于澄清我们的思想,迅速地上升到一般的原则性高度,这往往只能使人们缄默不语或加深"误解"。我们已经有了对文学"向内转"的各种不同的评价,但这些评价却本应在对创作作具体分析之后作出。仅仅纠缠于"向内转"的命题概念,急于把活生生的——因而事实上也是容易体察、感悟的文学态势纳入新的范畴或严密的逻辑结构之中,其结果也多半解释得比原来需要解释的东西更难"懂"、更难以理解。每一个判断都意味着回答某个比较确定的问题,但当话题涉及非常笼统的现象时,问题内涵有可能说不清楚。因此,我想我们时时不要忘了联系实际存在的经验现象,这才是我们进行理性分析的出发点。

新时期文学"向内转"的第一个可感的现象是创作风格的显著变化,主观色彩的加强。感觉、意绪、想象、变形这一切都直接指向主体精神的特征及其体验,而内视点的审美角度又形成了主题的模糊多义、情节的淡化、语言叙述方式上的暗示及间接的象征、诗化、散文化等,这是一种意在直接楔入人的精神世界的努力。我看不出这样的风格形态有什么理由被认为必然会与时代生活、时代意识、时代精神脱钩。想一想王蒙的《布礼》《蝴蝶》《活动变人形》以及张洁那曾激荡起广泛感情共鸣的《爱是不能忘记的》《方舟》等作品吧,"向内转"的艺术视角显然有助于把我们精神生活自发形成的、未定形的、不系统或不稳定的情绪、感情、愿望、要求、信仰、道德情操等艺术地呈现出来。个体心理的具象表现是变化了的时代生活、社会心理的曲折反映,而通过社会心理的中介它仍然是可以通向更高的社会意识乃至时代精神的。有的同志对于一部分着重于内化心像的创作中社会性薄弱、价值观偏误,或缥缈无踪的空灵感到不满,这自然可以理解,但它并非文学"向内转"题内应有之义。可以对此大声疾呼或另作专题论述,却不必以偏概全,以简单代替丰富,以一般的意识形态要求取代具体的、发展了的审美要求,以至于含含糊糊地将其扑灭。在我看来,被不准确地概括的"三无""三淡"与鲁枢元所说的"题材的心灵化、语言的情绪化、主题的繁复化、情节的淡化、描述的意象化、结构的音乐化"主要对应的便是这种风格形态的变化,然而这还是比较表面的。

"向内转"的进一步的含义在于作品表现对象、艺术内容侧重点的转换。它导致了与其适应的新的形式、技巧、手法和风格形态。毫无疑问,任何艺术内容都是意义与价值、客观与主观、理性与情感、意识与潜意识、自我表现与社会心理及意识形态的辩证统一,但这些构成要素的不同方式的结合却必然产生小说整体功能与机制的调整。"向内转"的创作突出主体的感情、感受和心理映象,它使客观的社会生活、过程与动作退居二线,借助心灵的综合折射出生活的复杂与多面,又跨越一般的认识而达到某种精神价值的呈现。正是因为它专注于人的心理世界,而由于人的内宇宙的复杂性、模糊性、非线性的多义性未必能包容于一定的情节框架之中或是由一次性的行为叠印于其上,才产生了当前小说(主要是中、短篇)创作中艺术面貌的重要变化。从传统上追溯,莫泊桑的小说创作注重情节与契诃夫的小说创作侧重人的精神表现已代表了两种不同的走向,后者自然与我们今天所说的"向内转"形态还有很大距离,但其部分作品(《万卡》《草原》等)却已被我们一些作家频频引证。从语言风格看,既有选择用语力求含义明晰的如斯威夫特、狄更斯等一类,也有刻意追求象征、暗示因而含义暧昧的如爱伦·坡、梅尔维斯等一类,而这种叙述风格又不同程度地受着艺术表现对象特征的制约。审美重心的改变引起一系列原有艺术把握生活方式的解体与新的结构方式的产生。由此,我们的目光便不再停留或拘滞于一定的风格形态,而将恰如其分地把它看作更新着的艺术内容自身的复现。新时期文学走出"伤痕"文学之后,"反思"一开始便是在两股平行的轨道上前进,宗璞的一部分"超现实主义"作品,孙犁的"芸斋小说",李国文的《月食》,张承志的《黑骏马》等,以及汪曾祺着重人格体验的"笔记体"小说,林斤澜由实而虚、灵性重新激活的"伤痕"小说,还有一批女作家对于女性领域的独特的开掘,无不具有内容与风格统一"向内转"的特点。而当前一批青年作家只是继续并进一步把它推向了更为自觉的潮头。于是,我们又应以一种历史的发展的眼光看待文学"向内转"现象,这样可以得出第三点认识:即把"向内转"作为文学发展的一个过程进行考察。

需要指出,文学的发展并不意味着一种艺术样式对另一种艺术样式的取代或否定。实际上,不同追求的艺术作品不仅各擅其长,无法取代,而且由于它们是不同品格的创造,其优劣也是不可轻易比较的。发展只应理解为新的艺术因素、艺术方式的创作的出现。文学史上,在巨大的历史事变与急剧的社会变动之后,可能出现两种趋向:

一种是要求艺术地再现历史,把握与审视历史;一种则是要求积极地返视主体,重新认识主体精神的意义。这就是为什么在两次大战之后西方文学都出现了"走向内心"的倾向,而东欧在"废墟文学"的基础上也出现了"主体文学"的原因。这并不是偶然的。新时期文学在急剧的历史震荡中诞生,随着反思的深化进一步审视自身,认识自我,这同样是合乎规律的现象。在我看来,这种"向内转"不仅是开掘内心,而且还是重新寻找自我与时代、民族、历史的联系,或是用"我"的目光重新估价自然、社会与人生,从而在一切对象的表现上进一步打上主体精神的印记。韩少功的"寻根"并非是客观的、再现的摹写,而是强烈的内化心像的凝聚,作家意识、观念深潜于中的艺术结晶;莫言把神奇的感性生命形态借助艺术感觉扩大到了历史、现实、民族命运以及它们所扭结的一切领域,而这种交错层叠也只有在内在灵魂的世界中才能实现。"向内转"的方式是多种多样的,事实上按传统现实主义创作的作家也不同程度地受着"向内转"的影响,高晓声由对陈奂生心理的冷静剖析转而为一种新的对农民心理的寓意化处理;以密切反映当今生活见长的王润滋、矫健在近年发表的《小说三题》《小说八题》中对于意象的营造等,都是"向内转"的不同成果。显然,这些作品并没有走向"深山野坳",而是仍与时代、人生乃至改革生活有着血缘联系。"向内转"的潮流仍在发展,而在它的潜力尚没有充分展开、局限没有充分显露之前,它不会低落与调整,作为一种带有普遍意义的艺术潮流,仍将裹挟起一大批作家的视线。不用否认,在这一类作品中也存在着渺小、浅薄与空虚的现象,它们是主体精神缺陷的表现,这种缺陷当然对于面向外部世界的、重艺术再现的创作也同样产生影响。或许不如前者显著,只是因为前者直接坦露灵魂,更少了一层掩饰而已。正确分析"向内转"的意义、价值和审美机制,我们需要面对的不是个别的创作,而是一种新的、发展了的审美形态。

我觉得,在文学"向内转"的现象中,更不能忽视它向我们显示的人对现实审美关系的某种改变。艺术作为人的精神的对象化表现,它决定于人的主体精神和艺术对象两方面发展的结果,由此形成不同的对象化关系。不同艺术类型的对象化的媒介是不同的,如果说外向的、再现的小说对象化的媒介侧重于语言、情节、人物和环境,那么内向的、表现型的小说对象化的媒介便侧重于语言、心理、意象和氛围。研究主体精神对象化的不同艺术媒介及其结构功能,我们便进入了审美的形态学。在这方面,"向内转"的艺术形态当然不能与基本的艺术规律画上等号,但它毕竟还是体现了艺术规律,是艺术规律在不断实现中的新的补充与完善。我们既要把发展了的审美方式、审美形态与完整的艺术规律及其要求区分开来,也要注意不要以一种传统、习惯的审美形态来排斥新的审美形态。因为归根到底,艺术的成败高下最终还是决定于主体精神是否深刻有力以及它在对象化实现时的深度和广度。"向内转"的创作作为新的小说审美形态也存在着自身的弱点,在我看来至少有三点:首先,由于外部世界的相应隐退,它在满足人们对于具体生活过程、社会运动、历史事变的审美把握方面不免留下空白,人们呼唤着众多史诗性巨著的出现,这种缺憾恐怕未必能由"向内转"的创作来填充。其次,有时候当内在精神生活的审美表现本身还需要外在生活的进一步支持和说明时,单纯"向内转"而形成的情感、情绪、意象便会缺乏审美的感染力与说服力而显得贫弱。这也就是为什么即以王蒙而论,他的《风筝飘带》《深的湖》《卡普琴诺》等作品能让人感到心口发热、回味悠长,而《来劲》却又不免使人(我)感到比较空洞与贫乏。最后,从审美风格上说,"向内转"创作中的主观化、情绪化、意象化以及抽象、变形等在一种情况下,可能是对于人所共知的生活现象的超越,暗含着深刻有力的思想,在另一种情况下,又可能是因为它实际上没有能力深入地、具体地把握复杂的生活,反映了精神的软弱。我们以前似乎多从前者着眼鼓吹与赞美,忽略了后一种情况。

"向内转"的提法自然还仅是一个比喻性的命题。许多命题、概念的提出开始总不免带有比喻的性质,即借用其他学科或是日常用语以说明一种特定的现象。概念的精确和完善在于它需要在一定的逻辑结构中予以界定,而它的意义和价值则在于看它能否有效地把某一种类的经验现象归纳到自己名下,组织起来并加以条理化。对于当前创作中具有深刻背景和不断运动着的文学现象,首先追求术语的通用性和标准化(这在一些有相当历史的学科中尚且难以完全做到),从概念到概念的讨论也未必有助于讨论的深入。

文学批评主体性的限度
朱立元

在某种意义上可以说,新时期文学的成长与发展是与文学主体意识的确立和强化同步的。探寻对生活具有真知灼见的独特发现,摸索别具一格的表现形式,寻找宣泄情感的独一无二的喷发口,追求鲜明的艺术个性和不可模仿的独特风格,都是文学摆脱充当僵死的"工具"和"舆论"的厄运,恢复文学多种功能的自觉努力。随着创作主体性的萌发和跃动,批评的主体意识也日益觉醒。一大批批评家以充满灵气的审美感觉切入文学创作,对作家、作品、创作动向、流派、思潮做出敏锐透辟的洞察和深切精致的把握,并诉诸既有强大的逻辑力量和哲理意味,又颇富诗意的文采斐然的个性化语言,从而一改以往批评,要么充当"金棍子",要么甘做创作的尾巴的可憎面目,开创了一代批评新风。从此,批评不再只是创作的附庸,而成为一匹与创作并驾齐驱的骏马。批评确立了自身的主体地位,这是我国当代文学批评兴旺发达的重要标志。

然而,批评的主体性并非无限的、无止境的。批评的主体性本来体现着批评的自由和自立,但若一旦跃出了它自己的既定界限,就会蜕变为主观任意性和"自我"中心,从而中止并最终丧失这种自由和自主。人们不无忧虑地注意到,在批评界滋长着这样一种倾向:主张批评应当完全摆脱创作而独立。有人搬来了结构主义和后结构主义的口号,宣称"作者死了""批评即写作",把批评抬到至高无上的地位,而把创作降到无足轻重的位置上,认为批评即批评家的"自我表现",作品只不过是这种"自我表现"的由头或垫脚石,强调批评有自己独立于创作的文学价值。这些似是而非的观点,从根本上来说,是对文学批评的性质和功能缺乏辩证的认识,忽视了批评主体性的有限性。

作为人类文化活动形态之一的文学批评总是一种对象性的活动。自有批评以来,批评总是有对象的批评,批评的对象就是作家、作品及创作流派思潮等。创作呼唤批评,批评针对创作,两者从来是互为对象的。唯有在对创作(对象)的批评中,批评才获得自己的现实存在。如果离开了作为对象的创作,也就无所谓批评了,因为无对象的批评决不是批评。同样,批评的主体性也以作为其对象的创作为前提和限度,批评的主体性作为人的本质力量的一个方面,如同马克思所说,"它是对象性的本质力量的主体性,因而这些本质力量的活动也必须是对象性的活动","它所以能创造或设定对象,只是因为它本身是被对象设定的"(《马克思恩格斯全集》第42卷,第167—168页)。

批评的主体性、能动性、独立性,恰恰只能通过对其对象(创作)的感受、理解、阐释、评论体现出来,即通过批评主体的依存性、受动性和非独立性体现出来。因为,"这些对象是他的需要的对象,是表现和确证他的本质力量所不可缺少的、重要的对象",这"正像植物是太阳的对象,是太阳的唤醒生命的力量的表现,是太阳的对象性的本质力量的表现一样"(出处同上)。批评的主体性决不靠甩脱对象、游离创作而确立的,那样做实际上只能适得其反,导致批评主体性的自我消解;批评主体性只能体现在对创作的独特感受与发现、对作品内蕴的深刻发掘与阐释、对创作动向的灵敏感应与把握、对文学发展趋势的超前意识与疏导等方面,一句话,只能体现在对对象的依存中,体现在批评家的对象性活动中。所以说,创作作为批评的对象,也就是批评主体性不可逾越的界限。要想彻底摆脱批评与创作的相互依存关系而独立,要想把创作降为批评的由头和批评家"自我表现"的手段,必将使刚刚获得的批评主体地位重新丧失。"非对象性的存在物是非存在物"(出处同上),批评主体性的膨胀势必把批评导向非存在。

  批评不是"独白",而是"对话"。在文学活动中,批评处于连接作家与读者的一个枢纽地位上,如果我们不像传统的看法那样,把文学活动只限于或主要限于作家的创作活动的话,而是把文学活动看成一个从作者—作品(文本)—读者,再回到作者的动态流程,那么,这个流程中,批评家就处于一个中介的地位。一方面,批评家作为读者的一部分,并且是最优秀、高明的部分,首先参与阅读过程,使作者心血、情感凝定的物态化成果——文本在阅读过程中获得具体的生命和审美价值;另一方面,批评家作为文学作者的阐释者,把自己对文本的独特审美感受与理解,诉诸批评的文字,介入或干预读者的阅读过程,帮助和提高读者的欣赏、理解,使作品的潜在价值(正或负)在更广的读者群中得到更充分的实现,同时,批评本身也将在读者普遍的接受效应中接受最严峻的检阅与考验。在这个意义上,我们可以说,文学活动是三个主体间的对话,即创作主体、批评与接受主体。其中,批评主体处在双重对话的关系中:一方面,用自己的批评同创作主体对话;另一方面,用自己的批评同接受主体对话。如同作家创作总是为了读者欣赏一样,批评家的批评文字也总是要寻觅自己的读者。按照当代阐释学的观点,批评活动本身就是一种"诉说",一种以听者的存在为前提的活动。这听者一是作者(不仅仅是某个具体批评所涉及的某个具体作者),二是读者。作者以自己的文学创作向包括批评家在内的读者诉说,而批评家则凭借文学批评表达自己的感受、理解,作为对作者诉说的一种反应和回答;而读者则往往带着对作品的某些疑问来阅读批评、寻求答案的,所以批评实际上也是对读者提问的回答,或者说是与读者共同讨论文学作品。无论前者还是后者,在特定意义上,都是一种包含着"问答逻辑"在内的对话关系。因此,批评决不是,也决不可能孑然独立,决不可能成为纯粹"表现自我"的"独白"。文学批评一发表出来,就不由自主地走进了前定的双重对话关系中,要想摆脱也不可能。也可以说,这种双重对话关系正是文学批评的现实的、唯一的存在方式。唯其如此,批评的主体性也只能是处在这双重对话关系中的主体性,而不能是"天马行空、独来独往"式的随心所欲。明智的批评家应当自觉地意识到批评的这种前定的地位与必然的关系,在双重对话中确立和弘扬批评的主体性,最大限度地发挥批评指导创作、提高欣赏的能动作用。

强调批评主体性的限度,并非想要抛出一根什么"魔绳"捆住批评家的手脚,或者把批评的主体意识的棱角磨平。其实这个问题的实质乃是必然与自由关系这个老问题的新变种。批评主体性的限度问题就是批评的自由的限度问题。批评的自由只能是在必然性网络中的自由,只能是庖丁解牛地在(筋、骨、肉错综交织的)必然性网络中"游刃有余"的自由,而不能是把文学作品贬为由头、垫脚石、手段而赤裸裸"表现自我"的自由。真正的自由来自对必然性的认识和掌握。自觉意识到批评的对象性与对话关系这一铁的必然性,恰恰是获得批评主体意识与自由的开端。不必担心这些铁的关系会束缚批评家的主体性、能动性、独创性,有才华的批评家正是在这种"镣铐"中跳出轻盈优美的舞蹈,在这必然性的无形围墙中演出惊心动魄的话剧,从而一展自己主体性的神威。

批评不管怎样,总是一种阐释。在阐释的广阔天地中,批评是大有可为的,批评的主体性能透过批评家对作品灵动的艺术感觉、独特的文化视野、个性化的情感体验、洞幽烛微的理性思索和富有独创性的表达方式展露在人们面前,而不必仰赖对作品地位的贬抑或摆脱。最近读到几位批评家对张承志的长篇小说《金牧场》的评论,觉得可以作为本文论点的一个佐证。陈骏涛从分析小说"多层多角多间架的结构"入手,来读解这部"复调小说"的丰富含义,指出小说的"活的灵魂"可能在于"主人公们为了寻找各自的目的地而进行的一番艰苦卓绝、代价巨大、坚韧不拔的拼搏",这是小说"诗情和哲理的聚焦点"(《文论报》1987年11月1日第2版)。而赵玫则以女性特有的精细入微的审美触觉,从包括《金牧场》在内的张承志近期小说中倾听到了"一股强大的躁动于"作者心灵中"超越了理智的力量——命",她对作者说,"我觉得,那是一种意志。一切你和你的文字背后的又是冥冥之中的神的意志。这实际上是你的小说的一种内在精神,是企图解释而又不可以解释的一种宗教感觉和悲剧意识"(《上海文学》1987年第11期)。吴亮却以富有思辨和哲理意味的笔触深入地剖析了《金牧场》的精神哲学,认为"这一精神哲学源于一颗骄傲的心,它是超人思想和平民意识的相悖组合;它的英雄主义是被辞藻夸大了的,它的理想主义乃是古典式的虔诚和现代反叛的混合变体"

(《上海文学》1987年第11期)。从这些富有独创性的批评文字中,我们不是看到了在必然性的法则下,仍然存在着张扬批评主体性的巨大的,乃至无穷的可能性吗？总之,批评的主体性是有限的,但是,认识了这种有限性,也就超越了有限而达于自由和无限的境地。

长篇小说的艺术在哪里？

程德培

生活积累不够吗？

表面上，我们的长篇创作在数量的汇报上是不断高产了，甚至面对如此众多且令人眼花缭乱的长篇，批评已经付不出最起码的阅读时间与耐心。每年一度的长篇概括总结，只有一两位专门关心长篇专家在做了。他们做得怎么样呢？走马看花式的宏观、大而无当的议论、蜻蜓点水式地罗列篇目已成为长篇创作宏观评论的模式，而且这种文体从不谈及长篇小说的艺术。当然，这种情况的出现，并非止于批评的大意，也同样地包括了创作的随心所欲。也许是长篇行情的看涨，创作上的粗制滥造现象也十分严重。大量的长篇小说除了在字数上达到其要求外，其余的与中篇小说均无大的差别。可以说，长篇小说的质量改观已经成了当前创作上最难以逾越的障碍。那种以为长篇不过就是多那么些情节与人物的念头同样占有很大的市场，并且已经成为无法更改的秤杆。

我们过去也曾议论过去长篇的创作质量问题，问题是每每谈到这个问题，总有一种习惯的说法冒出来取代别的声音，那就是千篇一律地认为之所以没有写好一部长篇，是因为生活积累还不够丰厚。老实说，我对这种说法是有怀疑的。不是说创作不需要生活，相反，创作从来是不能脱离丰厚的生活经验的积累。但是，我所不解的是，为什么就那么轻而易举地像对待算术一样断言优秀的短篇、中篇小说创作可以比优秀的长篇小说少一点生活积累呢？而且，这里所说的生活积累的多与少又是怎样衡量呢？当然也不能否认，有些人没有写出像样的长篇是因为生活经验的缺乏，但是，并不能因此得出完全相反的推论，认为所有不太成功的长篇都在于生活经验的缺乏。且不论天底下许多生活阅历十分曲折丰富的人何以写不出小说，就是拿眼下的创作现状来说。除了张炜的《古船》是个例外，以我所熟悉的作家看，几乎所有写出众多作品的作家，就个人本身的作品相比，最优秀的绝不是长篇，而是中篇或者短篇。这是一个很值得思考的现象。特别是作家写中短篇行，一写长篇不行，回到中短篇又出色了。在这种情况面前，生活积累论的判断价值已失去了其应有的逻辑力量了。

疲惫感和厌食症

在我的印象里，长篇小说质量差的抱怨声至少已经响了好几年了。作家们又何尝不想改变这种状况呢？眼下这么多的作家都在攻克长篇艺术的堡垒不就是明证吗？我曾经和一些写过长篇或已在准备写长篇的作家讨论过，其中有一位作家的谈话给我印象很深，她先后写过三部长篇，而其中第一部和第三部长篇在故事的总框架上几乎是一样的，我问起作者自己怎样看待这两部作品的不同。她认为第一部长篇差就差在把中篇当作长篇写，而最近一部则力图追求类似交响乐的辉煌音响，特别注意耐力问题，在长长的写作过程中，总是努力保持住一开始的精力，即使是写到一半之后，也让自己的意识状态处于远远没有写完的感觉之中。当然，这样的表达可能有问题，但我的理解是她所讲的耐力问题，正是涉及长篇创作中一个极为重要而又容易为人所忽略的问题，即创作的精神体力问题。优秀的马拉松运动员并不是那种停留在有毅力跑完全程的运动员，更为重要的是，他们还必须在整个全部赛程自始至终保持良好的竞赛状态。这使我想起美国作家菲茨杰拉德的一些想法，他认为一部长篇的精致结构，以及修改时细致入微的判断，与酒不相关联。他发现："一个短篇小说可以靠一瓶酒写成，但如果是一部长篇小说，你则需要具备敏捷的思维，使你的脑子里保持着小说的整个格调，并且像海明威在《永别了，武器》中那样，绝不留情地舍弃一切细枝末节。如果头脑迟钝一点点，它就会只想着个别章节，而忘了全书，那样记忆就会受到阻滞。"（《天才的编辑》[美] A. 斯科特·格伯著，陕西人民出版社 1987 年版）

我很欣赏菲茨杰拉德这段话，因为他明确地指出了同是对作品的修改，长篇小说与短篇小说的不同，甚至这种不同还包括了对作家才气的要求。长篇小说远要比短篇小说复杂，而且它要求作者必须做到在较长时间里都保持创作的欲望、旺盛的精力、充沛的灵感和敏捷的思维。长篇需要它所赖以生存的空间与时间，相对表层的曲折情节，它更需要广阔无比的精神背景。而作家本人呢，弄不好又很容易被这种广阔的背景所吞没，被情节的曲折夺走了全部智慧而搞得精疲力竭。这种长篇创作对作者精神体力的要求，如同马拉松运动员的素质要求和百米赛运动员的要求是不同的道理一样。写出优秀中、短篇的作家也未必能写出优秀的长篇。但是，我们众多的作家似乎并不这样认为，有些人的写作几乎成了机器的定量操作，无论是写长中短，每天照例地完成多少字。对他们来说，写中篇的时间倘若需要几个星期，那么，长篇无非就是再加上几倍的时间而已。甚至，有时候，一个自以为精彩的中篇构思，由于过于偏爱而硬要写成长篇，同样的例子很多，已构成了一种风气。作家们犹如一个好当家，好不容易挣来的钱，一个钱硬是掰成两半花。所以从目前许多优劣混杂的长篇小说来看，最为明显的是作家在创作中所流露出的一种难以克服的疲惫感与厌食症。许多长篇一到下半部都开始摆出一副收摊的样子，仿佛此时此地支撑作者写下去的唯一念头就是如何快点写完它、摆脱它。我们现时的长篇创作，数量上是猛增了，但同时令人担忧与不满的弊病也在上升。

批评的困难

长篇创作的现状提醒了我们,应当注意长篇的思维的问题。至少我认为这是极其重要的问题。反过来讲,我们之所以认为它重要,那是因为目前的长篇创作缺乏的就是这一点。长篇的思维是指什么,特别是它到底包括了多少清晰可举的细则?这大概不是本文所能完成的。因为讨论这个问题的难点在于,它不仅是一个理论意义的概念问题,而且还是个实践性很强的问题。如果仅是前者,我们只要做到逻辑意义上的自圆其说就可以了。但是给长篇艺术作出具体的规定,它自然会受到实践的挑战,特别是那种一端还处在变化之中的未知性。这样,我们的思考只能面对已知的一端,即面对我们眼前所能看到的长篇,但即使是这样,我们还会遇到许多思维的障碍。具体地说,全球性的长篇实践已经经历了几次重大的变革,而我们的当代长篇则是最最缺乏变化的领域,即便是这几年被诸多文章所总结的当代小说的变化,在长篇创作中仍不见反响。所以,我们对长篇艺术的探讨也得从这样的实际出发。我们与其满足于讨论出一些自圆其说的道道,还不如针对当前长篇的实际评出点道道来;我们与其在那里讨论世界上第一流的长篇是什么,还不如讨论大量流行的三流四流的长篇如何地晋升为二流三流的作品更有意义,因为只有这样,理论、批评与创作才有其交融与摩擦的机会。

你如果认为当今的长篇不好,总得要讲出哪些地方不好,特别是指出哪些地方不符合长篇的特性,或者是哪些地方在冒充长篇。我们总不能老是用一些不着边际的话语,诸如思想不够刻深、形式不够生动、部分章节过于冗长拖沓等不疼不痒、概念不清的套话来搪塞,点缀一下文章的尾巴,以冒充批评的公正和严厉。批评的困难并不在于它会得罪别人,因为这需要点勇气就能对付。关键的是你是怎样批评的。我的意思还在于,批评要指出当代长篇创作中非长篇艺术的倾向。首要的一条就是批评本身需有长篇艺术的眼光。我们如果也以中篇的要求来要求长篇、看待长篇,那么,关于长篇艺术评论本身也无法进行了。常常能读到这样的长篇评论,一部由他们判断的长篇的优秀之处,结果与短中篇的优秀无差别可言,充其量不过是多了一条情节线索,多了些人物形象而已。这样的评论眼光如果普及了,长篇的艺术自然也随之消亡了。批评对长篇艺术缺乏思维和创作缺乏长篇艺术的思维是同样可怕的事,同样需要改变的。

1988 年

写好故事
伍林伟

小说家不会讲故事了吗?

"好的小说故事越来越少了。"这是读者的普遍反映。我认为,情况完全属实。翻阅一些权威性的文学刊物,可以说,想找一两个好的小说故事极为困难。现在文学运动也算得轰轰烈烈,各类小说以及小说实验也算五花八门,琳琅满目,但和多数读者却没多大关系,读者希望得到的东西还是得不到。读者的要求说来一点也不过分,譬如他们希望小说家为他们提供好的小说故事,可小说家则常常无法满足阅读市场的需求。大量积压的所谓"纯文学"的产品却和读者的审美情趣格格不入,造成一种胁压性的阅读关系。类似的情形再持续下去,读者就有足够的理由怀疑我们的小说家包括一些被称为优秀的小说家写故事的能力了。难道小说家都不会讲故事了吗?

小说最基本的要素之一就是故事。写故事是小说家的基本训练。几乎可以说,不会写故事的人很难成为一个好的小说家。鉴于阅读市场日益严重的供需矛盾,是否可以这样说,我们的小说家正在渐渐失去作为小说家的资格?

说教味还是太浓

回顾一下多年来的小说理论观念,可以发现故事并没有成为小说最基本的特点,或者说,在实际的写作过程中,小说故事变得并不特别重要,而说教,哪怕是令人口服心服的说教本身却至高无上。故事只是为了体现某种说教或超越小说语言的形式的形而上学主题,其自身并没有价值。当然,有少数例外,例如《林海雪原》《红日》等,这些作品在某种程度上克服了当时文学观念的束缚,寻求和读者沟通的途径。即使这些作品,也仍然可以看出,作家更自觉的并不在小说故事,而在小说主题——小说的灵魂。长期以来,我们的小说是按上述原则来训练选择小说家,也是这样来培养读者的接受倾向,统一读者的胃口。

这种观念的权威地位,甚至影响到新时期文学的开创时代。今天看来,像《伤痕》

《班主任》这类倾向的小说作品,并不是通过小说艺术自身(如故事)获得读者,而是通过思辨性的主题转换来引起读者共鸣。读者的实用功利心理通过聆听作家的说教这个几乎是唯一的途径得到满足和发泄。无论怎么说,当时这种说教很符合读者的社会心理,因而我们不能否认这次文学运动的历史功绩。唯一感到遗憾的是,作家当时还没有太多的机会以小说自身的艺术形式去获得读者。与此同时,小说家们多少有一种误会,以为他们找到了写作的最佳方式。这种写作的方式被冠以"现实主义"的头衔,成为新时期文学的主潮。

然而,这股主潮不知哪一天起流进了"纯文学"的河床里,和多数读者的阅读潮流悄悄分开了。今天文学界哀叹"纯文学"的知音少,并不仅仅指为数不多的探索、实验性作品,更多指的是所谓"现实主义"作品。这种哀叹多少夹杂着对读者的责备,仿佛读者不能体谅小说家的一片好心。其实,读者是无辜的。时代的开放,使读者已经有条件摆脱纯粹实用功利的心态去阅读小说。这样,他们开始摒弃教诲,接受启迪的阅读方法,寻求更多的交流沟通,即以娱乐为中心的各类综合性信息交换。这无意中要求把小说形式的潜能挖掘出来。我以为小说故事作为小说自身的功能和价值的有机部分将真正得到尊重,并且由于能量的释放而产生比以往小说更丰富的信息。读者当然不可能给小说去下一个准确的定义,但他们的阅读潜能知道什么样的小说有信息量,能暗中指导他们选择什么样的小说。读者的变化构成阅读市场的供需特点。

看来,时代正要求我们的小说家从牧师队伍中走到服务性行业来,培养一种服务于读者的社会责任感。他们必须了解读者,就像一个企业家了解市场一样至关重要,盲目生产会使一个企业破产。看不到时代的变化是令人遗憾的,不幸的是,多数小说家无视这种变化。即使他们当中有些人意识到危机,但长期形成拒绝读者的写作方式会在实际操作中把他们拉回去——他们摆脱不了旧结构的束缚。早先读到的《绿化树》和新近读到的《金牧场》很有代表性。我们的小说家用心良苦,费尽心机,写出来通常是老而又老的故事,毫无新鲜感。这类故事不是为了和读者交流,而是为了"欺骗"读者。"寓教育于娱乐中",说到底还是骗君入瓮——哪怕是真理之瓮。读者现在变聪明了,他们很能识破小说家的伎俩,决不上当。

实验小说的窘境

一批小说家坚持用旧方式来写作,写出来的故事没人看。这个危机显然被另外一批小说家强烈地意识到了。我指的是由新时期培养出来的一批激进的青年作家。他们有幸接触到当代的域外文学,尽管很有限,但足以煽动起他们打破现状的热情。于是,一大批探索、实验性作品这两年应运而生,势头方兴未艾。这当然是好事,其间的意义已多次被批评家们充分论述了。

笔者只有一个小小的争议。分析一些探索实验性小说，至少发现两个现象。

一、这批小说在观念上形成对以往文学思想的反动。如果以往的文学思想已在某种程度上形成文学传统的话，那么，这批小说反传统的意向是明确的。例如人物的非典型化，主题的非理性化，语言形式的"意识流"化，以及写性、写大便、写龌龊等，都可以看着是对以往传统观念的挑战，把这场几经反复的运动理解为文学思想的革命会更确切一些。因为，多数小说家在实际操作中并没有意识到这是技巧的革命（这比思想革命更重要）。以往的小说写作之所以日益僵化，并不仅仅在于观念恪守传统，而在于技巧脱离日益变化的读者需要。琼瑶、金庸的小说在思想上可能很保守，但他们的写作技巧却很有群众性，因为和某时、某地、某阶层的读者阅读需求相吻合。极少有探索小说家从读者的角度考虑自己的所作所为，从而调整他们的写作，避免极端化。虽然这批小说观念的冲击性很强，但叙事的技巧并没有多少提高（多数读者不予以确认），有些偏激者甚至提出不写故事的口号。这一失误，使得探索、实验小说的成功很有限，声誉一直不高。没有故事，就没有小说，尽管各种流派的叙事特点各有异处。

二、探索、实验小说的结构里缺乏读者的因素，使其目的不在与读者交流，向读者提供大量信息，而在满足作家的"自我"追求，"自我"完善，"自我"批判。且不说某些小说家那些公开拒绝读者的宣言，单从大量作品里可以看出这一点。尽管他们挖空心思，要探寻小说新的叙事方法，努力创造出新的小说叙事结构，"自我"的理想却使他们丧失了和读者之间相互协调的机会。这种不正常的状况笔者以为并不符合现代派的精神。有资料表明，至少《二十二条军规》《情人》《潘达雷昂上尉和劳军女郎》等经典性的现代派作品在产地都成为畅销书，拥有大量的读者，我们的探索实验性作品却不能畅销，到处积压，唯一的例外是《红高粱》，但这与某个电影导演的努力有关。我以为，为了满足"自我"的作品缺乏和读者协调的机制，不会出现什么新故事，哪怕是以现代叙事的名义。

呼唤好的故事

我们的小说家写不出好的小说故事，并不会中止读者的阅读，读者始终没有停止过对小说的阅读。近年来，"通俗""大众"小说日益发达，很快占领大片阅读市场，反映了广大读者的阅读渴望。"纯文学"界一面指责这些作品充满色情、暴力、凶杀，一面眼睁睁地看着大批读者流失而无能为力，同时，又不愿意检讨反省自身。的确，有些流行小说内容可能不健康，但不可因此掩盖这类小说的优点，即小说叙事机制里，没有强加于人的说教味，没有故作高深的装腔作势，更没有高高在上的贵族气；有的是接近读者沟通读者,迎合读者的真诚态度。虽然,从现状看,许多通俗小说技巧粗糙,质量低劣,但和脱离读者的"精美"小说相比,读者宁可选择前者。

  并非读者喜欢如此,这是不得已的选择,因为没有更好的小说供他们挑选(除了国外译著),应该看到,目前流行小说质量低不是小说形式的原因,而是作家的原因,我们一直没有一支高质量的大众作品写作队伍。这是否是一个机会?我们"纯文学"领域里有那么多优秀小说家,何不具体参与大众作品的写作,以提高小说的质量呢?笔者读过不少西方的通俗畅销小说,觉得艺术质量并不低,故事也极好,原因是西方有一大批畅销作品的小说家。我们也应有一支高质量的通俗小说作者队伍,为读者写出好的小说故事,无论用什么方式——传统的,现代的,只要读者喜欢。这种写作同样是创造,同样不容易!

镜子与七巧板
——当前中西文学批评观念的主要差异
杨周翰

> 本文作者回顾了历史的发展,认为中国批评家所关注的是反映在作品中的生活,西方批评家则观照作品本身,不屑于费心探究作品的"外部因素"。今天,这两种批评都到了一个十字路口,都需要向综合研究的方向发展,镜子式的批评和七巧板式的研究都必须超越自身的局限。
>
> ——编者

本文试图对比并简略概述当前中西流行的两种差异极大的批评方法或倾向:其中一种我想用镜子来标志,另一种则用七巧板来标志。

当前中国文学批评的基本假说均基于这些理论:文学应当反映社会生活,它不能脱离社会生活,它有政治倾向性和教育目的。作家应当不断深入生活,特别要深入劳动人民的生活。因此,批评家主要关注的是作家是否深入了群众,是否成功地反映了社会生活。因此一些批评术语,诸如"世界观""倾向性""进步性""歌颂或暴露""本质""冲突与矛盾""认识价值"(在论及外国文学和中国古典文学作品时用的术语),就经常出现在评论文章中,而批评家则主要探讨作家的生活态度和作品的思想内容;另一些术语,例如"现实主义""性格刻画""典型""体现""栩栩如生""细节""浪漫主义和理想化"等,则常用来探讨作品的美学形式。[①]

与此同时,我们却在西方现代文学批评中发现了一套与之迥然不同的术语。诚然,西方文学批评远远谈不上统一和相同,但照现在的情形来看,各种批评流派都有着一种相互渗透的趋向,因此就自然有一些共同的特色,在这些特征中,最主要者就是专注于文学作品的形式。诸如"肌质""模式""范围""平面""结构""构成"这类词已成了不可缺少的东西。这些词往往表露了批评家对他所探讨作品的态度,犹如一位手拿手术刀的外科医师,时刻准备剖开作品的各个部分,以找出一部作品的组成零件,也可以说,如同一个面对着七巧板的整套部件苦思苦想的人。

这两套批评术语的不同表明,中国批评家所专注的是反映在作品中的生活,而西方批评家则观照作品本身,不屑于费心探究作品的"外部因素"。前者大致与韦勒克教授归类的外部研究相近,后者则近似于内部研究。其原因可能有多种多样,在此作一简略的历史回顾也许并不多余。

儒家文学观可以用"诗言志"这公式来概括,这可以引申为"诗歌是思想或情感的表达"。诗在此指的是古代所有诗歌的总体,其中大多数收录在《诗经》里。根据这部诗集来看,"诗"实际上已含有超越个人感情或简单抒情之意,它既有社会意义,又有政治意义,因为诗在这里起着针砭时弊的"刺"的作用,也是赞美的工具。孔子后来在下列格言中进一步扩大了诗的功用:"诗可以兴,可以观,可以群,可以怨。"他所说的后三个功用不曾在学者中引起过多少争论,而第一个功用,由于意指受外部物体刺激而产生的灵感,因而作为一个专业术语②渐渐有了道德和政治意义,专指产生道德和政治意义的那种灵感。无论如何,诗作为知识(观)的来源,作为外交(群)的工具,作为对社会批判(怨)的工具③已牢牢确定下来了。后来又在《毛诗序》中进一步强调了这一概念:"先王以是经夫妇,成孝敬,厚人伦,美教化,移风俗。"此后,把文学看作伦理、社会和政治教义的载体的种种观念都来源于此。最后由周敦颐(1017—1075年)集中体现在"文以载道"这个口号中,赋予了文学功用以理论的和哲学的基础。

道家文学理论批评的影响直到公元3世纪才体现出来,而且随之就成了至少主宰三百年之久的一个思潮。它完全摆脱了传统的伦理和社会偏见,提出了许多新的重要的文学观念。这种概念的演化同佛教的传播并行不悖。④有些观念显然是从儒家用语中承接而来的,并产生了一些新奇的复杂意义。

例如,"气"这个词早在曹丕(187—226年)那里就出现过了,当时他在评论徐干诗歌的特征时使用了这个词,依他之见,"徐干时有齐气"。将气的原则应用于文学批评是一个重要的变化,因为它把批评家的注意力从社会考察转移到了纯粹的审美观照。这个词也许直接取自孟子的"我善养吾浩然之气",指的是一种道德自我修身,但曹丕的用法却隐含着诗人的气质,这种气质体现在诗人的风格里。同时,提出这一点也颇有意思,曹丕也像丹纳一样,似乎意识到了诗人的气质可以通过他所出生的环境来形成。曹丕在鉴赏同时代另一些诗人的作品时也使用了这个词。

中国古典文评脱离伦理——社会偏见的另一个新的现象是对"兴"的重新解释,陆机(261—303年)在《文赋》中着重论述了作品中来自大自然的灵感,⑤并且形象地描绘了灵感是如何发生效应的:"若夫当感之会,通塞之纪,来不可遏,去不可止,藏若景灭,行犹响起。"

道家批评家也像儒家批评家一样,敏锐地意识到了表达的难度——意义与口头或书面语之间的差异。儒家学派并未提出任何解决方法。⑥但值得一提的是,具有道家倾向的批评家,特别是陆机,从庄子那里汲取了灵感,他们试图在中国文学史上首次提出一种想象的理论,并借此提出一个解决方法。⑦陆机不仅把想象力描绘为打破时空束缚之能力,而且还用比喻的语言描绘了想象何以发展为表达之实际过程。⑧

刘勰(465？—520年)在庄子和《易经》的基础上,重申并进一步阐述了想象的理论。除了指出想象力具有不受束缚之能力外,刘勰还在下列文字中分析了想象力的效用:"故思理为妙,神与物游。神居胸臆,而志气统其关键;物沿耳目,而辞令管其机枢。机枢方通,则物无隐貌;关键将塞,则神有遁心。"⑨

刘勰在谈论想象和表达时所用的语言可能会引起不同的解释,因此这个问题一直弄不清楚。⑩但是这种探求解决表达方法的尝试却给中国文学批评留下了颇有意思的并且蕴含丰富的影响。最深邃、最微妙的东西恰恰是无法言传的,这已成了道家的信条。我们可以从《道德经》的第一句中找到佐证:"道可道,非常道;名可名,非常名。"这一观点对中国文学批评产生了深刻的影响。每一位诗人的最高愿望就是要取得文字以外的效果,同时这也是判断诗歌之价值的最高标准。这一美学原则可用简短的一句话来概括:"意在言外。"崇尚暗示、崇尚含蓄已成了中国古代诗歌的特点。在佛教或禅宗的教义里,这一观点被强调为"顿语",离言说相,离文字相。

我们可以说,人们已经意识到,研究文学可以从心理学和语义学的角度入手,因此我们不妨设想,假如中国文学批评沿着道家、佛教传统发展下去。也许会和西方批评走过的道路相汇合。但事实上,儒家的那种心理结构,如清醒的常识,永远着眼于现实,对人伦道德的深刻关注,长久以来一直有着占主导地位的影响。19世纪末20世纪初,首先是梁启超,接着道家、佛教传统发展下去,也许会和西方批评走过的道路相汇合。但事实上,儒家的那种心理结构,如清醒的常识,永远着眼于现实,对人伦道德的深刻关注,长久以来一直有占主导地位的影响。19世纪末20世纪初,首先是梁启超,接着是王国维,从西方引进了"写实主义"(realism)这一术语,从而给中国漫长的传统以画龙点睛之笔。在某种意义上说来,当前的批评观念可以说还是那个传统的延续。

在西方,文学批评走的却是另一条迥然不同的发展路线。对马修·阿诺德的反动一直延续着,例如,来自阿诺德阵营以及20世纪30年代左翼阵营的几次短期出击(白璧德、莫尔、福斯特)。然而,批评的局面总体上是由"形式主义"(用这个词最宽泛的意义来说)控制的。形式主义批评不屑于考虑文学的社会功能,因而不作道德判断。它是一股与现实主义和教育功利相悖的强有力潮流。为了简便起见,我不妨仅从现代莎士比亚评论方面举几个例子,因为莎士比亚有幸受到了几乎所有现代批评流派的考察。⑪我想挑出"模式"(pattern)这个词作为现代西方文学批评精神的特征,因为这个词有时由于其多重用法很难译成相应的中文。

  模式内在于实在世界中。
  强度之后的苍白结尾——许多诗歌都有这样的模式。

情节通常都按"如愿以偿"这个模式展开。

新喜剧所展示的是亚里士多德因果律的模式。

那些在喜剧中阻碍主人公取得最后胜利的人物……吝惜鬼,忧郁症患者,伪君子,书呆子,势利者……他们的行为都是按照一种外在的模式安排的,一望而知。

莎士比亚的喜剧遵循着一种深刻的"死亡—再生"这一仪式的模式而进展。

不管这个词在作品中作为主题的复现,或象征的再现,或甚至词语的有规律重复,还是人类行为的习惯性或不正常变化,或是社会或世界的组成方式,它们都被设想为一个由各部分组成的整体,这些部分可放在一起,亦可拆开。

梅纳德·麦克(Maynard Mach)教授那篇论证严密、写得极好的文章〔《詹姆士一世时代的莎士比亚:略论悲剧的结构》(*The Jacobean Shakespeare Some Observations on the Construction of the Tragedies*)〕可证实我的观点。麦克教授正确地批评了布拉德雷(Bradley)对莎士比亚悲剧结构的分析,布氏将其分析为"暴露、冲突、危机、灾难结局的组织安排;进程和场景的对比;经过多方面调节的起落的总体模式",这样的分析至今仍是"对莎士比亚悲剧之外形所作的最好描绘",但这种分析也"能用于粗制滥造之作"。麦克教授显然成功地作出了探讨其"内部结构"的尝试,他还探讨了"莎士比亚的……暗示、激发、隐含的才干",因而"用间接的方式找出了前进的方向"。例如,选取了《李尔王》中的"弄人"这一角色,认为这个弄人是某种"表明李尔王头脑里所想之事的戏剧性速记符号",因为"他直到李尔王变得像弄人那样行为举止时才以一位有台词的人物之身份进入剧中,而且一等到李尔王清醒就不见了身影"。由此可见,弄人这个例子"向我们展示了戏剧结构的一些手法以及记载内部'行动'进展的方法,尽管传统的批评范畴对之毫无提及,但这些手法毕竟是莎士比亚戏剧创作的基本资源"。

与布拉德雷不同的是,麦克教授试图找出莎士比亚悲剧中的"真正的悲剧缪斯"。但是他也像布拉德雷那样,求助于结构分析的方法,但并未用暴露等措辞,而是用"主题之再现""镜子的场景"和"心灵变化之循环"这一类措辞来分析。

当然,历史学派也同样坚持这些,但它的历史概念与马克思主义的概念却大相径庭。其次,历史学派批评家认为,历史反映在文学中,是由实际发生的事件和真实人物所组成,是由社会甚至政治机构所组成;而马克思主义批评家则认为,历史事件只是"社会发展规律"的表现。因此,在讨论文学作品对现实的反映时,他们就着重强调"本质"。而本质则具体体现在"典型"中。再者,马克思主义将现实作为冲突及其解决过程的概念也同历史学派的静止或进化观点形成鲜明对比。再进一步说,历史学派也和形式主义学派一样,回避道德判断,仅仅意在达到"客观性",而马克思主义批评则公开或含蓄地强调文学的教育作用。

还应补充一点,当前的中国文学批评倾向产生于诸多原因,其中20世纪50年代的马克思主义文论苏联学派的影响占主导地位。它播种并植根于一块有利于它生长的土壤里,因为在这块土地上,有着儒家思想占统治地位的文学批评传统,它历来就有政治——说教之取向,它也强调生活,强调现实功利性。这种批评倾向的合理之处在于,它坚持文学是一种社会现象,艺术作品不能脱离社会生活而存在于真空中。因此,它有助于读者把作品放在其社会背景下来理解。但在解释生活与艺术之关系时,它却容易流于简单化,因为它仅从一个单一的角度——尽管这个角度也很重要——认为,艺术只是写实的艺术,而常常忽视了这一系列因素:创作的复杂过程、作者的文化修养、文化传统和思潮、作者和读者的心理,特别是艺术作品的结构及其语言因素。这样一来,中国文学批评实际上到了一个十字路口,如果要想在此前进一步,就得承认创作工作的复杂性。L. C. 奈茨(L. C. Knights)在批评布拉德雷学派时曾这样说过,"缺乏时代性的最重大效果在于这一假设;莎士比亚是一位无与伦比的、伟大的'人物创造者'……他能够把这些人物'逼真地'展现在我们面前……而诗歌则是一种附加的优美"。这一评语颇为恰当地适用于当前的中国文学批评。然而,现已有迹象表明,中国批评家已开始意识到了文学的内部研究的重要性。

同样,西方文学批评似乎也到了一个十字路口。它虽能帮助读者更深刻地理解和欣赏作品,尤其是新批评派做到了这一点,但其中的一些不尽令人满意之处却在于,它本身也有其局限,它不愿超越文学作品的形式范围。另一位著名的莎士比亚评论家沃尔夫岗·克莱门(Wolfgang Clemen)在《莎士比亚剧作中的意象之发展》(*Development of Shakespeare's Imagery*)一书中指出:

"我们相信,在将诗歌和历史现象划分和再划分为一个鸽笼般的系统之后,再在每一样东西上贴个标签,这样我们的理解力实际上已达到了终极地步。这是一个很奇怪的错误。这种刻板图解式的分类系统常常既破坏了有着活力的统一感,也破坏了诗歌作品的形式多样性和蕴含丰富的色彩。"

这恰是对西方文学批评的贴切的描述,尽管他们说的"统一"和"丰富"还可以商榷。在我看来,统一性应当是文学作品与生活的统一,丰富性也应当是生活本身的丰富多彩。例如,对于《尤利西斯》及其结构的评论,人们已写下不少文章,但可以说很少谈及社会力量对该书创作所产生的作用。如果这一点不阐明,文学批评就只能是不完整的,因为这样的阐明有助于读者更充分地理解这部作品。批评家有无社会意识,差别是很大的,因为他的观点直接影响着他的艺术分析。

我希望从以上的分析可以看出,对涉及文学批评的那些大问题进行的比较研究,与对具体的批评概念的比较研究一样,是颇有必要的,也可以说,对具体批评概念的比较研究应当导向对更大的问题的研究,即研究作为批评之基础的思想观念或哲学。由此可见,镜子式的探讨或七巧板式的研究都不尽完备,文学批评所需要的应当是一种综合研究,而非彼此排斥,应当择善而从,而不应偏向一面。

附记:此文写于1982年,未能涉及结构主义和后结构主义。这两种新理论虽仍是形式主义的理论,但值得作进一步的比较研究。此外,本文也未涉及所谓的"新历史主义"批评,这一批评流派可以说是对形式主义批评的一种反作用,也值得作比较研究。

参考文献:

①这种观点的理论基础体现在毛泽东的《在延安文艺座谈会上的讲话》,该文认为,文学艺术的主要源泉是生活,而古典文学则是"流",即次要的灵感;在评价一部文学作品时,政治标准第一,艺术标准第二;作品的历史进步性以及作者对人民大众的态度是衡量作品的尺度,根据这个尺度来判断一部作品的相对价值;同时也体现在列宁主义的"反映论"和恩格斯对现实主义的定义:"除了细节的真实外再现典型环境中的典型性格。"恩格斯谈及的是小说,是他所谓的"倾向性"小说,而当前的中国文学批评却大多论及这种体裁。实际上,对现实主义的迷恋也体现在对中国古代文论的重新解释中,《文心雕龙》就被说成是一部论述现实主义的著作。批评家们实际上忘记了这一点,即从本意上说,中国文学在刘勰以前的漫长时期里,占主导地位的文学作品恰恰是抒情作品。

②译为"刺激想象"(to stimulate the imagination),见《孔子的论语》,企鹅经典版,伦敦,1979年版。

③郑众:《周礼·大司乐》注"兴者以善物喻善事"。郑众:《周礼·大师》注"兴见今之美,嫌于媚谀,取善事以喻功之"。

④批评家一般都认为,佛教,尤其是后来的变体禅宗,是真正的披着袈裟的道家或"玄学"。

⑤遵四时以叹逝,瞻万物而思纷。悲落叶于劲秋,喜柔条于芳春。

⑥《论语》:词达而已矣。孟子《万章上》:故说诗者,不以文害词,不以词害意;以意,以意逆志。

⑦《文赋》:精骛八极,心游万仞……观古今于须臾,抚四海于一瞬。

⑧《文赋》:选意按部,考词就班……澄心以凝思,眇众虑而为言,笼天地于形内,挫

万物于笔端。

⑨刘勰:《文心雕龙·神思》。

⑩(美国)邵耀成:《试论刘勰二层次的"创作论"》,见《古代文学理论研究》第五辑。上海古籍出版社,1981年版。

⑪有关依据均引自阿尔·B.柯南编:《现代莎士比亚评论》(*Modern Shakespeare Criticism*),纽约1970年版。

"感觉"的泛滥

李洁非

作家们已经变得越来越仰仗于"感觉",我们总能不时听见他们这样评价自己一次成功的写作:"没什么,不过就是找准了感觉。"眉宇间轻描淡写,浑不经意(也许这也是在找一种"感觉"),其实却深深陶醉其中,因为如果他们要对彼此的作品互相表示称许,最常用也最受欢迎的赞许无疑也正是"感觉特棒!"如此一声惊呼。

不仅作家喜欢标榜靠感觉写东西,评论家也普遍地对此予以附和,至少是以顺从的态度把所谓"感觉化"看成是文学在最近的一个主要进展,要是我没有理解错,那么"向内转"的提法就属于这样一种态度。但是作家和评论家显然是在不同意义上谈论"感觉"的:对前者来说,寻找感觉"无非就是寻找一切能使个人才情表露一番的机会,或寻找一种称心如意、随心所欲的写作状态和良好的自我感觉";而评论家却用一大套深奥的理论去论证这种对"感觉"的追求代表了什么观念上的觉醒、蜕变和革命。这对双方来说,几乎都是一个讽刺。

当作家以"感觉"充当其花冠时,恰恰是为了蔑视理论和其他观念性的东西。在今天的中国,如果有一个人到处强调他的小说或诗纯然得自于"感觉",那么其潜在的含义十有八九是指那作品产生于他个人心性一时的冲动、妙想迁得以及突如其来有如神魔附体的灵感等。他通过这种方式向我们显示一个天才的形象,而天才则从不受制于任何的理论。他因此做到了使自己与某些"平庸"作家区分开来——后者也许什么都不缺,唯缺缺少"感觉",他们靠书本中学来的知识而不是靠灵感写作。虽然事实上情况不可能如此,不可能有不受理论指引的作家,但是,他们喜欢这样评价自己,以便与中国民族历来崇拜的作家理想形象——才子保持一致。

经济学家J. M. 凯恩斯曾经这样说过:"那些厌恶理论的经济学家,或宣称没有理论可以过得更好的经济学家,不过是受一种陈旧的理论所支配罢了。这对于探究文学的人和批评家来说,也是如此。"在我读到特里·伊格尔顿上述这段话时,不禁大为吃惊。首先是因为这种立场与我们是如此的截然不同,其次,它竟然如此巧合地切中了我们这里所发生的问题的要害。当前时髦的作家都乐于对理论表示轻蔑,他们高高在上俯视着批评家的活动,调侃后者对其作品的分析并把这当成一种特殊的享受。当批评家就评论是否得当来征询他的意见时(中国的批评家偏偏有此习惯),他不是报以谜一般的微笑,就是声称自己仅仅是写了一点"感觉"而已,而"感觉"无一例外是难以言传和说不清的。这样,他就巧妙地嘲笑了批评家。通过这个回合,作家同时取得了两方面的胜利:首先为自己的作品涂上一层神秘、深不可测的色彩;其次贬低了理论对他本人和整个文学的意义。然而正如伊格尔顿揭露的,所有这一切都不过证明了另一种理论的存在。这就是来自老庄的理性取消论。老子先于当代作家两千多年写道:"道可道,非常道","名可名,非常名","限可限,非常限"。庄子则善于用故事暗喻这番见解。庖丁解牛已近神技,而他对楚庄王的一席解释更使事情神乎其神,令人不禁对自己臆想从中得出一些可循规律的念头感到愚蠢。时至今日,作家们仍在有意无意地模仿这位庖丁的口吻。

尽管这种思想采取了反理论的姿势,但它本身无疑恰恰也是一种理论。我不想对它进行诸如哲学上的更深一层讨论,仅想指出一点,即这种思想不仅暴露了一种对理论的恐惧而且实际上反映出一个民族从事理性思维时的力不从心。我和一些同事常聊起并高度重视如下一类现象:观念和其他理性思维常常成为我们文学创作活动的沉重包袱。在中国,企图从观念出发,几乎必然导致失败的作品,相反除极少有的例外,所有获得成功的作品都来自经验和感受——包括中国的理论,同样限于经验性的描述(如诗论),而在运用分析性语言的方面迄今仍然毫无建树。这始终给人以理性上低能的强烈印象。在欧洲人那里,看不到我们这种吃力和艰难,经验和理性也从未构成这种水火冰炭般的矛盾。从古希腊悲剧至现代派诗文,几乎所有作品都可以说是一定观念的产物;理性思考绝不会给歌德、托尔斯泰或易卜生的创作造成障碍。像罗布·葛里耶这样的小说家,毋宁说实际上是在理论的启发和支配下从事创作,他除了因小说受人尊敬,而且作为理论家连我们这里的专业人员与之相比也不能不显得逊色,《自然、人道主义、悲剧》《未来小说的道路》这两篇论文已经成为了解现代小说观念的必读文选。类似的例子在欧美作家中实属平常,我们可以随便举出司汤达的《拉辛与莎士比亚》、雨果的《〈克伦威尔〉序》、瓦莱里的《人与贝壳》、娜塔丽·萨罗特的《怀疑的时代》以及艾略特的"新批评"理论,等等。把这些论文任何一篇归诸中国作家,恐怕已足以使之心力交瘁,更遑论文学创作。中国作家对理论采取戏谑和贬低的态度,实际上是在掩饰由于自身无能而引起的恐惧心理,而刻意突出所谓的"感觉"则刚好起到了心理平衡的自慰作用。

虽然这也许能够掩饰某些作家个人的窘境,却无法改变中国文学格局的性质。从"感觉"当中可能产生富于观赏性、才气或不乏机趣与聪明的作品,但绝不会产生伟大、震撼人心的作品,因为它缺乏"深度"。我们对于事物,总是不单着眼于它的外表,而是进一步要求一种"深度"。缺立"深度"的事物,不可能唤起我们持久巨大的感情。那是因为,我们心中本能地渴求着生命被提升到更为有力的空间。这种提升是与我们理解事物的自身努力分不开的,亦即要有一种意志贯穿其间,所谓"理性"正是这个。

然而中国文学基本上是放弃理解与能动意志的文学,它之于宇宙万物不是企图渗透于其内部,反而竭力维持其原有面貌和完整。中国思维习惯于从外部观看事物,结果只有描述没有分析;不仅如此,为了维持事物本身的形象,它还从根本上反对分析,因为分析会破坏自然之物的自然原态。这就是为什么我们读中国的哲学、文学作品总是感到无法进入对象深层结构的原因。这使它不能满足作为精神动物的人的最高欲望。中国文学难以赢得世界读者,经济、政治、历史的原因尚在其次,而它的思维方式保守僵化却是真正根本的原因。甚至对其本国的读者,在注重分析性的欧美文学传入以后,它也不再继续保持住广泛的吸引力。

恰是在这非常显而易见的事态面前,当代作家依然扬扬自得地声称,他们的创作无须思考只凭借"感觉"。这倒不妨说是一个事实,因为读者对近来文学的最大失望也就是它们无论对事物还是文学本身都缺乏深刻的见解和有力的揭示,普遍陷于思想的贫困状态;某些人稍稍试图涉足思想则不是捉襟见肘就是干瘪如枯。由于这种精神上的软弱无能,他们索性避短就长,靠"感觉"写作,用假装轻松的"玩文学"来转移人们对其精神委顿的视线。但是问题并不在于这桩事实的本身,而在于作家就此采取的态度。从现在看来,他们非但不思克服这种委顿,反倒颇觉优越,好像有根据说明世界一流作家都脱颖于"感觉特棒"四个字。

据我所知从来没有这样的一流作家,即使比较喜欢夸张灵感意义的浪漫派作家也不是如此——难道卢梭、普希金、罗曼·罗兰是凭"感觉"写作的吗?或许这里指的是现代派作家的写作方式。这倒使我想到克洛德·西蒙的一段话,当时有人问像他这样的小说家写作时是否有如信马由缰,西蒙断然否定了这一点,相反他指出,写作对于他是一件真正艰辛的事情,就像容不得丝毫怠懒的吃力的手艺活,他希望人们去看看巴赫那些密密麻麻满是修改痕迹的手稿,以便了解任何伟大的艺术品均是如此完成的。

关于散文的感想

汪曾祺

我写散文,是搂草打兔子,捎带脚。不过我以为写任何形式的文学,都得首先把散文写好。因此陆陆续续写了一些。

中国是个散文的大国,历史悠久。《世说新语》记人事,《水经注》写风景,情采生动,世无其匹。唐宋以文章取士,会写文章,才能做官,在别的国家,大概无此制度。唐宋八家,在结构上、语言上,试验了各种可能性。宋人笔记,简洁潇洒,读起来比典册高文更为亲切,《容斋随笔》可为代表。明清考八股,但要传世,还得靠古文。归有光、张岱,各有特点。"桐城派"并非都是谬种,他们总结了写散文的一些经验,不可忽视。龚定庵造语奇崛,影响颇大。五四以后,散文是兴旺的。鲁迅、周作人,沉郁冲淡,形成两支。朱自清的《背影》现在读起来还是非常感人。但是近二三十年,散文似乎不怎么发达,不知是什么原因。其实,如果一个国家的散文不兴旺,很难说这个国家的文学有了真正的兴旺。散文如同布帛菽粟,是不可须臾离的。

五四以后的新文学形式,如新诗、戏剧,是外来的,小说也受了外国很大的影响,独有散文,却是土产。那时翻译了一些外国的散文,如法国蒙田的、挪威的别伦·别尔生的、英国兰姆的,但是影响不大,很少人模仿他们那样去写。屠格涅夫和波特莱尔的散文诗译过来了,有影响。但是散文诗是诗,不是散文。近十年文学,相当一部分努力接受西方影响,被标为新潮或现代派。但是,新潮派的诗、小说、戏剧,我们大体知道是什么样子,新潮派的散文是什么样子呢,想象不出。新潮派的诗人、戏剧家、小说家,到了他们写散文的时候,就不大看得出怎么新潮了,和不是新潮的人写的散文也差不多。这对于新潮派作家,是无可奈何的事。看来所有的人写散文,是不得不接受中国的传统。事情很糟糕,不接受民族传统,简直就写不好一篇散文。不过话说回来,既然我们自己的散文传统这样深厚,为什么一定要拒绝接受呢?我认为二三十年来散文不发达,原因之一,可能是对于传统重视不够。包括我自己,到我意识到的时候,已经晚了。老年读书,过目便忘。水过地皮湿,吸入不多,风一吹,就干了。假我十年以学,我的散文也许会写得好一些。

二三十年来的散文的一个特点,是过分重视抒情。似乎散文可以分为两大类:抒情散文和非抒情散文。即使是非抒情散文中,也多少要有点抒情成分,似乎非如此即不足以称散文。散文的天地本来很广阔,因为强调抒情,反而把散文的范围弄得狭窄。

过度抒情,不知节制,容易流于伤感主义。我觉得伤感主义是散文(也是一切文学)的大敌。挺大的人,说些小姑娘似的话,何必呢?我是希望把散文写得平淡一点、自然一点、"家常"一点的,但有时恐怕也不免"为赋新诗强说愁",感情不那么真实。

我写散文,是捎带脚,写的时候,没有想到要出集子,发表之后,剪存了一些,但是随手乱塞,散失了不少。承作家出版社的好意,要我自己编一本散文集,只能将能找得到的归拢归拢,成了现在的这样。我还会写写散文,如有机会出第二个集子,也许会把旧作找补一点回来,但这不知是哪年的事了。

我的住处在东蒲桥边,故将书名定为《桥边散文集》。东蒲桥在修立交桥,修成后是不是还叫东蒲桥,不知道。不过好赖总是一座桥。即使桥没有了,叫作《桥边散文集》,也无妨。

关于现实主义的两场论战
——卢卡契对布莱希特与胡风对周扬

乐黛云

> 最近,文艺界对胡风文艺思想开始进行重新探讨和研究,我们认为这对新时期文艺理论建设是有重要意义的,欢迎大家各抒己见。现在先发表乐黛云同志的文章,供读者参考。
>
> ——编者

20世纪30年代后半叶,有关现实主义的两场著名论战,一场发生在东欧,一场发生在中国,虽然相距遥远,但却紧相关联,并都曾在不同方面对现实主义的发展作出过重要贡献。关于欧洲的那场论战已有很多阐述,关于中国的论战则由于种种原因尚未很好总结,知之者亦不多。本文试图把这两场论战放在一起进行一些初步的比较探讨和研究。

一、同根异树

1933年,法国希特勒上台后,卢卡契流亡苏联,1934年被任命为苏联科学院院士。1933至1939年一直是莫斯科出版的《文学评论》与《国际文学》的主要撰稿人。布莱希特则流亡丹麦,并在1936至1939年间主持在莫斯科出版的德国流亡者统战组织"人民阵线"的机关刊物,德文杂志《发言》(Das Wort)。1937至1939年间卢卡契与布莱希特的论战就是以《发言》为主要阵地展开的。先是卢卡契的《论表现主义的兴衰》一文,于1933、1934年在《文学评论》和《国际文学》相继发表,不仅对当时在德国盛行的表现主义进行全面批判,而且指责表现主义为法西斯主义准备了土壤。1937年9月,他又在《发言》中发表文章,以表现主义作家G.贝恩支持过纳粹进一步论证表现主义必然引向法西斯主义。这一批评在左翼文化界引起了强烈反响,包括著名理论家恩斯特·布洛克在内的三十余名作家、批评家先后卷入了论战。1938年,卢卡契在《发言》第六期上发表了带总结性的《现实主义辩》。这篇文章引起了流亡法国的著名左翼作家安娜·西格斯的不满,她与卢卡契之间相当尖锐的通讯辩论一直持续到1939年3月。布莱希特未公开参加论战,但从1937至1941年间,他针对《发言》上的讨论,写了很多笔记,内容冠以《表现主义要注意实效》《现实主义理论之形式主义性质》《人民性与现实主义》等标题,显然是直接针对卢卡契的论点的。布莱希特1956年逝世,直到1967年,联邦德国苏尔坎普出版社出版布莱希特二十卷文集时,这些颇具真知灼见的材料才第一次问世。这些材料的问世在世界许多国家和地区都产生了强烈反响,形成了新的研究卢卡契和布莱希特的热潮,对这场过去然而又远未过去的论战产生了再讨论的兴趣。①

胡风和周扬的论战开始于1936年。周扬自日本留学归来,1932年即担任左翼作家联盟党团书记,主编左联机关刊物《文学月报》,是左联实际领导人。胡风(1902—1985年)曾于1929至1933留学日本,和周扬一样受到当时在日本的普罗文学运动与苏联文学的影响并参加了日本共产党,于1933年被捕并被逐出日本。胡风回国后,即投身左翼文艺运动,曾担任左联宣传部长、行政书记,并于1935年编辑秘密丛刊《木屑文丛》,介绍苏联社会主义现实主义和反映苏区人民斗争的小说。

1936年1月,周扬继1933年发表《关于"社会主义的现实主义与革命的浪漫主义"——"唯物辩证法的创作方法"之否定》之后,又在《文学》杂志上发表了长篇指导性论文《现实主义试论》,其中批评了胡风关于典型的理解。胡风于《文学》2月号发表了《现实主义的一"修正"》为自己申辩,周扬又写了《典型与个性》,胡风则写了《典型论的混乱》进一步批评周扬并全面论述他对现实主义的看法。由于1937年抗日战争的全面爆发,论争暂告停息,但问题并未解决。后来,日本占领了中国大片土地,中国分裂为西南地区的蒋介石政权和广大敌占区后方的红色政权。1944年,胡风主编的大型文学刊物《希望》在国统区创刊。《希望》发表的文章大体代表了胡风的论点。1948年共产党领导的《大众文艺丛刊》对《希望》的文艺倾向进行了总的清算。胡风在同年9月写成的专著《论现实主义之路》对这种清算进行了全面反击。1949年全国解放,胡风又于1954年3月写了《关于几个理论性问题的说明材料》,6月又写了《作为参考的建议》,一方面为自己辩护,一方面建议切实改进文艺工作。1954年12月,周扬写了《我们必须战斗》,展开了对胡风的批判,并把文艺论战变质为政治斗争。胡风终于被定罪为反革命集团头领,1955年逮捕入狱,直到1980年9月才重获自由并宣布平反。

这两场论战发生于相距遥远的空间,相互之间并无直接联系,然而它的产生和发展都出自同一根源,有许多共同的层面。

首先,两场论战都发生在左翼文艺阵营内部,论辩的双方都是有成就、有代表性、有广泛影响的左翼文艺战线的领袖人物,他们长期以来都是在现实主义的旗帜下从事文艺工作的,也都企图用自己所理解的马克思主义来指导文艺。

其次,两场论战都是在苏共文艺政策改变的正面或负面的影响下产生并发展的。1931年至1933年间,苏联共产主义学院所属刊物《文学遗产》首次全文发表了马克思、恩格斯致斐·拉萨尔的信,恩格斯致保·恩斯特的信和致玛·哈克奈斯、敏·考茨基的信。

1933年,苏联首次出版由卢卡契等人辑注的《马克思、恩格斯论文学:新资料》,为研究和了解马克思的美学和文学思想,特别是关于现实主义和典型塑造等问题打开了新的局面。卢卡契的名篇《作为文艺理论家和文艺批评家的弗利德里希·恩格斯》(1935年)和他的关于《伟大的现实主义》一书的构思就是在这些新的资料的启发下形成的。

在中国,瞿秋白在1932年首先编译了恩格斯的三封文艺书简并发表在他主编的刊物《现实》上;1933年鲁迅在他的文章《南腔北调集·关于翻译》中从日文转译了恩格斯致敏娜·考茨基信中关于论述社会主义倾向的文学一段,并认为这种论述明确解答了当时众说纷纭的"题材的积极性问题"。

1934年,苏联第一次作家代表大会召开,强调社会主义现实主义对于浪漫主义的兼容,强调文学必须写英雄人物,歌颂光明,鼓舞和教育人民,等等。卢卡契本人从1935年起就在苏联作家协会从事理论教育和社会宣传工作,苏联文艺界的这些变动必然引起他的思考。在中国,由于革命文艺界一直追随苏联文艺政策,影响也很直接。1933年11月,左翼文学领导人周扬在《现代》第4卷第1期发表了——《关于"社会主义现实主义与革命的浪漫主义"——"唯物辩证法的创作方法"之否定》,1936年又在《文学》第6卷第1号发表了指导性的《现实主义试论》,都是紧紧跟随苏联文艺政策的转变的。

还有一个因素,就是20世纪二三十年代以来,与现实主义很不相同的文学潮流如表现主义、超现实主义,或统称为现代主义在欧洲有了很大发展,在中国也有强烈反响。特别是1927年北伐革命失败后,一批青年人深感没有出路而苦闷彷徨。他们于1928年创办了文学半月刊《无轨列车》,大量译介日本的新感觉派和法国的保罗·穆杭(Paul Muran)的作品。被查禁后,又于1929年创办《新文艺》月刊。1932年创刊的大型综合刊物《现代》倾向虽不单一,但主流是提倡现代主义。紧接着,戴望舒主编的《现代诗风》,卞之琳、梁宗岱等人主编的《新诗》月刊(1936年)以及许多标榜"纯艺术"的刊物相继出现,这标志着现代派在中国的发展与成熟。对他们来说,现实主义已成为"过时的墓碑"。面对这一文学现实,无论是中国还是欧洲,左翼文学都必须作出自己的解释和回答。

另外,无论在中国还是欧洲,一场无法预料而又咄咄逼人的战争已经迫在眉睫。左翼文艺界不得不面临如何团结更大多数作家投入反法西斯斗争的严重问题。总之,两场论战有着共同的背景,面对着类似的问题,但又很不相同。

二、分歧在哪里?

尽管两场论战有以上种种共同点,但论战的焦点却不相同。

东欧的论战主要集中在如何发展现实主义的问题。卢卡契坚持现实主义的精髓在于整体性和典型性,他认为:

"每一种伟大艺术,它的目标都是要提供一幅现实的画像,在那里,现象与本质、个别与规律、直接性与概念等的对立消除了,以致两者在艺术作品的直接印象中融合成一个不可分割的整体。一般是作为个别和特殊的规律出现的,本质是在现象中显现,并且人们能感受到的,规律表现为特殊地推动所描写的特殊事件运动的原因。"② 有价值的作品必须反映这种现象与本质、个别与规律、直接性与概念之间的不可分割的联系,这就是作品的整体性。同时艺术作品总是力求在有限的描写对象中揭示出其内涵的无穷性,也就是说,"所有的规定性都是作为行动着的人物的个性特征、作为所表现环境的特殊性质等等而出现的"③。这就是作品的典型性。

由此可见卢卡契心目中的现实是一个有条有理,按一定规律行事的稳定的现实。它要接近于19世纪现实主义大师们所呈现的那个现实。布莱希特所看到的现实却是一个发展中的,尚未完全成形,完全被理解的,紊乱、烦扰、支离破碎的真实存在的20世纪的现实。他指出有些作家"觉察到资本主义造成的人的空乏化、非人化、机械化并与之斗争,而他们自己似乎也成为这空虚化过程的一部分",他们"把人写成受事件驱赶的匆匆过客",他们"与物理学一同'进步'……离开人的严格的因果关系,转向统计学,即他们放弃把单个的人作为严格的因果联系,而是只把他们当作许多较大的群体单位来谈论……否定观察家的权威和对他的信赖,动员读者反对自己,提出纯属主观的主张,实则表现自己"。④ 显然,论战的症结就在于对现实看法的根本不同。

既然现实已经改变,既然"时代是流动的……方法消耗着自己,魅力在消失,新的问题在出现,要求着新的方法。现实在改变,要表现现实,则表现方式必须改变"⑤。因此不可能像卢卡契所期望的那样"牵住昔日的大师,创作丰富多彩的精神生活,慢吞吞地叙述,以控制事件的发展速度,把个人重新推到事件的中心位置等等"。布莱希特认为卢卡契这类"条条训诲,变成了喃喃呐呐,其主张之不可行乃是显而易见的事"⑥。他指出现实主义要发展,这里没有回头路。现实主义作家应该做的不是流连忘返地与"好的旧事物相连接",而是宁可与"坏的新事物相连接",跟上时代,设法改造它。因此,判断一部作品是否优秀的现实主义作品,不能单看它像不像那些现成的、已经被称作现实主义的作品,而是要看它是否真正反映了当前的生活,即是要把它对生活的表现与被它所表现的生活本身相比而不是与另一部作品的表现相比。因此,"我们不可拘守于那些'行之有素'的叙事规则,备受推崇的文学典范。永恒的美学法则,我们不应从某些特定的现成作品中推导出现实主义,而要使用一切手段,不管旧的还是新的,行之有素的,还是未经尝试的,来源于艺术的还是来源于其他的艺术化地变到人们手里"。布莱希特尖锐地质问:"假如我们今天的小说家屡屡听到:'我们的祖母就完全不是这样叙述的'……就算这位老太太是现实主义者,必须承认我们也同样是现实主义者,难道我们就非同我们的祖母们一模一样的讲法不可?"布莱希特大声疾呼:"请不要用旧的名称来伤害年轻人吧!不要只准许艺术手段的发展到 1900 年为止,从此就不准再发展了!"⑦

关于文学如何作用于社会,卢卡契和布莱希特的看法也不同。卢卡契希望读者接受作者所呈现的世界,他所关怀的是读者能否按照他的设计,通过个别去看到一般,通过现象去识别本质,通过偶然去认识必然。因此,现实主义作品应是一种工具或形式,引导读者通过这种形式去认识世界。因此,对作者来说,最重要的问题不是描写自己如何去感知这个世界以及自己感知的变化,而是描写自己感知到的独立存在的内容。布莱希特却认为这种内容并无独立存在的绝对性。因为"艺术是人们交流的一种形式"。艺术只有在社会实践和社会职能的角度上,也就是通过对读者的作用才有意义。离开了读者共同作业就没有现实主义作品,而读者对作品的理解又受着时代的环境的限制,因而千变万化。所以更重要的不是作者描写了什么具体内容而是作者如何感知现实,读者又如何感知作者的感知。布莱希特认为读者不应像卢卡契希望的那样沉浸于作者所造成的幻觉,而应和作者一起去感知和评判作者所描述的世界,用"间离效果"来取代过去的感情共鸣。现代主义的意识流、内心独白、蒙太奇、大胆抽象、快速组合、拼贴技巧等正是以传达作者的感知为目的。因此,有它存在的理由和价值。

由此可见,卢契卡与布莱希特争论的焦点正是现实主义要不要发展的问题。胡风和周扬的论战却集中在如何保住现实主义已经取得的胜利,不致因服从某种政治需要而变质僵化。

1936 年 1 月,周扬发表了他的论文《现实主义试论》,提出了"新的现实主义"的概念,认为"新""旧"现实主义的根本不同就在于世界观。他说:

"新的现实主义的方法必须以现代正确的世界观为基础。正确的世界观可以保证对于社会发展法则的真正认识,和人类心理与观念的认识。"⑧在他看来,以巴尔扎克、托尔斯泰为代表的旧现实主义"并没有达到生活的真实之全面的反映","止于批评,并没有丝毫积极的建树",原因就"是由于世界观的桎梏和缺陷"。⑨当时的另一些批评家如孟式钧在其关于现实主义的论文中曾提出:"实践的研究是认识上最重要的契机,所以对现实做着严密的观察,现实性自会将你的世界观削弱,压溃而教给你和你的意见不同的东西。"辛人也说:"只要一个作家有才能,有生活的经验,他的作品便常常是紧紧地固贴着现实反映现实的发展的。"周扬认为这些都是"对客观的盲目的力量给予了过分的夸大","没有看到这个世界观的分裂是如何撕裂了艺术的经纬,引到了现实主义中的矛盾"。他宣称:"要达到现实的真实的反映,单凭才能和经验是断断乎不够的",必须"确保和阐扬"一个"完整的、各部一致的,没有内在矛盾的世界观",才能把握住"现实的本质方面",而"未来的艺术就是把广大的思想上的世界观和最高度的丰富的艺术形式结合起来了的东西"。⑩这个定义强调了世界观和艺术形式,但恰恰忽略了最重要的"生活"本身。

关于典型问题,周扬认为:"典型的创造是由某一社会群里面抽出最性格的特征、习惯、趣味、欲望、行动、语言等,将这些抽出来的,体现在一个人物身上,使这个人物并不丧失独有的性格。"⑪也就是说每一个典型人物都要体现出他那一社会群的特征、习惯、趣味、欲望、行动、语言。这就成为中国文艺界"左倾"时期"一个阶级一个典型"的理论基础:你要写资产阶级典型吗?那他就必须体现这一阶级唯利是图的本质;你要写无产阶级典型吗?那你就首先要写它的大公无私,而作品中的每一个人物又都必须是典型。这就使中国文艺创作在很长一段时间里很难摆脱公式化、概念化的桎梏。既然是先按正确的世界观加以"抽出",然后又按一定的艺术形式加以"体现",这样创造出来的作品就难免成为某种社会科学理论的"插图"。

不仅如此,周扬还认为作者必须用"丰富的想象力把实际上已经存在或正在萌芽的某一社会群共同的性格,综合、夸大,给予最具体真实的表现"。周扬认为:"在这种意义上,新的现实主义不但不拒绝,而且需要以浪漫主义为它的本质的一面。"⑫这种综合、夸大、"浪漫主义"实质上就有可能容许一些作家按某种社会科学的定论("正确的"世界观)把某一社会群的共性片面夸张到极端。例如无产者不会有什么不可改变的根本缺陷,只可能是"高、大、全",资产阶级则万变不离其宗,只可能是坏人等,即便这些"特点"还不存在,也可以用还在"萌芽"阶段、将来"会存在"为借口,加以夸张的描写。

胡风从一开始就强调文艺与生活的关系,在1936年7月写完的那本题名为《文学与生活》的书中,他一再强调:"不从活生生的生活内容来抽出有色彩、有血液的真实,只是演绎抽象的观念,那结果只有把生活弄成死板的模型,干燥的图案。不能把握活的人生,那就当然不会创造出活的文艺作品了。"⑬他强调文艺作品里表现的真理是从现实生活提炼出来的,因此最重要的是要有丰富的生活知识和生活经验,同时在这些知识和经验里"流贯着作者的感情、欲求、理想"。其实,早在1935年,他就指出创作既不是客观地"冷静地记录下他的观察",也不是借客观事物来"表现自己的灵魂",而是"从识的主体(作者自己)用整个的精神活动和对象物发生交涉"而产生的结果,"伟大的作品都是为了满足某种欲求而被创造的。失去了欲求,失去了爱,作品就不能够有真的生命。"⑭而这些都不能简单地说成是"世界观问题"。他坚持文学与生活的"血缘关系",认为"作品底价值应该是用它所反映的生活真实的强弱未决定的,这种对于文艺的理解叫作现实主义"。⑮

关于典型,胡风认为最根本的不是"抽出"和"体现",而是用"想象和直观来熔铸他从人生里面取来的一切印象"。因此,有时候,并没有"抽取"共同特点这一作用,而"只在某一环境里发现了一个新的性格,受到了感动,于是加以创造的加工,结果也就造成了一个典型的性格"⑯。对胡风来说,所谓典型就是"较强地表现了那个社会群底本质的共同性底一侧面,代表了性格上把这一侧面露出得较浓的许多个体"⑰。因此,"艺术家可以从一个特定的社会群里创造出几个典型"。

胡风承认"典型的创造需要'丰富的想象力'……但仅仅用想象力却不一定能够创造出典型来。因为它也会创造出《西游记》《封神榜》《一千零一夜》"。他指出现实主义艺术家的"想象","决不是'天马行空'的想象,而须是被深刻的思维所渗透了的东西。现实主义者艺术家的直观(艺术的感性能力)也决不像幼儿接触外界时的直观一样,而须是在现实生活里受过了长期的训练,被对于现实生活的认识所支持的"。⑱

直到1954年,胡风在他的《对文艺问题的意见》中提出妨碍中国文学发展的所谓"五把理论刀子",仍然把要求作家"具有完美无缺的共产主义世界观",要求作家"思想改造好了才能写出好作品",只能写重大题材、工农兵生活,写革命胜利的"通体光明",不能写落后、黑暗、创伤等作为压制创作的主要因素来加以抨击。

在当时的政治形势下,周扬与胡风的讨论已不能通过自由论争得出结论,等待着胡风的不是真理而是二十余年监禁。

三、异中之同与同中之异

从以上的分析可以看到20世纪30年代末期在东欧和中国发生的这两场论战虽然距离遥远,内容殊异,但若认真观察,仍能看到一种内在的一致性。卢卡契和胡风在很多方面有相同的意见。首先,他们都主张描写不以人的意志为转移的,个别与一般、个性与典型相统一的表现了规律性、普遍性、典型性的客观生活。卢卡契反对自然主义和"移情说",认为前者是主观地选择并复制了自然的一角,使它从整体中孤立出来而失去一切灵活性和生动性;后者则是"把人的思想、感情搬到想象出来的、不可知的外在世界之中",两者都不可能达到"本质与现象在艺术上的统一",而"这种统一愈是强烈地抓住生活中的活生生的矛盾,抓住丰富多彩的矛盾统一,抓住社会现实的统一,现实主义就愈加伟大,愈加深刻"。⑲胡风也强调:"说文艺是生活的反映,并不是说文艺像一面镜子,平面地没有差别地反映生活的一切细节。能够说出生活里的进步的趋势,能够说出在万花缭乱的生活里面看到或感觉到的贯穿着过去现在以及未来的脉络者,才是有真实性的作品。"[20]他坚持"文艺并不是生活的复写","文艺也不是生活的奴隶"。他提出必须反对两种倾向:第一是"自然主义的倾向"。这种作品所写的"不过是生活现象的留声机片,失掉了和广大的人生脉搏的关联;既没有作者的向着人生远景的热情,又不能涌出息息动人的人生真情"。第二是"公式主义的倾向","不顾实际生活的千变万化",而"从一个固定的抽象的概念引伸出"一种态度和看法,"无论在什么场合都把这个固定的看法套将上去",全然不能"把握活的人生"。[21]卢卡契也曾明确地提出"艺术作品的倾向,是由艺术作品所描写的世界的客观联系表现出来的……而不是赤裸裸地、公开地表现为主观评论和主观结论的作者的主观见解"。[22]

其次,卢卡契和胡风都强调艺术反映生活的那种"不以艺术家意识为转移的独立性"。虽然创作时设想好的人物形象和故事情节都是在作家头脑中产生的,但它们有它们自己的辩证法。"如果作家不想破坏他的作品,他就必须摹写和彻底贯彻这种辩证法。"因此"巴尔扎克描写的那个世界所固有的辩证法引导他作为作家得出的结论,不同于构成他自觉世界观基础的那些结论"。[23]胡风也相信:"真实的现实主义的创作方法,能够补足作家的生活经验上的不足和世界观上的缺陷。"[24]他以日本作家志贺直哉为例,说明"如果一个作家忠实艺术,呕心镂骨地努力寻求最无伪、最有生命的,最能够说出他所要把捉的生活内容的表现形式,那么,即使他像志贺似的没有经过大的生活波涛,他的作品也能够达到高度的艺术的真实"[25]。

卢卡契和胡风的这些共同点和他们所处的政治环境有关。卢卡契在沃尔西·伊什特万等整理的《自传对话录》中回忆到"我度过了世界上规模最大的逮捕运动之一,在这个运动的末了……被拘留了两个月,这只能叫作幸运",而他"那时已经全面反对斯大林的意识形态而不局限于美学"。[26]这种矛盾使他一方面与现代主义作斗争,一方面依靠当时苏联文艺界也无法否定的现实主义大师们来抑制苏联文界"常常出现把艺术压低到直接的日常鼓动水平的倾向"。他公开批评了美国进步作家厄普顿·辛克莱把艺术当作直接宣传的观点,指出"这种宣传不是来自所描写的事实本身的逻辑,而是止于发表作者的主观见解"[27]。而这些对苏联文艺政策的批评终于导致了1939年11月至1940年3月苏联文艺界对卢卡契的围剿。这次围剿就是集中于世界观与创作方法的矛盾、文学艺术发展的自身规律以及文学的党性和人民的联系等问题。同样的矛盾使胡风提出了与卢卡契类似的论点,招致了同样的命运,但更其悲惨。

布莱希特、卢卡契、胡风都曾以实现和发展现实主义为己任,但他们强调的层面不同,对现实主义的贡献也就各异。

卢卡契首先强调的是世界(社会)的客观的整体性。他相信"任何情节都迫使作家把他的人物引到连他自己也不可能认识到的境地。作家一旦发现了这种情况,他还必须使他的人物继续向前发展,不受他自己直观的限制"。他要求作家的灵魂"确实成为世界的一面镜子",而不"只是对这个支离破碎的世界的歪曲的反映,就如同被打碎的镜子的小碎片那样"。因此,对作家来说,最重要的就是"他是否能在他那经过周密思考的创作过程中,用浓墨重彩和完美的笔触把他的人物作为一面世界的镜子刻画出来;他是否能找到把那些零散的碎片组织成天衣无缝的整体的'艺术'手法",而要做到这一切,"最大程度上有赖于艺术家的智力和通义上的能力的强弱和大小"。[28]

胡风首先强调的不是客观世界而是作者的主观世界与客观世界"拥合"的能力,不是作者的智力和道义而是他的感性和热情。这与他学生时代就受到日本现代派理论家厨川白村的影响是分不开的。他把厨川所写《苦闷的象征》称为"没头没脑地把我淹没了的书"[29]。胡风把文艺看作"心灵欲求"的体现与厨川认为人的生命力受到压抑而产生文艺是完全一致的。因此胡风多次"强调艺术作品不仅是趋向于理智,而且趋向于感觉"。他引苏联作家梭波列夫的话说:"没有大的感情就不能有艺术……去了势的文学,公平无私的不能使读者也不能使作家自己兴奋的那种冷淡的文学,就不必要。"[30]他认为对于创作来说,作者的强烈的爱憎、主观的战斗的信念和欲求才是最重要的。因为现实本身就"流贯着人民的负担、觉醒、潜力、愿望和夺取生路这个火热的,甚至是痛苦的历史内容,没有要求也就不能感受到",所以"首先需要作家本人把人民的负担、觉醒、潜力、愿望和夺取生路这个火热的,甚至是痛苦的历史内容化成自己的主观要求。由于自己有着征服黑暗的心,因而能血肉突进实际的内容去认识和反映黑暗;由于自己有着夺取光明的心,因而能血肉地深入具体的过程去认识和反映光明"。[31]可见胡风是把作者的主观战斗要求、作者的爱憎和情热放在首位的。这种对于作者感知方式的重视,对于作者作为创作主体作用的强调使得胡风在某些方面离开卢卡契而接近布莱希特。

和卢卡契、胡风相比,布莱希特更强调读者的参与对现实主义的重要意义。他指出:"现实主义包含着相对主义的因素,因为现实主义的现实描写只有被读者理解时,才能形成现实的核心。从这个意义上说,现实主义只是相对的说是现实的。"[32]他甚至进一步强调说:"对真理的认识是作家和读者的共同过程,甚至是共同作业。"[33]总之,布莱希特把艺术看作是"人们交流的一种形式",因而艺术从属于一般地规定人的交流的因素。正是这些因素在传统的艺术概念方面掀起革命的变革。因此布莱希特反对从亚里士多德以来就盛行的把观众或读者引入幻觉的理论,而提出"间离说",要读者或观众和作者一起感知的感知,并对作者所描写的东西,和作者站在同等地位来欣赏和评判。

如果说美国理论家艾布拉姆斯在《镜与灯》中提出的关于作品与世界、作家、读者的关系所形成的三角形架构可以在很大程度上概括文学理论各个方面的话,那么,卢卡契、胡风、布莱希特正是在这三个方面为现实主义的发展做出了不同贡献。

关于现实主义的两次论战距今已半个世纪。无论在东欧还是中国,卢卡契和胡风曾以昂贵代价抵制的错误思潮都已成为历史的陈迹,但这两次论战对现实主义发展的贡献将永载史册。

参考文献:

①参阅 Agnes Heller 编《卢卡契的再评论》(*Lukacs Reappraised*),1983 年哥伦比亚大学出版社;David Pike 著《卢卡契与布莱希特》(*Lukacs and Brecht*),1983 年北卡林那大学出版社;Ronald Taylor 编《美学与政治》(*Aesthetics and Politics*),1977NLB 出版社南朝鲜有潘星完所写《卢卡契与布莱希特关于现实主义的论战》发表于 1980 年夏季号《创新与批评》,译文见社会科学院情报所编:《外国文艺思潮》第 2 集,陕西人民出版社出版。中国有叶延芳著《从两种不同的审美观看布莱希特与卢卡契之争论》,载 1985 年《现代美学》第 3 期。

②、③、㉒、㉗卢卡契:《艺术与客观真实》,译文见《马克思主义文艺理论研究》,文化艺术出版社 1984 年第 2 卷。

④、⑤、⑥、⑦布莱希特:《工作手册》,译文见叶延芳译《布莱希特论现实主义和现代主义》,《外国文学动态》1984 年第 5 期。

⑧、⑨、⑩、⑪、⑫《中国现代文学史参考资料·文学运动史料选》第 2 册,上海教育出版社。

⑬、⑮、⑳、㉑胡风:《文学与生活》上海生活书店 1936 年版。

⑭、㉙、㉚胡风:《文艺笔谈》,上海泥土社 1951 年版。

⑯、⑰、⑱、㉔、㉕胡风:《密云期风习小纪》,海燕出版社 1938 年版。

⑲卢卡契:《现实主义辩》,见《卢卡契文学论文集》,中国社会科学出版社 1981 年版。

㉓卢卡契:《艺术与客观现实》,译文见《马克思主义文艺理论研究》第 3 卷。

㉖《卢卡契自传》,社会科学文献出版社 1986 年。

㉘安·西格斯和格·卢卡契讨论现实主义问题的四封信,原文见卢卡契《现实主

义论文集》1981年英文版,译文见《马克思主义文艺理论研究》第6卷。

㉛胡风:《论现实主义的路》,见《胡风评论集》,人民文学出版社1985年版下册。

㉜、㉝布莱希特:《工作手册》,转引自潘星完《卢卡契和布莱希特关于现实主义的论战》,《外国文艺思潮》第2集。

民族气魄与民族风格

梁 斌

目前文学界流派很多,可以说色彩纷呈,这是一种好现象。但是谈社会主义文学的并不多。那什么是中国式的社会主义文学呢?我认为就是具有民族气魄、民族风格的社会主义文学。

民族气魄与民族风格,从中国文学史上看,我们可以看到屈原的《离骚》《九歌》等,屈原既放,游于江潭,而赋《离骚》,怀念他的祖国;还可以看到诸葛亮的前、后《出师表》,为振兴祖国而慷慨陈词;李白、杜甫、陆游的诗,表现了中华民族的铿锵性格;《司马迁报任会宗书》《李陵答苏武书》、李密的《陈情表》、李华《吊古战场文》,都是有民族气魄的好文章,百读而不厌。

《古文观止》问世后,出版了多少版本?印行了多少万册?谁的文章有这个生命力?

我们的祖国幅员广大,是十亿人口的大国。要想在一部文学作品中,概括全国各地人民生活斗争,是困难的。所以我们要强调一个地方的生活方式、民俗,反映浓厚的地方色彩。《红楼梦》用老北京的北京话写了老北京的贵族生活;《水浒传》用山东的群众语言,概括了山东地方的群众生活方式、民情风俗,描写了山东地方一百〇八家豪杰的性格;明朝商业资本繁荣,《金瓶梅》用当时的市井语言暴露了当时的市井生活,精美的地方话是一串一串的。

谈到《金瓶梅》,我想再说几句:处在那个时代,书中有很多淫秽之处,那不是文学。今天研究它,我们要借鉴它描写人物性格的手法,场面繁多,概括的市井生活、社会面大。

地方的群众语言、方言、俚语,是要积累的,丰富自己的文学语言,逐渐形成自己一套独特的文学语言,用以团结更多的读者。

在文学作品中,必须描写人物形象、典型性格,在人物的语言、活动中,描写人物的思想和典型性格解决得不好,就无法描写浓厚的地方色彩。越是地方色彩浓厚,越能走向世界。《红楼梦》走向了世界,《金瓶梅》走向了世界,《水浒传》走向了世界。

借鉴外国文学的好东西,来补充中国文学的不足,并不是现在提出的新问题,而是五四运动以来就有的。读了鲁迅先生的小说,就会想起契诃夫等人的作品;读了郭沫若的诗集《女神》,就会想起惠特曼的诗歌;读了冰心的《繁星》《春水》,就会想到泰戈尔的《飞鸟集》。可以这样说,在现代文学史上,一部分有所成就的作家,或多或少、直接间接地借鉴了外国文学作品的好东西。

以上是我从事文学创作五十余年的经验。有人说,我的几部书是学习了《水浒传》的创作手法,但并不止于此,我还借鉴了《离骚》《古文观止》等名篇,我还借鉴了《红楼梦》《金瓶梅》等名著。同时我还借鉴了外国文学,我读了外国名著《成吉思汗》,学会了在文学作品中写战斗;我还借鉴了梅里美、托尔斯泰、屠格涅夫、肖洛霍夫、法捷耶夫等人的手法,所以郭沫若看了我的书说是"别开生面"。我看齐白石的画有一句题词叫:"作画在似与不似之间,太似为媚俗,不似为欺世。"不经过分析概括,把生活搬进文学创作,不会成为好作品,必须经过典型化,在似与不似之间,即文章要升华。

明朝是商业资本的繁荣时代,因此太监郑和曾三下西洋,从外洋带回一些新东西,甚至连青花瓷上的青花原料都带回来,把中国的铁锅带出外洋,寻觅市场,但是他并未因此失去中华民族的自豪感。清朝末年,洋务派提出"中学为体""西学为用",保存了中国民族气魄与民族风格,这些都是值得我们在文学创作生活中好好思考的。

从中国的历史上看,有不少外国人来到中国做事业,马可·波罗来中国,在中国做官,曾写了《马可·波罗游记》,说"……中国遍地黄金";郎世宁曾来中国,在清朝画院工作,他的西洋画吸收了中国画的民族风格,成为清朝画院的新画派。他们是外国人,可是爱中国,没有拿中国的"愚蠢"的国民性去取媚于人。

李鸿章曾出使俄罗斯,盲诗人爱罗先柯要求摸摸他的辫子,这也是外国人的猎奇心理吧!

有人说,不据守传统,我说传统还是要据守的,不据守中华民族的传统,就要据守外国文学的传统。不据守中华民族的传统,就连中华民族的老祖宗发明养蚕、缫丝、炼铁、造纸、造火药、印刷术等,都给忘掉了。得相信,一个人降生时,住的房子,是前辈留下的。

借鉴了中国文学传统——民族气魄与民族风格,再借鉴外国文学的好东西,形成中国文学的新风格,这就是中国式的社会主义文学的新秩序。

"新古典主义"随感

唐湜

现代西方文坛早就开始了"现实主义复归",甚至晚年的现代派大诗人艾略特也在倡导古典主义,可这"现实主义"或"古典主义"自然不是原先的现实主义与古典主义,而是辩证地由"正""反"而走向的"合",是包含了新的现代繁复因素、丰实内涵的新古典主义。台湾的现代诗的回归传统就正是复归于新古典主义。

我读了一些"超体验"诗、"男性独白"诗、"莽汉主义"诗、"群岩突破主义"诗,以及"大浪潮现代诗学会"派诗后,有一个感觉,这些号称为"诗"的分行排列的作品,实在很少有诗意、诗美。诗,无论如何,是应该有自己的抒情特质与美的本质,而这些主义、流派之怪诞,说起来倒像是一种哗众取宠的魔法,一种诗坛登龙术。我没有见过《诗歌报》与《深圳青年报》的"现代诗群体大展",据说"主义""群体"之多,大有三十六天罡、七十二地煞之概!不过每个山头或"群体"人数并不多,一面旗帜下不过寥寥数人,诗更不多。我觉得诗应该像诗(也许我对诗的理解是过时了),多写点有诗味的诗,多写点好诗比打出一面旗帜或主义好得多。写出好诗自然会有人承认,这比挖空心思想新花样实际得多。若这样发展下去,有霹雳舞,也就有"霹雳诗";有"超体验诗",也就会有从娘胎里带来的"先验诗";有太空舞,也就会有"太空诗",戏法人人会变,各有巧妙不同,可对我们诗坛的繁荣有什么好处呢?

但变来变去,最后还是会像台湾现代派宗师洛夫那样,在语言上力求"返璞归真,朴素,明朗,峻奇,冷冽"。台湾的《创世记》杂志在复刊词中也强调:"我们在批判与吸收了中西文化传统之后,将努力于一种新的民族风格的塑造,唱出真正属于我们这一代的声音。"余光中领导的兰星诗社的诗人们的抒情风格、民族风格,回归传统与"新古典主义"易为读者喜爱、接受,更是值得我们深思的。自然,我们并不一定要追随台湾诗人,但台湾的新诗原是由大陆的新诗传统而来的,而在前一阶段,早于我们大陆有过一阵"现代主义热",也展开过一阵现代主义论战,他们的经验应该是可以借鉴的。

我个人的创作实践也经历过类似的过程。

我早年曾沉醉于西方浪漫主义诗作,在大学二三年级时写的六千多行长诗《英雄的草原》就是写的一种罗曼蒂克的幻想。可不久就接触了西方现代诗,也在当时的《文艺复兴》上评论过冯至的散文叙事诗《伍子胥》与杜运燮的《诗四十首》,在《诗创造》与《中国新诗》上评论过辛笛的《手掌集》《穆旦诗集》与敬容的《交响集》。我自己也以现代诗手法写过《骚乱的城》中的一些诗、一本《交错集》与《手》等被公刘同志说成是象征诗篇的作品。也译过艾略特的《四个四重奏》中的第一篇《燃烧了的诺顿》与里尔克的一些诗作,对于现代诗,从西方的到中国的,我都有过醉迷与沉浸的一段时间;可从1958年开始写的《划手周鹿之歌》开始,我就渐渐有了返璞归真,回归到"纯朴的诗"的想法。我在《我的诗艺探索》中说:

"年轻时,我从西方吸取过些罗曼蒂克的梦幻,一些朦胧的色彩,或一些古典的意象,一些现代的象征,这忽儿,我却要求自己返璞归真,归于最朴素的真实,最恬静的抒写。我要以坦率的散文笔致追求一种诗的纯度,展开一片诗的纯粹美或纯诗的美,希望能从对生活的一点感受触发闪光的诗。在叙事长诗如历史叙事诗里,我追求一种弯弓不发的力度,一种气势磅礴的雄伟美;而在抒情诗里,我希求的却是喜悦的柔和美;我企求能达到一种风格上的澄明,一种我难以企及单纯的化境。这不是对过去的背叛,而是人到晚年自然会有的单纯美的向往,一种'豪华洗尽见真淳'!"

应该说明的是:现代诗,从中国的到西方的,对我的影响是十分深刻的;我还从艾青、何其芳、辛笛与敬容们的诗作中找到了中西交融,或把西方意象融入中国风格、中国语言的方法。

也许,这就是我的新古典主义,虽然我从来没有树起这个旗帜。

在双行体自由诗《周鹿》之后,它又有进一步的发展,如长诗《泪瀑》与《魔童》就是四顿一行、诗节整齐(或有规律的变化)的长诗,《泪瀑》还叶上韵;而《海陵王》则是由近百首变格的十四行连缀而成的,我力求冷静而深沉地抒写这个颇有罗曼蒂克雄豪气魄的历史叙事诗;它运用了"心理时间"与意识流的构思、手法,但是明朗的"东方意识流",风格与色调上完全是中国或东方的,也有着中国气派,中国人的那种雄豪之气。我又以严格的四顿的整齐诗行抒写了近千首十四行,其中也有不少完全是中国风格的。我后来的非十四行的抒情诗也大多是格律诗与半格律诗,我以为自己在融和中国与西方的古典与现代诗的传统,并在进行一种规范化的尝试。现在,我感觉到这也许是一种民族化传统化的新古典主义的尝试,与我的反璞归真,"豪华洗尽见真淳"的风格要求是基本一致的。我不知道我的这种古典主义与其他人提出的新古典主义是否一致,可我反对任何一统天下的主潮论,更反对复古的贫乏的民歌一统论与僵化或半僵化的"现实主义",虽说新古典主义也就是复归的,却是丰富得多的新现实主义。这是我的一点体会。

昔日顽童今何在？

李 陀

近两年的小说创作和小说评论状况究竟如何？对此，文艺界和关心当代小说发展的读者众说纷纭，各有见解。李陀同志的文章提出了他自己的看法，现刊发如下，仅供读者参考。本着"双百"方针精神，我们欢迎简约明畅、言之有物的来稿参加讨论。

——编者

舆论的确可怕。我不知道贬斥或者轻视近一两年来文学创作成绩的风是怎么刮起来的。特别是近几个月，越来越多的文章都在说小说情况如何如何不妙，说小说创作进入了低潮，说文学正处于沉寂，说小说一年不如一年从而形成一种疲软（是谁第一个使用这个词形容文学？令人佩服之至。）——总之，大事不好。但是，我常常怀疑说这些话的人是否都认真读了小说，特别是近两年来的那些好小说。中国人历来喜欢人云亦云（北京人叫作"跟着哄"），所谓一传十、十传百。我疑心这股对小说创作的不满风也是这么"传"起来的。

我以为这疑心是有根据的。拿1985年文学创作来说，大家都承认十分景气（这词又是谁第一个用来形容文学的？也令人佩服之至）的一年，甚至有人说自1985年之后中国才真正有了小说。是什么东西使人们对这一年的小说给予这么高的评价呢？我以为，那主要是一批对中国当代文学具有革命意义的新型作家的出现。当然他们不是在1985年中突然一下子冒出来的。他们之中有些人，如张承志、韩少功、史铁生、王安忆、贾平凹、郑万隆、扎西达娃，在1985年之前就已经是青年作家中的精锐，但是在1985年中他们却一齐来了个极为精彩的"变脸"；另一些人，如阿城、莫言、马原、残雪、朱晓平、刘索拉等，虽然是在1985年里才大放光华，但其实在此之前都有自己的写作历史，只不过是在这一年里或者一下成熟起来，或者一下交了好运。不管怎么样，是一批作家和他们的作品（这些作品在当年小说总数量中只是很小很小的一部分，并且不是篇篇皆佳，可这点常被忽略）使1985年的文学明亮得耀眼的。那么1986年至1987年这两年情况怎么样呢？已经过了大半年的1988年情况又怎么样呢？如果不带偏见，如果不愿意闭着眼睛瞎说，我想任何一个观察者都不应该忽略这样一个事实：在这两年多中，虽然许多"老"作者仍然相当活跃，但又出现了一批比他们更活跃，且作风和他们全然不同的"新"作家，例如余华、苏童、叶兆言、李晓、李锐、刘恒、格非、孙甘露、叶曙明、北村,等等。在 1985 年那些热热闹闹的日子里,他们大多还默默无闻,虽然也在勤奋地写作,但都淹没在别人的喧哗骚动里,还没有出头。然而,他们似乎等不及 1985 年开演的那一场戏拉上大幕,就手携手地一下子冲上舞台,不客气地开始了另一场戏的演出。只要认真翻翻这两年的文学刊物,特别是 1987 年的刊物,一个敏锐的读者(更不要说敏锐的评论家)应该不难看到他们的演出是怎样剧烈地改变了,并且继续在改变着中国当代文学的面貌。如果拿这种改变与以往发生过的文学变革相比,例如与 1978 年的变革相比,或者与 1985 年的变革相比,这次改变不仅更为激烈,而且在文学与现实的关系、作家与社会的关系、读者与作品的关系等一系列问题上变革得更为彻底。在一年左右的时间里,一批新作家和新作品竟然使文学在各个方面都面目一新——这实际上是 1985 年那次文学革命的重演。这一切(两次文学革命交叠发生)本应该让评论家们惊讶或惊喜万分才是,应该让评论家们为自己能够看到这种奇观而感到十分的幸运才是。然而事情恰恰相反,评论界面对这种形势所做出的只是一片什么文学正进入低潮的叹息和低语。

这真有点奇怪。

一个合理的解释就是这一派叹息都不过是人云亦云的结果。这很有可能。一来,"随大流"本来就是人这种东西一个极难克服的弱点;二来,刊物那么多,从中沙里淘金不容易。不过有一点我还是想不大通:为什么那些与 1985 年的文学一道崛起的青年评论家也在这样一个文学形势面前显出某种迷惘和犹疑?为什么他们中竟也有人对近一两年的文学发展表示相当的悲观?谁都知道,这一数量相当可观的批评家群体本身就是 1985 年那场文学革命的产物,当然,他们的推波助澜又反过来大大促进了那一场文学革命。正因为如此,在这群批评家的神采、意气、文章以至那股不自觉的扬扬自得的态度里,明显地充斥着一种顽童式的反叛精神——他们似乎对什么都不尊重,并且发出一串串的疑问,他们似乎要在文学的殿堂里痛快地大闹一场,完全彻底地颠倒黑白,他们似乎决心把喜新厌旧这种人类的恶习推向极端的极端……也正因为如此,我们有理由对他们有更高的期待,有理由相信当文学领域中不断发生骚乱和变革的时候能够得到他们的关注、理解、批评、建议以及包括反对、责骂在内的一切应有的和可能的反应。然而,我们失望了。1985 年刚才过去,他们似乎就一下子衰老下来,似乎一下就从一群顽童跃进成为一群老头儿。不然很难解释为什么在另一次文学革命于 1987 年前后接踵而至的时候他们竟然与 1985 年的表现完全相反。

倘人能衰老得这么快,不由得人不难过。

但或许这样想是不公正、也不合实际的。因为新批评运动(实在想不出更合适的名称,暂且这样说吧)自 1985 年落生以来,一方面发展迅速,产生了巨大的影响,另一方面却随着自身的成长而日益陷入重重的困难之中。其中之一(或许这是最主要的)就是需要向西方学习的东西太多,与西方20世纪的文学批评相比,中国当代的新批评家们很难不产生某种自卑感,觉得自己像一群聪明的小学生。因此,新批评不得不一面关注文学的发展,一面又手忙脚乱地建设自身。实际上,距1985年那些令人兴奋的日子越远,新批评家们就越来越关心批评的发展,而越来越忽略文学的进步。在许多批评家那里,对某个文学作品的批评只不过是在实践某种批评理论时不得不借重的一种操作,例如用对马原的小说的分析来熟悉、验证、掌握叙事学的批评。说实在的,批评家们这样做是有充分理由的,是发展文学和发展批评所必需的。不过,我又反过来想:建设、发展批评学是不是一定要以放弃对文学的关切为代价?是不是像1985年那样对文学和批评双管齐下反而更为有利?在一场混战中建设、发展新批评是否更可取?

自1987年以来,文学界常常听到这样一种说法:批评落后于创作。自新批评兴起以来,这种说法已渐渐不大听到,相反,有人认为以近一两年而论,倒是批评比文学更为"超前"(张陵、李洁非甚至说1987年是有好批评而没有好小说)。这说法或许有一定道理。不过我觉得这说法面临一个挑战,那就是1987年开始的又一次文学革命。我想,如果新批评不正视这一挑战,批评落后于创作的形势也将会重演,只不过参加演出的作家和批评家都换了人马——这很有戏剧性。

说一千道一万,无论谁对谁错,我想我们先都得坐下来认真地读作品,例如从1987年这一年的作品开始。

故事的价值

王 蒙

偶读《上海文学》1988年第9期所载廖一鸣作短篇小说《无尾猪轶事》，颇感兴趣，不禁愿与同好们探讨议论一番。

这篇小说描写"文革"时期一个知识青年，下乡后百无聊赖，一晚趁大家看电影新版《南征北战》之机偷偷割掉了大队书记三疤佬所养的猪尾巴。第二天发现，是晚有许多猪尾巴被割。（这是一个谜，始终未有解答。）不久，当地一些农民认定无尾猪长膘特快，以至纷纷割起猪尾巴来。（作者在小说中明确说明，这种畜养理论是无根据的。）是年除夕，依例祭祖，才发现所有的无尾猪不符要求——不算"全猪"，最后只好用一个富农陈叔所养的猪。小说结尾处写道："再后来……此地成了养猪万元户村，我还弄不明白……是否跟我十多年前……割掉的那条猪尾巴有关。"小说用第一人称写成。

小说极流畅好读，符合传统的——标准的讲故事的程序，头绪井然，疏密得当，语言质朴含蓄，标点齐全，人称一贯，字体划一，叙述客观冷静，几乎看不到作者的"主体意识"，也看不出什么"现代感""沙龙感"。但看后又颇觉不俗，似乎与众不同，这是因为：

一、写了"文革""知青"等，却绝无控诉、怀恋、歌颂、叹息等流行色彩。讲到重拍《南征北战》与"我"的无聊感略有讽刺。同时居然讲了该年"年成极好，各户人家的五禽六畜都很兴旺……"这在描写"文革"时期的生活的作品中是绝无仅有的。显然小说不是突出"彻底否定""文革"的主题的。当然，小说也绝无"美化'文革'"之嫌。

二、为何一晚上许多猪被割了尾巴？"我"只割了一条，还因害怕而扔掉了。（讲到尾巴割下来后仍在手里不停晃动一节，写得生动可信，细腻而又刺激。）书记认为是敌人破坏之类的"恶性事件"。公社武装部的人来了，压根儿没去调查。村民们则认为是鬼干的。而这种无尾猪居然大长特长其膘，并成为它们的主人的秘而不宣终于又走露了全村的歪打正着的法门。描写极真切、真实自然，逻辑却是一塌糊涂，读后令人捉摸不透，越不透越想捉摸。这就是说，我们读到的是一个明白晓畅却又糊里糊涂的故事。明白的形式，糊涂的内涵，这就造成了一种——妄用两个同样糊涂的新名词吧——"张力"和反差。

三、小说后半部讲祭祖的传统与无尾现实之间的矛盾，似是横生枝节，也是"柳暗花明又一村"。

四、叙述语调平静极了。

这篇小说使我想起许多外国小说——津津有味的故事与捉摸不定的意蕴。翻开《世界文学》或《外国文艺》杂志我们常常会看到这样的小说。但当代国内很少有作家这样写。与之相近的有前几年高晓声写的《绳子》。小说写一个新干部下乡参加土改，村干部借他的绳子捆一个恶霸地主去接受批斗，斗完了就枪毙。新干部觉得勉强，最终还是无法拒绝，最后绳子其实没用。地主也杀过了，新干部接到还回来的未用的绳子后欣慰地感到自己成长了。这篇小说很吸引人，但评论界对此毫无反应。

廖一鸣、高晓声的这两篇小说启发我们去思考一个问题,故事在小说中的意义、价值的地位是怎样的？

我国许多作家常常认为：①故事（主要是靠悬念、巧合等方式）是吸引读者的浅层手段。②故事是人物性格的表现。③故事是主题思想、是作者意图至少是情绪的载体。④故事是社会生活的实质（规律、趋势等）的外化。⑤故事是严肃的文学描写（包括风景描写、肖像描写、心理描写、场面描写等）的联结媒介。

总之，常常认为故事是小说中表层的、非独立的东西。其意义不在自身，而在于它所负载体现的哲学、道德、审美观念，在于它所表现的历史逻辑、生活逻辑，在于它所凝聚结构起来的，精美细致却又常常是零碎的文学描写与文学语言，就是说，一般认为故事起的是两个作用：载体作用与结构（主线）作用。这些看法并不错，确实故事是有这样的作用的。但仅仅如此讲，这实际上忽视了乃至抹杀了故事本身的文学价值。

用这种观点去看本文所提到的两篇小说，就只能得到近似"莫名其妙"的结论。进一步就要抱怨作者故弄玄虚，使文学修养如己者也"看不懂"了。（顺便提一下这个有趣的现象，专门弄文学的人比业余读文学书的人还常常反映"看不懂"。这大概是愈学过文学愈容易囿于既定的文学观念的缘故。）

但是如果我们扩展一下我们的观念，把故事当作一个相对独立的文学本体范畴来看，一切就会大为不同。我们的文学理论一般注重强调文学作品的有机整体性质。各种文学因素——形式、内容、主题、题材、人物环境、故事、情节、氛围、语言、风格都是浑然一整体，在这个整体中，主题、题材和人物（典型）处于领衔的地位、中心的地位，组成了作品的内容，决定了作品的思想倾向。其他每个因素的意义都不在于它们本身而在于它如何为其他因素特别是为内容服务。阿Q与小D打架的故事的意义在于暴露"精神胜利法"；江姐受刑的故事的意义在于表现共产党人的崇高与国民党的丑恶；李顺大造屋的故事的意义在于批判极"左"。（到了《陈奂生上城》，故事已经有点"闹独立性"了。记得当年颇有一些专家认为陈奂生上城的故事出了农民的洋相故不可取。）等等。

这种"有机整体论"的价值和优越性已为文学界所普遍承认与熟知,对此,笔者并无异议,故而不再赘述。只说一句:轻视这种"有机整体论",常常不过是一种趋时赶浪的幼稚病。

但仅有"整体论"是不够的,它可能或已经导致欣赏阅读解释的单一化、简单化、一条绳子化、非文学化、非审美化,最后造成越学文学越读"不懂"小说的怪现象。它可能或已经导致了文学评论的选题的单一化,理论命题的单一化,大而无当化。几十年来只会讨论文学与生活、与社会、与政治、与时代的关系这些大问题,而艺术分析与科学研究逐渐退化,近年来形式与内容、自我与社会、主体与世界、理性与非理性的讨论开始行时,但空论与旗号仍然大于学科建设。

因此,除了有机整体论,归纳、归根到底、溯本求源的解释方法,我们还需要分解的理论,分割研究、剥离研究的方法,需要尝试接纳一种各种文学因素相对独立、意义在于本身的观念,需要接纳一种多种多样的阅读与欣赏路数的观念。

本文试从《无尾猪轶事》提出以下观念,作为有机整体论的补充,而不是作为前者的否定。

一、故事本身就是有意义的。故事是文学的也是人生的一种风景、风光。我们完全可以像观赏一个风景点一样去"穿行"一个故事。这个故事本身的繁重或单纯,紧张或轻松,曲折或平直,参差或整齐,急促或缓和,幽深或明快,宏大或小巧,跌宕或者冲淡,丰绰或者质朴,出人意料或者似曾相识,山重水复或者一泻千里,都是十分诱人、吸引人、刺激人或愉悦人的。这就是说,故事本身就是审美的对象。故事就是故事,而好故事就值得一看,就有文学价值。读罢故事,探寻其背后的意义和逻辑当然是可以的,有时也是必要的。但如果探寻得过分执着,过分迂,就只会使我们对眼前的千姿百态的风光失之交臂。其状态如同一个人没弄清设计图纸与建筑原理便拒绝接受故宫或者巴黎圣母院的游览。其状态如同见到一个美人立即回忆、追查她的档案与鉴定评语。这就是说,过分的与单一的"有机整体论"会成为审美的心理障碍。倒不如听其自然,尽情接受,再从容探求,尝试推敲。不仅是廖一鸣的这篇小说也不仅是对于故事,包括对于诗,整个的文学阅读如果能采取一种更加开阔放心的态度,许多低层次的懂与不懂的争议就会迎刃而解。

二、故事本身还会是人生经验的一种普遍的和凸出的形式,甚至有可能是人生的某种经历和体验的概括、象征和抽象。一个安娜·卡列尼娜或者包法利夫人的故事,概括了多少多情女子的不幸经验!一个唐僧取经或者关云长过五关斩六将的故事,又概括着、象征着多少苦斗前进的人生经验;无怪乎人们把"九九八十一难""过五关斩六将"作为具有普遍意义的成语来使用。廖一鸣、高晓声的小说,不是都传达了一种貌似平淡却又刻骨铭心的人生经验吗?又平淡又难忘,这就是他们的故事的特殊形式,一种类型形式。任何一个个体或者群体,他或他们的出生、成长、高潮、衰老、灭亡,不都是一种故事吗?活着而又不陷入、不扮演、不制造或被制造任何故事,谁能做得到呢?谁能摆脱故事的形式呢?整个人类历史,不也是一个又一个故事吗?而所有的这些真实的、自然的故事,并不是为了体现、负载某种思想意义而编造出来的,历史、经验、故事,这是第一性的、原生的东西。而思想意义,往往是在历史、经验、故事发生乃至完成以后才被探讨出来的。我们怎么能因为一时说不清道不明其意义就否定经验的存在与价值呢?毋宁说,我们所了悟的意义常常会落后于或小于我所经历过的故事,而直接用故事的形式提供经验,恰恰是小说的优势,是小说的可贵之处、耐咀嚼之处。

是的,故事正像其他文学要素一样,我们可以放在整体中研究,也可以把它剥离出来进行分析。任何好的、动人的故事本身,都有已经发现了或者有待发现的价值。

那么,是不是说《无尾猪轶事》的意义就是"轶事"本身,再无别的意味可讲呢?乃至于再走一步,是不是可以断言文学者文学也,再无别的意义了呢?

非。问题在于,在《无尾猪轶事》这样的小说中,故事与意义的关系是一种辐射关系,故事是中心,将各种意蕴辐射开去,而不是只能千篇一律地将思想、典型人物作为中心,而将故事作为派生物、作为载体。

怎么样辐射呢?这样辐射的空间相当大,从理论上说,一个好故事的解法是无有穷尽的。作为一家之言,试将《无尾猪轶事》的内涵解释如下:

一、一种盲目性成了上帝。"我"割书记的猪的尾巴,是盲目的。老金头等村民笃信割了尾巴的猪长膘快是盲目的。果然长膘就快了,就更盲目,而且是神秘无解的盲目。群众把这种现象称之为:"信什么就有什么。"在中国这种"信什么就有什么"的"轶事"何止千千万万!要祭祖是盲目,要全猪就更盲目,再一想,连"我"的下乡、《南征北战》的重拍重映、武装部同志的调查、书记对祭祖的反对、屈服、自保、富农的歪打正着,不都是盲目吗?抚今思昔,真像是一群瞎子的故事啊!

二、一种两难处境。割了尾巴猪长得快,这符合实用原则、经济效益原则。要用全猪祭祖,这符合古典(传统)浪漫主义、以求全为特点的理想主义原则,符合尽孝的形式主义原则与道德原则。呜呼,人生(乃至社会)是怎样地会常常陷入这样的两难处境啊!

三、关于"黑洞效应"。一个晚上,竟有六条猪的尾巴被割,竟然到处响起了拉警报器一样的猪的惨叫声,这是怎样的一种气氛啊!连"我"都相信"这是一次有组织的行动"了,并从而不但不担心自己的恶作剧的败露,反而"感到满意"了;这又是一种什么样的心气!而损失了两条猪尾,而且猪的伤势特别严重的老金头,一改平日的蔫蔫的神态,反而"满面红光"起来了,"精神状态似乎极佳",这又是怎么回事?难道他和别人已经烦闷到需要灾难、损失的强心针的刺激的程度了吗?

这一段描写最精彩,最"神"。荒唐、神秘、可怖、可笑、不可解、是烦闷的沙漠中出现的海市蜃楼?是荒诞岁月荒诞人生的一个缩影?为什么后来无尾猪竟肥胖起来,以致老金头希望能把"割尾催肥术"当作专利垄断起来?这实是全部风景中一个既刺激又诱人思量的"黑洞"!好像登山中发现的一个死亡峡谷,好像航海中发现的一个沉船旋涡!这太不合乎正常的逻辑了!是不是却符合一种更深层次的荒诞逻辑、偶然性的无序逻辑或反逻辑呢?反逻辑不也是一种逻辑吗?至少,它不也是一种极重要的人生经验——内心体验吗?打一个夸张的比喻,地震的发生和地震中心的居民的命运,能够全部用逻辑解释清楚吗?那么,处于政治地震或社会地震或人生地震或感情地震中的人,怎么会没有对于"黑洞效应"的感受与体会呢?小说表现了这样一种感受与体会,又怎么会是无意义的呢?

其他可以辐射发挥的解释还很多,包括对"文革"的否定。对"知青下乡"的苦中带笑的回忆;书记这个人物的典型性;农民文化素质亟待提高,农村教育亟待普及;对现代文明的呼唤;对武装部年轻干部的作风的揭露与嘲讽;对祭祖之类的旧俗的慨叹;猪虽无尾,小说的光明尾巴差堪欣慰,等等。

因为这些分析是以故事为中心辐射出去的,便显示出小说思想内涵的某种弹性、多义性乃至不确定性。这可能使一些读者觉得不习惯、遗憾、不满,这是很自然的。但与此同时,我们会觉得这篇小说有余味,耐咀嚼,值得花力气去推敲。这不是更符合什么"接受美学"的原则吗?不是更有助于既审美又动用心智吗?不是更能考验一个读者、一个批评家的理解感悟欣赏能力吗?或者可以用一个略显古老的命题来表达这一类作品的特点吧,那就叫作——形象大于思想。

本文只限于谈故事的价值。用这种剥离分割、先孤立欣赏再辐射分析的方法同样可以分析不同小说的结构、语言、人物心态(包括意识流)、主调复调、主体情绪乃至节奏。对小说的整体把握是必要的,局部研究也是必要的。不同的小说有可能以不同的文学因素为中心,所以小说艺术分析也可以是多元的。"小说学"的功夫也是可以在某种程度上分割和剥离的。许多年前,笔者已经提出普遍重视这些文学因素的价值并确认它们在不同类型的作品中的各自不同的作用的主张了。我们确实已经拥有了不少可贵可喜的整体性的文学主张与旗号(当然也有自吹自擂而又排他的赝品),我们还需要更多更细更各有侧重的局部研究,相对小一些的命题研究。没有后者,我们的文学评论就难以摆脱千篇一律或千篇两律(如可分为正统与新潮、民族化与西化两律)的面貌。

批评的沉默和先锋的孤独

王 干

李陀是敏锐的,虽然他那篇短短的序文并未道清当前小说创作与小说评论的所有事实和所有症结,但却把握住一个重要的现象:批评和创作失去了以往那种水乳交融的亲切与和谐,先锋们在"前方"顽强搏斗、浴血奋战,而批评却在一旁袖手观战甚至呵斥几声或讲几句不冷不热的嘲讽与挖苦。

这叫先锋们很有些伤心。李陀则怀疑当年和新潮文学一起出山的顽童们已经"老化",很愿意为先锋们打抱不平。

应该说今日的批评越来越谨慎了,他们再也不能像前几年那么意气风发斗志昂扬地指点江山激扬文字了,这倒不是因为他们的心态老化,而是错误和教训教育了他们,使他们变得更加有耐心(同时也失去了热情和冲动)了。因为在 1985 年那场"文学革命"运动中,批评义无反顾勇往直前地为先锋文学开路和鼓吹,但历史也捉弄和嘲笑了这些顽童,当他们热忱地为某些"现代派"的小说竭力张扬而不惜贬损以往的创作时,结果却发现这些小说竟是赝品,竟是海勒和塞林格的蓝本在中国的翻版和复制。他们的热情和真诚被愚弄、被欺骗了。"伪现代派"的提出,是他们对这种欺骗和愚弄的抗议和反击。所以,在今天对这种欺骗和愚弄似乎有足够的理由沉默,对 1987、1988 两年内兴起的后新潮文学表示怀疑。因为世界文学的发展很迅速,而且优秀作品浩如烟海,谁也不可能阅读所有的作品(尤其是新出现的),鉴于前面的教训,他们再也不轻易地去充分肯定一部作品和一个作家,比如李陀文中所说的那些先锋难免使人想起罗伯·格里叶、博尔赫斯、昆德拉甚至马原、残雪的阴影。因此,顽童们宁可以一种挑剔的目光去审视这些先锋的家庭出身、血缘关系、发育状况,找出一些先天性遗传症和后天感染的毛病来,而不愿空洞地唱一些廉价的颂歌。

也难怪有人觉得批评对先锋冷酷得近乎残忍。

这是一面之词,还有不容忽视的另一面。这便是今日的批评结构与创作结构发生了错位。为什么顽童们会觉得近两年的小说创作疲软,这是由于他们跟踪目标的迷失。前几年被众多青年批评者一致看好的某些作家,像马原、莫言、残雪、韩少功、阿城、王安忆、贾平凹等人,近几年或少有作品问世,或呈现出滑坡状态,或进行自我重复,虽然他们的这些作品在当前小说创作整体中仍在水平线之上,但与他们在 1985 年的精彩表演已在不断褪色,情绪明显在减弱。他们的这种不景气辜负了顽童们的一片好心,于是在顽童们的期待视野中便出现了一片疲软之象,旁观者便惊呼"没有好小说"。因为他们丧失了批评的对象。

面对1987、1988年新兴勃起的第三代小说家,顽童们除了因心有余悸外,更重要的是,他们觉得和这些小说格格不入,总不能纳入他们的批评结构之中。这可能因为一个时代有一个时代的文学,一个时代同样有一个时代的批评。比起1985年那些先锋来,今天的这些先锋已从当初的观念层面转入技术层面来进行操作,他们已不像他们的兄长那样致力于观念的爆破、主题的深掘,他们更注意小说本体内那些技术性改进与提高,比如对故事方式的讲究、对文体的实验、对叙述的精心、对语言的崇拜,他们似乎要把小说写得更像小说,因而漫不经心地消解主题、颠覆阅读、游戏文字,这与他们上一代人那种崇高的文学精神、庄严的历史使命、忧国忧民的人生态度正好相抵触。而在1985年诞生的顽童们怎么会对这帮叛逆者轻易表示同情和赞许呢?

这种不和谐表明小说创作和小说评论在结构上发生了错位,小说评论与小说创作出现某种脱节和不谐调。但这不是一个心态老化的问题,而似乎是一个技术问题。我不想说这是由于批评者的工具老化和技术陈旧,而觉得是两种不同型号的螺母和螺钉,它们拧不到一块去是相当正常的。今天的批评手段不能适应这些先锋的小说生产方式,并不意味它就是陈旧的、落后的,更不能归结为掌握这些批评武器的顽童就已经心态老化了。事实上,批评界对这些先锋的出现一度还是表现出少有的敏锐和热情,1987年的"洪峰苏童热",1988年的"刘恒余华热",与批评界特别是顽童们的赞助有着密切的关系。只是批评在操作这些对象时已不那么得心应手,时时露出某种理解的困惑与回避的狡黠来。比如关于对洪峰小说的种种评论,尽管赞扬者和批判者都持同样的高八度,但基本上都围绕小说的表层作某种聪明的机智的意向性的表态,而很少深入技术层面中去作肯綮的分析与阐释。这种批评有点类似用足球的规则去裁判排球比赛一样。沉默者反而倒显出一种睿智了。

如果把第三代小说家的操作方式与顽童们的批评手段所带来的某种不和谐归结为新旧之争,那是我坚决不能同意的。这表明我们的文学创作界、理论批评界的部分同志仍染有一种机械进化论的情绪,以为新的总是正确或唯一正确的,在它之前的存在则全是陈旧的、传统的乃至腐朽的,事实上文学的发展很难像电脑的发展那样一代强似一代,我们就从来不说宋词比唐诗好,也不说鲁迅比李白强、李白比屈原棒。更何况每种批评方式总有它的范围、对象,不可能一剂药治百病,那样的灵丹现在生产不出,以后也不会出现。那种以不变应万变的批评态度乍看起来对文学新潮表现出高度的热情,但实际是一种不负责任的做法。试想,当一个人用镰刀去削苹果时,会有怎样的结果和滋味?

但历史对顽童们确实开了一个小小的玩笑,今天勃起的这批先锋倒确确实实在不同程度上接受过批评的熏陶,说他们是在批评的氛围中成长起来自然会有些过分,但顽童们前几年在传播西方叙事学、文体学、语言学以及关于生命意识、文化哲学、文本主义方面对他们所产生的潜在或显在的影响却是不可否认的。但当先锋们把对这些理论进行实验的结果放到传播者面前时,传播者反而倒有些手足无措、难以评判了。也就难怪李陀要大喝一声"昔日顽童今何在"了。这大概是顽童们起初没有想到的。

不过,我认为对批评与创作在今日所出现的这种不和谐乃至对立的状态无须持一种悲观的态度。事实上,"文革"后十年的文学创作与文学批评过从甚密,影响了批评的公正性和自主性,也干扰了文学的正常发展,以至于在相当一段时间内,文学跟着批评走(这叫批评的超前),或批评跟着文学走(这叫跟踪,或批评的落后)。我觉得批评和创作都必须拥有独立性,批评不能屈从于创作,创作也不能迁就批评,它们在两个不同的轨道中运转,它们可以交叉,比如像1985年那样的联合行动,但更多的时间内似乎应该保持一种距离。当然这在中国似乎有某种难度,因为当代文学批评无专门机构,批评家被纳入作家协会中去,这在行政上便使二者的交往密切而难以拉开距离。所以新中国成立以来如果不是出于政治的诱因的话,批评和创作保持着高度的协调性。可这种协调性给批评自身带来了怎么的品格和价值呢?尽管如此,我仍然相信有一部分顽童能够改变一下原先的工作方式关注李陀为之不平的先锋们,他们所进行这场小说技术革命无疑是很有意义的,他们小说中所体现出来的新的文学精神和操作方式是不应该冷落的,他们在文学创作中所投注的艰辛和顽强的实验精神依稀表现出某种精英意识,这在今天这样一个失去轰动效应的文学时代中好像理所当然应该得到某种认可。

但是,这种认可仍然是困难的。因为既然想超前地充当先锋,就必须在孤岛上作战,就必须经受寂寞和孤独的长期炙烤。这是先锋的必然归宿。不用说普通读者可以冷漠先锋、逃离先锋,即使批评家也有权力保持沉默或否定的态度。这是因为先锋的绝对超前性,批评无法理喻和阐释,如果要求批评也具有这种先锋意识这就有些勉为其难。更何况批评只对真正的经典负责,对那种尚未成形的先锋在难以判定它是畸形儿还是天才的情况下自然可以保持一种尊严和观望的态度。在这种情况下,先锋们如果要打破沉默和孤独的话,最好的办法就是他们也使起"双枪",站出来勇敢阐释自己的主张和宣言,充当自己作品的宣讲人。事实上,文学史上不乏这样的"双枪",在法国文学史上,浪漫主义处于先锋地位时,雨果就曾经写过不少具有经典意义的理论批评文字,而另一位现代小说大师女作家伍尔芙那些谈论现代小说的理论批评文字至今还闪烁着迷人的光芒,至于法国"新小说派"们的理论文字和小说作品则几乎具有同样的价值和意义,他们的宣言和纲领则成为阅读他们小说作品的最好向导。这些先锋作家就从来不冀望批评给予他们什么帮助,他们也从来不去依赖同时代的批评家的支持,因为他们知道先锋是一支无援的孤旅,在漫长的跋涉中更多的是靠自我信念的支撑来建构孤独的艺术世界。中国的先锋作家也必须拥有这种孤独的意识和理论的能力,否则就有可能被寂寞和孤独所吞噬掉而丧失其先锋性。

所以,先锋的孤独与批评的沉默无关,一切正常。批评对先锋的沉默不是成熟,也不是心态老化,而是一种常态。说成熟是一种护短,说老化则有点强人所难,我们没有必要也把批评赶到孤岛上去,否则就像要求先锋拥有广泛的众多的普通读者一样天真可爱。

—— 文艺报70周年精选文丛 ——

文艺报

70

周年
精选文丛（7卷，12册）

《时代之思》（理论卷）（上、下）

《文学天际线》（文学评论卷）（上、下）

《艺术经纬》（艺术评论卷）（上、下）

《世界的涛声》（外国文学卷）（上、下）

《彩练当空》（作品卷）（上、下）

《未来永恒》（儿童文学评论卷）

《文学之思》（对话卷）

SHIDAI ZHI SI
LILUN JUAN XIA

时代之思

理论卷 下

文艺报社 ◎ 选编
梁鸿鹰 ◎ 主编

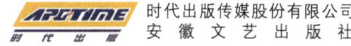

时代出版传媒股份有限公司
安徽文艺出版社

图书在版编目（CIP）数据

时代之思：理论卷：上、下/文艺报社选编；梁鸿鹰主编.
—合肥：安徽文艺出版社，2020.12
（《文艺报》70周年精选文丛）
ISBN 978-7-5396-6987-8

Ⅰ．①时… Ⅱ．①文… ②梁… Ⅲ．①文艺理论—中国—当代—文集 Ⅳ．①I206.7-53

中国版本图书馆 CIP 数据核字（2020）第 108056 号

出 版 人：段晓静
出版统筹：刘姗姗　　宋潇婧　　周　康
责任编辑：黄　佳　　何　健
特约编辑：李云雷　　徐　健
装帧设计：张诚鑫　　吴　臣

....

出版发行：时代出版传媒股份有限公司　www.press-mart.com
　　　　　安徽文艺出版社　　　　　www.awpub.com
地　　址：合肥市翡翠路 1118 号　　邮政编码：230071
营 销 部：(0551)63533889
印　　制：安徽新华印刷股份有限公司　(0551)65859551

....

开本：710×1010　1/16　印张：54.5　字数：1060 千字
版次：2020 年 12 月第 1 版
印次：2020 年 12 月第 1 次印刷
定价：156.00 元(上、下)

....

（如发现印装质量问题，影响阅读，请与出版社联系调换）
版权所有，侵权必究

目　录

梁鸿鹰:回望如歌岁月　开创全新境界——《〈文艺报〉70周年精选文丛》总序 / 1

上

1952 年
冯雪峰:中国文学中从古典现实主义到无产阶级现实主义的发展的一个轮廓(节选) / 1

1955 年
唐　弢:学习鲁迅的战斗精神 / 19

1956 年
张光年:艺术典型与社会本质 / 34
王　瑶:论鲁迅作品与中国古典文学的历史联系 / 40

1958 年
茅　盾:夜读偶记——关于社会主义现实主义及其他(节选) / 64

1960 年
柳　青:谈谈生活和创作的态度 / 80

1961 年
宗白华:中国艺术表现里的虚和实 / 83
朱光潜:整理我们的美学遗产,应该做些什么? / 86
臧克家:古典诗歌中的自然景物描写 / 89

1962 年
王　力:中国古典文论中谈到的语言形式美 / 94

1

郭沫若:诗歌漫谈 / 97
王朝闻:齐白石画集序 / 99
沐　阳:从邵顺宝、梁三老汉所想到的 / 108

1963 年

柯　灵:给人物以生命——艺术概括谈片之二 / 110
茅　盾:关于曹雪芹——纪念曹雪芹逝世二百周年 / 121

1964 年

文洁若:《红岩》在日本 / 136

1965 年

李基凯:关于怎样写中间状态人物问题——用《不能走那条路》《年青的一代》《千万不要忘记》的成功经验驳"写中间人物"论 / 141

1978 年

巴　金:迎接社会主义文艺的春天 / 151
吴组缃:谈《水浒传》/ 157
丹　晨:文艺与泪水 / 166
袁良骏:鲁迅研究中值得注意的几个问题 / 169

1979 年

姚雪垠:漫谈历史的经验 / 174
程代熙:文艺必须真实地反映生活——读书札记 / 183
钱谷融:文艺创作的生命与动力 / 190

1980 年

唐　挚:更好地表现新时期的社会矛盾(纵横谈) / 199
吴泰昌:大兴争鸣之风(纵横谈) / 205
宋遂良:坚持从生活的真实出发——长篇小说创作问题探讨 / 209
刘西渭:常情常理 / 215
李国涛:新艺术手法和固有的文学观念 / 217

1981 年
王元化:和新形式探索者对话 / 222
李泽厚:审美与形式感 / 229
周良沛:有感"新的美学原则"的"崛起" / 234
袁行霈:文学与时尚 / 239

1982 年
徐 迟:现代化与现代派(转载) / 241
理 迪:《现代化与现代派》一文质疑 / 245

1983 年
袁可嘉:西方现代派文学三题 / 251
严家炎:历史的脚印,现实的启示——五四以来文学现代化问题断想 / 256
谢 冕:通往成熟的道路 / 262
秦兆阳:谈"情" / 270
贺敬之:当前文艺思想的几个问题 / 274

1984 年
冯 牧:投身到伟大变革的生活激流中去 / 278

1985 年
季羡林:外国文学研究应当有中国特色 / 284
冯 牧:关于创作自由和评论自由 / 288
阿 城:文化制约着人类 / 292
林兴宅:系统科学方法论与艺术 / 296
周政保:小说创作的新趋势——民族文化意识的强化 / 298
刘再复:文学的反思和自我的超越 / 301
刘梦溪:文化意识的觉醒 / 305
钱念孙:文学之"根"的多向伸展和寻"根"眼光的扩大 / 308
黄子平:文体的自觉 / 311
刘思谦:小说创作中的悲剧观念 / 313

1986 年
程代熙:对一种文学主体性理论的思考与述评——与刘再复同志商榷 / 321

杨春时:充分的主体性是文艺的本质特征——与陈涌同志商榷 / 327

鲁枢元:论新时期文学的"向内转" / 332

1987 年

王晓明:社会历史批评方法的再思考——从伊格尔顿的《文学理论导论》谈起 / 337

邹　平:现代都市美的失落和寻找 / 340

陈骏涛:当前理论批评建设管见 / 343

张首映:两种批评理论及方法 / 348

陈　晋:平民的生活与贵族的艺术——部分青年文艺创新的内在矛盾 / 351

南　帆:读者是什么 / 355

张　韧:批评的尴尬 / 358

童庆炳:解开艺术创造之谜 / 362

滕　云:呼唤史诗 / 367

陈孝英:新时期文艺中的喜剧意识 / 371

蔡　翔:再来一条腿 / 374

蓬　生:巴赫金复调小说理论 / 377

於可训:小说文体的变迁与语言 / 381

靳大成:对人类学批评的多种可能性的资格论证 / 385

吴秉杰:面对发展了的审美形态 / 388

朱立元:文学批评主体性的限度 / 392

程德培:长篇小说的艺术在哪里? / 396

1988 年

伍林伟:写好故事 / 399

杨周翰:镜子与七巧板——当前中西文学批评观念的主要差异 / 403

李洁非:"感觉"的泛滥 / 410

汪曾祺:关于散文的感想 / 413

乐黛云:关于现实主义的两场论战——卢卡契对布莱希特与胡风对周扬 / 415

梁　斌:民族气魄与民族风格 / 426

唐　湜:"新古典主义"随感 / 428

李　陀:昔日顽童今何在? / 430

王　蒙:故事的价值 / 433

王　干:批评的沉默和先锋的孤独 / 439

下

1989 年

赵　园：负累重重的"地之子"——农民意识与中国作家 / 443
吴　俊：文坛的调情——对文学现状的一种看法 / 450
应　雄：历史批判与自我批判 / 453
刘再复：五四文学启蒙精神的失落与回归 / 458
梁　昭：为文学"商品化"一辩 / 473
钱理群：反思三题 / 476
陈晓明：理论的赎罪 / 481
支克坚：关于 40 年代革命文学内部论战 / 485
吴福辉：为海派文学正名 / 493
钱中文　郑海凌：文学史的类型、构架与问题 / 502
钟敬文：抗战期间的通俗文学 / 511
洁　泯：文学四十年：现实主义从失落到回归 / 516
王　宁：论学院派批评 / 519

1991 年

马识途：也说现实主义 / 524

1993 年

王岳川：后现代主义与后殖民主义 / 527
王元骧：也谈美学的和历史的批评 / 533
严昭柱：对文艺价值论有关问题的思考 / 538
陶东风：艺术：创造还是生产？——兼论 20 世纪反个性化思潮 / 548

1995 年

陈淑渝：聚合离分呈百态　嫣红姹紫斗芳菲——中国现代散文发展漫谈 / 554
孙　郁：鲁迅的批评视角 / 561

1996 年

肖　鹰：游戏崇高：走向俗人的神话 / 565

1997 年

刘醒龙:仅有热爱是不够的／569

1998 年

李复威　贺桂梅:90 年代女性文学面面观／572

乐黛云:21 世纪比较文学发展的趋势／577

1999 年

杨剑龙:面对当下与书写自我——新生代小说论／582

杨　义:面向新世纪的人文学术——我的治学观／588

2000 年

赖大仁:从人学基点看文艺精神价值取向／591

郭志刚:理解鲁迅／596

鲁枢元:"文学是人学"的再探讨——在生态文艺学的语境中／600

吴元迈:20 世纪文论的历史呼唤——走辩证整合研究之路／606

2001 年

鲁文忠:纯文学在窘迫中延展希望／611

陆文夫:关于创作的一点随想／617

王　宁:经济全球化时代的比较文学和文化研究／620

高旭东:走向 21 世纪的鲁迅／626

童庆炳:全球化时代的文学和文学批评会消失吗?——与米勒先生对话／632

2002 年

曾健民:台湾殖民历史的"疮疤"——评叶石涛最近在日本的演讲／638

吴奕锜　彭志恒　赵顺宏　刘俊峰:华文文学是一种独立自足的存在
　　——我们对华文文学研究的一点思考／646

陈　辽:文化的华文文学论待商量／653

2003 年

洪治纲:想象的匮乏意味着什么／657

2004 年
陈　超:"反道德""反文化":"先锋流行诗"的写作误区／662
郜元宝:期待新的"文学自觉"时代到来／667
马龙潜　高迎刚:文学的技术理性与人文精神／671

2006 年
李　准:经济全球化和民族文化的选择／675

2007 年
饶曙光:资本逻辑与文化价值的冲突及其调整／681
杨承志:努力构建文学的和谐生态／685
何向阳:批评的构成／690
段崇轩:要"现代性"更要"民族性"——对当前文学的一点思考／695

2009 年
范咏戈:发现小说应当发现的——漫谈第二届"蒲松龄短篇小说奖"获奖作品／701
张　炯:马克思主义文艺理论及其面临的挑战／704
张浩文:农村题材60年:在负重中前行／716
梁鸿鹰:当前文学发展的主流与可能／720
张未民:中国文学的"中国性"与"地方性"／724

2010 年
孟繁华:为中国当代文学辩护／727
张颐武:在新的起点思考新的价值／731
李建军:理想主义与力量的文学／735

2011 年
邵燕君:倡导"好文学"与直言的批评风格／741
吴　俊:批评的限度和学院批评的位置／745
李敬泽:文风与"立志让人懂"——答《文艺报》编者问／749
王　蒙:中华传统文化与软实力／752

2013 年
石一宁:《"文学台独"批判》:历史责任　文学良心／754

2014 年

李炳银：报告文学的文学不等式 / 759
陈嬿文：传统还是现代：台湾启蒙知识分子的抉择 / 767

2015 年

冯宪光：文艺人民性是马克思主义文艺理论的核心思想 / 771
曾镇南：以作品为中心　改善文艺生态 / 779
夏　烈：网络文学的综合治理与时代使命 / 785
李云雷：市场经济、文艺的通俗性与主体性 / 789
马龙潜："中华美学精神"的理论定位及其功能特性 / 793
白庚胜：发展繁荣少数民族文学的意义 / 797
雷　达：面对文体与思潮的错位 / 802
董学文：发展中国当代文艺理论的指南 / 805
高建平：美学在当代的复兴 / 810
王德威：华语语系文学：花果飘零　灵根自植 / 813

2016 年

何建明：文艺批评的标准、导向与实践 / 818
彭　程：文艺批评的坚守与创新 / 820
王一川：重建文艺批评标准的美学传统基础 / 822
丁振海：现实主义精神助推文艺高峰 / 825
王雪瑛：回望百年新文化运动 / 829
李少君：当代诗歌四十年 / 832
王兆胜：散文创作与批评是否"无法可依"？ / 837

2017 年

刘大先：必须保卫历史 / 842

2018 年

赵稀方：香港文学研究：基本框架还需重新考虑 / 848

编者的话 / 854

1989 年

负累重重的"地之子"
——农民意识与中国作家
赵 园

"乡下人"及其大地之恋

"地之子",台静农曾以此题小说集,李广田则有同题的诗作。"地之子"应属于新文学作者创造的表达式,精致且意蕴深厚。中国的士、知识分子一向自觉其有承继自"土地"的精神血脉,"大地之歌"更是近代以来中国知识分子的习惯性吟唱。亦如古代诗人托言田父野老,新诗人在让他们的农民人物倾诉大地之爱时,往往忘记了那份爱原是他们本人的。赫尔曼·黑塞在他著名的小说《纳尔齐斯与歌尔德蒙》中称艺术家、诗人为"母性的人",此种人以大地为故乡,酣眠于母亲的怀抱,是由于他们富于爱和感受能力。"协和广场对出租汽车司机说来不是审美对象,田野对农夫也不是审美对象"[1]。这却又不只受制于爱和感受能力,更因为赖土地为生的农夫不可能对田野持"非功利"的审美态度。因而不无讽刺意味的是,近代知识分子由于摆脱了与"田野"的基本生存联系,脱出了农夫式的与自然的原始统一,才便于自命为"地之子"。朱晓平在他的小说里说,知识分子向天,农民向地。或许只有"向天"者才拥有一块与农民的土地不同的"大地"。赖有超越基本生存关系的对大地的凝视,才会有知识分子的乡村感知和乡村文化思考。

郭沫若早期诗作中,有气魄极大的《地球,我的母亲》,这诗只能属于"《女神》时期",属于"五四"高潮期的时代热情和那一代人曾经有过的世界眼光、广阔浩渺的生存感受。中国知识分子的大地之爱,更根植于他们本人的乡村背景,他们最感亲切的乡村经历。新文学史上的几代作家,除了农家出身的个人背景外,还有士"耕稼力田"的文化渊源。中国士大夫鄙商不鄙农。以躬耕陇亩谋衣食之资(或作为一种文化姿态)者向不乏人。也由此培养了一种价值态度。春秋时有避世者耦耕(《论语·微子》),著名的儒家之徒曾参曾种过瓜。到宋代,陆象山还说"士大夫儒者视农圃间人不能无愧"(《象山先生全集》卷三四)。士大夫对其乡村背景,甚至会有一种"文化的骄傲"。"耕读传家",耕与读都不卑下。土地乃衣食之源,食不卑下,农作即不卑下。因而以农事入诗自成一种诗体,自号"老圃"亦是一种文人的风雅。新文学作者的自命"地之子"、自称"乡下人",多少也出于上述文化精神和文化骄傲,并不全是新时代的平民姿态。"时代精神"与传统渊源于此汇流,也证明着城市化进程的迟滞,与传统价值意识的尚未经受近代文化冲击。新文学作者反复申明其作为"地之子"的身份,比如李广田的《地之子》:

> 我是生自土中,
> 来自田间的,
> 这大地,我的母亲,
> 我对她有着作为人子的深情。

艾青在诗中说,那"生长我的小小的乡村","存在于我的心里,象母亲存在儿子心里。"(《献给乡村的诗》)他们还不止于以诗申明。沈从文说:"我实在是个乡下人"(《习作选集代序》),李广田说:"我是一个乡下人"[②],"我是来自田间,是生在原野的沙上的"[③]。臧克家说,他的熟悉农民,"象一个孩子清楚母亲身上哪根汗毛长"(《学习写诗中的点滴经验》)。蹇先艾说自己"是乡下人,所以对于乡村人物也格外喜爱"(《〈乡间的悲剧〉序》)。芦焚(师陀)说:"我是从乡下来的人,说来可怜,除却一点泥土气息,带到身边的真亦可谓空空如也。"(《〈黄花苔〉序》)许地山以"落花生"为笔名,芦焚以乡间寻常的"黄花苔"为小说集名,也为使小说更多一点乡气。老向(王向辰)说:"我是天生的乡下人,仿佛连灵魂都包着一层黄土泥"(《〈黄土泥〉自序》),也即以"黄土泥"名集。凡此,其意又不只在申明身份,更在说明性情、人生态度、价值感情、道德倾向等等。他们骄傲于其作为知识者的农民气质、"乡下人本色"。以"乡下人"标明文化归属,毋宁看作一面公开揭出的旗帜,用以推销自己,说明自己。这也是那一时期的时髦,在说的人未尝不暗暗含着点虚荣的。骄傲的乡下人!这自然只是知识分子的骄傲,与真正的乡下人——农民无干。知识分子才会如此炫示其农家出身的胎记。这种夸炫态度中,又确实有那个时代不无狭隘的平民意识——"平民"几等于农民,至少是不大将市民之类一并包括在内的(也因而老舍的姿态见出几分特别)。

于是,自居为乡下人的知识分子的文化优越感,与在泥土中挣命的真正乡下人的文化自卑心理,是一种有趣的对比。不妨认为,在这组对比中,倒是后者的文化心理更能映照时代,也是更直接地源自时代的,其中有20世纪以来城市化、现代化进程(即使有如何地迟滞缓慢)引起的焦灼与渴望,梦想与追求,有乡村世界中人极艰难且代价昂贵的价值观念调整(你会想到丁玲的早期小说《阿毛姑娘》)。知识分子因其教养和精神生活,也因其与土地的"非基本生存关系",更利于保存古旧梦境、传统诗趣。"知识分子"往往有比"农民"更严整的"传统人格"。

却又必须同时说,流寓于城市,生活方式城市化了的知识分子的自居为乡下人,亦出自比农民自觉、自主的文化选择、价值评估。那是知识分子自主选择、自主设计的文化姿态,其中有唯知识分子才能坚执的个体价值取向。在农民顺应强制性的生活变动时,知识分子的个体选择,又是知识分子文化优势的显示。而且,农民、乡村的城市化,不也必得由迷恋乡村、迷恋农民人格的知识者最先敏感到并予以文学呈现的?

知识分子的"农民气质",对这种气质的欣赏与自我欣赏,其中确有那一时代知识界的普遍人格理想。冯雪峰说艾青"正是这样的一个诗人:他的诗的外表自然是极知识分子式的,但他的本质和力量却建筑在农村青年式的真挚、深沉,和爱的固执上"④。由彩色的欧罗巴携芦笛归来的艾青,也的确像是愈来愈习于观察生活的农民眼光,比如以农民的眼光打量城市(《浮桥》),以农民的尺码量度城市人(《城市人》)。他的诗作的浑朴处,正令人感到对泥土、对泥色的人生的刻意模仿。赵树理自然是更极端的例子。

"知识分子"逐渐消融在"农民"这庞大的形象之中。这消融在几代知识分子中引起的竟是如释重负的轻松感。说"轻松"或为人不乐闻,但我们难道至今不仍然随处感觉到这种轻松——解脱了知识分子义务、使命的轻松?"痛苦的自我改造",未必总如描写的那般痛苦。逃避自我从来就比坚持自我容易些。"结合"终于弄到喜剧化了。

"农民"投影下的文学

令人清楚地感到的,是新文学知识分子形象总的带着浓厚的农民色彩。

自我欣赏其农民气质的,自然倾心于农民气质的"人物",连同坚实强韧一起欣赏或爱怜他们的迂执不知变通,而对于一切机巧怀着近乎生理的嫌恶。由这种情感态度价值立场,渲染出了新文学知识分子形象的基本色调。你读许地山、王统照、沙汀、王西彦等一大批小说家的小说时,随处遇到农民气质的知识者并明显地觉察到作者的钟爱与悲悯。即使那个狂热自负、张扬其"个性主义"的蒋纯祖(路翎《财主底儿女们》),也终于折服于乡村知识者(孙松鹤、万同华)的人格力量,那种土地式农民式的沉重迂拙、质朴坚实的力量,这种力量在对比中竟获得了"信仰"一般的神圣性——我们也较之任何其他场合都更尖锐地觉察到那一代知识分子精神力量的薄弱,他们被大大削弱了的人格自信。

在作家,也许没有比这更为肯定的认同方式了。不只认同一种生活情趣、一种情致意境,而且认同于人、人格,也就认同了造就人、人格的村社文化。甚至不止于认同,还诗化这认同,对于"消融"激动不已,以之为道德的自我完善。新文学以"农民"与"知识分子"负载民族性格,两大形象系列自不可混淆,其间的文化同一却昭然可见。这的确是"农民的中国"。你由新文学中感觉到农民文化的弥漫和笼盖。

由40年代起首先体现于解放区文学的无间融合、认同要求,有知识分子在现代史上的选择为精神背景。由某一点看,知识分子的接受流行思想,是"顺理成章"的。五四时期的平等要求,在一种时代氛围下导向对于工农的认同,又以无保留的认同否定了作为起点的平等思想。曾力图以面向工农劳动者达到自我道德、人格完善(郁达夫的《春风沉醉的晚上》等)的知识分子,终于被沉重的文化自卑感压倒。五四命题在其历史性演化中被推向对五四精神的否定。

但我仍然要说,上述事实将另一些同样重要的事实掩盖了。瞿秋白论鲁迅,为人称引不置的,就有所论鲁迅与农民与乡村的精神联系,并以被蔑称为"薄海民"的较有城市气质、都会风格的知识者为反照。然而鲁迅并不"属于"乡村的农民的中国,这才使他可能汇集过渡、转型期中国诸种矛盾的文化因素,并由此铸成有如大海大地一样广阔的文化性格。上引那些作者的自我告白其为"乡下人",何尝不也出于某种误会!即使如沈从文,他的乡村描写中更多的是知识分子、士大夫趣味,见出明晰的传统渊源,与真正田父野老的经验相去不知几何!新文学作者上述自我意识的背景中,有对于城市文明的极力排斥,对于失落了"根"的忧虑(亦是一种古老的忧惧),这倒也并非庸人自扰。

以乡村为对象化了的自身人格——道德理想,寄托其人间光明、人生信念的追求,是现代史上发展了的知识分子精神传统。王蒙说伊犁这"故乡"是给自己以"新的更加朴素与更加健康的态度与观念的土地"⑤。他感激那些伊犁的农民,说自己"常从回忆他们当中得到启示、力量和安抚"⑥。但知识分子以乡村为净土,以乡村为"拯救",确也集中表现着中国士大夫、知识分子的弱者心态,他们的缺乏道德自信,他们精神孱弱,心性的卑弱。

无须再谈论现代史三十年间的主流意识形态,罗列为人熟知的文献材料,也不必说明上述知识分子精神传统经由"十七年"迄未减弱的强大影响——甚至那种告白方式,那种申明"乡下人"身份时的心态。"传统"一旦为知识者拥有,便显出异常的坚固和异乎寻常的再生能力。这里应当有从事精神创造的知识分子受制于其精神创造物、受制于其自身幻觉的例子。

涤罪意识显然是在40年代文学中形成,又经由创作中的相似操作而加固,以至成为创作者经常的心理暗示,终于被作为某一类作品中稳固的意义单位的。我在另一篇文章中谈到知识者以漂泊城市为"放逐"。这放逐也可以由另一方面理解为背弃,背弃即是罪错。因而写乡村亦为补赎。由新文学作者到"五七战士"、知青作者,这里也有一脉精神遗传。30年代蹇先艾写《乡村的悲剧》,说乡村如此残破凄凉,触目是"陷落在泥潦中的老人、女人、穷人","为什么我就应该逍遥在都市之中呢?我诅咒自己"[⑦]。有意思的是,台湾作家张系国在《昨日之怒》里也写到对乡土的负罪与求赎:"……就好像灯塔的守望者一样,我愿意永远守望着我的老家","也许只有做一辈子守望者,我才能弥补我们所做的一切,补赎我们一切的罪过。"由朱晓平的"桑树坪系列"中,你一再读到类似的自责,像是非写点什么便不能安顿自己的良心似的。

"地之子"在重重负累中挣起

也正是在新时期,在几十年无保留无条件认同(为此不惜抹杀知识分子徽记)之后,终于又接续五四知识者的某种思路,重新审视其与农民,与"乡村中国"这一重联系,并以此作为知识者自我认识、自我审视的重要方面。何士光说:"卡在树枝上的叶片,实在用不着到原始的旷野里去寻根。根就在自己的脚下。我们的重负也不在别的什么地方,而在我们绵延数千年的小农经济。它所派生的一切悠久、强大而深沉,足以使人头涔涔而汗淋淋。一夜之间哪能挣脱得开?会是一个长长的、反反复复的过程。"(《写在〈苦寒行〉之后》)古华说:"毋需讳言,我们却大都是小农经济的儿子。"(《遥望诸神之山的随想》)知识者的上述反省构成了新时期文学审视、思考乡村文化、农民文化的认识背景。即使以农民、乡村为对象反思整个民族的历史道路不自新时期始(你可以想到著名的《阿Q正传》),即使重提"国民性改造"的旧有命题也意味着对五四思想、人道主义思想的无批判承袭,如高晓声1980至1981年间的作品,如吴若增的《翡翠烟嘴》,在当时仍应看作对乡村文学模式的突破。其文化追究的意向,毋宁说是此后文化寻根的先声。

这里我想稍事停留,略谈一点我所感到的新时期文学中的乡村文化的批判对于五四文学主题的某种回应——或者不说"回应",而说代际思路的交叉、重叠。无论回应还是交叉,都以知识分子相似的精神趋向为条件。我想到何士光《苦寒行》写"阿Q性"(此处系借用)?写看客式的麻木与蒙昧时字里行间的历史悲凉感。对前代作家的回应更集中在他的知识分子人物由自身发现"阿Q性"时的沉痛自省:"会不会,这样在大街上走着的,不是我而是老大?我不是也从乡下来?不是也披着衣裳?……我明白这念头不是没有根据的时候,禁不住悚然了……"从更年轻的作家那里也可以发现与前代作者感觉、思路的交叠。《古堡》(贾平凹)写改革者为乡村进步的献祭,一如辛亥革命志士为中国进步的献祭,最痛切处在牺牲者的寂寞。当主人公为之牺牲的"光明"开始呈现,"村人却把什么都忘了",而且去争抢他被法院判刑布告上的红戳戳:"人都说这红戳避邪哩"：一个与《药》(鲁迅)中的"人血馒头"类似的象喻。张炜小说(《古船》)人物的罪感，则令人想到"我也曾吃人"这种典型五四式命题。类似的，可能不只是个别意念，而且是具体意象，是作品内在语义结构，有时甚至是语言表达方式。我相信这些并不是思索中的偶然遇合，其间有经由文学传统、中国知识者精神传统的意象的传递，感觉、思维及其方式的传递(知识分子精神传统经由文学的"有形呈现"也清晰化了)。我尤其感动于不同代的知识者当着批判农民的精神病象、批判乡村文化时把自己也烧在里面的激情。正是这种对于自身更为严峻的省思，令人敢于对"中国知识者"寄予希望。

这自然只是问题的一个方面。

同在大文化笼盖下的知识者与农民，其命运是如此息息相关，被限定了必得纠缠一处难分难容。命定地担负文化批判任务的知识者命定无以逃脱下述悖论：审视者自己在某种先定视野之中，批判者本身的农民意识。"长在树枝上"的叶片被指定了描述那树时，不能不带着得之于那树的种种偏见。知识者的上述宿命的困境，或非一两代人所能改变的吧。"农民"在我们这里，早已成为过于广阔的概念，"农民的经验形式""农民的情感形式"是如此普遍，以至难以将其与"知识分子的"相剥离。无所不在的农民！中国尚未走出"农民的中国"，知识分子不可能彻底摆脱"农民性"。知识分子不是怪物，他们在生活中承受诸种力量的塑造。完全剔除了"农民性"和其他"性"的纯粹知识分子，是令人无从想象的。

文学也因而不可能不传达农民式的历史经验，并由此铸成艺术模型。如农民式的正义论，与之对应的"正义战胜"的封闭结构，这是几十年间"统治的"结构模式；如农民式衡度历史的道德眼光和道德感情(张炜作品中有较近的例子)；如近几年文学特别强调的"轮回"(曾被作为历史循环论的"民间形式")。这里不涉及对否或层次高低的评价，农民的真理亦是真理。重新发现农民经验中的真理性(并以之小说形态化)，是与对农民人格、乡村文化批判意识的强化同时发生的。这也不失为耐人寻味的现象。

还应当提到文学中农民式的文化感受和反应，农民在历史变动面前的忧虑，他们依赖既有经验对"光明"承诺的疑虑。经济改革之初王润滋等人的小说，李杭育"葛州江系列"中的某些篇什，都包含有上述农民经验与农民智慧。其他还可以想到农民的时空感觉，当然更不消说农民的方言趣味。30年代文学语言一度的粗鄙化，亦出于对工农的模仿。新时期以来甚至有意对素所避忌的农民的"迷信"行为(如占卜)作从所未有的正面描写——系于发现农民的思维方式这一极严肃的旨趣。应当说，正是"农民"的参与，正是中国知识分子与农民间持久的精神联系，农民文化对于知识分子的精神渗透，知识分子对于农民、乡村文化的认同、归属感，助成了"乡村文学"的延续性，清晰的演进脉络,稳定的美学水准,严整的结构形态,成熟的文体形式(尤其长篇小说),易于形成流派;同时易于因袭,难有奇境奇观,难以刺激文学观念、艺术形式做重大调整。此亦所谓长短互见、得失并陈。有"城市文学"正盛的发展势头映照,这种长短或将被更加看得明白。

在重重负累中,新时期文学让人看到了知识分子主体在艰难的自我修复中。我不说"返回五四"。我们所期盼于文学的,更是走出五四一代巨大的精神投影。然而也不妨承认,新时期文学对知识分子主体意识的强调,在最初确实使人感到是对五四精神的某种回归。如上文谈到的国民性改造的主题,和知识者对于自身承受的历史文化负累的省思。

参考文献:

① 杜夫海纳:《美学与哲学》。
②③ 分别见李广田:《〈画廊集〉题记》《道旁的智慧》。
④ 冯雪峰:《论两个诗人及诗的精神和形式》。
⑤⑥ 分别见王蒙:《故乡行代序——重访巴彦岱》《在伊犁·虚掩的土屋小院》。
⑦ 蹇先艾:《乡间的悲剧·序》。

文坛的调情
——对文学现状的一种看法
吴 俊

那些把文学现状称为"疲软"的批评家难道都是毫无道理或对近年来小说创作上的革命性态势视而不见的吗？那么好吧，就让我们从1987年的作品开始。结果，我们果真发现了那一连串颇使人兴奋的名字，就像有人早已为我们开列而事实上并没有被忽视的年轻作家。在相当程度上，我本人对这些年轻作家的兴趣丝毫也不比其他任何人逊色。如果说李锐、刘恒、叶兆言的作品显示了他们拥有了别人很少企及的写实功力，使传统小说获得了新的形式和生机，那么像余华、苏童、格非等人则可以被看作是以前的所谓"探索小说"潮流中蜕变而来的更具有纯文学创作意识的作家，即对形式的刻意求新开始让位于对形式的自觉消融——形式既不是小说以外的东西，也不是小说内在要素的一部分，它不是脱离对整个小说的体验能够达到的某种程度，而是与小说的全部意蕴可以互相包容、互相渗透、互相创造或几乎是可以互相等同的那样一种东西。显然，我认为这是近年来小说创作和观念上所取得的一个最重要的成就。1987年以后中国小说最令人难忘的地方也就在这里。

然而，问题往往就出现在这个"然而"之后，就在我们把希望的目光投在这批1986年以后"出现"的文学新星上的同时，却也分明发现了他们的怯懦与不自信。毋庸讳言，在他们中间，有相当一部分人至今为止仍然是属于那种"早产的混血儿"——博尔赫斯或罗布－格里耶等是他们的"共同父亲"。我不知道有些人究竟是没有发现还是不愿指出这一点。当然，如果仅仅是出于对新人的扶植而疏于这一点或许还情有可原，更何况如我前面所说，作为一代作家的整体特征，他们表现出了几乎可以说是前所未有的纯文学倾向与追求。不过，要想毫无保留地把他们当作是近年来中国小说的骄傲，我看为时尚早，至少也有那么一点不明智吧。事实上，他们的作品还不足以承担这种光荣。那么，由此推衍开去，我是否有可能做出这种猜测：在一种竭力推崇的呼声之中，正潜伏着对于当前整个中国文学的不自信或不信任感呢？

对于新时期文学的某种失望可以说由来已久，并且也决不仅仅是批评家们的感觉。只是在这失望之中，我仍愿意指出存在着这样一种可能性，即人们包括我的一些同行的种种失望，有可能更多的只是由于对中国新时期文学的"繁荣"历史的缅怀及由此而形成的某种习惯定式的结果。如果是这样，我想是不足为训的。但是，在我看来，不管是出于什么原因,从整体态势上来分析,中国文学近年来的表现,确实证明了它正处于某种"低谷"或如有人讽刺的这个名词"疲软"的状态。这种现象的存在丝毫也不因1986年以后出现的新潮作家而削弱或消失,而恰恰只是更强烈地反证了它的存在和人们对此的焦虑与批评的合理性。事情很清楚,中国的纯文学或称严肃文学作家的人数是极其庞大的,打个不愉快的比喻,简直多如牛毛,而文学刊物的分布,也如星星之火,遍及全国各地。但是,所有这些作家和刊物为人们提供的又是一些什么呢?如果说1985年以前我们的作家们为了发泄他们曾郁积了十几年的各种能量而多少也获有一些读者的话,那么近年来,随着文学的深入发展,他们中的相当一部分人是否还应该继续"赖"在作家的行列中向文学青年兜售他或她的所谓创作经验呢?他们被盲从的人们所尊敬和羡慕的作家头衔是不是不再那么实在了呢?我们的民族好像有一种宽宏大量的美德,这也就使有些跻身于作家之中的人有滥竽充数之嫌。我相信,正是这些人和他们的劣作,才使得近年来的小说创作显出总体上的灰色和颓势,并遭到人们的批评。

有一则故事,说的是一位法国出版商曾请巴尔扎克等人吃饭。席间,有一位先生正兴高采烈地说着"我们作家"如何如何,巴尔扎克插话道:"先生,您是在说'我们'作家?""是啊。"那位先生肯定地回答。"那么,您也算是一位作家!"巴尔扎克说着用餐巾擦了擦嘴。那人听了顿时哑口无言,不久便悻悻而退。

我不想学巴尔扎克的尖刻,但忍不住还是要向某些"作家"证实一下:"您也算是一个作家?"因为我确实无法从他或她的作品中获得肯定的回答,除非凡写作的人都可以叫作作家。

凡领略或观察过近年来中国文坛总的氛围的人,都不难注意到这种变化,即作家与批评家之间互相做媚眼、抛飞吻——或直言之曰调情——的时尚正在消失。

但是,这亦不排除在文学局部中仍存在这种现象,这不能不使人焦虑。他们敢于调情并确实也有人接受他们的调情,文学的命运便可悲了。

新中国成立以来,中国文学的发展始终缺乏一种自由的竞争机制,即使在当前整个社会结构正处于大变动的时代也是如此。一切都有制度在保证着,作家根本没有危机感。既然有那么多的刊物,写出来的东西还愁不能发表吗?这实际上为作家的粗制滥造提供了客观条件;同时,也在精神上培养了他们的优越感。有鉴于此,我倒并不认为目前的变动对于文学所产生的冲击都是消极的,甚至,我认为这种冲击远远不够强烈和彻底。作家的"铁饭碗"丝毫没有受到威胁。如果说人们正在连连惊呼中国文学已到了一个危急的关头,那么我敢肯定,所谓"危机意识"在相当一部分作家头脑中还是十分淡漠甚至没有的。作为批评家,我们则必须强调这种个人的危机感,并在把那些文学界的"假酒""假药"唾弃淘汰的前提下,中国纯文学的整体进步才会有扎实的基础。

历史批判与自我批判

应 雄

对中国现当代文学及文学家作历史反思,正逐渐成为目前文学研究的一个热点。以时间先后为序,《文学评论》开设了《行进中的沉思》专栏,《上海文论》开设的是陈思和、王晓明主持的《重写文学史》,《文艺报》最近也设立了《中国作家的历史道路和现状研究》栏目,此外,其他刊物也时有性质相似的文章发表。这批"重写文学史"性质的文章,站在今天时代和文学的发展高度上去回顾 20 世纪中国文学和文学家的曲折道路,推翻或超越以往文学史的框架和定论,采用一种新的视角去揭示时代矛盾和文学家的矛盾,描述创作道路中的大滑坡现象,批判地分析历史的悲剧和文学家个人的悲剧,从而总结历史教训。这种着意于历史批判的研究,无疑具有学术史上不可抹灭的意义。

但是,我觉得,这种历史批判还需要增加一个维度,一个和我们今天的时代联系更加紧密并且可以在深度和广度上拓展我们的历史批判视野的维度:自我批判。这种自我批判不是指对过去的自我的批判。如许多经历过那个时代的过来人所说的:过去也曾随政治潮流干过一些傻事,说过一些幼稚的偏激的话,现在想来真是太不应该,等等。我说的自我批判不是这个意思,而是强调对今天的自我、对当下自我的批判和反思。

让我们从权力问题谈起。我认为,权力是文明社会中一个极为核心的概念,它是对财富、对人类所拥有的丰富的对象世界的一种占有。权力的分配形成一种权力结构,而权力结构正是我们常说的"既存社会秩序"的最根本要素。权力和权力结构决定了一个社会的基本秩序,同时也间接规定了思想文化的状况。在社会权力结构中占据较高位置的实权阶层,出于保持既得利益的动机,总是有意无意地将既存权力结构和既存社会秩序宣布为一种从来如此的永恒存在,一种天意的安排,从而将一种暂时的历史存在永恒化,将既存秩序和文化自然化。这就形成了为实权阶层所支配、与既存权力结构相一致的意识形态。这种意识形态存在于各种各样的精神文化活动中,从国家的新闻传播事业到文艺家的多类作品创作以及小胡同两个家庭妇女间的日常对话,都多多少少渗透了意识形态的观点,其功能是将人们的思想统一到与既存权力结构和实权阶层的利益相一致的精神轨道上,以便使既存的一切合法而永恒。

权力从维护既得利益的需要出发不仅编织了属于它的意识形态,而且也划分了权力与权力之外、意识形态与意识形态之外的界限。一方面,它竭力鼓吹与自己利益相符的意识形态观点;另一方面,又作为压制者将不符合意识形态观点的种种情绪、倾向打入权力－意识形态之外的黑幽幽的冷宫,那里,有边缘性的亚文化,有无意识的黑暗的深渊。与权力－意识形态的富丽堂皇相对照,那是一个幽冷的世界和悲凉的精神边疆。而权力－意识形态则通过这一扬一抑,压制着种种真实的倾向,排斥着种种非意识形态的观点,以公开或隐蔽的方式实施着其庞大的意识形态同化工程。就刚才所谈的中国古代社会的情形而言,这种被幽禁于意识形态之外的真实表现在闺中少女的每次春情中,表现在抒发幽愤、幽情、幽怨的诗赋词曲中,表现在乡野民间的大胆粗犷的歌谣以及被称作"荡妇"的中国女人的激情中……这里,权力及其意识形态监禁着情感的"囚犯",压抑着不同于权力－意识形态观点的种种生命的可能性。

带着这样的观点来考察新中国三十年的社会和文学,或许对问题会有更进一步的理解。我们都知道,具有"左"倾片面性的当时所谓"无产阶级思想"是那个时代的主流意识形态,它通过政治运动、新闻传播,通过宣传反映"无产阶级思想"的文艺作品,通过"批评与自我批评"的一次次学习会、讨论会,强有力地同化着那个时代每一个人的心灵世界,并且,它坚决压制着与意识形态观点不符的思想倾向,贴上"非无产阶级思想"的标签而一律将之打入冷宫。这样的一种意识形态格局为那个时代的文艺家规定了一种基本的生存空间,使他们大致只能在如下四种类型上实现自己的人格:

(1)钱锺书、沈从文型。他们意识或感觉到自己的思想倾向与当时权力－意识形态观点的距离,干脆修身养性,寂寞书斋,埋头于与现实生活不直接有关的某种学术研究的意趣中。

(2)胡风型。他们意识到自己的思想倾向与当时文艺界主导思想的距离,或许也朦胧地感觉到这同时也是与权力－意识形态观点的距离,他们错误地估计了形势,将希望寄托在最高领导的某一次贤明中,大胆地直抒胸臆,结果惹来大祸。

(3)姚文元型。他们凭着对政治的敏感,相对清醒地认识到了那个时代政治的奥秘,在政治野心的驱遣下,泯灭良知,卖文求荣,属帮闲、帮忙而致帮凶式的文人。

(4)何其芳型。这是在当时最具普遍性和代表性,也最需要我们深刻反思的文艺家人格类型。他们秉承的是最正宗的中国儒生传统(而正宗的儒生,我认为在中国历代政治风云中从来大都是被摆布者,而只是在文学创作中他们才是主动的创造者,并且还常常是矛盾着的创造者),他们缺乏钱锺书那般的老子式的世故,也缺少姚文元式的政治敏感(更遑论政治手腕),在当时的社会权力结构中,他们是属于实权阶层的"无产阶级文艺家",他们在权力结构中所处的这种位置,使得他们必然要和意识形态的观点保持一致,努力清洗自己和他人的"非无产阶级思想"。这对于他们,不仅仅是被动状态的,有时甚至是极其主动的,极其愿意去做的,因此可以说,他们也是当时的意识形态的积极编织者。但是另一方面,被意识形态所排斥,但在现实生活中往往不期而遇的种种真实情绪和感受,却又"结结实实"地存在着。当然,这些真实的情绪和感受一般都是被存入心灵世界的幽深处。然而,随着政治的日趋"左"倾,随着意识形态的同化性和欺骗性日趋加强,心灵幽深处的真实必然愈积愈多,此时,作为正宗儒生传统的继承者,他们会有怎样的言行,会出现怎样的心态?这里,我想摘抄一段文字来说明这一点,这是一段《文汇报》前总编徐铸成在被打成右派时写于1957年7月5日的日记:

> 李维汉同志亲自启发我,柯庆施同志和石西民同志也经常关心我的问题。刘述周同志更一次一次帮助我分析问题,还自己到办事处找我,帮助我。党对我的爱护,真可说是无微不至的。毛主席还特别对赵超构说,要他鼓励我,说我的包袱比他重,但什么样的包袱,丢了就好了,毛主席对我这样关心,使我感激落泪。可是,我还是解不开这包袱;不是没有决心,也不是有顾虑,而是不知从何解起。……几天来皮肤下面时刻在发火,心往下沉,半月来几乎没有好好睡过,嘴里发腻,吃不下东西,饭菜到了喉头就卡住了。……
>
> (摘自徐铸成《"阳谋"亲历记》,载《书林》1989年第1期)

当然,确切地说,徐铸成并不是何其芳、巴金、老舍式的标准的文艺家,但他们都是意识形态领域的知识分子,其处境是大致相同的,因此,从这段摘引的日记中我们也可以窥见何其芳型文艺家的心态。一方面,他们积极参与意识形态的编织工作,努力使自己的思想倾向与意识形态的观点保持一致;另一方面,被禁忌的真实在幽深处不断积累着,并且常常情不自禁、不知不觉地从这些正直的现代儒生的言行中流露出来。这种流露在他们不但常常是未必清醒意识到的,而且也难以避免的,因为"无意识是我的历史中的一章"(拉康),正如弗洛伊德多次分析的口误、笔误是无意识与意识之间的"隙缝"一样,被幽禁的真实也会通过意识形态和意识形态之外这两者间的"隙缝"不自觉地流露出来。这样,就使得何其芳型的现代儒生文艺家处于一种很尴尬、很悲剧性的境地:首先,由于他们努力按意识形态的观点来理解世界,久而久之他们就必然丧失起初的语言,在从意识形态视角出发的精神视野里,真实无影无踪,因而"思想进步、创作退步"的"何其芳现象"自然难免(而他们以前的文学成就也多半是因为他们站在非意识形态或意识形态之外的视角上理解世界的缘故)。同时,缺乏政治敏感和洞见的这些玩世儒生心灵世界中被幽禁于意识形态之外的种种真实情绪和倾向,又通过种种

"隙缝"流露出来,这种流露,我们已说过,常常是无意识的,或者至少在他们看来是与意识形态观点并不矛盾的。而这种真实,却恰是意识形态之大忌、大防,一旦出现,便被无情扑灭。本已混沌的现代儒生此时就更加混沌了,他们不知自己为何受批判、被打倒,他们一再检讨自己的言行,还是从心底里确信自己是忠诚的"无产阶级文艺家",因此,要他们解开"包袱",他们确乎"不是没有决心,也不是有顾虑,而是不知从何解起"——人间的悲剧莫过于这种自己浑然不知地被自己所拥戴的事业"判刑"的悲剧,莫过于如鲁迅所说的"撞死在自己的希望碑上"的悲剧。

读读徐铸成的这段日记,想想老舍、巴金、丁玲、何其芳等人的命运,实在令人从内心深处颤抖惊悚,唏嘘不已。

大快人心的是那个时代终于结束了,难快人心的是真实和自由从来都是遥远的圣杯,从来都是被冷落的"寂寞宫花"。

权力是永恒的,权力的欲望是永恒的,变化的只是权力的形态和结构,而权力结构的存在也是永恒的。

在我们今天的时代,一个新的权力要素正迅速向权力结构的高峰攀登,那就是商品、金钱。相比于政治权力,这是无形的权,它与前者一样,必然会组织起一张符合商品、金钱观点的意识形态大网。今天,当我们满怀欣喜地迎接这个新的时代,欢呼"商品意识"的时候(而且我们今天确实有理由这样做,因为商品和金钱在今天具有一种打碎旧体制的解放意义),我们不应该忘记,和任何权力及其他意识形态一样,商品、金钱及其所属的意识形态也会渐渐显露出其必然包含的压制性,也会逐渐压抑和排斥与它的意识形态观点不符的别的生命发展的可能性,用"商品意识""金钱意识"去同化主体个人的生存方式和发展轨道,并且也划出一条鸿沟,将一切其他的欲望、追求和倾向打入商品、金钱和意识形态之外的阴冷之域。在这样一个新的生存空间中,作为需要整体面向真实和自由的文艺家,会有一种怎样的心态、作为和选择呢?是投身于这个新的权力世界和意识形态世界,还是遗世独立,抒写真实?如果投入,是相对清醒地认清处境从而相对清醒和潇洒地在这个新的权力与意识形态的世界中游弋,还是缺乏清醒意识,"小子汲汲",被世事时俗所抛甩?……总之,他是否有清醒的意识和较强的能力去处理以及他如何去处理权力、意识形态的世俗世界与被排斥的真实、良知之间的张力?

此时此刻,我们会发现今天的我们与刚刚过去的那个时代中钱锺书、胡风、姚文元、何其芳等多种多样文艺家之间的感应,我们不仅会认识到他们的处境与我们的处境之不同,而且也会发现他们与我们的处境的相同之处。我们不仅会感受到什么已经改变,也会感悟到,在人类的历史长河中,什么并未改变。

这就是笔者对"重写文学史"等等工作所进的一言:历史批判与自我批判的统一。通过上面的分析我们可以看到,历史批判与自我批判如何经由权力、权力结构和意识形态的中介而结合在一起了。在这种二而合一的观照下,史的研究与当代生活及当代学术兴趣的联系就更加紧密,更具有当代性,而自我批判,也由于被置入史的洪流而具备了一种历史感。

历史批判与自我批判分离所带来的局限性,是有例可鉴的,可见拙作《二元理论、双重遗产:何其芳现象》(《文学评论》1988年第6期),何其芳天真地以为《琵琶记》作者高明的时代已经永远结束,以为在他所处的时代,一切的问题都会迎刃而解,却殊不知在他这样"以为"的背后正潜伏着一个问题,或者说,他这样的"以为"本身就是一个问题。

何其芳的这个教训足以使我们重视历史批判与自我批判的结合的重要性,足以使我们重视,通过对这种结合性的考察,我们更需要思考的是,我们与我们所处时代的权力、意识形态之间的关系:我们在多大程度上得益于我们的时代? 又在多大程度上为我们的时代所局限? 这种局限是什么? 我们能否超越我们时代的局限? 又能在多大程度上超越我们时代的局限? ……此时,一条"屈原—杜甫—鲁迅—何其芳—我们"的知识分子和文艺家的命运线就相对清晰地呈现在眼前了,而我们今天的选择也有可能获得相对的清醒和主动性。

五四文学启蒙精神的失落与回归
刘再复

内容提要:知识分子在五四时期的先锋地位和启蒙作用,不久就逐步地被淡化、削弱乃至否定,以至发生历史角色的互换,即作为先觉者和启蒙者的知识分子,反而变成被启蒙、被改造的对象,而原来被"哀其不幸"和"怒其不争"的农民则变成改造主体和对知识分子进行"再教育"的主体。在这种角色互换的过程中,知识分子所代表的启蒙精神、自我意识也一步一步地丧失。造成这一现象的原因,除去李泽厚提出的救亡挤掉了启蒙的论点之外,还在于民族生存困境的逼迫造成了社会运动重心的不断转移;同时,伴随着20世纪20年代中期政治革命激化之后,又派生出否认五四启蒙文学和在肯定农民的政治作用时过高地估计了农民的文化觉悟这样两个错误;而更重要更内在的原因则在于五四时代觉醒的个性、自我意识、独立精神等没有找到生长的土壤,没有一个相应的物的(自由竞争的商品交换社会形态)强大基础。五四启蒙精神的失落以及知识分子启蒙者主体性地位的失落现象,直到进入新时期以后才被意识到。

现象:历史角色的互换和启蒙精神的失落

在20世纪中,中国知识分子在文学领域中实现了两次历史性的突破:第一次发生在上半世纪,中国知识分子终于摆脱了封建士大夫精神的束缚,开始接受包括科学社会主义学说在内的来自西方的各种张扬民主、科学的人文精神,并完成了以白话文系统代替文言文系统的文体革命,从而翻开了中国新文学的第一页,草创了具有现代意义的新文学的伟大工程;第二次突破发生在最近十年。在这十年中,中国知识分子摆脱了呆板划一的意识形态的限制,打破了单一化的创作模式和理论构架,完成了从一元文学结构向多元文学结构的转变。

中国知识分子在第一次历史性的突破中,意气风发,气魄雄大地变革了数千年传统延续下来的人的模式和文的模式,取得了思想革命和文学革命的初步胜利。在革命中,这些知识分子担任着悲壮的历史角色,即与祖辈文化实行决裂,重塑中国人和创造新的中国文化的角色。

第一次历史性突破,最重要的是做了两件划时代的大事:

第一是决定(并付诸行动)全面地清算以孔子为代表的传统正统文化的罪恶。

第二是决定(并付诸行动)全面学习西方。

关于第一点,即"打倒孔家店",其意义是十分重大的。因为当时笼罩在中国知识分子和中国人民头上的最神圣的,同时也是最沉重的"华盖",就是孔夫子和他的学说。这一君临一切、笼罩一切的"华盖",是一种非宗教的宗教,是教化之教。尽管它没有教规、教旨和其他一切宗教仪式,但孔子的原始学说再加上宋明理学的发展,它已形成一种带有宗教经书体系特点的学说,它确实窒息了中国社会的生命活力。中国封建社会在一千年前出现了盛唐气象之后,再也没有什么大的发展,民族精神不断萎缩,人民陷入极端的痛苦之中。而中国社会的停滞,以孔子为代表的儒家正统文化,起了很重要的作用。因此,喊出"打倒孔家店"的口号,宣布圣人死了,就像在西方宣布上帝死了一样,对于中国人的命运关系极大,它从根本上开始改变中国人的思维方式与存在方式。原来中国人是按照孔子规定的方式而思维而存在的,现在规定主体死了,中国人开始了一个自我规定思维方式和存在方式的时代。这正如郁达夫所说的:"从前的人,是为君而存在,为道而存在,为父母而存在的,现在的人才晓得为自我而存在了。"(《中国新文学大系·散文二集导言》)如果没有宣布圣人已死并由此带来的巨大转换,中国人可能至今还在礼治秩序的黑暗中徘徊。

决定全面学习西方的意义也是极端重要的。这种决定,不是一时激愤的选择,也不是人为的、几个先锋派角色的心血来潮,它是中国知识分子在历史十字路口的一次集体性的抉择。当时无论是倾向于社会主义,抑或是倾向于无政府主义,还是倾向于实用主义的知识分子,除了少数人(如林琴南、辜鸿铭、梅光迪、章士钊等)之外,其主流派的知识分子的共同抉择是向西方学习。在这之前,中国知识分子从整体上说并不情愿学习西方,不愿放下"天朝"的架子接受西方文化。在五四之前,从李贽开始,已有一代又一代的知识分子尽了一切努力,试图从我国传统文化内部寻找拯救中国文化和中国社会的机制,但是,这些努力最后均以失败告终。鸦片战争之后,尽管某些中国知识分子逐步放弃从中国文化内部寻找武器以挽救中国文化的空想,开始从西方学说这一异质文化体系中寻找救国的药方,但也仅仅是各自从防御性或从策略性的问题考虑出发,择取一端,并且不得不披上古圣人的合理的外衣(如康有为)。到了五四时期,中国知识分子终于认识到,继续在自己的祖辈文化体系中徘徊并从中发掘救国药方纯属自欺欺人;而仅从某一渠道、某一层面半遮半掩地学习西方,即既顾全祖宗面子又要祖国新生也是不可能的。只有从政治上、社会结构上和人的精神素质上全面学习西方才有出路。于是,他们决定从传统的旧屋子里走出来,从雷峰塔的压迫下走出来,科学地直面西方文化。

决定摧毁孔家店和学习西方文化的激烈的新文学运动,其主将有四个人:陈独秀、胡适、鲁迅、周作人。他们各自从不同的方面做出了特殊的贡献:

陈独秀:突破文学的精神模式(提倡科学与民主,正式举起文学革命之旗)。
胡适:突破文学的文体模式(从文言文到白话文的转变)。
鲁迅、周作人:突破文学的人的模式(改造国民性和创造人的文学)。

这四位文学革命主将以及稍后出现的杰出作家郭沫若、茅盾、叶圣陶、冰心、郁达夫等等,共同推动了一场名副其实的现代文学革命。他们站在不同的位置,共同担任着历史改造者和启蒙者的角色。

作为文学革命运动的主体,知识分子在启蒙者的历史角色中,一方面启蒙他人,一方面又确定自身,即确立自身乃是新世纪的自我,是现代意义上的具有独立人格独立心灵的知识分子,而不再是黏附于皇上朝廷或某种政治结构的士大夫人格。因此,五四又是知识分子肯定自我和张扬个性的时代。这种确定的根本点,是抛弃了封建士大夫的历史角色和封建士大夫的文化精神,摆脱了传统士大夫的基本思路——"代圣贤立言"的思路,从而改变文化上的附庸性格。这种性格,使知识分子丧失其精神主体性的地位,而在实际上成为文化奴才。因此,五四新文化运动对于中国知识分子来说,是一次再造文化性格的革命运动。

陈独秀在《敬告青年》中呼唤新青年完成六大抉择:"自由的而非奴隶的""进步的而非保守的""进取的而非退隐的""世界的而非锁国的""实利的而非虚文的""科学的而非想象的"。而最根本的是第一点:

> 第一人也,各有自主之权,绝无奴隶他人之权利,亦绝无以奴自处之义务。奴隶云者,古之昏弱对于强暴之横夺,而失其自由权利之称也。……解放云者,脱离夫奴隶之羁绊,以完其自主自由之人格之谓也。我有手足,自谋温饱;我有口舌,自陈好恶;我有心思,自崇所信;绝不认他人之越俎,亦不应主我而奴他人:盖自认为独立自主之人格以上,一切操行,一切权利,一切信仰,唯有听命各自固有之智能,断无盲从隶属他人之理。

陈独秀这篇文章可以视为20世纪中国知识分子的第一个独立宣言。它宣布中国知识分子将开始为自立、自强而奋斗,将告别文化奴才的时代,而以独立的人格去塑造新的时代。由于自我价值的确定,因此,当时作家的文化心态都比较热烈、积极、奔放,都充满信心地肯定自我独立的精神,把自己视为独立的发光体。

当时的作家不仅确认自己就是发光体,而且确认自己可以照耀别人,可以唤醒别人,因此,他们通过自己的作品去奉行"启蒙主义"。他们的启蒙,主要不是知识的传授,而是对于人的内在精神、内在尊严的启迪,是对传统价值观念的证伪,是对科学、民主等现代人生意识、现代道德意识、现代文化意识的张扬。鲁迅在1933年所作的《自选集》自序中说:"说到为什么做小说罢,我仍抱着十多年前的'启蒙主义',以为必须是'为人生',而且要改良这人生。……所以我的取材,多采自病态社会的不幸的人们中,意思是在揭出痛苦,引起疗救的注意。"鲁迅确实是着意要毁坏那个延续几千年的铁屋子,以唤起正在屋子里沉睡的同胞。鲁迅写了《阿Q正传》《故乡》等小说,小说中的阿Q、闰土都是沉睡着的、悲惨的、麻木的灵魂。他们对自己的不幸没有自知,对自己的"不争"更毫无觉悟,是中国的死魂灵。唤醒这种死魂灵没有大声呐喊式的启蒙是不可能的。阿Q们的灵魂与现代人的文化意识相去太远了,与整个新的时代精神完全隔膜了。除了鲁迅,当时流行的问题小说、社会剧和乡土小说,直到文学研究会的为人生的艺术都在致力于思想启蒙的历史任务。

五四作家和同一时代的知识分子,作为西方人文精神最先的接受者,在各个方面确实发挥了先锋作用。但是,这种先锋地位和启蒙作用,不久就逐步地被淡化、削弱乃至否定,以致发生历史角色的互换,即作为先觉者和启蒙者的知识分子,反而变成被启蒙、被改造的对象,而原来被"哀其不幸"和"怒其不争"的农民则变成改造主体和对知识分子进行"再教育"的主体。在这种历史互换的过程中,知识分子所代表的启蒙精神、自我意识也一步一步地丧失。

40年代之后,类似《阿Q正传》那种用现代人的眼光去看待农民的愚昧、落后的具有强大启蒙力量的作品几乎销声匿迹,代之而起的是赵树理那种讴歌农民革命的作品。试图保持五四作品的基本思路,继续让知识分子在生活中维持主体性地位的作品,处境越来越困难了。1942年,丁玲的小说《在医院中》受到批判就是典型的一例。这一批判是一次重要的转折。它标志着以知识分子为主导地位的文学时代在一个历史阶段上已经终结。这篇小说,为刚到延安的知识分子请命,希望能够尊重和理解知识分子。这种思路是五四文学基本思路的一种延伸。但它和作品主人公陆萍的良好愿望一样受到嘲弄和压制。

《在延安文艺座谈会上的讲话》发表之后,不仅《在医院中》这种作品在解放区已经销声匿迹,直接描写知识分子形象的作品也见不到了,即使出现几个带知识分子特点的人物,其身份也是干部或下乡干部。例如韦君宜的《三个朋友》,其中的知识分子也已半是干部半是知识分子了,而且思路与五四已有质的变化——知识分子开始自我贬抑了。这篇小说的主人公"我"是个知识分子,她有三个朋友,一个是纯正的农民(刘金宽),一个是下乡的知识分子干部(罗干),一个是开明绅士(黄宗谷)。在减租减息的运动中,"我"终于分别认识了这三个阶级的代表人物。开明绅士是两面讨好的人,不可靠;知识分子罗干说话喜欢绕弯子,不坦率;只有刘金宽纯厚、勇敢、讲义气。因此,作为知识分子的"我"终于在三个朋友中选择了一个堪为朋友的刘金宽为朋友。这篇小说写于1946年,我们可以视为一个文学坐标。它告知人们,在知识分子和农民之间,教育与被教育的地位已经整个颠倒了过来,五四小说的思路已彻底地改变。这篇小说,反映了知识分子和农民的精神地位已开始发生巨大的互换。

新中国成立后,这种思路在新的社会条件下,成了文学作品中法定的思路。文学作品只能歌颂工农,否则就是丑化劳动人民;只能批判知识分子,否则就是美化知识分子。新中国成立后的文学作品,很少以知识分子为主人公。而在以工农兵为主人公的作品中,知识分子也必然是一个被改造者形象。在小说、电影、戏剧中出现的知识分子形象,有的是异己分子,有的是政治上的糊涂虫,知识分子不仅思想保守,有的连技术也不行,技术改革中依靠知识分子都是错误的,只有依靠工人才是正确的群众路线。总之,在作品中,知识分子的启蒙主体性地位已经完全失落。而这些作品恰恰是出自知识分子之手。知识分子为了证明自己的价值,必须写作,而写出来的东西又必须自我丑化——证明自己无价值才能发表(才能被外在力量确认为有价值)。当时的作家就陷入这种悲剧性的怪圈中。

这时,从二三十年代开始创作的作家,有的沉默,离开了文艺界,如沈从文;有的停止创作,如茅盾,不写小说,只写评论;有的还是努力地写,如巴金、曹禺,但写不出好作品;有的写了一些好作品,但遭到潜在的或明显的批评和非难,如老舍的《茶馆》,被认为戏中缺少一条革命的红线,《正红旗下》,才开了一个头,因为有人指令"大写十三年"而搁笔;更多的作家只能用自己的作品"代圣贤立言",充当政策的宣传工具。作家普遍地掩盖了自我,丧失了自我,即使想保持自我,也很难做到。

知识分子之所以产生种种异常现象和通过自己的笔否定自我的形象,就因为他们已经不能不接受在社会中普遍地确立起来的知识分子的观念了。从1939年至1942年,毛泽东连续发表了几篇关于知识分子与工农关系的文章。这些文章指出,工农兵群众是革命的主力军,是否与工农相结合,是区分知识分子革命、不革命与反革命的最后界线。在《在延安文艺座谈会上的讲话》中又为知识分子确定了两个前提:一是做了知识分子属于"小资产阶级"范畴的界定;二是指出小资产阶级知识分子灵魂深处有一个精神王国,如果不加以改造,就有亡党亡国的危险。知识分子接受这两个前提后,便产生了政治负罪感。新中国成立以后,这两个前提又进一步发展,知识分子进一步被界定为资产阶级范畴,而且由于"兴无灭资"口号的提出,对知识分子的改造逐步从号召性质转化为通过政治批判运动加以解决的强制性质,在批判俞平伯、胡风集团、"右派"等政治运动展开之后,知识分子的政治负罪感进一步加强。而在人们的心目中,知识分子也已经失去他们的正面形象,到了"文化大革命",当"学校被资产阶级知识分子所统治"的论断提出以后,知识分子对于工人阶级而言便成为异己力量了。而随着社会上关于知识分子观念的巨大逆转,知识分子愈来愈失去自信,愈来愈失去独立的精神与独立的人格,他们不仅"夹着尾巴做人",而且不断地批判自己,否定自己,奴役自己,践踏自己。在"交心"的名义下,他们掏空了自己的灵魂,而且净化掉"横向"的一切关系,只剩下自己和领袖的关系。活着,就是要证明神的伟大和自己的渺小。以为人生的意义就在于改造自己,改造得越彻底,把自己践踏得越彻底,就越有安全感,就越痛快。社会对知识分子的病态认识与知识分子自身的这种病态心理,使知识分子的价值降低到等于零,甚至等于负数——不是人,而是"牛鬼蛇神"。到了此时,连巴金这样的伟大作家也喊出"打倒巴金"的口号。总之,知识分子完全丧失了自我存在感和自我确定性,在这种社会与心理的气氛中,作家的"启蒙主义",早已成为往日的噩梦。

原因:社会运动重心的转移和现实土壤的贫瘠

一、社会运动重心的转移。

在五四运动后不久,中国知识分子为什么会不断地否定自我?为什么会丧失启蒙精神并产生和农民互换历史角色的现象呢?

关于这里的原因,我国一些学者已做了不少精辟论述,其中最著名的论点是李泽厚提出的,认为五四运动是启蒙与救亡的双重变奏,由于救亡的历史任务异常急切,终于挤掉了启蒙的任务。启蒙的主题是唤起中国人民的做人的意识、个性的意识和自我尊严的意识等等,这一主题不得不被拯救民族危难的主题所冲淡,所掩盖,这确实是一个根本原因。

20年代中期,一部分中国知识分子开始放弃自我时,面临着的不是强权的压力,倒是自身的内在要求。那个时代,是一个非常特殊的时代。辛亥革命后,孙中山不再担任总统,袁世凯已经死亡,黎元洪与段祺瑞之间又发生纷争,军阀混战,时代失去权威,相应的,是整个国家已经"失控"。在这种中央权力涣散的局面下,知识分子具有更多选择的自由,他们本可以把个性发展到极致,但是,当时知识分子却面临着另一种压力,即民族群体的生存困境。五四之后,个性的发展要求和民族生存困境的焦虑胶着在一起,使具有强烈爱国主义热情的知识分子处于两难的境地。但是,民族群体的生存困境终于构成最强大的刺激。第一次世界大战之后,世界各民族发展极不平衡,东方民族多数仍处在困境之中,尤其是中华民族,一方面是帝国主义列强并没有因为中国是"战胜国"而归还侵占的土地,在骨子里仍然歧视中国;另一方面,在1923年、1924年之后,国内军阀混战,民不聊生,造成中国人民的极大灾难。在极端性的民族生存困境面前,作家觉得自身的个性解放的要求与民族解放要求是很难完全一致的。但是,民族解放的要求是当务之急,是一个急切而严重的前提,任何个性的要求都必须首先服从这一前提。因此,他们觉得必须放弃个人的内在要求,让个性纳入民族群体的要求之中。1925年11月底,郭沫若说:"我的思想,我的生活,我的作风,在最近一两年内可以说是完全变了。我从前是尊重个性、景仰自由的人,但在最近一两年之内与水平线下的悲惨社会略略有所接触,觉得在大多数人完全不自主地失掉了自由,失掉了个性的时代,有少数的人要来主张个性、主张自由,总不免有几分僭妄。"(《文艺论集》序)在极端的民族群体的生存困境面前,一部分作家发现个性的要求与时代性要求的尖锐矛盾,从而认为张扬个性带着"僭妄"的性质,因此,他们就不能不选择放弃自我的道路,把个性服从民族群体的利益,以解除心中的负罪感和烦闷。这是最先宣布否定五四个性精神的一部分作家的心态。

在民族群体生存困境的逼迫下,五四前后社会运动的重心不断地发生转移。这种转移又直接地影响了知识分子和农民的历史地位和作用。

知识分子在五四时期处于无可争议的启蒙地位,这与五四运动开始时真正的重心是文化革命而不是政治革命分不开的。中国发生五四新文化运动首先是辛亥革命失败后反省的结果。辛亥革命之后出现了袁世凯称帝、张勋复辟和军阀纷争等重大事件。人们寄以巨大希望的辛亥革命除了剪掉一条辫子,中国依然如故,这不能不给知识分子以极大的刺激。他们此时认识到一点,就是拯救民族,光有带救亡性的政治革命不行,还需要带启蒙性的文化革命。因此,五四的先驱者便创办《新青年》杂志,从文学入手,发动一场思想革命和文化革命。在启蒙性的文化革命中,掌握文化的知识分子自然是文化革命的主体,而且也自然处于启蒙者的主动地位。在文化革命中,知识分子对阿Q、闰土进行启蒙是天经地义的。

但是,由于社会现实的极端黑暗,民族救亡任务的极端迫切,这些从事文化革命的知识分子又发现单纯的文化革命不行,因此,社会运动的重心又转入政治革命。五四之后出现了中国共产党及其领导下的工农群众运动、五卅运动,北伐战争,这都是社会运动的重心转向政治革命的标志。而在政治革命中,并不需要复杂的思想启蒙,革命确实不是请客吃饭,不是绘画绣花。政治革命使人简单化,政治革命本身就需要简单化。政治革命是大规模的群众运动,它需要简单的鼓动性,需要即刻可以唤起革命烈火的口号,而不是超越性的抽象的启蒙原则。在五四运动一周年时,罗家伦在《一年来我们学生运动底成功失败和将来应取的方针》中就认为,一年中的启蒙运动忽视了群众运动的特点,他说:"群众运动的题目要简单。……当运动的时候,一要使人转几个弯去想,就立刻不能成功。辛亥革命的所以立即成功,和大家所以肯舍身去死,也是这个道理。当时大家对革命的观念,据我所知,实在是很简单的。"(《中国现代思想史资料简编》第 1 卷,第 680 页,浙江人民出版社,1982 年版)政治革命确实不需要像文化运动那样复杂,这种特殊的要求自然就削弱了知识分子的作用;另一方面,历史的注意力就不能不转移到构成政治运动的主力军方面,而农民正是中国民主革命的主力,于是,历史的主角发生互换便成为可能。1927 年前夕,周作人感慨"教训无用",与此同时,鲁迅也感慨一首诗赶不走孙传芳,强烈地感受到知识分子没有力量。这种"无力"的感觉,一是因为社会运动转入政治革命之后,自己无能为力;二是承认在政治运动中,最有力量的确实是工农这些社会基本力量。1939 年,毛泽东提出一个论点,即工农是革命的主力军,知识分子如果不与主力军相结合,将一事无成,其所以会被知识分子接受,也与知识分子早已产生的无力感有关,有客观的必然性。那么,当新中国成立以后中国社会运动重心从政治革命转入社会建设时,知识分子仍然处于政治革命中的那种从属地位,知识分子的文化需求仍然不得不服从阶级斗争的前提,他们仍然不得不充当政治的附庸并为此更加严酷地改造自己,这就不能不产生更多的历史谬误了。这种谬误是一种在历史发生重大位移之后而自己的认识却"坚定不移"地在原地踏步的谬误。

二、两个错误。

20 年代中期政治革命激化之后,派生出两个错误的估计:一是否认五四的启蒙文学;二是在肯定农民的政治作用时,过高地估计农民的文化觉悟。

当社会运动的重心逐步转向政治革命时,我国的文学界也开始酝酿一个新的文学运动——革命文学运动。从 20 世纪 20 年代中期开始,邓中夏、恽代英开始批评新文学倾向,同时也批评新文学家,不管是主张"为人生而艺术"的文学研究会,还是主张"为艺术而艺术"的创造社,他们都一概加以否定。邓中夏在《思想界的联合战线问题》一文中这样说:"再说到社会化的文学家。可惜此派尚没有健全的代表。现在中国文艺界他们很高傲地标榜什么'为艺术而求艺术',什么'新浪漫主义',什么'文学就是目的',什么'文学是出自内心不为物奴的',什么'文学是无所为而为的'……有些是很和柔地标榜'为人生而求艺术',他们的人生是个人的人生(少爷小姐的人生),绝不是社会的人生。总而言之:现在中国的文艺界是糟到透顶了。"(原载《中国青年》第 15 期,1924 年 1 月 26 日)在这以前,对新文学运动的批评来自保守的国粹派营垒(如甲寅派、学衡派等),现在则是来自革命的营垒。这之后,进行了一番自我否定的成仿吾,写了《从文学革命到革命文学》,也加入了对五四的启蒙文学的批评。

而对五四新文学的启蒙作用的否定,又强烈地反映在对五四作家关于农民的基本见解的否定上。1928 年,革命文学营垒开始直接批评鲁迅,认为鲁迅对中国农民的估计过时了,中国农民已经结束了阿 Q 的时代。反映这种看法的最典型最著名的文章是钱杏邨的《死去了的阿Q时代》,钱杏邨在这篇文章中说:"现在的中国农民第一是不像阿Q时代的幼稚,他们大都有了很严密的组织,而且对于政治也有了相当的认识;第二是中国农民的革命性已经充分地表现了出来,他们反抗地主,参加革命,近且表现了原始的Baudon的形式,自己实行革起命来,决没有像阿Q那样屈服于豪绅的精神;第三是中国的农民智识已不像阿Q时代农民的单弱,他们不是莫明其妙的阿Q式的蠢动,他们是有意义的、有目的的,不是泄愤的,而是一种政治的斗争了。……现在的农民不是辛亥革命时代的农民,现在的农民的趣味已经从个人的走上政治革命的一条路了!"基于上述见解,钱杏邨宣布:"阿Q时代是早已死去了!阿Q时代是死得已经很遥远了!"(《文学运动史料选》第2册,上海教育出版社,1979年版)钱杏邨的文章又是一个重要坐标,它反映了当时一大部分知识分子对农民的基本认识发生了质的变化。宣布阿Q时代已经死亡,实际上是主观地宣布五四对农民的启蒙时代已经死亡,而对农民实行崇拜的政治革命时代已经开始。由于钱杏邨做这样的估计,因此,他对五四新文化运动的主将之一鲁迅,也就是五四时代知识分子的伟大代表之一,就做了非常苛刻的要求,他判定鲁迅"始终是一个个人主义者",作品中暴露着"小资产阶级知识分子特有的坏脾气","只有'呐喊'式的革命,只有'彷徨'式的革命",因此,他劝告鲁迅"翻然悔悟",抛弃他的"死去了的阿Q时代"。我们今天自然不是追究钱杏邨的"悖谬",而是把他的文章作为一面镜子。这面镜子使我们了解到,在社会运动的重心转移到政治革命之后,当左翼的革命文学家全盘地否定五四时代启蒙式的呐喊之后,知识分子和农民的历史错位已不可避免。

在这个过程中,30年代的文艺大众化问题的讨论,更加激烈地批评五四的文学运动甚至批评革命文学运动,而且第一次对五四新文学作家做出"小资产阶级作家"的阶级界定,并严厉地批评作家们不"向大众去学习",反而"教训大众",鲜明地批评五四新文学作家扮演了一个错误的历史角色。瞿秋白在《"我们"是谁?》一文中,指出不能实现文艺大众化的原因时说:"为什么弄成这个样子?两三年来除了空谈之外什么成绩也没有!最主要的原因,自然是普洛文学运动还没有跳出知识分子的'研究会'的阶段,还只是知识分子的小团体,而不是群众的运动。这些革命的知识分子——小资产阶级,还没有决心走进工人阶级的队伍,还自己以为是大众的教师,而根本不肯'向大众去学习'。因此,他们口头上赞成'大众化',而事实上反对'大众化',抵制'大众化'。何大白的这篇文章就暴露出这一类的知识分子的态度,这使我们发现'大众化'的更深刻的障碍——这就是革命的文学家和'文学青年'大半还站在大众之外,企图站在大众之上去教训大众。"(《瞿秋白文集》4卷本第2卷,第876页,人民文学出版社,1953年版)瞿秋白这段话对"文艺大众化"的实质做了很鲜明的表述。从这一表述中,我们可以看到,提倡文艺大众化与五四的启蒙者有一点是相通的,这就是他们都主张文学艺术要面向大众,但是,对于如何面对大众,却有完全对立的思路:瞿秋白主张的是"大众化";而五四启蒙者却主张"化大众"(启蒙就是化大众)。主张"化大众"者,是主张站在时代的新的文化高度上,用新的现代的文化精神去启迪和影响人民群众;而主张"大众化"者,则认为知识分子没有当大众教师的理由,而应当把自己的作品通俗化,以适应人民群众的口味和要求。后者这种主张,自然是要作家完全放弃启蒙的精神。因此,可以说,30年代文艺大众化的讨论的结果,是进一步地造成五四启蒙精神的失落。但是,应当说明的是,"文艺大众化"的倡导者们,他们认为文艺大众化的主要问题还是语言问题和利用旧形式的问题(这也是通俗化的问题,脱离群众的问题),而没有想到主要问题是立场和思想感情的问题。自然也就没有想到必须对自己的立场和思想感情要来一番彻底的改造。"改造"的命题是毛泽东在《讲话》中才正式提出来的。因此,新中国成立后的文学史家在评论30年代"文艺大众化"口号时,总是批评这一口号大的缺陷是没有认识到思想改造这一关键点。提倡文艺大众化,并不一定要进行自我否定。当时多数的作家并未意识到必须对五四时期形成的新世纪的自我,来一番脱胎换骨的改造,而只意识到在语言及其他文学形式必须朝着大众化方向做些调整。意识到知识分子本身在立场和世界观上必须来一番彻底的改造,是在1942年才完成的。

但是,上述的政治原因(民族救亡的需要和社会运动重心的转移)仍然无法解释一个现象,即五四文学革命退潮后的20年代中期,作家普遍陷入精神危机的大苦闷现象。当时鲁迅在《坟》的"题记"中就声明自己要把过去的东西"埋在坟里"。这种与过去诀别的情绪带有普遍性,鲁迅曾描述过,当时是"有人退伍,有人落荒,有人颓唐,有人叛变"(参见《二心集·非革命的急进革命论者》)。因此,他感到异常寂寞,"两间余一卒,荷戟独彷徨"。而茅盾在作《中国新文学大系·小说一集》导言中也发现了"五卅"前后,文艺界普遍性的苦闷,他说:"到'五卅'的前夜为止,苦闷彷徨的空气支配了整个文坛,即使外形上有冷观苦笑与要求享乐和麻醉的分别,但内心是同一苦闷彷徨。"当时确实出现一种普遍的苦闷彷徨,重新寻找道路的心境。如果我们在五四高潮期看到的是郭沫若式的狂飙式的呼喊和湖畔诗人(应修人、潘漠华等)的天真、热情、充满幻想,那么,到了这个时期,我们见到的则是鲁迅的寂寞与彷徨,是湖畔诗人天真美丽的爱与梦的消失。天真与热情已被沉钟社那忧郁的钟声所替代,在沉钟社的作品中,我们看到时代的幻灭感已经产生,笼罩在诗人们心中的是莫名的忧愁与哀伤。陈翔鹤在1925年的一次通讯中说,他特别喜欢尼采妹妹所作的《寂寞的尼采》,但因为价钱太贵买不起。因此,当他一个人在沙滩各小巷中穿来穿去时,便无时不想到"寂寞的尼采"。这是具有象征意义的,五四那位推翻一切的、无所顾忌的狂人式的尼采,此时已变成"寂寞的尼采"了。曾经洋溢着尼采式的酒神精神的诗人作家们,此时心里笼罩着说不清的苦闷。陈翔鹤说朋友们批评他"天真已死,人事不知",他自己也说:"我近来的生活是坏无可坏,我们现在最反对的伤感主义,又复重新捉着了我,到夜来有时流泪终宵,为的什么,连自己也是莫名其妙;而一到白天,心境又大变,仿佛昨夜如隔世一般,不是我自己。"(参见《新文学史料》1987年第4期)陈翔鹤在通讯中所描述的心境在当时是一种普遍性的心境,当年的知识分子确实丢失了五四高潮的天真热情,而重新被感伤主义所包围,以至于厌倦人世,自己也不认识自己。沉钟社的诗人们当时并没有面临参加革命的问题,也没有选择马克思主义的艰难问题,但也产生了如此浓烈的苦闷。

三、现实土壤的贫瘠。

我们要从这一重大现象中提出一个问题,即五四新文化运动发生、发展期间(大约从1915年到1923年),民族的生存困境同样是悲惨的,但在这种环境中为什么作家的态度是那么积极、热情,理直气壮地张扬个性,而到了20年代中期却产生普遍性的苦闷?而且,在其他民族的生存解放斗争中(例如第二次世界大战中的法国),他们在张扬民族主义的同时,不仅不排斥个性和自我独立精神,反而是在尊重个性与自我的基础上张扬民族主义精神,强化民族力量,为什么唯独在我国,会感到个人的独立精神是与改变民族生存困境难以相容呢?发生在20年代中期作家的普遍性苦闷是不是还有别的更内在更重要的原因呢?

在这里,应当肯定地回答,民族群体的生存困境并不是知识分子放弃个性精神和启蒙精神的绝对理由。在民族生存困境中,本来个性也是可以发展的,然而这里问题的关键是:五四运动之后,并没有提供知识分子个性继续生长发展的现实土壤。五四运动,作为中国历史的变质点,它标志着中国社会的巨大转型,但是,这一转型并不是十分正常的,它由封建社会直接向现代社会转型时,并没有造成强大的自由职业者的阶层和相应的现代的政治、经济、文化基础。五四新文化运动的最后落脚点,完全落到上层建筑之上,即落到为夺取政权、改变政治结构的政治斗争之上。社会革命的任务是包括经济革命在内的,而且要通过夺取政权来改变经济形态。但是,五四之后,传统文化赖以生存的小农经济基础依然没有任何改变,自由竞争的商品经济秩序并没有形成,阿Q的故乡未庄,还是小生产者及其小生产自然经济与小生产观念盘踞的未庄。未庄型的经济结构天然地排拒科学民主精神,天然地排拒个性主义和知识分子的独立精神。

马克思在准备着写《资本论》而作的札记中,曾对人类社会发展的基本形态做了这样的描述：

> 人的依赖关系(起初完全是自然发生的)，是最初的社会形态，在这种形态下，人的生产能力只是在狭窄的范围内和孤立的地点上发展着。以物的依赖性为基础的人的独立性，是第二大形态，在这种形态下，才形成普遍的社会物质交换，全面的关系，多方面的需求以及全面的能力的体系。建立在个人全面发展和他们共同的社会生产能力成为他们的社会财富这一基础上的自由个性，是第三个阶段。第二个阶段为第三个阶段制造条件。(《马克思恩格斯全集》第46卷，第104页)

马克思把人类活动的社会形式分为三种基本形态：第一是建立在"人的依赖关系"的自然形态阶段；第二是形成普遍的社会物质交换的"人的独立性"阶段；第三是建立在个人全面发展和社会生产力高度发展的基础上的自由个性的联合体阶段。第二阶段是第三阶段的准备，它是第一阶段与第三阶段之间的中介社会环节。在第一阶段中，人与人之间在自然关系的基础上直接互相依赖，这是一个以群体为本位的社会，个人从属于社会共同体而没有人的独立性。我国五四之前的封建宗法社会，可视为这种社会形态。这基本上是以自然经济为基础的农业社会形态；第三阶段是马克思所描述的社会主义、共产主义的人性全面复归即自由人联合体的理想社会形态。而第二种形态则是物质广泛交换的商业社会，这种社会形态以个人为本位，人在物的交换原则面前是平等的，社会提供每个人以自由竞争的机会，这就打破了个人对群体的从属关系而给人的独立性提供可能性。根据马克思这一描述，我们可以发现，五四在对"人的依赖关系"的旧社会体系进行批判之后，中国社会直接向现代社会转向，并很快地过渡到社会主义社会，(直接面向自由人联合体的目标进取)中间缺乏一个以物的交换为基础的商品经济发展的阶段，也就是缺乏一个使人的独立性成为可能的社会形态。由于缺乏这个社会形态的充分发展阶段，人的独立性就没有立足之地，也就无从生长发展。五四时代觉醒的个性、自我意识、独立精神等，没有找到生长的土壤，就是因为没有这样一个相应的物的(自由竞争的商品交换社会形态)强大基础。于是，启蒙精神的悲剧性命运就不可避免。

没有相应的物的关系，就不可能有强大的个性，不可能有强大的知识分子的独立性。鲁迅《伤逝》中的子君和涓生，这两位知识分子个性幻灭的悲剧，就是因为他们的个性找不到发育生长条件的悲剧。五四时期，各种流派都推崇易卜生，呼唤易卜生笔下那种孤独而强大的个性，但是他们的呼吁，最后自己也觉得空洞，这也是因为现实没有提供易卜生式的个人主义生长的条件。这就像在易卜生的时代里,挪威可能产生易卜生,而那时的德国却不可能产生的道理是一样的。关于这点,恩格斯在《答保尔·爱因斯特先生》的信中就指出过。他说:"挪威的农民从没有作过农奴,这个事实——在卡斯第里亚也是如此——对于挪威的整个发展上给了一个完全不同的背景。挪威的小资产者是自由农民的儿子,因而比起德国的可怜的小市民来,他们是真正的人。同样地,挪威的小资产阶级妇女,比起德国的小市民妇女来,也要高出不知道多少。不管易卜生的戏剧有着怎样的缺点,它们却反映了一个世界,一个虽然是属于中小资产阶级的,然而比起德国的来,却要高出不知道多少的世界;在这个世界里的人物,还有着自己的性格,有着开创的能力,能够独立地行动,虽然从外国人的观点看来不免有点儿奇怪。"(《马克思、恩格斯论文艺》第 1 卷第 180～181 页,人民文学出版社,1960 年版)恩格斯这段话说明,挪威正因为它产生了由自由农民发展而成的中、小资产阶级,形成了一个具有物的依赖关系的人的独立性的现实土壤,因此,它才能产生易卜生。而当时的德国却仍然是农民和小市民充塞的社会,它决不能产生类似易卜生这种强大的个性。五四运动之后,我国也同样存在着当年德国的问题。

马克思从人类总的进程的角度,而恩格斯则从不同国家的具体社会条件的角度,共同说明一个问题,就是现代个性的发展是与社会提供的条件紧密相关的。我国新的知识分子的现代心灵正是缺乏一个充分发育成长的土壤,缺少一个自然壮大的过程。因此,它是很脆弱的。我国现代知识分子之所以在五四时站出来,并形成一种文学的思想的力量,主要是依靠西方的文化思潮。但由于缺少强大的经济基础、文化基础和群众的基础,他们很快就发现自己陷入时代性的文化大隔膜中,他们的启蒙思想和充满个性的歌唱找不到知音,他们的爱与呼唤,在阿 Q 一类的小生产者心壁上回响之后总是发生变形和变调,于是,他们孤独、彷徨、寂寞。鲁迅《野草》中的寂寞感,就是先觉者与一般群众之间的文化隔膜所产生的。他的呐喊很少人响应,甚至误解(例如那时有人问:《阿 Q 正传》是讽刺谁?),他的对于心灵的巨大呼唤,回应的是冰冷的、发呆的脸孔。这就不能不陷入绝望。现代心灵、现代个性的发育过程,在西方,是一个漫长的、缓慢的过程,是几个世纪的自然生长、发展的过程,它的生长得到政治的、经济的、文化的、思想的等各种外在条件的配合。而我们五四新文学运动则发展得异常迅猛,个性主义、知识分子的独立精神突然迸发,它没有相应的外在条件。中国社会还没有充分地发展大生产,还没有强大的商品经济基础和现代的社会力量(包括无产阶级和资产阶级的力量,不是手工业者,而是真正的产业工人,自由职业阶层)的时候,这种社会条件不可能出现强大的自我和强大的独立人格。在文学上也不可能产生像拉伯雷

《巨人传》中那种气派非凡的人物形象,或者像浮士德那种永不知足、永远追求的人文精神。一旦产生这种人物,他也将被社会所包围,变成世俗眼中的"怪物",变成易卜生所说的"国民公敌"。由于外在条件的不成熟,因此,新文学作家就很容易产生伤感,容易幻灭,就不能不带着彷徨之情重新寻找道路,寻找精神的支点,甚至怀疑起自己在不久以前向社会宣扬的那些启蒙的原则。这才是五四之后的知识分子(特别是作家)产生普遍性苦闷,最内在的、最根本的原因。

除了现实的原因之外,知识分子接受历史角色的互换还有很深远的传统原因。中国知识分子,特别是五四这一代知识分子,尽管已开始接触西方文化,但他们原本是在东方文化(主要是中华传统文化)的土壤中生长起来的。可以说,他们是东方文化的再生物和积淀物。当我们用现成的概念把五四前后划分为两个时代时,我们认识到,在现实生活中,不可能在一个新的刚刚开始的时代里就创造出一种完整意义的新的文化性格,而只能产生新的文化性格的某些萌芽。而在这种萌芽中又总是积淀和包含着沉重的、充满惰性力的过去。这种"过去的力量"总是竭力想把新的文化性格拉回到旧的基点上去,因此,五四时代的知识分子,尽管他们对传统的态度相当激烈,但在某种意义上,他们其实都是分裂的人:他们的身上既体现某种新时代的文化性格,又积存着旧时代的文化基因;他们掌握着两种文化,同时又被两种文化掌握着和撕裂着;他们在价值观念上与西方文化认同,但在行为模式与伦理态度上又就范于传统文化;他们的内心充满着理想和现实的矛盾,个人主义与人道主义的矛盾,历史主义与伦理主义的矛盾;他们既塑造着新的时代,又同时被旧的时代所塑造,他们企图用新的文化精神去规范别人,又同时被别人用旧的文化精神所规范。由于他们的灵魂中被两种互不相容的文化所占据,所撞击,因此,他们显得格外苦闷、焦虑,常常在两个极端上摇摆。这种分裂的人和分裂的文化性格,自然就缺乏强大的主体力量和个性力量,就很难担任强大的、坚定的历史角色。鲁迅在五四时代塑造了狂人型、孔乙己型、魏连殳型三种中国知识分子的类型,而魏连殳这种分裂型的知识分子在当时的新式的知识分子中间是很普遍的。他们的分裂性格,导致了他们丧失新的自我,而回复为旧的自我,其悲剧是不甘心这种回复却又改变不了这种回复,既张扬自我,又很容易怀疑;刚刚充当启蒙者,又很快地怀疑启蒙的前提;既与传统宣战,又很快向国故妥协。魏连殳们这种悲剧性的文化性格,自然是很容易接受改造的。

具有现代意义的知识分子带有上述这种悲剧性的分裂性格并不奇怪,比起他们和西方文化的联系,他们与传统文化的联系更加密切,更加内在。传统文化早已融入他们的血液,化作他们现实的行为模式和情感态度。重在调节人伦关系的传统文化,不仅不能提供知识分子以强大的人格和强大的灵魂,反而天然地敌视个性主义和独立精神。在传统文化统治的几千年中,敢于怀疑和非难以孔子的是非为是非的人,其实只有李贽一个,而且很快就被吞没。可见,传统文化本身不可能孕育强大的个性,更不可能孕育强大的具有个性的民族共同体。因此,五四崛起的新知识分子先天是不足的,这种先天不足的弱点再加上后天失调的问题,就注定他们后来在总体上接受改造并且病态性地自我改造,也决定了五四时代的启蒙精神必定发生退化和失落的悲剧性命运。

为文学"商品化"一辩

梁 昭

> 梁昭同志给本报来稿,就文学与商品经济的关系提出了许多值得思考的问题,现发表如下,仅供读者参考。
>
> ——编者

文学商品化现象已引起人们极大关注。

这个问题,其实不是最近才提出的。几年前,《羊城晚报》和其他刊物讨论过。那时认为,文学并非商品,但出版物有商品性。它同样受价值规律调节、约制。这看法当时为多数人所接受,讨论便到此为止。

今天看来,这种讨论是有限度的。它先肯定"文学并非商品"这个前提,只承认出版物带有商品性质,还没有直截了当承认出版物也是一种有价商品。

文学不是商品的说法,有许多理由。从根本上说,历来认为文学艺术属于意识形态,应归入上层建筑范畴。这一点,现在有人持异议了,即认为它既不属于意识形态,当然也不属于经济基础。它只是与这二者都有关联的相对独立的一个范畴。

文学,作为人类精神活动的产物,是通过出版才成为社会产品的。不经出版,就无法流通、交易。但如果承认自觉的有目的的精神活动,也属于社会劳动,接着,我们就不能不承认,这种社会劳动同样创造价值,只不过这种价值要通过出版,才能以有价社会产品的形式体现罢了。文学作品在未出版时仅仅是半成品。它隐蔽的商品性常常被否认,就因为它不像其他商品,在产出后可以直接投放市场,进入流通领域。这种情况有特殊性。但并不能否认它是一种社会产品。它既然是社会产品,在出版后又进入市场流通,实行有价交换,在商品经济占主导地位的社会里,就必然具有商品的属性。这难道可以否认吗?

此说如果不谬,就有理由认为,把文学看作是意识形态的演释,而不把它看作相对独立于意识形态之外的(当然不否认它们彼此间亦有联系)以审美为价值尺度的社会产品,不仅与实际不符,而且有不少弊病,今天应该加以澄清了。新时期以来,文学的发展生机勃勃而又面临挑战。文学商品化的忧虑和困惑,即其一。这有几种看法:一种认为庸俗、低级的伪文学充斥,是文学商品化导致的;一种认为作家和出版单位为了多赚钱,迎合这股暗流,起了推波助澜作用;一种认为引进港台文学和西方文学,冲击了国内的文学,使文学商品化趋向日益明显。各方呼吁甚多、界限不明,这是事实。

在现实面前,该怎样看待这严峻的挑战呢?

从根本上说,我们应该看到,今天人们已无法回避商品经济冲击引起的一系列连锁反应。不承认文学一旦成为社会产品,也必然受到经济法则的制约是不现实的。纸张贵了,工本费上涨,文学书籍不涨价行吗?作家从事文学创作,这作为社会分工,自当取得一定份额的补偿,稿酬太低,那合理吗?而出版单位根据社会需要调整出版计划,不出或少出赔钱的文学书籍,这也是受经济法则制约嘛!由此可见,经济改革已牵动一切领域,掣肘着各方各面。在此情况下,要单独维持文学的所谓"纯洁性",要把文学画在圈子外,以不沾"铜臭"为高雅,这是否符合社会发展的客观规律?

庸俗、低级的伪文学充斥,是文学商品化导致的吗?它真的会使文学消亡吗?如果考察一下中外文学史,尤其中外近代文学史,就可以看到,由自然经济转向商品经济,开始有了职业作家的社会分工。这些人不再由国家供养,不依赖产业维持生计,转而靠写作获得的经济报酬生活,便有了更多的创作自由和余裕。这是社会进步的表现。有的人为了多赚钱,多写些适合读者较低层次审美趣味的作品,甚至有人单纯为赚钱写出粗制滥造,迎合低级趣味的低级、庸俗的伪文学招揽读者。这只是局部现象,并不能看作文学商品化的必然结果。这就像经济领域里实行开放后,也出现了一些消极现象,并不能由此推断这是商品经济活跃造成的。

张恨水写了 90 多部书,创作极盛时期每月有二三千元大洋稿酬。可算是文学商品化突出的一例。与他同时的还有所谓的"鸳鸯蝴蝶派"一班人,包括写侠义的还珠楼主,作品迭出。文学并不因此堕落、消亡了。那个年代,不是出现了中国新文学的一代大师吗?张恨水也不失为有影响力的通俗文学大手笔,应在文学史上占一席位。还珠楼主也可算为民国以来写侠义的有影响的作家。文学的支脉和流派,总还是多一些为好。在国外,文学分野现象,是随商品经济发展出现的。自 19 世纪末至今将近一百年之中,不是也出现了福克纳、卡夫卡、萧伯纳、布莱希特等文学大师吗?"爬格子动物"这种畸形儿,毕竟不能代表文学的主流,担心文学消亡是杞人之忧。真正值得忧虑的是拒绝接受商品经济发展了的现实,总是留恋一片文学"净土",或者总是留恋文学作为思想号筒的地位。这就有越来越脱离广大群众日益起变化的审美心理的危险,而脱离了审美需求的文学,还能有多大发展呢?

今天,事实已这么明显,如果继续用小农经济的眼光看待文学,津津乐道于《关雎》,陶醉于唐诗之盛,一辈辈人吃《红楼梦》的老本,那么文学的前途,实堪忧虑。有位学者说,看一个民族是否强大,不是看它的历史,而应该看它的发展。这话值得思考。如果要振兴、企盼中国文学走向世界,那就用不着担心文学商品化,用不着担心外来文化与文学的冲击。中国文学如果能产生有高度审美价值的社会产品,能够成为世界文坛抢手的热门之作,像其他商品那样,能换回来大笔外汇,这到底好不好呢？多得几个诺贝尔奖,那不是同样可以大振国威吗？最近,外国一对夫妇作家,正在构思一部写哥伦布的长篇小说,消息传出,有七八家出版公司竞相争购,最后以150万美元成交,而这部小说要十八个月后才能脱稿。如果说商品化,这也可算一例。谁能断定,这部将在纪念哥伦布发现新大陆五百周年时推出的长篇小说,只是一堆历史垃圾,而不可能是一部名著？相比之下,《末代皇帝》的制作权,竟然以7万元人民币就转让了。这个对比,难道不值得我们深深思索吗？

事实上,商品经济已成为人类由贫困的自然经济转向发达、富裕、繁荣发展的必然的新阶段。一切以自然经济旧眼光看待现实的思想行为,包括用这种眼光看待文学发展,都显然落后了。现在,正需要有一批能够以商品经济眼光为新视点的作家,把文学的审美历史惯性移过来。不以言利为耻,争取有更多的作品能够打入世界文坛、世界市场。中国电影界已开始有了面向世界、打入世界市场的新观念。我们的电影在世界市场上虽然尚未具有竞争能力,但从《黄土地》《红高粱》开始,确已引起世界电影市场的注意。这难道不是好事？美国电影占领了世界电影市场的80%,财力雄厚,每拍一部片,动辄要千万美元以上,因而竞争能力特别强。我们拍一部片,才二三十万美元。国力限制,要有强大的竞争能力,很难办到。文学又何尝不是如此呢？许多作家出访回来,都慨叹中国当代文学作品在国外出版的还太少。一个广阔的世界文学市场在等待我们去参与竞争,这如同国际经济大循环正呼唤着我们那样。固执地菲薄文学商品化,这是否有点失策呢？

时至今日,我们再不能躲躲闪闪耻于谈文学商品化了。作家队伍中,腰缠万贯的固不乏人。总的看来,中国作家仍然是一班穷秀才。写一部书,费一两年时间,最快也得半年,还未必能出版。出版周期又长,从审稿算起,最快也得半年以上。前后加起来,一年能出书就算幸运的。一部小说,以30万字计算,价值几何？又有多少作家能够每年都出一部长篇呢？即使一年总计能出50万字的成品,只不过万元以下的收入。而重庆一位"倒爷",一年获利100万。中国作家在经济上虽有个"铁饭碗",可财运亨通的实在寥寥。文学没有商品化,作家却跑去做生意了。商品经济的巨大冲击力,使作家再不能安心创业。"安贫乐道"毕竟是小农经济时代文人的雅趣。今天再"安贫",家徒十平方米,出无车,食无鱼,何以能"乐道"？一位作家曾慨叹,家在北京却连洗澡这种小事亦为之发愁。这恐怕并非个别人的困惑。生活淡薄出好文章,是绝对真理吗？托尔斯泰、巴尔扎克,就并不淡薄呀！

反思三题

钱理群

一、历史的机会是怎样失去的？

还是在我与子平、平原一起提出"二十世纪中国文学"的概念时，我们就曾思考过一个问题：尽管20世纪中国文学在其发端期，即有了"走向世界文学"的意向，而且确实出现了鲁迅这样的世界性的大作家——鲁迅的思想与文学与同时期世界思想、文学发展趋向是一致的，几乎达到了同一水平；但是，在以后的发展中，为什么我们的文学与世界文学的距离却越来越大了呢？这里的原因自然十分复杂，有待多方面的深入研究。有一个事实却很值得注意，即我们错过了历史提供的三次机会。纵观20世纪世界历史的发展，我们发现，曾经有过三次全球性的重大历史事件，它们冲击着亿万人的心灵，改变了亿万人的命运，对世界政治、经济、文化、文学……的发展产生了决定性的影响。这就是第一次、第二次世界大战；大战后世界殖民帝国的瓦解，第三世界的兴起（包括越南战争与朝鲜战争）；以及国际共产主义运动在20年代的兴起，30年代席卷全球，50年代的兴盛，六七十年代的危机，80年代的改革浪潮。这三次历史性事件，曾带来了全球性的大震荡、大分化、大瓦解、大困惑，但同时也为世界思想与文学的大发展提供了绝好的机会。西方世界通过对第一、第二次世界大战及越南战争、朝鲜战争的深刻反思，产生了现代主义与后现代主义的哲学与文学艺术，而随着世界殖民帝国的瓦解，"欧洲中心主义"的幻灭，又在孕育着东、西方文化新的融汇。前几年发生的拉丁美洲文学的"爆炸"显然与世界殖民地帝国的瓦解，第三世界的兴起存在着内在的深刻联系。而国际共产主义运动的危机，更是直接产生了帕斯捷尔纳克、昆德拉等人的文学。以上几个方面正是构成了20世纪世界文学发展的几个高峰。我们说20世纪中国文学与世界文学的差距，也主要是与上述世界文学高峰比较而言的。应该说，"历史"本没有亏待中国知识分子与中国作家；在第二次世界大战、殖民帝国的瓦解，以及国际共产主义运动的危机所造成的全球性震荡中，中国都处于中心地带，无论"人"的命运变化，"人"的心理、情感、意识、观念……的变革，"人性"的改造、曲扭、升华……"人"际之间，"人"与"自然"之间……关系的嬗变其深度、广度，都是世界其他国家所难企及的。这本来是为思想与文学的现代化发展，提供了极好的前提、条件与机会的。但我们不但没有抓住历史所提供的机会，将中国文学推向世界文学之林的前列，而且坐失良机,反而拉大了与世界文学发展的距离。且看看在历史提供的同等机会面前,当世界各国都在乘机对历史进行深刻反思,将本国思想、文化、文学艺术……推向新的水平时,我们在干什么吧。这不能不使我们想起鲁迅在20世纪20年代说过的话:"中国人向来因为不敢正视人生,只好瞒和骗,由此也生出瞒和骗的文艺来,由这文艺,更令中国人更深地陷入瞒和骗的大泽中,甚而至于已经自己不觉得。"我以为,鲁迅的批评切中了我们的20世纪中国文学(含当代文学在内)的要害:缺少思想与艺术的独立性,缺少"正视淋漓的鲜血"的胆识,陷于"瞒与骗"的大泽,这正是我们终于错过了三次历史机遇的作家主观上的重要原因。而且可以断言,我们的文学如果继续地"陷入瞒和骗的大泽中",与世界文学的距离还会继续拉大。当然,"取下假面,真诚地、深入地、大胆地看取人生",仅仅是一个前提;还有一个是否按照文学艺术自身的特点与规律去"看取"与"写出"的问题。在20世纪中国文坛上,也出现过一些敢于"取下假面,真诚地、深入地、大胆地看取人生"的作家与作品,但他们对于历史与现实的反思与描写,常停留于政治的、伦理的层次,常陷入对于现实及现实中的自我直接、简单的描摹,他们缺乏足够的思辨力量与艺术想象力,始终不能进入形而上的层次,创造出超越现实时空与自我的审美的艺术世界。以西方文学对二次世界大战的反思,与我们的抗战题材文学相比较,以拉丁美洲"爆炸"文学与我们的一些作品对民族历史、命运的思考相比较,或者以昆德拉的作品与我们对"文革"的反思相比较,都可以明显地看出我们的作家在思辨地、艺术地把握世界上的一些基本差距,而这又与我们这个民族思辨力、艺术想象力不足的弱点相联系。这就涉及我们的民族素质,知识分子的素质与作家素质上的一些更加根本的问题。正视这些基本差距与弱点,使我们清醒地认识到中国文学走向世界,将是一个漫长而艰巨的过程,也会激励我们,做出更加自觉的努力,从根本上提高与改造民族与知识分子、作家的素质入手,逐渐缩短与世界的差距。我们现在迫切需要的是,清醒的反省、反思和自我批判精神,再不能阿Q式地始终"自我感觉良好"了。

二、现实的危机之一在哪里?

现在的中国文坛与中国知识界,一方面"自我感觉"过于良好,一方面,对于现实与他人,又充满了不满、不平,甚至怨毒、仇恨。试看今日之域中,何处不在怨气冲天地发牢骚!可悲的是,我们的文学艺术作品真成了"国民情绪的晴雨表",也是充斥着绝对情绪化的牢骚、诅咒,充满了浮躁与绝望。我不否认,群众(与我们自己)的不满的合理性,在一定条件下,"不满"可以成为变革现实的动力;我也不否认,群众(与我们自己)的不满也一定要通过文学艺术得到发泄,群众能够通过各种形式(包括文学艺术)表达自己的不满,比之"万马齐喑"的专制的"平静"自然是一种历史的进步;我更懂得,不能只是指责文学艺术中的牢骚,而不去追究造成牢骚的现实社会的缺陷以至黑暗,那无异于保护"黑暗"。在这些方面,我们都必须与社会中确实存在的负面力量明确地划清界限。但我仍然要强调一点:作为一个现代知识分子与现代作家,不能停留于"发牢骚"的水平,在反映民众情绪的同时,又要防止为民众的非理性主义所裹挟、支配,从而失去了现代知识分子所应具的科学的理性精神。否则,不仅是可悲的,而且是危险的。鲁迅在 1925 年五卅运动中发出的警告,在今天仍然"切中时弊":"我觉得中国人所蕴蓄的怨愤已经够多了,自然是受强者的蹂躏所致的。但他们却不很向强者反抗,而反在弱者身上发泄,兵和匪不相争,无枪的百姓却并受兵匪之苦,就是最近便的证据。再露骨地说,怕还可以证明这些人的卑怯……卑怯的人,即使有万丈的愤火,除弱草以外,又能烧掉什么呢"?"我根据上述的理由,更进一步而希望于点火的青年的,是对于群众,在引起他们的公愤之余,还须设法注入深沉的勇气,当鼓舞他们的感情的时候,还须竭力启发明白的理性;而且还得偏重于勇气和理性","否则,历史指示过我们,遭殃的不是什么敌手而是自己的同胞和子孙。那结果,是反为敌人的先驱……因为自己先已互相残杀过了,所蕴蓄的怨愤都已消除,天下也就成为太平的盛世","总之,我以为国民倘没有智,没有勇,而单靠一种所谓'气',实在是非常危险的"。我们五四以来的新文学,本来就有一个"启蒙""点火"的"革命传统",而在激起"群众公愤"时,常常忽视了"理性精神"的注入。鲁迅的上述警告正是对历史教训的深刻总结。看不到群众的"怨愤"有可能导致盲目非理性主义的破坏,以至"愚民的专制",那将是十分危险的;在这种情况下,首先在知识分子中提倡科学的理性精神,并通过知识分子,将理性与勇气注入民众中,是具有一种现实的迫切性的。当然,也许在一些放弃了文学的"启蒙"职能的作家看来,上述问题的提出,似乎与他们无关;而且,非理性主义在文学自身的发展中的意义与作用,自然也是不可忽视与否定的。但我想,无论作家在他创作时采取什么文学观念与创作方法,作为一个知识分子,是不可能根本不考虑现实问题(包括现实政治问题)的。那么,当人们思考现实时,强调科学的理性精神,恐怕不会是无的放矢吧? 总之,我们不可无"气"(满足于现状的麻木,也是可怕的),但却不可仅止于"气",而无科学的"理"与韧性的"勇"。只有坚持与发展清明的理性与坚忍的韧性精神,从弥漫文坛与思想文化界的浮躁与绝望情绪中摆脱出来,中国的知识分子与作家,才有可能尽到对于历史的责任。正像鲁迅所说,"现在,应该更进而着手于较为坚实的工作了"。

三、未来的"忧患"是什么?

最近一段时间,我一面做着中国现代思想文化史、文学史的研究,一面时时陷入

"历史循环"的恐怖中,于是,经常做关于未来的"噩梦"。

例如,我在研究中发现,一部中国现代思想文化史、文学史,在某种意义上也可以说就是一部中国知识分子互相残杀的历史(详见《上海文论》1989年第5期发表的《从"历史"引出的"隐忧"》一文)。我于是做了一个"梦":在"不久的将来",当今活跃在文坛与思想文化界的、持有不同的"救国方略"与观念、主张的"名流",终于摆开阵势,进行"你死我活"的搏斗与厮杀……

这当然只是一个"梦"、一种预感,但却是有历史与现实的根据的。

周作人、鲁迅兄弟在考察中国知识分子与作家的历史、现状时,得出类似结论:周作人曾将"知识分子"与"皇帝""流氓"并列;鲁迅则说,在中国学界只有"官魂"与"匪魂"。

而我有时在默默地观察当今活跃于文坛与思想界的"名流"时,——无论是比我长一辈的,与我同辈的,还是比我年轻一辈的,我都在他们身上发现了或多或少,或明或暗,或自觉或不自觉流露出来的"帝王"气(霸气)与"流氓"气(匪气)。

而且,我在我自己身上也发现了这可诅咒的"帝王"气与"流氓"气、"霸气"与"匪气"。

中国知识分子中有许多从来是充当帝王的帮凶与帮闲的;当封建专制主义渗透于整个民族精神时,知识分子是首当其冲的。因此,在我们这里,不但有帝王的专制,愚民的专制,而且还有知识分子的专制。人们说愚民专制的可怕在其"不受任何约束"的群体"疯狂性";知识分子专制的可憎就在其精细、严密的"合法化"与"科学化"。但在崇尚独尊、大一统,排拒个性、自由、少数、异己、分离、多元……上,则与帝王专制、愚民专制毫无二致。而且,在中国,无论帝王的专制,愚民的专制,都会导致血的杀戮——中国原是一个具有"杀异端"的传统的民族!

把"流氓气"与知识分子连在一起,似乎有些大不敬。毛泽东曾把"痞子"称为"革命先锋"。当今之中国,许多先锋分子其实也是痞子,或带有或多或少的痞子气。在中国,"痞子"之多,及其在历史变革中所发挥的"特殊作用",都可以看作是落后的经济、文化加于中国变革事业的"历史包袱",或者说是一个不大不小的"历史的玩笑"。这样,作为经济、文化落后国家的知识分子,中国的文人学者在不屑与"痞子"为伍的同时,自己身上也沾染了"痞子"气("流氓气""匪气")。别的不说,只要认真读读当今许多"名流"的文章(作品),甚至我们自己的文章(作品),都不难发现其中的"痞气"("流氓气""匪气")。这本也是"古已有之"的,这就是中国传统的"策论"的文风。周作人曾说,五四以后,人们只注意了对于"八股"的批判,其实"策论"的流毒、危害是更大的,因为"同是功令文章,但做八股文使人庸腐,做策论则使人谬妄,其一重在模拟服从,其一则重在胡说八道也"。"策论"的文字"甜熟、浅薄、伶俐、苛刻",文章"念起来不但声调颇好,也有气势",但其实却是"舞文弄墨,颠倒黑白,毫无诚意,只图入试官之目,或中看官之意,博得名利而已"。这"策论"的"胡说八道","颠倒黑白",讲"歪理"就充满了"痞气","舞文弄墨"说白了也就是耍流氓手段。值得注意的是,这"古已有之"的"策论"传统,与五四以后特别是30年代以后日益发展的极"左"思潮结合在一起,就产生了所谓"帮八股",在"文革"中达到了登峰造极的地步。而"帮八股"即是"流氓文化"的"革命化",它与封建专制主义的"土八股""党八股"结合起来,对于中国知识分子的思维方式、心理素质、语言文风……的影响是极其深刻的,以至在今天一些"名流"的论辩文章,都不时可以隐约见其痕迹,足见流毒之深广。问题是这类"痞气"十足的文章不只是"胡说八道",而且常常给对方罗织罪名,暗含着杀机,这就十分可怕。"帝王气"与"流氓气"("痞气""匪气")在"谋杀异端"这一点上,取得了内在的一致。如果不把中国知识分子及中国民族本性中根深蒂固的"帝王气"与"流氓气"彻底拔除,在一定的历史条件下,类似的文化浩劫是会"重来"的。我们就算是有几千年的文化老底子,但又经得起几番浩劫呢？我们即使不为子孙后代着想,为我们自己计,也应该警惕防止封建专制主义的残杀"重来"吧？

但愿以上所说,都是"杞人忧天"的"梦话"。

理论的赎罪

陈晓明

当西方将近一个世纪的理论成果(20世纪的思想很容易被理解为一大堆混乱不堪而又激动人心的观念堆积,一种思想总是为另一种思想所代替,一种观念总是为另一种观念所否定。这里面没有秩序井然的进步。毋宁说只有各种理论的叠加和对抗。)突然涌现在当代中国文学理论的面前时,蔚为壮观而又头绪万端。人们心有余悸却又经不住诱惑。我们一直是作为20世纪思想潮流的冷眼旁观者才维持住理论上的自负与尊严的,现在,这股潮流迎面涌来,何去何从,既无所适从又无从抉择。痛苦之处正在于无从抉择却又不得不做出抉择。这已经不是一个理论态度的问题,而是一个实践的问题。

可是,我们的理论能做出抉择,能抉择什么呢?过去,我们把西方现代理论看成是所罗门的瓶子,一旦打开就会放出一个再也控制不住的妖孽。现在却又指望它是阿里阿德斯的线团,它会导引我们走出迷宫,找到出路。

我们是在短短几年时间里,浏览了西方将近一个世纪的理论成果。我们不仅知道"新批评",也知道结构主义与现象学,甚至也听说过后结构主义的分解理论——这是到目前为止,西方还很时髦的理论。一种观点刚刚被介绍就立刻为另一种更新奇的见解代替了,搞得人眼花缭乱却又并没有什么特别深刻的记忆。思想的蜻蜓只满足于在理论的水面上点到为止,而后就扶摇直上,既无目标,又无底气,就这样在"现代意识"的空间里摇摇晃晃。不过,当代中国文学理论也很难设想会有比这更好的境遇:第一,它不可能采取一种偏狭的、极端的态度去选择一种理论而排斥其他理论。西方现代文学理论不管其内部存在怎样的矛盾纷争,当它们全盘置于我们面前时,肯定会显示出它们内在的某种联系,至少存在一种对抗性的、批判性的联系。我们不可能越过"新批评"去选择结构主义或现象学文论,也不能停留在"新批评"的水平上而对其后的理论发展置若罔闻。第二,西方作为一个历史性演进的理论,现在作为一个共时态的理论结构,我们是选择还是调和?各种理论之间说到底是不可调和的,然而又不得不去调和它们。西方的本文研究,已经搞得极其精密,甚至有些烦琐,要在各种理论范型和名目繁多的理论范畴之外,再提出新的范型和范畴,不是轻而易举的事情。在这里,独辟蹊径经常是调和的结果。"创造"如果不笼罩着现成理论的阴影,就要带着"生造"的鲁莽。

不管如何,当代中国文学理论不得不冒着草率与混乱的风险去与西方文学理论保持同步,这一大段的历史空间,只能匆匆忙忙地填补。当代理论并不是与传统决裂就能创造自己的现实。用库恩的话来说:"革命是世界观的转变。"当代理论要创建新的范型、新的历史,它压根儿就没有自己的历史,也没有现实,它要为此付出沉重的代价。当代理论只有捧着这个所罗门的瓶子或是捏着这个阿里阿德斯的线团去赎罪。

赎罪之一:当代理论要为寻找新的逻辑起点,建立文学本体观做出艰辛的努力。现行的现实主义文艺理论把"反映论"作为理论基础,文学被看成是现实生活的反映形态。所有对文学的理论阐释,都有必要到现实生活中寻找依据。西方现代文学理论把这种逻辑起点移到作品本文内部,文学作品是语言的构造物,本文的语言事实存在就构成了文学作品的本体存在。显然,这是两种完全不同的文学观念,这种观念的转变,只能是理论范型的替代。这并不是理论视野的开拓,而是理论视角的转换,思维方式的转变,思想层次的跃进。这当然是一个艰难的转换过程,并且是在没有足够的思想准备的情势下的世界"观"的转变。这是割断历史做出的痛苦的选择。

文学本体论首先为新批评派的兰色姆所倡导。但在兰色姆那里,"本体论"的意思很暧昧。他常将"本体的"与"实质的""根本的"相提并用。在新批评那里,"本体的"通常用来表示作品就是本身,作品本身就构成了文学性的东西,就是它存在的全部理由和价值。但在事实上,新批评并没有在批评实践中彻底坚持这种"本体论"。他们经常认为诗必须与现实有严肃的关系,必须与生活相通,应该具备人性的和精神上的完善。这当然与新批评派当年试图逃避现实,反抗工业主义浪潮而在文学里寻求一个精神自由的国度的理论发生的背景有关。他们无法忘怀现实,只好在"本体论"里来窥视现实。现象学把作品当作"意向性"的客体,也就是作为意识对象的存在物。因此,杜弗海纳区别审美对象和艺术作品时认为,必须在艺术作品上面增加审美知觉,才能出现审美对象。在他看来,艺术包含的意义既不是非存在的,也不是超验性的,它是审美要素固有的东西,是审美要素真正的结构。这种植根于"意向性"中的本体也很难说有多大的自主性。至于结构主义,"本体论"仅仅是一种自明的真理,它一经宣布就无须加以说明,因为他们只关心本文的内部结构。总之,"本体论"作为西方本文理论的基本立足点存在种种令人吃惊的含混,这就使得"本体论"不仅作为一种文学观念在确立时与现行理论存在转变上的断裂,而且对这种新型的文学观念的阐发容易陷入这样或那样的理论参照而引起歧解。当代理论很难绕过"反映论"和"本体论"去找到另外的路子。在目前很长一段时间内,当代理论唯有到半个世纪前的"本体论"的祭坛上奉献所有的理论热情。

赎罪之二:当代理论要在西方本文研究的各种理论范型和范畴中找到自己的出

路,这无疑是艰难的旅程。西方本文研究历经了半个多世纪的演进,不能说臻于精密完美,但也确实是庞大而细致、丰富而精当。从基本观念到细小的语言语法问题,从理论的逻辑构架乃至思维方式方法,都有涉猎,这里与其说是一种理论见解的辩护与论争,不如说是理论的智力和想象力的竞赛,本文研究产生出德里达这样极端的见解与奇特的思想是一点也不奇怪的,它如果不是本文理论智力竞赛走到穷途末路、负隅顽抗所做的铤而走险的尝试,就是20世纪理论想象力迸发出的最后一道光辉。不管我们是否有希望在本文的国度里找到一方宝地建造我们的理论殿堂,目前却不得不在这片巨大的理论阴影底下去开垦我们思想的不毛之地。

赎罪之三:当代理论当然必须设法摆脱这片阴影,那么它只有努力去寻找西方本文研究忽略了的,或者不愿甚至不敢涉猎的领域,在那里或许能开掘出理论的新大陆(那里也有可能是一片沼泽地)。但是,这需要勇气,需要屡败屡战的探索精神,需要付出更为艰辛的努力。

西方本文研究也并非就没有不足之处,缺乏深厚广博的人文精神是其普遍的弱点。新批评派在20世纪初是为逃避现实而遁入文学本文的,他们不时还要寻找现实世界的"真理",但那显然只是一种美好愿望,并且那些"真理"通常都是老生常谈。至于结构主义,从人类学移植而来的方法论何以缺乏人文精神令人大惑不解,那也只能归咎于结构主义方法论本身。列维-斯特劳斯考察的是纯粹的原始文化的内在结构关系,举凡图腾、神话、亲属关系、礼仪、风习等等,只是提供结构性能的排列组合的材料。至于原始图腾、神话隐藏的人类精神的意义,他并不感兴趣。加以结构主义对经验科学、唯理论嗤之以鼻,探讨结构主义的人都是一些莫测高深的大学教授,他们深居简出,也不大关心现实时事(结构主义的马克思主义者例外),更何况他们确实相信人类事物本质上就是一些结构:"要是没有结构,世界成什么样子!"——这就是他们的世界观。现象学会产生出海德格尔、萨特这样20世纪的思想家,足以说明它蕴含的人文精神。胡塞尔是有感于欧洲哲学的危机来构造他的现象学的方法论的。但是现象学移植到美学和文学理论中确实只剩下"方法论",纯粹的现象学的方法论(当然不一定是纯粹现象学的,因为胡塞尔就觉得英伽登大大歪曲了现象学)。现象学还原作为一种精神活动,努力把超经验和超现象方面的经验,特别是经验现实或存在的本体特征放在"括号"内,这样,现象学就专注于意识到的现象本身——在文学研究上,也就是文学作品的本身构成上。萨特作为杜弗海纳的在高等师范的学兄,他的《存在与虚无》给杜弗海纳的影响如此微弱是令人奇怪的。对于英伽登来说,他始终没有把充分化的客体放在存在世界的深度背景上来考察,这不能不说是一种缺憾。20世纪的文学艺术为现代本文研究提供了理想的范本,但是20世纪的文学艺术做的所有努力就是要在艺术文本中压缩进现代的精神结构,20世纪的本文是现代灵魂的语言情态。可是,现代本文研究从来不理会现代文学艺术的抱负与决心,只满足于语词句法机制的捕捉、结构的肢解,或者现象的和符号的描述。当然,这并不是说现代理论表现出的那么高的智慧和那么大的创造热情就是告诉人们文学艺术作品是些语言符号的构成物,内部存在某种样式的结构,等等这样明显的道理(我们刚刚说过,这是丰富精深的理论)。但是,现代理论对于人类存在的精神状态没有给予足够的关切,这不能不说是一大疏忽,不能不说是一种历史罪过!那么,在本文的构成研究中注入深厚的人文精神——这是一场艰难的试验和不自量力的冒险——实际上是为现代本文研究的重大过失赎罪。

然而,这场试验很有可能是徒劳无益的尝试,我们并不指望有人会为这种并不悲壮的"赎罪"掉一滴眼泪。当然,这不是一个认真的时代(认真显得迂腐而又愚蠢),不过,理论界和批评界在"好玩"的行话掩盖下的,也有可能是一种无可奈何的心态。因此,我们对创建理论的艰难以及理论本身能为人们理解依然存在着侥幸心理。还是那句老话:地上本没有路,走下去便有路了。

关于 40 年代革命文学内部论战

支克坚

20 世纪 40 年代中国革命文学内部一场重要论战,即过去所谓对胡风文艺思想(并及冯雪峰一些带根本性的观点)的批判,目前正得到新的认识、新的评价。中国现代文学研究有可能从这里取得重大突破,今后文艺理论的建设也将受到深刻影响。当时为什么会发生这场论战?它是什么性质的论战?对中国现代马克思主义文艺理论的发展起了怎样的作用?真正的教训到底在哪里?本文所要涉及的,就是这些似乎清楚,其实还须深究的问题。

一

20 年代末创造社、太阳社同鲁迅关于革命文学的论争,虽说不久就以中国左翼作家联盟成立宣告结束并取得了表面的统一,但实际上已经显示出,马克思主义文艺理论在中国定将分化。对此,不能笼统用世间一切事物都一分为二来解释;也不能把全部责任都归于中国社会近、现代之交出现了所谓小资产阶级知识分子;同样不能认为国际无产阶级文学运动的影响就足以说明所有问题。从社会以及文艺本身说,它都有具体而又深刻的历史和现实的原因。当时,在鲁迅的态度中,有一点值得注意:大革命失败后,鲁迅的思想发生了重要的变化。他因此曾对自己的创作做过反省,认为它们的作用,无异于使青年成为中国南方筵席上一道特殊的菜肴——醉虾[①]。然而,鲁迅没有立即响应创造社、太阳社关于革命文学的号召。他反对"忙于挂招牌",提出"当先求内容的充实和技巧的上达"[②],却也未对内容和技巧做出新的解释,提出新的要求,只是明确指出:"根本问题是在作者可是一个'革命人',倘是的,则无论写的是什么事件,用的是什么材料,即都是'革命文学'。"[③]后来他还表白:"在创作上,则因为我不在革命的旋涡中心,而且久不能到各处去考察,所以我大约仍然只能暴露旧社会的坏处。"[④]要而言之,虽则鲁迅的思想和创作这时已走过了从要求"人性的解放"到"阶级意识觉醒"的路,但他的主张,同先前"为人生"的主张仍旧有明显的相通或一致之处,即仍旧要求文学写出真实的人生,写出人生的血和肉。他评价当时一些青年作家的作品,着眼点也往往在这里。

为了写出人生的血和肉,必须在现实的深刻的矛盾中,发掘人的灵魂。鲁迅的《呐喊》《彷徨》,就是这样做的;他前后追求的一贯性,也在这一点上。有些人因此而不无道理地称鲁迅的现实主义为"灵魂现实主义"。就是说,它的特点,是从历史和现实结合的高度上,探索人的灵魂,描写人的灵魂,对人的灵魂做出评判,同时也对历史和现实做出评判。这当然是具有了"人的觉醒"的结果,又使得文学不仅仅有助于人们对现实的认识,更作用于人的灵魂,提高人的灵魂。这种追求,可以是以人性解放的要求为基础,也可以是以觉醒了的阶级意识为基础。在后一种情况下,完全可以赞同把无产阶级文学运动作为无产阶级整个革命运动一部分的方针,比如鲁迅就曾说过:"无产文学,是无产阶级解放斗争底一翼"[5];但涉及具体创作,他不可能接受文艺从属于政治、为政治服务的主张,只可能提出"文学是战斗的"[6]口号。其含义,是在现实的环境中,造就战斗的灵魂,造就新的人。早就不应该把这种模式夸大为唯一的模式,但它在当时的意义,是重要的。因为它确确实实是当时民族精神活动积极方面的一面镜子。

创造社、太阳社的情况则很不相同。"挂招牌"本身当然并不错,何况他们的目的也不止于此。问题在于,对文学的内容和技巧,他们有着别样的理解。大革命失败后中国社会的尖锐矛盾,以及他们在矛盾中所处的地位和采取的态度,使他们感到需要立即造成一种新的文学,即所谓"完成我们的文学革命"[7]。为此,他们反对把文学作为"自我的表现",也反对把文学的任务放在"描写社会生活"上,而是仿照辛克莱的话,提出"一切的文学,都是宣传",并要求文学从这里来肩负起"阶级的实践的任务"[8]。很明显,他们关于文学的思考的中心点,是文学怎样同实践中的革命结合。他们的主张,同早期共产党人的简单化的主张一脉相承,虽则要"理论化"一些。从政治的角度,可以说他们曾经受到当时"左"的路线的影响,应该说其中又有一个文学观念的问题。文学运动的总方针和对创作的指导,在他们那里,被混同了起来。这正和他们的文学观念有关。

而他们这种文学观念,以及他们由此出发提倡的所谓"鼓动的""教导的"[9]文学,恰恰是虽曾受梁启超影响、后来却转而接受"纯文学"观念的鲁迅必定会拒绝的。在一定的意义上,理论乃是观念的一种表现。本来,马克思主义文艺理论在任何一个国家和时代里的发展,都有社会生活的和文艺的历史和现状的背景,不可能处在真空中,保持直线的、"纯粹"的状态。在中国现代,它面对着这样的矛盾:生活对文学有各种各样的要求,它必须反映这些要求;彼此"冲撞"的东西方文化,对它都要产生影响;思想和文化素养各不相同的人们,对它各有自己的理解。因此,一方面,是从处在深刻变动中的社会生活里,选取一个片段,进行深入地发掘和思考。尤其致力于关于人的灵魂的发掘和思考,找到它的历史的现实的根据。这可能更多地表现着一种既进入了历史和现实的深处,又体现着文学艺术的特殊性的人的精神活动的特点。另一方面,是着眼于这种变动本身,并力求直接促进这种变动。这更多的是表现着政治对文学的要求,而且是眼下的迫切的要求。中国现代马克思主义文艺理论在后来的发展中终于形成两个流派,根源盖在于此。

二

胡风和冯雪峰并不是简单地重复鲁迅的主张;而作为另一流派代表的周扬等人,其主张跟创造社、太阳社也有区别。但前两者以及后两者的确各有内在的联系。这两个流派的分歧在30年代就已开始,至于它们界限的最后划定以及论战的激化和系统化,则不能不和1942年毛泽东《在延安文艺座谈会上的讲话》发表有关。这正是革命文学在现实的各种因素作用下,决定性地走上为政治服务的路,因此越来越政治化,也因此在一些有关文学的根本问题上分歧越来越难以调和的时候。《讲话》却没有能够就这原已发生、人们也已开始掌握他们的分歧之所在的两派社会生活和文艺的背景,做出具体的分析。文艺从属于政治,为政治服务,变成了文艺为以工农兵为主体的人民大众服务的标准,也变成了对文艺为什么人的问题的唯一正确的解决。而创作必须以此为出发点和落脚点。一切的分歧,则又都被归结到世界观的性质上。这样,《讲话》便在实际上,以其既然是政治的权威、同时也就必定是文艺的权威的姿态,支持了两派中的一派。而这一派从此便十分自然地把替《讲话》做"注释",当作了自己的任务。尽管由于当时的具体情况,胡风和冯雪峰——这里主要指冯雪峰——曾努力使自己的一些提法表面上与《讲话》衔接或一致,但分歧乃至对立是无法掩盖的。从冯雪峰的《论民主革命的文艺运动》和胡风的《论现实主义的路》等可以看出,这时他们的主张,也更加深化。

有的研究者不同意把胡风和冯雪峰列为一派。理由是胡风的文艺思想主要来自卢卡契,而冯雪峰的文艺思想则主要来自普列汉诺夫。胡风和冯雪峰曾分别受到这两个人的影响,固然是事实,但鉴于他们所提出的中国现代马克思主义文艺理论以及革命文学创作发展中的问题,以及他们对这些问题的认识和主张,有着不可否认的一致性或一致的方面,因此把他们列为一派,更有充分的理由。当然他们也并非完全一致,其不一致之处不可谓不明显,不可谓不重要。比如胡风喜欢说"文艺创作为的是追求人生,在现实的人生大海里发现所憎所爱,由这创造出能够照明人类前途的艺术的天地"[⑩];而冯雪峰则有时也真诚地认定:"文艺和政治的关系,是文艺和生活的关系的根本形态,因为文艺是生活的实践,它和现实社会生活的相互关系就构成它和现实社会生活之间的政治的关系"[⑪]。作为一派,胡风和冯雪峰一个重要的一致点,在于当他们思考时代对于文学的呼唤的时候,都执着地认为文学必须深入地揭示现实的或生活的历史内容,具体指当时处在深刻变动中的生活或现实的历史内容。胡风曾说"艺术(文学)作品底内容一定是历史的东西"[12]。冯雪峰则喜欢把它称作"社会的、世界的、历史的矛盾"[13]。而且他们又都不仅仅局限于一般地提出这个问题,特别像胡风,仍旧总是把它跟真实地描写人生,写出人生的血和肉的问题联系在一起。他说:"离开了人生就没有艺术(文学),离开了历史(社会)就没有人生。"[14]这势必也涉及文学必须真正深入人的灵魂。所以,这种现实主义,跟当年鲁迅有关主张,跟《呐喊》和《彷徨》所体现的现实主义,无疑是相通的。但说到要求文学揭示现实的历史内容,胡风和冯雪峰显然比鲁迅更加自觉。这是中国现代革命的深入和革命文学的发展在胡风和冯雪峰的理论中留下的烙印,也是他们对要求文学从属于政治,为政治服务造成的创作的局面提出疑问,认真思考的结果。因此,在革命文学面前呈现出了另一条路——同简单地从属于政治,为政治服务不同的路。

党的文艺政策决不应当限定文学艺术的创作方法。但马克思主义文艺理论必须研究创作方法的问题。否则,理论对实际的文学现象的概括,以及反过来它对实际的文学创作的影响,就都缺少了一个重要的环节。《讲话》把理论同政策结合在一起,但作为理论,它缺乏从五四开始到这时为止文学的具体变化为基础的关于新文学创作方法的论述,从而导致了用政策代替理论、把全部艺术问题都归结为政治问题。这是它的重大弱点,仅靠一句"我们是主张社会主义的现实主义的"不足以使情况有所改变。当然,马克思主义文艺理论在关于创作方法的研究中,应该注意到以下两点:第一,要着眼于时代对文学的要求,即着眼于时代的内容在文学中得到比较充分的表现,以及那与时代的要求一致的作家的主观作用在创作中得到比较充分的发挥。第二,要着眼于道路的开拓,使之宽广,而不是将其狭窄化。比如,《呐喊》和《彷徨》构成了现实主义的一种模式,它十分适应当时中国社会生活中本来相对静止却看似绝对停滞的一面,也适应正思考着中国这样的社会生活所造成不合理的人生的人们的审美需求。但仅这一面不能代替中国现代社会生活的全部,就像茅盾所说,当时,"有那受不着新思潮的冲激。'不知有汉,无论魏晋'的老中国的暗陬的乡村",也有"被'五四'的怒潮所冲激的都市"[15]。而且,即使是乡村,也立即进入了急剧变化之中。胡风和冯雪峰的理论的特点之一,正在于十分注意创作方法的问题。他们独尊现实主义。冯雪峰认为,"从'五四'以来的文学上的革命经验或革命的传统精神","那最主要的,就是思想斗争,统一战线,大众化,以及以文学方法来总汇这些和表现革命思想的,一直发展过来的革命现实主义"[16]。他们力图从客观和主观两个方面说明现实主义。特别是胡风,反复阐述了主观在现实主义文学创作中的作用,认为"真正的艺术上的认识境界只有认识底主体(作者自己)用整个的精神活动和对象物发生交涉的时候才能够达到"[17]。他们对因从政治出发而造成的主观公式主义和被他们称之为客观主义的倾向,进行了长时期的抵制和批评,在此过程中形成了自己成系统的现实主义主张。邵荃麟因此提出指责:"艺术的真实性事实上也就是政治的(阶级与群众的)真理,文艺不是服从于政治,又从哪里去追求独立的文艺真实性呢?"[18]"所谓追求主观精神的倾向……实际上,却仍然是个人主义意识的一种强烈的表现。因为它不是把问题从阶级的基础上,从社会经济原因上,而是从个人的基础上出发;不是首先从文艺与社会关系上,而只是从文艺与作家个人关系上去认识问题"[19]。然而文艺除了同社会的关系,的确还有同作家个人的关系,这应当成为马克思主义文艺理论的一个重要的课题。胡风的主张,虽然并非所有的研究者都能同意和接受,却是对要求文艺从属于政治,为政治服务的一种理论的"反拨",也是他对中国现代马克思主义文艺理论的一个重要的贡献。但无论胡风还是冯雪峰,都没有能够为面对着急剧变化的社会生活的"灵魂现实主义"找到理想的模式。比如,冯雪峰30年代曾高度评价丁玲的小说《水》,认为当时所要求的"从旧的写实主义走到新的写实主义,从静死的心理的解剖走到全体中的活的个性的描写",丁玲算是"办到一些了"[20]。但到了40年代,当他觉察到这篇小说并不代表正确的创作路线时,却又回过头去,称赞《莎菲女士的日记》所具有的"艺术对现实对象的深度和艺术的精湛"[21]。于是,文艺从属于政治,紧紧追随政治,便成为当时中国文学似乎是历史所选中的模式。

这种为政治服务的文学,也并非毫无道理地被称之为现实主义的文学。当时,现代主义遭到中国革命文学运动的排斥,固然由于它的世界观的基础和中国革命是对立的,还因为崇奉现实主义,是国际无产阶级文学运动普遍的现象。影响所及,像茅盾这样曾经提倡过现代主义,试图把现代主义同革命联系起来的作家,也很快转而提倡现实主义——新现实主义,或曰革命现实主义。虽说茅盾本人是一个例外,一般简单要求文艺从属于政治的人们,却只不过把现实主义当作一面旗帜,并不真正重视创作方法的问题,不管它对马克思主义文艺理论有多么重要。胡风和冯雪峰的主张,实际上也是针对着这种情况而发。这里有对待创作方法的态度的分歧,也有关于现实主义的具体主张的分歧。而归根结底,是仅仅把文艺当作政治的助手,要求它在现实生活中发挥和政治一样的功能,跟要努力创造一种新的"灵魂现实主义"的分歧。

三

就像历史上任何一次文学论争一样,40年代中国革命文学内部论战,只能在时代为它规定的水平上进行。就是说,中国现代马克思主义文艺理论的分化不可避免,其结果,就会产生像现在这样两个流派。它们的某些特点,包括各人显著或不显著的特点,当然是由于有偶然的、个人的因素在起作用,但论战的中心问题,却是时代所提出来的问题,也是当时中国革命文学发展所遇到的基本问题。政治已经成为时代的权威。革命文学口号的提出,就意味着承认这个权威。当时,中国现实的历史条件下的社会生活和文学发展,都要求现实主义。政治所能接受的也是现实主义,但它同时必定对现实主义的原则做出自己的规定。至于现实主义,它的基本精神,是要面向现实,这时更被要求来参与现实的变革,从而使它不能不与政治发生关系。然而它的根本问题应当是文艺同生活的关系问题,其中有文艺怎样揭示尽可能深广的现实的历史内容的问题,又有怎样经过作家的主观使这种历史内容变为艺术内容的问题。这里存在着矛盾。理论的派别便由此产生,不可能不由此产生。而产生的所以是现在这样两派,道理也在这里。

这两派,谁也没有能够突破时代的水平。它们都从各自的方面发挥了时代的水平,但这种发挥,并没有能够使它们彼此接近一些,相反越离越远。因为,是时代造成了这两派,作为理论主张,它们无法"融合",也找不到折中的方案。关于文艺从属于政治,为政治服务,鉴于这里所说的政治已经具有了全新的性质,因而对问题的提法,也比历史上任何时候都更加自觉,更加理直气壮。关于文学揭示现实的历史内容,曾经是批判现实主义的一个特点,但这时由于人们具备了前所未有的创造历史的意识,所以也已被推进到了一个新阶段。例如冯雪峰的主张,已经把它提到了现实主义同政治的交叉点上。冯雪峰说,"政治,首先就是现实人生的更高更强的实践与表现","如果以这样的政治的,人生的生命,作为艺术的生命而创造出艺术来,那就是属于最为高级的艺术"[22]。然而即使这种把历史内容政治化的主张,仍旧是针对着要求文艺紧紧追随政治而发,并非要把文艺推向简单追随政治之路。文学跟其他社会意识形态和各种社会现象有普遍的联系,但又有自己独立的本质。文学显示自己本质的程度,受到时代的限制;人们对它的认识的程度,更受到时代的限制。当时,文艺从属于政治,为政治服务,不仅仅成为政治对文学的要求,也成为居于一定层次上为数众多的读者的要求,因而十分自然地为他们所接受。固然可以说,这是他们得到了一种不自然的艺术教育(其中绝大多数人,是从社会而不是从学校得到这种教育)的结果,但毕竟已经形成事实。中国人本来有从文艺接受教化的传统,这时毛泽东所说工农兵思想上和文化上"迫切要求一个普遍的启蒙运动",也并非强加于人。在这一点上,胡风和冯雪峰的批判者们,确实抓住了时代的一种需要。这里有必然性,又有局限性,认为他们偶然地做出了一种选择,是不对的。至于胡风和冯雪峰,他们强调文学应当追求社会学同艺术学的统一,胡风还尤其强调文学作为人类一种非常特殊的精神活动的特点,这应该说是在时代的水平上,对于怎样把时代的需要和文学的本质统一起来的一种探索。

然而这场论战是不平等的论战。教训无疑极为深刻。问题绝不仅仅在于要认识到它本来是学术之争、理论流派之争,也不仅仅在于要认识到学术讨论或论争有时应当实行"费厄泼赖"。最根本的还在于,必须承认一个事实,即由于各种因素的影响,马克思主义文艺理论在其发展中,可能而且几乎是必然出现流派。但因此不需要进一步解决以下两个问题:第一,理论在对实践的指导中,其中一派得到"独尊",另一派则被绝对排斥,是不是合理的现象?有没有可能避免?这里的确存在着矛盾,因为似乎不如此,实践将陷入混乱,无法进行。然而要知道,这是文艺的实践,人类一种非常特殊的精神活动的实践。跟一般的社会实践不同,对于它,本来就不应该提出统一的要求。当然前提是共同有利于人类自身的进步和历史的进步。而中国现代之所以总是向它提出统一的要求,正是为了把它统一到从属于政治、为政治服务这一点上。第二,任何一种社会思潮,都必定联系着一定的社会物质力量。既然如此,离开了代表一定社会物质力量的政治的权威,文艺理论是否有可能树立自己的权威?反过来说,当政治仍旧是天下最权威的东西的时候,它是否有可能不再对文艺提出自己的要求,做出自己的规定?文艺是否有可能摆脱这种要求和规定?这是比上一个问题更加复杂的问题;而且,它更主要的是一个实践的问题,即远不只是一个理论的问题。也许,当人们能够真正从人类一种非常特殊的精神活动的特点去认识文艺现象,并以此作为文艺理论和文艺政策的基础的时候,这个问题可以得到较好的解决。

参考文献:

① 鲁迅:《答有恒先生》。
② 鲁迅:《文艺与革命》。
③ 鲁迅:《革命文学》。
④ 鲁迅:《答国际文学社问》。
⑤ 鲁迅:《对于左翼作家联盟的意见》。
⑥ 鲁迅:《叶紫作〈丰收〉序》。
⑦ 成仿吾:《完成我们的文学革命》。
⑧⑨ 李初梨:《怎样地建设革命文学》。
⑩ 胡风:《文艺笔谈·序》。
⑪ 冯雪峰:《文艺与政治》。
⑫⑬ 胡风:《目前为什么没有伟大的作品产生》。
⑭ 冯雪峰:《论典型的创造》。
⑮ 茅盾:《谈〈倪焕之〉》。
⑯ 冯雪峰:《论民主革命的文艺运动》。

⑱邵荃麟:《文艺的真实性与阶级性》。
⑲邵荃麟:《对于当前文艺运动的意见》。
⑳冯雪峰:《关于新的小说的诞生》。
㉑冯雪峰:《从〈梦珂〉到〈夜〉》。
㉒冯雪峰:《"高洁"与"低劣"》。

为海派文学正名

吴福辉

海派的名声从来没有好过。

此派在近代中国扮演着一个首当其冲接受西风浸染滋润的文化角色。无论从负面、正面,都有存在的价值。它赶时髦,骛新,是一种变了形的开放文化。它开创过南派的昆曲、京戏、绘画与小说,历史地位却不尴不尬。其香臭莫辨有点像上海人在中国的处境,尽管在自己的领地内风头很健,令人歆美,可一旦脱开东南一隅,放进浩渺本土,便立时身陷重围。广大的"乡下人"对它心存鄙弃,觉得是个十足的异类,但它从来不是右翼文学。

文化冲突的结果可能产生一个怪胎,也可能是一个崭新的优良品种、一个宁馨儿。可海派什么也不是。海派游荡在中国文化大陆的边缘,像一个不肖的浪子,面貌变得模模糊糊,以致今日面对海派文学的支离现象,一切还待从头认定。

"海"的第一品格:现代质素

海派产生于近代海禁打开之后。自沪地辟了租界,起初称"夷场""洋场",这才有所谓的"洋场文化"和"洋场文学"。在时空两方面,这样来给海派定位,大体是不差的。

过去看待海派,最注重的是它的功利性质、商埠和殖民地气息。鲁迅从广州到了上海,凭了"旁观者清",谈香港的洋奴,谈上海的文学、上海的少女、上海的儿童、上海的娘姨阿金,后又卷入海派、京派的论争,表现出极大的剖析地域文化的兴趣。他是南人,在北方成名,调过头来审视海派的"流氓拆梢",不问目的,单为利害而变化,而恃才使气的品性,眼光实在犀利、老练。他的《上海文艺之一瞥》虽还没有使用"海派"这个概念,意思是明确的:从清末民初的狭邪小说,到黑幕、鸳蝴,正是海派文学的初始。沈从文也说过:"过去的'海派'与'礼拜六派'不能分开。那是一样东西的两种称呼。"(《论"海派"》)

旧时沪地的洋场,就是《海上花列传》《九尾龟》描写的那个样子。最繁闹的处所是四马路一带。三层楼的青莲阁,可以喝茶、听唱、吸鸦片,周围就是妓女如云的青楼红灯区。不像后来有南京路、霞飞路丛集的百货公司、舞厅、饭店、酒吧,什么大光明、跑马厅,组成现代的消费社会。与青莲阁相适应的封建洋场文学,不过是中国传统的才子佳人章回小说的横移,只是更加媚俗、更加投合老中国市民的趣味而已。这中间,像吴趼人的《九命奇冤》，吸取一点西洋侦探小说的布局，开卷便把要到第十六回才会发生的情事直提到第一回来，胡适称它"在技术一方面，要算最完备的一部小说"（《五十年来中国之文学》）。茅盾也多次赞誉过《海上花列传》的结构方式。但是，这些作品整体上没有真正从西方文化中学到现代的东西，无论是思想的改良，还是文体的缺乏创新，都注定不能越出传统文学之樊篱。它们不能归向新文学，还是属于旧文学的一部分。

我认为，不具备现代质的前洋场文学，是中国的现代都会尚未成型时期的文化促成的。严格地讲，它们不能称为海派。

所谓海派文学，第一，它应当最早最多地"转运"新的外来文化。而在 20 世纪之初，它特别是把 19 世纪末与 20 世纪初之交的世界最近代的文学，吸摄进来，在文学上具有某种前卫的先锋性质。第二，迎合读书市场，是现代商业文化的产物。第三，它是站在现代都市工业文明的立场上来看待中国的现实生活与文化的。第四，所以，它是新文学，而非充满遗老遗少气味的旧文学。这四个方面合在一起，就是海派的现代质。

符合这样品格的海派，只能在 20 年代末期以后发生。那就是刘呐鸥、施蛰存、穆时英、戴望舒、杜衡、章衣萍、曾虚白、张爱玲、徐讦、无名氏诸人。他们不都在同一时期涌出，有的在 30 年代走红，有的在 40 年代成为畅销书作家。其中的文学流品，有高下之分，但是他们的创作，基本具备了上述的海派属性。这批作家的中西文学的根底，大致不错。他们接触西方文化，与五四作家少年时受尽旧学熏陶，到中、青年时代才经历西学洗礼的情况已很不同。刘呐鸥是台湾人，从小生长在日本。张爱玲出生于上海，读的是香港大学。1924 年以后，戴望舒、刘呐鸥、杜衡、施蛰存先后进入法国在上海震旦大学办的法文特别班学习。徐讦则在法国巴黎大学研究过哲学。他们大部分自幼在都市长大，乡土文化的根子比上一代作家浅得多，也不再是过着中式的家庭生活而读洋装书了。在五光十色的大都会上海生活方式的耳濡目染和内外调理之下，他们成为彻头彻尾的现代都市的儿女。有现代都市的性格、习惯，文学生命也紧紧地依附在这个现代都市身上。海派谈自己的诗时说过，"它们是现代人在现代生活中所感受的现代的情绪，用现代的词藻排列成的现代的诗形。所谓现代生活，这里面包含着各式各样独特的形态：汇集着大船舶的港湾，轰响着噪音的工厂，深入地下的矿坑，奏着 jazz 乐的舞场，摩天楼的百货店，飞机的空中战，广大的竞马场……甚至连自然景物也与前代的不同了"（施蛰存：《又关于本刊中的诗》）。只要一打开穆时英的《上海的狐步舞》《夜总会里的五个人》，这种现代都市的情绪节奏就会满口地流溢出来，让你懂得什么是海派。在此之前，从来没有一个中国作家能够这样来传递过。

当时的革命文学家也汇聚在上海，与海派同样处身在大都会环境中，却无心观赏这种宏阔的现代场景。两者之间除了政治原因外,还由于文学目标的差别。"左翼"向世界接受的是19世纪批判现实主义文学和20世纪苏联社会主义现实主义文学,以便用他们的笔触,细微地具象地勾勒现代社会的黑暗层面。20年代吸引过他们的现代派,现在只能作为腐朽资产阶级的破烂玩意儿来拒斥了。而且,上海的革命文人觉得只有暴露的写实的作风,才能寄托他们的文学理想,才能面向工农大众,面向内陆的红色土地,把西方的文化与中国的农民文化结合(一直发展到把精英文化拖向农民文化)。他们怎么会去学日本新感觉派的一套,来营造自己的文学世界呢?

要说"鸳蝴"的余孽仍残留在上海的闺房和阁楼里,这不假,它还能占据一些书摊、拥有一些读者。但这时,大批的游戏、时装、妇女、影剧的画报、书刊的装帧已经西化,文字也换上了穆时英式的。就像沈从文不无挖苦地说,如果穆的文字"前有明星照片,后有'恋爱秘密'译文,中有插图,可说是目前那些刊物中标准优秀作品"(《论穆时英》)。海派取得部分的"海上优势"是很显然的。其中,张爱玲曾被人认为提供了"新的洋场鸳蝴体"。她的小说尽管有这种渊源关系,尽管题目香艳,称什么《红玫瑰与白玫瑰》《鸿鸾禧》《沉香屑:第一炉香》,可她的叙述的方式,心理的质地,已经新颖得完全接得上西方现代派的血脉。这种现代主义倾向,正是海派现代品质的一个标志。还是那句话,海派纯然是新文学的一个支流,其卑下者至多可比成西装革履的恶少,也绝对不是头戴瓜皮帽、拖根辫子的怪物。任何旧文学,不够戴上"海派"帽子的资格。

海派产生于上海。海禁开后,中国沿海的对外通商口岸并不止一个上海,那么,为何广州、宁波、青岛甚至当时的香港,没有产生海派,独独要由上海一地来承担呢?这是因为那些地方缺乏必要的文化承接能力。如果你自己毫无现代文化的积累或现代文化少得可怜,是一块现代沙漠,西方的文化只能像一头怪兽一样闯入,却觅不到一个本地的接纳者。像青岛,古老的齐鲁文化和近代的德、日文化只能并存,中国的土房子几十年地对视着那个尖顶的车站和"八大关"的洋楼,各自分离,结不出一个"海"的果实。杨振声、沈从文、老舍在青岛居留期间,移植过一些京派文学,但太微弱了,毕竟没能引发出本地坚挺的文化承受力和转化力。所以,不要以为海派真是一种毫不费力的"贩卖",只是个"倒爷"。它已经包含了一个初步的中西文学转接的过程。而且经过这个"初步",内地的转接才有可能深入一步。上海这块文化地盘经了近代的开发,有了相当的基础。出版业、新闻业的兴旺,都属全国前列。旧日南京路上的大新公司、永安公司招聘店员,要考英语会话。中学生当工人并不稀奇。在中国,哪里还有如此洋派、文化素质如此高的读者群?他们不是仅仅看《三侠五义》就能满足的了的。由此,才会涌现穆时英、张爱玲这样以高品位的小说占领广大读书市场的作家。没有五四以后新文学在上海的一段开放式的发展,没有这样的读者和作家层面,是养育不出一个海派来的。

西崽相、脂粉气、商业化面面观

我们注定无力选择一个健康的非畸形的海派。

世界在古阶段,东西方曾普遍发生劣势文明凭借武力吞并先进的文明国家的事件,吞并后又被对方所同化。那是在马背上决定天下的时代。而现代的中国遇到了西方优势文明的强制性进入,对它的"反抗"在沿海最为薄弱。新的商埠市场决定了经济,也压迫了文化。海派处在这种冲突的前沿,于是发生扭曲。

扭曲度最大的,也是历来最爱批评的,是它的过分的洋化、肉麻、铜臭气味。你要对海派的这种丑陋取得真切的文学史感受,正确的方法是把30年代上海的各种小报和流行书刊搜罗起来阅读。如果仅仅读海派代表作家的集子,恶浊的印象会淡化得多。我认为同时要注意这两个方面。而在把握了整体的性质以后,主要以海派的优秀作品来解剖它是比较的公平的。革命文学还不是有那么多教条的、口号式的作品?

这样,你会发现几乎海派的每一个恶名都可从多种角度去审视。

西崽,原指西餐馆门口的小厮,一副奴颜婢膝相。后来泛化了,用来指称洋杂役和洋行里的一切中国买办。一句"连外国的月亮都比中国的圆",因为说得太滥、太霸道,且注入了狭隘的民族心理,已经威信扫地,开初用它指斥洋奴心理,倒是蛮生动的。刘呐鸥、穆时英这两个中国新感觉派大将的洋味最浓,洋腔洋调,又喜欢夹杂洋文。写赛马场的看台:"紧张变为失望的纸片,被人撕碎满散在水门汀上。一面欢喜便变了多情的微风,把紧密地依贴着爱人身边的女儿的绿裙翻开了。"(刘呐鸥:《两个时间的不感症者》)写街市:"上了白漆的街树的腿,电杆木的腿,一切静物的腿……revue似地,把擦满了粉的大腿交叉地伸出来的姑娘们……白漆腿的行列。沿着那条静悄的大路,从住宅区的窗里,都会的眼珠子似地,透过了窗纱,偷溜了出来淡红的、紫的、绿的,处女的灯光。"(穆时英:《上海的狐步舞》,省略号为原文所有)写女人:"琉璃子有玄色的大眼珠子,林檎色的脸,林檎色的嘴唇,和蔚蓝的心脏"(穆时英:《PIERROT》,题目是法文,意为"丑角")。但是,你不能说这些文字对于进入世界序列的现代都市和现代都市人没有一丁点表现力。从中国乡土的立场上,是绝写不出这般句子的。

海派的"洋",一部分是超前地领悟到外国现代派的感觉和笔法。张爱玲虽比较隐蔽,她写传统的言情、传统的家庭故事,却有现代派的意象运用,细腻的内心揭示和暗喻。比如她写交响乐演奏:"欢喜到了极处,又有一种凶狡的悲哀,凡哑林的弦子紧紧绞着,绞着,绞得扭麻花似的,许多凡哑林出力交缠,挤榨,哗哗流下千古的哀愁;流入音乐的总汇中,便乱了头绪——作曲子的人编到末了,想是发疯了,全然没有曲调可言,只把一个个单独的小音符丁零当啷倾倒在巨桶里,下死劲搅动着,只搅得天崩地塌,震耳欲聋"(《连环套》)。这显然是中国人才会听得出来的民族性内容,但经过现代的观察意识和感情体验的调和,流泻出来。30年代介绍现代派,已越过五四时期的零碎状,作品与理论的翻译都很丰富。一些海派作家又能直接阅读原文的弗洛伊德著作。特别是上海的环境使他们最早体会到现代高度的物质文明与人的精神困惑日益对立这个现代派文学的基本主题。所以,擅长表达现代人感觉到的生存压力,对社会、文化、自身的怀疑主义,反田园诗的情味,似不是扣上一个"颓废"和"虚无主义"能解释清楚的。联系到改革后的中国人心态,不能不承认海派包含的某种超前性。起码它能启示我们发问:现代派的感情形态,是一种人类无法逾越的东西吗?

海派的脂粉气息直接承传的是中国古典言情体。反倒是洋小说帮助部分作家摆脱了情爱、性爱的滥用,使得其中的精粹者,为中国性爱文学提供了活样本。

我的这种替海派"开脱",当然不包括上海滩上低下的黄色文学。海派代表作家,连混迹于脂粉堆的穆时英在内,都不能与他们等同。穆出没舞场,而不是妓院。他有现代情恋观念,不排斥肉体的诱惑,但指归仍在精神。他有性描写但不含赤裸裸的肉欲宣泄。我看海派的代表作家与某些左翼作家一样,它表现的是灵与肉的冲突,只不过海派的"灵"与革命无关罢了。海派作品的婚恋视角突出,与他们只关心"身边琐事"有关,也与他们呼应读书市场的审美趣味有关。通俗的读者群总是倾向于性文学的,除了供应高档次的此类读物,别无他途。

海派作为消费文化,它以流行的价值为重要价值,自然就会从俗、从下、从众。海派作者能够汇同编辑、出版商,利用现代的媒介工具、印刷技术,来"制造"文学的效应。市场使文学普及,也使文学堕落,让色情、凶杀等粗制滥造的作品走俏。但是穆时英、张爱玲的读者显然是有相当文化程度的市民,包括工商业者和青年知识分子。读者对文学创作的参与,应当说部分地损害了作家的独立性。但海派的读者比起纯然的农民读者来,其合理成分还是要稍多一些。未经现代教育的中国农民读者,几乎有把你引向旧文学的倾向。而海派则像今日中国的城市书摊文化所显示的,一方面催生档次低下的通俗文学,这种读物既有与旧式文学相连的粗劣的剑侠、娼妓之类,也有品次稍好而不排斥色情成分的外国畅销书;一方面有高调的流行文化书籍,如尖锐的纪实文学,表现新观念、新思维的翻译著作。而我所指的三四十年代的海派代表作家,似乎更接近我国畅销书的品类。他们对脱离农民文化的现代气味的追求,他们注重形式的求新求变,具有把文学的通俗性、消遣性引向更高层次的趋向,也更引向文学本身。中国通俗文学在传统与现代之间寻找结合,而由低向高发展的过程中,可以从过去的海派文学实践中找到不少的启发。

同时,只要从中国这块古老的土地上逐渐消除农业文明对现代都市文化的歧视,应当承认,商业文化与精英文化的对峙,未尝不能激发双方的变革。正是在一片书摊文学的海洋中托出了张爱玲、徐訏这样超水平的畅销书作家,造成对纯粹的精英文学家如京派的废名(冯文炳)的挑战。但废名不会从他的文学王国逃亡,他把小说当绝句(诗)来写的实验,对今天的抒情小说,对林斤澜、何立伟仍有潜在的作用。京派鄙视海派的商业性,反而加强了自己的学者化倾向。今日的文学市场能吸引三流作家写流行文学(这比让位给末流文人制造下流文学还强),照样会激起精英作家的雄心。事实就是如此,只可惜在中国,文学派别竞争的"造山"机制太疲软了。

海派的外延与内迁

今日海派文学安在?

我在一篇文章里谈到,"京派""海派"虽然是历史的现象,却仍然成为当代中国人评价文化的一个习惯用语。这是因为沿海文化与内地文化的冲突,已经作为一种文化构造,存在于整个中国大陆文化的总结构里面。从这个意义上说,即便暂时还没有产生出一个新海派来,至少可以看出海派隐秘地存在和扩散的可能性。

但是这要有一个基本的条件:开放。上海的文学在新中国成立后很长一个时期内消失在总的中国文学背景中。封闭的状态使上海已不可能最早、最快、最多地引进世界文化。上海的少女只能领导"蓝的卡"的潮流,再在领口与袖口上变化一点小花样,以示海派精神之残留。剩下写钢厂、写里弄小厂、写海员、写工商业改造和店员劳模的"工农兵文学",实际是农民文学的蔓延,统治到了海边。王安忆等完成了对这段几十年文学的反省。知青的身份,对农村小城的熟稔程度,使王安忆用一种现代知识者的敏感颖悟,切入所拥有的生活,《小鲍庄》在全国的文化反思和人的反思以及内在的模仿现代派的潮流中楚楚挺立。她何时能回到最初的对都市青年的强烈感知上去,尚无法预料。而由《蓝屋》开始的对上海文学特性的注目,对都市文学的思考;李晓、叶兆言的出现,格非、余华、苏童的出现,《大上海沉没》的出现,实验文学、先锋文学的讨论,好像在渐渐显示出上海作为海派文学发源地的根性。海派超前地承受外来的影响,发挥现代都市气度的优质,似乎在沿海复活。

值得指出的是,传统的上海海派地位已经转移。这便是香港文学、台湾文学和分布在世界各地的华文文学,不经意间已构成新海派文学圈。港、澳、台这几片特殊的土地,长期受殖民文化的侵扰,而无独立的中国文学。抗日战争造成的京沪文化人的大转移,曾经给香港带来机会。1945年后,又把大陆文学实质性地移向台湾,与本地结合。当然,很长时间它被政治困扰。到了60年代,港台的文学形成气候。这种"气候",就是它比内地更显出开放与多元的发展。港台文学吸取外来文学的影响,在迅速使传统文学向现代转型方面,体现出它的海派性。而且它们都提早形成庞大的商品文学、畅销书文学的系统,形成纯文学与通俗文学双双竞争的读书市场格局。

可以发现,三四十年代上海文坛的某些特征在如今的港台文学中更得到显示,特别是它的鲜明无误的文化裂痕与文化错位。传统的文学陷入更大的震荡。写实派与现代派的并存与交战,促成较早地构成有势力的中国近时现代派文学阵营。从张爱玲、徐訏、无名氏等在港台与华文世界取得的广泛认同,可看出这里与昔日上海海派文学的互相沟通并联成一体。内地,当然有其极雄厚的文学实力,人才资源广阔,又占据着中华本土文化的中心地位。内地作家从封闭状态觉醒过来之后,已有了一批接近现代派风格的诗人、小说家和戏剧家(不管它"伪"与"不伪"或者称为"模仿")。他们不会去具体师法刘以鬯、白先勇,甚至西西、也斯们的,而是直接面对世界。但内地与港台文学双向交流的门,确实是打开了。某些发展路程的重复出现也不可避免。比如内地自70年代中期至今所走过的接受西方现代派文学的过程,仿佛步了港台文学的后尘。这正是海派对内陆应有的功用。不仅是指都市现代派文学的兴起,也包括它的渗透与反渗透:在写实派内部杀出一支现代派力量之后,有一天会突然"倒戈",在现代派内部再杀出一支回归传统文学和民间文学的力量。不过,这时的传统文学与民间文学,就像先后在港台诗坛上驰骋的余光中所说,是生完了现代派的"麻疹",成为"已经免疫"的、"入而能出"的新传统派了(见《从古典诗到现代诗·掌上雨》)。读李昂《杀夫》的鹿港小镇故事,读李永平《日头雨》的吉陵小镇故事,乡土文学现代体的成就十分显赫。我预计,内地文学的一部分,将来很可能会在新的阶段上重复港台海派的这一变动。这是从民族文学的范畴讲的,不包含其他因素,虽然其他因素不是不重要。

新海派影响的一个侧面,就是对乡土文学的冲击(我自然无意把冲击的原因归结为单方面)。北京,历来是乡土文学的中心。1935年鲁迅对旅寓北京而致力抒写故园的蹇先艾、许钦文、王鲁彦、裴文中等20年代青年作家,下了"乡土文学的作者"的著名判断(见《〈中国新文学大系〉小说二集序》)。他心目中一定也想到了自己在北京写的浙东故事《风波》《故乡》《祝福》。与海派并称的京派小说家沈从文、废名,主要以隽永的乡土小说闻名于世。老舍在京地开创的市民文学,没有海派味,它是乡土性旧都会的一曲哀歌,与乡土文学有更多的精神联系。这种情况一直维系到新中国成立后,写农村题材的作家在北京要比写工业题材的强大,以浩然为代表。但是近十年来,北京作为纯都会的气息已然冲淡,天上地上的现代交通,使一个无"海"的海关重镇,自然受"海"的袭击。乡土文学第一次在北京失势!刘绍棠这个运河之子力图重举这面大旗,但他的陈旧的乡情观念和改装的章回小说体,毕竟是强弩之末,引不起读书界的激情。

这里的多元需要，造成了汪曾祺、林斤澜有探索的小说文体，造成了邓友梅、陈建功、刘心武的新市民文学体。而且，比上海领先地出现了王蒙、刘索拉对现代派小说的实验。现在，又有了一个王朔，虽然自称"更接近于传统的小说""我倒承认我这是现实主义的"（《我的小说》），只要读过他的第一部长篇《玩的就是心跳》，面对它的调侃和扑朔迷离，你不能不感叹西方文化的无边"骚扰"。王朔的拟城市下层的风格，让人不由得想起《南北极》时期的穆时英。

"西部文学"遂有了领衔乡土文学之势。而近海的乡土作者莫言大模大样地盖过了旧乡土作家群，又最典型不过地表明了海派的内侵。乡土的纯朴、浑厚性在这里消失了，海派才有的"鬼才"气质居然附身乡下人。莫言从《民间音乐》一下子跃入《透明的红萝卜》，完成了一次突变，之后不是"爆炸"，就是"球状闪电"，新作长篇《十三步》加入了荒诞和倒错，由此可感受到他的家乡高密究竟离海不远。他的民间传统一旦遭遇海上迟来的世纪性文学的启示，便急遽地痉挛般地"转换"。这在以往的乡土文学历史上是空前的。

我还可以举出湖南作家的热情、奇幻。如果说韩少功等的现代神话大半来源于楚文化的民间陶冶，残雪就是一个真实的内地现代派作家。这不是近海，这是湘中，是彭家煌、黎锦明这些旧乡土作家的故乡。有趣的是这样一批才华横溢的湖南人近时突然迁移，在海南刚开放、开发之际，大规模南下，仿佛受了"海"的吸引。他们仅仅是预见到文学商品化大潮的到来而动作的吗？究竟怎样使他们今后的创作与"海"融和呢？同样叫人吃惊的，还有山西新秀写《农眼》的吕新，写《游戏》的成一（重要作品均在上海的期刊首先发表）。一直到西藏，一个是藏人写藏的扎西达娃，一个是汉人写藏的马原，两个人几乎一时让人摸不透什么是西藏文学了。这些作家的文体变异，掩过了本土固有的民间传统，在古老神话、生活习俗与现代感知之间，寻找连接点，把乡土小说纳入全国先锋文学的总进程而毫无愧色。

循着这样一个远非完整的粗线条的描述，你能清晰感受到现代的脚步已不可阻挡地进入广阔内地，从近海内陆，到二线的中原腹心，到三线边陲的高山大岭。往昔的静谧和自足梦被打破了，统一的田园写实叙述模式无可奈何地开始分解。过去只有在沿海的文化地域才会冒出的现象，现在内伸至离海很远很远的穷乡僻壤。

30年代杜衡（苏汶）参与京海论争时，为海派作风辩驳说过的一段话，就很有意思了。他说："有人以为所谓'上海气'也者，仅仅是'都市气'的别称，那么我相信，机械文化的迅速的传布，是不久就会把这种气息带到最讨厌它的人们所居留着的地方去的，正像海派的平剧直接或间接的影响着正统的平剧一样。"（《文人在上海》）如果不因人废言，除了"不久"一词不免用得有些主观，半个世纪过去，细细品味这话，就海派的深远作用而论,岂不是近于预断吗?

　　只要中国沿海与内陆的现代化过程存在落差、不平衡,就会有海派的空间。是呼唤一个新的健康有出息的海派文学,还是促进内地文学的"海"化,怕不是任何人的随意操作所能决定的吧。鲁迅当年很厌恶京海合流,讥刺它是把两派"做出一碗","搬出一碗不过黄鳝田鸡,炒在一起的苏式菜——'京海杂烩'来"(《"京派"和"海派"》)。他谈的本来便是京派、海派的劣处,如果再单取双方的劣根性结合一起,那会是一个多么不堪入目的产儿呢。假若不是这样,而是取海派的优长处,特别是取它最早、最快、最多地吸摄海外文化这个优长处,不是总用内地的中心文化去推动边缘文化,反过来,还可用沿海的文学不断地去促动整个的内地文学,最后依靠内地文学的自身运动:觉醒、借鉴、回归、分化、试验、调适、整合,或许会有利于造成一个民族文学的现代新质的。

文学史的类型、构架与问题

钱中文　郑海凌

一

20世纪60年代末,姚斯的《作为向文学理论挑战的文学史》一文,成了文学接受理论的先声。70年代,这一形成不久的理论虽然在西欧渐渐失势,但它为文学史、文学理论提出了不少新问题,促进了文学观念的重大变化。80年代初,香港大学举办的第二届国际文学理论讨论会的议题就是"重写文学史"。1986年,美国哈佛大学出版《重写美国文学史》论文集。1987—1988年间,苏联出版界发表不少过去被禁作品,一些作品需要重新评价,文学史家面临着重写文学史的局面。1988年,我国也开始发出重写文学史的呼声。本文不拟就我国重写文学史讨论中提出的问题,如绝对的唯美主义标准,以及由此而来的20世纪的中国似乎没有真正的文学等观点作出评论,这里仅就在阅读多种文学史的基础上,提出已有的文学史类型及一些理论问题。当然,由于作者的知识有限,对它们的归类也不是绝对的。

第一种文学史编写原则是编年史式的方式,它主要是把文学史与历史著作加以比附,最明显的特征是随着王朝的变换、君王的登位与死亡,来命名文学发展时期。这种倾向在不少国家都有,一般是在文学史编写的最初阶段较多:如在英国,文学史著作分期就以君王的名字命名,这种情况至今仍能见到,如"伊丽莎白时代""詹姆一世时代""维多利亚时代"文学等。这种文学史写法,实际上把文学当成了历史一部分,所以往往忽视文学本身特征。又如郑振铎提出的30年代前的一些中国文学史,模仿日本人对中国文学的分期的做法,使文学随着封建政权的改朝换代而进行分期。但改朝换代有时与文学分期无关,如隋与初唐文学,关系紧密,硬将两者按朝代分开就不尽合理。编年原则体现了发展的历时性,问题是历时性在文学发展中有它的自然段落。

第二种文学史编写原则是进化论思想。达尔文、斯宾塞的生物进化论的出现,极大地影响了文学史理论。托多罗夫在《文学史》一文中,把这种原则归纳为"生命的机体的规则"。文学就像一个有生命的机体,有其产生、繁荣、衰亡的过程。在德国,温克尔曼从进化论观察艺术,写了《古代艺术史》(1764年),这大概是文学艺术史的开山之作了。其后弗·史雷格尔描绘希腊诗歌"如何生长、繁殖、开花、成熟、枯萎并变成尘埃";布吕纳耶蒂力图用"生存竞争"对比艺术类型之间的斗争;而泰纳认为,"美学本身便是一种实用植物学"。他的著名的《英国文学史》就是在此思想指导下写成的。这种思想在20世纪初传到我国,对胡适、郑振铎等人的文学史观颇有影响。胡适在其《白话文学史》中提出"历史进化""演进"与"革命";郑振铎标举文学史的"自然的进化的趋势",都各有成就。但是把生物界的进化论应用于文学研究,在方法上并不正确。韦勒克认为"并不存在同生物学上的物种相当的文学类型,而进化论正是以物种为基础的。文学中并不存在着不可避免的发展和退化这些现象,不存在着从一个类型到另一个类型的转变。在类型之间也不存在生存竞争"[①]。不过单从一种文学类型看,进化论的线索似乎也是清晰可见的,所以必须区分是广义还是狭义的。有的美国学者提出,在任何文学的发展中,经常出现的规律性现象是"从纯朴到衰颓"。任何文学开端都是自然的,"荷马史诗、莎士比亚戏剧、狄更斯小说、盛唐诗歌、元代戏剧、五四小说,作为这种开端的素朴的'乐园之诗'的代表,之后呈有起伏升降,但总的趋势是走向衰落"[②]。这位学者以"变"的观念,解释了"乐园之诗到衰落"的模式。从某种具体的体裁来说,如旧体诗、杂剧,确是具有这种发展的轨迹;但这里说的范畴似乎不甚分明,恐怕不能把整个文学与某种体裁的衰变等同起来。

第三种文学史编写原则是文化史派的原则,勃兰兑斯的多卷本《十九世纪文学主流》,桑克蒂斯的《意大利文学史》,佩平的四卷本《俄国文学史》大体都是这类文学史。但是在后世的文学史界乃至文艺理论界,这派影响最大的人物是法国文学史家朗松。朗松在其1910年发表的重要论文《文学史方法》一文中,直截了当地把文学史纳入了文化史。他说:"我们的方法主要是历史的方法。""文学史是文化史的一部分。法国文学是法兰西民族生活的一个方面;它把思想和感情丰富多彩的漫长的发展过程全部记载下来。"这一指导原则,使得文化史派学者把文学研究变成是对社会、政治、宗教、意识现象的文学的说明。文化史派提出,一是要研究一个又一个作品,弄清其背景与问题,二是认识历史与文化。朗松认为,他的工作在于认识文学作品,进行比较,以区别其中属于个人的东西和集体的东西,区别创新与传统,"将作品按体裁、学派、潮流加以归纳,确立这些组类与我国智力生活、精神生活的关系,以及与欧洲文学及文化发展的关系"。自然,朗松也认为,只有那些"由于其形式的性质,它们具有能唤起读者的想象,激动读者的感情,使他们产生美学的情操这样的特性"的文本,才值得研究,所以"文学研究不同于历史研究",并且设想,要"通过形式的相似性而编制各种类型史;通过各种思想感情的相似性编制思想史与伦理思潮史,通过不同类型不同精神的作品中某些色彩与技巧的并存而编制鉴赏趣味的断代史"[③]。在这种思想的强大影响下,西欧大量文学研究与文学史著作,都纷纷把注意力集中于文学所反映的政治、思想、道德、风尚等方面,作家的历史、传记等方面,而对文学的审美特征、形式结构等方面注意其少。这一倾向自然并不全由文化史派造成。结果到二十世纪初,就引起了另一些文学研究者的不满与反抗。形式主义学派,特别是"新批评"派,对它进行猛然的抨击,宣布它为文学的"外在研究",结构主义也批评"朗松主义"这一原则。

第四种文学史编写原则,可以称作社会学派,或历史社会学派。俄国文学史家奥夫相尼柯-库里科夫斯基主编的六大卷的《十九世纪俄国文学史》(1911年)是20世纪初的一部社会学派的大型文学史。这部文学史的编写原则是:"社会和政治生活以及其它的不同潮流,和组成它们的历史内容的利益、思想与欲望的斗争,它们的运动与发展,成为文学所熟知的、产生着各种现象的秩序的土壤。不事先了解社会、国家的生活,不了解基于这一基础的社会经济制度,就不能了解该时代的文学。但是,另一方面,如果我们根据上述思想,把文学只当作消极反映这一影响的现象的生活镜子,或者只是机械地重复生活的一切声响,叫喊和呻吟,那末我们也不能了解这或那一时代的文学,和不能弄清楚文学现象的种种矛盾。"④这段文字相当完整地表现了这一学派的纲领性思想。接着又说:"在文学中再现着生活的形式与色彩,听到生活的声音,表现了社会力量的斗争。但这与其说在这里反映出来,不如说它在文学思潮、学派、艺术过程心理、一般智力劳动、作家个性、最后在思想和创作、民族心理特征中改制、折射出来。"⑤这部文学史在每一历史时期开头,先是进行历史时代分析,做出历史概述,其中包括政治、经济、文化的广泛评论;接着是对这时期的理性思潮"哲学、社会思想、意识形态"的分析;然后是"文学思潮、学派"、历史发展前景的描述;再后是对作家的分析。"这是社会学的道路,但道路的目的是文学历史的:在发展中描绘文学的合作,和作家创作个性的研究。"⑥这部文学史的方法论思想在后世的不少文学史中可以见到,它明显地把文学发展阶段与政治、经济关系结合到了一起。

西德学者近期撰写的十八卷《德国文学史》无疑是部巨著,副标题就标以社会学方法,即社会学的文学研究,由于未见到此书,难于与其他这方面的著作进行比较。

马克思主义的文学史观十分接近于社会学派。它与一般社会学派不同之处在于,一、它把文学视为意识形态上层建筑,确立了社会经济基础与上层建筑的基本出发点。二、把文学发展与社会斗争、阶级斗争结合起来加以考察。三、一般倾向于提倡现实主义。从这种观点来研究文学史,使得文学史现象之谜不断得到揭示,使文艺科学不断走向科学化。例如,普列汉诺夫对18世纪的法国戏剧、绘画做出过非常精辟的论述,卢卡契对19世纪现实主义文学也发表过不少深刻的见解。1962至1963年,中国科学院文学研究所和游国恩等主编的两部同名的《中国文学史》相继出版,它们都是在马克思主义文学史原则指导下写成的较好的著作,至今还未有其他这方面的著作能取代它们。但是马克思主义文学史原则,如何具体分析、把握分寸,十分重要。一些人常常把它们搞到庸俗化的地步。例如关于文学的阶级性,文学思想斗争与阶级斗争的关系,往往被绝对化,出现了给作家划阶级成分,把什么现象都与阶级斗争联系起来,其结果是使文学史的分期标准完全依附于政治斗争、阶级斗争的划分,造成了文学史的政治史化倾向。在50至70年代,我国文学史的写作不断向政治斗争靠拢,以致发展到最后被别有用心的人把一部文学史搞成"儒法斗争史"。又如提倡现实主义,并用以观察19世纪的一些文学现象,是有理论意义的;要求作家描绘工人斗争画面,显示其逐渐走上自觉的倾向,也是合理的。但是后来把这些观点绝对化了,如苏联,对社会主义现实主义的理论阐述,是存在谬误的;在文学史中把现实主义与阶级斗争结合起来,就出现了一部文学史是现实主义与反现实主义斗争史的谬论。至于在一些大部头的苏联文学史中,除了现实主义文学,其他思潮、流派的文学作品都不见了,连史料也不容易找到。

文学史编写的第五种类型是形式主义文学史原则。形式主义把作品与作者、社会现实关系,置于自己的视野之外,用纯文学的观点写出了一批文学类型和技巧的历史。他们倡导"文学性"与"变异"(或译"奇特化""陌生化"),认为"文学性"不仅是共时性的,同时也是历时性的。什克洛夫斯基说:当一部作品"被置于其它艺术作品构成的背景中,在与它们的联系中被感觉",其时,"对艺术作品的阐述也必须与其它先前形式的关系为条件"。通过体裁、风格的分析,发现了文学史上"新形式辩证地自生"。"变异"促使他们把文学过程看成一个文学自身发展的过程。变异使文学获得了更新,更新之后新形式发生僵化,然后又进行更新。形式主义理论在探索文学发展的内驱力方面,较之过去专注于文学发展外因的一些学派,无疑是一个进步,但是也应指出,由于它肢解了文学,所以它只能局限于某些方面,而与总体文学史思想格格不入。

至于结构主义者如罗兰·巴特在60年代初就指出过以往的文学史不过是一些作家论,缺乏纵横面的历史概括;托多罗夫虽然写了文学史专论,提出了文学史的对象、定义、模式,但他认为"文学史应当研究文学话语而不是作品,在这方面文学史被确定为诗学的一部分"[7]。他们的理论限制了他们自己,注定他们难以写出结构主义或后结构主义的文学史观的文学史来。

接受理论可以算作是第六种文学史原则。姚斯认为,文学社会学与作品的内在的批评方法作为两种对立的方法,虽然都离开了实践主义、经验主义,也抛弃了德国精神史式的形而上学的审美,但在争论中没有解决文学史问题。主要原因是两者"把文学事实局限在生产美学与再现美学的封闭圈子内,这样做便使文学丧失了一个维面,这个维面同它的美学特征和社会功能同样不可分割,这就是文学接受和影响之维"[8]。正是这种思想,使他建立了他的"重写文学史"的方法论。姚斯的文学史原则,主要是从读者的作用出发,读者成了一部新的文学史的仲裁人,"文学史就是文学作品的消费史,即消费主体的历史"。姚斯认为读者的期待与"期待视野"是不断变化的,并在"视野交融"中使文本意义不断变化。他要求文学史家在文学发展中发现"文学的社会构成功能",并"跨越文学与历史之间、美学知识与历史之间的鸿沟"。他认为"文学的历史性不在于一种事后建立的'文学事实'的编组,而在于读者对文学作品的先在经验"。运用这一理论写出的文学史,无疑扩大了原有文学史的理解,但只是文学史的一个方面,即读者的接受史。姚斯引用柯林伍德的话说:"历史什么也不是,只是在历史学家的大脑里,将过去重新制定一番而已。"⑨他以为这种"假设对文学史更有效"。这种侧重主观精神的历史相对主义理论,使接受美学的文学史理论,建立在极不稳固的基础之上。

形式主义文学史论也好,接受理论的文学史论也好,各有自己的特点和贡献,但从整体看,它们的不彻底性是很明显的,它们都缺乏一种能够涵蓄文学整体的文化理论轴心。

最后一种文学史论我把它称作全景文学史观,这是1983年苏联开始出版的九大卷《世界文学史》的文学史观。这一著作力图从世界文学的各个源头,一直写到20世纪50年代,以探讨世界文学运动的主导规律现象。这部著作导论提出历史一元论思想、社会文化的统一思想,是世界文学史的思想基础;对艺术进步的比较原则,各民族文学的相互关系与相互影响,类型方法的地位,东西方艺术文化的比较分析,世界文学过程的统一原则的内容,历史发展的不平衡原则与前一原则相互作用,对于现实主义著作的写作、风格、方式、系统原则等问题,都建立了统一的认识。

导论同时提出了一系列实体性的理论问题,如世界文学的内涵及其组成,研究东西方文学的比较原则,要阐明两者发生学的关系、类型对比,又要反对不顾各国特点把东西方文学做直线性的比附;历时性、共时性的特征使文学史要突出杰出人物,又要顾及各自文学传统的总体性。

如何突出各国民族文学的特征、规律,同时又要阐明它们在世界文学中的适当位置。就此,导论提出了所谓"历史语境"问题,即各国文学并不互相分离,"它们不仅在自己的具体的社会——历史前提下被研究,而且也在世界艺术文化的变革、共处的前后关系中被研究"。两者的关系在于"民族文学发展的内在逻辑的揭示,是与他们在作为某种大系统的世界文学多变的总体发展中,在这一或那一历史阶段上占有确定的地位相结合在一起的"⑩。在不同民族文学的比较透视中,所谓"历史接触"不仅是共时的,同时也是历时的。地区问题,各民族文学相互影响问题,相互接触问题,发生学联系,水平问题,各自发展的不平衡性问题,都在不同层次的比较中得到阐明。这是这部《世界文学史》的方法论和原则系统。由于它几乎涉及文学史写作的各方面的原则,所以我把它称作全景文学史类型,也包含了这一意思。

二

文学史最好有一个什么样的构架与模式?有各式各样的文学史,自然也有各式各样的模式。我们这里主要谈的是总体文学史,国别文学史,断代文学史。

先从最好不是那样或不能那样写作开始吧。

一、编年史式的文学史作为文学史最初发展阶段的一种形式,早已过时。它与历史发展同步。但是历史毕竟是存在过的实体,历史著作记载的是实有的事,其基体作为存在过的主干的记述,必须是客观的,否则就不是历史了。文学则不同,它作为现实的审美反映与创造,不过是一种虚构。它确是审美地反映了历史的存在与精神,但它是通过主体审美而折射出来的人的精神、生命的发动。它有自己的萌发与进展,具有历史意识,但它没有历史的实体性、结构性与递进性,与纪实的编年史是截然不同的。所以编年史式的文学史,无异把文学当成一种历史实有的现象了。

二、文化史式的文学史,自然可以编写,但不能替代总体文学史、文学艺术与哲学、政治、道德、教育等相互影响,形成文化系统,文学创作自然要涉及上述方面,通过文学的折射,研究其他文化因素,也不失是一种了解社会的方法。比如人的感情形态的表现与发展,随着人们的死亡而一起逝去,能留下的除文学描写外,只是一般的抽象的记述,科学的分析与认识。但在描绘古人的文学作品中,感情恢复了原有的色彩,被赋予了生活的血肉,显示了它固有的丰富与复杂。又如风尚习俗,在地方志、民族学里都有记载,文学则恢复了它的动态与生命。但是通过文学而专注于文化因素的描述,这是文化史研究,而非文学史研究

三、完全以政治、阶级斗争为纲,来代替审美、历史、社会分析的观点的文学史,也不是科学的文学史研究。政治、阶级斗争影响着文学的发展,一定时期的文学反映着一定时期的政治斗争,这是事实,而且更有大量作品曲折地反映了各种社会斗争,所以文学研究中必须采用历史、社会分析的观点。但同时也有大量的作品并不反映阶级斗争,它们不过审美地反映了人们在复杂的社会生活中的心灵的波动与历程、生存的状态、生命的呼唤。它们可能以极端隐蔽的方式显示出某种社会倾向,但文学的双重性特性又可能通过它们表现了人类的普遍情感。所以,代替审美分析、历史社会分析而直接把政治、阶级斗争线索贯穿文学发展研究,必然把文学现象庸俗化,并导致分期上按照政治斗争来划分,使文学完全附属于政治,制造错误的文学斗争理论,如现实主义与反现实主义、儒法斗争文学史等等,但在"重写文学史"的讨论中,那种认为五四后的文学是大量非文学成分入侵文学,进而贬低、排斥不少作家的极端的唯美主义标准,其

实它的反面也是一种政治标准,只不过是采用文学论文的语言给以表达就是了。

四、文学史也不是阐释学的文学史、接受理论的文学史。阐释学与接受理论改变了人们对文学的了解,这是一种丰富,却不是一种替代。文学史也不可能用读者反应批评的观点写成。这一学派的一个重要观点是,文本意义是被读者所赋予的,所以归根到底是读者创作作品,原来的作者被排挤掉了。作为一种文学批评,它是对"新批评"、结构主义的反拨,但作为一种文学史观念则只能偏安一方,无总体意义。同样,比较文学史的原则对文学史的写作是很有意义的,特别是在国别文学比较研究中、全景性的文学史研究中,扮演着主导的角色,但同样不能替代总体文学史观。

使用形式主义的文学史观念写作,从已有的实例来看,这是文学技巧、音韵体系、构成原则、音响模式、风格、体裁的历史研究,这显然是文学理论或文学史的组成部分。"新批评"文学观以作品为自足体,实际上是排斥文学史观念的。韦勒克与沃伦的《文学理论》揭示了"新批评"文学观的各个方面,但是当他们写到最后一章《文学史》时,就不得不赋予它以历史主义色彩;而当韦勒克在50年代出版他的第1卷《近代文学批评史》时,就把历史主义贯彻其中了。他后来说:"我有一个观点,必须对于文本和作家有所选择。完全中立的纯粹说明性的历史这一想法我认为是一个幻象。没有方向感,没有对未来的感觉,没有某种标准……因而没有某种后见,就不可能有任何历史。"⑪至于强调人的本体的直觉论、表现论、原型论、精神分析学论等文学观念,它们在原则上是难以容纳文学史观念的。例如克罗齐就怀疑文学史的可能性。所以上述提及的学说,都未曾提供过与之相应的文学史来。

人文主义、科学主义的文学史观念,不能提供真正的文学史,主要表现在它们对文学理解的割裂上。这是各种不能把理论、批评、文学史统一起来的文学观,所以也是不具总体性、统一性的文学观。它们在自己的范围里是有活力的、彻底的,但有的根本就认为不可能有文学史,或提不出真正的科学的文学史观,所以作为文学观念又带有不彻底性。

上面各种文学史类型的分析中的事实已说明,文学史著作受到一定的文学史观指导,而文学史观又是为文学观念所制约的。这样,我们也就把自己推入困境:能否提出一个比较完整、与理论和批评相互统一、可能不会受到非议的文学史观来呢?问题又要回到文学观念上去。

我的文学观念是审美本体论的文学观念,文学是一种审美意识形态。我的方法是以这种观念为主导的多样与综合,既有自身的主导特点,又广泛吸收人文主义、科学主义文艺学中大量的合理因素与方法。我们主张有多种多样的文学体裁史、文体史、技巧史、文学语言史,但还有一种总体文学史,这是哪种形式的文学史都不能替代的。

文学是一个审美本体系统,即它是语言结构的审美创造,审美主体的创造系统、审美功能系统。文学的发展,就是审美本体系统的发展。它相应地、动态地演化为文学体裁的多种形态及其发展;因创作主体积极参与而形成的创作个性、风格、流派、思潮的发展;创作精神、类型原则的发展;创作激情、艺术假定性类型选择以及创作原则的规律性、诗学原则的变化。同时,文学作为文化系统中的一个组成部分,它不能不受到民族文化精神的影响,不能不受到审美文化与非审美文化的作用。

文学发展的动力,主要是内在的审美特性的变化。审美特性永远趋向于新和独创,新的趣味、形式、体裁。形式主义的"变异"、奇特化要求更新,新而成为程式,要求继续更新,但是它所规定的途径十分狭窄。把文学作为主体创造和接受理论的出现,使审美更新走向外化,使运动成为可能。另一方面还要看到,这种内动力的进一步的外显与发展,并成为运动,又必然受制于各种文化因素的影响。各种文化因素,成为文学发展的外力。内力与外力形成合力,左右着文学的运动。这种文学史方法,就是审美的、历史社会学的方法,它可以贯穿文学理论、文学批评、文学史,不再使三者相互割裂、相互抛弃,而成为三者融合的中轴线。

审美的历史的社会学方法,排斥文学史研究的单一化倾向。它既不是单纯的只讨论语言、音韵、词群、结构、情节、风格、体裁的形式方法,也不是对文学的社会、历史意义的单纯追求,而是广泛地研究它自身所把握的对象,和组成它艺术结构中各个网点所显示的审美特征。它是审美分析与历史社会分析有机结合的方法。

审美的历史社会学方法,主张文学发展史是一种进化。说是进化,指历史发展总意味着有所前进,例如审美趣味的变化,体裁的更新,创作原则的多样化,等等。但这种进化不是生物式的进化,文学并不像一棵植物,萌芽,开花,结果,死亡。文学是一种审美的、历史的社会精神现象,它死亡的只是一种局部的东西,如某种用旧了的体裁。这是社会文化形态的进化,而社会文化形态并不总是进步的,它可能受阻于外力的淫威,如社会哲学思潮、反动政治,也可能受阻于缺乏创造力的思维定式。

同时,文学发展既是更迭又不是更迭。说是更迭,文学往往表现为文学运动,一个运动往往有始有终;一个流派、思潮经历一段时间可能就衰落了,为后来者所替代。但文学创作精神、创作原则一旦形成,将成为原型,随后得到不断充实与丰富,辐射开去,趋向多样。文学发展是代代更迭,又不是代代更迭。目前,代代更迭论相当流行。对作家进行年龄分类,从创作类型上分类,以为新出现的作家就一定胜于前一代,后出现的创作类型就一定优于前一创作类型,这是似是而非的观点。因为新的一代,很可能在使作品走向非文学化,被拒之于阅读之外,永远成为一种文本。同时从年龄上划分作家创作,也不一定能说明年轻人的创作的审美价值就一定高于年长的所创造的审美价值。所以,从历史时期看,代代更迭又是一种常规现象。

最后,文学发展方式不是钟摆运动,但却是一种斜向前进式的钟摆运动。钟摆运动是指一种文学发展到它的顶端、极端,按照对立规律,必然要向反方向摆去,这是可能的。例如现实主义作为流派、思潮,发展到自然主义,以至达到自然主义的顶端,引起审美趣味的反感,于是就向空灵、梦幻、超现实摆动,而对梦幻、空灵、超现实的崇拜,又使人不知所以,审美、审丑的情结又要求向写实摆动,等等。但是,这种运动,不是沃尔夫林在讨论风格时提出的机械的钟摆运动,而是一种斜向走动的钟摆运动。这种钟摆运动不是定向的反复,而是斜线式的之字形的摆动。在那之字形的顶端,很可能出现杰作;但在两端中间,倒很可能是文学发展的最佳状态,它在原有的基础上,消融、吸收着种种新的因素,成为广泛借鉴的新的艺术创造。

参考文献:

① 韦勒克:《论批评诸概念》,四川文艺出版社,1988年,第57页。

②《文学评论》1988年第4期。

③ 朗松:《文学史方法》,法刊《每月评论》,1910年10月10日。

④⑤⑥ 奥夫相尼柯一库里科夫斯基:《十九世纪俄国文学史》,世界出版社,1911年,第1、4页。

⑦ 托多罗夫:《文学史》,见《美学文艺学方法论续集》,文化艺术出版社,第131、134页。

⑧⑨ 姚斯:《走向接受美学》,辽宁人民出版社,1987年,第23、26页。

⑩ 苏《世界文学史》第1卷序文,科学出版社,1983年。

⑪ 转引自韦勒克:《近代文学批评史》第1卷译者序,上海译文出版社,1987年,第6页。

抗战期间的通俗文学

钟敬文

在我国现代文学研究工作中,通俗文学是一个薄弱环节,其中抗日战争时期的通俗文学,更是几乎没有耕耘过的处女地。现在重庆出版社决定出版《中国抗日战争时期大后方文学书系》,并列入了通俗文学专编,这是有识之举,意义重大。七十余万字的通俗文学专编能获出版,对保存史料和开展这方面的研究来说,都是值得庆幸的大好事。

所谓通俗文学,一般是指运用广大群众熟悉的形式写作、内容为大众所关注和易于了解的文学作品。它有时也包括民间创作、流传的各种作品,如歌谣、传说、故事等。

这种通俗的"俗文学"与"雅文学"的平行存在与发展,是国际文坛带有规律性的现象。二者沿着各自的轨道,双向交流地发展,为满足不同爱好、不同层次人们的文化生活,做出了各不相同的贡献。

我国的通俗文学,有着悠久的发展历史,但历来不为大多数的文人所重视。五四新文学运动以后,注意下层民众要求、提倡白话文等文艺大众化潮流,促进了对民歌、说唱文学等的重视、收集与研究。同时,民间艺人们也力求能创作"改良"小调、"文明"书词。但由于封建文艺正统观念与全盘欧化思想的严重干扰,负面影响是颇大的。

抗日战争爆发后,全民总动员,一切为了抗战。客观现实要求文学与新的斗争形势相适应,通俗文学从而受到了前所未有的重视。当时的中国民众,由于长期遭受帝国主义、封建主义和官僚资本主义的压迫、剥削,生活极端贫困,绝大多数人失去了受教育的权利,对"雅文学"很难有接触,因此就特别需要明白易懂的通俗文学。所以,茅盾说:"抗战文艺中如果没有民间文艺形式的作品,那就决不能深入民间。"(《关于大众文艺》,刊1938年2月13日《新华日报》)

1938年3月27日,中华全国文艺界抗敌协会成立,文化人不分党派团结在抗战的旗帜下。周恩来在"全国文协"成立大会上强调:"文艺的大众化,应该是全国文艺界抗敌协会最主要的任务。"茅盾也认为:"我们的大众化问题,简单地说,应该是两句话:一是文艺大众化起来;二是用各地大众的方言、大众的文艺形式(俗文学形式)来写作品"。"全国文协"成立后,响亮地提出了"文章入伍""文章下乡"的口号,号召作家、艺术家到民间去,到前线去,为民众和士兵写作,为抗日呐喊。在"全国文协"主持日常工作的老舍,一开始就大力提倡通俗文艺。靠大家的努力,建立了"通俗文艺工作委员会",举办了"通俗文艺讲习会""怎样编刊士兵通俗读物"座谈会,并且广开园地,从各方面支持通俗文艺报刊的出版发行。"全国文协"还发出了征求通俗文学一百种的通知,鼓励作家创作通俗作品,供广大军民阅读和演唱。

在新形势的迫切要求下,在"全国文协"的号召推动下,通俗文学迅速发展。待到1940年后,由于时局变化、文化中心转移、文艺据点减少、交通阻隔、出版困难等原因,加以有些作家渐离群众,或因感到"旧瓶装新酒"的局限而转回到原来从事的新文艺形式的创作中,从而使通俗文学的进一步发展受到影响。但就整个抗日战争时期看,通俗文学较之过去,是有长足发展的。它主要表现在以下方面:

一、作者队伍扩大。这个时期,不但原有通俗文学作家如张恨水等积极创作了抗日通俗新作、民间艺人力争自己编唱新词,而且许多文学青年出于爱国热情,也投入到各种通俗文学的创作中,还有一些著名作家、新文艺工作者如老舍、赵景深、王亚平、欧阳山、穆木天、老向、何容、王泽民、向林冰、席征庸等,也踊跃参加到这个创作队伍中来。拿笔作刀枪,齐心为抗战,这正是当时爱国文艺工作者的共同心声。

二、作品的内容有重大变化。过去的通俗文学作品,运用传统题材的甚多。拿说唱文学来说,清末民初以来,艺人们经常演唱的多为反映爱情与历史故事的传统作品,同时,也有一些宣传封建迷信、色情淫秽的节目在民间演唱。抗战时期创作的通俗作品,则不但内容焕然一新,而且反映抗战时期的生活面也是相当广泛的。既有对抗日英雄志士的歌颂,也有对日军暴行的揭露;既有对后方人民踊跃支前的表彰,也有对不顾人民死活的贪官污吏的谴责;既有对汉奸的规劝,也有对日伪军的分化瓦解;既有与抗战关系紧密的后方人民生活的写照,也有与抗战关联不大的日常生活的述唱;有的作品还反映了少数民族人民以及工人、国际友人奋力抗战的感人事迹。

这些新的通俗文学作品,为广大民众提供了新鲜的精神食粮,在一定程度上冲击或取代了部分传统作品所宣扬的那些封建愚昧、鬼神迷信、圣上奴才、逆来顺受、色情淫秽等消极思想的影响,从它们与民众接触的广度与深度看,是起到了"雅文学"所难以起到的表现民众、宣传民众、教育民众的作用的。当然,有些传统题材的作品,如《杨家将》《说岳传》《花木兰》《梁红玉》等,是一直在民间演唱流传的,它们以其蕴含的爱国思想,配合了抗日战争的需要。但相对地说,那种直接反映抗日生活的作品,所占的比重是更大的。

三、发表通俗文学作品的报刊机构增多,影响面也有所扩大。据抗战初期不完全的统计,大后方经常发表通俗作品的报刊有三十余家,专门出版通俗读物的机构有五家以上。此外,还有一些艺人自己刻版印刷的小册子,其发行量之大,总数当在"雅文学"之上。同时,说唱文学等的演唱活动,从接受对象看,不但在农村中比过去更为广泛,而且在部队、工厂,也有进一步的扩大。

繁荣发展的抗日通俗文学,品种甚多,本编按书系的统一规划,只选编了歌谣、说唱文学和通俗故事通俗小说三大类作品。

歌谣是民众抒情言志的口头诗歌。我国古代,视合乐为歌,徒歌曰谣,现代则往往通称之为歌谣或民歌。流传于儿童口中的歌与谣,则称为儿歌、童谣,或通称为儿童歌谣、儿歌。不论是活在成人还是儿童口上的歌谣,一般形式都比较短小,内容浅显明白,语言通俗,词句简练。

作为人民心声自然流露的歌谣,是时代的镜子。它伴随着人们的生活进程而发展。抗战时期的歌谣,不少反映了与抗日相关的前后方生活。其中部分作品,是出于抗日宣传的需要,由爱国知识分子用"旧瓶装新酒"的方式拟作,它们有的通过歌谣传单、口头朗诵等方式流传于民间,再被搜集登载于报刊;有的直接发表于报刊,通过群众传唱或加工而被民间所承认。

抗战民谣中,有许多闪光的语言,如"鬼子来了,不让他看清;鬼子去了,打他的背心",反映了抗日游击队的机智勇敢。"好铁要打钉,好男要当兵"是对传统谣谚"好铁不打钉,好男不当兵"的反其意而用之。"要"与"不",仅一字之差,却反映了不同时代人们观念的根本变化。

抗战童谣中文人仿作不少。老舍、老向、方白、张天授等,都有成功之作,张天授的《新"张打铁"》一发表,就被群众广为流传。老舍的《小小子》、老向的《不讲理儿》,还有《月亮光光》《点将》《难童谣》《鬼子来了我不怕》《用国货》等,在当时也颇有影响。在这类仿作中,有的并不拘泥于原有形式,以能较好地表达内容为创作原则。

这个时期搜集发表的民歌,除大量以抗日为内容的新作品外,传统民歌也不少,其中情歌最多且最好。本编所选入的部分,从浩如烟海的传统民歌来说,仅其中的几滴水,但就入选作品的内容形式看,是有一定代表性的。

抗战时期的民歌,不仅内容广泛,形式也多样。既有传统的四句体、五句头、滚板山歌、爬山歌、花儿、五更调、十唱花、十二月调等品种,也有在原有民歌形式基础上有所变化发展的多姿多态的新形式。这些作品,在抗日战争中,在各自不同的影响范围内,较好地发挥了自己的宣传教育作用。

说唱文学,是抗日文艺战线的轻骑兵。这类通俗文学,不论是唱的,还是说的,或是有说有唱的,大都篇幅比较短小,运用地方口语,通俗易懂,其各自的艺术演唱形式,也为当地老百姓所喜闻乐见,是具有深厚群众基础的传统文学形式。当抗日需要大量的"粗识文字的人一看就懂,不识文字的人一听就懂"的新作品时,在政府有关部门和通俗读物编刊社等团体以及众多报刊的多方努力下,在"文协"负责人老舍、"大兵诗人"冯玉祥、《时调》负责人穆木天以及老向、何容等人的积极推动下,新作品大量涌现。

新说唱文学的作者,除很少数是原来熟悉这种体裁形式的民间艺人外,更多的是原来并不熟悉这类形式的新文艺工作者和业余作者。他们在响应文艺"下乡""入伍"号召、投身抗日宣传工作后,首先奉献出的相当部分就是各种样式的说唱文学作品。这些作品不断地以口头或书面形式发表,为成千上万抗日宣传队和广大民间艺人提供了新的演唱材料,及时配合了抗战的需要。本编从中选入了七十多篇。这些作品大半发表于抗战爆发后至1940年的通俗文学创作高潮时期,共涉及二十多种不同品类。

一般说来,评书、鼓词、坠子词等说唱故事的作品,大都比较注意塑造人物形象,情节也比较曲折引人。而有些篇幅甚短或缺少故事性的作品,则以其形象化的语言与巧而新的构思以及表达出的强烈爱国感情,获得民众的欢迎。总之,从作品的总体看,虽还有这样那样的缺点,但绝大多数作品,是具有文学性的抗日宣传品,部分作品还具有较高的艺术价值。

通俗故事和通俗小说,在抗战时期也有较大的发展。本编选入了二十篇。这些作品,具有以下共同特点:人物形象比较鲜明,主要通过人物的语言行动来表现人物性格以及故事线索的单纯,情节发展连贯,有头有尾,结构完整,语言通俗,浅显明白等。而五四以来的小说创作,不少作品则存在或重或轻的欧化倾向,如:情节发展跳跃性大,场面描述多,心理描写细,语言常用倒装语法或附加成分等。若将二者加以比较,抗日通俗小说显然是比较大众化的。有关作家们在重视民众的欣赏习惯与接受能力、发扬民族小说的传统艺术特色以及开拓新路等方面,做出了自己的努力。这对促进我国新小说的民族化、大众化,是有贡献的。

这方面致力颇勤的欧阳山,出版有通俗小说集《流血纪念章》等,本编收入了其中的两篇作品:《三水两农夫》《流血纪念章》。夏衍的《勇敢的广东兵》、洒家的《渔夫巧计杀倭记》、胡兰畦的《大战东林寺》,在当时已被视为新民间故事而广泛流传,有的地方还配上连环画进行说唱。胡晨的《山东好汉》、陈志让的《拆铁道》、谢冰莹的《东北义勇英雄苗可秀》,也是较有影响的作品。我们从老舍的《兄妹从军》、以群的《杀敌除奸》、草明的《一场教训》、田青的《阿三张飞》等作品中,还可看到作家在从事"旧瓶装新酒"的创作实践中,对改造旧形式所做出的努力。

《我是孙悟空》为著名章回小说家张恨水的作品,节选自他的《八十一梦》一书。该书参照了《西游记》《儒林外史》的笔法,通过通俗的语言,巧妙的情节,真实反映了大后方各阶层人民的生活,揭露了陪都重庆的黑暗现实,辛辣讽刺了贪官污吏与投机商的罪恶行径。《我是孙悟空》,以神通广大的孙悟空,竟败于每个手指都套有黄赤白金与钻石戒指的老妖之手的故事,讽刺了官僚资本对老百姓敲骨吸髓的压榨与掠夺。作者写作态度严肃,作品描写细腻,叙事有头有尾,结构完整,明白晓畅,且注意创新,显示了传统小说形式的潜在活力。茅盾曾于40年代称赞张恨水说:"在近三十年来,运用'章回体'而能善为扬弃,使'章回体'延续了新生命的,当首推张恨水先生。"(《关于〈吕梁英雄传〉》)这评语是恰当的。

本编所选各类作品,从总体看,比较多方面地反映了抗日战争时期的火热斗争生活,形式一般短小通俗、灵活多样,富有民族风格,为群众所喜闻乐见,表现出了新文学与民族解放运动的进一步结合,与广大人民群众的进一步结合。但由于其中特别是抗战初期的部分作品,是为配合当时抗日宣传需要赶写出的"急就章",主客观条件都不允许作者对抗日生活有深入的体验,加以艺术琢磨加工也不够,所以内容一般深度不足,形式也比较粗糙。有些作品,为了照顾当时民众的文化水平,写得失之浅显。有些作品,则存在故事情节比较简单,刻画人物不够细致,或有些概念化等毛病。但由于从内容、形式或从作者的角度考虑,有它一定的代表性,加以在抗战进程中,曾发挥过良好的作用,也就选入了。这些作品的入选,对我们更全面地了解当时通俗文学的概貌,是有帮助的。

抗战时期特别是抗战前期,通俗文学繁荣所显示的生命力启示我们:对这种民族特色浓郁,在民众中有深广基础的通俗文学,我们应予以重视。而某些急就章宣传重于艺术,导致影响作品水平的事实,也启示我们:通俗化的文学,需要思想、艺术并重,适应民众与提高民众并重,才能获得更强的生命力。近几年来,通俗文学深受群众欢迎的现象,已引起越来越多的文艺工作者的关注、思考和参与,对其中存在的一些问题,也正在逐步改进中。历史和现实都说明,社会主义初级阶段的文艺,也只有雅俗并重、互相促进,才能赢得更多读者,迎来更为广阔的发展前景。

文学四十年:现实主义从失落到回归

洁 泯

四十年的文学格局,是个多变的形态,倘从现实主义的视角看,恰似走了一个"之"字形的路程,这路程至今并未完结。中国的文学是崇尚现实主义的,实在说,要表现20世纪中国的现实风云完全离弃现实主义精神大概也是很难的。在新中国成立之初,文学承继着30年代和延安的传统发展着,其成就是不可忽视的。但是自此以后,由于政治运动的频繁,使文学一步也离不开政治,文学从贴近现实变为贴近政治,以至"从属于政治"了。不消说,文学不只是表现政治的,抹杀了它表现生活众多面的重要功能,现实主义就将趋于枯萎。姑不论历次政治运动的是非,倘只就文学追随政治运动而论,它只能成为政治的附属品,即使写的是正确的政治,也不过是某一政策的图解,把文学表现生活的无限丰富性弄成单一和简单化,何况政治上的失误众所周知,文学的追随便更加丧失它应有的品格了。这局面到十一届三中全会以后才改变,"文艺从属于政治"之说才从文学身上得以解脱。

毋庸说,这解脱是十一届三中全会以来思想解放的结果。自此以后的文学路程表明,现实主义有着无比宽广的生活容量,包容着极其丰富的也包括政治主题在内的现实内容。中国新文学运动的历史,证实着一旦恢复并张扬了现实主义的精神,忠于现实、忠于生活、忠于人民,文学就走上康庄的通途。40年中后十年的文学是一个新的灿烂期。

现实主义之所以可贵,因为它直面人生,揭示的是生活的真实,为达到这一点,还需凭借作家的真诚的人格力量去做出表现,有赖于作家沐浴于生活中运作的艺术思维的能动作用,否则便难以想象。回避现实或粉饰现实都和现实主义不相干。在现实生活的基点上,肯定生活和批判生活是同时存在的,因为生活中同时存在着积极的和消极的因素。伟大的现实主义作家应该勇敢地肯定和讴歌现实中的某一方面,也应该义不容辞地去批判或否定生活中的另一方面。那种认为只有批判现实才能达到文学的真实性的见解是不全面的,仿佛生活已经一无是处,没有什么可以值得肯定,既然如此,社会人生岂不是一片漆黑了吗?反之,另一看法认为文学对生活的揭露和批判是消极和不可取的,它将使人们灰心丧气和怀疑起现实的正面力量来,因此首先要强调的是去表现生活中的亮色以显示出生活的主流。但是这正好忘记了现实主义的重大职责之一是它的批判性,社会主义文学的批判精神不是否定基本现实,恰好是为了保护和完善基本现实才应该否定现实中的败坏生活肌体的部分,因此现实主义的批判精神正是一种进取精神。

正是在这些方面的意义上达到的社会共识,这后十年的文学就逐渐飞腾兴旺起来。不能低估十一届三中全会以来的文学发展给予社会生活的深刻影响,人们对它的赞赏构成了这后十年文学深厚的群众基础,因而也不能无视这十年的文学在四十年文学路程中所取得的独特的位置。

然而事情的发展却出现了一些非始料所及的变化,在文学恢复并拓展了现实主义之后,出现了一种文学游离以至远离现实的倾向。人们对此看法不一,有欣喜莫名的,也有忧心忡忡的。有些作家、批评家认为这一情势的出现有两种缘由,一种是作家在表现生活中某些复杂的状态时,有形无形地受到社会环境的种种制约而产生了某种困境,作品的安全系数受到牵制,于是产生了创作实践应趋于离开现实这一点为妥的想法;另一种缘由则是有人认为文学贴近现实在根本上就是不可取的,文学不能离开作家自身形成的蓄积着的内在因素,包括自身独有的生活阅历和生活积累,独有的情感方式和审美方式,这就与眼前映现的现实生活的变化并无多大关联,而尾追眼前的现实势将废弃自身固有的内在因素而走向"非文学"。因上述两种缘由,使若干创作增强了这一趋势。

于是在近几年中,批评家之间常在文学发展的某种变动时节发出不同的议论。当文学不时涌现出寻根热、寻找自我、心理探求以至表现空灵意识时,就会有批评家出来指责,认为文学不应游离现实,呼唤着时代精神的觉醒;当文学大量推出贴近现实题旨的作品时,也会有人慨叹那类作品如何缺乏流传价值,认为一味追求社会性而忽视文学性并非是文学之幸。

这两极的论点是现实主义在新形势、新情况下的表现,争辩涉及作家的社会责任感问题,也涉及文学的本体问题,双方各执一词,各有理路。从文学艺术的社会作用说,文学贴近现实是天经地义的事,一个时代的精神、社会风情、人物心态等等倘不在文学必须表现之列,那么文学便将成为古董而宣告生命的完结。作家在现实浪潮中耳濡目染所及,感应着他的心灵而不得不一吐为快,是文学历史中最为普遍的规律,况且文学中最能引起轰动效应的,也总是现实性强烈的作品居多。自改革开放以来,出现了大量引人注目的作品,虽不必称之为改革文学,但大致都与这一现实题旨有关。紧扣着现实,使文学直接得之于现实的朝露中,使文学和人民的命运保持着最密切和不可分的联系,这是具有社会责任感的作家的共同信念,他们坚信以这样的文艺贡献于社会,才是作家真正的使命。他们往往不喜爱远离现实和淡化人生之作,不赞赏离开具体的时空背景插叙细微琐事的生活故事。他们的立足点是深深地扎在现实基地之上。

但是,倘因此将寻求远一点的人生价值的文学,视为有脱离现实之疵而受到责难的话,那也是一种简单化。几十年来的文学实践,使人看到一种现象是值得深思的,那就是对现实直感而发的文学作品,时间性的限制甚至内容上某些新闻性的限制,它的短暂性的令人注目固然可以取得一时的轰动效应,但事过境迁,转瞬间便见烟消云散,不复为人们记起,更何况有多少重读的价值了。这里,就有了批评家所说的寻求文学的本体位置的问题,人们熟知的古往今来不朽的文学巨构,它们涵盖的总是生活和人生的整体,而并不是尾追着天天发生着的眼花缭乱的生活现象。那些作品所把握的生活内容,恰是为着观照人的自身,文学的本体只能是从无比丰富的感性力量和生活中去寻求人自身的魅力,而不是只仅仅看作是一面镜子,对天天变动中的现实做机械的观照。这一观念的省悟,给予了作家一种觉醒意识,认为舍弃另辟蹊径之外别无出路,认为作家必须以自己独有的阅历与生活积累以及独有的情感方式去表现人生世界,方是真正地拥入了文学的本体位置。这就无怪乎这些年来不少作家的创作势头趋向于此种追求,从现象看,似乎是对现实的游离,从本质看则是文学实践的深化。

我以为,两种论说和创作势头是应该并存的,无须有什么争论,譬如徜徉于山林,参天佳木固令人神往,而芝兰之草何尝不使人应目会心?现实主义是一个恢宏的创作原则,贴近于现实的或者别求自身之方位的,都是这躯干的分支;现实主义又是一个最为宽阔的艺术蓄水池,然而它最紧要的,只允许容纳真实的生活内容和作家真诚的人格精神,只此罢了。凡与此有悖的虚情假意、矫揉造作之类,都是与此无缘的。

文学四十年的路途,现实主义从失落到回归,重新获得了生机,这段路程的可贵之处在于此。也只有凭借这一点,文学才有了生命力,只有有生命力的文学,才足以真正地为人民服务,为社会主义服务。

论学院派批评

王 宁

这一代青年批评家常常感到某种困惑或危机感:既对前人和洋人的研究成果不无景仰钦佩,并试图达到某种超越前人的境地,同时又不时地感到,前人和洋人的巨大身影无时无刻不笼罩着我们前进的道路,如同身陷图圄一般,难以摆脱其阴影的困扰。诚如美国当代"耶鲁学派"批评家哈罗德·布鲁姆(Harold Bloom)所言,这正是所谓"影响的焦虑"。确实,这种困惑和焦虑往往令意志薄弱者望而却步,以致过早地结束自己的学术和批评生涯。但它有时却更会激发意志坚强者自强不息,上下求索,不断地前去开拓一片片荒蛮的"处女地",即使面对失败也不失其优雅的风度。我认为后者才是我们应取的态度。

这一代批评家大多是高等学府、科研、出版单位的中青年学者,虽然彼此有着不尽相同的本职工作或研究领域,却共同活跃在当今的中国文学理论批评界,彼此都对中国当代文学批评有着强烈的参与或干预意识。这一代曾在前人的巨大身影下犹豫、徘徊过,也曾面对洋人的各种新理论、新方法而失之茫然,甚至不知所措。但正是在这种"茫然"或"盲视"(blindness)之中,产生了某种"顿悟"(insight):批评理论的超越或更新正是产生自这种"盲视"之后的"顿悟"。因此,在当今中国文学理论批评的变革时期,在旧有的话语(discourse)结构行将崩溃之际,我们更加需要某种冷静的科学态度和理性精神,用以调整自身的批评定式,开阔批评的视野,从单一的感悟、印象直觉式的批评传统中摆脱出来,以期在国际性的批评理论对话、学术交流中喊出中国批评界自己的声音,最终旨在全球性的批评论争和理论探讨之背景下进行我们的理论建构。

为此,我认为,有必要建立中国的学院派批评。提到学院派批评,也许会有人想到,"学院"曾意味着"保守"和"传统"。确实,人类历史上的不少先进思想和学术观点在草创之际都曾受贬于"学院"(academy),而一旦它们趋于成熟则又被奉为正统的学院或经院式理论。但到了20世纪,随着索绪尔的现代语言学理论带来的一场话语革命,固有的"逻格斯中心"(logocentric)体制已发生动摇,现存的等级序列被打破,"学院"这个词已走出保守的殿堂,被赋予了新的意义。

纵观20世纪西方文学批评理论的转变,我们无论如何也难以否认索绪尔、海德格尔、富科、拉康、德里达等"学院"理论家的巨大影响。同样,我们也无法否认各时期形形色色的批评流派在理论阐释和批评实践中做出的贡献:形式主义、新批评、精神分析学派、结构主义、现象学派、阐释学、接受美学、新马克思主义、女权主义、文化批评、分解主义、新历史主义等,尽管他们的批评观念和研究视角大相径庭,但他们大都是学院式批评,他们所受的学院或理论训练是严格的,功底是厚实的,因而很便于在同一理论层面上进行探讨论争,所取得的一点进展也自然是举世瞩目的。不管他们置身于科学主义或人文主义,其共同点都在于有着强烈的理论意识。这也许就是20世纪的西方学院派批评的一大特色。

20世纪西方文学批评的另一大特色在于,批评理论走出了以往的狭隘领地,具有了多学科性(interdisciplinary)和跨文学性(cross literary)。但各流派的批评家都十分重视批评的阅读和阐释。也就是说,从阅读文本出发,经过理论的阐释,批评家的主体作用得到了发挥,文本的内在密码得到了破译,因而被赋予了新的意义。因此,美国批评家卡勒甚至认为,当今的文学批评理论倒不如就叫作理论或文本理论,其原因大概如此。

确实,20世纪的西方学院派批评家,不屑于对作品的印象感悟或欣赏评析,也不止于主观武断的价值判断,而是将作家的产品当作文本来供自己进行理论剖析。他们以向传统的批评理论进行挑战和超越为己任,但是他们并不无视传统的存在,而是在向传统发难的同时,致力于建立并推广自己的理论模式和元语言系统。由于他们的努力,文学批评到了20世纪,终于摆脱了过去为创作之附庸的地位,逐步发展为一门独立的学科。

也许有人会认为,我在此鼓吹西方文学批评的模式,其目的是要我们当今的中国文学批评走此道路。那完全是误解了。我从来就不认为中国应当"全盘西化"。中国传统的文学理论批评早已受到了西方比较文学界有识之士的高度重视和认真考察,理论热点的"东移"已为不少西方学者看到,中国的文学批评理论正在西方产生日益深远的影响。同样,20世纪中国的文学理论批评也正在朝着一个更高的目标迈进,进行国际性的理论论争和对话,在一个更广阔的背景下进行自己的理论建构。因此,我们更加有理由参照和借鉴20世纪西方文学批评理论的成果。虽然,他们的理论大都是相当激进的,有的甚至走向了难以自拔的极端,但其难能可贵之处也许恰在于这种激进性和极端性,因为任何一种批评理论模式只有在被批评家推向极端时,其隐含着的真理和谬误才会同时暴露出来,则后起的新理论总是取其真理,弃其谬误(当然也不免发展其谬误),文学批评就是这样呈螺旋状循序渐进的,批评理论的终极是永远不可穷尽的。

由此可见,在20世纪西方文学批评的各个阶段,占主流地位的始终是学院派批评,只要我们稍微考察一下形式主义布拉格学派、新批评南方学派、现象学日内瓦学派、新马克思主义法兰克福学派、接受美学康斯坦茨学派、多元主义芝加哥学派、分解主义耶鲁学派等学院派批评的实绩和进展,就不难看出这种特征。我认为,西方学者的成败得失足资我们在建立中国的学院派批评时参照借鉴。

既然我们不想走"全盘西化"的道路,那么我们如何建立自己的学院派批评呢?我想在回答这一问题之前首先简略地考察一下中国文学批评的传统及现状。

众所周知,中国传统的文学理论有着丰富的内容,但也同时是零散的、不成体系的,其批评实践也多重感悟、印象、直觉和评点,同19世纪西方的浪漫主义批评理论多有相同之处,但却迥然有别于20世纪的发展趋向。批评家对作品的评点式批评往往主观随意性较强,而缺少一种一以贯之的科学精神和系统的理论基础。到了20世纪,特别是经过五四新文化运动的冲击,中国的大门打开了,西方各种学术思潮和理论强有力地影响并动摇了中国批评家固有的文学观念,促使他们开始逐步形成自己批评的理论意识。诚然,对中国文学理论批评影响最大的是人文主义思潮,即使是对进化论、精神分析学的接受,也多基于其人文主义的方面,而且经过了接受者"期待视野"(horizon of expectation)的能动作用。这从一方面说来,也许是五四时期提出"人的文学"口号的直接后果,而从更深的层次上考察,则是因为中国传统的文学批评观念致使批评家难以接受并认同西方的科学主义思潮,"诗言志""文以载道"等批评思想的长期熏陶致使他们更容易接受侧重表现的社会、文化、审美批评模式,也就是说,人文主义对他们有着更大的吸引力。到了30年代后,马克思主义逐步占据了统治地位,批评的一元取向已基本确立,这种固定的格局一直延续到70年代末80年代初。而在这同一时期,西方文学理论则走的是另一条道路:科学主义思潮雄踞批评界长达大半个世纪,各种批评流派起伏更迭,但万变不离其宗:注视阅读、分析、阐释,而这一切都是围绕文本这个中心进行的。这也就是我们常说的20世纪西方文学理论的形式主义传统。如果我们并不否认这一传统有着不少合理内核的话,如果我们愿意拿西方批评家的成功经验作为参照,并据以调整和确立我们当前的文学批评定式的话,那么我认为,批评绝不止于低层次的价值判断,主观色彩和个人情感决不应仅仅流于印象直觉式的断语,而应当在阅读文本的基础上,深入到文本的语言——结构层次(诉诸接受客体)和接受——阐释层次(诉诸接受主体)。也就是说,它必须依循某种理论模式,但又决不受其禁锢束缚,通过对作品(文本)的科学分析和主体接受——阐释进一步发展理论自身。即从理论出发,经过批评实践的历险,达到更高层次上的理论复归,这就是我所称的批评的理论意识。当今文学批评之所以能在中西方呈繁荣之态势,在很大程度上得益于批评的理论意识之觉醒。我以为,要建立中国的学院派批评,就不可缺少这样一种理论的基点。批评家在从事批评实践时,固然要考虑到社会、历史、文化、作者等因素,但更要注重文本和接受者(读者)等方面的因素。我认为当前的中国文学批评之所以流于宏观冲击有余而微观分析不足,其主要原因恰在于缺少这后一种因素。

我们应该承认,中国文学批评的"文以载道"传统以及马克思主义的熏陶使得批评家自觉地具备了一定的社会历史和审美意识,因此把文学批评归入大文化批评的圈内对于擅长宏观描述的中青年批评家来说,也许并不困难。阐释学——接受美学批评取向虽与中国古代文学批评观念多有相通之处,但对这种传统的阐发和弘扬乃至超越则有待于这一代批评家在实践中做出努力。从当前的中国文学批评现状来看,我认为我们最需要同时也是目前最缺乏的乃是科学主义精神和文本意识。当今批评界的趋势是批评家越来越学者化,越来越理论化,那种专以嬉笑怒骂和华丽辞藻取胜而实则空洞无物的批评终将随着学院派批评的崛起而黯然失色。80年代以来的文体革命固然"破"字当头,即破坏了固有的批评模式和元语言系统,给当前的中国文学批评带来了勃勃生机,但它并未能紧接着进行新的建构。因此,建立学院派批评的历史重任便落到了这一代批评家的肩上。

在简略地考察了中西方文学批评的传统及现状之后,我们必须回答下列问题了:

一、究竟什么是学院派批评?其定义和界限如何?正如上所说,随着话语革命赋予"学院"一词以新的内涵,学院派批评也自然走出了保守的殿堂,而逐步带有强烈的创新和先锋(avant-guardian)意识。我认为,所谓"学院派"并不是一个有着完全相同的理论背景或美学观点的批评流派,而是集中代表了当今中国文学批评的多种格局中的一种倾向或一种风尚。它产生于中国并植根于中国的大地上,就必将有自己的特色。也就是说,它不屑对西方科学主义思潮的简单模仿或一味照搬,它也无暇像分解主义批评家那样玩弄文字游戏或进行没完没了的文本解读。它既应当对以往的学术传统有所熟知,也应当对当今的学术思潮和批评风尚有所把握,同时还应当是有对当今的文学创作和理论批评的参与和干预意识。也就是说,它必须把以科学实证为主体的学术研究同以文本阅读、感受和阐释为主体的文学批评结合起来,最终既超越一般的文学研究,它超越现有的批评成规,也并不排斥对文学作品所抱有的个人感受和主观性判断,但这样的感受和判断必须建立在对作品的仔细阅读和详尽的实证分析之基础上,而不能仅凭个人的好恶来判定一部作品的价值。它必须倡导和坚持严谨扎实的学风,但又不应当束缚批评家对作品的主体建构作用。我认为,在当今的中国文学批评界,能做到上述几条者,都应归入学院派批评之列。

二、中国究竟有无可能建立学院派批评?我认为回答应当是肯定的。20世纪的中国就曾出现过朱光潜、钱锺书等学院派批评大家,虽然他们在特定的形势下势单力薄,孤军备战,并不能以其微弱的声音对中国文学批评产生强有力的冲击波,但毕竟他们的努力为我们今天建立学院派批评群体奠定了必要的基础,从而使我们得以提出这样一种大胆的构想。近十年来,我们的高等学府和各科研机构培养出数以万计的文学学士、文学硕士和文学博士,形成了一个强大的学院派批评阵容,一大批海外学子的归来更是为我们带来了异域的新风,加强了这一阵容。他们来自学院,经过严格的学院式训练,至少能灵活运用一门或数门外语,不断更新理论的装备;他们既了解传统,又不拘泥于传统的陈规陋习;他们最少保守思想,锐意创新,体现了 80 年代青年批评家的活力;他们敢于向权威挑战,大胆地提出建设性的构想,对历史上的"定论"提出质疑并加以证伪。在当今中国的文学批评面临变革的非常时刻,他们的努力预示着一个充满活力、开一代新风的批评群体正在崛起。这就是当今中国的学院派产生的重要条件和基础。

  三、学院派批评的历史重任是什么?未来前景如何?我认为,中国的学院派批评必须在近期及不远的将来完成下列重任:(1)对蕴含丰富的中国古典文学批评理论做一次扬弃式的清理,发掘梳理出对当代批评理论建设具有重大意义的因素,加以系统的理论归纳。(2)对西方各种批评理论,尤其是 20 世纪以来的最新成果进行全面的、公允的评介辨析,以其成败得失之经验作为我们进行理论建构的参照和借鉴。(3)通过对中西文学理论的横向比较和超学科考察研究,找出这二者得以结合的共同点,以便进行国际性的交流和对话。(4)在当代文学批评实践中,大力提倡对作品本文的阅读和微观分析。当然,在这样的阅读、分析和阐释过程中,必须有选择地、有创造性地依循并实验某种现成的理论模式,以证明哪些理论在何种程度上是切实可行的,又在何种程度上是不完善的甚至是荒谬的。这样,即使我们仅仅在那种理论的基点上迈出了一步,那也是绝对意义上的独创。

1991 年

也说现实主义

马识途

前两年,在北京,一个偶然的机会,碰到了《人民文学》编辑向我邀稿,并且指定要讽刺小说。我虽然知道他对我的确是出于一番诚意,当时我却感到有点惶然。许多老作家的名字多年不见于《人民文学》了,我的作品还能登上这个大雅之堂吗?特别是我这些老一套的现实主义讽刺文学作品,还能邀当代读者一顾吗?几年前,我曾经在本地文学刊物上发表过一组十二篇讽刺小说,每月一篇。可怜得很,除开少数和我相濡以沫的朋友和我认同外,无人评论。后来在当地一份评论刊物上发过一篇评论文章,那恐怕也不过是替我遮面子的文章。这种冷落,是够难堪的。但是我终于明白了,我的作品大概是很不入时流,真的落伍了。不仅我的现实主义创作方法是落后的,而且老是不肯跟上新潮,既不愿"淡化",也不想"远离",却偏要执着地然而是拙劣地反映生活现实,针砭时弊,追求社会效果。这和当时颇为风行的"文学就是文学",文学的高格在于"无用"的种种新奇宏论,自然大相径庭。

然而我自己觉得,我既然被卷入作家的行列,总受一个作家良心的驱使,想写作品,想用自己最能驾轻就熟的形式来写作品,不想朝秦暮楚地不断改换门庭,也不想过"家而不作"的安闲生活。于是,自己除开写点容易惹是生非的杂文外,还继续写点小说,甚至还写点讽刺小说。但是自己看看,老是没有长进,还是老一套的现实主义。不敢送出去,害怕吃闭门羹的痛苦,连本地的刊物也不敢投。人贵有自知之明嘛。

可怜的是,自己偏又不甘寂寞,在马克思的或者阎王的报到通知书没有收到以前,总不想放下自己手中的笔,而几十年不平凡的生活积累起来的素材中的那些可歌可泣,可喜可笑,可悲可鄙,可恨可恼的人和事,却总是那么鲜活,常常在夜中来打扰我,许多人物在责备我,呼吁他们出世的权利,不愿意随我的骨灰盒埋入地下。于是我又拿起笔来,一篇、两篇,一本、两本地写下去,即使永远不得出世,终将沦为虫蠹鼠啮之资,也顾不得了。

在 1990 年三月号的《人民文学》的编者话中,我忽然发现有这么几句话,"遗憾的是,这一回我们未能拿到老一辈小说家的新篇什",我的眼睛忽然亮了起来。自思自量,我算不算是老一辈小说家呢?我年逾古稀,"老"总是算得的,是不是那"一辈"的"家",就大可怀疑,虽然我的抽屉里的确可以找到一本中国作家协会的会员证。但是总算可以得到一个信息,《人民文学》到底还没有忘记老一辈小说家,还欢迎他们的投稿,只是"未能拿到",而且引为"遗憾"呢。这么说,我们这些"老一辈"的即使是现实主义的作品,在《人民文学》上,仍可以占有一席之地呢。于是我大受鼓舞,跃跃欲试。

但是我在一本刊物上看到一篇文章,题目是《不能用现实主义限制作家》,却使我嘿然嗒然。原来,现实主义这几年被批得一无是处之外,还有"限制作家"这一条罪状。幸喜文章的最后说的是"领导者不能用现实主义限制作家",可见,作者是说有的领导用现实主义限制了作家,而不是说现实主义限制了作家。

回顾过去,领导用这样那样的方法,这样那样的手段,提这样那样的口号,以限制作家的事,的确是有的。是否有用现实主义来限制作家的事,我孤陋寡闻,不得而知。既然权威之论说有,大概是有的吧。不过从我这个一直坚持现实主义的作家的切身体会看来,这许多年来,在中国的文坛上,不是现实主义压迫了其他各种主义,限制了作家,而是现实主义饱受某些新潮作家和评论家的贬抑、揶揄、嘲笑和冷落之苦。他们把现实主义创作方法指斥为一种落后的以至荒谬的创作方法。现实主义的作品那时是最背时不过的了。在许多刊物上曾经为那些各种各样的新奇的"主义",大肆宣扬。不管看来的,听来的,"倒"来的西方各种"主义"的模仿之作,还是几个人在沙龙里想出来的各种"主义"的尝试之作,都一窝蜂地介绍,推崇备至。让这些作品占有刊物上最好的版面,给作者戴上各种"桂冠"。以为只有这些"主义"的作品,才可以矫现实主义之弊,才能开启新的创作时代。这样一来,现实主义的作品,在文坛上就难以立足,更不用说那些老一代的作家的革命现实主义作品了。这难道不是前几年的事实吗?不是现实主义在压迫谁,也不是谁在用现实主义来压迫作家,倒是有些作家评论家在压迫现实主义。有些现实主义作家在受到种种非议和种种限制之余,不得不发出"给现实主义以文坛一席之地"的呼吁。

我以为文学创作并不是商品社会中的商品,必须时时赶行市,必须随时做广告,宣称自己是"誉满全球""领导时代新潮流"的。明明是一个皮包公司,内里货色不多,却要挂出大得吓人的中华的、环球的、太空的、宇宙的招牌,或者自吹是空前的、未来的、21世纪的新潮产品,招徕顾客,以求取最大经济效益。

我以为在文学创作方法上这个主义那个主义,都无所谓绝对的新或旧,好与坏,也没有多少争论的价值。每个作家都有权而且必要用他认为最能表现他的思想感情的方法和形式进行创作。还是多样化一点为好,哪怕是墙脚一株小花、一棵野草,也可以为文学百花园增添光彩,不应受到贬斥和嘲弄。

平心而论,有些人言现实主义创作方法之弊,其实不是现实主义本身所具有的特性和表征,而是在特定的历史条件下,外加于它的要求。在我国一个历史的长过程中,作家们用现实主义这个有力的武器参加革命斗争,在那种情况下,不得不赋予它较多的政治主题和政治色彩,要发挥宣传和号角的作用。这就是恩格斯说的"历史的内容"。这是任何一个时代的文学家难以逃避的历史的责任感。但是如果要求太多太切,只强调其宣传教育的作用,而忽视其审美的功能和娱乐的作用,以至于损害了文学本质特征的审美特性,必然出现违反文学创作规律的概念化、公式化,图解政策和标语口号式的作品,这既害了文学,也达不到宣传教育的作用。这样做过头的事是有过的,这就妨碍了文学的正常发展,给文学带来一些桎梏。然而这是现实主义之过吗?这些是外加于现实主义的东西,并非现实主义的本质特征,实在是现实主义之累。如果说做过头对文学有害的话,现实主义也是受害者。

我以为现实主义如果能减轻它不应背负的负担,充分发挥自己反映现实的长处和审美特性,是能够产生反映伟大时代的伟大现实主义作品的。而且现实主义也是一个历史发展过程,也在不断地发展和变化,还远没有发展到了它的高峰。在和各种新的创作方法并行发展中,还可以吸取营养以丰富自己,使自己更富于表现当代现实生活。在过去世界文学创作的历史长河中,现实主义曾经产生过无数的伟大作家和伟大作品,我们有理由相信,更加伟大的现实主义作品,必然要出现在新中国。

我这样说,绝不是故步自封,不赞成引入世界上各种新的文学流派,进行试验,不赞成从世界上一切优秀文化中吸取营养,不赞成各种文学创作方法百花齐放,各呈异彩。我们不赞成现实主义独霸文坛的愚蠢做法,正如不赞成想用现代主义取代现实主义的做法一样;我们不赞成过分强调文学的宣传教育作用而损害文学的审美特性和娱乐作用,从而也取消了宣传教育作用,正如不赞成过分强调文学的本体性而导致文学上所谓"淡化"和"远离"倾向一样。任何文学作品不可能脱离政治和远离生活,不管作家意识到或没有意识到。任何时候不要忘记只有百花齐放和百家争鸣的方针,才能促进文学的繁荣发展,其中包括现实主义的文学在内。

1993年

后现代主义与后殖民主义
王岳川

西方后现代主义(Postmodernism)在"知识型"话语转型中,以人的"生存零度"造成了历史的断裂,这使得后现代文化在面对文明的无限可能性的同时,面对着存在的无限焦虑。同时,后现代主义在当今"新"世界格局中,日益显露出"后殖民主义"(Post-colonialism)的本性。

一、后现代主义的后殖民主义倾向

后现代主义思潮在颠覆了西方形而上学中心论和价值论以后,在蔓延成强大的世界风潮中,对第三世界文化传统造成巨大的冲击。事实上,后现代主义在进行一次革新的冒险。后现代主义感到传统的不堪重负,历史的精英作家难以企及,现实社会和政治已步入困境,于是便放弃了精神超越和正面挑战,反过来,便将自己视之为现状、习俗、步骤和妥协的俘虏。他们常常通过否定自己赖以生存的社会和文化网络的合法性来与这种现实处境抗争。在现代主义者谈论神的隐遁后,后现代主义者宣布人"死"了(福科)、知识分子"死"了(利奥塔德)。后现代哲人不仅习惯、接受和玩味神祇缺席的巨大空白,而且构置了主体死亡的后现代文化策略。

后现代文化是后现代人解放和沉沦的焦点。现代知识全、专、精,现代人却空前地感到自己的渺小和无助;精神与人生分离,年轻一代与老一代的"代沟",使沟通受阻;科技思想一味膨胀而浸渍人文科学的地盘,并对人文价值置若罔闻,造成现代人有丰富的"知识",却缺乏领悟人生意义的"智慧"和应付现代复杂情况所需的整体性思维。因此,人类生存的基本问题变得空前尖锐,人类的爱情、痛苦、死亡以及人类善恶等本体命题仍未解决。而且,更为严重的是,经济和社会随物质商品的发展而逐步走向复兴,而文化领域、精神领域却滋生了铭心刻骨的反常性(anomie)。"所有的人都腰缠万贯,然而所有的人都一无所有。从来没有谁能忘记自己整个精神的突然贬值,因为它的匮乏太令人怵目惊心。"(查尔斯·纽曼)经济上的困境导致了文化的困境,经济的复兴却并未给人带来福音,人们因精神充盈被剥夺而使诸多无告的魂灵处于文化断裂的后遗症之中。思想成了浮光掠影,成为浮躁和"操作"的别名。思想内容的深邃性和洞悉性扭身而去,剩下思想的外壳——一种对创新的狂热崇拜、一种对"新"的不加判断的病态接纳。这种文化的虚假浮华并没有真正揭示出人类的处境和前进的方向,相反,仅仅最终导致一种冷漠疲惫下的无聊麻木而已。

我们不禁要问,难道人类最终将让电脑或机器人给自己的未来领路?难道人类精神价值和健全人性的需求必得让位于"工具理性"的冰冷尺度?传统价值系统在遭到虚无主义的浸渍、价值观念上真实与虚妄的冲突愈演愈烈时,人们对真理、良善、正义的追求,必得在后现代哲人们的语言游戏中逐渐消解,使人的生命意义和世界意义彻底消逝在话语的操作过程中吗?

在西方所面临的这个充满问题而难有答案的"后乌托邦时代",后现代艺术日益浸渍了操作性和商品性的逻辑。人的全面丰富性遭到了可怕的压抑,人退化为单面人,片面的物质享受和可怕的精神贫困撕裂着现代人。在现代社会商品交换中,全社会都在交换之中硬结成一种交换的金钱尺度,艺术生产变成了纯粹的商品生产。艺术成了一种只供交换而非满足人的精神需要的商品,艺术创作中作家的灵感和活生生的生命被商品的铁腕所扼杀。文化消费通过语言的暴政,使人的想象力和自发性渐渐萎缩,抑制了观众的想象力。因此,文化产业的每一次运动,都不可避免地把人们再现为整个社会所需要塑造出来的那种样子。更为严重的是,在每件艺术作品中,作品的风格都是一种诺言。因为被表达的东西,通过风格变成了占统治地位的普遍性的形式。如果要使美学作品体现现实,绝对有必要使现存的东西具有实在的形式。艺术这一以个性对抗共性、以自由对抗法则的精灵,却在日益精密化、科学化、信息化的社会中被技术化和程序化了,从而使艺术的独立不羁的个性和自由精神被剥离并同一在社会的总体性中。这种遭到同化的文化工业反过来操纵了人的生活体验,并逐步纳入市场的轨道。文化为了生存而成为商品,沦为了商品的艺术,艺术家也彻底丧失了其批判意义和否定功能,艺术成了通俗文化的别名。

在"大众文化"横扫一切的文化霸权中,传统文化、严肃的精神文化被逐出了文化殿堂。那曾经成为芸芸众生引路人的知识分子,在如此巨大的文化消遣和"知识爆炸"的冲击波下也茫然失态,感到不仅经济的通货膨胀难以应付,而且文化的信息爆炸也使得人穷于应付。知识者的心灵几乎从来没有负荷过如此多样而沉重的富于挑战性的观念,也从来没有像今天这样贫困、孱弱和尴尬。知识分子从人文精神的高峰上跌入商品经济大潮,彻底冲垮了其"启蒙引路人"的地位,精神的"永恒性"在经济地位的大面积倾斜中变成了"精神的无用性",而知识分子在大而无当地讲授人的尊严、精神的价值、文化的神圣性的同时,感到自己强打精神的窘迫和虚脱。知识分子因经济地位的失落和"话题"失落而无力与社会、现实和后现代对话,文化和文学在丧失主体的自语甚至失语中进入一种变卖"历史和话语"以成全后现代的调侃、亵渎、诋毁精神价值的"策略"。知识分子从文化的创造者、传播者和守护神蜕变为文化的"守灵人",成为禀有悲剧性色彩的"最后的贵族"。当知识分子成为社会边缘人时,大量的反文化和伪审美的精神垃圾就不断投放到市场中。文化艺术渐渐地迷失了本性,成为危害和瓦解人类精神价值和本真灵魂的伪精神活动。

在文化的危机和知识分子危机的深层,我们可以看到,这是一种相当深刻的后殖民权力话语运行的结果。文化和知识分子在大众文化中日益被挤出中心而徘徊在社会的边缘,这在后现代文化中成为一种语言界定和身份认同。历史已被后殖民主义所操纵,方式是通过经济渗透的"语言殖民"。经济相对落后地区通过声光影视广告的熏陶,而对经济发达国家和地区的语言加以崇拜,在自我贬损的本族语言的矛盾空间中获取自我反省的机会。历史现实中的后殖民策略被人们理解为语言符号和作品宣传的市场倾销,这种文化倾销又将这样一个隐喻带出来:人们只有放下"旧"的,才能拥有"新"的,"新"的就是好的。人们在后现代文化镜像中看到传统自我的消逝和新的自我的诞生,这个新的自我已抛弃了自己的历史,而以别人的语言来界定自己的历史,戴着他人的眼镜去看待自己身份未明的处境,甚至为肤发的颜色和鼻子的高矮而揪心。然而,最终他不得不发现丧失历史和根基的自我,陷于我与非我的暧昧尴尬,并在无法说出自我之我及以他人的方式说出自我的非我之间,产生自我及其文化产生的失落感和无聊感。

新殖民主义之"新"在于,它不仅通过财富侵吞的方式殖民,而且通过文化意识的权力方式操纵他人。在经济、学术、语言、艺术操纵构成的象征结构中,被殖民者的历史和正在经历的文化侵略沦为隐喻的本文事件,并进而被复制、流通、占有和转让,成为另一个历史产物的同时也开启了新的殖民文化。在后现代文化思潮中,第三世界国家普遍面临新殖民主义问题(弗·杰姆逊)。新殖民主义以商品、资讯、流行艺术打进当地市场,造成无法解脱的经济和文化双重依赖,而本土文化就不断处在第一世界的凝视和控制之中。

可以说,后现代主义的两大危机:话语膨胀(inflation of discourses)和表征危机(representational crisis)正是新殖民主义意识的表象。后现代文学的表征危机,表面上看是表征系统——语言的危机,实际上是文化和情怀的危机。这种由语言系统的自我解构性呈现而展示出的文化总体危机的问题,这种由语言言说表征到语言断裂消解,成为后现代文化的一个死结。在后现代时代,文化打上了商品的印痕,"后乌托邦"标明理想的光辉已经黯淡,多元主义已然浮出水面。

二、后殖民主义的文化策略

就中国学者而言,深层次的后现代主义研究,必得关注处于全球文化后现代性处境中的第三世界文化变革的前景。也就是,我们一方面必得看到后现代时期全球文化的趋同性,另一方面也看到当今世界图景中不同文化系统的冲突和对抗性,并在第一世界和第三世界文化(即中心与边缘文化)的二元对立关系中,把握第三世界文化的命运,并寻觅到后现代氛围中人类文化发展的新契机。

就后现代文化知识境况而言,第三世界由于经济相对落后,文化亦处于非中心地位。因此,对于先进的科技和文化必然有所借鉴乃至某种依赖。进一步说,后现代时期的经济依赖是以文化依赖的形式出现的。后现代引进了供消费的新的文化节目(如外来的电视节目),却恰恰忽视了电视对人的行为所造成的反文化效应,以及文化价值观的混乱。第三世界对先进国家的文化依赖暴露出当今世界体系中潜存的某种意识形态冲突,如果放任下去,就会被动地招致后殖民主义的文化垄断,从而失去本土文化的特色。

事实上,第一世界掌握着文化输出的主导权,可以把自身的意识形态看作是一种占优势地位的世界性价值,通过文化传媒把自身的价值观和意识编码在整个文化机器中,强制性地灌输给第三世界。而处于边缘地位的第三世界文化则只能被动接受,他们的文化传统面临威胁,母语在流失,文化在贬值,意识形态受到不断渗透和改型。可以说,后现代文化和意识形态的渗透,是以后殖民主义的权力话语运作的方式实现的。当第一世界的"现代性"和"后现代性"主题成为第三世界向往和追求的目标时,它们在第三世界的播撒就在重新制造一个西方中心神话的同时,设定了西方后现代话语的中心权威地位。然而,这一中心格局的标定,却不期然地将第三世界连同其历史文化传统一道置于"主流话语"的边缘地位,并因挫败其文化生命力而使其永远禀有一种滞后的自卑情结。因此,第三世界文化面对后现代文化,处于一种"拿来""疑虑""拒斥""应战"这十分矛盾的心态和处境中。

后现代主义的话语转型造成了第三世界文化在国际大环境中的空间错位。因此,在后现代性的讨论中不时可以听到"中国化"的呼声,这种民族化往往被学界视为后殖民社会寻求"文化认同"的现实反映。在第一世界向第三世界灌输自己的话语权力意识形态中,文学、影视、音乐、绘画乃至语言本身都不断将第三世界文化产品挤向边缘,在人们逐渐滋生的崇拜西方乃至海外的影星、歌星、丑星、球星和整个文化符号中,被不断改变着自己的文化心理结构。在后殖民主义文化渗透中,文化认同已不再是问民族文化"是"(being)什么,而是问它将"成为"(becoming)什么。人们体验到的是文化的过去、现在和未来的割裂与重组。在这种后殖民文化语境中,人们似乎只能在"震惊"和"拼接"中,找到自我定位的经验方式。这种经验正是后现代文化话语权力运行的结果。在大众文化流行之中,被文化符码重新编码的"后殖民性"文化,不仅在西方知识范畴中建构成文化的次等民族,而且反过来,以其文化压抑的伤痕特性来体认自我并进一步仰仗西方文化。这种经验已深入到人们的日常行为和心灵深处,使得文化认同出现了危机性的变形和扭曲。

如何在文化开放的意识中,找到文化对话的交契点?如何在吸收西方文化之长时,又补自己文化之短,而不是一味否定民族文化或自轻自贱?如何将经验放回到历史中,把第三世界文化的历史经验置入整个世界文化格局的权力话语此起彼伏消长的过程中去,使"潜历史"的表达成为可能?这是摆在当代学者面前的艰巨任务。我曾经说过,而且至今仍坚持这一看法:潜历史与主流话语之间的抗衡无非结果有二:一是潜历史经验将自身展示为对主流话语的反抗,在世界范围内为霸权所分割的空间和时间中重新自我定位,并在主流社会中获得一席之地,以继续这种话语抗衡。二是以取悦的"人妖"方式作为他人观赏的文化景观,甚至不惜挖掘祖坟,张扬国丑,编造风情去附和"东方主义"的神话,以此映衬和反证"西方文化中心论"的意识观念。然而,这种功利的精致零售的"潜历史"的方式,并不能真正解放被压抑的声音,而只能使"潜历史"在转化为主流文化消费品的过程中,甚至在为主流文化话语形式操作提供廉价原料中,完成对"潜历史"内容和价值的彻底压抑和最终遗忘。

以我看来,经济落后的自卑情结造成了文化自卑情结,而文化自卑情结形成了后现代主义文化霸权的温床,这一灾难性的内耗将极大地损伤一个民族的精神和尊严。其实,从更广阔的历史视野看,任何一种文化都有其发生发展的过程,没有一种文化可以作为判断另一种文化的尺度。在民族文化之间不存在优劣,只存在文化的交流和互补。在后殖民主义文化侵略中,知识分子一方面迎接八面来风而呼唤西来的新思潮,另一方面,又面临自身传统文化的变革和重新书写的工作。这一处境使知识分子在双重压力中成为双面人:一方面感到自己打破了传统的重负而获得价值废墟上的彻底自由,另一方面又因清除了文化根基而领略着"不可承受之轻"的孤苦无依。一方面是在力图走向世界的强劲自我中找到行动规范的强烈愿望,另一方面,则是在后现代氛围中日益浸渍虚无主义而对一切秩序重建加以轻蔑。如何在后殖民文化渗透中找到自己的立足点和正确的文化策略,是第三世界文化和知识分子出路的关键所在。

在后现代信息社会的文化传播和概念阐释不能保持绝对纯洁的前提下,外来理论话语的渗入或移植事实上直接取决于本土话语操作者的选择,而作为本土的知识分子的眼光和胸襟,以及作为现实权力运作基础的传统话语结构直接成为这种文化选择的基础。毋庸置疑,当代知识分子乃至以后几代学者都面临中国文化学术重建的任务。这一任务的艰巨性在于,如何在新的历史文化话语转型时期对潜历史形式加以充分关注,并在哲学层面的反思和批判中,重新进行文化的"再符码化"和精神价值的重新定位。

也谈美学的和历史的批评

王元骧

一

　　文艺批评的方法自20世纪以来多得简直令人眼花缭乱、目不暇接。但时至今日，在我国文艺批评界为多数人所熟悉、并自觉不自觉地加以应用的，恐怕主要还是美学的和历史的方法。这自然与这种批评方法较之于其他方法更能对文艺作品做出全面而完整的把握不无关系。

　　众所周知，方法与观点是不可分割地联系在一起的。作为文艺批评的方法与文艺观念之间的关系也是这样。美学的与历史的批评方法之所以在全面而完整地把握文艺现象特别是文艺作品方面有为其他方法所不可比拟的优势，就在于它是以文艺是一种特殊的社会意识现象，用我们今天的话来说，就是一种特殊的社会意识形态为理论根据的。也就是说，我们的文艺批评之所以是"历史的"，是因为在我们看来，文艺就其根本性质来说是一种社会意识形态，不论是它的对象还是作家的创作动机，都无不根源于一定的社会现实。完全脱离生活，超越于历史和时代的作品是没有的。所以，更正确地认识和评价文艺作品，我们就必须把它放到一定的历史环境之中，联系特定历史环境的经济、政治、文化的状况来进行考察，否则就失去了认识和评价的客观依据，这决定了我们的文艺批评总是离不开历史的方法。但是，文艺又毕竟不同于一般的意识形态，它是通过作家审美情感支配下的想象活动来反映生活的，向读者提供的不止是一种科学知识，而更主要的是一种审美价值。所以，我们在进行文艺批评的时候，又必须立足于形象感受，把自己全身心投入进去，进行体察和领悟，而不能离开形象实际去做抽象的、纯思辨的推演和论证。所以它又必须是"美学的"。正是出于对文艺作品自身特点的这一认识，俄国19世纪文学批评家、杰出的美学的和历史的批评的实践者别林斯基才认为："不涉及美学的历史的批评，以及反之，不涉及历史的美学批评，都将是片面的，因而也是错误的。"（《关于批评的讲话》，第一篇）由于美学的和历史的批评能够这样全面地顾及文艺作品的内容与形式、思想与艺术、普遍本质与特殊本质，这就使得这一方法从根本上与一切唯美主义、形式主义和实证主义、庸俗社会学的批评划清了界线。这就是我们之所以赞成和提倡美学的和历史的批评的根据，也是这种方法虽然不是马克思主义创始人所首创，却为他们所大力肯定、并在实践中加以贯彻的原因。

以上道理,还只是就这一方法所提出的理论根源上来进行分析,还没有涉及这一方法的理论本身,所以要是我们的认识仅仅停留在这一步,那是远远不够的。从迄今为止我国理论界所发表的不少对这一方法的研讨的文章来看,对一些关键问题——为什么是"历史的观点"以及"美学的观点"与"历史的观点"两者之间的关系等——的解释,我认为还不同程度上停留在想当然的水平。这就反映了我们在理论上对这一方法研究的不足,而这种不足又恐怕与目前大家对这一批评方法的产生的历史背景以及它的演变过程缺乏了解是有关系的。因此,我觉得要对这个问题做出准确而深入的解释,就有必要联系它产生和发展的历史来进行探讨。

二

那么,什么是"历史的"观点呢?按目前不少同志的认识,所谓"历史的"观点就是历史唯物主义的观点。这理解是不够准确、科学的。我认为马克思主义的历史的观点是以历史唯物主义为指导,但却不能把历史唯物主义直接等同于历史的观点,特别是文艺批评中的历史主义。否则就难免有空洞、浮泛、隔靴搔痒之嫌。从西方文艺批评的历史来看,历史的批评最早是17、18世纪英国批评家为了反对统治当时文坛的新古典主义而提出的一种批评主张。在当时欧洲各国流传的新古典主义是一种以笛卡尔哲学思想为基础、以古希腊罗马的文艺观念为准则而形成并发展起来的文艺思潮。它的基本出发点是"理性",而这种"理性"在古典主义文艺家看来就是一种"人情之常",一种脱离社会历史境况的普遍而永恒的抽象人性。他们认为文艺作品所描写的人物只有符合"理性",那才是美的,才能永垂不朽。而这种永恒普遍的抽象人性在古典主义文艺家看来在古代希腊罗马文艺作品中已经达到了最完善的表现。所以,他们把希腊罗马文艺奉为不可企及的典范,认为后世文艺家所要做的工作只不过是忠实的模仿而不是创造和超越。这显然是一种凝固、僵化的反历史主义的文艺观。

到了18世纪,随着感伤主义文艺思潮在欧洲文坛的兴起,人的个性开始在文艺中得到尊重和表现。个性是历史和环境的产物,不联系历史和环境就无法理解个性。这样,对于个性的肯定,也就意味着对古典主义凝固、僵化的文艺观的一种猛烈地冲击。这种新的文艺观的萌芽后来经过意大利哲学家维柯、法国思想家卢梭和德国思想家赫尔德等人的发展,逐渐形成了足以与古典主义相抗衡的历史的批评。特别是到了19世纪,由于自然科学的发展和影响,更推动许多理论家和批评家自觉地按照自然科学所揭示的世界是一个处在多种关系和联系中的整体,并随着这些关系和联系的改变而不断发展变化的思想来解释各种现象包括文艺现象。这突出地体现在黑格尔的整个著作之中。用恩格斯的话来说:"黑格尔第一次——这是他的巨大功绩——把整个自然的、历史的和精神世界描写为一个过程,即把它描写为处在不断的运动、变化、转变和发展中,并企图揭示这种运动和发展的内在联系。"(《反杜林论·引论》)如他的《美学》,就是这样一部"到处贯穿着这种宏伟的历史观,到处是历史地,在同历史的一定的(虽然是抽象地歪曲了的)联系中来处理材料的"(恩格斯:《卡尔·马克思的政治经济学批判》第二分册)巨著。

由此可见,所谓"历史的"观点,从根本上来说就是与孤立、凝固、僵化、万古不变相对立的一种联系和发展的观点。具体地说,就是"要求人们对每一个原理都是(a)历史地,(b)只是同其他原理联系起来,(c)只是同具体历史经验联系起来加以考察"。这种观点和方法曾被列宁视为"马克思主义的全部精神,它的整个体系"(转引自《苏联百科词典》"历史主义"条)。所以,在历史的观点看来,那种抽象的、普遍的、永恒的人性是不存在的,一切都是变化的、流动的、因人因时因地而异的。这就要求我们在进行文艺批评的时候,必须把作家、作品放到一定的历史环境中去进行认识和评价,在恩格斯对于歌德、对于哈克纳斯的小说《城市姑娘》以及马克思、恩格斯对于拉萨尔的悲剧《济金根》的评论中,无不体现这样一种历史的精神。

当然,恩格斯所阐述的历史的观点与黑格尔的历史观点是有根本区别的:它不是指精神的历史,而是现实的历史;不是指精神自身发展的辩证过程,而是由于社会内部各种关系的推动所产生的矛盾运动。而在这些矛盾运动中,阶级斗争又是阶级社会里的最集中的表现形式。这又表明马克思主义创始人所倡导的历史观点不同于以往的历史观点,它是历史唯物主义在研究社会现象上的具体运用。这就决定了阶级分析的方法是马克思主义的历史的观点的必然引申,因而也应该成为科学的历史批评所必须遵守的准则,否则就不可能正确揭示各种社会现象包括文艺现象存在和演变的规律。所以,恩格斯在谈到以美学的和历史的观点来评价歌德和《济金根》的时候,都是从阶级分析的观点出发来进行剖析的。如在对歌德进行评价时,就是根据当时德国的社会现实、歌德本人的社会经历以及他对德国社会的具体态度,深入剖析了在歌德身上所存在的"伟大诗人"和"庸俗市民"的矛盾的二重性以及造成这种矛盾性格彼此消长的客观原因,从而彻底驳斥了格律恩所冠之的什么"人的诗人""人类的真正法典"等抽象的、超阶级的封号(恩格斯:《诗歌和散文中的德国社会主义》)。不过这种阶级分析与我们过去有些文艺评论中的对于人物划成分、贴标签的做法不同,它是以历史主义所揭示的现实世界是一个不断发展、变化着的运动过程这一认识为思想基础,并把人物的阶级性格从根本上看作是这种活生生的现实关系在人的主观意识中的一种反映。所以,它要求我们始终联系变动不居的历史条件和社会环境来对之做出具体而细致的分析。唯有这样,我们才有可能通过对人物思想性格的深入剖示,来把握作品所描绘的丰富多彩而又变动不居的现实世界。要是离开了历史的观点来谈论阶级分析,那就很可能把人物的阶级性抽象化、凝固化,使之与客观现实分离而成为某种阶级性的标本和概念,这岂不是又回到古典主义所推崇的人物类型的老路上去了?这表明,我们以往有些批评文章中所标榜的"历史的"观点其实是一种非历史主义。由此说明我们今天重新来探讨、认识和阐释这个问题的重要性。

三

在说明了"历史的"观点的内涵之后,我们就要进一步来研究:它与"美学的"观点的关系又是怎样?

恩格斯在谈到美学的和历史的批评时只作为一个原则提出,并没有在理论上做过任何具体的说明。倒是在恩格斯之前,别林斯基曾对它做过这样的一番解释,他在肯定两者不可分割的联系性的同时又指出:"确定一部作品的美学优点的程度,应该是批评的第一要务。当一部作品经受不住美学的评论时,它就已经不值得加以历史的批评了。"(《关于批评的讲话》,第一篇)这话的意思在于强调文艺批评的对象必须是艺术,必须是作家、艺术家所创造的一种美,其用心自然是值得肯定的。但是,这一表述形式仍不免在一定程度上有把美学的观点和历史的观点加以割裂之嫌,与他一再强调的两者之间不可分割的联系性显然是有距离的。至于在我国理论界,这种情况似乎更为普遍,如有些同志把美学的观点解释为就是按照文艺的特点和规律来评价作品就是一例。

那么,按照美学的和历史批评方法的本意,这两者的关系又是怎样的呢?我认为它本身就是一个不可分的整体。这是因为美不是一种纯粹的、孤立的现象,它是与真和善紧密地联系在一起的,随着社会历史的发展,人们的哲学观、历史观、伦理观、人性观、审美观的变化,对于美的评价也相应地会有所变化。所以,在客观上,我们不承认有一成不变的、抽象而永恒的美的典范;在主观上,我们也不承认建立在抽象人性基础上的,为不同民族、不同时代、不同阶级所都能同等接受的普遍的美的标准。这就是我们与古典主义对立的两种美学观。古典主义从抽象的人性观和凝固的历史观出发,把亚里士多德在《修辞学》(第二卷,10—17章)和贺拉斯在《诗艺》中有关描述的不同年龄、身份、地位的人物性格的话视为金科玉律,要求作家、艺术家在塑造人物时必须严格遵照这些规定,而且认为只有当作品中的人物完全符合这些规定,那才可能是美的。而对于新古典主义所宣扬的这种"类型"说,新古典主义的反对者则群起而攻之。如黑格尔嘲笑这样的人物充其量是"某些孤立性格特征的寓言式的抽象品"(《美学》,

第一卷,第295页),别林斯基则讽刺这样人物只不过是"抽象的影子代替了实际的人,这些影子不属于任何国家、任何时代",作家只不过是把"关于善与恶的浅陋的道德格言化成行动的人物"(《论人民的诗》,第二篇)。与此同时,他们都把塑造富有鲜明个性的典型人物视为创作的圭臬并强调必须在与环境的联系中来刻画人物性格。这些观念和评价上的分歧向我们表明:这里所反映的不但是两种美学观的对立,同时也反映了两种历史观的对立;美在任何时候都是历史的,因而美学的评价与历史的评价任何时候也都不能截然分割。

以上还只是就美学的和历史的批评之间关系的一般原则而言,而马克思主义创始人所提倡的这一批评方法是以历史唯物主义为思想基础,历史唯物主义不仅把社会的发展看作是社会内部矛盾的推动的结果,而且还认为从根本上来说,人民群众是推动社会发展的基本力量,这就决定了马克思主义创始人所主张的美学的观点又不完全相同于以往的现实主义批评家的主张,他们不仅反对那种把"个性……消融到原则里去了"的倾向,要求在塑造人物时必须力求"每个人都是典型,但同时又是一定的单个人,正如老黑格尔所说的,是一个'这个'"(《恩格斯致敏·考茨基》)。而且,根据当时现实斗争的特点和发展趋势,要求文艺作品在人物描写上必须改变以往那种颠倒了的关系,满怀热情地去"歌颂倔强的、叱咤风云的和革命的无产者"(恩格斯《诗歌和散文中的德国社会主义》)。还指出,"工人阶级对他们四周的压迫环境所进行的叛逆的反抗,他们为恢复自己做人地位所做的剧烈的努力——半自觉的或自觉的,都属于历史,因而也应当在现实主义领域内占有自己的地位"(《恩格斯致玛·哈克奈斯》)。这再一次表明完全脱离历史观的美学观是不存在的。

所以,我认为马克思主义创始人所推崇和提倡的美学的和历史的批评方法所包含的美学的观点,并非只是艺术的特点和规律等一般的原则,而是一种建立在历史唯物主义理论基础之上的革命的现实主义的美学观。这种美学观的精神实质在于:要求把广大人民群众,特别是新世界的创造者、觉悟了的工人阶级放到文艺作品的中心地位来加以表现。这样,就把美学的和历史的,这样原是属于两个领域的内容有机地统一起来了。要是我们看不到或不承认美学的观点所包含的这种社会历史内容的内核,而只把它当作一般艺术性的要求来看,那就必然流于肤浅。当然,美学的批评在进行过程中,不可避免地一定会涉及对作品的形式分析和技巧分析,但无论如何这些绝不是这一批评方法所包含的美学观点的基本精神之所在。

对文艺价值论有关问题的思考
严昭柱

《文艺报》从去年8月起,开展"文学价值论"专题讨论。许多学者发表文章,主要围绕价值论与文艺学哲学基础的关系、文艺作品的价值与商品价值的关系、文艺价值论与文艺体制改革的关系以及从文艺价值论来观照剖析当前某些文艺现象等问题,各抒己见。事实上,这些问题几乎都是这一年间文艺界人士普遍关心的热点问题,具有重要的理论意义和迫切的现实意义。受讨论中各种意见的启发,笔者拟谈谈自己对文艺价值论有关问题的粗浅思考。

一

毋庸讳言,我们过去对价值问题的研究比较薄弱。曾经流行过一种理论误解,似乎在经济学领域之外讨论价值问题,便有唯心主义之嫌。诚然,鼎盛于19世纪90年代至第一次世界大战间的新康德主义,它的弗赖堡学派主张的价值哲学就是唯心主义哲学的一个变种。它突出的特点是把价值问题作为哲学的首要问题和中心任务,要求把世界观问题从哲学领域排除出去。由于这种价值哲学反映了当时资产阶级企图抵制现代唯物主义作为世界观迅速传播的意识形态要求,所以它曾盛行一时,产生过很大影响。当时恩格斯批判说:"这种新康德主义的最高成就是那永远不可知的自在之物,即康德哲学中最不值得保存的那一部分。"[①]相继有马克思主义者如梅林、李卜克内西、拉法格、普列汉诺夫,特别是列宁,也都对这种唯心主义哲学进行过理论斗争。我们当然应该重视这场理论斗争。在某种意义上说,它并没有完全成为历史。事实上,利用价值问题来否定马克思主义的认识论和历史观、否定社会主义终将代替资本主义的历史必然性、消解人们对现实发展的历史性思考等等,不是仍然以各种形式存在于当今资产阶级的哲学思潮、社会思潮以及文艺思潮之中吗?

但是,如果以为讨论价值问题只是唯心主义哲学的专利,从而把它视为我们的理论禁区,那就是莫大的理论误解。事实上,列宁就谈过马克思主义本身的价值,他说道:"马克思认为他的理论的全部价值在于这个理论'按其本质来说,它是批判的和革命的'。……这一理论对世界各国的社会主义者之所以具有不可遏止的吸引力,就在于它把严格的和高度的科学性和革命性结合起来。"[②]恩格斯和列宁又都谈到过文化价值。恩格斯说,在未来的共产主义社会里,生产力的高度发展"使每个人都有充分的闲暇时间从历史上遗留下来的文化——科学、艺术、交际方式等等——中间承受一切真正有价值的东西"③。列宁说,马克思主义"并没有抛弃资产阶级时代最宝贵的成就,相反地却吸收和改造了两千多年来人类思想和文化发展中一切有价值的东西"④。马克思还在更广的意义上谈到价值,他在批判拜金主义、批判"财迷的真正的自觉的看法和品行"时说:"钱是以色列人的妒嫉之神;在他面前,一切神都要退位。钱蔑视人所崇拜的一切神并把一切神都变成商品。钱是一切事物的普遍价值,是一种独立的东西。因此它剥夺了整个世界——人类世界和自然界——本身的价值。"⑤由上可见,不但马克思以商品价值论对政治经济学做出了巨大的科学贡献,而且马克思主义经典作家又都非常重视在经济学范围以外的、有别于商品价值的价值问题。特别是在建立社会主义市场经济新体制的今天,如何处理社会效益和经济效益的关系,如何看待文艺作品的思想、艺术价值与交换价值的关系,已成为文艺工作中十分突出的问题。因此,探讨哲学上的价值范畴以及文艺价值问题,研究哲学上的价值理论及其在文艺学哲学基础中的地位,等等,对我们说来是完全必要的,理所当然的。

二

关于价值及其特性,有必要正视和辨明以下几点:

1. 价值是一种实体属性范畴,还是一种关系范畴?我认为正确的回答是后者,即价值是一种关系范畴,具体地说,主要是主客体在功用关系上的关系范畴。当然,价值离不开客体及其属性,否则价值便会失去存在的基础或依据。同时,价值又离不开主体,它不但总是相对一定的主体而言,即以一定的主客体关系为前提,而且反映着在价值关系中主体的特性和规定性。所以,不能离开主体而把价值仅仅归结为客体及其属性。正如马克思所说:"从主体方面来看:只有音乐才能激起人的音乐感;对于不辨音律的耳朵来说,最美的音乐也毫无意义,音乐对它来说不是对象。"同样地,"忧心忡忡的穷人甚至对最美丽的景色都无动于衷;贩卖矿物的商人只看到矿物的商业价值,而看不到矿物的美和特性;他没有矿物学的感觉"⑥。这里说的美的鉴赏也是一种价值关系。尽管音乐、景色、矿物的美和特性是客观存在的,但对于不能鉴赏美的主体来说却没有意义、没有价值。如果把价值仅仅归结为客体及其属性,就无法把握在主客体关系中价值的丰富内涵和辩证运动,不仅会导致这样那样的理论谬误与混乱,而且终究会引向忽视或取消对价值范畴的深入探讨。应当看到,这种思路在一定程度上是受到了形而上学机械论轻视主体的理论影响,恐怕这也是我们过去一段时期忽视价值探讨的一个理论根由吧。

2. 价值的主体性是主观的、非历史的、个体的,还是客观的、历史的、群体与个体辩证统一的？我认为正确的回答是后者。首先，价值的主体性是客观的，这不仅因为主体与主观不能相混同，而且因为对于作为价值关系中的主体的人，从根本上应当从实践中去理解。这就是说，在价值关系中主体与客体是辩证统一的，即一方面，客体制约着主体；另一方面，主体在实践的基础上，尊重并运用客观规律，依照主体的需要去认识和改造客观世界。这后一方面正是价值的主体性的表现。恰如列宁所说："世界不会满足人，人决心以自己的行动来改变世界。"因而，"人的实践＝要求和外部现实性"。因而，"实践高于（理论的）认识，因为它不但有普遍性的品格，而且还有直接现实性的品格"[7]。这里所指出的主体实践的客观性和能动性，是我们把握价值的主体性的钥匙。其次，价值的主体性又是历史的，就是说，它是受社会历史制约、在社会历史运动中发展变化的。那种以为价值的主体性是抽象的"人的本质"的绝对显现的见解，不过是历史唯心主义的虚妄之谈；它无力说明任何具体的历史地发生的价值现象，而只会把价值扭曲为所谓"人的异化"史上的毫无内容的抽象符号。列宁说过："如果要研究逻辑中主体对客体的关系，那就应当注意具体的主体在客观环境中存在的一般前提。"[8]因而，价值的主体性不但不能脱离社会历史，而且它本身总是属于一定的社会历史的。再次，价值的主体性还是群体与个体辩证的统一。诚然，价值的主体性有着一定的个体性，但是，不应当把它夸大到必然地到处排斥群体性的地步。在现实社会中，不存在绝对独立、与社会群体绝缘的个体，现实的个体总是与社会群体有着千丝万缕的联系。注意到这一点，并不要求否定价值主体性的个体独特性，而是要求在人类社会历史发展的总体上去把握价值主体性的群体性与个体性的具体而丰富的辩证统一。总之，那种把价值的主体性主观化、非历史化和个体化的见解，在理论上站不住脚，在实践上为极端个人主义的价值观张目，是错误的、有害的。

3. 价值是不是客观的？进而，价值观念有没有正误高下之别？这两个问题相互联系，对它们的正确回答应该都是肯定的回答。价值是客观的，这是因为：价值关系是一种现实的主客体关系，在这种关系中，不但客体的存在、属性和规律是客观的，主体的结构、需要是客观的，而且主客体相互作用相互关系及其发展本身也是客观的。当然，作为主体的人毕竟有主观性，人的需要也有主观的需要。不过，无论客观需要还是主观需要都不能不受到社会历史的制约，并且二者在实践的基础上实现着辩证的转化，其结果必然是客观的。在这里，要紧的是把价值与对价值的主观反映和评价乃至价值观念在理论上区分开来。不能以评价的主观性来否定价值的客观性，相反地，应当看到，评价乃至价值观念正因为具有主观性而必然有正误高下之别，价值的客观性成为评价或价值观念正确性的前提，而精神文明建设就是要帮助人们在实践中解决这种主客观的矛盾，使人们逐步树立正确的价值观。如果认为价值是主观的，不是客观的，就必然认为价值观也无所谓正确与错误、无所谓高尚与卑下,不仅陷入相对主义和不可知论,而且会取消精神文明建设的要求。这是我们所不能接受的。

4.价值论与反映论的关系究竟如何?价值论与马克思主义哲学的关系究竟如何?这些问题牵涉到我们的文艺学的哲学基础,无疑是非常重要的。近几年流行过一种观点,把反映论与价值论对立起来,指责反映论本身只是机械的反映论,要求用价值论来批判和代替反映论。其实,这是对反映论的莫大歪曲。毛泽东同志在《新民主主义论》中指出:"马克思说:'不是人们的意识决定人们的存在,而是人们的社会存在决定人们的意识。'他又说,'从来的哲学家只是各式各样地说明世界,但是重要的乃在于改造世界。'这是自有人类历史以来第一次正确地解决意识和存在关系问题的科学的规定,而为后来列宁所深刻地发挥了的能动的革命的反映论之基本的观点。"这种反映论,明明高度重视主体改造世界的能动作用,怎么可以硬把它贬为机械论呢?而且,它与价值论绝不是对立的。至于它是包容了价值论,还是联系于价值论,人们可以有不同意见和进行学术争鸣。但是,科学的价值论却不能不以反映论的基本原则为基础和前提,不能违反反映论的基本原则,否则就会走向科学的对立面,陷入唯心主义、相对主义和不可知论的混乱和谬误。当然,价值论决不能仅仅是重复反映论的基本原则,而要进一步深入研究各种价值关系以及人们的价值观直至理想和信念。因此,价值论有它独特的内容和在哲学体系中重要的地位。而我们的价值论,是马克思主义哲学体系的一个重要组成部分,是辩证唯物论和历史唯物论在价值问题上的运用和发挥。我们的文艺学以马克思主义哲学为理论基础,其中便包括了价值论。所以,我们必须重视价值论,加强对价值论的研究;同时,对其重要性的认识也应当是如实而适度的,不是夸大的。

三

文艺作品的价值与商品价值,是这次讨论的一个重点问题。就这两个范畴本身来说,是不同的、不容混淆的。

文艺作品的价值是指文艺作品的思想价值、艺术价值或审美价值等等。恩格斯在谈到莎士比亚的作品时曾说:"单是《风流娘儿们》的第一幕就比全部德国文学包含着更多的生活气息和现实性。单是那个兰斯和他的狗克莱勃就比全部德国喜剧加在一起更具有价值。"[9]恩格斯又曾说,"我决不是反对倾向诗本身。悲剧之父埃斯库罗斯和喜剧之父阿里斯托芬都是有强烈倾向的诗人,但丁和塞万提斯也不逊色;而席勒的《阴谋与爱情》的主要价值就在于它是德国第一部有政治倾向的戏剧。现代的那些写出优秀小说的俄国人和挪威人全是有倾向的作家。"[10]在这两段话里,恩格斯直接使用了"价值"概念,我们当然可以由此去理解恩格斯所说的文艺作品的价值到底是什么。而且,恩格斯一贯反对评论家"随意发表议论",而要求评论家"只有在他们研究了别人的著作和认为其确有价值时才执笔评论别人的著作"[11]。因此,当恩格斯在评论文艺作品时即使没有直接使用"价值"概念,其实他也正是在帮助我们认识该作品的价值。例如恩格斯曾这样评论巴尔扎克的作品:"他在《人间喜剧》里给我们提供了一部法国'社会'特别是巴黎'上流社会'的卓越的现实主义历史……我从这里,甚至在经济细节方面(如革命以后动产和不动产的重新分配)所学到的东西,也要比从当时职业的历史学家、经济学家和统计学家那里学到的全部东西还要多。"[12]他还说过,"在我卧床这段时间里,除了巴尔扎克的作品外,别的我几乎什么也没有读,我从这个卓越的老头子那里得到了极大的满足。这里有1815年到1848年的法国历史,比所有沃拉贝尔、卡普菲格、路易·勃朗之流的作品中所包含的多得多。多么了不起的勇气! 在他的富有诗意的裁判中有多么了不起的革命辩证法!"[13]这些论述,不是也揭示着文艺作品的价值,即作品的思想艺术价值包括审美价值吗? 这种价值,一方面联系和依据于作品的美和特性,另一方面联系和依据于作家主体创造性的艺术实践、联系和依据于作品对于社会主体即在历史中活动着的人们的客观的意义和作用。因而文艺作品的价值是客观的,是可以用"美学观点和历史观点"这个"非常高的、即最高的标准"来衡量的[14]。

文艺作品的商品价值不是指作品的思想艺术价值,而是指文艺作品作为商品的交换价值。马克思说:"交换价值首先表现为各种使用价值可以相互交换的量的关系。在这样的关系中,它们成为同一交换量。因此,1卷《普罗佩尔提乌斯歌集》和8盎司鼻烟可以是同一交换价值,虽然烟草和哀歌的使用价值大不相同。作为交换价值,只要比例适当,一个使用价值和另一个使用价值完全同值。"[15]在这里,作为衡量交换价值的"量的关系"的尺度,并不是各种使用价值本身,而是创造这些不同的使用价值所花费的社会必要劳动时间。所以,这里不是说读1卷哀歌相当于享用8盎司鼻烟,而是说生产这两种不同的产品需要相同的社会必要劳动时间,即需要大致相同的劳动量。不过,确定社会必要劳动时间,对物质产品来说容易,对精神产品来说就困难了。杜甫说:"李白斗酒诗百篇。"李白写诗是很快的。可是贾岛呢,却是"两句三年得,一吟双泪流"。差异如此之巨,怎样来确定社会必要劳动时间呢? 而且文艺创作是复杂的精神劳动,下笔之前,不仅需要长期的生活体验,还需要努力提高各方面的修养,包括刘勰所说的"积学以储宝,酌理以富才,研阅以穷照,驯致以绎辞",然后才有曹子建的七步成诗,才有曹雪芹披阅十载、增删数次而著成《红楼梦》。所以,要确定文艺作品的社会必要劳动时间,实在是难上加难的事。然而,市场却并不费心去处理这样的难题。事实上,文艺作品在市场上的交换价值,基本上只依据于生产文艺作品的物质外壳或文艺价值的物质载体所花费的社会必要劳动时间。正是这个缘故,"1 卷《普罗佩尔提乌斯歌集》和 8 盎司鼻烟可以是同一交换价值",而弥尔顿创作了《失乐园》,在市场上只卖得 5 镑。也就是说,市场几乎不考虑文艺创作的复杂与艰辛,文艺作品的商品价值只反映生产这些作品物质外壳的劳动量,不反映作品的思想艺术价值。所以,只要是印张相同的书籍,不管它是古典名著《红楼梦》还是时下的武侠小说,其市场价格或商品价值就是差不多的。如果纸价上涨,书价也跟着上涨;而不论作家来讲"为求一字稳,耐得半宵寒"的艰辛,还是评论家来讲这是了不起的杰作,书价大约还是纹丝不动的。从这个意义上甚至可以说,商品价值在市场上把不同文艺作品的不同思想艺术价值统统都加以混淆了、替代了。当然,也有这样一类情况,例如有些当代书画家的原作在市场上以高昂的价格出售。应当说,这多少反映了买主对于文艺价值的某种尊重。不过,这并不能作为文艺作品的商品价值反映其思想艺术价值的例证。因为这种现象相当特殊,它几乎不适用于文学界,即使在书画界也远非所有成就卓越的艺术家都获此殊遇,而且,它也不是文化市场的普遍现象,在文化市场大量出现的不是书画的原作真迹,而是它们的复制出版物。就拿这些卖高价的书画原作本身来说,它们的市场价格不仅是浮动的,还常常大起大落,这很少是由于作品自身价值的变化引起的,而主要与非艺术的因素例如与变动不居的购买力有关。再说,那些买主对这些原作付以重金,藏为己有,又在很大程度上反映着他们想得到富有、风雅的名气的愿望。

四

对于文艺的价值与商品价值,既要看到它们不容混淆的区别,又要看到它们复杂的相互联系和相互作用以及对文艺发展的深刻影响。把这种区别与联系综合起来加以历史的、辩证的考察,有助于认识的深化。

1. 文艺作品的价值与商品价值,属于文艺的社会过程,属于历史,关系到文艺的社会性和文艺作为社会事业的发展。文艺是一种社会现象,作家写出作品来是要给别人看,要影响社会的。因而,文艺现象是一种社会性过程,它包括文艺的生产、传播和接受等阶段。文艺作品的思想艺术价值是生产阶段产生的,但是,如果作品得不到向社会的传播,人们就无法看到、无从接受,其价值也就无以实现。文艺作品的商品价值正是出现在文艺的传播阶段。但是应当看到,文艺传播并非从来就采取把文艺作品作为可以出卖的商品而流通的形式。正如商品本来是历史地发生的一样,文艺作品的商品价值也是历史地发生的。文艺传播是一种社会行为,而文艺传播的范围和形式,不仅取决于文艺的性质,还取决于与生产文艺作品的物质外壳相关的科技手段和生产力水平。在文艺作品以竹简为物质外壳的时代,生产书简要耗费极大的人力财力而产量却很低。劳动群众无力也无权去获得这种精神生产的资料,他们仍然只有以自己的民歌口口相传,抒发和沟通思想感情。而在竹简上记下来的文艺作品,只为统治集团少数人所占有和享受;他们还设置专门的政府机构,派人搜集民歌加以整理,变成统治阶段的独占品,如汉乐府那样。这时的文艺传播,无论于统治集团还是于劳动群众,都没有商品流通的形式。纸的发明特别是印刷术的发明,越来越改变文艺传播的规模和形式。以都市繁荣为背景,在手工作坊印刷业的基础上,文化市场逐渐发展起来,商品流通逐渐成为文艺传播的重要形式,文艺传播逐渐增加经济色彩,并开始以自己的经济实力影响文艺的发展。事实上,我国从宋元话本到明清小说的演变,也是文化市场的发展吸引了越来越多的文人参与的结果。尽管当时以诗文为正宗的传统观念相当强大,但它既不再能适应时代生活的发展,又不能满足随都市繁荣而发展起来的新的文化需要,因而,对文人越来越失去影响力。更何况,新的文艺形式与商品流通的文艺传播新形式相联系,得到文化市场和书商的经济支持,所以也有力量发展起来。其结果是,文艺为更多的社会成员所享用,而文艺作为社会事业而发展的性质也更加突出、更加丰富。随着机器大工业的出现和发展,文艺传播进入新的历史阶段。在资本主义社会里,出现和发展了以出版商为中心的"文化工业",商品流通成为文艺传播的主要形式,对文艺的性质和面貌产生了深刻的影响。特别是在当代,电影、录音、录像等传播方式的出现和发展,更为文艺传播提供了新的巨大的可能性,为文艺事业展开了过去无法想象的广阔的发展前景。这时,一方面表现出马克思说的"资本的伟大的文明作用"[16],例如文艺传播的范围、对象和文艺事业的规模都空前地扩大了;另一方面则是"使物质力量具有理智生命,而人的生命则化为愚钝的物质力量"[17],例如文艺商品化带来了艺术本身以及人的精神的危机与堕落。这是资本主义时代不可避免的历史性对抗之一,只有社会主义才能历史地将它终结。毫无疑义,社会主义应当更好地发展和利用各种科技手段来迅速提高文艺传播的规模和能力,也应当根据国家财力的现有实际而去利用文艺作品的商品价值以获得社会对文艺事业发展的经济支持。不过,社会主义不走文艺商品化的道路,而且经过社会主义这个历史阶段,文艺传播将最终摆脱商品流通的形式,使文艺作品及其思想艺术价值真正成为全社会的共同财富。

2. 要辩证地把握文艺作品的价值与商品价值的对立统一关系,在文艺工作中必须把社会效益摆在首位,争取社会效益和经济效益双丰收。在理论上必须始终清醒地看到,文艺作品的价值与商品价值,不但其范畴内涵不同,而且其目的、规律和要求也存在差异,在一定的条件下它们会发生严重的背离甚至对抗。具体说来,文艺价值服从于艺术自身的目的,受艺术的本质和规律的制约,并要求文艺家以人类灵魂工程师的高度责任感,通过艰苦的创造性艺术劳动为精神文明做出贡献。因而真正有价值的文艺作品是无法用金钱来衡量的。文艺作品的商品价值则不然,它要诉诸市场交换的经济活动,遵循市场价值规律,不能不要求经济上的赢利。所以,文艺作品的价值与商品价值之间,显然存在着矛盾。不过,要认识这种矛盾发展的趋向,却必须把文艺价值与商品价值的区别和联系综合起来考察,不仅要研究矛盾双方的对立,还要研究在一定条件下对立面的相互转化,这也是辩证法所要求我们的。如前所述,文艺的价值与商品价值的联系并不是直接的,它们之间不存在必然的在质上的反映关系和在量上的比例关系。要研究它们的联系,应当从分析文艺的社会过程入手。文艺作品的商品价值既然是在文艺传播的一定历史阶段上发生的,那么,它在这些阶段上就会成为文艺生产与文艺接受(消费)之间的重要中介,作为文艺系统的一个环节对整个系统发生联系和影响。我们先来看生产与消费的关系。马克思说:"没有需要,就没有生产。而消费则把需要再生产出来。"另一方面,"生产不仅为需要提供材料,而且它也为材料提供需要。……艺术对象创造出懂得艺术和能够欣赏美的大众——任何其他产品也都是这样。因此,生产不仅为主体生产对象,而且也为对象生产主体"[18]。一句话,不但消费创造出生产的动力,而且生产也创造出消费的动力。而在生产与消费之间,又须插入交换,因为在现有历史条件下,大多数文艺产品,消费者不是直接获得的,而是在市场通过交换来获得的。于是,各种文艺产品视其满足消费者需要的情况,在市场上有的畅销,有的却滞销,从而产生迥然不同的经济效益。这种商品交换的经济赢利或亏损,就会反过来影响艺术生产的布局乃至目的。至于这种影响的性质和程度,则直接取决于下述因素:文艺产品满足着哪些消费者的需要,这种需要是健康的高尚的还是病态的粗鄙的,握有经济实力的出版商是否不顾一切地只追求最大的经济赢利,文艺家在金钱的诱惑下是坚持还是放弃对作品思想艺术价值的追求,国家是否决心充当艺术的保护人并采取切实有力的相应对策,等等。说到底,则根本取决于支配着物质生产资料的阶级对于精神生产资料的支配,对于自己时代的思想的生产和分配。所以,社会制度不同,这种影响的性质和方向也根本不同。马克思就指出:"私有制不能把粗野的需要变为人的需要",在资本主义社会里,"工业的宦官投合消费者的卑鄙下流的意念,充当消费者和他的需要之间的皮条匠,激起他的病态的欲望,窥伺他的每一个弱点,以便然后为这种亲切的服务要求报酬"[19]。因为资本主义生产的目的就是要获取剩余价值、获取最大的经济赢利;资产阶级既然"把医生、律师、教士、诗人和学者变成了它出钱招雇的雇佣劳动者"[20],就会驱使他们不顾一切地为自己赚钱,而"雇佣工人对于自己劳动的内容,因而对于自己活动的特别形态是完全漠不关心的"[21]。正是在这个意义上,马克思指出:"资本主义生产就同某些精神生产部门如艺术和诗歌相敌对。"[22]也就是说,在这种条件下,以追求精神文明为宗旨的文艺价值与以追求经济利益为宗旨的商品价值便发生了严重的背离和对抗,或者说,文艺价值便向它的对立面转化。所以,列宁曾质问那些鼓吹绝对自由的资产阶级作家说:"你们能离开你们的资产阶级出版家而自由吗?你们能离开那些要求你们作海淫的小说和图画,用卖淫来'补充''神圣'舞台艺术的资产阶级公众而自由吗?"[23]另一方面,他"要求苏维埃国家成为艺术家的保护人和赞助人",使"每一个艺术家和每一个希望成为艺术家的人,都能够有权利按照他的理想来自由创作"[24]。所以,社会主义文艺绝不能像资本主义那样走文艺商品化的道路。这当然不是要忽视、更不是要否定文艺作品的商品价值或文艺的商品属性,而是要正确认识文艺作品在根本上是精神食粮,因而是一种具有意识形态性质的精神生产产品。所以,我们固然要建立和发展文化市场,但它是社会主义的文化市场,不能只讲价值规律,更不能搞拜金主义。那种为了赚钱不惜制售精神鸦片,满足和煽动部分消费者的病态欲望,腐蚀人们灵魂的做法,必须加以坚决反对。邓小平同志曾明确要求:"思想文化教育卫生部门,都要以社会效益为一切活动的唯一准则,它们所属的企业也要以社会效益为最高准则。"[25]这应当作为我们当前的文艺工作、当前的文艺体制改革包括建立文化市场等工作的指导性思想原则。因此,第一,必须继续高扬主旋律、发展多样化,提倡和鼓励创作出更多的表现和讴歌社会主义现代化建设和改革开放的具有艺术魅力的优秀作品,用爱国主义、集体主义和社会主义思想鼓舞和教育群众,帮助人们树立正确的理想、信念和价值观。这是对马克思"生产也为对象生产主体"思想的具体运用。因为它生产着社会主义文艺作品的消费主体及需要,所以是建立和发展社会主义文化市场的关键和根本,是促使文化市场充分发挥文艺传播作用并给予社会主义文艺事业以社会的经济支持的前提和保证。第二,必须根据文艺实际和国力实际,对不同的文艺品类、团体和报刊等区别对待,有的主要由市场支持,有的则由国家支持,并在总体上不断增加对文艺的经济投入,在量力而行的前提下充分发挥和不断加强社会主义国家作为艺术的保护者、赞助者的作用。事实上,现在已经步入较成熟的资本主义阶段的某些西方国家,也不再像过去那样把文艺完全交给市场。据法国学者穆兰介绍:"1959年,法国成立了文化部。……70年代特别是80年代以来,国家作为文化的保护者对艺术创作者的职业采取各种社会保护措施,公共权力对艺术家的劳动市场的干预也进一步扩大"[26]。无论如何,它们在这方面的经验总是值得我们有分析、有选择地借鉴的,而且我们应该做得更好。第三,必须抓紧文化市场的法规建设和法治建设。提倡什么、允许什么、限制什么、反对什么,不仅要旗帜鲜明地宣传,还要通过法律及其施行来贯彻。在这方面要借鉴外国的许多经验,同时还要根据我国的特点、根据四项基本原则,建立、健全关于文化市场的社会主义法治系统。第四,我们的文艺事业是整个中国特色社会主义事业的一部分,不能仅仅是就文艺抓文艺,就文艺体制抓文艺体制,就文化市场抓文化市场,没有在全局上的"两手抓、两手硬",文艺工作就很难搞好。因此,必须全面贯彻党的基本路线,坚持两手抓、两手都要硬的战略方针。这样,文艺事业包括文艺体制改革及文化市场建设,才有坚实的社会基础,才有健康的精神气候,它们也才能健康地发展,为培养一代又一代社会主义新人做出贡献。由此可以说,在社会主义的历史条件下,文艺价值与文艺的商品价值之间的矛盾会有不同于资本主义社会里的发展趋向,它可以把市场的局限和消极面降低到最小限度,而发挥其积极方面帮助社会主义文艺事业在国家和全社会的支持下迅速发展,表现出既适应于社会主义市场经济体制的要求,又符合社会主义精神文明建设的要求的总体特征。

本文对一系列困难的课题发表了上述见解,这些见解未必都是妥当的、成熟的,希望引起读者的进一步思考和研究。我相信,通过大家的共同努力,是可以逐渐解决实践提出的各种新问题、不仅能促进理论的发展,而且能促进社会主义文艺进一步繁荣的。

参考文献:

①《马克思恩格斯选集》第3卷,第467页。
②《列宁选集》第1卷,第81页。
③⑰⑱《马克思恩格斯选集》第2卷,第479、79、94—95页。
④《列宁选集》第4卷,第362页。
⑤⑮⑯㉒《马克思恩格斯论艺术》第1卷,中国社会科学出版社版,第186、176、235、206页。
⑥⑲马克思《1844年经济学-哲学手稿》,人民出版社1979年版,第79—80、86页。
⑦⑧列宁《黑格尔〈逻辑学〉一书摘要》,第149—150、137页。
⑨⑬㉑《马克思恩格斯论艺术》第2卷,第113、294、110页。
⑩⑫⑭《马克思恩格斯选集》第4卷,第454、462 463、347页。
⑪《马克思恩格斯论艺术》第3卷,第296页。
⑳《马克思恩格斯选集》第1卷,第253页。
㉓㉔《列宁论文学与艺术》,人民文学出版社1983年版,第71、434页。
㉕《邓小平论文艺》,第68页。
㉖《当代法国社会学》,三联书店1988年版,第96页。

艺术：创造还是生产？
——兼论 20 世纪反个性化思潮

陶东风

关于艺术活动，传统的理论一直用"创造"一词加以界说。无论是创作还是欣赏，无论是过程还是成品，都被视作创造活动及其结果，艺术家则被称为"创造者"。这种创造论的文艺观受到了 20 世纪文艺社会学的责难，一些文艺社会学家（其中许多是新马克思主义者）提出了文艺生产理论。他们认为艺术活动也是一种生产活动，艺术家是生产者，而艺术品则是产品。由于艺术生产理论是作为艺术创造理论的反动而出现的，因而有必要对两者做一个简要的对比，以便彰明这两者的区别及得失。

一、创造理论：个体人道主义的神话

不管"创造"这一概念始于何时，但对艺术中创造行为的经典表述无疑出自浪漫主义美学。而这种浪漫主义的神话却扎根于具体的历史土壤和文化语境，这即是伴随资产阶级的成长和资本主义的兴起而出现的个人主义人道主义思潮。资产阶级艺术家从原有的贵族保护人的翅膀下飞向自由竞争的天空，随之出现了对个人创造力和天赋权利的崇拜。

创造概念的第一个重要含义就是与个体人道主义相联系的个体主体性思想，这是创造的文艺观的核心和灵魂。这使我们想起浪漫主义美学对于狂放不羁的反社会个性的崇尚和赞美，艺术家与社会的离异状态、流放状态、批判精神以及由此而导致的痛苦体验、创伤体验、孤独体验被看作是创造力的基础，是成功的艺术创造的关键，是伟大艺术家的必备人格。在此，个体的自由被当成一种神圣的价值加以膜拜，而这种自由的代价则是永恒的流浪。浪漫主义诗人莱蒙托夫的《云》《帆》等诗篇即是流浪艺术家的肖像，他们的自由是他们创造力的源泉，同时也是他们不幸的根源。当艺术创造的主体被视作反社会的个体时，他们就超拔于凡夫俗子与芸芸众生之上而成为叛逆的英雄，成为天才和精英，因而浪漫主义美学与创造的艺术观常带有贵族主义倾向。拜伦是这种美学的偶像符号。

由于创造的文艺观特别关注个体创造力，所以它必然十分注重作者传记研究，而对个体艺术家的反社会个性的神话规则是这种研究的共同特征。

创造的文艺观对于创作活动的解释同样贯彻了个体人道主义思想，同时还体现出反文明、反技术、反物质的倾向。创造的文艺观首先把艺术创造的本质规定为个体艺

术家内心世界的外化,是激情和灵感支配下的创造,它的本原是"诗人的情感和愿望,寻求表现的冲动,或者说是像造物主那样具有内在动力的'创造性'想象的迫使"①。表现理论与浪漫主义的个性观点的关系是显而易见的,"把文学的探索作为探索个性的指南,这一开拓起于19世纪初;它是表现说不可避免的结果"②。

二、艺术作为一种生产

把艺术活动当成一种生产活动的观点可称为艺术的生产论或生产论的艺术观(与艺术的创造论或创造论的艺术观相对)。它显然是直接作为浪漫主义的个体人道主义的反动而出现的。个体人道主义倾向于把主体视作先验的、普遍性的抽象存在,他的个体性和自主性似乎是无条件地超越于社会历史条件的(政治与经济)。这种人的本体论早在经典马克思主义那儿就受到了批判,而新马克思主义则继续着这种批判。阿尔都塞指出:抽象的"人"是资产阶级意识形态的一种神话。在阿尔都塞之前的卢卡契实际上已经对资产阶级人道主义的抽象自由观进行了批判。他在《自由的艺术还是领导下的艺术?》(1947年)一文中,把资产阶级人道主义与古典的人道主义做了对比之后指出:"首先,古典社会的道德决定了社会的客观结构,并由此得出个人行动的道德秩序,资本主义的道德则把某些人的个人行为看作自己的唯一的出发点,而每个社会范畴只有符合这种精神的时候,才能称为是道德的;古典社会的道德在符合自己目的的条件下具体规定了自由的内容,而资本主义社会的道德则由于把孤立的个人的行为作为基础,只是抽象的、形式上的自由。"③显然,卢卡契所说的资本主义社会的自由观正是创造的文艺观的意识形态本质,同时也是生产论的文艺观集中攻击的目标:珍妮特·沃尔芙在其《艺术的社会生产》一书的导论中宣称:"本书反对浪漫的和神秘的艺术观,它们把艺术看作'天才'的创造,超乎存在、社会和时代之上。"④那么,生产的文艺观的新见解又是什么呢?珍妮特·沃尔芙对此作了如下概括:

> 在这本书中,我已经提出了两个主要论点:一是以艺术家作为生产者的观点来代替艺术家作为创造者的传统观点;一是把艺术作品的本质看作是被确定了范围的生产。这是因为:第一,过分强调个别艺术家是某件作品的唯一创造者的做法是一个误解,因为我们可以确定无疑地指出,许许多多其他人员也参加了某些艺术作品的生产,而且我们也应该注意到各种社会规定作用和决定作用的参与。第二,艺术家作为创造者这个传统的观点是依赖于对主体的非研究性的观点的,这种观点关于主体自身在社会作用和意识形态作用中被构成方式的认识是错误的。⑤

可见,艺术生产论与艺术创造论的主要分歧在于对"主体"的理解上。与创造论突出主体的个体性、自主性和超越性不同,生产论强调主体的受限制性和群体性。文学社会学家埃斯卡皮说:"在认识作家这个职业的本质之前,不要忘记一个作家——即使是最超脱的诗人,每天也得吃饭,也得睡觉。"这似乎是一个极普通的道理,但创造论者是不怎么看重的。埃斯卡皮进而指出:否认物质考虑对文学的影响,那是不现实的,混饭吃的文学也不一定是最蹩脚的,塞万提斯为了挣钱而当了小说家并写出了《堂吉诃德》,诗人司各脱为了改善收入而改写小说。这是物质生活条件对艺术家的制约。此外,艺术家还受社会文化条件和物质技术条件的制约,这些条件构成了艺术生产的基础。在这方面,艺术生产与其他社会生产形式并无太大的区别。最后,艺术生产论还注重生产的集体协作性,认为生产行为不可能由一个人完成,许多别的文化人甚至非文化人都参与了艺术产品的生产。实际上,艺术生产概念与艺术创造概念在内涵上是不同的。创造在惯常情况下只指作者写出作品的手稿这一过程,克罗齐甚至把尚未物化(符号化)的心灵直觉也视作创造。而生产则囊括了从作者到手稿再到形成书籍的作品这个全过程,因而出版、印刷甚至发行都属生产的范围,生产者的队伍当然是远大于作者。被困于这诸多限制之中的生产者,就不可能是创造论中所描绘的自由超越的英雄、精英,而是一个凡夫俗子,同样为生计而奔波,同样在社会之网中挣脱不出来。从这个意义上说,艺术的生产论不乏反精英主义、反英雄主义的平民化大众化倾向。

在创作过程的问题上,艺术生产论与艺术创造论也截然相对。马舍雷指出:"各种各样的创造'理论'全部忽视了制造过程,它们全都删去了关于生产的某些描述。"[6]的确,创造论因突出创造行为的神秘性,把不可捉摸的灵感、下意识、疯狂当成创造的秘密,故而对制作过程,尤其是对技术因素和操作因素言之甚少。生产论突出强调了技术因素和操作程序的重要性,解除了创作活动神秘的光环。既然艺术创作是生产和制作,因而物质的和技术的因素,尤其是媒介的因素对生产就是极为重要的。本雅明在著名论文《机械复制时代的艺术》中对比手工复制考察了机械复制这一技术革命对艺术生产与艺术品所产生的深刻影响。机械复制的方式使艺术生产成为与现代工业社会中其他产品的生产一样的批量生产和机械复制,从而销蚀了艺术作品的距离感与独一无二的"韵味"。由于机械化的制作是以受控系统与操作程序为基础的,所以现代化的艺术生产及其产品就带上了标准化、程式化、规范化的特征,创作的神秘性、独特性、不可重复性被一扫而光。

总之,在艺术生产论者看来,文化产品是经济、社会和意识形态诸因素的复合产品,它体现为本文,本文的创作固然离不开作为个体的作者,但这个作者被历史地确定了位置,他的自由性相当有限。

三、个体主体的罹难:作者之死

我们可以很明显地看出:艺术创造论与艺术生产论应当相互补充而不是相互排斥。艺术既是创造又是生产;既是精神产品,又是商品;既是自我表现,又是意识形态;既是语言结构,又是人工制品。

文艺的创造论突出了艺术活动的独创性、个体性、自主性,强调其与其他社会活动的区别,无疑有其合理性。但它也确实忽视了艺术活动的社会历史条件和物质技术条件,夸大了创作过程中的非理性因素。艺术生产论恰好可以弥补创造论的这些不足,但它又似乎走向了另一个极端,忽视以至否定了艺术活动的独特性、个体性,对其自律性也认识不足。因为艺术即便是一种生产,也是一种特殊的精神生产,它不能简单地等同于商品生产。作家的个体性不能完全化约为社会意识形态,而创作过程当然也不可还原为技术操作。

任何一种艺术理论的出台都不是孤立的,而是有着大量的背景因素,我们曾谈及,创造论的出台背景是 18 世纪末、19 世纪初资本主义的兴盛以及与之相伴的个体人道主义的风行,离开这个背景我们就很难理解创造论何以那么突出个体艺术家的神力,那么钟情于天才、灵感、激情,那么充满叛逆情绪。同样,20 世纪创造论的衰落、生产论的兴起绝不仅仅是一个孤立的现象,也不是艺术理论自身逻辑运动所致,它实际上是一种文化状况的表征,这个文化状况即是个体主义的罹难、个体人道主义的式微。

个体主体及个性在 20 世纪的罹难是一个普遍而深刻的文化哲学主题。20 世纪的人文科学思潮差不多可以称为"对个性的围剿"。它绝不只发生于艺术生产论之中,而且是形式主义、结构主义和后现代主义、西方马克思主义、接受美学以及其他种种阅读理论的"联手行动"。

自索绪尔开始,结构主义者就抬出了"结构"来对抗个体主体,以结构的普遍性对抗个性的独特性。结构主义者把语言与人的关系做了彻底颠覆,不是人创造了语言,而是语言创造了人。与其说语言是他或她的产物,不如说他或她是语言的产物。话语行为的真正主体不是个别的说话者,而是语言规则的自身运作机制。索绪尔把语言视作自组织、自调节、自控制的封闭系统,个人的言语行为是偶然和没有意义的。斯特劳斯的结构主义神话学把个别的神话本文视作永恒的普遍结构的变体,任何个别的神话均可还原为普遍结构,因而神话思维的主体是集体的心灵而不是个别主体,神话不是个人思维的产物而是借助于个体来思维。这样,个别主体就不再被视作意义的来源和归宿。结构主义之后的各种学术思潮,虽然不同程度上超越了结构主义,但在破除个体的神话方面却无不与结构主义一致。比如西方马克思主义者戈德曼要求恢复主体对结构的支配地位,他主张:是作为主体的人创造并转换了结构,而不是相反。但戈德曼所说的"主体"是集体主体(collective subject)而不是个体主体(individual subject)。他自称这是他与弗洛伊德的根本分歧。结构主义的理论正隐含了作者之死的见解,而经由阅读理论的进一步发展,巴尔特和福科终于把这个隐含的见解转变为正式的宣判(当然,早在形式主义批评中,对作者的攻击已日渐嚣张)。阅读理论致力于消除作者中心论(这一点与新批评相同),代之以读者中心论(这又与新批评不同)。它关于本文的多重含义的思想以及读者的能动作用的思想都把作者逐出了意义的中心。曾是结构主义信徒的后结构主义者巴尔特终于在各种气候都成熟的情况下宣告:"读者的诞生必须以作者的死亡为代价。"巴尔特把作者中心论视作一种新的神学加以破除,指出:"本文并不是释放简单'神学'意义(作者—上帝信息)的词汇系统,而是一种多范畴的空间,在这个空间中,多种多样的书面形式或者协调或者不协调,但这些书面形式中没有一个是原创作者。"⑦本文的空间是指各本文之间的互文性关系,不同时代及同一时代的各本文之间存在着复杂而紧密的联系,这个空间由读者共享而不容作者独占。

在把作者形象从神坛拉下的联手行为中,福科的力量当然不可低估。这位文风古怪的解构大师(也是新历史主义的鼻祖)写了一篇古怪的文章《什么是作者》(*What is an Author*? 1969),对一个似乎不成问题的问题进行了质疑。福科首先探讨了写作活动的性质。在福科看来,写作(ecriture)已经摆脱了个性表现的必然性,它是符号之间的相互活动,"写作的概念不仅使我们防止参照作者,而且确定了他最近的不存在(recent absence)"⑧。写作受能指自身性质的支配而不受个别作者的支配。因而写作以作者之死为代价。写作是生命的奉献,作者之死保证了本文的不朽,而叙述则偿还了叙述者的夭折。"写作现在与献身(sacrifice)以及牺牲生命本身相关联,这是自我的自愿湮没(voluntary obliteration),这个自我不要求在书中再现,因为它发生在作者的日常生活之中。在一部作品有责任创造不朽的地方,作品就获得了杀死作者、成为其作者的谋杀者的权利。"⑨福科认为:"我的发现写作与死亡间的联系还表现在作者个人特征的完全消失,作者在他自身与其本文之间创造的矛盾与对抗取消了他的特殊个性的标志。"⑩这即是说,作者之死即作者的个体性之死,是浪漫主义创造观的破灭。接着福科转入关于"作者"一词的探讨。他批评了作者存在于本文之外的传统观点,主张作者受制于本文而不是相反。作者的名字与它所指涉之物之间的关系不同于一个专用名字与被命名的那个个人的关系,它们发生作用的方式也不相同。作者的名字的指称有效性不受本文之外的因素影响(如说莎士比亚不是出生于某地并不影响作为作家的

"莎士比亚"的有效性及其发生作用的方式),但受制于他的本文,如果证明莎士比亚没有写过向来归于他名下的诗歌和戏剧,那"莎士比亚"就不再是作家"莎士比亚"了;或者,如果证明莎士比亚没有写过文学作品而是写过大量哲学本文,那么,"莎士比亚"一词发生作用的方式就会整个发生变化。因此,作者的名字不是一个词类成分,它的存在是功能性的,即是一种聚集和区分本文之方式。总之,《作者是什么?》一文之主旨在于重新考察主体之特权,消除主体的绝对性和创造作用。也就是说,应该取消"一个自由的主体如何穿透事物之密度并赋予它们以意义"之类传统经典问题,"必须取消主体(以及它的替代品)的创造作用,把它当作一种复杂多变的话语功能来分析"[11]。

理论话语中个体人道主义的罹难表征着个体在现实生活中的生存遭际。当代社会在政治、经济、文化三大领域都出现了高度一体化的趋势。现代科技为之提供了有效的控制手段。这种现象虽主要发生在西方工业发达国家,但对正在走向工业化的中国,仍不无启示意义。

参考文献:

[1][2]艾布拉姆斯:《镜与灯》,北京大学出版社,1989年。

[3]见《卢卡契文学论文集》Ⅰ,中国社会科学出版社,1980年。

[4][5][6][7]珍妮特·沃尔芙:《艺术的社会生产》,华夏出版社,1990年。

[8][9][10][11]Michel Foucaull. 1980. *Language*, *Cocenter-Memory*, *Practice*. Cornell University Press.

1995 年

聚合离分呈百态　嫣红姹紫斗芳菲
——中国现代散文发展漫谈

陈漱渝

在五四新文学运动中，散文创作的发展一直比较稳健，水平也比较整齐，被视为收获至为丰饶的领域。鲁迅在《南腔北调集·小品文的危机》中指出，五四时期"散文小品的成功，几乎在小说戏曲和诗歌之上"。鲁迅的这一结论，是从对散文创作数量和质量的综合评估，特别是对五四时期散文质量的评估而得出的——据统计，新文学运动第一个十年中，小说、诗歌的出版量超过了散文集的出版量，但就作品的思想性与艺术性而言，散文小品的成就却超过了其他的文学样式。相对而言，散文创作所受外来影响也远比其他文体所受的外来影响要小。

五四时期，是中国现代散文理论的建设时期，不少散文作家在从事散文创作的同时，也在不断总结经验，更新观念，输入外国散文随笔理论。虽然就某些作家的单篇文章而论，见解往往不够深刻，观点缺乏系统性，甚至不无偏激和失误之处，但他们的意见却具有很强的互补性。综合其合理因素，就初步构筑了我国现代散文的理论体系。

最早探讨现代散文革新的有胡适、钱玄同、傅斯年等先驱者。但他们对散文的特性一时还界定不清，对散文语言提出的要求也局限于明白晓畅，简洁自然，即重视散文语言必具的朴实美，而无意中却忽略了追求使读者获得高层次审美愉悦的深邃美。有人将胡适散文比喻为水晶球，虽然晶莹剔透，但细看多时就渐觉乏味，就是这种理论必然导致的后果。促使具有独立品格的艺术性散文诞生的是周作人。论者多以周作人1919 年 3 月在《每周评论》上发表的《祖先崇拜》为真正的白话散文，但周作人自认为这篇文章说得"理圆"而无"余情"。1921 年 6 月 18 日，周作人在《晨报副刊》发表《美文》，公开提倡艺术性较强的散文小品。这种"美文"可偏重抒情或偏重叙事，也可抒情与叙事相夹杂，但无论属哪一种类型，都要以深刻的思想作为灵魂，以真实简明为美学标准。周作人还指出，要给新文学开辟出这块新的土地来，既要借鉴外国的美文（如英国的散文随笔），又要继承古典美文，如"序""记""说"的传统。这篇文章虽然短小，却成为现代散文观初步形成的标志。

在中国现代散文文体建设方面，鲁迅也付出了创造性的劳动。他翻译了日本评论家厨川白村的随笔集《出了象牙之塔》,率先在中国提倡闲谈体(或称娓语体)的散文。书中有一段话为当时的散文作者所广为传诵:"如果是冬天,便坐在暖炉旁边的安乐椅子上;倘在夏天,则披浴衣,啜苦茗,随随便便,和好友任心闲话,将这些话照样地移在纸上的东西,就是 essay。兴之所至,也说些以不至于头痛为度的道理罢。也有冷嘲,也有警句罢。既有 humor(滑稽)也有 pathos(感愤)。所谈的题目,天下国家的大事不待言,还有市井的琐事、书籍的批评、相识者的消息以及自己的过去的追怀,想到什么就纵谈什么,而托于即兴之笔者,是这一类的文章。"

五四时期的散文作家中,还有人强调散文的真情实感,有人强调语言的独特旋律,有人强调散文的时代脉搏,有人强调散文的确切思想,有人强调散文"美在适当"……直到 1935 年 8 月,郁达夫才对现代散文的特征进行了较为全面的概括。他在《中国新文学大系·散文二集序》中指出,现代散文最主要的特征,是每个作家的每篇散文里所表现的个性,比从前的任何散文都来得强。作家的性格、嗜好、思想、信仰、气质无不在散文中得到纤毫毕现的流露。从这个意义上说,散文比小说更具自叙传色彩。此外,现代散文不仅题材的范围扩大,而且对语言的要求也很宽泛,既可以使用典雅文净的语言,也可使用引车卖浆者之流的语言。现代散文的第三个特征,则是人性、社会性与大自然的调和。也就是说,散文作者要处处不忘自我,也处处不忘自然和社会,使作品达到"一粒沙里见世界,半瓣花上说人情"的艺术境界。五四时期散文作家的上述理论,有力地推动了散文创作的繁荣。

就五四时期散文作品的内容和形式而论,的确是姹紫嫣红,千姿百态,正如朱自清的《论现代中国的小品散文》一文中所概括:"有种种的样式,种种的流派,表现着、批评着、解释着人生的各面,迁流曼衍,日新月异。有中国名士风、有外国绅士风,有隐士、有叛徒,在思想上是如此。或描写,或讽刺,或委曲,或缜密,或劲健,或绮丽,或洗练,或流动,或含蓄,在表现上是如此。"(载 1926 年 7 月 31 日《文学周报》)比如,按题材划分,有陈独秀、李大钊等人的议论散文,有胡适、瞿秋白、孙伏园兄弟等人的游记散文,有焦菊隐、高长虹、于赓虞等人的抒情散文。按风格而论,冰心的散文委婉雅丽,周作人的散文冲淡自然,许地山的散文联想丰富,徐志摩的散文辞藻富丽,以至有时"浓得化不开"。以文体而论,则有闲谈体、随笔体、格言小诗体、自由体、抒情体……五四时期的散文创作实践,极大地丰富了中国现代散文的艺术形式和表现手法,为日后的散文创作提供了宝贵的借鉴。

作为五四散文传统,我认为最应该继承和发扬的,是散文作家强烈的参与意识和入世精神。众所周知,由于中国近现代社会的急遽变化,阶级矛盾与民族矛盾空前剧烈,散文作家大多具有强烈的社会责任感。他们感时忧国,奔放峻急,高度重视文学的社会功利性。他们不仅以创作者的身份现身于文坛,而且往往以社会批判者、社会改革者的英姿屹立于思想文化战线,自觉承担起挽救国家危亡、激扬民族精神的历史重负。从本质上说,五四时期的大多数散文家(包括胡适、周作人、林语堂等)都是一些政治性很强的人物。所以,五四时期的散文创作是以议论性散文为发端,以《新青年》《每周评论》《新社会》等政治色彩鲜明的刊物为阵地,并随着文学革命和思想革命的深入而繁荣滋长。五四散文作者群中,最光辉的代表就是鲁迅。在散文创作领域,鲁迅不仅贡献了堪称中国现代正宗散文的典范之作《朝花夕拾》和《野草》,而且又创造了一种新型的散文形式——杂文。这一文学形式一方面吸收了外来的 essay(随笔)和 feuilleton(小品)的特点,另一方面又和中国古代散文(如魏晋文章)的深厚基础相关联。杂文在鲁迅创作中占有极大的比重。鲁迅在他一生中,特别是在后期思想最成熟的年月里,将大部分心血倾注到杂文创作中——他除了写过五篇历史小说之外,创作的几乎都是杂文。由于鲁迅把他那罕见的深刻思想,惊人的艺术天才,渊博的书本知识,丰富的人生体验,都凝聚在他的九百多篇杂文当中,因而使他的杂文成为中国思想史上的辉煌篇章,成为中国现代散文难以逾越的高峰。无论对于鲁迅本人,还是对于中国社会、中国文化,鲁迅杂文的重要性都超过了他的小说和其他著作。如果离开了这些杂文,鲁迅作为文学家的分量就会减轻,甚至就不会有现在这样伟大的鲁迅。

鲁迅著作中所说的"杂文",有广义、狭义两种用法。狭义的杂文,指杂感或短评。这一类型的文章,是鲁迅杂文集中的骨干,或称之为正宗杂文。这种狭义的杂文,是一种侧重于议论性的散文体裁。它虽然以议论为主,却有机地融合了文学诸因素,包括感情色彩、诗的境界、类型形象和美的文字等。简而言之,它是诗与政治的融合,是史笔与诗情的结晶,是逻辑思维与形象思维的有机结合,是战士和诗人一致的产物。

由于鲁迅把历史批评和社会批评带进艺术创作的领域,也就是把艺术带进了思想斗争的领域,这就使得鲁迅杂文具有强烈的政治性和鲜明的倾向性。鲁迅杂文的这种思想特征,使得它为社会上或一部分人喜闻乐见的同时,也必然为社会上的另一部分人反感和忌恨。只要社会上还存在不同利益的集团,它就不可能受到不同政治立场、不同思想倾向的人们的普遍赞赏。所以,鲁迅杂文不能受到普遍认可,完全是一种正常的现象,丝毫不用奇怪。

如同五四新文化阵营在 20 年代出现了离合分化一样,五四散文在发展过程中也呈现出双水分流的趋势。以鲁迅为代表的散文作家继承了先秦诸子、唐宋八大家"载道"与"言志"并重,个人与社会融合的传统,借鉴了俄国散文的写实手法、讽刺艺术,以及日本随笔作家对本国社会弊端加以辛辣攻击的"霹雳手"精神;而以周作人为代表的散文作家则深受明代"公安""竟陵"派及其遗绪张岱的散文与英国随笔小品的影响。30年代围绕小品文发生的论争,实际上反映了上述两大散文流派散文观念的冲突。从散文观念的源流来看,林语堂完全属于以周作人为代表的散文流派。所以,鲁迅对林语堂主张的很多批评,同时也是对周作人的不点名批评。1934年4月5日,林语堂在《人间世》创刊号的《发刊词》中正式提倡"以自我为中心,以闲适为格调"的小品文,并强调小品文的内容包罗万象:"宇宙之大,苍蝇之微,皆可取材。"

林语堂的所谓"自我"亦即明万历年间公安派的所谓"性灵"。"性"者,个性也;"灵"者,心灵。这种主张,要求文章不为格套所拘,不为章法所役,用个人的笔调充分表达真知灼见,抒发真声真情,畅述由衷之言,是对形式主义、复古主义文风的反动。追求个人意识的自由表述,实际上是散文本体精神的一种表现。从这个意义上说,林语堂的观点有其积极合理的一面。此外,林语堂又指出提倡幽默必先提倡解脱性灵。因为幽默是人类心灵舒展的花朵,是心灵的放纵或曰放纵的心灵。因此,有人认为,林语堂提倡"性灵"之功要超过其提倡"幽默"。

然而,林语堂对"性灵"的阐述带有主观神秘主义的色彩和个性至上主义的偏颇。如他在《论文》中说,寄托文学命脉的"性灵"是一种"惟我知之"的东西,"生我之父母不知,同床之吾妻不知"。此外,林语堂宣扬"以自我为中心",目的在排斥法律、排斥群众、远离社会、远离政治,在淡泊虚静中追求作家的内心自由。

鲁迅认为没有超然于社会之外的"性灵",只有带社会性的"性灵"。他反对那种与穷苦大众的命运不相关的自我的喜怒哀乐。鲁迅指出,从明初到明末的历史,就是一部"以剥皮始,以剥皮终"的历史。面对这种令人毛骨悚然的现实,只有不闻不问、麻木不仁的人才能保持洒脱超然的"性灵"。事实上,明代的"性灵"文学中也有不平,有讽刺,有攻击,有破坏,只不过这些夹着感愤的文字在文字狱时被销毁了,以致剩下的只是天马行空似的超然的"性灵"。所以,对明代的历史应全面看待,对明人小品也应全面看待,如果忽视历史的整体性,就必将受到历史的嘲弄。

林语堂鼓吹"以闲适为格调",即提倡散文中的"闲谈体""娓语体"。他认为无论题材如何重大,仍然可以用一种漫不经意的、悠闲的、亲切的态度来表现。以轻松的笔调吐露真情,既有益又有味,读来如挚友对谈,推心置腹,互诉衷曲。他对英国散文始祖乔叟为代表的闲谈体称颂备至,就是因为此派"行文皆翩翩栩栩,左之右之,乍真作假,欲死欲仙,或含讽劝于嬉谑,或寄孤愤于幽闲,一捧其书,不容你不读下去"(《小品文之遗绪》,载《人间世》第22期)。

对于作为一种叙述方式和艺术风格的"闲谈",鲁迅与林语堂之间并无分歧意见。

鲁迅历来主张在行文中夹杂些闲话或笑谈,使文章增添活气,使读者增加兴趣,不易疲倦。鲁迅是一位深刻的思想家,也是一位"闲谈的妙手"。他的《春末闲谈》《门外文谈》等文,均属"闲谈体"的上乘之作。

林语堂也有不少用亲切闲适的娓语式笔调写成的散文,如《读书的艺术》《秋天的况味》等。问题在于,"闲适"需要有一种"闲适"的心境。物质匮乏固然不会有精神的余裕,物质丰富而人际关系紧张也不会有精神的余裕。鲁迅说,"采菊东篱下,悠然见南山"是陶渊明的佳句,但要在上海租一所有竹篱的院子,可以种菊,租金、巡捕捐两项每月就需银一百一十四两,相当于一百五十九元六角。作家单单为了采菊,他就得每月译作净五万三千二百字,伙食费尚不在内。所以,执着于现实的"杭育杭育派",是不会以"闲适"作为艺术支撑点的。

林语堂为了追求"闲适"格调,在取材上主张无所限制:"宇宙之大,苍蝇之微,皆可取材。"这句话之所以为文坛诟病并不是因为文字本身有什么问题。散文领域本来可以无所不谈,即使是微末的细菌昆虫,也能引发散文家的思考,从不为人注意的事物中悟出某些真理。鲁迅说得好:"想从一个题目限制了作家,其实是不能够的。"(《准风月谈·前记》)鲁迅翻译过《月界旅行》《地底旅行》,用科幻小说的生动形式介绍宇宙之大;又描写过苍蝇、跳蚤、蚊子、蚂蚁、细腰蜂……以意象化、象征化、符号化的手段针砭现实生活中的某一类人。然而,受林语堂影响的某些小品作家,取材却只见"苍蝇之微",而不见"宇宙之大"。林语堂本人的不少文章,也钻进牛角尖,成为小摆设,不仅为"左翼"文坛不取,就连他的友人也不以为然。徐訏在《追思林语堂先生》一文中说:"语堂'无所不谈'的散文在台湾发表的时候,很多作家对它并不重视。有一次我到台湾,就听到许多人对他的批评,一种是说'中央社'发这类文章,太没意义,以一个'国家'通讯社的性质,至少总该刊登与国际政治经济以及时局有关系的文章。有的则说语堂的文章总是那一套,没有什么新鲜的东西。我记得陈香梅女士就同我说,语堂先生似乎是关在太狭小的圈里。外国的作家同社会与民界有各方面的接触,所以不会像他那样偏狭。"(《大成》第49期)可见问题不在于写不写"苍蝇之微",而在于能不能以小见大,"以寸龙表现全龙",达到"一粒沙里见世界,半瓣花上说人情"的艺术境界。

五四散文创作之所以出现上述分化现象,有其社会原因,也有作家个人的原因。以社会状况而论,从北洋军阀时代至国民党执政的时代,政治压迫日趋严重,令人难以喘息。林语堂对此做出了形象描绘:"文通忘姓马,御寇亦罹灾。"也就是说,当时读《马氏文通》会遭忌讳,举行抗日集会也会招惹灾祸。他明确表示不愿杀身成仁,使自己死无葬身之地,所以转而提倡幽默,鼓吹性灵。《论语》半月刊《创刊缘起》中说:"我们无心隐居,迫成隐士。"一个"迫"字,就道破了"论语派"同人的苦衷。周作人在五四新文化运动中也曾以叛徒现身。1927年以后,他感到中国当时的社会状况酷似明季,成了一个不可思议的世界,所以写出了《闭户读书论》《哑巴礼赞》,希图苟全性命于乱世。所以,我们总结中国现代散文的历史教训时,不能脱离特定的历史背景。

不过,置身于同一现实之中,不同作家之所以有不同的人生抉择和艺术抉择,也有不可推卸的个人原因。周作人、林语堂这类散文作家跟中国许多传统知识分子一样,其实都是在"入世"与"出世"两种人生观的消长起伏中徘徊。成功发达之日是孔教徒,失败受挫之时是道教徒。道家崇尚原始的淳朴,提倡返璞归真,重返自然,以期获得精神的自由,保持精神的纯洁与生命的尊严。他们正是试图用道家的"出世"观念作为一帖抚慰受伤灵魂的镇痛剂,使心灵的创伤得以愈合。然而,道家思想的药方往往并不能使他们摆脱在现实生活中的尴尬处境,反而使他们陷入政治的沼泽地而难以自拔。周作人40年代变节投敌就是一个令人惊醒的明证。

以人生哲学而论,鲁迅与周作人、林语堂等人都是个性主义者,但他们的个性主义性质又有所不同。可以说,周作人、林语堂的个性主义是一种"个人主义的人间本位主义"。他们一方面心系人间,与不食人间烟火的深林遁世者不同;另一方面,他们又希望"带一点'我佛慈悲'的念头",冷静超越看待人生。因为"心系人间",所以踯躅于"十字街头";因为要冷静超越,所以心造了一座"塔",将自己与街头的众生相隔离。1927年以后,他们更多地接受了道家的消极影响,由鄙弃狭隘功利主义而走向极端,淡漠参与意识,鼓吹绝对自由,甚至走向放浪形骸,玩世不恭。这显然是不足取的。

鲁迅的个性主义则是一种具有现代哲学意义的个性主义。他吸取了西方个性主义思潮中敢于"独异"的现代人格精神,同时又在马克思主义的影响下,强调个体对群众的历史责任,以使个性高度发展,并日臻完善。他鄙弃在闲适中咀嚼苦味的生存方式,而甘愿直面惨淡的人生,肉搏空虚的暗夜。面对绝望与虚无,他偏做绝望的抗争;面对厚重的苦痛,他"硬唱凯歌,算是乐趣"(《两地书·二》);即使被生活中的飞沙走石打得遍体鳞伤,他也会像一匹受伤的狼,悄然地钻入草莽,舔尽自己的血迹,而不会仿效肥胖臃肿的企鹅,躲进礁石的缝隙中去逃避风暴。他营造的是壕堑,而不是象牙之塔。正因为如此,鲁迅在各种思潮纷至沓来、各种流派竞相出现的时候,始终独立独行,保持了创作和学术上的鲜明个性以及政治上的原则立场。林语堂在《鲁迅之死》中说得好:"德国诗人海涅语人曰,我死时,棺中放一剑,勿放笔。是足以语鲁迅。"

中国现代史上的五四时代,是一个新旧文化转换的时代,也是一个文化多元并存、多维发展的时代。五四时期的散文作家输入了新的散文观念,铸锻了新的散文语言,尝试了各种新的散文表现手段,为推进中国现代文学的现代化进程做出了不可磨灭的历史贡献。对于五四文学潮流奔涌过程中出现的支流和逆流,也应该进行更细的研究,全面分析其主客观原因。这样做,不仅有利于正确总结中国现代散文的历史经验,对于繁荣当前的散文创作也有不可低估的借鉴意义。

鲁迅的批评视角

孙 郁

一

尽管鲁迅从来没有以职业批评家的目光来构建自己的理论体系,但在他的犀利的笔锋与热情的口吻里,我们常常可以感触到他非同寻常的鉴赏力和深刻的洞察力。

鲁迅十分清醒地懂得,文艺批评应当是建立在艺术规律基础上的一种精神劳动。忽视了艺术现象的内在联系,而沉浸在主观主义的批评模式中是十分可怕的。无疑,鲁迅对批评所期待的,完全是一种启蒙理性与科学求是精神的结合。他深知,中国向来缺少思辨的传统,因而他对艺术自身的观照并不是一种玄学式的冥想,而是切合实际的一种描述。从《中国小说史略》《汉文学史纲要》中,我们可以看到,鲁迅对文学现象的把握是充满历史的与科学求是精神的。他对从《诗经》以来中国文学的变迁,都提出了全新的看法。在对文学的起源、发展、流变的描述中,那种敏锐的目光与深刻的顿悟,使现今的许多学者汗颜。我们从鲁迅的"史"的眼光中,是可以窥见其独特的认知视角的。他特别看重时代精神、民族特点、传统文化对文艺作品的影响。例如,神话是怎样产生的,六朝鬼神志怪作品出现的原因是什么,《红楼梦》何以具有如此大的魅力,等等,鲁迅的论述都是十分精辟的。他用"药"及"酒"的关系来看汉末至晋末文章的一部分变化,包含着一种历史的与文化的因素,其价值判断的独到性是毋庸讳言的。

在那篇著名的《魏晋风度及文章与药及酒之关系》中,鲁迅告诫研究者们:"我们想研究某一时代的文学,至少要知道作者的环境、经历和著作。"从环境与历史状况的角度出发来认识文学艺术,的确是聪明的,因为人不是独立于历史之外的纯粹抽象的实体,人的个性发展程度与精神状态,都是在一定时代精神碰撞中产生的。即使是一味地从唯美主义与形式主义角度切进艺术品,那只能见其一斑,不得全豹。"世间有所谓'就事论事'的办法,现在就诗论诗,或者也可以说是无碍的罢。不过,我总以为倘要论文,最好顾及全篇,并且顾及作者的全人,以及他所处的社会状态,这才较为确凿。要不然,很容易近乎说梦的。"应当说,这是看到了制约文学自身主要因素的。它本身的正确性已得到了后来理论家的普遍认可。在 30 年代翻译苏联的文学理论的同时,他接触了大量社会学与心理学的书籍,逐渐修正和丰富了自己的艺术观。他从社会实践与物质生活方式等因素来考察文学与生活的关系的思路,从整体上来讲,已开始接近马克思主义的某些文艺思想。

严格地说,鲁迅对中国现代文坛的批评现状是不满的。这不满的因由有二:一是批评家自身的素质低。由于缺少对现实与对象世界的了解,批评者无法切近作品的原貌,产生形而上学的缺点。在《骂杀与捧杀》一文中,鲁迅针对文坛不正常的风气,指出:"批评的失了威力,由于'乱',甚而至于'乱'到和事实相反,这底细一被大家看出,那效果有时也就相反了。"二三十年代,当一些封建主义文化沉渣泛起的时候,许多文人学士对此是麻木的,或者无法找到其危害的根源。鲁迅警觉到问题的严重性,曾告诫人们,不要被迷雾所缠绕。同时希望文艺界能就此多做些匡正工作。但实际上,文坛的沉默使他大为失望。他意识到,人们思想上的迟钝必然导致精神的更深的委顿。批评家不担负起指导任务,中国文坛的萧条是不可避免的。二是某些批评家的恶意在干扰着文坛。"还有一样是恶意的批评。大家的要求批评家的出现,也由来已久了,到目下就出了许多批评家。可惜他们之中很有不少是不平家,不像批评家,作品才到面前,便恨恨地磨墨,立刻写出很高明的结论道,'唉,幼稚得很。中国要天才!'……因为幼稚,当头加以戕贼,也可以萎死的。我亲见几个作者,都被他们骂得寒噤了。那些作者大约自然不是天才,然而我的希望是便是常人也留着。"鲁迅又说,"或者是文坛上真没有较好的作品之故罢,也许是做一批评家,眼界便极高卓,所以我只见到对于青年作家的迎头痛击、冷笑、抹杀,却很少见诱掖奖劝的意思的批评。"恶意的批评不仅是对艺术规律的无知,更主要的是缺乏真正的人生态度和自我修养。在那些自命不凡的批评家那里,国民劣根性的余毒同样是严重的。最可怕的不是艺术的单调、乏味,而是从事艺术劳动的人的思想的阴暗。这是中国文坛的悲剧所在。在总结五四前后的文学批评后,他说:"那时中国的创作界固然幼稚,批评界更幼稚,不是举之上天,就是按之入地,倘将这些放在眼里,就要自命不凡,或觉得非自杀不足以谢天下的。批评必须坏处说坏,好处说好,才于作者有益。"

鲁迅曾在短文中多次例举过批评界的缺点。他说:"中国文艺界上可怕的现象,是在尽先输入名词,而并不绍介这名词的含义。"批评尺度的不同,也导致了文坛观点的多样化。问题不在于运用的是何种尺度,而是怎样准确地应用这些尺度。批评当然必须在一种框架下进行,离开先验批评模式的批评是不存在的。但是,假使将先验的模式当成随意性的魔棒,那么情况一定是很糟糕的。

为什么会产生这种现状呢?最根本的原因,乃是空洞的教条主义和非科学的接受心理。对此,鲁迅是深恶痛绝的。批评是一种严肃的工作,外来的理论只有经过消化才能施于中国的文坛。在对象与尺度之间,笼统地套用和生硬的糅合是不切实际的。而狭窄的批评标准又必然导致八股精神。鲁迅认为,仅仅在概念上兜圈子,是不会有出息的。中国文人往往因概念的东西而忽略了具体的实际。在古代,文人往往通过诗词书画,附会先验的儒道学说。而现在,则将域外某些理论,不加研究地生硬套在文学批评中,既不懂过去的历史,也不了解中国的实际,其结果产生了一大批颇具有偏见的怪文章。鲁迅对国民弱点的"哀其不幸,怒其不争"的态度,可以说也适用于批评界的现状吧。

二

这是一种十分有意思的现象:鲁迅一方面注重文学批评的科学性与准确性,强调它的重要意义,另一方面,又提醒作家避开文学批评的干扰,主张独立思考精神。前者主要针对广大读者而言,它具有启蒙的作用;后者则是对作家自身的要求。这看来是一个矛盾的问题,但仔细分析,人们会发现,鲁迅是把批评与创作看成不同精神劳动的。"我想,作家和批评家的关系,颇有些象厨司和食客。厨司做出一味食品来,食客就要说话,或是好,或是歹。厨司如果觉得不公平,可以看看他是否神经病,是否厚舌苔,是否挟夙嫌,是否想赖账。或者他是否广东人,想吃蛇肉;是否四川人,还要辣椒。于是提出解说或抗议来——自然,一声不响也可以。但是,倘若他对着客人大叫道:'那么,你去做一碗来给我吃吃看!'那却未免有些可笑了。"

但批评的确在文坛中起着不可忽视的作用,它毕竟是某一时代精神风貌的反映。鲁迅实际上是意识到这一点的。从五四时期对批评家的期待,到"革命文学"产生时与青年理论工作者的论争;从译介大量的马克思主义文学理论,到直接加入文学批评的行列,鲁迅的努力是超出常人的。开始,鲁迅把文学批评与社会启蒙融为一体,在"文明批评"与"社会批评"中,更多地还是糅进了某些文学的思考。批评与创作一样,可以达到教育人们的目的。在《反对"含泪"的批评家》中,他对那种将批评沦为伪道学附庸的文人,视为失态的落后者。在《对于批评家的希望》一文,则强调介绍必要常识的重要性。应当说,这时候鲁迅对批评的要求并不苛刻,"我不敢望他们于解剖裁判别人的作品之前,先将自己的精神来解剖裁判一回,看本身有无浅薄卑劣之处,因为这事情是颇为不容易的"。他所希望的,乃是能有切实地做普及性工作的人,把现代文明灌入到文学领域中去。但后来随着西方诸种思潮的涌入,特别是苏俄文学观的输进,批评的现状发生了变化。鲁迅感到,在文坛上,已不是简单的启蒙问题了,而是世界观与方法论的问题。不解决这个问题,批评必然走进形而上学的死胡同。实际上,早期左翼的批评正在扼杀年轻的艺术,一些幼稚的理论工作者,根本无视中国的现实,将外来的理论生硬地搬到中国来。在这种风气影响下,文艺创作中的概念化与口号化充塞着一切。鲁迅感到,这一现状的出现,理论家是要负一定责任的。

对批评的反批评,在鲁迅杂文中占了大量的篇幅。1928年,他与一些青年批评家关于文艺与生活、文艺与政治、文艺与世界观等问题的争论,集中地体现了他对艺术的看法,也表达了他的文学批评观的独到的一面。鲁迅对一些青年评论家的朦胧、轻浮作风是颇为反感的。"中国的批评界怎样的趋势,我却不大了然,也不很注意。就耳目所及,只觉得各专家所用的尺度非常多,有英国美国尺,有德国尺,有俄国尺,有日本尺,自然又有中国尺,或者兼用各种尺。有的说要真正,有的说要斗争,有的说要超时代,有的躲在背后说几句短短的冷话。还有,是自己摆着文艺批评家的架子,而憎恶别人的鼓吹了创作。倘无创作,将批评什么呢,这是我最所不能懂得他的心肠的。"鲁迅深感一些浮躁心情对文坛的恶劣影响,他批评那些望文生义的人"看见作品上多讲自己,便称之为表现主义;多讲别人,是写实主义;见女郎小腿肚作诗,是浪漫主义;见女郎小腿肚不准作诗,是古典主义;天上掉下一颗头,头上站着一头牛,爱呀,海中央的青霹雳呀……是未来主义……"。这种挖苦是颇有意味的,鲁迅认为某些青年人除了情绪的东西外,在对文艺与生活关系的认识上,是极不成熟的。它导致了创作上理念的图解和形式主义风气。

中国文学理论界的轻浮风气给鲁迅带来了许多值得思考的问题。他晚年很少从事小说创作,而把精力大量花费在对社会现象与文化现象的批评上。与各种不同的文学观的争论,一方面促使他更深入地了解了西方诸种学术流派的内容,另一方面,也逐渐形成了他自己特有的文学思想。鲁迅感到,不论评论家操哪一种理论尺度,不深深地植根在生活的土壤里,不精心地了解文艺的内在规律,再好的理论也无法得到应用。这里存在着理论的东西在现实应用的转换问题,是为了个别的东西而忽略了普遍的因素呢,还是因普遍的东西而轻视个别的因素,这是应引起注意的关键环节。他批评创造社个别人,"他们对于中国社会,未曾加以细密的分析,便将在苏维埃政权下才能运用的方法,机械地运用了"。不仅创造社一些人如此,新月社一些知识分子同样缺乏对中国社会新与旧现状的深层体验。这是多么令人悲哀的现状。仅仅在一种口号和概念下进行文字游戏,仅仅挂起招牌而无货色,这是中国文人的一大弱点。试想一下,从新文化诞生以来,正直脚踏实地的批评家是为数不多的,鲁迅的这一判断不是没有根据的猜想,他是一眼就看到了症结之所在的。因此他勉励人们说:"惟有明白旧的,看到新的,了解过去,推断将来,我们的文学的发展才有希望。"

1996 年

游戏崇高:走向俗人的神话
肖 鹰

一

当代中国自我的反叛从自我解放归于自我囚禁和沉沦,根源于现代历史要求给予自我的悖论式命运。现代历史面向未来的发展一方面要求自我对传统进行持续不断的反映,另一方面又使因为脱离传统根基而漂泊无依的自我陷入沉沦之境。现代反叛的意识形态对自我与传统、个性与共性对立的极端性追求,使这种悖论对于现代自我具有普遍的绝对意义,这种悖论因此成为他的宿命。

向无限之维的超越是当代自我的基本意志。自我的囚禁和沉沦既没有消除个人对无限的欲望,同时也不能使他摆脱无限性的压力。个人欲望的无限性和个体生存的有限性使他在无限之维的存在具有根本性的荒谬,这是刘索拉式的主题:你别无选择地要承担个体生存所必需的选择的无意义。在自我之后,个人必须要承担选择的本体论责任:存在就是选择,选择是不可逃避的。但是,由于自我所进行的反叛,过去已经过去,将来还未到来,被抛掷加纯粹孤立的现在,个人所做的任何选择又必然是因为没有根据而没有意义的。所以,你别无选择,并不是你不能选择,而是你必须选择,而且是在彻底的无意义中选择。

二

在自我的彻底无望中,个人不是通过一条精神超越的道路,而是通过一条现实沉沦的道路,即把自我实现的希望转换为个人现实生存的享受来解脱荒谬生存的压力。《无主题变奏》(徐星)是当代中国个体生存的一个根本转折点:自我卸下了他对社会的历史性承诺而成为个人。主人公"我"承担了自我的现代反叛的双重命运:在无限中的自由和在无限中的沉沦。双重命运直接在他的生存中表现为一种不可逃避的孤独感和这种孤独感所包含的个体生存的无意义。"可我孤独得要命,孤独得不想喝酒,不想醉什么的。"孤独在自我的先锋追求中具有形而上意义,是一种向无限性超越的行动。

而在自我丧失以后,个人的孤独,不是因为被困于无限远景中的超越,而是因为不能摆脱无限到来的有限,一种"与某种超越的东西失去了任何联系"①的孤独。意义的丧失剥夺了个人自我超越的激情,而选择的无制约性又扩张个人的生存欲望。个人的孤独感根本上来自他在生存欲望的扩张中所体验的个体化存在面对世界无限性的无能感。"我在生活中不断受到暗示,身边发生的一切都在暗示我是个无能的人。"(徐星《无为在歧路》)无意义的生存(选择)使个人要"活得最多",而"活得最多"的欲望又必然使个人遭遇根本性的无能感。这种悖论式命运把个人围困在无限到来的有限性中,而剥夺了他追求超越性的可能。《无主题变奏》的主人公认同了对自我超越性的剥夺,并且把它当作一种纯个人的自由、一种无条件的选择权。"我只想做一个普通人,一点儿也不想做学者,现在更加不想。"在这里,"普通人"和"学者"都是一个虚指。在80年代中国现代化启蒙的文化语境中,"学者""普通人"的二元对立是与"启蒙者""被启蒙者"的二元对立互相指称的。拒绝做一个"学者",实际上就是拒绝了自我对社会启蒙的历史性承诺,而将个体的存在退缩回个人领域。

北岛曾说过:"在没有英雄的年代里/我只想做一个人。"(《宣告》)现在,《无主题变奏》的主人公说:"我只想做一个普通的人,一点儿也不想做学者。"这两次关于"我只想做……人"的宣言,在表面的一致性中,包含着根本的对峙。在英雄被神话化和工具化的时代,北岛式的做"一个人"就是对神话的反叛,是真正的英雄使命的选择。而《无主题变奏》的主人公在向个人领域的退缩中,不仅拒绝了北岛式的主体性承诺,而且转而敌视自我意识的启蒙,第二次宣告了"我不相信"。在对知识分子的嘲笑中,这位主人公对诗人特别刻薄,失去了他自以为是的轻松:"你是什么呀?你是大屎蛋一个。你像什么呀?像美尼尔氏症患者!"对诗人的怨毒是针对当代中国自我崛起时期的自我的诗性存在的。这种诗性存在包含了面向未来的怀疑精神,包含了深入世界的探索意识。反诗性意识是与消解自我意识一致的,因为现代诗性意识的超越精神在根本上是同现代自我的无限发展使命相统一的。现代诗性的瓦解是与自我的丧失一致的。《无主题变奏》的主人公坦白地告别了诗与自我,作为孤独的个人,他把自我留给邂逅的"他人"——如他一样孤独的个人,或这些个人将要云聚起来的大众。

"同时我把自己交给别人觉得真是轻松,我不想我该干什么,我不决定什么。"

三

由于自我的失落,个人代替自我,欲望代替激情,整个时代经受了个人扩张时期的青春期式的骚动和烦闷。文化反叛的新潮运动把个人带到了无限自由却又无路可走的境地,雄心勃勃却又情感迷茫。"告诉你我等了很久,告诉你我最后的要求……"

(《一无所有》)崔健的摇滚乐把个人别无选择的苦闷,无主题变奏的失落,终于化成了一无所有的欲望发泄。但是这种欲望发泄并没有真正实现个人困境的解脱,它仍然是一种个人之累。因为欲望的无限肿胀和冲撞的累,这是一种"泛泛的痛苦"。王朔拒绝了这种"泛泛的痛苦"。他把这种"泛泛的痛苦"具体化了,实际上是把个人欲望具体化了,具体到一种"追求体面的社会地位,追求中产阶级的生活方式"[②]。个人欲望的具体化,也就是个人生存的世俗化。它一方面使个人精神被纠缠于现实琐碎之中,另一方面也消解了个人精神超现实的理想主义痛苦。王朔不仅通过写作毫不掩饰地表明了自我失落之后个人的世俗化要求,而且他的写作本身就构成了个人世俗化的一个过程。这使他成为20世纪末中国文化的一个典型现象。

个人的世俗化在满足个人从社会整体性中摆脱出来获得世俗自由和权利的同时,使个人因为拒绝社会责任社会情感而丧失了崇高感和超越价值。个人化割断了个人与社会整体的联系,同时也使个人同他人相互孤立。因此而来的个人的孤独是根本性的。这一方面导致了个人基本的玩世态度,他怀疑并嘲讽一切,对世界充满欲望却又冷漠无情,因为"没有什么东西可以让我严肃地对待"[③];另一方面个人又不能承受这种根本性的孤独,摆脱这种孤独就成为个人的精神癔症。问题是,个人拒绝了任何超越性承诺而仍然谋求一种超越价值。因此,文本叙事的反讽模式被移植到现实中而成为生活的游戏模式。游戏崇高,是世俗化过程中内在价值丧失的个人唯一可能的文化生存方式。王朔则把它作为自我实现的基本策略。作为一种欲望的表达,王朔在小说中为无望的个人设计了可谓日新月异的游戏模式,如《顽主》中"替人解难替人解闷替人受过"的"三T"游戏,《你不是一个俗人》中的捧人游戏和《玩的就是心跳》中的死亡游戏。这些游戏使作为游戏主体的个人,从既定的社会秩序中游离出来,成为无拘无束浪迹天涯的大玩家。

游戏或"玩",是一种无承诺的自由。这种自由来自超越性的无望。游戏又使个人与崇高保持了一种间离的关联——因为对于崇高的彻底无望,个人用一种阿Q式的敌视态度暗恋和觊觎崇高,因此获得了反叛者的悲壮并最终染上崇高的色彩。这就可以解释为什么以玩世为人生信条的王朔却寻死觅活地恋栈于崇高之城的墙外。王朔式的游戏,在表面的潇洒自在的背后,暗藏了处心积虑的沉重,依然是一种欲望之累。在他的小说中,顽主们在前期都保持着逍遥自在的洒脱,他们在边缘生活着,认可并庆幸世界对自己的遗忘,如《浮出海面》中的石岜,被誉为"真人"。而在后期,由《顽主》始,顽主们一改冷淡无为的"真人"姿态,成为一场更比一场声势浩大的社会闹剧的导演和制作者,以拼命的疯狂向世界的核心地带发起一次更胜一次的冲撞。这种由边缘向中心的僭越,表明了个人的世俗化既是一种自我意志的退缩,同时又是一种对世界的非理性贪婪。欲望否定一切限制,也否定一切自由。

  无疑,王朔在当代文化市场走红,不仅因为他的小说为落荒的个人描绘了未来的俗人神话天堂,而且因为他本人的成功就是这个神话灵验,一个由人而神的奇迹。不过,小说中的顽主们是用行动,而王朔是用语言来塑造俗人的神话。他通过拒绝语言的意义承诺,把写作转变成无意义的语言游戏——无边的调侃。统观王朔小说,可以看到,他的叙述总和构成了一个身着彩色花衣的肿胀而空洞的语言巨人。这个巨人通过把自己完全掏空而展现出一种目空一切的洒脱,这是一个与崇高做语言游戏的俗人神话的偶像。它一方面在与传统文化的对峙中以"我是流氓我怕谁?"的非人品质抗拒崇高,另一方面又在世俗文化的沉沦之境以梦游症患者的自欺虚构"我和别人不一样"的过去和未来的辉煌。俗人的神话是沉沦世俗的现实无赖和破落贵族的往日梦怀的精神综合征。这是一种拒绝者的贪婪。

  当代中国正在走向以个人为要素的世俗化社会。自我反叛的失败和商业化运动的高涨,新旧价值体系的交错和文化秩序的失调,必然带来整体性的文化危机。文化危机表现为商业价值的绝对化、人文精神的抑制和知识的贬值。王朔式的成功是商业化时代的成功,它来自文化必然在全面危机中被整合入商业轨道。通过整合,文化失去了它的超越因素(真理性的和精神性的)而被全部并入商业化和技术化的现实存在秩序。"高级文化成为物质文化的一部分。"④就此,怎样重建文化的人文价值体系,保持它的超越性,即理想性深度,就成为一切对人的全面发展、对社会的全面进步抱有真正热忱和责任的学人应当深思的问题。

参考文献:

① 罗蒂:《后哲学文化》,黄勇译,上海译文出版社,1992年版,第21页。

② 《王朔访谈录》,载《联合报》,1993年5月30日。

③ 《我是王朔》,国际文化出版公司,1992年版。

④ 本杰明:《手稿片断·卷六》,转引自阿多诺《否定的辩证法》,张峰译,重庆出版社,1993年版,第201页。

1997 年

仅有热爱是不够的

刘醒龙

当我回过头来将身心投入生活,才恍然悟出自己总算找到了自己的老师。世界上没有什么学问比生活更加深刻。如果说生活是个巨人,那么文学充其量是它灵魂深处的血液和神经。生活的毫毛动一根就会使这样的血液与神经发生震颤。

随着阅历的不断增长,我现在越来越发觉:那种貌似平凡、随处可见的东西,往往是最深刻、最难弄懂的,同时也是最容易使人误入歧途的。文学与生活的关系正是这样,没有谁说过自己不懂其中一些玄妙之处的,然而,又没有谁能做到在文学与生活的碰撞中,时时保持着清醒意识。生活时常有意无意地将自己打扮得蓬头垢面,听任作家们用自己的情感尺度来尽情梳理,其结果往往是大相径庭的,甚至出现人与鬼的差异。实际上,这种差异也是生活趁机对作家们的良心与良知进行拷问的结果。

我们常常对自己也对别人说,生活无所不在,生活就在身边眼前。情况也的确是这样,生活是所有人一起共同创造的,因此每个人的行为也就是生活的一部分,问题的症结是作家如何在自己的写作里,将这一部分的生活融入全部生活的大潮中。自1984年发表第一篇小说后,在很长的时间里,我陷入这种困境中不能自拔。事实上,那时我根本不知道也不相信这是一种困境,拼命地在斗室里营构着一批叫作"大别山之谜"的小说,主观地臆想创作出全新的大别山文化小说。我费了很大力气,思索了许多,探索了许多,在一定的范围内取得了一些成功。我那时并不太清楚,这种所谓的成功究竟有多大意义,只是凭空里给自己添了一些胆量,写了不少至少是在湖北省无人如此写过的作品。对于我的这些作品,第一个表示异议的是我父亲。有一次,他用红笔在我的一篇只有万余字的短篇小说上勾出83个表示看不懂的记号,我同他争执了一通后,以为这是代沟,而没有深究。但自此之后,我慢慢发现,自己的作品除了在文学圈子内,再也难以找到知音。现在回想起来,才发现那时的浅薄:自己居然那么牛皮哄哄,相信自己的作品是写给少数人看的,越是知音难觅越能体现它的价值。

在时间的不断推移中,这种文学观越来越显出它的苍白无力和破绽百出。如果一种事物沦落到只是少数人的事的份儿上,那么它离最后消失的日子就屈指可数了。这本是生活中最最简明的道理,奇怪的是自己那时竟视而不见。

熟悉我的创作经历的人,总是不理解,为何我能在1992年写出《村支书》《凤凰琴》等作品,并且风格与以前迥然不同。说来的确奇怪,当我在先前的创作路数上正春风得意时,在一个场合里我偶然听到一首名为《一碗油盐饭》的小诗:"前天/我放学回家/锅里有一碗油盐饭。昨天/我放学回家/锅里没有一碗油盐饭。今天/我放学回家/炒了一碗油盐饭/放在妈妈的坟前。"说的人话音未落,我就感动得热泪盈眶。说实话,我从未读过也从未见过只用如此简单的形式,就表现出强大的震撼力与穿透力的艺术作品,那么平凡的文字却能负载起一个母亲的全部生命质量,而这种在贫寒与凄苦中竭尽全力给后人以仁爱、温馨和慈善,正是千万个中华母亲的人性之光。我一直为自己及时被这首小诗所警醒而暗自庆幸,事实上当时在场的业余作者有几十人,只有我一个人对这首小诗刻骨铭心。直到如今我还常常在琢磨它、领悟它,聆听那字里行间两代人生命的对话。我就是从它那里悟出作家的意义,并发现他们的不是:一种作家是用思想和智慧写作,一种作家是用灵魂和血肉写作。对于文学来说,后一类作家更为要紧,更为珍贵。

我不能说这首无名作者的小诗里包含着绝对的真理,那样就无法解释为何别人听了会无动于衷,只是说它对我这样的人才是艺术的真谛。其实,在文学里就应该这样,一把钥匙开启一把心灵之锁,有些人必须用世界级的名著才能见效,对于我一首关于油盐饭的小诗就够了。在写作了《村支书》《凤凰琴》等作品后,我曾应邀到一个县里去讲课,当时我就讲了这首诗对我的影响。让我大为意外的是,这首小诗竟让一位看门的老头号啕大哭起来。那情景让我终生不敢忘记,并且还在往后的日子不断地叮嘱自己,希望自己哪一天也能写出一部类似的让普通人读后能歌能泣的作品来。

从这首小诗中我还慢慢地揣摩到,对于文学将要表现的生活,光有热爱和感情是不够的,还必须投入自己的灵魂和血肉。

对于自己从前的写作和写作对象,我一直是充满激情的,在许多时候都是爱恨交加的。然而,在激情的装饰之下,真正表达的只是自己的同情、怜悯、愤世嫉俗、痛心疾首。当文学面对生活时,作家不应只是一个隔岸观火者,如果这一点不做改变,那他就只能成为一个隔靴搔痒者。

当我回过头来将身心投入生活时,我才恍然悟出自己总算找到了真正的老师,世界上没有什么学问比生活本身更深刻。如果说生活是一个巨人,那么哲学只能是它的头脑,历史是其骨骼,而文学艺术则充其量是试图通达它的灵魂深处的血液与神经。生活的毫毛动一根就会使这样的血液与神经发生震颤。鄂西北有座城市的机关里曾发生这样一件事:一位精明强干的年轻人创办了这座城市的电视台,而且工作极为出色,深受同事们的拥戴,可上级就是不肯让他当正职,一再从外面调个平庸的正职压着他,他苦苦干了近十年后,心一灰,什么也不干了,玩了几年后,上级突然将其升为正职。我用它写成了名叫《秋风醉了》的中篇,后来几乎是照本宣科地拍成电影《背靠背脸对脸》,很多人都惊叹小说的深刻,其实这全是生活赋予我的。生活告诉我,仅靠情感是无法实现超越的,必须用自己的灵魂和血肉去做无情的祭奠。

　　作家不要太聪明,更不能自恃聪明,面对生活还是老老实实地将自己投入其中,这才是最要紧的。向生活学习,用生活来滋润自己,写作者才会有永远的生命力。

1998 年

90 年代女性文学面面观
李复威　贺桂梅

女性文学在 20 世纪 90 年代形成热潮是有目共睹的事实,它的确构成了一个时期的关注热点。

文学从来不仅仅是社会语境的产物。90 年代女性文学获得长足进展并以足够的实力成为 90 年代多样化文学格局中的重要一类,最基本的原因仍是 90 年代女性写作对 80 年代女性文学的发展与突破,以及女作家们创作观念的变异和她们对创作领域的广泛探索。同时,成为热潮的女性文学在 90 年代获得的远不是众口一词的认可,还伴随着多方面的冲突与迷误,这种冲突与迷误不仅来自复杂的文化语境和文化观念之间的反应,也来自女性写作自身。因此,当社会性热潮渐趋平静,女性写作在一个新的起点上恢复到"自然"的写作状态时,对 90 年代的女性文学做出准确、冷静的分析和描述,不仅对女性写作是必要的,对清理 90 年代复杂的文化处境和文学状况也同样必要。

一、女性的变异与强化

忽视男女差异,要求所有的女性都"男性化"或成为"准男人"的文学标准在新时期遭到了不同程度的质疑。为了纠正 50 至 70 年代文学的过"左"倾向,80 年代的文学经历了一次重新"发现"女性性别的文化心理的变异:在大量的小说中,女性形象都恢复了温柔、体贴、富于献身精神的"女性"或"母性"的特点。但是,80 年代尽管在一定程度上对 50 至 70 年代文学忽视男女差异的现象有所纠正,但对性别的理解一方面被一种"中性化"的人道主义话语覆盖,另一方面对女性的理解却是在一种传统的"男女有别"意义上的性别本质主义看法,将"女性的"等同于"感性的""富于浪漫精神的""温柔的"诸种限定。随着 80 至 90 年代的社会转型造成的社会文化"断裂"以及 80 年代文学自身的推进达到的深度,整个社会的商业化进程为一种"众声喧哗"的状态提供了多种写作、传播的渠道。一批女作家正是在这种情景下脱颖而出,如池莉、方方、林白、陈染、徐小斌、迟子建、海男等。这些女作家在当时往往被某种带先锋意味的潮流裹挟而出,借助一种解构性的文学实验大胆地表露自身的女性经验,如陈染的《与往事干杯》中对少女成长心路的表现,林白的《同心爱者不能分手》中的潜意识女性心理的发掘以及她们此后在作品中表现的一些"越轨"性的女性经验。真正使"女性文学"获得独立的文化内涵,成为一种女性文学潮流并在90年代的文学格局中占据重要位置的,是在1995年前后。女性开始获得世界性的文化资源,她们对自身性别的关注不再停留在经验的层面而进入理论的自觉。这一重要的理论资源便是80年代后期开始介绍、90年代得到进一步传播的西方当代女性主义理论。90年代中国学界对这一理论的接受侧重两点:一是性别差异理论,它解构了启蒙主义意义上的"中性"的"人"的概念,认为女性在社会与身体经验、文化构成和主体想象上都不同于男性,当人们以超越性的"人"来谈论问题时,实际上,他们是潜在地以男性为标准来构造"人"的想象,从而在社会、文化等各个层面对女性的差异性和独特性进行压抑。这一理论对解决中国女性1949年以来的"中性化""男性化"社会处境有特别的契合之处,因而被大量地谈论。一是性别身份的文化构成论,它始于西蒙·波伏瓦所说的"一个人之为女人,与其说是'天生'的,不如说是'形成'的",并进而以"sex"(生理性别)和"gender"(社会性别)来阐释女性性别身份的文化构成,以打破长期以来的性别本质主义观点。类似的观点成为90年代阐释和评价女性文学的重要理论,同时也成为部分女作家的基本立场,它们取代了80年代女性文学批评中的"主体性""人性"等启蒙主义话语,成为90年代总结并推进女性文学创作的有力的思想"武器"。这一理论上的自觉与女性文学创作构成了一种充满生机的互动关系。女性意识的变异使得女作家不再遮蔽或忽略自身独特的体认而竭力达到一种"不分性别"的认识"高度"。相反,她们意识到"女性身份"构成了她们表现个人成长、历史记忆和现实处境的独特之处和无法更改的事实,因而在她们的文学中那些由于性别差异而来的个体、社会、历史、都市、民族的独特性获得了充分的表现,而这恰恰构成了90年代女性文学的最重要的内容。

二、性别差异与文本形态

90年代的女性写作建立在普遍的性别自觉的基础之上,但在不同的作家那儿,性别意识的具体内涵和表现形式又不尽相同,仅从作家的文化背景而言,既有80年代即已成名90年代仍然保持强劲的创作力的王安忆、铁凝等,也有80年代即已开始创作90年代才成名的池莉、方方、蒋子丹、林白、陈染、徐小斌、张欣、殷慧芬等,也有90年代才出现并产生一定影响的徐坤、须兰、孟晖等。不同的文化背景往往使作家体现出不同的作品特色,前者往往表现出一种凝练、稳健的风格,在一种写实性社会情景描写中包含着敏锐而老练的对性别关系的洞察;池莉等一批作家则以较为激进的性别意识形态内涵为主要特征,她们构成了 90 年代女性写作的主体;而徐坤等一批作家则更多地偏向一种文体的自觉,将一种敏感的女性体验融入语言实验和文体尝试之中。而从女性文学作品的写作题材来看,有对女性个体成长历程的写作,如陈染、林白的大量作品,这类写作又被称为"个人化写作",这类写作着力挖掘作为个体的女性其性别身份在社会中形成的过程身、心两方面的遭际,尤其重视那种曾被常识视为"禁忌"的性别经验的描写;有的女作家将笔触伸向历史领域,以性别的眼光改写被男性中心文化写就的历史,如须兰的《樱桃红》《红檀板》及《纪念乐师良宵》、池莉的《你是一条河》《凝眸》、迟子建的《秧歌》《东坊》、徐坤的《女娲》、王安忆的《长恨歌》《"文革"轶事》等;也有的把握时代的脉搏,以一种对都市文化和流行趣味的熟谙机智地书写当代都市情景的写作,从中透露出一种对都市的女性化理解方式,如张欣的一系列作品、张梅的《酒后的爱情观》、殷慧芬的《纪念》、池莉的《让梦穿越你的心》、王安忆的《香港的情与爱》等;还有的作家则从自觉的文化观念出发,对经典性的小说情节和文化情景进行戏拟性的模仿,从而达到颠覆传统的男权文化观念的目的,如蒋子丹的《桑烟为谁升起》《绝响》《贞操游戏》、徐坤的《游行》《从此越来越明亮》、徐小斌的《双鱼星座》等。

女作家形态各异的写作中蕴含着两种基本的性别观念:一种将"女性"更多地理解为一种独特的经验性存在,这类作品往往以一个女性叙述人为中心,讲述女性或女性家族的成长历程与历史经验。女主人公长大成人的过程为小说提供了时间性结构方式,使得这些小说往往具有自叙传色彩,而且构成了女作家写作长篇小说的基本形态,如王安忆的《纪实与虚构》、林白的《一个人的战争》、陈染的《私人生活》、徐小斌的《羽蛇》等。性别差异在这儿体现为主人公的独特的人生经验和成长经历,同时也体现为女性叙述人对这一经验的认同性叙述方式。主人公的人生经历往往围绕着与身体相关的私密性生活,诸如对性的体验,对身体的感性描述,对属于个人性生活经验的披露……由于这些小说刻画了一个与经典文学中的女性形象截然不同的、包含了种种"越轨"性描写的女性人物形象,因而对读者传统的阅读经验产生强大的冲击力。林白在《同心爱者不能分手》《瓶中之水》《一个人的战争》,陈染在《无处告别》《破开》《私人生活》等作品中所叙述的具有某种"幽闭"特征、美丽同时具有一种破坏性的智慧的女主人公成为 90 年代女性文学中的重要的人物体系。她们相对于常规文化表现出来的"他者"特征和突出的性别身份使她们往往被当成女性经验的全部化身而谈论着,并受到了最多的赞赏和最多的抨击。另一种性别观念更多地从文化上揭示男性中心文化以及一种被女性内化了的男性视点,给女性带来的不公正的文化处境。这类作品强调的不是女性个体性的经验,而是在一种文化自觉的思想观照下的社会、历史、文化情景。这类作品或者是以讽刺性的笔法对社会文化中女性经典性的情景进行戏拟性再写,目的是暴露其中女性在文化上的困境。如蒋子丹的《桑烟为谁升起》通过一个叫萧芒的女人的婚姻经历,表现了女人无论是作为"贞女"还是"浪妇"都无法获得她们所理解的"爱情"。相似的还有徐坤的许多作品。这些作品以一种戏谑性的叙述风格强调其尖锐的性别立场。相形之下,另一些作品在性别的文化体认上表现得要隐蔽得多。它们往往以写实的方法,"逻辑严密,情节切实"地展开叙述,而其叙述的焦点往往是女性人物及其体验。我们既看不到"惊世骇俗"的身体经验的披露,也很少读到讽刺性的文化闹剧,但叙述内容的选择,对人物、情节及主题的不同于以往的处理方式使我们分明感受到作者的性别反省和性别体验在其中,如王安忆、铁凝、张欣、殷慧芬等作家的作品都可看出这一特征。由于这类作品避免了将"女性意识"作为一种明确的意识形态加以倡导,而更多地将性别意识融入细致而复杂的文本建构中,因而具有更强的隐蔽性和说服力。

三、女性要求与文化矛盾

90年代女性意识的强化为女作家的文学创作带来了"新"的突破性叙述视角和表现形式,但同时也伴生着复杂的话语之间的矛盾关系和文化冲突。一方面,"女性意识"所强调的独立的、难以与男性分享的文化要求与社会意识形态造成了女性文学与传统文化、商业文化的对立关系,尤为重要的是造成了与男性精英性知识的紧张关系。因而,女性写作首先将面临曾是"同盟军"的一些男性同行的隔阻、敌视和种种歪曲性误读与接受反应。另一方面,女性文学也面临着自身的困境。尽管90年代女作家几乎十分注重"女性意识",但在具体的表达形式方面却导致了一种复杂的文化矛盾,即一旦"女性意识"作为一种独立的要求获得自身的表达形式,"女"字几千年的文化积淀以及它作为"空白的能指"在自足性话语上的匮乏,势必使作家必须借助其他的话语形式来表达自身,例如陈染、林白的小说对女性成长的表达就是以一种个人话语形态出现的。为了与一种社会性、政治性和道德性的女性形象区别开来,她们特意强调了女性的"身体经验"的表达。由此造成的矛盾是,一方面,在90年代得到整个社会认同的统一的象征形态的分解和多样化时代,"个人性话语"成了每一种文化表达自己的姿态性表述,"边缘""个人化"成了时髦的词,在这样一个语境下,我们很难区分女作家的"个人化"写作所具有的特别的性别意味;另一方面,"身体语汇"长期以来在文学表达中总是一种十分暧昧的、往往与"色情"交织在一起的修辞形态。因此,在这一语汇系统中,女作家"身体"表达不仅不能突显其为女性的生存空白寻求表达形式的目的,反而被一种由男权文化训导出来的"色情"指认为一种不无"快感"意味的奇观。因此,女作家在反抗男权文化的性别遮蔽的同时,却陷入了另一种男权文化的性别指认之中。

同样的状况也表现在女作家所寻求的女性特有的表达形式与传统的"女性风格"之间的误认和含混上。诸如"小女人散文",这种明确地标榜"性别"色彩的文章实际上是在最传统的、缺乏任何性别自主意识的层面重复着男性中心文化的女性指认和自我指认,将女性限定在家庭的和室内的"絮絮叨叨"、感性而美丽、体贴而温顺中带一些"调皮"的"小女人"情态等。与其说这些标明了"性别"的文章表达了独立的"女性意识",不如说它们在相反的层面上印证了传统男权文化的强大与"深入人心"。

90年代的女性文学仍处在一种探索时期。这种探索由于带有极大的叛逆性而面临着多方面的挑战。但随着种种文化冲突的深入,女性写作的发展,在今天被许多人视为"叛逆"或"越轨"的写作,在未来的某个时期将成为普遍的"常识"。而人类正是以这种方式推进着文明的进程。

21世纪比较文学发展的趋势

乐黛云

目前的文化转型时期为比较文学提供了空前广阔的发展空间,也提出了比过去任何时期都更重要的任务。如果我们把比较文学定位为"跨文化与跨学科的文学研究",它就必然处于21世纪人文精神的最前沿。因为文学涉及人类的感情和心灵,较少功利打算而在不同的文化中有着较多的共同层面,最容易相互沟通和理解。文学为各种文化所共有,较少思想灌输的目的,可以平等对待和互相译介,从来就没有一种文学可以审查或替代另一种文学。文学写的是人,它一方面要求写具有独立人格和特色的个人,一方面又要求这种写作能与别人沟通(现在或将来),只写给自己看的东西毕竟不能算作文学。比较文学是一种文学研究,它首先要求研究在不同文化和不同学科中人与人通过文学进行沟通的种种历史、现状和可能。它致力于不同文化之间的相互理解,并希望相互怀有真诚的尊重与宽容。比较文学的根本目的就在于通过文学促进文化沟通,坚持人类文化的多样性,改进人类文化生态和人文环境,避免灾难性的文化冲突以至武装冲突。比较文学在即将来临的新世纪可能会有以下几方面的发展。

一、异质文化之间文学的互识、互证和互补

如果说过去比较文学主要存在于以希腊、希伯来文化为主要来源的欧美同质文化之间,那么,21世纪的比较文学无疑将以异质、异源的东西文化为活动舞台。西方的文化危机迫使西方以东方作为"他者",在比照中更深刻地认识和反省自己,并想在东方寻求新的生机;东方则需要在世界文化语境中得到新的发展,参与解决人类文化遭遇的各种问题,并在这一过程中完成自身的现代化。因此,异质文化间的文学研究,也就是东西方之间的比较文学研究将是21世纪世界比较文学进入一个崭新阶段的历史标志。

东西方都有不少人认为不同源的异质文化不大可能沟通和真正互相理解,因为各自都无法摆脱自身的思维方式和文化框架。东方主义和后殖民主义更进一步指出,过去西方对东方的解读多是将西方文化强加于东方文化,是西方文化霸权专制的结果。这在某些方面可能符合历史事实,但事物正在发展。如果我们以发展的眼光来看,我们就会发现东西方文化间文学的互识、互证和互补不仅必要和可能,而且正在成为事实。

互识就是相互认识。如果没有相互认识的兴趣就谈不上比较文学。美国著名比较文学家孟而康教授(Earl Miner)指出,"需要了解是比较诗学之母",这种需要常表现为好奇。比较文学就是从想了解他种文学的愿望开始的。这种愿望使我们扩大视野,得到更广泛的美学享受。

如果说"互识"只是对不同文化间文学的认识、理解和欣赏,并不需要改变什么,说明什么,那么"互证"则是以不同文学为例证,寻求对某些共同问题的相同或不同的解答,以达到进一步的共识。例如不同文化体系的文学中的共同话题是十分丰富的,尽管人类千差万别,但从客观来看,总会有构成"人类"这一概念的许多共同之处。从文学领域来看,由于人类具有大体相同的生命形式和相关形式,如男与女、老与幼、人与人、人与自然、人与命运等,又有相同的体验形式,如欢乐与痛苦、喜庆与忧伤、分离与团聚、希望与绝望、爱恨、生死等等,以表现人类生命与体验为主要内容的文学就一定会有许多共同的层面,如关于"死亡意识""生态环境""人类末日""乌托邦现象""遁世思想"等等。不同文化体系的人们都会根据他们不同的生活和思维方式对这些问题做出自己的回答。

"互补"包括几方面的内容。首先是在与"他者"的对比中,更清楚地了解并突出自身的特点。其次,"互补"是指相互吸收,取长补短,但绝不是把对方变成和自己一样。再次,"互补"还表现为以原来存在于一种文化中的思维方式去解读(或误读)另一种文化的文本,因而获得对该文本全新的诠释和理解,正如树木的接枝,成长出既非前者,亦非后者的新的品种,但这并不是"融合",而是原有文化的一种新发展。不同文学的互补、互证和互识构成了比较文学的主要内容,促进了异质文化之间的沟通和理解。

二、比较文学研究将更加深入文化内层

20世纪,文学研究完成了从外缘研究转向文学本体研究,又从文学本体研究转向文化研究这样两次重要的转型。显然,在新世纪,文学与文化的相辅相成将成为文学研究的主流。以跨文化研究为核心的比较文学将以极其丰富的文学文本为不同文化的研究提供大量材料,因而成为文化研究的重要途径;对不同文化的深入研究又必然为比较文学研究开创崭新的层面。例如通过不同文学文本关于异文化人物形象的描写,就可以研究不同文化的特点及两种文化相遇时产生的种种现象,研究社会生活和社会观念的变迁;反过来说,关于这些形象的研究又深深影响了一代人对产生这些形象的那种文化的认识。总之,法国学者谈"形象学",德国学者谈"异"(Fremde)的研究,北美学者谈"他者",其实都是为了寻找一个外在于自己的视角,以便更好地审视和更深刻地了解自己。但要真正"外在于自己"却并不容易。人,几乎不可能完全脱离自

身的处境和文化框架,关于"异域"和"他者"的研究也往往决定于研究者自身及其所在国的处境和条件。当所在国比较强大,研究者对自己的处境较为自满自足的时候,他们在"异域"寻求的往往是与自身相同的东西,以证实自己所认同的事物或原则的正确性和普遍性,也就是将"异域"的一切纳入"本地"的意识形态。当所在国暴露出诸多矛盾,研究者本身也有许多不满时,他们就往往将自己的理想寄托于"异域",把"异域"构造为自己的乌托邦。如果从意识形态到乌托邦连成一道光谱,那么,可以说所有"异域"和"他者"的研究都存在于这一光谱的某一层面。由此可见,关于不同时代不同文化及其相互之间的渗透与过滤一方面造就了各种异域视野的游记、诗歌和旅游文学;另一方面各种描写异乡、异地的文学作品又为进一步研究不同时代的不同文化提供了最生动的实例。

三、比较文学向总体文学发展

长期以来,文学研究都是在一个层面上被划分为文学理论、文学批评和文学史三个部分。19世纪末20世纪初,文学研究出现了另一层面上的划分,即分为国别文学、比较文学和总体文学:国别文学研究—国文学的主流及其内部的各种问题;比较文学按照梵·提根(P. Van Tieghem)的说法,是研究两种或两种以上文学之间的相互关系;而总体文学则研究超越国家、民族、语言界限的那些文学运动、文学思潮、文学体裁和文学风尚。这种划分在五十年前已经受到韦勒克(Rene Wellek)的批评,他指出:"我们无法有效地区分司各特(W. Scott)在国外的影响以及历史小说在国际上风行一时这两种事情。比较文学和总体文学不可避免地会合二而一。"历史发展正如韦勒克的预言,特别是近五十年来,由于通信手段的高度发达,比较文学早已超越了原来的局限,向总体文学发展,再区分比较文学与总体文学已经没有多大实际意义,总体文学已经成为泛称比较文学这一学科的重要组成部分。事实上,从多种文化的文学文本来研究某种共同的文学现象,往往会得出意想不到的结论,同时又反过来加深对不同文化的认识。多种文化的比照和对话的结果绝不是多种文化的融合,恰恰相反,这种比照和对话正是使各民族文学的特点更加得到彰显,各个不同文化体系的文化特色也将得到更深的发掘而更显出其真面目、真价值和真精神。

四、翻译在比较文学学科中被提到空前重要的地位

在异质文化之间文学互补、互证、互识的过程中,语言的翻译是非常重要的,它不仅决定着跨文化文学交往的质量,而且译作本身形成了独特的文学体系,也是比较文学研究的不可或缺的重要组成部分。由于翻译是不同民族文学之间交流的必由之路,

以跨文化文学研究为己任的比较文学理所当然从一开始就十分重视翻译研究。30年代前后,翻译研究已发展为比较文学的一个自成体系的被称为"译介学"或"媒介学"的不可或缺的分支。但传统的比较文学多限于欧美文化系统内部,语言的转换相对来说比较容易,而今比较文学的翻译学科不能不面对语言差异极大的不同文化体系,文学翻译的难度大大增加,关于翻译的研究随之成为比较文学学科当前较热门的话题之一。

英国学者罗纳德·诺克斯(Ronald Knox)把长期以来关于文学翻译的讨论归结为两个问题:第一个问题是以何为主,文学翻译还是逐字翻译? 第二个问题是译者是否有权选择任何文体与词语来表达原文的意思? 这两个问题实质上是一个问题。看来从严格的逐字翻译到忠实而又自由的重述,到模仿、再创造、变化、解释性的对应可以排成一个连续性的光谱,译者只能根据两种语言的特点、自己的聪明才智和兴趣爱好在其间选择。著名的文学理论家瓦尔特·本雅明(Walter Benjamin)认为:"在一切语言的创造性作品中都有一种无法交流的东西,它与可以言传的东西并存。"译作者的任务就是要通过自己的再创造将这种"无法交流的东西"从原著语言的魔咒中解放出来,要做到这一点就不能不同时突破自己语言的种种障碍,迫使其发展。一部经典之作必须在新的情境中呈现新的面貌,而译作是无法跟原作共同延伸扩展的,因此一部真正有价值的作品就注定要不断被重译。当然,也有一些人从完全相反的另一端着手,如伊兹拉·庞德就对古典汉诗进行了完全自由的再创造,结果是开创了一代美国意象派诗歌。总之,翻译是一个非常复杂的问题。它不仅是不同文化接触的中介,而且也反映着不同文化之间的极其深刻的差异。距离遥远的跨文化文学研究为翻译研究的进一步发展开辟了十分广阔的前景。

五、文学的跨学科研究

文学的跨学科研究一直是比较文学的一个重要分支。20世纪后半叶,文学的跨学科研究如文学与哲学、文学与宗教、文学与人类学、文学与心理学、文学与其他艺术等方面已有长足的进步,面对21世纪的发展,文学的跨学科研究可能会更多地集中于人类如何面对科学的发展和科学对人类生活的挑战上。首先是科学的发展为文学提供了许多前所未有的新观念。19世纪,进化论曾全面刷新了文学理论、文学批评以及文学创作的各个领域;20世纪,系统论、信息论、控制论、热学第二定律对文学的影响也绝不亚于进化论之于19世纪文学。从热力学第二定律所引出的熵的观念已逐渐渗透到社会科学和文学研究领域之中。

熵的观念在美国小说中引起很大反响。著名的美国作家,如索贝娄(Saul Bellow)、阿卜代克(Updike)、梅勒(Mailer)等都曾在他们的作品中多次谈到熵的问题。著名的美国后现代作者托马斯·品钦(Thomas Pinchin)的一篇短篇小说题目就是《熵》。实际上,《熵》正像是他后来的许多作品的一个序言,他的作品,如后来的《万有引力之虹》等,无不笼罩着熵的阴影。在美国,作家被视为"反熵英雄",因为他们始终挣扎着反抗社会运作的趋于统一化,他们始终认为新的作品如果不是陈词滥调,就会带来一定的信息,信息就是"负熵"。正是作家的刻意创新,不断降低熟悉度,追求陌生化使他们成为"反熵英雄"。

另一方面,科学的发展也向人类提出了许多崭新的问题,除前面提到的电脑传媒对人类思维方式、生活方式的改变而外,生物学的突破性进展,对基因的排列和变异的研究,克隆技术关于生物甚至人的"复制"技术的实现,体外受精、"精子银行"对传统家庭关系的冲击,以及人类在宇宙空间存在的心态所引起的种种道德伦理问题,等等,这一切都对人文科学提出了新的挑战,而这些问题无一不首先显示在文学中。千奇百怪的科幻小说、科幻电影预先描写了科学脱离人文目标,异化为人所不能控制的力量时人所面临的悲惨前景。比较文学跨学科研究将促进对科学发展的人文研究,进一步发扬以人的幸福和文化的和平多元共处为根本目的的21世纪人文精神。

由此可见,无论是提倡在对话和商谈的过程中实现不同文化的文学之间的互识、互证和互补,还是在科学与人文的对立中维护科学为人类服务的根本目的,并沟通文学与其他人类思维方式等方面,比较文学都会为21世纪的人文精神做出自己的新贡献,并在这一过程中开辟自己的新领域,获得新的发展。

1999 年

面对当下与书写自我
——新生代小说论
杨剑龙

在 20 世纪 90 年代的创作中,一批出生于 60 年代并于 90 年代登上文坛的青年作家引起人们的注意。他们的创作以关注当下生活为特征,以其书写自我的个人化写作姿态和生活化的叙事方式展示多姿多彩的当下生活与人生,剖露现代社会中人们的欲望与心态、经历与体验,他们被人称为"晚生代作家""60 年代出生作家""新生代作家"等。在此,我们姑且就称其为新生代作家。

一

与 80 年代作家呈现出鲜明的群体化色彩不同,新生代作家的创作更加具有独特的个性化色彩:韩东以虚构的姿态面对生活的可能性,展示被生活烟云遮蔽与湮灭了的普通人的生存状态;徐坤用调侃与反讽的语调,展示了 90 年代困惑焦虑的新儒林景观;鲁羊以"在冥想和独语的私人世界中"的叙事方式,以历史和现实的复调叙写,坦露冥想者的生存状态和心理历程;朱文以"一条没有故事的河流"的叙事方式,以欲望的追求与满足为核心,展示了现代人的生活态度与追求;王彪常以少年人好奇忐忑的心理与视角,描述一个个充满了欲望和病态的人生故事;李冯都用心理体验与心理展示的笔调,叙写现代人的爱情游戏与性爱追求;毕飞宇以超验性的想象与体验,剖露现代人生存的挣扎、隐秘的心态;刁斗用平实而离奇的故事,坦露都市人的失败的逃遁、心理的变态;刘继明以伤感的笔触、理性的叙述,揭示现代人孤寂的内心与精神的沦落;邱华栋以象征的方式、愤懑的情绪,展示现代都市闯入者的挣扎与奋斗……新生代作家们创作的这种各自独特的追求与风采,使我们将这些作家放在一起谈论有着某种尴尬与不便,但细细观察他们创作的选择,宏观地考察他们创作的背景,我们可以比较清晰地见到在他们独异的个性中所呈现出的共性。

新生代作家的人生经历与前几代作家相比较,他们身上似乎缺少深刻的历史记忆,既没有浴过抗日战争、解放战争的枪林弹雨,也没有经过"三反""五反""四清""反右"的政治运动;既没有亲历过"文化大革命"的红色风暴,也没有经受过上山下乡的蹉跎岁月,他们成熟于改革开放的现实社会中,他们所面对的是一个迅速变动的光怪陆离的社会:商品社会的日益繁华,物质消费的极度追求,西方文化的纷至沓来,传统价值的逐渐解体……这种缺乏历史记忆与面对繁杂世界的社会环境、文化氛围,都使他们的创作大都以当下的生活为题材。对于传统文学的启蒙姿态的失望,对于政治化、群体性创作的反感,由于他们对于文学的崇高、责任等的躲避,因此,他们在文学创作中将对于个人的生活经历与感受置于十分突出的位置,他们注重所描写生活的真实与真切,所表达情感的真挚与生动,而不在意所叙写的情节的曲折跌宕与否,不在意于所表达的思想的崇高深刻与否,他们率真坦直地将现代人在现代社会中的人生的挣扎、欲望的追求、困惑的心理等都十分真切地写出,从而展示新生代作家们创作的独特风范。

现代社会是一个竞争日益剧烈的社会,要在现代社会中占得一席之地必须努力去奋斗,新生代作家的创作中努力描述现代人在现代社会奋斗与挣扎中的种种情状。邱华栋以一个都市闯入者的心态细致地描述都市新人类的坎坷人生与奋斗挣扎,他既愤愤地以一个都市的征服者的心态与都市搏斗着,又无奈地以一个都市漂泊者的面目游走在都市里,他将都市生活视为一场轮盘赌,他以一种既想征服、占有都市,又极端地憎恶都市的情感叙写都市人的挣扎与奋斗的故事,无论是在都市的情感的碎片、欺骗和背离中闯荡三年的吕安(《闯入者》),还是在北京的沙盘城市里流浪挣扎的钢琴家陈灵、画家林家琪(《沙盘城市》);无论是在高级饭店给贵妇人当面首的陈又新(《眼睛的盛宴》),还是在都市里挣扎的歌手林薇、画家廖静茹(《手上的星光》),邱华栋写出了这些都市闯入者的坎坷人生与复杂内心。刘继明的《可爱的草莓》中的作曲家童卓来到城市闯荡却受挫,他成为香港女老板的姘夫,后来却成了杀死女老板企图继承遗产的嫌疑犯。刁斗的《城市浪游》中的"我"因揍了日本老板而失去了工作,走投无路成了无处栖身的都市浪游者。毕飞宇的《生活边缘》中的一对恋人小苏、夏末在都市社会中生存的奋斗与无奈,小苏成了公司里的陪酒女郎,学画画的夏末却四处找不到工作。新生代作家在描述年轻一代的挣扎与奋斗时,突出了主人公对财富与地位的恣意追逐和那种为达目的而不顾一切的自私与执着。

新生代作家的创作大都高举起欲望的旗帜,在对欲望的张扬与描述中突出现代社会中青年人的生活形态与人生观念。在新生代作家们的笔下,许多作品中的人物努力追逐性欲的满足。李冯的《招魂术》中叙写"我"与女友一起去县里参加民俗会并去仙婆处招魂的故事,作品中的"我"与女友的关系为:"我既不图她的钱,又不想要她的感情,我只想同她发生一两次性关系",这种一味追求性欲的满足而无视情感的方式,成为新生代作家小说欲望描述的一种特征。为了达到泄欲的目的,人们可以不顾廉耻与朋友之妻通奸(韩东《为什么?》、朱文《吃了一个苍蝇》、刁斗《重叠》);为了追求欲望的满足,人们可以视道德伦理于不顾(朱文《我爱美元》、邱华栋《哭泣游戏》、王彪《致命的模仿》);在欲望的追逐中,情窦初开的高中生可以和老练的女戏子交媾(王彪《欲望》),教师姜临居然与女学生及其母亲发生性关系(王彪《在屋顶飞翔》)。爱情常常只成为人生的一种游戏(李冯《多米诺女孩》、韩东《禁忌》、徐坤《遭遇爱情》);恋爱简单地演绎成为性爱(韩东《利用》、李冯《在锻炼地》、朱文《少量的快乐》)。新生代作家们在对当代社会中欲望的追逐的描述中,不做任何道德的评判、理性的分析,展示出一个充满了自私自恋的欲望追逐的世界。

当代社会的日益繁杂与递变,在商品经济大潮中传统价值观念的被解构,社会的变革与转化,思想的多元与冲突,新的准则、新的文化都尚未建立,人们有时处于既新奇又迷惘、既惶惑焦虑又无所适从的境地。新生代作家们的创作常常细致地描绘现代社会中人们的种种心理心态:那种在现实生活与环境折磨中孤寂苦痛的心灵(刁斗《失败的逃遁》中的主人公青青是"与这个世界格格不入的孤独者",徐坤《斯人》中的诗人在历史的迷思中沉沦,毕飞宇《雨天的棉花糖》中的红豆在压抑的环境中抑郁而逝);那种在生存的挣扎与磨难中的失落悲哀的内心(徐坤《三月诗篇》中下岗劳模的孤独与悲凉心境,韩东《八十岁自杀》中八十岁的陆平安在与家人的争吵中自杀了);那种面对开放时代的封闭落后的心态(刘继明《我爱麦娘》中渔村人对待开设按摩院的鄙视与好奇,毕飞宇《枸杞子》里乡民们对勘探船开进村里的忐忑与不安);那种在生活重压下心理的变态(刁斗《状态》中的主人公总感到被人跟踪寻找隐身秘方,刘继明《浑然不觉》中的主人公总为朋友之死而内疚压抑终于跳崖自尽),新生代作家不像80年代的新潮作家执意描述现代人的孤独、绝望、罪孽、死亡,他们常常以自己对生活与现实的体验感受,叙写故事、刻画人物、抒发情感,真切地写出现代人的心理心态。

新生代作家的创作取材大都以自我为核心,以自己身边的生活为半径画圆,虽然他们的创作并非"自叙传小说",但是他们注重创作的"私人化"形态,个人的生活与情感在他们的创作中具有举足轻重的意义。他们不关注历史而瞩目于现实,不瞻望未来而执着于当下;不以民众代言人的身份创作,而以个人化的姿态书写;不关注道德伦理的意味,而求得生活描述的真实;不期望作品的审美意蕴,而追求创作的真切感受。

二

新生代作家大都生长在一个消解经典、亵渎神圣的年代,而他们所面对的当代社会的境况,正如有人所说的:"我们想要解读经典,但周围的喧嚣不断侵蚀内心的宁静,而且更可怕的是,神圣和经典在这个时代里不再具有绚丽的光环,它们不止一次地被叩问甚或亵渎。"(孙友峰《也说说"我们这一代人"》,《读书》1998年第9期)这使新生代作家的创作缺少文学的经典传统的辉映,这如同徐坤小说《斯人》中主人公诗人的诗里"什么外国的现代的韵都有,就是没有中国的古代的典",他将"一万年太久只争朝夕""打得赢就打打不赢就走"看作为典。成熟于开放时代的新生代作家们,他们身上确实缺乏中国文学的经典传统,有的甚至无视五四以来的中国现代文学传统,他们身上更多的是西方现代文学的影响,而这种影响大多是从中国新时期许多新潮作家的创作中获得的,因此在新生代作家的身上常常可以看见比他们早出道作家的影响:徐坤因为对知识分子的调侃与讥讽而被称为"女王朔",刘继明对丧失了的人们的文化关怀而靠近了刘震云;鲁羊小说的"历史"与"现实"的交织描写,使人想到新历史小说,朱文小说对下层人们窘困的生存状态描述,令人联想到新写实小说……

由于对于80年代文学形式实验的反拨,90年代的文学创作存在着一种回归写实的倾向,在总体上新生代作家的创作也呈现出面对当下人生碎片的写实色彩。他们虽然不提倡消解故事,但是他们的创作不再将构想曲折离奇的故事作为小说创作的第一要义,而是把对于真实生活与感受的叙写置于首位,不追求创作的史诗意味,不营构作品的宏大构架,而是常常在人生的碎片的真切描述中使创作具有鲜明的写实色彩,他们似乎受到新写实小说关注"纯态事实"的原生态的影响,在诸多人生碎片的叙写中展示当下人生:朱文笔下的小丁的琐琐碎碎无故事的人生描绘,鲁羊作品中作家鲁羊在落城落难的琐屑生活的描写;韩东纪实性笔调的《新版黄山游》《树杈间的月亮》《和马农一起旅游》写得琐琐碎碎;毕飞宇片段性的《九层电梯》《雪白的芭蕾》《受伤的猫头鹰》写得琐琐屑屑……消解故事情节的因果性的逻辑联系,注重事件的偶然性、零碎性,就如同有人将朱文的小说视为"公路式结构":"公路两旁的树木可能发生的各种偶然事故以及由此产生的不可捕捉的危险性体验,较为成功地体现出朱文的小说才能和对世界的驾驭能力。"(吴炫《距离的诱惑——朱文小说印象》)

新生代作家的创作被人看作是书写自我之作,80年代的文学创作注重反思历史、观照现实,90年代的新生代作家更加注重认识自我。80年代知识分子的精英色彩到90年代似乎已经褪尽了,知识分子已经不能再担当登高一呼应者云集的启蒙者、代言人的角色了,知识分子的走入民间的平民化已经成为一种必然趋势,在这种新的社会氛围中,新生代作家的创作不再关注民族、国家的宏大的叙事,而注重书写自我的个人感受与体验,这正如韩东所说的:"把握住自己最真切的痛感,最真实的和最勇敢地面对是唯一的出路。"作家的个人生活成为新生代作家创作的主要题材,书写自我与个人的感受与体验使他们的小说创作常常采用第一人称的叙事视角,甚至以"元小说"的叙事方式构思小说,作家自己成为作品中的人物或叙事者。

进入90年代,躲避崇高、走入民间成为一种社会的文化心态,现实主义的重整旗鼓的特征之一就是关注世俗、关注民众,新生代作家的创作也采取关注世俗生活的本色叙事方式,他们不再像新潮作家一味构筑叙事的迷宫、语言的实验,而是以贴近生活、靠拢世俗的本色的叙事方式叙述故事,也不像"十七年"的创作关注英雄事迹的叙写,而是走下崇高的圣殿跻身于世俗的狂欢,以平实的语态与朴素的语言叙写人生故事,在他们的笔下大都叙写普通人的世俗生活,售票员、外来妹、中学教师、下岗工人、提琴手、中学生、乡间警察、退伍军人等都成为新生代作家描写的对象。他们克服了新潮作家创作语言的游戏化色彩,而是返璞归真追求本色的叙事与表述。韩东以自然平实的语言,客观地记下事件的发生与发展;李冯以质朴细腻的文笔,细细写出人物内心感受与体验;邱华栋以写实为基调,真切展示都市人的欲望和搏斗;毕飞宇以细腻的感觉,显示凡人小事的鲜活与生动;徐坤在机智与调侃中,展示了世俗社会中的世俗人生;朱文在冷静的节奏里,坦现了平民百姓的欲望追求……这种关注世俗生活的本色叙述,使他们的创作更贴近现实,更靠拢读者。

新生代作家李冯与邱华栋在谈到他们这一代作家时说:"这些作家与先锋派作家的联系是分享了他们在文学技术上革新带来的成果,如结构、语言、叙述等,但在关心社会现实的态度上,则较为鲜明地有所区别。"(李冯、邱华栋《"文革后一代"作家的写作方式》,《上海文学》1998年第5期)这就道出了新生代小说在艺术上的独特之处,他们的创作在关注社会现实中依然从事着文体实验,不过他们的这种实验与先锋派作家一味关注形式的探索有着明显的区别,有人曾经将有的新生代作家的创作视为"与先锋派貌合神离"。新生代作家虽然表现出对于当下社会的关注热情,但是他们仍然传承着先锋派作家对于文学形式的关注与探索:徐坤在对于当代知识分子精英意味的消解中表现出对于反讽与荒诞的钟情,李冯在对于世态人心似乎漫不经心的勾画里糅合了心理展示与文体实验;邱华栋在对都市新人类焦虑躁动的内心的剖露里显示出对于象征、隐喻等手法的偏爱,毕飞宇在凡人琐事、世俗人生的感受中表现出对于叙事方式的关注;刘继明对于象征、反讽、叙事的关心,被人认为"以先锋之名而行古典主义之实"(李洁非《迷羊之图》,见刘继明《我爱麦娘》第365页,中国华侨出版社1996年1月版);鲁羊在现实与历史的冥思中宣告着对于叙事语言的探索,被称为"新寓言主义""新散文主义";朱文在对于生存状态、内心欲望的描写里透露出他对荒诞手法、心理分析的兴趣,韩东在琐碎人生、欲望追逐的叙述中表现出他对叙事方式、诗意语言的关心……新生代作家在关注当下生活的写作态度中对于文体实验的热情,既是对先锋派创作疏离生活刻意进行形式探索的反拨,也是对于新现实主义创作对于艺术形式实验冷漠的逆反。

三

当然,由于新生代作家独特的人生经历与文学、文化背景,他们的创作也存在着诸多不尽如人意之处。他们在面对当下的人生碎片的写实性叙写里,关注偶然性、零碎性的人生碎片,常常使所描写的生活显得过于琐碎平庸,常使创作缺乏小说应有的引人入胜的艺术魅力。他们关注个人感受与体验的叙写,创作题材显得较为狭窄。他们执着书写现代人膨胀的欲望、自私的追求,而缺少对于人物、故事作道德的关注、理想的瞻望,往往使作品在真实的生活与真切的痛感的描述中,缺乏审美的内涵与意味。他们在关注世俗的本色叙述中,创作又常常显得过于随意轻松,缺少精心的构思和推敲,创作往往成为生活过程的实录,而缺少艺术品耐人咀嚼的艺术魅力。新生代作家正在逐渐走向成熟的途中,但愿他们能够不断努力不断探索,创作出更多更好的真善美的作品来。

面向新世纪的人文学术
——我的治学观
杨 义

> 1997年底至1998年,人民出版社陆续推出了7卷10册的《杨义文存》(以下简称《文存》),这是出版界第一次为一位中年学者推出大部头的学术著作,在学术界引起很大反响。在此,我们特邀杨义谈谈他的学术心得。
> ——编者

第一个话题:实学与创新

学问之道,最忌游谈无根,把尊严的学术事业化作一堆泡沫。我之步入学界,是1978年进入中国社会科学院研究生院的时候,其后又于1981年进入文学研究所。在80年代前中期,学术思想空前活跃,但也裹挟着一股"观念大爆炸"的时髦,外来思潮纷纭而至,半生不熟的现象随处可见,各种热点相互碰撞。这对于一个初入学界的人,实在充满诱惑,手忙脚乱地生怕被归入"落伍者"行列。其时我苦苦地思虑,终觉得与其追时髦不及,不如退而寻求学术上的自我。退一步,脚跟就落到了实处,头脑就变得清醒。

于是我研究生三年,潜心于鲁迅研究,把鲁迅小说当作中外古今一个文化史和文学史的重要枢纽,加以考察和透视,实施一种"枢纽研究"的学术战略。这就是从综合的、宏观的角度,解剖了这个枢纽在文学史和文化史的脉络原委和深层意义。其结果是,我透过新文学发端期一个最伟大的作家,统观了从晚清到五四时期这个文学史上多事之秋的思潮、流派和文体的演变轨迹,最终写成《鲁迅小说综论》,也就是《文存》第五卷的第一编。

实学要实得深厚。"十年磨一剑",乃是一个学者锻炼硬功、充实底气的必修课程。入文学所第一年,我就制订了写一部百余万字的《中国现代小说史》的计划,目的无非是以一个大项目约束自己系统地阅读现代文学原始报刊和原版书。在他人以为这是不自量力的疑惑眼光下,我用了将近十年,加上原来研究生三年,为写一部书而阅读了2000余种书。当然,"十年磨一剑",不仅要埋头磨,也要抬头磨。抬头纵览当代学术的新进展和文化思潮中具有实质价值的成分,以期用自己博览过的大量资料像海绵吸水一样,毫无痕迹地吸取当代性的智慧。我的体会是,创设一个相当严整的立体性和动态性的学术体制,都与这种务实学与务创新并重的学术追求分不开。实学是创新的骨肉,创新是实学的灵魂。

第二个话题:专家与通才

我很早就设计过"治学八字方略",即建立优势,发展优势。在鲁迅研究上建立一定优势之后,我就顺势而下,把枢纽研究中摸清 20 世纪最初二三十年的文学、文化发展脉络的优势,发展为全部中国现代小说史研究的优势。这其间存在着学术内在逻辑不得不然的要求。那么,在完成三卷《中国现代小说史》之后,为何又转移到古典小说史论的研究方向上去?这里也存在着学术思维内在逻辑的"召唤效应"。

文学研究也须沟通古今,建立起中国文学的本体论和整体观。不然的话,搞现代文学的人抱着文学进化观,认为现代文学的每一步都是对古典文学的突破;搞古典文学的人专注于考据和版本,不与现代的心灵相接触。这就很难建立起既具有中国特色又具有充分现代性的文学学术体系。因此,古今两个学术分科的沟通,不仅是知识积累的量的增加,而且是价值体系和学术境界的质的攀升。

我不敢说自己是什么通才,只是向这方面努力而已。从治古典小说史论的四年甘苦中,我逐渐体会到,专家之学可能使通才脚踏实地,通才之学可以使专家目光四射。

当我形成古今互动互补、互相阐释的知识结构和文学整体观之后,再返观现代文学的发展,就出现了以中国文学三千年反思新文学三十年的独特情境,就产生了对新文学进行古今参证、进行世纪性评判的不能已的追求。《中国新文学图志》的写作时间,与《中国古典小说史论》相交叉。在这本书中,我不仅录下了梦魂萦绕十几年的文学插图,而且把新文学源流的梳理推广到世纪的开头,把相当数量的与新文学主流不合流的文学现象也置于世纪的反思之中。尤其是我看到现代文学与古典文学不同的一个根本点,是有了报刊。报刊的出现,就使鲁迅写《阿Q正传》、巴金写《家》,具有与吴敬梓写《儒林外史》、曹雪芹写《红楼梦》不同的写作方式、传播方式、成名方式,以及和社会(包括和市场)的联系方式。此书 109 篇文章,有 48 篇写报刊,为以往的现代文学史写作所未见,实际上也是以通才的眼光升华专家之学,以三千年反观三十年的结果。

第三个话题:中国与世界

在当代世界背景中研究中国学术,不仅应该思考学术的中国意义,而且应该思考学术的世界意义。世界使中国看清自己,中国使世界变得博大而深厚。好的研究者应该把现代中国意识与世界意识结合起来,形成学术气象上的主体性和开放性的统一。

列为《文存》第一卷的《中国叙事学》，便是以这种中国与世界的整合观作为研究姿态的。这个课题曾经在我心中苦苦思虑了十年，开头是想为我陆续读过的2000种现代文学书做一种学理的深化，最初设立的项目名称叫《中国小说学》。后来改题为《中国叙事学》，是由于看到60年代以后，世界学术研究的重心已经由小说学转移到叙事学，把叙事不仅作为文学的，而且作为人类智慧形式或思维形式之一种来处理。中国应该对世界做出更大的贡献，就有必要返回中国文学、文化的本体，在还原研究的基础上对之进行深度的现代化转化，从而建立具有中国特色的，与西方理论既能沟通又是对峙互补的叙事学体系。我把这项研究的方法论概括成四句话：返回中国原点，参照西方理论，贯通古今文史，融合以创新制。由于中国原点与西方理论之间存在着巨大的距离，存在着丰富复杂的对应对比、相异相通、参照质疑的关系，因而也就存在着深广程度都异常可观的理论创造的用武之地。

《中国叙事学》是我对小说史研究的一个总结，其后我转移到诗学领域，这就有了文存第七卷的《楚辞诗学》。在我看来，要建设现代中国人文精神，重要的途径之一就是要对那些具有永久价值和世界意义的经典名著，进行深度的现代解读，从中呈现中国精神的脉络和智慧的辉煌。或者说，要给这类经典名著发一张具有中国特色和现代版式的身份证，让它们与当代世界进行富有活力和魅力的对话。楚辞经过历代学者学养精到的注解和研究，已经成为一门高深的学问。但是长期用来与当代世界对话的语言，停留在爱国主义、浪漫主义、想象力丰富一类简单的词语上，或有标新立异者，却把屈原论说为大巫师。这是很难使屈原和楚辞以崇高的地位和令人信服的诗学原理，进入世界文学史堪与荷马史诗争高低的行列的。

其实屈原的《离骚》以神话文化和文人精英文化联姻，在其在精神探索的深度上，足以同荷马史诗在展示战争英雄的魄力上相媲美。关键在于以深度的现代意识，从中解读出一整套诗学原则，从而把它当作心灵史诗，与荷马的英雄史诗相并列，从而拓展人类史诗智慧的类型。《天问》作为旷世奇诗，以往被人视为"错简"。实际上它是人类诗史和思维形式史上第一次大幅度地使用时空错乱，它不是从近代心理学的角度，而是从中国古老的诗与画相通的命题进入时空错乱的。它采取的抒情角度不是人问天，而是天在发问，是天问人，因而人间的时间顺序也就可以自由错乱，毫不介怀了。

总而言之，这10册《文存》所包含的甘苦得失，所包含的自我话题，可以概括为三句话：依实学以求创新，积专家之学以达至通才，凭中国精魂而与当代世界对话。其总体宗旨，是探索一种面向新世纪的人文学术的新学理。

2000 年

从人学基点看文艺精神价值取向
赖大仁

最近,《文艺报》开展关于文艺精神价值取向的讨论,围绕"历史理性与人文关怀"问题,各种观点之间展开了热烈的争论,有些看法甚至是针锋相对的。然而在我看来,论辩各方的分歧并不如他们所设想和强调的那样大,许多看法恰恰是可以互通乃至互补的。因为"历史理性与人文关怀"本来就不是一个悖反命题,论辩各方不过是站在不同的方位,从不同的角度,分别注重和强调了这个辩证命题中的不同方面。当然,这样提出和讨论问题也是非常富有启发意义的,因为能激发和促使我们对问题的某个方面作更深入的思考。但是仅仅停留于此又似嫌不足,既然是在"关于文艺精神价值取向"的大题目下讨论这个问题,我想还是在马克思主义人学的基点上,把它作为一个辩证命题来理解,也许更有利于形成对文艺精神价值取向问题的全面认识。下面按照这一思路谈谈我的粗浅看法。

一、对"历史理性与人文关怀"命题的辩证理解

把"历史理性与人文关怀"作为一个辩证命题来理解,当然不是一种简单的折中调和,我们看到,这两者之间完全可以在一个共同的理论基点上构成辩证统一的关系,这个共同的理论基点就是马克思主义人学。马克思认为,全部哲学问题不过是哲学家们用不同的方式认识和解释世界,而问题在于改变世界。那么改变世界的目的何在? 显然是为了解放人,实现人的自由全面发展,至于历史,不是别的,恰恰是人们认识和改变世界、争取自身解放和自由发展的实践活动及其过程本身,历史的主体是人,历史的前提和目的也是人。马克思、恩格斯曾不止一次地说过,任何人类历史的第一个前提无疑是有生命的个人的存在。按他们的社会理想,人类的历史发展目标将是逐步克服各种异化形态走向全面解放,那时每个人的自由发展是一切人的自由发展的条件。无论从个体还是人类,无论从历史的起点还是未来发展目标看,马克思主义历史观中都包含着深厚的人文关怀。而从人学角度看,历史理性与人文关怀可以说都在马克思主义人学的宏阔视野之内。

当然,历史理性与人文关怀作为一个辩证命题的双向展开,各有其不同的维度。历史理性可以理解为对历史发展必然要求的理性把握与实践选择,其中包含着对一切促进社会文明进步行为的肯定评价;而人文关怀则是对处于历史运动过程中的人的生存发展要求、人的权利、尊严和情感的尊重与关爱,从中体现出对人的生命价值的肯定态度。相对而言,历史理性更为关注社会群体的生存状况与发展要求,也更为重视改变外部社会条件和社会环境,以适应从前的现实发展要求;而人文关怀则更为关注个体生命价值,更为重视对人的道德良心、个性情感的维护与守望,更为追求人的自我价值实现和自由生命本性的张扬。这两者维度不一,但它们并不是对立悖反的,而是彼此互通的。如前所说,马克思主义认为历史既是以人的生命存在为前提,也是以人的自由全面发展为目标的,除了追求人的合理自由的生存发展,历史并没有也不应当有另外的目的。因此,真正的历史理性,就逻辑地、必然地包含着对人们的现实生存状况的关注、关心,以及对人们的现实解放和自由全面发展要求的尊重和回应在内,就是说内在地包含着深切的人文关怀。倘若说某种历史实践背离了人的自由合理发展的目标,把人当工具奴役,以服从别种目的,那么其中就既无人文关怀可言,也无历史理性可言,而恰恰是反历史理性的。对这种反历史理性现象的批判,既是对人文关怀的维护,也是历史理性的真正体现。而从人文关怀的维度看,其价值取向虽然更为注重维护具体的人或个体生命的生存权利和发展要求以及良知、尊严、情感等等。但是,只要不是把人抽象和孤立起来看待,只要承认任何个体生命的生存发展都离不开一定的社会关系和社会群体的共同发展,离不开外部社会条件和社会环境的改善,那么这种人文关怀就必定要指向关心社会的变革和文明进步,因此必定与历史理性相通。概言之,似乎可以说,缺乏人文关怀的历史理性不是真正的历史理性,而缺乏历史理性的人文关怀也不是真正自觉的人文关怀,或者说这种人文关怀只具有比较狭隘的、非常有限的意义。

从历史发展进程看,有时候社会的变革进步可能需要一些人付出某些利益、幸福乃至生命的代价,这不能简单看成是历史理性与人文关怀的对立悖反,还是需要在宏阔的人学和历史视野中辩证地理解。马克思在谈到个体与人类发展的关系时曾说过:"'人'类的这种发展,虽然在开始时要靠牺牲多数的个人,甚至牺牲整个阶级,但最终会克服这种对抗,而同每个个人的发展相一致;因此,个性的比较高度的发展,只有以牺牲个人的历史过程为代价。"他又说,"只有通过最大地损害个人的发展,才能在作为人类社会主义结构的序幕的历史时期,取得一般人的发展。"这集中体现了马克思主义在人的发展问题上的历史的辩证的观点。按这种观点来理解人文关怀的命题,应当说人文关怀不只是关怀自己、个人,也包括关怀他人、人类;不只是关怀当今人的幸福生活,也包括关怀我们子孙后代的长远利益。为了社会的文明进步,为了给他人、给后人创造更为合理的生存环境和条件,一些人宁愿牺牲自己的利益甚至生命,这是一种高度的历史理性态度,也是一种更为深厚博大的人道主义情怀。当然,从历史理性的角度看无论有多么充分的理由,而从人文关怀角度看,任何个人的不幸和牺牲都是值得同情感伤的,这无论是在现实的经验感受,还是文学的审美体验中,我们都经历过这种理智与情感上的矛盾冲突。从这个意义上,我同意童庆炳先生关于历史理性与人文关怀之间存在某种"张力"的观点。但我认为,这种"张力"并不意味着历史理性与人文关怀本身的对立悖反,不可能希冀以历史理性压倒人文关怀,或以人文关怀否定历史理性来消解彼此之间的紧张对峙。这种"张力"更主要是来自我们理智与情感上的矛盾冲突,在文学中适当保持这种"张力",避免审美判断上简单化的非此即彼或非彼即此,对于我们辩证地理解和对待历史理性与人文关怀这样的复杂命题,是会有好处的。

二、警惕历史理性与人文关怀的缺失

在关于文艺精神价值取向的讨论中,不管争论各方的具体看法有多少分歧,但彼此都有一个共同立场,就是提醒人们在文艺活动中注意防止历史理性与人文关怀的缺失,我以为这是尤其值得我们关注和思考的问题。

首先,我不太赞同这样一种看法,以为历史理性主要是政治家、经济学社会学家关心的事情,而文艺家则更应当选择和守护人文关怀。按我们上面的看法,尽管历史理性和人文关怀会在某些时候形成某种难以避免的冲突或张力,但从我们的价值取向来说,还是应当努力寻求和实现二者的辩证统一,这是社会健全发展的要求,也是文艺健康发展的要求。诚然,由于社会分工和所承担的社会职责不同,政治家们也许会偏重于从历史理性的角度,即从社会整体的发展进步方面考虑问题,不能说其中就没有或背离了人文关怀;倘若说他们所坚持的历史理性中果然缺失了人文关怀的维度,那么岂不是恰恰应当强调要补上这种缺失吗?倘若认可政治家们无须过问人文关怀而只坚持他们的那种"历史理性",那么这种缺失了人文关怀维度的"历史理性"究竟会把社会、把我们导向何处呢?这难道也是我们无须关心的事情吗?换一个角度看,按照"文学是人学"的理解,文艺家们有时偏重于从人文关怀的维度理解、反映社会生活和表达审美理想,这是很自然的事情,是理应得到尊重的。但是问题在于,不能因为强调"文学是人学",强调文艺活动的人文关怀维度而造成文艺价值取向中历史理性的被遮蔽、被消解。按我们上面的那种理解,真正的人文关怀,不可能不关心人的生存环境的改变,不可能不关心社会的文明进步,因此也不可能不具有一定的历史理性精神,无论是政治家、经济学家、社会学家还是文艺家,应当说都对促进社会的健全发展和文明进步负有共同的责任。如果在文艺价值取向中遮蔽或缺失了这种应有的历史理性,不是从一定的历史发展潮流中来把握生活和描写人,而仅限于表现某些个人的孤独、失落或悲观情感,那么这是否称得上是人文关怀,或者说这样的"人文关怀"究竟具有多大的意义,都是值得质疑的。

关于当今文艺价值取向中历史理性与人文关怀的缺失问题,看来已引起人们较多的关注和忧虑,尽管对某些作品及文学现象的理解评价还存在分歧,但由此而引发的对此一问题的关注思考,其意义远超出对这些作品的认识评价本身。倘若不局限于某些个别现象,而从稍微宏观一点的视角,从某些比较普遍的现象着眼,我以为同样有一个警惕历史理性与人文关怀缺失的问题。

比如关于文艺的"边缘化",可谓一则以喜,一则以忧。从文艺在社会结构、社会生活中所处的位置来说,像过去那样文艺依附于政治,承载为政治服务的重任而居于社会生活的中心或准中心地位,显然是不太正常的,对政治生活和文艺的发展都没有好处。在社会变革发展中文艺逐渐边缘化,逐渐解脱各种依附关系而获得独立性和自主性,在恢复文艺自身的常态和独立自主品格的条件下,文艺家们才有可能真正自由自觉地从事文艺活动,从而实现自身的价值。从这个意义上说,文艺的边缘化未尝不是好事。但问题在于,文艺的这种社会地位上的边缘化位移,并不意味着它在精神价值取向上也完全走向"边缘化",倘若我们的文艺家消极地汲取以往的经验教训,甘愿选择逃离社会政治中心,逃往审美乌托邦,单纯地期望从今往后政治不再干预文艺,文艺也不干预政治,彼此相安无事,井水不犯河水;或者对社会变革所带来的文艺的边缘化本身不无失落感,从而以一种消极的"边缘化心态"面对现实,不再关心社会变革发展的潮流,不再关心政治,不再关心社会生活中那些严峻的社会问题,不再关心社会变革中的民意所在及民心所向,自甘于在社会的边缘玩弄文字游戏以寻求自娱自慰和自我精神寄托,那么这就意味着文艺放弃自己的社会道义立场,意味着历史理性与人文关怀的丧失。文艺在精神价值取向上的这种"边缘化",疏离社会现实,疏离政治,疏离民众,反过来也必然为社会和大众所疏离。这种现象不说有多么严重,至少是值得引起注意的。

再比如关于文艺的审美价值取向的问题,弄不好也容易陷入误区。过去一味强调文艺是社会意识形态,强制其为政治服务,甚至成为阶级斗争的工具,固然包含着对文艺本性的扭曲,有深刻的历史教训在内。后来文艺界拨乱反正,有人提出文艺要"回家",认为文艺的"家"就在"审美",一段时间以来,"审美论"得到了不少人的认同。不过我以为,其中有两个问题是值得思考的。其一,把文艺的本质和价值功能仅仅定位在"审美"上是否合适?我认为从"文学是人学"的意义来理解,文艺作为人们自由自觉生命活动的一种特殊方式,其本质特性和价值功能是与人的发展一并展开并相适应的,人们在一定的历史阶段和社会条件下追求自我解放和自由合理发展的内在要求有多么丰富,那么这一阶段文艺活动的内涵就会有多么丰富。因此文艺的本质特性和价值功能总是历史的、动态展开的,同时也是丰富的、多层次多向度的。当然可以认为文艺有最基本的特性和价值功能即审美,但是并不排斥其他方面的特性和功能,比如意识形态层面的、文化层面的特性和功能,并且在一定条件下彼此所处的层面还可能是流动转化的。面对当今中国和世界的现实,我想我们的文艺活动还不可能超越意识形态和文化冲突而进入纯审美的境界。有人认为我们当今文艺的现代性已不是历史启蒙的现代性,也不是社会批判的现代性,而是审美现代性,不知道这种看法究竟有多少现实根据和理由?我担心倘若为了追求纯审美而人为地将意识形态和文化的、历史启蒙和社会批判的因素从文艺活动中屏蔽掉,会不会造成历史理性的缺失?这对社会及文艺本身的健全发展有无益处?其二,就"审美论"本身而言,如果说文艺的本质是审美,那么是否应该追问一下:"审美"的本质是什么?在有些人那里,对"审美"的理解其实是比较肤浅的,比如只限于文本游戏或形式美感,娱乐消闲,获得感官快慰,或者充其量是寻求精神慰藉、陶冶情性等等。然而从人学的意义来理解,"审美"的本质是需要由人的生命活动的自由本质来衡定的,审美也是人们实现和追求自由生命本性的一种方式。人们在现实中的生存发展状况如何,决定他对自由有着怎样的理解和追求,也决定着文艺审美活动具有怎样的内在特质和指向,黑格尔曾经说,艺术审美活动不仅是正经事,而且是高等正经事,他这是从艺术审美可以使人摆脱物欲束缚和克服精神异化的意义上来说的,因此他认为"审美带有令人解放的性质"。马克思主义更是把艺术审美活动与人的解放和人的本质力量的全面丰富联系起来看待,从而蕴含着深刻的历史理性与深厚的人文关怀在内。在当今的社会历史条件下,如果要谈文艺的审美价值取向,恐怕还是需要联系人们的现实状况和发展要求,不仅看到文艺的审美愉悦特点,更要充分重视其审美解放的性质,倘若忽视或屏蔽了后者,难免会使文艺审美肤浅化,甚或导致文艺活动中历史理性和人文关怀的缺失。

理解鲁迅

郭志刚

  自20世纪90年代末期以来,鲁迅和鲁迅研究又成为媒体、广大研究者及读者关注的热点话题,近来见诸报刊的一些文章对鲁迅展开了全面的质疑,一时沸沸扬扬,又成为一道新的文化景观,然而这些文章真的理解鲁迅了吗?究竟该怎样理解鲁迅,中国现代文学研究专家郭志刚先生撰文抒发一己之见。

——编者

  伟大的人物都有两重性:既属于历史,也属于现在。这一特点,使之无论生前或身后,常常很难摆脱世人的纠缠——赞美者有之,诟病者有之,毁誉交加者亦有之。"说不完的"鲁迅就不止一次地处于这种境地。当前,读者只要有兴趣,翻翻报刊就会了解,新的一轮对于鲁迅的"议论"又开始了。这样的事,对于先生本人,好坏姑且不论,要紧的是,它说明先生的事业和生命实际上还在继续,还在和我们眼前纷纭的生活纠缠在一起,还在和我们这些活着的人纠缠在一起。一个人的生命效应,能够在历史长河中不断掀起波澜,真堪称"不朽",这本身已够说明鲁迅先生的特殊价值了。

  其实,先生早已撒手人寰,一身祸福荣辱,生时既已不顾,死后复何计较?但是,人们还是在他身上争来争去,争到今天,已经过了大半个世纪,还在争。争什么呢?说到底,是争"现在",争活人的事情。

  既然争是客观存在,面对可争之事,争争也值得。因为对于我们无论谁,"现在"都太重要了,连鲁迅先生也警告过那些"现在的屠杀者":"杀了'现在',也便杀了'将来'——将来是子孙的时代。"诗人歌德还用美丽的诗句表达过对"现在"的眷恋:"你多美好呀,你多停留一会儿吧!"可见,抓住"现在"是多么重要。

  虽然人们都要"现在",但是人们对于"现在"的理解并不相同,这就是人们常常发生争论的根源。简单地说,由于人们对于"现在"的认识和要求不一样,他们对于将来的设计也不会一样;而当他们对于将来的设计出现分歧时,还会回过头来翻翻旧账,查查历史,重新议论、设计一番。不言而喻,对于历史人物的重新评说,也是这类工作的一部分。对于历史(包括历史人物),如果是在正常的学术规范内进行讨论,那对于"现在"的进行不仅无碍,而且有益;但是,如果越出学术规范,例如歪曲事实,指责鲁迅不去暗杀清朝政府的官僚,以调侃的语言讥刺鲁迅对无阶级社会的向往,等等,那就离谱了。

在有的人眼里,"将来"也许只是一个谜、一个大大的问号。他们可以不管或少管将来的事,而将注意力集中于"现在",因为"现在"最实在。他们心目中的"现在",实在得像一部汽车,以为只要抓牢方向盘,想怎么开就怎么开,想去哪里就能够去哪里。"现在"如此深具魅力,个中人谁不想来一试身手?

但是,"现在"究竟还不是可以随心所欲地加以操纵的汽车,如果驾驶者硬是为了一己之便而逞其所欲,那就得先用点心思,例如动动交通图、交通法规甚至交通设施之类。这样,就回到了上述话题:在有的人眼里,不但将来是个问号,历史也可以随时随地变成问号。为了满足他们那部汽车的随便哪一种需要,不仅可以搁置"将来",也可以修改历史——换个行业术语,就是改改交通地图或交通法规。

在时下一些文章中,有的作者就是这样来对待鲁迅的。他们没有一个关于过去、现在和将来的完整的历史观,对历史事件和历史人物,采取唯我所用的态度,想抬就抬,想贬就贬。这种使历史"就范"于偏见的做法,很难说会希望别人来进行讨论。但是,如果不讨论呢?省事固然省事,可距离他们常说的科学和民主也就越来越远了。所以,说也要说,做更应做,还是讨论吧。

这些年,贬损鲁迅之风屡屡刮起,这不能不使人产生一点儿疑问:鲁迅到底妨碍了他们什么呢?这一次的风刮得要更大些,大到想动摇鲁迅的历史地位。在他们眼里,鲁迅不仅不如胡适,也不如林语堂。我们知道,假使胡、林真能取代鲁迅的地位,他们的"车"就开得格外地快了。但是,这样做是非科学的,因为他们"忘记"了一个基本事实:我们生存于其中的这个古老文化,只是到了五四时期,才算对它有了一个整体性的清醒认识。在这一认识过程中,鲁迅起的作用,是别人无法与之比拟的。例如,他的关于中国文化(自然是没有经过五四革命洗礼的封建文化)是"食人"文化的分析,他的关于中国历史上的"一治一乱",实际上是两个时代("暂时做稳了奴隶的时代"和"想做奴隶而不得的时代")的表述,都是总体性的一针见血的精辟论断。这些论断,高屋建瓴,一字千钧,直接撼动了旧文化的根基,不仅发前人未发,至今也还没有人能够超越。特别是,面对以往如此沉重的历史、文化包袱,他毫不悲观,毅然号召:"……无须反顾,因为前面还有道路在。而创造中国历史上未曾有过的第三样时代,则是现在的青年的使命!"鲁迅从来不喜欢讲空话、大话,就是谈未来的事情,他也总是从历史和现实中找到根据,务期言必有中。他的小说《故乡》中那个关于"路"的启示,以其形象化的、朴实而丰厚的生活内涵,在将近一个世纪的时间里,一直激发着包括哲学家、艺术家在内的各个阶层的读者的想象力,其分量决不下于一些作家的几部长篇,这是有案可查的。时下有的文章作者,不顾鲁迅的生存条件和创作环境,以他没有写出长篇小说为由,贬低他在文学史上的地位。难道这些人忘记了，文学作品从来都是以质取胜，而不能以篇幅长短定高下这个常识性的问题吗？例如，蒲松龄因一部《聊斋志异》而光耀文坛，同属清代一些较为著名的长篇（包括《野叟曝言》《绿野仙踪》这样一些有相当影响的长篇）的作者，比起他来却是相顾失色，只能敬陪末座了。外国作家，我们可以举出主要是以短篇名世的莫泊桑。上述文章作者大概不会（至少，我们还没有看见）否定蒲松龄或莫泊桑的地位，而独以这类理由苛求鲁迅，这就不免有失忠厚和有失公道了。

正如人们知道的，鲁迅既有深厚的旧学积累，又具有现代科学（包括自然科学）知识，在他极其睿智和清醒的头脑里，历史、现在和未来，形成了一条完整的进化和发展的链条，他每有所发，常常是在这整个链条上引起的震动，也因此每每给读者以深刻的启迪，使我们至今读他的文章，仍常常有一种振聋发聩的感觉。他这种对历史、现在和未来的完整观照和深入思考，与胡适等人"一点一滴"地进行改良的文化观不同，与林语堂式的"幽默"的文化观更不同。就其本质而言，处于世纪之交并作为国学大师章太炎的学生的鲁迅，是中国文化最优秀的继承者，又是它的最彻底、最富有创造精神的批判者。在对旧文化进行批判的广度和深度上，不仅胡适比不上，林语堂更比不上。没有鲁迅式的深刻反思和他那种彻底的批判精神，我们这个属于世界上最古老的文化体系，不能完成由旧到新的质的转化，国人对于这种文化以及对于自身状态的认识，决不会达到今天这样的水平。让我们打一个比方：如果说五四运动在思想界引起了一次"地震"，那么，到了 80 年代，我们又感到了它的一次"余震"。当时，人们又感到了"反封建"的需要，而借助的武器，有很大一部分都来自鲁迅，没有他，我们不会那样快找到进门的钥匙，至少还要摸索一段时间，才能进入"境界"。许多当事人至今还在拿笔写文章，他们对此该记忆犹新吧？

作为后人，我们"叨光"的，当然不止一个鲁迅。鲁迅是一个群体的代表，他和一批前驱共同构建了一座文化大厦，处于大厦顶端的，却是鲁迅，是他代表了大厦的高度，我们理所当然地从那里接受了更多的阳光。

人们常常提到他在 1925 年发表在《京报副刊》上的那篇招来过攻击的《青年必读书》。显然，这不是一张书单，而是坚持五四新文化运动变革路线的宣言。当时，运动高潮已过，包括胡适在内的一些学者，不但自己走进"研究室"，还号召青年人也来学习他们的样子。如果不是简单地从字面上解读这篇"必读书"，而是从变革的全局性需要来认识它，人们就会相信，这篇宣言，不论过去和今天，都比一份书单要重要和有用得多，因为刚刚受到致命一击的旧文化体系还没有彻底缴械，还具有不容忽视的进行反扑的力量，新文化的倡建者们只有继续求新、求变，才是唯一出路。如前所说，在原来参加新文化运动的一些健将走进研究室，文化界已经出现种种复旧现象的情况下，鲁迅开出的这份形式特别的"青年必读书"尤其具有重要意义。所以,过了这么多年,胡适等人开的书目早已为众多读者所淡忘,而鲁迅这张"书单",却依然在读书界广泛地传诵着,这一现象,并非人为造成,而是历史的"优选法"留下的结果。今天,如果有人拿着鲁迅给别人开的书单,来暗示《青年必读书》居心可疑,那恰好是这些人自我心理的写照。是的,林语堂在鲁迅逝世后也写过一篇《悼鲁迅》,其中先颂鲁迅是战士,"战士者何?顶盔披甲,持矛把盾交锋以为乐。不交锋则不乐,不披甲则不乐,即使无锋可交,无矛可持,拾一石子投狗,偶中,亦快然于胸中。此鲁迅一副活形也"。在他笔下,严肃的战斗变得无聊起来,这与其说是鲁迅的"活形",还不如说是他的游戏心态的"活形"。这是没有办法的事,蹲在井底看天,天就总是那么大。这些人对鲁迅所做的事,借用一个电脑术语,是"量小化"。量小化虽然不能损害事物的内容,却可以把事物"无限"地缩小或"隐藏"起来,以至在人们的视界里失去它的形象。不同之处是,电脑按照科学程序(虽然科学程序也是人设定的)办事,这些人则按照主观意志办事。但是,不管哪一种情况,"量小化"都是暂时缩小或隐藏真相,而无法损害它。所以,归根结底,他们对鲁迅的"量小化"是无济于事的。

  本文题目是"理解鲁迅",倘若有人据此反问一句:你理解鲁迅吗?我会惶恐起来。我只能这样回答:我走进了大山,只知道这是大山,至于山究竟有多高、多大,就说不出了。但我不希望自己只就眼前的那几尺地方说,这只是一块石头或一堆黄土!

"文学是人学"的再探讨

——在生态文艺学的语境中

鲁枢元

"文学是人学",是华东师范大学教授钱谷融先生在1957年发表的一篇文章的中心论题。近半个世纪过去,"文学是人学"的主张不但没有被扼杀掉,反而在中国文坛上产生了广泛的影响。至今,"文学是人学"仍然是一面醒目的旗帜,飘扬在中国文坛上空。

随着生态运动的日益普及,随着生态学时代的渐渐迫近,也许有人会发出询问:文学是人学,那么文学与自然的关系又是什么呢?自然在文学中是否有自己的独立存在的价值?自然是否永远只能作为作品中人物活动的背景和人物情绪的载体?文学家除了"人"的立场之外是否还可能有一个"自然"的立场?

1957年,当钱谷融先生的《论"文学是人学"》一文发表时,美国女记者瑞秋·卡森引发社会生态学争论的重要著作尚未问世,罗尔斯顿的"环境伦理学"还要再等30年才能诞生。所以,我们不能要求钱先生在他的这篇文章中加进"生态学"的内容。但这并不等于说"文学是人学"这个命题以及钱先生对这个命题的阐发就不会与当前的生态运动发生潜在的理论上的纠葛,或者是同一个轨道上的呼应,或者是不同断层里的错位。正因为"文学是人学"的理论主张有着如此重大、持久的影响,所以,我们这里想拿它作为一个例证,放在生态文艺学的语境中,重新探讨一下它固有的内涵以及有无可能对它做出某些补正。

重读《论"文学是人学"》,我感到作者终其全篇反复强调的是:文学创作不能把写人当作手段,当作反映某种"本质""规律"或反映某种"现实""生活"的工具。写人就是写人,写人本身就是目的,写人的目的就是让人们自己从作家描写刻画的人物形象身上"了解自己",从而激励自己、提高自己、丰富自己、完善自己。文学就是这样一门由人写人、同时又感染人的艺术。

至于如何在文学作品中写好人,作者主要从两个方面进行了阐发:

一、伟大的人道主义精神对于一个作家来说是至关重要的,这是从事文学创作的基本准则。要写好人,作家一定要坚持"把人当作人"。这对自己而言是要能够维护自己人格的独立自主;对他人而言则是知道尊敬人、同情人。难能可贵的是要拥有一种"深厚纯真的感情"、一颗自然清新的"赤子之心"。

二、写好人物的真谛在于写出丰富具体的人性,写出活生生的、独特的个性。要从真实的人性出发,而不能从抽象的理念出发,不能把人物当傀儡,不能把"典型人物"当作"某一社会历史现象本质"的图解。

通过层层辨析,作者最后得出这样两个结论:(一)人性大于包括阶级性在内的人民性。(二)人道主义原则高于包括现实主义在内的文学创作原则。

从这篇文章的总体倾向上看,作者对现代生活中占主导地位的崇尚"本质"、迷信"规律"、推重"概念"的理性主义专断深表怀疑,对于把文学作品中的"人物"以及现实中的"人"当作工具和手段看待的工具理性尤为反感。也许是出自作者酷爱自然和自由的天性,使他对现代工业社会的思维模式表现出"先天式"的反叛。

至于"人道主义""人性论",从严格的理论意义上讲,当然属于欧洲文艺复兴运动、启蒙运动的思想成果,并且已经成为现代社会的精神支柱。"文学是人学"的题解,显然从中借助了诸多理论依据,从而证实了钱谷融的人道主义立场与托尔斯泰、易卜生、巴尔扎克、狄更斯血脉上的连贯性。不过,文学中的"人道主义"并不仅仅局限于启蒙思想,正如钱先生在文章中说明的:

> 人道主义精神,人道主义理想,却是从古以来一直活在人们的心里,一直流行、传播在人们的口头、笔下的。我们无论从东方的孔子、墨子,还是从西方的苏格拉底、柏拉图等人的言论著作中,都可以发现这种精神、这种理想。虽然随着时代、社会等等条件的不同,人道主义的内容也时时有所变动,有所损益,但我们还是可以从其中找出一点共同的东西来的,那就是:把人当作人。(钱谷融:《艺术·人·真诚》,第81页,华东师范大学出版社1995版)

在这个"广袤"的人道主义原野上,其实人们各自都曾找到过自己认同的某一点:培根找到的是"人是控制驾驭自然的万物之灵",卢梭找到的是"回归自然,才是人的本性",孟德斯鸠找到的是"法律面前人人平等",萨特找到的是"以人类的相互依存对付资本主义的恶性竞争",马尔库塞人道主义理想则是建立一种"无抑制的人类文明"。

钱谷融先生找到的是"把人当作人"。这更多的是在抗拒"人的异化",抗拒把人"化"作理念和工具。这既是抗拒现实政治生活中的极"左"路线,也是在抗拒社会现代化进程中那个大一统的"元叙事"。

按照刘小枫的说法,中国的"现代化"进程从"康梁变法"就已经开始,不但"五四运动",包括"文化大革命"都是富有中国特色的"现代化运动"(参见刘小枫:《现代性社会理论绪论》,第381、387页,上海三联书店1998版)。对照利奥塔的后现代学说:"后现代是对元叙事的怀疑""后现代总是隐含在现代之中的",我们是否可以说钱谷融先生的这一"人学思想",也正是一位饱含人文情思的中国学者,对于中国式的"现代化运动"的反思呢?

至于"文学是人学"命题中的"人性论"内涵,似乎还要复杂些。

正如舍勒说的:在20世纪,人比以往任何时候都更成问题。几乎每一个成点气候的哲学派别,都要在"人是什么"这块学术领地上挖掘一番,以致把它弄成了一片扑朔迷离。

到了20世纪,笛卡尔的关于"我思故我在——人是理性的机器"的人的观念已经成为众矢之的。弗洛伊德的精神分析心理学认定非理性的本能冲动对于人的行为方式、人格结构的重大意义。与此相似,卡尔·巴特(Karl Barth)在神学领域强调人的与生俱来的"原罪",他也认为仅靠理性永远接近不了上帝,也永远拯救不了自己。萨特则否定了人的预设的本质,人只能各自选择自己、设计自己、创造自己,人是一个存在过程。结构主义的学者,如列维·斯特劳斯,进一步将"人性""人的本质"这些概念存在的必要性也否定了,人不过是能够使用语言的动物,人的存在不过是一些语法、句式的堆积。社会学家欧文·戈夫曼由此演绎出"人生就是运用包括语言在内的各种符号进行表演""人性是个大骗子"。作为解构主义代表人物的福柯更是耸人听闻地宣布:"人的概念已经土崩瓦解""人已经死去""人将像画在沙滩上的画一样被抹去"。

钱谷融先生对"人性"的理解似乎与上述主张都不相同。他在这篇文章中也并没有特别强调"人是社会关系的总和"以及"大写的人"这些在当时社会上特别流行的字眼,他所一再强调的"人性"却是一个颇带"自然主义"意味的说法:"赤子之心",亦即"童心",他把它解释为一种"深厚纯真""醇厚真挚"的情性。

最初,老子在《道德经》中讲:"常德不离,复归于婴儿",又以"沌沌兮,如婴儿之未孩"形容得道之状态,这可以看作"童心说"的滥觞。

中国古代力倡"童心说"的是明代思想家李贽,他说,童心是"本心"或"初心",亦即"赤子之心";就是"真心",诚挚无伪之心、坦荡无碍之心;又是"纯心",纯正质朴之心、未经世事污染之心。这是一种不会算计、不会策划、不会操作,也不会竞争的心。

在西方现代文学史中推重"童心"的诗人,有我们前面提到的英国湖畔派诗人华兹华斯,他更多的是从人与自然的关系上肯定童心的:婴儿、儿童由于没有受到世俗思想的熏染,更多地葆有"神圣之灵性",比之成年人就更容易领悟宇宙间不朽的信息,更容易接近自然中真实的生命。

钱谷融先生一生评人论文始终坚持的标准,概而言之,也就是这个天真诚挚的"赤子之心"。纵览他的文集,经常可以看到他用这样一些字眼赞美他所喜欢的作家、作品:"志行高洁""自然真率""直抒胸臆,不假雕饰""喁喁独语,自吐心曲"(这简直就是摇篮中的婴儿的常态——鲁注)"清新秀丽,一尘不染""素淡雅洁,超然脱俗""清水出芙蓉,天然去雕饰"等等。

究其底里,是因为评论者本人就拥有一片"赤子之心"。"赤子之心"作为文学批评的标准,比起结构主义文本学、解构主义叙事学的那些繁文缛节来要简洁、单纯得多。但这简洁、单纯却要比那繁难、复杂更为难得。不过,这已经是一个超越了认识论和知识学的话题。"赤子之心"属于情性的天地,它的简洁单纯就像一片澄澈明净的湖水,恰恰因了它的简洁单纯才可以映照出流变的天光云影、隐约的青山红树,以及纷扰的大千世界、幽微的心灵秘境。假若不信,那就请读一读钱先生自己的评论著述《〈雷雨〉人物谈》。

把赤子之心作为人性论的内涵,将会受到许多当代哲学理论的诘难。赤子之心,也许只是中国古代哲人为人性设置的一种理想境界,一种人性的乌托邦。即使这样,它也不失为一种独具东方色彩的人性论。舍勒把人性设置为一种"向着上帝飞升的意向",这与中国的先哲把人性认作"向着自然回归的心灵"看似截然对立,实则异曲同工,无论"上天"或是"入地",其目标都是做一个与天地共通、共生的人,一个更"是其所是"的人。

关于"文学是人学"的命题被评述到这里,已经不难发现这与当前风行东西方的"生态精神"颇多吻合之处。"赤子之心"象征着人性的回归,意味着向着自然的返朴归真。况且,在涉及人性与自然的关系时,钱谷融先生在文章中也曾明确地写下了这样的话:一旦拥有了"赤子之心",就会使"我们对人、对自然界更加接近"(《艺术·人·真诚》,第78页)。

不过,在通读全文之后,我们还是发现了两处与当前生态运动的主张、与作者在文章中的基本立意不尽协调的文字。

一处是作者在批评自然主义的文学创作方法时说:"自然主义者则是把人当作地球上的生物之一,当作一种具有一切'原始感情'——即兽性——的动物来看待的。因而是用蔑视人、仇恨人的反人道主义的态度来描写人、对待人的。"(《艺术·人·真诚》,第86页)前一句的表述并没有错怪自然主义;问题在于后一句,给人以将"人性"与"兽性"截然对立起来的感觉。依照当下生态伦理学的观点,地球上人类之外的其他生物,包括"野兽"在内,都处于同一个地球生态系统之中,人与它们是相依相存的,它们的内在价值也应当得到承认。况且,在人身上除了社会性、文化性、精神性之外,也还有生物性的存在。其实,钱先生怎么会不知道,在现实生活中、在文学作品中,有些人身上的缺点和毛病真是比动物还严重;而有些动物在某些方面,也可能拥有一颗"赤子之心",比如,深为钱先生所喜爱的俄罗斯作家屠格涅夫小说中的那条名叫"木木"的狗。

另一处文字:"高尔基心目中的'人',是'生活的主人',是'伟大的创造者',是能够征服第一自然而创造'第二自然'的人。"(《艺术·人·真诚》,第91页)半个世纪过去了,现在看来,"人"这个伟大的创造者对"第一自然"的征服已经造成如此多的生态灾难;而它所创造出来的"第二自然"又给人的心灵生活带来如此多的损伤。在50年代的中国,这注定是钱谷融先生无法料到的。当时的中国人全都被一种建设祖国、改天换地的热情鼓舞着。这两段文字或许都是由于当时苏联文艺理论的影响。

《论"文学是人学"》一文的立意在于纠正当时的文学创作界发生在"人物描写"方面的一些错误倾向,这在很大程度上属于文学创作方法的探讨。但是,文章的实际意义却远远超出了创作方法的讨论,并且已经触及文学本体论的核心。文章的影响还不止于此。不只在文学界的圈子里,即使在略知一些文学知识的大众中,"文学是人学"差不多也已经成了一个"文学是什么"的简洁的答案。

前引两处文字,从生态学的角度当然也可以批评作者在某种程度上受到了"人类中心"的思想的影响。但是,把钱谷融一贯的文艺思想连贯起来看,我们不难发现,在他那里"人"与"艺术"几乎总是融为一体的,在他的艺术本体论中,"真正的人"与"真正的艺术"同质同构。这些思想集中地表现在他的《关于文艺特征的断想》一文中。这首先在于他坚持把文学艺术现象看作"生命现象",这不但表现为艺术本身拥有生命的活力,而且还表现为艺术必须把它遇到的一切对象全"当作有生命的东西"。为此,他在引证了歌德关于艺术与自然的谈话之后进一步解释说:

> 真正的艺术作品和真正的大自然的作品一样,都是有生命的……同生活之树一样是常青的。
>
> 只有艺术才是自然的最称职的解释者,因为只有艺术才能把握着自然的生命。
>
> 自然与艺术原是一对欢喜冤家。它们是你中有我,我中有你,心心相印,息息相通……艺术家从自然那里所得到的体会,原是艺术家自己灌注到自然身上去的;自然从艺术家那里得到的赞美,原是自然本身从艺术家心底召唤起来的。譬如说李白的诗句:"相看两不厌,只有敬亭山。"(《艺术·人·真诚》,第167—168页)

现在看来,钱谷融先生的这些论述,显然又都是精辟的"生态文艺学"的识见。在钱先生那里，人道与天道、艺术与自然为何能够如此自然地相互渗透在一起，在我看来，依然是得之于他那身体力行、一以贯之并且颇具自然色彩的人性论。

于是，恰恰由于生态学时代的到来，由于现代人的精神生态成了如此严重的问题，钱谷融先生的"赤子之心"的人性论、文学论才不但不会成为"过时的"理论，反而将闪现出异样的光彩。

如果我们不相信"把人当作物"的时代最后一定能够战胜"把人当作人"的时代，那么，由钱谷融先生阐发的这一"文学是人学"的理论就将注定是常青的。

20世纪文论的历史呼唤
——走辩证整合研究之路
吴元迈

　　20世纪文论一方面学派纷呈,蔚为壮观;一方面花开花落,变化急剧,呈现出一幅五光十色的图画。从这个角度看,有人称20世纪为批评的时代,这不无道理。

　　20世纪文论地图尽管斑斓驳杂,20世纪文化历程尽管坎坷不平,但仍可窥见其变化发展的某些规律性,而且为我们提供了不少有益和难忘的经验。回眸百年来中国文论,它同样经历了一条曲折发展的道路,其主要特点之一是不断地引进和吸纳外国文论特别是同西方文论和俄苏文论息息相关。我们在介绍和吸收外国文论方面也积累了各种经验,值得进一步探讨和总结。总之,依我看来,在20世纪文论的种种经验中,最重要的是:走辩证整合之路,这是20世纪文论的历史呼唤。

　　20世纪文论不是从天而降,而是从历史走来,特别是从19世纪文论演变而来。更确切地说,是对19世纪文论的碰撞和反拨。

　　自19世纪下半期起,以实证主义为基础,以斯达尔夫人、泰纳、格罗塞等为代表的文学社会学派和朗松、维谢洛夫斯基、勃兰兑斯等为代表的文化史派,在确立文学同民族意识、社会历史和文化等的关系方面做了巨大工作,成就卓著,如洋洋大观的《剑桥英国文学史》、朗松的《法国文学史》、维谢洛夫斯基的《历史诗学》、勃兰兑斯的《十九世纪文学主潮》等,至今仍旧被我们称颂、参考。问题是,它们往往忽视文学作为一种社会意识形式的相对独立性,仅仅把它看成是社会生活和精神生活的材料,而且不去探讨研究语言和形式的审美特征,这是它们的严重偏颇和缺陷。

　　正是在这一历史背景下,20世纪文论的重要一级——唯科学主义的各个学派便蜂拥而起,如俄苏形式学派(以什克洛夫斯基为代表的彼得格勒"诗语研究会"和以雅科勃逊为代表的"莫斯科语言学小组");如不同于19世纪那种"旧"批评的英美"新批评",而"新批评"在美国竟流行长达半个多世纪之久,直到20世纪70年代才失去其主导地位;如以列维-斯特劳斯为代表的结构主义,而参与其形成的尚有索绪尔及其学生的"日内瓦语言学派"、俄苏形式学派、布拉格结构学派、哥本哈根和纽约的语言学小组、彼尔斯和莫里斯的美国符号学派等;如一些新实证主义的社会学派诸如"比利时文学社会学派"(戈德曼等)。可以说,是19世纪文论的严重偏颇和缺陷,促使它们反其道而行之:从历史走向语言,从内容走向形式;把语言和形式绝对化,把文学作品本体化,而置社会历史和意识形态问题于不顾。于是,俄国未来派提出"艺术是形式的艺术";什克洛夫斯基宣称文学研究是"内部规律"研究、"艺术即手法";雅科勃逊认为文学研究就是研究"文学性";兰色姆断言文学作品是独立自主的;温萨特和比厄兹利声称"外部因素"研究是"意图谬误"和"感受谬误";罗兰·巴特主张文学研究"是文本结构的准确描述";托多洛夫指出文学研究"应该阐述的不是'起源'问题,不是文本可以从非文本产生的问题"等等。一句话,他们力图创建一种"科学"研究的方法论,并赋予它以精确科学的形式。但实际上这是矫枉过正。虽然他们在形式、结构、手法、韵律、修辞等诸多方面有不少精彩的开拓和建树,但终究走向了另一片面、另一极端,而未能走向全面,走向真理。

在 20 世纪上半期,与"非人格化"的准科学主义文论对垒的,是人文主义文论,属于这一理论建构的有现代阐释学、存在主义文论、现象学文论、接受美学、意识批评、读者反应批评等。它们主张描述作者和读者的意识状态,认为对一部作品的理解,只能通过体验和感受。在它们看来,文学即主体意识,即直觉,即表现,即原型,即接受。它们所理解的内容成分是一种具有意向性的东西,是一种意识的表现。如果说准科学主义把客体绝对化,把文学作品本体化,那么,人文主义则把主体绝对化,把作者和读者的意识本体化。尽管人文主义文论在意识、主体、原型、接受等诸多方面颇有开拓和成就,但它终究是以偏概全,把它们推向极致,从而陷入了极大的局限性。

一个有趣的现象是,在 20 世纪文论中,准科学主义和人文主义虽各执一端,针锋相对,但在文学与民族、社会、历史、世界等关系方面,在对待 19 世纪文论的主潮方面,又殊途同归,采取否定立场,仅从认识论角度看,它们的致命伤或在于把一种局部性质的东西变成一种普遍性质的东西,或把一点、一个片断、一个侧面、一个视角变成一个独立而完整的东西。尽管它们对某一点、某一片断、某一侧面、某一视角的阐述,不无精彩、深刻、合理和独到之外,可是从整体和全局来审视,它们都是生长在"绝对的人类认识这棵活生生的树上的一朵不结果实的花"。

凡是走过头的东西,总得走回来。在 20 世纪文论的历史进程中,准科学主义和人文主义这两大对立的潮流,便受到了不仅来自外部也来自内部的质疑和挑战。

首先,形成于 60 年代末的叙述学,便在结构主义和现象学、接受美学与读者反应批评之间,采取了一种中间立场。其著名代表者有热奈特、托多洛夫、马尔、罗兰·巴特、格雷马斯等。在结构主义那里,文学作品被看成是不依赖于作者和读者的自主客体;在现象学等那里,文学作品被融化在读者的意识之中。叙述学则力图避免这两种极端立场,既不抛弃文学作品的深层结构,但却把重点放在作者和读者的积极对话之中。到 20 世纪 70 年代和 80 年代,大多数结构主义者便转到叙述学一边。这是 20 世纪文论格局发生的一次明显变化。

其次,20世纪80年代,准科学主义文论和人文主义文论的对立,由于解构主义的蜚声文坛而被拉平。解构主义代表人物德里达左右开弓,既尖锐批评结构主义和符号学,也激烈抨击阐释学和现象学,并经常声称自己的解构理论为"后结构主义"或"后现象学"。在他看来,结构主义和符号学是自亚里士多德和柏拉图至海德格尔和列维－斯特劳斯的逻各斯中心主义的最后据点;而阐释学和现象学将主体的反应能力同关于中心的经验联系在一起,则被德里达谴责为企图复活形而上学的一种努力。这因为,按解构主义的主张,中心应该是绝对的缺席,而文学批评不能追求文学作品的本来意义,其本质是一种再创造活动,任何人都可以做出自己的阐释,并且永无止境。其实,解构主义本身是矛盾的,它是以自己为中心来反对别人的中心,是以自己的形而上学来反对别人的形而上学。此外,它提出的世界即文本、任何阅读都必然是错误的等论点,这不能不引起其他学派的代表者诸如伽达默尔等的非议。

果然好景不长,尽管解构主义在20世纪80年代中期名噪一时,在美国和西欧许多大学占有优势地位,出版的著述比任何学派都多,领导了多个专业团体,在物质上得到了众多机构的资助,然而,在20世纪80年代末终于走向衰落。代之而起的是文化研究,并占据了文论的主导地位。

曾经是解构主义及"耶鲁学派"的代表人物之一的希利斯·米勒,在1989年的一篇文章中对解构主义的衰落及其之后的文论状况做了发人深省的描述:1979年以来,文学研究的兴趣中心已发生大规模转移:从对文学作修辞式的内部研究,转为文学研究的"外部"联系,确定它在心理学、历史和社会学背景中的位置。或者说,文学研究的兴趣已由集中注意研究语言本身及其性质和能力,转移到注意语言同上帝、自然、社会、历史等被看作是语言之外的事物的关系。在我看来,这无异于说:20世纪文论在上半期是从历史走向语言,从内容走向形式;从20世纪80年代起,它在经历了曲折复杂的演变之后,已从语言返回历史,从形式返回内容。与过去所不同的是,这次的返回并不抛弃它的对立面——语言和形式。这是20世纪文论的历史进步。米勒在文中还说了一段富有意味和有分量的话:那些外部关系本身即为文本所固有,包含在文本内部。内部和外部的区分,正如大多数这类二项对立一样,结果都被证明是人为的和骗人的。其实,我以为,过去和现在的优秀文论无不是"出乎其外"和"入乎其内"的。如何科学地对待文学的内部研究和外部研究或内部规律和外部规律的相互关系,这是文学理论的永恒试金石。

80年代是20世纪文论进程发生重要转折的时期,也是它的反思时期。

就在美国学者米勒这篇文章发表的前几年,苏联学者什克洛夫斯基和法国学者托多洛夫,当然还有其他文论家,在涉及文学的"内部"和"外部"的相互关系这一世纪性的问题和论争时,也做了意义深远的反思。这三个不同国家和三个不同学派的学者,几乎在同一时间,以自己不同的学术生涯和生活经历关注这同一问题,这绝非偶然和巧合,而是20世纪文论内在发展使然。

作为俄苏形式学派的领袖人物,什克洛夫斯基1925年在其《散文理论》的"序言"中,明确宣布:我的文学理论是研究文学的内部规律。这是他和他的学派的共同纲领,也是20世纪许多学派的宣言,包括韦勒克和沃伦那本著名的《文学理论》(1949)在内。在经历半个世纪的风雨之后,1982年他已90岁高龄,在逝世前两年他写了一本新《散文理论》(除收进过去写的两篇文章外,其余均为新作),做了系统而集中的反思。这是他的学术遗嘱,书中写道:"我在写一本关于散文理论的新书","就我而言,写这本书并非易事。我比同辈中的许多人活得更长久……善于重新思考的人剩下不多了"。1925年"那本关于散文理论的书,应该作为这本更厚的书的注解。要知道一切事物诞生时都很小,后来才得到发展。"什克洛夫斯基对许多问题做了反思:

第一,关于词语与文本。他说:"我曾有过错误,因为曾认为,词语仅仅是词语而已",但"以为文本仅仅是文本,那首先就不是艺术家,不是武士",因此"诗语研究会"的"建树并不精确,并不完全"。

第二,关于文艺与生活。他写道:"我曾把生活之流和艺术之流分离开来,这是不对的。脱离世界历史,不分析历史的种种病痛,不解决人类经历的全部艰难困苦的遭遇,而要理解托尔斯泰和陀思妥耶夫斯基是不可能的。"

第三,关于作品与作家。他指出:"我曾经写过,艺术无恻隐之心,此话激烈,但并不正确。艺术是怜悯与残忍的代言人,是重新审视人类生存法则的法官,我限制了运用艺术的范围,重踏了老欧美学派的覆辙。"

第四,关于艺术目的。他说:"艺术作品的目的曾为我所排斥。但是艺术,甚至从屋顶上的猫叫开始,它也有目的。这不仅要擦净向我们展现世界的玻璃,而且教导我们观察和理解世界。"

另一位有影响的法国结构主义者托多洛夫,在《批评的批评》(1985)一书中,做了同样的反思。该著出版不久,一位著名的法国作家兼批评家便发表评论说:这是从形式返回内容、从精神的科学主义返回真理的人文主义的一次转折。托多洛夫认为,他发现作品中的历史构想和结构构想,并不如想象的那样容易分辨,过去以为是中性方法及纯描述的东西,现在却成了某种明确的历史选择的结果。因此,他指出:需要在广泛的语境中理解语言的意义。首先是作品的语境,是作品、作者、时代、文学传统构筑了不同层次的语境,文学如果不有助于认识生活就分文不值。批评和作品一样,也应探求真理和价值。托多洛夫还说了一句意味深长的话:结构主义的过失,要由意识形态来补偿。我想,这也从一个方面表明,走辩证整合之路,势在必行。

与这些反思相联系的,或者说,与这一文论进程相联系的,是 20 世纪 70 年代和 80 年代之交在全球范围内掀起的"巴赫金热"。巴赫金的文化诗学(他自称为"社会诗学")和对话理论形成于 20 世纪 20 年代。1965 年,他发表关于拉伯雷和"狂欢化"的论著。这时之所以产生"巴赫金热",显然同 20 世纪文论的重点转移有关,同文化研究被提上 20 世纪文论的"议事日程"有关。一句话,巴赫金是文论进程和文论时代的需要。

以上就是我关于走辩证整合之路的一些思考。

2001 年

纯文学在窘迫中延展希望
鲁文忠

纯文学是与通俗文学相对而言的。通俗文学以满足人们的快感、娱乐需要为主要目的,与之相比,纯文学承载着较多的社会文化功能,它注重表现时代的变迁、社会的演进、人生的哲理,用力于灵魂探索、精神建构,张扬作家的艺术个性,表达作家的思想,在人生和艺术上勇于充当探索者的角色。纯文学的定义是相对的,它更多的是一种精神上的指向,是一代又一代艺术家的梦想家园。由于它的极大开放性,纯文学在当代复杂的社会环境下得以顽强地延伸着自己的生命,也注定了所有关心它的人们因为它的一次次峰回路转而产生种种失落和种种希望。

一、喧闹与寂寞

20 世纪 80 年代是纯文学的黄金时期,文学经历了复苏到振兴的过程。刚解放的知识分子普遍地具有强烈的使命感和责任感,他们以"舍我其谁"的主人翁姿态,投身于经济改革、民主建设中,扮演着社会启蒙的角色。文学在巨大的政治热情的推动下,出现了"伤痕文学""反思文学""改革文学"等一个又一个热点,它们以对社会的关注和对人生的关怀确立了 80 年代文学的纯文学品质。

90 年代以来,市场经济大潮的冲击,改变了整个社会的价值结构,知识分子被推向社会边缘。由于实用主义、拜金主义的盛行,知识分子的精神优势荡然无存,从而表现出浮躁和失落。因此 90 年代的作家缺乏对时代变革的积极反应、对终极价值探索的动力,也缺乏对大众关怀的热情和追求文学经典的信念。

因此纯文学失去了 80 年代的光晕,表现出一冷一热两种病状:冷的是读者流失、刊物滞销。纯文学的阵地在不断地缩小,一些顶尖级的刊物,如《收获》《当代》《十月》等还可勉强支持,而一些省市级的纯文学刊物则经费困难,有的在困境中挣扎,有的则走上了通俗文学的路子,用猎奇、野史、艳情等招徕读者,打擦边球、走钢丝,常常因此触规犯禁。纯文学作家的作品不再热销。90 年代中期,一个关于上海作家现状的调查报告对比了 80 年代与 90 年代纯文学作品发行量的变化:王安忆,80 年代初作品印数几万册,现在只印几千册;叶辛,80年代初发行量最高100多万册,现在不过两三千册;王小鹰,其时的《你为谁辩护》3万册,现在的《我们曾经相爱》不足1000册;陆星儿,原来一般七八万册,现在只有三四千册。纯文学刊物普遍处境艰难:"上海现在仅存的4家纯文学刊物:《萌芽》1985、1986年前的发行量35万份,现在2万份;《收获》1985、1986年前最高达百万份,现在10万份左右;《上海文学》1978、1979年40多万册,现在2万份左右;《小说界》现在发行量也只有3万份。"(据陈丽:《困境与突围——对经济体制转轨时期上海作家情况的调查》,《社会科学》1995年第1期)纯文学受冷落,使创作者纷纷流失,作家们有的改行,有的下海,还在写作的则有一部分转入了通俗文学的阵营。

当然,尽管纯文学在市场经济大潮冲击下变得浮躁和失落,但从80年代开始,仍有一些作家超越其上,坚持纯文学创作。那些作品坚持纯文学的追求,企望在物欲膨胀、精神匮乏的现实中,扛起精神的大旗,用理想和信念照亮暗淡的人生。不过从整体来看,无形的市场之手,使纯文学寂寞地退守到了社会一隅。

而大众文化在迅速崛起。歌舞厅、游乐场、摇滚乐、广告、时装表演、家庭肥皂剧、言情片、武侠片等快速登场,形成了极其浓郁的世俗文化氛围。同时文坛也呈现一派欢闹景象,传媒和出版商对文学事件进行了大规模的炒作。80年代后期以来,琼瑶热、金庸热、汪国真热、王朔热、《废都》热、散文热、梁凤仪热、留学生文学热、文稿拍卖热、文学改编热、性文学浪潮、布老虎丛书等等,把整个文坛装点得热闹非常。

在热闹之中,不少作家自觉地放逐了世界观、价值取向、审美趣味中的理性尺度,随商业化的指挥棒写作,以刺激人的感官为能事,大量地粗制滥造,写本能、写欲望、写生存琐屑状态,写一切可以满足窥视欲的东西。在这里,刚健、大度的文学正在远离我们而去,纤细、矫作的女性文学受到热烈追捧;悲剧失去了庄严,正剧化为了闹剧;散文、随笔闲适化、私人化,小说放逐雄放和豪情。写性爱热衷于表现灵与肉分离,女性的尊严、人格、价值在许多作家笔下如同无物。曾经为思想解放而摇旗呐喊、冲锋陷阵的纯文学收起了批判的锋芒,成为随大众文化漂浮的无根之物。

因此文坛热闹的表面掩饰不了纯文学内在的寂寞和收获的贫乏。90年代的诗歌,普遍地表现出理想和激情萎缩、诗意贫乏,有的则不断重复浅薄的哲理,以弥补诗意的不足;90年代文坛的一大特点是散文火爆,随笔风行。"新艺术散文""文化散文""女性散文""新生代散文"以及作家和学者的随笔,纷纷登场。应当说,90年代的散文是丰收的,其中不乏精品力作,如一些学者的散文成绩斐然,但相当多的散文却是闲适化和私人化的,既缺乏深度的社会体验,又缺乏博大的人生关怀。长篇小说在90年代创作数量剧增,每年有八九百部之多,相当于新中国成立后十七年长篇小说创作的总和,创下历史上的最高纪录,可惜的是精品力作也不多。

纯文学失去了社会轰动效应,而进入了寂寞的发展时期。不少人认为纯文学跌入了低谷,有人预言它的"死亡"。事实上,纯文学一直在商业化、电子化和全球化的背景之下坚韧地生存着。它既没有在商业化中沉沦和消失,也没有在电子化和全球化中丧失自身。相反,在此背景下,纯文学不断调整自身的结构和功能,形成了它的新的生存形态和生存方式,以及它未来的发展空间,离开了这一背景,就无法读解纯文学的变化,也无法预见它的未来发展趋势。

二、纯文学与商业化

90年代中国文坛的重要特点是它的商品化、市场化走向。如果说在80年代后半期,文学已经受到商品经济的冲击,而部分地卷入市场的话,到了90年代,则逐步全面地卷入市场。90年代的纯文学是在人文主义与商业化的拉锯战中走着自己的路。

纯文学商业化从它突起的那天起,就遭到人们的警惕和抵抗。以张承志、张炜为代表的"新理想主义"对之进行了激烈的批判。90年代以来,张承志激烈地批评了文坛的堕落,表示要与庸俗的文坛进行殊死决战;与此同时,张炜也向商业文化提出了明确的挑战。

1993年到1994年间开展的关于人文主义精神的讨论,则是对商业化潮流的一次集体反抗。在这次讨论中,一方是坚决的反对者,如作家张炜、张承志、梁晓声和批评家王晓明、陈晓明、张颐武等,他们对文学商业化思潮做了严厉的抨击,主张重建人文知识分子的人生观、价值观、道德观,建立纯洁的文学家园;一方是温和的调和派,认为应当承认人文精神的多元性和包容性,主张对张承志的信仰和王朔的"玩文学"取包容态度,王蒙、王朔也主张对文学商业化思潮给以宽容。这次讨论规模宏大,但结论是由文学实践得出的。

全面走向市场的中国当代社会必将急遽改变传统文学形态和价值取向,带给纯文学一定的负面影响,不过,由此而对商业化一味抵制和否定是不可取的,在现实中也是行不通的。对于轻视功利的中国文人来说,认同和接纳纯文学的商业化是十分痛苦的。但这是时代的潮流,不是个人所能左右的。文学不是在真空地带生长的,它不能不受到整个大环境的影响和制约。在文学实践中,当商品潮流滚滚而来并以其强力冲击着文坛的时候,有一部分人明显地向商业化倾斜,而另一部分人则坚持人文主义的立场,还有一部分人则试图在人文主义和商业化之间进行整合,企图寻找一条既坚持人文主义又不排斥商业化的路子。在商品社会中,要想坚持一种完全排斥商业化的、"纯粹"的人文主义立场,是异常困难的,而一味地认同商业化价值标准、放弃纯文学的人文主义立场,也是行不通的。

　　文学的终极目标是为了提高人们的思想、道德、精神境界,对人类命运、人生价值应该有终极关怀,而不是单纯投合世俗的、消费的需求,但也不简单地拒绝读者和市场的世俗的、功利的、消费性的需要。我国的文学在这之间自觉或不自觉地选择了一条由与商业化对立到与之安静相处的路径。文学接受了商业化作为文学生存的现实背景和条件,同时也容忍了商业化部分地改变纯文学的艺术品质。随着作家心态的逐步调整和成熟、对商业化规律的逐步把握,他们的作品在理想与现实之间找寻平衡点,而且充分利用了商业化给文学带来的新的生存境况,使纯文学的生气绵绵不息。

　　市场经济造就的文化多元化和宽松的政治环境,正在改变纯文学的面目。由于放弃了向大众说教的面孔,使纯文学增加了与大众的亲和力;同时,作家们习惯了从中心滑向边缘、读者的冷静反应之后,也有利于他们改换角度,以另一种沉静的心态重新透视和思考生活,实际上也就有了更多的创作自由和活动空间。应当说,在商业化的时代,影响创作的功利因素增强了,作家的创作更多样化了。市场经济本身的调节功能,也促使作家阵营的分化,一部分作家为满足市场需要,为迎合市民趣味而写作,从纯文学的阵营中分离出来,他们的写作在客观上也达到了文化普及的作用,培养了具有较高艺术水准的读者。同时,市场经济让一批对文学缺乏执着追求的人从文学界分离出去,让他们找寻更合适的生活方式。经过市场的筛选调节,作家队伍的阵线清晰了,作家的职能明确了,这有利于纯文学在寂寞中坚守阵地。

　　商业化使纯文学与通俗文学合理并存,既满足了低层次的文学消费,又鼓励了高层次的写作,尽管纯文学有过的辉煌不可能再现,但文学精品出现所需要的理性环境已具雏形。

三、纯文学与电子化

　　20世纪对历史发展影响最大的发明是电子技术。电子技术的进步促进了媒体的发展,现代传媒直接把科学技术和文学艺术联系到一起,并越来越强烈地影响着文学艺术的生存命运和发展方向。

　　媒体文学与网络文学正在塑造文学的新形态:与书籍文学相比,现代传媒时代的文学呈现出新的特点;文学形象的构建在以语言为主的同时,还会采用音像等手段;审美活动和非审美活动之间的鲜明界限开始模糊;艺术与生活之间的区分已不太明晰。总之,电子文化导致了美和艺术观念在当代的转型。这一转型既是艺术生产顺应时代发展规律的具体表现,又是科技强制改造艺术生产内在机制的必然结果。

　　传统文学由于出路狭窄,发表往往成为一种定评,编辑就是把门人。而网络时代的艺术由于技术上的可能,拥有巨大的容纳量,门槛很低,可以为更多的作者提供发表的机会,导致大众的广泛参与。几乎所有的人都可以尽情地写作、发表和阅读,因此网上文坛有相当宽松的环境。

由于网民的主体不可能是纯文学爱好者,因此,网络文学的主流只能是通俗文学,由此导致通俗文学的繁荣与兴盛。但是由于网络文学的包容性,使任何阶层、团体甚至个人的兴趣、爱好、要求都可在网络文学中表现出来,即时的出自内心的创作冲动都可以得到完全的宣泄,受到了制约的想象力可以充分展开想象的翅膀,从而有可能导致各种实验文学、先锋文学的产生。因此,电子化时代的艺术,一方面是通俗艺术的泛滥,另一方面也为纯文学的发展提供了一定的空间。

传统的纯文学与网络文学是有矛盾的。这从网易公司与文学网站"榕树下"的文学评奖活动中可以看出。一方面是不少传统文学的作家重复申明:文学的本质从未改变,对于网络文学与传统文学要一视同仁;一方面是不少"网虫"对由王蒙、刘心武、张抗抗等几位知名作家主持评委会感到"滑稽"和"不能理解"。因为他们几乎是清一色的传统文学作家,这些评委难以评出真正优秀的网络文学作品(见应建《网络文学能否成气候》,《深圳周刊》155期,2000年2月21日)。

尽管如此,我们还应看到,纯文学必须借助电子传媒才能增强与别的艺术门类特别是影视的竞争力。面对影视的竞争和挤压,文学要保持自己的地盘就必须进行革新。从这个角度看,电子传媒为文学提供了新的建构手段,如网络文学可以形成语言、音响、图像三位一体的形态,使纯文学有可能因此更具表现力和艺术魅力,从而提高与其他艺术门类的竞争力,使纯文学以全新的方式完成它的既定使命。"网络文学"已向传统印刷传媒挺进,也基本上获得了传统文学和传统印刷出版业的认可,纯文学为什么不能挺进网络呢?

四、纯文学与全球化浪潮

西方跨国资本是"全球化"话语权力的掌握者,西方跨国资本向全世界倾销着西方强势话语。90年代的中国,随着社会转型与体制改革进程的加快,对外开放与经济市场化日益扩大,全球化的文化浪潮,伴随着跨国公司、商业广告、大众传媒在中国迅速蔓延,实施着它对大众意识的整合与控制。

由于第三世界的中国在全球化中处于弱势地位,面对如此巨大的挑战,不少人忧心忡忡,认为全球化将把我们再度抛向边缘,产生了民族身份认同的焦虑。近几年的"新儒学""国学热"便是这种焦虑的反映,表现在文学上,就是一部分文学理论家们提出"现代汉语文学""母语写作"等口号,试图以提倡本民族语言的写作来确认中国文学的民族徽记,并以之对抗第一世界的文学和文化霸权。

在文学上,全球化的口号并非像经济全球化那样使各民族的文学走向同一化,反而应保有不同文学的本质特征和品格,通过全球各种文学的交流和理论对话形成全新的文学秩序。我们要看到全球化给第三世界文学既带来了威胁,同时也带来了机遇。全球化改变了中国文学长期的自我封闭和禁锢,是民族文学扩大视野和改变心态的一次机会。中国在走向世界,与此同时,世界也在走向中国。

当然我们也要准备应对全球化的挑战。中国文学要在全球化中占有一席之地,不被西方的声音所淹没,就必须努力发掘中国文学固有的宝贵资源,同时吸纳世界思想文化的优秀成果,登上探索人类精神文化的思想高地,思考和表现人类共同关心的话题,而这样的使命只有纯文学才能完成。因此,全球化对中国文学产生了巨大的压力,同时也给了我们一个提升纯文学品质的机遇。

五、未来与希望

纯文学和俗文学,是文学上的两"元",文学史上一直存在着这样两种文学形态,它们之间的界限究竟如何划定始终是个问题,在今天,它们之间的分野变得更加模糊,彼此的边界错陈,功能形态交叠。

纯文学与通俗文学二者关系的这种变化,缘于它们自身都在进行的大调整。出于生存竞争和发展自我的需要,它们需要彼此发现和汲取对方的优长。纯文学需要通俗文学的市场、读者、发行量,通俗文学需要纯文学的精深、典雅。两者从疏离渐渐趋于合流。

一些纯文学作家的创作,已开始从创新和试验转向"雅俗共赏"。一些先锋派作家在遭到读者拒绝下也开始回归大众,及时地做出策略性转移、改向或分流。在这一融汇的趋势下,大众话语和知识分子个人话语也形成了互渗的关系。

从矛盾运动的角度来看,纯文学与通俗文学之间的对立统一必然要持续下去,它们之间的融合关系对于纯文学来说将获益最多,因为这将促使文学走出原先划定的小圈子,走进更为开阔的天地,虽然这仍不足以使纯文学与影视等大众媒体相抗衡,但至少可以使纯文学具备在复杂的现实中持续生存下去的能力。

关于创作的一点随想
陆文夫

近年来文坛十分闹猛,常有各种事端发生,各种炒作也很频繁。自炒的,被炒的,炒人的,都很起劲。只是有时候缺少点绅士风度。没关系,我们富起来还没有几天,绅士风度是要学识和财富来培养的。

有人埋怨,说热闹有什么用,好作品在哪里?好作品也不是没有,如去年评出的获得茅盾文学奖的作品,就是好作品。说数量不多,好作品哪能太多?太多了就不值钱。何况还有许多好作品暂时还没有被发现。古往今来,能在文学史上留下的作品有几篇?说得不好听些,一时走红的作品,说不定还是"皇帝的新衣"。如此说来,我们的创作形势就是一片大好了?那也不是,目前是走下80年代的高峰,正准备向新世纪的高坡走上去。文学的发展也是波浪式的,有时候滞后于经济的发展,有时候也走在经济发展的前头。改革开放以后经济在摸着石头过河,文学也是在对外开放中摸索着自己的路。

改革开放一开始,文学通向外埠的大门敞开,弄潮者得风气之先,纷纷引进"外资"。一时间,各种流派,各种主义,各种创作方法,都开始涌进我们这座关闭已久的大门。此种引进使中国文坛变得十分热闹而且充满了生机,使得我们文学艺术的市场上花式品种增加了许多。新的花式品种总是容易被人喜爱,想看个究竟,想使用一番。比如武侠小说,这本来也不是什么新品种,我年轻时已经看够了。可在新中国成立之初我们把它封了,认为它讲的是神仙鬼怪、仇杀修炼,对青少年有毒害。所以我们的下一代,或者是比我年轻的人就不知道武侠小说为何物,一旦看到了便大为惊讶,原来世界上还有此种小说,好看!中国的人口众多,能看书的人何止千万,大家都想看一眼,那书的印数就会上百万。因此,中国的小说不能"批",你对某种书一"批",那读者就会想:"呀,你说不好吗,让我来看看。"好了,这本书的发行量最少三十万册!现在挨批又不会下放劳动,那版税倒是少不了的。

除了品种之外,文学的制作方法也纷纷从国外进口,打破了被人为地限死的现实主义。这些方法有些是新的,有些是旧的,有些是中国人自己发明了而贴上洋标签,是出口转内销的。大家可能还记得,有一段时间出现了许多我们看不懂的小说,理论家也听不懂的名词,什么"三无小说",没有标点符号的文章,等等。一时间,许多文学期刊发表了此类文章。我也曾问过那发稿的编辑,问他懂不懂,他说他也不懂。不懂为什么还要发呢？他说不发好像是思想不解放，跟不上潮流。中国人习惯于搞运动，到时候如果你不动的话，都会感受到某种压力。

文学变化最大的莫过于内容了。新中国成立以后中国的文学，每一个时期都有一个主要的内容，往往被称为"主流"，包括粉碎"四人帮"后的伤痕文学在内。这是当年的各种运动和计划经济的反映。计划经济时代人们的就业、分配、生活方式，甚至服装的式样都是差不多的。你要想多样化也很难，因为生活的本身也并不多样，多样了就被视为异类。萧也牧写了个《我们夫妻之间》，到后来连命也赔了进去。

改革开放之后，随着市场经济的逐步发展，社会生活发生了巨大的变化，人们的就业、分配、生活方式，呈现出多元的格局，服装的式样更不用说了，天天都在时装表演。这些变化都是看得见的，至于那看不见的思维方式、价值取向、道德标准、精神状态等等，也都发生了极其深刻的变化。人们固有的、稳定的精神状态变得骚动不安，亢奋、求新、求异、轻信，甚至把牛皮和神话也当作真的。传统的价值观发生了倒转，经典的道德准则受到了怀疑……各种在改革开放中不可避免的震荡，都在文学艺术中得到了充分的反映。此种反映有它解放思想和突破禁锢的一面，但也反映了那种单一的物质追求和精神上的无所适从。人们对各种外来的思想还来不及用实践来辨别，"文化大革命"又把传统的道德加以摧残，把正确的论述变成了荒唐的实践，造成了一种逆反心理，使人们从一个极端跳到了另一个极端，形成了一种虚无、颓废、无病呻吟、享乐主义、玩世不恭、游戏人间……这一切当然都是不好的，但你也要看到，在这一切的背后有三个字："吃饱了。"这话并非是骂人，而是事实，试想在三年困难时期，在"文化大革命"期间，你能虚无吗，能无病呻吟吗？这些都是"富贵病"。社会从极度的贫困迅速走向富裕（其速度确实惊人），人们在有了钱之后除掉尽情地享受，满足多年未曾实现的愿望之外，还没有来得及想其他的事情，物质的家园超前建设了，那精神的家园尚未建成，或者说是稍有滞后。这是现实生活的本身。

从文学艺术来看，市场经济的发展，不可避免地要把文学艺术也推向市场。文学艺术一旦打破了那羞羞答答的"何必曰利"，一旦成为商品进入了市场之后，它也就具备了普通商品的属性，其运作的目标也是为了利润，说白了就是赚钱。其推销手段也是和普通的商品一样，包装、广告、作秀、出惊人之语，用各种方法炒作。不过，商品产生利润只是商品的初级目标，其终极目标是作用于人，推动人类文明向前发展。文学艺术是作用于人的思想，是精神变物质。普通商品是作用于人物，是物质变精神。两种商品作用于人的管道不同，却也是异曲同工。所以我们也不必掩饰文学的商品属性。

人们开始卷入商品的旋涡时，往往只看到商品的初级目标：赚钱。赚钱—享受，享受—赚钱。像古老的蒸汽机上的活塞一样,做简单的往复运动。还没有顾及商品的终极目标:推动人类文明的发展。这恐怕是社会主义市场经济初级阶段的一个过程。大多数的人现在想到的还只是富起来,还没有想到富起来之后如何如何,也就是说还没有富到那种程度。等大众都走向小康,部分人算得上富裕的时候,人们的追求就不仅是物质丰裕,而是精神上的富有,追求一种理想的实现和道德的完成,着重于个人志趣的实现,着重于把个人的志趣容纳于社会的进步和文明的进展之中。这种社会生活的变化,就会为文学带来更多的活泼健康、积极向上、动人心弦的描绘内容。

可喜的是,最近的几年我们在富裕的地区已经看到了上述的那种变化,人们的消费心态趋于正常,逐渐地成熟。该有的都有了,该玩的都玩过了,开始有了某种精神上的追求,追求社会的公德、公益,追求创造的喜悦。作家们的心态趋于正常了,书房有了,电脑有了,各种"玩儿文学"自己玩过了,或者是也看见别人玩过了,从而使作家们可以更为敏感地体察到人们在精神上的萌动,这是文学作品中最为活跃的源泉,不管你在摘取时写的是喜剧还是悲剧,是歌颂还是批判,是轻松还是严肃,那作品中总会有一种使人向上的精神力量。社会是一辆两个轮子的大车,一个轮子是精神,一个轮子是物质;一个轮子是道德,一个轮子是欲望。这两个轮子的转速要大体相等,相互制约,否则车辆就会转圈圈,大拐弯,不能前进,甚至翻车。如果把人的欲望也看作是一种精神上的追求的话,那欲望可是个无底洞,需要有道德来加以制约,就像那老式的蒸汽机,它的往复运动是以等加速进行的,如果没有减速装置的话,机器就会爆炸!

文学作品的功能是多样的,层次也有高有低。最能吸引人,最能打动人的文学作品,通常都有两种决定性的因素,一是艺术的魅力,一是人格的力量。作品中那种对真善美的执着的追求,那种道德的自我完成、自我牺牲,才最能使人震撼,最能使读者久久难忘。美丽的艺术如果没有道德的力量,那是一个玩偶;空洞的说教而没有美妙艺术,那是一具木乃伊。

经济全球化时代的比较文学和文化研究

王 宁

在当今这个经济全球化的时代,传统的经典文学研究正在受到大众文化甚至消费文化的挑战,这使得文学和文化市场变得日益萎缩起来。而文化研究的特色是从理论阐释和分析批判的视角来研究当代大众文化及其产品通俗文学的。

有人甚至预言,鉴于文化研究领域的无限扩大,比较文学总有一天会消亡,或者干脆被文化研究大潮吞没,难道会这样吗?

比较文学和文化研究往往被人们认为是对立的两种研究方法或学科领域,在经济全球化的语境下,这种对立更加明显。确实,比较文学在一个多世纪的风风雨雨里,经历了多次严峻的挑战,其中就包括来自各种批评理论以及文化研究的挑战。因而它时常使得从事这门学科教学和研究的人们对其存在方式和理由产生怀疑。20世纪后半叶以来,比较文学逐步进入东方和一些第三世界国家,并迅速地在那里得到长足的发展。但与此同时,这门学科依然受到来自其他学科领域的挑战,因而导致人们对经济全球化时代比较文学的未来前景感到忧心忡忡。有些学者认为,面对各种后现代理论以及近几年来异军突起的文化研究的挑战,比较文学的末日已经来临;另一些长期从事比较文学和文学理论研究的学者则认为,比较文学的范围正在扩大,其疆界变得越来越模糊,它的作用和地位在某种程度上正在逐步被比较文化和文化研究所取代;还有一些人则认为,由于比较文学的研究对象和范围不甚确定,它的学科地位势必被一般的文学研究所取代;等等。但我认为,在当今这个经济全球化的时代,对比较文学形成的最强有力的挑战主要来自文化研究。本文旨在从这两门学科领域各自不同的研究对象和方法论之角度入手,着重考察二者之间的互补性和相通性,进而消解存在于这二者之间的二元对立关系。

在当今这个经济全球化的时代,传统的经典文学研究正在受到大众文化甚至消费文化的挑战,这使得文学和文化市场变得日益萎缩起来。显然,作为一种目前在英语世界占据主导地位的分支学科和跨学科学术话语,文化研究的特色是从理论阐释和分析批判的视角来研究当代大众文化及其产品通俗文学。文化研究学者尽管有不少本来是从事文学研究的,但此时也大都力图去发掘那些长期被压抑的边缘话语力量,他们很少关注精英文化及其产品文学。传统意义的"文学"正在毫无节制地扩大,以至于竟然把那些非精英的和非西方的文学作品也包括了进来,文学经典的合法地位正在受到挑战。就英语文学界而言,英国文学的传统由于英联邦或后殖民地写作的冲击而日益变得"混杂"和不纯。文学研究话语充满了从其他学科借来的各种文化概念和理论术语,文学理论再也不像过去那么"纯净"了,它正在被更具有包容意义的"批评理论"所取代。实际上,大多数文化研究者们都热衷于探讨经典文学现象以外的任何东西,即使他们偶尔也以文学现象作为研究对象,但只是将其当作可在一个广阔的社会文化语境下进行分析的众多研究材料之一种,其目的并不在于丰富文学理论自身的建设。因而毫不奇怪,一些基于传统立场的比较文学学者便对当前这一学科所面临的"危机"之境忧心忡忡,他们甚至预言,鉴于文化研究领域的无限扩大,比较文学总有一天会消亡,或者干脆被文化研究大潮吞没。

为了对上述的担忧做出回应,首先让我们考察一下当今中国的文化和文学情势,以便提出我们相应的对策。众所周知,经济的全球化、大众文化的崛起和传播媒介的无所不及的渗透性,均对严肃文学构成了严峻的挑战,文学市场的日益萎缩客观上为大众文化的普及提供了更为广阔的空间。面对大众文化的挑战,一些严肃的学者,包括比较文学研究者,不得不把研究的触角指向当代大众文化,并从理论的视角对各种大众文化和文化工业现象进行阐释和分析。这就是所谓的文化研究。毫无疑问,大众文化的崛起对经典文学及其研究形成了有力的挑战,作为一门以研究已有定评的经典文学和世界文学为主要对象的比较文学,自然也不可能免除大众文化以及对大众文化的研究(文化研究)的冲击。当然,这种冲击主要来自西方的一些价值观念和理论思潮,因而一些中国的比较文学学者竟然怀疑起中西比较文学的存在价值。为了对这些悲观的观点和无所不为的观点予以回应,我首先要回答这个问题:难道文化研究一定要与比较文学形成一种对立关系吗?

确实,我们应该承认,进入经济全球化时代的文化研究越来越远离经典文学及其伟大的传统,它容纳了以后殖民及流亡文学为对象的种族研究,以女性的性别政治和怪异现象为对象的性别研究,以对某一地区的历史、政治、经济及文化进行跨学科的综合考察研究为主的区域研究和以当代大众传媒和网络文化为对象的传媒研究。但我们不容回避,文化研究这一跨学科的方法始自英国的文学研究,不少文学研究者对文化研究做出了卓越的贡献,他们自觉地扩大了变得狭窄的文学研究领域,把文学现象放在一个广阔的跨东西方文化的大背景下来考察研究,这样实际上并没有损害传统的比较文学研究,反而使日益陷入危机的比较文学学科走出狭隘的领地,更加焕发了勃勃生机。

显然,从事文化研究可以有不同的方法和理论视角,或者从某个特定的理论视角出发来探讨文化本身的问题,或者从文化和意识形态的视角来考察文学现象,或者从社会学和人类学的角度来分析一切文化现象,或者干脆关注所有的大众传媒现象,等等。因此,文化研究赋予我们一种开放的多元的视角,它应该对其他研究领域采取一种宽容而非排斥的态度。如果我们承认,早期的文化研究仍然给予文学研究,或在一个广阔的跨文化语境下的各种文学的比较,以相当的关注,那么当前在英语学术界占据主导地位的文化研究则完全被诸如种族、性别、大众传媒、大众文化以及消费文化等非文学现象所主宰,它对文学研究实行的挤压和排斥的策略,并且本身越来越远离文学研究。在北美,就其学科建制而言,比较文学的正统地位受到挑战,几乎沦落到被文化研究吞没的边缘,因而可以理解,一些比较文学学者发出这样的担忧:在迈入新世纪的经济全球化语境下,作为一门学科的比较文学究竟有没有存在的必要?如果答案是肯定的话,我们应该采取何种对策?

我始终认为,既然我们可以用不同的方法来从事文化研究,那么能够缩小比较文学研究与文化研究之间的鸿沟的一个切实可行的办法就是把文学研究置于一个广阔的文化研究的语境之下,因为就其本身来说,文学也是文化的一个部分,而且与文化和社会有着密不可分的关系。当今的文化研究学者所热烈讨论的理论课题实际上都来自文学研究;同样,许多在文化研究领域内颇有影响的学者都曾经是英美文学或比较文学领域的著名学者。因此,这两种治学方法没有必要彼此排斥或相互对立,沟通和对话是有可能实现的。在当今这个经济全球化的语境下,人文社会科学的学科疆界已变得日益模糊起来,各种文化之间的相互渗透与碰撞已成为一个不可抗拒的潮流。

就我们所从事的中西比较文学研究领域而言,我们也不应当否认这样一个事实,即长期以来,在比较文学学科内欧洲中心主义以及后来的西方中心主义占据了主导地位,这种情形一直持续到东方文化和文学的价值得到西方比较文学学者的承认。所谓的"文化相对主义"最初是由欧洲人提出的,其目的在于标榜欧洲文化之于东方文化的优越性,后来由于美国在经济上和政治上的日益强大,这种欧洲中心主义的模式才改头换面成为西方中心主义,但依然试图主宰并重构东方文化。毫无疑问,经济全球化现象的出现,对消解欧洲中心主义的思维模式有着积极的作用,但长期以来存在于西方人头脑里的"东方主义"观念仍然有增无减,不少西方的有识之士,如斯宾格勒和赛义德等,都在自己的著述中对这种"东方主义"的思维模式和意识形态予以严厉的批判。比较文学学者自然也受到一些事实上的影响。杜威·佛克马也许是欧洲比较文学学者中最早对文化相对主义之内涵提出修正的,他所参照的是中国文化和文学,通过修正,以达到使中国和西方的比较文学学者都认可文化相对主义之目的。佛克马对中国的多次访问以及在中国各主要大学发表的关于中西比较文学方面的演讲也证明了他对中国文化和文学的吸纳和认可态度,他和不少西方汉学家都有这样的感觉,即中国文化和文学有过自己的辉煌历史和遗产,但后来在很长一段时期被故意边缘化了。到了20世纪,中国文化和文学受到各种西方文化学术思潮的影响,这倒使我们很容易从接受与影响的角度来进行中西方文学的比较研究。在过去的几十年里,随着东方文化和文学的崛起,文化相对主义的内涵也发生了本质性的变化。作为一种有着悠久历史和辉煌传统的文化,中国文化及其文学正伴随着中国的改革开放而日益走向世界。中国的文学研究也引起了国际同行的瞩目。所以,尽管中西比较文学现在仍处于困难的境地,但它必将有一个美好的前景。当前,中西比较文学遇到的困难在于,仍有一些中国学者有意地把自己封闭起来,不与国际学术同行交流,或者更具体地说,不愿与西方汉学界的同行进行交流和对话。他们画地为牢,把自己局限于国别文学或民族文学研究的狭窄领地,自认为其研究成果是世界一流的。试问,这样封闭做出来的学问未经比较和考察,怎么能断然宣称是有创新性的呢?这样去从事比较文学研究如何才能取得真正意义上的成就呢?当然,有时针对外来影响采取一种民族主义的立场也是可以理解的,但若是将这种文化上的民族主义推向不恰当的极致,就有可能重新在东西方之间造成对立,对此我们应当有充分的认识。

长期以来,国内的中国文学研究者一直认为,19世纪以前的中国文学基本上是自满自足、很少受到外来影响的,这当然是正确的,也许他们会由此得出结论:没有必要对中国传统文学与西方文学做比较研究。我认为,这样的结论至少是武断的,因为他们忽视了比较文学的另一个方面,也即以平行比较分析彼此间并无事实上影响的两种文化传统的文学在主题、人物形象、叙事风格以及审美特征等方面的相通之处和差异的平行研究。尤其是在当今这个经济全球化的时代,随着文化上的复杂现象的出现,平行比较各民族文学之间的差异就显得更为重要了,而且这样做对于探索一种既可用于解释西方文学现象同时又可经改造后用于解释东方和其他地区的文学现象的共同诗学或阐释理论是有益的。确实,有些西方批评理论,如现象学、阐释学、精神分析学、叙事学等,经过中国文学接受者的创造性转化后恰到好处地运用于中国文学现象的分析研究,从而使传统的中国文学研究注入新鲜血液。鸦片战争和20世纪初的五四运动才使得中国逐步打开大门向全世界开放,致使大量西方学术理论思潮和文化概念蜂拥进入中国,导致了中国文学写作和理论批评话语的"被殖民"和西化。应该承认,这一时期的中国文学确实受到西方文化和文学的影响,因而有学者认为有必要研究中国的翻译文学,因为这本身也自成一体,形成了现代中国文化景观中的一个独特的现象。但也有一些学者干脆认为,中国文学及其理论批评自1919年以来就失去了自己的话语和声音,因而患了"失语症"。假如说这一观点可以成立的话,那么为什么又要我们去从事中西比较文学研究呢?这些学者实际上忽视了另一个不争之实:文化的渗透和影响是相互的,在这段时期,中国文化和文学也对西方文化和文学产生了一定的影响,而且随着时间的推移和中国的综合国力的日益强大,将会有越来越多的西方人关注中国文化和文学。由此看来,从事中西比较文学照样可以从两个路径着手。

虽然,在当今这个经济全球化的语境之下,探讨中国文化和文学在国外的传播和接受已成为一个新的研究课题,它对国内的比较文学和文化研究学者都有着极大的诱惑力。他们不厌其烦地收集资料,著书立说,试图向国人介绍中国文化和文学在西方的传播、教学和译介研究之现状。毫无疑问,他们的努力弥合了由来已久的"欧洲中心主义"以及其后的"西方中心主义"在国际比较文学和文化研究领域内造成的文化隔膜。我们完全可以肯定,中国人对西方的知识大大超过了西方人对中国的了解,这在很大程度上是由东西方文化关系方面事实上存在的不平衡所造成的。因此,在从事中西比较文学研究时,我们一方面要总结历史上中西文化的偶然接触和碰撞以及由此而产生的互动和互相阐发现象,另一方面,我们也应当有意识地、系统地向西方乃至全世界介绍国内学者在中国文化和文学研究方面所取得的优秀成果,以填补中西方文化交流方面存在的巨大鸿沟。

随着中国国际地位的日益提高,中国文化也越来越受到国际社会的瞩目,这一点尤其体现在中国文化教学和研究在世界各国的飞速发展。我们可以从两个方面看到这样的发展:首先,越来越多的中国现当代文学作品被译成各种文字在全世界广为传播,其中有些作品已进入大学文科教材或教学参考书;其次,西方的汉学在译介和传播中国文化和文学方面也在发挥着不可替代的作用。应该承认,这两种力量都是不可缺少的,缺少任何一种恐怕都难以推进中国文化和文学在西方乃至全世界的传播。由此可见,中西比较文学研究确实任重而道远。

现在让我们关注一下比较文学研究,以及面对经济全球化时代的文化研究之影响的中西比较文学研究的现状和未来前景。尽管仍有一些学者对中西比较文学研究的未来前景持怀疑态度,但我始终认为,近几年来,随着中国越来越积极地介入经济全球化的进程,文化上的复杂现象也越来越引起文学研究者,尤其是中西比较文学研究者的关注。有相当一部分人文学者确实认为,经济全球化只不过是把美国的价值观念强加于东方和第三世界国家,以便使各民族的文化走向趋同成为一个模式。在这些学者看来,为了抵制西方的文化侵入和渗透,我们也应当抵制经济全球化时代产生于英语文学界的文化研究的侵入,否则中国文化就将丧失自己的民族和文化身份。他们似乎忘记了这一事实:文化上的渗透总是互相的,它往往有着双向的发展轨迹,因此不存在所谓单向的一方施于另一方面的影响和另一方被动地接受这种影响的现象。一种文化在接受他种文化之影响的时候,往往从主体接受的角度对后者进行选择和改造,因而最后产出的只是第三者:通过两种文化之间的相互碰撞和交融而产生出的一个变体。

当前,我们正处于经济全球化时代,在这一时代,人文知识分子和文化批评者都感到一种压力和挑战,尽管这一时期的无序状态曾一度使我们感到困惑。但目前,一个令人鼓舞的现象就是中国文化已开始日益受到国际文化学术界的重视。与此同时,我们的人文知识分子和作家艺术家却又领略到了经济全球化时代的严酷的市场经济法则的"威慑"。面对跨国资本的新殖民主义渗透进程,我们的比较文学和文学理论批评学者似乎无法正视这样一种两难:既然一切批评的理论话语都来自西方,我们在这一"被殖民的"的文学理论批评领域里还能有何建树?中西比较文学究竟有无前途?我们如何才能克服中国文学批评的"失语"现象并建立自己的批评话语?我认为,在使中国文学批评走向世界的过程中,我们别无选择,只有暂时借用西方的话语与之对话,并不时地向西方学者介绍或宣传中国文化和文学的辉煌遗产,使之在与我们的对话中受到潜移默化的影响和启迪,这样我们的目的才能达到。

在经济全球化的时代从事中西比较文学,必须清醒地认识到,所谓经济全球化有两个逻辑起点:在经济上,西方的影响不可避免地渗透到中国社会,但在社会上,我们的传统文化机制仍很强大,如果我们借用全球化这一策略来大力弘扬中国文化和美学精神,那么我们的中西比较文学研究就不可能只是被动地接受西方影响,而是积极地介入国际理论争鸣,以便发出中国的声音。实际上,从最近比较文学界出现的中心东移的趋势就不难看出这一征兆。中国与世界国际研讨会在中国的举行以及国际文学理论学会在中国的成立,国际比较文学协会第 16 届年会在南非的举行以及第 17 届年会将于 2003 年在中国香港的举行,以及日本学者川本皓嗣当选为国际"比协"主席,等等,都说明越来越多的西方学者已开始认识到包括中国文化和文学在内的东方文化及其文学的价值。由此可见,在经济全球化的时代,中西比较文学并没有萎缩,而是有了更为广阔的空间,它要担负起的历史重任是任何一个时代都无法承担的。对此,我始终抱有乐观的信念。

走向21世纪的鲁迅

高旭东

在21世纪中国文学的蓝天上,"鲁迅"两个大字仍然是耀人眼目的。

造就了一种新的文学传统

在文化史和文学史上,有一些作家是过眼云烟,有一些作家会青史留名。鲁迅自然属于会青史留名的一类作家,20世纪的中国如果说还有文学大师的话,那么第一人无疑就是鲁迅。但是,能够青史留名是一回事,其作品对于当代有没有意义则是另一回事。荷马的两大史诗无论从文化史还是从文学史的角度,都是最伟大的文本,但是今天的西方人与阿喀琉斯、赫克托尔、奥德修斯不会再有什么共鸣。这一点,将《奥德塞》与詹姆斯·乔伊斯的《尤利西斯》进行比较,就可以看得出来。人们研读《荷马史诗》,主要还是寻找人类精神史的源头,或者出于认识希腊文化的动机,或者出于对人类童年的缅怀。所以,能够青史留名的作家也分两类:一类是属于历史的作家,一类是既属于历史又属于现实的作家。如果鲁迅仅仅是属于历史的伟大作家,那么褒贬由人,无须我们多加争议,然而根据笔者的反思,鲁迅并非仅仅是属于历史的作家,他的思想,他的文本至少对于21世纪的中国,仍然有着巨大的现实意义。

杰出的文学大师是能够造就一种文学传统的,譬如中国古代有《诗经》的文学传统、屈原的文学传统,西方古代有荷马的文学传统。五四文学革命反叛了中国古代的文学传统而开辟了新文学的传统,然而无论是胡适还是陈独秀,都谈不上造就了一种新的文学传统。陈独秀对"革命"的热情与贡献要高于"文学",胡适对学术尤其是考据的兴趣与贡献,也要高于"文学"。因此,配合着20世纪初《文化偏至论》《摩罗诗力说》的理论倡导与五四时期文学创作的实绩,造就了一种不同于中国传统文学的新传统的,是鲁迅。从这个意义上说,鲁迅文本的现代性特征是最突出的。他的精神苗裔胡风、萧红、路翎等人在他去世后接续并发展着这一现代性特征的正脉。其他的新文学作家,甚至是从中国传统的叙事技巧中吸取生力的钱锺书、张爱玲等人,也不能说与鲁迅的传统无关,但却不是这一传统的"正脉"。所谓正脉,是指鲁迅之为鲁迅而非胡适、茅盾、郁达夫的质的规定性的审美特征。主观作家的抒情与内省,客观作家的社会写实,都会在鲁迅的文本中找到丰富自己艺术感性的资源,然而其继承的却非鲁迅传统的正脉。那么,鲁迅造就了一种怎样的不同于中国传统文学的新传统呢?

在20世纪初的《文化偏至论》与《摩罗诗力说》中,鲁迅从文化形态与审美特质两个方面为新文学提供了不同于传统文学的一些特征:传统文学是合群的、不自由的,新文学是个人的、自由的;传统文学是平和的、稳当的,新文学是对立的、反抗挑战的;传统文学是偏于肯定的善,新文学更偏于否定性与批判性的恶,所以鲁迅倡导恶魔派文学而要打破中国传统文学的"污浊之平和"。鲁迅认为,新文学家应该是破坏"天帝"与"民众"这个统一体的"恶魔",敢于上抗"天帝"下启"民众",敢于获罪于群体而反抗社会,并且这个"恶魔"还肩负着忧国忧民的传统使命而不能独自玩味"恶之花"。而"恶魔"要独自承担沉重的自由,从而具有与社会战斗、与自我战斗的"多力善斗"的主体性,就必须具有强力意志。敏锐的捷克学者普实克(J. Prusek)从鲁迅的文言小说《怀旧》中,就已经发现了在后来的《呐喊》《彷徨》等小说中都具备的现代小说的形式特征:"用随笔、回忆录和抒情描写取代了中国和欧洲的传统纯文学形式。"因此,尽管《怀旧》与《聊斋》都是文言短篇小说,但新旧文学的特征却是一目了然。如果说普实克看重的是鲁迅小说形式上的现代性,那么,美籍华人学者夏志清则更重视鲁迅作品观念上的现代性。他在《现代中国文学的感时忧国精神》一文中认为:"鲁迅的值得重视,并不在于他率先以西洋小说的风格和写作技巧,从事小说的创作;而在于他的现代观念,凭着他敏锐的观察和卓见,把中国社会各阶层的腐败,赤裸裸地表现出来。"

人们经常喜欢以现实主义概括鲁迅的创作,然而这种概括是不恰当的,至少是不完整的。从五四时期鲁迅热衷于研究厨川白村的《苦闷的象征》并以之作为大学教材来看,这时的他与留日时期的文化与文学选择没有多大的差异,这就是强调主体意志的强力,推崇生命力的突进与跳跃。这种自由的个人意志的张大,在《狂人日记》《长明灯》《孤独者》《铸剑》等小说以及《这样的战士》《淡淡的血痕中》等散文诗中,得到了强有力的展现。然而忧国忧民的使命感使鲁迅既不会躲进艺术之宫为艺术而艺术,也不会像里尔克那只具有强力意志的"豹"一样在铁栏中昏眩。他要露出"恶魔"的爪牙,与社会战斗,吼醒沉睡的国民;颠覆既有的文化价值,在喜欢圆满的传统"好"世界上留下永久的缺陷,于是而有《阿Q正传》《肥皂》《祝福》《示众》等小说以及《复仇》等散文诗。

因此,强调主观意志的强力,使主体敢于和血肉的现实人生搏斗,以主体的热风融化现实的冰霜,并在这种搏斗中使主体内在的真实与现实社会的真相以及二者的文化底蕴在更高层次上得以展现,就构成了鲁迅作品的重要特征。但是战斗并非仅仅在主体与客体、个人与社会之间进行,而且也在"向死而在"的自由主体之内展开,在自我的理想与现实之间展开,《在酒楼上》《伤逝》《弟兄》等小说与《影的告别》《墓碣文》《过客》等散文诗便表现了鲁迅内心的激烈冲突,以及荒原上的自由个体面对着死亡而进行的对主体生命的深刻洞见与体悟。在鲁迅作品的对立冲突面前,中国传统文学的和谐之美顿然失色!如果说中国传统文学的审美特征是主观与客观、个人与社会、理想与现实的和谐与统一,那么,在五四之后的新文学中,主观与客观、个人与社会、理想与现实则是分裂了,并处于激烈对立的状态。如果说在新文学中,郁达夫的小说偏向于主观与个人,茅盾的小说偏向于客观的社会写实,那么,鲁迅则倾向于以强力的主观去冲击并战胜客观,使主观与客观、个人与社会、理想与现实在他的作品中发生了激烈的对立冲突。因此,鲁迅以其杰出的文学实践在新文学与中国传统文学之间树立了一块鲜明的界碑。

鲁迅有许多要好的青年朋友与学生,然而,真正从学理上捍卫鲁迅文学传统之正脉的,是胡风。我们使用"捍卫"一词,是因为在鲁迅逝世后,文坛的主流越来越偏离鲁迅的新文学传统。虽然文坛的主流将去世的鲁迅抬上神坛,然而在现实的文学实践中又以偏离鲁迅的文学传统为进步的追求。抗战之后,西化的五四文学渐渐被民间化与民族化(传统化)的浪潮所淹没,个人的水滴渐渐被集体的大潮所溶解,自由渐渐被纪律的约束所取代,向民众的启蒙渐渐让位于被民众启蒙——向大众学习。在进步的理论掩盖之下,一种新的从民间回归传统的团圆主义与和谐之美出现了:大众是好的,不好的是地主、坏蛋,一旦革命干部的星火燃到大众的野草上,就会烧掉地主坏蛋,出现和谐团圆的结局。从这个角度看,《小二黑结婚》《李有才板话》《暴风骤雨》《太阳照在桑干河上》《王贵与李香香》等作品其实都出自这一个模式。另一方面,在国统区文学中,不显露主体的客观主义则弥漫文坛。而胡风逆历史潮流而动,站在鲁迅西化与启蒙的立场上,反对公式主义与客观主义,弘扬自由之主体的强力意志对现实人生的血肉搏斗;批判文学演变中的团圆主义与中和之美的民间化与传统化,推崇鲁迅文学传统的现代性。

鲁迅给21世纪的中国还赠送了什么?

要估价鲁迅在21世纪中国的价值为时尚早,但是我们已经处于新世纪的第一年,至少可以根据最近几年的文化语境,对未来加以推测。因为对文化与文学之未来的任何预言,都只能根据中国文学的现实与历史以及先进国家的示范,否则,就成了什么价值也没有的巫婆算命。我们已经从文化传统与文学传统的角度,从鲁迅作为我们民族精神的医生的角度,对鲁迅在21世纪中国的巨大价值进行了评估。那么,除此之外,鲁迅给21世纪的中国还赠送了什么?下面,我们从各个方面对这个问题进行简单的讨论。

改革开放以后,中国现代化的脚步迈得很快,人民的生活水平也得到了迅速的改善,1840年以来的相当长的时间里那种"东亚病夫"的形象已经离我们很远,现代中国人所强烈感受到的民族生存与国家存亡的危机,也不再进入我们的视野。但是,我们是否应该就此满足现状、安于现状呢?如果说满足现状、安于现状,就是我们迫切的精神需求,那么,鲁迅显然是应该和我们告别的了。但是,从已经实现现代化的国家的经验来看,当生产力的车轮飞速旋转的时候,整个民族精神应该是最不安于现状,最应该处于不满的状态。

马克思、恩格斯在《共产党宣言》中说:"资产阶级在它的不到一百年的阶级统治中所创造的生产力,比过去一切时代创造的全部生产力还要多,还要大。"但是,当资本主义的车轮飞速旋转的时候,是整个社会的均衡被打破而处于极端不满的状态中的。这在文学上表现得尤其明显。中世纪和中世纪之前的文学,还具有田园牧歌式的宁静,道德上与宗教上的满足还充斥于各种文本中,但是自从资本主义的恶之花绽放之后,整个社会都骚动不安起来,文学上的感伤和绝望在慢慢扩展开来,所以鲁迅认为,不满于现状的文学直到19世纪以后才真正兴盛起来。

20世纪30年代之后,资本主义吸取了1929年至1933年经济大危机的教训,在经济飞速发展的同时,更注意国家对经济和社会的调剂作用,更注意对社会财富的福利性的分配,甚至鼓励工人入股而成为有产者。特别是在新技术革命之后,人们越来越被生活的表面的光滑所诱惑,一切都变得标致化、精致化,似乎需求什么就有什么,一切似乎都显得无懈可击。但是,法兰克福学派及其"否定的辩证法",却对这个社会的机械复制与消费异化进行了激烈的批判;而现代主义以及后现代的文学,对这个社会的荒谬和丑恶进行的批判,超越了此前任何时代文学的批判力度。而正是在这种激烈的否定与批判中,一切才越来越完善。在这里,社会生产力飞速旋转的车轮与文学上的极度不满可以说是相辅相成的。正如鲁迅说的,不满才是向上的车轮,而对现状的满足则意味着社会的停滞不前。

中国社会刚刚有所富足,一些作家就开始满足现状了。文坛上充满着鸡毛蒜皮、蝇营狗苟。一些作家鼓励女作家用身体写作,用皮肤感受,以满足男性读者的窥阴癖;一些作家拼命给大款写报告文学捞钱,或者踩着别人抓权,却并不去正视人生的悲苦与社会的腐败;一些作家为了一点个人名利的小事,就将官司打得不亦乐乎,却发现不了哪一位作家因抗议社会的邪恶而肇祸。他们甚至连我们社会上的警察也不如,因为我们经常听到某某警察因与邪恶作战而流血牺牲。于是,文坛上弥漫着阿谀奉承,胁肩谄笑,中伤嫉妒,尔虞我诈。他们有时候将自己贬为毛毛虫,似乎这样就可以安心满足地爬在树上啃食桑叶。笔者参加过一次作家代表大会,因不能忍受这种鸡刨狗咬而落荒而逃。试问,这样的作家还有什么脸面去指责鲁迅?难道我们的时代,我们已经踏上的 21 世纪,不是更需要有鲁迅那种直面人生的勇气的作家吗?

更令人难以理解的是,我们的一些批评家将西方最具有批判性与颠覆性的批评理论,拿来粉饰我们文坛的创作现状。他们从鸡毛蒜皮的庸常小说中发现了后现代主义,从《废都》中不仅发现了后现代主义,还发现了巴赫金"狂欢节"理论的实践……当他们运用着最具有批判性的批评理论的时候,却竟至于粉饰创作现状,而否定 20 世纪中国文学中最具有批判反思性的鲁迅的文本。所谓批判反思性,是指鲁迅对于任何肯定性的秩序与理想都要进行恶魔式的追问。当人们倡言民主的时候,鲁迅在《文化偏至论》中担心"托言众治,压制乃尤烈于暴君";当人们迷信科学的时候,鲁迅对于民间的鬼魂表示了极大的兴趣;当人们以为新文化新知识会给人带来幸福的时候,鲁迅却说给人带来的可能更多是苦闷;当他弘扬个性自由的时候,却又怀疑个性的分离可能不利于民族集体的生存;他晚年投入为了人类解放的集团,却又为了自己的个性自由而批判集团的"工头"与"奴隶总管";他甚至怀疑,"你们来了,还不是先杀掉我?"我们不禁要问:批判颠覆性的批评怎么能颠覆了鲁迅? 难道鲁迅的作品真的要到 21 世纪才能重现光彩?

也许说有人会,你所讲的走向 21 世纪的鲁迅的价值,基本上都是思想文化方面的;但是鲁迅首先是一位作家,那么,走向 21 世纪的鲁迅在文学上还有超越的价值吗? 其实,笔者在相当的程度上肯定俄国形式主义与英美新批评关于文学的思想内容与艺术形式不可分割的理论,我们上面讨论的鲁迅在文化上对于 21 世纪中国的巨大价值,就不仅仅是思想内容上的,而且也是艺术表现上的。

在文学史上,有些艺术大师是多产的,但有些艺术大师只凭一部小说、几首诗,就可以流芳后世。譬如西方的塞万提斯与中国的屈原和曹雪芹,鲁迅自然是属于后一种文学大师之列的。塞万提斯只要一部《堂吉诃德》就够了,西方后来那么多的小说,要说能超越《堂吉诃德》的并不很多;屈原只要一首《离骚》也就够了,中国后来那么多的诗歌,要说能超越《离骚》的就更少;而曹雪芹只要半部多《红楼梦》,就完全可以确立其文学大师的地位,后世中国还没有哪一位长篇小说作家敢说自己的作品就艺术表现力而言超越了《红楼梦》。就纯文学文本而言,鲁迅仅仅凭着《野草》《呐喊》《彷徨》《朝花夕拾》《故事新编》五部文集也就可以流芳后世了,不仅可以走向 21 世纪,而且可以穿越更宽广的时空,走向更遥远的未来。因为鲁迅的这五部文集,几乎都从不同的角度扩大了中国人艺术表现的空间,比传统的文学文本更能表现文化的底蕴与生命的存在。从这个意义上讲,许多人将中国古代最伟大的文学文本《红楼梦》与中国现代的鲁迅的文本相提并论,应该说是很有道理的。即使在美国的汉学界,根据夏志清在《新文学的传统》一书中提供的信息,最热门的文学研究对象在古代是《红楼梦》,而现代则是鲁迅。

当然,笔者希望鲁迅的一部分文学文本应该尽快被人忘却,遗留在20世纪。然而不幸的是,经过笔者的再三反思,甚至包括鲁迅本人希望"速朽"的杂文,恐怕还是要跨越世纪,对21世纪中国的思想和文学产生巨大的影响。在鲁迅的作品中,最不具有超越意义的是一部分攻击时弊的时评性杂文,鲁迅是希望这些文字从速消失的,文章还有活力,则说明时弊仍然存在。然而非常不幸,社会上的腐败、官员的贪污与文人的投机钻营等等阴暗面,似乎已经成为茶余饭后人们闲谈的经常性话题。20世纪90年代之后,文学杂志、报纸副刊纷纷开辟"随笔"栏目,仿佛鲁迅式的"杂文"又中兴了似的。但是,翻翻这些"随笔",不难感到这些文章虽然有血有肉,但就是缺少鲁迅杂文的骨头,缺乏鲁迅杂文那种正视社会阴暗面的勇气。用鲁迅的话说,就是搞了些麻醉人心的"小摆设"。既然本人没有鲁迅的勇气,理当敬佩鲁迅才是,然而他们奇怪的逻辑是:我胆怯,你勇敢,你比我厉害我就看着不顺眼,所以我必须把你掀翻!在这种奴性的背后还潜藏着一种更不健康的心理,即莫名其妙的嫉妒心理。而对奴性的批判与对自由的呼唤,是鲁迅杂文一个一以贯之的主题——从早年《摩罗诗力说》的"苟奴隶立其前,必衷悲而疾视",到晚年对"左联""奴隶总管"的批判。如果说鲁迅时评性的杂文都能跨越世纪的话,那么,鲁迅揭露国民性的杂文以及五部纯文学文本的文集,就更难以被否定,更具有穿越时空的艺术价值。有些人是靠写性、写暴力吸引读者的,不写性不写暴力的鲁迅的文本至今还有那么多人翻来覆去地阅读,这本身就是文学的超越性的魅力所在。

全球化时代的文学和文学批评会消失吗?
——与米勒先生对话

童庆炳

一、极端的预言难于苟同

"全球化"是一个很可疑的词,它的含义似乎言人人殊。资本向全世界流动是"全球化",这是所谓的经济"全球化"。电信媒体的高科技化也被看成是"全球化",因为像电信和国际网的发展,使一个地方发生的事情,通过高科技媒体的传播,立刻就让世界的每一个角落都知道了。这是所谓信息"全球化"。还有更泛的理解:一种东西只要向别的国家开始流通,也可以叫全球化。还有人预言,将来民族国家消亡,世界融为一体,如果是这样,在他们看来就更是全球化了。但是全球化会给人类带来什么,各人的看法就不同了。对于那些国际跨国资本集团来说,通过向各发展中国家投资,追逐最大的利润,那么在这些集团看来,全球化将给他们带来巨大的财富,当然是再好不过的事情。对于发展中国家来说,跨国资本进来了,可能给国家提供了发展的机遇和可能,但是那些跨国集团把旧的机器转移到发展中国家,造成了环境的污染,造成了多数人类生存环境的全面恶化。全球化不能不造成各个国家人口的流动,大批不发达国家的人口流入发达国家,与发达国家的工人争夺饭碗,结果又造成发达国家工人的失业率增加。于是,在推行经济全球化的同时,反全球化的示威游行也全球化了。前不久从西班牙传来消息,世界银行在巴塞罗那开会,结果引来近万群众的示威,并与警察发生冲突。不久之后,在意大利的热那亚开八国首脑会,反全球化的群众示威竟然达到十万人之多,示威群众与维持秩序的警察发生了冲突,在冲突中还不幸地死了一个青年。几乎世界上哪个地方开类似的会议,都会有人抗议示威,进而发生激烈的冲突。

那么,信息的"全球化"是不是好一些呢? 也未必尽然。国际网当然给人们了解世界的方便,但是国际网上那种无序的状态,那些垃圾信息、黄色照片、黄色影视作品等,也污染了人类的生活,毒害着我们的青少年,向人类的道德规范提出了严重的挑战。最近在《文学评论》2001 年第 1 期上,读了美国著名学者 J. 希利斯·米勒的《全球化时代文学研究还会继续存在吗?》一文,感到忧伤。米勒先生先引用了法国解构主义大师雅克·德里达的一篇题为《明信片》作品中主人公的一段话:"……在特定的技术王国中(从这个意义上说,政治影响倒在其次),整个的所谓文学的时代(即使不是全部)将不复存在。哲学、精神分析学都在劫难逃,甚至连情书也不能幸免……在这里我遇见那位上星期六跟我一起喝咖啡的美国学生,她正在考虑论文选题的事情(比较文学专业)。我建议她选择20世纪(及其之外的)文学作品中关于电话的话题,例如,从普鲁斯特作品中的接线小姐,或者美国接线生的形象入手,然后在探讨电话这一最发达的远距离传送工具对一息尚存的文学的影响。我还向她谈起微处理机和电脑终端等话题,她似乎有点儿不大高兴。她告诉我,她仍然喜欢文学(我也是,我回答说)。"很想知道她说这话的意义。"米勒接着说,这段话是"骇人听闻"的。尽管米勒认为这些话"骇人听闻",对此也"有焦虑""有愤慨""有担心",但他文章其后的论证,还是在力图证明在新的高科技的电信王国中,文学、哲学、精神分析和情书将会消失。米勒的担忧不能不引起我们的思考。

无疑,米勒先生的一些论点对我们是有启发的,如他强调高科技媒体的出现会改变人类的生活。他说:"印刷技术使文学、情书、哲学、精神分析,以及民族国家的概念成为可能。新的电信时代正在产生新的形式来取代这一切。这些新的媒体——电影、电视、因特网不只是原封不动地传播意识形态或者真实内容的被动的母体,它们都会以自己的方式打造被'发送'的对象,把其内容改变成该媒体特有的表达方式。"的确,旧的印刷技术和新的媒体都不完全是工具而已,它们在某种程度具有影响和改变人类的生活面貌的力量,旧的印刷术促进了文学、哲学的发展,而新的高科技媒体则可能改变文学、哲学的存在方式。例如,一部小说被改编为电影或电视,那么作为印刷文本的文学就需要经过新的媒体技术的重新"打造",而有可能使原来的文本变得面目全非。你读小说《红楼梦》时候的林黛玉是你根据文本在自己的想象中主动创造出来的,现在你看电影或电视中的林黛玉,那是导演与演员给定的一个形象,就只能"反应",已经无法主动创造。从印刷技术转换为电子技术,其中确有很大的变化。也正因此,作家与导演经常吵架就是很普通的事情。米勒先生充分揭示这种变化,是有道理的。但是,他进一步推论和预见——由于新媒体的发展,文学、哲学、精神分析和情书都将消亡。文学消亡了,文学批评也就随之消亡了——对于米勒先生的这种极端化的预言,就难以苟同了。

二、文学和文学批评存在的理由

文学和文学批评存在的理由究竟在什么地方呢?是存在于媒体的变化,还是人类情感表现的需要?如果我们仍然把文学界定为人类情感的表现的话,那么我认为,文学现在存在和将来存在的理由在后者,而不在前者。诚然,文学是永远在变化发展着的,一个时代有一个时代的文学,没有固定不变的文学。但是,文学变化的根据主要还是在于,人类的情感生活是随着时代的变化而变化的,而主要不决定于媒体的改变。

通常认为，人类迄今在传播的文化上面，有过三次大变化，那就是口头传播文化、印刷传播文化和目前正在如火如荼兴起的电子文化。自然，与这种传播文化的变化相关，文学也在随之发生对应性的变化。但是事实表明，文学作为一种人类的情感表现形式，文学并没有随传播媒体的变化而消亡，文学只是在其存在形式上发生变化而已。虽然高科技的传播媒体还在继续发展，它可能发展到何种程度不是我们现在能够预测的，然而有一点可以肯定，文学不会因媒体的进一步的变化而消亡。因为，在电子媒体发展到如此高度的今天，连口头文学这种看似十分原始的文学也还在活跃着。例如在中国许多农村，民间艺人的故事会之类的活动，山歌的对唱之类的活动也还在活跃着。老祖母依然用绘声绘色的语言，给她的孙子辈讲着先辈流传下来的或机智或勇敢或神秘或恐怖的传说。在城市，比如在北京，每年春节前后那些著名演员参加的唐诗宋词的朗诵演出，仍然吸引着许多男女老少，他们没有滞留在电视机旁，而选择了到剧场听诗歌朗诵，并为我们先辈诗人创造的诗歌激动不已。至于在教室里，老师给学生朗读文学作品或学生自己朗读文学作品，就更不是什么新鲜事。今年8月上旬，在北师大文艺学研究中心和中文系所举办的国际会议上，荷兰著名的比较文学教授佛克玛（Douwe Fokkema），读了我的这篇与米勒教授对话的短文，他完全支持我的观点，并补充说，尽管现在高科技媒体如此发达，但是在荷兰，仍然会在某一个节日里，有许多人拥上某个广场，像往常一样听诗人朗读自己的诗歌作品。文学并没有消亡。我想，像这样的例子各个民族都会有的，如果搜集起来是一件饶有兴味的事情。这就说明，口头传播文化、印刷文化和电子文化是历时的，但也是共时的。在电子传播媒体时代，不但印刷文化依然大量存在，而且口头的文化也仍然存在。文化和文学的传播表现出多元共存的局面。文学和文学批评就是这多元共存的一种力量。

当然，现代电子媒体的这种变化，使更多人趋向于从图像中去寻求审美与娱乐，阅读印刷文学文本受到挑战；由于新电信媒体的高度发展，文学不得不变尽方法来跟新媒体进行竞争；文学虽然有这样或那样的改变，但文学不会消失，因为文学的存在不决定于媒体的改变，而决定于人类的情感生活是否消失。如果我们相信人类和人类情感不会消失的话，那么作为人类情感的表现形式也是不会消失的。这里，我还想指出这样一个事实，对于电子媒体文化来说，文学要想尽办法与它竞赛，比如文学与电视、电影，要是没有这么多古今中外的优秀文学作品作为电影、电视的资源，电影和电视该多么贫乏。当然，反过来说，当一部文学作品被电影或电视成功地改编之后，这部文学作品就有可能会借势而热销起来。在这个互动过程中，文学与新的电子媒体文化相互促进而受益，都得到发展，这里不存在谁取代谁的问题。与此相联系，文学作品作为印刷传播文化的产品，与图像作为电子传播文化的产品，对于欣赏者而言，各有各的功能。

现在流行的电子传播文化以图像为其主要特征,更具直观性、趣味性和娱乐性,所以现在不但孩子们喜欢电视、电影和互联网,就是成人如果是为了娱乐与休息的话,也往往更钟情于电视和电影,"看图像"成为人的一种嗜好,这是毋庸讳言的事情。但是,我们又应该知道,"看图像"和"读文字"是有很大不同的。在单纯"看"的情况下,看的人直接面对电影或电视提供的现成的图像,往往是被动地被那图像控制着,不由自主地跟着走,甚至是被"牵着鼻子走",几乎不需要运用自己的主动想象。长此以往,人的想象力就要萎缩,理解力也要受到影响。这样说来,人们更需要的是"读"文字写出来的文学作品。阅读文学作品,读者面对的是文字,而非直接的图像。一般地说,阅读要经过三个阶段:第一,阅读文字的阶段,在不完全看得懂的情况下,就要查字典或请教别人,只有这样才能弄清楚文学作品的意思。这是一个增长知识和理解力的过程。第二,呈现图像的阶段。就是读者在读懂作品的同时,通过自己的想象,"想"出一个或一连串的"像"来,只有这样"图像"才会呈现在你的面前。这个"呈像"过程是读者调动自己的生活经验和体验的过程,如果不能调动自己的生活经验和体验,那么呈像是不可能的。第三,理解和玩味的过程。当读者读懂了作品之后,对于作品什么地方感动我们,为什么会感动我们,或作品何以不能感动我们等,进行思考,对其中的特别精彩之处反复玩味。玩味所获得的愉悦是阅读所获得的最高的愉悦,这个时候你就会获得比图像更持久的自由。阅读对于读者来说,的确比看图像要"付出"得更多,但"付出"得越多,也就"收获"得越多。事情难道不是这样吗?

文学无论从作者和读者的角度看都有它存在的理由,全球化和高科技媒体无法使文学和文学批评消亡。文学可能在全球化时代改变自己的存在方式或扩大自己的疆界,而迎来它自己的又一届青春。

三、媒体就是意识形态吗

米勒先生的另一些论点也很难使人信服。如他引了马歇尔·麦克鲁汉那句广为人知的"媒介就是信息"的话,直接推论出"媒介就是意识形态"的结论,我认为这个结论大而无当。诚然,许多具有意识形态的东西常常是无意识的,在媒介无数次重复之后(例如各种俗气的电视剧、流行音乐、图画、广告等),会渗透进人的无意识之中,从而使自己的感觉被五花大绑起来,在梦幻、痴迷中中了某种"意识形态"的毒,但是把"意识形态"与"媒介"等同起来,似乎与我们的常识是有矛盾的,如果我们把"意识形态"按照常识理解为思想体系的话。例如,电视中经常放映的山水风景片、动物世界片,各种体育节目、医疗健康节目、科普节目,互联网上面的仅供娱乐的电子文学等,就其题材本身而言,很难说有什么意识形态性,怎么通过电视等的转播之后就会具有意识形态性呢？难道电视制作人要通过这些节目来宣讲什么意识形态吗？或者是媒介具有改变原有题材的力量，让这些节目自然带上意识形态性？我们现在知道的是，印刷术（这也是媒介）并没有赋予山水诗、花鸟画以阶级性——意识形态性，难道电视、VCD等新的电子媒介就能赋予它们以阶级性——意识形态性吗？信息是很宽的概念，意识形态性与非意识形态性都可以是信息，所以如果说麦克鲁汉那句话还有些道理的话，那么米勒的推论——"媒介就是意识形态"，就似乎与常识相背离了。

今年8月上旬，米勒教授应我们的邀请来参加北师大文艺学研究中心举办的"全球化时代中的文化、文学与人"国际讨论会。他在会议上提交的论文《作为全球区域化的文学研究》无疑是很精彩的。但是他对我的发言的回应却不能说服我。他主要是说，我把他说的意识形态理解得太窄了。他说，意识形态的概念应理解得更宽阔一些，意识形态也可以是一种观念，不必与阶级性挂上钩。其实，在汉语中，意识形态也是很宽的概念，其中某种观念也可以是一种意识形态。比如，男人与女人对事物有不同的理解，孩子与成人对问题有不同的看法。对环境的看法，对法制的看法，对种族的看法，对全球化的看法，对区域化的看法，对本土的看法，对现代性的看法，对后现代性的看法，等等，都是观念，都是意识形态，当然对阶级性的看法也是观念，也是意识形态之一种。我们在意识形态这个词的理解上，并没有什么分歧，有分歧的还是"媒体就是意识形态"这个说法。米勒教授在反驳我的论点的时候还说，怎么能说电视中的"动物世界"没有意识形态呢？当弱小的麋鹿或羔羊面对着狮子、老虎的时候，狮子、老虎岂不是霸权者吗？（大意）与会者听到这里的时候都笑了。我当然承认描写动物世界的电视节目中，确有作者有意寓含此种观念的节目。但这种节目很少，一般的"动物世界"的节目并不以宣传意识形态为目的，这是一个确定无疑的事实。以个别来代表整体，显然是不妥的。所以，米勒的答辩我不认为是成功的。

四、电信统治力量是无法控制的吗

米勒先生还有一个断言："新的电信统治的力量是无限的、是无法控制的，除非是以一种'不重要'的方式，受到这个或那个国家的政治控制。"我请教过一些精通新电信技术的人，他们认为除了"政治控制"之外，新的电信的力量是向两个方面同时展开的：一方面是发展电信技术的无限的开放性，另一方面又发展电信技术可控制性、可保护性。例如，正是加密技术的高度发展才使各国保存在国防部门的军事技术和信息，不至于被其他国家所发现。还有银行中的业务，其中的奥秘也在于有电信的可控技术的支持，所以各个国家的各种银行还是大胆放心地让电信技术介入其中。如果新的信息技术不发展可控制的这一面的话，岂不天下大乱？米勒所担心的"情书"也将消失，看来也未必如此。其实稍加加密,别人就不容易解开。在 E‐mail 上面传递情书还是安全的。如果是伟大的情书,那么就加倍加密又有何妨?

对于新的电信技术我是一个门外汉,但像从国际网上下载小说之类的能力还是有的。米勒说:"你不能在国际互联网上创作或者发送情书和文学作品。当你试图这样做的时候,它们会变成另外的东西。我从网上下载亨利·詹姆斯的小说《金碗》(*The Golden Bowl*)早已变得面目全非。"我曾经不止一次在网上下载过小说,我觉得同在网上看到的完全一样,可以说原汁原味,看不出什么地方变得"面目全非"。

媒体与文学、哲学等是可以相互作用的,现在和将来的媒体因为有文学、哲学给它提供改造的内容,媒体才变得丰富多彩,文学对媒体的贡献是很大的。当然媒体也改造文学,使文学发生新的变化。总之,不是媒体对文学单方面产生作用,它们之间的作用是相互的。

我相信媒体的作用,理解媒体在一定意义上是人的延伸,也相信因新电信技术的发展,人们的思想将更具有开放性;我也相信新电信技术的发展将更新我们对周围世界的感受。例如,麦克鲁汉提出的"地球村"的概念,被越来越多的事实所证实。地球另一面发生的事情,通过卫星线路,几乎在顷刻之间我们就知道了,如果这一事情与我们有密切关系,那么就立刻会对我们的生活发生影响。但是我同样相信,不是人类受制于电信和媒介,是人类掌握着电信和媒介。人类的命运掌握在自己手中。如果人类需要文学来表现自己的情感的话,那么文学和伴随它的文学批评就不会消亡。黑格尔预言过文学被哲学、宗教所取代,看来他的预言是失败了。那么米勒建立在"媒介决定"论基础上的预言就一定会实现吗?让我们拭目以待吧!

2002年

台湾殖民历史的"疮疤"
——评叶石涛最近在日本的演讲

曾健民

2001年9月4日,本报发表童伊的文章《叶石涛鼓吹"文学台独"的前前后后》,对叶石涛的"台独"言论进行了批评,并希望他能回到爱国统一的立场上来,为统一的中国文学事业做一些好事。然而,他却在分裂的道路上越走越远了。

呼唤和平统一,是我们海峡两岸的中华儿女的共同心声。当前,台湾同胞求和平、求安定、求发展的意愿日益增强,我们应该为尽早实现两岸统一多做有益的工作。江泽民同志在十六大报告中指出:"世界上只有一个中国,大陆和台湾同属一个中国,中国的主权和领土完整不容分割。对任何旨在制造'台湾独立''两个中国''一中一台'的言行,我们都坚决反对。台湾前途系于祖国统一。"叶石涛的言行在台湾分裂势力的"文化台独"主张中颇具代表性,本报特发表曾健民先生的文章,以便进一步揭露"文学台独"的分裂主义本质。

曾健民先生是台湾社会科学研究会会长。近几年,以其从医之人生阅历,深知还需拿起解剖社会弊病的手术刀疗救台湾文化界某些人的痼疾。于是,他奋笔疾书,和陈映真先生、吕正惠先生等人并肩战斗,猛烈抨击"文学台独"的谬论和分裂主义活动。这篇文章鞭挞叶石涛的"皇民化"灵魂言之凿凿,于情于理都能服人,值得我们认真细读。

——编者

日本的《新潮》月刊9月号,刊出了"台独"派"大老"作家叶石涛于今年6月15日在日本东京大学演讲的全文《我的台湾文学60年》。同时,另外一份日本杂志《尤里卡》(*Eureca*)9月号,也刊出了6月15日日本学者山口守对叶石涛的访问稿《访问叶石涛》。这两篇文章再度玩弄了近年叶石涛以机会主义的历史观论述其"台湾主体论"的故技。所不同的是,内容上,这次在东洋人面前,他提出了以"台独"政治主张为准,重新评定台湾爱国主义作家杨逵、龙瑛宗、张我军为"不合格"的作家。对这种判定,叶石涛得意地形容为"将在台湾引起'文化大革命'""像地震一样"。叶石涛认为,如果按

"台湾主体"的标准来看,杨逵和龙瑛宗都"不合格",因为他们都是"大中国主义者","必须重新检讨他们在台湾文学上的地位"。

性急的肃清运动

"台独"派把两百年来受尽列强侵凌,从来不主张非分的领土,但对属于中国领土的台湾坚持有不可侵夺的主权的台湾统派人士蔑称为"大中国主义者",奉行了中国沙文主义(chauvarism)。台湾前辈作家杨逵,一生站在台湾劳苦大众立场,在日据时期献身于反日反殖的社会解放、民族解放事业,光复后,又力争省内外作家团结合作,在国共内战中提出反对"台独"和托管,力言和平建设中国,要求台湾实行民主自治的"和平宣言",因而曾长期被国民党投入黑牢,竟被叶石涛指为"大中国主义者",这与其说是文学的评价,倒不如说是政治的攻讦。据9月5日台湾的《中国时报》艺文版的报道:"叶石涛说,如果'台湾独立建国',他相信杨逵的地位会被彻底改变,又譬如张我军的成就也会被重新看待。"在台湾还不敢扔掉"中华民国"这块牌号,还没有胆量宣布"独立建国"之今日,叶石涛就急着排除台湾新文学史上的异己,为台湾新文学家重新排位,而新排名在排除了奉行"大中国主义"的杨逵、龙瑛琮、张我军等一大批人之后,台湾新文学家位序的第一名,自然非叶石涛自己莫属了。叶石涛也太性急了!

如果真以他的标准去搞肃清,那么,在台湾新文学的前辈作家中,恐怕只能有极少数不是"大中国主义者",就连叶石涛自己的大半生言论,都是百分之一百二十的属于"大中国主义者",所谓"台湾主体"的文学将会空无一物,成为空洞主体的文学。

是奴才就不是主子

从叶石涛这两篇文章的内容来看,可以清楚知道,他以"台湾主体"为名的"台独文学"论,其实质就是当年日帝的"皇民意识"论。

《我的台湾文学60年》绝大部分的内容都在津津有味地吹嘘他20岁以前,也就是他在日据末期的皇民化运动中从事的文学活动,仿佛那短短四五年的青少年文学入门期,就是他60年文学活动的全部。而关于台湾光复以后他在台湾文坛上比较活跃、创作和发表作品比较多的时期,却只字不提,避而不谈。为什么?或许是因为他在这期间,不论是评论、小说或其他议论方面,都是不折不扣的就像他自己指责的是"大中国主义者"吧!因而如果他在日本人面前说起这些,岂非自打耳光?也或许是,面对那么多的日本听众,身不由己地被激起自己曾说过的"日本是我心灵的故乡"的情怀,迫不及待地倾诉起自己"20岁以前也是日本人"的文学经验了吧?

演讲一开始,叶石涛便忙着说明:"20岁以前我是作为一个日本人长大的;并非我想成为日本人,而是一出生便是日本人。"这句话,和李登辉七八年前与日本作家司马辽太郎对话时说"自己在22岁以前是日本人"如出一辙。就像一个印度人说他在英国殖民时期是英国人,或一个印尼人说自己在荷兰殖民时期是荷兰人一样,这种可笑的表态真令人脸红。何况这话是出于一个开口闭口大谈"台湾主体"的"台独"派文学"大佬"之口,更令全体台湾人尊严扫地。50多年前日本殖民者的意识形态居然至今仍深刻地支配着极少数台湾人的心灵,这充分表明台湾的后殖民问题的严重性和复杂性。

谁都知道,在世界殖民史中,从未有哪个殖民宗主国把殖民地人视作本国国民。"殖民主义"表现出宗主国国民与殖民地人民在政治、法律、经济、文化和人格地位上的绝对不平等,这已是普通的常识。譬如,在法国殖民统治下的越南人只是"法国的殖民地人",绝对不会是"法国人";在英国殖民下的泰戈尔只是英殖民地印度的诗人,英国文学史上就不列他的名字。再回到日本殖民统治下的台湾史实,如果从法政层次来看,当时,终日帝50年统治,日本帝国宪法和日本议会通过的法律,从来就不曾施行于台湾,在台湾实施的只是以"律令"或"敕令"为主的殖民地法,日本人称之为"外地法",这就从根本上规定了受日本帝国宪法或法律涵盖的日本国民和只适用殖民法的日本殖民地人的绝对不同和不平等。因此,日本殖民统治下的台湾人民只可说是"日本的殖民地人",而绝对不是什么"日本人"。说自己在日本的殖民统治下"20岁以前是日本人"的说法和想法,不是出于知识欠缺,对自己的历史命运认识不清,便是由于殖民者的意识形态已"内化"为被殖民者的意识,而丧失了自己真正的主体,即后殖民主义常说的"移入主体"所导致。

50多年前,日本法西斯主义、殖民主义早已被世界历史前进的力量所埋葬,但由于台湾殖民地史未曾清算,殖民主义的幽灵内化为极少数一些台湾人的主体意识,仍在台湾的现实中作祟,贻笑大方。

"三脚仔"再现

认同殖民者身份的另一面,当然就是否定自己原来的民族身份。自认为自己在日本殖民统治下变成"日本人"的叶石涛,至今仍站在日本殖民者的立场,鄙夷当时绝大多数台湾人民过的传统汉民族生活。他在文章中,就提到他出身日据下的中小地主家庭,父母亲虽会说、会写日语,但在家中绝不说日语,坚持过传统汉民族的生活。对于父母的这种生活态度,他批评道:"我认为父母亲有民族的尊傲,然而却是错误的尊傲"。显然,他已完全否定了一般台湾人民所葆有的传统汉民族精神,而这种精神也正是日本殖民者在台湾施行的"皇民化运动"时必欲消灭的对象。

叶石涛的这一说法和他20年前的观点完全抵触。他在1983年出版的《文学回忆录》中有一篇《日据时期文坛琐忆》，提到他今天称为"错误的尊傲"的台南老家时，以充满"大中国沙文主义"的笔调写道：

> 为什么在日本殖民地的主义教育下成长的我，尚能保有明锐的批判精神，这应该归功于我的"民族意识"呢……我的台南老家一向过着我国传统家族制度的生活……所以我很少被日本生活方式污染……我们这一群台南府城的老居民既不是四脚仔派，也不是三脚仔派，是道地的两脚站立的顶天立地的传统派。

事实上，正如叶石涛当时说的，日据下的台湾人民虽身受日本殖民的压迫，对自己汉民族的身份认同却是毫不含糊、清清楚楚的，因此自认为自己是两脚站立的"人"，而蔑称在台湾的日本殖民者为"四脚仔"的"狗"，更卑称受日本御用的台湾人——假日本鬼子为非人非畜的"三脚仔"。50多年前，历史正义的力量已经使"四脚仔"日本人倒台，然而，从70年代起，本来随"四脚仔"绝迹的"三脚仔"，却在台湾还魂，今天已逐渐在台湾群聚为一股不可忽视的逆历史潮流而动的政治力量。

"皇民化运动"是侵略罪行

一个自认为"20岁以前是日本人"、一个完全站在日本殖民者立场上的人，当然要为日本殖民者在侵华战争末期，也就是日据末期在台湾推行的"皇民化运动"进行辩护。

叶石涛在这次的演讲中明言："皇民化"就是想使台湾人"日本人化"；"皇民化"就是使台湾"现代化""近代化"。他还颇为自得地说："这只要检证一下台湾总督府发布的这个'皇民化'中的每个条项就知道！"

那么就让我们拿出当年日本殖民者的《皇民奉公运动规约》，看看"皇民化"到底是什么东西吧！

它的第一条说："本运动是台湾全岛民的'臣道实践'运动。"

第二条又说："本运动是基于'国体本义'，全力贯彻'皇国精神'……以确立'国防国家'的态势，朝向建设'东亚新秩序'为目标。"

其实，所谓"'臣道实践'运动"，就是要台湾的殖民地人臣服为日本天皇的"赤子"、奴才，为日本天皇国家牺牲；而所谓"国体本义""皇国精神"，就是要台湾殖民地人盲目地崇拜日本的天皇、信仰日本的神道，狂热地为日本帝国主义效命，并以此"皇民化运动"来建设日本的"国防国家"（军国主义国家）；而所谓"建设东亚新秩序"，其实就是日本以建设"大东亚共荣圈"为幌子,对亚洲实行侵略的"美"称。简单地说,所谓的"皇民化运动"就是当年日本法西斯主义、军国主义、侵略主义思想和国策在殖民地台湾的实践,是当年日本对台湾实行殖民统治的侵略罪行。

当年,"皇民化"运动在台湾的具体措施包括:①"创氏改名"(抛弃汉姓改日本式名字);②废止台湾人拜庙宇拜祖先的传统信仰,改拜日本神道;③禁止说汉语和台湾方言,改说日本话;④在台湾征募兵源。其实就是企图禁绝台湾人传统的汉姓名、语言、宗教、习俗和价值,从根上消灭台湾人的汉民族意识,将台湾人改造为符合日本军国主义要求、具有狂热"皇国精神"的法西斯式日本人,为日本的侵略战争交出财富、物资、人力。这样的"皇民化",绝不是如叶石涛所赞美的"现代化",更不是如叶石涛所称颂的要把台湾人"变成日本人";而是要把台湾"日帝南侵基地化",让台湾人为日本的大东亚"圣战"殉死。这样的"皇民化",榨光了殖民地台湾人民的物质财富,20多万台湾青年被送往战场,其中3万人成为日本侵略战场上不归的亡魂。日本战败后,留给中国的只是一个经济崩溃、资源枯竭和精神深层残留皇民意识的台湾社会。

由此看来,叶石涛开口闭口说的"台湾主体",不过是一个建立在日本殖民者的皇民意识基础上的"台湾主体",这点再清楚不过了!

谎言终将导致"文学生涯"的破灭

叶石涛把杨逵、龙瑛宗打为"大中国主义者",并认定他们在台湾文学的地位上"不合格"之后,却把吕赫若、张文环定为台湾文学的"代表作家",因为他认为他们是"台湾主体主义者"。然而,叶石涛似乎忘了或似乎没有读过吕赫若在台湾光复初期用白话文写的《改姓名》和《月光光》这两篇痛切批判"皇民化"的小说。何况,"二二八"事件以后,吕赫若更投身于台湾的中共地下党,献身于红色祖国的民族解放事业,有鲜明的中国意识,绝对不是叶石涛所谓满脑"去中国化"的"台湾主体主义者"。叶石涛也似乎忘了,在日据末期皇民文学阶段,为了讨好台湾皇民文学头子西川满,他写了一篇《给世外民的一封信》,痛切责备过张文环、吕赫若,说他们没有"皇民意识"(在"皇民化"时期指别人没有"皇民意识",是一种政治迫害)。那么依据叶石涛今天赞美"皇民化"的"台湾主体"论的标准,怎么能又把吕赫若和张文环评为"台湾文学的代表"呢?

其实,在"台独"文学论当道的今天,叶石涛指责杨逵、龙瑛宗是"大中国主义者"与他"皇民化"时期告发吕赫若、张文环"没有皇民意识"的作为,都是文学奸细的行径。然而,叶石涛在当事人都已亡故的60年后的今天,居然又出面否认《给世外民的一封信》不是他写的,声称他没有指责吕赫若,文章是"西川满写的"(参阅《文学台湾》,第42期,2002.4),企图为自己过去的丑行开脱。这使我们记起龙瑛宗在台湾光复初期写的一篇短文《文学》,文中他自省自励地说:"有谎言的地方就没有文学",叶石涛的谎言终有使他的"文学生涯"破灭的一日。

与当年国民党加罪杨逵如出一辙

大家都知道,杨逵在日据时期是反日、反殖、反压迫的社会运动和民族运动的实践者,这反映在创作上就是他抗日反帝的文学精神。这种实践与精神,在当时的日本殖民者眼中当然是"非皇民的"东西,文学上"不合格",应该排除的。同样,今天自称"20岁以前是日本人"、赞美"皇民化"就是"现代化"、主张以"皇民意识"为基础的所谓"台湾主体"文学论者,当然也会视杨逵在文学上是"不合格"的,这二者显然有着共同的反民族根源。

杨逵一贯主张台湾文学是中国文学的一环,同时也强调台湾文学的特殊性,并旗帜鲜明地批判托管派、日本派、美国派的"奴才文学"。1949 年,他又勇敢地提出《和平宣言》,呼吁国共与两岸的中国人和平相处,要求台湾民主自治,并言明反对"台独"。直到他逝世的前两年,他仍然不断主张中国大陆与台湾要统一。像杨逵这样务实、理性地看待两岸民族关系的人,在今日奉行民族分离主义者看来,自然是眼中之刺,是不够"纯血"的、"政治不正确"的"大中国主义者"。这和当年国民党政府罪责杨逵的一贯主张和精神,把他打入黑牢的行径又有什么不同?

投机主义的一生

其实叶石涛在他 60 岁以前(当然要扣除自称为"日本人"的前 20 年)所写下的白纸黑字,大多也是以今天他指责的"大中国民族意识"为基调的。

在 1977 年 10 月 22 日到 27 日,由《联合报》副刊所主办的一次"光复前台湾文学"座谈会上,叶石涛在其书面发言上就这样写道:

> 光复前的新文学运动是属于抗日民族新文学运动中的重要一环……那便是推翻日本人的殖民统治,获得解放和自由,重归祖国的怀抱。因此,台湾新文学运动始终是中国文学不可分离的一支流……

他甚至肉麻地吹捧,"光复前的台湾新文学是实践三民主义的文学"!

但叶石涛一定会狡辩说:那是在国民党政府恐吓乡土派的气氛下不得已的"表态"。那么请问,当时有几个今日"台独"派文学家像当时国统派文学家那样出来顶住国民党的压迫,或如叶石涛那样也表了违心之态?"台独"文学"大佬"总该有保持"沉默"不说话的起码品质吧?

1983年,他在一篇叫《"文艺台湾"及其周围》(载《文学回忆录》)的文章中谈到他在"皇民文学"时期写的《给世外民的一封信》中,指责台湾文学的"现实主义"是"狗屎现实主义",对此他惺惺然地自我反省道:"这种见解的错误,来自我的意识形态的不明确,那时我还未确立坚定的世界观,我的思想里充满着日本军国主义教育的遗毒。一直要到台湾社会发生巨变,即台湾光复,回归祖国怀抱,摆脱殖民地的枷锁,接受来自大陆的各种思想形态,读过了'五四'文学运动以后丰富的文学作品以后才扭转过来。"叶石涛今日的反民族论和这篇状若诚恳的"大中国主义"的痛切反省,又何等矛盾!

其实,叶石涛还说过一大箩筐"大中国主义"的台湾文学论。据学者杜继平粗略统计,叶石涛说过"(台湾)新文学是受祖国'五四'新文学运动影响而发生……是中国新文学的一环,也是有力的支流……"(1981);"日据时代的(台湾)文学……属于中国抗日民族革命不可割裂的一环"(1980);"台湾……在血缘上、地缘上、历史上、社会结构上为中国不可割裂的一部分……台湾文学为中国文学的一支流殆无疑问了……"(1981);"……台湾文学是整个中国的一环,我们的主权在大陆,唯有统一的、强大的中国出现,台湾文学……才能获得历史性的归宿与意义";"在台湾的中国文学……毫无疑问的,是整个中国文学的一环,也可以说是一支流……"(1983)。这些言论遵循的都是何等慷慨激昂的"大中国主义",又何等不符合"台湾主体论"的文学观!

然而,在前述(9月5日)《中国时报》记者采访时,叶石涛力图自圆其反复矛盾的文学观,他说:"文学历史的观点,是随政治环境的空间与时间改变的,我认为,我自己的文学定位也是需要检讨的。"

原来如此!在日帝"皇民化"的"政治环境"和"空间"与"时间"中,他就拥护皇民文学,猛打台湾抵抗的现实主义文学;在国民党反动统治的"政治环境"与时空下,他就帮国民党的"三民主义"文学论"强奸"台湾乡土文学,讲一大堆现在看来与他的"台独"文论相悖的"大中国主义"文论;而在"台独"政权上台的"政治环境"与"时间""空间"中,他就要整肃"大中国主义"和反"台独"的文学,威胁要来一场"文化大革命",全面清除异己。显然,叶石涛一生是投机主义的一生,他在政治、文学上奉行的机会主义至此表露无遗了。

"哀矜勿喜"

叶石涛反复转向的现象,是台湾百年来殖民历史的"疮疤",也是中国百年来在列强欺凌下民族自求解放的过程中遗留的不曾清理的历史暗部。这个"疮疤",在当今新的历史条件中,在新的国际形势下再度作祟,为台湾的新文学健全发展投下丑陋的阴影。

然而我相信，不管它是疮疤也好，是伤痕也好，都是我们身上的一块肉，是身上生病的肉，只要给予正确的治疗，总会好起来的。我们必须认真清理殖民历史的遗患，用科学的方法去认识它，用最大的爱心和宽容、最坚强的耐心和科学的态度去纠正和批评它，以明辨是非，惩前毖后，治病救人。

有批评才有进步，"哀矜勿喜"是笔者的本心。

华文文学是一种独立自足的存在
——我们对华文文学研究的一点思考
吴奕锜　彭志恒　赵顺宏　刘俊峰

华文文学研究陷入困境

华文文学(这里专指中国大陆以外的用汉语言创作的文学,即我们通常所说的"台港澳及海外华文文学")研究从20世纪80年代初期开始到现在已历时20年,取得了令人惊喜的成绩。迄今为止,已经发表、出版了大量的评论文章和学术专著,尤其是随着一批诸如《香港文学史》《台湾文学史》《海外华文文学史》的出版,更是使得这一新兴研究领域越来越逼近标准的"学科"殿堂。然而,即便如此,我们依然认为,所有这一切都只是一种表面现象。华文文学研究所获得的繁荣景象只是一种量的积累,而在具有普适性学术理念的营造上并无重要意义。这便意味着,止于目前的华文文学研究的成果,并不能够为下一步发展提供有效的推动,华文文学研究已经陷入了进退两难的困境。

那么,使华文文学研究体现为仅仅是量的意义上的积累并使其原地徘徊、停滞不前的原因是什么呢?就任何自成系统的科类研究而言,在各种具体形态上完全不同的操作过程背后,总有一个统一的、基础性的观念在维系该科类研究的系统性,并且,此一基础性观念在最根本的意义上决定着相关研究的现状以及发展前景。正是在这个意义上,我们认为,华文文学研究现状堪忧,而缺乏进一步发展之推动力的根本原因在于,该科类研究在基础性观念方面存在着严重的偏差。

"语种的华文文学"——被灌入民族主义的文化因素和时代情绪

在我们看来,支撑目前全部华文文学研究活动的基础性观念是"语种的华文文学"。而这种"语种的华文文学"观念充其量只是一种常识化的观念,它过多地注重了华文文学作为文学现象的外部情况,即,它过分地强调了后者的语言学表象,从而绕过了对其内在的本质属性的追问。这有悖于追求深度、向着研究对象本身内部掘进的学术研究之天性,从而必然造成华文文学研究的困境。

目前看来,关于华文文学的任何一种研究,不管是批评的、理论的,还是欣赏的,不管按照通常的标准来看它具有怎样的学术价值,都未曾超越"语种的华文文学"这种观念。"语种的华文文学"观念事实上成了华文文学研究无所不在的思维陷阱和阻碍探研进步的常识化了的障碍。对于学术研究来说,这种观念的根本缺陷在于,它只注重作为思索对象的华文文学的外部表象,即它的操作性工具——汉语言的特征,而对散播于世界各地的、文化上有着千差万别的华文文学的内在本质不闻不问;同时,这种观念所攫取的语言学特征——即文本的汉语言表象——并不是某种纯净的客观存在,而是包含了太多的"文化期许",文本的汉语言表象被注入了诸多非关学术研究的主观意愿。我们称华文文学研究的这种情态为"族群主义"。"语种的华文文学"之"语种"就其在当下思维中的语义作用论并不是一个客观的判别标准,它是语言之种类与民族主义合谋的结果。也就是说,当下研究思维中的(华文文本的)"汉语言"并不是原本的、天然的理论叙事元点,而是被无意识中加工改造过的东西,它被灌入了民族主义的文化因素和时代情绪。在这种情况下,华文文学的语言表象被不恰当地强化了、情绪化了,具有了浓重的、不甚友好的族群主义味道。事实上,多年来,在我们这一批评领域中所常常出现的、为不少海外华文作家所诟病而又渐渐为我们有些研究者所意识到的批评过程中的"误读",其根源很大程度上不能不说与这种"语种的""元归属"意识息息相关。

其实,"语种的华文文学"作为一种明确的概念不过是近几年才提出来的。近年来,华文文学研究企图超越以往的低浅层次,在文化战略的高度上对研究活动进行重新规划,以期建树具有世界意义的华文文学概念。于是,"语种的华文文学"作为明确的口号出现了。此前的华文文学研究,虽然没有"语种的华文文学"这一口号的引领,但作为一种基础性观念,它始终存在着,并始终在后台指引、规范着全体研究活动。语言之种类,是一种常识,正是这个常识造就了过去全部华文文学研究的理论立场和批评视角。由此,我们有理由认为,止于目前的全部华文文学研究基本上是在"语种的华文文学"观念下进行的。而这种观念的"语言",绝不是研究对象的某种客观主义的属性,而是具有族群主义意味的东西;不是纯洁的、干净的客观存在,而是被加工、改造过的东西,是华文文学的语言学表象与文化民族主义心理相混合的结果。

截至目前的华文文学研究大体上可分作两类,"语种的华文文学"观念在这两类研究中有着不同的体现。

在第一类研究中,"语种的华文文学"观念保持对整个研究思维过程的最高控制权,它规定研究过程的走向从而到达一定结论,但它并不明确体现为特定的说辞,整个思维现场也没有明确的语种意识。在这种状态中,汉语言表象作为一种不容怀疑的"信念"始终支撑整个研究活动,研究思维从汉语言表象开始,虽然运作的具体方式不同,但最终都在汉语言表象这个归宿点上结论为特定的理论观点。说它是"信念",是因为这种状态中的汉语言表象混合了文化民族主义意蕴,属于某种被营造的东西。就其实质而言,它是民族主义文化基底在华文文学研究中的具体体现。这类研究属于大众化研究。

而在另一类研究中,"语种的华文文学"观念则有完全不同的体现。这类研究多半立意较高,视野广阔,民族利益、文化远景尽收眼底,往往给人一种博大、深远之印象。在这类研究中,"语种的华文文学"观念当然也是整个研究思维的根本依托,既是起点也是终点,而且,这种观念体现为个性成熟的概念,直接参与思维运作。在这种情况下,"语种的华文文学"不再是某种未被明确出来的、躲在背后起作用的思想形态,而是一个有着明确内涵与外延的概念,它直接引领研究思维到达特定的、符合文化民族主义原则的结论。一般说来,这个概念的内涵是文化民族主义的基本内容和根本追求,而它的外延则是一个被幻想出来的广大无边的汉语言世界。这个世界既是华文文学的外在形象,同时更重要的,也是一种唾手可得的民族主义辉煌。正是这后一方面,才是研究活动的真正兴趣所在。很显然,理论追问方向既然未能指向华文文学存在本身,华文文学的本质属性便不得昭示,华文文学的自身存在也就始终得不到确立。也正是在这样一种研究模式中,我们发现,华文文学作为客观存在的文学现象沦落为研究活动的某种单纯的操作对象了。

相应于上述两类研究,我们主要收获了两类研究成果。在大众化批评方面,我们收获的主要是作品赏析、作家简论、文本比较研究以及"感想式的"文学现象述评等。这类成果之所以被算作华文文学研究方面的收获,主要之点在于,它们都无一例外地在最起码的意义上体现了"语种的华文文学"观念;倘若抛开文本对象的"汉语言"的规定性,那么,这类研究文字就会无法归类,就会成为一些"放之四海而皆准"的文字。很显然,这主要是因为,这类文字对华文文学的内在本质缺乏起码的认识,研究过程中不能体现华文文学自身的特质。因此,如果没有"语种的华文文学"观念作为其背后的思想基础,那么这类文字将成为无特征的文字,说它是对华文文学的研究可以,说它是对别的什么文学的研究也可以。这一方面说明,"语种的华文文学"观念对于这类研究来说非常重要,这种观念使得这类文字具有了最起码的"学术价值";另一方面,我们必须认识到,正是"语种的华文文学"观念,使这类研究停留在初浅层次上,使它满足于只对华文文学的外部情况做判断。另外,应该顺便提到的是,令我们每个人都为之感到尴尬的所谓"友情批评"也属于这类研究。近年来,华文文学研究努力于寻求突破,既有的研究力量力求深入,后续的研究力量着眼于研究对象整体,第一类研究被超越了,于是我们收获了另一类研究成果。配合近年来兴起的全球化浪潮和文化多元化呼声,这类研究主要用心于华文文学研究总体构思,从文化战略的高度对华文文学存在进行新一轮诠释。这主要体现在关于华文文学总论、研究前景展望、文化战略构想等理论文字中。这类成果在体格上虽有诸多不同,但在这样一点上是一致的,即华文文学的汉语言表象是一切理论作业的第一前提,任何推论均在此一前提下展开,而研究结论则是对该前提的重申。这类研究集中体现了"语种的华文文学"观念,并将其发挥成明确的理论方向。然而相关研究成果体格上的宏大并不表明它对华文文学的思考发生了任何的质的根本性变化,而只是文化民族主义梦想的膨胀。很显然,"语种的华文文学"观念把华文文学研究引到了偏离本在目的的歧路上。一种全新的观念——"文化的华文文学"也正是基于上述的认识,为着超越"语种的华文文学"观念的桎梏,寻找推动华文文学研究继续深入的动力源,我们提出"文化的华文文学"这样一种全新的观念,这或许是更为符合当下华文文学研究的策略选择。

对于前者来说,"文化的华文文学"不但抛弃研究活动中不被觉知的族群主义"阴谋",而且完全放弃对华文文学语言学种族属性的强调和理论建构,转而对华文文学作为一种自身统一的文学现象的本质属性进行深入的思索和研讨。其实,"文化的华文文学"这个名称本身并不重要,重要的是,通过语言的符号学作用,"文化的华文文学"能够把体现为华文文学研究活动的思想过程导向一个别样的、新的领域,从而使华文文学获得与以往不同的诠释学待遇。

在华文文学的自身独立性这个根本点上,与"语种的华文文学"观念相比,"文化的华文文学"观念认为,华文文学是一种独立自足的存在。作为统一的、有一贯精神的文化学现象,华文文学的存在除了其作为操作性工具的汉语言外,本身就是一个独立存在的自足体。这即意味着,它出现、存在、发展乃至最终在某一区域内的消亡,其根据完全在华文文学本身。同时我们也应当认识到,华文文学的存在自然地处在普遍的文化联系之中,但从这种联系之中推演出来的任何命题,不管它在样貌上多么富有普遍意义并富有说服力,都是派生的、亚层次的。例如,东南亚华文文学的发展与中国大陆的政治、经济以及文化状况之间有着某种似乎恒定不变的因果关系,通常人们会认为,中国开放、经济发展,则印度尼西亚、马来西亚等国华文教育、华文文艺写作繁荣。在我们看来,这依然是一个似是而非的假推理;这种相互关联只属于华文文学存在的外部情况。在"语种的华文文学"观念下,严格说来,华文文学的独立自足性不成为一个问题,因为,"语种的华文文学"观念整个地对后者构成否定。其具体过程是:以无限制地建设华文文学的语言学表象特征褫夺其内在本质,将其"自身"消化为零,进而将华文文学的存在切割分块摊派给各种各样的外部联系。更糟糕的是,在"语种的华文文学"观念看来,华文文学根本没有前后一贯、各方统一的"自身",它不过是一种无边无际的量的集合。这个无限广大的量的集合没有内在灵魂,始终飘忽不定,随外在条件消长起伏,其存在的最终理由和根据或者被归于辉煌伟大的中国文化,或者被中西两种文化争夺撕扯。结果不但华文文学创作本身始终是他属的,创作的尊严得自遥远的母国文化的恩赐,而且,驻身在创作主体背后的个体生命也成了文化冲撞过程的标示符号了——这是极端残酷的理论思维。

"语种的华文文学"与"文化的华文文学"的根本区别在于,在"语种的华文文学"观念看来,华文文学不是一种独立自足的存在。"语种的华文文学"观念首先将华文文学作为文化学存在的本质内涵托付给华文文本的(传统)语言学表象,进而凭借汉语言与中国文化之间的常识性联系,将华文文学存在的自身独立性最终交给中国文化,这样,华文文学事实上成了后者的附庸。这种情况下,华文文学的某些文本片断以及相关的叙事学现象例如乡愁、寻根等,只要符合文化民族主义的伦理逻辑,就会被强化成至高无上的批评标准,同时加以宣扬、鼓吹。在我们的批评中,乡愁、寻根等几乎泛滥成灾,成了华文文学研究的一大"品牌",根本原因正在于此。更严重的是,由于语种的华文文学观念缺乏符合自我原则的批评标准和理论立场,致使整个华文文学研究沦落为按照文化民族主义的口味在华文文学中寻找对应的、气味相投的文本段落的极为琐屑的活动了。鉴于此,我们认为,为了使华文文学研究继续深入下去,我们必须放弃"语种"的华文文学观念,走向"文化"的华文文学观念,从一个全新的视角、坚守内在性原则重新诠释华文文学的生存意义和存在意义。

我们认为,特定时空条件下的国外华人生活是一种别样的、新型的,又自成一体的生存形态,是现像于普遍的文化视域中的、近代以来新出现的、具有自身体格的人生形式。关于这种人生形式,不管理论活动怎样地将其分析成本土中国文化的向外延伸抑或异域别种文化蔑视下的边缘生存,我们都不能否认,在最根本的意义上,它属于生命本来就有的一种可能性。由于这种人生形式具有文化的不确定性,在生存形态上具有漂泊不定、社会身份变动不居等特征,所以往往会被误认为没有"自身",并进而将其分割得七零八落分派给各个种类的文化。在我们看来,这种看上去没有文化着落的生存形态从本质上讲乃是生命自我展开的样式,生命的独立自足性决定了这种人生形式的内在统一性。国外华人生活作为自成系统的生存形态和自有体格的人生形式,其最主要也是最重要的体现就是,它拥有自己独特而又个性成熟的自我表达方式,这便是华文文学!我们以为,通过这样一条超越之路,我们有可能真正找到华文文学作为普遍有效的文化学现象的存在根据,即华文文学是海外华人生活的以生命之自由本性为最后依据的自我表达方式。在"文化的华文文学"这种观念看来,华文文学的语言学表象不再是最重要的了,在理论作业中它被淡化成了思维运作的背景:古色古香的方块字固然美丽、亲切,而方块字背后的灵魂(生命)更是奇迹。因而,它毫不犹豫地抛弃"语种的华文文学"以做定义的方式("用汉语写作的"云云)把握华文文学的做法,转而对华文文学进行概念式的把握,这时,作为研究活动之对象的文本主要地也不再是由汉字构筑的文体造型,而是居住或居留于世界各地的华人作家们的生命、文化、生存,以及文化学视域内的喜怒哀乐。华文文学创作,纵然写的是流浪异域的艰难困苦,写的是思乡恋母的百年情结,写的是归心似箭的游子情怀,写的是郁结累累的边缘化遭遇……不管写的是什么,在本质上,写的都是以那样一种生存形态获得展现的生命的丰富多彩;华文文学创作,不管它与中国文学怎样相像,与中国文化有怎样的联系,不管它怎样地被边缘化,它都是它自己,它有美丽而充实的"自身"。我们不必再为华文文学寻找家园,它的家园就是它自己。让我们的华文文学研究将自己的研究对象还原到对居住或居留于世界各地的华人作家们的生命、生存和文化的原生状态的关注上。这,就是我们所属意的"文化的华文文学"的要义之所在!

在被理论地诠释为独立自足的存在的情况下,华文文学将自行展示出其本身的丰富多彩,也将提示研究活动以无限多的追问可能性,对于批评、理论思维来说,它将不再是被抛却于远方处在文化间受夹板子气的文化弃儿,批评、理论思维借以发挥光荣伟大的文化母爱。独立自足的华文文学概念不但不损害研究活动对于广泛的、普遍的文化联系的兴趣,而且会使对这种联系的思索和追问更富有理论创造性和批评新意,与此同时,华文文学现实本身包含着的关于人的生存论消息和存在论消息也将被沉思的研究活动揭示出来。

"文化的华文文学"与"文化批评"

最后,有必要加以甄别的是,"文化的华文文学"与对华文文学进行文化批评之间的区别。文化批评是20世纪80年代流行起来的很受欢迎的批评模式,同时也是一种颇具理论深度的批评模式,但它跟"文化的华文文学"分属于两种完全不同的范畴。质实而言,文化批评终究只是某种(些)方法,对于华文文学研究方法论建设来说,它只是一块比较好的砌材。另外,在"语种的华文文学"观念掌控整个华文文学研究的情况下,文化批评多半是文化民族主义心情渗透理论、批评活动的手段和途径,而在"文化的华文文学"观念下,这种情况将被彻底地否定和弃绝。"文化的华文文学"观念将对运用于华文文学研究的文化批评方法进行修改。修改之后的文化批评方法将站在某种文化学理论的立场上,按照所属理论范畴的内在要求,对华文文学的各种叙事学现象进行客观、稳妥的理论描述。

有别于文化学批评的操作性性质,"文化的华文文学"则是一种基础性观念,它是对研究客体的本体属性的尊重,是对华文文学作为自身独立的、自成一体的文学现象的本质属性的一个陈述,或者说,作为一种词语形式,它的基本作用是对华文文学的独立自足性加以理论确认,以便把华文文学文本从当前让人尴尬的批评态度之中解放出来,使华文文学最终被诠释为现代文明的某种不可忽视的叙事学源泉。基于这一理论认知,文化学批评完全可以作为"文化的华文文学"中的一种不错的批评方法继续加以广泛运用。这一方面是因为,这种批评本身拥有丰富的理论潜能,它可以对华文文学进行各种富有新意的追问。另一方面也主要是因为,作为一种方法,文化学批评不可能是基础性的,即使它在通常意义上可以被认为是某种"元批评模式",是多种批评方法的总相,它也仍然不是基础性的,它所属的基础性观念乃是关于存在的某种文化学理论。作为基础性观念,"文化的华文文学"不但意味着华文文学研究方法的提升与更新,而且从根本上讲,它可能预示着一个方法论体系的诞生。

我们的两难

我们这篇小文在行文语气上可能存在着某些过于偏激的弊病,但是我们绝对没有执意与谁过不去的偏狭心态。用"爱之深,责之切"或许更能体现我们这一阶段对整个学科发展的思考过程的两难心态。作为忝列于这一研究队伍中的一员,我们是在借用当下流行的诸种"批评武器"仍深感困顿迷惑之余而进行十分痛苦的思索。事实上,本文中所指陈的本学科迄今为止的局限和不足,也同样清楚明白地存在于我们自己过往的批评实践中(甚至也可能包括以后,因为这实在是一种难以挣脱的习惯力量)!笔者无力实际也不可能在这篇小文中提出或构建什么方法论体系,充其量也只是提出一个希望引起注意的论题,权作引玉之砖,如能引起诸位同行方家的注意与批评,则幸莫大焉!

文化的华文文学论待商量

陈 辽

自 1979 年出现对台湾作家的评论文章始,23 年来,经过数以千计的华文文学(指中国内地以外用华文创作的文学,原先统称为"台港澳与海外华文文学",后来又称为"世界华文文学")评论和研究者的努力,华文文学已成为一门新兴学科。高等文科院校大多开设了"华文文学"这门课程。台湾文学史(或概观)已有近 10 部,香港文学史(或概观)已有 3 部,澳门文学概观已有 1 部,海外华文文学史已有"初编"和"四卷本"。有关华文文学的其他专著、论著数以百计,论文和评论文章数以千计。这是我国新时期文学研究中特别亮丽的一道新景观。但这门新兴学科在前进途中也存在问题和缺失。对 23 年来华文文学研究历程进行回顾和反思是完全必要的,只有这样才能找到新的出发点,明确今后华文文学研究的重点与方向。在这一意义上,我对吴奕锜、彭志恒、赵顺宏、刘俊峰四位先生的《华文文学是一种独立自足的存在》(以下简称《存在》)一文表示赞赏,但对该文提出的"文化的华文文学"论不能苟同。我认为,"文化的华文文学"论一说事关今后华文文学研究的大局,特提出几点不同意见,与《存在》的作者商量。

"语种的华文文学"是华文文学研究起步后的必经之路

在和台港澳与海外华文文学隔绝了 30 年后,随着我国的改革开放,华文文学也就很自然地被引进到了内地。在 20 世纪 70 年代末 80 年代初,读者对华文文学几乎一无所知的情况下,自然是先对华文文学作家进行介绍,对华文文学作品进行赏析,继而对台港澳文学、东南亚华文文学、欧美华文文学、日韩华文文学、澳大利亚华文文学、巴西华文文学、厄瓜多尔华文文学等做整体论述,再进而写"史",这都是顺理成章的事。在 20 多年的华文文学研究过程中,研究者发现,不同地区、国家的华文文学,虽然各有其不同的处境,却也有一些共同的品性:第一,它们都是以汉语为载体,用华文进行创作。第二,在华文文学作家的血脉中都有中华文化的基因。第三,海外华文文学有一个发展过程,由具有双重国籍的华人作家创作的"华侨文学"与由加入了某个国家的国籍后的华人作家创作的某国的华文文学,都是在中华文化这个"干"上长出的不同枝丫,结出的文学果实。第四,华文文学的外部都是资本主义社会,受外来文化和所在国文化的影响较大,因此,华文文学都表现了文化的多重性。不同文化的互动和互补,促进了华文文学的良性发展。第五,华文文学都经历了写华人生活为主到写华人生活和写当地生活兼顾,到写当地生活为主的题材转换过程。第六,在华文文学中,乡思、乡愁、寻根意识展示得特别强烈,这是中国的"游子文学"在异乡他国的表现,也是中华文化意识在文学中的反映。第七,不管华文文学在台港澳地区和新加坡之外的他国是少数民族文学、边缘文学还是受压甚至是受迫害的文学,华文文学始终是"蒸不烂、煮不熟、捶不扁、炒不爆、响当当一粒铜豌豆",始终在苦斗中前进。以"语种的华文文学"作为基础概念来研究华文文学,着重研究中华文化对"华侨文学"、对具有双重国籍的华人作家创作的文学、对各国华文文学的深远而又直接的影响,是中国打开国门以后华文文学研究起步之后的必经之路。而《存在》却称"语种的华文文学"研究为"文化民族主义梦想的膨胀"等等,断言"'语种的华文文学'观念把华文文学研究引到了偏离本在目的的歧路上",这些说法完全脱离了23年来的华文文学研究的实际,是对华文文学研究必经之路的严重歪曲!

华文文学是以汉语(华文)为载体的文学创作。语言是思维的直接现实。华文文学既然以汉语为载体,也就必然包蕴着应用汉语的思维方式、思维习惯、思维规律等种种文化因素。因此,研究华文文学,研究它与中华文化的关系和联系,是很自然的。这和文化民族主义、族群主义完全是两码事。

"文化的华文文学"论的"局限和不足"远超过"语种的华文文学"

《存在》认为,"语种的华文文学"观念未能抓住"华文文学的内在本质",只有他们提出的"文化的华文文学"论,才是"一种全新的观念",才是"对华文文学作为一种自身统一的文学现象的本质属性"的"深入的思索和研讨"。那么,华文文学的内在本质是什么呢?他们的答案是:"华文文学是一种独立自足的存在""是海外华人生活的以生命之自由本性为最后依据的自我表达方式"。事实上,任何事物,只要它确实是某种事物,它便是"一种独立自足的存在",否则它就不是区别于其他事物的事物了。所以,说"华文文学是一种独立自足的存在",如同说"人是一种独立自足的存在""社会是一种独立自足的存在""自然是一种独立自足的存在""桂林山水是一种独立自足的存在"一样,完全是空洞无物的话语。

说华文文学"是海外华人生活的以生命之自由本性为最后依据的自我表达方式",又是否抓住了"华文文学的内在本质"呢?也没有。它不过是"文学的本质即人的自我表现或人的自我实现""文学的本质是人性的自由表现""文学的本质是生活的再现"这三种说法的杂拌。而且,海外华人的哲学、道德、宗教信仰、价值观等等,同样是"海外华人生活的以生命之自由本性为最后依据的自我表达方式",可见这一关于"文化的华文文学"的"内在本质"的定义,讲的依然是海外华人意识形态的普遍性,并没有抓住"华文文学的本质"。

在我看来,华文文学的内在本质是有的,它是台港澳和海外华人生活在华人作家(及个别以华文创作的外国作家)头脑里的能动的、艺术的、感情化的更典型、更美的反映。各地区、各国的华文文学都具有这一"内在本质",概莫能外。相反,如果让"文化的华文文学"论成了华文文学研究的指导思想,研究者只研究"海外华人生活的以生命之自由本性为最后依据的自我表达方式","将自己的研究对象还原到对居住或居留于世界各地华人作家们的生命、生存和文化的原生态的关注上",那么,华文文学研究的视野就只是局限在"华人生活的以生命之自由本性为最后依据的自我表达方式"上,局限在对"华人作家们的生命、生存和文化的原生态的关注上",华文文学研究势必走进逼仄的胡同,产生研究的模式化。这一点,《存在》的作者自己也感觉到了,所以他们承认,"语种的华文文学"研究"实在是一种难以挣脱的习惯力量",他们在"以后"还会在"批评实践"中应用这一"语种的华文文学"基础概念。"我们的两难"自白,无异宣告了"文化的华文文学"论的"局限和不足",远远超过了"语种的华文文学"的"局限和不足"。

文学研究不可"独尊"某一研究方法

新世纪的华文文学研究是要再出发和再前进的,但方向不是搞什么"文化的华文文学",而是要从作家作品的实际出发,着重研究各地区、各国的华文文学的特殊性,各个作家、各部(篇)作品的特殊性,如此才能推进新世纪的华文文学研究。

首先是要研究华文文学的特殊性。事实上,2000年6月出版的《世界华文概要》(公仲主编)即已注意到研究华文文学的特殊性。该书揭示了华文文学发展的五大特有规律。一是与华人移民相伴生的规律。当中国民众尤其是其移居某地区时,那里的华文文学一定会产生,一定会发展。二是华文文学的兴衰浮沉与所在国对华态度密切联系的规律。当所在国政府对中国取友好态度或至少持中立态度时,那里的华文文学就发展、就繁荣;而当所在国政府对中国采敌视、敌对立场而对华人进行迫害时,那里的华文文学就萎缩、就遭受摧残。三是华文文学与华文文学三大支柱——华文学校、华文报刊、华文文艺社团紧密结合的规律。四是华文文学同干异枝的规律。社会生活是华文文学的"根",文化是文学艺术的"干",而不同的文艺品种则是文化主干上滋生的不同枝丫上的花朵。华文文学虽然分布在世界各地,但它们的文化主干即中华文化却是一样的。五是华文文学与中国在国际上的地位相关联的规律。当中国弱小、落后时,华文文学尽管存在但不被重视,多次遭受摧残;当中国的国际地位提高后,华文文学受到重视并加速发展。陈贤茂主编的《海外华文文学史》对海外华文文学的特殊发展规律,也做了类似的探讨。尽管对海外华文特殊发展规律的这些探讨还是初步的,但他们着重研究华文文学研究特殊性的研究方向应当充分肯定。此外,台湾文学、香港文学、澳门文学以及海外各个国家的华文文学又都各有其特殊性,需要进一步探讨和研究。

二是着重研究华文文学作家作品的特殊性。台港澳文学作家生活在资本主义地区,而其他华文文学作家生活在中国之外的国家,这一特殊生活条件,决定了台港澳作家和海外华文文学作家及其作品又有其特殊性。我最近读到的一篇博士论文(郭媛媛作)就着重研究了美国华文作家林语堂、於梨华、白先勇、严歌苓、少君三代华文作家各自的特殊性,使人耳目一新。对华人作家研究是如此,对华文作品的研究更应该如此。华文作品是华文作家对华人生活的新发现,研究者的任务就是要找出作家中、作品中特殊的新发现。如此为文,方有创意和新意。

三是要探索华文文学研究方法论的特殊性。研究方法必须与研究对象相一致。由于华文文学特有的丰富性、复杂性,千篇一律地运用某一研究方法是不可取的。对现实主义的华文作家及其作品,可采用美学的、历史的研究方法;对现代主义的华文作家,则不妨采用现代派的研究方法。对某一国家华文文学同类题材的系列作品研究可采用系统论的研究方法;对某一国家华人文学史的研究,既可采用美学的、历史的方法,也可结合采用校勘、点评的方法,直观、印象的方法;对现代现实主义或魔幻现实主义的作家作品,更可以同时应用或交叉应用多种研究方法;为研究华文文学作家作品中的文化底蕴或多种文化的互动互补问题,则可采用"文化学"或"文化批评"的方法。总之,固执于某种方法,"独尊"某一研究方法,如"文化的华文文学"论那样"独尊""文化批评",而排斥其他研究方法,都是不可取的。

2003 年

想象的匮乏意味着什么
洪治纲

想象是艺术的生命。文学从它诞生的那一刻起,在某种意义上说,就是人类为了自身梦想的需要——通过这种梦想,解除内心深处的现实焦虑;借助这种梦想,寻找苦难生命的拯救勇气;怀抱这种梦想,踏上充满自由的未来之途。史铁生就曾坦言:"常有人把写作者比作白日梦者,这很对,这白日的梦想,是人类最可贵的品质。人间需要梦想,因而人间需要艺术。"艺术就是一种梦想,就是通过强劲的想象实现人类内心的自由冲动,展示人类丰饶而广阔的精神景观,体现人类灵魂的伟岸与不朽。福克纳也曾明确地指出:"做一个作家需要三个条件:经验、观察、想象。"尽管这三个条件在某种程度上可以相互弥补,但是却不能彼此取代。尤其是想象力,它是文学给人以诗性的力量并使人们超越庸常现实的重要保障,是体现一个作家精神深度及其艺术品位的核心素养。因此,想象力的匮乏与丧失,绝不只是意味着作家在艺术思维上的平庸和苍白,还直接暴露了创作主体对实利化生存原则积极迎合的精神姿态,暴露了他们对艺术探索的潜在抗拒以及艺术原创能力的孱弱,也折射了他们对精神自由这一艺术禀赋的漠视倾向。

倘若深而究之,我以为,想象力的严重匮乏,其实就表明了大多数作家艺术原创能力的虚弱与苍白,内省意识和自我超越能力的慵懒与孱弱。其理由是:在真正的创作实践中,艺术想象力就是一种审美创造力——它不仅体现出一个作家的艺术原创能力,而且还体现出他对艺术自由的维护姿态。因为想象的最终目标,就是在现实世界或理性能力无法穷尽的地方,重构一种更为纯粹更具人性的世界,甚至使我们发现"水滴中另有一个世界"(大江健三郎语)。想象力的存在,在很大程度上,就是为了激发创作主体无穷无尽的艺术潜能,揭示并超越现实存在的种种平庸和不足,传达人类对于现实生活永不满足的生命向力。关于此点,我们只要看看整个人类技术文明的进程,便可以得到某种程度上的印证。在人类发展史中,无论是对自然还是对社会的认识,人类每前进一步,最终都固然表现为理性分析与科学研究的结果,但是,倘若从它的初始阶段来看,无不来自人类自身的想象——通过想象建立假设,然后在假设的前提下进行严谨的理性实验和论证,由此推动了人类文明的前行。或者说,正是想象力的刺激和引导,使人类有了无限创造的动力。

在具体的文学创作中,这种情形则表现得更为突出。由于想象的存在原本就是一种可能性的存在,想象的叙事便是一种可能性的叙事。这也决定了想象性叙事,是明确地建立在心灵真实的层面上,是服从于创作主体内心的自由冲动。所以,在通常的话语表现形态上,它常常体现出作家对现实秩序的不信任,对存在状态的另一种怀想和吁求。想象作为一种创造,它的鲜明特征以及重要的审美价值,首先就体现在怀疑之中——怀疑现实的真实,怀疑既定的常识,怀疑传统的经验……唯有在这种怀疑的前提下,作家才会产生对现实生存及其价值体系的否定意愿,才会激发对理想生存形态的强烈冲动,从而在强劲的想象中创造另一种审美的世界。而我们的大多数作家却恰恰相反。他们总是对一些既有的现实经验和逻辑常识保持着高度的依赖性,并且将审美心智始终投置在形而下的生存形态中,像一些"新写实小说""新市民小说""新现实主义冲击波小说"以及大量的"另类小说"等等,都是以一种平面化的叙事思维再现了现实生活本身,而很少看到作家对它们进行颠覆性或否定性的审美表达。缺乏必要的怀疑精神,缺乏对现实生活的改造热情,致使他们很难充分激发自我内心的理想热情和诗性意愿。因此,在那些作品中,我们很少看到充满自由和梦想的叙事倾向,也很少发现具有某种开拓性的审美品格。一个拥有巨大想象能力的作家,从来都是对现实社会及其观念体系保持着高度警惕的姿态,并不断地颠覆那些庸常的大众经验和生活常识,让叙事扎根于纯粹的精神世界中,"使本来不存在的事物凸现出来"(余华语),从而让叙事话语闪耀着独特的审美之光。事实上,很多具有先锋意识的作家,也正是借助这种强劲的想象能力,才得以打破种种既定的艺术圭臬,开拓出属于自我的全新的审美领域。每一个作家的审美追求也许并不一样,话语风格也许各不相同,但是,他们在实现自身艺术目标的方式和手段上,都必须通过各种途径,彻底地打开自身的想象空间,在丰沛的艺术想象中建立种种新型的审美世界。只有通过强劲的想象,才能使叙事话语脱离客观现实的外在影响,有效地进入人类的内心领地;也只有通过强劲的想象,才能使作家在重构人类心灵秩序的过程中,再现人性深处的真实。

与此同时,我们还必须看到,艺术想象力的匮乏与缺席,也对艺术的自由秉性构成了巨大的威胁。因为想象的本质就是自由,就是挣脱一切现实秩序对人类精神的羁绊,为恢复内心的自由表达而努力。它的创造性特征,也正体现在作家对人类精神世界的自由重构之中。没有对人类自由精神的强力推崇,没有对艺术自由禀赋的深切体察,作家便很难对那些超越庸常现实的理想愿望产生强烈的冲动,想象力也便很难获得全面的解放。从另一方面说,文学艺术作为人类生命活动的一种特殊形式,它在揭示人类的存在真相、展露人性潜在本质的同时,也是为了实现人类内心深处对自由本性的追求,实现作家对存在的各种可能性的勘探。在人类的一切艺术行为中,自由的表达以及对内心自由的梦想与追求,从来都是艺术家们最为核心的审美目标。这种审美目标,与想象的自由本质无疑是不谋而合的。让人类的精神生活在想象中获得无拘无束的漫游,让叙事的审美话语在想象中获得生机勃勃的活力,并以此来解除庸常现实对人们心灵的挤占和盘压,消弭实利欲望对精神空间的掠夺和蚕食,这是一切艺术的内在理想,也是作家审美智性的重要体现。

事实上,只要看看那些优秀之作,我们就会发现,它们所体现出来的独具匠心的审美特质、深邃丰厚的精神内涵、灵性翻飞的艺术智性,在很多方面都是通过强劲的艺术想象,在高度自由的叙事语境中得以呈现的。譬如卡尔维诺的《我们的祖先》三部曲中,无论是《分成两半的子爵》中那个集大恶与大善于一体的梅达尔多子爵、《树上的男爵》中那位永远生活在树上的少年柯希莫,还是《不存在的骑士》中那个没有真实肉身的阿季卢尔福骑士,他们仿佛都是一些幽灵般的人物,带着非同寻常的生命特征和近乎疯狂的理想气质,无拘无束地游走于现实社会之中。正是这种完全超越常人的、飘忽不定的生存方式和情感欲望,使得他们能够从容地潜入现实生活的一个个隐秘地带,撕开种种晦暗的人性帷幕,剥示种种诡秘的权力体系,动摇和瓦解那些在庸常表象遮蔽下日趋腐朽的现实伦理秩序及其价值体系,并试图通过自身的努力重新建构某种理想化的生存形态。莫言的《檀香刑》在将叙事话语投向中国古老而又残忍的刑术传统时,又将它深深地植根于那种质朴、旷达而又充满血性的民间社会结构之中。而这种看似粗粝野性、实则自由鲜活的民间生存形态,却恰恰成为引爆作家想象力的"刺激物",使他的所有艺术感觉几乎在转瞬之间便获得了完全的释放,各种谲诡的想象也像肆虐的洪水一样四处漫延,一切都显得不可收拾。因此,在小说中,无论是对各种酷刑实施过程的绘声绘色的描述,还是对一个个施刑场景的狂欢式烘托,无论是对刽子手、受刑者奇特心理的精细刻画,还是对不同地位中权力人物言行的精妙演绎,都显得既真切又夸张,既惨烈又壮观,既透射出中国传统历史文化的某些悲剧性本质,又洋溢着某种叙事话语上的喜剧性氛围。毕飞宇的短篇《地球上的王家庄》则通过一个孩子的天真视角,生动地展示了人与世界、苦难与诗意的巧妙对接。八岁的"我"由一册《世界地图》开始,便常常衍生出各种有关"世界大小"的想象。于是,他便从现实中的王家庄出发,在一种无法遏止的狂想中,赶着一大群鸭子,沿着乌金荡顺流而下,试图一探真正意义上的世界真相。与此同时,被"文革"剥夺了教鞭的父亲,则在沉默的体力劳作中不断地保持着对天空的遐想——那是一种灵魂在暗夜中的飞翔,是生命挣脱苦难命运和悲剧现实的奇特方式,是在没有诗意的生存中寻找诗意的一种反抗行为,而这种被常人视为"精神病"的行为,恰恰与少年"我"的梦想形成了一种内在的共振。于是,"我"的冒险行为又在某种程度上,演变为对父亲自由灵魂的一次盲动的实践。在这里,毕飞宇不仅将历史强权、生存苦难和心灵贫乏等一系列沉重的历史记忆推到了叙事的背后,而且用一种梦态般轻盈的话语,对人的诗性愿望和自由灵魂进行了一次夸饰性的扩张。艾伟的长篇《越野赛跑》,也是巧妙地设置了两个极具飞翔品质的审美载体:一匹在解放初期被军队遗留下来的小白马,一个长期处于无人状态的天柱山谷。那匹颇有神性力量的小白马进入这个从未见过马的小村庄之后,不仅激活了村民们惯常无奇的平庸生活,还促动了整个村庄不断地超越纯粹的客观现实,进入神秘而又颇具诗性的生存境域。整个小说正是在这一动(白马)一静(天柱)的两个载体中,建立起了具有大量异质化审美信息的叙事空间,并使小说在拷问历史与命运的过程中,呈现出十分深邃的审美意蕴。海力洪的短篇《小破事》也是通过亦真亦幻、似真似假的奇异性复述,从被外星人劫持,一直说到欲望化的施暴体验以及由此而产生的命运结局。而在这种看似天方夜谭的叙说过程中,人物彼此的内心欲望和苦涩的生存经历却被演绎得惊心动魄。

我之所以要列举这些作品作为一种正面的回应,是因为从这些作品中,我们可以清楚地看到,正是强劲的艺术想象力,使得它们从那些人们习以为常的历史、社会、人性中获得了异常独特的审美发现;正是强劲的艺术想象力,使得它们拥有了他人无法重复的独创性,体现了作家对艺术自由的极力维护;也正是强劲的艺术想象力,使得它们处处闪耀着浓郁的诗性气质,呈现出灵动自由的审美质感。遗憾的是,这种充满了艺术想象力的优秀之作并不是很多。而占据我们创作主流的,依然是那些满足于对现实生存表象进行简单复制或对史料进行记忆性重构的作品,依然是那些"有了快感你就喊"的"条件反射式"作品。我认为,作为多元艺术格局中的一种审美追求,这些作品同样有其存在的合理性空间,但是,必须看到的是,它们在大众传媒、影视改造等众多手段的合谋下,以近乎疯狂的扩张态势,逐渐成为我们这个时代在文学审美趣味上的一种象征。而那些真正具有想象力的、充满原创特质和生命自由质色的作品,却越来越显得势单力薄。这无疑是对文学真正品质的巨大伤害。因为一个显在的事实是,"当我们说没有想象就没有艺术的时候,当然也是在说没有想象就没有自由,同时也是在说,没有艺术就没有自由。在人类所建立的各种各样的文化中,最能体现人类的自由精神的就是艺术。在人类所具有的各种各样的禀赋中,最能给人类带来自由与光荣的,就是想象力"(摩罗语)。想象力的缺席,从其终极的意义上看,无可辩驳地意味着我们当下的文学创作中某些最为核心的艺术品性正在全面地退场。

想象的溃败与缺席,注定了我们的文学创作永远无法摆脱其平庸的格局,甚至会危及文学存在的命运。米兰·昆德拉曾说:"我不想预言小说未来的道路,对此我一无所知;我只是想说:如果小说真的要消失,那不是因为它自己用尽自己的力量,而是因为它处在一个不再是它自己的世界中。"如果没有误解的话,我以为,昆德拉在这里所强调的小说"自己的世界",应该是一种饱含着无限想象的世界,是一种充分体现了人类精神自由秉性的世界,是一种不断展示人类存在的种种可能性的世界,而绝不是对我们所置身其中的现实世界的复制。同时,昆德拉的这段话,从某种意义上说,也向我们道出了当代小说发展的潜在危机——那不是因为小说自身的艺术形式已走到了终点,而是因为大量的作家正在不断地让小说远离它的想象性、原创性,远离它对人性存在的前瞻性探索,远离它对人类理想情操的强力推崇,却与日常生活中的现实经验和逻辑常识保持着亲密无间的关系,与一切客观现实的生存秩序及其价值观念打得火热。而这,正是小说艺术有可能走向终结的内在症点之一。

"我只是在描述我自己生存的时代之神话与梦幻……我们需要用这些神话去照亮现实。"1996年7月的某一天,美国著名的后现代主义作家兼布朗大学"写作自由"项目的主持人、教授罗伯特·库弗,曾对几位前来访问的中国作家如此说道。这里,库弗用了一个非常生动也非常有力量的词——照亮。是的,用神话去照亮现实,用梦想去照亮人生,这才是我们向往的一种写作,也是人们永读不倦的艺术。

2004年

"反道德""反文化":"先锋流行诗"的写作误区
陈 超

近几年来,由于网络成为诗歌的另一个主要的发表"现场",诗坛似乎比20世纪90年代热闹。但是,我不同意将热闹直接等同于"繁荣",我以为,诗界存在的问题不少,有些甚至是致命的写作意识上的偏狭和迷误。诗歌的繁荣,只有一个可靠标准,就是看它出现了多少有价值的作品,而不是发出了多少可称之为诗的东西。举一个极端的例子:我们不能说举国铺天盖地的"大跃进民歌"就是诗的繁荣吧?这么说,也不意味着我蔑视"网络诗歌",诗的好坏,与发表的方式无关。我只是感到,当下先锋诗歌就其颇有代表性的写作意识及流向而言,呈现出新一轮的狭隘化、蒙昧主义、独断论。考虑到它可能进一步恶性发展,有必要及时提出批评。

就文学艺术的一般规律而言,"先锋"本来就是不"流行"的。先锋就是意识和技艺上超前的先驱的探索。然而,近些年蹊跷频生,我们也见惯不奇了,在诗歌界(大量网络诗坛和纸刊)流行的正是"日常主义先锋诗"浪潮。它们构成了新世纪初的"流行诗"。我命名的"先锋流行诗",其基本模样是这样的:反道德,反文化,青春躁动期的怪癖和力比多的本能宣泄,公共化的闲言碎语、飞短流长,统一化的"口语"语型,俏皮话式的自恋和自虐的奇特混合,琐屑而纷乱的低匍的"纪实性"。它们只有一个时间——现在,只有一种情境——乖戾,只有一种体验方式——人的自然之躯,只有一种发生学图式——即兴,只有一个主题——反××。

我本不是"高雅而严肃"的作者和读者,有我大量的诗文为证。就诗歌阅读而言,我有着不比别人少的世俗趣味。因此,即使是对上述模样的"流行诗",我也并不是完全持批判态度的;相反,从职业考虑我还读了不少——这是我能够发言的基础——有些诗诙谐、尖利、简洁、不装孙子,让人轻松。所以,我认为这种流行诗仍应属于"广义"的先锋诗,而不是被高雅人士斥责的"伪诗"。这篇批评文章潜在的前提或起点是我局部认同我所批评的对象(它有趣味、有价值的方面),而对它的蒙昧之处也不想继续沉默。

就这种"先锋流行诗"的写作意识和文本观感而言,我越来越觉得,诗人们在不少大的意向上,其认识力和写作能力日渐狭隘,或是自我减缩、自我剥夺;它们不但给初涉诗歌的文学青年(以"网虫"为甚)造成了误导,而且带来了先锋诗写作中的新的阻塞。就其恶性膨胀的态势,我们选择两个问题略加辨析或讨论。

比如诗歌写作中的"非道德化"与"反道德"的差异问题,就成为流行诗的巨大盲点。"非道德化"与"反道德"是不同的。对这个前提的不明确,导致了一系列不明确。狭隘与教条自然就产生了。

对文学艺术特别是先锋诗歌而言,我一直持一种"非道德化"立场。诗是个体生命的本真展开,它的意味和兴趣是自由的、变动不居的,它应有能力包容个人化的经验、奇思异想乃至自由的性情。将世俗意义上的"道德正确"作为衡估诗品的准绳,会扼杀掉诗歌的活力、经验承载力、求真意志、原创精神。如果只按是否合乎或是否助推了"道德"来要求诗歌,很明显,古今中外许多杰出的诗作(特别是19世纪末以降的现代诗)就要重新评价了。

在过去相当长的时期里,我国新诗中存在"唯道德"倾向。因此,"白洋淀诗群"、后期的朦胧诗和新生代诗歌,都有不同程度的"非道德化"倾向。诗人们真实地写出了对生命和生存的体验,使诗与思呈现出丰富的面目,并由此带来诗歌经验的复杂深度、话语的巨大包容力。这是人们都看到的简单的事实,但是如何厘定这个事实的准确含义?我一直以为无须多说,而目睹当下诗坛的情势,我日益感到有必要将此含义再澄清一下。

在我看来,"非道德化"的意思是,在诗歌写作中,诗人不囿于道德问题,无论它是形而下的实用道德,还是形而上的道德理念,诗人既不去考虑是否合乎它,也不去考虑是否嘲弄、反对、颠覆它。诗歌写作是生命和语言的相互打开,是更为开阔也更为有趣的事,诗人在自己真切的生命体验中自由地游走,将个人的经验和话语才智凝结为丰富奇异的文本,享受自由写作带来的身心激荡和欢愉敞亮。优秀的先锋诗人作为有魅力的"文学性个人",他们的生命经验、书写的活力,均在话语里真正扎下了根,形成了非道德化写作的连续文脉。道德,在他们的诗中,既非倚恃,也非对立面,诗人的视域远远超越了它。

由此,我们可以比照出当前日常主义"先锋流行诗"在写作意识及文本显示上的孱弱和单薄。本来可以作为珍贵的经验积累的"非道德化"倾向,到90年代中后期,似乎被一些自诩为"后现代"的口语诗人畸变发展为新一轮的教条"反道德"。在许多刊物和网络上,我看到那些风云人物及大量盲目的随从者,像是一门心思要与"道德"对着干,其题材范畴、主题运思、话语方式、个人趣味等等,均刻意瞄准了"道德"进行戏弄和颠覆。

我理解在当下的历史语境里"道德"问题的复杂性,我们确实需要追问"什么是道德?""谁的道德?",需要对它的细节含义、在历史中的变异,乃至道德谱系学进行自觉的思考和辨认。而新潮诗歌和诗论写作中的"非道德化"倾向,就与这种自觉的辨析有关。它会带来写作的真实性、人性的魅力与自由。但是,"反道德"写作却是狭隘和蒙昧的,这是一种寄生性的写作,缺乏独立自主的品质,它寄生在其"对立面"道德身上,如果"对立面"不在场,作为诗歌它很可能不能自立。我个人认为,这些自诩的"后现代",并未理解何谓反对"二元对立"思维。恰恰相反,他们按照某种贫乏的二元对立的想象力原型,在诗中大量制造并输出一种独断论信念:凡是道德的,就是我们要反对的;消解人文价值,就会自动带来不言而喻的"后现代"精神;人,除了欲望导致的幸福或压抑,不会有其他的幸福或压抑;敢于嘲弄和亵渎常人的道德感,才是先锋诗人写作"真实性"的标尺。也许我这么总结会让某些诗人跳将起来,但读他们大量的文本我只能得出如上结论。

而抛开这些流行诗恶俗的"意趣"不谈,仅从写作本身来看,它们也是谈不上真正的自由的。因为它们需要以"反向"的姿态,"看道德的眼色行事"。在此类诗人那里,诗仍然是工具,过去是宣谕"道德"的工具,现在则是宣扬"反道德"的工具;诗依然需要"主题先行",只不过这主题由道德变为"反道德"。读这样的诗我常常会感到,某些诗人在"强己所难",他们仿佛如神经质般折磨自己,力求折磨出"反道德"的感受来。怎么样将"恶"玩大,怎么样将"性"(和性别歧视)写得古怪,怎么样在诗中发泄个人恩怨诋毁他人,等等,似乎是许多诗人主要的写作"发生学"。这是一种公式化、概念化的作品,它们不指向"日常"(不像诗人所言),倒指向"反常",其经验更多是虚拟的、极端鄙俗的"反道德"表演,诗人扮演的是一个戴铃铛帽的小恶人的角色,通过亵渎和自戕,达到满足自恋的目的。

因此,我要说的是,诗歌可以,也应该"非道德化",但是犯不着死认"反道德"为写作的圭臬。诗歌没有禁区,故不要将道德视为新的禁区。如果一个诗人始终持"反道德"立场,那他就摆脱不了对道德的寄生或倚赖,往好里说这是画地为牢和哗众取宠,往坏里说就是愚昧和欺骗。或许会有人说,这样的"反道德"诗歌读者很多。我的回答是,这说明不了它的价值——如果一个人在光天化日下露阴,或有侵害、攻击行为,其围观者也一定极多。我之所以在这里不点名、不引诗,只是考虑到应针对这一广泛的不良现象而不针对具体的诗人,它的确不是个别人的问题。我批评的目的是要提醒在诗歌写作中,不要在粉碎旧的教条主义、独断论之后,代之以新的教条主义、独断论。

与上述问题相应,在先锋"流行诗"中,对"超文化"与"反文化"的明显差异,也基本是懵懂无察,时常混为一谈的。这同样给我们的写作带来了巨大盲点和新的阻塞。

何谓"文化"？文化人类学者爱德华·泰勒为之下的著名定义是，"人类全部的知识、信仰、艺术、道德、法律、风俗，以及作为社会成员的人所掌握的和所接受的任何才能和教育的复合体"。而在《现代汉语词典》中，"文化"的词义是：人类在社会历史发展过程中所创造的物质财富和精神财富的总和，特指精神财富，如文学、艺术、教育、科学等。

以这些定义来看，诗歌无疑是文化中的精髓部分之一。但是，回到诗歌写作特别是先锋诗写作内部的特殊性来看，它显然又不简单地等同于一般的"文化知识"。我们可以说，有效的现代诗写作，既不指望得到主流文化的理解和撑持，也不会靠仅仅与此对抗来获具单薄的寄生性"意义"，它的话语场和魅力来源要广泛得多。

其实，新生代诗歌以来的中国先锋诗，因其将"生命体验"作为写作的基本材料，所以它们不是唯文化的，而常常是"超文化"的——那些诗人不会考虑甚至有意回避诗歌文本表面上的"文化感"，"诗有别材，非关书也；诗有别趣，非关理也"，它远远超越了既成文化的畛域。诗人自由地处理各自的生命体验，只要忠实于心灵，在技艺上成色饱满就是好诗。恰好是这些超越文化的生命之诗，给诗坛带来了某种新异而深刻的"亚文化"成果。重读新生代诗歌，我们会感到题材开阔，话语形式多样，日常生活、形而上奇思异想、大自然及人性的隐秘纹理，乃至某种向度的语言批判、文化批判，都恰当地灌注其间。

然而奇怪的是，这种开阔的"超文化"意识，在当下却被畸变为一种蒙昧主义式的"反文化"浪潮。我看到许多在网刊和纸刊上飞来跑去的"骁将"，似乎一门心思在展览自己的"浑不懔"嘴脸。他们自诩为"第三代口语诗"的徒弟，却完全误读或篡改了第三代诗的"超文化"倾向，将之减缩为"反文化"。其家常做法似乎是，专找"文化"的事儿，凡是有较强文化意味的理念、遗产、文学文本、习俗，乃至那些文明的、建构性的东西，悉属他们要"反掉"之列。但他们又不具备强大的生命体验动力和久经锤炼的、货真价实的语言才能，在很多情况下，更像是哗众取宠地在找出名的捷径。由于所寄生的对象的庞大，"反"才最容易引人注目。作为一种临时的世俗功利的成名"策略"，我本不想予以干涉，但事实是，长期以来许多人硬是将"策略"变成了固定的写作品性和准则，并向诗界广泛要挟、推销，形成一种谁不"反"，谁就不"现代"的可笑复可悲的理论。于是我们看到那些诗人能将几百首诗写成一个模样、一个姿态、一个意味、一个构思、一个语型、一种效果。这是不是流水线作业上可怜的异化劳动？这种统统要"反"的姿态，其写作的真实性又何在呢？

因此，"唯文化马首是瞻"拯救不了诗歌，早有所谓"文化寻根的现代大赋体"的迅速失效为证；"反文化"同样带不来诗歌的解放，与前者一样，它是相反向度的"唯文化马首是瞻"。二者骨子里是异质同构的独断论,其内在依据都是寄生在非诗的"文化观念"之上,离开正/反的文化的"角度",他们完全不知如何进行自由的创造性写作。这是一种二元对立思维方式,以其狭隘,蛊惑了许多在精神和写作技艺上缺乏充分准备的诗歌爱好者——又不需要真正的才能,又能当一把"先锋",何乐而不为?于是我们看到,现在诗歌界很少有不以"先锋"自居的。而在有些诗人那里,由于自己本来就没什么文化,于是就顺便把自己算到"反文化"的先锋里了。这种贫乏中的自我再剥夺,像是要从一头假牛身上剥下两张皮。

对近年诗歌写作中出现的"反道德""反文化"这些新的蒙昧主义或曰"迷信",我一直没有直接地批评,我在等待。因为许多与我同代的诗人批评家朋友不断对我说,"一代人有一代人的事做,让他们同代的诗人、批评家去做吧"。此言有理,因为从根本上说只有同代人才能真正互相对话、理解。但是,我的等待似乎太过漫长了,我期待中的有一定分量的辨析、商榷、批评文章一直没有出现。新一代批评家是比我等"稳重",还是不愿"开罪"于各位流行诗先锋,尚不得而知;而更让我失望的是,连"先锋流行诗人"自己写的有分量的理论辩护也同样没有出现,只有一些把诗歌作为名利来经营的小机灵小算计的调侃、谩骂、彼此作践。因此,这里对我本人认为的"先锋流行诗"写作中存在的误区提出批评,欢迎年轻的同行和诗友校正。

期待新的"文学自觉"时代到来

郜元宝

主持人语：文学正面临着双重的挤压，一方面是来自"学术"和所谓"问题意识"的挤压，另一方面是来自"市场"和所谓"阅读消费"的挤压。于是，作家的写作要不成为"学术"的注脚，要不成为"市场"的附庸，似乎别无他途。"学术"和"市场"这两个庞然大物正坐在文学的头顶上不断地放气。这就是当代文学"失败"的典型表征。如果"学术"和"市场"是当代英雄，那么文学就像一个"失败者"。这恰恰跟文学的本质有了关联。问题在于，文学界却有追逐英雄的癖好，对"失败者"避之不及。这是不是文学溃败的真正原因呢？文学不能像"学术"那样驾驭现实，而是在对现实的迷茫和惊恐中介入现实。文学不像"市场"那样能够改写现实，而是在现实中的一次灵魂冒险。这种介入和冒险或许会失败，会被忽略，但它依然在保持着一种人的"自觉"状态，而不是一种英雄的幻觉。郜元宝在这里期待新的"文学自觉"时代的来临，并呼吁我们要直面文学的"失败经验"，我以为是一种清醒的言论。（张柠）

在文学低谷谈文学总有点不合时宜，但也不妨揭示不愿谈文学的人下意识里对文学的理解，正是这种理解和文学的衰落有关。

文学的衰落不是因为外部突然降临的事件，而是我们内在生活变化的结果。当代文学的失败不是一小撮作家的失败，不是"他们的文学"的失败，而是"我们的文学"的失败。大批从事文学研究的人在90年代离开了文学，他们认为文学的失败是"他们的"经验而不是"我们的"经验，批评、哀叹、贬低之声此起彼伏，他们希望以此将自己和已然失败或早就失败的文学区别开来，或干脆弃置不顾，然后正正规规做起学问来。文学在90年代扮演了被抛弃者的形象：首先是社会大众抛弃了文学，随后是曾经和文学共同走过一段路的知识分子抛弃了文学。曾经是"我们的文学"，现在被"他者化"，被当作一小撮作家的文学即"他们的文学"了。"知识分子"耍了个花招，再一次把失败的经验推给别人，自己则跳离文学这艘沉船另寻生路去了。这一回他们似乎又成功——又阿Q式地转败为胜了。

80年代，我们这一代人于一片凯歌声中加入文学行列，被文学潮流推动着，觉得文学是全民族参与也表现全民族精神的神圣事业，由此轻易获得了文学参与者的身份。那时候文学很红，它是整个人文精神体系的佼佼者、一个杰出的演员，大家趋之若鹜，都要搭这个便车。90年代，文学衰落了，像冰海沉船一样，每个人都想跳离它。两个年代的文学概念都是把文学当作时尚，不同在于前者是当令的时尚，后者是过气的时尚。把文学当时尚，或者是英雄要做的事，或者是"壮夫所不为"。80年代有才能的人都搞文学，90年代有才能的人都免谈文学，似乎不同，其实一样：都只愿在文学中分享英雄气，不肯在文学中承担失败的经验。大家在90年代文学的失败中溜之大吉，难道不已经充分暴露了"知识分子"对文学的浅薄理解吗？

90年代文学衰落的同时，各种理论、学术进入文化中心，文学研究者都想成为学者和思想家了。鲁迅在处理文学和学术的关系时，和同时代人完全相反，他非常重视学习者、失败者、思考者、被压迫者的文学，始终厌恶和警惕体面的绅士或成功人士的学术（不仅警惕国家学术，也警惕学院学术），在鲁迅身上，我们可以看出中国现代"文学"与"学术"的分途，在鲁迅一生的追求中，存在着"文学"和"学术"的对立。对他来说"文学"是有特殊含义的，它是承担者的语言，不是英雄的标语口号；而学术则是不愿承担者、不肯承认自己就是阿Q的人的装饰，是急于寻找方案、策略的"英雄""志士""伪士""轻才小慧之徒"的宝贝。文学要人忍受，要人低头，甚至要人"朦胧"。竹内好把鲁迅的文学和启蒙分开，根据中国现代文学的实际，其实也有必要把文学和学术分开。

在学术普遍繁荣的今天，在国家进行大量投资、教育结构不断"完善"、博士不断产生、"博导"不断被授予的情况下，在建立学术规范、和世界学术接轨的集体"繁忙"中，文学差不多已经成为一部分没文化的人的自娱自乐，成为"他们的文学"、年轻人和少年甚至孩子们的玩意儿（听说已经有"中国少年作家协会"了）。我的问题是：如果一个时代仅有学术"繁荣"而没有文学的自觉，这个时代的整体文化将很值得怀疑。鲁迅写过一篇杂文《算账》，说"乾嘉学派"被五四的国故整理者们吹得天花乱坠，但这是有代价的：他们用学术换来了对现实不说话。顺着鲁迅的思路也可以算一笔账：当学术书汗牛充栋而文学书被挤到角落时，当文学变成"他们的文学"，学术反而变成"我们的学术"时，这个时代的总体文化其实已经极其糟糕。但我们大家竟都熟视无睹，舒服地享受着学术"繁荣"带来的"好处"，我们都是文学的背叛者。

大概1998年前后，某学者主持出版了"中国现代学术经典"丛书，将康有为、梁启超、章太炎、王国维、陈寅恪、顾颉刚、吴宓等人的著作全都网罗进去，也包括鲁迅的《中国小说史略》，大概认为那是鲁迅唯一的学术著作，只可惜太薄，于是就把鲁迅和戏曲学家吴梅放在一起。李慎之先生大为震怒，认为该学者不配讲现代学术，因为现代学术是研究现代中国的学问，既如此，还有什么比《阿Q正传》更有资格成为"现代学术经典"的呢？李先生的文章写得极好，可惜人们仅仅把它看作一种牢骚和幽默。

在文学的失败无人承担的同时,我有幸目睹了老中青三代知识分子对学术繁荣的欢呼,对其实并不怎么辉煌的现代学术传统的追认。90年代,我们一方面讲鲁迅的反抗精神,讲顾准的独立思考,讲张承志的不肯妥协;另一方面,正是那些神话鲁迅、顾准、张承志的文坛"豪迈派""慷慨党"在为"学术繁荣"添柴加火。于是,陈寅恪出来了,冯友兰、季羡林、金岳霖、熊十力……中国现代的新史学、新儒家全出来了,新一轮的西学热潮也开始了,后殖民主义、后结构主义、后历史主义、第三世界理论接踵而至……在学术的合唱中,文学被日益显得有学识的知识分子再次抛弃、再次出卖;对学术的欢呼巩固了对文学的遗忘,巩固了对中国现代文学精神的隔膜。普鲁斯特说过,学术,或者理性,一直享受着不配享受的皇冠,这个冠冕应该被摘下来;理性唯一的好处就是可以通过自己的反思亲手摘下这顶不该享受的冠冕。这句话正好可以借来观察中国当代文化的变迁。文学衰落的代价实在太大,僭越的理性之冠冕理应受到质疑,只有这样才能重新使人们回忆起文学。

说到文学的重要性,当然可以提问:什么样的文学? 现在关于文学的多元化解释似乎已经成为不可摇动的定论。但我想强调:文学可以不必如当前那样狭隘,文学也无须如当前流行的那般精巧和烦琐。已经有不少人指出中国所谓"纯文学"发展到今天,原本是各种压抑性和诱导性力量共同作用的结果,那么就让我们将文学的视野再展开一点吧:文学完全可以不必等于某种时兴文体,完全可以不必等于在某个时期唱主角的诗歌、小说或散文。文学包括这一切却不被其中某一项所包括。文学应该更加宽阔而自由,应该能够像鲁迅所说,"直言其事实法则",即直接说出心中本有的内容,而不必是那种转了无数个弯子最后连出发点也丢掉了的自以为精妙无双的摆设。鲁迅曾经担忧中国人因为有一种根深蒂固的喜欢奇技淫巧、不肯直接爽快、爱故弄玄虚舍近求远以艰深文其浅陋的毛病,总有一天会发展到和自己过不去的荒诞地步,比如"农夫送来一粒粉,用显微镜照了,却是一碗饭;水夫挑来用水湿过的土,想喝茶的人又须挤出湿土中的水"。这种担忧,在有些作品以及一脸俨然的所谓人文社会科学和"××学"中,恐怕已经应验了。解救的办法只能反一反,"直言其事实法则",放笔直接爽快地书写和说话,至于当前这种文学,则不是太少,而是太多了。所谓文学的"自觉",并非无条件地尊崇当前的文学,而是唤醒我们心中只有借文学才能表达出来的那些幻想。而且,由于中国现代文学不是可以让我们分享成功的工具,而是逼迫我们承担失败的某种境遇和空气。因此,所谓文学的自觉,也不是让我们把现实说清楚从而驾驭现实,而是要我们在还不能完全理解现实的时候进入现实,在尚未找到万验的灵丹妙药之前敢于将自己投入现实的冒险。

但作家们都很自信,在他们的作品里,看不到思考和语言的真诚,也不能从中打开缺口窥视并亲近他们的灵魂。曾经得到小小成功的当代作家们都已经成了不肯承认失败也无法占有失败的经验的刀枪不入的胜利者！在今天做一个批评家，或许主要就是看作家们如何表述中国心灵的失败，并由此拷问他们的诚实或判断他们的才能。

文学的技术理性与人文精神

马龙潜　高迎刚

我国理论界关于"技术理性"与"人文精神"关系的讨论,是改革开放后我国进入现代化进程以来才逐渐展开的。此前,尽管法兰克福学派的理论早已被介绍进来,但他们对"技术理性"的批判却并未在我国学术界引起多少共鸣。随着我国社会主义市场经济体制的逐步建立和完善,在商品经济意识极大地促进科学技术转化为现实生产力的背景下,"技术理性"与"人文精神"之间的关系问题才逐渐成为一个引人注目的话题。应该说,我国理论界对这一问题的研究确有一定的现实针对性,人们对此有一定程度的警惕也是应该和必要的。但这种研究往往较少有对我国的文化传统以及发展现状的深入分析,更缺乏以此来与西方学者的思想观点和方法进行的具体的比较,因此很难真正解决中国的实际问题。

在我国,"人文精神"和"技术理性"的具体内容以及它们之间的关系与西方国家有所不同,具有自己特定的历史文化内涵,这要具体问题具体分析。

从人文精神方面看,在以儒家思想为主流的中国古代文化观念中,由于自孔夫子以来就特别注重人事,所以"民本"的观念古已有之,但这种"民本"与西方所讲的"人本"却有着本质的不同,它缺乏的是人和人之间的平等意识。在中国古代,人的贵贱被认为是先天注定的,人生来就有"大人"和"小人"之分,所谓"生死有命,富贵在天"表现的就是这样一种观念。统治者所谓的"民本"思想,归根到底还是为巩固其政权服务的。体现在现实政治生活中,就是自古及今"官本位"思想的大行其道,这可以被看作是我国的政治痼疾。因而,现在讲中国文化背景中的人文精神显然更应该加入现代文明所要求的自由、民主、平等等文化内涵。当然,自五四以来,特别是 21 世纪以来,自由、民主、平等等观念在我国已经有了相当程度的发展。

此外,在我国古代,尽管"民本"的观念由来已久,但在儒家思想中,此所谓"民",却主要是指作为集合名词的"人民",而很少指单个的人。而且,作为集合名词的"人",还会根据血缘或者政治关系被分成各种大大小小的集团。这些集团的利益以及代表这种集团利益的最高统治者,则是永远居于个人之上的。牺牲个人的利益乃至生命以维护某一集团的利益,成为儒家核心观念"忠"和"义"的基本内涵之一。五四新文化运动以后,与此相对立的以个体生命为基础的人的个性虽然得到了某种程度的张扬,但却没有能够转化为一种为人们所普遍接受的文化意识。在相当一段时间里,这种"忠"和

"义"的观念不仅没有作为封建思想残余被清除,反而以"大公无私""人民的利益高于一切"等的名义被抽象为个体存在的基本准则。这也是我们今天在发展现代化的"人文精神"时特别需要注意的地方。

而从"技术理性"方面看,在以儒家思想为主导的中国古代文化中,所谓"理性"一直是偏于人文方面的。"仁"与"礼"的表里相依,构成了人们的思想意识和行为规范,而与生产技术相关的自然科学则一直受到儒道两家思想的轻视。这一方面导致了我国古代自然科学发展缓慢,同时也延缓了技术理性从传统人文精神中分化出来的过程;另一方面,近代以来,中国落后的生产技术也不足以导致"技术理性"与人文精神冲突尖锐。因此,在中国进入现代化进程之前,"技术理性"和"人文精神"从没有得到充分的分化,一直笼统地处于一种混沌状态之中。这也是迄今为止,我国学者关于这一问题的研究大都以西方理论为背景的原因之一。

显然,在一定的历史阶段,发展现代化的"人文精神"离不开科技的进步和现代化的理论背景,离不开"技术理性"的推动。而从中西方对"技术理性"与"人文精神"关系理解的异同看,西方自柏拉图以来,人们在思维上就习惯于对事物加以分类,正如王国维先生所说:"西洋人之特质,思辨的也,科学的也,长于抽象而精于分类。"他们在各个不同的类别之间又特别注重分析其间的差异,而相对忽视它们之间的共同点,发展到后来就是各种专门学科出现,各门学科自身的特点被归纳得非常清晰。这种特别重视"分"的传统,使得西方学者始终重于区分"技术理性"与"人文精神"之间的不同。在思想观念和社会观念上,西方近现代以来的社会思潮占主导地位的哲学形态始终是以张扬人的个性、强调个体的自由为基本特征的,这种以主体为中心的哲学观念在处理人与自然、个体与社会的关系时,必然倾向于以对客体的否定来肯定主体自身,通过主客体之间的分裂对立来展现它们之间的矛盾状态。因而,当人们面对由技术理性的片面发展带来的社会问题时,他们自然会倾向于二者的对立甚至将其推向极端。

而在中国,情形则大为不同。自先秦以来,人们就习惯于用"和"的眼光来观察和分析人与自然、人与社会之间的关系。早在《尚书·尧典》中已有"八音克谐,无相夺伦,神人以和"的说法,两千多年来"和"的观念也一直是儒家思想中较为核心的内容之一。在中国的传统文化中,"和"强调的是整体之中各要素之间存在差异前提下的共存共生关系,这显然是一种较为辩证的观点。以"和"的眼光来看,人与自然、个体与社会、主体与客体、感性与理性之间不仅存在着彼此对立的矛盾,而且存在着相互依存的统一性,它们之间的对立是统一中的对立。新中国成立以来,特别是改革开放以来,我们正是在传统文化基础上逐步树立了以辩证唯物主义和历史唯物主义为主导的当代哲学体系,客观地、辩证地对待彼此存在矛盾的事物之间的关系也是当代中国哲学的基本要求。这也正是我们今天把握"技术理性"与"人文精神"关系的基本出发点和立脚点。

以自然科学研究及其实际运用中的理性精神为主要内容的"技术理性",原本主要是作为人类实现自己人生理想的一种思维方式,又不仅仅被用来作为分析和处理生产生活问题的手段,而且被用来理解人的生命活动(比如基因技术在生命科学中的运用),解释甚至创造虚幻的人生意义和价值(比如信息网络技术在人际交流方式方面的运用)。这时,人们已不能仅仅把它当作一种实现人生目的和意义的手段来看待。技术,以及渗透在技术中的理性精神,有时俨然成为人类的主宰、人类生存意义的创造者,技术理性与人文精神的现有关系出现了手段与目的之间的错位。面对这种状况,如果不能调整好这种关系,甚至任其向极端发展,那么人就有可能失去自己的主体地位,从而跟随科学技术提供的新鲜视野,在欲望的洪流中放逐自己的灵魂。可见,现在我们需要的不是通过贬抑技术来获得人文精神崇高地位的恢复,而是应该在已经改变了的现实生活和精神活动的基础上重新调整技术理性与人文精神之间的关系,使人类的主体精神可以在科学技术提供的现实条件基础上实现更高层次的自由。

从西方学者的研究成果看,面对技术理性片面发展带来的日益严重的社会问题,他们不约而同地选择了文学艺术作为对抗人性异化的方式。这也成了一些深受西方文化影响的中国学者的选择。其实,这种选择本身并没有错。在人类的历史上,每当人类文化遭受到某种难以抵抗的力量的冲击时,人们都会借助文学艺术寻求精神的慰藉。然而,在如何运用文学艺术手段防止"人性"被技术理性"异化"时,西方学者们大多寄希望于文学艺术的审美特性,试图通过审美的途径使人们摆脱技术理性的控制,进而主动反抗技术理性对人自身的奴役。

应该承认,通过文学艺术改善为技术理性所异化的人性状况,唤醒人们的人文精神,并非不可能。关键是什么样的文学艺术能够真正发挥这种作用,是用感性膨胀的艺术对抗技术理性,还是用感性与理性对立统一的艺术去调解技术理性与人文精神的关系?这涉及对文学艺术的本质及其现代性如何理解的问题。

"文学是人学。"这里所谓"人",指的是健全的"人性",包括全部的人类精神在内。从西方的文化背景看,健全的"人性"包括知、情、意三意在内,从中国的文化传统看,"人性"也是包含感性和理性两种精神在内的。《诗大序》曰"发乎情,止乎礼",就是对诗歌中所表现出的"人性"的具体要求。因而,一般所讲的文学所追求和体现的人文精神已内在地蕴含着人类理性,包括技术理性的因素在内。主体与客体、感性与理性、形式与内容,乃至人文与技术之间的对立统一,这正是文学艺术的本质、人类审美精神的本质之所在。那种以感性与理性极端对立的方式对抗技术理性的审美和艺术主张,是不符合艺术实际的,它非但不能消解反而会加剧"技术理性"与"人文精神"的矛盾。当然,文学艺术并不是亘古不变的,千百年来,文学从内容到形式都在不断地发生着各种变化,以适应"每个时代历史地发生了变化的人的本性"。但文学艺术适应不断变化的"人性"的目的并不在于张扬甚至加剧"人性"的这种异化,而是在于以符合时代特征的艺术形式,去反映社会的进步,引导人的全面发展。

显然,"技术理性"与"人文精神"之间的冲突决不能简单归结为人类的感性心理与理性心理之间的对立。事实上,技术理性对传统人文精神的压制和排斥,并非在剥除人类精神中的感性因素,而恰恰是在引导人的感性生命脱离人文理性的约束,使人仅仅以技术理性的眼光对待自己的生活,满足自己无限膨胀的感性欲求。因而,在技术理性占据统治地位的时代里,在强调通过文学艺术的审美方式来对抗技术理性霸权的时候,如果这时的文学艺术失去了人文理性的引导,单纯强调文学艺术的感性审美功能,就有可能造成感性因素的过度膨胀,产生人性的另一种异化形态。比如,二战以后西方社会普遍流行的各种现代主义文学,形形色色的"行为艺术",以及20世纪90年代以来中国文坛出现的那些以"美女作家""身体写作"命名的文学现象,都是这种由于感性生命的过度膨胀而带来的人性异化现象。

文学艺术要真正成为维护"人性"完整,促进人性完善的有效手段,就必须强调人类自身的主体地位,重视文学艺术中所蕴含的人文理性意识,以纠正技术理性片面发展所带来的偏颇。现时代的文学艺术,要发挥其审美的功能,就要特别注意不能忽视甚至弱化其中人文理性的作用。也就是说,文学在今天更应该是一种以人文理性为主导的、感性与理性在更高层次上的对立统一的艺术。我们坚持认为,正确认识并发挥理性因素在文学艺术活动中的作用恰恰是使我们今天的文学获得现代性特征的必由之路。

另一方面,强调文学艺术活动中感性与理性的对立统一,还意味着文学艺术的发展离不开科学技术所体现的科学观念及其为文学艺术所提供的不断更新的表达方式的推动。从技术理性与人文精神之间的互动关系看,技术理性给人文精神发展带来的并非只是负面的影响,它也大大扩展了人类的精神视野,增强了人类表现自身的能力。这些变化也必然会体现在文学艺术发展的历程中。因而,我们今天正确把握文学艺术的现代性,就应该在纠正技术理性片面性影响的同时,也充分注意到现代科学技术为文学艺术发展所提供的广阔空间,利用它所带来的有利条件,否则,就有可能无视已经发生了变化的现实生活,而停留在过去的幻象中无法自拔。

2006 年

经济全球化和民族文化的选择
李 准

在经济全球化及相伴而来的世界文化格局发生巨大变化的态势下,应当怎样看待各国民族文化的生存处境,如何增强我国民族文化在国际交流中的核心竞争力,已经成为一个越来越迫切的重要课题。

经济全球化与世界文化格局的变化

经济全球化是当代世界经济和社会发展的一种大趋势。不管你承认还是否认、支持还是反对,都无法改变这种客观趋势的存在与发展。

伴随着经济全球化的深入发展和国际交往的全面加速,当代国际文化传播和整个世界文化格局正在发生着巨大变化。

当代国际文化传播的这种新变化表现在:

其一,一些经济大国更加自觉地大规模地用物质商品的贸易和物质生产的合作为文化传播开辟道路。一位美国前驻华大使就曾说:"我们不仅在商业上同他们打交道,同时也带去了我们的价值观、习俗和文化。"

其二,如果说以前的国际文化交流主要是以书刊、电影胶片和文艺访问团为载体,那么,现在的交流和竞争越来越多地是在包括电视和电脑等传媒信息的"自由传播"中进行的。"天上一颗星,地上一张网。"通过国际互联网的信息传播正在从文化传播上把世界变成"地球村"。

其三,如果说过去时代由各国政府和准政府组织间非营利性文化交流在国际文化传播中占据主导地位的话,那么,现在国际的文化传播和竞争则主要是通过文化市场来实现。谁占领了国际文化市场的先机,争得了国际文化市场的最大份额,谁就在国际文化传播和竞争中占据了主动权和优势地位。

其四,某些综合实力上的强国依仗其经济、政治、科技、军事强势来强行输出本国文化特别是其价值观的做法也越来越引人注目。

其五,英语作为一种语言载体,在国际文化传播中占尽优势。据统计,全世界科技信息80%用英语表达，文字翻译60%是从英语翻译成其他语言，电视节目一半以上用英语播出，互联网文本信息90%是用英语传播。因此，谁在使用英语上占有强势，谁就在国际文化传播和竞争中占据载体的强势。

以经济全球化为总背景和总条件，国际文化传播中的这些新变化新特点本身就构成了当代世界文化格局的一个新的景观，同时又推动着世界文化格局的巨大变化。在这种变化中最抢眼的，就是美国文化作为一种强势文化和霸权话语正在以前所未有的规模和速度向全世界文化市场大举扩张乃至覆盖。

作为当今世界在综合实力上的超级大国，美国不仅在经济全球化中占据制定游戏规则的主动权，不仅有年产值超过6000亿美元的最大的文化产业，而且在国际文化传播中占有科技优势、语言优势和市场优势，再加上美国政府文化输出的政策，美国文化向全世界的传播力度确实是惊人的。据统计，以美国为主的西方通讯社垄断着世界新闻发布的80%，《纽约时报》和《华盛顿邮报》文章被转载率长期居世界最前列，美国电影票房占全球电影市场的80%以上，美国控制着全球75%的电视节目制作和80%的互联网信息资源，在全世界的文化市场份额中美国占到42.6%。此外，还有可口可乐、麦当劳、肯德基以及圣诞节、情人节等都成了美国生活方式和价值观念传播的载体，几乎把触角伸向了地球上有人群的各个角落。美国商务部的一位前高官大卫·罗斯科普甚至说："未来世界文化一定要由美国文化来支配。"

对于许多国家民族文化的发展来讲，经济全球化既带来新的机遇，也带来了新的挑战。特别是在美国文化作为霸权话语的大举扩张和覆盖的态势下，许多弱势国家的民族文化不断地被挤压、被蚕食，面临着前所未有的生存危机。可以说，几乎每年甚至每个月都有弱势国家古老的民族传统文化门类和样式在濒临危亡。有人统计，全世界有50%的语言正在消失。1999年，我带团访问古巴，在首都哈瓦那看了十天电影院的海报，发现电影院放映的90%以上是美国片。我们访问墨西哥，接待方告诉我们：墨西哥文化部要求每年生产20多部国产影片，而实际上每年只能生产三四部，而且这三四部影片也只有进入美国公司控股的院线才能在墨西哥城放映。法国评论家卡利感叹说，最可怕的是"一些国家再也不能讲述自己的故事了"。进而言之，就连欧盟诸国也受到了美国文化的挤压，与美国文化贸易的逆差越来越大。法国总统希拉克严峻指出："当今世界正面临着单一文化的威胁，很多民族文化和语言正处于边缘化的危险。"

怎么办？严峻的历史选择摆到了面前。

维护文化多样性的强烈呼声和行动

民族文化是民族之根。世界的多样性、民族的多样性归根结底在于文化的多样性。每种民族文化都传达着独特的理念、价值观和生活方式,都包含着独特的历史精神和人文智慧。美国人类学家博克说:"多样性的价值不仅在于丰富了我们的社会生活,而且在于为社会的更新和适应性变化提供了资源。"法国文化部长阿拉贡说:"如果经济全球化使文化产品变得千篇一律,那会出现令人悲哀的文化贫困,那将导致人类文化的滑坡。"我国国家主席胡锦涛讲得更加高屋建瓴:"文明多样性是人类社会的基本特征,也是人类文明进步的重要动力。""存在差异,各种文明才能互相借鉴、共同提高;强求一律,只会导致人类文明失去动力、僵化衰落。"(《在联合国成立60周年大会上的讲话》)

可以说,反对文化霸权主义、维护世界文化多样性的呼声是全世界有识之士和正义人士的共同主张,随着经济全球化的深入而日益高涨,而且很快发展成为越来越多国家的联合行动。请看以下事实:

早在1980年,联合国教科文组织就通过了旨在维护各国民族文化多样性的著名的马克布莱德报告《多种声音,一个世界》,批判矛头直指美国文化的霸权话语。

1989年,在法国带领下,欧盟国家开始限制美国电视节目在欧洲播出的比例。

1993年,在签署《世贸总协定》的乌拉圭回合的谈判中,法国代表提出了"文化例外"的主张,要求把影视产品从不设配额的自由贸易协定中排除,受到多国代表的支持。此后,法国还用法律规定在法国互联网上进行广告宣传的文字必须译成法语。

1998年6月,在加拿大渥太华召开了19个国家代表会议,讨论如何应对美国文化的"入侵"。

1999年,联合国教科文组织召开专家讨论会,提出"文化不仅仅是一个经济事件或一个经济学概念"。

从2000年起,法国政府决定每年在凡尔赛举办一次高级别的国际"文化多样性论坛"。

2000年12月,在渥太华召开有50多个国家和地区代表参加的"世界艺术与文化峰会",强烈呼吁在经济全球化形势下要共同保护各国民族文化的多样性发展。

2001年11月,联合国教科文组织第31次大会通过了《世界文化多样性宣言》,指出"多样性文化是人类的共同遗产","这种多样性有益于人类的当代和未来"。

2004年10月,国际文化政策论坛第七次年会在我国上海召开,支持"各国在采取措施保护和推动文化表达形式多样化方面的主权"。

2005年6月,第二届亚欧文化与文明会议又以"文化多样性"为主题,通过了旨在推动文化多样性的《文化部长行动计划》。

2005年6月,在西班牙首都马德里召开了有70多个国家文化部长参加的会议,再次强调文化产品的交流不能放在 WTO 的游戏规则中。

2005 年 10 月 20 日下午,联合国教科文组织第 33 次代表大会以 148 票赞成的绝对多数通过了《保护文化内容和艺术表现形式多样化公约》(简称《文化多样性公约》),只有美国和以色列投了反对票。如果说 1992 年联合国环境与发展大会签署《生物多样性公约》是反思人类与自然关系的伟大成果,那么,这次《文化多样性公约》则是人类在精神文化发展里程中一个划时代的自觉的标志,是人们对经济全球化及其影响的冷静思考的伟大成果。

纵观 20 多年来世界范围反文化霸权、维护文化多样性的努力,可以发现几个明显趋势:

一是反对文化霸权主义、维护文化多样性的呼声越来越高涨,支持和参加的国家和地区组织越来越多。

二是在联合国教科文组织的支持和参与下,反文化霸权主义、维护各国民族文化的活动越来越组织化、经常化,并开始用国际公约的形式把活动的成果加以确认。

三是在大声呼吁的同时,维护多样性发展的世界文化格局的努力越来越趋于理性和建设性,从愤怒地走上街头焚烧美国电影胶片逐渐转变为采取更多措施以增强本国民族文化在国际文化传播中的竞争力。像法国和意大利政府用经济手段扶持本国电影、日本强力推动本民族动画产业的发展、韩国制定"文化立国"战略的做法等,都已产生了全球性积极影响。

应当说,到目前为止,美国强势文化在全球的扩张还在继续,伴随着在经济全球化中的被动地位一时难以改变的状况,许多弱势国家的民族文化的困境仍然相当严峻甚至还在加剧。但是,维护文化多样性的呼声和行动因为代表了全人类的根本利益和愿望,更是不可阻挡的,它一定会逐步扭转当前国际文化传播中的不平衡不对等状态,推动世界文化格局朝着新的更加合理的方向发展。

提高我国民族文化的核心竞争力

改革开放 20 多年来,我国文艺创作不断发展,文化事业持续繁荣,是我国几千年历史上最辉煌的篇章之一。特别是在跨入 21 世纪和我国加入 WTO 之后,国际文化交流频率越来越高,规模越来越大,伴随着各种"中国文化节""中国文化周""中国文化年"在法国、英国、意大利、澳大利亚和美国的举办,中国文化艺术在全世界的传播和影响可谓一年盛过一年。这一时期,我国的文化产业也有了长足发展。

同时,也应清醒地看到,在经济全球化深入发展和世界文化格局大变化的态势下,我国民族文化面临的新挑战也是前所未有、相当严峻的。我们看到,我国传统艺术门类如戏曲的演出剧种还在减少,观众年龄老化;曲艺的曲种也在减少,演出不景气;杂技虽屡获国际大奖,但国际商演的收入的总和还比不上加拿大太阳马戏团一个团的收入。在电影方面,1995年到2000年,进口美国影片134部,占据我国电影票房的一半以上,而我国出口到美国的影片却没有一部能进入美国的主流院线放映。近几年来,有外资投入的国产大片拉动了国内外电影票房,但即使是2005年的国内票房收入也比1979年以真正的国产片为主的50亿人民币的国内票房还差得很远。在图书贸易方面,据国家版权局统计,2003年我国图书贸易版权总数共为13327种,其中,引进为12516种,占93.91%,输出为811种,占6.09%。国务院新闻办公室主任赵启正在《财富》全球论坛2005年5月16日"文化圆桌会议"上的讲话指出,中国和西方国家之间的文化贸易逆差达10至15倍!这就是我们必须面对的现实。

面对世界文化格局变化带来的新的机遇和新的挑战,有些人急于用自己的作品和行动去"走向世界",其心情是可以理解的。但盲目地"与世界接轨",不惜工本地出国搞送票演出,为到西方大国参加评奖和展览而丑化我们民族的历史和现实,甚至想用刻意迎合霸权文化的做法去赚得西方某些执掌话语权者的青睐,诸如此类带有明显盲目性和狭隘功利性的做法,都很难起到维护我国民族文化的国际地位、推动真正的优秀民族文化走向世界的作用。

那么,面对经济全球化和世界文化格局变化带来的新机遇和新挑战,我们究竟应当做出怎样的选择呢?我认为,正确的做法应当是坚持以发展着的马克思主义为指导,一切从实际出发,发挥优势,博采众长,提高我国民族文化的核心竞争力,用创造性劳动实现我国民族文化的当代发展,推动优秀民族文化更好地走向世界,并为世界文化格局的合理发展做出自己的努力。以下几点尤为重要:

其一,以人类文明发展的历史长河为纵坐标,以当代世界文化发展趋势为横坐标,重新审视、大力弘扬我国民族文化自身的优势,增强参加国际文化传播竞争的民族自豪感和自信心。在全世界几大文明古国中,中华民族文化是几千年来唯一没有发生断裂的文化,而且多次走在人类文明发展的前沿。这本身就证明它有着特别强大的生命力。《周易大传》说得好:"天行健,君子以自强不息;地势坤,君子以厚德载物。"中华文化的无比坚韧和巨大包容性在世界上是仅见的。现在的任务是我们要从历史长河和当代世界文化格局变化中真正认清我国民族文化的优秀传统,自觉维护和弘扬这种传统,满怀信心地去进行创造。

其二,正确认识我国经济持续快速发展、综合国力不断增强、国际地位日益提高给我国民族文化发展带来的新的动力和巨大机会,抓住这一机会把我国民族文化更有力地推向前方、推向世界。经济的快速增长、国际地位的提高必然导致世界各国更加关注中国文化,希望了解中国文化,因而也必将给我国民族文化走向世界提供更多的机会。全球范围内不断升温的汉语热,联合国教科文组织去年 9 月批准设立"孔子教育奖",就是突出的标志。历史机遇,千载难逢。只要我们真正抓住它,在推动我国民族文化走向世界方面就一定大有可为。

其三,实施文化强国战略,在努力营造良好文化氛围、提高公民的科学文化素质的同时,积极打造具有时代特色的、世界影响力的民族文化形象和民族文化品牌。要正确引导流行文化的发展,为整个文化发展创造优良环境。要与时俱进地对待我们的文化传统,借鉴、吸收人类文明发展的一切积极成果包括美国文化中的优秀因素来丰富我们的民族文化。我们"走出去"的展览、演出、放映不能总是用舞龙舞狮、扭秧歌、戏曲脸谱去代表中华文化,要努力创造出能体现中华民族新的时代精神和智慧的民族文化形象和民族文化品牌去征服各国观众,打开世界市场。

其四,增强创新意识,提高自主创新能力特别是整体原创能力,抢占当代世界科学技术、理论研究和文艺创作发展的制高点,立足于新的实践去进行大胆创造。继承传统和借鉴外国的目的都在于创造。要想发挥我国民族文化的优势,抓住世界各国关注我国民族文化的大好机会,打造具有新的时代内涵的民族文化形象和民族文化品牌,归根结底都要看能创造出多少既充满民族文化特色又具有当代普世意义的优秀成果来。这里,提高整体上的原创能力是至关重要的,它是民族文化核心竞争力之所在。"欲穷千里目,更上一层楼。"从整体上提高了原创能力,占据了创新和发展的制高点,在创新中才能居高临下,才能一新百新,也才能在国际文化传播和合作中享有更多的话语权。而在整体原创能力的提高中,带有根本性的一条是思维方式的开拓。我们呼吁保护大自然的多样性,维护人类文化的多样性发展,同样也应当推动思维方式的开放式拓展,包括鼓励挑战式思维方式的生长。只有如此,才能从根本上提高我国民族文化的核心竞争力,缔造民族文化发展的更大辉煌,为人类文明发展做出更大贡献。

2007年

资本逻辑与文化价值的冲突及其调整
饶曙光

从纯粹经济学的角度看,我们很难给大片一个量化的标准和尺度。不过,人们在谈论大片的时候,总是有意无意地聚焦于张艺谋、陈凯歌和冯小刚三大导演。无论是张艺谋的《英雄》《十面埋伏》《满城尽带黄金甲》,还是陈凯歌的《无极》,还是冯小刚的《夜宴》,放映之后都会成为全社会关注的焦点和热点话题,引发一场褒贬不一、针锋相对的"口舌大战"。事实上,对张艺谋的《英雄》《十面埋伏》《满城尽带黄金甲》,陈凯歌的《无极》,冯小刚的《夜宴》的评价存在着巨大的反差乃至"两极分化"。赞赏者竭尽赞赏之能事,恶评者竭尽恶评之能事,很大程度上都走向了极端。其实,这两种态度都有极大的片面性,前者事实上是一种"捧杀",而后者事实上是一种"棒杀",对中国主流大片的健康、可持续发展都不具有建设性的积极意义。

问题的关键在于,为什么国内最优秀的三大导演都不约而同地选择了古装+武打,并把满足海外观众的胃口、赢得海外市场作为其创作的主要目标。是巧合吗?可惜不是,因为要真的是巧合那就好了。事实上,中国大片几乎毫无例外地选择古装+武打具有必然性,其后面的动力不是别的什么东西,而是地地道道的商业利益,是资本逻辑和商业逻辑的推动使然。

为什么中国的商业大片只有这样一种古装+武打模式,难道中国电影人都丧失了起码的艺术想象力了吗?当然不是,不过是艺术想象力让位于商业利益而已。是海外市场可能的巨大商业利益引领了中国商业大片。张艺谋在做客央视时就说:"今天的中国商业大片光靠国内市场断然是要赔钱的,而且赔死你。因为海外这些市场、这些片商只认这个类型,其他不认。他们不敢买,或者不敢高价买。你就是全是华人明星,我就跟你说,成龙、李连杰、周润发、巩俐、章子怡都加上,你没有动作,他们演一台文戏,你试试去。他马上,他比如说 100 万美金买,他一看这个,对不起我 20 万美金买吧,他就这样。海外市场就这么残酷,就这么不讲理,就这么让你愤怒。"之前,陈凯歌在接受媒体采访时也曾表示了类似的意思:"现在的环境是商业社会,我们不能置身其外,不能超然地不考虑所处的环境。"冯小刚曾经表示:"你说观众不需要大片?《疯狂的石头》口碑好,媒体都宣传,一两千万票房;《龙虎门》没什么动静,随随便便七八千万。"华谊兄弟影业投资有限公司总裁王中磊也指出:"现在只有古装功夫片可以荷载这样大规模的投资。因为功夫或者武侠电影是中国独创的,更容易被欧美市场所了解和接受。"可见,中国商业大片选择古装+武打(功夫)是受资本及其市场逻辑的支配而不是文化立场的支配。因此,仅仅只从文化的立场和角度来理解和批评中国商业大片的题材选择,既不是有的放矢,也不能解决问题。

其实,从中国电影史来看,海外市场也是中国电影的另一个出口和推动力,中国电影产业化启动以来,尤其是加入世界贸易组织以后,中国电影已经不可能在一个绝对封闭的环境里走向繁荣和发展,海外市场必然也是中国电影的另一个出口和推动力。因此,中国商业大片一只眼睛盯着国内市场,一只眼睛盯着海外市场,本身应该是一种必然的选择。如果采取正确而有效的策略,完全有可能良性互动,走向"双赢"。换句话说,在国内市场和海外市场"双轮推动"下,中国电影可以获得更快更好的发展。问题在于,中国商业大片眼睛里只有海外市场,甚至把海外市场的口味看成是一成不变的,使得自身不可避免地遭遇了尴尬和冷落。这并没有什么奥秘,更不是什么哥德巴赫猜想,因为即使是纯粹的商业电影创作,要想获得可预期的商业利益,"复制"的结果都只能是效益递减。事实上,从《英雄》到《十面埋伏》到《无极》到《夜宴》再到《满城尽带黄金甲》,已经证明了这一点。海外片商对古装+武打的中国大片的信心在不断动摇。据影评人周黎明介绍,中国大片在西方市场的神话,自《无极》已开始破灭。该片的北美票房只有67万美元。受《无极》牵连的便是《夜宴》。《无极》的海外发行商是看了片花就下单的,《夜宴》的发行商吃一堑长一智,坚决要求看到全片才谈价钱。《满城尽带黄金甲》在美国上映25天,总票房只有435万美元。而当年《英雄》的北美票房是5370万美元,《十面埋伏》是1100万美元。事实胜于雄辩,古装+武打的中国大片在北美的票房数字呈现出了一个明显的下滑曲线,其效益递减的基本趋势是不可逆转的。

从另一个层面看,中国电影人之所以不约而同地选择了古装+武打模式,还在于中国电影人根深蒂固的"奥斯卡情结"。改革开放以来,中国电影在包括戛纳、威尼斯、柏林、东京等各大电影节上都频频获奖,但唯独没有能够在奥斯卡获奖。正是在这种"奥斯卡情结"的驱动下,中国电影人的奥斯卡追逐和梦想可以说是达到了登峰造极的地步,先后有六部电影角逐奥斯卡最佳外语片,而且部部都是古装+武打。这甚至被国际影人戏称可以申请世界吉尼斯纪录。事实上,这种不正常的现象已经引起了他国影人的不解,"中国电影申奥非古装不可吗?"美国著名电影人、美国派拉蒙和环球的合资公司首席执行官查理斯·瑞索奇日前致信我国国家广播电影电视总局,对中国连续5年向奥斯卡评委会选送古装片的行为表示不理解。当然,需要特别指出的是,追逐奥斯卡的背后其实还是为了商业利益。从某种意义上说,获奥斯卡奖,或者借"进军奥斯卡"进行大规模的炒作,不过是走向并赢得海外主流市场的一个台阶。

一只眼睛盯着海外市场并没有什么错,甚至"奥斯卡情结"也并非不可以理解和宽容。关键在于,从《英雄》到《满城尽带黄金甲》,都对"海外口味"进行了错误的读解和想象,以至于在文化立场、文化价值观方面发生了极大的混乱乃至偏差。刀光剑影、腥风血雨先不说,远离中国人的日常生活经验和本土关怀也先不说,仅仅就人性表达和人文关怀而言,没有向上的人性和真切的人文关怀不说,着力放大的是人性中阴暗和负面的东西。如《满城尽带黄金甲》中秦俊杰扮演的小王子元成,本来观众看着这十六七岁的男孩,都以为他是宫殿里一股纯洁的暖流,但最终却发现元成反而是影片中最有野心的一个人物,完全不同于元祥的无能和元杰的忠义。他在野心和仇恨的驱动下杀死了哥哥元祥,但最终被父亲亲手杀死。尽管父亲杀死元成的戏没有渲染血腥,但却是人性历史上最为血腥的一幕,因为都已经超越了动物界的"虎毒不食子"的原则。所有这些,显然都无助于主流文化价值、正面文化价值的建构,也无助于现代中国在世界上的形象。毕竟,中国商业大片在相当程度上体现甚至代表着中国的国家形象、文化形象。这是中国商业大片不能回避,也不能逃避的责任。西方有些别有用心的人妖魔化我们,那是他们的文化立场和文化价值观使然(维姆文德斯就曾经说,好莱坞正在殖民我们的潜意识);我们自己妖魔化自己,岂非咄咄怪事!

其实,商业类型电影最核心的奥秘就是要反映一定历史时期的主流社会心理和主流文化价值。所谓类型化的原则就是表现一定时期主流社会价值、主流社会心理的大众化趣味,它在本质上是一种观众的电影,而不是作者个人化的电影。它首先是为观众的,其基本的叙事规范和目的也是为了观众,为了满足观众的观赏快感;而要满足观众的观赏快感,其价值标准必须需要符合社会主流的价值取向,商业大片尤其是如此。反观成熟的好莱坞商业大片,《泰坦尼克号》讴歌爱情超越世俗与死亡;《拯救大兵瑞恩》彰显个体生命的崇高,就是这样做的。纵观历届奥斯卡获奖影片,也都是具有一定社会、历史和心理深度的作品,关注的是人性和人类社会共性的问题,如《乱世佳人》《罗宾汉》《阿拉伯的劳伦斯》《走出非洲》《辛德勒的名单》《勇敢的心》《角斗士》等等。

即使从纯粹的商业利益和商业目的出发,也必须是如此。与主流社会心理和主流文化价值对着干,从商业角度最终也必然是死路一条。

　　无论从哪个角度讲,中国主流大片都到了改弦易辙的时候了。当然,批判的武器不能代替武器的批判。中国主流大片是否就此便与古装+武打告别,最终也还是由资本逻辑和商业逻辑所决定。换句话说,只有当古装+武打(功夫)在海外市场卖不了高价了,换题材的时候才自然会来到。

努力构建文学的和谐生态

杨承志

构建社会主义和谐社会,是以胡锦涛同志为总书记的党中央执政理念与时俱进的重大发展,必将对中国和世界产生深刻影响,并开启一个符合历史发展规律的崭新时代。构建和谐社会,是全社会共建共享的实践过程。文学是时代的风雨表,不仅会迅速显示,更应积极回应。我们要把握时代的脉搏,遵循文学发展规律,为构建文学的和谐生态做出积极努力的探索和实践。

一、在与时代同行的文学实践中构建文学的和谐生态

和谐,是一种自然和人类社会的至高境界。和谐文化是以崇尚和谐、追求和谐为价值取向,融思想观念、理想信仰、价值体系、思维方式、行为规范、社会风尚、制度体制为一体的文化形态,其内容包括多元统一、兼容共生、协调有序、充满活力和大众共享等。它包含对社会发展的基本理念和理想追求,也包括对社会发展的总体认知和评价,还包括对社会发展的实践取向和制度构建。"和谐文化"既是对传统和合文化的继承,又是对马克思主义和谐思想的发展,它是建立在现代化基础上的和谐文化,是建立在社会主义经济基础之上的和谐文化,是与社会主义上层建筑相适应的和谐文化。服务于和谐社会建设的总体目标,大力建设和谐文化,既是文艺工作者长远的历史使命,又是当前的迫切任务。我们的文学实践,只有牢牢把握社会主义先进文化的前进方向,紧跟时代步伐,才能回应时代的呼唤,反映历史的要求,获得文学的繁荣发展。新形势下,文学应该充分发挥自身独特的功能,成为社会和谐的精神凝聚力,文学界应该成为共创和谐的实践主体和引领者。江苏省作协在引导和鼓励全省广大文学工作者投身时代伟大实践的文学创造活动中,做出了积极的努力。

繁荣先进文化,制定文学发展规划。我们要把握科学发展观和构建和谐社会的时代要求,注重文学的积累性和可持续发展的长期性,制定文学事业发展规划。在江苏省作协发展文学事业的十一五规划中,明确了2006—2010年江苏文学事业发展和作协工作必须遵循科学发展、共创和谐、社会效益优先、团结协作的基本原则,提出了七个方面的主要任务与重要举措。我们希望通过"规划"的实施来凝聚全省文学界的智慧和力量,立足当前,着眼长远,以科学发展观为指导,将时代的重任与文学自身发展要求协调一致,实现文学事业的可持续发展。

为了响应党中央建设社会主义新农村的号召,以文学的方式投身新农村建设,统筹城乡发展,构建和谐社会,我们精心筹划、组织,积极与中国作协联合在江阴华西村召开了"全国农村题材创作研讨会",积极引导文学界关注当前农村的新变化,反映农村新面貌,塑造新农民形象,创作鼓舞人心、感动社会、为广大人民群众喜闻乐见的优秀作品。乘这次研讨会的东风,省作协召开了"江苏农村题材文学创作座谈会",研究制定了江苏省作家协会《关于加强农村题材文学创作的意见》,提出了关于加强农村题材文学创作的十大举措。同时,我们组织青年作家读书班采风团赴盱眙农村采风和"江苏作家苏北行"采风团深入泰州、盐城等地农村采风。我们还专门举办了首届"农村题材作家读书研讨班",学员由各市推荐与网上自荐相结合,发现了一批有创作潜质的实力派作家,进行了高层次专题报告讲座与研讨相结合的培训,并组织作家赴武进、常熟、昆山等新农村示范点采风。通过采风、研讨,作家们大开眼界、大增见识、大长志气,更深刻地体会到生活是创作的源泉,在社会主义新农村建设中作家大有可为。

　　2006年,我们继续组织广大作家以不同方式深入生活,走进改革发展第一线;继续深入开展江苏作家看江苏、报告文学作家看江苏等大型系列采风活动,引导作家站到"全面达小康,建设新江苏"的最前沿,感受、体验、积累生活,先后有数百位作家参与其中;我们继续推进"深入江苏、走进西部"深入生活的实践行动。为了满足作家们深入生活和采风创作的个性化需求,我们年初征询意见并根据各自的需要,积极帮助联系落实作家定点和挂职深入生活。

　　伴随改革开放的深入,我们积极组织和鼓励作家参加国际文学交流活动,推动江苏作家走向世界。今年,我们还将继续组织作家进行国内外采风和文学交流活动,同时,大力实施"文学译介和走出去"工程,进一步加强对江苏作家作品的推介力度,以短篇小说为突破口,出版江苏文学作品译作,促进江苏文学走向世界,不断扩大江苏作家在国际上的知名度。

　　为了以优秀文学作品滋养和丰富未成年人的精神世界,我们积极参与未成年人成长文化环保工程,富有创意地举办了未成年人思想道德建设文学在线系列活动。这些活动的开展,对于推动文学创作特别是儿童文学创作更好地服务于未成年人的全面健康发展,将产生广泛而深远的影响。

二、在和而不同的文学创作中构建文学的和谐生态

　　和谐文化的特质之一是"和而不同"。文学的特征就是多元多样、丰富多彩。以繁荣先进文化引领和谐生态建设,就在于先进文化不仅能以其繁荣而主导、显示和谐文化的本质,更在于其本身就是万紫千红、绚丽多姿的,这应该是对"和而不同"的深层

理解。

在实践中,我们积极倡导弘扬当今时代主旋律的作品,特别是具有生活与思想内涵及历史厚重感的作品。这也正是我们"文学创作与评论重点扶持工程"评选中重要的价值取向。但我们同样高度重视同属先进文化的多元和多样性。我们对遵循不同美学原则,选择不同题材、体裁,显示不同风格的优秀作家,都同样尊重,提供一切可能的方便与服务。作为江苏文学创作骨干的专业作家们,正是在这样的和谐生态中,刻苦努力,勤奋创作,心情舒畅地自由发挥其创造才智,为"和而不同"的文学百花园添枝加叶,留下了自己鲜明的印记。

近年来,江苏省作协连续精心组织、重点召开了赵本夫、范小青、黄蓓佳、苏童、周梅森、毕飞宇等作家的小说创作研讨会,夏坚勇、杨守松、庞瑞垠等作家的散文报告文学研讨会,赵恺、沙白等诗人的诗歌创作研讨会。这些高质量的研讨活动,总结与研究了作家们在创作上所取得的丰硕成果,也展示了江苏作家作品创作丰富的多样性。

在江苏省作家协会的广大会员中,由于成员构成丰富多样,其创作及作品的"和而不同",更为鲜明。去年召开了"李有干作品研讨会"、范小梅等女作家作品研讨会,省作协参与了与南通市政府等联合主办的中国南通旅游文学论坛暨首届"徐霞客旅游文学奖"颁奖活动。前不久,省作协散文工作委员会与文汇出版社等共同举办了"袁瑞良赋体游记创作研讨会"。这些活动的开展对江苏文学"和而不同"的全面发展起到了积极的促进作用。

自改革开放以来,我国逐步进入社会转型期。无论新时期文学还是新世纪文学,都显示出社会历史发生深刻变革的转型期特征,各种新观念、新思潮、新流派、新样式不断出现,思想和思维空前活跃,无论文学创作或文学评论研究,都有新的探索和实践。这种喜人景象,令人鼓舞。"和而不同"的和谐理念的确立,指引我们因势利导地开展工作,努力构建文学的和谐生态。我们坚信,在坚持马克思主义指导地位和社会主义核心价值体系的前提下,提倡文学的兼容并包,更进一步发展大团结、大繁荣的文学局面,在多元中立主导,在多样中谋共识,我们的文学事业必将得到更大的繁荣发展。

三、在继承创新、勇攀高峰中构建文学的和谐生态

和谐文化是充满活力的,它包含着生生不息的继承创新。巩固和发展文学创作的和谐生态,必须既善于继承,又勇于创新;既渗透历史积淀,又蕴含时代精神;既延续传统文脉,又拓展崭新天地。为此,我们采取了一系列措施。

其一,举办文学发展高层论坛。我们精心策划创办两年一届的"中国当代文学·

南京论坛"。这是文学界创、产、学、研四位一体的高层论坛,是作家、评论(理论)家、出版传媒和读者,围绕文学创作实践中提出的重大热点问题,进行交流对话和高层次深入研讨的平台。它既是共同研究中国当代文学的现状,分析问题,探索规律,前瞻发展趋势,指导创作实践的基地;也是面向国内外集中展示中国当代文学创作研究成果和人才的窗口。

其二,组织作家作品高端研讨活动。这些高层次、高质量,有影响力、辐射力的文学论坛研讨活动,既有对文学自身规律和动态的宏观思考,又有对作家个人作品的微观研究;既紧跟文学发展的潮流,又贴近创作实际,是扎实有效的。这些活动为江苏文学的继承创新、勇攀高峰,打下了良好基础。

其三,加强文学队伍梯度建设。我们创造性地聘请"非驻会专业作家",给予他们等同于省作协专业作家的工资、采风待遇,以此吸引优秀人才进入江苏作家队伍;同时,我们还继续实施面向省内业余作家的签约制。我们坚持组织省、市、县三级互动的人才培训,在相互的交流和研讨中获得文学新思路和新视角;实施"重点扶持文学创作与评论项目",以重点项目带队伍。2007年,我们要在继续实施这些举措的基础上,进一步完善分层次的作家签约制等实际举措,打造江苏文学人才梯队。

其四,创优文学期刊阵地。文学期刊阵地的创新发展是我们一直在探索的重大课题。一方面,进一步创新思路,着力打造文学品牌期刊;另一方面,创新载体,以文学评论与创作的比翼双飞促进文学的繁荣发展。

和谐理念,是以胡锦涛为总书记的党中央集中全党智慧,与时俱进,继承创新的思想理论成果。只有以继承创新的思维,深刻理解并牢固树立和谐理念,才能自觉有效地不断提升和发展文学的和谐生态。

四、在真心尊重、真情理解、真诚服务中构建文学的和谐生态

文学事业是和谐文化建设的重要组成部分,广大作家、文学工作者是构建社会主义和谐社会的重要力量。作为创作主体的作家队伍自身的和谐,对构建文学界的和谐生态至关重要。

在今天的作家中,和谐理念越来越深入人心,继往开来、自觉地把作家群体的团结,向更高的和谐层面提升,已成为普遍的愿望和共同的追求。在工作中,我们注重引导广大文学工作者以和谐理念和精神,共同创建和谐文学界。首先,以领导班子的团结和谐,凝聚作协全体同志和文学界,努力以作协自身的团结和谐来营造文学界团结和谐的氛围,从繁荣发展文学事业的大局出发,以开阔的胸襟、长远的眼光、真诚的服务,为文学人才的成长创造公平公正、规范有序、充满活力的发展环境和条件,形成相

互尊重、相互支持、相互帮助、真诚协作的人际关系。注重发扬江苏文学界凝心静气、潜心创作、不懈追求的优良传统，倡导作家德艺双修，不仅追求为文的艺术境界，更推崇为人的精神品质，不断攀登人生和文学的新高峰；同时，深入人心的和谐理念也自然地体现在作家们的作品中。我们积极推动文学事业的繁荣发展，增强文学事业的吸引力和感召力，以事业凝聚人心，以发展促进团结。在创作和研究中，坚持真善美的价值取向，营造兼容并蓄的民主学术氛围。

优化为文学界的服务是作协工作的要务，在实践工作中，我们积极探索拓展新形势下作家协会的服务职能，尽力为广大文学工作者搭建展示才华的舞台，关心反映他们的利益诉求，为他们排忧解难。近期我们从三个方面拓展服务领域，努力优化文学服务。一是积极研究探索符合文学发展规律和人民团体特点的管理体制、运行机制、组织形式和活动方式，积极研究探索加强行业服务、行业管理、行业维权、行业自律的新途径、新机制、新手段。二是承担面向社会，进行文学人才资质认证的职责。三是利用网络载体，搭建更广阔的服务平台。

此外，为了加强省市联动，更好地开展各市的文学活动，更好地为广大作协会员服务，我们决定从2006年起每年给各市作协文学活动专项资助一万元。我们还通过小说等十个文学工作委员会和苏南、苏中、苏北三个片区面向更多基层作者开展各类文学研讨交流活动。我们正在积极做好省作协新大楼的建设工作，从软硬件两方面入手，努力把省作家协会建成真正受作家们喜爱的"文学工作者之家"。

批评的构成

何向阳

与所有文字一样,批评,是一种人生的表达,所以它一样有沧桑、棱角、温度与斑驳,有呐喊号叫,有金戈铁马,有杜鹃啼血,有荒野呼告。是内心的"一个我"与"另一个我"的朗声对答,是求证,是博弈,也是激赏、伤怀与同情。总之,人生中有的五味它都具备,是字里行间存放下的一些线索和路径,是正在进行着的两种人生的叠印或碰撞,像探案小说中的悬念,它有方向,但不轻易断言;它是对话,是对于坐在对面的另一种"人生"的关切与尊重。

解惑

批评是一种解惑。在它对对象注解的同时,有一个预设的言谈对象,这个对象表面上看是他人,其实他人不过是批评家"另一个我"的影子,就是说,它解的首先是批评家自己的疑惑。所谓将悬念放在文字里,并非有意设计或者卖关子,而是批评本身就是求证的文本,结论并不是事先存在的,批评家必得通过证据一步步地将它揭示出来,收集证据的过程充满玄机,而且相当刺激,有峰回路转的乐趣,我不止一次说批评一旦深入,犹如考古,你不知道这一铲下去会发掘出什么样的东西,那些层叠垒积的土,朴实憨厚,却藏龙卧虎,以艰巨性的劳作去向未可知的挑战,当那未曾知的宝物一点点从深埋的土层中暴露出来,那种喜出望外的心情难以形容。这可能是爱好批评的真正动机。它对未知的开掘使得好奇心被满足,构成了以此为业并乐此不疲的人的心理基础。

我

20世纪80年代关于批评有过一场影响广泛的争论,"我所评论的就是我"的观点展示了评论家主体意识的觉醒,就是说,评论者本人,不是某种已成定局的意念的传声筒,更不是他所描写诉说的对象的意念转换的某种工具。长期被掩蔽于这两者之后的评论者的"我",不仅是没有形象的,而且长期以来也被人默认为一种类似"天外来音"式的不代表某个"个体的人"的普泛语言,随着时间的淘洗,我不认为此种语言会真正留存。我们的理论文化传统在近代之后有所迁移,从原先的相对液态化的流动的思想,比如从《诗品》到"性灵说""童心说"而走到了相对固体化的逻辑性的判语层面,西学东渐的科学性优先的现代化历史进程,它的规范性或格式化要求,使思想的空间反在成型的理论中被删简了,或者说,在言之凿凿的理论自信里面,其实省略了最为可贵的来自个人的经验,当人们都整齐划一地使用一种语言——被认定为科学的、理性的、客观的、规范的话语时,那么便不可能不使人怀疑这一种语言下面的带有巨大能量与权力的划一的思维方式,如果每一个个体的评论家所运用的思维方式都这么整齐划一,那么便不能不警觉于这一种方式背后的进攻性、侵略性、剥夺性或者统摄性。

批评的最高境界仍然是一种对话,哪怕它讲出的是公认的真实或者是少数的真理,这涉及评论者的态度,文字在脱离了论者之后仍然带着言说者的气息,它的形式,它的气质,它的风范,它是雍容的还是卑琐的,是清正的还是狡黠的,是厚道的还是刻薄的,白纸黑字,无法涂抹。所谓炼字,到最后仍然是人的冶炼。人与文的这种直接关系,在批评文字中,较其他文体都坦白真实,那种直线的来去,那种非虚拟的表达,是非有赤子之心不可为的。批评,是一件坦诚的工作,它要求工作者必须诚实,不欺人亦不自欺。能够做到于此的,通常不是志得意满的公正,而是真正说出"我"要说的话的人的谦逊,这个个人性价值的强调在于,多年以后你不会为你曾说过的话脸红,因为那是你个人的独有发现,不是人云亦云。时间终会证明,如果每个做批评的人都能讲出真话,道出真情,那么文字世界的真理或许会更多一些,它的图景一定也会因为真实而更多元灿烂。

内敛

说到批评家的品格,便不能不深究于批评的文风。长期不变的三段论法养就了我们评判的本能,拿到一件作品、审视一个作家、评说一种文化,我们从来习惯于用好的、坏的、不足的、可改进的诸如此类的方法打发着一个个生动鲜活的对象。说是打发,一点不过分,批评家本人的不融入于对象,不设身处地地贴近对象,其结果直接造成批评文体的长时间的固化,先说优点,再是缺陷,最后是努力方向。思维的单一,语言的贫乏,加之文体的从无变化,使得偏激等同于创新,此种简单化的进取反会使人耳目一新,以为创新便是如此直接粗暴。当然,大喝一声的价值不容否定,毕竟文化上积重难返的乱麻有时候需要某种快刀了断,但是内在的建构并不只是一声棒喝便可完工的,批评家不是破坏者,它需要的是耐心细致,甚至常常是不为人喝彩的搭建。造塔总比毁弃难,岂止是难,还有精神上可以预知的寂寞,已经当惯了振臂一呼应者云集的启蒙英雄的批评家们,是否还具备面对空无一人的观众席的勇气呢?只是当他没有把自己设定为一个全部真理在握的领袖或主角时,才可能平等地对待任何来临的命运和也许终生的幕后工作。不止一次,我以文字表达对内敛式的作家的敬意,同时,我认定一个真正热爱文学评说文学的批评者也应是内敛的,内敛是沉思的前提,而沉思则是抵达真相的前提。

经验

经验,对于批评的介入并没有引起相应的重视。正像我们以为文字最终讨论的是"人",而不只是"理"。以理作为重心的批评,往往屈从于先验,而以人为起点的批评,看重的是人生感悟相交换时的心心相印。作文,用作动词,其实是做文;做文,再往深里问,是做人。中国文化思想史中的人与文从不分离,它的人、文互动造就了中国文化中的道德意识与人文精神,文独立于人而存在,有这样的特例吗?我们在谈论文字时完全不去考虑创造这文字的人的背景,而使那谈论只悬在空中?经验是何等宝贵的东西,它较理性更坚韧,更不可割除,而文字只是作为人的诸多经验的集结,它是成型的晶体,你可以暂时不计因果不顾其余地谈论这块水晶,但是成因总归是你最终回避不掉的东西。经验的存在,是人理性论点的最好的打磨石,归根结底,文是人的一面镜子,如果不是很细微精确,也大致可见出轮廓,这一见解已是不争事实。时间检验着这种对位、暗合或者轮回,于时间的深处几成定律的东西,似乎未可更改。然而做人的"做"字,我本心并不喜欢,总归有吃力、费心、劳神、勉强甚至强制之意,不那么天成自然。还有,文与人间的种种驳杂繁复,好像也非一个"做"字了得,其中与劳顿折磨一起的快乐即使富丽如中文也没有哪一个字词能概括。所以期待于己的文字是一种融解,一种并不急于定型的液体的经验。

文体

终于说到了形式,批评形式的建设不仅滞后,而且几乎没有文体的变化。新时期二三十年来,文体的实验与革新几乎波及文学的各方面,诗歌的实验作为先声,紧接着小说演绎出了更为丰赡的经验,戏剧则从来不甘落后,它的全息性带给它文字平面无法达到的多维空间的氧气,还有散文,20世纪90年代之后开始大踏步地赶超,从内里到形式都有颠覆式的创造。可是曾经为诸种文学样式的出现鼓与呼的批评却仍板着几十年不变的冷面,一方面使阅读的快感丧失大半,一方面使批评家的才力智慧也得不到应有的体现。批评,变做了没有魅力的文字,它外表简陋粗糙到人们不愿细看。形式不全是内容,但形式绝对是内容的一部分,某种意义上讲,形式是精神的外化表现,我不是形式唯上论者,但是我小心着自己的文字变得懒惰,我诚心实践着文体所承载的人生的丰富,它是多变的,它不拒绝鲜活。

成人

成人,最初,是儒家的概念。与"圣人""君子"一样,述而不作的孔子仍然没有给出定义。只讲"见利思义,见危授命,久要不忘平生之言"。触动我的是这个语词不同于圣人、君子的一种境界,这是一种与"做人"不同的境界,其中的浑然天成,不同于"做人"的勉力为之。成人,是一个名词,也可解释为一个动词,境界之外,它代表的是修炼、自觉、自愿。对应于圣人、君子的高度,它在具备广度的同时,还拥有其他人格范式所不及的长度,标识、提示着修炼的不可绕过。

写作,何尝不是一种"成人"。批评文字,以真理与善美为目的的文字,何尝不是一种精神与思想的"成人"。在无论个案解说、现象阐述还是人类精神发展的探索途中,我们押上的这一份,不止青春。从这种意义上说,要感谢那些给予批评营养的作家,他们同时是以人性的美的向度与丰赡赋予文字生命的作家,是他们,完成了文学对批评家人生、人性、人格的教育,使双方懂得文字的生命只能依靠创造它的人的生命之琼浆不懈地浇灌。

是一种绝美的历程,犹如历险,每一步,都不能跃过。

祭司

1934年,胡适曾写过一篇《说儒》的论文,长达五万言,其中他提出一个很让儒学研究界吃惊的观点,这一观点放到半个多世纪后的今天看,仍然惊人。他认为儒在孔子之前早已存在而且起码有几百年历史了,儒其实指的是"殷代的遗民"中一个特别的阶层,是殷民族中主持宗教的教士,在公元前1200年至1010年间即3000年前殷人被周人征服后,这些遗民中的教士,则仍在文化上保持着他们固有的礼仪或者宗教祭典,仍穿戴他们原有的衣冠,仍以他们的治丧、襄礼、教学为业,而以这种方式不仅保存了他们那一族相对发达的文化,并将之自然渗透到当时的政治中去。这是孔子以殷人自认的原因吗?胡适说到的文化反征服斗争不知怎么会在全球化的今天触动于我,此时此刻,我仍愿引用他的以下一段话解说感念,他说:"在这场斗争中,那战败的殷商遗民,却能通过他们的教士阶级,保存一个宗教和文化整体;这正和犹太人通过他们的祭师,在罗马帝国之内,保存了他们的犹太教一样。由于他们在文化上的优越性,这些殷商遗民反而逐渐征服了——至少是感化了一部分他们原来的征服者。"祭师,或说祭司,就是这样一种意义的实践者,职业的功能渐渐形成了人格的自觉。他的存在,不仅在传承文化,更在创造神祇和保护信仰,正如殷人中的传教士——儒——在3000年前所做的。

治当代文学的曹文轩先生在他一部关于20世纪文学现象的研究论著后记中感慨于当代文学专业的难度,讲到它的时过境迁与花容失色。然而他还是选择它,之于这个变动不居的对象他认定一种无私精神的支持,那是检验激情生命的冷峻沉着的一面。我读之感慨万千。我也是选择当代文学作为专业方向的一分子,当时间的大潮向前推进,思想的大潮向后退去之时,我们终是那要被甩掉的部分,终会有一些新的对象被谈论,也终会有一些谈论新对象的新的人。

这正是一切文字的命运。

那么,就将一切视作传承,像一代代人已经做的,我们仍在做。

要"现代性"更要"民族性"
——对当前文学的一点思考
段崇轩

中国文学又面临选择

中国的文学与社会,总是宿命般地唇齿相依、难分难解。今天,当和平崛起的中国,置身在全球化的浪潮和语境中,决心探索一条具有自己特色的发展道路的时候,中国的文学也走到了一个岔路口,又一次面临新的选择。这个路口一面的路标是"现代性",另一面的路标是"民族性"。经历了近30年风雨兼程的改革历史,人们刻骨铭心地认识到:中国要建成和谐社会、实现全面小康,必须继承和发展本民族的传统文化。胡锦涛总书记在十七大的政治报告中,突出地强调了民族文化的巨大作用和独特价值,他认为,"文化越来越成为民族凝聚力和创造力的重要源泉,越来越成为综合国力竞争的重要因素""中华文化是中华民族生生不息、团结奋进的不竭动力"。对于文学来说,它既是个人的也是社会的。作为一个作家,他要写什么、怎样写,完全是他个人的自由,有着广阔的空间。但对于一个民族、一个国家来说,文学则是它的形象的体现和精神的象征。它需要有一个总的主题、总的精神和总的风貌,这就是中国当代文学的民族特征和民族气派。

从1977年到今天,中国文学30年的历程其实是可以划分成两个阶段的。1977年至1989年是为"新时期文学"。1990年至现在,有学者把它称为"后新时期文学",我把它叫作"多元化时期文学"。这30年的文学历史,正是一个在"现代性"与"民族性"之间,不断选择、探寻、实践的历史,二者时而冲突、时而融合、时而分流的历史。新时期文学的十几年,是以"现代性"为目标的一个时段,但却始终背着历史的重负。多元化时期的近20年,是以回归现实、回归"本土经验"为走向的一个时期,但市场经济文化使文学的形象变得暧昧不明,多元化格局中缺少一个具有民族气派和个性的文学主潮。我们肯定30年文学成就煌煌,但它存在的问题也是毋庸讳言的。而问题的"症结",正是出在对"现代性""民族性"二者关系的把握上。

对于文学的"现代性"与"民族性"问题,从20世纪80年代之后,就逐渐成为研究界的一门显学了。对其概念的内涵和外延,对文学应当如何处理二者的关系,等等,自是见仁见智。鲁迅早在1934年就说过"采用外国的良规,加以发挥,使我们的作品更加丰满是一条路;择取中国的遗产,融合新机,使将来的作品别开生面也是一条路"(鲁迅:《木刻纪程·小引》,《鲁迅全集》第6卷第48页,人民文学出版社1991年版)。鲁迅的思想和创作证明,"外国的良规"和"中国的遗产"都是不可偏废的,只有把二者进行融合,实现创造性的转化,才是文学的兴盛发达之路。所谓文学的"现代性",是以西方文学所体现的文化思想和审美形式为标高的一套艺术规范。它是现代的、先进的、精致的,是具有普遍价值的。中国一百年来的文学孜孜以求的正是这样一种境界和高度。"现代性"已成为中国文学的一种精神、一种传统,自然是"中国化"了的。关于文学的"民族性",是一个民族的文学所具有的基本属性和个性特征,它同样包括思想内容和艺术形式两大部分。中国文学的"民族性",在世界文学中也是最具有特点和魅力的一种。但在长期以来不间断的文学革命、创新、实验的过程中,文学的"民族性"渐渐断裂、式微,导致了在某些时段文学的无根状态和无序发展。

一个时代的文学总要有一个表现重心和发展取向。对于当下文学来说,它的探索、追求应是双向的。一方面要继续新时期文学的"现代性"轨迹,坚持知识分子的启蒙立场,倡导人文主义精神,吸纳西方文学的审美方式方法,推进中国文学的"现代性"进程;另一方面,则要坚定地探索、拓展文学的"民族性"道路,回归传统文化和文学,发现和创新民族文化思想以及审美经验,鼎力促使传统向现代的转换,实现民族文化和西方现代文化的交融,用中国的文化和文学丰富世界的文化和文学。从这个角度讲,坚持文学的"现代性"和促进文学的"民族性",是可以并行不悖的。我们需要"现代性",我们更需要"民族性"。文学就像一棵大树,以"民族性"为深厚根基,以"现代性"为发展目标,它才会根深叶茂、茁壮生长。

现代性:未竟的工程

20世纪90年代初,受一些西方学者的影响,中国的个别学者曾经宣判了"现代性的终结"和"后现代文学"的开始。但人们又马上注意到,德国当代著名的哲学家和社会学家哈贝马斯,早在80年代初期的一系列论著中,就反驳了后现代主义者"全面告别现代性"的理论,毫不含糊地指出:现代性"不仅没有完成,而且有待继续"。"现代性:一项未竟的工程。"既然西方国家的现代性还没有完成,现代文学也在继续,作为后发现代性的中国,自然不能抢在头里,匆忙定——于是"现代性终结"理论偃旗息鼓。

不管是中国的经济现代化战略,还是精神文化建设,抑或文学艺术发展,我们还都不能说"现代性"已经完成。尽管我们为此而奋斗了一个多世纪,已进入一个现代国家的行列,但现代化的目标依然遥远。也许经济、科技的现代化在不远的将来能够实现,而属于意识形态范畴的政治、文化、思想、道德的"现代性",无疑是一个极为漫长的过程。既往百年的"现代性",主要是以西方国家的价值体系为标尺的,而在全球化越来越变成现实的今天,各民族国家特别是东方各国(如中国、日本、韩国)的文化思想、价值理念,也将成为"现代性"系统中的组成部分,从而成为一种更加鲜活、丰富、博大,也更具普世意义的人类理想。对中国来说,它要用西方的价值理念改造和提升自己,同时把西方的东西中国化,以适应现实的需要。它还要把自己的传统实现现代转换,参与世界的"现代性"建构。这是一个多么复杂、浩大的工程。中国文学向来就有"经世致用"的传统,它不仅要参与、推动社会的现代化进程,在历史的发展中承担改造"国民性"和建构民族精神的重任,与此同时,它还要在"现代性"和"民族性"之间,不断地求索、实践,努力形成一种具有现代品格的民族文学。文学的"现代性"历程将与国家的"现代化"历史相随相伴、携手同行。

回顾30年的文学发展,我们可以清晰地看到一行追寻"现代性"的艰难脚印。新时期文学中的"伤痕文学""反思文学""改革文学",是在决裂"文革"文学、重续五四精神的潮流中迅速崛起的。"民主""自由""科学"成为文学的突出主题,"启蒙""批判""立人"成为作家的自觉担当。王蒙、蒋子龙、高晓声等成为引领文学潮头的重要作家。但是,在今天看来,新时期文学其实包含了许多陈旧、保守甚至是"左"的东西。譬如庸俗的道德评价标准:"造反派"都是一些"坏人""奸臣"。而老干部、知识分子一律是"好人""忠臣"。譬如带有封建色彩的人治思想、"青天"意识:一个厂子、一个村子,"改革家"登高一呼,就会群起响应,旧貌换新颜。这些观念和描写,在五四作家那里都不会出现,但在80年代作家身上却屡见不鲜。80年代中期起步的先锋、现代派作家,正是看到了前辈作家不彻底的"现代性",看到了文学还在旧有的模式中滑行,于是另辟蹊径,开辟出一条在他们看来是真正的现代派路子。他们直接受西方现代、后现代文学的影响,更关注的是个人的内心世界、生命体验,思考的是一些人和人类的形而上问题,在艺术表现上借鉴了诸如意识流、荒诞派、象征主义、元叙事等种种方法和手法,推出一批新颖而怪异的现代作品。然而,这些年轻的作家对现代派文学的理解并不深入,他们更多借鉴的只是一些"皮毛"。他们表达的感觉、体验和思想,也很难与绝大多数读者沟通。特别是在艺术表现的形式上,常常变成一种技巧和文字的游戏,在中国的文化环境中很有点"水土不服"。先锋、现代派作家的文学实验是有价值的,但也注定是短命的。此后,余华、苏童、马原等作家都逐渐向现实主义、"本土经验"回归,才真正立足于文坛。

在一个文学遗产悠久深厚,现实主义文学根深蒂固的国家,文学的"现代性"必然是曲折而艰难的。但中国的文学必须有一个"现代性"的远景目标,这是激活它的生机、提高它的品格的必经之路。

民族性：漫长的回归之路

在中国近百年的文学发展史上，"现代性"始终是一个"主旋律"。我们并不否认，"现代性"作为一种价值体系和审美理想，给中国文学带来的根本性、革命性的变迁。但同时我们也看到，中国文学在"现代性"的进程中，有时是以压抑、排斥、牺牲"民族性"作为代价的。然而，中国文学的"民族性"并没有因此断裂和消失。相反，它以顽强的精神、多样的形态，在文学发展中生生不息、开花结果，丰富和成熟着中国的现当代文学。今天当我们面对全球化浪潮、面对各种文化风云际会，才更加强烈地感受到：中国的传统文化和文学是多么伟大和珍贵，百年文学在继承和发展民族传统中走了多少弯路，中国文学只有坚定地回归和重建传统，才能自立于世界文学之林。正如胡锦涛总书记所指出的：要"弘扬中华文化，建设中华民族共有精神家园"。要对传统文化进行现代改造，"使之与当代社会相适应、与现代文明相协调，保持民族性，体现时代性"。这是全社会的任务，更是文学界的使命。

近年来学界正在重新解读"延安文学""十七年文学"。学者们站在"民族性"的角度去观照，重新发现了其中蕴含的文化价值。今天我们并不需要美化当时的文学，它确实存在着历史局限和诸多失误，但在继承、改造古典文学和民间文学方面，却是首开先河、卓有建树的。譬如赵树理小说对民间文化和民间说唱文学的积极借鉴，譬如梁斌《红旗谱》对民族文化精神的深刻展示，譬如《林海雪原》《铁道游击队》等对古典侠义、传奇小说从思想内容到表现形式的巧妙吸纳……毛泽东的文艺思想是40年代到60年代文学的指导思想，作为一个具有浪漫气质的政治家，他对新文学的构想自然有"乌托邦"的幻想成分，但作为一个高屋建瓴的思想家，他对文学的种种规定和要求，却是具有深远的历史、文化意义的。他的文艺思想的核心，一是"人民性"，强调"我们的文艺是为了人民大众的"；二是"民族性"，要求文艺要有"民族的形式，新民主主义的内容"，要真正体现出"中国作风和中国气派"。今天我们重温毛泽东的文艺思想，回顾文学的坎坷发展，依然有着很强的启迪作用和很深的现实意义。

在新时期以来30年的文学中，我们同样可以看到一个强劲的"民族性"潮流。汪曾祺的《大淖记事》《受戒》等一系列小说，淳厚的传统文化韵味和娴熟的古典小说技巧，冲击了当时喧嚣的文坛，影响了许多作家的创作。孙犁的《芸斋小说》，继承了古典笔记小说的写法，灵动、含蓄、凝练，展示了传统叙事方法的无穷魅力。二位前辈作家，以他们深厚的修养和精湛的创作，承传和拓展了中国古典文学的文化精神和表现形式。

更有标志性的文学现象是，80年代中期的"寻根文学"和近年来回归"本土经验"

的创作思潮。与先锋、现代小说同时出现或较两者更早出现的,"寻根文学"突兀而出。这是一个有理论主张和创作实践的文学流派,其主体是一些"知青作家",代表性的作家有阿城、韩少功、郑万隆等,他们那些古朴而奇异的小说我们至今还记忆犹新。韩少功的言论集中代表了这些作家的文学观念。他说:"文学有'根',文学之'根'应该深植于民族传统文化的土壤里,根不深,则叶难茂。……我们的责任是释放现代观念的热能,来重铸和镀亮这种自我。"(韩少功:《完美的假定》,作家出版社1996年10月版)"寻根文学"是在西方文学特别是在拉美文学的激发下萌生的,表现了这一代作家寻找民族之根、"与世界对话"的一种雄心。尽管他们在理论上还很混杂,创作上坚持的时间也不长,但这是新时期文学第一次自觉的、大规模的向"民族性"的回归,其意义是深远的。新世纪以来的文学,依然以多元态势向前发展,但人们又明显地感受到,一个回归"本土经验"的文学思潮正在潜滋暗长。贾平凹的《秦腔》、莫言的《生死疲劳》、铁凝的《笨花》等,或表现乡村文化的衰落,或反思农村历史的变迁,或展示独特地域的民情风俗,等等,都蕴含了一种民族文化精神,发掘着一种"本土经验"。这些作品在一个时期内同时出现,绝不是偶然的,它反映了我们的作家在全球化的大背景下,对现代化的重新审视,对"民族性"的再度观照。

鱼与熊掌须兼得

泰戈尔说过:"每一民族的职责是,保持自己心灵的永不熄灭的明灯,以作为世界光明的一个部分。熄灭任何一盏民族的灯,就意味着剥夺它在世界庆典里的应有位置。"(〔印度〕克里希那·可里巴拉尼:《泰戈尔传》,第334页,漓江出版社1984年版)一个民族的文学就是一个民族心灵的明灯,它属于民族自己,也属于全人类。因此,一个民族的文学要想在世界文学中独放异彩,就必须在民族文化精神的深厚根基上,坚守自己和发展自己。今天,世界经济一体化的时代已经渐次展开,各民族国家之间,科学技术的普及、政治体制的借鉴乃至文化思想的渗透,都成为"水到渠成"的事情。在这样的情势下,一个民族被"他者"全面"殖民化"和"格式化",进而丧失自己的文化和精神,就变得十分容易。因而,强化文学的"民族性",努力在世界文学中占有自己的位置,就不仅仅是文学领域的事务,更是关系到塑造民族形象和文化精神的大事。

中国传统文化和文学的博大精深和现代价值,近一个世纪以来越来越受到了西方学者的关注和推崇。是的,在传统的文化和文学中,确有许多与现代社会格格不入的糟粕,譬如封建迷信、等级观念、愚忠思想、男尊女卑、奴性心理等等。五四以来,这些均属于"革命"的范畴,我们今天依然要坚定地批判、扬弃。值得警惕的是,这些陈腐的东西,在今天的文学中有沉渣泛起的迹象。同时,我们要更自觉地发掘和弘扬传统文化和文学中那些富有生命力的精华,把它转化成今天文学的生命、血肉和精神。譬如传统文化和文学中的"天人合一"思想、和谐理念、中庸之道、修身养性观点等等。譬如中国古典小说丰富而独特的叙事方法和方式,古典诗词的格律和技巧,等等。"取其精华,去其糟粕"是我们对传统文化和文学务必坚持的一个原则。现在国学研究和普及的热潮,就显示了人们民族精神的觉醒。有人担心,这些传统的东西能否适应现代社会,能否被广大读者接受。这里的关键在于现代转换。著名历史学家余英时指出:"在我看来,所谓'现代'即是'传统'的现代化;离开了'传统'这一主体,'现代性'根本无所附丽。"(余英时:《文史传统与文化重建》第8页,三联书店2004年8月版)中国古代丰富的文化和文学传统,有许多是可以实现现代转化的,是可以成为"现代性"中的核心价值理念的。我们已经在回归"民族性"中迈开了坚实的步子,但依然任重道远。

如上所述绝不意味着要放弃"现代性"。中国文学的"现代性"远远没有"终结"。中国将来的文学仍要以"现代性"作为自己努力的目标。但"现代性"应该是一个动态的、不断建构的概念。西方文化和文学的价值体系,有些部分仍有旺盛的生机,有些部分则显示了它的历史局限性,理应扬弃。让我深思的是,新时期以来30年的文学,我们口头上大讲要"现代性",但"现代性"的追求总是虎头蛇尾。在当下的文学中,坚持现代探索的作家竟然越来越稀少,这是极不利于中国文学的健康发展的。"现代性"应当海纳百川,"现代性"应当与世推移,熔铸一种面向新的世纪、新的世界的价值体系,可以说我们还"在路上"。

"现代性"与"民族性",犹如鱼与熊掌,我们需要兼而得之。

2009 年

发现小说应当发现的
——漫谈第二届"蒲松龄短篇小说奖"获奖作品
范咏戈

"蒲松龄短篇小说奖"将其评奖定位在短篇小说的"艺术成就奖"上,因此十分看重参评作品是否体现了短篇小说的本性,看重其在多大向度上拓宽了短篇小说的表现空间。短篇小说就其本性来说,自然不仅仅是因为比中篇或长篇小说篇幅短。我以为,在近几十年里,从茅盾先生的"断面"说到铁凝女士的"景象"说都是短篇小说本性的不刊之言。茅盾先生认为短篇小说应该截取生活的横断面,把横断面年轮的纹理放大和写细;铁凝则认为"长篇小说是写命运,中篇小说是写故事,短篇小说是写景象"。这说明前后几十年,文学界对短篇小说的认识在深化,体现了从传统认识到文学现代主义的认识。这些,都是我们判断短篇小说是否优秀的重要标准。这里还主要是指"怎么写"方面。短篇小说作为文学的一个门类,它自然还应该具备文学应该有的一般品质,如关注当下生活,人性关怀,等等。

本届获奖的八篇作品堪称近三年来我国短篇小说中的力作。它们实现了对短篇小说已有成就的覆盖。欧阳黔森的《敲狗》写花江镇的狗肉铺子如何杀狗:因狗不能放血,所以厨子把狗吊起,敲它的鼻梁骨致毙。这一生活的"横断面"新鲜独特。接下去以"敲狗"为主要线索的叙述就更加引人入胜了。狗通人性,即将被敲的狗的恐慌、悲哀,厨子的麻木让读者心悸。小说的"核"是因急用钱来卖狗的一个山里中年汉子,他来时就跟厨子说过几天有了钱还要把他的狗赎回。而当中年汉子带钱来赎狗时,厨子坚决不赎后又开出了高价,此时跟他学"敲狗"的徒弟为狗和主人的情所感动,夜里偷偷放走了狗,自己因此丢了饭碗。小说通过写狗对主人的依恋,厨子对情感的冷漠及徒弟的被感动折射出人的情感,把人性解剖这个文学的宏大主题用"敲狗"这个断面展现得曲尽其妙,称得上是短篇小说的典范文本。张抗抗的《干涸》截取的是一段知青经历。不在离奇、新鲜、曲折上费心思,而是力图在日常状态的叙述中让读者看到短篇小说文学纯粹性的光芒。祝排长与"我"捞一只落水的可以被象征为生命与青春的水桶,最后,祝排长自己的生命与青春永远落入了井中。小说笔墨不单单是祝排长自身的捞桶故事,而是以相当的篇幅叙述"我"在知青之前的捞桶经历。因此,生活和事件成了小说的主体,而小说中的主人公则成为生活与事件的象征。如此的叙述自然给作者的写作提供了新的空间。小说中的事件给读者留下了极深的印象,那只落在井中的铁皮桶"畏得罗"曾经盛满雪,被青年男女同时握在手中,让读者体验到那个时代的经典爱情。徐坤的《午夜广场最后的探戈》将目光投向小区广场上晚饭后自由舞场上跳舞的人群。特立独行的是一对这样的中年舞伴:男的穿着黑色紧身裤,女的穿着天鹅裙。他们因娴熟的舞姿成为舞场上的明星。众人看不惯,认为他们是不正派的一对,休闲民工们甚至能看见女的裙下露出的丝质三角裤。但他俩却非常自得,每天分别骑自行车过来,车是旧的。他们把自行车停在停满了奔驰、宝马的车场上,车头车尾双双倚靠着,他们在卑微中起舞,在自信中亢奋。而在他们突然消失的半个月里广场上的人群却感到异常失落,"人们就像被闪了一下",却不知道究竟失落在哪里。其间,尽管也有年轻女子化着很艳的妆,穿着更为招摇的裙子来占据广场中心,但是怎么跳都没有那个劲。原来,人们已经认同了那对男女,认同了一对一的固定舞伴、一对一的虚拟交欢。作者由此深究:一对一可能是最美、最让人羡慕、最招人嫉妒的,而谁都可以上手的毫不值钱。所以,当这对舞伴重现舞场时,人们判定他们已有了真实交欢后,原有的和他们的主要观众民工的那种对象化的关系不复存在,当他们跳舞时摔在了地上,沮丧地离开舞场时,人们才发现他们的背影早已不年轻了。只是,当初他们在夏季广场上燃起青春的还阳之火时,人们忘记了他们的年龄。小说进而探寻广场舞蹈这一行为艺术的目的不在于狂野,而在于暧昧;不在于寒酸悲微,而在于笑傲众生。小说的感觉在午夜广场上凝眸,升华,带给读者的是艺术地把握客观存在的审美快感。

本届获奖的三篇反映少数民族生活的作品在"经营景象"上表现同样突出。红柯的《额尔齐斯河波浪》是一篇可以吟诵的小说。读者为充盈在字句中美好的情景所牵引:蓝色的山脉,冰雪覆盖的大河,密林中的响声,还有一颗一颗慢慢在夜幕中升起的星辰……在这样一幅图景下,若隐若现着一个男人的成长和爱恋。王老师初恋的少女嫁到了外地。当王老师也来到这座小城里,他们第二次见面时,已经成了少妇的她有了自己不幸的婚姻,酒后他们只有无奈的忧伤,互相埋葬了过去的爱恋。没承想,王老师的婚姻来自租他房住的带着女儿的甘肃女子。小说并不完整地讲述王老师的成长和爱恋,而是断断续续地诗行一般讲述着,从原本沉睡安静的情感上,从白桦树般少女的守望上,从"苏尔"管吹奏出的波浪之声上,这些宁静而饱满的激情都与爱相关。阿成写蒙古族生活的《白狼镇》以一对蒙古族夫妇开的餐馆为场景,通过来食宿的一个日本小老头德田展开奇特的叙述。主人的好客,马奶子酒、祝酒歌、烤全羊等,构成了独特的小说氛围,充满野性的热情与豪放,令读者感觉到这里的每一个生命都充满着活力。来旅游的日本老头德田却哪都不去,指名要到白狼镇。蒙古族青年陪他上路。德田看到的那一个残破的水泥建筑,原来是日军侵华的见证。及至到了白狼镇后,德田终于寻到了侵华日军军官矢野的墓。当年矢野的死,是因为他用枪打死了一只怀孕的母狼,还用刺刀挑出了母狼肚子中的小狼,因此招来狼群攻击,矢野被狼吃掉了。这段发生在旅途中的故事,以日军的残暴与和谐的蒙古风相映衬,刺中的是人性之恶。而鲍尔吉·原野的《巴甘的蝴蝶》中的小男孩由于妈妈临终时告诉他她会变成一只蝴蝶来看他,他幼小的心灵里就装满了蝴蝶的漂亮影子。所以,当学校老师讲课时讲到漂亮的蝴蝶是由丑陋的蛹变来时,他甚至咬伤了老师的手,因为他不能容忍对他"母亲"形象的破坏。男孩到淮海大学参观蝴蝶标本室时,掏钱要人把它们"放掉",让它们飞回蒙古草原去。女教师被感动了,读者也被感动了。女教师最后送给男孩一只美丽的蝴蝶标本,并告诉他美好的事物不会消失,今生是一样,来世还是一样。小说写得就像一首散文诗,正是书写景象之所得。

著名短篇小说作家王愿坚曾说:短篇小说最讲单位面积产量。短篇小说反映现实,针砭时弊,如能切中生活中的痛点,同样能够抵达深刻。杨少衡的《恭请牢记》选取省长即将赴高速公路施工现场视察这样一个瞬间时空,写一个基层干部关于强为了在省长面前留下好印象,精心谋划,细心揣摸,周密安排。他把隧道现场都准备好了,唯让一个人没戴安全帽免得领导挑不出毛病;在给领导送材料的时候带上一小包茶做道具,然后躲起来关掉电话,当领导要为送礼批评他时,他谎说正连夜加班开会。他用这些伎俩让这位高权重的大领导记住他这样一个下属。这种方式又不伤大雅,又有好的效果。但是最后的结局是天算不如人算,当关之强费尽心思已在副省长那里留下印象时,邵副省长却调离本省,这对关之强无疑是当头一棒。小说至此戛然而止,却收余音绕梁三日之效。陈麦启的《回答》就如在路边演出的一个小品。售票员小伙向理应享受半价的革命伤残军人老头要全价,理由是私人车不半价。为15元争执不下,司机竟让小伙子强行把老头背下车去。后来上车的两个女孩,她们自称村民坚持付半价,理由是这车压了村民的麦苗。小伙子不干,当女孩交来了全价车票钱时,小伙子被名叫"刀"的农民打掉了牙齿。小伙子再没接女孩交来的车票钱,却在看到前座一个人看的书上的两行字"卑鄙是卑鄙者的通行证,高尚是高尚者的墓志铭"时哭了,他受到了良心的谴责。小说通过"路边即景"鞭挞丑恶,又不乏诙谐和轻松。这些正是短篇小说的优势。在生活节奏加快的阅读环境下,缩小了的这种"路边即景",放大的正是精神空间。

马克思主义文艺理论及其面临的挑战

张 炯

一、马克思主义文艺理论的世界地位

马克思主义诞生以来,通过不断发展,已成为世界性的最具影响力的思潮,不仅形成人文社会科学中引人注目的学派,而且成为广大劳动人民改造世界也改造自身的革命指南。马克思主义文艺理论对世界社会主义文艺运动的影响巨大,还成为许多社会主义国家建设新文艺的指针。

列宁曾讲到马克思主义的三个来源,即德国的古典哲学、英国的古典经济学和法国的社会主义学说。而马克思主义文艺理论的形成,则应看到马克思、恩格斯不仅对德国的康德、黑格尔和歌德的美学思想有批判继承,而且对法、德启蒙思想家狄德罗、莱辛的美学思想,对古希腊、罗马的苏格拉底、柏拉图、亚里士多德等人的美学思想也都有所继承。他们本人还十分爱好文学,对文艺实践深有了解。当代荷兰学者弗克马和易布斯在论述20世纪世界文艺理论的书中,除了把当代世界的文艺理论梳理为科学主义和人文主义两大流派,如把俄国什克洛夫斯基的形式主义文学理论和捷克、法国的结构主义文学理论以及符号学理论等都归结为受到瑞士索绪尔语言学影响的科学主义;而把弗洛伊德的精神分析学说、海德格尔和萨特的存在主义理论归入人文主义学派。此外,他们还认为马克思主义文艺理论是批判地继承了西方科学主义和人文主义的传统,并在辩证唯物主义和历史唯物主义的哲学基础上发展起来的又一派文艺理论。在他们的视野中,除了马克思主义经典作家的理论外,还包括被我们今天称为西方马克思主义的文艺理论,如卢卡契的现实主义理论和葛兰西的文化领导权的理论、德国法兰克福学派的理论,还有英国的伊格尔顿和美国的詹姆逊的理论。作为西方的学者和后现代主义的阐释者之一,弗克马和易布斯也不能不承认马克思主义文艺理论的重要性和世界影响。他们还在书中用一节论述了毛泽东文艺思想。

应该说,当今马克思主义文艺理论是个巨大的存在,并且随着学术研究的进步和文艺实践的发展而不断获得新的发展和丰富。它不仅在全世界有广泛的学术影响,而且在世界社会主义文艺运动特别是在社会主义国家的文艺建设中,无论对党的文艺政策的制定,还是对文艺家的艺术实践,都起着指导性的作用。

二、马克思主义文艺理论在我国的传播和发展

马克思主义文艺理论在我国的传播大体分为三个时期：

第一个时期是1920—1949年。这时期的特点是从介绍部分观点到走向全面而系统的介绍，并逐步与中国文艺实践相结合，高峰是产生了毛泽东文艺思想。

20世纪20年代初，李大钊、邓中夏、萧楚女、恽代英、沈泽民等共产党人都有运用辩证唯物史观来论述文艺问题的文章。早期党的领导人中，瞿秋白对传播马克思主义文艺理论的贡献比较大。1933年4月他署名"静华"的文章《马克思、恩格斯和文学上的现实主义》发表，在我国第一次通过对巴尔扎克创作的分析，阐发了马克思主义的现实主义和典型的理论。他关于大众文艺的多篇论文，更相当深刻地论述了大众文艺问题，并强烈呼吁和探索中国共产党人如何建立对文化特别是大众文艺的领导权。这与意大利共产党领袖葛兰西关于无产阶级应从法西斯手中夺取文化领导权的思想相似。他还对革命的大众文艺的内容与形式、语言等问题进行了富有成果的研究。

在左翼文学家中，鲁迅在创造社、太阳社对他的围攻中学习了许多马克思主义文艺理论著作。鲁迅在《三闲集·序言》中说："我有一件事要感谢创造社的，是他们'挤'我看了几种科学底文艺论，明白了先前的文学史家们说了一大堆，还是纠缠不清的疑问。并且因此译了一本蒲力汉诺夫的《文艺论》，以救正我——还因我而及于别人——的只信进化论的偏颇。"所以，后来鲁迅能够为马克思主义文艺理论观点的传播做出突出的贡献。他对文学的劳动起源论，对艺术属于人民，应该走向人民，对文艺的真实性和典型性，对文艺的大众化和民族化，对文艺的欣赏和批评等问题，都有深刻阐述。此外，冯雪峰、胡风和周扬等在20世纪30年代也为传播马克思主义文艺观写了不少文章。

毛泽东《在延安文艺座谈会上的讲话》发表后，1944年周扬曾编辑了一本《马克思主义与文艺》，收录了马克思、恩格斯、普列汉诺夫、列宁、斯大林、高尔基、鲁迅及毛泽东的有关文艺问题的论述。这是我国第一本比较系统地介绍马克思主义文艺理论观点的著作。而1939年和1942年毛泽东所作的《新民主主义论》和《在延安文艺座谈会上的讲话》对马克思主义文艺理论发展的伟大意义，则是大家所公认的。它是标志马克思主义文艺理论与中国革命文艺实践相结合的最重要的成果，也是马克思主义文艺理论发展划时代的经典文献，更是我党在新中国成立后文艺政策的理论基础和思想指导。

第二个时期是1949—1978年。特点是在全面介绍马克思主义文艺理论文献的基础上，突出了对毛泽东文艺思想的宣传和普及，并开始建构有中国特色的马克思主义

文艺理论教科书。其间也存在"左"倾教条主义和庸俗社会学的严重干扰。

新中国成立后,马克思主义经典作家的全集和选集先后出版,人民文学出版社编选的《马克思恩格斯论艺术》《列宁论文学与艺术》《毛泽东论文艺》等书也陆续问世,这就为马克思主义文艺理论的传播创造了更好的条件。20世纪50年代初,我国许多学者也尝试运用马克思主义的观点来讲授文艺学,并出版了若干本大学文艺学方面的教材。1958年,时任中共中央宣传部副部长的周扬在河北省的文艺理论座谈会上号召要建设中国化的马克思主义文艺理论。1961年,在中共中央宣传部和教育部的协调下,由周扬主持,集中全国大批专家编写以马克思主义为指导的100多种大学文科教材,其中包括由蔡仪主编的《文学概论》和由叶以群主编的《文学基本原理》。对这两种文艺理论教材的编写,周扬、林默涵、何其芳等文艺界的领导同志多次亲自参加编写提纲的讨论,周扬提出作为以马克思主义为指导的文艺理论应该反映文学的本质规律、文学的发展规律、文学的创作规律、文学的批评与欣赏规律。但历时数年的编写工作因"文化大革命"而中断,这两部书都到"文化大革命"结束后才被定为大学文科的正式教材。

从20年代起,马克思主义文艺理论在我国的传播和实践过程中,曾经出现过苏联无产阶级文化派即"拉普"(俄罗斯无产阶级革命作家联合会)的"左"倾幼稚病和庸俗社会学的影响;当然,也受到中国共产党自身工作中滋生的"左"倾教条主义的影响。因而,产生了20年代末创造社、太阳社围攻鲁迅,30年代左翼文学对"第三种人"苏汶等的批判,以及新中国成立前后对胡风文艺思想的批判,并发展到将所谓"胡风集团"打成"反革命阴谋集团"这样的大冤案。"拉普""左"倾的重要表现除了否定传统,要在平地上建设无产阶级的新文化外,还有对"同路人"打击的理论,即所谓"没有同路人,只有同盟者或者敌人"。他们不承认马雅可夫斯基是革命作家,对高尔基也横加指责。"拉普"曾控制共产国际领导下的"国际革命作家联盟",因而他们的"左"倾观点流毒极广。对鲁迅的围攻就是在这样的历史思想背景下发生的。所以,1957年许多革命作家被打成"右派","文化大革命"中又出现"四人帮"一伙推行的极"左"文艺路线,应该说不是没有历史的、社会的深刻根源的。"左"倾教条主义和庸俗社会学对马克思主义文艺理论在我国的传播和实践,产生了很大的危害,"文化大革命"达到了极致。林彪委托江青炮制的所谓《部队文艺座谈会纪要》可以说是这种极致的标本。

第三个时期是1978—2009年。这30年高举邓小平文艺理论旗帜,批判了"左"倾错误路线,拨乱反正,解放思想,实事求是,在传播马克思主义文艺理论上做了更深入更全面的工作,为建设当代中国的马克思主义文艺理论体系做出新的努力。

邓小平同志在理论的拨乱反正方面做了突出的贡献。他的《在中国文学艺术工作者第四次代表大会上的祝词》和《目前的形势与任务》等重要讲话,不但完整地、准确地继承了毛泽东文艺思想的精华,而且以极大的理论魄力,纠正了"文艺从属于政治"的提法,指出这种提法"弊多利少",主张以"为人民服务、为社会主义服务"的提法来代替"为政治服务"的提法。他号召文艺家"要努力学习马列主义、毛泽东思想,提高自己认识生活、分析生活,透过现象抓住本质的能力"。要求文艺家从人民生活中"汲取题材、主题、情节、语言、诗情和画意,用人民创造历史的奋发精神来哺育自己"。他在强调党应当加强对文艺领导,并期望"对人民负责的文艺工作者,要始终不渝地面向广大群众,在艺术上精益求精,力戒粗制滥造,认真严肃地考虑自己作品的社会效果"的同时,又指出:"文艺这种复杂的精神劳动,非常需要文艺家发挥个人的创造精神。写什么和怎样写,只能由文艺家在艺术实践中去探索和逐步求得解决。在这方面,不要横加干涉。"邓小平文艺理论在总结我国革命文艺实践的经验和教训的基础上,继承和发展了马克思主义文艺理论,为新时期我国文艺家的创作自由和题材、主题、形式、风格的广泛开拓,为社会主义文艺的发展和繁荣开辟了广阔的道路。"三个代表"重要思想和以人为本的科学发展观以及社会主义核心价值体系的提出也为中国当代马克思主义文艺理论的发展和丰富做出新的贡献。

这时期,广大文学理论工作者在努力研究、阐释和传播马克思主义经典作家的著作方面,做了大量的工作。新出版了陆梅林编选的《马克思恩格斯论文学与艺术》,李准、丁振海主编的《毛泽东文艺思想全书》,还有中国社会科学院文学研究所、中国作家协会先后编选的《周恩来论文艺》《邓小平论文学艺术》等。还出版了《马克思主义文艺学大辞典》和陈辽著《马克思主义文艺思想史稿》、吕德申主编《马克思主义文艺理论史》和王善忠主编《马克思主义美学思想史》、李衍柱等著的《毛泽东文艺思想概论》、董学文等著的《论邓小平文艺思想》等著作。许多学者如陆贵山、钱中文、童庆炳等在坚持马克思主义基本原理的同时,比较充分地借鉴、吸取和参照了 20 世纪以来西方新的文学理论著作,使文学基本理论的研究出现新的建构与观点。3 年前,中央实施马克思主义理论研究与建设工程,集中了大批专家学者,要先编写九部书,其中一部是文学理论。现在这部书经过多次修改和讨论,即将出版。它是反映我国学界对马克思主义文艺理论的理解和吸纳新的研究成果的教材性著作。

三、马克思主义文艺理论的基本观点

马克思主义文艺理论是内容十分丰富的科学体系。我只扼要地从若干方面介绍有关的基本观点。

一、文艺本质论。旨在说明文艺是什么。这方面,马克思主义经典作家关于文艺

是审美的创造,是社会上层建筑意识形态的观点特别重要。大家知道,马克思在《1844年哲学-经济学手稿》中曾指出:"动物只是按照它所属的那个种的尺度和需要来建造,而人却懂得按照任何一个种的尺度来进行生产,并且懂得怎样处处都把内在的尺度运用到对象上去。因此,人也按照美的规律来建造。"大家知道,艺术美是与形象分不开的。后来,马克思主义又把人们对世界的哲学把握方式跟艺术把握方式相区别,认为艺术总是发挥想象的作用,以形象去把握世界。他指出,人类正是依靠想象力"创造神话、故事和传说等等口头文学"。毛泽东也认为,现实生活与文学艺术虽然"两者都是美,但是文艺作品中反映出来的生活却可以而且应该比普通的实际生活更高,更强烈,更有集中性,更典型,更理想,因此就更带普遍性"。他主张优秀的文艺作品应是"革命的政治内容与完美的艺术形式的统一"。这都说明马克思主义经典作家肯定文学艺术的美的特质。由于人具有按照美的规律来建造事物的创造性能力,能将人的本质对象化,能借助想象的形象去改变和加工所表现的对象,使之更典型、更理想也更美,因而,文艺作品被创造出来的艺术美才更高。这就为文艺是审美的意识形态的论断提供了根据。重视文艺的美的特质,就将文艺与政治、道德、宗教、法律、哲学等非文艺的意识形态区分开来。因此,认为马克思主义或毛泽东只强调文学艺术的社会意识形态性,而不重视文艺的审美特质的观点是不符合事实的。但是,马克思主义经典作家确实肯定文艺的社会意识形态性,而且指出文艺也是社会的上层建筑意识形态。曾有人对文艺是否属于上层建筑意识形态提出质疑,但马克思在《路易·波拿巴的雾月十八日》中所说的一段话很说明问题。他说:"在不同的所有制形式上,在生存的社会条件上,耸立着由各种不同情感、幻想、思想方式和世界观构成的整个上层建筑。"文学艺术正是借助想象和幻想以表现情感和思想,包括世界观的意识形态的形式。因此,认为马克思并未把文艺列为上层建筑意识形态的质疑是站不住脚的。当然,文艺属于漂浮于空中的社会意识形态,要通过反映哲学、宗教、道德和政治等中介的倾向,才能曲折地反映经济基础的要求。许多优秀的文艺作品所具有的审美魅力会继续为不同时代的人们所欣赏,不会随着一定经济基础的变更而消亡。这个事实并不足以推翻文艺从整体上属于上层建筑社会意识形态的科学论断。

二、文艺创作论。它说明文艺的创作源泉、创作过程、创作思维中的感性与理性、主体与客体、艺术方法与世界观的关系等。

从辩证唯物主义的反映论,即人的意识与存在的辩证关系来看,自然要把现实的社会生活看作文学艺术创作的源泉。如毛泽东所说的"作为观念形态的文艺作品,都是一定的社会生活在人类头脑中反映的产物"。而社会生活则是"一切文学艺术的取之不尽、用之不竭的唯一的源泉"。反映的产物不等于所反映的现实本身,但无论如何它仍是现实生活的一种反映。这是为创作实践所证明了的真理。有许多文艺理论家认为文艺创作的思维特点是形象思维,是用形象思考。但也有人认为创作中既有形象思维,也有抽象思维。还有理论家则认为创作只应是感性的,只有感觉、想象和幻想起作用,不应有理性参与。从克罗齐的直觉主义到弗洛伊德的白日做梦说,都反对理性。毛泽东在《实践论》中对人类的认识如何从感性上升到理性的过程作了深刻的阐明。他在与陈毅论诗的谈话中,就指出诗"要用形象思维"。在个别的例子中,有人曾梦中作诗,或只凭灵感来到的想象和幻想写诗。但小说、散文、戏剧的创作,特别是长篇作品的创作,完全没有理性的参与,完全没有世界观起作用,完全没有生活的根基和对生活的理性分析和认识,而只凭主体感觉、想象和幻想,恐怕是很难的。马克思主义经典作家是重视创作主体的重要性的。马克思强调过创作过程中主体想象和幻想的作用。恩格斯论巴尔扎克,列宁论列夫·托尔斯泰,在肯定他们的现实主义作品具有高度的真实性的同时,也都指出作家自身世界观的局限如何影响到作品的内容。他们都看到作家在作品中所表现的思想政治倾向性。正因此,毛泽东才强调作家必须深入生活,必须学习马克思主义、学习社会,必须改造自己的立场、观点和世界观。从能动的反映论来看,强调创作主体的创造性是必要的,但主体归根到底毕竟依存于客体,创作过程中感性固然重要,理性的参与恐怕也很重要。何况文学是语言的艺术,语言本身就是抽象的符号,就难以离开理性。

三、文艺功能论。实际上也是文艺价值论。因为功能与价值分不开。它要说明的是文艺何为,文艺对人有什么用,以及为什么人所用。马克思主义经典作家是从更全面的视角去看文艺的功能与价值的。他们都肯定文艺的真、善、美的价值和作用。马克思、恩格斯在评论拉萨尔的历史剧《济金根》时就既论到历史的真实性和形象塑造、情节设计、语言运用等方面的审美性,又谈到思想内容方面的问题。恩格斯说:"我是从美学观点和历史观点,以非常高的、即最高的标准来衡量您的作品。"他说,"如果首先谈形式的话,那么,情节的巧妙安排和剧本的从头到尾的戏剧性使我惊叹不已。"他还说,"您所不无根据地认为德国戏剧具有的较大的思想深度和意识到的历史内容,同莎士比亚剧作的情节的生动性和丰富性的完美的融合,大概只有在将来才能达到。"真,就是作品的认识功能和价值;善,就是作品的思想道德方面的教育功能和价值;美,就是作品内容与形式完美统一所产生的审美魅力。这方面,毛泽东谈到具有艺术美的作品,如何由于比普通的实际生活更典型、更理想而具有认识和思想推动的作用,"能使人民群众惊醒起来,感奋起来,推动人民群众走向团结和斗争,实行改造自己的环境"。可见,他们都看到文艺兼有真善美的价值和功能。

马克思主义经典作家其实还从更广泛的视角去看待文艺的社会功能和价值。恩格斯称赞巴尔扎克的作品"汇集了法国社会的全部历史",并说,他从"甚至在经济细节方面(如革命以后动产和不动产的重新分配)所学到的东西,也要比从当时所有职业的历史学家、经济学家和统计学家那里学到的全部东西还要多"。这就不是一般地谈论作品的认识意义,而且认为,文艺作品还具有历史学、经济学和统计学等的认识价值。毛泽东说文艺作品可以起伟大作用于政治,这也超出了一般所说的真善美的意义。实际上,像《国际歌》和《义勇军进行曲》所产生的政治作用,就的确非常伟大!

更重要的是,马克思主义经典作家还提出了文艺为什么人的问题。列宁在与蔡特金的谈话中就认为文艺属于人民,应当在人民底层有它深厚的根基。在《党的组织和党的文学》一文中,他更是第一次明确地提出文学应"为千千万万劳动人民服务"的口号。至于毛泽东关于"文艺为什么人"和"怎样为"的论述,更是《在延安文艺座谈会上的讲话》的主题,这是大家所熟知的。

四、文艺生态论。指的是文艺内外的生态关系,包括文艺与政治、宗教、道德、法律、哲学等的关系,也包括文艺内容与形式、风格与流派等的关系,还包括文艺的生产与消费的关系。

在文艺的外部关系中,最重要的是文艺与政治的关系。列宁认为,政治是经济的集中表现。在普列汉诺夫为社会经济基础与上层建筑意识形态所画的多级关系图中,政治是中介,它直接反映经济的利益要求并将其转达到上层建筑的其他意识形态中去。在文艺与政治的关系中,马克思主义经典作家作为无产阶级革命家,实际上都有要求文艺为无产阶级革命服务的言论。马克思、恩格斯不仅肯定和赞扬欧洲许多伟大作家作品中的政治倾向性,而且高度赞扬英国工人运动中的诗歌和德国的社会主义诗人,并要求作家描写"叱咤风云的无产阶级革命者"。列宁也热情称赞过鲍狄埃的《国际歌》等对鼓舞革命起重大作用的作品。至于毛泽东有关政治与文艺关系的观点,更为大家所熟悉。有些文艺作品确实可以为政治服务,甚至起伟大作用于政治,但并不是一切文艺作品都有政治内容或政治倾向,也非都能够为一定的政治服务。这同样是事实。因而,邓小平放弃"文艺从属于政治"的提法,同时又指出"文艺是不能脱离政治的"。这更符合文艺的整体状况。我认为,应从以下三个方面看文艺不能脱离政治:一是文艺家总有一定的政治立场、观点和情感,他必然要曲折地表现到自己的作品中来。如八大山人画兰花都是根不沾土,虚悬空中,隐含他对明朝亡国后的无土之恨;二是政治家和政党总要通过各种办法罗致和动员文艺家为政治服务;三是所有政府在制定文艺政策和法令时,首先都要考虑政治的利益。所以,文艺要完全脱离政治,恐怕很难。既看到文艺与政治的密切关系,又看到文艺的相对独立性及其与政治的区别,容许文艺有自己一定的自由发展的空间,应该是有利于为文艺发展创造比较好的生态环境的。对文艺与其他上层建筑意识形态的关系,也要既看到联系,又看到区别。文艺作品中历来都可以看到哲学、宗教、道德、法律等的影响印记,但如果文艺变成只宣传宗教、道德或哲学的工具,那恐怕就很难称为文艺了。

在文艺的内部关系中,内容与形式的关系也很重要。从马克思主义的哲学看,内容与形式代表不同的范畴,两者是有区别的。但在实际存在中,内容与形式是统一的,没有无形式的内容,也没有无内容的形式,内容决定形式,而形式也限制内容。就文艺而言,毛泽东说,我们要求"革命的政治内容与完美的艺术形式的统一"。而鲁迅、瞿秋白都说过,旧形式也可以表现新内容。在延安,毛泽东也称赞过新内容的传统秧歌。可见马克思主义作家对文艺作品中的内容与形式的关系的理解是辩证的,既看到联系,也看到区别,还看到两者之间的关系复杂性。因而,马克思主义经典作家主张文艺的内容、形式、风格、流派的多样性的生态。马克思早年在《评普鲁士最近的书报检查令》一文中就说:"你们赞美大自然悦人心目的千变万化和无穷无尽的丰富宝藏,你们并不要求玫瑰花和紫罗兰散发出同样的芳香,但你们为什么要求世界上最丰富的东西——精神只能是一种存在形式呢?"列宁说得更明白:"无可争论,在这个事业中,绝对必须保证有个人创造性和个人爱好的广阔天地,有思想和幻想、形式和内容的广阔天地。"而毛泽东制定的"百花齐放,百家争鸣"的方针,江泽民同志提出的"弘扬主旋律,提倡多样化"的号召,都正是文艺多样化理论的政策体现,是有益于为繁荣文艺创造好的生态环境的。

马克思关于生产培养消费,消费又会促进生产的观点,同样适用于今天的文艺产品及其消费的关系。在《〈政治经济学批判〉导言》中马克思指出,"说到生产,总是指在一定社会发展阶段上的生产"。在《剩余价值论》中他又说,"与资本主义生产方式相适应的精神生产,就和中世纪生产方式相适应的精神生产不同"。我们知道,资本主义生产方式包括生产、分配、交换、消费四个环节。文艺生产到了资本主义社会,就成为商品的生产,它也是为消费而生产的。马克思深刻地指出,资本主义时代的作家具有身份的二重性。他既是非生产劳动者,又是生产劳动者,只有到共产主义社会,这种二重性才会消除。我国今天实行社会主义的市场经济,存在多种经济所有制,因而,作家文艺家既是艺术品的创造者,又是商品的生产者的这种二重性仍然存在。我们的作品往往不能无视消费的需要,但是,优秀的文艺作品也能够培养和引导消费,这也是今天文艺发展的生态环境的表现。事实上,优秀的文艺家总是不断以自己的高质量的甚至带有先锋性的作品去培养和引导消费。

五、文艺发展论。这涉及文艺的起源、文艺发展的种种形态和规律。大家知道,马克思主义经典作家认为文艺起源于劳动。他们指出,劳动不仅满足了人的生存需要,而且发展了人的各种器官,促进了人的相互交往,从而在劳动中产生了最初的艺术,如歌谣、舞蹈、岩画以及神话等。

在文学艺术的发展中,其内容与形式随时代的变化而变化,有些文艺形态只能产生于一定的时代。马克思就指出,神话只能产生于人类的童年时代。他还指出,文学艺术的繁荣与社会经济的发展不一定平衡。他说:"关于艺术,大家知道,它的一定的繁盛时期绝不是同社会的一般发展成比例的。……某些有重大意义的艺术形式只有在艺术发展的不发达阶段上才是可能的。"从文艺史上看,文艺发展过程中因内容与形式的差异而出现的不同形态,与不同时代的社会历史土壤有着密切的关系,但文艺繁荣与经济发展的不平衡,可以说是一种规律。因为文艺的繁荣还得有其他的许多条件。我国的汉唐气象,自然是社会经济繁荣后出现的;但建安文学的繁荣却见于世积乱离的时代;五四新文学的突起,则逢国内战争不断,南北未能统一的时期。

文艺的发展中,还存在对传统的批判继承和对外国文艺的借鉴,并在此基础上不断创新。普列汉诺夫曾论述革命的社会转折期,往往对旧传统过于否定,之后,传统的东西又会更多恢复起来。他举法国大革命前后和英国克伦威尔革命前后的情况加以证明。他还认为,后进国家的文学往往学习先进国家的文学,而先进国家的文学则很少借鉴后进国家的文学。他举俄国文学之借鉴法国文学,后者则不然。非洲国家多借鉴欧洲文学,而欧洲文学则没有借鉴非洲文学。这在不同国家文学的交流中似是一种规律。俄国无产阶级文化派曾完全否定传统,认为可以在空地上建设无产阶级的新文化,这种错误观点遭到列宁的批评。列宁一再强调,只有在批判地继承人类全部文化的基础上,才可能建设新的无产阶级文化。对继承传统、借鉴外国和创新的问题,毛泽东在《新民主主义论》和《在延安文艺座谈会上的讲话》中都做过十分透彻的论述。新中国成立后,他更用"古为今用,洋为中用""推陈出新"的方针,概括了马克思主义对于继承、借鉴、创新的理论,实际上也是深刻地揭示了文艺发展中十分重要的一条规律。

六、文艺的批评论。这包括文艺的鉴赏、解读和评论。马克思、恩格斯、列宁和毛泽东都读过许多文艺作品,并撰写过评论。如马恩对拉萨尔的历史剧《济金根》的评论,对欧仁·苏的《巴黎的秘密》的评论,对敏娜·考茨基和玛·哈克纳斯的小说创作的评论等;列宁也有对列夫·托尔斯泰等作家作品的评论;毛泽东对唐诗宋词、对《水浒传》《金瓶梅》和《红楼梦》都有精辟的评论,他对鲁迅的评论更是经典性的。他们的评论,既谈自己对作品的鉴赏感受,也分析作品的思想内容与艺术形式。恩格斯所提出的美学的和历史的批评标准,毛泽东所提出的政治标准与艺术标准,实际上都包含了真善美的因素。毛泽东提出不同时代不同阶级有不同的批评标准。这也是符合历史实际的。思想与政治标准有时代与阶级的差别好理解,而审美上人类共同性的因素似乎更多。车尔尼雪夫斯基在《生活与美学》中论到俄罗斯贵族以女性的苍白纤弱为美,而乡下的农民则以女性的红润健壮为美,可以说明同一时代不同阶级的审美标准也有差别。对于文艺评论的重视,是马克思主义经典作家的共同点。《在延安文艺座谈会上的讲话》中,有关文艺批评的论述就占有重要的地位。江泽民和胡锦涛同志在文代会、作代会的讲话中都有专段论述强调必须发展文艺评论。

四、马克思主义文艺理论面临的挑战

今天,马克思主义文艺理论面临的挑战来自两个方面:一是全球化条件下世界文艺多样化的挑战,包括文艺理论的多样化和文艺实践的多样化,特别是现代主义与后现代主义文艺实践及其理论的挑战;二是电子传媒、网络文艺带来的高科技,使文学进入电脑写作和数码传播时代的挑战。

马克思、恩格斯、列宁和毛泽东的时代,针对的主要是西欧和我国的现实主义和浪漫主义文学,而我们今天所面对的则有各大洲的文学,包括现代主义、后现代主义文学和拉丁美洲的魔幻现实主义文学。现代主义思潮兴起于19世纪末20世纪初,当时帝国主义之间和资本主义国家内部的矛盾都进一步激化,第一次世界大战爆发,更把资本主义许多负面现象展现在人们面前。颓废绝望的情绪到处弥漫,不同思想立场的知识分子都展开对资本主义社会现象的批判,企求在文化、艺术各个领域叛逆旧的传统,进行创新突破。艺术领域前后便涌现抽象主义、象征主义、达达主义、未来主义、超现实主义、荒诞派、意识流等创新的流派。美国的爱伦·坡和法国的波德莱尔曾被认为是现代主义的鼻祖。爱伦·坡反对说教和模仿自然,强调形式美和作品的暗示性、音乐性,为象征派诗人开了先河。波德莱尔的《恶之花》在题材上转向城市的丑恶和人性的阴暗面,打破浪漫主义对现实的理想化,提倡情感的"对应物",用物象暗示内心的微妙世界。这种重自我表现、反陈述、重联想和暗示的艺术方法,后来便发展为现代主义的基本倾向和特征。我国现代主义研究家袁可嘉曾指出,现代主义的思想根源可以追溯到康德和尼采等的唯心主义哲学。康德认为,意识的先天形式先于经验,是人类的认识能力特点构成人们所理解的自然界的规律和特点。他关于美不涉及欲念与概念,仅涉及形式的观点,关于艺术与游戏相通、贵在自由、想象在艺术中可以创造出"超越自然的东西"的观点,都正是现代派主张心灵表现和主观直觉、偏于唯美的形式主义的理论基础。而他的不可知论更加深了现代派的神秘主义倾向。尼采认为现代文明的衰退是由于过分的理性压抑了基于本能与意志的主观创造力。他的悲观主义,他对人类文明和社会的否定,他对意志与本能的强调,也为现代主义提供了哲学的启示。此外,弗洛伊德的潜意识学说、柏格森的直觉主义美学、萨特的存在主义哲学,对现代派也都有相当的影响。

后现代主义是二战后西方产生的新思潮。它在当代西方社会的历史环境中发展，构成对现代主义的反叛和超越。

当代西方社会作为"后工业社会"的突出特征是，随着电脑化、信息化和物质财富的巨大增加，一切都讲究速度和效率，社会成为严密的系统，事物高速发展变化，任何东西似乎都显得没有确定性，没有永恒的本质。一方面人与人的相互关系越来越冷漠，随着社会分工的越来越细，人们的共同语言越来越少；另一方面，庞大的电子网络，使个人成为社会机器的某一位置的小齿轮或螺丝钉，只能被迫完成社会安排的使命。因此，个性遭到消解，人就不可能有真正的自我；现实的无常感，更使人只顾存在眼前的经验、瞬间的感觉和一时的欢乐。

后现代主义文学就是在这样的社会现实和文化心态下产生的。它包括西方众多的文学流派。法国的存在主义文学开始了从现代主义向后现代主义的过渡，50年代后法国的"荒诞派"戏剧，美国的"投射派"诗歌和"垮掉的一代"，英国的"愤怒青年"，还有德国战后的"废墟文学"和奥地利的"维也纳"派，以及法国的"新小说派"，等等，都被视为后现代主义的派别。

后现代主义者认为世间一切本来就毫无意义，人生本来就没有希望。他们主张凭感觉和本能的驱动，抓住眼前的现实享乐。对他们来说，文学创作是一种现实享乐的生活方式，是以消费性、享受性地"玩"文学。概括地说，后现代主义的创作有如下的特征：第一，消解纯文学与大众文学的界限。传统意义上的"高雅"和"通俗"在后现代主义文学中融为一体。第二，崇尚平面化。即所谓"深度模式削平"。后现代主义者不相信事物有什么深刻的意义，从而确认自己所感觉的就是生活本身。所以，他们又标榜"客观真实主义"，不动感情地去描写自己所感觉的世界。第三，注重创作的无意识状态和游戏态度。后现代主义作家强调从把弗洛伊德所说的无意识中的"本我"呈现出来，把偶然获得的经验随心所欲地拼凑起来。其游戏态度包括"玩"语言游戏、玩拼贴结构和玩空间性结构。后现代主义文学不再有时间段的先后因果的线性结构，而是往往没有特定的叙述角度，没有明确的时间线段，可以将历史、现实、回忆、梦境、想象、幻觉交错在一起。

80年代改革开放后，我国文学创作中出现的朦胧诗、意识流小说和探索性戏剧，都不无现代主义的影子。它们反对理性，回到"前文化"状态，强调意义与价值解体对现实采取消极认同和玩世不恭的冷嘲态度，在艺术上注重生活流、印象流、感觉流的展示，运用黑色幽默的反讽、非意象化和口语化，从中也不难看到后现代主义理论的实践。至于90年代出现的"欲望化写作"和"身体写作""下半身写作"所受到后现代主义理论和创作的影响,也曾被评论界所指出。自然,这时期我国作家在汲取和借鉴西方现代主义和后现代主义的技法时,并不都赞成其艺术哲学观点,而且表现的仍然是我国的生活与体验,对于使我国文学的风格更加多样化,艺术技法更加丰富而言,其积极意义也不可低估。但是,对现代主义和后现代主义的理论基础和创作现象如何认识,仍然需要深入研究。至于信息社会的到来,网络文学的出现,文学创作从手写的纸质时代走向电脑写作和创作的时代、文学生产与消费的全球规模等情况,也给马克思主义文艺理论带来新的问题。所有这些问题都需要马克思主义文艺理论去加以回答和应对。

农村题材60年:在负重中前行

张浩文

在中国当代文学创作60年的历程中,农村题材创作具有举足轻重的地位。可以这么说,当代文学的创作实绩主要是通过农村题材体现的,当代文坛创作成就最高的作家也基本上是以农村题材创作为主的作家。

农村题材创作之所以会取得如此重要的地位,是与当代中国特殊的历史遗存和现实状况密切相关的。中国自古是一个农业大国,即使在城市化加剧的今天,中国人口的大多数依然分布在广袤的农村,乡土中国的面貌尚未得到根本改变;中国现代革命史基本上就是农民革命史,中国共产党正是采取了广泛发动和依靠农民群众、以农村包围城市的正确路线,才取得了中国革命的胜利;在新中国成立之后,为了迅速巩固政权,医治战争创伤,并在短期内实现工业化,农村又成了获取政治和经济资源的可靠基础。基于农耕文化传统和新民主主义革命的成功经验以及现实的国情需要,执政者对农村和农民问题格外重视。中国当代文学中的农村题材就是在这样宏观的历史和现实背景下被指称和归置的,它所承担的意识形态责任是不容置疑的,正是在这个意义上它得到了执政者空前的倚重和扶持。

如果说作家仅仅是被某种外力所强制,那显然是无法解释农村题材创作所取得的丰饶成就的,而且是把问题简单化了。我们应该看到,中国作家与农村和农民有一种天然的亲和关系,这首先是因为中国作家大多数是农民出身,即使出生于城镇的作家,他们也与乡村有着千丝万缕的联系;其次,由于商品经济的不发达,中国的城市与西方的现代城市不同,它始终是小农经济制约下的乡村的放大,因此,中国作家的都市感觉先天薄弱,即使描写都市也无法摆脱乡村经验的控制。中国作家这种先在"基因"决定了他们的道义立场和书写习惯,他们有一种为农民代言的强烈的使命感,从古代的"悯农诗"到鲁迅的乡土小说,这种态度一以贯之,当代作家更是继承了这种传统,他们发自内心地要为农民鼓与呼,真心实意地去贴近农村的真实面貌。

一方面是意识形态的召唤,一方面是作家的身体力行。当代农村题材60年的发展,就是在这两种力量的互动中愤然前行的。但是,这两种力并不完全是合力,因此,不可避免地,农村题材文学创作就不会总是高歌猛进,而呈现出疾行与徘徊相伴、重轭与轻装互见的态势。

当代农村题材的第一个创作高潮出现在20世纪五六十年代,涌现出了一大批卓有名望的作家和代表了当时文学创作风尚的作品。其中最典型的是以赵树理、马烽为代表的山西作家群和以柳青、王汶石为代表的陕西作家群,以及周立波、康濯、李淮、刘绍棠、陈登科、秦兆阳等。《三里湾》《创业史》《山乡巨变》《不能走那条路》《风雪之夜》《太阳刚刚出山》等长篇和短篇小说描绘了新中国成立之初农村发生的除旧布新的变化,讴歌了当时农村方兴未艾的农业合作化运动。这些作家大部分都是从解放区过来的文艺工作者,他们坚持文艺为工农大众服务的方向,自觉践行文艺服从党的方针政策、配合党的中心工作的宗旨,同时,五四新文学的启蒙精神在他们身上也有承继,这两方面的结合,使得他们决然地服从党的召唤,并热切地期望以自己的作品启动民智、鼓舞民心,促使这场改天换地的伟大社会运动尽快完成。当时农村题材中的"社会主义新人"形象就是这种理念的结晶。

今天,随着对当年合作化运动和人民公社制度的重新评价,昔日那些笼罩着光环的作品也逐渐褪色,它们身上所负载的过度的激情甚至矫情、超量的浪漫主义以及显豁的公式化、概念化也不断让我们诟病,从中我们不难看出僵化的意识形态对文学创作的驯化和规制。其实,在当时也不是没有作家对此有所质疑,赵树理就曾一度困惑甚至有所抵制,他某种程度的觉醒并不是来自理论和观念的更新,而是源自他对乡村的切身体验和与农民的血肉关系,是农村的真实状况和农民的真实意愿惊醒了他。另外一些作家可能没有把这种疑惑上升为自觉,可观察那个时代的作品我们就会发现,许多作家在其作品中塑造了生动丰满的"中间人物",这种对新生活充满疑虑、在合作化运动中彷徨无定的人物反而比作家呕心沥血塑造的"社会主义新人"形象更加真实和扎实,这不能不说是意识形态的强制与作家生活体验的抵触在无意识中矛盾调和的结果。恰恰是这些以梁三老汉为代表的中间人物成了那个时代的作品为中国文学贡献出的最有价值的、最典型的农民形象。相比而言,新时期的一些农村题材作品,特别是所谓先锋作品中的农民形象就显得单薄而矫情,究其原因,最主要的是后来的作家很少像赵树理、柳青那样与农民和农村保持着血肉相连的关系,他们是靠想象而不是靠体验去写作。

进入新时期之后,思想解放运动在文学上的体现就是作家以来自底层的真实体验来质疑和批判极"左"路线的僵化和虚假,在某种意义上甚至可以这么说,后来席卷全国的对当代历史走向发生重大影响的思想解放运动最初是由文学发起和推动的,正是"伤痕文学""反思文学"把生活的真相兜了出来,让人们在观念和现实的巨大反差中骤然醒悟。"文革"十年,农村是重灾区,因此,出自农村题材的文学作品的反思让我们格外沉重,《李顺大造屋》(高晓声)、《许茂和他的女儿们》(周克芹)、《犯人李铜钟的故事》(张一弓)、《芙蓉镇》(古华)等揭露了极"左"路线在农村肆虐的现实,揭示了农民生存的辛酸和艰难,读之让人落泪、让人愤然,这巨大的情感力量在一定程度上也促使了新时期农村政策的某种改变。从此之后,在农村题材的创作上,作家的体验基本与主流意识形态的召唤保持一致,两股力量终于达成和谐与共振。

中国的改革开放最早是从农村突破的,这既有农村题材文学作品的加温作用,同时,它也紧紧跟踪着农村改革的现实,反映农民在改革中的精神变化与心理企望,描绘农村利益调整和观念更迭的复杂过程,《乡场上》(何士光)、《鸡洼窝人家》(贾平凹)、《陈奂生上城》(高晓声)、《鲁班的子孙》(王滋润)、《平凡的世界》(路遥)等作品是这一时期的代表。

进入20世纪90年代,在对西方文学进行了急遽的汲取和笨拙的模仿之后,随着思想界对现代化和经济全球化的省察,中国经验和本土文化资源被重新重视,文学创作出现了深化和分化,在农村题材的创作上有两个方面值得关注:一是部分作家把目光暂时从当下挪开,追索历史事象背后的文化塑形基因,如《白鹿原》(陈忠实)、《马桥词典》(韩少功)、《笨花》(铁凝)等,这些长篇小说显示了深邃博大的思想容量;二是"现实主义冲击波"作家群的创作实践,刘醒龙、谈歌、关仁山、何申等部分青年作家重拾现实主义的创作方法,作品聚焦当下混沌而充满生机的现实生活,从中发现生活的温情、民众的智慧、生命的伟力,这些作家的中短篇小说既让我们看到了变迁中农村现实的沉重与无奈,也让我们看到了化解这些沉重与无奈的努力和希望。这种"现实主义冲击波"的持续,催生了《秦腔》(贾平凹)、《湖光山色》(周大新)等长篇力作。

时间推移到新世纪,随着农村剩余劳动力的大规模转移,一个早已存在而近几年越来越醒目的文学现象摆在我们面前,这就是"底层叙事"中的农民工题材的创作。这是一种特殊的题材类型,它跨越城乡界限但它始终无法消弭城乡界限,这种题材的创作者可以分为两种类型:一种是农民工自己,如早期的安子和林坚、现在很活跃的郑小琼和王十月等,他们是"劳者歌其事",作品质朴、真切、生动;另一种是代言者的写作,如刘震云的《我叫刘跃进》、贾平凹的《高兴》等,故事性强,娱乐性也强。目前这种题材的写作方兴未艾,无论是描写生活领域的繁杂还是揭示心灵变化的剧烈,它都与传统的农村题材创作有较大不同,拓宽了农村题材的写作范围。

综观60年的农村题材创作,我们可以明显感觉到,对现实的强烈关注是此类作品始终如一的品格,这既有中国现代文学和解放区文学优良传统的影响,也是作家责任和良知的体现,它在总体上保证了农村题材作品的厚重和敏锐,在今天娱乐至上的时代特别值得珍惜。但过分急切的介入有时不可避免地会使作品留下显豁和浮躁的瑕疵,即使一些获得国家大奖的作品也在所难免。

与强烈的现实感相适应的是农村题材总体上的写实手法,这固然是受题材对象自身属性的制约,也为作品赢得了比较广泛的社会关注度,但过分固持一种创作方法也自然地导致了文学风格的单调。在一个文学观念日趋多元化的时代,文学的创作手法也应该兼容并蓄,在农村题材的创作上,像韩少功的《马桥词典》、阎连科的《日光流年》等在艺术形式上具有探索性的作品还是少了一些。

　　进入新世纪之后,一个令人兴奋的消息是国家开始实施新农村建设计划。这标志着国家对"三农"问题的空前重视,也是所有关注农村问题、关心农民生活的作家的衷心期盼,应该说这是国家意志与作家个人意愿的高度统一。对所有从事农村题材创作的作家来说,这无疑是一个空前难得的历史机遇。虽然我们承认至今尚未诞生一部能与复杂纠结而又蓄满生机的农村现实相对称的优秀的史诗性的作品,可我们有信心期待并且相信等待不会太久,因为我们已经跨进了这个空前难得的历史机遇期。

当前文学发展的主流与可能

梁鸿鹰

现在正是认识当代文学发展多种可能的大好时机,但一个前提是我们必须设法找到"主流"与"可能"——作为我们必要的起点。我认为,无论从哪个角度考察,得出我国文学发展总体呈现积极健康的良好态势的结论,应该说是公允的,我们可以从若干个方面出发渐次看到,携着一些斑驳、灿烂的景观,文学正进入新的佳境。

人是决定的因素。文学人口大量增加,创作队伍空前壮大,说明中国文学的"气场"尚富号召力。高等教育普及,全民文化素质提高,以及文学传播渠道、文学传播载体海量,不仅文学阅读、消费人群大为增加,从事文学或准文学写作的人口数量也几乎以超出我们想象的速度攀升,专业与业余、体制内与体制外、文化圈里的与文化圈外的、线上的与线下的、青少年与成年人、有文学训练准备的与不知文学为何物的"跨界者",出于精神需求或是纯属"玩票",总之,欲在或立志在文学领域一试身手的人越来越多,这为当代文学源源不断地输送着新鲜血液、吹进新的空气,任谁也不敢断定那些无师自通者当中哪天就不会冒出几个文坛"大腕",这无论怎么看都值得我们欣慰。

中国文学作为"气场",其重要标志是创作异常繁荣、多元共生局面已经形成。当前的文学创作已不再是职业或专业作家大一统,我国在文坛上有定评的作家创作状态良好,一两年就有一部高水平的大作品出现,而同时,在张翎的《金山》之外,阿耐的《大江东去》、南飞燕的《大瓷商》、当年明月的《明朝那些事儿》,则不时提醒人们新面孔创作前景的不可限量。除传统文学样式收获颇丰,纸上文学与网上文学齐头并进,纯文学与大众文学共同活跃,蔚为壮观。文学表现的领域,除人们习见的工农兵学商,城市乡村全部覆盖。而在汉语文学大概念之下,军旅文学、少数民族文学、女性文学、儿童文学之外,文学创作被命名的可能在不断实现与拓展——青春文学、职场文学、打工文学、商战文学、粉领文学、官场文学、历史演义文学、铁血文学、玄幻文学等。文学创作的风格,传统的、现代的、高雅的、娱众的、豪放的、细腻的、阳刚的、阴柔的、内敛的、外向的、等等,各种样态、面貌几乎都已出现,无论是从类型学意义上讲,还是从发生学意义上看,所有这些都给文学创作向高层次发展带来了多种契机。

影响力和可能性往往也是在传播过程中实现的。应该看到,当代文学作品从来没有像现在这样大规模地被再开发、再利用、再传播,此风潮力度之大、高潮之迭起,着实鼓动人心。一部小说作品同时被广播、连载,改为影视、戏剧甚至广播剧作品,在当今已不是新鲜事情,龙一及其创作凭着电视剧《潜伏》一夜成为街谈巷议,完全翻版了赵本夫及其《天下无贼》,甚至,易中天由中文系教授,经由电视屏幕塑造为真正学者型的作家形象,余秋雨由纸上的《文化苦旅》到借助凤凰卫视推出《千年一叹》,证明了作家在文化活动中往往必不可少。而刘恒、邹静之成为影视票房保证的前提之一,是他们在文学上的造诣成就的。文学与其他艺术形式的互动、共荣,往往会取得双赢之外更多的效益——尽管人们往往趋向于从"双刃剑"的角度理解文学与影视。

而不可不提的是,全社会普遍看重文化的作用,文学发展的实践、政策、理论土壤日见厚实。文学作为国家"软实力"的有机组成部分,不以人们意志为转移地代言着国家形象。中国作协实施"重点作品扶持工程",资助和推动作家踊跃从事多种题材、主题和艺术形式的创作探索,凭借着丰硕成果已受到普遍好评。各地在高度重视 GDP 增长的同时,关注民生,协调发展,纷纷打"文化牌",不仅在和谐文化发展的理念上提倡"重在建设",而且更在资金、人才政策等方面给予非常实际的资助。文学不仅获得了与舞台艺术、电影电视、音乐舞蹈等同样的优越待遇,而且还享有一些"软待遇",如杭州以高薪和别墅吸引作家落户,广东、上海扩大专业作家编制,中山市斥巨资征集文学剧本,东莞市建立文学院——这还不算,众多高校设"文化与文学研究中心",设立作家创作基地,等等。更可喜的是,政府决意给作家提供优裕条件,在创作上并不干预,这对个体劳动者而言,比戏剧、影视等综合艺术的创作者尤其幸运。在文学上只要能做出成就,作家受到的优厚礼遇,是在任何其他国家都难以想象的。谁能说这不是文学发展的有利条件呢?

从世界范围讲,经济全球化、文化多样化势不可当,世界已变为地球村,各个角落发生的事情转眼间便成为全球娱乐、消费的对象,基于信息化、数字化技术为文学创作提供的机遇人们已经初步有所领略,网络文学对传统文学的内容、叙事与对象,都提供、展示了新的前景。中国的现实生活无时无刻不受到世界大势和各个角落发生着的每件小事的影响,如果说南美洲一个蝴蝶会影响全球气候,那么,世界事务向中国人生活投射的光亮以及与此共生的丰富性,恰恰为作家的艺术表达注入了不小的动力,当是文学之大幸。而更可期待并已变为现实的是,对外开放从来没有像现在这样呼唤中国文学"走出去",国外对我国文学的需求近年已有了增加的迹象,我们短期内不指望会有"订单"式的外销作品,但我国作家的影响随着国力的增强会大为扩大,这也是可以预期的。

良好的态势、机遇与有利条件是我们继续前行的重要依据,但是,着眼于文学的长远发展,文学实践过程中所存在的一些值得忧虑的危机与挑战,也是我们必须看到的,而且,鉴于这些关节点所具有的顽固性、稳定性,也许我们在一段时间内还不能盲目乐观。

一方面，文学原创力不足始终困扰着我们。在市场经济高度发达的社会环境中，眼见得着的效益、规模影响着各个行业和人群的取向，读者阅读口味的变化、消费市场的走向对文学的拉动更明显，作品引导读者已变为读者的阅读趣味引导和推动创作。人们对时间、速度的要求更趋迫切，工作压力之下对轻松、无须思考、色彩绚丽的诉求，对重复、循环的无意识追逐，让任何形式的生产都受到无形的引诱。也许，我们所看到的文学创作上越来越多的模仿、跟风和复制，正是被巨大的、无所不在的社会氛围所带动的现象。因为，比之市场趣味、效益之手，有时那种扎实的、有根基的创新的目标、动力与步伐，显得过于单薄和无力。当代文学不仅亟待在题材领域、艺术表现上实现进一步开拓，而且在精神气质上也需要鼓荡新的气韵，创新的艰难使我们更为忧虑。

在消费社会里，即使是思想有时也会成为被消费的对象，况且人作为唯一有理智的动物，在多种食粮之外，往往更需精神与思想的滋养。对这种需求，中国文学的提供力屡屡被指为不强。相对于欧美灿若星河的古典作家而言，相对于近现代中国文学巨匠的作品，当代文学为社会提供的思想力和精神价值尚显不足。由于民众阅读的实用性、趣味性和娱乐性日益加深，积累、创作、出版和发行等几个链条的连接、反应更加迅速，作家难得有较长时间进行思想储备和精神积淀以应对或适配题材的需要。我们的文学创作在对人的本质、对宇宙的本质的追寻，对涉及人的生存、未来，对涉及民族发展重大问题的思考，显然是不够的，文学在民族精神力量、鼓舞人们的思想力的提供等方面，尚显薄弱，即使有所触及，化为深入人心的艺术表达也还有一定距离。

说到底，人们对中国文学目前的影响力仍然不甚满意。人们呼唤振聋发聩的大作品，文学界自身也对此日益焦虑。作家在社会中的风光与富足并没有伴随着文学精神在实质上的扩张与富庶，作品的大量涌现并没有伴随着文学体验高峰的出现。小说这个文学的骄子被反复包装、拆解与重装，但自身的傲慢、尊严与自豪则日渐难保。中国文学"走出去"是正在进行时，世界影响力尚不乐观，知名作家国内香，非主流作家国外香，这个特别具有嘲讽意味的现象，人们见怪不怪已经有一段时间了。网络文学作为文学的另一极门户已立，其集体力量恐远远超出个体能量，并形成较大的"声势"，在网络文学、影视、景观剧、动漫、网游等多种文化形式面前，人们发出议论：当代文学甚至有时大叹已被"边缘化"，这恐怕是人们心中长久的痛。

那么，文学大发展的可能在哪里？

我们既定的路径、已经被证明有效的方法，对促进文学的发展仍然适用。但要紧的是，面对有些倾斜的文坛，我觉得首先要扭转几个失衡——如果这些失衡真的具有全局意义的话。一个是质与量的失衡，文学作品的数量从来没有这么多过，而质量的不如人意也从来没有这么严重过,这是个显见的事实。再就是理论评论与创作的失衡,一方面是创作的发展没有得到理论概括的覆盖;另一方面,文学评论的欠针对性,则造成了自说自话与"不及物"。对于这两个方面,我们要努力扩大做工作的空间。

而就事关文学发展前途的创作而言,最根本的恐怕是要扭转创作与引导的失衡。在当代文化建设的格局中,我们期待文学创作能够在众声喧哗和艺术表现的多元和多样中树立起思想的主导,在多种思想思潮的交流交融中谋得某种共识,真正把尊重差异、包容多样作为重要出发点和立足点,使得有益于民族和国家的那些核心价值理念,不仅成为创作的主流,也能起到实质性的引领作用。而在这种局面逐步形成的过程中,刚性的调节、引导显然十分必要。可以肯定,目前文学市场、文学出版这只手对文学创作的指挥是有力的,这只手往往难以更多地进行思想内容、价值取向等方面的调控与指引,在文学出版市场化生存的大背景下,读者与市场的风向标始终具有主导意义,文学创作跟着市场还是坚持道义与精神追求,似乎永远是横亘在我们面前的沟壑。不难预期,要想填平这个沟壑,任务是长远和艰巨的。

有必要处理好网络文学与纯文学的关系。据统计,我国网络写作的受众人群已超五千万,作者更达十万人之巨。好在,网络文学也是喝纯文学的奶长大的,网络写作所形成的读写之间的"认知交流、思想交流、情感交流、生活方式、话语方式以及人生经验交流的平民化书写方式",也恰恰是对纯文学最有启示借鉴意义的关节点。有鉴于总体而言,网络文学尚处"实验期",有成熟之作但无成熟之势,其整个业态当是文化生活的辅餐而非"主食",从此基点上出发,我们重视网络文学,其实网络文学也需要引导,因为它毕竟是精神食粮的一种。在当代文学建设的格局中,大众文学、精英文学、通俗文学、高雅文学、线上文学、线下文学,都应得到发展、引领和匡正,唯有用更多富有思想价值、具有艺术影响力的作品引领大众文化、主导人们精神的生活,才能构建出符合社会发展的文化生态。我们期待的结论应该是这样的。

回到开端,仍然得说人是决定因素。文学作为农耕文化的产物,历来是人类的精神创造活动,随着社会发展、物质生活水平的提高,人们有理由规避创作过程的"悬梁""锥刺"或推敲、磨砺,但有必要重视文学是慢的艺术,是厚的艺术,也是指向人心的艺术,是涉及我们精神追求的艺术,我还宁愿把文学视为需要思考、追求过程、少问收获的艺术。而痛切地理解这一切,则全有赖于人——作家——的抉择。

中国文学的"中国性"与"地方性"
张未民

在文学话语中,"中国"和"地方"往往是一对相生相对的概念。但我们并不能将它们喻为一对孪生兄弟,因为就其客观所指范围和层级而言,"中国"和"地方"之间的关系不仅不是平等的,反而更是从属性质的。"中国"是大,"地方"是小;"中国"是总括和统领四方,"地方"则只能被其涵盖和包容。以至于"中国文学"云云,在文学话语中被随处使用,而所谓"地方",则往往晦暗不明,即使在文学话语中多少有一些诸如"地域文化特色"的声音,那也是为了说明和附丽于"中国文学"的。在大多数场合,"中国文学"具有无可置疑、无所不包的解释权和命名权,而"地方"理所当然地就是局部、局限、局促,乃至是低层和破碎的,似乎可有可无。这种状况尽管天长日久已"实属"正常,从来如此,未来也仍会如此,但我们也不能不对此有所反思。尤其可以从"地方"的视角来思考"中国文学"的概念含义,指出其局限和实质,同时也对"地方"这一概念之于中国文学话语的意义,建立起恰当而必要的解说与信心。我们相信,在世界上的许多国家,"地方"这一概念并不很重要,或者说并不必然地构成与"国家"的相对结构。对于那些区域不大的众多国家的文学,其"地方"或许直接就是"国家",而在中国却不可能这样,中国的"地方"上的文学,可能一直就是"地方"。在此意义上,"中国"概念的存在,倒也给"地方"留下了一定空间,对"地方"的把握,在"中国文学"中也有着一定的本土传统。

在与"中国"相对的意义上来讨论"地方",其前提还是应进一步探讨"中国性"与"地方性"这一对概念。

首先应该承认"中国性"作为一种因素存在于"中国文学"的时空历史中。所谓"中国性",一般理解中,就是指那些在"中国"的时空规模、在"中国"的文化意义层面上具有代表性,或得以突显为"中国"范围内所瞩目的作家或作品,所具有的那种中国意义,如果我们把"中国"比作一个舞台,那么能够登上这个舞台的作家作品,就是具有中国性和中国意义的。这不难理解。事实上,我们也总是在"中国"的意义层面上谈论到一些文学现象、作家和作品,而其他大量存在的文学现象、作家和作品,就不会或得不到在"中国"层面上被谈论到,它们往往作为各自所属的不同地方的文学而被积存或遮蔽,或只在一定区域内被认识而显示其地方性。但这里有一个误区,即仿佛"中国文学"只是由那些杰出的、伟大的作家作品所构成的,只是由那些超越地方性的局限而在更大的"中国"范围和层面上叱咤风云的文学现象所推动的,我们的文学史写作也基本上按照这样的惯例来进行。这种做法或惯例当然可以理解,那些足以代表中国文学的杰出而伟大的作家作品和那些推动中国文学历史进程的重大文学现象,在中国文学中的地位和作用是有目共睹、不可否认的。但这并不能成为将那些仿佛只具有地方性的作家作品排除在"中国文学"之外的理由,而且恰恰相反,在我们的理解中,尽管大量的作家作品因其"地方性"而不在"中国文学"的层面上,严格地说是不在"中国"或国家层面上被关注,但也并不能否认它们所体现出来的别一种"中国性"。如果我们将"地方性"真正地看作中国文学的不可缺少的特质或基础,那么就得承认中国文学正是由"中国"时空范围内的不同地方、不同层面上的所有能够称之为"文学"的东西所积淀、所编织、所丰富地构成的,只有这样,中国文学才充实了它的基础,才立体化地显示出它的中心性、整体性和盛大性,才会扩展出它枝繁叶茂的文线脉络,才称得上是真实的偌大的中国文学。起码从历史的结构意义上说,"中国文学"并不仅仅因为它的那些伟大的作家作品而得到确认,而且也要通过无数的地方区域文学生活、文学实体而得到确认;那些超越地方性的具有"中国"层面意义的伟大作家与作品,它们之所以在"中国"或全国得以流传并深具影响,正是因为它们深入了中国文学中的每一个地方、每一个区域或基层的文学生活、文学肌体而产生了影响,正是因为它们在这些"地方"发挥了"中国性"的作用,重组或统领了这些"地方"而趋向一个"中国"整体的生成。另一方面,任何"地方性"都是相对的,在一个人口和土地规模相当于整个欧洲且历史悠久的"中国",有很多大的带有"亚中心"意味的"地方"区域比得上欧洲一个"国家"的规模,其文学的地域风格和地方实体自然对成就中国文学的中心性、盛大性、整体性都至关重要,甚至单拿出来置诸世界也可同样引起"中国"的自豪。在这个意义上,任何中国内部的地方性文学,都无疑具有一种"中国性",它的"地方性"正是"中国性"的另一种表现形式,是从地方的意义和层面上体现着"中国"的伟大和丰富的特质。只不过我们往日囿于西方式的民族国家观念,无意中将"中国文学"仅仅作为一个所谓"国家"的文学概念来抽象,似乎与世界上所有"国家"无论大小,平等而论。而这似乎无可指责,却无意中矮化和缩小了中国文学,只重视一种趋于抽象或国家单一层面的"中国文学",从而忽略了立体而丰富的、包含诸多地方诸多层面的整体的"中国文学",一种更为真实、宏大而因无数地方无数普通文学者的努力充实起来的,令人感动不已的中国文学。

在中国文学内部,由于"中国"的特殊性而存在着一种在"中国"国家层面上创作的政治抒情文学,如从古老的《诗经》中的雅、颂开始,直至20世纪中国的政治抒情诗文体,是中国文学中很引人注目的一种现象,也是只有从"中国"理念上才好理解的一个文学传统。应该指出,中国文学中深厚的政治文化积淀和政治美学的生成,最根本的在于"中国"思想在中国文化中有着不可逾越的位置,并左右着一代代人的思维和情感。李炳海在《民族融合与中国古代文学》一书中有一节对歌颂中国大一统主题的文学传统就做了很好的宏观描述。以国家兴亡盛衰、国计民生大事、国家时世忧患为抒情对象和载体的文学在历朝历代都大量存在。我们会看到它们自然也有自己的方式来汲取"地方性"要素充盈其诗体的血肉组织,否则它的概念化、抽象化就在所难免,它的"中国性"和中国激情会因其"地方性"的缺失而大打折扣。应该说,我们对中国文学的"国家传统"或"中国"主题研究得尚不深入。除此而外,我们还应看到,就文学的生活本性和审美感性而言,任何中国文学范围内的作家作品都生长于国家和民族生活的土壤之中,他们都不可避免甚至天然地就是"地方"的。文学天然地以个性的方式而存在,在中国,就天然地沾带上地方的韵致,也只有以个性的、地方的方式,才能成为文学的。不仅普通的文学者具有地方性,那些伟大的作家和作品也注定要通过"地方性"的途径而上升或抵达"中国"的意义层面,甚至他们的作品就以风格化的、风俗化的、人性化的地方特色才具有了无可置疑的中国意义价值的代表性。在此意义上说,我们从"中国"的意义出发来谈论中国文学的时候,也就意味着我们要从"地方"的意义来谈论中国文学。前些年有一句流行的话说"越是中国的,就越是世界的",现在看来,对中国文学来说,更为重要的观念则应是,"越是地方的,才越是中国的"。因为在全球化之前,我们的人生和文学,早已注定了要实行"中国化",只有"中国"赋予我们以意义,这里的区域空间、民族特性、语言思维、时文代变都做着这样的"中国化"的规约,你抵达了"中国",才可能成为"世界",成为"全球化"时代的一员。在世界那里,"中国"是一个"地方",而我们首先是"中国"的一个"地方"。由此,在认识到中国文学中存在着一股以中国/国家为载体和对象的文学的同时,我们应清醒地看到,中国文学的绝大部分作家、作品的生存方式必然依赖于地方的土壤,文学的个体生命和个性风貌都生长在具体的地方,否则就会成为无源之水、无本之木,甚至不可想象。

中国文学中个体诗学及其创作的丰富而发达,乃是文学史上有目共睹的事实。

2010 年

为中国当代文学辩护
孟繁华

2009 年岁末,关于中国当下文学的评价问题的相关讨论,又一次通过大众媒体成为争夺眼球的焦点"事件"。

事实上,对当下文学的评价问题,早已展开。只不过任何学术讨论都不可能像媒体那样"事件化",它的影响也只能限于批评界。因此,我不得不旧事重提。2004 年,《小说选刊》第一期上曾刊载了作家韩少功的一篇千字文,他在文章中说:

> 小说出现了两个较为普遍的现象。第一,没有信息,或者说信息重复。吃喝拉撒,衣食住行,鸡零狗碎,家长里短,再加点男盗女娼,一百零一个贪官还是贪官,一百零一次调情还是调情,无非就是这些玩意儿。人们通过日常闲谈和新闻小报,对这一碗碗剩饭早已吃腻,小说挤眉弄眼、绘声绘色再来炒一遍,就不能让我知道点别的什么?这就是"叙事的空转"。第二,信息低劣、信息毒化,可以说是"叙事的失禁"。很多小说成了精神上的随地大小便,成了恶俗思想和情绪的垃圾场,甚至成了一种谁肚子里坏水多的晋级比赛。自恋、冷漠、偏执、贪婪、淫邪……越来越多地排泄在纸面上。某些号称改革主流题材的作品,有时也没干净多少,改革家们在豪华宾馆发布格言,与各色美女关系暧昧然后走进暴风雨沉思祖国的明天,其实是一种对腐败既愤怒又渴望的心态,形成了乐此不疲的文字窥视。

韩少功虽然也批评当下文学,但还有具体分析。然而,2006 年,一股强大的否定潮流使当下文学遭遇了灭顶之灾,这个领域已然成了一片废墟。除了人所共知的德国汉学家顾彬的"垃圾说"之外,还有《思想界炮轰文学界:当代中国文学脱离现实》的综合报道。从 2004 年到 2009 年,将近 6 年的时间里,对当下文学否定的声音一直没有中止并愈演愈烈。那么当下文学究竟发生了什么,使这些人如此不快并从南到北形成了一个"憎恨学派"?当下文学真的是万恶至极、十恶不赦、罄竹难书吗?

当今文学的全部丰富性和复杂性,用任何一种人云亦云的印象式概括都会以牺牲丰富性作为代价。文学研究在批评末流的同时,更应该着眼于它的高端成就。对这个时代高端文学成就的批评,才是对一个批评家眼光和胆识构成的真正挑战。这就像现代文学领域一样,批评"礼拜六"或"鸳鸯蝴蝶派"是容易的,但批评鲁迅大概要困难得多。如果着眼于红尘滚滚的上海滩,现代文学也可以叙述出另外一种文学史,但现代文学的高端成就在"鲁郭茅巴老曹",而不是它的末流;同样的道理,当今文学不只是"快餐文学""兑水文学",甚至"垃圾文学",它的高端成就并不为众多批评者所真正了解。

事实上,无论对于创作还是批评而言,真实的情况远没有当代文学的批评者们想象的那样糟糕。传媒的发达和文化产业的出现,必然要出现大量一次性消费的"亚文学"。社会整体的审美趣味或阅读兴趣就处在这样的层面上。过去我们想象的被赋予了崇高意义的"人民""大众"等群体概念在今天的文化市场上已经不存在,每个人都是个体的消费者,消费者有自己选择文化消费的自由。官场小说、言情小说、"小资"趣味、白领生活、玄幻小说甚至"吸血鬼"形象的风靡或长盛不衰,正是满足这种需要的市场行为。但是,我们过去所说的"严肃写作"或"经典化"写作,不仅仍然存在,而且就其艺术水准而言,超过过去是没有问题的。不仅在 20 世纪 80 年代成名的作家在艺术上更加成熟,而且超越了 80 年代因策略性考虑对文学极端化和"革命化"的理解。比如文学与政治的关系,比如对语言、形式的片面强调,比如对先锋、实验的极端化热衷等。而 90 年代开始写作的作家,他们的起点普遍要高得多。80 年代哪怕是中学生作文似的小说,只要它切中了社会时弊,就可以一夜间爆得大名。这种情况在今天已经没有可能。他们之所以对当下的创作深怀不满,一方面是只看到了市场行为的文学,一方面是以理想化的方式要求文学。只看到市场化文学,是由于对"严肃写作"或"经典化"写作缺乏了解甚至了解的愿望,特别是缺乏对具体作品阅读的耐心;以理想化的方式要求文学创作,就永远不会有满意的文学存在。真正有效的批评不是抽象的、没有对象的,它应该是具体的,建立在对大量文学现象特别是具体的作家作品了解基础上的。

一方面是对当下文学的不甚了了,一方面则是对文学不切实际的期待。假如我们也要质问一下这些批评者:你们到底需要什么样的文学? 我相信他们无法回答。即便说出了他们的期待,那也是文学之外的要求。事实上,百年来关于文学的讨论,大都是文学之外的事情。那些对文学的附加要求,有的可以做到,也有的难以做到。在建立现代民族国家、需要民族全员动员的时代,文学确实起到过独特的、不能替代的巨大作用。但在后革命时期,在市场经济时代,再要求文学负载这样的重负,不仅不可能,而且也不必要。即便是在大变动大革命的时代,文学所能起到的作用也仍然是辅助性的,主战场还是革命武装。文学不能救国,当然文学也不能亡国。大约 17 年前,谢冕先生在为《20世纪中国文学丛书》所写的总序《世纪末：中国知识分子的思索》中说道："中国文学的创作和研究受制于百年的危亡时世太重也太深，为此文学曾自愿地（某些时期也曾被迫地）放弃自身而为文学之外的全体奔突呼号。近代以来的文学改革几乎无一不受到这种意识的约定。人们在现实中看不到希望时，宁肯相信文学制造的幻想；人们发现教育、实业或国防未能救国时，宁肯相信文学能救民于水火。文学家的激情使全社会都相信了这个神话。而事实却未必如此。文学对社会的贡献是缓进的、久远的，它的影响是潜默的浸润。它通过愉悦的感化最后作用于世道人心。它对于社会是营养品、润滑剂，而很难是药到病除的全灵膏丹。"许多年过去之后，我认为谢冕先生对文学的认识仍然正确。而当下对文学的怨恨或不满，更直接缘于对文学及其功能不切实际的期待。

我所看到的当下文学，与那些批评者所看到的竟是如此不同。我有理由为它高端的艺术成就感到乐观和鼓舞。在市场化的时代，由于市场利益的支配和其他原因，长篇小说一直受到出版社的宠爱，这个文体的优先地位日见其隆。每年出版一千余部，可见生产规模之巨。出版数量不能说明艺术问题，但我们在重要的长篇小说作家那里，比如张洁、莫言、贾平凹、铁凝、刘震云、王安忆、格非、阿来、阎连科、周大新、黄国荣、范稳、迟子建、孙惠芬、陈希我等等，读到他们新世纪创作的长篇小说，应该说已经达到了一个相当高的水平。特别值得我们注意的，是中篇小说所取得的巨大成就。在我看来，自80年代到现在，中篇小说可能代表了这一时段文学的最高水平。80年代的王蒙、张贤亮、冯骥才、张一弓、宗璞、张洁、谌容、张承志、王安忆、韩少功、铁凝、张抗抗、张辛欣、古华等良好的文体意识和尖锐鲜明的社会问题意识，将中篇小说推向了一个相当高的水平。他们的创作为新世纪中篇小说的创作提供了丰富的经验，为其日后的发展奠定了扎实和稳定的基础。而中篇小说的容量和它传达的社会与文学信息，使它具有极大的可读性；大型文学期刊顽强的坚持，使中篇小说生产与流播受到的冲击降低到最小限度。文体自身的优势和载体的相对稳定，以及作者、读者群体的相对稳定，都决定了中篇小说获得了绝处逢生的机缘。这也使中篇小说能够不追时尚、不赶风潮，能够以守成的文化姿态坚守最后的文学性成为可能。"守成"这个词在这个时代肯定是不值得炫耀的，它往往与保守、落伍、传统、守旧等想象连在一起。但在这个无处不变、无时不变的时代，"不变"的事物可能显得更加珍贵。这样说并不是否定"变"的意义，突变、激变在文学领域都曾有过革命性的作用，但我们似乎从来没有肯定过"不变"或"守成"的价值和意义。"不变"或"守成"往往被认为是"九斤老太"，意味着不合时宜和潮流，但恰恰是那些不变的事物走进了历史而成为经典，成为值得我们继承的文化遗产。在这个意义上，中篇小说很像是一个当代文学的"活化石"。当然，从来没有一成不变的"不变",这个"不变"是指对文学信念的坚持和对文学基本价值的理解。在这个前提下,无论中篇小说书写了什么,都不能改变它的基本性质。

于是,我们在毕飞宇的《青衣》《玉米》,北北的《寻找妻子古菜花》《风火墙》,晓航的《一张桌子的社会几何原理》《断桥记》,须一瓜的《回忆一个陌生的城市》《大人》,刘庆邦的《到城里去》《神木》,熊正良的《我们卑微的灵魂》,陈应松的《望粮山》《马嘶岭血案》《松鸦为什么鸣叫》《豹子最后的舞蹈》,吴玄的《西地》《谁的身体》,马秋芬的《蚂蚁上树》,孙惠芬的《致无尽关系》,葛水平的《地气》《喊山》,荆永鸣的《北京候鸟》《外地人》,胡学文的《命案高悬》,温亚军的《地软》,鲁敏的《纸醉》《取景器》,鲍十的《我的脸谱》,袁劲梅的《罗坎村》,李铁的《工厂的大门》等作品中看到的情形,与"憎恨学派"是如此不同。这些作品从不同的侧面表达了这个时代的社会生活和心灵生活。

我为当下文学做如上辩护,并不意味着我对当下创作状况无条件地认同。恰恰相反,我是希望能够面对小说创作的具体问题,并且能够在具体分析的基础上做出判断,而不是以简单的"盛"与"衰"了事,或以"抖机灵"的粪便"黄金说"的伪逻辑蹚浑水。还需要指出的是,不要说中国的小说创作已经很难获得普遍的认同和满意,近些年来,获诺贝尔文学奖的作家作品在中国的反响也不断降温,文学界过去普遍认同的西方大师尚且如此,我们有什么理由不切实际地要求中国的当代小说?大师的时代已经成为过去,试图通过文学解决社会问题的时代也已成为过去。文学在这个时代尚可占有一席之地已实属不易。我的批评立场之确定越来越犹豫不决,是因为我执其两端莫衷一是,我还难以判断究竟哪种小说或它的未来更有出路。但是,看了否定当下文学的批评文章后,我认为需要保卫当下文学,捍卫当下小说高端的艺术成果和当代小说家们在文学高地上的坚守。

在新的起点思考新的价值

张颐武

关于中国当代文学是否具有重要价值的讨论,其实已经持续了许多年,从当年的"垃圾说"开始,关于近年来中国文学的价值问题,就存在着尖锐的分歧,而且两种意见对当下文学的评价截然相反。现在我们所纠结的是"好得很"还是"糟得很",是前所未有的高峰还是前所未有的低谷。价值判断的一清二白和非此即彼往往让局内人莫衷一是,局外人雾里看花。但无论评价的高低,在这里都难以找到讨论问题所具有的基本前提。因此,不同的意见其实没有多少对话的基础,大家讨论得异常激烈,但其所涉及的理论前提尚存在问题。

现在所进行的有关文学价值论的讨论,其实凸显了我们在对于新世纪以来的中国文学的认知角度以及知识方面的巨大差异。这里所看到的并不是一个清晰的文学图景,而是在当下文学所呈现的复杂形态中进行把握的强烈欲望和阐释焦虑。今天的文学现象和众多文本逃逸出我们的阐释和分析,它们所呈现的形态也让我们越来越难以明确其"位置"。我们对于当下文学的"阐释焦虑"似乎从来没有像今天这样强烈,同时也没有像今天这样引发情绪激动和言辞激烈的争端。究其原因,一方面是因为世界文学和中国文学的关系现在有了新的状况,中国文学在当下世界的位置暧昧难明,过去的一些判断和分析已经被突破了;另一方面,旧有的"新文学"机制在当下遇到了更加复杂的状况和格局而难以延续,过去惯用的文学分析和阐释模式已经不再适用。因此,价值判断与讨论的困难在于我们对于新世纪以来中国文学的新形态的认知尚存在不少困惑和问题。价值的讨论应该以认知为基础才可能得以展开,所以还是需要回到知识,回到对"新世纪文学"的重新认知之中。这是我们难以回避的宿命。和争议与讨论所关注的"好得很"还是"糟得很"不同,我们其实还得心平气和地回到重新认知的问题之中。这种认知包括两个方面,而这两个方面也是争议的焦点所在:一是在共时性上,"中国文学"在全球华语文学和世界文学中的位置究竟如何?二是在历时性上,中国文学在内部经历了何种变化?中国文学内部的新的结构究竟如何?厘清这些问题,对我们的认知会产生作用,同时也会对我们的文学价值判断有所帮助。

中国"新世纪文学"已经成为世界文学出版活动的一个有机的部分,也已经成为全球华语文学写作和出版的中心。这其实是一个重大的发展,是对于全球文学格局的重要改变,也是全球华语文学格局的重要改变。30年来我们的文学所走过的道路其实是有重大扩展和开拓的,对于中国文学而言,一个新的世界性的文学平台已经形成。

在新时期文学的开端时刻,我们所焦虑的是中国文学如何"走向世界文学",如何让原来封闭在内部的中国文学获得一个新的开放的空间。这里值得提及的是80年代一部具有代表性的文集《走向世界文学》。这部文集集中了当时的年轻学者们对于中国文学与世界文学关系的思考。虽然书中的各个章节是讨论五四以来的新文学作家们受到的西方文学的影响,但其导论却提出了世界文学"一体化"的宏大主张,认为中国文学在五四之后才融入世界文学之中,后来却又和世界文学相互隔离,直到新时期才回到世界文学之中。这个"世界"之中的中国文学其实是在两个向度上展开的。

首先,世界文学所指认的"世界",其实还是在西方"现代性"的框架中以"西方"为中心的世界。所谓中国文学"走向世界",实际上显示了其时间上的滞后和空间上的特异。正是由于这种时间上的滞后和空间上的特异,中国内地文学被视为一种外在于世界文学的边缘存在,仅仅具有在中国内部的意义,而不具有世界性的意义。在中国内部,文学的功能是进行国民的"启蒙"和民族的"救亡"。因此,外部的读者对于中国文学的兴趣仅仅是由于中国文学具有社会的认知价值和意义,而在中国文学内部对于世界文学的兴趣也正是新时期以来中国文学发展的重要的动力。

其次,世界文学实际上还包括自新时期以来才纳入我们视野成为一种现实存在的全球华语文学。它包括海外华语文学和中国港澳台地区的文学。这些文学在新中国文学的前半段几乎完全不为我们所了解,而中国内地在1949年之后对全球华文文学也缺少了解。在这种内地和海外完全隔绝的条件下,世界文学之中的华语文学也处于一个分裂为不同部分独立发展的状况,它们的历史条件、文化背景、传统继承都有极大的差异。因此,中国内地文学也和海外及港澳台地区的华语文学之间有着断裂性。可以说,全球华文文学有"海外及港澳台地区"和"内地"两个独立发展的平行结构,两者之间并不相关地独立发展,在各自的语境之中延伸成为当代文学史的独特景观。而这部分的文学中相当部分如白先勇、聂华苓等人的作品,在新时期早期就迅速进入了中国内地,对新时期文学产生了相当的影响。

经历了30年高速的经济发展,中国社会发生了巨大的变化,全球化和市场化已经深刻地改变了中国的所有方面,文学的发展格局也出现了根本性的改变。一方面是新时期以来对西方和世界其他地域文学的广泛介绍和翻译形成了世界文学的涌入;另一方面则是对海外及港澳台文学的广泛介绍和了解,使得以中文为基础的全球华语文学的新的沟通与联系开始出现。经过了这些年的变化,进入新世纪之后,中国文学在"世界文学"中的位置已经发生了极为深刻的改变,而它在全球华语文学中的中心位置也已经得到了确认。中国文学已经成为"世界文学"的一个结构性的要素,而不再是一个时间滞后和空间特异的"边缘"存在;它已经不再是巨大的被忽略的写作,而是一个全球性文学的跨语言和跨文化阅读的必要"构成",是所谓"世界文学"的一个组成部分。

华语写作的影响力其实已经是相当稳定的存在,这往往并不为中国国内的读者所充分了解。我们所知道的全球"纯文学"的空间实际上就是相当小众的,而在这个小众的圈子之中,中国文学其实已经被视为华语文学的主流。中国现有的"纯文学"的翻译和出版已经成为一个相对稳定的小众化国际阅读文化的组成部分。像莫言等作家已经跻身于国际性的"纯文学"重要作家行列,他们的小说已经建立了一个虽然"小众"但具有国际影响力的市场,这种影响力是海外华语文学和港澳台文学难以具备的。他们的新作出版后很快就会得到不同语言的翻译,由各个不同语言的"纯文学"出版机构出版,经过多年的培育,已经有了一个虽然相对很小但其实相当稳定的读者群。

同时,中国内地已经成为全球华语写作最重要、最关键的空间,是全球华语文学的中心。像王蒙、莫言、刘震云、苏童等作家都已经是全球华语文学中最重要的作家,他们在海外华语文学读者中的影响力也是非常巨大的。同样,我们可以从无论港台作家还是海外华文作家的华语作品在中国内地市场的行销情况中看出,中国内地这个虽然从内部看相对较小、但从外部看极为庞大的"纯文学"市场,在开放的环境下其魅力远远超过了其他地域的华语文学空间。因此,港台的重要作家如张大春、朱天文等在内地的文学市场中的影响已经相当大;同时,像虹影、严歌苓等移民海外并在海外出版作品获得声誉的华语作家,在新世纪之后纷纷回归,在中国内地的文学出版中寻求发展,这其实也显示了中国内地在全球华语文学方面的中心位置。

因此,从世界文学和全球华语文学的角度看,中国内地的文学本身已经是其有机的一部分,不再是处于边缘充满焦虑和困惑的文学。中国文学已经无可争议地处于世界文学和全球华语文学的新的平台之上,它的形象和形态已经发生了独特的变化,这些变化说明,我们今天对于它的评价和价值方面的困惑其实来自这个新的空间的新的要求。正是在这个平台上我们才会感受到新的压力和新的挑战。关于"好得很"的评价正是从我们在这个格局中的新的位置上得到的可能,而"糟得很"的评价也是源于这个新的平台对于我们的新的要求。今天的评价上的差异其实来自于一个新格局和新平台所展现的新的可能性。五四以来新文学对于世界文学的想象,在今天已经是一个现实的空间,这个空间已经突破了既定的新文学的规范和限定。

从内部看,中国文学也置身于一个新的平台之上。中国文学的扩张引人瞩目,同时激起了最大的困惑和争议,我们对于文学判断的困扰很大程度上来自于这个方面。中国文学领域这些年来整体上在经历着一个格局转变的过程:在原来已经形成的文学界之外出现了仍然以传统的纸面出版为中心的"青春文学"和以网络为载体的网络文学,这些新的文学空间经历了一段时期的高速生长已经逐步发展成熟。目前,一方面是纸面出版和网络文学双峰并峙;另一方面则是在纸面出版内部,传统的"纯文学"和"青春文学"的共同发展也已经成为新的趋势。从90年代后期以郭敬明和韩寒等人为代表的"80后"作家出现到现在,"青春文学"在传统的纸面出版业市场已经显示出了自己的重要影响力。目前的情况并不像有些人认为的那样简单,"青春文学"和网络文学的崛起并不是以传统的"纯文学"的萎缩和消逝为前提的,三者之间也不是一种互相取代的关系。传统的文学写作仍然在延续和发展,传统的"纯文学"仍然相当活跃。新的文学市场和新的文学空间产生,它们和传统的文学界其实是共生共荣的关系,它们和传统文学既有重合、相交和兼容的一面,也有完全互不兼容、各自发展的一面。我们在80年代所理解的"文学"经过了多年的变化,已经变成了今天这样一个由一些对于文学有相当兴趣和爱好、有所谓"高雅"趣味的中等收入者的"小众"所构成的稳定但相对较小的市场,这个市场其实早已走出了前些年的困境,运作相当成熟和有序,这一部分的文学需求相当固定。这个"小众"市场其实就是我们经常说的"纯文学"市场。这个市场也能够有效地运作,是文学出版的重要的方面。在这个市场中有号召力和市场影响力的作家,如莫言、贾平凹、刘震云、王蒙等人都是在这个"小众"市场中具有广泛影响力的作家,其中如莫言在全球华文的文学读者中也有相当广泛的影响。这样的新的内部格局和外部格局之间的越来越深入的互动和互相影响形成了中国文学的重要的新的形态。我们只能从这里切入对于"新世纪文学"的理解和分析。客观地说,网络文学和青春文学实际上仅仅是一个国内市场的现象,而"纯文学"才具有"跨国性"的影响力。目前来看,所谓中国文学的"世界性"主要体现为"纯文学",而在中国内部的读者中"青春文学"和网络文学的影响力正在前所未有地扩大。这样,五四以来形成的新文学的模式已经被超越了,中国文学的传统的现代框架已经被替代了。

  实际上,对于中国文学"好得很"还是"糟得很"的讨论,正是反映了新的文学格局所呈现的新的面貌。我以为,价值的讨论当然有其意义,但首先需要的是对于文学形态和格局的再认知。没有这种认知,我们的评价往往缺少必要的条件。我以为中国文学当下所经历的正是和"新世纪"中国的发展息息相关的新的变化,对于这些变化的深入思考应该成为我们新的探究的焦点。这些变化一是突破了五四以来新文学对于文学的世界性的想象,二是突破了五四以来新文学对于中国文学内部格局的想象。从这个角度看,中国文学的新的经验会对世界文学和我们自己产生前所未有的改变。这些改变无论如何评价,都是前所未有的,也是未来在现实中的新的展开。我坚信,中国文学今天的新的平台和新的面貌是我们时代中国发展的一个重要的部分,也是中国在自身的崛起的过程中所出现的新的形态,它的意义还有待未来的新的思考。

理想主义与力量的文学

李建军

理想主义的枯竭

　　理想主义是属于人类特有的精神现象和价值理念。它是心灵生活向上的运动,指向价值世界的深层维度。积极性质的理想主义,是一个时代精神生活健康和有力量的标志。如果一个时代的诗人和学者,都成了唯利是图的功利主义者,都丧失了想象未来生活的能力和构建理想图景的激情,那么,这个时代的文化和文学肯定处于缺乏活力的状态和低层次的水平。

　　理想主义是一种脆弱的价值观,建构起来非常艰难,破坏起来却很容易。从历史的角度看,对"理想主义"的过度利用,显然严重地造成了这一概念的"话语耗损"和"话语枯竭",大大地降低了它的影响力和有效性。理想主义成了一个"不名誉"的概念,成了"白日梦"和"乌托邦"的代名词,而"经验主义"则意味着对"真实"的追求和对"常识"的尊重,并获得了绝对的合法性和前所未有的尊荣。在文学上,谁若再将理想主义与"诗"和"小说"关联起来,那会被当作观念滞后、不懂文学的落伍者,就要受到"先锋主义"和"新潮文学"推崇者的嘲笑。

　　在那些姿态前卫的解构主义者看来,理想主义意味着空洞的"宏大叙事",意味着自欺欺人的道德说教,意味着公式化的浮夸和做作。他们宁愿把文学看作"黑暗心灵的舞蹈",宁愿把它等同于"身体叙事",宁愿把它阐释为描写"一地鸡毛"的"新写实"。因为,在他们看来,唯有这样的文学,才更真实、更深刻、更现代。这些新潮作家的精神状况和文学理念,与雅克·巴尔赞在《艺术的用途和滥用》一书中所描述的情形非常接近:"人们并不认为,生活可能是高尚的,甚至是美好的。人们把人们的生活和现在对人类的看法视为相等的东西,而且并不感到满意。当人们谈到人类的状况时,他们所说的是某种可恨的东西,一种必须苦熬的刑期。人们很少在他们当中发现值得尊敬的人,对社会类型,只有鄙夷态度;人们把社会类型称作角色,似乎是为了强调他们的虚假性。'尊重'这个词汇的引申意义本身已是一种愚昧无知的'非现实'心态。英雄已从小说中消失,已从生活中、历史中消失了。艺术大体上致力于显示人类这种动物的可鄙性,或者说,通过有针对性地忽略人,从而显示人的不恰当性和多余性。"

　　从另一个角度来看,当代文学的力量感的缺乏和理想主义的衰微,也与后殖民背景下的西方现代主义文学的消极影响有关。虽然现代主义及后现代主义文学,也给中国当代文学的观念变革和技巧发展,带来了许多有益的启示和积极的影响。但是,从伦理精神上看,现代主义文学过度地表现了人性中的阴暗面,以一种极端的态度追求技巧革新,而对传统文学的经验及其追求的价值观,则缺乏足够的敬意和充分的吸纳——正是这些不足造成了一种精神上不健全的文学。1962年,安·兰德在《艺术的破坏者》一文中,毫不客气地批评了没有"道德标准"和"自尊的概念"的"汪达尔主义"(Vandalism)作家:"现代知识分子膜拜人性的堕落,敌视表现人类才智、勇敢和自尊的浪漫主义文学,但更可怕的是文化和美学的解体。"一个同样可怕的事实是,很长时间以来,我们不仅没有意识到这些问题的存在,反倒把兰德所批评的那种文学奉为师法的楷模。小说被当作展览人性黑暗的平台,被降低为表现施虐狂心理和"恋污癖"事象的手段。

文学是在苦难中寻求希望、在困境中追求理想的高尚事业,天然地具有理想主义的色彩。理想主义意味着热情和力量,意味着信念和执着。当冷漠和绝望构成的黑暗笼罩了人们的精神世界的时候,当人们觉得什么都不值得相信、什么都不值得热爱的时候,当文学被当作一种仅仅与个人的体验相关的唯美主义现象的时候,文学的冬季就降临了,文学的理想主义之树花果凋零。

欲望与物象奴役下的文学

转型时期的文学面临着巨大的考验。因为,在这个特殊的时期,人们的价值观和自我认知呈现出极为复杂的混乱情形:"真理价值"受到怀疑,而"交换价值"却被当作真理;人的"肉身"被看作人的本质,而人的真正本质却被遮蔽起来。对"交换价值"和"肉身"的迷信,不仅严重地阻滞理想主义的成长,而且导致"欲望化写作"和"身体叙事"的泛滥。

20世纪90年代初期以来的一些以"性"和"身体"为叙事内容的小说,完全把人当作"非人"来写,当作没有人格的"物"来写。人被还原到了失去耻感和人性内容的原初状态。人所固有的人格尊严,都被小说家随意地褫夺了。除了包括性在内的原始冲动和"拜金主义"的低级欲望,在那些热闹一时的作品里,你几乎看不到别的——没有深刻的道德焦虑,没有高尚的精神痛苦,没有对美好事物的向往和赞美。在"我爱美元"的恣肆的叙事里,在对"半坡人"的幼稚崇拜里,在"欲望"的歇斯底里的"尖叫"声里,充满诗意的"浪漫主义"和"理想主义"终于被彻底地瓦解了,而庸俗的"私有形态"的写作,则获得了被不断加冕的机会。

文学意味着创造和选择,意味着赋予物象世界以价值和意义。王国维在《人间词话》中认为,即使从具体的写作过程看,作家在对客观的对象世界进行审美处理的时候,也必然是充满理想主义的目的性和选择性的:"自然中之事物,相互关系,相互限制,故不能有完全之美。然其写于文学中也,必遗其关系、限制之处,故虽写实家亦理想家也。"然而,一段时间颇为流行的"新写实"主张,似乎反对升华性的思想和理想性的选择对叙事的介入,似乎更强调直接性叙述,更强调描写"日常生活"的琐碎性。这种新样态的写实,极大地排除了文学叙事所需要的概括性和选择性,专注于对外在物象的芜杂的堆砌。形式上看,这种特殊形态的"自然主义"描写似乎具有生动的真切感,似乎具有日常生活丰富的细节性,但是,它们缺乏正常的叙事所需要的评价性,更缺乏伟大的叙事所具有的理想性。对鼻涕、粪便以及大量此类物象的"恋污癖"描写,充斥某些小说的叙事世界,然而人们却不仅见怪不怪、视若无睹,而且还像面对玫瑰花一样,为之陶醉,向它致敬。

满足于堆积物象的描写,不仅会造成对思想的遮蔽,而且必然导致审美趣味的贫乏和理想性的缺失。正因为这样,德拉克洛瓦才认为文学和艺术不应该表现出"对烦琐细节的热情",才认为艺术家的目的"绝不是在于准确地再现自然":"谁想把画画得有趣味,就应该有意或无意地配上基本思想的伴奏,只有这种思想的伴奏才是人们精神愉快的传导体。"他在《写实主义与理想主义》一文中,不仅尖锐地批评了德国艺术家德米尔的"非常低劣"的绘画,还坦率批评了小说领域的琐屑的"写实主义":"追求描写最微小的细节,是现代文学的主要缺点。细节的堆砌破坏了整体,结果是叫人难以忍受的枯燥乏味。在一些长篇小说中,例如在库泼的小说中,读者为了找到一处有趣的地方,必须去阅读一整卷的对话和描写。这个缺点,尤其损害了瓦特·司各特的许多长篇小说,使它变得佶屈聱牙。作者似乎要在他同自己的对话中寻找满足,而读者的理智却在单调和无聊中懒散地徘徊。"

德拉克洛瓦的结论很简单:艺术和文学的趣味和力量,首先决定于人的"思想",决定于精神性的东西。所以,一个有追求的作家和艺术家,必须摆脱对"物"的迷恋,必须向内去发掘人性的光辉和理想主义的资源。

文学总根于希望和理想

鲁迅说,文学总根于爱。换一种表述,也可以说,文学总根于希望和理想。地狱里没有文学,因为那里没有希望;天堂里没有文学,因为那里无须梦想;文学只存在于人间,因为这里既有灾难和不幸,也存在希望和理想。

一个优秀的作家,既是一个敢于直面人生的现实主义者,也必然是一个具有浪漫气质的理想主义者。他的理想固然不必是经天纬地的政治理想,却一定是与人的命运和尊严密切相关的生活理想和文化理想,是与美好的人物形象密切相关的人格理想和道德理想。这些理想包含着作家对人性的深刻理解,对人的命运的热情关注,对未来生活的美好向往。对一个伟大的作家来讲,无论生活在多么糟糕的时代,都可以创造出伟大的理想主义的文学。一个理想主义的作家不必是一个无所畏惧、仇恨一切的斗士。一个好斗成性、傲慢自大的理想主义者,往往是浅薄的、爱夸张的,因而本质上是一个"伪理想主义者"。真正的理想主义者大都具有温柔的同情心和深刻的悲剧意识。所以,一个作家即使有着感伤甚至悲观的气质,也丝毫不影响他在作品里表现自己的"理想主义",丝毫不影响他在悲剧的形式里内蕴着照亮人心的理想主义光芒。《红楼梦》讲色空,果戈理爱嘲讽,鲁迅冷峻,契诃夫忧郁,但他们都是伟大的理想主义者,因为在他们的内心深处,在他们的作品里,都蕴含着对自己笔下的人物和人类的温暖的爱意,有着对美好人性、理想人格和理想生活的直接赞美或隐喻性的肯定。

在《笑话里的笑话》里,西尼亚夫斯基就极为深刻地揭示了果戈理的作品所表现的特殊形态的理想主义。果戈理几乎所有的作品都嘲笑人性的庸俗和弱点,甚至揭示生存的无目的性和无意义性。但是,他却通过自己的作品与他所抨击的一切,进行了"高傲的决裂"。不仅如此,他还用抒情的诗意的方式描绘了"理想主义"的生活图景:"作者把自己变成了工地,以便从黑暗和倒伏的乱树堆中筑起一座高耸入云的新的人的纪念碑。与小说所展现的恐怖而丑陋的人世间的客观景象不和谐的离题的个人感慨,尽管脱离了史诗的叙事,却绝未脱离史诗的精神。史诗的这种精神就是作者创作力量中的目的明确的意志,它建造了高大的纪念碑,并大声呼唤生者的死亡,为的是在不远的将来随着小说的完成和目的的达到,他们从骨灰中死而复生……"

勃洛克也发现了在俄罗斯作家身上普遍存在的这种坚定的"理想主义"特征。他们内心充满改善生活的热情和信心,致力于摆脱自己身上以及所有俄罗斯人身上的小市民习气,致力于帮助所有人追求理想的生活。就此而言,所有俄罗斯的优秀作家天生就是不甘平庸的"革命者",正像勃洛克在《知识分子与革命》中所评价的那样:"……他们信仰光明。他们知道光明。他们中的每一位,正如同精心培育了他们的全体人民那样,在黑暗、绝望和经常是仇恨中咬牙切齿。然而,他们明白,一切或早或晚总要焕然一新的,因为生活是美的。"

原谅我总把俄罗斯大师"挂在嘴上"。我这样做,是因为尊重这样一个基本的事实:他们的写作达到了极高的境界,他们的经验具有深刻的启示性。几乎所有的俄罗斯作家都具有极强的"道路感"和"方向感",都具有向上的价值指向,都具有深沉的浪漫主义情怀和高尚的理想主义精神。所以,我们有必要把他们的经验和成就,当作伟大的典范时时提起。

理想主义:文学的力量之源

1912年的一个夜晚,一个7岁的小女孩躺在黑暗中,听妈妈在客厅里给外婆读一本法国小说。她感受到了其中的"惊心动魄"。13岁那年,她终于意外地读到了这部名为《九三年》的小说。小说的作者雨果,从此成为她终生最喜爱的作家。

雨果的小说在这个名叫安·兰德的女孩心里,埋下了"理想主义"的种子。许多年后,她在《洛杉矶时报》专门写文章评价《九三年》的时候,说过这样一句话:"一个人回首她的童年和青年时代,能够触动心灵记忆的不是她有过怎样的生活,而是那时的生活有过怎样的希望。"这本书让她认识了"什么是伟大的文学作品",认识到了雨果的"伟大":"他表现的是人性的本质,而不是某些转瞬即逝的东西。他无意记录鸡毛蒜皮的琐事,而是努力把他心目中理想的生活刻画出来。他崇尚人的伟大,并竭力表现这种伟大。如果你想在灰暗的生活中留住对人类美好的幻想,那么雨果无疑能给你这种力量。……如果你转向现代文学,想找到一些人性美好的东西,却往往发现那里面净是些从30岁到60岁不等的罪犯。"许多人像安·兰德一样喜欢《九三年》,也因喜欢它而热爱雨果。这部充满浪漫情调的理想主义作品,深化了人们对"革命"的看法,提高了他们对"人道主义"的理解。

文学的力量,来源于许多方面。描写的真实,语言的绚烂,结构的巧妙,想象的丰富,修辞的优美,都是形成一部作品的感染力的因素。但是,一部作品最深刻的力量,却是决定于它的伦理精神——决定于它的热情和理想,决定于它对真理和正义的态度。所以,艺术性很高的作品,也许让你感觉到了美,但是,如果它不能让人觉得温暖,不能增加人生活的勇气和力量,不能给人提供一种理想的精神图景,那么,这样的美,总给人一种苍白的、不完整的感觉。

德·昆西就发现了这样一个秘密:"理想"和"力量"是构成伟大文学的条件。他写了一篇题为《知识的文学与力量的文学》的文章,试图区分两种完全不同的文学。"知识的文学"是这样一种文学:"它所留存下来的登峰造极之作充其量不过是某种暂时需要的书";"知识的文学,如时尚一样,与时俱逝"。"力量的文学"就不同了:作为理想主义的文学,作为一种"高级的文学",它能够对人的精神生活产生深刻而巨大的影响。所以,比较起来,"力量的文学"就更为重要:"实在说,世界上要是没有了力量的文学,一切理想便只好以枯燥概念的形式保存在人们脑中;然而,一旦在文学中为人的创造力所点化,它们就重新获得了青春朝气,萌发出活泼泼的生机。最普通的小说,只要内容能够触动人的恐惧和希望,人对是非的本能直觉,便给它们以支持和鼓舞,促使他们活跃,将这些性情从迟钝状态中解放出来。"所以,任何一个有抱负的作家,都应该努力赋予自己的作品以温暖人心和激励人心的"力量",都应该明白这样一个道理:没有理想之光的照亮,就不会有"力量的文学"。

既然这样,我们还要继续批量生产小里小气、格调低下的"知识的文学"吗?

既然这样,我们难道不应该努力创造雨果式的大气磅礴的"力量的文学"吗?

2011 年

倡导"好文学"与直言的批评风格
邵燕君

当下批评存在着怎样的困境和危机?如何在困境和危机中建立自己的批评立场和一套有效的操作方式?这个问题不仅是每一个文学批评者必须面对的,也因各自的职业身份和批评目的而相异。对此,我想还是不笼统论之,而是根据这几年来由我主持的"北京大学当代最新作品点评论坛"(简称"北大评刊"论坛)的批评实践和目前正在面临的转型思考,谈谈我们的立场、方式和选择。

"北大评刊"论坛成立于 2004 年,由我带领一些北大中文系当代文学专业的研究生对主流文学期刊(共选择了十个最有代表性的期刊,同时包括几种选刊)发表的小说进行整体扫描和逐一点评,并在此基础上深入研讨,最后遴选优秀作品出版年选本。

今天回忆起来,论坛成立的动机首先是迫于一种专业压力。作为当代文学的新进研究者,我们感到一种深切的恐慌:中文系的老师和学生,即使是当代文学专业的,已经多年不看当代小说,对期刊更疏离漠视,并且言谈之间颇以此为荣。造成这种局面的主要原因是 20 世纪 90 年代以来发生的学术转型,学者们从广场退回书斋,以专业精神修学术规范,推崇理论建构和文学史重述,而原本作为与文学史研究对称一翼的文学批评多少被认为"不是学问",以作品为中心的审美细读批评也被认为方法过时。于是,学院与文坛各行各路。学界不再以思潮引导创作潮流,学者基本以个人身份介入批评。随着市场化的深入,学院批评与媒体批评的界限日渐混淆,批评权威也日渐丧失,批评的导航系统变得越来越不可靠。

当代文学是一个特殊的研究领域,对层出不穷的作品进行及时的判断、仔细的筛选、敏锐的发掘是极其重要又极其基本的工作,这既影响到对当下创作风潮的引导,也关乎未来文学发展的方向和文学史写作。即使以宝贵的时间淘沙,与速朽者同朽,也是必须付出的代价。但对于单独的研究者来说,只身进入期刊的汪洋大海,难免陷入盲人摸象的境地。要避免这境地首先需要打造一张筛选之网。这张网必须足够宽大,可以在文学无主潮的时期打捞散珠碎玉,这张网还必须足够严格,以过滤掉各种研讨会批评的浮华泡沫。打造这样一张网需要一批有共同文学追求的人,需要勤勉和热忱。

我们的论坛一开始就树立推崇"好文学"的审美标准。这个相对笼统的"好文学"概念,本是为对抗当时流行的以商业标准为内在原则的"好看文学"而提出的。它以"纯文学"概念为基础,但对20世纪80年代中期以来逐渐窄化、不及物的"纯文学"概念予以拓宽,在新形式的探索之外,同样注重新经验、新体验的发掘,并且强调作品的社会关怀和作家的知识分子立场。经过数年砥砺,论坛形成了自己的批评风格,概括说来,就是专业的品格,直言的风格。

毋庸讳言,我们是学院派。什么是学院派?在我们看来首先是守规矩,就是要在学术规范下进行批评,具有专业的品格。批评和研究一样,也要看材料说话,按逻辑推论。材料要尽可能收齐,论证至少要自圆其说。另外,胸中要有文坛全局的经纬度。对一个作品的评论要放在作家自身的脉络、相关创作的脉络和文学潮流的脉络来看。对重要作品的挖掘推介,特别是进入年选的优秀作品,更要有文学史的目光,以文学史的坐标尺度评判优劣,确认经典。看似几十字的点评要包含这么多向度,需要相当的功力。虽然这样的高标准很难达到,却是我们努力的方向。所以,每人的点评都要数易其稿,还经常需要群策群力。不过,这样一个山头一个山头地拿下来,当代文学的地形图就扎扎实实地建立起来了。

在遵守学术规范的同时,我们也反抗近年来学术规范的僵化和学术体制的压抑,将文学批评从文化批评的战车中分离出来,将被肢解的作品从理论的脚手架上解放出来。我们倡导重新以朴素的心态面对作品本身,不但以审美的方式鉴赏,还以行家的眼光品评。不但谈论小说的艺术,最好更能触及小说的技术。在语言上也力求短小精悍,一针见血,在某种意义上尝试恢复中国传统式的"点评文体",避免"学术黑话"式的云山雾罩。因为我们要对话的是读者和作者,不是在自己的圈子里自说自话。

学院批评要求客观独立,学院的体制也更能保护批评者的客观独立性。从一开始,我们就以"直言"的姿态出现,好处说好,坏处说坏,越是大师大腕,越是从严从苛。这一"直言风格"受到了文坛的普遍欢迎、称赞和宽容。并非我们没有偏颇、偏激之处,而是在一个文坛规则到处被"潜规则"替换的时代,太需要这样清新健康的批评力量的出现。老实说,每当某位"大师"的"巨制"被隆重推出的时候,面对那么多权威专家的如潮好评,如果不是背后有一个坚实团体的支撑,我都不敢相信自己的相反判断。我自己尚如此,何况那些普通读者和正在探索中的写作者呢?直言自然会得罪人,但只要以专业品格自守,不以酷评哗众取宠,也不会带来太多的麻烦。而且,对于一群尚怀有纯洁文学理想的学生而言,做那个敢于指出皇帝没穿衣服的孩子,可以呼唤出一种特别神圣的使命感。我以为,这是学院批评特有的优势。但如果没有人好好利用这一优势,我们已经相当恶劣的文学生态就更缺乏制衡机制。

如此匆匆,走过了6年。6年中,我们都感到一种充实感。但同时,也感到惶惑。这惶惑来自于,我们的论坛立足于评刊,其前提是文学期刊是当代文学的主阵地。这套文学体制是在新中国成立之初建立起来的,在运转了60年之后终于被打破。其实,在此之前,期刊体制已经出现了严重危机,主流体制外的各种新机制已经生成,但直到2009年前后,随着几个标志性的事件发生(主要有盛大文学的接连并购使网络文学迅速集团化;继郭敬明之后,张悦然、韩寒等"80后"明星作家陆续主编杂志,"青春写作"自立门户;电子出版时代的猛然降临;文学期刊的企业化转制即将全面开启;等等),让人们不得不承认一个事实:文坛"大一统"的格局已被打破,"文坛分治"已成定局。在此局面下,如果我们再将全部精力专注于文学期刊,是否会以偏概全?是否会沦为另一种小圈子的自说自话?

经过将近一年的观察和讨论,我们终于决定了转型的方式和方向。这就是坚守、开放和抵抗。

首先是坚守。我们将坚持评刊,和纯文学的"死忠"们相互守望。略有调整的是,我们将更集中关注大刊,评论也将更加严苛,因为作为"主流文学"最后的阵地,大刊是传统文学力量最后的集结地,它们在文坛变局中持何种标准在相当意义上代表着未来精英文学的方向。我们也将更加关注新锐作家,如果文学确有精灵,每个时代固定降临在某些人身上,今天这些"被选中者"将更加寂寞。与此同时,我们也将视野扩大到港台纯文学创作和外国纯文学译作,在全球华人创作和世界文学的范围内,汇聚纯文学的烛光。

坚守的同时是开放。必须看到所谓的"主流文学"已经日益边缘化并老龄化,更重要的是,它与实际占据市场主流的文学并不具有"精英文学—大众文学"式的引导、等级关系。畅销文学、青春文学、网络文学这些年来不仅迅猛发展,而且自行其道,其优势往往正是"主流文学"的弊端。畅销文学不但占领着图书市场的大地盘,更在内容上接着地气;"青春文学"刊物不仅垄断了青少年读者资源,继而也将垄断青少年作者资源;网络文学已生出某些新媒体文学特质,其自成一体的写作——阅读机制虽令人瞠目,却高效运转。所有这些都要求我们不能以传统的文学标准和批评方式去张冠李戴,而是必须深入其内部,最好鼓励"80后""90后"的学生以"学者粉丝"的身份研究,入于内、出于外,提出新要素,运用新理论挖掘出其内部逻辑。

开放的同时是抵抗。理解、尊重未必是认同。必须认识到,如今的商业文学背后巨大的资本力量。一旦资本与权力结合——不仅是政治权力,也包括文化权力——就可以进一步制定规则。这些年来,"市场为大"的原则已经逐渐在文学界内部深入人心。就像当年有人论证"好看文学"就是"好文学"一样,下一步,一定有人论证"好卖文学"才是"好文学":文坛是平的,文学是格式化的,消费终端决定一切。今天正应是精英力量重新聚集起来的时候,面对新的敌人,精英文学内部的各派力量需要整合起来,求同存异,相濡以沫,重建精英标准。思想不是文学的天敌,没有思想才是;"为艺术而艺术"也不再是文人雅趣,审美本身就是抵抗。

在新媒体时代来临之际,重申自己坚守精英立场,并非反对草根民主,而是反抗资本暴力,警惕娱乐至死。我们倡导的精英文学不是贵族的,而是先锋的——得风气之先,率天下之行;不是小众的,而是少数的,具有公共性,与广大的人群相关;它是挑战的,挑战心悦诚服和普遍认同;它是专业的,有严格的标准尺度和操守规范。以如此的精英文学为标准,今天我们的"主流文学""纯文学"都需要脱胎换骨,其新胚胎骨骼或许正在新媒体文学中孕育生长。

我们的理想是,促成中国文学在未来再度形成一个整合的金字塔,作为塔尖的精英文学和作为底座的大众文学能够互认互动。也许这个理想只是个幻影,那么至少,文学的精灵总该有人守候,不管它是出自传统的"大师",还是新生的"大神",或许只是在某位"新锐写手"笔下灵光一闪,都需要有人辨识捕捉,而不是任其在信息的汪洋自生自灭。这是新媒体时代对当代文学专业研究者提出的任务,也是我们对自己的要求。

批评的限度和学院批评的位置
吴 俊

多年前,几位敏感的朋友已经预言:批评的时代又在来临。为什么说是"又"？那是同20世纪80年代相比而言的;在某些看法来说,80年代算是批评最为发达的时代。果然,批评有了新气象,也可以说,批评开始进入了全新的时代。这种新气象、新时代从90年代蔓延至今,已经改变了80年代形成的批评格局和生态,甚至80年代的批评已经开始作为一种历史化的存在,成为当今批评的一种重新陌生化的探讨性对象。常识提醒我们,一旦回忆开始出现,显见不是历史出了问题,而是现状有了困难。批评的回望动向说明自身的反省欲望已经十分强烈了。

所谓批评的新时代,可以从两方面来理解。一是环境发生的改变。我在90年代末的《作家》杂志曾发表过一种简单、感性的看法:世纪之交的中国之变,实为千年之变;传统中国的社会结构从此渐行渐远,一去不返,而当今世界的各种制度性因素则开始在中国获得制度性的建构,一个"新中国"正在出现。这也正是所谓中国社会转型的真正历史含义和政治含义。这种改变对于批评(包括现实的一切文化发展形式和意识形态的努力)的挑战在于,我们自身如何才有可能参与"新中国"的塑造和建设？——近代以来的中国文学批评史已经可以证明文学批评对于近现代中国国家意识、国家文化建构的重要作用。今天的文学批评能够同样选择这份历史的担当吗？

另一方面则是文学批评自身也形成了一种新时代。这种新时代的宏观特征主要就表现为批评的固有观念趋于瓦解,统一的批评不再存在;同时,随着价值面向的多样多元,批评的边界和限度也愈显暧昧、模糊。批评貌似无限的增量发展既显示了它的社会权利的极度膨胀,同时也就滋生、构成一系列相关问题:批评究竟因何而存在？批评的风尚发生了什么深刻的变化？批评的价值地位及其合理性究竟在哪里？

上述两个方面的问题看来是交集在一起的,也就是当今的文学批评必须对自己的存在价值有所确证。

很大的一个问题,我主要想从所谓学院批评的角度来谈。

学院批评之名起于何时,我无暇确知。在近年的一般使用中,它常被用来与另两个有点奇特的概念即媒体批评、作协批评对举,意谓大学教师身份的批评家为学院批评,作协机构工作的批评家是作协批评,而媒体记者或一般的报纸言论、网络言论则可视为媒体批评。其实大家想必也对现状都有所了解,并无所谓真正意义上的批评派别,但职业身份和批评立场、宗旨、趣味等,倒也确有关系。为了行文的说明性,大概也只能用批评家的身份做划分的依据,其他标准恐怕在这种分门别类上确有勉强,除非干脆将这类划分径视为无意义。

因为自己长年在高校执教,又一直从事文学批评,所以一般应该被视为或自命为学院批评。学院批评之被最多、最大诟病的是什么?就是脱离现实、远离现场;专注理论,封闭自娱。相应地,媒体批评总被指为炒作博眼球,作协批评则多与主流意识形态相联系。后两者的是非这里先不论,要说的是前者即学院批评的短长。

学院批评并不纯粹。从身份而论,学院批评的来源在近十几年里已经发生太大改变。相比于媒体或作协,学院的人力资源吸附力恐怕是最强的。只是万变不离其宗,相较于其他领域,学院治学还自有一套专业规矩,也有相对共识认同的经验性价值标准。而学院批评的短长或即与此有关。

在一般品评、比较新时期以来的文学流程时,论及文学批评,多谓 80 年代为文学批评的黄金时代。这种看法的最大理由就是那时文学批评的影响力和价值地位最为凸显。我本人也这样说过,没有 80 年代的文学批评,就没有 80 年代的文学。这话并不是指文学批评对于同时代的文学创作的影响作用,而主要是想强调文学批评在 80 年代文学整体中的标志性。如果将 80 年代置入文学史的话,这段文学史的诸多标志会由文学批评来担当。换言之,80 年代的学院批评(那时并无此概念,代指大学教师身份的批评家)与文学现实的关系并无后来那般的隔阂,而是非常的整合相融,也就是说并无将文学批评分列为三家的历史条件和现实需要,当然也无所谓学院批评的门户可能。文学批评没有获得特殊性的文学身份,甚至还往往被视为文学整体的某种代表。文学批评的分门别派是后来的需要和新的权力结构所致。结合 90 年代后文学权力的重新分配、学院制度和学院批评的流变来看,不难看出其中的一些有趣的历史差异性来。

90 年代初的改革和转型,导致了文学批评生态的变化。所谓人文精神的讨论之兴起与流变,以及"断裂"事件的发生等,我以为与这种世道境况有关。但同时,渐成气候的则是一般媒体业的发达,直到互联网的兴起。90 年代由此被视作媒体时代的开始。在文学批评范畴,媒体批评的强势也是从此形成气候的。但它尚未被赋予特定意义的命名。

危机的局势持续了几年,一旦扭转却也非常之快。进入新世纪不久,高校渐成新的利益汇聚地。其实,并没有理由认为高校真拥有特殊利益,但从作家纷纷争入高校的势头迄今仍旺的现象来看,至少也能说明高校的文学权力已非昔日可比。随着高校内部体制的日渐规范,它的话语权方式也渐渐凸显。高校的文学研究开始以一种学术权威性的姿态,自觉介入了当下的文学批评。这其实形成的是一种对于文学批评格局调整的专业压力。而所谓学院批评一说也就呼之欲出了。

以前虽也有一般意义上的学院批评,但一向不被视为一种特定的文学生态现象。作为批评家的高校教师,与作协批评家并无有意识的身份和批评价值观方面的鸿沟。但是最近十年间,学院批评跟着高校在资源、制度方面的改观,特别是学术形态观念渐趋成熟,开始形成完善自身的身份意识,文学批评(再)生产也有了自己的特定学术方式,这就不能不与以往的批评方式、批评意识、批评观念产生距离。对此我想这几年从作协系统转身成为大学教授的批评家应该最有体会。文学批评的层次开始丰富起来,这无可非议。有了规矩就要遵守,除非把这规矩革命了去。

文学批评一向多被视为作协的当然职业之一。在当代中国的文学制度内,能够称作职业批评的只能是作协批评;作协批评家也是唯一的职业批评家(群体)。明白这一点,也就不要担心作协批评真会受到伤害。媒体、高校并不拥有这种特定的文学资源优势。所以,高调的文学批评亮相依然只能是作协的角色担当。

媒体、高校、作协各有其批评行为的基本逻辑和利益诉求,很难做简单的价值判断。但比较起来,可能高校批评家的问题最致命。

学院批评家的问题我看并不在所谓的理论封闭或脱离现实,而在相反的方向上出了大毛病,即太不讲理论、太沦于现实。

媒体批评的职业目标在做新闻,讲求的主要是新闻专业性而非文学专业性;作协批评则更多担有主流导向的职责;学院批评顾名思义就该在批评学术上有所着眼、有所追求、有所建树,即应该有专业理论性。学院批评应该是一种最纯粹的专业批评,或最该具备纯粹专业批评的品格。如果说世上并无一种全面的、完善完美的文学批评,任何形态的批评都是有其限度的,那么每种方式的批评之所以能够成立的最大理由,也就在其自身的方式和价值体现立场。不能因为批评方式和立场之不同而訾议其合理性或价值。

所以,当学院批评被批评为理论封闭或脱离现实时,我以为这并非学院批评病象的主要表现——理论应该有其相对封闭性及与现实保持一定的距离,由此产生的问题和弊端应该在学术层面上探讨和解决——主要病象倒是缺乏学院专业意识、理论规范和学术立场,也就是太不讲理论、太沦于现实了。其致命性后果会取消学院批评的价值根基。

理想的学院批评当然是既能有批评理论的学术贡献,也能介入文学现场,对批评现实有实际的支持。但事实上难以如愿。权衡利害,我的观点是:在批评理论上应讲求学术规范,宁愿因理论的谨严而付出一时疏远现实的代价,这是学院批评的专业门户所在;在批评姿态上应表现批判锋芒,随波逐流、依附权力、不能坚持个人主张和批判立场,是学院批评在文学政治上的沦落。但很不幸,这正是现在所谓学院批评的普遍状况。

例如,对一些毫无学理条件限制的所谓批评概念,一般人瞎说说倒也罢了,可学院教授们也会跟着起哄,取媚流俗,搞不明白究竟是忘记了常识还是学术人格的堕落。起哄瞎说的教授多了,学院的尊严也就消失了。轻薄为人者必遭人轻薄。当一切规矩都消失之后,世上也就再无学院的位置了。学院是最后应该坚守的地方,这该成为学院批评意识的底线。

在另一些案例中,学院批评又像是一种赶堂会的俳优,专事批评表演。特别是有些早已以烂闻名的文学研讨会,某些学院批评家一如俳优,给点出场费,呼之即来。批评家则是蒙招如遇恩宠,随手就是一篇表扬稿。此类研讨会中最堕落的是高校学院举办的,打着专业学术的招牌,或为私人名利开方便之门,或行政商合流各取利益之实,或心不在焉只为学术政绩。因此,为求面上好看,舆论一律,最不可能一致的文学批评居然也会众口一词,学院的思想批判、学理质疑和多元交锋或被有意压制,或被悬置回避,或径直就被逐出了学院批评之中。只有世俗的利害考量而无原则的是非思考,学院批评也就失去了自己的批评精神和批评魂灵。

不讲究理论,就不会有专业层次;不与现实保持一定的距离,甚至纠结、沦陷在现实利害之中,就不会有超越、批判、质疑性的思考。这两点恰是学院批评应该时刻警醒和自省的。而且同时,就像任何一种批评形式一样,学院批评也有其必然的限度或限制,它只能留在自己的位置上发言才会最合适。学院批评提供的是自己的特殊贡献,而非以流俗为满足。就此来说,所谓批评文风只是表象,根子是在对于自身批评定位的自觉认识和坚守程度,还有批评家心中的自我期许。只是遗憾,现在自轻自贱甚至连起码姿态也懒得做的学院批评实在太多,着实令人无语。

文风与"立志让人懂"
——答《文艺报》编者问
李敬泽

文风体现思想方法

谈到文风问题,无论是否提及,实际上我们的潜意识里都回荡着毛泽东同志关于文风的论述,他的《反对党八股》至今仍有强大的针对性。毛泽东同志当初谈文风,绝不仅仅是谈文章做法,谈文风也是为了谈世风,是为了谈我们的思想方法。延安整风如此大事,当年毛泽东同志却首先从文风入手,这或许令今人费解,但这正体现了他作为一个伟大政治家的深远目光。文风问题说到底是思想方法问题,是写文章为什么的问题。

我们现在讨论批评文风,也要首先界定问题的范围,说明白我们的批评文章是干什么用的、写给谁看的。如果说是做博士论文,是学术谱系的繁衍,或许没有必要谈文风问题。因为某种程度上讲,任何一种专业化、学术性的语言,多多少少都隔离于日常语言,没打算让外人懂。这个有它的道理。当然,我们仍不免质疑,即使在这个范围内,学术的原创力究竟如何?我们每年生产那么多论文,但放在世界文学理论的生产格局中,我们是否还是处于"理论二传手"的地位?

另一方面,我们也不得不问:文学批评是不是只有学术这一个面向?如果文学批评不能变成公众文化生活中有效的、活跃的力量,这一代批评家恐怕就没有尽到责任。现在,之所以讨论批评文风,大概并不是在"学术生产"这个范围里探讨,问题所指是文学批评的另一面,即文学批评能不能走出学院、走向公众。在这个层面上关注文学批评,就一定要讨论文风问题了。

文风问题首先是一个接受问题,即我们如何用让公众、让读者听得懂的语言去表达观点。文学批评也需要"三贴近":贴近实际、贴近生活、贴近群众。要贴近群众,让人家听得懂,这是讨论文风问题的第一要义。当然,正如《反对党八股》绝不仅仅是谈论文章做法一样,这同样也是我们的观点问题、思想方法问题。《反对党八股》《改造我们的学习》,反对了那么多毛病,诸如"言必称希腊""有哗众取宠之心,无实事求是之意"等等,针对的是那些不对生活负责、不对实际负责,只对自己那一套理论负责、只对"教条"负责的大人先生们。在文学批评中,也时常有只对知识和理论负责,不对作品负责,不对活生生的人类经验负责,不对阅读感受负责的情况,同样也是"无实事求是之意"。这必然导致让人无法忍受的、充满权力感的文风。文学批评并非一种权力——倘使说它有权力,也仅仅是批评家受过更好的训练,掌握更多的信息,有过更深入的阅读。我们或许不得不承认,批评家的学术背景、知识储备等等使得他具有较大的话语优势,但正因如此,我们更要保持警觉:我们写文章不是为了炫耀优势,不是为了证明自己比人家懂得多,而是为了把自己的所知拿出来和人交流。如果立志不让人懂,那么交流就不会发生,至少在公众阅读这个领域里,批评的效力就无从谈起。

文学批评应贴近公众的生命感受

批评文风确实存在问题。即使是所谓学院批评,讲逻辑、讲学理,但逻辑与学理的混乱绝不鲜见。至于面向公众发言的时候,毛泽东同志批评的那些毛病我们都有:"装腔作势,借以吓人。"文学批评毕竟与其他的专业学科不同,假如有专家给你讲遗传生物学,你确实无法用吃饭睡觉这套日常语言去理解,你得承认你不懂,所以要学。但是文学与我们每个人基本的生命经验相通。在一定意义上,每个人都有批评的权利,无论这个人学没学过文学理论,他都有权对一部文学作品品头论足,他说得不一定漂亮,但不一定不对,不一定不好。

现在的文学批评在公众那里面临很大的质疑,一个原因可能是,人家原本觉得自己还明白,但却让你给说糊涂了。当然,我并非要质疑批评家的专业能力,而是说存在这样一种矛盾,批评家的批评话语与读者直接的生命感受之间的矛盾。"批评的危机"有很多原因,其中一个,也用术语说,就是批评话语的"能指"是空转的,既对不上作品的实际,也对不上生活的实际,当然也就对不上读者的感受。

毛泽东同志在修改1958年1月26日出版的《文艺报》第二期编者按时,对文风问题提出过批评:"按语较沉闷,政治性不足。你们是文学家,文也不足。不足以唤起读者注目。"又说,"用字太硬,用语太直,形容词太凶,效果反而不大,甚至使人不愿看下去。宜加注意。"其实文学批评的现状又何尝不是如此?改变这一状况需要做很多事,但首先是表达要准确。表达有两个方面,第一,面向事物,清楚到底要说什么。第二,要面向公众,明白到底要说给谁。我们如果既不对事物负责,也不对听众负责,仅仅陶醉于权力感、学术感、专家感,这样的话,文学批评一定会面临持续性的危机。

应重视中国古典文学批评传统

批评家应该想一下自己的读者是谁,是同行,还是那些拿起一张报纸的普通读者?写给同行当然也没什么不好,但我们还是应该主动思考:作为整个文学生活中的一种有效力量,怎样让批评面向公众走向公众?这方面我们很少反思,光顾着对"媒体批评"羡慕、嫉妒、恨。现在总是讲批评在萎缩、在边缘化,批评的力量和权威性在流失,这是问题的结果,而不是原因,应该在变化了的文学生态和文化生态中,深入思考批评何为,批评向何处去。在现在的文学生态中,批评家应该做什么、能够做什么,他需要怎么做。

窃以为,应该重视对中国古典文学批评传统的传承。在这种传统中,批评家一方面牢牢贴近作品,一方面积极面向公众,文学批评的表达既高度重视自身感受,也高度重视读者的生命体验,批评家是作品和公众之间一个有效的中介。在网络时代,通过微博、论坛等方式展开的草根的、群众的文学批评活动,高度重视交流和互动,可能更有力地回应了古典批评传统。

传统文论的要义第一是感受,贴近作品和读者,同时也讲究批评的修辞效果。所谓"言而无文,行之不远",批评一定要考虑怎样能够在人群中"行之远"的问题。批评家应该在这样一个众声喧哗的文学生态中,自信地表达观点和看法——自信来源于他的专业素养,他对文学的敏锐感受和深入思考。在此过程中,批评家的影响取决于他对公众的说服力。所以,我们的文学批评需要另一方面的努力,就是"立志让人懂"。

中华传统文化与软实力

王 蒙

中华传统文化是一个古老的文化,是一个覆盖面、影响面巨大的文化,是一个独树一帜并拥有巨大的影响与声誉的东方文化。与一些变成了博物馆文化与观光奇景的文化不同,它历经曲折,回应了严峻的挑战,走出了落后于世界潮流的阴影,如今日益呈现出勃勃生机。它仍然主导着海峡两岸十几亿人的生活与思想,它是一个能够与世界主流文化与现代文化、先进文化相交流、相对话、互补互通、与时俱进的活的文化。

尤其是,它提供了一种有效的生活方式,提供了一种富有历史感与独具特点的世界观与哲学观,一种人文价值与思路,一种独特的与精致的语言文字、文学艺术、工艺设计、文化瑰宝,一种乐生的、务实的、注重此岸性的生活态度与生活质量,提供了一种有参考意义的克服现代性某些负面弊端的思路。

中华文化,首先是汉字文化。它重整合,重大概念,重万事万物间的关联,重书写与万事万物的统一。例如,一个"牛"字,派生出牛奶、牛皮、牛肉、牛毛,又区分为水牛、黄牛、奶牛、公牛、疯牛……而其他语系中这些词大多是各自构造而不提供它们间的关系信息。由于它的词汇的系统性、层次性与分类性综合性的讲究,又由于古代中华民族的求实精神,它不是着力于塑造人格神,而是追求终极概念——理念之"神",如道、德、通、大、一、仁、义、天、易。追求自高而低、自低而高、自大而小、自小而大的思维秩序与社会秩序。

中华文化是一个泛道德主义的文化。它强调人伦关系,强调和谐与秩序的理想,主张克制无限竞争与不断膨胀的欲望,强调人生而有之的伦理义务(而不是权利),强调敬天与天人合一。这虽然有它的不足,影响了数千年来中国的科学技术的发展与文化的创新与突破,但同时,它维护了国家的延续与统一,帮助中华民族渡过了重重难关,以充满活力的姿态进入了 21 世纪。而且,今天看来,它对于回应恶性竞争、欲望膨胀、生存压力与飞速发展中的浮躁心理这种种"现代病",是有启迪意义的。

同时,中国文化又是具有一种天行健、君子以自强不息的积极进取取向的伟大文化。它强调勤俭,强调刻苦与奋斗,强调精神价值与气节,唾弃一味地享受与无所事事。它较易与迅猛发展的现代性接轨,它接受发展是硬道理的思路,而较少那种仇视现代性、敌视科学技术的心理与不求上进、消极懒惰的人生态度。例如,极端宗教、恐怖主义与民族分裂三种势力及其文化背景的存在,与中华文化的传统便大异其趣,它们已经成为人类的公害。再如在德国诺贝尔文学奖得主海因里希的作品中,在印度与喀麦隆的民间故事中,都有相同的懒惰有理的故事,而这样的故事在中国是无法被接受的。

地球不能垄断,文化不可单一。中华文化,它的对于和谐的提倡,对于竞争的宏观调控,对于信仰激情与传教士冲动的抑制,对于天道的敬畏,是现代世界主流文化、以欧洲为中心的基督教文明的最重要的与有益的参照系之一。

那么,什么是文化的软实力呢?关键在于此种文化的有效性,我所说的有效的文化是说:

第一,它能提供越来越好的生活质量与生活乐趣,提供受这种文化熏陶的人众以幸福、满足、欣悦与尊严,它扎根于人民群众之中,使人们喜爱与尊敬这种文化。简单地说,它是以人为本的文化而不是以人为敌或为奴的文化。

第二,它有足够的凝聚力与亲和力,能够使受这种文化的覆盖与影响的人,聚拢起来、友好起来,而不是恶斗不已、仇视与分裂。

第三,它能坚持自身的特色、自己的性格,独树一帜而又友好立身,正确地处理与异质文化的关系,能够与外来影响切磋交通,也能撞出火花,取长补短,互利互补,既不会动辄失去自信,屈服于强势的文化压力,自我瓦解;也不会盲目排斥异端;不会在急剧的全球化现代化进程中陷入认同危机即失去自身的身份认定,陷入绝望与仇恨。

第四,它有足够的想象力与创造性,有足够的自我调整、自我更新与抗逆抗压的能力,它能够与时俱进,苟日新、又日新、日日新,自强不息。同时又有足够的对于自身的传统的珍爱与信心——文化自觉与文化自信。

回顾中华民族的历史,我们走过曲折的道路,我们付出了巨大的代价,我们经历了痛苦的文化危机与文化骚乱,同时我们已经并正在靠拢上述的四点文化期许。我们一定能够做得更好。我们已经并正在克服面临急剧走向现代化、全球化的世界所产生的紧张、困惑、焦虑与进退失据,我们一定能够做到文化兴国,创造历史,为后世子孙并为全人类做出更大的贡献。

2013 年

《"文学台独"批判》:历史责任　文学良心
石一宁

《"文学台独"批判》(赵遐秋主编),是迄今为止唯一一部由海峡两岸文学界与学术界专家学者撰写的批判"文学台独"的论文集。该书于2007年由台海出版社初次出版。为尽可能反映两岸文学界和学术界批判"文学台独"的概貌,该书编者在对初版重新厘定的基础上,又加入视野所及的近几年有关文章,辑为增订本,仍由台海出版社于最近出版。展现于读者面前的《"文学台独"批判》(增订本)分上下卷,150万字,收入数十位作者近百篇论文,可谓两岸批判"文学台独"的阶段性集成。

所谓"文学台独",即一种分离主义文学思潮,宣扬台湾新文学与大陆文学互不相同也互不隶属,乃一种独立的文学。"文学台独"的表现形态是文学的,其实质内涵是政治的,是要切断两岸的精神纽带,抹除台湾人民的祖国意识和中华民族历史文化记忆,摧毁主张统一的社会心理基础,通过谋求"文学台独"和"文化台独",以最终实现"政治台独"和"法理台独"。

共有的历史记忆和文化实践,人民、领土与主权,定义了现代民族国家。台湾历史上虽屡遭帝国主义、殖民主义的侵略,然而这并不能改变其自古即为中国领土的事实。1943年11月,中、美、英三国发布《开罗宣言》指出,"三国之宗旨在剥夺日本自1914年第一次世界大战开始以后在太平洋所夺得或占领之一切岛屿,在使日本所窃取于中国之领土,例如满洲、台湾、澎湖列岛等,归还中国。"1945年,中、美、英三国签署(苏联后参加)的《波茨坦公告》重申"开罗宣言之条件必将实施"。因此,台湾复归中国,亦是世界反法西斯战争的胜利成果。

现代民族国家又是想象的共同体,是基于相同历史与文化血脉的族群对命运共同体、政治共同体的想象,是民族的集体认同。现代民族国家是被集体想象、集体同一感与爱国主义精神所建构的。台湾人民对祖国的认同感与爱国主义精神,在台湾文学史上为许多作家所倾力表现。如台湾新文学的重要作家吴浊流,在其长篇小说《亚细亚的孤儿》中即塑造了不堪忍受殖民者压迫而逃到祖国大陆投身抗日战争的主人公胡太明的形象。在自传体长篇小说《无花果》中,吴浊流又深情写道:"台湾人具有这样炽烈的乡土爱,同时对祖国的爱也是一样的。思慕祖国,怀念着祖国的爱国心情,任何人都有。""眼不能见的祖国爱,固然只是观念,但是却非常微妙,经常像引力一样吸引着我的心……以一种近似本能的感情,爱恋着祖国,思慕着祖国。这种感情,是只有知道的人才知道,恐怕除非受过外族的统治的殖民地人民,是无法了解的吧!"台湾新文学诗人巫永福的《祖国》一诗深沉地吟唱:"向海叫喊:/还给我们祖国啊!/未曾见过的祖国/隔着海似近似远/梦见的,在书上看见的祖国/流过几千年在我血液里/住在我胸脯里的影子/在我心里反响/啊!是祖国唤我呢/或是我唤祖国。"民族和民族国家是想象的共同体,但这一想象并非偶然的想象,这一共同体并非虚构的共同体,而是体现着一种深远的历史文化传承,反映着民族成员对于自由、尊严、荣誉、安全和幸福等等深层心理和情感的需求。因此,民族和民族国家一旦形成,便具有相当的稳定性和连续性。这种稳定性和连续性的解体,往往给民族和民族成员带来巨大的伤害和深重的苦难。

文学是人类的精神家园,应培育真善美的心灵与情感。作家是人类精神家园的守护人,应是致力维护人类的基本价值与世界和平的人道主义者,更有责任以自己的写作为民族和解、同胞团圆提供精神之光与情感之火。然而"文学台独"否定世界反法西斯战争胜利成果,播扬分离主义意识形态,瓦解民族认同,塑造文化敌意,是一股不惜以民族灾难与悲剧为代价的危险的文学思潮。海峡两岸文学界和学术界的有识之士,在"文学台独"逆流初起之际,即洞烛幽微,深察其害。秉持着历史理性与民族大义,在台湾,陈映真等作家学者奋笔论战;在大陆,《文艺报》等媒体开辟阵地,两岸文学界和学术界共同展开了对"文学台独"的批判。《"文学台独"批判》(增订本)再现了这一文坛风云,亦为中国当代文学史提供了一份难得的文献。

《"文学台独"批判》(增订本)从理论上分析了"文学台独"的本质及其特点。陈映真最初发表于《文艺报》的《论"文学台独"》一文指出,几十年来,"台独"运动假借台湾文学论、族群和台湾史论以及"命运共同体"、民族定义和历史教科书等各种问题发表言论,宣扬在与中国大陆长期隔离的现实下,台湾已经发展出一个在民族认同、文学特质、自我意识上都与中国完全不同的"自主性"和"独立性"的观点,宣称远在达成政治独立之前,台湾的文学、文化就早已独立。赵遐秋在《"文学台独"的本质》一文中指出,"文学台独"是"台独"在文学领域的表现。"文学台独"目的是使"台独"文化化、文学化,是"政治台独"的舆论准备。两篇文章开门见山,一针见血,对"文学台独"的分离主义性质进行了准确的定位。

该书回顾了"文学台独"思潮发生和泛滥的历史过程,以及"文学台独"呈现的主要问题。陈映真《论"文学台独"》和赵遐秋《"文学台独"的本质》二文一并揭示,民族分离主义的文化、思想和意识形态的发生和渗透,早在20世纪70年代中后期即开始。

"文学台独"论的发展,其实是"文化台独"论、"台湾自主"论、"台湾主体"论发展的一个组成部分。"文学台独"的主要论点包括:一、台湾新文学诞生之初,就是一种多源头、多语言、多元化的文学。其中,中国大陆新文学的影响远不如日本等外国文学影响大。二、台湾新文学的历史发展,就是文学中的"乡土意识"向着"本土意识""台湾意识""台湾主体"论的发展。三、日本殖民统治时期的"皇民文学",是台湾人对日据带来的"现代化"的反应。"皇民文学"和当时在台日籍作家有"台湾意识",且"热爱台湾"。四、汉语闽南次方言和客家方言是独立的"台语",要使"台语"书面化,另造"台语文字",创作"台语文学"。五、以"台湾意识"构建和写作"台湾文学史"。由此可见"文学台独"与"台独"运动的一体性。而作为"台独"运动的一翼,"文学台独"对历史叙述、历史诠释及语言同样表现出极大的焦虑并进行激烈的争夺。正如有"文学台独"论者所声称:"夺回被剥夺的历史发言权,才是对强权统治的最好答复,也是对失落的历史链锁做最好的衔接。"

然而,"文学台独"的历史发言,却是对历史的颠覆与反噬。它无视历史真相,以政治代替学术,以意识形态代替历史论述,使历史叙事成为与历史的彻底决裂,从而生产出武断的历史独白。被"台独"论者推崇为"台湾文学早春的播种者""'台湾文学'理论的指导者""为台湾文学创造历史并书写历史"的叶石涛,曾几何时,也抒情般地宣示:"台湾文学是居住在台湾岛上的中国人建立的文学""在台湾的中国文学,以其历史性的渊源而言,毫无疑问的,是整个中国文学的一环,也可以说是一支流……台湾文学始终是中国人的文学,它并没有因时代社会的蜕变,或暂时性的分离而放弃了民族性,也没有否定了根本性中国民族的传统文化""所有台湾作家都因台湾文学是构成中国文学的一个重要环节而觉得骄傲与自负。我们在台湾文学里看到的是中国文学不灭的延续"。然而,随着分离主义思潮的汹涌喧嚣,叶石涛发生了人格分裂,转而激昂否认台湾文学的中国历史文化基因和中国文学归属,不断发出种种翻云覆雨的惊世奇论:"不论是战前或战后,不能以台湾文学的创作语文来界定台湾文学是属于中国文学或日本文学;这好比是以英文创作的美国、加拿大、澳洲、纽西兰等国的文学不是英国文学的亚流一样的道理。""(台湾新文学)所受到的影响既广泛又复杂。中国新文学对它的影响微不足道……战后的台湾文学几乎没有受到任何中国文学的影响,如80年代以降的台湾后现代主义等文学运动跟中国扯不上任何关系。台湾文学是世界文学的一环,它直接跟整个世界人类的文学活动亦步亦趋地往前走。台湾和中国是两个不同的国家,制度不同、生活观念不同、历史境遇和文化内容迥然相异,中国文学对台湾人而言,是和日本文学或欧美文学一样的外国文学。"由于叶石涛在台湾文坛的显赫地位,因此早在20世纪70年代台湾乡土文学论战中其"文学台独"论的萌芽阶段,即引起陈映真等文学界人士的警惕和批判。曾庆瑞的《新分离主义引爆的文坛统"独"大论战》《用本土自主性主体论对抗中国文学属性》二文,回眸陈映真等坚守中华民族立场的作家和学者与以叶石涛为代表的"文学台独"派激烈的思想交锋。文章资料翔实,语言犀利,令人震撼。

唯心史观与诡辩的方法论,造成"文学台独"颠倒错乱的历史立场。台湾学者陈昭瑛的《论台湾的本土化运动》《追寻"台湾人"的定义》《光复初期"台湾文化"的概念》《发现台湾真正的殖民史》等论文,以严谨的学术理性指出,由于历史相对主义的滥用,"台独"论者在其台湾史和台湾文学的研究中往往未能克制其政治立场,遂使其研究成为其"台独"意识形态的注脚。在这种历史相对主义的滥用之下,连横的《台湾通史》被视为不是台湾人所写,因为其中"充斥着中华思想的偏见";张我军对台湾新文学的创发之功遭到稀释,因为他代表中国大陆五四新文化运动对台湾的影响,更因为他说过令"台独"论者坐立难安的话:"台湾的文学乃中国文学的一支流";有人主张20世纪20年代的新文学才是台湾文学史的开端,因为在此之前的旧文学是中国人写的中国文学,不是台湾人写的台湾文学;台湾新文学作家吴浊流、叶荣钟、巫永福等人的"近似本能"的祖国意识令"台独"论者有芒刺在背之感……陈昭瑛严肃指出,有操持解构主义以拆解"中国民族主义"的"台独"论者把马克思引为同调,这实在是对马克思的谬赏错爱,因为马克思主义与一切绝对的主体主义、文化虚无主义是冰炭难容的。台湾人应该培养对自己之历史文化的温情与敬意。陈昭瑛的文论视野开阔,学养深厚,论点精辟,显示了一位正直的台湾学人的理论风采。

"文学台独"论者更发明了这样一种台湾新文学史的分期:日据的殖民时期、战后国民党政府的再殖民时期、解严后的后殖民时期。这一分期将国民党政权视为殖民政权,将台湾复归中国视为再次沦为殖民地,解严后的台湾文学即为后殖民文学。该论者又如此阐述台湾左翼史研究:"台湾左翼运动遗留下来的批判传统,在后殖民时期的今天仍然寓有高度的暗示。尤其是北京企图在台构筑代理人政权的事实,使台湾知识分子产生自觉,而这样的自觉与左翼传统是可以密切结合起来的。'台湾民族''台湾独立''台湾革命'的主张,是左翼运动提出来的;面对着中国帝国主义的野心,以及在台统治者的投降心态,这些主张还是带有强悍的现代性。"如此文学与历史"研究",虽然极端荒谬,但在今日的台湾却颇有行情。杜继平的《跳蚤"左派"的满纸荒唐言》、吕正惠的《陈芳明"再殖民论"质疑》、曾健民的《"战后再殖民论"的颠倒》、朱双一的《评"战后再殖民论"之要害》等论文,对"文学台独"这种乖张的历史逻辑与历史建构进行了理据俱备的抨击。《"文学台独"批判》(增订本)中的多篇文章,并对"文学台独"的"乡土文学"论、"皇民文学"论及"台语文学"论等进行了颇为全面和系统的清理。

帝国主义的殖民统治和战后长期的两岸对峙,共同造成了今日台湾社会与台湾文学民族认同的迷惘和错乱。在新世纪,中华民族正迎来文化复兴。台湾文学应向何处去?刘登翰《历史的警示》、沈庆利《文学与政治的畸形扭结》和贺仲明《论台湾文学民族精神的缺失与回归》三篇论文,或许已经提出了很好的建言。刘登翰从台湾光复初期《新生报》"桥"副刊关于"建设台湾新文学"的讨论中,总结出这样的警示:台湾文学的中国归属不容否认,台湾文学的特殊性不可忽视。沈庆利则尖锐指出,近些年来"台独"意识形态如传染病般在台湾文坛广泛传播,期待台湾文坛摆脱偏狭狂热的"台独"意识形态的左右,"尽早还台湾文学一片纯净的天空"。贺仲明更热切希望,台湾文学的发展以回归中华民族精神为目的地。只有这样,台湾作家才能真正思考历史和现实,才能真实而深刻地表现台湾人的生活,使文学的魅力深入到台湾民众乃至整个华人世界的心灵中。

当前海峡两岸关系正处于和平发展的历史新阶段,而"文学台独"并未得到有效和根本的遏制,仍然是两岸关系和平发展的严重障碍,因此对"文学台独"的批判仍具重要现实意义。德国哲学家狄尔泰《历史理性批判手稿》指出,"历史世界建构的首要条件就是通过批判清洗人类对自己本身的混乱和被多重败坏的记忆,这一批判存在于和解释的相互关系中"。并认为,民众主体的统一乃建立于其与休戚相关意识、民族意识、民族感的联系的基础之上。《"文学台独"批判》的作者们所做的正是这样的努力,希望通过历史阐释清洗被"文学台独"淆乱和败坏的历史记忆,重新唤起台湾民众中华民族指向的休戚相关意识、民族意识和民族情感,从而告别认同迷惘,成为身心内在统一的历史主体。该书论文角度不一,风格各异,其价值诚然需要接受读者与时间的评判,然而,这些两岸学者在关乎文学、关乎历史与关乎国家民族的大是大非面前,没有缺席回避,没有失语沉默,而是选择肩起中国知识分子的历史责任,足以无愧于文学的良心。

2014 年

报告文学的文学不等式
李炳银

知道报告文学、读过报告文学的人很多。对于报告文学的认识理解也多样。但我总是觉得,在现实的报告文学态度和理解中,时刻都存在腻滞、差异和分歧。到底,作为文学艺术的报告文学,如何看待更能够积极引导它的发展和繁荣,穷尽它的社会地位价值和作用,是个需要认真研究和思考的话题。这里写下自己的一些感受,就教于所有热爱报告文学的智者。

不必一味拘囿文学看待报告文学

报告文学是在接受新闻的真实、现实和敏锐性之后发展演进,并有效地吸收了文学形象艺术的表达手段后形成的一种独立文体。如今,报告文学已经是被人们广泛认可的包含了诗歌、散文、小说、戏剧等体裁的文学家族中的重要成员了。

报告文学取得文学资质,是经历了很长时间的。这样的经历,既是报告文学不断明晰自身特点个性的过程,也是自己不断走向接近成熟和丰满圆润的过程。报告文学在 1982 年被中国作家协会作为独立文体正式列入全国文学评奖范围,与诗歌、小说享受同等的待遇的时候起,就标志报告文学的文学角色完全形成了。从此,报告文学告别了总是在新闻和文学之间游弋不定、时常被新闻和文学牵扯推拒的尴尬情形,有了自己正式的名分和身份。这样的结果,对于报告文学应该是一个很值得看重和欣慰的事情,自然会是报告文学历史发展的重大事件和安家立命的关口。

但是,从报告文学发展的历史及其经历的道路脉络来看,报告文学都是同诗歌、小说等其他文学家族成员有很大不同的。这些不同,不仅表现在真实和虚构的严格区别上,而且从其选择题材,确立主题到表达的方式方法等不少地方,都是有很多不同的。所以,虽然都是自家兄弟,可各人的脾气秉性和主张爱好却是有很多差异区别的。对此一点,人们需要有一个比较明晰的认识和判断,有一个适合其本身特性的理解和要求。只有这样,方能够见识理解和要求报告文学的魅力和感受它的个性力量。

然而,很多年来,甚至是现在,仍然存在对报告文学的特性缺少准确到位的理解,只是简单地以"文学"说事的现象。而且,在很多人的文学观念中,似乎只有诗歌、小说才是正宗,只有实现了诗歌、小说那样的表达方式才是文学。这样不分青红皂白地一锅煮的情形,既会混淆不同文学体裁的界限个性,也很难领略不同文体作品的特殊魅力,很容易造成误解和不公正的判断。文学体裁形式的出现,也是有过很长的发展变化和逐步清晰过程的。尽管教科书上讲,文学先于文字,但没有文字的文学不知何以体现留存。要说起来,文字最早的功能,可能就是记事的作用,开初的古奥棘涩、佶屈聱牙的《尚书》之后,像《左传》《国语》《战国策》《春秋》等书籍,即使是后来的《诗经》,虽然有了自由表达的成分,也都有很强的记事功能。好像在汉代之前,文章文学甚至是历史都几乎是很难分清楚的,像人们熟悉的政疏、汉赋,不都是记叙重大国事庆典或工程景观的吗?汉代最著名的作家是贾谊、司马迁、司马相如,看看他们的作品,就对汉代的文学风貌有所了解。到了东汉时,方有"文章"一词出现,所谓"发胸中之思,论世俗之事""劝善惩恶",反对一切"华伪之文",正是对文章的追求。似乎到了魏晋时候,四言、五言、七言的诗开始成型,"绝句""七律"有了要求;以后宋词有了各种曲牌、词牌等,都是明显有其固定的形式要求的,作者需要适应形式的约束。至于小说这样原本记述"传奇""话本""道听途说""街谈巷议"的整理文字,在唐宋以前,是难登大雅之堂的。只是到了明清之际,因为《金瓶梅》《三国演义》《红楼梦》《水浒传》等的出现,小说方获得了社会文化地位。因此,若真要说正宗的话,也许真实的文章记事才是文学的正宗。报告文学,其实就是文学的记事记史,虽然被人们命名很晚,但这样的表现,在中国其实是有很悠久的历史传统的。可是,在面对文学的时候,硬是有不少人认定小说就是文学正宗,凡是文学对象,就非得拿小说的特点、要求来套,时常有人说报告文学故事不曲折精彩,说报告文学人物形象不够典型,等等,要求一个需要严格尊重事实的文体富有虚构手段把握下那样的故事情节魅力和人物典型力量,这是何等的无知和苛求啊!

和散文、诗歌、小说这些文学体裁比较起来,报告文学有很强的社会生活依附和参与性。不像散文、诗歌、小说,作品虽然与社会生活有密切的联系,但作者可以依赖自己的社会经历感受和阅历体验而更多主观地去虚构想象表达。报告文学可以说,其本身就应该是真实社会生活和人生的一部分,它同正在演进的社会真实生活的联系是须臾不能够分开的。对于完全真实的社会对象,报告文学作家就只有选择、观察、认识和尊重表达的权利,而没有改变、塑造和虚构的权利。因此,现实浓重的社会性是报告文学的一种基本生成和存在形态,人们应该充分地尊重报告文学的这种社会性特点。而且,这种社会性也正是报告文学超越诗歌、小说艺术局限实现同社会现实生活沟通交融的特点之一。对于报告文学的认识理解和判断,要分明地兼顾到它这样的文体特点,是不应该仅仅只从文学表现的一个角度来评判的。社会的时代环境、思想文化情形、人文生活状态等,都是评判报告文学的重要角度,也是会很好地体现报告文学价值力量的地方。只是一个文学(形式感、技巧性)角度,会看窄看小了报告文学的表现内容,或许会忽略了其更加重要的思想文化及其现实社会内容的表达。

报告文学作家要有文体自觉

或许,报告文学在其开始的时候,其着力点就未必完全放在表达的精致和艺术的创造方面。被人们认为是报告文学开山人之一的捷克作家埃贡·埃尔温·基希的作品,就以明显的真实、敏锐的社会观察和激情批判而形成个性,在今天看来,其新闻的特点作用和力量不言而喻;被认为是我国现代报告文学最早代表作品的夏衍的《包身工》,尽管有很好的文学艺术描写表达,但还是以独特的发现揭露在资本家奴役下"包身工"的悲惨生活情形,富有个性力量。意识不到报告文学的这种在参与社会生活和表达时代的特殊性价值作用,是很难抵近报告文学堂奥的。报告文学不好玩,也"玩"不出名堂来。像有些人"玩"文学那样"玩"报告文学,注定会失败。可有意思的是,有人"玩"诗歌、"玩"小说等,居然成功了!

即如当代的报告文学,也是这样的情形。我们希望报告文学作家在文学的表达上有很强的文体自觉,讲究艺术性,有很好的个性风格,但如果失去或是减弱了其社会现实、思想文化和精神情感内容的包含,那么,再好再高超的文学表达也会缺少实在的意义。诗歌需要激情、韵律和节奏,小说需要故事、情节和人物,尽管也难以脱离社会,但文体本身要求它更加需要文学艺术的修饰和包装。而报告文学最突出的就是需要分明的现代社会性和思想文化及精神情感参与性。报告文学的社会性,是报告文学生命需求的土壤,也是报告文学借以成长发展的基础。

报告文学应该是贴着社会生活地皮生长的文学根苗,是扎根社会大地土壤的大树。当报告文学不是回避而是自觉地融入现实社会思想及变革过程的时候,报告文学其实就不再是单纯地作为文学,而是作为一种声音源而被人们给予关注了。这种以报告文学的形式发出的声音,因为汇入了社会生活的现实矛盾焦点和关注热点而更加被人看重。例如,徐迟的《哥德巴赫猜想》,若不是出现在当时那个贬低知识分子价值、无端地排斥科学研究行为,打击迫害知识人才的年代,为何会有那么多的共鸣者和产生巨大的影响?《哥德巴赫猜想》的巨大影响和长久的生命力量,是因为徐迟大胆的题材选择和文学表达实现的,但真正的成功力量来自对当时社会焦点、热点矛盾话题的一种勇敢明智的接触和正确的评判,是因为和时代人心有了很深的沟通而使它富有很强的魅力。另如,当年那些伴随着中国社会拨乱反正、思想解放、改革开放潮流出现的作品，像理由的《扬眉剑出鞘》《痴情》《倾斜的足球场》，王晨、张天来的《划破夜幕的陨星》，陶斯亮的《一封终于发出的信》，张书绅的《正气歌》等很多作品，不正是在这样巨大的社会政治和思想文化大潮的背景下产生的作品吗？没有那个伟大转变的时代背景和思想文化环境，就很难有这样的报告文学呼应。这些作品，既积极地助推了这些社会潮流的漫延发展，也很得力于这种社会潮流的支持，两相作用，威力巨大。这些威力，明显不是单纯的文学形式技巧可以带来的，其中体现了很强的社会性作用。再如赵瑜的《强国梦》对中国体育功利色彩浓厚，金牌至上，蔑视人性尊严和科学，严重忽略群众运动自觉的观念制度的审视批判。很多后来被人们称之为"社会问题报告文学"的作品的出现，就体现出报告文学对于时代社会需要的主动适应和积极引领，非常有力地影响了中国社会的变革开放脚步等。

所以，不要轻易地将报告文学曾经的风光和巨大社会影响力量，简单地归功于文学表达的作用。而要清晰和明确地看到，报告文学这样的文体，正是有效地利用了社会生活的强大作用，才使自己有了空前的飞升，有了伟大的杰出表现。

报告文学的内功在何处

对于真实客观事实的尊重，是报告文学表达的基础。对于这一点，必须反复强调和坚决维护。这些年来，有不少现象都做出了说明。一些作家，从报告文学的社会作用和影响表现，看到了真实对于读者的强烈诱惑和感召作用，开始改变和渐渐地放弃此前那种简单地期望依赖形式主义的技巧操弄和主观的宣泄来获取成功的写作态度。所以，写实的风气渐长，皈依真实的行动多了起来。但是，真实的存在同文学艺术的表达之间，是存在天然的间隔的。将真实的存在成功地用文学表达，需要才能和智慧，需要有将事实上升为艺术的天才能力。这却不是一般人就可以实现的目的。于是，就出现了某些假借真实的写作现象，企图既以真实吸引读者，又不对自己表达描述的真实切实负起责任的现象。这是一种缺乏庄重的圆滑机巧的文学态度，是一定要反对和排斥的。不愿意为真实负责，可以去写小说，编电视剧；要以真实来面对读者，就要尊重和对事实负责。在写实的层面上，是不允许真假混淆，"真做假时真亦假，假做真时假亦真"这样的游戏的。所以，报告文学在坚持真实性这个原则问题上，不能够有丝毫的松动，真实的原则是一个铁则。

但是，报告文学毕竟不是新闻，不是机械的照相技术表现。在尊重真实事实的基础上，报告文学作家区别于记者的地方就是有对事实的整理、辨识、链接和表达的权利。这时，对于报告文学写作者来说，又一个非常重要的"才能"就被提起来了。这个才能，就是报告文学作家建立在事实上面的理性精神。固然，获取事实的过程，需要艰难细致和技巧的采访劳动。可是,在作家开始任何一个报告文学题材选择和采访写作的时候,理性的机器就应当开动起来。像选择什么题材对象,在采访的过程中不断加深对题材的认识感受和理解,结合题材资料表现,逐步对其社会地位作用、前因后果、前后左右等内容的链接、沟通、审视的工作就已经开始。只有这样不断伴随着理性活动的开始和延展,真实的存在才会慢慢地活了起来,变得有价值和有意义起来。

因此,在认识评判报告文学的时候,既要严格地审视作家对事实的态度,更要看作家对事实的把握和理性的整理能力。很多优秀的报告文学,在事实本身的基础上洞悉深刻广泛的社会内容,也在事实的诱导启发下勾连出很多有价值的思想文化等内容。优秀的报告文学作品,绝不仅仅是很多机械地尊重了事实对象的作品。而是作家借助真实的社会事件和人物,如何文学地表达了自己的社会关切和态度的作品。因此,我多次说过:"真实性是报告文学的生命,理性精神是报告文学的灵魂,文学艺术性是报告文学的翅膀。"在此,作家的理性精神和能力,也可以说是报告文学的内功。

像徐迟的《哥德巴赫猜想》对陈景润科学精神的肯定和对他身处的"文化大革命"环境的批判,像黄宗英《小木屋》对徐凤翔身处西藏高原进行林业科学研究的勇敢无私追踪和艰难历程的感动及呼吁,像涵逸《中国的"小皇帝"》对独生子女因为现实社会环境和教育制度而出现的很多忧思问题,像徐刚《伐木者,醒来!》对于人们保护自然生态环境意识的呼唤,像麦天枢《昨天——中英鸦片战争》对鸦片战争的解析反省,像陈启文《命脉——中国水利调查》对中国江河治理利用情形的呈现反思,像邢军纪《最后的大师》对叶企孙苦难人生命运的诘问,像何建明《忠诚与背叛》对红岩复杂革命历史斗争的探视,像胡平《禅机——1957》对当年社会环境和人的命运的追问和拷问,像钱钢《海葬》在甲午海战百年时的新颖个性的理性反观,像邓贤的《黄河殇》对当年黄河花园口事件的追问考评,等等,都是具有分明理性成分的作品。这些作品,都不是只满足于事实的客观描写,而是注入了作家独特个性与理性思考成分的优秀作品。所以,在评判报告文学的成功或平庸、失败的时候,这种理性内功的表现如何,也是一个非常重要的参照。这样的评判角度,也是超越了简单的文学眼光的。理性思维和眼光,如同电光石火,它能够穿透纷纭的各种事实表象而深入就里,让事实所包含的具有时代社会和思想文化价值意义的内容得到显现。如果说,事实本身只提供了资料性的基础的话,理性面对和处理,就是作家使这些事实变得鲜活和具有更大力量的一种智慧转换。而任何富有智慧理性风貌的事实表达,都会吸引和启发读者的眼球和兴趣。

信息保存的史志价值不可忽视

对于真实事实的坚守和表达,是报告文学从新闻吸收和继承来的最重要内容因素。新闻性的事实真实,是报告文学联系和沟通现实社会生活最重要的渠道与手段。因为这样的沟通联系,报告文学的社会价值作用方才变得个性、直接和有意义。因此,报告文学所传达的社会真实信息,不光是一种文学的内容,而且也是特定社会时代的真实生活信息文献内容,具有很强的社会生命信息价值。我曾经说过:优秀报告文学所保留的真实社会事实信息,就是社会文化历史的很好资料,不仅对于现实具有很好的影响作用,对于历史珍藏和记载,也非常有益。有记者将我这个意思归结成,"好的报告文学,就是今天的《史记》",报道出来,有不少人给予认可。这种事实本真的留存,对于后人认识评判今天的社会生活具有非常难得的帮助,也算是为后人留存的文字财富吧!

我曾经将不少用事实为基础而写作的关于某个行业领域、某个历史重大事件、某个地方的历史沿革和现实变迁等写实文学作品,贯以"史志性报告文学"。这样的归纳也得到很多报告文学研究专家的认同。这样的作品很多,像钱钢的《唐山大地震》,赵瑜的《马家军调查》,卢跃刚的《长江三峡——中国的史诗》,董汉河的《西路女战士蒙难记》,张建伟的《大清王朝的最后变革》,何建明的《科学大师的名利场》《我的天堂》,李鸣生的《航天系列报告文学》,徐剑的《大国长剑》《东方哈达》,陈启文的《共和国粮食报告》,梅洁的《汉水大移民》,王宏甲的《非典启示录》,等等。这些作品,不但都是出于现实的感触和需要走向历史的追踪和发掘,也是在历史的追踪发掘中对一个行业、一个重大事件、一个地方历史现实的辩证认识和记录,有很好的"史志"保存品格和作用,事实上,这些年,很多选择行业、事件和地方文化历史与现实变迁题材的报告文学作品,已经被分别视为很重要的历史形象书写被认真地保存了。例如一个基层的读者就说,他此前一直搞不明白新疆生产建设兵团是怎么回事,待看过丰收的长篇报告文学《镇边将军张仲翰》之后,他明白了。他很看重和相信这些作品的思想文化文献价值,认为这样的内容富有很强的生命力量。像报告文学这样的真实事实内容包含,自有其独特的魅力和作用。我们在评判其生命价值的时候,如何可以忽略不计,而只从文学表达的层面来要求呢?

对于史志性内容的追求,也是报告文学本身具有历史文化品格能力的独特要求。及时和真实地保存那些在特定社会历史时期的社会现象和人们的思想感受和行动,是报告文学实现自身价值的一种方式。特别是,对于很多或许是一种稍纵即逝的真实的矛盾事件或人物表现,错过了是非常大的遗憾。不关注自己身边的历史,是作家的失职。我总是有一种感觉,我们很多作家,宁愿放弃现实生活中很多富有深刻精神情感和矛盾戏剧化冲突的精彩存在,而热心在自己有限的社会感受想象中去虚构一些苍白浮浅的故事风波的选择,是很不明智的选择。报告文学写作,应该是在真实的社会生活中追寻和发现并表达有价值的事实对象的活动。现实的社会环境和生活状态,事实上为报告文学提供了非常丰富和精彩的表达对象,只要作家有充分的热情和足够的才能,就可以获取理想的成果。这样的获得,既是对现实的积极参与,也是对历史的积累和珍藏,功在当代,福荫未来。

振翮行远走高天

我之所以有以上这些看法的提出和强调,确是因为存在很多对报告文学的误识和偏见,有不少对报告文学过分的苛求。因此,有必要提出一些或许是更加接近和符合报告文学自身文体特性的评判角度来。但是,这并不是简单地排斥和否认报告文学的文学艺术性原则要求,有意地忽略报告文学的文学艺术性作用。

报告文学经历过持续的努力,终于有了个文学身份。对此,需要很好地珍惜和维护。文学艺术性,是报告文学能够便捷地走向更多读者和社会高天的很好手段,报告文学作家一定要积极用心地运用和发挥其作用。很多人如今说起报告文学,总是会记忆起当年读徐迟《哥德巴赫猜想》的情景。这就充分说明,《哥德巴赫猜想》在表达独特的社会见识和思想判断的同时,有非常出色的激情诗意表达,有很好地将真实的人物经历上升为文学艺术描述的作用。如果,只是其思想内容的存在,固然也会具有价值,但就不会像如今这样的生动形象和传扬久远了。像赵瑜的《寻找巴金的黛莉》,本来就是巴金写给追求进步的文学青年的七封书信。时过 70 多年,一般的对待方式就是,发现了,鉴定真伪之后,发布出来也就是了。可赵瑜竟然提出寻找黛莉,然后在追踪信件内容和寻找黛莉的过程中,两条线并行交叉,犹如疑案探微,层层剥茧,最后找寻到很多社会人生的内容,对于社会历史的认识发现和对于人物情感命运的穿透表达等,都有很丰富独特的表达。文学艺术性明显地生动和帮助了作品主题内容的流传,也使真实的事件人物具有更多的社会包含。像李春雷的《夜宿棚花村》《索南的高原》,在别人都在直逼地震灾害现场,多写救灾救命现场的时候,他却通过像排解灾害引发的惊恐,从容镇定地开始新生活和灾难与新生命的机缘巧凑这样的感人小故事,来记忆灾难的情景,使灾难的记忆通过人的认识感受和命运故事得到记忆。

尽管,报告文学在将真实的事实描写提升到文学艺术表达的层面,是很不容易的。就像人们常说的,"画鬼容易画人难"。小说写作,虚构给作家带来了自由,但报告文学写作,真实却给作家造成限制和约束。所以,不少人认为报告文学只是事实的真实再现,是个很容易写作的活动。这是一个天大的误会和偏见。报告文学既不是只满足对事实的再现,也不应当是事实的简单挪移。在报告文学写作中,事实并不是作家简单的接受和文字的搬迁,由生活转入文学的栏目就可以成事。报告文学写作,是在真实事实的限制约束中寻找文学艺术表达的创造性活动。有自觉文体意识的作家,像何建明在《生命第一》中,巧妙地通过自己在汶川大地震后初七日、七七日、百日时,这些中国人传统的祭奠死难者的几个日子里在灾区的观察感受和表达,就很有结构地用心和自觉;像徐剑,每次碰到一个新题材,他似乎都能够找到一种文学化的结构表达方式,使得纷纭凌乱的事实有了很好的结构网络,得以艺术表达。像他的《东方哈达》,报告的题材是青藏铁路建设的对象,他巧妙地用"上行线"和"下行线"分别表现线路的历史背景和艰难的勘测建设情景,将历史文化和现实工程建设及人们的杰出表现很好地收拢在一起,结构严谨,条理有致,十分精妙。在《冰冷血热》《雪域飞虹》等作品中,徐剑都能够别出心裁,找到好的叙述方式。报告文学是需要有特别智慧才能的写作,稍不用心,就会流于平庸。

另外,像采访技巧、细节的捕捉和巧妙使用,叙述语言风格节奏的追寻把握等,都是构成报告文学文学艺术性成分的重要方面,需要作家很好地努力。

人生不可能是单一的,文学作品也会是多面的。简单地从一个侧面观察评判,难免会陷入"盲人摸象"的境地。但愿报告文学能够摆脱这样的不幸。

传统还是现代:台湾启蒙知识分子的抉择

陈嬿文

文学成为民众启蒙的重要工具

当我们谈到"知识分子(Intellectual)",首先想到的是欧洲启蒙运动中承担着前现代社会向现代社会观念转变之重任的思想家们,鼓励"运用一切理性去探索未知",比如康德、孟德斯鸠、卢梭等等。正如法国"百科全书学派"的宗旨一样,他们自称为"哲学家",强调理性、智力和对知识的运用,是现代性极为重要的特征。但在今日汉语语境下,我们经常将作家、读书人、学者、记者、教师、编辑等"知识界或文化界"的组成分子与知识分子的概念混用,因为现代知识界的社会身份与职能,也不断随着社会功能的需求而有所变动。那么,启蒙知识分子在华语世界中应如何界定?

周宪在《审美现代性批判》一书里提到启蒙知识分子在其社会角色的扮演过程中,有三个问题不能回避:一是知识分子与政治和权力的关系;二是知识分子与大众的关系;三是知识分子与社会运动的关系。齐蒙格·鲍曼发现,在现代国家的确立过程中,启蒙知识分子扮演极其重要的合法角色,然而一旦权威确立,这些启蒙知识分子在越加制度化的学术和学院机制中求得自我表达,渐渐就会与社会现实及其实践产生距离。福柯则从"话语结构"的角度来看知识分子与权力的关系。话语生产既影响知识实践的范围,又和社会控制有关。知识分子在社会中被赋予某种重要的职能,提供专业知识,决策和影响公共舆论;但另一方面,他们的话语又不可避免地与主导或霸权的话语相冲突。

用上述西方理论体系来对照,中国的启蒙知识分子有本质的不同。追溯历史,在面对民族的现代境遇里,他们对现代性的向往是基于传统中国受到一系列挫折的产物。以甲午之耻为标志,中国知识分子在震惊之余开始区分老旧的传统价值与现代之间的界限,有别于西方思维的理性论辩传统,民国时期的知识分子更习惯或说更迫切于感性思维的"革命式"改造,希冀登高一呼,民智和思潮就立马更新面貌。所以五四新文学运动以语言文字(白话文运动)的革命作为一系列社会变革的首发,这使他们空前重视文学的社会功能。自 1902 年梁启超发表《小说与群治之关系》以来,文学就成为民众启蒙的最重要工具,"欲新一国之民,不可不先新一国之小说",表现出文学向着现代性开放的信念。李泽厚说:"'五四'作家是把语言和思维联系在一起思考的,这使得他们有可能超越一般的文字语言改革专家而直接影响整个民族精神的发展。"

从"现代诗"论战到"中西文化论战"

五四新文学运动一味地"反传统"中带有一种"削足适履"的意味,感性有余而理性不足,"科学"和"民主"的现代信念尚未建全到制度层面,民族性的"情感结构"先受到重创。林毓生认为,当时知识分子相信文化思想的变迁必须先优于社会、政治与经济,这种将社会文化视为"一元"和"全体"的倾向,使他们不能区分一切传统的社会政治体系、文化象征、价值规范和信仰之间的关系,而将传统视为一有机整体,而这种整体观使知识分子讨论传统或西化的问题时也倾向整体替换,不是全盘西化就是全盘反传统。

从这一点上追究下去,战后台湾启蒙知识分子面临着同样的困境与抉择。20世纪50年代以后台湾的文艺界逐渐产生三种人:军中作家、乡愁派、鸳鸯蝴蝶派。在这种复杂的背景下,出现了以青年一辈为主的知识分子"文化革命"与"文艺复兴"运动,他们揭竿而起,希望推动另一次属于文化的春天。而这场知识文化运动最先是从"现代诗"论战开始到"中西文化论战"为止。两次大规模的知识文化界论战,都与当时一群"启蒙知识分子"聚集的《文星》杂志有关。

现代诗论战来自1959年言曦攻击新诗的"无法吟诵、聱牙艰涩、与广大读者脱节"。一时间,新诗创作者纷起辩护,《文星》杂志更提供篇幅作论战之用,将第27期辟为"诗的问题研究专号"。关于当时的情境,钱歌川描写道:"近来在这所谓文化沙漠的文艺界,报章杂志上讨论新诗问题,闹得满城风雨。"新诗阵营内也硝烟四起,同年新诗界领袖人物覃子豪发表"新诗向何处去?"说明新诗的反传统需要以时代和文化作为背景。其针对海派诗人纪弦高举新诗"横的移植",抨击他服膺波德莱尔的现代精神为拾人牙慧。彼时论战的结论,让新诗界厘清了与传统的关系。余光中说:"新诗成为古典诗与'五四'的新诗之后的必然。"至此新诗确立了,无论在思想基础、美学观点、创作技巧或语言实验上,都如覃子豪所说:"确以外来影响为其主要因素,而和中国一切旧诗的传统甚少血缘。"

新诗论战之后,《文星》作家们进而认为五四最大的成就是语言的解放,并不是艺术的革新。于是要求作品要能抓住时代的特质,透过日常生活的描绘来完成移风易俗、启发意识、建立更高精神层次的社会任务。此外,更将五四运动缺席的艺术运动包含在内,由张隆延编辑艺术欣赏专栏,介绍西洋新潮艺术创作、理论、评介。与此同时,前卫画派也纷纷成立,如"五月画派"和"东方画会"等。各文艺类别如现代小说、现代艺术、现代音乐等新兴的力量汇聚成一股庞大的势力,留学巴黎研究音乐的许常惠和

"五月画会"成员及《现代文学》的诗人余光中、罗门、辛郁结交为好友,希望文学、音乐和绘画能呼应成一股新文化运动的潮流。

与此同时,"二代哲学家"加入论战行列,"知识青年都期盼《文星》全力支持'第二个五四'的来临"。这次中西文化论战序幕由发表在《文星》第49期上署名李敖的一篇文章《老年人与棒子》揭开,将中西文化的老问题重新提了出来。紧接着第50期发表胡适的英文演说《科学发展所需要的社会改革》。文中以"魔鬼的辩护士"自居,要说几句不中听的话:"现在正是我们东方人应该开始承认那些老文明中,很少精神价值或完全没有价值的时候了……我们也许必须经过某种智识上的变化或革命。"此文一出,传统派人士纷纷撰文驳斥。而年轻知识分子在论战中,全面攻讦中国传统思想、文化和制度,凡国字当头的,国学、国画、国医、国乐等,都在声讨行列,胡适则被视为精神领袖。其间,台大哲学系徐许登源、陈鼓应等人加入;余光中、刘国松等也不断发表宣扬现代文艺的文字。学者许狄说:"青年的和主张全盘西化的一辈,已占尽了上风,同时也显示当时的青年朋友才气和胆气胜过老一辈。"与此同时,传统保守派则为固有文化思想辩护,有徐复观、胡秋原、熊十力、牟宗三、梁漱溟、陈立夫、唐君毅、张君劢、钱穆等人。

表面看台湾的启蒙知识分子是以"全盘西化"等同于"现代化",来取代"中国固有文化",并以后者等同于传统。但我认为这次文化运动与五四有个最大的不同点在于,知识分子提倡的"科学、民主、理性"已跳脱理论思辨的阶段,而将重心摆在制度与实践的转换和安置问题上。《文星》杂志对现代思潮的长期传播与输入,使知识分子对民众的启蒙也更加深入和实际,使一些大家共同接受的价值和理念、典章和制度,得以落实到社会群体当中。

中学为体,西学为用

传统派知识分子捍卫民族传统的立场也并非完全失败。现代派对西方思潮与文化采取一种"横的移植"的姿态,全面加以吸收与追赶;传统派则提倡"纵的继承",主张中国五千年来"文化道统传承"之必要,以致有了"中学为体,西学为用"的变法。虽然台湾社会经济和文化场域皆正面迎接拥抱现代化的进程,但由于政治场域的因素,传统派还是占有一席之地,使"民族情感结构"受到一定保护,在所有教育体系和社会机构里保留了很大一部分传统文化的基础传授与教学,将民族新文化传统在转换与重构中带来的震荡减至最低。

有人曾把战后台湾的启蒙知识分子与西方的垮掉派等同,但是他们所陷入的抉择,并不同于垮掉派对生活本身失去信念,而是对到底如何"既是现代,又是民族的"文学，以"行动者"的姿态，做出具体的时代回应和文化建构。处于这种抉择之下，新一代的知识分子无法像五四时代进行感性思维的"革命式"改造，也不能仅仅聚焦于到底"横的移植"还是"纵的继承"这种非此即彼的关系，而是需要在社会现代信念的制度建立中迎接理性主义的回归。而他们的作品本身，可以视为文化建构的过程。从今日来看，现代性的国学想象与新文化传统的建构仍在漫长的变革中持续不断进行着。

2015 年

文艺人民性是马克思主义文艺理论的核心思想
冯宪光

习近平总书记在 2014 年主持召开的文艺工作座谈会上强调"社会主义文艺,从本质上讲,就是人民的文艺""要把满足人民精神文化需求作为文艺和文艺工作的出发点和落脚点,把人民作为文艺表现的主体,把人民作为文艺审美的鉴赏家和评判者,把为人民服务作为文艺工作者的天职"。高扬文艺人民性是习近平总书记文艺工作座谈会上讲话的核心思想,也是马克思主义文艺理论一以贯之的核心思想。

马克思主义文论的根本标志

什么是真正的马克思主义文艺理论,如何界定真假马克思主义文论,一直是马克思主义文艺理论研究者不断思考的问题。目前世界上有形形色色的影响较大的文艺理论,除了马克思主义文论,还有存在主义文论、现象学文论、精神分析文论、结构主义文论、后殖民文论、女性主义文论等等。这些文论之间的根本区别并不在它们各自有什么具体的文学主张,比如是主张现实主义或是现代主义等,而是在于它们有各自冠之以其名目的来自原发基础理论的不同核心思想。所以,我一贯认为,马克思主义文论的底线和根本标志不在于具体文学主张,而在于它是马克思主义整体的一个组成部分,马克思主义的底线和根本标志就是马克思主义文论的底线和根本标志。那么,什么是马克思主义的底线和根本标志呢? 我认为,我们今天仍然要以马克思主义的另一位创始人恩格斯的经典论述作为马克思主义的底线和根本标志,这就是恩格斯在《社会主义从空想到科学的发展》(1880)中论述的马克思主义的两个根本思想。

其一是历史唯物主义的基本理论,即人类社会的基础结构是生产方式,生产方式是社会演变和发展的形式,社会制度的变化是由生产方式的变化引起的,等等。由此"一切社会的变迁和政治变革的终极原因,不应当到人们的头脑中,到人们对永恒真理和正义的日益增进的认识中去寻找,而应当到生产方式和交换方式的变更中去寻找;不应当到有关时代的哲学中去寻找,而应当到有关时代的经济中去寻找"(《马克思恩格斯文集》第 7 卷,第 547 页,人民出版社 2009 年出版)。其二是运用历史唯物主义理论,对当时他们身处的现实社会进行分析,建立关于资本主义社会生产方式的理论,指明资本主义主要的阶级、阶级关系,工人阶级和人民群众反抗资本统治的斗争的正义性,以及从当时现实社会发展到一个不同于资本主义社会的新的社会制度的历史可能性。恩格斯说:"这两个伟大的发现——唯物主义历史观和通过剩余价值揭开资本主义生产的秘密,都应该归功于马克思。由于这两个发现,社会主义变成了科学。"(同上书,第546页)

马克思主义文论的底线和根本标志以及文艺人民性的核心思想都来自于马克思主义这两个根本思想。历史唯物主义指明,人类社会的基础是生产,特别是人类生存的基本物质产品的生产,从事这种生产的基本力量是劳动者、是人民。因此,历史归根结底是人民创造的。恩格斯指出,"从来没有过一个时期社会上可以没有劳动阶级而存在的""没有一个生产者阶级,社会就不能生存"(《马克思恩格斯全集》第19卷,第315页,人民出版社1963年版)。历史发展的总体趋势和人民大众在历史发展中的重要作用是历史唯物主义的核心内容。但是,正如恩格斯所指出的,在现代社会,"社会的产品被个别资本家所占有。这就是产生现代社会的一切矛盾的基本矛盾"(同上书,第565页)。长期以来,在剥削阶级统治的社会,劳动者不仅被剥夺了享用亲手生产的物质产品的权利,而且也被统治阶级的文化体制剥夺了享受精神产品的权利。而"无产阶级将取得公共权力,并且利用这个权力把脱离资产阶级掌握的社会化生产资料变为公共财产""人终于成为自己的社会结合的主人,从而也就成为自然界的主人,成为自身的主人——自由的人""完成这一解放世界的事业,是现代无产阶级的历史使命"(同上书,第566页)。在以马克思主义整体理论基础上产生的马克思主义文论以及由社会主义革命和建设事业推动产生的社会主义文艺,都以文艺人民性作为自己的核心思想和核心价值,这是由马克思主义和社会主义事业的性质所决定的,也是在马克思主义和社会主义文艺发展历史进程中形成的。

在马克思主义的奠基人那里,他们在很多著作里主要研究资本主义社会的存在状况、运行机制、危机根源和用另一种社会方式取代资本主义社会的可能性和前景,因此着重论述工人阶级的历史作用,坚持用阶级性来划分社会的人群,相对而言较少使用"人民"这个词语,但是绝不是反对和没有使用"人民"这个具有鲜明的革命色彩的概念。马克思关于工人阶级解放的伟大学说是在他的革命民主主义思想的基础上延伸、发展而来的。马克思在1842至1843年间发表于《莱茵报》的许多革命性文章,集中地阐述了报刊出版物的人民性问题。他在《第六届莱茵省议会的辩论》的第一篇文章中,提出了新闻出版的自由究竟是特权阶层的自由,还是人民应该享有的权利问题,认为自由报刊应该具有人民性,代表人民的观点,他说,"人民历来就是什么样的作者'够资格'和什么样的作者'不够资格'的唯一判断者"(《马克思恩格斯全集》第1卷,第195—196页,人民出版社1995年版)。这一段时间,马克思还没有创立他的马克思主义学说,但这一段话经常为研究者所引用。那么,这些关于人民应该拥有的文学表达自由和对文学进行评价、裁决权利的论述,应不应该成为马克思主义的文艺思想呢?《马克思恩格斯全集》第2版的前言认为,"这些观点实际上维护了广大劳动群众的利益"(同上书,第6页)。而且说,"参加《莱茵报》的工作,对马克思的政治和理论发展有着特别重要的意义","推动他认真地研究社会经济问题,从而突破黑格尔唯心主义的局限,逐步确立他自己的政治和理论观点,并为向唯物主义和共产主义立场的彻底转变做好了准备"(同上书,第11—12页)。应该看到,马克思在那个时候,就把人民的主体基础放在了社会底层的劳动者工人身上。他说,"哲学家并不像蘑菇那样是从地里冒出来的,他们是自己的时代、自己的人们的宠物,人们的最美好、最珍贵、最隐蔽的精髓都汇集在哲学思想里。正是那种用工人的双手建筑铁路的精神,在哲学家的头脑中建立哲学体系"(同上书,第219—220页)。工人劳动过程中的精神就是人民的精神,是时代精神的精华。这表明,马克思早年关于文艺人民性的思想是与马克思主义关于建立无产阶级文学,表达工人情绪、意愿的思想是一致的。特别值得注意的是,马克思和恩格斯在他们合作的著作《神圣家族》中强调"历史活动是群众的事业,随着历史活动的深入,必将是群众队伍的扩大"(《马克思恩格斯全集》第2卷,第104页,人民出版社1957年版)。这里确立了人民创造历史的观点,从此,它始终成为马克思主义历史观和文艺观的重要思想。在马克思主义奠基人那里,人民的概念始终是在资本主义社会中与占据和控制经济、政治、文化权力的统治阶级对立的下层广大群众,其主体基础则是工人阶级。值得一提的是,1888年4月恩格斯给哈克奈斯写信,指出她写作的《城市姑娘》的主要缺陷是"工人阶级是以消极群众的形象出现的,他们无力自助,甚至没有试图作出自助的努力"。恩格斯说,"工人阶级对压迫他们的周围环境所进行的叛逆的反抗,他们为恢复自己做人地位所作的令人震撼的努力,不管是半自觉的或是自觉的,都属于历史,因而也应当在现实主义领域占有一席之地"(《马克思恩格斯文集》第10卷,第570页,人民出版社2009年版)。社会主义文学对历史的书写是对人民创造历史的进程的书写,在资本主义社会,工人阶级为争取自身解放而进行的斗争就是大写的历史,马克思主义的文艺人民性核心思想要求文学书写这个大写的历史。

艺术属于人民

列宁发展了马克思、恩格斯的文艺人民性思想,1905年明确地提出了社会主义的写作要"为千千万万劳动人民服务"的主张。(《列宁论文学艺术》,第71页,人民文学出版社1983年版)列宁说,"资产阶级忘记了微不足道的任务,忘记了人民,忘记了千千万万的工人和农民,可这些工人和农民却用自己的劳动为资产阶级创造了全部的财富,并且正在为了他们所需要的像阳光和空气一样的自由而进行斗争"(《列宁全集》第11卷,第149页,人民出版社1990年版)。基于这样的认识,列宁在各种著作中经常使用"人民"这个概念指称以工人、农民为主体的广大人民群众,并且在十月革命以后,正式提出"艺术属于人民"的马克思主义文艺理论的文艺人民性思想。此时,列宁在与蔡特金的谈话中说,"艺术属于人民。它必须深深地扎根于广大劳动群众中间。它必须为群众所了解和爱好。它必须从群众的感情、思想和愿望方面把他们团结起来并使他们得到提高。它必须唤醒群众中的艺术家并使之发展。难道当工农大众还缺少黑面包的时候,我们要把精致的甜饼干送给少数人吗?我这话的意思,很明显,不仅是字面上的,而且是打比喻的。我们必须经常把工农放在眼前。我们必须学会为他们打算,为他们管理。即使在艺术和文化的范围内也是如此。"(《列宁论文学与艺术》第435页,人民文学出版社1983年版)列宁在这里使用了"人民"这个概念,来指称千百万工人、农民等劳动大众和愿意拥护无产阶级革命和苏维埃政权的普通人。这与俄国19世纪的民粹主义笼统地把没有掌握国家政权的人作为人民,特别是把资产阶级自由派作为人民中坚是有本质区别的。克拉拉·蔡特金这一国际妇女运动的先驱人物认为,"列宁既然像马克思那样理解群众,当然,就认为群众的全面文化发展具有重大的意义。他认为这种发展是革命的最伟大的成就和实现共产主义的可靠保证"(同上书,443页)。蔡特金认为,列宁的文艺人民性思想来自于马克思关于人民群众的历史地位与历史使命的深刻思想,可以说,由列宁在理论上概括的文艺人民性思想是根源于马克思主义的理论创新。

人民本位文学观

十月革命一声炮响,给中国送来了马克思列宁主义,送来了文艺人民性思想。在中国,毛泽东根据中国革命和中国革命文学发展的实际,创造性地发展了列宁的文艺人民性思想,提出了人民本位文学观,成为中国化马克思主义文论的重要成果。

作为一个马克思主义理论家,毛泽东始终把人民群众作为推动历史前进,进行革命和建设的历史主体。他的历史观是人民群众创造历史的唯物史观。他的认识论是人的认识来源于人民群众的实践,卑贱者最聪明,高贵者最愚蠢。他的伦理学是全心全意为人民服务。他的美学是人民美学,衣衫破旧的人民内心是崇高美丽的。他的文学观是人民本位文学观。毛泽东在1942年的《在延安文艺座谈会上的讲话》(以下称称《讲话》)里对人民本位文学观进行了集中阐述,人民本位文学观同时也贯穿在毛泽东所有关于文学艺术的论述之中。

毛泽东的延安《讲话》有两个层次的基本论述,一个是明确地提出以工农兵为主体的人民本位文学观,这是中国革命和革命后建设不能离开的根本目标;另一个是实施人民本位文学观思想的主要方式。在第一个层次,毛泽东明确地提出,文艺"为什么人的问题,是一个根本的问题,原则的问题"(《毛泽东论文艺》,第45页,人民文学出版社1992年版)。"无论高级的或初级的,我们的文学艺术都是为人民大众的,首先是为工农兵的,为工农兵而创作,为工农兵而利用。"(同上书,第52页)毛泽东的人民本体文学观的主体是十分明确的,它始终都是指向社会下层的从事基本物质生产的工农劳动者。它要让创造物质文化的劳动者,也成为精神文化的拥有者,把剥削阶级社会几千年中"劳动生产了美,但是却使工人变成畸形"(《马克思恩格斯文集》第1卷,第158—159页,人民出版社2009年版)的被颠倒了的历史再重新颠倒过来。其基本思想是革命文学必须把人民群众作为文学活动的主体,必须把写作的目的、写作的服务对象,即为什么人写作看成为马克思主义文论的根本问题、原则问题,革命文艺必须为人民服务,"首先是为工农兵而创作,为工农兵而利用"。无产阶级革命和社会主义建设的目标不仅是政治的、经济的,也是文化的。文化和美学的资源由谁占据,这是一个在阶级社会中什么阶级占有社会支配权、统治权的大问题。人民本位文学观的核心思想是"粗黑的手掌大印",占总人口大多数的工农劳动群众要掌握文学艺术的霸权,让文艺真正成为人民当家做主的文艺。

在后一方面,主要提出了以下几个论点:

一、人民文艺应当表现"新的人物和新的世界"。这个新的人物就是以下层劳动者为主体的人民,新的世界就是革命后人民当家做主的社会,在当时是以陕北等革命根据地为主体的"无产阶级领导的革命的新民主主义社会"。新的人物和新的世界应当是人民文艺的主要描写对象和歌颂对象。这是无产阶级建立文学艺术霸权的主要途径。

二、由于在当时中国工农劳动群众长期被剥夺受教育的权利,能够通过文艺传统的系统学习进行文艺创作的作家艺术家许多都没有像劳动人民那样的生活经历,因此作家艺术家有一个深入生活,树立劳动人民世界观、美学观,熟悉人民生活的过程。完成了这个过程,艺术家才可能以人民的眼光去看世界,书写人民的情感、梦想。正如毛泽东所说,"革命的文艺,则是人民生活在革命作家头脑中反映的产物"。人民生活"是一切文学艺术取之不尽、用之不竭的惟一源泉"。"中国的革命的文学家艺术家,有出息的文学家艺术家,必须到群众中去,必须长期地无条件地全心全意地到工农兵群众中去,到火热的斗争中去,到惟一的最广大最丰富的源泉中去,观察、体验、研究、分析一切人、一切阶级、一切群众、一切生动的生活形式和斗争形式、一切文学和艺术的原始材料,然后才有可能进入创作过程。"(同上书,第49页)

三、人民是推动历史前进的真正动力,人民文艺要表现人民推动历史前进的伟大力量。"革命的文艺,应当根据实际生活创造出各种各样的人物来,帮助群众推动历史的前进。例如一方面是人们受饿、受冻、受压迫,一方面是人剥削人、人压迫人,这个事实到处存在着,人们也看得很平淡;文艺就把这种日常的现象集中起来,把其中的矛盾斗争典型化,造成文学作品或艺术作品,就能使人民群众惊醒起来,感奋起来,推动人民群众走向团结和斗争,实行改造自己的环境。"(同上书,第49页)

四、根据人民群众不断发展变化的欣赏能力和需要,把文艺工作的普及与提高结合起来,普及与提高都不能违背为人民大众服务的根本原则。

五、人民的审美价值标准是文艺批评的根本标准。毛泽东说的文艺批评的政治标准和艺术标准的基本精神集中起来就是人民观点,"无产阶级对于过去时代的文学艺术作品,也必须首先检查它们对于人民的态度如何,在历史上有无进步意义,而分别采取不同态度"(同上书,第58页)。所谓文化的先进性也有一个首先对人民的态度如何的价值评价标准。

这些观点的重要性在于,毛泽东从文学创作、文学接受和文艺批评的整体文艺活动过程与各个环节上论述了实施、落实人民本位文学观的原则。这构成为马克思主义文论中为人民服务的艺术生产模式,这使马克思主义文艺理论人民性核心思想以及人民本位文学观不流于一种抽象理论,而成为现实文艺活动的实施准则。

不能否认,这一思想从1942年开始贯彻执行,取得了中国现代文艺和当代文艺的巨大进步,促进了中国无产阶级革命文艺和社会主义文艺的发展。同样不能否认的是,新中国成立以后,随着毛泽东文艺思想成为新的人民共和国文艺发展的指导思想以后,对于毛泽东文艺为人民服务思想的阐释,在极左思想泛滥之时,把工农兵这个首先服务的对象片面地理解为唯一服务的对象,再加上长期以来把知识分子视为小资产阶级,不仅把应该作为社会主义文学重要服务对象的知识分子排斥在外,也无视其他阶层的社会主义劳动者的实际存在,疏略执政党必须面对不同职业分工、不同阶级、阶层的广大人民群众,为其提供文学艺术精神食粮的任务。

人民本位文学观的新发展

1979年,邓小平《在中国文学艺术工作者第四次代表大会上的祝辞》明确地指出,"我们要继续坚持毛泽东同志提出的文艺为最广大的人民群众、首先为工农兵服务的方向"(《邓小平论文艺》,第6页,人民文学出版社1989年版)。改革开放的新时期根据社会主义社会应当不断满足人民群众日益增长的物质、文化需求的思想,总结了自1942年以来贯彻毛泽东文艺为人民服务方针的经验、教训,对文艺工作的总方针做了调整。这就是在1980年初中共中央把以前的"文艺为政治服务、为工农兵服务、为社会主义服务"的总口号,改变为"文艺为人民服务、为社会主义服务"的总口号,提出社会主义文艺应当为中国最广大人民群众服务的新思想。新时期关于文艺为人民服务的方针的调整,是中国化马克思主义文艺理论,特别是对毛泽东人民本位文学观以及马克思主义文艺理论人民性思想的新发展。新的文艺方针的调整,在表述上,其内涵和外延都体现了改革开放的时代精神。在这个方针指引下,新时期文学艺术取得了新的进展。其主要的实绩有:文艺描写、表现的社会生活日益扩大,塑造的人物形象丰富多彩,写作的题材更加宽广,特别是在认识上把知识分子作为工人阶级的一部分,克服了过去对工农兵方向的狭隘理解,成功地塑造了一批中国当代知识分子以及各种社会主义建设事业的劳动者的艺术形象,为中国当代文艺的人物画廊增添了光彩。随着社会的发展,文学艺术不断开拓出表现新时期最广大人民群众生活的新的领域,更加重视组成中华民族的56个民族的文化与文艺特色,促进多民族文艺共同发展,特别是根据文艺本身固有的审美属性,着眼于满足最广大人民群众日益增长的审美需求,文艺作品普遍加强了审美性,注意满足人民群众的娱乐休闲需求,扩展了文艺的教育、道德、审美、娱乐的全面社会功能。基层文艺活动发展广泛,不仅着眼于普及,而且走向了提高,传统高雅艺术的普及达到一个新的水平。

文艺的生命力

英国学者戴维·莱恩指出,毛泽东的"延安《讲话》也被证明具有一种生产力,一种不是提供现成思想,而是激发读者思想的能力"(戴维·莱恩:《马克思主义的艺术理论》,第97页,湖南人民出版社1987年版)。这是马克思主义文艺理论人民性核心思想所具有的不断创新的能力。改革开放以后中国共产党的历届领导人始终继承和发展了马克思主义文艺人民性思想以及毛泽东的人民本位文艺观,使中国化马克思主义文艺理论在世界马克思主义文论中占有重要地位,不断产生重要影响。习近平2014年在文艺工作座谈会上的讲话着重对当下文艺生产必须面对在国际和国内已然形成的文化市场格局,对在这样一个文艺生产新时期中,如何继承和发展马克思主义关于文艺人民性核心思想提出了新思想、新观点。习近平指出,"文艺不能在市场经济大潮中迷失方向,不能在为什么人的问题上发生偏差,否则文艺就没有生命力"。这是具有强烈现实针对性的重要思想。现实的文艺生产模式与以前革命战争年代的文艺配合政治斗争的生产模式、计划经济中文艺生产模式已经有了重大变化。现代文化市场的出现使文艺作品创作构成为多种因素参与其中的生产模式。文艺作品的创作在现代文化生产中成为生产制作,它的生产流程包括作品生产必要投资的确立、作品选题的设立、故事和主题的策划、人物情节的设计、文本写作人和演艺人员(在许多时候已经不是传统意义上自主性、主体性极强的文艺家)的遴选、作品文本的媒体符号制作和演出、出版场域空间与时间的选择,以及后期作品展销会等媒体操作,通过各种媒体,如报纸、杂志、广播、电影、互联网、手机等多样化媒介的强势推介来引领读者观众的欣赏指向和消费趣味,形成作品最为强大的流行性,以占取文艺市场最佳档口的最大份额。这个市场模式是当今世界流行的文艺生产模式。我国文艺体制借鉴并改革了这个模式及其运作,取得了一定成绩,但是如果只埋头关注这种文艺生产模式化的运作,而不看清社会主义文艺为人民服务的大方向,很容易只注重经济利益而忽视和牺牲社会效益。"当今世界正处在大发展大变革大调整时期,世界多极化、经济全球化深入发展,科学技术日新月异,各种思想文化交流交融交锋更加频繁。"(《中共中央关于深化文化体制改革 推动社会主义文化大发展大繁荣若干重大问题的决定》,《人民日报》2011年10月26日)改革开放的中国社会主义文艺的生产不能固守传统文艺生产模式一成不变,应当吸取现代文艺生产模式有利于社会主义文艺发展的可以利用的因素,但是依然存在着用马克思主义理论与方法对这种源自西方的文艺市场生产模式的交锋,拒斥和批判其以市场盈利为主要甚至唯一目的之价值取向。这就是说,在马克思主义文艺理论指导下的社会主义文艺"不能在市场经济大潮中迷失方向",这个方向就是坚守文艺人民性核心思想,坚守为人民服务的方向。习近平指出,"能不能搞出优秀作品,最根本的决定于是否能为人民抒写、为人民抒情、为人民抒怀",只要坚持文艺人民性,一定会创作出"既能在思想上、艺术上取得成功,又能在市场上受到欢迎"的作品。习近平讲话中事关文艺创作诸多方面的重要论述,回答了在一个与《在延安文艺座谈会上的讲话》不同的艺术生产形势下,如何坚持马克思主义文艺理论文艺人民性核心思想,如何在艺术创作、接受、批评各个文艺活动实践环节中坚持为人民服务方向的新问题,提出了切中时弊的创新性见解,值得深入学习和研究,这对推动中国当下社会主义文艺的体制改革与创新、促进中国社会主义文艺的大繁荣大发展具有重要指导意义。

以作品为中心　改善文艺生态

曾镇南

近来,我反复学习习近平总书记在文艺工作座谈会上的讲话,颇有收获。

一

习总书记在文艺工作座谈会上的讲话,涉及文艺工作的许多难啃的问题,内容十分广泛、丰富。那么,什么是这个讲话的中心问题呢？通过认真的思考和学习,我领会到,他是把研究怎样催生优秀作品,构筑文学高峰作为推进文艺工作的中心问题提出来的。从这个中心问题深掘下去,拓展开来,倒逼出一个个关乎文艺创作规律的具体问题,如文艺与生活,文艺与时代,文艺与理想,文艺与历史、文化传统,文艺与创新,作家、艺术家的素质、感情问题,现实主义和浪漫主义等创作方法问题,等等,层层递进地展开讨论。这就像从丰美的果实开始,观察它垂挂于其上的葳蕤的枝叶;由纷披的枝条,寻找其所由开枝散叶的树干;由苗壮的树干所站立的方位,上探其所吸纳的阳光风露,下觅其所扎根的沃土良壤。这样一个从果实回溯到根源的过程,也就几乎勾勒出了文艺生态的全图,抓住了文艺运行流程的各个环节。

习总书记指出:"推动文艺繁荣发展,最根本的就是要创作生产出无愧于我们这个伟大民族、伟大时代的优秀作品。文艺工作者应该牢记,创作是自己的中心任务,作品是自己的立身之本。""必须把创作生产优秀作品作为文艺工作的中心环节,努力创作生产更多传播当代中国价值观念、体现中华文化精神、反映中国人审美追求,思想性、艺术性、观赏性有机统一的优秀作品。"他还把这样的作品称为"有筋骨、有道德、有温度的文艺作品"。

作品,顾名思义,它专指作家、艺术家创作而成的有艺术品位的始创之作。就文学而言,即指各种题材、各种内容的创意新、品相好、语言美的小说、散文、诗歌等。文学这个抽象的范畴,从来都是表现为各种各样的、争奇斗艳的一个个庞大的作品的堆积,古已如此,于今为烈。作家,是作品的创作者。作品是作家的立身之本。没有哪个称得起作家的人,其名字后头不是带着一串为世人所重、为读者所爱的作品的。

以广大的在第一线看稿、选稿、组稿的编辑为主体的各个部门、各个层次的文学活动的组织者们,他们是好作品的发现者,是帮助各种作品问世的梳妆者、助产士,是把新作品的"初试啼声"传播向人世间的报信人。他们的全部工作的价值、绩效,端视其促成多少好作品问世。

然后才是包括广大文学读者和专业文艺批评家在内的文艺批评群体,他们在优秀的新作品问世之后,以口碑相传的这种最广义的文艺批评方式,也以发表各种各样专事评析作品的文艺批评文章的方式,自然而然、自愿自发地口讲指划、微博短信、长篇大论,对作品进行衡鉴、评论,以扩大其有社会意义之点,以煽扬其原创独特之美质,使优异的作品广为人知。他们口头笔下,似有一个无形的巨筛,在不断的簸扬筛选之中,把那些真正的好作品,推送到最广远的人世间,选藏入一个时期、一个时代的文学仓库。

最后的工作就是后代文学史家的事了。在经过时间这个无情的批评家的检视之后,在接受人民这个最公正的审美家选择之后,那些存留下来的好作品将被他们一一记录、评述,成为一个个文学史时期的耸峙的地标,影印在历史的天幕上。

我想,这就是亘古贯今的文学发展的流程图、生态画吧。居于这图画中心的,仍然是作品。在这个运行图中,有两个环节始终是互为因果、互为推力,循环往复,以螺旋式上升的形式呈现的。一个环节是:生活是作品的源泉。作家是时代的肖子。他像一棵树,扎根在人民生活的沃土中,把枝叶伸展在时代的空气里。那枝头的累累果实,就是他的作品。他的生存和创作,全拜其时代和人民生活之所赐。另一个环节是:优秀的、美的作品一旦产生,正如马克思所说,也能"创造出懂得艺术和具有审美能力的大众"。好的作品,不断地产生,不断地被读者接受,也就会蔚成风气,推广开去,发挥其将人提高,将一个民族、一个时代的审美能力提高的巨大作用。而这种提高了的审美力,又将像涨潮的海水一样,把文学创作的巨轮更高地托起。在作品源于生活,又反转过来影响生活这一整个文学发展的流程图中,就潜伏着、贯穿着人类的道德观念、审美能力、社会梦想的演进痕迹;那是一个回旋起伏、激浊扬清、终归于进步向上,不断向真、善、美的理想境界提升的过程。

在这个文学发展的流程中,作品,尤其是伟大的、优秀的作品之产生,始终处于中心枢纽的位置,一切环绕着作品而发生,一切推拥着作品而运行。离开了创作作品、推出作品、阅读作品、评论作品、研究作品,文学事业就什么也谈不上了。以作品为中心的文学发展生态,是随着社会生活的发展变化,自然而然地应时而生的人文发展生态之一。你可以粗暴地阻断它(比如"文革"时期),也可以张扬地加速它(比如"网络"时代),但你不可能改变这个客观的文学生态的基本样态。在这个意义上,历史上曾经出现的"好作品主义"的作家宣言,毛主席为《人民文学》所写的"希望有更多的好作品问世"的著名题词,习近平在这次文艺座谈会上强调的"必须把创作生产优秀作品作为文艺工作的中心环节",一脉相承,都是对繁荣文学事业的善祝善祷之辞,是打开文学奥秘的无量法门的钥匙。

二

呼唤优秀作品,瞻望文艺高峰,研究它们产生的条件,营造催生它们的文化环境,这些,习近平总书记都不是泛泛而论,而是有的放矢,有感而发的,是以我们文艺界的创作确实存在的问题为背景提出来的。习总书记强调,"改革开放以来,我国文艺创作迎来了新的春天,产生了大量脍炙人口的优秀作品。同时,也不能否认,在文艺创作方面,也存在着有数量缺质量,有'高原'缺'高峰'的现象,存在着抄袭模仿、千篇一律的问题,存在着机械化生产、快餐式消费的问题。文艺不能在市场经济大潮中迷失方向,不能在为什么人的问题上发生偏差,否则文艺就没有生命力"。在这里,习总书记把文艺创作出现的优秀作品匮乏,文艺高峰缺失问题,直截了当地与文艺的方向问题,与文艺在为什么人的问题上发生偏差联系起来,这是发人深省的。

开始,在学习、思考这一问题时,我并没有意识到问题的严峻,觉得这里说的是希望创作界好上加好的意思,我们虽然缺"高峰",但毕竟有"高原"了,也差可自慰了。至于习总书记指出的抄袭模仿、千篇一律的问题,机械化生产、快餐式消费的问题,我脑子里出现的,首先是影视界和一些文娱节目的类似情况,总觉得文学作品的状况还不至于此。不是可以听到有作家抱怨当代批评家缺乏发现同时代作家的伟大作品的眼力吗?不是也有批评家在呼唤要有发现、推出优秀作品的勇气吗?看来,也许我们并不缺少伟大作品,只是缺少发现罢了。但是,如果你经常翻阅我们的文艺报刊的话,你就会发现,那里几乎每天都有优秀之作被发现、被赞赏。批评家的眼力和勇气不够的话,自有作家自己来自我发现,互相发现,于是,文学创作界的赞赏与自我赞赏、吹捧与自我吹捧之风甚炽,"研讨会"此起彼伏,各种评奖五花八门,面对这种"大好形势",要说创作不很繁荣,好作品不太多,那是很说不过去的。所以,习近平总书记指出的文艺在市场经济大潮中迷失方向的问题,文艺创作出现的低俗化、同质化、机械化生产等问题,文学界也许是没有直面的勇气,总想推诿开去,让自己置身其外。当然,这只是以我自己的私见来推衍揣测罢了。

在进一步联系文学创作的实际深入思考之后,特别是在回头梳理我所亲历的新时期文学的兴起、繁荣、退潮、分流的整个发展变化的过程之后,我终于意识到,当前文学创作界的情况,就其负面的问题而论,并不能使它自处于习近平所批评的那些文艺消极现象之外。文学创作中严重脱离人民的生活、脱离时代的要求,陷入模仿、抄袭外国文学作品的窠臼所造成的新的主观唯心主义的,公式化、概念化、低俗化的倾向,是严重地存在着的。还有一些作品,则更进一步,由所谓新历史主义的创作潮流,滑入了历史虚无主义和民族虚无主义的泥淖,成了国际反华势力的应声虫。这也是无可避讳的客观存在的事实。指出并分析这样的事实,倒是需要有别一种眼光与勇气的。

与文学创作方面存在的消极的、负面的潮流与倾向并存而且持续地为之推波助澜的,还有理论批评方面早已形成并发展多年的"新的文学观念共同体"所鼓吹的种种主观唯心论的文学论、新形态的文学教条主义和公式主义,再加上现当代文学史研究领域里更加放逸无度的历史虚无主义倾向,共同造成了文学界长天一角雾霾笼罩,是非模糊,美丑莫辨的现状。这种消极现状的严重程度,也许大大超过远远一瞥的观察者所能估量出的程度。发现并分析这种文艺理论批评界、文艺理论教育界、现当代文学史研究界早已司空见惯、习非成是的现象,那就更需要眼光和勇气,需要一颗无私无畏的心了。在这个意义上,我觉得我们对习总书记在文艺工作座谈会上讲话的学习,还刚刚开始。

我们不能知难而退,浅尝辄止。

三

探究文学作品存在着"有数量缺质量,有'高原'缺'高峰'"的现象的成因,实际上也就是再一次提出了"中国为什么没有伟大作品产生"的问题。这里说"再一次"是因为这个问题在 19 世纪 30 年代的上海、40 年代的延安,都提出过、讨论过。在怎样回答这个著名的文学史难题上,我们也是积累了一些历史经验的。

习总书记在分析、回答这个问题时,首先着眼的,是文艺与生活、与人民的关系问题。他强调,"人民是文艺创作的源头活水,一旦离开人民,文艺就会变成无根的浮萍、无病的呻吟、无魂的躯壳。能不能搞出优秀作品,最根本的决定于是否能为人民抒写、为人民抒情、为人民抒怀。要虚心向人民学习、向生活学习,从人民的伟大实践和丰富多彩的生活中汲取营养,不断进行生活和艺术的积累,不断进行美的发现和美的创造"。

从探究优秀作品、伟大作品产生的深层的原理,突入了马克思主义人民文艺观的核心,触及了以生活为基础的唯物主义美学观的根本。习近平总书记的上述论点,对毛主席关于人类的社会生活是文艺作品的唯一源泉,此外不能有别的源泉的彻底的文艺唯物论观点,做了更具人民性,更接地气也更具实践性的阐发。这里有三个要点:

1. 人民生活是文艺作品的唯一源泉。有各种各样的生活,有高尚的、质朴的、用创造性的劳动和工作充实起来的生活,也有平庸的、奢靡的、为满足感官享受欲望而竞逐的生活。一边是庄严而崇高的工作,一边是荒淫和无耻的蝇营狗苟,这种两极对照的生活,在任何时代、任何社会里总都会有的。深入生活的作家,需要观察、体验、研究、分析一切人、一切阶级、一切群众、一切生动的生活形式和斗争形式、一切文学和艺术的原始材料,然后才能进入创作过程。因此作家应该接触、了解各种各样的社会生活形态,当然也包括负面的、没落的、颓废萎靡的生活形态。但这并不能否定只有人民创造历史、承担时代使命的火热的劳动与创造,奋斗与开拓的生活才是文艺创作唯一的源泉的观点。这是因为,作家不是脱离现实世界的超人,也不是具有神秘的"内宇宙"的自我封闭的绝缘体,而是能够在生活实践中选择方向、确定方位的具有历史主动精神的人生主体。他如果想成为一个够格的作家,就不能满足于自己个人的生活经历和生活经验,不能满足于熟悉和了解小小的朋友圈和身边琐事;他必须向人民生活的深处突进,向人民生活的海洋远游,扎根到物质生活生产和再生产的实际承担者和社会财富的创造者中间去,扎根到时代生活的激流中去,"成为时代风气的先觉者、先行者、先倡者",成为时代的尖刺和哨子。"到处有生活""我就在生活中""我也是人民的一分子",这些普泛的不无道理的空洞的话语,不应成为有志气、有出息的作家回避、拒绝深入人民主体生活、拥抱浩浩荡荡的时代潮流的遁词和借口。

2. 人民生活对文艺创作的决定性的源泉作用不仅表现在生活出题材、出素材、出典型人物的原型,出造成典型环境的世态人情、土风民俗,甚至出情节、细节、出文学语言的语料,等等上面,而且表现在生活也出创作方法,出现实主义,出浪漫主义,出艺术创新的动力上。习近平指出:"艺术可以放飞想象的翅膀,但一定要脚踩坚实的大地。文艺创作方法有一百条、一千条,但最根本、最关键、最牢靠的办法是扎根人民、扎根生活。应该用现实主义精神和浪漫主义情怀观照现实生活,用光明驱散黑暗,用美善战胜丑恶,让大家看到美好、看到希望、看到梦想就在前方。"像这样讲创作方法与人民生活的关系,是很新颖、很切实的。习近平还指出:"文艺工作者要志存高远,随着时代生活创新,以自己的艺术个性进行创新。"他还说:"创新是文艺的生命。文艺创作中出现的一些问题,同创新能力不足很有关系。"像这样把文艺创新同深入人民生活联系起来讲,也是有新意、有说服力的。

3. 深入人民生活对产生优秀作品的决定性的作用,还表现在人民生活对作家的熏陶、培养上。作家深入到人民生活中去,在人民生活中扎根,必然会受到人民的哺育、生活的教导,他的素质和感情,将会得到很大的提升和净化。习近平指出:"文艺工作者要想有成就,就必须自觉与人民同呼吸、共命运、心连心,欢乐着人民的欢乐,忧患着人民的忧患,做人民的孺子牛。对人民,要爱得真挚、爱得彻底、爱得持久,就要深深懂得人民是历史创造者的道理,深入群众、深入生活,诚心诚意做人民的小学生。"习近平还说:"有没有感情,对谁有感情,决定着文艺创作的命运。"这样把作家的主观世界的感情问题,与深入生活、扎根人民联系起来讲,本来是马克思主义文艺理论,我们党的文艺方针、政策的思想精髓,是题中应有之义,但多年来,却被一些人视为阻碍思想启蒙、造成文学主体性失落的"眼中钉",必欲去之而后快;在一般文艺工作者中,谈论这个问题的人也少了。习近平的讲话,把这个攸关文艺命运、攸关伟大作品产生的问题重新提出来了,这也是我们应该深长思之的。

网络文学的综合治理与时代使命

夏 烈

网络文学也许到了一个需要综合治理的节点,这个节点在2014年的预兆不可谓少。1月,浙江省成立全国首家网络作家协会,7月,上海市网络作协成立,与其说标志着"网络文学主流化",不如说首先意味着主流"化"网络文学。4月到11月,"净网2014"行动突出"涤荡污泥浊水,还网络清朗空间",对网络负能量给予了严肃惩治,这与此前此后的一系列互联网整治事件共同回应了2013年"8·19"讲话精神。7月,"全国网络文学理论研讨会"有规模地集聚了全国网络文学代表研究者和各大文学网站的负责人70余位,研讨网络文学发展的现状和问题。10月,习近平总书记在文艺工作座谈会上的讲话,涵盖远大于网络文学的当下所有文艺样式,直面文艺界的时代病。作为"一时代之文学"的时髦货,"有数量缺质量""抄袭模仿、千篇一律""机械化生产、快餐式消费""在市场经济大潮中迷失方向"等问题同样存在于浩如烟海、品流复杂的网络文学中,足以引起热爱网络文学、对网络文学怀抱希望的创作者和研究者们的警惕与细思。

总的来讲,目前网络文学的主题仍然是成长和发展,其主流价值也是在满足人民群众(网民受众)的精神文化需求,并竭尽所能地在主流价值观和市场之间找到一种更为优化的平衡。但毫无疑问,2014年开始的一系列网络文学生态场的变化正影响中国网络文学的力量由过去的"受众和资本"的两强,变为"受众·资本·文学知识精英·国家意识形态"4种基本力量的合力矩阵,这种格局的出现是趋势性的、中长期的,是一种"新常态",标志着网络文学综合治理已然加快了步伐、提升了意义层级;当然也意味着网络文学现在以及未来都已不是一群单纯的业余作者们的吟风弄月、异想天开,而是随着它的影响力增长、读者人群庞大、社会效应和经济效应辐射力牵连甚广,成为一块连接着中国当下各个方面、各种权力意志以及各种表达、各种写作可能性的非边缘性文化场域。

资本的提示和"网络文学 IP 元年"

有趣的是,这一年,资本在网络文学领域丝毫没有懈怠,依旧表现出国家将文化创意产业提升为国民支柱性产业战略下的商业作为。

一方面,作为网络文学平台的各大巨擘的格局不断遭遇改写。如果说2014年上半年依旧流行的是三足鼎立的"起点·创世·纵横"或者"一起创"(17K、起点、创世)的话,那么,靠近年底,随着"百度文学"11月27日成立和"腾讯文学"12月8日召开腾讯产业峰会,国内网络文学疆域完成了从"三强鼎力"到"两霸争雄"的格局位移。过去多年处于"一超多强"的"一超"(盛大文学)在整个资本市场的夹击和本身资方战略布局的转型下轰然解构,归入腾讯的版图。这种资本运作的特点再次说明,网络文学目前的主流就是市场化文学,不研究、不了解、不尊重市场规律和游戏规则而谈对网络文学的研究、治理,都不免隔靴搔痒、不在点上。

另一方面,2014年下游产业链资本的上溯直接导致了网络文学今年的最热词是"IP"或者说"IP价值"。也许没有这一年的普及,我们连"IP"究竟是什么都搞不清楚,IP(Intellectual Property的缩写),直译为知识产权,指无形的财产权,或称智力成果权。当一个核心智力成果向下游产业链衍生的时候,会诞生无数的产业新价值,作家们最常见的就是小说版权被购买影视改编权,而网络作家同时还有可能被购买其作品与作品中人物形象的动漫、游戏、衍生品、海外传播等产权;作家可以靠一部或多部作品较快形成庞大的产业利润,如J. K. 罗琳和《哈利·波特》、唐家三少和《斗罗大陆》、天蚕土豆和《斗破苍穹》、流潋紫和《后宫·甄嬛传》……2014年,《盗墓笔记》《鬼吹灯》《何以笙箫默》《华胥引》《琅琊榜》《云中歌》等网络类型小说都纷纷在影视市场开机,同样的情况也发生在动漫、游戏等业界。所以,把2014年称为"网络文学IP元年"并不夸张。

在此背景下,这样几个问题值得深思。首先,资本尤其是下游产业链资本的内容诉求大量生成,进一步加剧了网络文学和网络作家的市场化程度,文学与经济的天然规律在繁荣文娱产业的同时,也催生了我们这个时代关于写作与金钱的欲望神话,作家主体可能在此异化、忽略和遗忘"一部好的作品应该是把社会效益放在首位,同时也应该是社会效益和经济效益相统一的作品","优秀的文艺作品,最好是既能在思想上、艺术上取得成功,又能在市场上受到欢迎"这样的辩证关系和创作伦理,对文艺创作的价值及其时代使命的认识和判断,或许是考验网络文学"大神"们的一次重要"试炼"。

其次,由于资本的逐利性,热闹的"IP元年"带来的还有可能是一种竭泽而渔的IP浪费、IP资源粗放型开发。理想资本不应该是对青春期的中国网络文学资源和环境施加浪费、污染的掘墓人,也不应该是粗制滥造、重复拷贝,妄想自我利益独大的"土豪",而应该是一群富有生态意识和长远眼光的文化儒商。网络文学的超级"IP"得来不易,需要养护和精耕,需要与之相关的产业链上的各类专业人才通力合作,这是考验我们网络文学产业智慧的另一重要"试炼"。

理想资本与综合治理

在我看来,理想资本实际上是中国网络文学下一步发展暨综合治理工程中最需要有所认识并加以培养、挑选、鼓励的核心要素。市场化文学不仅要用文学的标准去导引,更要用市场的手段去导引,文学的、审美的、价值观的注入同样可以借助市场的手段深化其说服力。目前,很多在外场的批评,固然有其超越性、学理性,但内场才是切身与肉搏、交互与融合、热爱与创造的终极路径,这过程富有酣畅的生命力,也亟须高明的整合力。网络文学是一方极富中国特色的、具有可塑空间与期待值的热土,他考验人们的恰恰不是单一化的解读和工作思维,而是复合型的、交叉性的思维,需要具备跨界的、创意的,与时代政治、经济、科技、文化相伴相行的本领和勇气。

内场的方式现在看来有两条路:一是"进网写",比如金宇澄在弄堂网里写《繁花》,北京大学实验网络文学创意写作课程的学生在文学网站里"开更";二是"进网投(投资)",代表着"理想资本"背景的国有、民营出版机构、文学网站、影视集团、动漫游戏公司、策划人、版权经纪人等应深度掌握网络文学资源,形成生态性的网文"育人"机制,精细化、专业化中国网络文学的 IP 运营模式。后一条路目前因认识不足、专业度低,至今是产业结构上的短板。把市场化的文学仅仅交给文学去办是不妥的也是不够的,市场一面的经验还需补位、做好、做强,最终能够让我们的大众文化产品立得住、走得出,承担起国家意志和民族文化的传播功能。

网络文学的时代使命

网络文学目前的市场化并不是一条谬误的道路。问题在于介入力量的不平衡和背后变却的人心。我们选择文学,是因为文学考量灵魂,表现造物的奥秘,呈现人间的苦难和欢喜,温润我们的心智。选择文学是选择一个务虚的位置,是尊重我们内心伟大而神秘的召唤,观察生活、观察人性、观察生死之间甚至之外,是文学创作和研究最大的价值与乐趣。享受过这种价值与乐趣的人群,对于市场化是能看清、看透、看宽的,理应明白我们在这世间的位置、操守,处理好自己的进退分寸。网络文学作家是否能领悟和自证这一点,决定了他的作品能走多远。我们的文学评价体系要在这个意义上寻找作家、作品,看得到网络作家、作品之间的差异和闪光点。

由此回到网络文学自身,我以为,它的第一层时代使命就是做好通俗性、大众性、网络性,坚持它的大众文艺立场,而不是邯郸学步、失其故行。目前的网络文学主流是通俗的类型小说,弥补了过去文学观念、文学评价体系中对通俗文学的压抑,使我们续接了更古老久远的文脉,也使我们的文艺创作在另一维度上更接"地气"。

其次,中国网络文学 16 年发展路径是一条民间创造力、文艺生命力自由生发,破除传统文学观念"大一统"以及部分傲慢、偏见、孱弱、无根之弊的自发之路。要把它纳入文学创作本身的破旧立新或者被压抑的"旧"托网还魂的文学运动律令里去看待,也就是说,它的另一个时代使命就是创作和阅读的多样化诉求,以及对稳定的文学场的合理扰乱与重构。

在这个意义上,我们要善待网络文学的奇思妙想乃至怪力乱神。网络中最典型的玄幻修真类小说中的主人公往往表现出那种如饥似渴、狂乱快意的热血情怀、修炼模式,其实正是网络文学现阶段不择良莠、泥沙俱下的海绵般无尽吸取一切的状态写照。各种粗粝的"爽度"都在证明它不是一个已完成的"自我",而是一个全凭天赋、神志懵懂的少年的高速发育期。恰如"一根藤上七朵花",每个金刚葫芦娃都有神通,但得看是被善良的人养育,还是被蛇蝎二精掠夺。

未来,网络文学的最终使命是消灭网络文学这个概念,让它留在文学历史当中,这意味着网络文学走向了成熟和新的稳定。"土返其宅,水归其壑",本来就没有什么网络文学、纸质文学、丝帛文学、甲骨文学之分,只有"文学"是永恒的命名。大众的类型文学是比较靠谱的名字,他们理应在文学创作的谱系中拥有自己久长的位置和荣誉。而当一切创作的发表、阅读、评价都以网络及新媒体的方式展开时,再提网络文学已经没有了新鲜和革命的意义。

市场经济、文艺的通俗性与主体性

李云雷

2014年10月15日,习近平总书记在北京主持召开文艺工作座谈会,并做了重要讲话。这可以说是党中央所做的一项重要文化战略部署,不仅体现了我们党在新世纪新阶段对历史经验的继承与发展,也体现了我们党面对复杂国内外局势在理论上的高瞻远瞩,我们必须在战略的高度上理解与认识。习近平总书记的讲话在文艺界引起了热烈反响,目前文艺界正掀起一个学习习近平总书记讲话的高潮。要深刻理解习近平总书记的讲话精神,既要有理论视野与历史的眼光,又要对当前文艺界的核心问题有着清醒的认识。在我看来,习近平总书记讲话中最核心的命题是:在新时代如何"为人民"写作。我们必须辩证地理解习近平总书记讲话的不同层面,并在其内在联系中把握其精神与精髓,只有这样,才能更好地推进文艺的发展与繁荣。

"为人民"写作与市场经济

"为人民"写作,是我们党一以贯之的文艺思想与文艺政策。在延安时代,毛泽东《在延安文艺座谈会上的讲话》最早提出了文艺"为群众"以及"如何为群众"的问题;在改革开放初期,邓小平在《在全国文学艺术工作者第四次代表大会上的祝词》中提出文艺"为人民服务,为社会主义服务"的方向。习近平总书记在讲话中提出"以人民为中心的创作导向",既与我们党的历史经验一脉相承,又面对着一个新的语境,那就是市场经济的环境。在市场经济中如何为人民写作,这是我们在历史上没有面对过的新问题。如果说毛泽东的《讲话》是在抗战时期复杂的环境中提出了中国文艺的新方向,邓小平的《祝词》是在改革开放初期百废待兴之时吹响了文艺的号角,习近平总书记的讲话则是在我国建立了社会主义市场经济,中华民族走向伟大民族复兴之时提出的文艺发展的新方向。

习近平总书记在讲话中鲜明地指出,"文艺不要做市场的奴隶",这句话在文艺界广为流传,很是鼓舞人心。但是我们如果更进一步思考便可以发现,习近平总书记说的是"不要做市场的奴隶",而不是"不要市场"。应该承认,市场经济有其内在规律,文艺作为产品也具有商品的属性,也要在市场上流通,在这个意义上,通俗作品有其存在的价值,但另一方面,文艺也具有精神性,具有表达与塑造人们情感与内心世界的重要作用。现在的问题在于,市场的力量过于强大,市场经济的规则破坏了文艺界内部的生态,人们往往忽视了文艺的精神性,在这种境况下,"不要做市场的奴隶"的提出具有现实的针对性。但是,如何才能不做市场的奴隶?除了提倡提高作家艺术家的个人修为之外,我们还需要营造一个良好的文艺生态环境,构建一种超越于市场之上的文艺评价体系。而这样一种文艺评价体系,便是"以人民为中心的创作导向"。只有建立起这样的评价体系,在市场的规则之外,我们才能对作家艺术家做出公正的评价。

在这里,我们可以看到,"以人民为中心的创作导向"与"不要做市场的奴隶"是相通的,是辩证统一的。"以人民为中心的创作导向"并不是不要市场,而是要以一种"主人"的姿态——具有独特的思想与艺术品格——去进入市场,而不是以"奴隶"的心态去迎合市场。只有在这个意义上,我们才能更深刻地理解习近平总书记所讲的,"优秀的文艺作品,最好是既能在思想上、艺术上取得成功,又能在市场上受到欢迎"。这对于作家艺术家来说,是一个新的更高的要求。

"为人民"写作与通俗文艺

在市场经济时代,通俗文艺往往更能吸引人们,但如果一切向钱看,那么通俗作品则会走向低俗,习近平总书记在讲话中指出,"低俗不是通俗,欲望不代表希望,单纯感官娱乐不等于精神快乐"。在这里,习近平总书记并没有否定通俗,而只是批评了其低俗化的倾向。不可否认,在人们中间也存在低俗、欲望与单纯感官娱乐的需求,这也是低俗作品存在并受到欢迎的原因。那么,我们该如何理解"以人民为中心的创作导向"与通俗、低俗作品的关系呢?

在我看来,低俗作品只是简单地迎合了人们的欲望与感官娱乐,而"以人民为中心的创作导向"不是要迎合,而是要转换与升华,既承认其存在,又将其导向一个更高的思想与艺术境界,从而在根本上代表人民的利益,表达人民的愿望。在这个意义上,低俗作品只是满足了人们低级的趣味与欲望,而"以人民为中心的创作导向"则超越了这个层次,以更高的思想艺术水准提升人们的审美趣味。

"以人民为中心的创作导向"既可以是通俗作品,也可以是更加高级、严肃的文艺。"普及与提高"是毛泽东的《在延安文艺座谈会上的讲话》所提到的经典命题,现在虽然时代不同了,我国人民的文化水准大大提高,但这样的区分依然有效,通俗作品与严肃文艺可以满足不同读者的需求层次。另一方面,正如习近平总书记指出的,"随着人民生活水平不断提高,人民对包括文艺作品在内的文化产品的质量、品位、风格等的要求也更高了。文学、戏剧、电影、电视、音乐、舞蹈、美术、摄影、书法、曲艺、杂技以及民间文艺、群众文艺等各领域都要跟上时代发展、把握人民需求,以充沛的激情、生动的笔触、优美的旋律、感人的形象创作生产出人民喜闻乐见的优秀作品,让人民精神文化生活不断迈上新台阶"。我们可以看到,在新的历史时期,"普及"与"提高"、通俗作品与严肃文艺既是相对的,又是统一的,它们统一于"让人民精神文化生活不断迈上新台阶"的伟大目标之中。

"为人民"写作与主体性问题

在习近平总书记的讲话中,"以人民为中心的创作导向"是一个中心,他指出,"人民是文艺创作的源头活水,一旦离开人民,文艺就会变成无根的浮萍、无病的呻吟、无魂的躯壳。能不能搞出优秀作品,最根本的决定于是否能为人民抒写、为人民抒情、为人民抒怀。要虚心向人民学习、向生活学习,从人民的伟大实践和丰富多彩的生活中汲取营养,不断进行生活和艺术的积累,不断进行美的发现和美的创造。"但是另一方面,习近平总书记又指出,"文艺工作者应该牢记,创作是自己的中心任务,作品是自己的立身之本"。那么,对于文艺界来说,值得思考的问题是:"为人民"与写作之间是什么关系呢,作家艺术家的主体性体现在哪里呢?

在我看来,"为人民"与写作之间是一组辩证统一的关系,作家艺术家的主体性体现在"写什么"和"怎么写""写得怎么样"等问题上,也正是在这些问题上,我们应该铭记,"创作是自己的中心任务,作品是自己的立身之本",不断地精益求精,力争写出思想艺术性较高的作品。但是在这些问题之外,写作与创作还面临着更具根本性的问题,那就是"为什么写""为什么人写"的问题,这是每一个写作者迟早都会面对与思考的问题,对这些问题的回答不仅是写作的内在动力,也决定着一个写作者可能达到的高度、深度与广度。可以说,习近平总书记提出的"以人民为中心的创作导向",便是对这些问题的回答,一个写作者只有脚踏大地,与人民血脉相通,才有可能写出为人民所喜爱的作品。在这个意义上,"为人民"写作与作家艺术家的主体性是并不矛盾的,是辩证统一的。

如果历史地看,"创作是自己的中心任务,作品是自己的立身之本"是一个崭新的提法,在这里,我们可以看到,我们党对作家艺术家主体性与创造力的充分尊重,这也是我们文艺事业发展繁荣的基础。但是另一方面,习近平总书记也对文艺提出了更高的要求,他指出,"文艺是铸造灵魂的工程,文艺工作者是灵魂的工程师。好的文艺作品就应该像蓝天上的阳光、春季里的清风一样,能够启迪思想、温润心灵、陶冶人生,能够扫除颓废萎靡之风。"对于作家艺术家来说,"灵魂的工程师"是一项严肃的工作,也是一种精神与艺术上的事业,这与作家艺术家的主体性并不矛盾,而是辩证统一的。

我们正置身于一个大变革的时代,置身于中华民族伟大复兴的过程中,时代与人民需要优秀的文艺作品,我们也应该创作出无愧于时代与人民的优秀作品,习近平总书记在文艺工作座谈会上的讲话,为文艺界吹来了一股清风,也必将会带来一个文艺的春天。

"中华美学精神"的理论定位及其功能特性

马龙潜

习近平总书记在文艺工作座谈会上提出的"中华美学精神",所概括的是一种新的美学结构体系和新的审美文化观念。

一

中华美学精神具有什么本质特性?这是研究中最核心、最基础的问题。中华美学精神是包容在中国特色社会主义文化这个广阔的领域之中的,那么它的性质是由什么所规定的呢?习近平总书记所提出的建设社会主义核心价值体系的重大战略任务,就是对此所做出的明确回答。社会主义核心价值体系是兴国之魂,是社会主义意识形态本质的体现。要牢牢掌握意识形态工作领导权和主导权,坚持正确导向。这就明白无误地告诉我们:社会主义核心价值体系的本质,是由社会主义意识形态的本质所具体规定的。这个根据中国的国情、民情和当代中国文化事业发展的实际所做出的论断,是对社会主义意识形态在当代中国文化结构体系中,在中华美学精神的整体框架中核心和主导地位的肯定。

坚持马克思主义的文化意识形态理论,倡导社会主义核心价值,确立社会主义意识形态在当代中国文化整体结构体系中的基础和核心地位,进而全面把握由不同文化形态、不同意识形式要素所共同构成的这个体系的整体结构特性,这是建设和繁荣中国特色社会主义文化,传承和弘扬中华美学精神的学术之根本和历史之必然。马克思在划分各种社会和文化现象类别的时候,把由经济基础及物质层面、社会存在层面所决定的观念上层建筑及精神层面的内容,提升和凝聚为"社会意识"这一综合的范畴。作为与社会存在相对应的范畴,社会意识包括了构成人的全部社会精神生活及其过程的各种意识和观念要素,是由个体意识到群体意识,由社会心理到社会意识形态的众多思想、观念序列纵横交错的动态网络结构。这种抽象、普遍、理论意义上的社会意识,通过一定社会的政治、经济、文化的综合运动过程,一旦成为具体、特殊、实践意义上的该社会的观念上层建筑之后,它就会成为其文化构成中的核心和主体。人类社会发展史上,从奴隶社会、封建社会到资本主义社会的各种基本社会类型及其意识形态的更迭、文化格局的演进,都证明了这一点。同样,马克思主义在中国的传播和马克思主义中国化的过程,也遵循着这一客观规律。马克思主义中国化即中国特色马克思主义在当代中国的确立和发展,使社会主义意识形态成为反映当代中国社会主义经济形态及其所决定的政治制度,并体现为一定的上层建筑,因此而形成了一个能够包容中华民族不同地域和文化背景的整体文化结构体系和总体文化格局。显然,社会主义意识形态与包括中华美学精神在内的中国特色社会主义文化是一个辩证统一的整体,这决定了中国特色社会主义文化和中华美学精神格局的多样统一性。

二

中华美学精神并非一种抽象的理论规定的结果,而是具体存在于中国特色社会主义文化的整体结构中,存在于社会主义改革开放的伟大实践中,是通过它所发挥的独特功能和作用得以确认的。从意识形态在文化整体结构中的核心地位看,作为意识形态诸形式的艺术、道德、政治和法律思想、哲学和宗教等,是这种功能结构的最集中、最深刻、最全面的表现。它们对经济关系的反映和反作用要以特定的政治关系为中介。习近平总书记以意识形态为核心、为中介揭示了文化的本质特性。在文艺工作座谈会上,习近平总书记对社会文化结构中意识形态的主导作用做出了新的阐释:"文艺事业是党和人民的重要事业,文艺战线是党和人民的重要战线。""文艺要反映好人民心声,就要坚持为人民服务、为社会主义服务这个根本方向。""广大文艺工作者要高扬社会主义核心价值观的旗帜。"从这些论述中可以看出,由于特定社会的人与人之间的经济关系,必然或隐或现地体现为人与人之间的政治关系。因此,以中华美学精神诸意识形态形式为基本内容的社会主义文化结构,也就必然要把自己的视野放在以政治为主导的现实生活中,把人与人之间的政治关系作为自己直接或间接地反映对象。不带任何政治色彩,完全脱离政治的社会文化是不存在的。社会文化反映和反作用于经济基础要以特定历史阶段的政治为中介的理论,构成了文化功能整体结构的基础层面,是我们全面把握中华美学精神功能特性的理论基础。

在文化功能的整体结构中,除意识形态诸形式所集中表现的反映政治关系的主导功能之外,还包括其他各种意识形态形式和各种意识、观念因素对社会生活实践的不同领域和侧面的反映。现实生活中的风土人情、生活习俗、文化传统、心理结构等众多文化的生长点,虽不能简单地归属于阶级和经济的范畴,但都是社会文化整体结构不可或缺的组成部分,是中华美学精神丰富性的体现。社会主义的历史和实践告诉我们,仅从经济制度、政治制度和社会生产力诸方面还不足以说明社会主义的本质,社会主义还必须有一个本质特征,就是以马克思主义为指导的中国特色社会主义文化。对于中国特色社会主义文化的作用,习近平总书记做了这样的规定:"我们要通过文艺作品传递真善美,传递向上向善的价值观,引导人们增强道德判断力和道德荣誉感,向往和追求讲道德、遵道德、守道德的生活。"

三

中华美学精神植根于中华民族源远流长的"民本"思想之中,以儒家思想为主流的中国古代文化观念,由于自孔夫子以来就特别注重人事,所以"民本"的观念古已有之。以民为本,注重人与社会的和谐,作为儒家的美学理想已深深地熔铸在中华民族的心理结构之中。在悠久的中华优秀传统文化发展的历史长河中,中国特色社会主义文化无疑是一个新的历史阶段开始的标志,以人民为本位的文艺观的确立正是传承和弘扬这种中华美学精神,开启一个新的美学时代的必然结果。这正如习近平总书记所说:"中华优秀传统文化是中华民族的精神命脉,是涵养社会主义核心价值观的重要源泉,也是我们在世界文化激荡中站稳脚跟的坚实根基。要结合新的时代条件传承和弘扬中华优秀传统文化,传承和弘扬中华美学精神。"

以中华美学精神为底蕴的中国特色社会主义文化是建立在文化与人民的关系这一基础之上的,而文化的功能最终要通过广大人民群众的社会实践活动得以体现并受到检验。文艺与人民的关系问题,在习近平总书记那里被具体化、现实化为文艺与社会生活、文艺工作者与广大人民群众的关系问题,并把创造生活的人民大众放在了核心和主导的地位,他因此提出了"人民是文艺创作的源头活水。一旦离开人民,文艺就会变成无根的浮萍、无病的呻吟、无魂的躯壳。……能不能搞出优秀作品,最根本的决定于是否能为人民抒写、为人民抒情、为人民抒怀。要虚心向人民学习、向生活学习,从人民的伟大实践和丰富多彩的生活中汲取营养"的论断。这里的"人民是文艺创作的源头活水",是从文艺表现的对象方面讲文学艺术为什么要为人民服务的问题;而这里的"能不能搞出优秀作品,最根本的决定于是否能为人民抒写、为人民抒情、为人民抒怀",则是从文艺主体方面讲文学艺术家应该站在什么立场上,以什么样的世界观来对待人民群众、来反映现实生活的问题,并把这一点作为文艺与人民关系的主导方面。面对相同或相近的客观现实生活,由于文学艺术家的立场不同,对待生活的态度不同,他所把握和反映的内容也就不同。只有那些与人民的命运息息相关的文学艺术家才能真实地反映现实生活,揭示历史发展的本质和规律。

习近平总书记确立了从意识形态的建构实践方面提出问题和解决问题的思想路线,以及在客体结构与主体结构、客观性与主体性的辩证统一中来把握文艺与人民的关系的方法论原则。在客体结构方面,习近平总书记强调了由社会主义的经济、政治关系所规定的社会主义文艺的性质和内容:"文艺是时代前进的号角,最能代表一个时代的风貌,最能引领一个时代的风气。实现'两个一百年'奋斗目标、实现中华民族伟大复兴的中国梦,文艺的作用不可替代……广大文艺工作者要从这样的高度认识文艺的地位和作用,认识自己所担负的历史使命和责任,坚持以人民为中心的创作导向,努力创作更多无愧于时代的优秀作品。"在主体结构方面,习近平总书记突出强调了文学艺术家的历史选择和自由创造,提出文艺的主体性建构的实质是如何做到以"为人民抒写、为人民抒情、为人民抒怀"为出发点,坚持"对人民,要爱得真挚、爱得彻底、爱得持久,就要深深懂得人民是历史创造者的道理,深入群众、深入生活,诚心诚意做人民的小学生。……要把满足人民精神文化需求作为文艺和文艺工作的出发点和落脚点,把人民作为文艺表现的主体,把人民作为文艺审美的鉴赏家和评判者,把为人民服务作为文艺工作者的天职"的基本原则。正是在这种文艺主客体的关系结构中,习近平总书记站在新的时代的高度,揭示了文艺与社会生活关系的本质是文艺与人民的关系,强调文学艺术家与人民群众的联系最根本的是与他们情感的沟通和心理的交融,并因此而形成了文学艺术要以人民群众的社会心理为中介反映现实生活,发挥其认识社会和道德教育作用的中国特色社会主义文化整体功能的理论。这是中华美学精神在现时代的理论升华,也是中国特色社会主义文化理论的一个创新。

发展繁荣少数民族文学的意义

白庚胜

中国少数民族文学是一个伟大的文学宝库。它在中华民族的长期演进中不断创造、积累、传承而成,并在新中国成立以后获得新生,受到重视,茁壮成长,逐渐成为中国文学的重要组成部分,乃至人类文明的珍品。只要民族众多、疆域辽阔、历史悠久的基本文化国情不发生根本的变化,中国少数民族文学的持续永守就理所当然;只要中国特色社会主义文化建设旗帜高高飘扬,中国少数民族文学的继续发展繁荣便前景灿烂,并必将发挥越来越重要的作用。这是因为作为55个少数民族的独特精神创造、文化表达、审美呈现,在历史与现实的光照下,中国少数民族文学对于我们这个世界、我们这个国家与我们这个民族一直具有多重的意义。

就国际意义而言,首先是新中国成立以来不断被发掘整理出来的少数民族文学遗产向世界表明,作为中国文学的一个有机组成部分,中国少数民族自有它伟大的创造,为丰富世界文学宝库做出了重要贡献。《格萨尔》《江格尔》《玛纳斯》三大英雄史诗是这样,《突厥语大辞典》《福乐智慧》《红楼梦》等名著是这样,西北"花儿"、岭南"歌会"是这样,纳瓦依、仓央嘉措、哈拜等著名作家诗人也是这样。在不断持续开展的世界文化遗产申报过程中,少数民族文学中的蒙古长调等先后列入有关名目,不仅确立了它们在世界文学史上的地位,而且捍卫了国家文化主权,使确保其创造发明权、所有权、享受权、继承权、发展权成为可能。其次是生机勃勃进行中的少数民族文学创作目前仍在为当代世界文学贡献中国少数民族文学的智慧与经验、大家与精品。再次是在国际文化交流中,已有众多少数民族优秀成果进入国际文化对话领域,成功展示了中国形象、张扬了中国精神、传播了中国价值,促进了人类文明的多元共生共荣,有力反击了一些强势文化企图让世界文化单质化、西方化的潮流。在周边文化外交工作中,少数民族文学更是针对许多民族跨境而居,其宗教习俗、语言文字、文学相通的情况,对促进安邻睦邻、和平进步发挥了特殊作用,如《中蒙文学作品集》的出版和中哈哈萨克文学合作交流的积极推进就是其成功的事例。最后是它充实了国际中国学的内容,使其内涵更加丰富绚烂、多彩多姿。例如,日本就创刊有专门刊物《中国少数民族文学》,并涌现出像君岛久子、牧田英二、西胁隆夫等中国少数民族文学翻译研究大家及其大量成果,加深了国际社会对中国社会及中国文化的全面了解及理性把握。

发展、繁荣中国少数民族文学的国内意义,大致体现在政治、社会、文化、文学、艺术、产业、学术、教育几个方面。

在政治意义上，中国是一个统一的多民族国家，发展少数民族文学，有利于以文辅政、巩固国家统一、强化民族团结、发展社会主义新型民族关系、坚守各民族共同的思想信仰与价值追求、积聚全体人民的精神力量，为实现"两个一百年"目标及中华民族伟大复兴中国梦而奋斗。历史已经雄辩地证明，清明的政治是文学的保障，黑暗的政治是文学的杀手。同样，高雅的文学是伟大政治的盟友，低俗的文学是腐朽政治的帮凶。少数民族文学只有在中国共产党的领导下，在社会主义制度内，在国家强盛、人民幸福、民族平等团结的背景下，才能实现发展、进步。我们党和政府不但要继续为少数民族文学提供必要的条件与保障，而且还要理直气壮地要求少数民族文学为党和国家最高利益服务、为四位一体的社会主义现代化服务、为构建社会主义核心价值体系服务。少数民族文学也有责任与社会主义政治文明建设同行，唤醒人们的政治自觉，坚定人们的政治信念，歌颂社会主义政治的伟大成就，赞美杰出政治人物的光辉事迹，昭示社会主义政治的美好前景。令人欣慰的是，经过近70年的努力，中国少数民族文学高举中国特色社会主义伟大旗帜，坚持正确的政治方向，已经在为人民服务、为社会主义服务、为伟大祖国而书写与歌唱方面做出了重要贡献。今后，它仍将在建设中华民族共同精神家园，唱响爱国主义主旋律，旗帜鲜明地歌唱共产党、歌唱社会主义、歌唱改革开放，强化国家认同、民族认同、文化认同、政治认同方面承担战略重任，并履行好文学资政、文学戍边的使命，维护好文化安全，致力于社会主义核心价值观的培育与践行。

在社会意义上，中国少数民族文学生动记录了各民族的社会历史、精神审美，形象表达了各民族人民的思想感情、社会理想。它既来源于各民族生活，又反作用于各民族社会，在弘扬社会正气、引领时代风尚方面功能突出。无论是神幻浪漫的神话传说，还是气势恢宏的"民族精神武库"英雄史诗；无论是古老的歌谣俚谚，还是现当代作家的优秀创作，少数民族文学都绝不是语言游戏，而是一种巨大的精神力量，在组织社会、动员社会、和谐社会、服务社会方面威力无穷。在未来建设社会主义精神文明的实践中，我们仍需要继续发挥它的教化、抚慰、净化、提升功能，在释放社会能量、减缓社会压力、表达社会意志、调节社会利益、和谐社会矛盾方面大有作为，以进一步加强各民族间的交流、交往、交融，让我们的社会更加文明、幸福、诗意、美好。

在文化意义上，由于文学从属于文化，发展繁荣少数民族文学也就天然具有发展繁荣少数民族文化的意义于其中。可以说，无论是口头文学传统还是书面文学形式，它们的创作、审美方式，它们的载体、题材、样式，都是一定文化的产物，并成为每一个民族的根本标志与符号，具有"百科全书""民族精神博物馆"的价值与意义。正是它，将各民族的生存智慧、生产经验、生活知识、精神道德集于各自的文化之中,从而产生民族自豪感、自识力、自信力。作为最敏感、最前沿、最深厚的文化表达,少数民族文学乃是促成各民族大凝聚、中华人文精神重建的推进器。而且,今天的中国少数民族文学本身也已成为一道亮丽的文化风景,正在过去以歌手、故事家、作家为主体,以与宗教、民俗、生产、生活相紧密结合,以与口语、书面语言为表达,以及与音乐、舞蹈、美术互为表里而存在的基础上,形成一种以作家、编辑、评论家、学者为主体,与市场及高科技相融合,以影视数字语言作表达,与教育、出版、研究相结合,以推介、评奖为推动的文化生态,使中国特色社会主义文化更加丰富多彩。

在文学意义上,中国少数民族文学占据中国文学的半壁江山。在历史上,汉文学以文字创作见长,少数民族文学的特色则主要见之于口头文学。而在现当代,随着教育的普及、城市化的加快与各民族文化交流的频繁,少数民族文学中的作家创作甚至网络创作正在迎头赶上,并出现了多向度开展文学翻译及理论批评的繁盛局面,终于迎来了各民族文学百花争艳、多样同体的空前繁盛时期。一直以来,在各民族文学传统、汉族与世界优秀文学营养的哺育下,中国少数民族文学始终保有风淳、气正、言美、境远、意深、思精的品质。在未来,我们必须倍加珍惜并发挥这一优势,进一步唱响主旋律,尊重多样化,包容差异性。从文学创作到文学批评,从形式到内容,从体裁到题材,从风格到技巧,从观念到意识,从文学遗产保护到文学理论研究,全面继承创新,全面推动其发展,使之更好地交融于中国文学的整体进步之中。

在艺术意义上,文学本身就是语言艺术,它同时还是其他许多艺术创作的"上游"。文学兴则戏剧兴,文学荣便百艺荣。所谓的"一剧之本",指的就是文学文本乃是表演艺术的根本与依据所在。这在文学从口语时代转入文字时代复进入数字时代后并没有发生根本的动摇与变化,反而得到了加强。少数民族文学也不例外,它当然也是少数民族表演艺术之上游。藏戏、维剧、彝剧、壮剧、白剧等自不待言,它还参与了元杂剧以来的中国戏剧文学建设,并一直有不俗的表现。进入影视乃至动漫、数字时代以来,现当代少数民族电影电视剧创作等更离不开高品位、民族特色鲜明、民族生活气息浓郁的少数民族文学创作为它们提供生动的故事、精彩的语言、鲜明的形象,以及丰厚的内涵、多彩的题材,以成就我国多民族文艺苑地、丰富我国多民族精神宝库,使之具有支撑国家艺术高地及国家美学高峰的根本意义,而不囿于少数民族文学本身。

在产业意义上,少数民族文学因其神话、史诗、传说、故事等口头文学众多,《红楼梦》《一层楼》《泣红亭》等言情小说丰富,并与各民族独特的生产生活紧密结合、与各民族地区秀丽的自然风光融为一体、与各民族迥异的文化习俗相得益彰,而除社会意义、教育意义、认识意义、审美意义外,还具有重要的产业意义,是旅游、影视、动漫、图书等文化产业开发的不竭资源。因此,我们要在确保思想精深、艺术精湛的前提下,力争其装备精良,并努力开拓市场、强化软实力。喜剧动画片《阿凡提》、电视连续剧《格萨尔》等的成功制作与商业运作,已经昭示它的巨大产业价值。在不久前开启的北京国际电影节上,少数民族题材电影在增强中国文化竞争力、推动中华文化"走出去"方面又令世人刮目相看,既创造了良好的社会效益,又获得了丰厚的市场回报。而在其背后那只看不见的神秘之手,正是极其丰富的少数民族文学积淀,以及十分活跃的少数民族文学创作。

在学术意义上,我国人文科学体系中的少数民族文学学科相当年轻,它在中国文学总体格局中的地位长期得不到确立,直到改革开放后才逐渐建立起一些研究团体、研究机构、学术平台、教学部门,初步培养起一支多层次、多领域、多民族、多方向的学术队伍,产生了一定的学术成果。然而,比之相邻的少数民族历史、语言、文字、哲学、宗教、社会等研究,它依然幼稚。其学科体系建设需要加强,其学科意识有待强化,它与中国文学的整体关系有待厘清,它在中国文学史上的价值、作用需进一步阐释,它的各个分支学科应该一一确立,它的现实关注及理论总结必须得到重视,而不能仅仅满足于各个少数民族文学事项的简单相加,以及各地民族文学遗产的粗放保存与呈现,更不能陶醉于用苏联或现当代西方文学理论、美学理论、民族理论剪裁中国少数民族文学的历史与现实,而是坚持马克思主义美学及历史唯物论、辩证唯物论做指导,站在中华大地上解决中国少数民族文学的发展问题并推动它的繁荣,使之更有机地成为我国人文科学体系的组成部分,从学术思想、学术资料、学术队伍、学术方法、学术成果等各个方面体现中国特色、中国作风、中国气派,以及中国价值及中国精神。

在教育意义上,少数民族文学历来是绝好的思想、道德、知识、语言教育及美育资源。因为它形象、生动、优美、质柔,富于想象、饱含情感,表现生命体验与生活趣味,故而最容易成为"生活的教科书""人生的指南针",让人们懂得什么是真善美,辨别什么是假丑恶,怎样去追求知识真理、公平正义,如何去热爱祖国、服务社会、奉献人民、造福人类。在家庭教育、社会教育、学校教育之传知、解惑、授业过程中,文学所兼具养心、育人、教化的功能,足以鼓舞人们延续文化传统、固守精神家园、开拓生活未来。对不少民族而言,除了宗教信仰体系之外,文学几乎为他们的全部知识系统,作家、民间歌手是他们的精神领袖,歌坛成为他们最大的"文苑"。或者说,各民族的历史知识、思想情感、生产技能、生活经验,都无一不是凭借文学尤其是口头文学而传承。在当今学校教育越来越普及的情况下,少数民族文学教育仍然是国家教育的重中之重。没有文学教育,少数民族那种崇尚自然、爱惜生灵、热爱生活、勤劳简朴、各族相亲、敬重长者、热情好客、守望相助、讲求道义、勇敢无畏、信守承诺、非义不取、自尊自爱、重情重理等美德和理念就难以系统有序地传承和弘扬。

总之,少数民族文学有多重意义。由于它的存在,中华民族始终靠美学的、情感的、精神的力量紧紧凝聚在一起。不仅诗经、汉赋、唐诗、宋词、元曲、明清小说中富集大量的少数民族文学创作,而且三大史诗及东巴神话等亦令长期盛行于国际上的"中国无史诗"论、"中国神话贫乏"论等灰飞烟灭;它使中国文学的语言表达在汉语言之外又增添55种色彩;它在创作主体上,除了书面作家还涌现出堪比荷马、蚁蛭等人的扎巴、玉梅、玉素甫玛玛依等众多口头文学大师;它在传播上除阅读外还拥有对唱、吟游、说唱等多种形式;它在功能上除了认识、教育、欣赏外,还兼有民族记忆、生产协调、社会动员、调解纠纷等实用性;它在文艺理论上,纷呈朝鲜、维吾尔、满、白、藏、彝、傣、纳西等民族在多民族文论及本民族文论方面的不凡表现。在未来的社会主义文学事业建设中,中国少数民族文学仍将是我们永恒的精神家园、丰厚的文学土壤,特别是在题材、体裁、显现形态、表达技巧、传播方式、接受形式,以及文学观念、语言、审美习惯、鉴赏标准等方面,将继续给予我们极大的滋养,令中国文学的民族特色、民族气派与中国特色、中国精神更有机地统一于一体。

在我国统一的多民族文学版图中,具有多重意义的少数民族文学,是元素、是动力,而不是负担和包袱;是遗产、是希望,而不是落后与粗陋;是辉煌、是骄傲,而不是可有可无;是要发展、要进步,而决不能令停滞、令消解。

面对文体与思潮的错位

雷 达

思潮与文体是不可能决然分开的,思潮不可能不影响文体,但文体却有相对的稳定性。

任何一种文体都可能成就一个时代的经典之作,关键在于这个想象的世界是否切中了时代的脉搏,是否穿透了历史的迷障,倘能如此,经典作品是不会被历史的尘沙所湮没的。

最近有记者向我提问:为什么《平凡的世界》在20世纪80年代末发表时备受批评界冷落,却在广大读者中引起热烈反响?为什么读者与评论家的意见差距如此之大?回想当年,我对《平凡的世界》评价也不十分高,认为是"《人生》的扩大版",但也给予肯定、写过文章,却达不到现今的认识程度。静下来想,我认为,评论家总是习惯于从文学史、社会思潮、创作方法、思想艺术背景等方面考虑和评价作品,从而形成一种"专业眼光"。在当时那个观念革命、先锋突起,大力借鉴和实验西方现代主义文学方法的热潮中,突然遇到这么一部面貌颇为传统的现实主义作品,评价怎么会高呢?但是,普通读者很少从文学思潮或方法革新的角度审视作品,他们更看重作品与他们的生活、命运、心灵体验之间有多少沟通和感应,能否引起他们的共鸣。这也许就是读者与评论家之间存在巨大矛盾和反差的主要原因之一。

事实上,不仅是读者与评论家会发生矛盾,思潮与文体也无时不在地发生矛盾。在现当代文学史上,在思潮与文体的相互激荡中,始终都存在如何在思潮起伏、背景剧变,甚至出现某些外在因素的情势下保持对文本的客观、准确、公正、科学评价的问题。比如,有的作品在社会思潮和文学思潮中是一马当先的,发表当时产生了巨大影响,却有意无意忽视了文本的修炼,时过境迁,对其评价就会降低很多。有种说法:凡是引起一时轰动的作品,其艺术生命力大都是不长的。这恐怕也不能一概而论。就中国现代文学史上出现的"问题"小说、伤痕小说,包括而今的"打工文学""新左翼文学"等思潮来说,很显然它们的文学史意义要远远高出文本内涵的丰富性和张力。另有一些作品,在写作时与潮流保持了某种距离,当时反响寂寂,过了几十年后,思想文化背景发生变化时却获得了广泛的认可,重新得到了高度评价。

那么,是不是不贴近潮流写作,作品的艺术生命才会长?这显然也是有问题的。鲁迅的杂文、小说,"新写实"小说,"现实主义冲击波"以及托尔斯泰、契诃夫、叶赛宁、肖洛霍夫、帕斯捷尔纳克、索尔仁尼琴等,无不在"贴着时代写",当某种巨大的潮流来临时,作家无不承受着时代的感召,又受到时代大浪的冲刷,千淘万漉之后,他们还是被读者、被文学史所珍藏和记忆。

这是个极其复杂的问题。夏志清的《中国现代小说史》对沈从文在纷乱年代造出的"希腊小庙"、张爱玲"孤岛"时期的独绝体验、钱锺书《围城》的知识分子群像塑造,还有张天翼、吴组缃,都给予了很高的评价,在某种意义上是对"后革命年代"文学史的价值重构,确有重新发现之功。特别是对沈从文、张爱玲、钱锺书的重新评价,推动了中国"重写文学史"的历史进程。夏志清从"人的文学"的立场出发,从文学本位出发,从"优美作品之发现和评审"出发,但他并非不注重"思潮",他对"左翼""右翼"很敏感,他的意识形态背景和基督教文化背景都会影响到他的评价。他大力肯定张爱玲,却不由自主地忘记了同时期萧红的《生死场》《呼兰河传》,似不是偶然的失误。他本人对此也有所反思。我这样说是要表明,思潮与文体是不可能决然分开的,思潮不可能不影响文体,但文体却有相对的稳定性。

当年李泽厚提出"启蒙与救亡的变奏"的观点,我认为是很有道理的。他说,新文化运动以来,启蒙成为时代主题,全民族都在呼唤民主与科学并审视国民性,思考中国走现代性的道路。但这个时段很短,随着日军入侵,启蒙的主题被一再打断,救亡上升为第一位,于是评价尺度首先要看救亡。直到 20 世纪 80 年代初,启蒙主题渐渐回来了。90 年代初,商品大潮席卷而来,新启蒙的声音又微弱了……我在想,沈从文写湘西故事的时候,赵树理正写着《小二黑结婚》;钱锺书写完《围城》的时候,周立波也许开始了《暴风骤雨》的构思,丁玲也开始筹划《太阳照在桑干河上》的写作。我们不能脱离实际地、事后诸葛亮式地认为应该这样,不应该那样。依我看,历史就这样走过来了,各类作品都有它们各自的价值和位置。

还是回到《平凡的世界》的评价上来。它对当代文学评论的警醒在于,方法虽对创作有极大影响,但方法终究不是决定性的。根本性的,要承认,在漫长的文学发展中,多种创作方法是可以并存的,都有其生命力。关键不在于你采用了什么方法,而在于作品的思想高度、对社会历史文化的涵盖广度、对人性揭示的深度以及艺术上的创新尺度。文学的历史从来都不是"进化"史,而是"变化"史,文学的历史不是按思潮的先后,车厢式地线性发展过程。我们可以说现实主义的某些具体手法落后了,但却不能得出"现实主义过时了"的结论。

另一个重要启示是,在今天有必要重新提倡现实主义精神。在我看来,现实主义精神就是具有更强烈的"现实感",更关注人民的苦乐,更关注当下的生存,更能与人民同呼吸共命运。《平凡的世界》之所以能对今天的读者仍有巨大吸引力,主要是对孙少安、孙少平、田润叶、田晓霞和孙玉厚、田福堂等两代人的两种生活方式、命运的近距离观照,正好切中了当下时代的脉搏,形成了不同时期的"历史的同构":与命运抗争是否可以改变命运?进城是否能获得真实的幸福?如果没有田福军这样的为民请命的"清官",这个世界将会怎样?如果没有孙玉厚、孙少安、田润叶这样的朴素而真诚的理解与宽容之心,没有那些令人热泪盈眶的忍辱负重,没有田晓霞女神式的献身,《平凡的世界》是否将变成"平庸的世界"?

  文体的革新意义在于将一种新的观念注入文本,以此重新估量、重新评价我们的时代、我们的世界。任何一种文体都可能成就一个时代的经典之作,关键在于这个想象的世界是否切中了时代的脉搏,是否穿透了历史的迷障,倘能如此,经典作品是不会被历史的尘沙所湮没的。

发展中国当代文艺理论的指南

董学文

一

在学习领会习近平总书记在文艺工作座谈会讲话(以下简称《讲话》)的过程中,深深感到《讲话》为中国当代文艺理论的发展指明了方向,为建构21世纪中国的马克思主义文艺学提供了指南。为什么这么说呢?至少有两点根据:一是《讲话》的内容为文艺理论推进有许多新历史条件下的创新;二是在今年政治局第一次集体学习时,习近平总书记明确提出了"发展21世纪中国的马克思主义"号召。他说:"必须高度重视理论的作用,增强理论自信和战略定力,对经过反复实践和比较得出的正确理论,要坚定不移坚持。要根据时代变化和实践发展,不断深化认识,不断总结经验,不断实现理论创新和实践创新良性互动,在这种统一和互动中发展21世纪中国的马克思主义。"发展21世纪中国的马克思主义,当然包括发展21世纪中国的马克思主义文艺学,因为这是整体和局部的关系。

发展21世纪中国的马克思主义文艺学,这里有三个关键词:一是"21世纪",一是"中国的",一是"马克思主义"。"21世纪"指的是时代特性,"中国的"指的是民族特性,"马克思主义"则是其本质属性。这三个关键词与"文艺学"结合起来,就决定它必将形成一个新的文论形态。这种21世纪中国的马克思主义文艺学,同以往的"马克思主义文艺理论中国化"或"中国化马克思主义文艺学",我认为,从联系上讲,前者是后者的一个发展;从区别上讲,前者对后者是一种理论范式上的转型。

众所周知,马克思主义文艺理论在中国的发生发展,大体经历了这样三个阶段:一是引进、介绍、传播和扩散影响的阶段;二是同中国革命文艺实践逐步结合的阶段;三是持续丰富这种结合并不断增加自身特点的阶段。总体上讲,这些都可看作是实现"马克思主义文艺理论中国化"的过程。而在这个过程中,中国共产党人和文论家对马克思主义文艺理论的贡献是巨大的。

随着历史条件的变迁和文艺实践的发展,随着理论自信的增强和现实需求的迫切,不能不看到,马克思主义文艺理论在21世纪已经走到了需要由"中国化"向"中国的"转变的拐点。套用经济学上的一个说法,那就是我国的马克思主义文艺理论需从"中国制造"向进入"中国创造"阶段转化。

瞻望文艺理论前景,要推动中国的马克思主义文艺学发展,不能不对未来中国的马克思主义文艺学从提法、主张和界定上都赋予新的内涵。面对此种语境,习近平总书记提出"发展21世纪中国的马克思主义",无疑有着特殊的意义。文艺理论界理应跟上步伐,相应地提出发展21世纪中国的马克思主义文艺学的任务。这是现实的需要,也是发展的必然。因为《讲话》已经昭示我们:到了新世纪,中国的马克思主义文艺理论应该实现一次理论形态上的转型和升级。我们不仅要实现马克思主义与中国革命文艺实践的结合,而且要有我们自己的理论创造,有真正属于我们"中国的"东西。这里"中国化"与"中国的"虽仅一字之差,但它们在理论层次上、在创造性的含量上是不同的。"21世纪中国的马克思主义文艺学",应是马克思主义文艺理论在中国的一次新的飞跃。

二

"随着自然科学领域中每一个划时代的发现,唯物主义也必然要改变自己的形式。"文艺理论也不例外。"马克思主义一定要向前发展,要随着实践的发展而发展,不能停滞不前。停止了,老是那么一套,它就没有生命力了。""马克思这些老祖宗的书,必须读,他们的基本原理必须遵守,这是第一。但是,任何国家的共产党,任何国家的思想界,都要创造新的理论,写出新的著作,产生自己的理论家,来为当前的政治服务,单靠老祖宗是不行的。"进入21世纪,我们更应当有这种抱负、这种能力、这种豪迈的勇气和境界。

进入新世纪之后,时代确乎出现了许多新的变化。依托社会实践和历史转型的中国马克思主义文艺理论,面临着再次"综合创新"的使命。在这种时代条件和背景下,中国马克思主义文艺理论要善于总结经验教训,勇于走出阴霾低谷,站到历史潮头和理论前沿,创造出真正呼应时代、表达精神诉求、凝聚审美理想和崇高信念的文论系统,在理论发展的各个链条和环节上注入中国元素,提出更多带有民族主体性的命题、范畴和概念,这不仅是必要的,而且是可能的。

我们已经看清了这些年文论走过的道路的曲折和泥泞,文论建设已经到了摆脱跟着西方文论跑、变成人家学说的模仿者和膜拜者的时候了。为了改变文论观念和价值意识大面积倾斜的状况,我们理应在学习前人和外国人长处的基础上,创造性地构建我们自己的、符合马克思主义精神的文艺理论。

通观人类文艺思想史,没有哪个国家的文艺理论是通过依赖外国学说、跟在别人后面亦步亦趋实现自身强大和振兴的。站在21世纪的地平线上,中国文艺理论界只要秉持自信心,具备理论定力,坚持走自己的路,把握世界潮流,增创自身优势,在中外文论的碰撞和互动中,下决心改变西方现当代文论的"称霸"和"统治"地位,我们就一定能走在世界文艺理论建设的前面。

马克思主义文艺理论从来都是在直面问题中展开自己的画卷的。问题导向和科学思维、全局视野和战略眼光、立足实际和坚定信念、提升经验和针对难题,这些都是《讲话》带给我们的精神营养。"理论在一个国家实现的程度,总是取决于理论满足这个国家的需要的程度。"毫无疑问,《讲话》中的许多论点,都是从广大文艺工作者的关切、需要和期盼中催生出来的,都是为推动解决文艺领域面临的突出矛盾和问题提炼出来的。正是从对文艺核心问题的深掘和拓展中,倒逼出一个个关乎文艺创作规律的具体问题,层层递进地展开了理论探索。因之,《讲话》对发展我国马克思主义文艺学具有明确战略方向、规划重点领域、确认主攻目标、制定前行路径的全局性意义。

三

通过文本分析,可以进一步证明《讲话》对构建"21世纪中国的马克思主义文艺学"的理论价值。

"正确的理论必须结合具体情况并根据现存条件加以阐明和发挥",我们必须使中国马克思主义文艺理论在其每一表现中带有中国的特性。习近平总书记的讲话充分体现了这个原则。它从实现"两个一百年"奋斗目标、实现中华民族伟大复兴的中国梦高度来强调文艺的"不可替代"作用,认为"文艺是时代前进的号角,最能代表一个时代的风貌,最能引领一个时代的风气",这就给我国文艺理论建设铺展了新的背景和底色。《讲话》要求"广大文艺工作者要从这样的高度认识文艺的地位和作用,认识自己所担负的历史使命和责任",同时又"必须把创作生产优秀作品作为文艺工作的中心环节,努力创作生产更多传播当代中国价值观念、体现中华文化精神、反映中国人审美追求,思想性、艺术性、观赏性有机统一的优秀作品"。这就在功能和价值观领域提出了步入新世纪才面临的课题。

"社会主义文艺,从本质上讲,就是人民的文艺。"习近平总书记对"社会主义文艺"概念的重申,对其本质的界定,有着鲜明的针对性。这种界定,不仅坚持了马克思主义文艺观,而且对当代文艺的人民性做了新的揭示。从马克思主义文艺发展史角度考察,集中从"以人民为中心"的内核来探讨社会主义文艺的本质特征,探讨社会主义文艺的实现方式和路径,这种理念给建构中国新的马克思主义文艺学开拓了无限的空间。譬如,要"坚持以人民为中心的创作导向",理论上如何去界说这个"中心",在题材和素材上有何约束和要求,其"导向"功能怎么体现,这些都有必要从学理上加以阐明;又如,以往的文艺理论习惯称"生活是文艺创作的唯一源泉",但此次习近平总书记讲

"人民是文艺创作的源头活水",这两者是什么关系,也需要给予理论上的有力阐发。

尤其值得重视的是,《讲话》鲜明地指出了"能不能搞出优秀作品,最根本的决定于是否能为人民抒写、为人民抒情、为人民抒怀"。这种观点,把作品优劣同对人民的态度关联起来考察,张扬了唯物史观见解。《讲话》指出"文艺工作者要想有成就,就必须自觉与人民同呼吸、共命运、心连心……对人民,要爱得真挚、爱得彻底、爱得持久"。"文艺创作方法有一百条、一千条。但最根本、最关键、最牢靠的办法是扎根人民、扎根生活。"这些表述,充满了感情和智慧,充满了辩证法,在理论上是个创造。

《讲话》对优秀传统文化的重视,对中华美学精神的弘扬,也极大地增添了文论的"中国的"元素和精神内涵。这不仅出色解决了文艺理论上批判与继承的关系,而且为未来的文论建设创造性地铺设了一块具有完全自主知识产权的基石。习近平总书记指出:"只有坚持洋为中用、开拓创新,做到中西合璧、融会贯通,我们文艺才能更好发展繁荣起来。"在这个意义上,"21 世纪中国的马克思主义文艺学",很可能形成一种更加科学系统的模式。

四

《讲话》中有许多新颖的提法。如"文艺是铸造灵魂的工程""艺术可以放飞想象的翅膀,但一定要脚踩坚实的大地";文艺家要有"道德判断力和道德荣誉感","讲品位,重艺德,为历史存正气,为世人弘美德";文艺工作者应当"成为时代风气的先觉者、先行者、先倡者";文艺作品要"有筋骨、有道德、有温度","像蓝天上的阳光、春季里的清风一样,能够启迪思想、温润心灵、陶冶人生,能够扫除颓废萎靡之风";文艺要"引导人民树立和坚持正确的历史观、民族观、国家观、文化观,增强做中国人的骨气和底气";等等。这股清新的文风,让我们感受到马克思主义文论的生命力。

随着时代的进步和文艺的发展,中国的马克思主义文艺学要创造出新格局和新面貌是必然的。而要创造出新格局和新面貌,势必就要认识市场经济条件下文艺产生的机制性特点和结构性矛盾。《讲话》直面这些问题,分析了诸多负面现象,把马克思的"艺术生产"理论发挥得淋漓尽致,这极大地增强了马克思主义文艺学说的威力。

习近平总书记高度重视评论工作,提出要"运用历史的、人民的、艺术的、美学的观点评判和鉴赏作品",这对构建 21 世纪中国的马克思主义文艺批评提供了新的准绳和信息。"信仰之美""崇高之美""文质之美""自然的美""生活的美""心灵的美""美的发现""美的创造""审美追求""文质兼美"等等,这些词和概念不仅使文艺理论增添了诱人的光彩,而且也预示着未来中国马克思主义文艺理论美学之间适度融合的可能性。

习近平总书记指出:"马克思列宁主义、毛泽东思想一定不能丢,丢了就丧失根本。"这在文艺理论建设上,同样是如此。建构和发展"21世纪中国的马克思主义文艺学",一方面要对实践证明正确的理论坚定不移地坚持,另一方面要靠实践来衡量和检验。马克思主义文艺理论的创新需求,是要靠破解实际的文艺问题来促进和推动的。马克思主义文艺理论有很强的实践功能,一旦被群众和文艺工作者所掌握,就会变成强大的精神力量。因之,马克思主义文艺理论要发展和创新,就要敏锐地发现新问题、分析新问题、解决新问题,切实增强理论的现实感和针对性,努力解决纷繁复杂的文艺实践中那些带根本性、长远性、关键性的问题,这样才能"接地气"。这是《讲话》给我们的又一启示。

美学在当代的复兴

高建平

中国学界的美学情结由来已久。美学的每一次兴盛,都与社会的重大变化联系在一起。大体说来,过去的60多年里,美学出现了三次热潮。第一次是20世纪50年代的"美学大讨论",那次讨论的目的,是在中国建立马克思主义美学,为社会主义文化建设服务。因此,那是一次与新生的共和国同行的学术热潮。第二次是以1978年的形象思维讨论为起点,在80年代推向高潮的"美学热"。这一次是与改革开放联系在一起的,美学推动了思想解放,而思想解放成就了"美学热"。当时,中国人迫切需要从精神上走出"文革"。社会要美与和谐,不要斗争哲学;国家要开放,不要封闭;文学艺术要形象思维,不要"三突出",成为一个时代的最强音。

从20世纪80年代的后期,到整个90年代,美学就冷了。在民众层面上,经济大潮催生着物质主义,美感就是快感,对艺术的理解被浅化,被当成仅仅是娱乐业,还盛行"娱乐至死"。在文化鄙俗化的潮流下,美和崇高都成了贬义词,成了被嘲笑、要躲避的概念。在学术层面上,宣布美学过时,其理由是外国也没有美学系,于是不应该再研究美学。与此同时,刚刚长成的年轻一代学人在中国引入一些具有"非理性""后现代""解构"倾向的文化哲学,以示代际差异,通过异军突起的方式实现学术话语权上的争夺。在这个过程中,美学就被晾到了一边。而在各级政府官员那里,发展主义盛行,经济是主战场,是各种政绩考核的依据,其他一切都被边缘化。当时有一句流行语,叫作"文化搭台,经济唱戏"。文化人说,我们本来就是唱戏的,让我们去搭台,而搭台的人反而唱起戏来,用非所长啊!其实,在那时,有地方官能让你搭台,就算很不错了,还有人想到要用你,你应该为不是完全无用的人而感到庆幸。记得1997年的秋天,我去三联韬奋书店,书架上只有两种美学书,也不知是只出了两种,还是卖得只剩两种。美学书没有人买,上不了架,没有出版社愿意出,也没有多少人读。

2000年后,美学开始回温。单纯的发展主义不行了,社会需要美学,需要文学艺术,需要建设美的乡村和城市,需要解决发展过程中的精神层面的东西。在实现社会梦想时没有作为筑梦事业的文学艺术的参与,是自相矛盾的;在建设美好社会时没有美学的参与,也是自相矛盾的。这些矛盾看上去很明显,但社会就是这样,潮起潮落,要众多的人都意识一个道理,凝聚成一种力量,常常需要很长的时间。

外国没有美学,因此中国也不该有美学的说法,破产了。2002年,2006年,2010

年,2012年,中国召开了四次国际美学会议,中国人对国外美学的翻译,经历了三代人,各有不同的特点。朱光潜、宗白华、缪朗山那一代人,主要致力于翻译从柏拉图、亚里士多德到康德、黑格尔的美学,向西方历史上的大哲学家学习。到了80年代,李泽厚主编"美学译文丛书",开始翻译20世纪前期和中期的,像克莱夫·贝尔、苏珊·朗格和鲁道夫·阿恩海姆等重要人物的书,号召中国学者不要再闭门造车,凭空制造大体系,而是学习新知识。新世纪以来,一些美学译丛,则主要翻译国外同代人的作品,以对话为目的。在这种对话中,中国学界不仅意识到外国有美学,我们要学习外国美学,还意识到,要立足于中国的艺术和审美实际,发展中国的美学。我所说的从"美学在中国"到"中国美学"的发展,就是指,这是一个不间断的对话过程,要不断了解外国美学的新情况,不断研究发展中的中国实际,在此基础上,推动中国美学研究前行。

那种美学为文化研究所取代的说法也破产了。文化研究的大潮,是一批文学艺术的研究者将西方的社会学、心理学、人类学和民族学等一些学科的理论嫁接到文学理论研究中来形成的。这本身对于拓展文学研究的范围,是有益的。但是,如果这种文化研究推动一些学者走向社会问题研究,从而超越文学艺术,以及审美本身的话,那么,美学将会是一种将研究的聚焦点拉回来的平衡力量。近年来的趋向表明,美学走向文化研究后,还会回来,再回到美学上来,只是,这是一种包含了文化研究所积累的许多积极思路和有益内容的美学。

的确,我们今天谈论美学复兴,时机已经成熟。美学的黄鹤,不是一去不复返,而是飞回来了。中国的经济社会的发展走向了"新常态"。单纯的发展主义过时了,"五位一体"的思路提出来了。在这种大环境下,美学迎来了又一春。它必将在接下来的盛夏繁花似锦,在秋天结出丰硕的果实。

去年,习近平总书记在文艺工作座谈会上的讲话多次提到美学和审美,提出要传承和弘扬中华美学精神,要运用历史的、人民的、艺术的和美学的观点评判和鉴定作品,要彰显信仰之美、崇高之美。这是中国美学发展的一个重要契机,中国美学家们要乘东风,把这个学科发展起来,把这个学科的研究搞上去。具体说来,可做以下几点:

第一,走出思辨美学,走出分析美学,跟上世界潮流。一方面,以"拿来主义"的态度吸收外来文化的影响;另一方面,使中国的美学走出去,与世界交流。

第二,美学是一门受民族和文化制约,受生活实践和艺术实践制约,有着自身的文化传承,又随着时代的发展而与时俱进的学问。要在与国际对话的过程中,发展中国美学。

第三,更重要的是,使美学与生活和艺术结合,研究发生在我们周围的实际,使美学成为一门活的学问。

2010年8月在北京召开了第18届世界美学大会。当时,面对着近千人参加的美学盛况,我对来采访的记者说,中国的美学家们,不能继续像"白头宫女""闲坐说玄宗"那样,追忆过去的盛世,津津乐道20世纪80年代的"美学热",要依靠我们这一代人的努力,创造美学的新辉煌。当然,说说豪言壮语容易,更重要的是需要实实在在地去做。中国是一个美学大国,从事美学研究的人很多,现在要做到的,是从大国变成强国。中国有这么多的美学人口,要充分发挥人口红利,做成一些大事。

华语语系文学:花果飘零　灵根自植

王德威

在20世纪文学发展史上,"中国"作为一个地理空间的坐标、一个政治的实体、一个文学想象的界域,曾经带来许多论述、辩证和启发。到了21世纪,面对新的历史情境,探讨当代中国文学的时候,对眼前的"中国"又要做出什么样的诠释?而这些诠释又如何和变动中的阅读和创作经验产生对话关系?

当我们从事当代文学研究时,首先想到的研究对象可能是像莫言、苏童、余华、王安忆这些小说家,顾城、海子、翟永明、西川这些诗人。但过去60年来除了中国内地以外,也有许多文学创作热切地进行着,包括中国香港、台湾地区以及马来西亚华人的社群,还有欧美的离散作家群等。这些不同地域的中文创作蓬勃发展,以往都被称为"华侨文学""海外华人文学"或者是"世界华人文学"等。

21世纪,这样的分野是否仍然有效呢?当我们谈论广义的中国文学时,要如何对待这些文学生产的现象和它们的成果呢?无可讳言,从民族主义、移民历史的角度来看,这样的定义其来有自。但是作为文学研究者,在严肃地思考文学和地理的关系时,我们是不是能够善用观察和反思能力,诉求一个不同的命题:"文学地理是否永远必须依附在政治的或历史的地理的麾下,形成对等或对应的关系"?这是文学"地理学"的第一层意义。

作为文学从业者,我们必须善用处理文本时的虚构能量。这虚构的能量并不是无的放矢,也不是天马行空的胡思乱想,而是激发我们面对生存境遇时的对话方法。在这个意义上,现实政治历史不及之处,我们是不是可以利用文学这一虚构的媒介,展现对于过去和未来的批判或憧憬?当一种以虚构为基准的文学空间介入实际历史情境里,必然会产生碰撞,产生以虚击实或以虚寄实的对话关系。这是文学"地理学"的第二层意义。

国家文学是西方19世纪以来随着国族主义兴起所形成的文学表征。国家文学与国族地理之间的对等几乎成为约定俗成的现象。这一现象在最近的几十年开始有了松动,文学研究者重新思考国家和文学之间对等关系的必然性和必要性。尤其是中国内地之外的华语世界文学也有精彩纷呈的表现,这些以中文写作的文学作品,我们到底是把它们当作中国文学的一部分,还是华侨文学、世界华文文学,抑或是更伟大的"天下"文学的一部分呢?近年有什么样的新的论述方法和命名方式,可以用来作为文学研究者介入这一问题的身份、立场,或者策略?

"华语语系文学"(Sinophone Literature)研究在近十年异军突起,华语语系文学的重点是从"文"逐渐过渡到语言,期望以语言——华语——作为最大公约数,作为广义中国与中国境外文学研究、辩论的平台。Sinophone 意思是"华夏的声音"。简单地说,不管我们在哪儿讲中文,不管讲的是什么样的中文,都涵盖在此。但 Sinophone 向内、向外所衍生出来的辩证,还有与其他语系文学研究的对话,其实充满了政治、历史和各种各样文学理念之间的紧张性。

Sinophone 的兴起,是相对以下的几种有关(殖民属性)文学或是文化的专有名词。像英语语系文学(Anglophone Literature),意味在某一历史阶段,曾经有使用英语的政治势力侵入世界另外一个地点,并在当地遂行以英语为主导的语言、教育、文化、行政势力。年久日深,英语成为公用的沟通工具,一方面压抑、剥夺了在地语言文化的原生性,一方面却也正因为在地的影响,英语也变得驳杂而"不纯正"起来。如此形成的交杂现象,从发音、文法、修辞到广义的话语运作、文化生产,都可得见。

以此类推,像法语语系文学或者像巴西的葡萄牙语系文学、拉丁美洲的西班牙语系文学等现象都是从 18、19 世纪以来,扩张主义——帝国的、经济的或殖民的——所造成的文化后果。这些文学形式虽然使用宗主国所强加的语言,但毕竟离开那个所谓"祖国"的母体——英国、法国、西班牙或葡萄牙——已远,再加上时间、风土杂糅,形成了复杂的、在地的语言表征。

这一方面提醒了我们在地文学和宗主国之间的语言/权力关系,但是另一方面也让我们正视在地的文化从事者因地制宜,对宗主国的语言文化做出另类衍生、解释、发明,于是有了斑驳混杂的语言结果:杂糅、戏仿,甚至是颠覆的创作。殖民者的话语当然占了上风,但也必须付出代价;被殖民者颠覆权威话语的力量永远蓄势待发。

华语语系文学是不是必须从后殖民主义角度理解呢?这个问题似是而非。我以为即使是在有限的殖民或是半殖民的情况下,海外华语文学的出现,与其说是宗主国强大势力的介入,不如说是在地居民有意无意地赓续了华族文化传承的观念,延伸以华语文学符号进行创作的形式。

比如 20 世纪 40 年代的上海,就算沦陷于日本,也很难想象有日语语系文学的产生;相对地,张爱玲还有其他作家的活动正是在这期间风行一时。在东北被占领,成立傀儡政权的那十几年,大宗的文学生产仍然是以中文为主。台湾的例子比较不同,因为殖民时间长达 50 年,30 年代日本官方传媒笼罩岛上是不争之实。但台湾仍有相当一部分文人以中文/汉语形式——如汉诗,白话中文、闽南、客家方言艺文——来延续他们对于广义中国文化的传承,并借此反映他们的抗争心态。何况民间文化基本仍然保留相当深厚的中国传统因素。所以,华语语系文学可以从帝国批判或者是后殖民主义的角度来理解,但这样的理论框架却未必全然有效。

在华语语系观念兴起之前,已有不少学者开始思考海外的中国性问题。过去20年里,西方(尤其是华裔)学者对于"什么是中国""什么是中国文明""什么是中国文学"有许多不同声音。杜维明教授提出了"文化中国"的观念:不论中国历史本身如何曲折,作为文化薪传者,我们必须维持一种信念,那就是一种名叫"中国"的文化传统总是生生不息,为中华民族继往开来。这个文化的中国成为从海内到海外华人社会的一个最大公约数,推而广之,更涵盖所有心向中华文化的中国人、外国人。杜维明心目中的"文化"是以儒家道统为主轴的文化,而在每一个地区都有不同表述。"文化中国"所产生的向心力是杜维明想象一个认知、情感和生存共同体的立足点。

出生于印度尼西亚的王赓武,随双亲移居马来西亚,之后到中国上大学,再回到马来西亚继续学业,并在英国获得博士学位后返回新加坡、马来西亚任教。如此的经历说明了一位海外华人问学和国族认同的曲折路径。对于王赓武而言,所谓的中国性必须是一种在地的、权宜的中国性。这个中国性也只有当你在某地落地生根之后,把个人所承载的各种"中国"文化信念付诸实践,与客观因素协商,才能展现出来。如此,王赓武强调的是在地的、实践的"一种"中国性的可能,而不再强求那个放诸四海的、宏大叙事的"文化中国"憧憬。

第三种立场可以李欧梵做代表。他在90年代提出"游走的中国性",认为作为20世纪末的中国人,哪怕是在天涯海角,只要觉得"我"是一个能够传承、辩证甚至发明"中国"理念的主体,哪怕多么洋化,也毕竟能把中国性显现出来。两个关键词"游走"和"中国性",点出中国性出于个人面对世界、与之相遇的对话关系,以及因此形成一种策略性的位置。对个别主体的建构与解构是李教授说法的一大特色,反映他个人早年对浪漫主义的信念,以及世纪末转向后现代主义的观点。

面对中国性的问题,王灵智强调双重统合结构,一方面关注离散境况里华人应该保有中国性,一方面又强烈地意识到华人必须融入新环境,并由此建立其(少数族裔)代表性。他竭力在华/美两种身份之间求得均衡,在多元族裔的美国性的前提下争取自己的中国性,又在华人移民社群里倡导认同美国性的必要。

以上四种立场,不论在边缘、在中央,实践的、想象的,政治的、文化的,都说明华语语系研究前有来者。再引用新儒学大师唐君毅先生的话,所谓"花果飘零,灵根自植",20世纪中国各种不同定义下的离散状况有了"花果飘零"的感慨;在海外的中国人千千万万,不论如何定义自己的身份,只要能"灵根自植",就对中国性做出新的定义和判断。当然,"灵根"如何"自植",日后就衍生出许多不同的诠释。

相对以上资深华裔学者的立场,也有一系列强而有力的批判声音。洪美恩(Ien Ang)出生在印度尼西亚的华裔和土著的混血家庭,在荷兰完成教育,在澳洲任教。他们基本遵从中国的礼俗文化,但是在生活习惯、语言表达还有认同心态上,已经似是而非。洪美恩也许看起来像是中国人,但其实不会说中文,基本上算是外国人。而在西方,她也总因为"类"中国背景被当作中国人的代表。这就引起了洪美恩两面不讨好的感叹和反思。她的研究努力强调华裔乃至"中国"的多元性。对她而言,中文已经不是那个根深蒂固的文化载体,而应该是多元华裔社会的一种沟通工具。

再看哈金。哈金是目前美国最受重视的华裔英语作家。他是个英语语系作者,但有鉴于他自觉的中国背景、小说选择的中国题材,还有行文若隐若现的"中国腔",我们是否也可以说,他也是个华语语系作家?虽然他以英文创作,但是"发声"的位置是中国的。如此,他赋予华语语系文学一个极有思辨意义的例子。

中国国内学者的反思中,葛兆光的《宅兹中国:重建有关"中国"的历史论述》值得推荐。"宅兹中国"是根据1963年陕西宝鸡所发掘的西周铜器上的铭文而来。"宅兹中国"在这里有两重指涉:一方面意味"宅"在家园里,有了安身立命的憧憬;但是另一方面,"中国"又必须放回到历史千丝万缕的语境里面,不断地被重新定位、审视。葛兆光认为"中国"作为一种文化的实存主体,它总是"宅"驻在那里,无法轻松地用解构的、后殖民的、帝国批判的方法把它全部瓦解掉。因为,只要回到了中国的文化历史脉络里,"中国"的观念总是以各种各样的方式不断回荡在不同时期的文化表征上。

目前有关华语语系文学的论述,首先应该介绍史书美的专著《视觉性与身份认同:跨太平洋华语语系表述·呈现》。该书是英语世界第一本以专著形式将华语语系形诸文字的著作。史书美提出几种理论介入的方法。其中,她认为作为华语语系的主体,无须永远沉浸在"花果飘零"情结里,而应该落地生根。她不谈离散,而谈"反离散"。换句话说,与其谈背井离乡、叶落归根,还不如寻求在所移居的地方重新开始、安身立命的可能。

耶鲁大学石静远(Jing Tsu)的《中国离散境遇里的声音和书写》关注海外华语语系社群身份认同问题。她指出在中国境内和境外的华语社会的文化差异因为时间的流变而日益明显,但她有意探索的是,在什么立场上仍然有形成语言共同体的可能。

我们也应当留意从马来西亚到中国台湾的黄锦树。这些年他在马来西亚的华文社群中引起了相当大的批评回响。他对海外华语文学发展的看法的确引人深思。他认为马华文学既然是马华社群在地创造的华文的成果,必须诚实面对自身的多重身份和发声位置。马华文学必须面对与生俱来的驳杂性。这样的驳杂性当然是一种书写的限制,但也可能成为书写的解放。两者之间的交汇和交锋,形成马华文学的特征。

传统定义马华文学的来龙去脉，多半沿用五四论述，像郁达夫1938年远走马来西亚、印度尼西亚，或者是老舍到了新加坡写出《小坡的生日》，等等。这样的谱系不能够抛弃它对母体、母国的眷恋，甚至衍生无穷的"想象的乡愁"。这"乡愁"号称正本清源，却又漂泊难以定位。黄锦树认为马华文学的中文已经离散了、"解放"了，其实就必须迎向各种不同试验的可能。相对前辈作家所信仰的（中国的）现实主义，他选择的试验方式是现代主义。黄锦树的观点颇有爱深责切的意味，但他过于强势的立场让许多前辈难以消受，也不让人意外。

面对以上各种论述，我以为史书美提出华语语系多重论述，首开华语语系研究新局，必须给予最大肯定。而我们也可以思考不同的研究策略，史书美所持的后殖民主义理论框架，仍有辩论的余地。而且，史书美对"海外"和"中国"所做的区分显得过于僵化，今天中国与海外华语世界的互动极其频繁，更何况历史的演进千回百转，我们不能忽略这些年中国以及境外所产生的各种各样的语境变化。我们必须正视汉语以内众声喧哗的现象。换句话说，我希望把史书美对华语语系的思考层面扩大，带回到"中文"的语境之内。也就是说，我们应该把华语语系的问题意识置入广大的中文/汉语语境里面。用文学的例子来说，我们看苏童的作品觉得有苏州特色，王安忆的作品则似乎投射了上海语境。每一个地区作家的作品，就算使用的是"普通话"，其实都有地域色彩、文化诉求，更遑论个人风格。当我们正视这样的汉语地域南腔北调的时候，就会了解语言合纵连横的离心和向心力量从来如此，以及蕴含其中的多音复义的现象。语言的配套、制约、流通，千百年来从未停歇。

2016年

文艺批评的标准、导向与实践
何建明

文艺批评应有马克思主义文艺批评中的怀疑与批判精神。马克思主义文艺批评，其精髓就是具有批判意识。批判意识，也是马克思主义之所以能蓬勃发展到今天的重要原因所在。对于我们在马克思主义理论指导下从事文艺批评的工作者来说，缺少了文艺批判的精神，就像习总书记所说的，都是表扬甚至庸俗吹捧、阿谀奉承，那样的话文艺批评也就丧失了它的价值。现在太多的文艺批评都在说好话、唱赞歌，已经严重违背了实事求是的基本原则。不少人为了利益拿了红包，有碍于人情关系，对作品给予过高评价，求得皆大欢喜。批评多了，怕作者有看法，大家都不敢批评，只是泛泛赞扬一番，久而久之，成了风气，蔓延开来，很不好。如果文艺批评不但没有发挥出它的褒优贬劣、激浊扬清的功能，反而助长各种不良风气，在大是大非问题上不敢表明立场，不说真话、讲道理，褒贬甄别功能弱化，就会制约文艺创作健康发展。

如何保持文艺批评的批判精神？批评精神弱化，源于文艺批评家在商业化语境下缺失了对艺术标准的维护和坚持，没有正确的文艺批评标准，就很难有批判精神。在商业社会里，有人把文艺作品完全等同于普通的商品，只用商业标准而摒弃艺术标准来评判作品，这是标准的严重丧失。要想有批评，不能一味表扬，应如习总书记所说的，运用历史的、人民的、艺术的、美学的观点评判和鉴赏作品，说真话、讲道理，依文艺作品的质量和水准，而非依利益或人际关系，这才是真正的坚持标准。

文艺批评要有"批评"精神，也不能为了批评而批评，要合乎文艺发展的规律。在实事求是基础上对一部作品创作中有价值的努力与探索进行赞扬，表彰倡导长处，评论家无须刻意避开赞扬，否则，也会有损文艺批评的真正价值，这很考验评论家的功底和水平。如果因为"人情""面子""红包"等不得不说一些违心的话，阿谀奉承、庸俗吹捧，为一部平庸的作品"吆喝"，便是批评的病态。对一部作品，要本着引导文艺创作向健康、向上的方向发展的原则，对其进行实事求是又合理的评判，指出其不足，有利于创作的提高，但不能为了批评而批评，应该是健康的、阳光的，不能为了追求"效果"，哗众取宠，甚至恶语相向，否则，就违背了"批评"二字的内涵。要像鲁迅先生所说的那样,"批评必须坏处说坏,好处说好,才于作者有益"。

文艺批评的实践,应有文艺理论的支撑,符合民族审美标准。如果对一部作品进行单纯感受式的分析,而没有相应理论的支撑,那是不可取的。我们现在的很多文学评论,完全照搬西方的文学理论,以此来评判中国的文学作品的价值,作为衡量中国文学创作好坏的标准,这同样不可取。西方的文学理论可以提供一些新的文艺视角和方式,我们可以借鉴利用,但不能套用西方理论来剪裁中国人的审美。要以马克思主义文艺理论为指导,继承创新中国古代文艺批评理论优秀遗产,建立起符合本民族审美习惯和审美规律的标准,而不能一味对西方文艺理论生搬硬套。

文艺批评应与文艺创作相依相伴,形成良性互动。文艺批评,不仅仅是评论界的事,更直接关乎文学创作。文艺评论是文艺创作的一面镜子,离开了文艺创作,文艺评论就失去了"对象",需要与作家有良好的互动。在文艺界,之所以存在阿谀奉承、庸俗吹捧的现象,一部分原因还在于作家没有摆正心态,只喜欢鼓励和赞赏,喜欢肯定性的评价,不愿听具有建设性的批评意见,这在一定程度上造成了吹捧风气的盛行,也不是一个成熟作家应有的姿态。当然文艺评论家也不应有高高在上、掌握作品"生杀大权"的盛气凌人的姿态,应该与作家相伴,形成良性互动氛围,这才有利于文艺批评健康发展。而且,文艺批评要看对文艺创作的批评是否到位,是否有力,是否有效。为评论而评论,价值不能真正发挥出来。

文艺批评要重视研究作品和作家,应该指向具体作品和作家个体,做到"具体而微"。既要评文艺思潮、文艺现象,也要评文艺作品,思潮和现象是通过具体作品反映出来的,只有评价作品才能够贴得近、评得准。现在的评论太注重宏大主题和空泛的对象,不太注重具体的作品,看似侃侃而谈,实则华而不实。这也与批评精神的缺失有关,评论家出于利益或人情等目的,对作品内容不敢面对,避实击虚,缺少应有的责任担当。文艺批评既然和文艺创作是双向的互动关系,那么,这种互动应该更贴切地表现在文艺评论家与作家个体之间的关系上,评论家对一个作家的作品内容进行具体分析,提出自己的意见和看法,作家才能不断提高,有所收获,文艺批评和文艺创作才能互相切磋,共同进步。

文艺批评的坚守与创新

彭 程

当前新媒体的飞速发展,极大地改变了文艺作品的生产机制及传播方式,也深刻地影响着文艺批评的面貌、格局和发展前景。

从总体态势上看,当前文艺批评工作取得了不小的成绩,人才陆续涌现,队伍不断扩大,学术视野和思维空间持续拓展,文章和著作数量浩繁,这些都令人鼓舞。但同时,也存在着一些不容忽视的弊端,在以下两个方面表现得较为突出:批评精神的衰落;批评手段的缺乏活力。

当前某些评论文章价值坐标模糊,审美标准含混,独立品格缺失,或唯市场马首是瞻,或沦为人情评论,对作品一味地说好,对其不足或者没有能力辨识,或者轻描淡写隔靴搔痒,而一些所谓的"酷评"则又走向了另一个极端,通篇尽是情绪化的宣泄,语不惊人死不休,语言暴力倾向明显。二者表面看来大相径庭,但同样是背离了冷静分析、公正评判的理性精神。更有一些评论文章无视学术研究所应当遵循的规范和严整,立论轻率随意,论据选取上唯我所适罔顾其他,动辄运用市场化、游戏化的语言方式,刻意营造炫目的效果。以上种种,固然有可能一时赢得读者,但却是对批评精神的损害、批评规范的扭曲,是一种自毁行为。不自重的后果便是最终失去别人的尊重。另一方面,虽然一些评论文章有志于坚持文艺批评的学术尊严和专业标准,但却往往陷溺于本身的话语系统内,结构呆板滞重,学术话语堆砌过多,晦涩生僻,难以卒读,无法走向范围广大的读者。毕竟,文艺批评不是冷僻的学术研究,它具有引导创作、引导阅读的功能,当其丧失了这种引领作用,只能在极为狭小的圈子里传播和交流,在三两同行之间互相唱和时,尽管本身可能颇为精致,但在这个海量信息纷至沓来、注意力成为稀缺资源的时代,在信息的有效性而非信息本身更值得看重时,其存在的价值也就不得不大打折扣了。

为了改变当下文艺批评面临的这种左支右绌的局面,恢复其本来的尊严,并获得健康发展的动力,文艺批评工作应该调整自己的姿态。这种调整应该是坚守前提之下的创新,是坚守和创新的统一。

文艺批评担负着对文艺创作进行解析、评判和引导的职责,担负着引领读者的审美精神走向的职责,应该充分发挥文艺守护者的作用,坚持文艺批评的公正原则,坚持伦理和审美标准。在对作品进行价值评定时,不可含糊,不可丧失基本的标准和尺度,不能向权力、市场和人情低头。这一点应该是坚守勿失的。这是文艺批评的灵魂之所在,是其存在的根本依据,是其尊严之所系,也是其得以发展的动力。这是"道"的层面。

但同时,文艺批评可以并且应该适当寻求表达形式、传播方式上的变革和创新。这点姑且称之为"术"的层面。首先,在文艺批评的文本形式上,在不牺牲对理念、观点的表达的准确性、科学性的前提下,不妨尽力淡化高头讲章的色彩,力求生动晓畅,使之更具有对普通读者的亲和力、贴近感,以追求传播效果的最大化、最佳化。读别林斯基的评论,我们丝毫感觉不到阅读的障碍,其真知灼见是通过激情洋溢、生动活泼、鲜明形象的语言而得到表达,进而感染和启发读者的。固然,伴随着学术研究分工的深入化和精细化,建立起了一套相应的表达方式、话语系统,但它们没有理由成为表达的障碍。问题往往不是出现在专业术语的运用上,作为对具体范畴的概括和描述,晦涩难懂并非是它们的本质规定性。问题是不少评论家不善于将评论文章写得好看,不懂得如何才能获得清新生动的语言、疾徐有致的节奏、轻重匀称的结构。其次,可以借助当前行之有效的大众传播方式,让文艺批评走近公众,如请评论家在电视和网络上评点文艺作品或文艺现象。这样做,固然会因为视觉传媒方式本身的局限性,产生诸如信息耗损、理念简单化、阐释表层化等弊端,但倘若能够使公众对文艺批评产生兴趣,并因此而去进一步了解作为一门科学的、真正意义上的文艺批评的面貌和本质,从而能在公众和文艺批评之间,起到一种桥梁和中介作用,那么,付出这种代价也是必要的。

重建文艺批评标准的美学传统基础

王一川

当前从事文艺批评需用什么样的标准？应当看到,继有过关于文艺批评的"政治标准与艺术标准""思想标准与艺术标准""美学的和历史的原则"等诸多论述之后,有关文艺批评标准的最新表述是"运用历史的、人民的、艺术的、美学的观点评判和鉴赏作品"。我在这里想探讨的是,在运用文艺批评标准去评判和鉴赏具体的文艺作品时,有一点需要考虑,这就是中国公众、艺术家及批评家总是自觉或不自觉地习惯于运用自身的本土美学传统尺度,也就是把自己的喜好投寄给那些令他们感觉有兴味蕴藉的文艺作品。如此,发掘和重建文艺批评标准的中国本土美学传统基础,就是需要做的工作了。

探寻文艺批评标准的美学传统基础

关于文艺批评标准的美学传统基础,不少论者都有过探讨。我倾向于找到这样一系列关联性概念、命题或范畴,它们既来自源远流长的本土文化及艺术传统,又能在当代世界多元艺术竞争格局中有效地传承、复活或再现中国艺术的本土特性。对此,我想指出其中之一就是"兴味蕴藉"一词,当然还应有其他若干概念、命题或范畴。兴味蕴藉是由古典的"感兴""兴感""兴会""诗兴"或"兴象"等相互关联的词语丛所生发出来的概念。兴味和蕴藉两个词语,本来古已有之,它们在这里被组合起来成为一个词语,正可以表示中国人对文艺作品的兴味及其蕴藉性具有非同寻常的特殊喜好和追求习惯。由于注重感物类兴或感兴,从魏晋时代起至今,中国艺术批评就形成了一种独特的艺术批评体制及其价值尺度,这就是:凡是优秀文艺作品总具有令人兴起或感兴的意味,并且这种兴味可以绵延不绝或品味不尽。这样,兴味蕴藉,也称余兴蕴藉、余意蕴藉或余意不尽等,是指文艺作品所蕴蓄的感兴意义会对公众产生超出一般时间长度和意义繁复度的深厚意味。

注重兴味蕴藉,就需要在下面几个方面下功夫。第一是身心勃兴,是指文艺作品应能让受众在身体感觉和心灵陶冶两方面都产生兴奋和愉快。这意味着优秀文艺作品总会让人们在身体和心灵两方面都处在不同于日常生活状态的特殊的兴起或兴奋状态中,获得超常的身心愉悦。第二是含蓄有味,是说文艺作品的兴味不必过于直露或直接,而应当含蓄或蕴藉,而这正是衡量文艺作品的艺术成就的重要尺度。第三,与含蓄有味相连,余兴深长是指文艺作品应当在时间上和味道上都拥有让观众延后一段时间持久感发和反复品评的特殊的兴味。这几方面之间其实并无精准界限而是相互融合和贯通一气的,分拆开来只为论述兴味蕴藉之特质之便。

兴味蕴藉品质的当代意义

兴味蕴藉作为中国文艺作品的本土美学传统基础的独特性,只要同欧洲文艺作品的隐喻特征相比较,就显得更加鲜明了。欧洲或西方文艺传统的独特性之一在于崇尚隐喻的作用,其实质在以甲暗示乙,相比而言,中国文艺传统则擅长于推举兴味蕴藉或感兴的作用,其特质就在于"联类""类同"或"类比"性思维原则的运用。也就是说,与西方更突出隐喻的作用不同,中国人并非不主张隐喻,而是相比而言更强调感物类兴,兴而生辞,兴辞成文,也就是突出兴或感兴的作用,进而必然把兴味蕴藉视为自身的本土品质的标志。

假如兴味蕴藉作为中国文艺作品的本土美学传统基础,确实在当代具有一种世界性意义或普遍价值的话,那么,它就应当在无论面对哪种艺术类型作品时都具有批评的有效性;同时,它也应当在面对无论古代还是现当代中国文艺作品时都能充当一把有效的美学阐释标尺,甚至可以引导文艺家或观众去创作或鉴赏优秀的中国文艺作品。可以具体地说,按照这把本土美学传统标尺,优秀的中国文艺作品无论何种艺术类型,也无论古今,都应当总是具备身心勃兴、含蓄有味和余兴深长等兴味蕴藉品质。

从兴味蕴藉看当前文艺现象

如今,特别是在"平面化""浅薄化"或"非深度化"已然成为当前艺术创作的浩荡激流的情形下,在当代中国艺术批评或文艺评论的价值尺度中重建兴味蕴藉这一本土美学品质尺度,自然就有其具体针对性和现实意义。

重建文艺批评标准的兴味蕴藉传统基础,有助于对当前中国文艺创作中存在的两种极端现象做出一种评判和选择。这两种极端现象,一种是脱雅而随俗的作品,颇有普通公众人缘但却受到文化界质疑甚至狂贬;另一种是入雅而脱俗的作品,远离普通公众趣味而仅仅投缘于少数文化人(其中也有分歧)。以电影为例,前者的代表有《捉妖记》《港囧》《夏洛特烦恼》等,后者的代表有《钢的琴》《一九四二》《心迷宫》等。对待这种现象,文艺批评界也可以有而且确实已经出现了两种不同的选择:一种是对脱雅而随俗的作品持认可态度,认为它们贴近当代公众的生活诉求和审美趣味,"接地气",具有时代气息,满足了普通群众的审美需求,甚至在中国艺术与好莱坞之间的影院肉搏战中承担了文化抵抗的主力军的重任,从而即使有诸多不足也应予以宽容;另一种是对当今艺术时尚潮及其浅薄持强烈的反感或拒斥态度,认为它们患有"文化幼稚病",令人反感到只能拒绝去影院或拒绝观看电视剧的地步,不如深深地缅怀往昔高雅文艺作品所唤起的美感及深度思考。无论选择上述两种极端态度之哪一种,都可以激发起足以令人满足的共鸣声浪。

对文艺批评界来说,上面两种选择固然各有其合理性,但与之不同的第三条道路也可以探索,这就是重新伸张中国文艺作品的本土美学品质即兴味蕴藉。去年的电影界除了上述两种极端现象外,还存在第三种现象,这就是雅俗兼容的影片,例如《老炮儿》《战狼》《滚蛋吧!肿瘤君》《师父》《烈日灼心》《解救吾先生》和《破风》等。它们既有那些脱雅而随俗的影片所具有的某些时尚元素,更在其中包含了一些深度不同的价值蕴藉,因而就体现了兴味蕴藉的美学传统品质。《滚蛋吧!肿瘤君》叙述一则发自主人公熊顿的年轻生命本真处的悲喜剧体验,自有一般虚构作品所难以比拟的兴味蕴藉魅力,尽管它的叙述方式伴随动漫、嬉闹等诸多时尚元素。《烈日灼心》叙述三个结拜兄弟潜隐在城市不同角落而协力抚养一个孤女的故事。开出租车的杨自道总是乐于助人,但从不接受记者采访;协警辛小丰能力突出,有过除暴安良的义举,却居然没想过晋升;渔排工陈比觉更是满足于整天照料孤儿的生活。当警察伊谷春及其妹妹伊谷夏碰巧介入时,三兄弟看似平静的日常生活骤然荡起波澜,随即发生了一连串令人无法预料的变化,直到牵扯出一桩曾轰动一时的命案,导致他们的命运被改变。这三个有过恶行或罪行的青年的自我赎罪过程,牵动和拷问着公众的心灵。无论是脱雅而随俗的作品还是入雅而脱俗的作品,最好都应致力于兴味蕴藉品质的营造,这应当是文艺批评标准得以落到实处的本土美学传统沃土。

现实主义精神助推文艺高峰

丁振海

习近平同志在文艺工作座谈会上的重要讲话(以下简称《讲话》)发表以后,文艺界讨论最热烈、最集中的话题就是如何使当代文艺创作由"高原"走向"高峰"。当然,这是一项系统工程,需要做出多方面的努力,但对作家、艺术家来说,弘扬现实主义精神,促进文艺创作沿着"广阔的道路"(秦兆阳语)前进,显然是一个极其重要的方面。

准确理解现实主义本质

现实主义,通常有以下几种理解。从创作精神上加以理解,指的是文艺与现实生活的审美关系,即如毛泽东同志所说:"作为观念形态的文艺作品,都是一定的社会生活在人类头脑中的反映的产物。"从这层意义上理解文艺与现实生活的关系,即现实主义精神,一切文艺作品都概莫能外。习近平同志在《讲话》中倡导"现实主义精神",并深刻指出:"文艺创作方法有一百条、一千条,但最根本、最关键、最牢靠的办法是扎根人民、扎根生活",也是从文艺与生活的关系来论述现实主义的精神实质的。

习近平同志在《讲话》中还指出"文艺创作是观念和手段的结合"。对现实主义创作来说,其"观念"所指正是文艺创作与现实生活的关系,其"手段"则是现实主义特有的创作方法与手法。众所周知,现实主义创作方法的一般特征可以表述为"对现实关系的真实描写""除细节的真实外,还要真实地再现典型环境中的典型人物",要按照生活本身的逻辑、采用生活本身的样式反映生活,等等。

对于社会主义文艺所采用的社会主义现实主义来说,则还有更高的要求,即:"从现实的革命发展中真实地、历史地和具体地去描写现实。同时,艺术描写的真实性和历史具体性必须与用社会主义精神从思想上改造和教育劳动人民的任务结合起来。"这里最本质的要求和最大的亮点就是"从现实的革命发展中"描写现实,并体现出社会主义精神。这是社会主义文艺之前的现实主义作家所不可能达到的。《在延安文艺座谈会上的讲话》中,毛泽东同志明确提出"我们是主张社会主义的现实主义的"。这和他 16 年后提倡的"革命的现实主义和革命的浪漫主义相结合",其精神实质是一致的。

对于现实主义还可以从创作潮流上加以理解。几千年来的中外文学史证明,现实主义始终是文学创作的主潮。中国明清之际以《水浒传》《三国演义》《红楼梦》为代表的古代现实主义,与欧洲 19 世纪的一大批批判现实主义巨著,双峰并峙,是社会主文艺之前的文学最高成就,至今依然闪烁着耀眼的光辉,具有不朽的艺术生命力。习近平同志在《讲话》中提及的古今中外名著中,现实主义作品占了大部分。

现实主义创作生命力强大

现实主义的创作潮流一直奔腾向前,但它的发展之路并不平坦。20世纪五六十年代,社会主义现实主义在苏联受到摧毁性打击。当新中国的历史进入20世纪80年代前半期,人们对新中国"十七年文学"和"文革"期间的文艺创作进行了总结和反思,这无疑是非常重要的。但是,有些论者却把对现实主义"定于一尊"的教条式、简单化的理解,归咎于现实主义理论和创作本身,再加上"八五"新潮中西方现代主义、后现代主义的创作观念和方法的纷至沓来和猛烈冲击,现实主义"过时论"的悲观论调一时甚嚣尘上。

然而,经过若干年的沉淀之后,创作于20世纪80年代上半期文学新潮汹涌中路遥的《平凡的世界》却逆袭成功。这部堪称范例的现实主义作品在备受冷落之后,被公认为新时期文学艺术最耀眼、最成功的成就,由同名小说改编的电视剧至今仍广受欢迎。近年来,有些论者也对自己当年对这部小说的"看走眼"进行了回顾与反思。不少当年热衷于"新潮"的作家也重新回归到了现实主义创作的门下。这的确是当代文学史上一个值得认真总结和郑重思考的文学课题。它充分说明了真正的现实主义作品的强大生命力。

王蒙八九十年代对"意识流""荒诞派""黑色幽默"等现代派理念与技巧进行了许多"先锋试验",但最有影响、最为广大读者认同的仍然是他创作于20世纪五六十年代的《组织部新来的年轻人》《青春万岁》,以及反映新疆伊犁地区少数民族生活的长篇小说《这边风景》。后者创作于"文革"期间,去年刚刚获得茅盾文学奖,被戏称为"出土文物"。这几部小说都是典型的现实主义作品。雷达在评论《这边风景》时说:"若从创作方法的角度看,又可发现,坚持现实主义精神是它葆有新鲜感的一个原因。现实主义的要义是忠于生活,是追求生活的真实性与深刻性。"这是颇有见地的。

当然,我们在强调现实主义创作的生命力及其取得的成就的同时,也必须指出,从文艺创作的具体方法、手段来说,各种创作方法、手法应该是百花齐放、异彩纷呈的,确实不能"定于一尊"。对于现实主义创作来说,它完全可以对各种创作方法加以批判地吸收,以丰富和充实现实主义的艺术宝库。

当前创作存在三个瓶颈

基于我们对于现实主义创作理论与实践的了解,以此观察当下的文艺现象,我认为至少存在三个方面的不足,或者说存在三个束缚文艺攀登高峰的瓶颈。

一是生活不足。习近平同志在与艺术家的交谈中,问到当前文艺最突出的问题是什么,大家不约而同地说了两个字:浮躁。这真是一语中的。所谓"浮躁",说穿了就是没有"扎根人民、扎根生活",缺少现实主义的创作精神。这样一来,文艺创作就成了无源之水、无本之木,哪有出精品、攀高峰可言?

习近平同志在《讲话》中特别号召,要以现实主义大作家柳青为榜样。当年柳青定居在陕西皇甫村,蹲点14年,集中精力创作《创业史》。正因为他对陕西关中农民生活有深入地了解,所以笔下人物才那样栩栩如生。柳青熟知乡亲们的喜怒哀乐,中央刚出台一项涉及农村农民的政策,他就能立即判断出农民群众是高兴还是不高兴。试问,我们的当代作家有多少能够像柳青这样,长期在农村"蹲点""定居",与农民群众同甘苦共命运?而在当年,像柳青这样的作家却比比皆是,如赵树理、马烽、周立波、杜鹏程、王汶石等诸多文学前辈。

由于缺少生活体验,有些作家就只好胡编乱造,做无米之炊,也有的人到故纸堆中讨生活,美其名曰创作历史题材,但恰恰又缺乏足够的历史准备,终究使作品左支右绌。还有的不顾自身的"资质",打起改编名著的主意,但结果却是志大才疏,把经典名著搞得面目全非。也有的作家似乎关注现实生活,却不去人民生活的深厚源泉中发现美、创造美,而是急功近利,一味地追求票房和销量,投一部分人所好,进行"配方"式生产,也就是习近平同志指出的"机械化生产"和"快餐式消费"。

二是"精神"不足。习近平同志指出:"应该用现实主义精神和浪漫主义情怀观照现实生活,用光明驱散黑暗,用美善战胜丑恶,让人们看到美好、看到希望、看到梦想就在前方。"文学史证明,不仅浪漫主义强调理想,真正的现实主义文学也必然渗透和闪烁着理想之光。现实主义之所以高于自然主义,《红楼梦》之所以高于《金瓶梅》,就在于曹雪芹善于"从生活的散文中提炼出诗来",有着进步的启蒙思想和高洁的审美追求。

当下有些作品缺乏的正是信仰之美、崇高之美,缺乏"从现实的革命发展中"洞察历史大趋势,表达人民的美好愿望与热烈追求的能力。习近平同志在《讲话》中尖锐指出:"调侃崇高""是非不分,善恶不辨,以丑为美""把作品当作追逐利益的'摇钱树',当作感官刺激的'摇头丸'",如此触目惊心的不良现象,就是因为有些文艺工作者缺乏高尚的道德情操和审美理想所致。

缺乏"精神"和"情怀"还表现为不具备理论高度和辩证思维,缺少思想的穿透力和艺术的概括力。有些作家也写现实生活,但不辨现象和本质、不分主流和支流,只见树木不见森林,过度渲染阴暗面。他们有时也写底层民众,但往往是抱着搜奇猎艳或悲天悯人的贵族心态去俯视"芸芸众生",而不是把人民群众当成社会前进的动力和历史的创造者,去努力塑造社会主义新人的形象。这样的作品,必然与现实主义的要求渐行渐远,南其辕而北其辙。

三是功力不足。习近平同志指出,"文艺工作者要自觉坚守艺术理想,不断提高学养、涵养、修养,加强思想积累、知识储备、文化修养、艺术训练"。综观古今中外历史上的伟大作家,哪个不是德、才、识兼备?曹雪芹和鲁迅,是人们最熟悉、最具说服力的例子。我们的不少作家作品不仅缺乏思想高度、生活积淀和必需的学养,甚至知识性、常识性的错误俯拾皆是。为文不讲语法,又输文采,这又何以攀登文艺高峰?

习近平同志在《讲话》中特意引用了恩格斯在论述欧洲文艺复兴运动时的一段话:这"是一个需要巨人而且产生了巨人——在思维能力、热情和性格方面,在多才多艺和学识渊博方面的巨人的时代"。这是希望在实现中华民族伟大复兴的过程中我们也能产生这样的文化巨人。

毫无疑问,伟大的时代理应有这样的文化巨人与之相匹配。但是,仅就我们的现当代文化艺术来说,继鲁迅之后,历史新时期的文化巨人又何时才能出现?

回望百年新文化运动

王雪瑛

百年前的中国正处于"千年未有之大变局"之中,陈独秀、李大钊、蔡元培、胡适、鲁迅、钱玄同、刘半农等以《新青年》为思想库,开始了他们伟大的人生实践,引发了那场改变中国文化基本走向的"新文化运动"。百年后的今天,我们凝神回眸《新青年》,仍能感受到他们生命的温度、思想的力度,他们塑造青年、改造国民、影响社会之时不我待的进步理念和责任意识,我们真切地感受到那场"文化革命"所散发的思想热能。今天我们要重新回溯他们的心路历程,体会和思索他们的选择与理念,从中汲取思想资源和精神资源。

《新青年》的根本立意没有偏离过"立人"的主题,是要塑造新的"青年"。陈独秀写作了与杂志同名的《新青年》,与李大钊的《青春》表达了同样"青年强则中国强"的理念。陈独秀在文中要求自命"新青年"者要与"旧青年"诀别,而李大钊的《青春》则号召"新青年"以"今日青春之我"去"扑杀昨日青春之我"。在陈独秀、李大钊等人那里,"青春""青年"是社会进步的中坚力量,他们推崇进化论的理路,他们期待以青春鲜活的生命开创未来,他们相信进步将更替保守,光明会战胜黑暗,历史、现实、未来是一条向着曙光的延长线。

李大钊在《东西文明根本之异点》中说,"东洋文明与西洋文明,实为世界进步之两大机轴,正如车之两轮、鸟之双翼,缺一不可"。表明了他们对不同学说、不同文化持开放的立场,努力打破传统社会"独尊儒学"的一元独尊,引导中国文化从一元走向多元的文化生态。百家争鸣、多元并存是"新青年派"的导师们共同的理想和追求。正是他们共同拥有的多元并存的开放心态,"科学"与"民主"的核心理念,塑造新青年的基本诉求,凝聚成一种富有生命力的文化合力,积极地推动了新文化运动的全面展开。

史学家郑大华认为,新文化运动中的进步观念,有渐进论与激进论,改良论与革命论两种类型。运动初期,陈独秀、胡适都从进化论出发,批评旧道德、旧文学,但从胡适的《文学改良刍议》和陈独秀的《文学革命论》的标题就可见"改良"与"革命"的不同。胡适受导师杜威实验主义的影响,他明确主张渐进论,他在《新思潮的意义》中指出"进化不是一晚上笼统进化的","再造文明的进行,是这个那个问题的解决,不要自以为能找到包治百病的'根本解决'"。

陈独秀、李大钊等人以唯物史观来分析历史变革,李大钊在《再论问题与主义》中强调应该承认"遇着时机,因着情形,或须取一个根本解决的办法","经济问题的解决是根本解决"。李大钊还以《唯物史观在现代史学上的价值》,对进化史观与唯物史观进行了比较,他指出"以历史进展的动因为准则,唯物史观更胜一筹,因为它把历史进化的动因归于'物质',归于'社会的生产方式'"(《新青年》8卷4号)。

鲁迅先生目光犀利地"睁了眼看",反对瞒和骗,他敢于"直面惨淡的人生,正视淋漓的鲜血",他"的的确确时时刻刻解剖别人,然而更多的是无情地解剖自己",他"抉心自食,欲知本味",他提出,中国人"一要生存,二要温饱,三要发展"。他又说,无论社会结构如何变,最重要的还是"改革国民性"。他的《拿来主义》,比喻生动,化繁为简,结论有力。鲁迅以千字文辨析了新文化运动中的重大问题:东方与西方、继承与革新、传统与现代的问题,人和文艺如何获得生命力的问题。

胡适是另一位《新青年》的主要作者,他的为人与为文与鲁迅全然不同。他在鲁迅之外树立了另一种坐标。胡适在《新思潮的意义》一文中,将五四的根本精神归结为一种"新态度",他把这种新态度称作"评判的态度","评判的态度,简单说来,只是凡事要重新分别一个好与不好"。他还说,"做学问要在没有疑处有疑,做人要在有疑处不疑"。

胡适一生坚持自由主义,他以一种理性的目光审视着动荡的社会,以从容的态度批评着那个时代。他喜欢研究问题,先假设一个观念,然后再求证。而陈独秀的思想理路与他不同,是先设定一个目标,为之不懈奋斗。他们因为理念和主义的不同而分道扬镳。

胡适与李大钊思想上也没有共同之处,胡适的名篇《多研究些问题,少谈些主义》就是与李大钊论争的,但胡适敬重李大钊的人格,与他保持了多年的友谊。胡适不仅学术视野十分开阔,他为人处世的宽广和豁达,他对同道友人的宽厚和热诚更显现着新文化运动中知识分子的人格魅力。

鲁迅、胡适、李大钊、陈独秀,他们个性不同,政见不同,主张不近,文风不近,但他们都有兼容并蓄的胸怀,他们都致力于建立多元并存的思想生态,他们不仅以著书立说影响着世道人心,更以自己的现实人生践行着新文化运动的理念,他们发动、推动、建构着新文化运动的发生、发展和深入;新文化运动也影响着他们的人生之旅、胸襟气度、思想理念,塑造着他们的生命情怀、人格品质,焕发出他们身上现代文化人的人格魅力:独立之精神、自由之思想。

我们今天仍处于中国现代化进程的延长线上,我们要探索民族未来的道路,依然面临着这些问题的挑战,我们站在新的时代峰峦上依然要重新审视、探究百年前的命题,传统与现代、民族与个人、全球化与本土、继承与创新、资本与市场、大众与精英、学术与政治、大众传媒与意识形态。我们回望历史,在理解中认识价值,在分析中取用资源,我们在应对新的社会文化实践的挑战中,进行着与新文化运动理论内涵与思想价值的对话,我们汲取中华文化的丰富养料,完成对传统文化的创造性转换与创新性发展。

我们只有在进行当下中国的文化社会实践的过程中,才能深入认识他们曾经面临和思考过的问题,才能深入认识新文化运动的积极意义和正面价值。在此实践和探讨的过程中,他们发动的新文化运动不再是与我们的人生无关的历史事件,而是和我们的生命和思想息息相关的真实经验,他们的人生实践会成为我们人生实践和选择的真实参照,他们的思想探索,才会成为塑造我们心灵空间的坚实材料,建立我们精神谱系的重要资源。只有心灵的对话、精神的相通,我们才能开始接受和继承新文化运动的精神遗产。

当代诗歌四十年

李少君

艾略特在《传统与个人才能》中强调艺术家要有"历史意识",他认为,伟大的艺术一旦出现,整个艺术秩序和艺术史也会发生变化,此前的艺术和艺术家的重要性本身也会随之被重新认识,并重新排序。其实,诗歌也可以做这样的理解。21世纪诗歌已十九年了,几乎每一个写诗的人都预感到一个大的诗歌时代即将来临,因此迫切需要重新认识我们的诗歌传统,以便更好、更深入地认识和理解当下诗歌的真实状况及其历史地位。

在新诗即将迎来百年诞辰之际,把当代诗歌放到一个相对长时段的诗歌史背景下来认识和理解,也许有助于一些重要问题的厘清。这里我想重点梳理一下当代诗歌四十年。当代诗歌四十年,主要指自朦胧诗发生影响以来的四十年,中间还包括台湾现代诗,当然也是从它对大陆诗歌产生影响被大陆诗歌普遍接受开始算起的。

我大致把这四十年分为三个阶段,并预测即将出现的一个新的诗歌阶段。

一、朦胧诗时期,也就是主要对外学习的阶段,翻译诗在这一阶段盛行。

首先应该肯定的是,朦胧诗是"文革"后期出现的一种诗歌新潮,追求个性,寻找自我,呼唤人性的回归和真善美,具有强烈的启蒙精神、批判思想和时代意识,是一种新的诗歌表达方式和美学追求。朦胧诗在两个方面区别于此前的浪漫主义革命抒情诗歌:一是其批判性,对虚假空洞的旧意识形态的否定和批判;二是对人性之美的回归、对日常生活之美的回归。舒婷比较典型,她呼唤真正的深刻平等的爱情、友情,比如《致橡树》等诗。朦胧诗的新的美学追求,也得到了部分评论家的肯定,为其确定追求人性人情的准则,从而为其提供合法性、正当性证明。

但追根溯源,朦胧诗与翻译诗有着密切关系。诗歌界曾有一个相当广泛的共识,即没有翻译就没有新诗,没有灰皮书就没有朦胧诗。已有人考证胡适的第一首白话诗其实是翻译诗。而被公认为朦胧诗起源的灰皮书,是指20世纪六七十年代只有高干、高知可以阅读的所谓"供内部参考批判"的西方图书,其中一部分是西方现代派小说和诗歌。早期的朦胧诗人们正是通过各种途径接触到这些作品,得到启蒙和启迪,从此开始他们的现代诗歌探索之路,"今天派"的诗人们都有这样的经历。而这一时期,翻译家们也备受推崇,被誉为文化英雄,王小波甚至称"最好的文体都是翻译家创造出来的,优秀的翻译家都是文体大师",他谈到自己的写作传承时认为翻译家们所翻译的作品"比中国近代一切著作家对我帮助的总和还要大"。有意思的是,马原等也有类似看法,认为翻译家们创造了另外一种文学史。

70年代后期改革开放之后,西方诗歌从古典主义、浪漫主义到现代主义被一股脑翻译过来,从普希金、拜伦、雪莱、泰戈尔、惠特曼、波德莱尔、艾米莉·狄金森、艾略特、奥登、普拉斯、阿赫玛托娃到布罗茨基、米沃什、史蒂文森等等,中国诗坛可谓被彻底"洗脑",以至于一个本以翻译著名的诗人穆旦(本名查良铮)被捧到新诗第一人的位置,可见当时风气之一斑。穆旦本身被认为"非中国性"的代表,这也反映出当时诗歌界现代性的焦虑。当时的《今天》副主编芒克对朦胧诗人多多的评价是说他"写得很洋气,比外国诗还像外国诗",这样的评价后面的意味耐人寻味。说一个中国诗人写的诗比外国诗更像外国诗,在当时却是一个相当高的评价。多多至今被认为是朦胧诗人中诗艺最佳、技巧最好的诗人。

朦胧诗本身的命名也非常有意思,"朦胧"一词来自章明的批评文章《令人气闷的"朦胧"》,认为一些青年诗人的诗写得晦涩、不顺畅,情绪灰色,让人看不懂,显得"朦胧"。这一看法,可以从两个方面来分析:一是朦胧诗由于要表达一种新的时代情绪和精神,老一辈可能觉得不好理解,故产生隔膜,看不懂;二则可能因为这种探索是新的,这种新的时代的表达方式是此前所未有的,因而必然是不成熟的,再加上要表达新的感受经验,中国传统中缺乏同类资源,只好从翻译诗中去寻找资源,而翻译诗本身因为转化、误读等等,就存在不通畅的问题,在这样的情况影响下的诗歌,自然也就有不畅达的问题,故而扭曲变异,所以"朦胧",让人一时难以理解接受。

总之,朦胧诗无论其起源与后来的发展,都与西方现代诗或者准确地说是翻译诗有着密切联系,它是中国诗歌现代性的一个新开始,也是新的时代背景下诗人个体精神追求和现代美学追求的一个开端。朦胧诗试图表达新的时代精神,创造新的现代语言,但因受制于时代与翻译体影响,再加上表达受时代限制导致的曲折艰涩,诗艺上还有所欠缺,未能产生更大影响,后来进入欧美后也受到一些质疑,比如其对所谓"世界文学"的有意识的模仿和追求,及其诗歌表达方式和技巧的简单化。

二、文学寻根时期,也是对内寻找传统的阶段,后来更在"国学热"、文化保守主义潮流中日趋加速,朦胧诗和第三代诗人中已有部分诗人开始具有自觉地将传统进行现代性转换的创造意识,但这一阶段的一个重要现象是台湾现代诗对大陆开始产生影响,而且正是中国气质和精神,在年轻诗人中激起新的波澜,并产生了相当大的社会影响。

文学寻根成为思潮来自小说界,韩少功发表《文化的根》,莫言、贾平凹、阿城等相继推出《红高粱》、"商州系列"和《棋王》等小说。但其实在此前后,杨炼等就有《诺日朗》等民族史诗的探索。穆旦的同龄人卞之琳走的也是不同于穆旦"非中国性"的追求,卞之琳试图融合古今,有意将晚唐诗意与现代结合,创造出独特的个人风格,开辟了另外一个方向,其诗歌生命力和影响力也明显更加持久。

文学寻根思潮的产生,可能受到两股西方思潮的影响。一是拉美的魔幻现实主义,这股思潮也是"寻根"面目出身,寻找拉丁美洲大陆的独特性和精神气质。代表性作家马尔克斯的《百年孤独》在文学界人手一册。二是欧美本身的反现代化潮流,表现为所谓反现代性的审美现代性,比如在艺术界以凡·高、高更为代表的反现代文明、追求原始野性的潮流,在二战后盛行一时。这一潮流,在理论上有尼采的"超人哲学"、海德格尔的"反技术理性"、丹尼尔·贝尔的反现代性的审美现代性等作为支持。此外,90年代以后,大陆文化保守主义思潮兴起,国学热盛行,陈寅恪、王国维等成为新的时代偶像。

而在诗歌界,与这一潮流气质吻合的,正好是已经过第一阶段向外学习,开始转向自身传统寻找资源的台湾现代主义,而且台湾现代诗人们恰恰刚刚创作出具有一定示范性的代表性作品,比如余光中的《乡愁》、郑愁予的《错误》、洛夫的《金龙禅寺》等。台湾现代主义早期也是以西化为旗帜的,三大刊物《现代诗》《创世纪》《蓝星》等,明确强调要注重"横的移植而非纵的继承",主张完全抛弃传统。但有意思的是,台湾现代诗人们越往"西"走,内心越返回传统。他们最终恰恰以回归传统的诗作著名,而且也正是这批诗作,使他们被大陆诗歌界和读者们广泛接受。

在这方面,余光中特别有代表性。在台湾早期的诗歌论战和20世纪70年代中期的乡土文学论战中,余光中主张西化,无视读者和脱离现实的倾向,恰如他自己所述,"少年时代,笔尖所染,不是希顿克灵的余波,便是泰晤士的河水。所酿也无非1842年的葡萄酒"。但后来经过不断摸索,开始转向,礼赞"中国,最美最母亲的国度",宣称"蓝墨水的上游是汨罗江""要做屈原和李白的传人""我的血系中有一条黄河的支流"。他所创作的《乡愁》,正是从中国人心灵深处最柔软的部分入手,打动千千万万的华人。尤其在一个全球化时代,人们的乡愁更加强烈,几乎哪里有华人,哪里就有《乡愁》的传诵声,《乡愁》的影响力遍及世界各地。洛夫早期追求超现实主义,如今强调"天涯美学",将超现实主义手法和中国禅意相结合,创作出一些脍炙人口的诗歌。

台湾现代主义诗歌对整个当代诗歌四十年的影响力,有时会被有意无意忽视,但我们不能不承认,在第二阶段,台湾现代诗取得的辉煌的成就,足以和朦胧诗抗衡。

当然,在这一阶段,大陆一些年轻诗人也写出了许多优秀的作品,比如柏桦的《在清朝》、张枣的《镜中》等等,更年轻的诗人则有陈先发、胡弦等等,其作品意义还有待进一步挖掘。

三、21世纪诗歌开初时期,也就是我称之为诗歌的"草根性"的时期,这是向下挖掘的阶段,也是接地气和将诗歌基础夯实的阶段。这一阶段出现了网络诗歌,引发口语化趋势,同时,地方性诗歌的兴起、底层草根诗歌崛起和女性诗歌的扩张,也是此一阶段的重要现象。应该说,我们目前还处于这一阶段。当然,这一阶段的一些诗歌现象不是凭空产生的,而是与前两个阶段有一定联系和继承的。

先说诗歌的"草根性"。我写过一篇文章《天赋诗权,草根发声》,大意是每个人都有写诗的权利,但能否写出诗歌和得到传播还需要一些外在条件,比如要有一定文化水准,也就是说得先接受教育,现在正好是一个教育比较普及的时代。然后,写出来能得到传播,网络正好提供了一个新的传播渠道和平台,博客、微博、微信这样的自媒体对诗歌传播更是推波助澜,这些外在条件具备了,诗歌的民主化进程也就开始了。新的创作机制、传播机制、评判机制、选择机制与传播依赖纸刊、编辑的机制相比,发生了变化。诗歌进入一个相对大众化、社会化也是民主化的时代。当然,一个人是否能成为好诗人还有天赋等问题,诗有别才,但大的趋势基本如此。所以,我将"草根性"定义为一种自由、自发、自然并最终走向自觉的诗歌创作状态。

网络加速了诗歌"草根性"的发展。网络的出现,意味着教育成本和传播成本的降低,这对诗歌无疑有着重要的积极促进作用。而此前盘峰论争,精英内部意识到民间的重要性,由此分裂为所谓"知识分子写作"和"民间写作":前者强调关注现实,主张"叙事",如西川、欧阳江河、臧棣、肖开愚等;后者直接从"口语"吸取资源,开始"口语化进程",如于坚、伊沙、张执浩、沈浩波等,一度在网络初期占据优势。再加上全球化背景,中西文化与诗歌大融合,进入一个全新的时期,尤其适合诗歌的交流与创造。所以,草根性时代是一个自下而上的诗歌时代。当代诗歌由20世纪80年代自上而下的启蒙,经过不断普及、深入底层,开始转化为自下而上的创造。朦胧诗时期如果说主要只是启蒙,21世纪初才是真正的诗歌创造时期。

这个时代的一个标志就是底层草根诗人的崛起,被称为"草根诗人"的有杨键、江非等最早引起注意,而打工诗人郑小琼、谢湘南、许立志等也被归于这一现象,2014年底,余秀华的出现,使"草根诗人"成为一个具有广泛社会影响力的现象,达到一个高潮。

另一个标志是地方性诗歌的兴盛,中国历史上就有地方文化现象,古代有"北质而南文"的说法,江南文化、楚文化、齐鲁文化、巴蜀文化等使得中国文化呈现活力和多样性。当代地方性诗歌也进入相互竞争、相互吸收、相互融合的阶段。雷平阳、潘维、古马、阿信等被誉为代表性诗人。而少数民族诗人的兴起也可以归入这一现象,如吉狄马加等,为当代诗歌注入新的诗歌因素,并成功进入主流文学。

一些年轻诗人推崇昌耀为"地方性诗歌先锋",其意义在于:他有着一种包容并蓄、吸纳万物的能力,将多民族地区的地域特色、对土地与自然的尊崇及少数民族中存在的神性,以及儒家知识分子的进取精神、西部开发中的革命浪漫主义色彩等融于一体,成功地完成了诗歌的现代性,因此被一些人誉为"地方性诗歌第一人"。

还有一个是女性诗歌的繁荣。这也与网络的出现有一定关系。"女性诗歌"一词,在80年代就出现了,用以指翟永明、唐亚平、海男、伊蕾等代表的一种潮流。但女性诗歌真正迅速扩张,还是在网络的BBS阶段,女性诗人开始活跃,"攻城略地"。女性诗歌成燎原之势,则是从博客开始。女诗人几乎人人开博客。博客有点像日记,又像私人档案馆,还像展览发布厅,自己可以做主,适合女性诗人。女诗人们纷纷将自己的照片、诗歌、心得感受、阅读笔记全部发布到博客,吸引读者。我曾称之为"新红颜写作"现象。其背后的原因可能是女性接受教育越来越普遍,知识文化程度提高,导致女诗人大规模涌现,超过历史任何一个时期,释放出空前创造力,并深刻改变当代诗歌的格局,引起广泛关注。而且,女性占人类一半,其创造性的释放,在某种意义上具有人类文明史的意义。

近两年来,在诗歌传播上,微信更起到了推波助澜的作用。微信的朋友圈分享,证明"诗可以群"。微信适合诗歌阅读和传播,快捷、容量小,日渐成为人们日常生活习惯。微信不受地域限制,汉语诗歌微信群遍布世界各地,人在海外,心在汉语。其后续影响值得关注。

最后,我预测即将出现一个新的阶段,我称之为一个向上超越的阶段。在这个阶段,向上,确立新的美学原则,创造新的美学形象,建立现代意义世界。这样的一个阶段,首先是一个融会贯通的时期。其次,应该是众多具有个人独特风格和审美追求的优秀诗人相继涌现。当然,最关键的,这一阶段还将有集大成的大诗人出现。我相信,在这个阶段,具有美学典范性的诗歌和诗人将出现,甚至已经出现但有待发掘,这一阶段,将确立真正的现代美学标准,呈现独特而又典范的现代美学形象,从而建构现代的意义世界,为当代人提供精神价值,安慰人心。

散文创作与批评是否"无法可依"?

王兆胜

我们通常用四分法来划分文学,即小说、诗歌、戏剧和散文。比较而言,其他文体都有自己的较为成熟的理论,而散文则缺乏理论,甚至多从小说、诗歌、戏剧中借鉴所谓的理论,于是其理论的困境是相当突出的,而理论的自主性缺乏就更加明显。我们认为,散文应确立自主性,建构属于自己的理论话语。

一是不应将"创新性"作为散文唯一、绝对的衡量标准,而要强调继承性,尤其是在继承与创新的辩证关系中,考量散文理论话语的建构。

近现代以来的中国文学理论一直强调创新性,有创新则活,无创新则死,这在散文理论上也有明显表现。如黄浩在《从中兴走向末路》一文中,直言没有"创新"的散文必然走向末路和死亡。其实,从"创新性"角度衡量散文只是一个维度,没有"创新"也未必不是优秀散文,如中国历代写父母之爱的优秀作品,其创新性并不突出,但它们都非常感人。又如朱自清、俞平伯的同名散文《桨声灯影里的秦淮河》,如按创新性理论进行判断,它们一定无多少价值,因为二者的重复性极高,基本可看成复制品。然而,若以自主性角度摆脱"唯创新性理论话语是从"的局限,也就容易获得超越性,其价值就有了新解:创新性散文不一定好,守成的散文未必就差,关键是它能否以真诚动人,能否在情感和审美上激起读者共鸣。

其实,"变"与"不变"是一个辩证关系。钱穆曾在《晚学盲言》中说过:"一阴一阳之变是常,无穷绵延则是道。有变有消失,有常而继存。继承即是善,故宇宙大自然皆一善。"如果没有"常"作为基础,"变"就会走向消亡。近现代以来,中国文化与文学的"变数"太多,而"守常"甚至"守旧"不足。因此,真正有真知灼见的人并不多,而能坚守己见者更少。用这一角度反思近现代以来的中国文学和文化发展,求"变"的创新成为唯一有价值的维度,而不变之"守常"就在被否定之列。这必然导致许多美好内容的丧失,包括我们的价值观和审美趣味。因此,散文要想获得理论的自主性,必须突破"创新"的单一向度,进入"继承"与"创新"的辩证理解中。

二是要跳出"跨文体"散文写作的羁绊,确立散文的体性及自主性,避免其异化状态。

近现代以来,我们习惯于用西方的"散文"概念进行阐释,甚至用它简单地取舍中国古代的"文章",其实"散文"与"文章"的区别很大。"散文"是一个现代学科概念,是与诗歌、小说等比较而言的;"文章"是一个包罗万象的"大散文"概念,是除了韵文以外的文学总称。当然,还有另一种相反的情况,即用中国传统的"文章"来破解当下的"散文"文体,否定"美文"和"纯艺术散文"的价值,甚至简单批评西方散文,那也是不可取的。

还有,用"散文诗"覆盖"诗的散文",将西方"随笔"与中国古代"笔记"、小品文相混淆,都是缺乏自主性的表现。如一般人都熟悉"散文诗",但对于"诗的散文"比较陌生。其实二者是有区别的:"散文诗"的中心词是"诗","诗的散文"中心词是"散文"。"诗的散文"尽管有"诗味儿",但比"散文诗"的诗意淡得多,也比"诗"更加"无韵而冗长",最重要的是它"不分行"。因此,将鲁迅的《野草》称为"散文诗",是值得商讨的,因为其中的不少作品是不分行的,是"散文"的形式,而不是"诗"的形式。所以,鲁迅《野草》中像《雪》这样的篇章就不是"散文诗",而是"诗的散文"。

如果要确立中国散文理论话语的自主性,一个很重要的方面是,要摆脱中西传统的束缚,并对二者进行比较、融通、再造,从而建立起具有当下性的新的散文理论话语。以"跨文体"散文写作为例,现在不少作家追求以诗的笔法、小说的虚构,甚至用电影蒙太奇的手法来写散文,一方面带来了散文创作的增殖,尤其是扩大了散文的视域和容量;但另一方面,却导致散文体性和自主性的异化甚至丧失。如杨朔当年就坦言自己是将"散文"当诗来写的,这个长期以来被作者引为自豪的"跨文体"写作,是被学界普遍赞同的。其实,从散文自主性角度观之,杨朔的写作方法在获得诗意的同时,也给散文带来一种做作之感。余光中更是如此,诗的大量掺入直接导致其散文的矫揉造作和滥情状态。余光中有篇散文叫《老的好漂亮》,其题目本身就不自然,他在文中写道:"津浦路伸三千里的铁臂欢迎我去北方,母亲伸两尺半的手臂挽住了我,她的独子。"如果这句话当诗读是可以的,但用在散文中就变味了,为什么呢? 太过夸张、别扭、不自然、欠平实。另一段这样写莲花:"莲是神的一千只臂,自池底的淤泥中升起,向我招手。一座莲池藏多少复瓣的谜? 风自南来,掀多少页古典主义? 莲在现代,莲在唐代,莲在江南,莲在大贝湖畔。莲在大贝湖等了我好几番夏天,还没有等老。"散文不能这么写,散文这么写就是"炫张",给人的感觉是感情虚假。因为它的"诗性"太多了。李白的"飞流直下三千尺",那是诗,若用在散文里就不自然。林语堂曾在《说本色之美》中表示:"文人稍有高见者,都看不起堆砌辞藻,都渐趋平淡,以平淡为文学最高境界;平淡而有奇思妙想足以运用之,便成天地间至文。"如果过分强调散文的"诗性",那就变味了,余光中的散文经常有这样的问题。还有不少人用小说的形式写散文,所以有虚假之感。因此,散文在追求"跨文体"写作时,一定要有敬畏心,既掌握好文体的边界,更要做到"适度"。

三是要突破长期以来流行的"散文形散、神不散"理论,也要突破当下风行的"散文形散、神也散"模式,而要进入"散文形不散、神不散、心散"的新的理论话语。

理解"散文"的关键在一个"散"字,但具体怎么个"散"法,却少有人进行深入研究,更难摆脱习惯和流行看法。可以说,如果解决不了散文的"散"字所含的深意,那就不可能真正走进散文文体,也不可能克服时下散文的流行病和幼稚病。当然,散文文体的自主性也就无从谈起。

鲁迅曾说过:"散文大可随便。"这是针对散文文体过于拘束,有时放不开而言的。然而,人们对于鲁迅这个"随便"的理解,往往是相当随便的,认为可以不要束缚,随意而为!尤其是对于"大可"二字,人们也加重了分量,认为散文就可以无拘无束地随便写开去。其实,这样的理解和认识显然是不正确的。

20世纪60年代,肖云儒提出"散文形散、神不散"的观念,于是成为影响深远的一种散文观念。其核心意思是,散文的形体完全可以放开,使其成"散漫"状态,但"精神"却不能"散",这就是所谓的"形散神聚"。这种散文观的最大优点是给散文之"形"注入自由,同时又保持了散文"神"之凝聚。但其最大问题是,散文"形"散而不受约束,从而导致散文之形"散"无所归依。

改革开放以来,尤其是进入20世纪90年代后,为散文"松绑"的呼声越来越高,到后来集中在为散文之"神"松绑。较为突出的是刘烨园提出的"散文不仅要形散,其神韵也可飘忽不定"。还有学者进而强调,散文最大的魅力就是它的"爱怎么写就怎么写""法无定法的自由上"。这是导致当下散文"形销骨立"和"失魂落魄"的重要理论依据。当"形""神"俱散后,今天的不少散文已变成"委地如泥"的"北京瘫"了:题目、结构、主旨、章法、语言等都可以没有提炼和提升,散文写作几近成为一种"扫垃圾"状态。

针对学界关于散文之过度解放,我在《"形不散——神不散——心散"——我的散文观及对当下散文的批评》中提出了"形不散、神不散、心散"的散文观。其核心论点是:无论是散文之"形"还是"神",都不能"散"。这颇似一个人,如无骨架和神韵,他就会变成"非人",至少是"脱形"和"失去风采"了。既然散文的"形""神"都不能"散",那么,散文之"散"应表现在哪里?我认为是"心散",即心灵的自由、散淡、自然、超然,一种超越世俗性的形而上理解。因此,散文之"散"应打破以往的观念,找回自己的主体性,将重心不是落在"形"与"神"上,而是放在"心灵"上。

以往对于散文之"散"的理解都有些偏向,也不得要领。这是因为,只有"形不散、神不散、心散"才不至于失去散文本性,才能真正获得散文理论话语的自主性,这包括处理好自由与限制、真实与虚构、中心与边缘等的辩证关系。

四是从"人的文学"模式中解放出来,进入体察"万物"尤其是关于"天地之道"的理解,这是散文获得自主性理论话语的关键。

应该承认,五四以来的中国新文学有一个很大的观念变化,那就是周作人提出的"人的文学",即由"非人的文学"转变为"人的文学"。但后来,这种"人的文学"越走越窄,甚至走向以"个性解放"消解"集体""群体"和"国家"的歧途。其实,文学表现的视野除了"人",还不能离开天地万物;在关注"人之道"时,不可忽略"天地大道"。如果说中国古代文学是以"天地之道"代替"人之道",那么,中国现代以来的新文学则因为过分强调"人之道",而忽略了"天地之道"。老子《道德经》有言:"天之道,损有余而补不足;人之道,损不足以奉有余。"天地之伟大就在于,它可用其"大道"修正狭隘的"人之道"。这也是为什么一阵风吹过之后,原来的坑凹会被填平;一个人年轻时可以 2.0 的视力为自豪,但人到中年后眼却比别人花得快。

具体表现在散文上,当下更多作家进入的是"人之道"的书写,而更为广大的"自然万物"和"天地之道"却被忽略了,散文理论研究也是如此。将"人是天地之主宰""人是万物的灵长"作为价值观进行写作和研究,势必带来散文理论话语的"窄化"与"异化"。就如鲁迅在《狗·猫·鼠》一文中所言:"其实人禽之辨,本不必这样严。在动物界,虽然并不如古人所幻想的那样舒适自由,可是噜苏做作的事总比人间少。……假使真有一位一视同仁的造物主,高高在上,那么,对人类的这些小聪明,也许倒以为多事,正如我们在万生园里,看见猴子翻筋斗,母象请安,虽然往往破颜一笑,但同时也觉得不舒服,甚至于感到悲哀,以为这些多余的聪明,倒不如没有的好罢。"鲁迅笔下的万物尤其是那两棵枣树,在现代性的"人的文学观"之下,往往会被过度阐释。其实,从物性与天地之道来看,可能更接近鲁迅的创作实际,因为鲁迅对于动植物并不都是遵循着"人之道"的理解。还有郁达夫散文《故都的秋》、关于闽地的游记,若从人的现代性来看,它们的确无甚可观,但从物性和天地之道来看,却写得非常好,是天地至文。正因为对于"人的文学观"的片面理解,今天的散文创作与散文理论才会失去自主性,进入一个被"人的文学"简单过滤的困境。如叶灵凤的香港风物描写、陈从周的园林小品文、周建人的科学小品,还有黄裳、唐弢的书话等,在"人的文学观"底下,往往都失去了重要价值。但在物性和天地之道中,它们却会别开生面。这就是"人之道"散文观的局限与困境。

理想的散文理论应将中国古代"物的文学"与中国现代"人的文学"辩证地统合起

来,即将"人之道"与"天地之道"进行融通,然后再造,从而使散文理论获得一种新的超越性。只有当散文理论话语由"人"而及"物",并发掘出天地自然中"人"与"物"的灵光,散文理论话语的自主性才能真正得以呈现。

2017 年

必须保卫历史
刘大先

文学书写之中,无论是历史主义还是功利主义,都游离在有效的历史书写之外,前者舍本逐末,后者泛滥无涯。因而我们必须保卫历史,保卫它的完整性、总体性和目的性,不要让它被历史主义所窄化,也不要被功利主义所虚化。

当面对现实问题寻找解决办法的时候,人们往往乞灵于过往,试图从中鉴往知今、返本开新。在中国这样一个有着悠久历史传承的国度,这是一条习见而自然的思路,内在于文化积淀和思维模式的底部。重述历史式的文艺作品成为晚近一些年文艺作品中的主潮,无疑也从属于这个脉络。在这个重写的过程中,过往的资源成为一个战场,对于传统的态度、历史的阐释、记忆的争夺一再凸显出人们对现实处境的认知、立场、情感倾向和价值判断。

热衷"去政治化"导向了历史的虚无主义

由于解构主义与新历史主义的影响,泥沙俱下的当下叙事中,对于一度简单化、刻板化的历史观的批判走向了矫枉过正,反倒倒向了背离其初心的反端。后来者在反思一体性意识形态的告别革命浪潮中,捡了芝麻丢了西瓜,在返回历史、重塑传统的过程中丢弃了辩证法和唯物史观,或者将其在相反的维度上极端化——美好的理念播下乐观的龙种,结果只收获了失望的跳蚤。

这种趋向在文艺创作领域,从 90 年代的日常生活审美到新世纪以来的市场与金钱拜物教,将个人主义和消费主义发展到了极致。在隐在的新自由主义和多元主义意识形态之中,文艺作品的个体表达、审美娱乐被片面强调,而认知判断、引领倡导、高台教化的功能则被嗤之以鼻,后者被视为政治对文艺的粗暴干涉。但是文艺在警惕政治介入的冲动时,遗忘了自己实际上被经济所干涉的实况,因而使得自己"去政治化"的意图显得无知与荒谬——因为它们不过是在另一种意义上的"政治化",这让热衷于历史反思与重写的作品构成了自身的矛盾——它们中的很多在一定程度上倒成了反历史的虚无主义。

让我们先来看看几种充斥在文坛、舞台、银幕、荧屏的与重述历史有关的突出现象。最为突出的无疑是甚嚣尘上的网络文艺，它们以穿越小说为底，辐射到电视剧、电影和手游等多媒体上，钩心斗角的权谋机略、尔虞我诈的宫闱秘事成为这类宫斗戏和阴谋剧的主流。即便某些时空架构非常庞大的故事中，因为让家国大义附着在个人情感与欲望，它所表现出来的磅礴也只是在虚妄时空中的夸张，而不是主体精神的崇高，甚至我们可以说它的历史精神是猥琐的。历史在其中成为上演各种自然人性、生存智慧与狭隘诉求的被动处所，而不是作为创造性主体奋斗与建设的主动进程。时间与人在宿命般的背景与构拟中失去了未来，只能返回到一己的恩怨情仇。

其次是抗日神剧。在这种奇观化的书写中，历史转为传奇，传奇又变身神话，英明神武的英雄在愚蠢迟钝的敌人面前以一当十。当残酷情境被戏谑化之后，失去了对于冷峻战争的敬畏，进而也失去了对于历史本身的敬畏。戏说、演义的传统在中国文学史上其来有自，作为正史补充的稗官小说，事实上起到了风化底层引车卖浆者的教育功能，是忠孝节义、礼义廉耻等基本民间伦理的来源。当礼教下延之后，它们当然会作为封闭而陈旧的价值体系的承载物而遭到来自精英阶层的抛弃。但如今的神剧式戏说，却全然没有了英雄传奇的模范企图，而诉诸视听感官的刺激和低劣趣味的发泄。历史在这里被空心化和符号化地诉诸于情绪消费，它唯一可以推波助澜的只是狭隘而盲目自大的民族主义，这也并非民族之福。

最后是严肃的历史文学和正剧中，对于王朝、事件与人物评价的"翻案风"。在新的价值体系中重估历史事件与人物，本来是历史书写中的题中应有之义，而"一切历史都是当代史"的意义也正是在于对既有历史书写的扬弃，以裨补阙漏、衡量论定，让历史的遗产成为活的因子，进入到当代文化与观念的建设当中。但是在涉及现代中国革命与革命英雄人物的形象塑造时，我们会发现一种逆反的处理方式正呈现出覆盖式的趋向，比如"民国范"的怀旧、乡绅阶级的温情缅怀、对已有定论的汉奸的"同情的理解"和洗地，而另一面则是让革命领袖走下神坛，给英雄模范"祛魅"，把平权革命解释为暴行。很多时候，这种书写的背后理念是人性论和生活史，突出历史的偶然性和宿命性，强调大时代对个体的挤压以及个人在时代洪流中的无可奈何。于是，存在的就是合理的，革命被矮化和简化为王朝更迭和权力斗争，历史中只有盲动的群氓，而没有自明的主体，绝大部分民众似乎都是被少数野心家的阴谋诡计裹挟着随波逐流。本来，瓦解一些意识形态幻象，恢复个人在历史中的生命体验，可以视为一种解放。然而当历史在"后革命氛围"中失去了乌托邦维度之后，精神迅速降解为欲望和本能，只有以邻为壑、卑劣无耻的宵小，没有舍生取义、舍己为人的伟人，这显然让历史卑琐化了。如果按照这种逻辑，历史的连续性被革命的断裂性所破坏，那就无法解释为什么中国革命能够推翻"三座大山",持续地进行新民主主义、社会主义和改革开放的革命,后者恰恰证明历史并非静止,中国社会是一直在自我纠错、自我更新的。

如上种种表现,对应着柏拉图所谓的欲望、情感与理性偏向,不免让我们回想起尼采关于"历史的用途与滥用"的论说。在他看来,历史对于生活着的人而言必不可少,它关联着人的行动与斗争、人的保守和虔敬、人的痛苦与被解救的欲望,从而相应地产生了纪念的、怀古的和批判的三种不同的情感态度。按照这种说法,马克思主义的历史观综合而又超越了三者,所谓"批判地继承"即可以归结为历史、唯物与辩证的立体结合。辩证唯物史观当中的历史,是既尊重历史,又有现实立场,并且旨归是在解释世界的基础上改造世界。我曾经在一篇文章中谈到"历史感"即"现实感",强调基于过往实际、当下处境和未来理想而书写历史。从理念上来说,这与中国悠久的历史书写传统也是相通的。"孔子作《春秋》,微言大义。言微,谓简略也,义大,藏褒贬也。"关于"义",王夫之《读通鉴论》讲到有"天下之大义"与"吾心之精义",在《四书训义》里解释说:"孔子曰:吾之于《春秋》,笔则笔,削则削。有大义焉,正人道之昭垂而定于一者也;有精义焉,严人道之存亡而辨于微者也。"这就是明确历史观与个人化书写之间的有机结合,从而使得中国的历史成为一种与文学相通的审美的历史、情感的历史与教化的历史,而不仅是科学的历史、理性的历史与纯学术的历史,前者体现了"六经皆史"的普遍价值、道德、伦理准则性质,后者则是现代学科意义上的某个具体分科门类。

中国传统的历史文学也一再体现了这种准则,比如传播久远、大众耳熟能详并且一再被重写的"赵氏孤儿"。《春秋左氏传》中记叙的成公四年、成公五年、成公八年里"本事"是由于赵氏孤儿的母亲赵庄姬与他的叔祖父通奸间接造成的赵氏灭门。但司马迁在《史记·赵世家》记载的时候,却隐匿了污秽的本事,而将罪魁祸首嫁接给权臣屠岸贾,突出的是程婴和公孙杵臼的救孤义举。纪君祥创作杂剧的时候则舍《左传》"本事",而采用了《史记》"故事"。千百年来人们记住的是经过史书和文学美化了的历史形象,而并没有谁会认为这种处理是反历史的。因为在司马迁和纪君祥那里,都意识到历史并非某种饾饤琐碎的"拆烂污",而是要贯通"大义",让读者感受到温情与节义的价值彰显。这是文学的德行,而不是现代历史科学的理性。即便是史学,"史家追叙真人实事,每遥体人情,悬想事势,设身局中,潜心腔内,忖之度之,以揣以摩,庶几入情入理。盖与小说、院本之臆造人物、虚构境地,不尽同而可相通。""相通"的史学与文学不仅是记言记事的笔法,更在于支撑着这种笔法的对于"历史性"的认识。

警惕历史主义的偏执

如同海德格尔所说:"历史性这个规定发生在人们称为历史的那个东西之前。"史观或者说人们意识到的历史性,使得历史不仅仅是一种知识,更是一种情感态度与道德追求。在前现代中国,史观被表述为"义",而"义"的内涵随着时代变迁而变迁,就今日而言,历史的"大义"无疑应该依托于经过马克思主义和中国革命实践洗礼的一系列价值体现:消除贫穷和等级,追求人民民主、平等和共同富裕。近代以来的历史哲学被分为本体论的(如黑格尔)、认识论的(如科林伍德、孔多塞)。20世纪以来经过"语言学转向",又出现了修辞论的(海登·怀特),经过福柯、德里达之后,历史更是被消解,而替换成"谱系"。而吸收马克思主义营养并结合中国实践所产生的历史观,在此类欧风美雨之中则被搁置了。历史决定论、线性发展观、矢量时间观在解构之后,造成了"历史的终结"论和价值观的淆乱。当代文艺中种种历史重述现象所体现出来的虚无主义必须放置在这个思想史的脉络之中才能得到有效的清理。

如果我们细析当代文艺作品中的虚无主义,会发现近代以来的历史哲学遗产挥发出的藕断丝连的影响。它表现为历史主义,即根植于19世纪兰克史学的价值中立式的"真实性"偏执。这种历史主义表现为"有一份材料说一分话"的工具理性思维,因为与有清一代的乾嘉汉学传统契合,而被现代中国知识分子奉为史学圭臬。"上穷碧落下黄泉,动手动脚找材料"、"层累"叠加的古史辨成为塑造当代历史观的主要资源,而另一类有着明确理想维度和未来愿景的历史观资源(阶级斗争、革命正义、消除等级与剥削的平等诉求、社会主义革命与共产主义未来的必然性)则因为激进乌托邦的失败而退隐,乃至遭到嘲笑。实证主义式的历史观作为基础性知识累积的手段,自然没有问题。问题在于这种思维推向极致,就会将手段当作目的,尤其在进入到文学领域后,很容易因为书写者亲历、经验和现场的"真实"感受而带来一种真实性的虚妄,误以为那就是历史。从逻辑上来说,现场感并不等于现实感,而个人真实也不能与历史真实画等号。历史主义的求真,如果失去了向善的道德维度,而只计较于"法利赛人的真实",而忘却历史的"大义",就会让历史书写变成一堆秘事杂辛、断烂朝报的堆积,就像法的条文规定如果不以正义为旨归,那么教条的律例很有可能成为恶的帮凶。

"修辞立其诚",这个主观性的"诚"至关重要,它就是要在客观性的"真"的基础上加上善的维度,保护它不至于沦落为冰冷的机械作业。不幸的是,当代文学书写中的很大一部分,可能正在走向这种历史主义式的工具化。其表现就是津津乐道于"细节",就像以赛亚·柏林在论说"现实感"时所强调的,作家的重要任务就是要潜入表层之下、穿透那黏稠的无知,达致"难以清晰表述的习惯、未经分析的假说和思维方式、半本能的反应、被极深地内化所以根本就没有被意识到的生活模式"。这固然是文学极其重要的一面,但是在工具性的思维当中,"细节"的现象学式呈现并不能自动生成对于"细节"的理解,更遑论历史感的生成。真实的细节与材料如果没有坚定的历史观支撑,不仅不会一叶而知秋,反而导向了个人主义的一叶障目不见泰山,这恰恰是现实感的丧失。最典型的莫过于在回溯当代革命史的叙事中,所呈现出来的"创伤叙事"和"伤痕即景",历史被呈现为一种无目的、动物本能般的布朗运动,书写者娇娇楚楚地喊疼、叽叽歪歪地冷嘲热讽、湿腻腻地浸泡在你侬我侬的汁液之中。在抛弃了记忆禁忌(无论任何时代、任何文化中这种禁忌都是必要的)的宣泄之中,读者在其中只能得到颓丧的熏染和仇恨的训练。

文学艺术应与历史共振

如果说历史主义来自于科学理性,那么另一种潜在话语——功利主义,则源于消费的理念。它基于实用的立场,将历史作为"任人打扮的小姑娘",在我们的时代就表现为消费历史。对比于借古讽今、古为今用的现实主义立场,这种功利主义的失误在于历史的"大义"消失了,只剩下"小利"。艰辛的血与火、激情昂扬的挣扎与奋斗、美好的未来想象都被轻飘飘地耸身一摇,像狗抖落毛皮上的水滴一样,将它们全部抛弃。这从那些最为风行的网络文学主题中就可以看出来,曾经在现代革命被打倒的帝王将相又回来了,并且以与绝对权力相匹配的绝对道德的面目出现,就像那些痴女和迷妹受虐狂似的拜倒在霸道总裁的脚下一样,此类文本将坐稳奴隶或者攫取权力奴役他人作为最终的目标。这不啻是一种历史的逆流,新文化运动以来辛辛苦苦一百年,一觉回到了前清朝。它们的历史观一反进化论的思维,回到了退化论。而修真玄幻类的小说则只有在历史架空的异质时空才会发生,同样是躲避现实,从历史中逃逸的意淫。在这个逃逸的过程中,就像盗墓贼(另一个极其醒目的网络文学主题)一样,窃取历史的遗产并且将它们作为休闲装饰物和消费品以自肥。

历史在消费逻辑中不仅不是一笔丰厚的遗产,反而是一种沉重的负担,是一项召唤我们去偿还的债务。但是哪怕历史的幽灵始终徘徊不去,消费社会和消费者也不想听从任何历史债务的召唤,它们只想逃债,用戏谑的方式扮演遗忘的弱智儿,或者榨取历史中可以提炼出使用价值的内容,并将之生产为衍生最大化的文化商品,投放于市场。其必然结果是迎合低劣趣味,直奔本能的下流,而文学作为人类的精神产品就堕落为"自然存在物"的无节制娱乐,而不是"为自身而存在着"的"类存在物"(马克思《经济学哲学手稿》)为了"追求着自己目的的人的活动"(马克思、恩格斯《神圣家族》)。这样的文学其实是历史的蜉蝣生物,根本无法触及历史的渊深内面。更为严重的后果是重新造就了原子化和游戏化的个人:一方面无可无不可的虚拟人格随物赋形,因为缺乏坚定自主的价值执守而发生人格漂移;另一方面,将个人与社会隔离开来,没有意识到个人的社会关系联结,则是对于国家与民族的遗忘。这样的个人不会有任何操守，什么事情都干得出来。

恩格斯在《费尔巴哈与德国古典哲学的终结》中说："人们通过每一个人追求他自己的、自觉期望的目的而创造自己的历史，却不管这种历史的结局如何，而这许多按不同方向活动的愿望及其对外部世界的各种各样影响所产生的结果，就是历史。"文学艺术就是包含在历史中的"不同方向活动"之一，它是一种与历史共振的能动性活动，而不仅仅是"再现""表现""象征"或者"寓言"，更不是戏说、大话和流言蜚语。文学艺术通过叙事加入到历史与现实的行动之中，"历史"总是被当下所讲述，而这个"当下讲述"本身构成了历史实践的组成部分，它们共存于时空之中——历史似乎已经远去，但文学艺术对于历史的一次次重新讲述，却可以参与到历史进程之中。

历史的进程固然有着回流与曲折，对于历史的认知也存在着各种话语的竞争。在某种意义上，诗比历史更真实。文学书写之中，无论是历史主义还是功利主义，都游离在有效的历史书写之外，前者舍本逐末，后者泛滥无涯。因而我们必须保卫历史，保卫它的完整性、总体性和目的性，不要让它被历史主义所窄化，也不要被功利主义所虚化。重新恢复那种蕴含着情感、公正、乌托邦指向的"大义"历史观，文学艺术需要寻找到自己独特的叙述维度，创造出带有历史责任、社会担当、道德关怀、理想诉求的历史书写，进而复兴过往传统的伟大遗产，成就一个新的历史。

2018 年

香港文学研究:基本框架还需重新考虑
赵稀方

　　内地学界对于香港本地的香港文学研究情况,一直不甚了了。内地出版的一本"学术研究指南"《台湾香港文学研究述论》,在指导人们研究香港文学的时候,不无眼光地指出:"讲香港文学研究,应包括香港本土对它的研究。"强调香港文学研究应该包括香港本身,虽然是常识,然而是正确的看法。不过接下来,该书又言之凿凿地说:香港文学研究"始于 1979 年。在此之前,香港本土学人,注意它的甚少,当然谈不上研究"。也就是说,该书认为,香港文学研究是 1979 年从内地开始的。这种看法,在内地是有代表性的。其实香港本地的一些学者对此也未必清楚。1979 年创刊的《八方》,第一期就在讨论"香港有没有文学",这无疑支持了内地学者的上述看法。没有文学,何来研究?

　　事实上,早在 20 世纪 70 年代中期,香港文学研究就已经成为一门学科。几年前,我在港大孔安道图书馆,偶然发现一大本油印讲义资料,这才了解早在 70 年代中期港大就对香港文学有过详细的讲授。那是在 1975 年暑期,香港大学学生会和文社在港大开设了"香港四十年文学史学习班"。课程轮流讲授,并且编写讲义,剪贴报刊,举行师生座谈。第一讲由黄俊东主讲,题为"三四十年代香港文坛的回想",这一讲由西文和中文的香港史背景一直讲到三四十年代的香港文学,报刊方面涉及《生活日报》《大风》《大公报》《星岛日报》《华侨日报》《文艺阵地》《野草》乃至于沦陷时期由叶灵凤编辑的《新东亚》杂志等。第二讲由戴天主讲,题为"50 年代香港文艺的发展情况",介绍的报刊有《人人文学》《海澜》《文艺新潮》,还提到《文坛》《文学世界》《文艺新地》《蕉风》等。第三讲题为"60 年代文学发展之一",该讲主要介绍了左翼文学,介绍《文艺伴侣》《海光世纪》《海洋文艺》《文艺世纪》等报刊。第四讲题为"60 年代文学发展之二",讲者是蔡炎培、许定铭和吴萱仁,介绍了《新思潮》《好望角》《浅水湾》等新刊物,以及创建社和文社的活动。第五讲由罗卡主讲"《中国学生周报》的回顾"。第六讲题为"60 年代香港文坛概况的分析",主讲人是胡菊人,侧重讲了香港与台湾、与欧美及与内地的互动关系。第七讲题为"香港 70—75 年文坛概况",由也斯主讲,讨论介绍了《盘古》

《70年代月刊》《海洋文艺》《南北极》等刊物。这次系列讲座的主讲者都是知名作家、学者和编辑,由他们来梳理香港文学脉络无疑具有亲和感。当然,由于各讲分离,在系统性方面显得还不够,在史料上也有参差的地方。此次讲座的最大特点,是从报刊的线索介绍香港各阶段的文学,就对于报刊的掌握程度而言,它们可以说超过了内地迄今为止所有的香港文学史。

三个月以后,1975年10月,也斯在香港中文大学校外选修部又开设"二十年来香港文学"课程,"该课程评价香港二十年来的作家作品,由50年代的力匡、齐恒、余怀、马朗、刘以鬯、利瓦伊陵、杨际光、萧铜、何达……直至70年代的新作者,目的在整理、发掘及讨论香港本地的文学"。也斯是学者兼作家,对于香港文学有相当研究,相信此次讨论可以弥补港大"学习班"所缺乏的系统性。

如果再往前追溯的话,早在1955年,李文就在亚洲出版社出版了《当代中国自由文艺》,其中第二章系统论述了50年代的香港作家东方既白、赵滋蕃、易文、张爱玲、沙千梦、徐速、黄思聘、徐讦等人。1961年,罗香林在中国学社出版了《香港与中国文化之交流》一书,其中第六章题目为"中国文学在香港之演进及其影响"。不过,无论自由主义还是中国文化,其涉及对象主要都是南来香港的内地作家。

香港文学的主体,是伴随着香港本土年轻一代的成长而出现的。1959年7月17—18日(365—366期)的《中国学生周报》就连载了两期署名"残樵"的文章《香港是文艺沙漠吗》。60年代中期以后,以吴平接替盛紫娟主持《中国学生周报》文艺版为标志,香港本地作家的创作开始繁盛。1971年11月5日,《中国学生周报》第1007期发表《甚么样的文化?》,全文刊载"崇基学院创校二十周年'香港文化座谈会'"的内容。1972年9月1日,《中国学生周报》举行"香港文学问题讨论"专栏,共计发表了8篇文章,作者包括洪清田、漫健骝、古苍梧、黄俊东和也斯等人。

在港大"香港四十年文学史学习班"和香港中文大学"二十年来香港文学"课程开设后,1976年1月23日,《大拇指》第14期刊出了一个香港文学研究专辑,专辑包括6篇评论香港文学的论文,其中包括:梁国颐的《从〈蚀〉看利瓦伊陵的小说技艺》、莫美芳的《寻觅与缅怀——谈新人小说中的三篇小说》、少如的《由绿骑士说起》、伟的《文学、历史》、卢尔德仪的《康同与吴汉魂——试谈王敬羲的一篇小说》、何福仁的《评介三首诗——梁秉钧的〈茶〉、李国威的〈昙花〉、康夫的〈爱情故事〉》。评论对象涉及利瓦伊陵、林琵琶、昆南、亦舒、绿骑士、刘以鬯、王敬羲、梁秉钧、李国威和康夫,论述的范围相当广泛。

1978年的素叶出版社和1980年的《素叶文学》,是香港文学的高峰。它既出版了多种香港文学经典作品,如西西的《我城》《哨鹿》《春望》、也斯的《剪纸》、马博良的《焚琴的浪子》、吴煦斌的小说集《牛》、戴天的《渡渡这种鸟》、古苍梧的诗集《铜莲》、钟玲玲的《我的灿烂》、何福仁的诗集《龙的访问》、淮远的散文集《鹦鹉千秋》、康夫的诗集《基督的颂歌》等,也出版了多种文学评论作品,如郑树森的《奥菲尔斯的变奏》《艺文缀语》、董桥的《在马克思的胡须中和胡须外》、何福仁与西西的对话集《时间的话题》等。《素叶文学》除发表作品外,也刊登香港文学评论。值得一提的是,也斯在《素叶文学》第5期上发表了《从缅怀的声音里逐渐响现了现代的声音——试谈马朗早期诗作》一文。文中,也斯经由阅读《文艺新潮》《好望角》等报刊,将马朗、利瓦伊陵、昆南、叶维廉、戴天、李英豪等五六十年代的作家与当下沟通起来。从这篇论文的精湛,大致可以推断也斯几年前开设的"二十年来香港文学"课程的水平。《素叶文学》第2期最后刊登了中大文社编的"主要文艺杂志年表初编",这个年表刊载了1938—1981年香港文学的期刊名称。尽管这个目录并不完整,特别是1949年前的刊物较少,然而它应该是最早的对于香港文艺杂志的目录整理,也是香港文学史奠定的标志。

中国内地对于香港文学的关注,最早在1979年,在时间上恰恰接续了香港文学的高峰。但出人意料的是,内地学界却错过了"素叶",而把关注点主要放在了香港左翼作家身上。

在评论方式上,内地的香港文学研究也是与香港左翼相配合的。1980年内地出版的第一本《香港小说选》,后记中有一段非常简要的评价,"这里收入了30位香港作家的48篇作品,通过对资本主义制度下的香港的形形色色的描写,反映了摩天高楼大厦背后广大劳动人民的辛酸和痛苦;同时,揭露和鞭笞了香港上层社会那些权贵们的虚伪和丑恶。这些作品题材新颖、情节生动,别开生面,独具一格,对资本主义的社会,具有一定的认识价值"。这一段思想和艺术点评,基本上代表了当时内地的香港文学研究模式。

卢玮銮认为,由于史料缺乏,香港文学暂时不宜写史,她甚至提出:"由于香港文学这门研究仍十分稚嫩,既无充足的第一手材料,甚至连一个较完整的年表或大事记都还没有,就急于编写《香港文学史》,是不负责任的态度。"内地第一部《香港文学史》是1990年出版的谢常青的《香港新文学简史》,该书只写到1949年,显然就是一部香港左翼文学史。其后又陆续出现了潘亚暾主编的《台港文学导论》(1990),潘亚暾、汪义生合著的《香港文学概论》(1993),王剑丛《香港文学史》(1995),刘登翰主编的《香港文学史》(1998),袁良骏《香港小说史》(1999)。这些文学史著作,应该说越来越完善,不过来自香港学者的从写作方法和史料角度的批评却至今不断。内地的香港文学研究,是与"九七"回归相配合的,因此香港文学史的撰写出版在"九七"前后达到高潮。其后随着香港回归,学界对香港文学兴趣逐渐下降,不但著作很少,研究论文的数量也年年下降。

《小说香港》一书面世于2003年,离香港回归已经过去6年,这个时候回顾香港文学史的研究,会更加清醒一些。笔者希望从理论与方法的角度,对历史书写本身进行思考和反省。内地的香港文学史撰写为什么会出现同一种模式?内地与香港对于香港文学史的叙述为何不同?香港本地人的叙述是否就能代表"历史真相"?英国殖民主义是否也是一种话语讲述?《小说香港》的上半部分为"历史想象",主要分析香港不同类型历史书写方式,观察香港的文化身份的流动。下半部分"本土经验",则希望摆脱批判现实主义的模式,思考作为一种新的主体的当代香港文学的发展动力,那就是20世纪六七十年代以来香港的城市化过程。如果说乡土文学、现代主义是对都市化的抵触,那么新派武侠小说、言情小说等通俗文学则本身就是商业化的产物,与中国现当代文学比较,都市性及其反省其实是香港文学的命脉所在。

1997年算得上是一个分水岭,此前的香港文学研究以内地为代表,而在其后,香港学界开始发力,这其中最具贡献的是郑树森、黄继持、卢玮銮主编的一系列"数据选""作品选"和"年表"。其中包括《早期香港新文学作品选》(1998),《早期香港新文学资料选》(1998),《国共内战时期香港文学资料选(1945~1949)》(1999),《国共内战时期香港本地与南来文人作品选(1945~1949)》(1999),《香港新文学年表(1950~1969)》(2000)等。卢玮銮等人还大量整理了香港文学报刊,促成了"香港文学数据库",使得大量的香港文学报刊原文及目录面世。这些基础工作,无疑是研究香港文学史的必要准备。近来引人瞩目的则是陈国球主编的12卷《香港文学大系》,这套"大系"的出现,标志着香港文学经典结构的建立。

《小说香港》完成后,有人劝我不必再研究香港文学了。我对香港文学却不能释怀,觉得现在正是研究香港文学的好时机。

让我高兴的是,香港学者的研究与我的研究出现了遥相呼应的情况。在《小说香港》中,我曾指出:已有的中国内地学者所撰写的"香港文学史",无一例外都是香港"新文学史",这些"香港文学史"沿用了中国现代文学史新旧文学对立的框架,却没有注意到香港的特殊性,"在内地,旧文化象征着千年来封建保守势力,而在香港它却是抗拒殖民文化教化的母土文化的象征,具有民族认同的积极作用。在内地,白话新文学是针对具有千年传统的强大的旧文学的革命,在香港旧文学的力量本来就微乎其微,何来革命?如果说,在内地文言白话之争乃新旧之争、进步与落后之争,那么同为中国文化的文言白话在香港乃是同盟的关系,这里的文化对立是英文与中文"。可惜,这种质疑一直并无反响。最近在《香港文学大系》中,我却看到了精彩的说法。陈国球在"大系·总序"中专辟一节,标题是:香港文学大系是"文学大系"而非"新文学大系"。他解释说:"'新文学'与'旧文学'之间,既有可能互相对抗,也有协成互补的机会……如果简单借用在中国内地也不无疑问的独尊'新文学'观点,就很难把'香港文学'的状况表达清楚。"负责编辑"大系·旧体文学卷"的学者程中山断言:从1843年至1949年,中国传统文学是"百年香港文学的主流",已有的香港文学史仅仅书写新文学,是荒谬的,"近三十多年来,香港文学主流研究者,对百年香港旧体文学大多视而不见,或更排斥、诋毁,制造一部部以偏概全的《香港文学史》,至为可惜"。

在研究方向上,我与卢玮銮、陈国球等人的看法也相近,即不着急撰写香港文学史,而首先应该加强对于一手报刊史料的研究。作为一门学科的香港文学史的建立,当然应该从报刊入手。可惜的是,内地学者一直没有这样的条件,而香港学者从事香港文学研究的也不多,重视报刊整理的学者更少。近年以来,我主要从事香港报刊文学史的研究,一旦实际进入一手报刊,我立刻发现文学史种种说法都变得似是而非起来。下面仅以香港早期文学的问题略加举例说明。

在1995年第1期《今天》的"香港文化专辑"上,刘以鬯先生发表了《香港文学的起点》一文,提出香港文学的起点应该追溯到1874年《循环日报》的创建。这一说法的根据,来自于忻平的《王韬评传》中的一段有关王韬在创建《循环日报》时增设副刊的话。我找到忻平的《王韬评传》,发现忻平本人并未见过《循环日报》,他的有关说法,引自于戈公振的《中国报业史》。再查阅戈公振的《中国报业史》,找到所引段落,才发现出了问题。

戈公振的原文是:"光绪三十年,增加篇幅,分为庄谐二部,附以歌谣曲本,字句加圈点,阅者一目了然。"忻平居然漏掉了"光绪三十年"这个时间点,也就是说,戈公振所说的《循环日报》创立副刊是在1904年。王韬在1884年就离开香港,1897年就去世了。这就是说,忻平所谓王韬创办副刊的说法,完全就是一个史料错漏。笔者在大英图书馆查阅数据的时候,曾经专门看过《循环日报》胶片,可以佐证。刘以鬯的这一观点现在被文学史广泛采用,需要纠正过来。

1928年8月创刊的《伴侣》,被认为是"香港新文坛的第一燕"。笔者通过多地查找《伴侣》原刊,才发现侣伦的诸多被文学史沿袭的说法也很有问题。侣伦说,《伴侣》是香港的第一本"新文艺杂志""纯文艺性质的杂志""侧重刊登创作小说,其次是翻译小说,此外还有杂文、闲话、山歌、国内文化消息等项目"。事实上,《伴侣》英文名为 *Illustrated Family Magazine*,是一个标准家庭生活类刊物,主要刊登生活类杂文,文学很少,直到第7期开始才变成以文学为主要内容,可惜时间不长就没了。《伴侣》也并非由什么文人团体主办,据第1期封底,《伴侣》系由中华广告公司主办,地点在香港大道中六号四楼。

1924年8月面世的《小说星期刊》,一向被我们视为香港的鸳鸯蝴蝶派刊物而加以批判,事实上这是一个综合性刊物,有通俗小说、古典诗文、白话文学、地方剧趣等多种栏目。仅以白话小说而言,《小说星期刊》刊载的白话小说就有短篇小说60篇,中篇小说4篇,长篇小说2篇。再看,《伴侣》共计发表短篇小说14篇,长篇小说2篇,翻译小说5篇。从数量上看,《小说星期刊》发表的白话小说数倍于《伴侣》,并且,《小说星期刊》还发表了香港最早的"小小说"和新诗。

如此看来,香港早期文学的基本框架,显然还需要我们重新考虑。

编 者 的 话

《文艺报》是党领导文艺工作的一个重要阵地,也是文学理论问题探讨与争鸣的一份主要报刊。本卷精选《文艺报》1949 年创刊至今 70 年来的重要理论文章,涉及艺术典型、"中间人物"、文学与生活、"新的美学原则"、现代化与现代派、新时期文学"向内转"、中国当代文学史写作、学院派批评、文艺创作中的历史虚无主义等重要文学问题的讨论文章,力求一方面展现 70 年间中国当代文学史、文学理论、文艺思潮的发展脉络,另一方面也呈现出这一时期重要的作家、理论家在特定历史条件下对文学理论问题的思考与探索。

1949 年,新中国成立前夕,《文艺报》创刊。从 1949 年至今的 70 年间,是新中国文艺从初创、探索到发展、壮大的重要时期,《文艺报》作为这一时期最为重要的文艺理论评论阵地之一,与民族、国家的命运紧紧联系在一起,与新中国一起走过了这段重要的历史进程。在"十七年"时期,文艺界几乎所有重要讨论都是《文艺报》发起或在《文艺报》上有所反映的,历史的进程虽然经历了风雨,但也留下了社会主义文学艰辛探索的足迹,让我们看到了"人民文学"在理论与实践中的结晶。"文革"十年,《文艺报》停刊。1978 年,《文艺报》复刊,这既是文艺界春天到来的象征,也进一步催生了文艺的复苏。新时期以来,《文艺报》与中国文艺界一起,提出并讨论了一系列新的思想命题与文艺问题,新的文艺思潮不断涌起,国外的文艺理论不断译介进来,真正形成了百花齐放、百舸争流的活跃局面,新时期至今的《文艺报》反思历史,输入新知,显示了内在的文化自信,也引领文艺界拓展视野,不断开辟新的思想空间。

《文艺报》上刊发的理论文章众多,在此次编选过程中,我们注重选择的,一是重要作家、理论家的代表性文章,二是对当今文艺界仍有现实意义和重要启示的理论文章,三是兼顾在历史上曾有过重要影响的文章。我们希望此次编选能荟萃《文艺报》的理论成果,勾勒出《文艺报》的发展脉络,但难免挂一漏万,不妥之处还望读者批评指正。

编　者
2020 年 7 月